U0529496

国家社科基金
后期资助项目

唐诗镜像中的丝绸之路

The Silk Road in the mirror image of Tang Poetry

石云涛 著

中国社会科学出版社

图书在版编目(CIP)数据

唐诗镜像中的丝绸之路/石云涛著.—北京：中国社会科学出版社，2020.6（2021.6重印）

ISBN 978-7-5203-6444-7

Ⅰ.①唐… Ⅱ.①石… Ⅲ.①唐诗—诗歌研究②丝绸之路—历史—研究 Ⅳ.①I207.227.42②K928.6

中国版本图书馆 CIP 数据核字（2020）第 077287 号

出 版 人	赵剑英
责任编辑	宋燕鹏
责任校对	石建国
责任印制	王 超

出 版	中国社会科学出版社
社 址	北京鼓楼西大街甲 158 号
邮 编	100720
网 址	http://www.csspw.cn
发 行 部	010-84083685
门 市 部	010-84029450
经 销	新华书店及其他书店
印 刷	北京君升印刷有限公司
装 订	廊坊市广阳区广增装订厂
版 次	2020 年 6 月第 1 版
印 次	2021 年 6 月第 2 次印刷
开 本	710×1000 1/16
印 张	51.25
插 页	2
字 数	919 千字
定 价	258.00 元

凡购买中国社会科学出版社图书，如有质量问题请与本社营销中心联系调换
电话：010-84083683
版权所有 侵权必究

国家社科基金后期资助项目
出版说明

　　后期资助项目是国家社科基金设立的一类重要项目，旨在鼓励广大社科研究者潜心治学，支持基础研究多出优秀成果。它是经过严格评审，从接近完成的科研成果中遴选立项的。为扩大后期资助项目的影响，更好地推动学术发展，促进成果转化，全国哲学社会科学工作办公室按照"统一设计、统一标识、统一版式、形成系列"的总体要求，组织出版国家社科基金后期资助项目成果。

全国哲学社会科学工作办公室

目 录

绪 论 ……………………………………………………………（1）

第一章 长安：丝绸之路的起点 ………………………………（13）
  一 作为国际大都会的长安 …………………………………（13）
    （一）唐诗赞叹长安的美丽与繁华 ………………………（14）
    （二）唐代长安与边地和域外的交通 ……………………（20）
  二 流寓和出入长安之外域人 ………………………………（28）
    （一）唐诗中长安的"蕃将" ……………………………（29）
    （二）唐诗中来自异域的长安艺人 ………………………（31）
    （三）唐诗中长安的胡商和胡姬 …………………………（33）
    （四）唐诗中长安的"胡僧" ……………………………（36）
    （五）唐诗中入唐参加科举的新罗人 ……………………（40）
  三 唐代长安域外人的诗歌活动 ……………………………（41）
  四 唐诗中长安生活中的胡化风气 …………………………（46）
    （一）服饰方面的胡化风气 ………………………………（47）
    （二）长安生活中胡食流行 ………………………………（49）
    （三）建筑方式和居室文化的胡化 ………………………（52）
    （四）出行中的宝马香车 …………………………………（54）
  五 长安的外来物产与唐诗 …………………………………（55）
  六 长安的外来乐舞、体育游戏与唐诗 ……………………（60）

第二章 丝绸之路之关陇道
    ——从长安到武威 ………………………………………（74）
  一 关陇道和陇右道 …………………………………………（74）
  二 唐朝对陇右的开拓 ………………………………………（78）
  三 西畿与陇东：从长安至陇山 ……………………………（83）

2　唐诗镜像中的丝绸之路

　　四　陇山：丝绸之路第一山 ……………………………………（94）
　　　（一）大震关 ………………………………………………（95）
　　　（二）作为丝路要道的陇山 ………………………………（97）
　　　（三）作为诗歌意象的陇山 ………………………………（102）
　　　（四）唐后期与吐蕃对峙的前线 …………………………（116）
　　　（五）唐诗中的《陇头水》乐曲 …………………………（122）
　　　（六）六盘山支脉之崆峒山 ………………………………（127）
　　五　唐诗中的陇西 ………………………………………………（129）
　　　（一）边塞战争和丝路意象 ………………………………（129）
　　　（二）唐后期陇右形势 ……………………………………（135）
　　　（三）陇右监牧的兴盛和丧失 ……………………………（138）
　　　（四）立功扬名的陇右名将 ………………………………（142）
　　六　唐诗中的秦州 ………………………………………………（151）
　　七　唐诗中的临洮 ………………………………………………（159）
　　八　唐诗中的金城和皋兰山 ……………………………………（162）
　　九　唐诗中的原州和萧关 ………………………………………（166）

第三章　丝绸之路之河西路 …………………………………………（177）
　　一　平李轨与唐朝经营河西 ……………………………………（177）
　　　（一）平李轨与柳宗元《河右平》诗 ……………………（177）
　　　（二）唐诗中的河西道与河西路 …………………………（179）
　　二　唐诗中的河西四郡 …………………………………………（187）
　　　（一）唐诗中的凉州 ………………………………………（188）
　　　（二）唐诗中的张掖 ………………………………………（209）
　　　（三）唐诗中的酒泉 ………………………………………（215）
　　　（四）唐诗中的敦煌 ………………………………………（220）
　　三　河湟的失陷与收复 …………………………………………（232）
　　　（一）河湟的失陷与诗人的痛心 …………………………（232）
　　　（二）唐诗中收复失地的呼声 ……………………………（239）
　　　（三）河湟回归与诗人对朝廷的称颂 ……………………（247）
　　　（四）敦煌地区对归义军的称颂 …………………………（257）
　　　（五）敦煌与长安高僧的赠答酬唱 ………………………（266）

第四章　玉门关与阳关 (270)

一　唐诗中的玉门关 (270)
（一）关于玉门关地理位置的争议 (270)
（二）边塞、前线与丝路交通要道 (277)
（三）内地与异域的限隔 (281)
（四）对和平生活的向往和立功异域的志向 (288)
（五）唐后期失地的象征 (293)

二　唐诗中的阳关 (296)
（一）丝绸之路上的阳关道 (296)
（二）阳关音信：征夫思妇的情感纽带 (304)
（三）渭城一曲动千古 (306)

第五章　丝绸之路之西域道 (310)

一　唐朝对西域的开拓和经营 (310)

二　唐征服突厥和平高昌在唐诗中的反映 (313)
（一）灭东突厥与太宗等联句诗 (313)
（二）平高昌与唐诗 (318)
（三）灭西突厥与唐诗 (321)

三　唐诗中的西域南道 (325)
（一）蒲昌海 (326)
（二）石城镇、且末、播仙镇 (328)
（三）白龙堆 (330)
（四）唐诗中的"楼兰"意象 (337)
（五）于阗与于阗镇、莎车 (343)
（六）昆仑山：神话意象与西域象征 (347)

四　唐诗中的西域北道 (356)
（一）莫贺延碛 (357)
（二）高昌、西州、西州都护府、安西都护府 (364)
（三）焉耆与铁门关、乌垒 (377)
（四）龟兹、安西都护府、安西大都护府、镇西都护府 (385)
（五）姑墨州、苜蓿烽 (400)
（六）疏勒与疏勒镇 (402)

五　唐诗中葱岭以西的道路 (406)
（一）葱岭、葱河道 (406)

（二）热海 …………………………………………………（408）
　　（三）碎叶镇及其置废 ………………………………（410）
　　（四）大宛 …………………………………………………（417）
　　（五）月氏 …………………………………………………（421）
　　（六）条支 …………………………………………………（423）

第六章　通向草原丝绸之路 ……………………………（425）
　一　唐朝对天山以北草原路的护守 ………………………（425）
　二　从敦煌、玉门关进入草原路的道路 …………………（428）
　　（一）伊吾、伊州与伊吾道 …………………………（428）
　　（二）蒲类海与蒲类城 ………………………………（432）
　　（三）天山、天山路与天山雪 ………………………（434）
　　（四）庭州和北庭都护府 ……………………………（444）
　　（五）轮台与轮台路 …………………………………（451）
　　（六）瀚海 …………………………………………………（459）
　　（七）金山、金微山 …………………………………（462）
　三　"参天可汗道"与"入回鹘道" ………………………（466）
　　（一）"天可汗"的光荣与"参天可汗道" …………（466）
　　（二）唐朝与回纥关系的变化 ………………………（469）
　　（三）中受降城入回鹘道 ……………………………（474）
　　（三）唐朝与回鹘的绢马贸易 ………………………（495）
　四　唐朝与其他北方草原民族的关系 ……………………（499）
　　（一）黠戛斯的崛起及其与唐朝的关系 ……………（499）
　　（二）沙陀的崛起及其与唐朝的关系 ………………（502）
　　（三）党项的崛起及其与唐朝的关系 ………………（504）
　五　"乌孙"和"康居"：草原丝路意象 ………………（507）
　　（一）乌孙人与乌孙古道 ……………………………（507）
　　（二）康居：绿洲之路与草原路的联结 ……………（511）

第七章　吐谷浑之路与唐蕃古道 ………………………（514）
　一　丝绸之路之吐谷浑之路 ………………………………（514）
　　（一）吐谷浑的盛衰及其与唐朝的关系 ……………（514）
　　（二）唐诗中的吐谷浑之路 …………………………（517）
　　（三）唐诗中的"退浑" ……………………………（535）

二　丝绸之路之唐蕃古道 (536)
　　（一）唐蕃古道的开辟 (537)
　　（二）唐蕃之间的和亲 (541)
　　（三）唐蕃之间的战争 (548)
　　（四）唐蕃之间的使节往还 (561)
　　（五）唐诗中的逻娑城 (574)
　　（六）勃律与"连云堡之战" (575)

第八章　南方丝绸之路 (578)
一　成都：南方丝路的起点 (578)
　　（一）成都名称的历史变迁 (578)
　　（二）以蜀锦驰名的"锦官城" (580)
　　（三）成都的历史文化和名胜 (583)
　　（四）古往今来的成都名士 (586)
　　（五）成都的美景和繁华 (588)
　　（六）成都诗人的身世家国之感 (590)
二　从成都入南中的道路 (592)
　　（一）从成都至南诏 (592)
　　（二）经过南诏的中印缅道 (594)
　　（三）唐文化的辐射与南诏诗人 (596)
三　唐朝与南诏的关系 (601)
　　（一）唐朝对南蛮的征服和南诏的崛起 (601)
　　（二）南诏的壮大和唐朝对南诏的用兵 (605)
　　（三）南诏中兴及对唐朝的臣服 (610)
　　（四）南诏与唐朝的冲突及其衰落 (612)
　　（五）唐诗中来自南诏的物产 (615)
四　"蜀—身毒道"之五尺道 (617)
五　"蜀—身毒道"之灵关道 (620)
　　（一）灵关道之开辟与走向 (620)
　　（二）雅州、岷山、雪岭、西山 (622)
　　（三）荥经、邛崃关和"王阳道" (624)
　　（四）峨嵋山 (626)
　　（五）清溪关 (627)
　　（六）灵关 (629)

（七）嶲州、越嶲郡 …………………………………………（629）
　　（八）泸水 ……………………………………………………（632）
　五 "蜀—身毒道"之永昌道 ………………………………………（635）
　　（一）南诏太和城和阳苴咩城 ………………………………（635）
　　（二）永昌郡 …………………………………………………（639）
　六 南方丝绸之路之"安南道" …………………………………（641）
　　（一）牂牁道：交州、广州与蜀中、南诏的交通 …………（642）
　　（二）滇缅道：中缅关系与唐诗 ……………………………（651）

第九章　通往海上丝绸之路 ……………………………………（658）
　一 中西间海上交通的发展 ………………………………………（658）
　二 海上丝绸之路的起点 …………………………………………（663）
　　（一）交州、交趾、龙编和安南都护府 ……………………（663）
　　（二）广州、番禺、南海和岭南节度使 ……………………（677）
　　（三）其他南方沿海城市和地区 ……………………………（687）
　三 唐代的广州通海夷道 …………………………………………（696）
　四 唐代海上贸易和交流 …………………………………………（699）
　　（一）经海路往还的中外行旅 ………………………………（699）
　　（二）唐代海上贸易和舶来品 ………………………………（710）

第十章　法宝之路
　　　　——中印交通与唐诗 ……………………………………（729）
　一 雪山道与玄奘西行取经 ………………………………………（729）
　二 "吐蕃—泥婆罗道"与王玄策使印 …………………………（732）
　三 海上丝路与义净西行求法 ……………………………………（736）
　四 新罗僧慧超的西行与东返 ……………………………………（742）

余　论 ………………………………………………………………（747）

参考文献 ……………………………………………………………（754）

索　引 ………………………………………………………………（794）

后　记 ………………………………………………………………（811）

绪　　论

　　丝绸之路是以中国为本位的古代人类文明交流之路。世界上很早就出现了不同的文明地区，后来形成许多民族和国家，各文明地区和国家、民族间很早就发生文化的接触、交流和融合，因此世界上存在许多文化交流的交通路线。这些早期的交通路线有的与中国无关，而与中国有关的古代道路，往往有丝绸传播。虽然丝路上不仅是丝绸的传播，也不仅是中国物产外传，更有域外文明成果传入中国；不仅有器物产品交流，也有知识的迁移和精神文化如宗教、艺术的传播，但丝绸贸易不仅是古代文化交流的重要内容，而且是撬动、推动和繁荣古代国际贸易的一大杠杆，推动文化交流和文明互鉴的媒介。丝绸在古代中外交往和交流中发挥的作用非其他物产可比，最具持久性、广泛性和丰富性。它是导火索，又是发动机，在推动古代国际贸易、文化交流和文明互动中发挥了巨大作用。丝绸是中国人民对世界文明的一大贡献，把从中国出发与世界上不同国家、不同地区和不同民族间的交往和交流的道路命名为"丝绸之路"虽有片面性，却典型概括又形象美丽，因此被广泛接受和认同。跟其他历史现象一样，丝绸之路的发生、发展和衰落有一个过程，其历史起点、空间起点的变化，交通网络的盛衰演变，其兴衰变迁的征象和原因，它在历史上的作用等，无论宏观的把握和微观的审视，都有不同认识，但中国汉唐时期是丝绸之路最辉煌的年代却是共识。

　　唐代是丝绸之路的辉煌时期，又是中国古典诗歌的黄金时代。那是一个浪漫的时代，那是一个举国上下热爱诗歌的时代，人人都对诗歌创作和欣赏充满兴趣和热情。在将近三百年的时间里，唐人创造了大量优美的诗篇，涌现了无数才华横溢的诗人，名家辈出，佳作如潮，诗体大备，风格多样。唐人把中国古典诗歌创作推向前无古人而后人亦无法企及的高峰，为人类文明留下了一份宝贵的遗产，至今并且永远成为滋养人类心灵的清泉。丝绸之路与唐诗有着密不可分的关系。丝绸之路的发展和广泛的文化交流为唐诗提供了大量鲜活的素材，激发了诗人的灵感和热情，成为唐诗繁荣发展的重要动因；唐代诗歌在中外文化交流中发挥了重要作用，甚至起到工具性作用，在唐代中外交往活动中诗歌唱和是重要的交际活动；诗歌通过各种途径传至域外，成为其他国家和人民认识唐朝的一个途径和媒介。唐诗是中国古代文化的瑰宝，忠实地记录了当时社会生活风貌，丝绸之路和中外交流的内容被生动地反映到唐诗中，并在唐诗题材开拓、意象生成和风格创新方面发挥了重要作用。唐朝是一部气势恢宏的历史，丝绸之路的发展和变迁是这部恢宏历史中华丽的篇章，反映了唐史和丝绸之路变迁的唐诗则是声调铿锵意蕴浑厚的优美"史诗"，是历史长河的浪花。丝绸之路在唐诗中有着极其丰富生动的表现，唐诗中存在大量丝绸之路研究的资料，丝绸之路绿洲路、草原路、海上丝绸之路、南方丝绸之路都在唐诗中有着形象而生动的表现。研究丝绸之路对我们认识唐诗文化意蕴具有重要价值；通过唐诗资料的研究，可以让我们从一个新的角度加深对丝绸之路的认识。

在唐诗研究中，最早与丝绸之路相关的研究是边塞诗研究。唐朝曾经长期在周边地区与各异族进行军事斗争，边塞风光、边塞战争和边塞生活成为诗人咏叹的题材。有的诗人远赴边地，亲身经历了边塞生活的考验，写下了大量边塞诗；甚至未曾到过边地的诗人也凭传闻和想象咏及边塞内容，抒写个人情怀，唐诗中边塞诗多达两千余首。众所周知，西北边境地区又是丝绸之路必经之地，从中原地区远赴边境地区的道路与丝绸之路中国境内路线是重合的，因此边塞诗中有关诗人的活动和西北边塞的描写与丝绸之路的发展变化有关。20 世纪 20 年代以来，唐代边塞诗研究曾经成为学术界关注的热点。徐嘉瑞《中古文学概论》中提出"边塞派"概念，并把其特点概括为"客观"（实写地描写社会）。[1]胡云翼《唐代的战争文学》一书专列《出塞曲》一章，他描写所谓"出塞"：

  班马萧萧，大旗飘飘，军笳悠扬，师行离开长安很远了，渡过黄河以北了，渐渐渡过陇头水，越过陇西，出玉门关了；或是由河北直上，过了黑水头，过了无定河，渐近燕支山了，渐近受降城了。[2]

这将士出塞的路线不正是丝绸之路要道吗？苏雪林《唐诗概论》第八章专

---

[1] 徐嘉瑞：《中古文学概论》，上海亚东图书馆 1924 年版，第 175 页。
[2] 胡云翼：《唐代的战争文学》，商务印书馆 1927 年版，第 54 页。

题探讨"战争和边塞作品"。① 这些成为唐代边塞诗研究的起点。中华人民共和国成立后边塞诗研究有新的进展，新时期以来边塞诗研究进入新的发展阶段。1988年，甘肃教育出版社出版《唐代边塞诗研究论文集》收入一批质量较高的论文，关于边塞诗的研究主要集中在边塞诗繁荣的原因和边塞诗评价，边塞诗反映的战争性质和爱国主义精神，中晚唐边塞诗研究，边塞诗中反映的民族关系等方面。此后关于边塞诗研究不断有新的成果问世，边塞诗研究领域进一步拓展，主要表现为对边塞诗人的研究，对边塞诗意象、美学风格的研究，边塞诗与文化关系的研究。边塞诗人诗集的整理和校注方面，有孙映逵《岑参诗传》、李云逸《王昌龄诗注》、刘开扬《高适诗集编年笺注》《岑参诗集编年笺注》、孙钦善等《高适岑参诗选》《高适集校注》、胡问涛等《王昌龄集编年校注》、廖立《岑嘉州诗笺注》、陈铁民等《岑参集校注》等。在边塞诗与文化关系方面出版了任文京的《唐代边塞诗的文化阐释》。② 这些对研究唐诗与丝绸之路关系都有一定的参考价值。但虽然涉及的诗人和作品有交叉，研究唐代边塞诗与研究唐诗与丝绸之路的关系其着眼点是不同的。边塞诗着重于战争与诗歌的关系，唐诗与丝绸之路的关系着重于中外交通与文化交流。因此边塞诗的研究不能代替对唐诗与丝绸之路的研究。唐代边塞诗研究和唐诗与丝绸之路关系研究在时空范围上也是不同的，一般地说，唐代边塞诗更多地反映了唐代前期唐帝国境内的丝路发展变化，而丝绸之路的研究并不局限于唐朝境内，因为丝绸之路联系着中国与域外更为遥远的国家和地区，唐诗中反映域外丝绸之路和中外文化交流的内容并不在边塞诗研究的视野之内。

唐诗的实用性造成其与社会生活的密切联系，唐诗的写实性又为我们认识唐代社会历史和文化提供了丰富生动的史料。在丝绸之路与中外文化交流的研究中，也有人注意到并利用过唐诗中的资料。陈寅恪先生《元白诗笺证稿》中以诗史互证的方法探讨了元白部分诗作中涉及中外交流的内容，考证其事，颇多发明。向达《唐代长安与西域文明》的长篇论文在探讨唐都长安的西域文明中也利用了唐诗资料，如唐诗中的胡人、胡姬，唐诗中长安生活的胡化风气，唐诗中对域外乐舞的描写，唐诗中关于波罗球戏的描写。外来文明为唐代文学艺术带来的新的题材和新的风貌在唐诗中有丰富的表现。例如佛教传入和对中国文学的影响，西域的音乐、舞蹈传入中国，唐诗中多有咏叹。佛教与唐诗的关系研究，孙昌武、陈允吉、

---

① 苏雪林：《唐诗概论》，商务印书馆1934年版，第49页。
② 任文京：《唐代边塞诗的文化阐释》，人民出版社2005年版。

胡遂、查明昊等取得卓越成就。唐诗中的乐舞诗有的歌咏外来的乐舞，如柘枝舞、胡旋舞、胡腾舞、扶南乐、高丽乐等。因此，研究唐代乐舞的论著往往注意到唐诗中的资料，中国舞蹈艺术研究会舞蹈史研究组编《全唐诗中的乐舞资料》分音乐、舞蹈、服饰三门，将自《全唐诗》中所辑得的诗分类别属成为一编，使研究者大得其便。① 张明非著《唐诗与舞蹈》一书研究唐代舞蹈繁荣的原因和文化特征，金秋著《古丝绸之路乐舞文化交流史》研究唐代乐舞，都利用了唐诗资料说明外来乐舞的影响。② 李雄飞的论文《唐诗中的丝绸之路音乐文化》、③ 周畅的论文《唐咏乐诗的史料价值与美学价值》④ 都肯定了唐诗资料对研究唐代音乐的重要性。黄适远的论文《伊州乐和唐诗》探讨了产生于古代伊吾（今新疆哈密）的伊州乐与唐诗的关系。⑤ 温翠芳《唐代长安西市中的胡姬与丝绸之路上的女奴贸易》利用了唐诗资料研究长安西市的女奴贸易，通过分析唐诗中有关胡姬的内容，认为"酒家胡"是被贩卖到中国来的女奴，对长安女奴交易地点等问题进行了探索。⑥ 文学史和艺术史的研究有时也引用过唐诗中的作品，但涉及的作品很少。总的来看，在研究中外文化交流史中唐诗资料还缺少深入的挖掘和充分利用。唐诗与丝绸之路关系研究成果主要见于国内学术界，美国汉学家薛爱华（Edward H. Schafer）《撒马尔罕的金桃——唐代舶来品研究》一书研究唐代外来文明，探讨各种外来物品传入的途径和影响，书中大量引用了汉文正史、政书、类书中的史料，也参考和利用了魏晋至宋代的诗歌、笔记、小说中的史料，其中唐诗作品经常被引用。但由于西方学者自身的局限，书中对唐诗资料的利用既不全面，又往往发生常识性错误。

　　丝绸之路是商业贸易和文化交流之路，其研究涉及交通地理史领域。唐代交通地理史研究成果辉煌，但对唐诗资料的利用并不充分。严耕望《唐代交通图考》一书有意识地利用了唐诗资料，在他的研究中唐诗提供

---

① 中国舞蹈艺术研究会舞蹈史研究组编：《全唐诗中的乐舞资料》，人民音乐出版社1981年版。
② 张明非：《唐诗与舞蹈》，漓江出版社1996年版；金秋：《古丝绸之路乐舞文化交流史》，上海音乐出版社2002年版。
③ 李雄飞：《唐诗中的丝绸之路音乐文化》，《交响：西安音乐学院学报》1996年第1期。
④ 周畅：《唐咏乐诗的史料价值与美学价值》，《音乐艺术》（上海音乐学院学报）1995年第1期。
⑤ 黄适远：《伊州乐和唐诗》，《丝绸之路》2007年第11期。
⑥ 温翠芳：《唐代长安西市中的胡姬与丝绸之路上的女奴贸易》，《西域研究》2006年第2期。

了不少其他历史文献中不见的资料，弥补了史料的不足。但我们注意到在严先生的著作中，唐诗资料并没有充分利用，他所使用的唐诗作品也是很少的一部分，而涉及丝路交通的唐诗作品则是大量的，唐诗对唐代丝路交通研究的丰富内容还有待进一步发掘。丝绸之路涉及的地名和器物产品，进入诗歌领域往往成为文学意象，唐诗意象研究中学者们的研究有的涉及边塞意象和丝路意象。程千帆先生《论唐人边塞诗中地名的方位、距离及其类似问题》探讨了"青海""雪山""玉门关"等地名在唐诗中的含义。① 盖金伟《诗史之间：唐代"楼兰"语汇的文化阐释》一文中探讨的"楼兰"语词，作为地处丝绸之路要道，楼兰作为西域国名早已成为历史，但"楼兰"在唐诗中经常出现，成为边塞意象，也是丝绸之路意象。论文探讨了这一意象生成和变化的过程。② 郭院林《唐诗中的西域意象及其文化意蕴》指出："西域由于特殊的地理位置，沟通与防御成为其历史文化产生时代差异的驱动力。唐代西域诗歌不仅有践履此地而生的边塞之情，而且包括中原诗人对西域的想象"；"战争与和平成为唐代西域诗歌的两大主题。在战争主题之下，诗歌意象主要表现出辽阔苍茫、严寒冰冻、萧瑟荒凉、苍凉悲壮的特点，而和平主题下的西域主要有欢快歌舞的异域风光。这些意象蕴含着一定的文化即历史意义、西域民族文化交融以及民族心理认同"。③ 丝绸之路意象在唐诗中还有很多，诸如陇山、碛路、天山、青海、雪山、萧关、玉门关、阳关、热海、羌笛、琵琶、驼铃、敦煌、长城、碎叶等，在唐诗中都不再是纯客观的物象，而是意蕴深厚的意象，甚至抽象为文学符号，其含义与边塞、丝绸之路和中外文化交流有密切关联。这些都需要进行认真、细致和深入的研究，这方面还有许多工作要做。从历史地理角度研究唐诗的成果也不少，但学者主要着眼于国内的道路交通，如李德辉的《唐代交通与文学》。④ 涉及丝绸之路的研究系统性不足。

唐诗研究和丝绸之路研究是国内外学者长期关注的两个领域，这两个领域都积累了丰厚的成果。但是唐诗和丝绸之路关系的研究虽也有人关注，就目前的成果来看是远远不够的。通行的中国文学史著作都曾经正确

---

① 程千帆：《论唐人边塞诗中地名的方位、距离及其类似问题》，《南京大学学报》1979年第3期。
② 盖金伟：《诗史之间：唐代"楼兰"语汇的文化阐释》，《西域文史》第一辑，科学出版社2006年版。
③ 郭院林：《唐诗中的西域意象及其文化意蕴》，《兰州学刊》2009年第7期。
④ 李德辉：《唐代交通与文学》，湖南人民出版社2003年版。

地指出，胡汉文化融合和中外文化交流是唐诗繁荣的原因之一，但具体论述中并没有将这一内容突显出来，缺乏具体的探讨和深入的论述。有的学者显然注意到唐诗与丝绸之路之间的密切关联，甚至发表论文专论丝绸之路与唐诗繁荣的关系。① 有学者编注《中国古代海上丝绸之路诗选》，其中有唐诗作品，但限于篇幅，所选作品与反映丝绸之路的大量唐诗作品相比，只能是尝鼎一脔。② 丝绸之路沿线路段各地学者在研究本地区与丝绸之路的关系时也常常举出相关的唐诗作品，关注的是局部区域的现象。近年来受到"丝绸之路：长安—天山廊道的路网"申遗成功，国家"一带一路"倡议的提出和实施，丝绸之路作为世界文化遗产日益受到关注，有关唐诗与丝绸之路关系的研究也逐渐引起唐诗研究学者倾注心力，近年来出现一些相关成果，如查明昊《唐人笔下的胡僧形象及胡僧的诗歌创作》研究了通过丝绸之路入华的胡僧群体及其诗歌创作。③ 马芳《浅析唐远征西域背景下的骆宾王边塞诗》分析了骆宾王边塞诗的内容和情感特征。④ 庞娟、李斌《唐诗中的阳关、玉门关》探讨了两关作为唐诗中的丝路意象其文化意蕴。⑤ 近年来丝绸之路与文学关系研究得到国家的大力支持，如高建新主持的国家社会科学基金西部项目（2010—2012）"北方游牧文化与唐诗关系研究"，他还发表了《唐诗中的金河》《居延及唐诗中的居延》《王维诗中的西北边塞风情》《唐诗中的西域民族乐舞——〈泼寒胡戏〉〈剑器浑脱〉〈西凉乐〉〈霓裳羽衣舞〉》《唐诗中的西域"三大乐舞"——〈胡旋舞〉〈胡腾舞〉〈柘枝舞〉》等论文。⑥ 高人雄《汉唐西域文学研究》也是丝绸之路与文学关系研究的重要成果。⑦ 在本人申请的2017年国家社科基金后期资助项目"唐诗见证的丝绸之路变迁"获批立项后，刘锋焘申报的2018年国家社科基金重大项目"唐代到北宋丝绸之路（陆路）上的驿站、寺庙、重要古迹与文人活动、文学创作及文化传播"获批立项。但

---

① 李明伟：《丝绸之路与唐诗的繁荣》，《中州学刊》1988年第6期。
② 陈永正编注：《中国古代海上丝绸之路诗选》，广东旅游出版社2001年版。
③ 查明昊：《唐人笔下的胡僧形象及胡僧的诗歌创作》，《中国典籍与文化》2008年第2期。
④ 马芳：《浅析唐远征西域背景下的骆宾王边塞诗》，《丝绸之路》2011年第20期。
⑤ 庞娟、李斌：《唐诗中的阳关、玉门关》，《北方文学》2014年第1期。
⑥ 高建新：《唐诗中的金河》，《内蒙古大学学报》2010年第5期；《居延及唐诗中的居延》，《唐代文学研究》第15辑，广西师范大学出版社2014年版，第195—224页。《王维诗中的西北边塞风情》，《内蒙古大学学报》2011年第6期；《唐诗中的西域民族乐舞——〈泼寒胡戏〉〈剑器浑脱〉〈西凉乐〉〈霓裳羽衣舞〉》，《内蒙古大学学报》2012年第6期；《唐诗中的西域"三大乐舞"——〈胡旋舞〉〈胡腾舞〉〈柘枝舞〉》，《民族文学研究》2012年第6期。
⑦ 高人雄：《汉唐西域文学研究》，新疆人民出版社2017年版。

丝绸之路与文学关系的研究还存在许多空白之处，汉唐时期丝绸之路在文学中的表现和对文学造成的影响，唐诗在研究丝绸之路和中外关系史方面的史料价值，都没有充分挖掘，与唐诗和丝绸之路关系的丰富内容相比，这方面的成果相当薄弱。

　　本书研究对于认识唐诗发展和繁荣的原因具有重要意义。唐诗的辉煌成就举世闻名，其繁荣的原因是多方面的，唐代长期的政治稳定、经济高度繁荣和国力强盛，唐代开放的文化政策和思想多元互补格局，统治者对文学的爱好和提倡，科举制度中以诗赋取士，南北文化融合和古代优秀诗歌传统的继承，唐代诗人的艰辛探索等，为唐诗发展提供了社会环境、物质基础、精神力量和创作经验，这些前人论述已经很多。丝绸之路的发展和中外文化交流对唐诗发展的影响还缺乏深入的研究和充分的估计。本课题研究试图从这一角度进行深入探讨，具体说明中外文化交流在唐诗繁荣中起到的作用。本课题研究对研究丝绸之路的变迁和唐代中外文化交流的开展也具有重要意义，唐诗具有重要的史料价值。唐代诗人为我们留下大量优秀诗篇，清代康熙年间曾编出大型唐诗总集《全唐诗》，据统计收诗多达49403首，另有诗句1555条，作者2873人。[1]但这远远不是全部，从《全唐诗》发行开始，后人便开始唐诗的辑补工作。日本学者市河世宽最早对《全唐诗》未收诗篇进行了搜集补逸，编成《全唐诗逸》三卷。中国学者王重民、孙望、童养年、陈尚君等陆续进行续补，取得更大成绩。[2]尤其是陈尚君《全唐诗续拾》六十卷，所收作者逾千人，诗4300余首，皇皇大观。这些成果经陈尚君辑校，由中华书局出版了《全唐诗补编》。唐诗作品仍续有发现，在对考古资料进行梳理中也有新的公布。[3]

　　20世纪末，敦煌藏经洞开启，发现前后近千年五万余件古代写本，以唐五代和宋初文书最多，其中包括大量唐代诗人总集和别集残卷诗篇，经过几代学人的努力，这些诗歌也得到了认真整理。任中敏《敦煌歌辞总编》《敦煌曲研究》是关于敦煌曲子词的整理和研究，功力深厚，沾溉学

---

[1] 此依日本学者平冈武夫《唐代的诗人》《唐代的诗篇》统计。据康熙帝《御制全唐诗序》，《全唐诗》收诗48900余首，诗人2200余人，以为"大备"。平冈武夫统计，《全唐诗》实收作品49403首，作者2873人。一般认为这个统计较为准确。

[2] 王重民编《补全唐诗》《敦煌唐人诗集残卷》，孙望编《全唐诗补逸》，童养年编《全唐诗续补遗》，收入《全唐诗外编》，中华书局1982年版。后经陈尚君辑校，收入《全唐诗补编》，中华书局1990年版。

[3] 例如，1992年夏，湖南长沙唐窑出土瓷器上所题三百多首唐诗，其中不少诗是《全唐诗》未收作品。牛林杰从韩国文献中新发现183首，参见氏著《韩国文献中的〈全唐诗〉逸诗考》，《文史哲》1998年第5期。

林。张锡厚和项楚对敦煌藏经洞保存的王梵志诗集进行了认真整理,徐俊《敦煌诗集残卷辑考》对敦煌诗歌作品进行了全面清理,其中又有前人整理中未收诗作。[1] 张锡厚在前人整理研究的基础上编出《全敦煌诗》,[2] 普查敦煌遗书中全部诗歌作品近两万首,上自先秦,下迄唐宋,分为诗歌、曲词和偈赞三编。所收诗歌除已见前人整理又经重新勘校的作品外,有1200多首新发现、新公布的孤本,具有重要的文学文献价值,其中也有相当数量的唐代作品。敦煌文献中这些唐诗资料对研究唐代丝绸之路,特别是西北陆上丝路具有极其重要的价值,已经有不少学者对相关问题进行了探讨,但整体上还没有充分发掘,也有不少问题存在见仁见智。至此,唐诗数量总计已有5万多首,这是一笔宝贵的文学遗产,也是研究唐史的丰富史料。近年来全唐诗的改编取得重要阶段性成果,《全唐五代诗》初盛唐部分共11册已经出版,[3] 中晚唐五代部分的出版亦指日可待。整部《全唐五代诗》新增作者约1000人,增补诗歌约5000首,纠正"张冠李戴"诗作近千首,全书规模将近30册。文学是社会生活的反映,唐诗对于研究中外关系史和文化交流史来说,具有重要的史料价值,而这些史料在过去中外文化交流史的研究中挖掘不够。笔者近年来细心研读唐诗,对其中涉及丝绸之路和中外文化交流史的作品进行了全面的收集和整理,成为本课题最基本的文献资料,这些资料对我们研究唐代丝绸之路和中外文化交流的发展非常重要。

  本书研究的重点是把唐诗作为史料,探讨唐代丝绸之路盛衰和唐诗中反映的唐朝中国与世界各国的关系和文化交流。丝绸之路是贯通亚欧大陆的东西方交通和交流的路线,包括绿洲之路、草原路、南方丝绸之路和海上丝绸之路,每条路线都远达域外,但唐诗中涉及的丝绸之路的交通状况主要在中国境内。传统意义上的丝绸之路在中国境内是从长安、洛阳出发,经陇右、河西走廊进入西域(大致相当于今新疆地区),在西域则分为两条路线。即西域南道和西域北道,唐代诗人的足迹大致在这一范围,少数越过葱岭到达中亚。他们笔下对长安、洛阳以及丝绸之路陇右道、河西道、西域南道和北道都有丰富的描写。草原路在唐诗中的反映主要集中在欧亚大草原东端,即中国境内北方和西北方草原地带;南方丝绸之路着重是唐蕃古道、蜀道和安南道、滇缅道之中国境内;海上丝绸之路更多地

---

[1] 徐俊纂辑:《敦煌诗集残卷辑考》,中华书局2000年版。
[2] 张锡厚主编:《全敦煌诗》,作家出版社2006年版。
[3] 周勋初等主编:《全唐五代诗》,陕西人民出版社2014年版。

反映了中国东南沿海地区。这与诗人的行踪有关,对他们不曾涉足之地自然较少涉及。但这不是说唐诗对域外的丝路就没有描写,他们关注到域外的交通和交流情况,特别是中印之间的交通,由于佛教的传播,中印之间的各条路线都在唐诗中有所反映。域外的内容唐诗中更多涉及的是双方的交往活动和文化交流的内容,这也是丝绸之路研究的题中应有之义。诗是时代的晴雨表,我们从唐诗的描写中可以看到唐代各条路线的盛衰变化情况。

本书研究的难点首先在于其跨学科、跨文化性质,涉及中外交通史、唐史、唐诗、丝绸之路和中外文化交流史的研究。研究者必须在中外文化交流史和唐史、唐诗等研究领域里有较好的基础。其次是历史文献浩繁,有关唐史和唐诗的原始文献十分丰富,而涉及丝绸之路的材料又十分散乱,必须下一番极大的功夫,才能收集比较全面。大家都认识到中外文化交流促进了唐代诗歌的发展,但往往泛泛而谈,缺乏深入论述和全面把握。从事文学研究的学者通常对丝绸之路历史文化缺少深入的了解,而研究中外文化交流史的学者又往往不具备唐诗研究的基础,因此这一领域至今还没有见到扎实、深入和全面的研究成果。本书创新之处主要在于运用诗史互证的研究方法,从丝绸之路与唐诗研究的交叉点切入,既对丝绸之路研究挖掘新的资料,又对唐诗研究开辟新的视角,在两个研究成果都十分丰厚的领域找到薄弱环节和交叉点,从而取得新的创获和突破。笔者本科阶段和硕士生阶段从事汉语言文学和中国古代文学学习,博士生阶段攻读魏晋南北朝隋唐史专业学位,后入北京外国语大学任教,主要从事中国古代文学和中外文化交流史教学与研究,汉唐史、中外文化交流史和唐诗的关系一直在本人研究范围之内,通过尝试本课题研究希望能在一定程度上改变中外文化交流史和唐诗研究的这一薄弱局面。但面对唐诗文献中丝绸之路书写的复杂现象,笔者依然感到才力寡微汲深绠短,目前的研究只能给学术界提供一个初步的成果,深入研究有望于来者。

本书着重探讨唐诗中所反映的丝绸之路的盛衰变化,从唐诗的描写中看唐诗中丝绸之路的起点长安,丝绸之路绿洲路之陇右道、河西道、西域道、海上丝绸之路、草原丝绸之路、南方丝绸之路的发展变化,运用诗史互证的方法,探讨唐诗中有关丝绸之路与中外文化交流的意蕴。在唐代丝绸之路的发展变化以及与唐诗的关系的探讨上,也运用通常所谓的"二重证据法",即结合历史文献记载、唐诗作品描写和考古新发现探讨唐代丝绸之路变迁的相关问题以及这种变迁在唐诗中的反映。丝绸之路沿线诸名山大川城镇关隘,几乎每一处都有考古方面的成果,这些成果不断提供新的材料。在丝绸之路考古研究中，一方面考古新发现为我们理解相关唐诗作品极有助益，另一方面唐诗的相关描写还为考古研究提供了佐证和依据。因此我们始终关注丝路考古的成果和新的发现，努力把这些成果运用到唐诗的研究中，并通过唐诗作品分析，发掘丝绸之路考古成果的历史文化信息。

丝绸之路的研究属交通地理学范畴，利用唐诗资料研究丝绸之路的变迁以及丝绸之路与唐诗的关系，离不开文学地理学角度。文学地理学以文学与地理环境的关系为研究对象，关注文学要素（文学家、文学作品或读者）的地理分布、组合和变迁，文学要素及其整体形态的地域特征，考察特定的自然环境和人文环境对文学家心理气质、知识结构、文化素养、价值取向、审美理想、艺术感知和文学成就等造成的影响；通过文学家这个中介，探讨地理环境对文学作品主题、题材、人物、原型、意象、景观、体裁、形式、语言、风格等构成的影响；考察特定地域的文学人物、文学事件、文学积累、文学活动和文学遗迹等以及所形成的文学传统，所营造的文学风气等，对特定地域人文环境所构成的影响。文学与地理环境的关系是一个互动关系，文学地理学的任务，就是对地理环境（包括自然环境和人文环境）与文学要素（包括文学家、文学作品、文学读者）之间的各个层面的互动关系进行系统的梳理，发现其内在联系及其特点，并给予合理的阐释。丝绸之路与唐诗的关系正是文学地理学具有典型意义的研究对象，或者说是一个典型的个案。从这一角度出发，本文关注历史上丝绸之路自然地理环境、沿途政治形势和社会背景的变迁及其对唐诗的影响，并通过唐诗分析考察唐代丝绸之路的变迁。

在唐诗的分析中，传统的知人论世方法为我们所重视，而西方文学批评中的新批评文本细读方法和文学符号学理论也给我们以某种启发。新批评是英美现代文学批评中最有影响的流派，它于20世纪20年代发端于英国，30年代在美国形成，40、50年代在美国蔚成风气。虽然此后渐趋衰落，其提倡和实践的立足文本语义分析仍是文学批评的基本方法之一，对当今的文学批评尤其是诗歌批评产生着深远的影响。新批评的理论观点主要有如下三个方面：首先，文学作品是一个完整的多层次的艺术客体，是一个独立自足的世界，文学作品本身就是文学活动的本原。以作品为本体，从文学作品本身出发研究文学的特征是新批评的理论核心。其次，在新批评中，结构与肌质是相互对应又联系紧密的概念，结构是一首诗的逻辑线索和概要，它给予一系列感性资料以秩序和方向。诗始终离不开具体事物的形象，这些具体事物和形象就是肌质。诗的"结构—肌质"是一个不容分割的有机整体，正像一个人的肉体和灵魂，文学作品的形式和内容不可分离。最后，新批评语义分析的核心问题是语境，语境指的是某个词、句或段与它们的上下文的关系，正是这种上下文确定了该词、句或段的意义。一是当时写作时的话语语境，二是指文本中的词语所体现的"表示一组同时再现的事件的名称"，词语蕴含着历史的积淀，一个词可能暗含着一个惊心动魄的事件或某种强烈的情感。新批评语境理论体现了对文学语言的新认识，语境构成了一个意义交互的语义场，词语在其中的灵活变化产生了丰富的言外之意。在对诗歌作品的阐释中，新批评提倡细读法，所谓"细致的诠释"即对作品做详尽分析和解释的批评方式。通过细读揭示作品的丰富意蕴，分析诗中的反讽、张力、隐喻、象征、意象、意境等。[①] 唐诗中触及的丝路物象往往意象化符号化了，诸如楼兰、凉州、交河、天山、金微山、乌孙、白龙堆、萧关、玉门关、阳关、大宛马等一系列丝路意象，文学符号学为我们提供了新的思路。诗是语言艺术，其中的各种比喻、借代、象征、拟人、反讽等，往往是语言符号现象，艺术分析离不开对它们准确的解读。我们无意标榜运用了什么时髦的理论和方法，而以兴象韵味取胜的含蓄蕴藉的唐诗确实适合新批评的语义分析，作者从新批评中所获得的启发主要是"细读"，从诗歌本身的详尽分析，揭示其中有关丝绸之路的文化意蕴。书中并没有为诗歌的分析贴上这种标签，但对诗歌意蕴的分析确是在某种程度上受到新批评的启发和影响。本书中通过唐诗的分析研究丝绸之路的变迁，既有宏观的把握，也有微观的解析。诗人有时是通过一个词语或一个典故表达其意旨，我们则通过一个词语或一个典故的分析说明问题，关键的词语往往能起到滴水阳光的作用，因此书中有时有对唐诗语言修辞角度的分析和鉴赏。不过，限于篇幅，书中关于诗歌的文学鉴赏不能充分展开，从本书主旨出发，诗的艺术分析主要满足于对诗歌史料价值的判断和历史信息的发掘。如果把一首诗视为一个符号系统，我们的兴趣主要在于揭示这个系统中各个组成部分蕴含的历史意义，而且是丝绸之路历史文化信息，而不是相反，去考察丝绸之路历史文化如何赋予诗歌新的意义或新的艺术风貌。"诗无达诂"，诗的艺术分析非常复杂，离开探讨丝绸之路历史文化的深入的艺术分析，不是本书重点所在。

　　应该说明的是，本书不是对唐代丝绸之路发展变化的完整研究，而是

---

① 参见〔美〕约翰·克罗·兰色姆《新批评》，王腊宝、张哲译，江苏教育出版社2006年版；乔国强、薛春霞《什么是新批评》，上海外语教育出版社2011年版。

从与唐诗的联系中探讨丝绸之路，因此与唐诗无关的历史资料或考古发现，不便插入其中。但凡与唐诗研究有关的丝路考古资料，我们尽力进行了利用和借鉴。诗是语言艺术，在作为史料利用时需要充分注意诗歌作为文学作品对社会生活的反映是间接性的和艺术性的，有的可以直接作为历史资料，有的则需要进行艺术的分析，才能准确把握其反映的历史和社会生活的层级和维度。诗歌反映和把握世界的手段不同于一般历史著作，它是审美的观照，它有情感的投射和立场的表达，从自然物象、社会景观到诗歌形象、意象和意境、艺术描写，经过了诗人心灵的滤镜，从唐诗中看到的社会历史是镜中之像和水中之月。诗所体现的唐人思想观念和情感心态又是其他历史著作所不能代替的，这是唐诗的独特价值。为了适当地运用诗歌资料，我们需要通过文学鉴赏，分析丝绸之路与中外文化交流内容的艺术表现，探讨中外交流对唐诗艺术风貌和美学风格形成的影响，分析诗人的思想倾向、情感形式和审美崇尚。历史考证和文学鉴赏相结合是本书研究的主要理路和方法，而诗与史之间同与异的探析需要把握适当的分寸和度，才能把握诗歌作品在何种程度上反映了历史的状况，才不至于把艺术的描写误解为历史的真实。限于笔者的才力，书中定然存在许多失误和不足之处，恳望学界多加指正。

第一章 长安：丝绸之路的起点

长安是唐朝首都和政治文化中心，也是丝绸之路的起点和唐朝开放的窗口，在广泛的中外文化交流中吸收了各种外来文明成果。大量周边民族和域外人士入华，长安是其最大的聚集中心，这里会聚了来自周边民族和域外国家的众多人口，他们带来了异域风尚和习俗。唐代是诗歌兴盛的时代，长安是唐代最大的诗歌中心，长安的外来文明和域外习尚反映在诗歌的歌咏和描写中。长安的兴盛和繁华、流行长安的西域文明和唐代的外来文明，已经有学者进行了精细研究，[①]但长安外来文明在唐诗中的反映虽然也有论及，却不够系统和深入，本章拟在前人研究的基础上做深入探讨。

一 作为国际大都会的长安

唐代长安是当时世界上最繁华的国际都会，它的美丽、繁华和高度文明吸引了世界各地人们涌入和居留，它发达的交通联结起亚欧非旧大陆各地，唐人从这里走向世界。长安也吸引了诗人们的目光，唐朝诗人几乎都到过长安。他们把长安作为奋斗的舞台，希望在这里实现美好的梦想，他们在长安感受到盛世的繁华，也感受到社会的缺憾和人间的冷暖，同时也

---

① 如日本学者石田幹之助《長安の春》，創元社，昭和十六年（1941）版；向达《唐代长安与西域文明》，生活·读书·新知三联书店1957年版；美国汉学家薛爱华（E. H. Schafer）《撒马尔罕的金桃——唐代舶来品研究》（*The Golden Peaches of Samarkand: A Study of T'ang Exotics*, Published by arrangement with University of California Press, 1963）；京都文化博物館編《長安——絢爛たる唐の都》，株式会社角川書店平成八年（1996）版；韩香《隋唐长安与中亚文明》，中国社会科学出版社2006年版；张燕《长安与丝绸之路》，西安出版社2010年版；高天成《唐诗中的长安文化符号及其意蕴之美》，《唐都学刊》2011年第1期；杜文玉等《长安与丝绸之路》，三秦出版社2009年版；《隋唐长安——隋唐时代丝绸之路起点》，三秦出版社2015年版。

在这里接触到域外人物和外来文明以及长安与世界的联系，感受到域外世界跳动的脉搏，并形诸笔端。丝路交通和中外互动的景象在他们关于长安的见闻和感受中得到呈现。

（一）唐诗赞叹长安的美丽与繁华

日本学者吉川幸次郎曾动情地赞美唐都长安："在那个时代，美丽而充满生气的城市，并非仅有日本的奈良。在大海的彼岸，也有这样的城市，那就是中国的长安。不，如了解一下长安的规模、繁华和美丽，奈良便不足道了"；"长安是奈良和京都的样板，长安是一个堪为样板的城市"；"当时的长安在世界上是最大最美丽的都城。不仅奈良、京都，连西方亦无堪相匹者。那时的西方，古代罗马帝国倾覆之后，正处于寂暗时期。英吉利、法兰西、德意志尚未立国，伦敦也好，巴黎也好，柏林也好，尚未成形。世界第一大城，就是中国的长安"。他不仅赞颂长安的规模和美丽，还肯定了长安在世界上的地位："各地外国人，多远道来到长安。有的来自东面的日本、朝鲜，有的来自西面的亚细亚以西地区，其中既有求学者，也有经商的"；"唐代的中国是当时世界上最强盛的国家。说唐朝是当时世界的中心，或许有点过分，但至少可以说，它是当时亚洲的中心"。[①]

长安的历史和现实，它的雄伟壮丽、自然风物和人事活动等，时时处处都触动着诗人敏锐的神经和浪漫的诗情，激发他们的灵感，成为无尽的诗材。身在长安的诗人随时随地写自己的所见所感，离开长安的人则经常回忆长安不平凡的日日夜夜。长安周围的山川林苑、皇城的城阙宫殿、社会市井的世态人情为诗人提供了丰富的素材。在长安诗歌已经社会化和生活化了，诗歌创作是有点儿文化的人的日常生活内容，所见所感都会想着如何用诗去表现。一首好诗，甚至一两个好诗句，都会迅速传遍长安的各个角落。唐诗中近三分之一的作品和长安有关，长安被称为"诗都"名副其实，中国古代没有哪一个城市比长安更能符此美名。

长安是首都，朝廷和宫廷的生活成为诗人们歌咏的重要内容。朝廷的庄严、宫廷的豪华和宫殿的巍峨代表着这座都市的繁华、皇家的崇高和帝国的强盛。唐太宗《帝京篇》十首便是歌咏长安的壮观大气和自己的宫廷生活，其一：

[①] 〔日〕吉川幸次郎：《中国诗史》，章培恒等译，安徽文艺出版社1986年版，第218—219页。

> 秦川雄帝宅，函谷壮皇居。绮殿千寻起，离宫百雉余。连甍遥接汉，飞观迥凌虚。云日隐层阙，风烟出绮疏。①

其他九首写其宫廷生活，分别写读书、演武、听乐、游苑、荡舟、琴书、宴饮和美妃，一派皇家气象。"初唐四杰"之一的骆宾王《帝京篇》写长安："山河千里国，城阙九重门。不睹皇居壮，安知天子尊。"② 敦煌诗集残卷斯二七一七《珠英集》有佚名作者《帝京篇》写长安："神皋唯帝里，壮丽拟仙居。珠阙临清渭，银台人（入）翠虚。"③ 宫廷诗人杜审言把自己目睹亲历的宫廷宴游生活写入诗中，其《蓬莱三殿侍宴奉敕咏终南山应制》《望春亭侍游应诏》《宿羽亭侍宴应制》《岁夜安乐公主满月侍宴应制》都是这类作品，让我们看到了长安城楼的巍峨和宫廷生活的奢华：

> 北斗挂城边，南山倚殿前。云标金阙迥，树杪玉堂悬。半岭通佳气，中峰绕瑞烟。小臣持献寿，长此戴尧天。④

中唐诗人顾况《乐府》诗云：

> 暖谷春光至，宸游近甸荣。云随天仗转，风入御帘轻。翠盖浮佳气，朱楼倚太清。朝臣冠剑退，宫女管弦迎。细草承雕辇，繁花入幔城。文房开圣藻，武卫宿天营。玉醴随觞至，铜壶逐漏行。五星含土德，万姓彻中声。亲祀先崇典，躬推示劝耕。国风新正乐，农器近消兵。⑤

国家的安定和强盛、都城的壮观和繁华、宫廷的安乐和豪奢令诗人自豪和惊叹。

长安的四时轮替、物候变幻和丰富多彩的节令习俗是诗人咏歌不尽的

---

① （唐）李世民著，吴云、冀宇编辑校注：《唐太宗集》，陕西人民出版社1986年版，第4页。
② （唐）骆宾王著，（清）陈熙晋笺注：《骆临海集笺注》，上海古籍出版社1995年版，第6页。
③ 徐俊纂辑：《敦煌诗集残卷辑考》卷下（英藏俄藏部分），中华书局2000年版，第558页。
④ （唐）杜审言著，徐定祥注：《杜审言诗注》，上海古籍出版社1982年版，第3—4页。
⑤ （唐）顾况著，赵昌平校编：《顾况诗集》卷3，江西人民出版社1983年版，第76—77页。

诗材。春夏秋冬四季之景有不同的美感，与之相关的节日习俗活动年年翻新，诗人们咏之歌之，写出许多长安四时诗及节令民俗诗。曾有 11 位诗人同以《忆长安》为题赋诗 12 首，他们都是天宝至贞元时期的诗人，当时都有诗集传世，他们咏长安的诗收入其本集中，严维《忆长安》题注云："共十二咏，丘丹等同赋，各见本集。"① 这组诗是相会相约之作，分咏长安一年中 12 个月的风物景色，其中谢良辅写了咏正月和咏十二月两首。"自良辅至沈仲昌，有相会作《忆长安十二咏》"。② 谢良辅咏正月诗云："忆长安，正月时，和风喜气相随。献寿彤庭万国，烧灯青玉五枝。终南往往残雪，渭水处处流澌。"咏腊月诗云："忆长安，腊月时，温泉彩仗新移。瑞气遥迎凤辇，日光先暖龙池。取酒虾蟆陵下，家家守岁传卮。"③ 鲍防诗："忆长安，二月时，玄鸟初至祓祠。百啭宫莺绣羽，千条御柳黄丝。更有曲江胜地，此来寒食佳期。"杜奕诗："忆长安，三月时，上苑遍是花枝。青门几场送客？曲水竟日题诗。骏马金鞭无数，良辰美景追随。"④ 丘丹诗："忆长安，四月时，南郊万乘旌旗。尝酎玉卮更献，含桃丝笼交驰。芳草落花无限，金张许史相随。"⑤ 严维诗："忆长安，五月时，君王避暑华池。进膳甘瓜朱李，续命芳兰彩丝。竞处高明台榭，槐阴柳色通逵。"⑥ 郑概诗："忆长安，六月时，风台水榭逶迤。朱果雕笼香透，分明紫禁寒随。尘惊九衢客散，赭珂滴沥青骊。"陈元初诗："忆长安，七月时，槐花点散罘罳。七夕针楼竞出，中元香供初移。绣毂金鞍无限，游人处处归随。"⑦ 吕渭诗："忆长安，八月时，阙下天高旧仪。衣冠共颁金镜，犀象对舞丹墀。更爱终南灞上，可怜秋草碧滋。"范灯诗："忆长安，九月时，登高望见昆池。上苑初开露菊，芳林正献霜梨。更想千门万户，月明砧杵参差。"樊珣诗："忆长安，十月时，华清士马相驰。万国来朝汉阙，五陵共腊秦祠。昼夜歌钟不歇，山河四塞京师。"刘蕃诗："忆长安，子月时，千官贺至丹墀。御苑雪开琼树，龙堂冰作瑶池。兽炭毡炉正好，貂裘狐白相宜。"⑧ 这些诗写出了长安的四时美景和人事繁华，也写出了长安作为国际都市的气象，谢良辅、吕渭、樊珣的诗就是意在颂扬唐朝四夷入贡的局面。

---

① （清）彭定求等编：《全唐诗》卷 263，中华书局 1960 年版，第 2925 页。
② （宋）计有功：《唐诗纪事》卷 47，上海古籍出版社 1964 年版，第 712 页。
③ 同上。
④ 同上书，第 713 页。
⑤ 同上书，第 714 页。
⑥ 同上书，第 715 页。
⑦ 同上书，第 717 页。
⑧ 同上书，第 717—719 页。

第一章　长安：丝绸之路的起点

长安的繁华、绮丽和奢靡在唐诗中得到展现。骆宾王《帝京篇》云："三条九陌丽城隈，万户千门平旦开。复道斜通鹁鹊观，交衢直指凤凰台"；"朱邸抗平台，黄扉通戚里。平台戚里带崇墉，炊金馔玉待鸣钟。小堂绮帐三千户，大道青楼十二重。宝盖雕鞍金络马，兰窗绣柱玉盘龙。绣柱璇题粉壁映，锵金鸣玉王侯盛。王侯贵人多近臣，朝游北里暮南邻"。①皇甫冉《长安路》云：

> 长安九城路，戚里五侯家。结束趋平乐，联翩抵狭斜。高楼临远水，复道出繁花。唯见相如宅，蓬门度岁华。②

唐代诗人有同以《长安道》为题的诗，对长安的繁华喧嚣进行了生动的描写。长安是周秦汉唐古都，汉代就有咏长安道的乐府诗，汉乐府《横吹曲》中有此曲名，南朝陈后主、徐陵等皆以《长安道》旧题为诗，内容多写长安道上的景象和游子漂泊的感受。唐代长安是帝国的首都和心脏，城内有十二条大道，以长安为中心通向全国各地的驿道把帝国各地连成密集的交通网络。可以想见从长安城中和由长安通往各地的大道两旁定然是青楼店铺林立，笔直的大道和繁华的景象总是引起诗人们的遐思。唐代诗人喜用乐府旧题作诗，《长安道》成为诗人共同吟咏的题目，白居易、沈佺期、崔颢、孟郊、顾况、聂夷中、韦应物、贯休、薛能等人皆有同题之作，面对长安的浮华各有所思。有人惊叹于长安的繁华，沈佺期诗："秦地平如掌，层城出云汉。楼阁九衢春，车马千门旦。绿柳开复合，红尘聚还散。日晚斗鸡回，经过狭斜看。"③聂夷中诗："此地无驻马，夜中犹走轮。所以路旁草，少于衣上尘。"④由于车马喧阗，日夜不息，故路边少草，人则行衣蒙尘。有人则由长安繁华引起人生的感叹，崔颢的诗写人生无常，一位得势一时的将军，可能"日晚朝回拥宾从，路傍拜揖何纷纷"，但"莫言炙手手可热，须臾火尽灰亦灭"。孟郊则由长安的繁华和富人的奢侈想到自身的贫贱、穷人的不幸和社会的不公："胡风激秦树，贱子风中泣。家家朱门开，得见不可入。长安十二衢，投树鸟亦急。高阁何人家，笙簧正喧吸。"⑤顾

---

① （唐）骆宾王著，（清）陈熙晋笺注：《骆临海集笺注》，上海古籍出版社1995年版，第6—15页。
② 《全唐诗》卷249，第2794页。一作韩翃（翊）诗。
③ 周勋初等主编：《全唐五代诗》卷67，陕西人民出版社2014年版，1306页。
④ （宋）郭茂倩：《乐府诗集》卷23，中华书局1979年版，第346页。
⑤ （唐）孟郊撰，华忱之校订：《孟东野诗集》卷1，人民文学出版社1959年版，第2页。

况由繁华都市里的贫贱者想到找不到出路者的归隐:"长安道,人无衣,马无草,何不归来山中老。"① 韦应物写因战功而蒙主恩的将军的豪奢,揭露长安繁华背后的阴暗:"幸遇边尘起,归来甲第拱皇居。"② 僧人贯休一边颂扬君贤臣明,一边看到这繁华的长安实际上是一个充满世俗风尘的名利场:"憧憧合合,八表一辙。黄尘雾合,车马火热。名汤风雨,利辗霜雪。"③ 真是"人来熙熙,皆为利来;人来嚷嚷,皆为利往",皆争名逐利而来,奔波于红尘之中。白居易的诗则宣扬人生当及时行乐:"花枝缺处青楼开,艳歌一曲酒一杯。美人劝我急行乐,自古朱颜不再来。君不见,外州客,长安道,一回来,一回老。"④

长安是诗坛中心,长安诗歌新风尚影响全国性创作风气。当时许多大都市,如东都洛阳、北京太原、南京成都、金陵、江夏、扬州、杭州、广州、襄州、荆州等都是人烟辐辏之处和一方政治、经济和文化中心,但都不能与长安相比,长安的地位决定了它在唐代诗坛中心的地位,长安是全国文士最向往和最集中的地方。首先,长安有数量众多的官员。据《新唐书·百官志》和《唐六典》统计,唐朝前期中央机构(三省六部、御史台、九寺五监、秘书省、殿中省、内侍省及东宫)有流内(九品以上)文职官员1500余人,京兆府及所属长安、万年二县流内官约有60人。流外(九品以下)文职官更远远超过这个数字,尚书省流内官170人左右,流外官则达到1200余人;御史台流内官不到40人,流外官则有200余人。这些人都是有文之士。诸卫诸军(十六卫与十率府、六军与神策军)中也不乏文士,如岑参曾任右内率府兵曹参军,杜甫曾任右卫率府胄曹参军。其次,在长安国子监、太学中就读的生员数量很多。据《新唐书·选举志》记载,国子监六学及广文馆生徒定额500余人,京兆府学及长安、万年二县县学亦有生徒近200人。学子们才华横溢,长于吟咏,往往出口成章。再次,唐代实行科举取士,科举考试除个别情况下在东都或其他地方举行,一般都是在长安进行。每年都有各地举子会集长安,"岁贡常不减八九百人"⑤。这是人数最少时的下限,韩愈《论今年权停选举状》说乡贡举子"不过五七千人"⑥,则是常

---

① (唐)顾况著,赵昌平校辑:《顾况诗集》卷2,江西人民出版社1983年版,第35页。
② (唐)韦应物著,陶敏、王友胜校注:《韦应物集校注》卷9,上海古籍出版社1998年版,第540页。
③ (唐)贯休著,胡大浚笺注:《贯休歌诗系年笺注》卷1,中华书局2011年版。
④ 谢思炜撰:《白居易诗集校注》卷12,中华书局2006年版,第958页。
⑤ (五代)王定保:《唐摭言》卷1,上海古籍出版社1978年版,第4页。
⑥ (唐)韩愈撰,马其昶校注:《韩昌黎文集校注》卷8,上海古籍出版社1986年版,第587页。

年平均数字，亦非人数最多时的极限。这些举子为了通过诗赋考试，往往刻苦钻研诗艺。最后，唐前期规定距京师五百里以内参加铨选的地方官员十月上旬集于京城，五百里以外、一千里以内的十月中旬集于京城，一千里以外的十月下旬集于京城，因此每年冬季外地官员云集于京城。安史之乱后曾一度改为每三年铨选一次，入京"选人"数量有所减少，亦在数千之数。"选人"入京往往留滞经年，始能谋取一职。还有从外地因公赴京的官员，还有为谋取入仕门径赴京的士人等。据统计，常年留居长安的文士不少于二三万人之数。唐代上自三省六部下至州县官员皆为能文之士，在举国上下普遍爱好诗歌的时代皆能吟诗酬唱。

唐代诗人大都到过长安，或久留或暂住。到过长安的诗人差不多都有咏及长安的诗。据调查，《全唐诗》中凡存诗一卷以上的诗人便有与长安相关的诗，存诗不足一卷的诗人也往往有长安诗。天宝末人谢良辅存诗四首，有两首有关长安的诗；郑概、范灯、樊珣、刘蕃各存诗两首，俱有一首长安诗；杜奕、陈元初各存诗一首，即长安诗。要在唐代诗人中找出一位与长安无关的人，反倒是很困难的。唐代士人都与长安存在着千丝万缕的联系，他们从小向往着观光上国，到长安追逐梦想，离开长安便有沦落之感。王勃南行省亲至洪州，其《秋日登洪府滕王阁饯别序》云："望长安于日下"，感叹"怀帝阍而不见，奉宣室以何年"。[1] 常建科举落第，心情沮丧，但仍眷恋长安，《落第长安》诗云：

> 家园好在尚留秦，耻作明时失路人。恐逢故里莺花笑，且向长安度一春。[2]

李白虽然长安失意，但离开朝廷仍不断回味着长安的生活，眷念京城。其《听胡人吹笛》诗云：

> 胡人吹玉笛，一半是秦声。十月吴山晓，梅花落敬亭。愁闻出塞曲，泪满逐臣缨。却望长安道，空怀恋主情。[3]

---

[1] （唐）王勃著，（清）蒋清翊注：《王子安集注》，上海古籍出版社1995年版，第232、233页。

[2] （唐）常建著，王锡九校注：《常建诗歌校注》卷下，中华书局2017年版，第267页。

[3] （唐）李白著，瞿蜕园、朱金城校注：《李白集校注》卷25，上海古籍出版社1980年版，第1455页。

他听惯了长安胡人的笛声,当他在宣州敬亭山听到胡人吹笛时便勾起他对长安的深情回忆,不堪回首的经历并没有消磨他对长安的眷恋。杜甫漂泊西南,诗中反复抒写的就是他对长安绵绵无尽的怀念。终南山、大明宫、曲江、芙蓉苑、花萼楼、昆明池、渼陂、昆吾、御宿等长安名胜都出现在他的《秋兴八首》组诗里;白居易从京城被贬江州,自叹"天涯沦落";元稹被贬出长安行至梁州,想象着长安的朋友们在大慈恩寺相聚。长安处处是诗人们频动诗兴之处,他们真情地眷恋着那个充满机会和希望的帝都。顾况在长安接见青年诗人白居易,曾感叹"长安米贵,居大不易"。晚年身处沧州,仍怀念长安上元夜的热闹,《上元夜忆长安》诗云:"沧州老一年,老去忆秦川。处处逢珠翠,家家听管弦。云车龙阙下,火树凤楼前。今夜沧州夜,沧州夜月圆。"① 当年所见所闻长安繁华竞逐的生活,令晚年的诗人眷恋不已,回味无穷。

(二)唐代长安与边地和域外的交通

长安是丝绸之路的起点,成为众多使节、商贾、僧侣和艺人的出发点和落脚点。唐朝与周边民族和域外的交通,贾耽《入四夷之路》有具体反映,其中陆路则以长安为中心。② 当时与域外交往的陆路交通从长安出发四通八达,向北经今蒙古国地区至叶尼塞河和鄂毕河两河上游(在今俄罗斯中部),折西达额尔齐斯河(在今哈萨克斯坦)流域以西地区,是通向拜占庭之欧亚草原路;向西经陇右、河西,出敦煌、玉门关西行入西域,在新疆境内有三条路线分别越葱岭和天山而通中亚、西亚、南亚和小亚细亚;西南经青海至吐蕃,可达泥婆罗(今尼泊尔)、天竺(今印度),或经蜀道至益州(成都),南行至南诏、缅甸到天竺;向东经河东、河北、辽东可到朝鲜半岛,还可东行至登州(今山东蓬莱)利用陆海交通至日本;还可陆行至明州(今宁波),而后渡海至日本;向南至广州、交州与海上丝绸之路联结。唐诗反映了出入长安交通四方的使节、商旅、艺人、僧侣等丝路行旅的活动。

1. 唐诗中长安与边地的联系

在诗人笔下常把长安与边地联系起来,长安是行人通向边境地区的出发点。传统意义上的丝绸之路是从长安出发经西域到达中亚、西亚、南亚和欧洲的道路,唐诗中常把长安与西域联系起来。丝绸之路又有南方丝绸

---

① 赵昌平校编:《顾况诗集》卷3,江西人民出版社1983年版,第69—70页。
② 《新唐书》卷43《地理志》,中华书局1975年版,第1146—1155页。

之路、海上丝绸之路、草原丝绸之路，唐朝使节利用丝绸之路出使异域，总是从长安出发走向周边地区和不同方向的域外。长安与周边地区的交通联系在唐诗中得到反映。

唐朝奉命出使边地和域外的使节往往从长安出发。王维著名的《送元二使安西》诗：

渭城朝雨浥轻尘，客舍青青柳色新。劝君更尽一杯酒，西出阳关无故人。①

这首脍炙人口的送别诗为送朋友赴西域而作。渭城即秦时咸阳，汉时改称渭城，在长安西北渭水北岸。安西乃唐朝为统辖西域而设置的安西都护府简称，治所在龟兹城（今新疆库车）。唐代从长安往西去的多在渭城送别，这位元姓朋友奉朝廷使命前往安西，王维在渭城为之饯别。王维还有《送刘司直赴安西》诗也是送人从长安出发赴西域：

绝域阳关道，胡沙与塞尘。三春时有雁，万里少行人。苜蓿随天马，葡萄逐汉臣。当令外国惧，不敢觅和亲。②

司直是朝廷官员，唐时为六品、六员，奉旨巡察四方，复核各地案件。大理寺中有疑狱，则负责参议。可见刘某是从长安赴安西。郑巢《送边使》云：

关河度几重，边色上离容。灞水方为别，沙场又入冬。曙雕回大旆，夕雪没前峰。汉使多长策，须令远国从。③

灞水代指长安，边使即出使到边境地区的行人。无名氏《杂曲歌辞·入破第二》云："长安二月柳依依，西出流沙路渐微。阏氏山上春光少，相府庭边驿使稀。"④ 流沙即莫贺延碛，即哈密南湖戈壁、噶顺戈壁延伸到玉门关以西的浩瀚大漠。越过大漠即进入西域。杜甫有《哭李尚书（之芳）》

---

① （唐）王维撰，赵殿城笺注：《王右丞集笺注》卷14，上海古籍出版社1984年版，第263页。
② （唐）王维撰，赵殿城笺注：《王右丞集笺注》卷8，第142页。
③ 《全唐诗》卷504，第5735页。
④ 《全唐诗》卷27，第383页。

诗，李之芳于代宗广德初出使吐蕃，被留二岁，回到长安，拜礼部尚书，改太子宾客。死，杜甫作此诗悼念，诗云："修文将管辂，奉使失张骞。"①把他比作汉代的张骞。杨巨源《送许侍御充云南哀册使判官》云："万里永昌城，威仪奉圣明。冰心瘴江冷，鹢宪漏天晴。荒外开亭堠，云南降旆旌。他时功自许，绝域转哀荣。"②许侍御是奉朝廷之命，从长安出发出使南诏吊唁。薛能《长安送友人之黔南》云：

衡岳犹云过，君家独几千。心从贱游话，分向禁城偏。陆路终何处，三湘在素船。琴书去迢递，星路照潺湲。台镜簪秋晚，盘蔬饭雨天。同文到乡尽，殊国共行连。③

许棠《送防州邬员外》云："千溪与万嶂，缭绕复峥嵘。太守劳车马，何从驻旆旌。椒香近满郭，漆货远通京。唯涤双尘耳，东南听政声。"④在边地送别朋友回归，行者的目的地往往是长安。杨衡《桂州与陈羽念别》云："惨戚损志抱，因君时解颜。重叹今夕会，复在几夕间。碧桂水连海，苍梧云满山。茫茫从此去，何路入秦关。"⑤张蠙《边庭送别》云："一生虽达理，远别亦相悲。白发无修处，青松有老时。暮烟传戍起，寒日隔沙垂。若是长安去，何难定后期。"⑥赴西域者从长安出发，因此计算道途远近以长安当坐标。元稹《西凉伎》诗"开远门前万里堠，今来蹙到行原州"句下自注："平时开远门外立堠，示去安西九千九百里，以示戍人不为万里行，其实就盈数矣。"⑦开远门是长安郭城西城墙最北的一座城门，建于隋初，称开远门，唐代改名安远门。"开远"意在表明向西拓展的意向。当唐朝向西拓地万里之后，改名"安远"，即安定西域之意。隋唐时与西域来往的行人往往从此出入，因此这里也可以说是隋唐丝绸之路的出

---

① （唐）杜甫著，（清）仇兆鳌注：《杜诗详注》卷22，中华书局1979年版，第1917页。
② 《全唐诗》卷333，第3719页。
③ 《全唐诗》卷559，第6489页。
④ 《全唐诗》卷604，第6988页。
⑤ 《全唐诗》卷465，第5287页。
⑥ 《全唐诗》卷702，第8071页。
⑦ 杨军：《元稹集编年笺注》（诗歌卷），三秦出版社2002年版，第115页。严耕望先生指出："《新唐书》二一六下《吐蕃传》，'轮台伊吾屯田，禾菽弥望。开远门揭候（堠）署曰，西极道九千九百里，示戍人无万里行也。'此即指长安西域主要道路而言。《南部新书》已有此条，'堠'不误，去'西去安西'，尤确切。盖就安西都护直接统辖之军戍西疆而言也。"见氏著《唐代交通图考》卷2《河陇碛西区》，上海古籍出版社2007年版，第341页。按：《南部新书》《新唐书·吐蕃传》此条皆取自元白诗自注。

发点。

远征的将军从长安出发，奔赴边地；从边塞凯旋的将军回到长安，接受朝廷的封赏。杨炯《从军行》写将军出征："牙璋辞凤阙，铁骑绕龙城。"① 凤阙代指长安，龙城泛指外族首府。无名氏《杂曲歌辞·采桑》云："自古多征战，由来尚甲兵。长驱千里去，一举两蕃平。按剑从沙漠，歌谣满帝京。寄言天下将，须立武功名。"② 前线胜利的消息传入长安，长安城到处传唱歌咏战争胜利的歌谣。卢照邻《结客少年场行》写将军赴边塞远征："将军下天上，虏骑入云中。烽火夜似月，兵气晓成虹。横行徇知己，负羽远从戎。龙旌昏朔雾，鸟阵卷寒风。追奔瀚海咽，战罢阴山空。归来谢天子，何如马上翁。"③ "下天上"即从长安出发，因为那是朝廷和天子所在，罢战后则回到朝廷。李九龄《代边将》诗："雪冻阴河半夜风，战回狂虏血漂红。据鞍遥指长安路，须刻麟台第一功。"④ 身在边关的将士，想念故乡，长安成为家乡的代名词。张说《幽州新岁作》诗："去岁荆南梅似雪，今年蓟北雪如梅。共知人事何常定，且喜年华去复来。边镇戍歌连夜动，京城燎火彻明开。遥遥西向长安日，愿上南山寿一杯。"⑤ 王翰《凉州词二首》其二："秦中花鸟已应阑，塞外风沙犹自寒。夜听胡笳折杨柳，教人意气忆长安。"⑥ 身在边关，心系长安，对国家和君王的忠诚、对自己梦想的追求和对家乡的思念把边塞与长安联系起来。

从长安出发远赴边塞和域外的行人，心中念念不忘的是长安。储光羲《长安道》诗："鸣鞭过酒肆，袨服游倡门。百万一时尽，含情无片言。西行一千里，暝色生寒树。暗闻歌吹声，知是长安路。"⑦ 这方面写得最动人的是岑参的两首诗，在离开长安赴西域途中，他作《逢入京使》："故园东望路漫漫，双袖龙钟泪不干。马上相逢无纸笔，凭君传语报平安。"⑧ 在西域时刻想念长安，其《安西馆中思长安》诗："家在日出处，朝来起东风。风从帝乡来，不异家信通。绝域地欲尽，孤城天遂穷。弥年但走马，终日随飘蓬。寂寞不得意，辛勤方在公。胡尘净古塞，兵气屯边空。乡路眇天

---

① 祝尚书笺注：《杨炯集笺注》卷2，中华书局2016年版，第175页。
② 《全唐诗》卷27，第386页。
③ （唐）卢照邻：《卢照邻集》卷1，中华书局1980年版，第10页。
④ 《全唐诗》卷730，第8364页。
⑤ 《全唐诗》卷87，第962页。
⑥ 《全唐诗》卷156，第1605页。
⑦ 《全唐诗》卷139，第1418页。
⑧ （唐）岑参著，陈铁民、侯忠义校注：《岑参集校注》卷2，上海古籍出版社1981年版，第77页。

外,归期如梦中。遥凭长房术,为缩天山东。"① 高适《李云南征蛮诗》写天子下诏征蛮:"圣人赫斯怒,诏伐西南戎。肃穆庙堂上,深沉节制雄。遂令感激士,得建非常功。"李宓率军远征,"料死不料敌,顾恩宁顾终。鼓行天海外,转战蛮夷中"。赢得战争胜利后,"收兵列亭堠,拓地弥西东。……泸水夜可涉,交州今始通","归来长安道,召见甘泉宫"。② 元稹《思归乐》写赵工部:"君看赵工部,八十支体轻。交州二十载,一到长安城。长安不须臾,复作交州行。交州又累岁,移镇广与荆。归朝新天子,济济为上卿。"③ 白居易《广府胡尚书频寄诗,因答绝句》云:"尚书清白临南海,虽饮贪泉心不回。唯向诗中得珠玉,时时寄到帝乡来。"④ 诗成为南方沿海地区与帝都长安两地人联系的纽带。边塞战争造成无数将士离开家乡,远赴边地戍守和征战,夫妻离别,两地相思。诗人们写离情别绪,往往把长安当作家乡意象,用两地相思把边地跟长安联系起来。李白《子夜吴歌·秋歌》云:"长安一片月,万户捣衣声。秋风吹不尽,总是玉关情。何日平胡虏,良人罢远征。"⑤ 郑锡《千里思》云:"渭水通胡苑,轮台望汉关。帛书秋海断,锦字夜机闲。旅梦虫催晓,边心雁带还。惟余两乡思,一夕度关山。"⑥ 写守边将士与故乡思妇两地相思,渭水代指长安,轮台、胡苑代指边地。

2. 唐诗中长安中外使节往还

许多国家与唐朝建立通交关系,各国使节频繁入唐,终点大多是长安,经丝绸之路来到长安的外国使节人数众多。"天宝末,西域朝贡酋长及安西、北庭校吏岁集京师者数千人,陇右既陷,不得归,皆仰禀鸿胪礼宾,月四万缗,凡四十年。"⑦ 可见当时来唐朝的使节人数之众。张说《奉和圣制春中兴庆宫酺宴应制》诗:"千龄逢启圣,万域共来威。"⑧ 张祜《大唐圣功诗》歌颂太宗的功业:"甲子上即位,南郊赦宪瀛。八蛮与四

---

① (唐)岑参著,陈铁民、侯忠义校注:《岑参集校注》卷2,上海古籍出版社1981年版,第84页。
② (唐)高适著,孙钦善校注:《高适集校注》,上海古籍出版社1984年版,第224页。
③ 杨军:《元稹集编年笺注》(诗歌卷),三秦出版社2002年版,第224页。
④ 谢思炜撰:《白居易诗集校注》卷26,中华书局2006年版,第2039页。
⑤ (唐)李白著,瞿蜕园、朱金城校注:《李白集校注》卷6,上海古籍出版社1980年版,第452页。
⑥ 《全唐诗》卷262,第2912页。
⑦ 《新唐书》卷170《王锷传》,中华书局1975年版,第5169页。
⑧ 《全唐诗》卷88,第966页。

夷，朝贡路交争。"① 晚唐诗人王贞白《长安道》："晓鼓人已行，暮鼓人未息。梯航万国来，争先贡金帛。"② 这些使臣一般来到长安，完成使命后回国。

外国使节归国之际，唐朝诗人往往写诗送行，特别是汉字文化圈内东亚国家人士，如朝鲜半岛的新罗国和日本。唐朝与新罗的使节往还十分频繁。从618年唐朝建立至907年唐朝灭亡，新罗曾向唐朝派遣使团126次，唐朝向新罗派遣使团34次。③ 两国之间外交往来频率远远超过唐朝与其他任何国家的往来。新罗国使节归国，唐朝君臣朋友往往写诗送行。张籍《送金少卿副使归新罗》云：

> 云岛茫茫天畔微，向东万里一帆飞。久为侍子承恩重，今佐使臣衔命归。通海便应将国信，到家犹自著朝衣。从前此去人无数，光彩如君定是稀。④

金氏是以侍子身份入唐，被授以少卿之职归国，因此他身兼二任。陶翰《送金卿归新罗》诗："奉义朝中国，殊恩及远臣。乡心遥渡海，客路再经春。落日谁同望，孤舟独可亲。拂波衔木鸟，偶宿泣珠人。礼乐夷风变，衣冠汉制新。青云已干吕，知汝重来宾。"⑤ 此金卿与金少卿可能为同一人。孟郊《奉同朝贤送新罗使》云："森森望远国，一萍秋海中。恩传日月外，梦在波涛东。浪兴豁胸臆，泛程舟虚空。既兹吟仗信，亦以难私躬。实怪赏不足，异鲜悦多丛。安危所系重，征役谁能穷。彼俗媚文史，圣朝富才雄。送行数百首，各以铿奇工。冗隶窃抽韵，孤属思将同。"⑥ 当新罗国使节回国时，许多人都写诗相赠，送行的诗竟多达"数百首"。张乔《送朴充侍御归海东》："天涯离二纪，阙下历三朝。涨海虽然阔，归帆不觉遥。惊波时失侣，举火夜相招。来往寻遗事，秦皇有断桥。"⑦ "海东"即新罗国。这位朴氏从新罗来，在唐朝担任侍御职务，奉命回新罗。由于唐罗关系密切，在人们心理上两国间的海上距离也缩短了。

---

① 陈尚君辑校：《全唐诗补编》，中华书局1992年版，第216页。
② 《全唐诗》卷701，第8058页。
③ 赫治清：《历史悠久的中韩交往》，北京大学韩国学研究中心编《韩国学论文集》第二辑，北京大学出版社1993年版，第30页。
④ （唐）张籍著，徐礼节、余恕诚校注：《张籍集系年校注》卷4，第603页。
⑤ 《全唐诗》卷146，第1476页。
⑥ 《全唐诗》卷379，第4252页。
⑦ 《全唐诗》卷638，第7320页。

日本遣唐使多次入唐，他们到长安访问，留唐学习，有的学成返回日本，有的留在长安应举做官，唐诗对他们的活动多所反映。晁衡跟中国诗人建立深厚友谊，彼此间诗歌唱和自不待说，他离开长安回日本，王维、包佶皆有诗送行。玄宗也有一首《送日本使》诗，据《日本高僧传》记载："天平胜宝四年，藤原清河为遣唐大使，至长安见元宗。元宗曰：'闻彼国有贤君，今观使者趋揖有异，乃号日本为礼义君子国。'命晁衡导清河等视府库及三教殿，又图清河貌纳于蕃藏中。及归赐诗：'日下非殊俗，天中嘉会朝。念余怀义远，矜尔畏途遥。涨海宽秋月，归帆驶夕飙。因惊彼君子，王化远昭昭。'"① 晁衡归国途中遇风暴漂没，李白闻讯以为他死于海难，写下著名的《哭晁衡》诗，表达痛悼之情。日本僧人空海于桓武天皇延历廿三年（德宗贞元二十年，804）作为学问僧与最澄等随遣唐使入唐求法，805 年到达长安，第二年携佛典经疏法物回国。空海此行肩负求法与奉使双重职任，回国时中国诗人纷纷写诗送行。朱千乘有《送日本国三藏空海上人朝宗我唐兼贡方物而归海东诗并序》，序云：

> 沧溟无垠，极不可究。海外僧侣，朝宗我唐，即日本三藏空海上人也。解梵书，工八体，缮俱舍，精三乘。去秋而来，今春而往。反掌云水，扶桑梦中。他方异人，故国罗汉，盖乎凡圣不可以测识，亦不可知智。勾践相遇，对江问程，那堪此情。离思增远，愿珍重珍重！元和元年春姑沾洗之月聊序。当时，少留诗云。

其诗云："古貌宛休公，谈真说苦空。应传六祖后，远化岛夷中。去岁朝秦阙，今春赴海东。威仪易旧体，文字冠儒宗。留学幽微旨，云关护法崇。凌波无际碍，振锡路何穷。水宿鸣金磬，云行侍玉童。承恩见明主，偏沐僧家风。"朱少端有《送空海上人朝谒后归日本》，鸿渐、郑壬有《奉送日本国使空海上人橘秀才朝献后却还》同题之作，② 胡伯崇《赠释空海歌》盛赞空海法师佛学修养和书法艺术："说四句，演毗尼，凡夫听者尽归依。天假吾师多伎术，就中草圣最狂逸，不可得，难再见。"③

域外使节入贡唐朝是唐帝国皇威远被的表现，他们给唐朝进贡了异域珍奇，这是唐人津津乐道的。周存《西戎献马》诗："天马从东道，皇威

---

① 〔日〕上毛河世宁纂辑：《全唐诗逸》卷上，《全唐诗》附，第 10173 页。
② 陈尚君辑校：《全唐诗补编》，中华书局 1992 年版，第 978—979 页。
③ 同上书，第 980 页。

被远戎。来骖八骏列，不假二师功。"① 意谓唐朝不是靠武力，而是凭皇威而令蛮夷臣服远贡名马。鲍防《杂感》云：

> 汉家海内承平久，万国戎王皆稽首。天马常衔苜蓿花，胡人岁献葡萄酒。五月荔枝初破颜，朝离象郡夕函关。雁飞不到桂阳岭，马走先过林邑山。甘泉御果垂仙阁，日暮无人香自落。远物皆重近皆轻，鸡虽有德不如鹤。②

虽然包含着讽谏意味，却客观上反映了四远入贡的盛况。元稹《西凉伎》诗："狮子摇光毛彩竖，胡姬醉舞筋骨柔。大宛来献赤汗马，赞普亦奉翠茸裘。"③ 从以上诗可知西域各国进献的物品主要有名马、异兽和苜蓿、葡萄酒、皮裘等异域特产。各国使者的到来除了朝拜和进贡的目的，还带来了域外人士对大唐帝国的向往之情，正如储光羲《送人随大夫和蕃》诗云："西方有六国，国国愿来宾。"④ 沈亚之《西蕃请谒庙》诗曰："肃肃层城里，巍巍祖庙清。圣恩覃布濩，异域献精诚。冠盖分行列，戎夷变姓名。礼终齐百拜，心洁表忠贞。"⑤ 这首诗见证了西蕃入朝拜谒皇庙的情形，国礼的肃穆庄严、外臣的虔诚恭谨显现无遗。西蕃即吐蕃，"冠盖分行列，戎夷变姓名"中的戎夷当包括吐蕃使节。

长安是唐朝出使外国的使节启行之地，当朋友同僚奉命出使异域时，长安的诗人们往往写诗送行。这类诗也以送使新罗和日本者为多。钱起《送陆珽侍御使新罗》云："衣冠周柱史，才学我乡人。受命辞云陛，倾城

---

① 《全唐诗》卷288，第3289页。
② 《全唐诗》卷307，第3485页。
③ 杨军：《元稹集编年笺注》（诗歌卷），三秦出版社2002年版，第115页。
④ 《全唐诗》卷139，第1414页。
⑤ 肖占鹏、李勃洋：《沈下贤集校注》卷1，南开大学出版社2003年版，第17页。按：此诗又见王卓《观北番谒庙》，《全唐诗》卷781，第8830页。佟培基《全唐诗重出误收考》（陕西人民教育出版社1996年版）举出此重出诗篇，未予甄辨。西蕃指吐蕃，北番指回鹘。但从诗意来看，"冠盖分行列，戎夷变姓名"，谒庙者实包括北番和西蕃。吐蕃自从文成公主和金城公主入嫁后，与唐朝为甥舅之亲，奉使入唐者有拜祖庙之礼。唐后期与回鹘和亲，回鹘之使也应有此礼。元和年间，唐与吐蕃修好，据《新唐书·吐蕃传》："告顺宗丧，吐蕃亦以论勃藏来。后比年来朝"；"十二年，赞普死，使者论乞髯来"。这种因丧事往来的外交活动中，当有谒庙吊唁告哀之举。此时沈亚之曾与李贺交往，李贺时任奉礼郎，当对朝廷太庙祭礼有所了解。因此，这首诗为沈亚之作可能性较大。王卓生平无考，《全唐诗》列入"爵里世次无考者"。现姑两存之。

送使臣。去程沧海月，归思上林春。始觉儒风远，殊方礼乐新。"① 陆珽是钱起的同乡，所以当他奉命出使新罗离长安时，钱起就为他写诗送行。"倾城送使臣"说明当时送行的人数之多。钱起还有另一首《重送陆侍御使日本》云："万里三韩国，行人满目愁。辞天使星远，临水涧霜秋。云佩迎仙岛，虹旌过蜃楼。定知怀魏阙，回首海西头。"② 题目中"日本"当作"日东"，指新罗国，即诗中所谓"三韩"。因为是离开长安，故曰"辞天"。"怀魏阙"就是怀念长安。唐时称新罗为"海东国"，故云"回首海西头"。顾况有《送从兄使新罗》长诗，祝愿从兄出使不辱使命，回国后因功升迁："封侯万里外，未肯后班超。"③ 又如权德舆《送韦中丞奉使新罗》、李端《送归中丞使新罗》、皇甫冉《送归中丞使新罗》、皇甫冉的弟弟皇甫曾也有《送归中丞使新罗》、耿湋《送归中丞使新罗》、李益《送归中丞使新罗册立吊祭》、吉中孚《送归中丞使新罗册立吊祭》、窦常《奉送职方崔员外摄中丞新罗册使》、刘禹锡《送源中丞充新罗册立使》、姚合也有一首《送源中丞赴新罗》、曹松《送胡中丞使日东》。这些使臣通常都是从长安出发，诗人们也是在此送行的。

　　这些奉命出使新罗国的使节，有的就是新罗人。他们来到唐朝，在唐朝做官，奉唐朝廷之命出使，同时也归国省亲。张乔《送宾贡金夷吾奉使归本国》云："渡海登仙籍，还家备汉仪。孤舟无岸泊，万里有星随。积水浮魂梦，流年半别离。东风未回日，音信杳难期。"金夷吾是考中宾贡科的人，他奉唐朝之命出使新罗，所以诗人写诗，盼望他乘东风返唐。说明唐朝有时委派在唐的新罗人出使新罗，完成某种使命。许棠《送金吾侍御奉使日东》云："还乡兼作使，到日倍荣亲。向化虽多国，如公有几人。孤山无返照，积水合苍旻。膝下知难住，金章已系身。"④ 许棠与张乔都是咸通年间人，这个金吾侍御与金夷吾相同，或许是一人，是新罗人入唐做官又奉命出使新罗，所以是"还乡兼作使"。

二　流寓和出入长安之外域人

　　唐代长安外域人很多，包括唐朝周边民族和域外国家进入长安侨居以

---

① 《全唐诗》卷237，第2639页。
② 同上。
③ 赵昌平校编：《顾况诗集》卷3，江西人民出版社1983年版，第78页。
④ 《全唐诗》卷604，第6987页。

及经常出入长安的使节、商旅等。向达先生曾考证流寓长安之西域人,有突厥人、回鹘人、中亚昭武九姓国人、西域各国使人(胡客)。这些流寓长安之西域人分为四类,一是北魏、北周以来入中夏者,二是逐利东来之西域胡商,三是宗教僧侣,四是入充侍卫的诸国侍子久居长安入籍为民者。他所谓西域包括葱岭以东于阗、龟兹、疏勒诸国和中亚、西亚诸国。①当时侨居或出入长安者不仅西域人,来自南亚、东南亚、东亚者亦复不少,朝鲜半岛和日本入唐者为数更多。严耕望先生估计新罗国人同时在唐学习者多至一二百人。②据统计长安城一百万左右人口中,各国侨民和外籍居民占总数约百分之二。大量周边民族和异域人成为长安一道风景,构成长安胡化风气和异域风情的重要内容,"移民是一个城市的活力所在,唐长安是中国历史上外来移民最多最活跃的国都城市"③。从唐诗对长安移民的歌咏可以看出移民为长安带来了怎样的活力。

(一)唐诗中长安的"蕃将"

外族人入唐,有的投身军事冒险事业,立功为将,当时称为"蕃将"。那些在战争中立功的将军入朝做官,或退居京师,在长安有府邸。他们活跃在长安,为长安平添异域风情和尚武之风。他们英勇善战建立了辉煌战功引起诗人的景仰并形诸歌咏。

名将高仙芝"本高丽人也","少随父至安西,以父有功授游击将军"。高仙芝善骑射,勇决骁果,在西域建立了辉煌的战功。官至安西副都护。④唐诗中有写到高仙芝的诗。当高仙芝奋战西域时,诗人岑参曾入其幕府,其《武威送刘单判官赴安西行营便呈高开府》中的高开府便是高仙芝。⑤高仙芝从西域回到长安,久不得志。杜甫《高都护骢马行》便有替他鸣不平之意:

安西都护胡青骢,声价欻然来向东。此马临阵久无敌,与人一心成大功。功成惠养随所致,飘飘远自流沙至。雄姿未受伏枥恩,猛气

---

① 向达:《唐代长安与西域文明》,生活·读书·新知三联书店1957年版,第4—6页。
② 严耕望:《新罗留学生与僧徒》,《严耕望史学论文集》,上海古籍出版社2009年版,第937页。
③ 葛承雍:《唐韵胡音与外来文明》,《西域研究》2005年第3期。
④ 《旧唐书》卷104《高仙芝传》,中华书局1975年版,第3203页。
⑤ (唐)岑参著,陈铁民、侯忠义校注:《岑参集校注》卷2,上海古籍出版社1981年版,第91页。

犹思战场利。腕促蹄高如踏铁,交河几蹴曾冰裂。五花散作云满身,万里方看汗流血。长安壮儿不敢骑,走过掣电倾城知。青丝络头为君老,何由却出横门道。①

这首诗自注:"高仙芝开元末为安西副都护。"诗字面上咏马,实是写人。马的命运随主人的遭遇而变化,写马曲折地写出了高仙芝的境遇。诗末四句从骢马老于马厩之中,再赴边庭而不可得,映射高仙芝长期困守长安而不能重返边疆的处境。这首诗应当写于天宝十载(751)秋之后到十四载(755)之间,其时高仙芝困居长安。

哥舒翰是西突厥别部突骑施首领哥舒部落人,天宝时任河西、陇右节度使,在对吐蕃的战争中战功显赫,后病废长安。杜甫曾干谒身居长安的哥舒翰,希望得到他的援引,其《投赠哥舒开府翰二十韵》盛赞哥舒翰功名盖世:"当代麒麟阁,何人第一功?"又写他归来加封之荣耀:"受命边沙远,归来御席同。轩墀曾宠鹤,畋猎旧非熊。茅土加名数,山河誓始终。策行遗战伐,契合动昭融。勋业青冥上,交亲气概中。"② 杜甫在《喜闻盗贼总退口号五首》之二中替哥舒翰晚年失志抱不平:"朝廷忽用哥舒将,杀伐虚悲公主亲。"③ 为朝廷不重用哥舒翰这样的名将而导致边境不宁感到惋惜。唐军中也有出身突厥人的将军,王建《送阿史那将军安西迎旧使灵榇(一作送史将军)》云:"汉家都护边头没,旧将麻衣万里迎。阴地背行山下火,风天错到碛西城。单于送葬还垂泪,部曲招魂亦道名。却入杜陵秋巷里,路人来去读铭旌。"④ 阿史那是突厥人姓,这位出身突厥的将军奉朝廷之命赴安西,迎回战没西域的将军灵榇入长安,阿史那氏系将军之旧部。

尉迟本是西域于阗国王姓,入唐尉迟姓人有的出于久已华化的后魏尉迟部,有的是隋唐之际充质子入华者,有的族系来源不明,但其族源出于西域于阗国者无疑。刘威《尉迟将军》诗:"天仗拥门希授钺,重臣入梦岂安金。江河定后威风在,社稷危来寄托深。扶病暂将弓试力,感恩重与剑论心。明妃若遇英雄世,青冢何由怨陆沉。"⑤ 从诗中可知这位尉迟将军早已成为大唐重臣。唐代浑姓者有的出于铁勒族浑部,刘禹锡《浑侍中宅

---

① (唐)杜甫著,(清)仇兆鳌注:《杜诗详注》卷2,中华书局1979年版,第86—88页。
② 《杜诗详注》卷3,第188—191页。
③ 《杜诗详注》卷21,第1858页。
④ (唐)王建著,王宗堂校注:《王建诗集校注》卷7,中州古籍出版社2006年版,第377页。
⑤ 《全唐诗》卷562,第6525页。

牡丹》:"径尺千余朵,人间有此花。今朝见颜色,更不向诸家。"①《送浑大夫赴丰州》:"凤衔新诏降恩华,又见旌旗出浑家。故吏来辞辛属国,精兵愿逐李轻车。毡裘君长迎风驭,锦带酋豪踏雪衙。其奈明年好春日,无人唤看牡丹花。"② 这两首诗写的是浑瑊和他的儿子,浑氏是皋兰州(今宁夏青铜峡南)铁勒族浑部人。浑瑊曾是郭子仪部将,战功卓著,仕至侍中。其子则"家承旧勋",亦位任方面。

(二) 唐诗中来自异域的长安艺人

唐代中亚昭武九姓国人大量进入中国内地,从事战争、经商、艺术等活动。昭武九姓国人都以国为姓,有康、安、曹、石、米、何、史、穆等,他们多为武将、富商和艺人。他们把中亚宗教、乐舞带入唐朝内地,带到长安。康国人、石国人多信仰摩尼教,安国人多信仰祆教,曹国人多乐工、画师,石国人有的善歌舞,有的能翻译回鹘语。米国人以善乐著称,米、何、史诸国人也多属祆教徒。他们为唐代长安的宗教、艺术活动带来了新鲜内容。其中有些活跃在长安的艺人红极一时,成为诗人笔下常常歌咏的对象,以康、安两国人最多。

活跃在长安的来自中亚诸国的艺人往往各有所长。刘禹锡《与歌者米嘉荣》写来自米国的歌手:"唱得凉州意外声,旧人唯数米嘉荣。近来时世轻先辈,好染髭须事后生。"③ 李白《上云乐》中的"康老胡雏"是来自康国的艺人,其特长是滑稽表演。诗写康老胡雏向天子祝寿,则其活动在长安,李白此诗亦作于长安时无疑。诗中以道教词汇指称基督教教义的概念,其中有云:"大道是文康之严父,元气乃文康之老亲。"④ 所谓"大道""元气"则是指胡人创造万物的先祖"天父",隐约表现出唐时入华景教的某种观念。李颀《听安万善吹觱篥歌》中的安万善,诗中称为"凉州胡人",⑤ 凉州安姓胡人其实是来自昭武九姓国之安国人。⑥ 唐代琵琶名手多

---

① (唐)刘禹锡著,瞿蜕园笺证:《刘禹锡集笺证》卷25,上海古籍出版社1989年版,第784页。
② (唐)刘禹锡著,瞿蜕园笺证:《刘禹锡集笺证》卷28,第877页。
③ (唐)刘禹锡著,瞿蜕园笺证:《刘禹锡集笺证》卷25,第783页。
④ (唐)李白著,瞿蜕园、朱金城校注:《李白集校注》卷3,上海古籍出版社1980年版,第258页。
⑤ 周勋初等主编:《全唐五代诗》卷193,三秦出版社2014年版,第4070页。
⑥ 向达先生说:"既云凉州胡人,则安万善当为姑臧安氏,出于安国,与安难陀、安延、安神俨同属一族。上林云云,或指安万善之流寓长安而言耳。"前揭《唐代长安与西域文明》,第19页。

姓曹，如曹保、曹善才、曹刚三代都以善弹琵琶而著称。白居易《琵琶行》"曲罢曾教善才服"中提到的长安琵琶师曹善才，来自中亚曹国。元稹《琵琶歌》提及昆仑、善才，从这首诗里我们还知道曹善才在已经流行拨弹时仍用"指拨"。① 曹善才死引起诗人的哀悼，李绅《悲善才》诗说他"紫髯供奉前屈膝，尽弹妙曲当春日"②。薛逢《听曹刚弹琵琶》诗云："禁曲新翻下玉都，四弦振触五音殊。不知天上弹多少，金凤衔花尾半无。"③ 白居易《听曹刚琵琶兼示重莲》云："拨拨弦弦意不同，胡啼番语两玲珑。谁能截得曹刚手，插向重莲衣袖中。"④ 曹刚和曹善才都同样是从中亚曹国来到长安的琵琶师。白居易还有《代琵琶弟子谢女师曹供奉寄新调弄谱》诗，⑤ 向达先生说："此善琵琶之女师曹供奉，疑亦是曹刚一家。"⑥ 戴叔伦《赠康老人洽》、李顾《送康洽入京进乐府歌》、李端《赠康洽》诗中的康洽应来自中亚康国，他入京献乐歌名闻长安。戴叔伦诗说他是"酒泉布衣旧才子，少小知名帝城里。一篇飞入九重门，乐府喧喧闻至尊"⑦。李顾《送康洽入京进乐府歌》说他"朝吟左氏娇女篇，夜诵相如美人赋"；"新诗乐府唱堪愁，御妓应传鸤鹊楼"⑧。李端诗说他"黄须康兄酒泉客"，"声名恒压鲍参军"，⑨ 诗可比鲍照，又执戟唐廷，说明他华化很深，并入籍长安。酒泉是西域胡人聚居之地，康洽应从酒泉到长安，其相貌和来历都说明他是胡人无疑。他长于诗歌和音乐，故有"才子"之称。

域外歌舞艺人有的通过西方使臣入贡而来，中亚地区诸国胡旋舞非常流行，他们的使节入唐，常常向唐朝进贡胡旋舞女。康国"开元初，贡锁子铠、水精杯、玛瑙瓶、鸵鸟卵及越诺、朱儒、胡旋女子"⑩。米国"开元时，献璧、舞筵、师子、胡旋女"⑪。舞筵就是表演胡舞时铺在地上的席子或地毯。史国"开元十五年，君忽必多献舞女、文豹"⑫。"俱蜜者，治山

---

① 杨军：《元稹集编年笺注》（诗歌卷），三秦出版社2002年版，第375页。
② 《全唐诗》卷480，第5466页。
③ 《全唐诗》卷548，第6334页。
④ 谢思炜撰：《白居易诗集校注》卷26，中华书局2006年版，第2058页。
⑤ 谢思炜撰：《白居易诗集校注》卷32，第2442页。
⑥ 向达：《唐代长安与西域文明》，生活·读书·新知三联书店1957年版，第20页。
⑦ （唐）戴叔伦撰，蒋寅校注：《戴叔伦诗集校注》卷2，上海古籍出版社2010年版，第173页。
⑧ 周勋初等主编：《全唐五代诗》卷193，陕西人民出版社2014年版，第4066页。
⑨ 《全唐诗》卷284，第3238页。
⑩ 《新唐书》卷221下《西域传》，中华书局1975年版，第6244页。
⑪ 同上书，第6247页。
⑫ 同上书，第6248页。

中。在吐火罗东北,……开元中,献胡旋舞女。"① 开元、天宝年间胡旋舞女被入贡唐朝,唐诗中也有反映。元稹《胡旋女》诗云:"天宝欲末胡欲乱,胡人献女能胡旋。旋得明皇不觉迷,妖胡奄到长生殿。"② 白居易也有《胡旋女》诗,序云:"天宝末,康居国献之。"诗曰:"胡旋女,胡旋女。心应弦,手应鼓。弦鼓一声双袖举,回雪飘飖转蓬舞。左旋右转不知疲,千匝万周无已时。人间物类无可比,奔车轮缓旋风迟。曲终再拜谢天子,天子为之微启齿。胡旋女,出康居,徒劳东来万里余。"③ 此康居即中亚康国。

(三) 唐诗中长安的胡商和胡姬

唐代入华外商多集中在北方的长安、洛阳和南方的扬州、广州等都市。这些域外人在长安经商的不少,昭武九姓国粟特胡人以经商著名,长期操纵丝路贸易。波斯商人多以经商致富,在长安操纵珠宝、香药市场。安史之乱后回鹘留长安者常千人,从事丝绸转手贸易。在长安开酒店的胡人被称为"酒家胡"或"贾胡"。初唐诗人王绩《过酒家五首》其五云:"有客须教饮,无钱可别沽。来时常道贳,惭愧酒家胡。"④ 王维《过崔驸马山池》诗写豪门宴云:"画楼吹笛妓,金碗酒家胡。"⑤ 刘禹锡《马嵬行》诗写马嵬驿兵乱后杨贵妃遗物流入长安市场:"指环照骨明,首饰敌连城。将入咸阳市,犹得贾胡惊。"⑥ 安史之乱后,更多回鹘人侨居长安,陈鸿小说《东城老父传》借老父贾昌之口感叹长安回鹘之多:"上皇北臣穹庐,东臣鸡林,南臣滇池,西臣昆夷,三岁一来回。朝觐之礼容,临照之恩泽,衣之锦絮,饲之酒食,使展事而去,都中无留外国宾。今北胡与京师杂处,娶妻生子,长安中少年,有胡心矣。"⑦ 唐后期北胡即回鹘,回鹘人恃助唐平叛有功,在长安享有特权。这些寄居长安娶妻生子的"北胡"基本上是以经商为生。

在长安酒肆里往往有年轻貌美的胡人女性做招待,唐诗中写到的"胡

---

① 《新唐书》卷221下《西域传》,第6255页。
② 杨军:《元稹集编年笺注》(诗歌卷),第127页。
③ 谢思炜撰:《白居易诗集校注》卷3,第305页。
④ 王国安注:《王绩诗注》,上海古籍出版社1981年版,第40页。
⑤ (唐)王维著,赵殿成笺注:《王右丞集笺注》卷7,上海古籍出版社1984年版,第132页。
⑥ (唐)刘禹锡著,瞿蜕园校证:《刘禹锡集笺证》卷26,上海古籍出版社1989年版,第798页。
⑦ 汪辟疆校录:《唐人小说》,上海古籍出版社1978年版,第137页。

姬"就是从西域来到长安从事这种营生的女性。长安城里有许多当垆卖酒的胡姬，她们深目高鼻，美貌如花，身体健美，充满异域风情，成为酒肆的门面，成为社会开放的表征，成为诗人喜欢歌咏的对象。长安胡姬给人印象深刻。岑参《青门歌送东台张判官》送张判官从洛阳赴长安，想象着他到达长安的情景，其中便写到长安的胡姬："东出青门路不穷，驿楼官树灞陵东。花扑征衣看似绣，云随去马色疑骢。胡姬酒垆日未午，丝绳玉缸酒如乳。"[1] 胡姬善于招揽顾客。李白《送裴十八图南归嵩山》诗："何处可为别？长安青绮门。胡姬招素手，延客醉金樽。"[2] 其《前有樽酒行》其二云："胡姬貌如花，当炉笑春风。笑春风，舞罗衣，君今不醉欲安归？"[3] 酒席上她们为客人唱歌助兴，举杯劝酒。李白《醉后赠王历阳》诗写酒宴上："双歌二胡姬，更奏远清朝。举酒挑朔雪，从君不相饶。"[4] 岑参《送宇文南金放后归太原寓居因呈太原郝主簿》诗云："送君系马青门口，胡姬垆头劝君酒。"[5] 诗人和贵公子们喜欢到有胡姬服务的酒肆聚饮。李白《少年行二首》其二："五陵年少金市东，银鞍白马度春风。落花踏尽游何处，笑入胡姬酒肆中。"[6] 其《白鼻騧》诗中又写道："银鞍白鼻騧，绿地障泥锦。细雨春风花落时，挥鞭直就胡姬饮。"[7] 胡姬喜欢诗，风流的诗人写诗相赠，贺朝《赠酒店胡姬》云："胡姬春酒店，弦管夜锵锵。红毾铺新月，貂裘坐薄霜。玉盘初鲙鲤，金鼎正烹羊。上客无劳散，听歌乐世娘。"[8] 五陵年少和那些才子诗人醉翁之意不在酒，好像总是奔着美貌的胡姬才进入酒肆畅饮的。在饮酒听歌之余，诗人与胡姬还结下深情厚谊。

长安胡店多设在繁华热闹的地段，这从唐诗中也可见端倪。杨巨源《胡姬词》云："妍艳照江头，春风好客留。当垆知妾惯，送酒为郎羞。香度传蕉扇，妆成上竹楼。数钱怜皓腕，非是不能愁。"[9] 所谓"江头"

---

[1] （唐）岑参著，陈铁民、侯忠义校注：《岑参集校注》卷2，上海古籍出版社1981年版，第121—122页。
[2] （唐）李白著，瞿蜕园、朱金城校注：《李白集校注》卷17，上海古籍出版社1980年版，第1015页。
[3] （唐）李白著，瞿蜕园、朱金城校注：《李白集校注》卷3，第252页。
[4] 《李白集校注》卷12，第773页。
[5] 《岑参集校注》卷1，第67页。
[6] 《李白集校注》卷6，第436页。
[7] 同上书，第438页。
[8] 《全唐诗》卷117，第1181页。
[9] 《全唐诗》卷333，第3718页。

即曲江畔，杜甫《哀江头》诗之江头即曲江，曲江是长安风景区，唐人休闲游赏之处。岑参诗中的"青门口"和李白诗中的"青绮门"，日本学者石田干之助考证即春明门的雅称，即霸城门，长安东城墙从北向南数第二个门。①"长安城东春明门至曲江一带，其间当有卖酒之胡家在也。"②在诗人笔下胡姬似乎还从事色情业，张祜《白鼻騧》诗云："为底胡姬酒，长来白鼻騧。摘莲抛水上，郎意在浮花。"③ "浮花"一语双关，意谓"郎"至酒肆名为饮酒，意在胡姬。施肩吾《戏（一本有赠字）郑申府》诗云："年少郑郎那解愁，春来闲卧酒家楼。胡姬若拟邀他宿，挂却金鞭系紫骝。"④虽是玩笑话，应当也是当时的社会现实。

　　长安城内有西市和东市两大市场，内地商人和西域商胡多在此经商。其中西市更加发达，考古工作者在这里街道两旁发掘出 4 万多家商铺遗址，有 220 多个行业，主干道上发现重重叠叠的车辙印。西市遗址考古发现西域舶来品，如蓝宝石、紫水晶等。因此西市被称为丝绸之路贸易路的起点。⑤ 西市聚集不少域外商人，也有不少胡人开设的酒店，诗人写到长安的胡姬，有的就是在西市从业的。李白诗中的"金市"，石田干之助认为即长安之西市，向达先生也同意此说，"长安胡店，多在西市，则其间有侍酒之胡姬，固亦至为近理者也"。⑥ 崔颢《渭城少年行》写贵游子弟："贵里豪家白马骄，五陵年少不相饶。双双挟弹来金市，两两鸣鞭上渭桥。"⑦ 郑嵎《津阳门诗》写唐玄宗幻想长生成空："空见金椀入金市，但见铜壶飘翠帏。"⑧ 白居易《效陶潜体诗十六首》之十五写长安商贾的贩贸易活动："东邻有富翁，藏货遍五都。东京收粟帛，西市鬻金珠，朝营暮计算，昼夜不安居。"⑨ 元稹《估客乐》写一位到处贩贸的商人经商至长安："经游天下遍，却到长安城。城中东西市，闻客次第迎。迎客兼说客，多财为势倾。"⑩ 从这些诗中我们可以知道，西市多经营金银珠宝，故俗称"金市"，唐代大食和波斯商人多从事珠宝生意，中外富商大贾多在

---

① 〔日〕石田干之助：《长安之春》，钱婉约译，清华大学出版社 2015 年版，第 26 页。
② 向达：《唐代长安与西域文明》，生活·读书·新知三联书店 1957 年版，第 39 页。
③ 《全唐诗》卷 511，第 5833 页。
④ 《全唐诗》卷 494，第 5608 页。
⑤ 张燕：《长安与丝绸之路》，西安出版社 2010 年版，第 146 页。
⑥ 向达：《唐代长安与西域文明》，生活·读书·新知三联书店 1957 年版，第 39 页。
⑦ 周勋初等主编：《全唐五代诗》卷 128，陕西人民出版社 2014 年版，第 2694 页。
⑧ 《全唐诗》卷 567，第 6565 页。
⑨ 谢思炜：《白居易集校注》卷 5，中华书局 2006 年版，第 515 页。
⑩ 杨军：《元稹集编年笺注》（诗歌卷），三秦出版社 2002 年版，第 730 页。

此从事商贸活动。高消费的市场也是有钱人家和贵游子弟出入的场所，李白、崔颢的诗写"五陵年少"轻狂豪奢的生活，便以"金市"为活动场所。

（四）唐诗中长安的"胡僧"

自两汉以来印度、西域佛教僧人纷至沓来，译经传教，"唐代有大量的胡僧入华。胡僧奇特的形貌、怪异的打扮和生活习惯、苦修传道的行为、对故土的思念等，都形诸唐人笔下。唐代的胡僧群体可再细分为印度入华诗僧、西域入华诗僧和出身移民后裔的胡僧三个群体"[①]。天竺国曾派遣僧人出使唐朝入贡，开元十七年六月"北天竺国三藏沙门僧密多献质汗等药。十九年十月，中天竺国王伊沙伏摩遣其大德僧来朝贡"[②]。晚唐道士杜光庭《贺西域胡僧朝见表》云："臣某伏以西域天竺僧到阙朝觐者，天慈遐被，异域怀归，致万里之番僧，朝千年之圣主，华夷率化，亿兆同欢。"其《宣进天竺僧二十韵诗表》云："臣某伏睹西天三满多到阙朝对。"[③] 据《高僧传》和《续高僧传》记载统计，唐代外来僧人共42人，除3人国籍不明外，天竺30人，称西域者5人，吐火罗2人，何国1人，康居1人。天竺僧占71%。[④] 可见当时称胡僧者多指天竺或西域僧人，主要是天竺僧人。这个统计并不全面，实际人数远远不止于此。

唐诗中反映了来自天竺、西域的僧人为多。沈佺期《九真山净居寺谒无碍上人》云："大士生天竺，分身化日南。"[⑤] 李白《僧伽歌》云："真僧法号号僧伽，有时与我论三车。问言诵咒几千遍，口道恒河沙复沙。此僧本住南天竺，为法头陀来此国。戒得长天秋月明，心如世上青莲色。"[⑥] 权德舆《锡杖歌送明楚上人归佛川》云："上人远自西天竺，

[①] 查明昊：《唐人笔下的胡僧形象及胡僧的诗歌创作》，《中国典籍与文化》2008年第2期。
[②] 《旧唐书》卷198《西戎传》，中华书局1975年版，第5309页。
[③] 《全唐文》卷930，上海古籍出版社1990年版，第4297页。
[④] 李斌城主编：《唐代文化》（下），中国社会科学出版社2002年版，第1831页。
[⑤] 《全唐诗》卷97，第1047页。
[⑥] （唐）李白著，瞿蜕园、朱金城校注：《李白集校注》卷7，上海古籍出版社1980年版，第523页。按：宋李昉等编《太平广记》卷96有"僧伽大师"条，王琦《李太白集》注以为即李白诗中所咏僧伽，误。小说中僧伽大师姓何，当来自中亚何国，卒于景龙四年（710）三月二日。其年李白才10岁，尚未出蜀中。李白诗云"有时与我论三车"，而且说他"本住南天竺"，显然非一人。

头陀行遍国朝寺。"① 无名氏《天竺国胡僧水晶念珠》诗："天竺胡僧踏云立，红精素贯鲛人泣。"② 刘言史《代胡僧留别》："此地缘疏语未通，归时老病去无穷。定知不彻南天竺，死在条支阴碛中。"③ 杜甫《海棕行》："移栽北辰不可得，时有西域胡僧识。"④ 有的诗写出胡僧的相貌特征，贯休《山居诗二十四首》之十八："白衣居士深深说，青眼胡僧远远传。"⑤ 那些胡僧礼佛虔诚，佛理甚精，知识渊博，成为人们钦仰请教的对象，诗人多所赞美。杜甫《寄刘峡州伯华使君四十韵》："药囊亲道士，灰劫问胡僧"；⑥ 李商隐《寄恼韩同年（时韩住萧洞）二首》其一云："年华若到经风雨，便是胡僧话劫灰"；⑦ 常达《山居八咏》其七："胡僧论的旨，物物唱圆成。"⑧ 有的诗写胡僧佛法之高深神奇，岑参《太白胡僧歌》写一位"不知几百岁"的胡僧："闻有胡僧在太白，兰若去天三百尺。一持楞伽入中峰，世人难见但闻钟。窗边锡杖解两虎，床下钵盂藏一龙。草衣不针复不线，两耳垂肩眉覆面。此僧年几那得知，手种青松今十围。心将流水同清净，身与浮云无是非。商山老人已曾识，愿一见之何由得。山中有僧人不知，城里看山空黛色。"⑨ 对胡僧的描写流露出对佛教的敬仰。

唐代长安已成为世界佛教中心之一，那些东来传法和奉使入华的僧人往往落脚长安。从南亚来的还有婆罗门教僧人。唐朝对外国僧侣入唐传法求法持鼓励态度，提供生活便利。政府规定，外国僧侣入唐，每年赠绢二十五匹，四季给时服。因此众多域外僧人入华传教和留学僧入华学习佛教。耿𣳛《赠海明上人》诗云："来自西天竺，持经奉紫薇。年深梵语变，行苦俗流归。"⑩ 可知海明上人是来自天竺奉事朝廷的僧人。唐代长安活跃着不少天竺、中亚僧人，成为长安诗人吟咏的对象。唐玄宗《题梵书》写看到梵文"唵"字的感受："鹤立蛇形势未休，五天文字鬼神愁。龙盘梵

---

① 《全唐诗》卷 327，第 3664 页。
② 《全唐诗》卷 785，第 8860 页。
③ 《全唐诗》卷 468，第 5331 页。
④ （唐）杜甫著，（清）仇兆鳌注：《杜诗详注》卷 11，第 922 页。
⑤ 《全唐诗》卷 837，第 9427 页。
⑥ （唐）杜甫著，（清）仇兆鳌注：《杜诗详注》卷 19，第 1721 页。
⑦ 刘学锴、余恕诚：《李商隐诗歌集解》，中华书局 1988 年版，第 187 页。
⑧ 《全唐诗》卷 823，第 9281 页。
⑨ （唐）岑参著，陈铁民、侯忠义校注：《岑参集校注》卷 5，上海古籍出版社 1981 年版，第 393 页。
⑩ 《全唐诗》卷 268，第 2979 页。

质层峰峭,凤展翔仪乙卷收。正觉印同真圣道,邪魔交秘绝踪由。儒门弟子应难识,碧眼胡僧笑点头。"① 可见在玄宗欣赏梵书时有胡僧在场,别人茫然不得其解时,只有他微笑着表示理解。李贺《听颖师琴歌》云:"竺僧前立当吾门,梵宫真相眉棱尊。古琴大轸长八尺,峄阳老树非桐孙。凉馆闻弦惊病客,药囊暂别龙须席。请歌直请卿相歌,奉礼官卑复何益。"② 这是李贺在长安任奉礼郎时写的诗,他称颖师为"竺僧",又说他"梵宫真相眉棱尊",说明颖师来自天竺,在长安表演琴艺。李洞《送三藏归西天国》云:"十万里程多少碛,沙中弹舌授降龙。五天到日应头白,月落长安半夜钟。"③ 这位三藏法师是从长安启程回印度,所以才把他归国的时间跟长安对照,说自己身在长安,深夜难眠,思念归国远行的僧友。崔涂《送僧归天竺》诗云:"忽忆曾栖处,千峰近沃州。别来秦树老,归去海门秋。汲带寒汀月,禅邻贾客舟。"④ 这位来自天竺的僧人经南方海路入华,此沃州当指沃洲山,在今浙江新昌县东南三十六里处,他入华曾在此修行。诗人与其在长安相别,故云"别来秦树老";归天竺仍经海路,故云:"归去海门秋"。这样的诗常常表现出诗人对这些来自异域者性情学养的欣赏和赞美。

　　从天竺来到中国可以选择陆路和海路,从唐诗中可以知道,天竺僧人(或胡僧)入唐多是选择沿陆上丝绸之路而来。刘言史《病僧二首》其一云:"竺国乡程算不回,病中衣锡遍浮埃。如今汉地诸经本,自过流沙远背来。"其二云:"空林衰病卧多时,白发从成数寸丝。西行却过流沙日,枕上寥寥心独知。"⑤ 这位病僧昔年度流沙而来,如今又将西过流沙而归。贯休《遇五天僧入五台五首》其一云:"十万里到此,辛勤讵可论。唯云吾上祖,见买给孤园。一月行沙碛,三更到铁门。白头乡思在,回首一销魂。"其二云:"雪岭顶危坐,乾坤四顾低。河横于阗北,日落

---

① 这首诗见河南登封刻石,又见敦煌写本伯三九八六号文书:"毫(鹤)立蛇形势未休,五天文字鬼神愁。支那弟子无言语,穿耳胡僧笑点头。"王重民先生说:"这首诗虽不见《全唐诗》和《全唐诗逸》,在敦煌本没有出现以前,是曾广泛流传的。依余所知,最早的是 1077 年陕西咸宁县卧龙寺的石刻本,但题太宗,不作玄宗。1308 年河南登封县的刻石,又题玄宗,不作太宗。敦煌本标题作《玄宗题梵书》,证明这首诗在唐末已经流传,而且证明在唐末是题玄宗作的。石刻资料见于王昶的《金石萃编》卷一三七,附录于后。"《补全唐诗》,陈尚君辑校:《全唐诗补编》,中华书局 1992 年版,第 5 页。
② (唐)李贺著,王琦等评注:《三家评注李长吉歌诗》,中华书局 1964 年版,第 185—186 页。
③ 《全唐诗》卷 723,第 8300 页。
④ 《全唐诗》卷 679,第 7776 页。
⑤ 《全唐诗》卷 468,第 5327—5328 页。

月支西。"① 诗里提到的地名都是丝绸之路沙漠绿洲道上的地名。刘言史《送婆罗门归本国》不但记述婆罗门僧沿陆上丝路而来,还反映了他又经海路游历各国,然后再经陆上丝路回国的经历:

> 刹利王孙字迦摄,竹锥横写叱萝叶。遥知汉地未有经,手牵白马绕天行。龟兹碛西胡雪黑,大师冻死来不得。地尽年深始到船,海里更行三十国。行多耳断金环落,冉冉悠悠不停脚。马死经留却去时,往来应尽一生期。出漠独行人绝处,碛西天漏雨丝丝。②

入唐僧人游化汉地,不辞辛劳,诗人深表钦佩和同情。周贺《赠胡僧》云:"瘦形无血色,草屦着行穿。闲话似持咒,不眠同坐禅。背经来汉地,袒膊过冬天。情性人难会,游方应信缘。"③ 生动刻画了一个辛苦奔波的胡僧形象。

那些来自域外或出身胡族的僧人在长安传译佛经,他们受到诗人的敬仰,往往有诗赞美其为人和学养;他们与诗人唱和,丰富了长安诗坛。新罗国入唐求法僧侣人数最多,遥居外国入唐求法僧侣之首,虽然很多人湮没无闻,有法号可考者仍多达 130 多人。新罗僧人在中国拜唐朝高僧为师,与唐朝僧人一起同窗结缘。当他们学成归国时,诗人们喜欢以诗相送,唐诗中有一些送新罗国僧人归国的诗。张乔《送僧雅觉归海东》云:"山川心地内,一念即千重。老别关中寺,禅归海外峰。鸟行来有路,帆影去无踪。几夜波涛息,先闻本国钟。"④ 姚鹄《送僧归新罗》云:"森森万余里,扁舟发落晖。沧溟何岁别,白首此时归。寒暑途中变,人烟岭外稀。惊天巨鳌斗,蔽日大鹏飞。雪入行砂屦,云生坐石衣。汉风深习得,休恨本心违。"⑤ 孙逖《送新罗法师还国》云:"异域今无外,高僧代所稀。苦心归寂灭,宴坐得精微。持钵何年至,传灯是日归。上卿挥别藻,中禁下禅衣。海阔杯还度,云遥锡更飞。此行迷处所,何以慰虔祈。"⑥ 这些诗大多赞美新罗僧人的不畏艰险入华求法,赞扬他们的佛学修养,表达对他们行程的关切,祝愿他们回国后有所成就。

---

① 《全唐诗》卷 832,第 9380 页。
② 《全唐诗》卷 468,第 5322 页。
③ 《全唐诗》卷 503,第 5719 页。
④ 《全唐诗》卷 638,第 7312 页。
⑤ 《全唐诗》卷 553,第 6406 页。
⑥ 《全唐诗》卷 118,第 1196 页。

来自于阗王姓之尉迟氏入华既久，汉化亦深。玄奘门下高僧窥基，人称慈恩大师，"释窥基字洪道，姓尉迟氏，京兆长安人也。尉迟之先与后魏同起，号尉迟部，如中华之诸侯国，入华则以部为姓也"。① 他是唐朝开国功臣尉迟敬德的侄子，江满昌有《大唐大慈恩寺大师画赞》一首，从颂扬其祖先开始："慈恩大师尉迟氏，讳大乘基长安人。族贵五陵光三辅，鄂公敬德是其亲。智勇冠世超卫霍，李唐之初大功臣。文皇崇师称大圣，生立碑文垂丝纶。"再赞美窥基佛学修养："少少之时早拔萃，齠龀之间含慈惇。依止三藏学性相，三千徒里绝等伦。七十达者四贤圣，就中大师深入神。亚圣具体比颜子，穷源尽性同大钧。三性五重唯识义，博涉学海到要津。百部疏主五明祖，著述以来谁得均？""不图汉土化等觉，开甘露门利兆民。自书般若何所至，清凉山晓五台春。"最后感叹其早逝，"天不与善化缘尽，岁五十三俄已泯。永淳二年十一月，仲旬三日为忌辰。先师墓侧行袝礼，风悲云愁惨松筠。本愿不回奉弥勒，生第四天奉华茵。名垂万古涉五竺，玄踪虽多难尽陈。"②《宋高僧传》记载窥基卒于永淳元年（682）十一月，年五十一。此云窥基永淳二年卒，享年五十三岁，当以江赞为是。

（五）唐诗中入唐参加科举的新罗人

唐代入华留学者以新罗国人数最多，他们有的学成后回国，有的中举回国，有的落第回国，有的在中国已经做官回国探亲，有时则回国效力。当他们启程回国时，往往从长安离开，中国朋友便写诗送行。张蠙《送友人及第归新罗》云："家林沧海东，未晓日先红。作贡诸蕃别，登科几国同。远声鱼呷浪，层气蜃迎风。乡俗稀攀桂，争来问月宫。"③ 章孝标《送金可纪归新罗》云："登唐科第语唐音，望日初生忆故林。鲛室夜眠阴火冷，蜃楼朝泊晓霞深。风高一叶飞鱼背，潮净三山出海心。想把文章合夷乐，蟠桃花里醉人参。"④ 杜荀鹤《送宾贡登第后归海东》："归捷中华第，登船鬓未丝。直应天上桂，别有海东枝。国界波穷处，乡

---

① （宋）赞宁：《宋高僧传》卷4《窥基传》，中华书局1987年版，第63页。
② 《全唐诗》无江满昌诗，《大唐大慈恩寺大师画赞》见日本《卍续藏经》本《玄奘三藏师资丛书》卷下，原署"特进、行门下侍郎兼镇西员外都督江满昌文"，卷首目录署"唐江满昌文撰"。
③ 《全唐诗》卷702，第8073页。
④ 《全唐诗》卷506，第5753页。

心日出时。西风送君去,莫虑到家迟。"① 贯休《送新罗人及第归》云:"捧桂香和紫禁烟,远乡程彻巨鳌边。莫言挂席飞连夜,见说无风即数年。衣上日光真是火,岛旁鱼骨大于船。到乡必遇来王使,与作唐书寄一篇。"② 在这些送行诗中对成功者表示祝贺,对失意者表示安慰。许浑《送友人罢举归东海》云:"沧波天堑外,何岛是新罗。舶主辞番远,棋僧入汉多。海风吹白鹤,沙日晒红螺。此去知投笔,须求利剑磨。"③ 这位被送者就是科举失意回国的,此一去就放弃了科举一途,可能要投笔从戎另寻出路了。

三 唐代长安域外人的诗歌活动

唐朝时入华外国人有的在长安学习,参加科举考试,有的留在中国做官,有的回国效命。他们精通汉文,擅长吟诗,在唐期间与中国朋友赠答酬唱,赋诗咏怀。他们还把唐诗佳作带回本国,或回国后继续诗歌创作。因此,这些人的诗歌活动分为创作和传播两种情况。

这些域外人成为诗歌创作的参与者,唐诗中存在这些人的作品,这些入华异域人的创作成为唐代诗坛一道风景。入华学习的以新罗人和日本人最多,也以他们汉化最深,他们的诗歌创作丰富了长安诗苑。金云卿是新罗国最早以宾贡身份中举的,仕唐任兖州司马。④ 高丽人崔瀣《送奉使李仲父还朝序》记载:"进士取人,本盛于唐,长庆初有金云卿者,始以新罗宾贡题名杜师礼榜,由此至天祐终,凡登宾贡科者五十有八人,五代梁唐又三十有二。"⑤ 金云卿有《秦楼仙》诗残句:"秋月夜间闻案曲,金风吹落玉箫声。"⑥ 从诗题看当是在长安所作。新罗人金立之于敬宗宝历元年(825)随新罗王子金昕入唐,曾至长安青龙寺、清远峡山寺,回国后曾任新罗秋城郡太守。⑦《全唐诗逸》卷中存其残句七联,皆录自日本大江维时编《千载佳句》:"烟破树头惊宿鸟,露凝苔上暗流萤"(《秋夜望月》);

---

① 《全唐诗》卷691,第7933页。
② (唐)贯休著,胡大浚笺注:《贯休歌诗系年笺注》卷20,中华书局2011年版,第925—926页。
③ 《全唐诗》卷531,第6072页。
④ 金云卿事迹,参见李氏朝鲜安鼎福撰《东史纲目》卷5、卷9,景仁文化社1970年版。
⑤ 〔李氏朝鲜〕徐居正:《东文选》卷84,韩国民族文化刊行会1994年版,第346页。
⑥ 〔日〕河世宁:《全唐诗逸》卷中,《全唐诗》附,第10202—10203页。
⑦ 金立之事迹,参见《旧唐书·东夷传》,《全唐诗逸》卷中,《全唐诗》附,第10193页。

"山人见月宁思寝,更掬寒泉满手霜"(《峡山寺玩月》);"绀殿雨晴松色冷,禅林风起竹声余"(《赠青龙寺僧》);"风过古殿香烟散,月到前林竹露清"(《宿丰德寺》);"更有闲宵清净境,曲江澄月对心虚"(《赠僧》);"寒露已催鸿北去,火云渐散月西流"(《秋夕》);"园梅坼甲迎春笑,庭草抽心待节芳"(《早春》)。① 新罗人金可纪(一作记)在唐开成、会昌、大中年间留学长安,"宾贡进士"及第,隐居子午谷修道,受道教仙祖钟离权传授内丹术。②《全唐诗逸》卷中录其《题游仙寺》诗残句:"波冲乱石长如雨,风激疏松镇似秋。"③

唐代胡汉通婚者很多,有中土妇女嫁蕃人者,④ 亦有汉人娶异域女子为妻者。在华外国人以新罗人最多,据杜牧《张保皋郑年传》记载,张保皋语新罗国王:"遍中国以新罗人为奴婢,愿得镇清海(新罗海路之要),使贼不得掠人西去。"⑤ 新罗妇女为唐人婢者未见唐诗吟咏,而嫁中国人为妾者则有薛氏,史载其父薛承冲,唐高宗时入华,官拜左武卫将军。薛氏15岁时父亲去世,她出家为尼,还俗后嫁郭元振为妾。陈子昂《馆陶郭公姬薛氏墓志铭》记载:"姬人姓薛氏,东明国王金氏之胤也。昔金王有爱子,别食于薛,因为姓焉,世不与金氏为姻。其高、曾皆金王贵臣大人也。父承冲,有唐高宗时与金仁问归国。帝酬厥庸,拜左武卫将军。姬人幼有玉色,发于秾华,若彩云朝升,征月宵英也。故家人美之,少号仙子。闻瀛台孔雀凤凰之事,瑶情悦之。年十五,大将军薨,遂剪发出家,将学金仙之道,而见宝手菩萨。靓心六年,青莲不至。乃作《谣》,遂返初服而归我郭公。郭公豪荡而好奇者也,杂佩以迎之,宝琴以友之,其相得如青鸟翡翠之婉娈矣。"⑥ 可见薛氏乃新罗国王族后裔,在唐代人人能诗的环境里,她居然也能吟诗抒怀,今存《谣》一首,为其返俗之作:"化云心兮思淑贞,洞寂灭兮不见人。瑶草芳兮思芬蒀,将奈何兮青春。"⑦

来长安的日本人在诗歌创作方面也取得了不小的成就。晁衡原名阿倍仲麻吕,十六岁留学长安,在唐朝历任校书郎、左补阙、秘书监等职,与

---

① 《全唐诗》附,第 10194 页。
② (宋)李昉等编:《太平广记》卷53"金可记",中华书局1961年版,第330页。
③ 〔日〕河世宁:《全唐诗逸》卷中,《全唐诗》附,第10194页。
④ 《唐会要》卷100《杂录》记载,贞观二年(628)六月十六日敕:"诸蕃使人所娶得汉妇女为妾者并不得将还蕃。"可见唐朝对于汉地妇女嫁异域者并不禁止,只是限制诸蕃使人携汉地妇女出境。
⑤ (唐)杜牧:《樊川文集》卷6,上海古籍出版社1978年版,第101页。
⑥ (唐)陈子昂:《陈子昂集》卷6,中华书局1960年版,第132—133页。
⑦ 《全唐诗》卷799,第8993页。

李白、王维、储光羲等为友。其《思归》诗云:"慕义名空在,输忠孝不全。报恩无有日,归国定何年?"① 他一直在长安为官,这首诗作于长安无疑,表达思念故国之情。晁衡还有《衔命还国作》诗:"衔命将辞国,非才忝侍臣。天中恋明主,海外忆慈亲。伏奏违金阙,骈骖去玉津。蓬莱乡路远,若木故园林。西望怀恩日,东归感义辰。平生一宝剑,留赠结交人。"② 唐代入华的新罗和日本国僧人华化最深,很多人能与唐朝诗人吟诗唱和。道慈俗姓额田,日本漆下郡人,少小出家,聪敏好学。长安元年(701)入唐留学,学业颖秀,妙通三藏,曾入宫讲经。开元六年(718)归国,拜为僧纲律师。存诗《在唐奉本国皇太子》:"三宝持圣德,百灵扶仙寿。寿共日月长,德与天地久。"③ 辨正少年出家,长安间入唐,学三论宗,曾以善棋入临淄王李隆基藩邸,后客死于唐,存诗二首。其《在唐忆本乡》诗云:"日边瞻日本,云里望云端。远游劳远国,长恨苦长安。"《与朝主人》云:"钟鼓沸城闉,戎蕃预国亲。神明今汉主,柔远静胡尘。琴歌马上怨,杨柳曲中春。唯有关山月,偏迎北塞人。"④ 空海在唐学法期间,有多首题寺诗和与唐僧赠答之作,如《青龙寺留别义操阇梨》诗:"同法同门喜遇深,空随白雾忽归岑。一生一别难再见,非梦思中数数寻。"表达了与中国同学依依惜别之情。他还有《过金山寺》《在唐日观昶法和尚小山》《在唐日赠剑南僧惟上离合诗》等诗。⑤

这些来自域外的僧人有的长于吟诗,并与唐朝诗人交游和唱和,形成长安诗坛一种风气。从印度、西域入华的僧人也有能诗者。武三思有《五言和波仑师登佛授记阁》诗云:"帝宅开金地,神州列宝坊。"说明诗写于长安,从名字可以判断这位波仑师应该来自域外。诗赞美波仑师:"忽有三空士,来宣七觉芳。银函承宝帙,玉札下琱章。辟牖青云外,披轩紫□傍。山川横地轴,辰象丽天□。□□□□□,□绳待慈航。"⑥ 从此诗乃和诗可知,波仑师有诗在先,武三思和之在后。白居易《秋日怀杓直》诗写一位胡僧:"西寺老胡僧,南园乱松树。携持小酒榼,吟咏新诗句。同出复同归,从早直至暮。"⑦ 这位善诗的老胡僧与白居易朝朝暮

---

① 陈尚君辑校:《全唐诗补编》,中华书局1992年版,第558页。
② 《全唐诗》卷732,第8375页。
③ 陈尚君辑校:《全唐诗补编》,中华书局1992年版,第789页。
④ 同上书,第789—790页。
⑤ 陈尚君辑校:《全唐诗补编》,第1051—1052页。
⑥ 同上书,第746—747页。
⑦ (唐)白居易:《白居易集》卷7,中华书局1979年版,第143页。

暮同归同出，当有不少诗歌作品，但当时胡僧作品传世者较少。唐志怪小说《东阳夜怪录》刻画了一位生在碛西来诣中国的善诗的胡僧智高（骆驼为妖），[1] 正是胡僧善诗在小说中的反映。有学者指出："唐代的印度入华诗僧、西域入华诗僧和出身移民后裔的胡僧，都有人从事过诗歌创作，只是由于作品散佚，我们今天只能从散存的吉光片羽和文献记载中来追寻他们的创作情况及成因。"[2] 玄宗时西域僧人利涉能诗，有《涉集》十卷，已佚，当有不少诗作。他与韦玎辩难，将韦字为韵，揭调长吟偈词云："我之佛法是无为，何故今朝得有为？无韦始得三数载，不知此复是何韦！"[3] 由此可知利涉颇具诗才。唐末来中国巡礼的一位梵僧曾作《长安词》：

> 天长地阔杳难分，中国众生不可闻。长安帝德承恩报，万国归投拜圣君。汉家法用令章新，四方取则玉华吟。文章绎络如流水，白马驮经即自临。故来行检远寻求，谁谓明君不暂留。修身不避关山苦，学问乃须度百秋。谁知此地却回还，泪下沾衣不觉斑。愿身死作中华鬼，来生得见五台山。[4]

从题目和诗中"长安帝德""拜圣君""谁谓明君不暂留"云云，可知这位僧人是入长安后回国的，他没有在中国待太多时间就匆匆西返，不免伤感。他的心愿是到五台山拜佛参谒，但此行未果，故寄希望于来生。

作为丝绸之路的起点，从长安输出的不仅有物质文明，也有精神文明。唐诗作为唐人最重要的精神文明成果从长安走向域外，从域外入华的各色人等发挥了重要作用。中唐诗人杨巨源的诗流传到渤海国，刘禹锡《酬杨司业巨源见寄》诗云："辟雍流水近灵台，中有诗篇绝世才。渤海归人将集去，梨园弟子请词来。"[5] 杨诗靠渤海国来使归国传入其地。晚唐诗

---

[1] （宋）李昉等编：《太平广记》卷490，中华书局1961年版，第4023—4029页。
[2] 查明昊：《唐人笔下的胡僧形象及胡僧的诗歌创作》，《中国典籍与文化》2008年第2期。
[3] （宋）赞宁：《宋高僧传》卷17《利涉传》，中华书局1987年版，第420页。
[4] 《敦煌歌辞总编》卷3"唐无名氏词"，原载敦煌文书斯5540、苏1369、伯3644。《敦煌歌辞总编》卷3云："题尾既缀有词字，乃歌辞之标志，说明并非徒诗。"按：此词题名伯3644作《礼五台山偈一百十二字》，字句与含义皆有不同："天长地阔杳难分，中国中天不可闻。长安帝德谁恩报，万国归朝拜圣君。汉字法度礼将深，四方取则慕车钦。文章浩浩如流水，白马驮经无自临。故来发意寻远求，谁为明君不暂留。将身岂惮千山路，学法宁辞度百秋。何期此地却回还，泪下沾衣不觉斑。愿身长在中华界，生生得见五台山。"
[5] （唐）刘禹锡：《刘禹锡集》卷35，上海人民出版社1975年版，第353页。

人徐夤有诗题为《渤海宾贡高元固先辈闽中相访,云本国人写得夤〈斩蛇剑〉〈御沟水〉〈人生几何赋〉家(一本无家字)皆以金书列为屏障因而有赠》,①从题目上可知唐代文人作品在渤海国多么受珍视。王建《寄杨十二秘书》诗云:"新诗欲写中朝满,旧卷常抄外国将。"②"将"就是带去之意,意谓杨氏诗集常被入华外国人抄写携出国外。白居易《唐故武昌军节度处置等使河南元公墓志铭》说元稹的诗"自六宫两都至南蛮东夷皆写传之,每一章一句出无胫而走,疾于珠玉"③。元稹《白氏长庆集序》说白居易的诗受到域外的欣赏和珍重:"鸡林贾人求市颇切,自云本国宰相以百金换一篇,其甚伪者,宰相辄能辨别之。自篇章以来未有流传如是之广者。"④鸡林国乃唐时新罗国别称,其经商者至唐朝购求白居易的诗携回新罗。岑参诗"每一篇绝笔,则人人传写,虽闾里士庶,戎夷蛮貊,莫不讽诵吟习焉"⑤。孟郊"诗随过海船",⑥流传到新罗和日本。白居易诗浅切易晓,流播域外最广。皮日休诗《鲁望昨以五百言见贻,过有褒美,内揣庸陋弥增愧悚因成一千言上述吾唐文物之盛次叙相得之欢亦迭和之微旨也》谈唐代文学优秀作品不仅在国内广泛流传,而且传至域外:"自开元至今,宗社纷如烟。爽若沆瀣英,高如昆仑巅。百家嚣浮说,诸子率寓篇。筑之为京观,解之为牲牷。各持天地维,率意东西牵。竞抵元化首,争扼真宰咽。或作制诰敷,或为宫体渊。或堪被金石,或可投花钿。或为舆隶唱,或被儿童怜。乌垒房亦写,鸡林夷争传。"⑦乌垒是西域国名,鸡林夷则指朝鲜半岛,代指遥远的域外。

唐朝以其繁荣的经济、强大的国力以及独步海内外的诗歌艺术吸引了世界上许多国家和地区的人来华学习。仅以日本为例,有唐一代其遣唐使团达十三次之多,每次少则二三百人,多则五六百人。另有非官派自行入唐者,其人数亦复不少。这些遣唐使固非为专习中国诗歌艺术而来,但他们在入唐学习和求法的同时,学习中国诗歌技能并将大量诗歌带回本土。

---

① 《全唐诗》卷709,第8163页。
② (唐)王建著,王宗堂校注:《王建诗集校注》卷8,中州古籍出版社2006年版,第397页。
③ (唐)白居易著,朱金城笺校:《白居易集笺校》卷70,上海古籍出版社2003年版,第3736页。
④ (唐)元稹:《元稹集》卷51,中华书局1982年版,第555页。
⑤ (唐)杜确:《岑嘉州诗集序》,陈铁民、侯忠义《岑参集校注》附录,第463页。
⑥ 贾岛《哭孟郊》云:"身死声名在,多应万古传。寡妻无子息,破宅带林泉。冢近登山道,诗随过海船。故人相吊后,斜日下寒天。"李嘉言《长江集新校》卷3,上海古籍出版社1983年版,第24页。
⑦ 《全唐诗》卷609,第7024—7025页。

僧人圆仁入唐求法，归国时携回其在长安等处得到的佛教经论、章疏、传记、诗文集近六百部，包括诗集、诗歌理论著作，如《开元诗格》一卷、《祝元膺诗集》一卷、《杭越唱和诗集》一卷、《杜员外集》二卷、《百家诗集》六卷、《王昌龄诗集》二卷、《朱书诗》一卷等。僧人空海回国，根据在中国的学习及所携中国诗文撰成《文镜秘府论》一书。日本、新罗国遣唐使和留学生、留学僧中许多人掌握了汉诗文技巧，诗写得很好，如日本人晁衡、新罗人崔致远、越南人姜公辅等，都善于诗歌创作，归国之时便把中国诗艺也带回了故国。唐诗传播域外，长安是一个传播的中心，那些来到长安的域外人回国之际，有意无意地把唐诗这一中国文学的辉煌成果传播到海外。

唐朝的强大和繁荣使当时的中国像一个巨大的磁石，吸引了无数域外人来到中国，而长安是外域人入唐的首选之地和最大聚集之地。唐代是诗歌的黄金时代，诗歌成为全社会普遍爱好的文学形式和交际工具，也是令域外人仰慕中国文化的重要因素。中外文化交流是唐诗繁荣的原因之一，外来文明为唐诗提供了新鲜素材，唐诗成为域外人喜爱的文化内容，唐代长安是唐王朝最大的文化中心和诗歌中心，生活在长安的域外人在外来文明与唐诗繁荣的互动中发挥了重要的中介作用。域外人及其在长安的活动不仅成为唐诗的重要素材，他们的异域特征和别样风情也是激发诗人诗兴的重要媒介；活跃在长安的诗人才子是域外人喜欢交往的朋友，优美的诗歌成为域外人仰慕和学习中国文化的动因之一，他们不仅学习唐诗写作，还把唐诗作品带到中国以外的世界，为世人所共享。唐诗走向世界，成为世界文化遗产宝库的组成部分，他们功不可没。

四　唐诗中长安生活的胡化风气

长安流行异域风习，美国汉学家薛爱华（E. H. Schafer）说："唐朝人追求外来物品的风气渗透了唐朝社会的各个阶层和日常生活的各个方面"，"整个唐代都没有从崇尚外来物品的社会风气中解脱出来"。长安和洛阳"是胡风极为盛行的地方"。[①] 这种胡风进入诗人的歌咏和抒写，唐诗为我们透视长安社会生活和胡化风气提供了丰富资料。

---

① 〔美〕薛爱华：《撒马尔罕的金桃——唐代舶来品研究》，吴玉贵译，社会科学文献出版社 2016 年版，第 93 页。

（一）服饰方面的胡化风气

唐人在服饰方面追求新奇，喜欢模仿异域人装扮，波斯、吐火罗、突厥、吐谷浑、吐蕃和回鹘的服饰都成为模仿的对象，而以中亚和波斯服装最为流行，唐俑中折襟胡服的男像，即属波斯装。波斯萨珊王朝时代女性流行耳环，唐时妇女亦喜戴耳环。史载太宗之子、太子李承乾"使户奴数十百人习音声，学胡人椎髻，剪彩为舞衣。……又好突厥言及所服"①。刘肃《大唐新语》记载：

> 贞观中，金城坊有人家为胡所劫者，久捕贼不获。时杨纂为雍州长史，判勘京城坊市诸胡，尽禁推问。司法参军尹伊异判之曰："贼出万端，诈伪非一，亦有胡着汉帽，汉着胡帽，亦须汉里兼求，不得胡中直觅。请追禁西市胡，余请不问。"②

说明长安汉地人就习惯戴胡帽，仅凭戴帽无法确定是汉人还是胡人。长安时兴的胡帽有几种，表演胡腾舞者戴虚顶织成的蕃帽，柘枝舞者戴卷檐虚帽，波斯丈夫戴白皮帽。③

唐代前期妇女喜欢服用幂䍦，即以缯帛制作的方巾掩蔽全身，是仿自波斯女性的服饰，北齐、隋代时已经传入中国，隋文帝之子杨俊"为妃作七宝幂䍦"。④ 这种风气至初唐时始盛，武德、贞观年间，宫人骑马者承齐隋旧习，多著幂䍦，幂䍦"发自戎夷"。⑤ 这种服饰应该是对波斯妇女服大衫披大帽帔的模仿，这种大帽帔在今青海之地立国的吐谷浑人和白兰国丁零人称为"幂䍦"，长安相沿称之。⑥ 高宗永徽以后，宫人出行有以帷帽、拖裙到颈，较为浅露。帷帽起自隋代，周围垂网，从吐谷浑的长裙缯帽、吐火罗的长裙帽发展而来。⑦ 中宗时，宫人已完全不用幂䍦，玄宗时更加暴露，充仪仗队的骑马的宫人"皆著胡帽，靓妆露面，无复障蔽"，"士庶之间，又相仿效"。女子露髻驰骋，着男子衣服鞾衫，尊卑难分，男女无

---

① 《新唐书》卷80，中华书局1975年版，第3564页。
② （唐）刘肃：《大唐新语》卷9，中华书局1984年版，第138页。
③ 向达：《唐代长安与西域文明》，生活·读书·新知三联书店1957年版，第46页。
④ 《隋书》卷45《秦王俊传》，中华书局1973年版，第1240页。
⑤ 《旧唐书》卷45《舆服志》，中华书局1975年版，第1957页。
⑥ 向达：《唐代长安与西域文明》，第45页。
⑦ 同上书，第45—46页。

别。开元以后"士女皆竞衣胡服"。①

唐人把社会盛衰归因于胡化风气,他们反思安史之乱,认为动乱的根源跟胡风有关,"故有范阳羯胡之乱,兆于好尚远矣"②。服饰胡化即其表现之一。元稹《法曲》诗写"咸洛"风习:"自从胡骑起烟尘,毛毳腥膻满京洛。女为胡妇学胡妆,伎进胡音各胡乐。火凤声沉多咽绝,春莺啭罢长萧索。胡音胡骑与胡妆,五十年来竞纷泊。"③ 开元以后的衣着袒露在唐诗中也有描写,方干《赠美人四首》其一云:"粉胸半掩疑暗雪,常恐胸前春雪释"④;施肩吾《观美人》诗云:"漆点双眸鬓绕蝉,长留白雪占胸前。"⑤ 那种流行的袒领低胸的服装可能是胡装翻领的发展,也可能是受胡风感染的新式样。白居易《上阳白发人》写天宝年间宫中流行"小头鞋履窄衣裳,青黛点眉眉细长"的装饰。⑥ 传统的宽博衣仿效胡服,改取紧身窄袖的目的是展示女性体态之美,这种样式也受到异域胡装的影响。⑦ 回鹘装说是以紧身为特点,五代后蜀花蕊夫人的《宫词》云:"明朝腊日官家出,随驾先须点内人。回鹘衣装回鹘马,就中偏称小腰身。"⑧ 诗"末二语盖形容其窄小耳"⑨。向达说:"唐代长安对于外国风尚之变迁,每因政治关系而转移。回鹘装束之行于长安,当在安史乱后。"⑩ 但到了中唐时这种服装已经过时,上阳宫白发宫女因长期不与外界接触,衣着陈旧。

与服饰有关的是梳妆,唐代女性也模仿外族。白居易的诗《时世妆》

---

① 《旧唐书》卷45《舆服志》,第1957—1958页。
② 同上书,第1958页。
③ (唐)元稹:《元稹集》卷24,中华书局1982年版,第282页。
④ 《全唐诗》卷651,第7478页。
⑤ 《全唐诗》卷494,第5604页。
⑥ (唐)白居易:《白居易集》卷3,中华书局1979年版,第59页。
⑦ 向达先生说:"吐火罗人着小袖袍小口袴,大头长裙帽。波斯丈夫剪发戴白皮帽,贯头衫,两厢延下关之,并有巾帔,缘以织成;妇人服大衫,披大帽帔。长裙帽即帷帽。贯头衫,两厢延下关之,或者与德国勒柯克(LeCoq)在高昌所发现壁画中人物之像相近似。巾帔或即肩巾,大帽帔必是幂䍦无疑也。唐代盛行长安之胡服,不知果何所似?唯刘言史《观舞胡腾》诗有细毡胡衫双袖小之句,李端《胡腾儿》诗云拾襟搅袖为君舞,张祜《杭州观舞柘枝诗》亦云红罨画衫缠腕出,皆形容双袖窄小之辞,与姚汝能所云襟袖窄小之言合。证以近出诸唐代女俑及绘画,所谓襟袖窄小,尤可了然。其音声队服饰尤与波斯风为近。则唐代所盛行之胡服,必有不少之伊兰成分也。陶俑中着折襟外衣勒靴者亦不少。唐代法服中有六合靴,亦是胡服,为文武百僚之服,日本正仓院有乌皮六缝靴,足征唐制。"见《唐代长安与西域文明》,第47页。
⑧ 《全唐诗》卷798,第8978页。
⑨ 向达:《唐代长安与西域文明》,第53页,注[九]。
⑩ 向达:《唐代长安与西域文明》,第46页。

批评当时流行的式样:"时世流行无远近,腮不施朱面无粉。乌膏注唇唇似泥,双眉画作八字低。妍媸黑白失本态,妆成尽似含悲啼。圆鬟无椎堆髻样,斜红不晕赭面状。元和妆梳君记取,髻椎面赭非华风。"① 史载"元和末,妇人为圆鬟椎髻,不设鬓饰,不施朱粉,惟以乌膏注唇,状似悲啼者"。"唐末,京都妇人梳发以两鬓抱面,状如椎髻,时谓之'抛家髻'。""世俗尚以琉璃为钗钏。"② 都是受胡风影响的结果。向达先生指出:"赭面是吐蕃风,椎髻在敦煌壁画及西域亦常见之,此种时妆或亦经由西域以至于长安也。"③

(二) 长安生活中胡食流行

饮食方面,唐代长安流行胡食。胡食早在汉代就流行中国,史载汉灵帝"好胡食"。魏晋时已成风气,"胡床貊槃,翟之器也;羌煮貊炙,翟之食也。自太始以来,中国尚之,贵人富室必畜其器,吉享嘉宾皆以为先"④。唐代更加盛行。《旧唐书·舆服志》记载开元以后贵族之家的饮食:"贵人御馔,尽供胡食。"⑤ 唐代慧琳《一切经音义》云:"油饼本是胡食,中国效之,微有改变";"胡食者,即饆饠、烧饼、胡饼、搭纳等是"⑥。当时长安人喜欢吃的油煎饼、烧饼、胡饼、抓饭等都是这种胡食,从西域传来。唐代街市上往往有专营胡食的商铺,胡饼最为常见。胡饼在汉代时已经传入,所以称为胡饼,有两说,一说有胡麻著其上,"饼,并也,溲面使合并也。胡饼作之,大漫沍也,亦言以胡麻著上也"⑦。另一说以为"胡人所噉",即胡人的食物。安史之乱发生,玄宗逃出长安,至咸

---

① (唐) 白居易:《白居易集》卷4,第82页。
② 《新唐书》卷34《五行志》,中华书局1975年版,第879页。
③ 向达:《唐代长安与西域文明》,第47页。
④ (晋) 干宝:《搜神记》卷7,中华书局1979年版,第94页。
⑤ 《旧唐书》卷45,中华书局1975年版,第1958页。
⑥ (唐) 慧琳:《一切经音义》卷37,上海古籍出版社2008年版,第1154页。
⑦ (东汉) 刘熙撰,(清) 毕沅疏证,王先谦补:《释名疏证补》卷4,中华书局2008年版,第135页。按:《初学记》引此段文字,"面"字之前有"麦"字;《太平御览》引此段文字,"面"作"麦"。大漫汗,一作"大漫沍",意思是无边际,形容其饼甚大。可知"胡饼"是大型的"饼",或者即所谓馕。《邺中记》云:"石勒讳胡,胡物皆改名,胡饼曰'麻饼',胡绥曰'香绥',胡豆曰'国豆'。"《艺文类聚》卷85"豆"引,上海古籍出版社1965年版,第1453页。崔鸿《十六国春秋·赵录》:"石勒讳胡,胡物皆改名。胡饼曰'抟炉',石虎改曰'麻饼'。"《太平御览》卷860引,上海古籍出版社2008年版,第8册第572页。

阳集贤宫正值中午,"上犹未食,杨国忠自市胡饼以献"①。卖胡饼者大概常常是胡人,长安有胡人卖饼者。沈既济的小说《任氏》写到"有胡人鬻饼之所"。② 唐人皇甫氏《原化记》记载有"鬻饼胡"的故事。③ 长安流行胡饼,日本僧人圆仁记述在长安的见闻,开成六年正月六日,"立春节,赐胡饼、寺粥。时行胡饼,俗家皆然"④。白居易《寄胡饼与杨万州》云:"胡麻饼样学京都,面脆油香新出炉。寄与饥馋杨大使,尝看得似辅兴无。"⑤ 说明胡饼制法从长安传至外地。

在长安人的食物中,使用了来自域外的佐料。例如,唐代从西域引进了"石蜜"及制作工艺,"西番胡国出石蜜,中国贵之。太宗遣使至摩伽佗国取其法,令扬州煎蔗之汁,于中厨自造焉,色味逾于西域所出者"⑥。摩伽佗即印度。石蜜即蔗糖,中国虽然种植甘蔗,却不会用来熬蔗糖。太宗遣人出国学习制糖技术,所得蔗糖用于长安人的饮食烹饪之中,色味俱佳。寒山诗写到石蜜:"四运花自好,一朝成萎黄。醍醐与石蜜,至死不能尝。"⑦ 外来调味品影响最大的是胡椒。胡椒原产于东南亚、南亚和非洲,胡椒籽粒含有挥发油、胡椒碱等。唐人苏恭《唐本草》云:"胡椒生西戎,形如鼠李子,调食用之,味甚辛辣。"⑧ 晚唐段成式《酉阳杂俎》记载:"胡椒,出摩加陀国,……今人作胡盘肉食皆用之。"⑨ 还有莳萝子,又名小茴香,"生波斯国""善滋食味"⑩。这些调料被用于长安人的胡食烹饪中。裴迪《辋川集二十首·椒园》:"丹刺胃人衣,芳香留过客。幸堪调鼎用,愿君垂采摘。"⑪ 高适《奉赠贺郎诗》:"报贺郎,莫潜藏,障门终不免,何用漫思量。清酒浓如鸡,臛肫与白羊。不论空蒜酢,兼要好椒姜。姑娣能无语,多言有侍娘。"⑫ 其中提到的"椒"来自域外。

西域美酒为唐人所爱,唐代西域入贡的物品仍有葡萄酒。鲍防《杂

---

① (宋) 司马光等:《资治通鉴》卷218,中华书局1956年版,第6972页。
② (宋) 李昉等:《太平广记》卷452,中华书局1961年版,第3693页。
③ (宋) 李昉等:《太平广记》卷402,第3243页。
④ 〔日〕圆仁:《入唐求法巡礼行记》卷3,上海古籍出版社1986年版,第146页。
⑤ (唐) 白居易:《白居易集》卷18,中华书局1979年版,第382页。
⑥ (宋) 王溥:《唐会要》卷100,上海古籍出版社1991年版,第2135页。
⑦ 《全唐诗》卷806,第9066页。
⑧ (明) 李时珍:《本草纲目》卷32,中医古籍出版社1994年版,第789页。
⑨ (唐) 段成式:《酉阳杂俎》前集卷18,中华书局1981年版,第179页。
⑩ (唐) 李珣著,尚志钧辑校:《海药本草》(辑校本) 卷2,人民卫生出版社1997年版,第30页。
⑪ 《全唐诗》卷129,第1315页。
⑫ 陈尚君辑校:《全唐诗补编》,中华书局1992年版,第874—875页。

感》诗写盛唐社会："汉家海内承平久，万国戎王皆稽首。天马常衔苜蓿花，胡人岁献葡萄酒。"① 葡萄酒酿制方法至迟在东汉末年就从西域传入，唐代继续引进先进工艺，西域名酒及其制作方法传入长安，有西域的葡萄酒、高昌（今吐鲁番一带）的马乳葡萄酒、波斯的三勒浆、乌弋山离的龙膏酒等。② 唐初将高昌的马乳葡萄及其酿酒法引入长安。唐平高昌，其地马乳葡萄酿的酒引起太宗极大兴趣，亲自监制，酿出八种色泽的葡萄酒，"芳辛酷烈，味兼缇盎，既颁赐群臣，京中始识其味"③。"依高昌法制之葡萄酒及波斯法之三勒浆，当俱曾流行于长安市上。"④ 唐代诗人喜饮葡萄酒，由此产生了许多歌咏葡萄酒的佳作，"葡萄美酒夜光杯，欲饮琵琶马上催""蒲萄酒，金叵罗"脍炙人口，因为饮用葡萄酒的饮器往往也是进口产品，因此唐诗中便连同这种舶来品一起歌咏。唐人还喜欢一边饮酒，一边欣赏乐舞，而这时表演的乐舞有的也是来自域外的胡舞，这就更增添了异域情调。刘言史《王中丞宅夜观舞胡腾》描写来自中亚的艺人在长安一位官员家里表演舞艺：

　　石国胡儿人见少，蹲舞尊前急如鸟。织成蕃帽虚顶尖，细氎胡衫双袖小。手中抛下蒲萄盏，西顾忽思乡路远。跳身转毂宝带鸣，弄脚缤纷锦靴软。四座无言皆瞪目，横笛琵琶遍头促。乱腾新毯雪朱毛，傍拂轻花下红烛。酒阑舞罢丝管绝，木槿花西见残月。⑤

诗中写到胡儿、蕃帽、细氎胡衫、胡腾舞、葡萄酒、葡萄酒盏、锦靴、横笛、琵琶等，意在渲染一种异国情调和域外风情。这种风情弥漫在长安这个国际大都市里，非常自然和谐。

唐代食具也有外来文化色彩，如水晶盘、夜光杯、玳瑁筵、象箸等。水晶盘即玻璃盘，来自域外。杜甫《丽人行》写杨氏兄妹春游野宴："紫

---

① 《全唐诗》卷307，第3485页。
② 唐朝从波斯引进三勒浆及其酿造方法，这是一种果酒。李肇《唐国史补》卷下载："三勒浆类酒，法出波斯。三勒者，谓菴摩勒、毗梨勒、诃梨勒。"上海古籍出版社1979年版，第60页。唐宪宗时从西域乌弋山离国引进龙膏酒，据苏鹗《杜阳杂编》卷中记载，其时处士伊祈元被召入宫，饮龙膏之酒。这种酒黑如纯漆，饮之令人神爽，乃乌弋山离国所献。文渊阁《四库全书》影印本，台湾商务印书馆1983年版，第1042册，第609页。
③ 《唐会要》卷100，上海古籍出版社1991年版，第2135页。
④ 向达：《唐代长安与西域文明》，第51页。
⑤ 《全唐诗》卷468，第5323—5324页。

驼之峰出翠釜,水精之盘行素鳞。"① 玳瑁生活在东南亚和印度洋等热带和亚热带海洋中,不光作为美味佳肴食用,美丽的甲壳又被用作器物装饰。食物中有玳瑁、食器或坐具用玳瑁装饰的豪华宴席被称为"玳瑁筵"。南朝江总《今日乐相乐》诗:"绮殿文雅酋,玳筵欢趣密。"② 唐诗中成为常见意象,形容筵席的精美与豪华。太宗《帝京篇》之九云:"罗绮昭阳殿,芬芳玳瑁筵。"③ 李白《对酒》诗云:"玳瑁筵中怀里醉,芙蓉帐底奈君何!"④ 杜甫《观公孙大娘弟子舞剑器行》云:"玳筵急管曲复终,乐极哀来月东出。"⑤ 象箸或象筋即象牙制的筷子。李咸用《长歌行》诗云:"象筋击折歌勿休,玉山未倒非风流。"⑥《富贵曲》云:"雪暖瑶杯凤髓融,红拖象箸猩唇细。"⑦ 中国本来有大象,并用象牙制作筷子。《韩非子·喻老》云:"昔者纣为象箸而箕子怖。"⑧《史记·龟策列传》云:"犀玉之器,象箸而羹。"⑨ 但汉代时已少见大象,唐代象牙来自域外,象箸的描写意在突出餐具的贵重和宴会的豪华。

(三)建筑方式和居室文化的胡化

居住方面,长安人也引入了域外建筑方式。向达先生说:"采用西亚风之建筑当始于唐。"他举出《唐语林》记载的唐玄宗的凉殿、京兆尹王鉷的自雨亭子,与《旧唐书·拂菻国传》记载的拂菻国建筑形制相同,认为"当即仿拂菻风所造"。⑩ 拂菻即东罗马。此种建筑因极其少见,未见诗人吟咏,但宫廷中建筑使用来自异域的材料则有诗人写及。李白《清平调》词云:"名花倾国两相欢,常得君王带笑看。解释春风无限恨,沉香亭北倚栏杆。"⑪ 沉香亭,或以沉香木装饰之亭,或以异域香木命名亭子,总之带有异域风味。

唐朝有人对北方游牧民族的毡帐感兴趣,"追求突厥人生活习俗的热

---

① (唐)杜甫著,(清)仇兆鳌注:《杜诗详注》卷2,中华书局1979年版,第158页。
② (宋)郭茂倩:《乐府诗集》卷39,中华书局1979年版,第579页。
③ 吴云、冀宇编辑校注:《唐太宗集》,陕西人民出版社1986年版,第11页。
④ (唐)李白著,瞿蜕园、朱金城校注:《李白集校注》卷25,上海古籍出版社1980年版,第1481页。
⑤ (唐)杜甫著,(清)仇兆鳌注:《杜诗详注》卷20,第1818页。
⑥ 《全唐诗》卷644,第7379页。
⑦ 同上书,第7380页。
⑧ (战国)《韩非子》卷7,《二十二子》,上海古籍出版社1986年版,第1140页。
⑨ 《史记》卷128《龟策列传》,中华书局1982年版,第3234页。
⑩ 向达:《唐代长安与西域文明》,生活·读书·新知三联书店1957年版,第41—42页。
⑪ (唐)李白著,瞿蜕园、朱金城校注:《李太白集校注》卷5,第393页。

情，竟然使一些贵族能够忍受那种很不舒服的帐篷生产，他们甚至在城市里也搭起了帐篷"①。唐太宗的儿子李承乾为太子时就曾经出于好奇，在东宫让宫中相貌类胡者"五人建一落，张毡舍"；并在东宫空地搭建一座毡帐，"设穹庐自居"。② 贵族之家出游，喜搭毡帐野餐。杜甫《丽人行》写杨氏兄妹曲江游宴：

> 就中云幕椒房亲，赐名大国虢与秦。紫驼之峰出翠釜，水精之盘行素鳞。犀箸厌饫久未下，鸾刀缕切空纷纶。黄门飞鞚不动尘，御厨络绎送八珍。箫鼓哀吟感鬼神，宾从杂遝实要津。后来鞍马何逡巡，当轩下马入锦茵。

杨家奢侈的宴会不是露天举办，而是在临时搭建的"云幕"中进行。这一点从"当轩下马"也可知道，"轩"是有窗的房，此指带窗的毡帐。杜甫还写杨氏兄妹两性间暧昧的关系："杨花雪落覆白𬞟，青鸟飞去衔红巾。"③ 这种行为当然也发生在毡帐中。这种游牧人的居室简便灵活，也为一般人所喜爱。白居易在洛阳履道坊宅内曾设青毡帐，不仅自己居住，还在这里待客。他在诗中多次吟咏，并明确说明其形制、用料和颜色都仿自北方游牧民族的毡帐。其《青毡帐二十韵》诗云："合聚千羊毳，施张百子弮。骨盘边柳健，色染塞蓝鲜。北制因戎创，南移逐虏迁。"④ 他说毛毡是羊毛毡，材料是"边柳""塞蓝"，形制模仿"戎创"之"北制"，其青毡帐显然是模仿北方游牧民族的毡帐建筑。在《别毡帐火炉》诗中写到他天寒时入住，天暖时离开。⑤ 帐内有火炉，模仿胡人的取暖烤食。据统计白居易诗中至少有13处写到他的青毡帐，表达他的喜爱。⑥ 白居易喜欢把自己的日常生活写入诗中，我们才知道他有青毡帐，当时可能有不少人像他一样有这种毡帐，只是习以为常，未及形诸吟咏而已。

唐人居室装饰陈设多有异域风味，诗人往往有诗咏及。长安人喜用椒

---

① 〔美〕薛爱华：《撒马尔罕的金桃——唐代舶来品研究》，吴玉贵译，社会科学文献出版社2016年版，第95页。
② 《新唐书》卷80，中华书局1975年版，第3564—3565页。
③ （唐）杜甫著，（清）仇兆鳌注：《杜诗详注》卷2，中华书局1979年版，第158页。
④ （唐）白居易：《白居易集》卷31，中华书局1979年版，第703页。
⑤ （唐）白居易：《白居易集》卷21，第474页。
⑥ 吴玉贵：《白居易的毡帐诗》，《唐研究》第5卷，北京大学出版社1999年版。

泥涂壁,取其香味和增加室内温暖。用椒泥涂壁过去只有皇室才能使用,所以后宫称"椒房"。韦庄《抚盈歌》云:"凤縠兮鸳绡,霞疏兮绮寮。玉庭兮春昼,金屋兮秋宵。愁瞳兮月皎,笑颊兮花娇。罗轻兮浓麝,室暖兮香椒。"① 写的是后宫。长安皇室之外显然也有人如此。张孜《雪诗》云:"长安大雪天,鸟雀难相觅。其中豪贵家,捣椒泥四壁。"② 室内燃香熏香也很普遍,而其香料往往来自海外。李白《杨叛儿》诗:"君歌杨叛儿,妾劝新丰酒。何许最关人,乌啼白门柳。乌啼隐杨花,君醉留妾家。博山炉中沉香火,双咽一气凌紫霞。"③ 和凝《宫词百首》其八:"红泥椒殿缀珠珰,帐蹙金龙窣地长。红兽慢然天色暖,风炉时复爇沈香。"④ 沉香产于东南亚、南亚。薛能《吴姬十首》其二:"龙麝薰多骨亦香,因经寒食好风光。何人画得天生态,枕破施朱隔宿妆。"⑤ "龙"指龙脑香,来自海外的香料,龙脑树生长于东南亚。居室内的坐具则有胡床。李颀《赠张旭》诗云:"张公性嗜酒,豁达无所营。皓首穷草隶,时称太湖精。露顶据胡床,长叫三五声。"⑥ 李贺《谢秀才有妾缟练改从于人秀才引留之不得……嘲谢复继四首》其四:"寻常轻宋玉,今日嫁文鸳。戟干横龙簴,刀环倚桂窗。邀人裁半袖,端坐据胡床。"⑦ 胡床最早是古埃及人的发明,东汉时已传入中国,唐代更加流行。

(四)出行中的宝马香车

出行时的宝马香车往往用来自域外的珠宝和香料美化装饰。卢照邻《行路难》写长安贵公子之游:"春景春风花似雪,香车玉舆恒阗咽。若个游人不竞攀,若个倡家不来折。倡家宝袜蛟龙帔,公子银鞍千万骑。"⑧ 韦应物《长安道》写贵族之家春游:"春雨依微春尚早,长安贵游爱芳草。宝马横来下建章,香车却转避驰道。"⑨ 其中香车玉舆、宝马香车都是达官贵

---

① (五代)韦庄著,聂安福笺注:《韦庄集笺注》补遗,上海古籍出版社2002年版,第357—358页。
② 《全唐诗》卷607,第7009页。
③ (唐)李白著,瞿蜕园、朱金城校注:《李白集校注》卷4,第287页。
④ 《全唐诗》卷735,第8363页。
⑤ 《全唐诗》卷561,第6519页。
⑥ 《全唐诗》卷132,第1340页。
⑦ (唐)李贺著,叶葱奇疏注:《李贺诗集》卷3,人民文学出版社1959年版,第173页。
⑧ (唐)卢照邻著,祝尚书笺注:《卢照邻集笺注》卷2,上海古籍出版社1994年版,第76页。
⑨ (唐)韦应物著,陶敏、王友胜校注:《韦应物集校注》卷9,上海古籍出版社1998年版,第540页。

族的交通工具,也是其身份的象征,称香车即用香木造车或以香料熏染。唐人最常见的交通工具是马,骑马或以马驾车是当时较普遍的出行方式,诗人笔下常常写到来自域外的良马和马身上的佩饰。虞世南《门有车马客行》:"财雄重交结,戚里擅豪华。曲台临上路,高门抵狭斜。赭汗千金马,绣毂五香车。"① 达官贵族之家乘汗血宝马和宝盖香车终日驰逐。车马的佩饰也很重要,往往佩以银鞍、明珠、香料等,都是来自域外的奢侈品。杜甫《房兵曹胡马》诗云:"胡马大宛名,锋棱瘦骨成。竹批双耳峻,风入四蹄轻。所向无空阔,真堪托死生。骁腾有如此,万里可横行。"②《高都护骢马行》写将军高仙芝的坐骑:"安西都护胡青骢,声价欻然来向东。此马临阵久无敌,与人一心成大功。功成惠养随所致,飘飘远自流沙至。"③ 高仙芝晚年居长安,杜诗写于困居长安时。兵曹是基层官吏,都护是高官,从这两首诗可知唐代从高官到一般官员都可能骑用从域外输入的洋马。

五 长安的外来物产与唐诗

唐朝首都长安是各国使节入华的终点站,经过使节入贡,各种异域他方的奇珍异物输入长安。韦应物《骊山行》诗写开元盛世:"君不见开元至化垂衣裳,厌坐明堂朝万方。……英豪共理天下晏,戎夷詟伏兵无战。时丰赋敛未告劳,海阔珍奇亦来献。"④ 这些舶来品以其新奇容易引起诗兴,故常见诸诗人的吟咏。

通过入贡获得的域外文明首先是动物,如良马、狮子、犀牛、大象和各种奇禽异兽。观赏新奇的动物容易激发诗人的兴致,而且在人们的观念中,"百兽率舞,是知时贞而物应,德博则化光"。开元年间"天马绝足,来从东道,出天庭而屡舞,仰皇心而载悦"。于是文士献赋,诗人赋诗,借舞马歌颂唐玄宗的盛德。今存佚名《舞马赋》两篇,即出于当时作家之手。⑤ 又张说《舞马千秋万岁乐府词三首》之二云:"圣皇至德与天齐,天马来仪自海西。"⑥ 储光羲《献王威仪》云:"入与真主言,

---

① 《全唐诗》卷36,第472页。
② (唐)杜甫著,(清)仇兆鳌注:《杜诗详注》卷1,中华书局1979年版,第18页。
③ (唐)杜甫著,(清)仇兆鳌注:《杜诗详注》卷2,第86页。
④ (唐)韦应物著,陶敏、王友胜校注:《韦应物集校注》卷10,第580页。
⑤ 《全唐文》卷961,上海古籍出版社1990年版,第4427页。
⑥ 《全唐诗》卷87,第962页。

有骑天马来。"① 周存《西戎献马》云:"天马从东道,皇威被远戎。来参八骏列,不假贰师功。"② 唐代还有犀牛、大象、狮子等从异域传入。储光羲《述韦昭应画犀牛》云:"遐方献文犀,万里随南金。大邦柔远人,以之居山林。"③ 崔致远《狻猊》咏狮子:"远涉流沙万里来,毛衣破尽着尘埃。摇头摆尾驯仁德,雄气宁同百兽才。"④ 唐朝宫廷中有舞马、舞狮、舞象、舞犀牛的表演,这些来自域外的动物经过训练,伴随着音乐的节奏舞蹈,非常壮观动人,安禄山曾因此垂涎帝王豪华的生活,史载"禄山常观其舞而心爱之"⑤。常衮《奉和圣制麟德殿燕百僚应制》写朝廷宴会:"蛮夷陪作位,犀象舞成行。"⑥ 李白《高句丽》诗:"金花折风帽,白马小迟回。翩翩舞广袖,似鸟海东来。"⑦ 诗用海东鸟形容高丽乐的舞姿,诗人当目睹海东鸟飞翔的姿态。萧士赟说:"东海俊鹘名海东青,此喻其舞之快捷如海东青之快捷也。"⑧ 窦巩《新罗进白鹰》云:"御马新骑禁苑秋,白鹰来自海东头。汉皇无事须游猎,雪乱争飞锦臂韝。"⑨ 立国朝鲜半岛的新罗国,当时被称为"海东",他们进贡唐朝的白鹰,当即其著名的"海东青"。"青雕出辽东,最俊者谓之海东青。"⑩ 海东青属大型猛禽,身高一米左右,两翅展开两米多长。颜色不一,以纯白色为上品。嘴较厚长,喙爪坚硬像铁钩。飞得既高又快,能捕食天鹅、野鸭、兔、狍等禽兽,驯养的海东青用作猎鹰。新罗贡鹰事史书无载,窦巩的诗有重要史料价值。新罗海东青闻名域外,连阿拉伯人的书中都有记载,大约成书于9世纪中叶的《中国印度见闻录》写到"中国东部临大海,有锡拉(sila)诸岛",即新罗。"他们每年向中国朝廷纳贡","在这些岛上,动物有白隼"⑪。阿拉伯人显然对新罗向唐朝进贡白鹰有所耳闻。白鹰还来自西域,封常清为安西四镇节度使,张渭代作《进白鹰状》讲到其管内有大小鹰婆罗山,猎

---

① 《全唐诗》卷136,第1373页。
② 《全唐诗》卷288,第3289页。
③ 《全唐诗》卷136,第1373页。
④ 陈尚君辑校:《全唐诗补编》,中华书局1992年版,第1245页。
⑤ (唐)郑处诲:《明皇杂录补遗》,《开元天宝遗事十种》,上海古籍出版社1985年版,第35页。
⑥ 《全唐诗》卷254,第2858页。
⑦ (唐)李白著,瞿蜕园、朱金城校注:《李白集校注》卷6,第443页。
⑧ (元)萧士赟:《分类补注李太白诗》卷6,四部丛刊影印元刊本,第9页。
⑨ 《全唐诗》卷271,第3051页。
⑩ (明)李时珍:《本草纲目》卷49,中医古籍出版社1994年版,第1106页。
⑪ 〔阿拉伯〕佚名撰:《中国印度见闻录》卷1,穆根来等译,中华书局1983年版,第25页。

获白鹰，进贡朝廷。① 鹦鹉有的来自南海，有的来自西域。林邑国多次向唐朝进献鹦鹉，李百药曾奉诏作《鹦鹉赋》云："亘万里之重阻，随四夷而来王；既逾岭以自致，亦凌江而远翔。"② 王维《白鹦鹉赋》云："若夫名依西域，族本南海，同朱喙之清音，变绿衣于素彩。"③ 郝名远《白鹦鹉赋》："珍禽生矣于彼南域。"④ 佚名《白鹦鹉赋》："彼善言之灵鸟，孕聪明以自逸。苞火德之奇姿，诞金方之素质。"⑤ 鹦鹉在诗人笔下被赋予不同的意义。胡皓《同蔡孚起居咏鹦鹉》："鹦鹉殊姿致，鸾皇得比肩。常寻金殿里，每话玉阶前。贾谊才方达，扬雄老未迁。能言既有地，何惜为闻天。"⑥ 他把鹦鹉入贡视为祥瑞。白居易《红鹦鹉》诗云："安南远进红鹦鹉，色似桃花语似人。文章辩慧皆如此，笼槛何年出得身。"⑦ 白居易作此诗时正被贬官外放，故由鹦鹉的遭遇联想到个人的不自由。

域外的植物，特别是奇花异果通过使节入贡唐朝，这些植物有的可供食用，有的可供观赏，受到诗人的喜爱。刘禹锡《和令狐相公谢太原李侍中寄蒲桃》诗云："珍果出西域，移根到北方。昔年随汉使，今日寄梁王。"⑧ 杜甫《解闷十二首》其九云："先帝贵妃今寂寞，荔枝还复入长安。炎方每续朱樱献，玉座应悲白露团"；其十："忆过泸戎摘荔枝，青峰隐映石逶迤。京中旧见无颜色，红颗酸甜只自知"；其十一："翠瓜碧李沈玉甃，赤梨葡萄寒露成。可怜先不异枝蔓，此物娟娟长远生。"⑨ 殷尧藩《偶题》云："越女收龙眼，蛮儿拾象牙。长安千万里，走马送谁家。"⑩ 南方的荔枝、龙眼和西域的葡萄等远方异域的奇珍异果，在大唐盛时都源源不断地输入长安，被诗人们写入诗中。

从域外传入的珍贵器物通常是金银器、玛瑙碗、玻璃器等，这样的器物有的出于外国使臣的贡献，有的通过贸易获得。外来的器具珍贵又美观，常常引发人们的诗兴。顾况《李供奉弹箜篌歌》写李供奉从天子和王侯将相那里获得丰厚报酬：

---

① 《全唐文》卷375，上海古籍出版社1990年版，第1684页。
② （宋）李昉等编：《文苑英华》卷135，中华书局1966年版，第620页。
③ 同上。
④ 《全唐文》卷959，第4414页。
⑤ 《全唐文》卷961，第4427页。
⑥ 《全唐诗》卷108，第1123页。
⑦ （唐）白居易：《白居易集》卷15，中华书局1979年版，第313页。
⑧ （唐）刘禹锡：《刘禹锡集》卷33，上海人民出版社1975年版，第314页。
⑨ （唐）杜甫著，（清）仇兆鳌注：《杜诗详注》卷17，中华书局1979年版，第1516—1518页。
⑩ 《全唐诗》卷492，第5574页。

驰凤阙，拜鸾殿，天子一日一回见。王侯将相立马迎，巧声一日一回变。实可重，不惜千金买一弄。银器胡瓶马上驮，瑞锦轻罗满车送。①

其中的银器和胡瓶都是来自域外的器物。杜甫《韦讽录事宅观曹将军画马图》写朝廷赐画家曹霸："内府殷红马脑碗，婕妤传诏才人索。碗赐将军拜舞归，轻纨细绮相追飞。"②马脑碗即玛瑙碗，来自域外。1970年，陕西西安南郊何家村唐代窖藏出土镶金牛首玛瑙杯，推测由波斯或阿拉伯商人贩运而来。③杜甫《诸将五首》其一云："汉朝陵墓对南山，胡虏千秋尚入关。昨日玉鱼蒙葬地，早时金碗出人间。"④他说长安附近是唐皇室祖先陵墓所在，那里不久前还出土过金碗。金碗来自异域，那是外国使节进奉的贡物，看到它就令人想起大唐强盛时代。晚唐诗人郑嵎《津阳门诗》写玄宗死后："空闻玉椀入金市，但见铜壶飘翠帷。"⑤古代玻璃器从西域传入十分珍贵。杜甫《丽人行》写杨氏兄妹郊游野宴，"紫驼之峰出翠釜，水精之盘行素鳞。犀箸厌饫久未下，鸾刀缕切空纷纶"⑥。水精盘就是玻璃盘。杜甫《喜闻盗贼蕃寇总退口号五首》诗："勃律天西采玉河，坚昆碧碗最来多。旧随汉使千堆宝，少答胡王万匹罗。"⑦碧碗即玻璃碗。温庭筠《春江花月夜词》："漏转霞高沧海西，玻璃枕上闻天鸡。"⑧写这种外来器物，有时突出其珍贵，有的借以宣扬大唐盛世的荣耀，有的在讽刺达官贵人的豪奢。

对于皇室贵族来说，他们追求域外物品，更感兴趣的是珠玉珍宝。薛爱华说："如果某个在位的君主想要得到另一位君主的好感的话，最有效的做法莫过于赠送一件或多件昂贵精美的珠宝。在唐朝的历史上，我们不时地可以见到将类似带有外交性质的珠宝送到长安的记载。"⑨来自域外

---

① 《全唐诗》卷265，第2947页。
② （唐）杜甫著，（清）仇兆鳌注：《杜诗详注》卷13，中华书局1979年版，第1153页。
③ 姚伟钧：《唐代长安的"胡风"与"胡食"》，《光明日报》2014年12月3日。
④ （唐）杜甫著，（清）仇兆鳌注：《杜诗详注》卷16，第1363页。
⑤ 《全唐诗》卷567，第6565页。
⑥ （唐）杜甫著，（清）仇兆鳌注：《杜诗详注》卷2，第158页。
⑦ （唐）杜甫著，（清）仇兆鳌注：《杜诗详注》卷21，第1858页。
⑧ （唐）温庭筠著，（清）曾益等笺注：《温飞卿诗集笺注》卷2，上海古籍出版社1980年版，第50页。
⑨ 〔美〕薛爱华：《撒马尔罕的金桃——唐代舶来品研究》，吴玉贵译，社会科学文献出版社2016年版，第545页。

的珍珠、玳瑁、象牙、犀角、翠羽等被用于装饰，常见于唐人的吟咏。李峤《床》云：

> 传闻有象床，畴昔荐君王。玳瑁千金起，珊瑚七宝妆。桂筵含柏馥，兰籍拂沉香。愿奉罗帷夜，长承秋月光。①

这个用象牙装饰的床，还有玳瑁、珊瑚等七宝装饰，又用沉香熏染。沈佺期《古意呈补阙乔知之》写思念丈夫的少妇的居室："卢家少妇郁金堂，海燕双栖玳瑁梁。"② 王建《宫词一百首》八十七写宫内陈设云："窗窗户户院相当，总有珠帘玳瑁床。虽道君王不来宿，帐中长是炷衙香。"③ 李暇《碧玉歌》云："碧玉上宫妓，出入千花林。珠被玳瑁床，感郎情意深。"④ 葡萄酒呈琥珀色，唐诗中常用琥珀形容葡萄酒颜色，或代指葡萄酒。玛瑙用来制碗。杜甫《郑驸马宅宴洞中》写皇亲贵族生活："主家阴洞细烟雾，留客夏簟清琅玕。春酒杯浓琥珀薄，冰浆碗碧玛瑙寒。"⑤《丽人行》描写杨氏姐妹的服饰饮食十分细致，其中不乏来自域外的器皿和珠宝装饰，如用金银线镶绣着孔雀和麒麟的华丽衣裳、食器上装饰着翠羽，翠是翡翠鸟的羽毛；犀箸是用犀牛角制成的筷子，犀角来自海外；紫驼之峰是珍贵的食品，即贵族食品中的"驼峰炙"。水精即水晶，玻璃器是来自域外的食器。⑥ 贾至《燕歌行》写时清太平外夷入贡："时迁道革天下平，白环入贡沧海清。"⑦ 白环即白玉环，来自西域。卢照邻《行路难》写长安贵族之家："珊瑚叶上鸳鸯鸟，凤凰巢里鸧鹒儿。……金貂有时须换酒，玉麈但摇莫计钱。"⑧ 韦应物《长安道》诗写贵族之家：

> 归来甲第拱皇居，朱门峨峨临九衢，中有流苏合欢之宝帐，一百二十凤凰罗列含明珠。下有锦铺翠被之粲烂，博山吐香五云散。丽人绮阁情飘飘，头上鸳鸯双翠翘，低鬟曳袖回春雪，聚黛一声愁碧霄。

---

① 周勋初等主编：《全唐五代诗》卷45，陕西人民出版社2014年版，第896页。
② 周勋初等主编：《全唐五代诗》卷65，第1043页。
③ （唐）王建著，王宗堂校注：《王建诗集校注》卷10，中州古籍出版社2006年版，第635页。
④ 《全唐诗》卷773，第8769页。
⑤ （唐）杜甫著，（清）仇兆鳌注：《杜诗详注》卷1，第47页。
⑥ 《杜诗详注》卷2，第156页。
⑦ 《全唐诗》卷235，第2594页。
⑧ （唐）卢照邻：《卢照邻集》卷2，中华书局1980年版，第18页。

山珍海错弃藩篱，烹犊炰羔如折葵。①

其中银鞍、珊瑚叶、金貂、玉麈、明珠、翠被、翠翘、聚黛、博山吐香、山珍海错等，吃的用的都是带"洋味"的珍奇物品。

用香是皇室贵族奢侈生活的表现，香料大多来自域外。唐代一般官员之家也有用香的记载，用于熏染和悬佩之香常为诗人歌咏。沉香、檀香产于东南亚和南亚，李白《杨叛儿》诗云："君歌杨叛儿，妾劝新丰酒。何许最关人，乌啼白门柳。乌啼隐杨花，君醉留妾家。博山炉中沉香火，双烟一气凌紫霞。"②《清平调三首》其三写杨贵妃："名花倾国两相欢，常得君王带笑看。解得春风无限恨，沉香亭北倚阑干。"③李中《宫词》云："金波寒透水精帘，烧尽沉檀手自添。"④龙脑香和胡椒来自东南亚和南亚，杜牧《八六子》词云："龙烟细飘绣衾，辞恩久归长信。凤帐萧疏，椒殿闲扃。"⑤反映了龙脑香薰被和椒泥涂壁的后宫习尚。薛能《吴姬十首》其二写宫女："龙麝薰多骨亦香，因经寒食好风光。"⑥"龙"即龙脑香。白居易《渭村退居寄礼部崔侍郎翰林钱舍人诗一百韵》写自己曾与钱氏在朝廷共事："对秉鹅毛笔，俱含鸡舌香。"⑦鸡舌香即丁香，产于东南亚，上朝靠近皇帝者含在口中，可以遮掩口臭。阎德隐《薛王花烛行》写王宫陈设："合欢锦带蒲萄花，连理香裙石榴色。金炉半夜起氛氲，翡翠被重苏合熏。"⑧苏合香产于非洲、南亚和西亚。

六　长安的外来乐舞、体育游戏与唐诗

唐代乐舞有宫廷乐舞和社会上流行的乐舞。长安盛行胡乐、胡舞，从朝廷到市井流行域外传入的乐舞。宫廷乐舞承袭隋代九部乐，在南朝汉地

---

① （唐）韦应物著，陶敏、王友胜校注：《韦应物集校注》卷9，上海古籍出版社1998年版，第540页。
② （唐）李白著，瞿蜕园、朱金城校注：《李白集校注》卷4，上海古籍出版社1980年版，第287页。
③ 《李白集校注》卷5，第393页。
④ 《全唐诗》卷748，第8526页。
⑤ 《全唐诗》卷891，第10059页。
⑥ 《全唐诗》卷561，第6519页。
⑦ （唐）白居易：《白居易集》卷15，中华书局1979年版，第297页。
⑧ 《全唐诗》卷773，第8765页。

燕乐、清乐之外，广泛吸收周边民族和域外国家的音乐，增加高昌乐，定为十部，即燕乐、清乐、西凉乐、天竺乐、高丽乐、龟兹乐、安国乐、疏勒乐、高昌乐、康国乐。其中大部分为外来乐舞。十部中分为坐部伎和立部伎，坐部伎盛行，而传统之雅乐转衰。吸收外来乐舞产生的新乐舞被称为"胡部新声"。不仅宫廷流行胡部新声，整个社会上都盛行胡乐。胡部新声的流行曾遭到诗人的批评，王建《凉州行》云："城头山鸡鸣角角，洛阳家家学胡乐。"① 洛阳与长安为唐之东西都，同为丝路起点城市，洛阳如此，长安何尝不是如此。元稹《法曲》诗："女为胡妇学胡妆，伎进胡音务胡乐。火凤声沉我咽绝，春莺啭罢长萧索。胡音胡骑与胡妆，五十年来竞纷泊。"② 向达先生说："胡乐之盛行于长安、洛阳，观此二诗可见。"③ 元稹《和李校书新题乐府十二首》其七《立部伎》题注云："李传云：'太常选坐部伎，无性识者退入立部伎。又选立部伎，无性识者退入雅乐部，则雅乐可知矣。'李君作歌以讽焉。"李校书即诗人李绅，李绅批评时弊的诗没有流传，从元稹诗中可知。元稹诗则对胡乐盛行痛加贬斥：

  胡部新声锦筵坐，中庭汉振高音播。太宗庙乐传子孙，取类群凶阵初破。戢戢攒枪霜雪耀，腾腾击鼓云雷磨。初疑遇敌身启行，终象由文士宪左。昔日高宗常立听，曲终然后临玉座。如今节将一掉头，电卷风收尽摧挫。宋晋郑女歌声发，满堂会客齐喧歌。珊珊佩玉动腰身，一一贯珠随咳唾。顷向圜丘见郊祀，亦曾正旦亲朝贺。太常雅乐备宫悬，九奏未终百寮惰。滞滞难令季札辨，迟回但恐文侯卧。工师尽取聋昧人，岂是先王作之过。宋沇尝传天宝季，法曲胡音忽相和。明年十月燕寇来，九庙千门虏尘涴。我闻此语叹复泣，古来邪正将谁奈。奸声入耳佞入心，侏儒饱饭夷齐饿。④

元稹把胡乐流行看作安史之乱的征兆，这种看法并不是他个人的观点，而是社会上相当一部分人的认识，李绅和元稹只是写入诗中罢了。本诗自注云："太常丞宋沇传汉中王旧说云：'明皇虽雅好度曲，然而未尝使蕃汉杂奏。天宝十三载，始诏道调法曲与胡部新声合作，识者异之，明年禄山叛。'"安史之乱前长安已经盛行胡舞，安史之乱后受到抨击，并没有阻止胡舞的流行。

---

① （唐）王建著，王宗堂校注：《王建诗集校注》卷1，中州古籍出版社2006年，第1页。
② （唐）元稹：《元稹集》卷24，中华书局1982年版，第282页。
③ 向达：《唐代长安与西域文明》，生活·读书·新知三联书店1957年版，第61页。
④ 同上书，第284页。

长安盛行之歌舞有乐有舞,据段安节《乐府杂录》记载,有健舞(武舞)、软舞(文舞)、字舞(队形成字)、花舞、马舞等多种。健舞曲有《棱大》《阿连》《柘枝》《剑器》《胡旋》《胡腾》;软舞曲有《凉州》《绿腰》《苏和香》《屈柘》《团圆旋》《甘州》等。① 据《教坊记》和《乐府诗集》,健舞中还有《达摩支》,软舞曲还有《垂手罗》《回波乐》《兰陵王》《春莺啭》《社渠》《借席》《乌夜啼》等。② 据考证,健舞中阿连舞来自里海萨尔马提,拂菻舞来自拜占庭,柘枝舞和胡腾舞出于中亚石国,胡旋舞出于中亚康国。③ 软舞曲中的《苏合香》源出印度,《兰陵王》出于中亚。这些乐舞有的只能在宫廷中享用,有的流行在社会上和诗人文士的酒宴上。④ 唐诗中不少作品写到这些外来乐舞,生动地展现了这些来自域外的乐舞场面。

胡腾舞和胡旋舞、柘枝舞出于中亚,玄宗时盛行于长安,流行各地。胡腾舞出于石国。刘言史《王中丞宅夜观舞胡腾》诗生动描写了来自石国的艺人的表演,那是出现在官员的夜生活中的表演:"石国胡儿人见少,蹲舞尊前急如鸟。织成蕃帽虚顶尖,细氎胡衫双袖小。手中抛下蒲萄盏,西顾忽思乡路远。跳身转毂宝带鸣,弄脚缤纷锦靴软。四座无言皆瞪目,横笛琵琶遍头促。乱腾新毯雪朱毛,傍拂轻花下红烛。酒阑舞罢丝管绝,木槿花西见残月。"诗注云:"王中丞武俊也。"⑤ 王武俊原名没诺干,契丹人,成德军节度使,归顺朝廷,在长安有邸宅。李端《胡腾儿》诗云:

> 胡腾身是凉州儿,肌肤如玉鼻如锥。桐布轻衫前后卷,葡萄长带一边垂。帐前跪作本音语,拾襟搅袖为君舞。安西旧牧收泪看,洛下词人抄曲与。扬眉动目踏花毡,红汗交流珠帽偏。醉却东倾又西倒,双靴柔弱满灯前。环行急蹴皆应节,反手叉腰如却月。丝桐忽奏一曲终。呜呜画角城头发。胡腾儿,胡腾儿,故乡路断知不知。⑥

---

① (唐)段安节:《乐府杂录》,上海古籍出版社1988年版,第28页。
② (唐)崔令钦:《教坊记》,古典文学出版社1957年版,第6页;郭茂倩:《乐府诗集》卷80,中华书局1979年版,第1137页。
③ 〔日〕石田干之助:《胡旋舞小考》,《史林》第15卷第3号;向达:《唐代长安与西域文明》,生活·读书·新知三联书店1957年版,第101—109页。
④ 白居易《与牛家妓乐雨后合宴》:"玉管清弦声旖旎,翠钗红袖坐参差。两家合奏洞房夜,八月连阴秋雨时。歌脸有情凝睇久,舞腰无力转裙迟。人间欢乐无过此,上界西方即不知。"可知当时的官员们往往自己家里便有乐舞艺人,而且成为乐队形式,所以白、牛二家乐队才能搞这种会演活动。
⑤ 《全唐诗》卷468,第5323—5324页。
⑥ 《全唐诗》卷284,第3238页。

凉州是胡人聚居区,从这两首诗透露的信息可以看出,舞者多为来自石国的胡人,有的落脚凉州后,又进入长安,在长安官员宅中常有其表演。胡腾舞的舞姿不见直接记载,这两首诗的描写反映了这种舞蹈的特点。胡腾舞之"腾"可能指其"反手叉腰",手足如弓形,反力弹上,又腾起而言,动作比较迅急,与这种舞伴奏的乐器有横笛与琵琶。

胡旋舞,唐玄宗开元、天宝时西域诸国屡献胡旋女。向达说:"胡旋舞之入中国,当始于斯时。"① 这种舞蹈的特点是旋转,盛唐时岑参的诗《田使君美人如莲花舞北旋歌》描写的《北旋舞》就是这种胡舞:"此舞胡人传入汉,诸客见之惊且叹";"回裙转袖若飞雪,左旋右旋生旋风。琵琶横笛和未匝,花门山头黄云合。"② 据说安禄山、杨贵妃皆善胡旋舞,可能正因为此,胡旋舞最为诗人诟病。元稹和白居易都有以"胡旋女"为题的诗,除了描写其舞姿外,主要是借以批判唐代胡风盛行的社会危害。③

柘枝舞在唐代社会上流行最为广泛,唐诗中咏柘枝舞者数量众多,从薛能、张祜、王建、白居易、刘禹锡的诗和沈亚之、卢肇的赋可知,从宫中到市井,从两京到外地处处可见其舞影,长安当然是最盛行的地方。王建《宫词一百首》之八十四云:"玉箫改调筝移柱,催换红罗绣舞筵。未戴柘枝花帽子,两行宫监在帘前。"④ 敦煌卷子 S.6171《宫辞》云:"花开欲幸教坊时,排□□令隔宿知。闻出内家新舞女,翰林别进柘枝辞。"⑤ 翰林所进歌辞是供新舞女表演柘枝舞时歌唱的。徐凝诗《宫中曲二首》之二:"身轻入宠尽恩私,腰细偏能舞柘枝。一日新妆抛旧样,六宫争画黑烟眉。"⑥ 都是夸奖宫中善舞的宫人。唐时达官贵人家里往往养有歌舞伎,白居易《鹦鹉》诗:"应似朱门歌舞妓,深藏牢闭后房中。"⑦ 善柘枝舞者称为柘枝伎,酒宴上舞柘枝助兴。张祜《感王将军柘枝妓殁》云:"寂寞春风旧柘枝,舞人休唱曲休吹。鸳鸯钿带抛何处,孔雀罗衫付阿谁。画鼓不闻招节拍,锦靴空想挫腰肢。今来座上偏惆怅,曾是堂前教彻时。"⑧ 就是为王某家柘枝伎的死表达哀伤。

---

① 向达:《唐代长安与西域文明》,第 68 页。
② (唐) 岑参著,陈铁民、侯忠义校注:《岑参诗校注》卷 2,第 185 页。
③ 《元稹集》卷 24,第 286—287 页;《白居易集》卷 3,第 60—61 页。
④ 《全唐诗》卷 302,第 3445 页。
⑤ 任中敏:《唐声诗》下编,凤凰出版社 2013 年版,第 135 页。这首诗只见于敦煌文书,任氏指出:"《全唐诗》所见各家宫辞均无。"
⑥ 《全唐诗》卷 474,第 5379 页。
⑦ (唐) 白居易:《白居易集》卷 24,中华书局 1979 年版,第 553 页。
⑧ 《全唐诗》卷 511,第 5827 页。

长安流行的来自域外的其他乐舞,唐诗中也有描写。《旧唐书·郭山恽传》记载:"时中宗数引近臣及修文学士,与之宴集。尝令各效伎艺,以为笑乐。工部尚书张锡为《谈容娘舞》,将作大匠宗晋卿舞《浑脱》,左卫将军张洽舞《黄獐》,左金吾卫将军杜元琰舞《婆罗门咒》,给事中李行言唱《驾车西河》。"① 其中《浑脱》和《婆罗门咒》都来自域外。高丽乐舞很早就传入中国,并被诗人歌咏。北周王褒有《高句丽乐府》诗:"萧萧易水生波,燕赵佳人自多。倾杯覆碗漼漼,垂手奋袖娑娑。不惜黄金散尽,只畏白日蹉跎。"② 高丽乐受到唐人的喜爱,唐人有善高丽舞者,杨再思就是其例。《新唐书·杨再思传》记载:"易之兄司礼少卿同休,请公卿宴其寺,酒酣,戏曰:'公面似高丽。'再思欣然,剪縠缀巾上,反披紫袍,为高丽舞,举动合节。"③ 李白《高句丽》诗咏高丽乐舞:"金花折风帽,白马小迟回。翩翩舞广袖,似鸟海东来。"④ 杨齐贤注此诗曰:"《唐礼乐志》有高丽乐,《乐书》:'高丽乐人,紫罗帽,饰以白衣衫,紫大袖,紫罗带,大口袴,赤皮鞋,五色绶绳。舞者四人,二人黄裙襦,赤黄袴,长其袖,乌皮靴,双并立而舞。《舞赋》曰:'长袖交横。'又曰:'翩翩燕居,拉踏鹄惊。'"萧士赟云:"《乐府遗声》蕃胡四曲,有《高句骊》";"按《唐礼乐志》,东夷乐有高丽、百济。中宗时百济乐工人亡散,岐王为太常卿,复奏置之,然音伎多阙。舞者二人,紫大褒裙襦,章甫冠,衣履,乐有筝、笛、桃皮、筚篥、箜篌,歌而已,金花帽、白马、广袖者,当时乐舞之饰,即所见而咏之。"⑤ 高丽人喜戴折风帽,表演时服以椎髻于后,以绛抹额,饰以金、黄裙襦,长袖,乌皮靴,挥动宽大的衣袖。所用乐器九种,其中打击乐用腰鼓、齐鼓、担鼓等。⑥ 李白诗的描写与之相符。

德宗贞元十六年(800)南诏国献"夷中歌舞"至成都,剑南西川节度使韦皋组织歌舞艺人,用中原字舞形式编制成《南诏奉圣乐》入贡长安,德宗亲往麟德殿观看。此后两年,骠国王又通过韦皋献《骠国乐》入长安。《骠国乐》的演奏轰动长安。开州刺史唐次写了《骠国乐颂》,元稹、白居易观看骠国乐舞后有《骠国乐》同题之作,胡直钧写有《太常观阅骠国新乐》。他们以同一题材写诗,立场感情不同,有人把它看作

---

① 《旧唐书》卷189下《儒学传》,中华书局1975年版,第4970页。
② (宋)郭茂倩编:《乐府诗集》卷78,中华书局1979年版,第1095页。
③ 《新唐书》卷109《杨再思传》,中华书局1975年版,第4099页。
④ (唐)李白著,瞿蜕园、朱金城校注:《李白集校注》卷6,第443页。
⑤ (元)萧士赟:《分类补注李太白诗》卷6,四部丛刊影印元刊本,第9页。
⑥ 《北史》卷94,中华书局1974年版,第3115页。

大唐政治教化醇和的表现，有人写诗咏叹《骠国乐》的优美，有人把从骠国传来的乐舞看作致乱之由加以指摘。不少汉地艺术家运用来自域外的乐器演奏，如白居易《琵琶行》诗中的琵琶女，李贺《李凭箜篌引》中的李凭等。他们演奏的音乐有胡乐也有汉地的音乐，顾况笔下的李供奉就是这样的人才，其《李供奉弹箜篌歌》称李氏为"国府乐手"，箜篌是汉代即已传入中国的域外乐器，他弹的乐曲既有汉曲，也有胡曲："弄调人间不识名，弹尽天下崛奇曲。胡曲汉曲声皆好，弹著曲髓曲肝脑。"① 西域龟兹乐自北朝以来便流行中原地区，唐代长安龟兹乐特盛，元稹《连昌宫词》："逡巡大遍《凉州》彻，色色《龟兹》轰录续。"② 便是这种盛况的反映。

长安流行的乐舞有的是在吸收外来乐舞成分的基础上创制的，宫廷乐舞中大量吸收外来因素。《火凤》是贞观末裴神符创制的乐曲，裴神符"妙解琵琶，作《胜蛮奴》《火凤》《倾杯乐》三曲，声度清美，太宗深爱之。高宗末，其伎遂盛"。③《春莺啭》是高宗时创制的乐曲，"高宗晓声律，闻风叶鸟声，皆蹈以应节。尝晨坐闻莺声，命乐工白明达写之为《春莺啭》，后亦为舞曲"④。元稹《法曲》诗云："《火凤》声沉多咽绝，《春莺》啭罢长萧索。胡音胡骑与胡妆，五十年来竞纷泊。"⑤ 张祜《春莺啭》云："兴庆池南柳未开，太真先把一枝梅。内人已唱《春莺啭》，花下傞傞软舞来。"⑥ 向达以为元稹把《春莺啭》列为胡乐："白明达为龟兹人，所写《春莺啭》，当函有不少之龟兹乐成分在内。"《火凤》的作者裴神符出身疏勒，其谱写的乐曲可能与《春莺啭》"同其派别"。⑦ 这两支曲

---

① 《全唐诗》卷265，第2947页。
② （唐）元稹：《元稹集》卷24，中华书局1982年版，第270页。
③ 《唐会要》卷33《讌乐》，上海古籍出版社1991年版，第711页。
④ （唐）崔令钦：《教坊记》，古典文学出版社1957年版，第15页。
⑤ 《元稹集》卷24，第282页。
⑥ 《全唐诗》卷511，第5838页。
⑦ 向达：《唐代长安与西域文明》，第62页。按：关于《春莺啭》的创制，另有一说。郭茂倩《乐府诗集》卷80引《乐苑》："《大春莺啭》，唐虞世南及蔡亮作。又有《小春莺啭》，并商调曲也。"那么，其创制便与白明达无关，或许经白明达改造亦未可知。细绎元稹诗，把《春莺啭》与"《火凤》声"对举，似皆作为正声而言，所谓"咽绝""萧索"者，皆言正声衰微。由此看来，元稹并未把它看作胡曲，反而是指与胡曲相对之正声。《火凤》亦曲名，《唐会要》记载，贞观时太常乐工裴神符擅长此曲："妙解琵琶，作《胜蛮奴》《火凤》《倾杯乐》三曲，声度清美，太宗深爱之。高宗末其伎遂盛。"向达先生以裴氏系"疏勒入唐之乐人"，认为《火凤》与《春莺啭》同一类别，皆系胡曲，理解可能有误。元稹批评的是后来的社会风气，不包括这些唐前期为太宗欣赏的乐曲。但两曲都曾经过出身胡族的音乐家创制和改制，吸收了胡曲元素却是可能的。

子可能如向先生所论包含有胡曲音素。据《洛阳伽蓝记》记载，北朝时便有《火凤曲》，① 又据《乐苑》记载，"《大春莺啭》，唐虞世南及蔡亮作，又有《小春莺啭》，并商调曲也"。② 这两支曲子如向达先生所论，经过白明达、裴神符改造，包含有胡曲元素，改变了原来的音乐成分。元稹诗的意思是说正是好好的乐曲被糟蹋了，所谓"咽绝""萧索"者，皆言正声衰微。两曲曾经过出身胡族的音乐家改制，吸收了胡曲元素，为元稹所不满。

《霓裳羽衣舞》是玄宗时在吸收外来乐舞的基础上创制的。③ 天宝十三载（754）七月太常署"改诸乐名"，西域传入的乐曲《婆罗门》改为《霓裳羽衣》，④ 故又名《婆罗门舞》。《霓裳羽衣曲》在开元、天宝年间曾盛行一时，后来成为玄宗和杨妃奢淫生活的象征为人诟病。张祜《华清宫》诗云："天阙沉沉夜未央，碧云仙曲舞霓裳。一声玉笛向空尽，月满骊山宫漏长。"⑤ 白居易《长恨歌》云："渔阳鼙鼓动地来，惊破霓裳羽衣曲。"⑥ 此曲舞谱早已失传，白居易《霓裳羽衣舞歌》对此曲的演唱做了详尽的描述，成为如今认识此曲的重要资料。⑦ 白居易的诗是和元稹诗所作，说明元稹也著有同题诗。中晚唐时此曲又有演出，当时叫"弄婆罗门"。宣宗大中初年，善弄婆罗门者有康洒、石宝山。⑧ 从其姓氏知是来自中亚康国和石国的胡人。

长安艺术家向异域之艺术家学习提高了技艺。开元中李謩善吹笛，天下第一，曾师从龟兹乐师。李謩遇独孤生，"独孤曰：'公试吹凉州'。至曲终，独孤生曰：'公亦甚能妙，然声调杂夷乐，得无有龟兹之侣乎？'李生大骇，起拜，曰：'丈人神绝，某亦不自知，本师实龟兹人也'"。⑨ 元稹《连昌宫词》曾咏李謩偷曲故事："李謩擫笛傍宫墙，偷得新翻数般曲。"

---

① （北魏）杨衒之著，范祥雍校注：《洛阳伽蓝记校注》卷3，上海古籍出版社1978年版，第178页。
② （宋）郭茂倩编：《乐府诗集》卷80引，中华书局1979年版，第1137页。
③ 《霓裳羽衣曲》简称《霓裳》，唐代宫廷乐舞。其由来传说不一：有说玄宗登三乡驿，望女几山，归而作之；有说此曲乃《婆罗门曲》之别名；有说唐玄宗创作了前半曲，又将西凉都督杨敬述进《婆罗门曲》改编成后半曲合而制之。
④ 《唐会要》卷33《诸乐》，上海古籍出版社1991年版，第720页。
⑤ 《全唐诗》卷511，第5841页。
⑥ （唐）白居易：《白居易集》卷12，中华书局1979年版，第238页。
⑦ 参见秦序《〈霓裳羽衣曲〉的段数及变迁——〈霓裳曲〉新考之二》，《中国音乐学》（季刊）1993年第1期。
⑧ （唐）段安节：《乐府杂录》，上海古籍出版社1988年版，第29页。
⑨ 《太平广记》卷204，中华书局1961年版，第1553页。

自注:"玄宗尝于上阳宫夜后按新翻一曲,属明夕正月十五日,潜游灯下。忽闻酒楼上有笛奏前夕新曲,大骇之。明日,密遣捕捉笛者,诘验之。自云'某其夕窃于天津桥玩月,闻宫中度曲,遂于桥柱上插谱记之。臣即长安少年善笛者李謩也。'玄宗异而遣之。"① 张祜《李謩笛》诗:"平时东幸洛阳城,天乐宫中夜彻明。无奈李謩偷曲谱,酒楼吹笛是新声。"② 显然,李謩新声吸收了龟兹乐的元素。唐代乐府中有《拨头》曲,一名《钵头》,又名《拔头》,也是来自域外的一种舞乐,"拨头,出西域。胡人为猛兽所噬,其子求兽杀之,为此舞以象也"③。据王国维研究,此舞乐可能出于《北史·西域传》之"拔豆国",可能隋唐之前中原已有此戏。④ 张祜《容儿钵头》诗:"争走金车叱鞅牛,笑声唯是说千秋。两边角子羊门里,犹学容儿弄钵头。"⑤ 显然咏钵头舞。

剑器浑脱舞是带有外来文化元素的乐舞,它是把《剑器》和《浑脱》两种舞蹈糅合起来成为一种新的舞蹈。《剑器》是健舞之一种,⑥ 舞者为戎装女子。《浑脱》也是健舞,浑脱即戴浑脱帽的人所表演的舞蹈或其组成的舞队。浑脱帽是用动物的整张皮制成的囊形帽子,或形状类似的仿制品。浑脱舞原名《泼寒胡戏》,又名《苏幕遮》(波斯语"披巾"),出自波斯,经龟兹传入中原。释慧琳解释"苏莫遮冒(帽)"云:"小儿及蛮夷头衣也","苏莫遮,西戎胡语也,正云'飒麿遮'。此戏本出西龟兹国,至今由(犹)有此曲,此国浑脱、大面、拨头之类也。或作兽面,或象鬼神,假作种种面具形状。或以泥水沾洒行人,或持羂索、搭钩捉人为戏。每年七月初公行此戏,七日乃停。土俗相传云,常以此法攘厌驱趁罗刹恶鬼食啖人民之灾也"⑦。这种舞蹈北周时已从西域传入中原,周宣帝大象元年(579)腊月甲子,曾使胡人在正武殿上作此舞,"纵胡人乞寒,用水浇沃为戏乐"⑧。唐前期颇为盛行,武后和中宗时为最为盛行,不但都市相率为之,宫廷中亦舞《浑脱》。此舞于隆冬举行。张说《苏幕遮》诗:"腊月凝阴积帝台,豪歌急鼓送寒来。"⑨《旧唐书·郭山恽传》记载:"将

---

① (唐)元稹:《元稹集》卷24,中华书局1982年版,第271页。
② 《全唐诗》卷511,第5839页。
③ (唐)杜佑:《通典》卷146,中华书局1988年版,第3729页。
④ 王国维:《宋元戏曲史》第一章,上海古籍出版社1998年版,第7—8页。
⑤ 《全唐诗》卷511,第5847页。
⑥ (唐)段安节:《乐府杂录》,上海古籍出版社1988年新1版,第28页。
⑦ (唐)慧琳:《一切经音义》卷41,上海古籍出版社2008年版,第1211页。
⑧ 《周书》卷7《宣帝纪》,中华书局1971年版,第122页。
⑨ 《全唐诗》卷89,第982页。

作大匠宗晋卿舞浑脱。"① 由于舞时"挥水投泥",戏谑成分较浓,而且"裸体跳足""腾逐喧噪",更被认为"亵比齐优",有伤"盛德",故吕元泰、张说、韩朝宗等大臣上疏进谏,吕元泰批评时政:"比见坊邑相率为浑脱队,骏马胡服,名曰《苏莫遮》。旗鼓相当,军阵势也;腾逐喧噪,战争象也;锦绣夸竞,害女工也;督敛贫弱,伤政体也;胡服相欢,非雅乐也;'浑脱'为号,非美名也,安可以礼义之朝,法胡虏之俗?"② 这种泼水而舞的形式于开元元年(713)被禁断。

当时《浑脱》和《剑器》二舞常常同演,甚至糅合一起。杜甫《观公孙大娘弟子舞剑器行》序记载:"大历二年十月十九日,夔府别驾元持宅,见临颍李十二娘舞剑器,壮其蔚跂,问其所师,曰'余公孙大娘弟子也'。开元三载,余尚童稚,记于郾城观公孙氏舞《剑器》《浑脱》,浏漓顿挫,独出冠时,自高头宜春梨园二伎坊内人洎外供奉,晓是舞者,圣文神武皇帝初公孙一人而已,玉貌锦衣。况余白首,今兹弟子亦非盛颜。既辨其由来,知波澜莫二,抚事慷慨,聊为《剑器行》。昔者吴人张旭,善草书帖,数常于邺县见公孙大娘舞西河剑器,自此草书长进,豪荡感激,即公孙可知矣。"其诗描写公孙大娘之舞极其生动:

  昔有佳人公孙氏,一舞剑器动四方。观者如山色沮丧,天地为之久低昂。㸌如羿射九日落,矫如群帝骖龙翔。来如雷霆收震怒,罢如江海凝清光。绛唇珠袖两寂寞,晚有弟子传芬芳。临颍美人在白帝,妙舞此曲神扬扬。与余问答既有以,感时抚事增惋伤。先帝侍女八千人,公孙剑器初第一。③

沈亚之《叙草书送山人王传乂》有相似记载:"昔张旭善草书,出见公孙大娘舞《剑器》《浑脱》,鼓吹既作,言能使孤蓬自振,惊砂坐飞,而旭归为之书,则非常矣。"④ 敦煌残卷斯六五三七载《敦煌曲子词·剑器辞三》:"《剑器》呈多少,《浑脱》向前来。"⑤ 从这些材料看,表演时通常

---

① 《旧唐书》卷189下《儒学传》,中华书局1975年版,第4970页。
② 《新唐书》卷118《宋务光传》,中华书局1975年版,第4277页。
③ (唐)杜甫著,(清)仇兆鳌注:《杜诗详注》卷20,中华书局1979年版,第1815、1817页。
④ (唐)沈亚之著,肖占鹏、李勃洋校注:《沈下贤集校注》卷9,南开大学出版社2003年版,第182页。
⑤ 任中敏编著,何剑平、张长彬校理:《敦煌歌辞总编》,凤凰出版社2014年版,第1076页。

是先舞《剑器》，再舞《浑脱》。《剑器舞》之道具不能从舞曲之名望文生义，以为舞者持刀剑而舞。清胡鸣玉《订讹杂录·剑器浑脱》云："唐段安节《乐府杂录》谓《剑器》是健舞曲名。又《文献通考·舞部》谓《剑器》古武舞之曲名，其舞用女妓，雄粧空手而舞。案此，今人意以剑器为刀剑之器，非是。"①《剑器》舞或许并不持剑，但似乎有时也持剑而舞。唐末郑嵎《津阳门诗》描写玄宗生日"千秋节"宫中乐舞表演云："公孙剑伎方神奇。"自注："有公孙大娘舞剑，当时号为雄妙。"② 据其诗意和自注，似乎舞者持剑。唐诗中有咏剑器浑脱舞之舞容舞姿，除杜甫诗之外，又如司空图《剑器》诗："楼下公孙昔擅场，空教女子爱军装。潼关一败吴（一作胡）儿喜，簇马骊山看御汤。"③ 有为剑器浑脱舞谱写歌词的，除上述《敦煌曲子词》中《剑器辞》三首，又如姚合《剑器词》三首，其一："圣朝能用将，破敌速如神。掉（一作插）剑龙缠臂，开旗火满身。积尸川没（一作有）岸，流血野无尘。今日当场舞，应（一作须）知是战人。"其二："昼（一作夜）渡黄河水，将军险用师。雪光（一作声）偏著甲，风力不禁旗。阵变龙蛇活，军雄鼓角知。今朝重起舞，记得战酣时。"其三："破虏行千里，三军意气粗。展旗遮日黑，驱马饮（一作踏）河枯。邻境求兵略，皇恩索阵图。元和太平乐，自古恐应无。"④ 诗为剑器舞谱写的歌词，歌颂宪宗时平藩和对外敌战争的胜利。因为《剑器》和《浑脱》舞为武舞，因此歌词总是与战争有关，甚至直接描写战争场面。

在长安乐舞的域外元素中，还有使用的乐器不少出自域外，诸如琵琶、箜篌、觱篥、胡笳、羌笛等，早在汉代就传入中国，很早就有诗歌咏之。唐代此类诗不胜枚举，其中不少名作，白居易《琵琶行》、李贺《李凭箜篌引》、李颀《听安万善吹觱篥歌》、王之涣《凉州词》咏羌笛等，都是脍炙人口的佳作。又如羯鼓，源于龟兹。⑤ 两面蒙皮，腰部细，用公羊皮做鼓皮，因此叫羯鼓。古代龟兹、高昌、疏勒、天竺等地居民都使用羯鼓，南北朝时经西域传入内地，盛行于唐开元、天宝年间。南卓《羯鼓录》记载："羯鼓出外夷，以戎羯之鼓，故曰羯鼓。"其形"□

---

① （清）胡鸣玉：《订讹杂录》卷3，文渊阁《四库全书》（子部十·杂家类），第15页。
② 《全唐诗》卷567，第6563页。
③ 《全唐诗》卷633，第7268页。
④ 《全唐诗》卷502，第5709页。
⑤ 一说源于羯族，但向达考证，其渊源实出于龟兹。参见前揭《唐代长安与西域文明》，第63页。

如漆桶，山桑木为之，下以小牙床承之。击用两杖。"① 据说玄宗"雅好羯鼓，其时诸大臣靡不习之"②。崔道融《羯鼓》诗："华清宫里打撩声，供奉丝簧束手听。寂寞銮舆斜谷里，是谁翻得雨淋铃。"③ 在他笔下羯鼓成为玄宗与杨妃奢淫生活的象征，诗字面上咏羯鼓，实是悲叹马嵬驿兵变和李杨悲剧。

长安的体育游戏中的不少西域内容，在唐诗中有所反映。泼寒胡戏源出拜占庭，④ 打马球戏（波罗球戏）起源于波斯，棋弈双陆来自大食，经中亚传入长安。泼寒胡戏作为外来乐舞，中亚西域皆有表演，南北朝时已经传入中国，武则天末年在长安、洛阳两京和民间各地深受大众欢迎。神龙年间中宗曾和大臣观泼寒胡戏，受到吕元泰、韩朝宗等人疏谏。张说曾作有《苏幕遮》五首咏演出盛况。其一："摩遮本出海西胡，琉璃宝服紫髯胡。闻道皇恩遍宇宙，来时歌舞助欢娱。"其二："绣装帕额宝花冠，夷歌骑舞借人看。自能激水成阴气，不虑今年寒不寒。"其三："腊月凝阴积帝台，豪歌击鼓送寒来。油囊取得天河水，将添上寿万年杯。"其四："寒气宜人最可怜，故将寒水散庭前。惟愿圣君无限寿，长取新年续旧年。"其五："昭成皇后帝家亲，荣乐诸人不比伦。往日霜前花委地，今年雪后树逢春。"⑤ 玄宗时"因蕃夷入朝，又作此戏"⑥。张说上疏奏请禁演泼寒胡戏，玄宗纳其言下敕禁断。泼寒胡戏虽遭禁止，其舞蹈形式和乐曲并未完全消失，经过唐人的吸收与融合，舞蹈《浑脱》、乐曲《苏幕遮》都被保留下来，并构成其他新舞蹈和新乐曲的组成部分。

打马球戏来自波斯，向达据《封氏闻见记》记载，认为波罗球戏传入长安，始于太宗时："波罗球（Polo）为一种马上打球之戏，发源于波斯，其后西行传至君士坦丁堡，东来传至土耳其斯坦。由土耳其斯坦以传入中

---

① （唐）南卓：《羯鼓录》，上海古籍出版社1988年版，第3页。
② （唐）南卓：《羯鼓录》跋，上海古籍出版社1988年版，第16页。
③ 《全唐诗》卷714，第8207页。
④ 北宋陈旸《乐书》考证，泼寒胡戏是外蕃康国之乐，所用乐器有大鼓、小鼓、琵琶、箜篌等，音节铿锵，歌舞豪放。向达以为出于伊兰，传至印度以及龟兹，中国内地之乞寒胡戏由龟兹传来。参见氏著《唐代长安与西域文明》，第74页。《旧唐书·康国传》："至十一月鼓舞乞寒，以水相泼，盛为戏乐。"据慧琳《一切经音义》卷40，泼寒胡戏中的乐曲《苏幕遮》"本出西龟兹国"。按：张说诗云："摩遮本出海西胡"，海西当指拜占庭。
⑤ 《全唐诗》卷89，第982页。
⑥ 《旧唐书》卷97《张说传》，中华书局1975年版，第3052页。

国西藏、印度诸地。日本、高丽亦有此戏,则又得自中国者也。"① 唐代宫廷和地方都很盛行,诗赋有不少作品写波罗球戏,反映这项活动在长安的流行和普及。沈佺期、崔湜、武平一、张说等都有咏打马球应制之作,蔡孚有《打球篇》,杨巨源有《观打球有作》,王建《宫词》中有专门咏宫中打球的篇什。武平一《幸梨园观打球应制》云:"令节重邀游,分镳应彩球。骤骅回上苑,蹀躞绕通沟。影就红尘没,光随赭汗流。赏阑清景暮,歌舞乐时休。"② 张说《奉和圣制寒食作应制》诗写寒食节时长安的娱乐活动中有打马球:"寒食春过半,花秾鸟复娇。从来禁火日,会接清明朝。斗敌鸡殊胜,争球马绝调。"③ 王建《宫词一百首》第十五云:"对御难争第一筹,殿前不打背身球。内人唱好龟兹急,天子鞘回过玉楼。"④ 从王建诗中可知宫中妇女亦打球,《宫词一百首》第七十三云:"殿前铺设两边楼,寒食宫人步打球。一半走来争跪拜,上棚先谢得头筹。"⑤ 这些诗都反映了宫廷里这项活动的内容规制、热闹非凡和人们对这项活动的喜爱。不仅宫廷里盛行打球,达官贵人宅中、禁卫军军营往往筑球场打球,贵少们亦以打球为乐。李廓《长安少年行》诗云:"追逐轻薄伴,亲游不著绯。长拢出猎马,数换打球衣。晓日寻花去,春风带酒归。青楼无昼夜,歌舞歇时稀。"⑥ 寻橦最初是来自域外的杂技,又称戴竿。汉代画像石上系一人手持或头顶长竿,另有数人缘竿而上。刘晏《咏王大娘戴竿》诗即咏此种杂技:"楼前百戏竞争新,唯有长竿妙入神。谁谓绮罗翻有力,

---

① 向达:《唐代长安与西域文明》,第80页。按:向达先生所谓"土耳其斯坦"大致相当于今所谓中亚地区和中国新疆地区。"土耳其斯坦"又称"突厥斯坦",泛指亚洲中部突厥人之发祥地,东起戈壁沙漠,西至里海,南接西藏、阿富汗、伊朗和印度,北邻西伯利亚。19世纪,欧洲地理学家开始使用这个概念,并扩大其范围,将中亚部分称为"西土耳其斯坦",将中国新疆地区称为"东土耳其斯坦"。"西土耳其斯坦"东起天山西麓,西达里海,北抵哈萨克斯坦南部和东南部,南至兴都库什山地区,位于亚欧大陆之间和通往西亚、南亚的通道,自古为世界文明十字路口。匈奴人、突厥人、蒙古人等曾先后进入其地,建立国家。中国历史上未曾使用"东土耳其斯坦(东突厥斯坦)"的名称称呼新疆地区。张星烺先生《中西交通史料汇编》第五册"古代中国与西部土耳其斯坦之交通",朱杰勤校订本径改为"古代中国与中亚之交通"。参见张星烺编注,朱杰勤校订《中西交通史料汇编》,中华书局2003年版,第1279页。
② 《全唐诗》卷102,第1083—1084页。
③ 《全唐诗》卷88,第963页。
④ (唐)王建著,王宗堂校注:《王建诗集校注》卷10,第558页。
⑤ 《王建诗集校注》卷10,第620页。
⑥ 《全唐诗》卷24,第328页。

犹自嫌轻更著人。"① 跳剑、跳丸也是来自域外的杂技,太宗之子李承乾"常命户奴数十百人专习伎乐,学胡人椎髻,剪彩为舞衣,寻橦跳剑,昼夜不绝,鼓角之声,日闻于外。"② 这种杂技成为朝廷立部伎表演的节目。白居易《立部伎》诗云:"立部伎,鼓笛喧,舞双剑,跳七丸,袅巨索,掉长竿。太常部伎有等级,堂上者坐堂下立。堂上坐部笙歌清,堂下立部鼓笛鸣。笙歌一声众侧耳,鼓笛万曲无人听。立部贱,坐部贵,坐部退为立部伎,击鼓吹笙和杂戏。"③ 其中跳丸和长竿本来都是来自西域的杂技。

在长安节庆习俗游戏活动中也引入了域外成分。张鷟《朝野佥载》提到元宵节夜的"灯轮":"睿宗先天二年正月十五、十六夜,于京师安福门外作灯轮高二十丈,衣以锦绮,饰以金玉,燃五万盏灯,簇之如花树。宫女千数,衣罗绮,曳锦绣,耀珠翠,施香粉。一花冠,一巾帔皆万钱;装束一妓女皆至三百贯。妙简长安、万年少女妇千余人,衣服、花钗、媚子亦称是,于灯轮下踏歌三日夜。欢乐之极,未始有之。"④ 张说《十五日夜御前口号踏歌辞二首》咏之:"花萼楼前雨露新,长安城里太平人。龙衔火树千灯艳,鸡上(一作踏)莲花万岁春";"帝宫三五戏春台,行雨流风莫妒来。西域灯轮千影合,东华金阙万重开。"⑤ 从诗的描写可知这种巨大的灯轮样式来自西域。先天二年是玄宗第一个年号,此时睿宗已为太上皇。史载先天二年春正月"上元日夜,上皇御安福门观灯,出内人联袂踏歌,纵百僚观之,一夜方罢"⑥ 张说诗歌咏的就是这次上元节盛况。当时玄宗亦有观灯活动,受到臣下的谏止:"有僧婆陁请开门燃灯百千炬,三日三夜。皇帝御延喜门观灯纵乐,凡三日夜。左拾遗严挺之上疏谏之,乃止。"⑦ 可知这年的燃灯活动由僧婆陁建议并主持,玄宗与睿宗不在一处观灯,但长安各处燃灯活动都是出于僧婆陁的策划和设计。向达考证:"此所谓僧婆陁,就其名而言,应是西域人。其所燃灯,或即西域式之灯彩,与上元之西域之灯轮疑有若干相同之点。而僧婆陁或即一袄教徒,亦未可

---

① 《全唐诗》卷120,第1207页。此诗题注引《太平御览》:"明皇御勤政楼,大张乐,罗列百伎。时教坊有王大娘者,戴百尺竿,竿上施木山,状瀛洲、方丈,令小儿持绛节出入于其间,歌舞不辍。时晏以神童为秘书正字,方十岁,帝召之,贵妃置之膝上,为施粉黛,与之巾栉,命咏王大娘戴竿,晏应声而作,因命牙笏及黄纹袍赐之。"
② 《旧唐书》卷76《太宗诸子传》,中华书局1975年版,第2648页。
③ (唐)白居易:《白居易集》卷3,中华书局1979年版,第57页。
④ (唐)张鷟:《朝野佥载》卷3,中华书局1979年版,第69页。
⑤ (唐)张说著,熊飞校注:《张说集校注》卷10,中华书局2013年版,第546页。
⑥ 《旧唐书》卷7《睿宗纪》,中华书局1975年版,第161页。
⑦ 同上。

知也。"西域燃灯之俗，向达举出二例，一是《唐会要·吐火罗》记载："麟德二年（乌泾波）遣其弟祖纥多献玛瑙灯树两具，高三尺余。"二是德国勒柯克所著 Chotscho：Koniglich Turfan-Expedition（Berlin：1913）著录吐鲁番 Murtuq 第三洞入口处壁画灯树图，"所谓西域灯轮或灯树，尚可于此见其仿佛也"[①]。

唐代长安是外来文明汇聚之地，外来文明对长安社会生活产生了巨大影响。在那个开放的时代，域外文化如一股股细流融入长安人的生活和心理，使长安社会生活呈现出多姿多彩的风貌和韵味。长安浸染在"胡风"之中，这种胡风为长安社会增添了新的元素，极大地丰富了长安人的生活内容，提高了长安人的生活质量，给长安文化增添了新的活力和色彩。通过诗人的生花妙笔，这种外来元素又进入其美妙的诗篇中，让我们看到中外文化交流是如何为唐诗提供了丰富素材，而唐诗又是怎样不负使命地展示了那个丰富多彩的时代的壮丽画卷，提供了丰富的唐代社会生活信息，也让我们生动地感受到了长安那个国际大都市的浪漫色彩和开放气息。

---

① 向达：《唐代长安与西域文明》，生活·读书·新知三联书店 1957 年版，第 55 页，注［三六］。

第二章 丝绸之路之关陇道
——从长安至武威

丝绸之路关陇道指从长安到武威间的道路。"关陇"指陕西关中和甘肃东部一带地区，因为陇山（今甘肃六盘山）和关中而得名。"关"指关中地区；今陕西宝鸡以西、甘肃乌鞘岭以东以及宁夏全境，因为在陇山周围而称为"陇"，并以陇山为界分陇东和陇西。关中和甘肃东部、宁夏合称为关陇地区。关陇道即从长安出发经过这一地区而进入河西走廊的道路。"关陇"也是古代诗歌中的地理意象。关陇道是丝绸之路绿洲路之首途，唐诗中与此地有关的诗篇数量甚多。

一 关陇道和陇右道

从唐朝都城长安出发西行，经过今甘肃、青海、宁夏至新疆，再越葱岭经中亚通往西亚，而后通向中东及东欧地区的通道，所经之地多沙漠地区，沙漠中有适于人类生存的绿洲，彼此构成交通和交往的通道，故被称为沙漠绿洲之路。这条道路大体上以敦煌和葱岭为界，可以分为东、中、西三段。东段指从长安到敦煌的道路，中段即西域道，大体在新疆境内，以塔克拉玛干沙漠为界分为南北两道；西段即越过葱岭通向西方的道路。

东段道路又分为两段，一是从长安至武威，即关陇道或陇右道；二是从武威到敦煌，即河西走廊，本章考察唐诗中涉及关陇道的作品。长安与武威之间的道路错综复杂，主要有南北两路。南路大体走向是长安→咸阳→扶风府（今陕西凤翔）→陇州汧源县（今陕西陇县）→越陇山西南行，经今甘肃清水县至秦州（今甘肃天水）西行，经伏羌县（今甘肃甘谷）→渭州襄武县（今甘肃陇西）→渭源县→临州（今甘肃临洮），北上至兰州（今甘肃兰州市），由庄浪河北上，经广武县（今甘肃永登）→凉州昌松县（今甘肃古浪），至姑臧县（凉州治所，今甘肃武威）与北路合。北路从长安出发，经奉天（今陕西乾县）→邠州（陕西彬县）→泾州（今甘肃泾川）→平凉弹筝峡（今甘肃平凉），转而向北，经原州（今宁夏固原）至石门关，由此向西，经会州（今甘肃靖远），自乌兰关渡黄河，西北行至凉州姑臧，与南路合。

唐初从长安到敦煌的道路属关内道和陇右道。关内道于贞观元年（627）置，为十道之一，在古雍州地理范围，初辖27州，135县，兼治单于安北都护府，辖地跨今陕西秦岭以北、宁夏贺兰山以东以及内蒙古呼和浩特市以西，阴山与狼山以南的河套地区。开元二十一年（733）将关内道长安附近地方分出，设京畿道。始设关内道采访使，以京官遥领。乾元元年（758）改为观察处置使。关内、京畿二道同治长安。关内道属贞观十道、开元十五道之一，领陇、泾、原、宁、庆、鄜、坊、丹、延、灵、威、会、盐、夏、绥、银、宥、胜、丰十九州和安北、单于二都护府。陇右道乃贞观十道之一，贞观元年"分陇坻以西为陇右道"，[①]包括今陕西关中地区、甘肃和青海各一部分，辖境跨今甘肃六盘山以西，青海湖以东和新疆东部。陇右道"东接秦州，西逾流沙，南连蜀及吐蕃，北界朔漠"。[②]辖二十一州府：秦州，治所在成纪县，辖6县；河州，治所在枹罕县，辖3县；渭州，治所在襄武县，辖4县；鄯州，治所在湟水县，辖3县；兰州，治所在金城县，辖2县；临州，治所在狄道县，辖2县；阶州，治所在将利县，辖3县；洮州，治所在临潭县，辖1县；岷州，治所在溢乐县，辖3县；廓州，治所在广威县，辖3县；叠州，治所在合川县，辖2县；宕州，治所在怀道县，辖2县；凉州，治所在姑臧县，辖5县；沙州，治所在敦煌县，辖敦煌、寿昌2县；瓜州，治所在晋昌县，辖2县；甘州，治所在张掖县，辖2县；肃州，治所在酒泉县，辖3县；伊州，治所在伊吾县，辖伊吾（今哈密）、柔远（今沁城）、纳职（今四堡）3县。西州，治所在前庭县，辖5县；庭州，治所在金满县，辖金满、蒲类（后庭县）、轮台3县，宝应元年（762）增设西海县；安西都护府，治所在龟兹镇。这种辖境万里的局面是随着唐朝势力向西扩张逐步实现的。唐朝击灭东突厥和西突厥，在其故地置羁縻府州，陇右道辖境扩大。"突厥、回纥、党项、吐谷浑之别部及龟兹、于阗、焉耆、疏勒、河西内属诸胡、西域十六国隶陇右者，为府五十一，

---

① 《旧唐书》卷40《地理志三》，中华书局1975年版，第1639页。
② 《大唐六典》卷3，三秦出版社1991年版，第58页。

州百九十八。"①

睿宗景云二年（711），因陇右疆域辽阔，管辖不便，将黄河以西地区析出，设河西道，置河西节度使，治所在凉州（今甘肃武威），本书有专章探讨唐诗中的河西走廊与河西道，另论。河西道析出后之陇右道，最高军政长官为陇右节度使，驻节鄯州（今青海乐都县）。开元二年（714）首任节度大使为郭知运。陇右道领鄯、秦、河、渭、兰、临、武、洮、岷、廓、叠、宕 12 州，先后统临洮、河源、积石、莫门、白水、安人、振武、威武、宁塞、镇西、宁边、威胜（宛秀）、金天、曜武、武宁、天成、振威等军和绥和、平夷、合川守捉，驻军 75000 人，马 10600 匹，"备御吐蕃"。②继郭知运之后任陇右节度使的有王君㚟、张忠亮、盖嘉运、皇甫唯明、王忠嗣、哥舒翰、王思礼等。开元二十一年（733）分全国为十五道，每道置采访处置使，简称采访使，陇右道采访使治所在鄯州。以开元二十九年（741）时行政区划为例，陇右道采访使监察范围包括武州，治将利县（今甘肃武都）；成州，治上禄县（今甘肃礼县）；秦州，治成纪县（今甘肃秦安）；渭州，治襄武县（今甘肃陇西）；岷州，治溢乐县（今甘肃岷县）；宕州，治怀道县（今甘肃舟曲）；叠州，治合川县（今甘肃迭部）；洮州，治临潭县（今甘肃临潭）；河州，治枹罕县（今甘肃东乡）；兰州，治金城县（今甘肃兰州）；鄯州，治湟水县（今青海乐都）；廓州，治化城县（今青海尖扎）；凉州，治神乌县（今甘肃武威）；甘州，治张掖县（今甘肃张掖）；瓜州，治晋昌县（今甘肃安西）；沙州，治炖煌县（今甘肃敦煌）；伊州，治伊吾县（今新疆哈密）；西州，治高昌县（今新疆吐鲁番东南高昌故城）；庭州，治金满县（今新疆吉木萨尔城）；安西都护府，治龟兹镇（今新疆库车），所辖范围为今新疆（除东部四州以外的全部）和今哈萨克斯坦大部、吉尔吉斯斯坦全部、塔吉克斯坦全部、乌兹别克斯坦大部、土库曼斯坦东部和阿富汗东北部等。采访使辖区为监察区，采访使行检查刑狱和监察州县官吏之责。陇右道采访使辖区大致与未析出河西道之陇右道相合。陇右道控扼丝路要道和西域，"远夷则控西域胡戎之贡献焉"③。唐前期陇右道经济繁荣，道路通畅，开元、天宝时"中国强盛，自安远门西尽唐境，凡万二千里间阎相望，桑麻翳野，天下称富庶者无如陇右"。通鉴胡注云："长安城西面北

---

① 《新唐书》卷 48《地理志七下》，第 1119 页。
② 《资治通鉴》卷 216，中华书局 1958 年版，第 6849 页。
③ 《大唐六典》卷 3，三秦出版社 1991 年版，第 59 页。

来第一门曰安远门，本隋之开远门也。西尽唐境万二千里，并西域内属诸国言之。"①

安史之乱发生，陇右、河西驻军内撤，辖区陆续为吐蕃占领，乾元元年（758）两道皆废。但作为地理区划名称，直至五代时仍被沿用。本章讲的关陇道和陇右道乃景云二年置河西道后之关陇道和陇右道，这是丝绸之路自长安西行至河西走廊和西域的必经之地。这条道路从长安至武威，故又称"长武线"。其干线从长安西向，经云阳县（今陕西咸阳市泾阳县云阳镇）、栒邑县（陕西咸阳市旬邑县）、泥阳县（甘肃庆阳市宁县米桥乡）、彭阳县（甘肃庆阳市镇原县），至武威郡（甘肃武威市凉州区），行程约 1200 千米。除这条主干线，尚有两条重要支线：一曰长安（长安、安定）干线，从长安西向，经过好畤县（陕西咸阳市乾县）、漆县（陕西咸阳市彬县）、安定县（甘肃平凉市泾川县），至安定郡（宁夏固原市原州区），约 500 千米，从安定郡至武威郡，约 600 千米；二曰长陇干线，从长安西向，经过好畤县、漆县、陈仓县（陕西宝鸡市陈仓区）、汧县（陕西宝鸡市千阳县）、上邽县（甘肃天水市清水县）、冀县（甘肃天水市甘谷县）、襄武县（甘肃定西市陇西县），至陇西郡（甘肃定西市临洮县），行程约 700 千米。从陇西郡至武威郡，374 千米。②

关陇地区早在汉代即成为一个地理单元，东汉初荆邯劝说隗嚣云："令汉帝释关陇之忧，专精东伐，四分天下而有其三。"③"关陇"作为一个地理概念和诗歌意象在唐诗中不断出现，骆宾王《早秋出塞寄东台详正学士》诗云："汉月明关陇，胡云聚塞垣。"④ 李乂《夏日都门送司马员外逸客孙员外佺北征》诗云："坐闻关陇外，无复引弓儿。"⑤ 无可《送田中丞使西戎》诗云："朝元下赤墀，玉节使西夷。关陇风回首，河湟雪洒旗。"⑥ 从这几首诗可知，从长安出发，孙佺北征和田某西使途经之地都被称为"关陇"。在漫长的历史岁月中，关陇古道一直是中原连接西域、中国连接亚洲、非洲和欧洲的陆上重要纽带。

---

① 《资治通鉴》卷 216，中华书局 1958 年版，第 6919 页。
② 秦国强：《中国交通史话》，复旦大学出版社 2012 年版，第 333—335 页。
③ 《后汉书》卷 13《公孙述传》，中华书局 1965 年版，第 539 页。
④ （唐）骆宾王撰，（清）陈熙晋笺注：《骆临海集笺注》卷 4，上海古籍出版社 1985 年版，第 115 页。
⑤ 周勋初等主编：《全唐五代诗》卷 73，陕西人民出版社 2014 年版，第 1466 页。
⑥ 《全唐诗》卷 813，第 9157 页。

二　唐朝对陇右的开拓

617年，李渊父子起兵太原，第二年攻入长安，建立唐朝。当时群雄割据，建都关中的李唐面临着四面八方的威胁。经过数年的统一战争，新兴的唐朝政权才实现了对全国的统治，唐朝对西北疆域的开拓在这一过程中开始。唐前期丝绸之路的开拓是伴随着中原政权恢复对西北地区的统治实现的。唐朝对西北疆域的开拓从破薛举开始，太宗《经破薛举战地》诗反映了那场战争的壮阔和激烈。破薛举之战的意义重大，中唐诗人柳宗元诗中仍回响着那场战争的杀伐之声。

薛举是河东汾阴（今山西万荣西）人，其父薛汪徙居金城（今甘肃兰州）。薛举骁勇善射，称雄于西北边地，隋大业末任金城府校尉。年荒民饥，陇右盗贼蜂起，金城县令郝瑗为平贼寇募兵数千，任命薛举为将，分发铠甲，大集官民，置酒飨士。薛举和儿子薛仁杲于座中劫持郝瑗，随即起兵，囚禁郡县官吏，开仓散粮，赈济贫乏。薛举自称西秦霸王，建年号为秦兴，招附群盗，劫掠官马，兵锋甚锐。破隋将皇甫绾，陷枹罕。岷山羌钟利俗率众二万归降，兵势大振。封薛仁杲为齐王，授职东道行军元帅，封宗罗睺为义兴王，辅佐薛仁杲；薛仁越为晋王、河州刺史。略取鄯州、廓州等地，尽据陇西，拥兵十三万。

大业十三年（617）七月，薛举在兰州称帝，封妻鞠氏为皇后，长子薛仁杲为太子。遣薛仁杲围攻秦州（天水郡，治所在今甘肃天水）。少子薛仁越攻掠河池郡，被河池太守萧瑀击退。薛举又遣部将常仲兴渡过黄河进击河西李轨，与李轨部将李赟战于昌松，常仲兴战败，全军陷没。薛仁杲攻克秦州，薛举将都城从兰州迁至秦州。十二月，薛仁杲进犯扶风郡（今陕西凤翔），遭汧源贼寇唐弼抵御，不能进。唐弼拥立李弘芝为天子，有众十万人。薛举遣使诏谕，唐弼杀李弘芝依附薛举。薛仁杲趁唐弼不备，袭破其军，唐弼率数百名骑兵逃走。薛举军势益盛，号称二十万，谋取长安。

李渊在长安自封唐王，立杨侑为隋帝。薛举派兵攻打扶风，李渊遣李世民率军击讨薛仁杲，唐军大胜，斩首数千级，薛仁杲退回陇右，唐军追至陇坻而还。当薛举欲越陇西逃时，褚亮劝他效法南越赵佗、蜀汉刘禅和近代萧琮等降唐，遭到郝瑗反驳。薛举重赏郝瑗，用做谋主。薛举接受郝瑗建议，与梁师都联合，厚赂突厥，连兵进攻长安。隋都水监宇文歆出使突厥，劝止莫贺咄设出兵。武德元年（618）六月，唐朝丰州总管张长逊进击宗罗睺，薛举率军救援并进击泾州（今甘肃泾川县北），屯驻于折墌城（今甘肃泾川东），遣游军劫掠岐州、豳州。李世民为帅统军抵御，进驻高墌城（今陕西长武北），与之对垒。李世民认为薛举粮少，急于速战，守城不战。李世民卧病之即，薛举诱使唐军出战，唐军大败，死者达十分之六，大将慕容罗睺、李安远、刘弘基等被俘。唐军撤回长安，薛举夺取高墌城。八月，薛仁杲进逼宁州（今甘肃宁县），郝瑗建议乘胜取长安。薛举患病死，薛仁杲在折墌城继位。

薛仁杲为太子时和大多数将领不和，众人疑忌不安。李渊命李世民为帅经略陇右。九月，唐秦州总管窦轨进攻薛仁杲失利。薛仁杲围攻泾州，骠骑将军刘感镇守泾州。泾州濒临陷落，长平王李叔良率兵来救，薛仁杲扬言军中粮尽，带兵向南而去，派高墌人假装以城降唐，李叔良派刘感率部下赴高墌。刘感至高墌城下，下令烧高墌城门，城上人倒水浇下，刘感知城中人诈降，让步兵回师，自率精兵殿后。薛仁杲军从南原大批涌来，在百里细川与刘感军激战，刘感被俘。薛仁杲包围泾州，李叔良环城坚守。唐陇州刺史常达进兵宜禄川，杀薛军一千多人。薛仁杲屡攻常达，皆未能胜，派仵士政带几百人诈降，常达厚待仵士政，仵士政却劫持常达，投降薛仁杲。秦王到高墌，坚守不出，相持六十多天，薛仁杲粮尽，将领梁胡郎等人率众降唐。

薛仁杲将士有离异之心，秦王令行军总管梁实在浅水原扎营，诱薛仁杲出战。宗罗睺率精锐进攻梁实，梁实守险不出。当薛仁杲军疲劳之际，唐军展开决战。右武侯大将军庞玉在浅水原列阵，宗罗睺合兵攻庞玉，秦王率大军从浅水原北方出现，出其不意，宗罗睺迎战。秦王率数十名骁骑冲入敌阵，内外合击，宗罗睺大败。秦王率两千多骑兵追击，窦轨拉马劝阻："仁杲犹据坚城，虽破罗睺，未可轻进，请且按兵以观之。"秦王说："破竹之势，不可失也！"[1] 秦王依泾河列阵，薛仁杲手下人心涣散，骁将浑干等人投降。薛仁杲入城拒守，守城者纷纷乘夜出降。薛仁杲见败局已定，于十一月初八日出城投降，唐军把薛仁杲押送到长安斩首。

对薛氏父子的激烈战事，亲历其事的李世民印象深刻。贞观二十年（646），太宗幸灵州，路经破薛举、薛仁杲父子战地，抚今追昔，写下《经破薛举战地》一诗：

---

[1] 《资治通鉴》卷186，武德元年（618），中华书局1958年版，第5821页。

昔年怀壮气，提戈初仗节。心随朗日高，志与秋霜洁。移锋惊电起，转战长河决。营碎落星沉，阵卷横云裂。一挥氛沴静，再举鲸鲵灭。于兹俯旧原，属目驻华轩。沉沙无故迹，减灶有残痕。浪霞穿水净，峰雾抱莲昏。世途亟流易，人事殊今昔。长想眺前踪，抚躬聊自适。①

此诗题注云："义宁元年，击举于扶风，败之。"另杨师道、长孙无忌和上官仪等人有奉和之作，有的本子题目作"五言奉和浅水原观平薛举战地"，可知此诗写于扶风之战中之浅水原旧战场，此诗便是回忆浅水原之战而写。其中前十句描写当年与薛军激战场景，其中前四句回忆当年个人的英气和豪情，那时年轻气盛，提戈持节，驰骋战场，胸如朗日，志同秋霜。后六句写战况之激烈。唐军所向披靡，兵锋所指如惊电骤起，大军所向如长河决堤。薛军营垒被冲垮，如星陨石落，风卷残云，一战使敌军气焰收敛，再战就将鲸鲵般凶暴的敌人全歼。后十句写战地重游的见闻和感受，诗人来到旧战场，停车俯视当年激战的川原，如今一派和平景象。昔日激战的痕迹已被沉沙掩埋，只有军灶残迹还保留着一点儿战争的踪影。近处静静的河面上，水波在晚霞的照射下明净喜人；远处的峰峦在烟雾缭绕中有如莲花，朦朦胧胧。抚今追昔，令太宗感慨万千，回想昔日的浴血奋战，眼看当前的太平景象，顿生舒心自慰之情。

　　太宗回忆扶风之战自矜功高，臣下应诏奉和之作则称颂太宗的神奇用兵和今日的升平安定，杨师道、长孙无忌、上官仪、褚遂良、许敬宗等人都有奉和之作。杨师道《五言奉和行经破薛举战地应诏》云：

　　凤纪初膺箓，龙颜昔在田。鸣祠凭陇嶂，召雨窃泾川。受律威丹浦，扬兵震阪泉。止戈基此地，握契俾斯年。六辔乘秋景，三驱被广廛。凝笳入晓哢，析羽杂风悬。塞云衔落日，关城带断烟。回舆登故垒，驻跸想荒阡。岁月方悠复，神功逾赫然。微臣愿奉职，导礼翠华前。②

长孙无忌《五言奉和行经破薛举战地应诏》云：

---

① 吴云、冀宇编辑校注：《唐太宗集》，陕西人民出版社1986年版，第25页。
② 陈尚君辑校：《全唐诗补编》，中华书局1992年版，第661页。

天步昔未平，陇上驻神兵。戈回曦御转，弓满桂轮明。屏尘安地轴，卷雾静干扃。往振雷霆气，今垂雨露情。高垣起新邑，长杨布故营。山川澄素景，林薄动秋声。风野征翼驶，霜渚寒流清。朝烟澹云罕，夕吹绕霓旌。鸣銮出雁塞，迭鼓入龙城。方陪东觐礼，奉璧侍云亭。①

上官仪《五言奉和行经破薛举战地应诏》云：

策星映霄极，飞鸿浃地区。鲔水腾周驾，涿鹿惊轩弧。荣河开秘篆，柳谷荐灵符。天游御长策，侮食被来苏。秋原怀八阵，武校烛三驱。投石埋旧垒，削树委荒途。□野惊宵磷，颓墉噪晚乌。毒泾晦凉雨，塞井蔽荒芜。冲情朗金镜，睿藻邃玄珠。□恩奉御什，抚己滥齐竽。②

褚遂良《奉和行经破薛举战地应诏》云：

王功先美化，帝略蕴戎昭。鱼骊入丹浦，龙战起鸣条。长剑星光落，高旗月影摇。昔往摧勍寇，今巡奏短箫。旌门丽霜景，帐殿含秋飙。□池冰未结，官渡柳初凋。边烽夕雾卷，关阵晓云销。鸿名兼辙迹，至圣俯唐尧。睿藻烟霞焕，天声宫羽调。平分共饮德，率土更闻韶。③

许敬宗《奉和行经破薛举战地应诏》云：

混元分大象，长策挫修鲸。于斯建宸极，由此创鸿名。一戎乾宇泰，千祀德流清。垂衣凝庶绩，端拱铸群生。复整瑶池驾，还临官渡营。周游寻曩迹，旷望动天情。帷宫面丹浦，帐殿瞩宛城。房场栖九穗，前歌被六英。战地甘泉涌，阵处景云生。普天沾凯泽，相携欣颂平。④

---

① 陈尚君辑校：《全唐诗补编》，中华书局1992年版，第671页。
② 同上书，第676页。
③ 同上书，第94—95页。
④ 周勋初等主编：《全唐五代诗》卷14，陕西人民出版社2014年版，第285页。

这些奉和诗内容上一是歌颂李世民在建唐过程中的功绩，二是赞叹当今天下的太平，从而为太宗歌功颂德。这些诗在风格上的共同特点即"上官体"的绮错婉媚，典雅有余，情韵不足。除了太宗诗较有个性和气势之外，其余诸人风调单一，格卑骨柔，虽然回顾昔日艰苦的战争，却因雕章琢句而柔弱无力，正是后人所批评的"骨气都尽，刚健不闻"；①"彩丽竞繁，而兴寄都绝"。② 此亦宫廷诗一时之风气使然。

一百多年后，诗人柳宗元被贬永州，感叹"代有铙歌鼓吹词，唯唐独无有"，故"为《唐铙歌鼓吹曲十二篇》，纪高祖、太宗功能之神奇，因以知取天下之勤劳，命将用师之艰难"。其四《泾水黄》写李世民平定薛举父子之事，序云："薛举据泾以死，子仁杲尤勇以暴，师平之。"其诗云：

泾水黄，陇野茫，负太白，腾天狼。有鸟鸷立，羽翼张。钩喙决前，钜（一作距）趯傍。怒飞饥啸，翾不可当。老雄死，子复良，巢岐饮渭，肆翱翔。顿地纮，提天纲。列缺掉帜，招摇耀铓。鬼神来助，梦嘉祥。脑涂原野，魄飞扬。星辰复，恢一方。③

"太白"和"天狼"都是星宿名，按古代星宿学皆为秦地之分野。古人以太白主杀伐，故用以喻兵戎，以"天狼"喻贪残，指薛氏父子。"负太白"二句一语双关。负，仗恃。喙，鸟嘴。"钜"指禽类脚掌后尖端突起的部分，"趯"是跳跃的样子，"翾"意思是飞翔。"老雄死"指武德元年（618）薛举率部谋取长安，途中暴病身亡。"巢岐饮渭"指薛仁杲率军进据关中。"地纮"是神话传说中维系大地的大绳，喻指国家法律。纲本是渔网上的总绳。"天纲"即天布的罗网，喻国家法律。全诗分两部分，前十二句写薛氏的嚣张和猖狂，薛举"翾不可当"；子承父业，薛仁杲更是"巢岐饮渭，肆翱翔"，无人可敌，这是衬托。后十二句写李世民之神武，尽极赞美颂扬之词，他"顿地纮，提天纲"，威风八面；敬天顺民，竟使"鬼神来助，梦嘉祥"。终于使"星辰复，恢一方"。诗先扬笔写薛举父子势力之强，以衬托太宗神奇之武功，笔法曲折翻驳，先喻后正，用语古峭，险劲有力。

---

① 祝尚书笺注：《杨炯集笺注》卷3，中华书局2016年版，第273页。
② （唐）陈子昂著，徐鹏点校：《陈子昂集》卷1，中华书局1960年版，第15页。
③ （唐）柳宗元：《柳宗元集》卷1，中华书局1979年版，第17—18页。

薛举、薛仁杲父子代表陇右割据势力，击灭薛氏标志着唐朝的势力扩展到了陇右。当时唐朝刚刚建立，群雄逐鹿，新政权最近的威胁就是陇西薛氏政权。薛氏控制着陕甘交界的地区，在唐朝向西发展中成为直接障碍。破薛举父子胜利，唐朝便打开了通向河西走廊和西域的门户。史载"薛举攻扶风，太宗击败之，斩首万余级，遂略地至陇右"[①]。太宗和臣属的唱和之作以及柳宗元的诗是这场激烈的战争在唐代文学中的反映，成为唐朝开拓丝绸之路的见证。

三 西畿与陇东：从长安至陇山

长安是丝绸之路的起点，长安的安远门具有象征意义，从长安西行赴西域者往往从安远门出，从西域归来或外国使节入唐多从安远门入。安远门是唐长安城十二座城门之一，西城门三座城门最北一座，遗址在今西安西郊原大土门村中心，今大庆路与西二环交界处之南。安远门建于隋初，隋时称开远门，唐代改为安远门。一字之易，显示着不同的外交理念。"开远"表示隋帝国向西拓展领土的意向。唐朝征服突厥之后，势力远扩至中亚、西亚，疆域万里，朝廷奉行柔远安人的外交理念，改"开"为"安"。安远门下有三个门道，高宗永徽五年（654）于门洞上建城楼。安远门距长安城国际贸易市场西市仅有两坊的距离，门外竖有"立堠"，被称为"万里堠"，上题"西极道九千九百里"。唐时提起从长安到西域去的里程，多从安远门计起。"是时中国盛强，自安远门西尽唐境万二千里。"[②] 立堠题字未言"万里"是表示远游之人未为万里之行，以淡化前程遥远的心情。通鉴胡三省注云："西尽唐境万二千里，并西域内属诸国言之。"天宝八载（749），在安远门外建"振旅亭"，表示远征的将士由此出发和西征归来的将士由此返回。

安远门见证了唐朝对外交往和交流的无数重大事件，在唐朝交通西域方面的标志性意义受到诗人的关注，元稹《西凉伎》云：

吾闻昔日西凉州，人烟扑地桑柘稠。蒲萄酒熟恣行乐，红艳青旗朱粉楼。楼下当垆称卓女，楼头伴客名莫愁。乡人不识离别苦，更卒

[①] 《新唐书》卷2《太宗本纪》，中华书局1975年版，第24—25页。
[②] 《资治通鉴》卷216，天宝十二载（753），中华书局1956年版，第6919页。

多为池滞游。哥舒开府设高宴，八珍九酝当前头。前头百戏竞撩乱，丸剑跳踯霜雪浮。狮子摇光毛彩竖，胡腾醉舞筋骨柔。大宛来献赤汗马，赞普亦奉翠茸裘。一朝燕贼乱中国，河湟没尽空遗丘。开远门前万里堠，今来蹙到行原州。去京五百而近何其逼，天子县内半没为荒陬，西凉之道尔阻修。连城边将但高会，每听此曲能不羞。①

在"开远"二句下作者自注："平时开远门外立堠，西去安西九千九百里，以示戎人不为万里行，其就盈故矣。"安史之乱后西边大片国土沦丧，从安远门西行不远的陇山、原州便是与吐蕃对峙之边界，诗人感叹国力的衰弱。长安城西面三门最南一座城门叫西安门，又叫"便门"，也是从长安西出往西域的起点，"长安城南出第三门曰西安门，北对未央宫，一曰便门，即平门也"②。

从长安西行至陇山，首先是京畿之地，前期属关内道，后期属京畿道。这一带本属内地，虽然是赴西域的行人必经之地，初盛唐和平时期并未受到人们的特别关注，只是偶有送别者赋诗酬赠。远赴边塞的行人从长安西行，要过渭水，渭水上有桥称渭桥，又称横桥、便门桥。过渭桥就是咸阳故城，故又称咸阳桥。写行人离开长安赴西域或赴蜀中的诗往往写到渭桥。李白《塞下曲六首》其三写唐军西征：

骏马似风飙，鸣鞭出渭桥。弯弓辞汉月，插羽破天骄。阵解星芒尽，营空海雾消。功成画麟阁，独有霍嫖姚。③

杜甫《兵车行》写行人远征："车辚辚，马萧萧，行人弓箭各在腰。耶娘妻子走相送，尘埃不见咸阳桥。"④ 吴融《赴职西川过便桥书怀寄同年》云："平门桥下水东驰，万里从军一望时。"⑤ "便桥，在县西南十里，驾渭水上。武帝建元三年，初作便门桥，桥在长安北茂陵东，去长安二十里。长安城西门曰便门，此桥与门相对，因号便桥。"⑥ 便桥是西出长安往

---

① （唐）元稹：《元稹集》卷24，中华书局1979年版，第281页。
② 何清谷：《三辅黄图校注》卷1《都城十二门》，三秦出版社1995年版，第76页。
③ （唐）李白著，瞿蜕园、朱金城校注：《李白集校注》卷5，上海古籍出版社1980年版，第364—365页。
④ （唐）杜甫著，（清）仇兆鳌注：《杜诗详注》卷2，中华书局1979年版，第113页。
⑤ 《全唐诗》卷686，第7885页。
⑥ （唐）李吉甫：《元和郡县图志》卷1，中华书局1839年版，第14页。

西域之第一桥。

过渭水就到渭城,唐前期送人从长安西行,往往在渭城送别。渭城即咸阳故城,在长安西北渭水北岸,汉初改咸阳为新城,汉武帝时改为渭城。初盛唐时有人远赴西域,送行的人往往送至渭城,在这里置筵相送。王维《送元二使安西》云:

渭城朝雨浥轻尘,客舍青青柳色新。劝君更尽一杯酒,西出阳关无故人。[1]

在诗人想象中,渭水成为内地与边地的连接点。郑锡《千里思》云:"渭水通胡苑,轮台望汉关。帛书秋海断,锦字夜机闲。旅梦虫催晓,边心雁带还。惟余两乡思,一夕度关山。"[2] 诗前两句写内地的思妇眼望渭水,想象着它联结着胡地;戍守轮台的将士则遥望汉关,思念家乡的亲人。从长安经渭城西行至陇山的道路,在唐前期呈现繁华热闹景象,行人不绝于途,道路上交通条件便利。从长安、洛阳两京"东至宋、汴,西至岐州,夹路列店肆待客,酒馔丰溢,每店皆有驴赁客乘,倏忽数十里,谓之驿驴。南诣荆、襄,北至太原、范阳,西至蜀川、凉府,皆有店肆,以供商旅。远适数千里,不持寸刃"[3]。在这样的情况下,有人远离家乡来到这里,当他们将远行赴河西或西域时,会产生强烈的思乡之情。敦煌文书伯三六一九《唐诗丛钞》有皇甫斌《登歧(岐)州城楼》诗云:"歧(岐)雍三秦地,登临实壮哉!客心关外断,秋气陇头来。归目浮云弊(蔽),寒衣早雁催。他乡有时菊,留赏故人杯。"[4] 从诗意看,诗人是路经岐州将西行,当他登上岐州城楼西望时,一股客居异乡之感油然而生,内心里产生的凄凉之感与秋天的寒意交织心头。但他想到虽在异乡,有秋菊可赏,有故人邀饮,内心的苦楚仍得到一丝安慰。再从开头两句写三秦之时的辽阔壮观,诗的基调并不悲伤。这是写忧愁,是盛世时的缺憾。

这一带特别受到诗人关注是安史之乱发生以后,一是肃宗从灵武向长安进军,途经此地,并曾驻扎凤翔,成为行在之所,举世瞩目。杜甫《送

---

[1] (唐)王维撰,(清)赵殿成笺注:《王右丞集笺注》卷14,上海古籍出版社1961年版,第263页。
[2] 《全唐诗》卷262,第2912页。
[3] (唐)杜佑:《通典》卷7《食货典》七,中华书局1988年版,第152页。
[4] 徐俊纂辑:《敦煌诗集残卷辑考》卷中(法藏部分下),中华书局2000年版,第303—304页。

韦十六评事充同谷郡防御判官》云：

> 昔没贼中时，潜与子同游。今归行在所，王事有去留。逼侧兵马间，主忧急良筹。子虽躯干小，老气横九州。挺身艰难际，张目视寇仇。朝廷壮其节，奉诏令参谋。銮舆驻凤翔，同谷为咽喉。西扼弱水道，南镇枹罕陬。①

强调同谷地理位置重要，因为肃宗驻扎凤翔。杜甫赴羌村探亲途中所写《北征》诗："回首凤翔县，旌旗晚明灭。"② 二是河西、陇右和西域失守以后，陇山以西被吐蕃占领，陇山一带成为抗击吐蕃的前线。唐朝为了对付安史叛军，抽调陇右、河西和安西四镇兵马进入中原参与平叛，吐蕃乘机北上，先后占领了陇右和河西之地，陇山成为唐蕃对峙的边界，从长安到陇山一带成为防御吐蕃的前线，此后唐与吐蕃的战事往往发生在距长安很近的陇州、泾州、邠州、原州、渭州、凤翔，故凤翔成为军事重地，这里弥漫着战争的气息，这一带的局势牵动着人们的心。杜甫《近闻》诗写唐军对吐蕃的战争获胜，长安西部局势稳定："近闻犬戎远遁逃，牧马不敢侵临洮。渭水逶迤白日净，陇山萧瑟秋云高。"③ 这是胜利引发的喜悦。德宗建中年间卢纶《太白西峰偶宿车祝二尊师石室晨登前巘凭眺书怀即事寄呈凤翔齐员外张侍御》写凤翔局势："白云消散尽，陇塞俨然秋。积阻关河固，绵联烽戍稠。五营承庙略，四野失边愁。"④ 陇塞即陇关，用"稠"形容"烽戍"之多，说明处处有兵驻防；"五营"形容此地驻扎军队之多，都是奉朝廷之命在此驻守。这一带的忧虑被称为"边愁"，因为这里已成为边境。韩琮《京西即事》诗云：

> 秋草河兰起阵云，凉州唯向管弦闻。豺狼毳幕三千帐，貔虎金戈十万军。候骑北来惊有说，戍楼西望悔为文。昭阳亦待平安火，谁握旌旗不见勋。⑤

河兰、凉州之地尽失，除了听乐时能听到《凉州曲》之外，其地已不复为

---

① （唐）杜甫著，（清）仇兆鳌注：《杜诗详注》卷5，第354—355页。
② 同上书，第397页。
③ （唐）杜甫著，（清）仇兆鳌注：《杜诗详注》卷15，中华书局1979年版，第1283页。
④ （唐）卢纶著，刘初棠校注：《卢纶诗集校注》卷3，上海古籍出版社1989年版，第318页。
⑤ 《全唐诗》卷565，第6550页。

唐所有。"京西"正是从长安至凤翔一带，陇右与河西失陷后，那里双方都集结着大军，大战一触即发，从那里经常传来的是敌人和前线的消息，令人惊恐不安。从前线到京城，大家日夜关注着报警的烽火，朝廷凭每日的平安火才能心安。诗人遗憾于那些守边的将军手握重兵，却未建立收复失地之功勋。

凤翔地处今宝鸡市东北，东西分别邻接岐山县和千阳县，南北分别为陈仓区和麟游县。唐后期这里是抗御吐蕃的前线，又是唐都长安的西部屏障，因此唐朝在这里设置藩镇。肃宗上元元年（760）设凤翔节度使，治凤翔府（岐州，今岐山县），下辖凤翔府、陇州。德宗贞元三年（787）又兼陇右度支营田观察使，这是虚领，因为陇右已被吐蕃人占领。宣宗大中四年（850）增加秦州。白居易诗云："平时安西万里疆，今日边防在凤翔。"因此唐后期凤翔被视为边境。德宗贞元九年（793），韩愈游凤翔，干谒凤翔尹、凤翔陇州都防御观察使邢君牙，其《与凤翔邢尚书书》云："尝以天下之安危在边，故六月于迈，来观其师，及至此都，徘徊而不能去。"① 韩愈又有《岐山下》诗作于同时，其中有云："谁谓我有耳，不闻凤凰鸣。朅来岐山下，日暮边鸿惊。"② 岐山在凤翔府境内，凤翔府有岐山县，"岐山亦名天柱山，在县东北十里"③。其文称邢氏驻节之地为"边"，诗称所见之景物为"边鸿"。唐诗中有送人赴凤翔任职的作品，这些诗大多是有人应聘入凤翔节度使幕府时朋友送行之作，诗中往往写军中生活和战争气息。韩翃《送戴迪赴凤翔幕府》诗云：

青春带文绶，去事魏征西。上路金羁出，中人玉箸齐。当歌酒万斛，看猎马千蹄。自有从军乐，何须怨解携。④

又如许棠《送厉校书从事凤翔》诗："赴辟依丞相，超荣事岂同。城池当陇右，山水是关中。日有来巴使，秋高出塞鸿。旬休随大旆，应到九成宫。"⑤ 张籍《送杨少尹赴凤翔》诗："诗名往日动长安，首首人家卷

---

① （唐）韩愈撰，马其昶校注：《韩昌黎文集校注》卷3，上海古籍出版社1986年版，第203页。
② （唐）韩愈撰，钱仲联集释：《韩昌黎诗系年集释》卷1，上海古籍出版社1984年版，第19页。
③ （唐）李吉甫：《元和郡县图志》卷2，中华书局1983年版，第41页。
④ 《全唐诗》卷244，第2743页。
⑤ 《全唐诗》卷604，第6978页。

里看。西学已行秦博士，南宫新拜汉郎官。得钱祗了还书铺，借宅常思事药栏。今去岐州生计薄，移居偏近陇头寒。"① 岐州即凤翔府。后魏置岐州，治雍，在今陕西省凤翔县南，隋改曰扶风郡，唐复曰岐州，又改曰扶风郡，后改曰凤翔郡，升为西京凤翔府。张籍《送元宗简》云："貂帽垂肩窄皂裘，雪深骑马向西州。暂时相见还相送，却闭闲门依旧愁。"② 此"西州"指凤翔（岐州），因在京西，称西州。白居易有同唱之诗，题曰《送元八归凤翔》："莫道歧（岐）州三日程，其如风雪一身行。与君况是经年别，暂到城来又出城。"③ 羊士谔《送张郎中副使自南省赴凤翔府幕》云：

> 仙郎佐氏谋，廷议宠元侯。城郭须来贡，河湟亦顺流。亚夫高垒静，充国大田秋。当奋燕然笔，铭功向陇头。④

比之唐代其他藩镇，凤翔镇属西北贫穷地区，经济条件不够优越；又是战争前沿，环境恶劣。所以上述诸诗有的表达对朋友的关心、牵挂和同情。但入幕就是从军，从军便有立功的机会，因此有的诗则与朋友分享从军之乐，祝愿朋友以自己的文才效命幕府，立功边镇。作为京师的西畿之地，这一带本来就是西北经济落后地区，加之战争的影响，当地更加贫困不堪。在这里任职的官员没有多少油水可捞，甚至正常的俸禄都不能支取。贾岛《送邹明府游灵武》便反映了这种状况：

> 曾宰西畿县，三年马不肥。债多平（一作凭）剑与，官满载书归。边雪藏行径，林风透卧衣。灵州听晓角，客馆未开扉。⑤

这位担任西畿县令的邹某任职三年，不仅没有得到好处，反而债台高筑。于是三年任满，便赴灵武另谋高就，但没有得到引用。唐代藩镇视幕府僚佐为"宾客"，说客馆未向邹氏开放，即未被节度使辟用。

唐后期在京西北驻兵防秋，唐诗中有不少反映。古代北方游牧民族往

---

① （唐）张籍著，徐礼节、余恕诚校注：《张籍集系年校注》卷4，中华书局2011年版，第4336页。
② （唐）张籍著，徐礼节、余恕诚校注：《张籍集系年校注》卷6，第656页。
③ （唐）白居易：《白居易集》卷14，第275页。
④ 《全唐诗》卷332，第3698页。
⑤ （唐）贾岛著，李嘉言校：《长江集新校》卷3，上海古籍出版社1983年版，第23页。

往趁秋高马肥时南下侵扰,对农耕地区进行掠夺。自汉代以来每至秋天都要调兵防守,称为防秋。唐代后期的防秋主要针对吐蕃。安史之乱以后,长安西北边面临吐蕃的威胁,唐朝每年都调动大军备御吐蕃的进攻,"河陇陷蕃已来,西北边常以重兵守备,谓之防秋"①。防秋是唐朝后期边防大事,吸引了朝廷大量精力,甚至影响全局。杜甫《寄董卿嘉荣十韵》诗云:"闻道君牙帐,防秋近赤霄。下临千雪岭,却背五绳桥。"② 于鹄《出塞》其三云:"单于骄爱猎,放火到军城。乘月调新马(一作弩),防秋置远营。"③ 李频《送边将》云:"防秋戎马恐来奔,诏发将军出雁门。遥领短兵登陇首,独横长剑向河源。"④ 张籍《西州》诗反映了吐蕃的侵扰和唐军防秋给长安以西的地区带来的后果:

羌胡据西州,近甸无边城。山东收税租,养我防塞兵。胡骑来无时,居人常震惊。嗟我五陵间,农者罢耘耕。边头多煞伤,士卒难全形。郡县发丁役,丈夫各征行。生男不能养,惧身有姓名。良马不念秣,烈士不苟营。所愿除国难,再逢天下平。⑤

此"西州"泛指长安以西诸州,"羌胡"代指吐蕃。京城西畿诸州为吐蕃占领,长安西边无险可守,因此需驻兵防塞,即防秋兵。敌人来去无常,西畿常受惊扰,长安近郊农业荒废。供养防秋兵,加重了山东地区百姓的负担。韩翃《送刘侍御赴令公行营》云:"东城跃紫骝,西路大刀头。上客刘公干,元戎郭细侯。一军偏许国,百战又防秋。请问萧关道,胡尘早晚收。"⑥ 这些诗都写到长安西北地区的防秋。

唐后期诗人路经京西之地或提及此地,往往抚今追昔感慨万千,表达了复杂的情感。有时他们会想到大唐盛世时国家的强盛,那时河西走廊和遥远的西域都是大唐天下,行人往往从长安出发经此西行,到陇右、河西和西域执行任务。如今这里成为边地,弥漫着战争的硝烟,人烟稀少,土地荒芜,诗人睹此便生今不如昔之感,心生悲凉,痛心国土的丧

---

① 《旧唐书》卷139《陆贽传》,中华书局1975年版,第3804页。
② (唐)杜甫著,(清)仇兆鳌注:《杜诗详注》卷14,中华书局1979年版,第1167—1168页。
③ 《全唐诗》卷310,第3502页。
④ 《全唐诗》卷587,第6809页。
⑤ (唐)张籍著,徐礼节、余恕诚校注:《张籍集系年校注》卷1,中华书局2011年版,第3页。
⑥ 《全唐诗》卷244,第2745页。

失。张籍《泾州塞》云："行道泾州塞，唯闻羌戍鼙。道边古双堠，犹记向安西。"① 泾州本属京畿，如今成为边塞，当陇右、河西和西域沦陷后，原入中原平叛的安西四镇和北庭兵马寄治泾州，这里无险可守，而与吐蕃的战事往往发生在这一带。② 过去是通往西域的大道，如今烽火连天，鼙鼓动地，只有双堠兀立，触动着行人的伤感。吴融《岐州安西门》云：

    安西门外彻安西，一百年前断鼓鼙。犬解人歌曾入唱，马称龙子几来嘶。自从辽水烟尘起，更到涂山道路迷。今日登临须下泪，行人无个草萋萋。③

登临岐州城楼，遥望丧失的辽阔国土，没有人不为此而伤心落泪。这首诗与上引皇甫斌《登歧（岐）州城楼》比较可知，同样是登岐州城楼，同样写忧愁，其性质和强度是不同的。皇甫诗是盛世思乡，这首诗是衰世忧国。白居易《西凉伎》诗："平时安西万里疆，今日边防在凤翔。"④ 刘景复《梦为吴泰伯作胜儿歌》序云："吴郡泰伯祠，市人赛祭，多绘美女以献。岁乙丑，有以轻绡画侍婢捧胡琴者，名为胜儿，貌踰旧绘，巫方献舞，进士刘景复过吴，适置酒庙东通波馆，忽欠伸思寝，梦紫衣冠者言让王奉屈，随至庙，揖而坐。王语之曰：'适纳一胡琴妓，艺精而色丽，知吾子善歌，奉邀作胡琴一曲以宠之。'因命酒为作歌，王召胜儿授之。刘寤，传其歌吴中云。"其事属传奇，但其诗却是真情实感：

    我闻天宝十年前，凉州未作西戎窟。麻衣右衽皆汉民，不省胡尘暂蓬勃。太平之末狂胡乱，犬豕崩腾恣唐突。玄宗未到万里桥，东洛西京一时没。汉土民皆没为虏，饮恨吞声空呜咽。时看汉月望汉天，怨气冲星成彗孛。国门之西八九镇，高城深垒闭闲卒。河湟咫尺不能收，挽粟推车徒兀兀。今朝闻奏凉州曲，使我心神暗超忽。胜儿若向边塞弹，征人泪血应阑干。⑤

---

① （唐）张籍著，徐礼节、余恕诚校注：《张籍集系年校注》卷5，第638页。
② （唐）元载：《城原州议》，《全唐文》卷369，上海古籍出版社1990年版，第1656页。
③ 《全唐诗》卷687，第7892页。
④ （唐）白居易：《白居易集》卷4，中华书局1979年版，第76页。
⑤ 《全唐诗》卷868，第9832—9833页。

吐蕃人的入侵给唐王朝造成的创伤引起诗人的悲感和愤懑。中唐诗人李涉《题连云堡》诗云：

> 由来天地有关扄，断壑连山接杳冥。一出纵知边上事，满朝谁信语堪听。①

据《资治通鉴》胡三省注，连云堡"在泾州西界。宋祁曰：'连云堡，泾要地也，三垂峭绝，北据高所，虏进退，烽火易通。'"。这个地名由于吐蕃人的一次入侵而为人关注。德宗贞元三年（787 年）八月，"吐蕃寇华亭及连云堡，皆陷之。甲戌，吐蕃驱二城之民数千人及邠、泾人畜万计而去，置之弹筝峡西"。连云堡是泾州西面的屏障，它的失陷令唐朝处于极大的被动局面。"泾州恃连云为斥候，连云既陷，西门不开，门外皆为虏境，樵采路绝。每收获，必陈兵以捍之，多失时，得空穗而已，由是泾州常苦乏食"。② 从此诗看，李涉到过连云堡。因为到了此地，对边防和战争有了更多的感悟。他想把自己的感悟告知朝廷，可是他说朝廷并没有人愿意听信自己的意见。吐蕃陷华亭和连云堡二城的故事他早就熟知，当他目睹连云堡高山峻岭时，当年的惨剧便引起他万千感慨。③ 那么诗人会产生什么样的思想情感呢，他有哪些感悟却欲言又止呢？他是感叹朝廷忘记前车之鉴，担心悲剧重演吗？诗没有明说，留给读者想象，我们只能从当时唐朝西部边防形势的变化去体会。

胜儿的一支胡琴曲，勾起诗人抚今追昔的无限感慨。这些诗都揭示出盛唐时这一带是通往西域的交通要道，如今成为前线和边地，令诗人伤心无限。诗人盼望着国家中兴，重睹大唐盛世局面，晚年流落西南的杜甫便希望唐朝能够重振雄风，京畿之地恢复和平。其《往在》诗云：

> 安得自西极，申命空山东。尽驱诣阙下，士庶塞关中。主将晓逆顺，元元归始终。一朝自罪己，万里车书通。锋镝供锄犁，征戍听所从。冗官各复业，土著还力农。君臣节俭足，朝野欢呼同。中兴似国初，继体如太宗。端拱纳谏诤，和风日冲融。赤墀樱桃枝，隐映银丝

---

① 《全唐诗》卷 477，第 5434 页。
② 《资治通鉴》卷 233，唐纪四十九，中华书局 1956 年版，第 7506 页。
③ 唐代有两个连云堡，天宝时高仙芝远征小勃律，曾与吐蕃发生连云堡之战，其地在今阿富汗东北部。中唐时的李涉已无可能到达此地。因此，其诗中的连云堡当"泾州西界"之连云堡。

笼。千春荐陵寝,永永垂无穷。京都不再火,泾渭开愁容。①

但是理想遥不可及,现实中外患严重,个人年迈漂泊,欲归故乡无望。

这里是与吐蕃对峙的前沿,战事随时发生,因此诗人的作品中透露出动荡不安的军情和紧张的战争气氛。钱起《同王员外陇城绝句》诗写他在这里的见闻:

三军版筑脱金刀,黎庶翻惭将士劳。不忆新城连嶂起,唯惊画角入云高。②

在诗人笔下,唐军将士忙碌着修筑城墙,比百姓的劳作还辛苦。令人惊恐不安的还不是高高的城墙,而是响彻入云的画角。陇城即陇州城,在今陇县,地处渭北高原西部边缘地区,因地处陇山东坡而得名,乃陕甘宁"三省通衢"和边贸重镇。由于地近吐蕃,这里一直保持高度的警戒。许棠《陇州旅中书事寄李中丞》云:

三伏客吟过,长安未拟还。蛮声秋不动,燕别思仍闲。乱叶随寒雨,孤蟾起暮关。经时高岭外,来往旆旌间。③

诗人路经陇州,所到之处军旗飘飘,一派紧张气氛。又如李洞《段秀才溪居送从弟游泾陇》云:"朔雪痕侵雍,边烽焰照泾。烟沈陇山色,西望涕交零。"④雍州、泾州、陇州一带边境受到吐蕃威胁和侵扰,烽火不断,那里的局势令人担忧,百姓的遭遇令人伤心。罗隐《赠夏州胡常侍》云:

百尺高台勃勃州,大刀长戟汉诸侯。征鸿过尽边云阔,战马闲来塞草秋。国计已推肝胆许,家财不为子孙谋。仍闻陇蜀由多事,深喜将军未白头。⑤

---

① (唐)杜甫著,(清)仇兆鳌注:《杜诗详注》卷16,中华书局1979年版,第1428页。
② 《全唐诗》卷239,第2689页。
③ 《全唐诗》卷603,第6972—6973页。
④ 《全唐诗》卷722,第8282页。
⑤ (唐)罗隐:《罗隐集》,中华书局1983年版,第70页。

"陇蜀多事"即指吐蕃的军事进攻,陇山和蜀地是唐后期与吐蕃军事对峙的两个主要战场。当局势安定时,诗人看到当地驻军过着快乐的日子,姚合《题凤翔西郭新亭》云:

> 西郭尘埃外,新亭制度奇。地形当要处,人力是闲时。……宴赏军容静,登临妓乐随。鱼龙听弦管,凫鹤识旌旗。泛鹢春流阔,飞觞白日欹。闲花长在户,嫩藓乍缘墀。永望情无极,频来困不辞。①

诗中表达从军乐的主题。陇州不仅是与吐蕃对峙的前线,又是与蕃人交往和贸易的中心。白居易《西凉伎》诗"平时安西万里疆,今日边防在凤翔"二句自注:"今蕃汉使往来,悉在陇州交易也。"② 可见安史之乱后陇州在丝路贸易中的重要地位。

晚唐时长安以西地区的政治局势在诗中得到深刻反映,诗人到此,抚今追昔,感叹盛世不再,伤时悯世。李商隐的《行次西郊作一百韵》有云:

> 凤翔三百里,兵马如黄巾。夜半军牒来,屯兵万五千。乡里骇供亿,老少相扳牵。儿孙生未孩,弃之无惨颜。不复议所适,但欲死山间。尔来又三岁,甘泽不及春。盗贼亭午起,问谁多穷民。节使杀亭吏,捕之恐无因。咫尺不相见,旱久多黄尘。官健腰佩弓,自言为官巡。常恐值荒迥,此辈还射人。愧客问本末,愿客无因循。郿坞抵陈仓,此地忌黄昏。③

这首诗回忆了唐朝从贞观之治、开元盛世到安史之乱,以及乱后政治局势的变化。当他行走于长安西郊时看到兵荒马乱的景象,对国家前途深表担忧。许浑《咸阳城东楼》云:

> 一上高城万里愁,蒹葭杨柳似汀洲。溪云初起日沉阁,山雨欲来风满楼。鸟下绿芜秦苑夕,蝉鸣黄叶汉宫秋。行人莫问当年事,故国

---

① (唐)姚合著,黄河清校注:《姚合诗集校注》卷7,上海古籍出版社2012年版,第343页。
② (唐)白居易:《白居易集》卷4,中华书局1979年版,第76页。
③ (唐)李商隐著,(清)冯浩笺注:《玉溪生诗集笺注》卷1,上海古籍出版社1979年版,第96—98页。

东来渭水流。(一作"行人莫问前朝事,渭水寒光昼夜流")①

咸阳城即渭城,在今西安市西北,秦汉两朝在此建都,汉时称长安。隋时向东南移二十里建新城,即唐都长安。首句用"愁"写登城楼时的心情,以下全诗围绕"愁"字来写,第二句写乡愁,许浑是润州人,眼前景象引起乡思。"蒹葭"暗用《诗经·蒹葭》诗意,包含思念愁苦情绪;水边之地为"汀",水中之地为"洲",这里指代诗人家乡江南。诗人登上咸阳城东楼远望,但见水边蒹葭苍苍,岸上杨柳成行,极像家乡景象。诗人远离家乡,游宦西秦,滞留难归,登高望远,愁肠寸断。如果仅仅是思念家乡,诗人的心情可能并不必如此沉重。接下来四句写景,景物描写中透露的心情才是他真正愁苦的原因。云起日落,风雨欲来,秦苑日暮,汉宫秋深,这不正是国家日落西山每况愈下的景象吗?唐时咸阳旧城隔渭水与长安相望,这是当年唐人西行时亲友送别之处,初盛唐时人们往往从此出发远至西域,虽然"西出阳关无故人",心中有离愁别绪,却并不悲观失望,远行正是国家强盛的局面造成的。如今诗人登上渭城东楼,极目远望,今非昔比,顿生哀愁。"万里"之愁既指家乡路远,也包含着辽阔国土的沦丧。"山雨欲来"表现出诗人对国家局势的敏感,他已经意识到大乱又将发生了。现实如此,诗人才不让人提起"当年事"或"前朝事",因为想起过去徒增惆怅。

唐末战乱,这一带更是陷于兵荒马乱之中。罗隐《即事中元甲子》诗云:"三秦流血已成川,塞上黄云战马闲。只有羸兵填渭水,终无奇事出商山。田园已没红尘内,弟侄相逢白刃间。惆怅翠华犹未返,泪痕空滴剑文斑。"②诗反映了黄巢之乱后京畿之地的惨象。

四 陇山:丝绸之路第一山

在关陇道上陇山备受诗人关注,自长安西去多经关陇大道,其中必越陇山。从凤翔西北行,便是陇山,可以称为丝绸之路第一山,也称得上是中国第一诗山。陇山在今甘肃天水市张家川县境,横亘于张家川县东北,

---

① (五代后蜀)韦縠选:《才调集》,傅璇琮等编《唐人选唐诗十种》,上海古籍出版社 1978 年版,第 593 页。

② (唐)罗隐:《罗隐集》,中华书局 1983 年版,第 103—104 页。

绵延百里，在古丝绸之路上扼陕甘交通要道。陇山上有关，名大震关，亦称陇关，是唐中叶以后防御吐蕃的要地。西行者先过大震关，而后越陇山西行。

（一）大震关

大震关位于今甘肃清水县和陕西陇县之间陇山东坡。据《后汉书·顺帝纪》记载，东汉永和五年九月"且冻羌寇武都，烧陇关"。章怀太子注云："陇关，陇山之关也，今名大震关。"[1] 根据严耕望考证，凤翔又西微北七十里至汧阳县，在汧水北二里，又西循汧水河谷而上，八十里至陇州治所汧源县，亦在汧水北岸（今陇县）。因在驿道上，故置有馆驿。陇州又西三十里至安戎关，依山临水，大中六年筑。又西三十里至大震关，后称故关，乃汉以来之旧关，后周武帝复置，以大震名。地居陇山重岗，当陇山东西交通之孔道，隘处才二百余步。开元时，上关仅六，此居其一，地位与潼关、蒲津、蓝田、散关相等，因其为京师四面关之一，且当驿道。朝廷置大震关使，有时以秦州刺史兼任。[2]

汉元鼎二年（前115），汉武帝率百官巡游到崆峒山，翻越陇关时，雷震惊马。北周天和元年（566）于此置关，"大震关，在州西六十一里，后周置，汉武至此遇雷震，因名"[3]。唐后期徙置，更名为"安戎关"。汧源县"西有安戎关，在陇山，本大震关，大中六年，防御使薛逵徙筑，更名"[4]。《资治通鉴》胡三省注云："薛逵徙筑安戎关于陇山，由是谓大震关为故关。"[5] 新关在故关西，与故关并为戍守处。大震关地处陕甘交界，是历史上连接中原和西域的通道，驰名中外的"丝绸之路"必经之地，许多战事和重大事件发生在古陇关。张骞通西域，玄奘赴天竺取经，文成公主入藏成亲，都经陇关道。"当唐盛时，西出陇右者亦取此道为多，故文士如岑参赴安西，王维赴张掖，高适赴武威，杜甫至秦州莫不由之，播为诗篇，以寄感兴，传诵至今也。"[6]

岑参赴西域经过陇山，住宿大震关关城，其《初过陇山途中呈宇文判

---

[1]《后汉书》卷6《顺冲质帝纪》，中华书局1965年版，第270页。
[2] 严耕望：《唐代交通图考》卷2《河陇碛西区》，上海古籍出版社2007年版，第360—361页。
[3]（唐）李吉甫：《元和郡县图志》卷2，中华书局1983年版，第45页。
[4]《新唐书》卷37《地理志》，中华书局1975年版，第968页。
[5]《资治通鉴》卷263，中华书局1956年版，第8577页。
[6] 严耕望：《唐代交通图考》卷2《河陇碛西区》，上海古籍出版社2007年版，第368页。

官》诗写自己的见闻：

> 一驿过一驿，驿骑如星流。平明发咸阳，暮及陇山头。陇水不可听，呜咽令人愁。沙尘扑马汗，雾露凝貂裘。西来谁家子，自道新封侯。前月发安西，路上无停留。都护犹未到，来时在西州。十日过沙碛，终朝风不休。马走碎石中，四蹄皆血流。万里奉王事，一身无所求。也知塞垣苦，岂为妻子谋。山口月欲出，先照关城楼。溪流与松风，静夜相飕飗。别家赖归梦，山塞多离忧。与子且携手，不愁前路修。①

严耕望先生说："此必在大震关而作，故题云'度陇'，诗云'月照关城楼'也。"② 这首诗为我们提供了不少历史信息。时值天宝八载（749）岑参第一次赴西域，入安西封常清幕，途经陇山。他早晨从咸阳出发，傍晚到陇山。山上有关城，即大震关，当晚投宿于此，遇到从安西归来的宇文判官。宇文判官是从西州（今新疆吐鲁番）出发，经过大沙碛到此。从长安到西州，经过陇山的驿道十分繁忙，一路上每三十里一个驿站，从驿站出发的驿使像流星一样络绎不绝，他们匆匆忙忙地奔驰在驿道上。那些远赴西域的人们为了报效国家，奔赴遥远和艰苦的边地，为了完成使命，忍受着与家乡和亲人的离别之苦。虽然前途充满艰辛，心里充满离忧，仍然毫不犹豫地奋然前行。王维《陇头吟》云：

> 长城少年游侠客，夜上戍楼看太白。陇头明月迥临关，陇上行人夜吹笛。关西老将不胜愁，驻马听之双泪流。身经大小百余战，麾下偏裨万户侯。苏武才为典属国，节旄空尽海西头。③

此"关"指陇关，严耕望先生说："维曾赴张掖居延，殆即取道陇上大震关而有此作也。"④ 杜甫《秦州杂诗二十首》其一云："满目悲生事，因人作远游。迟回度陇怯，浩荡及关愁。水落鱼龙夜，山空鸟鼠秋。西征问烽

---

① （唐）岑参著，陈铁民、侯忠义校注：《岑参集校注》卷2，上海古籍出版社1981年版，第73页。
② 严耕望：《唐代交通图考》卷2《河陇碛西区》，上海古籍出版社2007年版，第362页。
③ （唐）王维撰，（清）赵殿成笺注：《王右丞诗集笺注》卷6，上海古籍出版社1984年版，第92页。
④ 严耕望：《唐代交通图考》卷2《河陇碛西区》，上海古籍出版社2007年版，第368页。

火，心折此淹留。"① 严耕望说："杜翁赴秦州，实由凤翔循汧水河谷而上，经陇山大震关无疑，故云'度陇怯''及关愁'也。"②

唐中叶以后，秦陇陷于吐蕃，吐蕃人常由此道入侵。唐将马燧乃立石植树以塞大震关。宣宗大中年间，唐收复河湟之地，秦州归唐，以故关久废，乃东移三十里于咸宜地区筑安戎关，称为新关，以别于大震故关，如上引《通鉴》胡注所云。

（二）作为丝路要道的陇山

过大震关即进入陇山山区。陇山古称关山，又曰陇坻、陇坂、陇首，乃六盘山南段，南延至今陕西西端宝鸡以北。陇山有道，称陇坻大坂道，俗云陇山道。从长安西行越过陇山即至陇右，汉代通西域后成为中西交通要道。行人至此登高回望家乡和来路，往往伤感。过陇山便生远离故乡异地漂泊之感，因此陇山在汉代时便为人关注。许慎《说文解字》云："陇山，天水大坂也。"③ 应劭云："天水有大坂，名陇山，其旁有崩落者，声闻数百里，故曰坻颓。""其坂九回，上者七日乃越。上有清水四注，下有陇县，因此水而名。"④ 汉代扬雄《解嘲》用"功若泰山，响若坻颓"形容萧何、曹参、张良、陈平的政治功业和巨大影响。⑤ 陇山很早就进入诗人的视野，成为吟咏的对象。关山难越，汉代诗人有此感叹。张衡《四愁诗》云："我所思兮在汉阳，欲往从之陇坂长。"⑥ 更重要的是越过此山便油然产生了异乡漂泊之感，故行人登高回望多有哀叹。汉辛氏《三秦记》引俗歌："陇头流水，鸣声幽咽，遥望秦川，肝肠断绝。"⑦ 佚名《周地图记》云：

> 其山高处可三四里，登山东望秦州可五百里，目极泯然，墟宇桑梓与云霞一色。其上有悬溜，吐于山中为澄潭，名曰万石潭，流溢散下，皆注于渭。东人西役，升此而望故乡，莫不悲思。其歌云："陇头流水，流离四下。念我行役，飘然旷野。登高望远，涕零双堕。"

---

① （唐）杜甫著，（清）仇兆鳌注：《杜诗详注》卷7，中华书局1979年版，第572页。
② 严耕望：《唐代交通图考》卷2《河陇碛西区》，上海古籍出版社2007年版，第368页。
③ （汉）许慎：《说文解字》（十四），中华书局1963年版，第306页。
④ 《太平御览》卷50《地部》，上海古籍出版社2008年版，第1册，第557页。
⑤ 《汉书》卷87《扬雄传》，中华书局1962年版，第3573页。
⑥ （南朝梁）萧统编：《文选》卷29，上海书店1988年版，第407页。
⑦ 《太平御览》卷50《地部》，上海古籍出版社2008年版，第1册，第557页。

是此山也。①

唐代从长安西行入蜀、与吐蕃的交往和远赴西域的行人都经过陇山，正如许棠《过分水岭》诗所云："陇山高共鸟行齐，瞰险盘空甚蹑梯。云势崩腾时向背，水声呜咽若东西。风兼雨气吹人面，石带冰棱碍马蹄。此去秦川无别路，隔崖穷谷却难迷。"② 离开秦地西行进入陇右，或从陇右入关中，没有其他道路，陇山是必经之地。

陇山是从内地赴西北边塞和西域的必经之路，陇山之路称"陇道"，早已成为诗歌意象，诗人借以抒写边塞之情。南朝宋沈约《白马》诗云：

> 白马紫金鞍，停镳过上兰。寄言狭斜子，讵知陇道难。赤坂途三折，龙堆路九盘。冰生肌里冷，风起骨中寒。功名志所急，日暮不遑餐。长驱入右地，轻举出楼兰。直去已垂涕，宁可望长安。匪期定远封，无羡轻车官。唯见恩义重，岂觉衣裳单。本持躯命答，幸遇身名完。③

诗用"难"字概括陇道的特点，令人想到乐府旧题中的《蜀道难》。陇道险狭，梁简文帝《赋得陇坻雁初飞诗》云：

> 高翔悼阔海，下去怯虞机。雾暗早相失，沙明还共飞。陇狭朝声聚，风急暮行稀。虽殄轮台援，未解龙城围。相思不得返，且寄别书归。④

这里用"狭"形容陇道。"陇头"包含着度陇远行者的心酸。王褒《渡河北》云：

> 秋风吹木叶，还似洞庭波。常山临代郡，亭障绕黄河。心悲异方乐，肠绝陇头歌。薄暮临征马，失道北山河（当作阿）。⑤

---

① （宋）李昉等编：《太平御览》卷50《地部》，第1册，第557页。
② 《全唐诗》卷604，第6983页。
③ （宋）李昉等编：《文苑英华》卷209，中华书局1966年版，第1036页。
④ （唐）欧阳询编：《艺文类聚》卷91，上海古籍出版社1982年版，第1579页。
⑤ （宋）李昉等编：《文苑英华》卷163，中华书局1966年版，第776页。

陇头歌之所以令人断肠，因为越过陇山便生异乡之感，登陇回望是最后一眼回看家乡，从此便成背井离乡之人。王褒又有《弹棋诗》云："隔涧疑将别，陇头如望秦。"① 望秦就是回望。总之，陇山是家乡与异域的分界线，登陇回望和度陇西去，都令行人眷恋家乡，肝肠寸断。

唐朝在经营陇右、河西和西域的过程中，奉命出使吐蕃、西域的使臣、从内地赴西北前线的士兵、以文才效命将军幕府的文士都要经过陇山。从秦地入蜀有时也经过陇山。陇山在他们笔下有时是实景。高宗时人徐珩《日暮望泾水》云：

> 导源径陇阪，属汭贯嬴都。下濑波常急，回圻溜亦纡。毒流秦卒毙，泥粪汉田腴。独有迷津客，怀归轸暮途。②

诗写远行者的苦辛，眼望泾水，想到它导源于陇山，便触发了行役之悲。岑参先后入高仙芝和封常清西域幕府，多次往来于陇山，他笔下的陇山往往是写实的。《赴北庭度陇思家》云：

> 西向轮台万里余，也知乡信日应疏。陇山鹦鹉能言语，为报家人数寄书。③

岑诗写的是自己翻越陇山时的感受，远赴轮台的行人来到陇山，陇山的鹦鹉告诫他，不要忘了经常给家人写信。这是唐代势力进入西域之后的诗，此时陇山只是远赴西域的经行之地。岑参笔下的张郎中赴陇右省父，经过陇山，其《送张郎中赴陇右觐省卿公（时张卿公亦充节度留后）》诗云：

> 中郎凤一毛，世上独贤豪。弱冠已银印，出身唯宝刀。还家卿月迥，度陇将星高。幕下多相识，边书醉懒操。④

岑参和这位张郎中都是实际经行陇山。边塞征战的将士归来要途经陇山，李益《观回军三韵》云："行行上陇头，陇月暗悠悠。万里将军至，回旌

---

① （唐）欧阳询编：《艺文类聚》卷74，上海古籍出版社1982年版，第1274—1275页。
② 《全唐诗》卷44，第547页。
③ （唐）岑参著，陈铁民、侯忠义校注：《岑参集校注》卷2，上海古籍出版社1981年版，第141页。
④ 《岑参集校注》卷2，第105页。

陇树秋。谁令呜咽水,重入故营流。"① 陇山既然是家乡与异地的分界,陇山送别便成为伤心之事。郑锡《陇头别》云:"秋尽初移幕,沾裳一送君。据鞍窥古堠,开灶爇寒云。登陇人回首,临关马顾群。从来断肠处,皆向此中分。"② 吐蕃占领陇右、河西,度陇远赴西域的道路断绝。张议潮收复河西,陇山再次成为唐使经行之地,唐朝派往河西任职的官员经过陇山赴任。张乔《送河西从事》诗云:"结束佐戎旃,河西住几年。陇头随日去,碛里寄星眠。水近沙连帐,程遥马入天。圣朝思上策,重待奏安边。"③ 从内地赴河西,度陇西去也是实际路线。

陇山是进入吐蕃的必经之地,唐朝出使吐蕃的使节经过陇山。金城公主入藏和亲,中宗与大臣送行,君臣有奉和之作,诗中写送亲的行人要经过陇山。李适《奉和送金城公主适西蕃应制》云:

绛河从远聘,青海赴和亲。月作临边晓,花为度陇春。主歌悲顾鹤,帝策重安人。独有琼箫去,悠悠思锦轮。④

安史之乱后秦陇陷蕃,唐与吐蕃隔陇山对峙,双方使节一般经此道往来。沈亚之《陇州刺史厅记》记载:"昔制戎于安西瀚海之时,而陇汧去塞万三千里。其处内居安如此,朝之命守,犹以为重地,必拔其良能。当时之务,其难者不过理宠门大家之田园陂池而已。观升平之基,其需贤如此。今自上邽清水以西,六镇五十郡既失地,地为戎田,城为戎固,人为戎奴婢。顾陇泾盐灵,皆列为极塞,而陇益为国路,凡戎使往来者必出此。"⑤ 太原掌书记姚康成奉使至汧陇,见"节使交代,入蕃使回,邮馆填咽"⑥。可见此道利用之频繁。

唐朝与吐蕃使节往来不断,赴吐蕃的唐使往往途经陇山。在同事朋友赋诗送行的作品中,会想象着他路经陇山的情景。郎士元《送杨中丞和蕃》诗云:

---

① (唐)令狐楚编:《御览诗》,傅璇琮等编《唐人选唐诗新编》,中华书局 2014 年版,第 599 页。
② 《全唐诗》卷 262,第 2911 页。
③ 《全唐诗》卷 639,第 7326 页。
④ 《全唐诗》卷 70,第 776 页。
⑤ (唐)沈既济著,肖占鹏、李勃洋校注:《沈下贤集校注》卷 5,南开大学出版社 2003 年版,第 103 页。
⑥ 《太平广记》卷 371,中华书局 1961 年版,第 2948 页。

锦车登陇日，边草正萋萋。旧好寻（一作随）君长，新愁听鼓鼙。河源飞鸟外，雪岭大荒西。汉垒今犹在，遥知路不迷。[1]

又如皇甫曾《送汤（疑为杨）中丞和蕃》云："继好中司出，天心外国知。已传尧雨露，更说汉威仪。陇上应回首，河源复载驰。孤峰问徒御，空碛见旌麾。春草乡愁起，边城旅梦移。莫嗟行远地，此去答恩私。"[2] 此诗与郎士元诗所送可能为同一人。又《送和西蕃使》云："白简初分命，黄金已在腰。恩华通外国，徒御发中朝。雨雪从边起，旌旗上陇遥。暮天沙漠漠，空碛马萧萧。寒路随河水，关城见柳条。和戎先罢战，知胜霍嫖姚。"[3] 刘禹锡《送工部张侍郎入蕃吊祭（时张兼修史）》云："月窟宾诸夏，云官降九天。饰终邻好重，锡命礼容全。水咽犹登陇，沙鸣稍极边。路因乘驿近，志为饮冰坚。毳帐差池见，乌旗摇曳前。归来赐金石，荣耀自编年。"[4] 无可《送田中丞使西戎》云："朝元下赤墀，玉节使西夷。关陇风（一作烽）回首，河湟雪洒旗。碛砂行几月，戎帐到何时。应尽平生志，高全大国仪。"[5] 这些诗中的"西蕃""西戎""西夷"都指吐蕃，写赴吐蕃之途，都经过陇山。

自古陇与蜀关系密切，"得陇望蜀"成为汉语成语，通常所谓"蜀道"指自秦入蜀的道路。往返于长安与蜀中的行人如果行经祁山道，也要越陇山。陇坻上有分水岭，往返于长安与蜀中的行人经过陇山，写诗纪行，写到分水岭。卢照邻《早度分水岭》诗：

丁年游蜀道，班鬓向长安。徒费周王粟，空弹汉吏冠。马蹄穿欲尽，貂裘敝转寒。层冰横九折，积石凌七盘。重溪既下漱，峻峰亦上干。陇头闻戍鼓，岭外咽飞湍。瑟瑟松风急，苍苍山月团。传语后来者，斯路诚独难。[6]

以分水岭为名的地方不止一处，这里与陇头并提，显然指陇山分水岭。卢照邻从长安到蜀中，再从蜀中返长安，都经过陇山。从他的诗可以知道，

---

[1] 《全唐诗》卷248，第2781页。
[2] 《全唐诗》卷210，第2185页。
[3] 同上。
[4] （唐）刘禹锡：《刘禹锡集》卷28，上海人民出版社1981年版，第254页。
[5] 《全唐诗》卷813，第9157页。
[6] （唐）卢照邻：《卢照邻集》卷1，中华书局1980年版，第10—11页。

陇山上有唐军戍守。其《入秦川界》云："陇坂长无极，苍山望不穷。石径萦疑断，回流映似空。花开绿野雾，莺啭紫岩风。春芳勿遽尽，留赏故人同。"① 他从蜀中回，越过陇山便进入秦川，诗描写了登陇所见。杜甫入蜀经陇山，其《秦州杂诗二十首》其一云：

    满目悲生事，因人作远游。迟回度陇怯，浩荡及关愁。水落鱼龙夜，山空鸟鼠秋。西征问烽火，心折此淹留。②

当时中原战火，吐蕃进逼，陇山以西情势危急，杜甫度陇时既有行途的艰辛，又有心情的惶恐不安。其《夕烽》诗又云："夕烽来不近，每日报平安。塞上传光小，云边落点残。照秦通警急，过陇自艰难。"③ 翻越陇山的艰难给杜甫留下深刻印象，多年后写的《寄岳州贾司马六丈巴州严八使君两阁老五十韵》回忆自己当时度陇入蜀的处境："古人称逝矣，吾道卜终焉。陇外翻投迹，渔阳复控弦。"④ 陇山给杜甫很深的印象，过后仍回味当时翻越陇山的情景。其《青阳峡》诗云："昨忆逾陇坂，高秋视吴岳。东笑莲华卑，北知崆峒薄。超然侔壮观，已谓殷寥廓。突兀犹趁人，及兹叹冥莫。"⑤ 陇山之巍巍，令杜甫感到华山、崆峒山都不在话下了。玄宗入蜀经过陇山，诗人咏之。黄滔《马嵬二首》其一云："铁马嘶风一渡河，泪珠零便作惊波。鸣泉亦感上皇意，流下陇头呜咽多。"⑥ 德宗因避朱泚之乱入山南，返长安时经过陇山。戎昱《辰州闻大驾还宫》诗咏其事："闻道銮舆归魏阙，望云西拜喜成悲。宁知陇水烟销日，再有园林秋荐时。渭水战添亡虏血，秦人生睹旧朝仪。自惭出守辰州畔，不得亲随日月旗。"⑦ 因其经陇山，故写到陇水。

（三）作为诗歌意象的陇山

  唐诗里的陇山有时并非实指，而是代表赴边行人途经之地，形容其路途遥远或艰险。杨衡《边思》云："苏武节旄尽，李陵音信稀。梅当陇上

---

① （唐）卢照邻：《卢照邻集》卷2，第27—28页。
② （唐）杜甫著，（清）仇兆鳌注：《杜诗详注》卷7，中华书局1979年版，第572页。
③ 《杜诗详注》卷8，第617页。
④ 同上书，第650页。
⑤ 同上书，第684页。
⑥ 《全唐诗》卷706，第8132页。
⑦ 《全唐诗》卷270，第3015页。

发,人向陇头归。"① 陈子昂《赠赵六贞固》云:"回中烽火入,塞上追兵起。此时边朔寒,登陇思君子。东顾望汉京,南山云雾里。"② 皇甫冉《酬李判官度梨岭见寄》云:"陇首怨西征,岭南雁北顾。行人与流水,共向闽中去。"③ 这些诗中的陇山皆非实指。

　　从长安西行的行旅或经商西域,或赴边征战,或奉使域外,途经陇山不免赋诗题咏,陇山成为诗歌中的思乡离别或丝路战争意象,积淀了丰富的文化意蕴,成为一座历史文化名山。汉魏六朝诗中这一意象通常以"关山""陇首""陇头""陇坻""陇坂""陇上""陇山头"等语词出现。人们很早就以诗咏叹攀越陇山的艰辛和远离家乡的痛苦,汉代古辞《陇头流水歌》三曲极言陇坂的艰险,此曲歌词流传中文字上多有改写。《辛氏三秦记》记载:"陇渭西关,其陂九回,上有清水,四注流下,俗歌云:'陇头流水,流离西下,念吾(一作我)一身,飘(然)旷野';"西上陇阪,羊肠九回。山高谷深,不觉脚酸";"手攀弱枝,足逾弱泥"④。北朝乐府民歌《陇头歌辞》三首都是表达行人背井离乡的痛楚:"陇头流水,流离山下。念吾一身,飘然旷野";"朝发欣城,暮宿陇头。寒不能语,舌卷入喉";"陇头流水,鸣声幽咽。遥望秦川,心肠(一作肝)断绝"⑤。乐府古辞为后世写陇山的诗定下了一个离乡漂泊悲愁思苦的情感基调。

　　汉代关陇一带是汉与羌人交战的前线,因此陇山成为边塞和战争意象。南朝梁简文帝《雁门太守行》云:

　　　　陇暮风恒急,关寒霜自浓。枥马夜方思,边衣秋未重。潜师夜接
　　战,略地晓摧锋。悲笳动胡塞,高旗出汉墉。勤劳谢功业,清白报迎
　　逢。非须主人赏,宁期定远封。单于如未系,终夜慕前踪。⑥

这首诗用乐府旧题写诗,其中的战争描写并非实写,梁朝也不曾度陇作战,因此"陇暮"只是一个意象,泛指边塞战争发生之地。又如吴均《酬

---

① 《全唐诗》卷465,第5289页。一作张祜诗,见《全唐诗》卷511,第5837页。
② (唐)陈子昂:《陈子昂集》卷2,徐鹏点校,中华书局1960年版,第24页。
③ 《全唐诗》卷250,第2831页。
④ (宋)郭茂倩编:《乐府诗集》卷25,中华书局1979年版,第368页。
⑤ (宋)郭茂倩编:《乐府诗集》卷25,第371页。逯钦立指出:"此歌与上《陇头流水》皆改用古辞。"见《先秦汉魏晋南北朝诗》,中华书局1983年版,第2157页。
⑥ (宋)郭茂倩编:《乐府诗集》卷39,中华书局1979年版,第575页。

郭临丞诗》云:"闻君立名义,我亦倦晨征。马在城上蹀,剑自腰中鸣。白日辽川暗,黄尘陇坻惊。愿君但衔酒,深知有素诚。"①北周王褒《关山篇》云:"从军出陇坂,驱马度关山。关山恒掩蔼,高峰白云外。遥望秦川水,千里长如带。好勇自秦中,意气多豪雄。少年便习战,十四已从戎。辽水深难渡,榆关断未通。"②《饮马长城窟》诗云:"北走长安道,征骑每经过。战垣临八阵,旌门对两和。屯兵戍陇北,饮马傍城阿。雪深无复道,冰合不生波。尘飞连阵聚,沙平骑迹多。昏昏垅坻日,耿耿雾中河。羽林犹角抵,将军尚雅歌。临戎常拔剑,蒙险屡提戈。秋风鸣马首,薄暮欲如何。"③北朝民歌《木兰辞》云:"关山度若飞,万里赴戎机。"④都把陇山作为内地和异域的分界或战争的前线。边地将士与家乡亲人互致书函,陇首是信函的收发之地。南朝沈约《有所思》云:"西征登陇首,东望不见家。关树抽紫叶,塞草发青芽。昆明当欲满,蒲萄应作花。垂泪对汉使,因书寄狭邪。"⑤徐陵《长相思二首》其二云:"欲见洛阳花,如君陇头雪。"⑥王褒《燕歌行》云:"桃花落,杏花舒,桐生井底寒叶疏。试为来看上林雁,必有遥寄陇头书。"⑦相见时难,你想看到洛阳花,和我想看到陇头雪一样不可能。戴暠《度关山》云:"昔听陇头吟,平居已流涕。今上关山望,长安树如荠。千里非乡邑,百姓为兄弟。军中大体自相褒,其间得意各分曹。"⑧又如王训《度关山》:"边庭多警急,羽檄未曾闲。从军出陇坂,驱马度关山。关山恒晻霭,高峰白云外。遥望秦川水,千里长如带。"⑨ 这些诗中写到的陇坂或陇头、陇山,都非实际战地或诗人亲临之地,都是具有象征意义的意象。

在诗歌中陇头成为离别意象,写远行者与亲人、征夫和思妇两地相思的诗把陇头作为远离家乡的所在,或远征的将士路经之地。度陇西征是艰苦和危险的,行人不免产生怨叹,亲人不免牵挂,唐诗中表达了这种情感。陈后主《陇头》诗已经写征夫思乡之情:"陇头征戍客,寒多不识春。惊风起嘶马,苦雾杂飞尘。投钱积石水,敛辔交河津。四面夕冰合,万里

---

① (唐)欧阳询编:《艺文类聚》卷31,上海古籍出版社1982年版,第556—557页。
② 《艺文类聚》卷42,第756—757页。
③ (宋)李昉等编:《文苑英华》卷209,中华书局1966年版,第1037页。
④ (宋)郭茂倩编:《乐府诗集》卷25,中华书局1979年版,第374页。
⑤ 《乐府诗集》卷17,第252页。
⑥ 《乐府诗集》卷69,第992页。
⑦ 《艺文类聚》卷42,第754—755页。
⑧ 《乐府诗集》卷27,第392页。
⑨ 同上书,第391页。

望佳人。"① 唐诗继承汉魏以来诗歌的传统，借陇山意象表达离情别绪和思乡念亲之情。王绩《登陇坂二首》云：

其一
客行登陇坂，长望一思归。地险关山密，天平鸿雁稀。转蓬无定去，惊叶但知飞。目极征途远，劳情歌式微。

其二
陇坂三秦望，游人万里悲。何关呜咽水，自是断肠时。风高黄叶散，日下白云滋。怅望东飞翼，忧来不自持。②

王绩似乎并无西行登坂的经历，只是用旧题写诗，写到陇坂，便写离别相思之苦。又如沈如筠《闺怨二首》其二云："陇底嗟长别，流襟一动君。何言幽咽所，更作死生分。"③ 赵嘏《昔昔盐·织锦窦家妻》云："当年谁不羡，分作窦家妻。锦字行行苦，罗帷日日啼。岂知登陇远，只恨下机迷。直候阳关使，殷勤寄海西。"④ 刘希夷《捣衣篇》写秦地佳人秋夜思夫："攒眉缉缕思纷纷，对影穿针魂悄悄。闻道还家未有期，谁怜登陇不胜悲。"⑤ 陈子昂《赠赵贞固二首》其一云："回中烽火入，塞上追兵起。此时边朔寒，登陇思君子。东顾望汉京，南山云雾里。"⑥ 戴叔伦《酬别刘九郎评事传经同泉字》云："举袂掩离弦，枉君愁思篇。忽惊池上鹭，正咽陇头泉。"⑦ 陇头流水是愁苦的象征，诗以"正咽陇头泉"形容"愁"。徐延寿《折杨柳》云："妾见柳园新，高楼四五春。莫吹胡塞曲，愁杀陇头人。"⑧ 《杂曲歌辞·入破第四》云："日晚笳声咽戍楼，陇云漫漫水东流。行人万里向西去，满目关山空自愁。"⑨ 《穆护砂》云："玉管朝朝弄，清歌日日新。折花当驿路，寄与陇头人。"⑩ 《金殿乐》云："入夜秋砧动，

---

① 《乐府诗集》卷21，第311页。
② 陈尚君辑录：《全唐诗续拾》卷2，《全唐诗补编》，中华书局1992年版，第654页。
③ 《全唐诗》卷114，第1164页。
④ 《全唐诗》卷27，第375页。
⑤ 《全唐诗》卷82，第885页。
⑥ （宋）李昉等编：《文苑英华》卷249，中华书局1966年版，第1256页。
⑦ （唐）戴叔伦著，蒋寅校注：《戴叔伦诗集校注》卷1，上海古籍出版社2010年版，第145页。
⑧ 《全唐诗》卷114，第1165页。
⑨ 《全唐诗》卷2，第379页。
⑩ 《全唐诗》卷27，第385页。

千门起四邻。不缘楼上月,应为陇头人。"① 崔湜《同李员外春闺》写思妇:"陇外寒应晚,机中织未成。"② 当征袍未织成时,妇人希望征人戍守的陇外寒冷来得晚一些。李峤《笛》诗云:"羌笛写龙声,长吟入夜清。关山孤月下,来向陇头鸣。逐吹梅花落,含春柳色惊。行观向子赋,坐忆旧邻情。"③ 用"陇头鸣"渲染笛声的凄切。颜舒《凤楼怨》写思妇之情:"唯恨金吾子,年年向陇头。"④ 李白《古风》二十二:"秦水别陇首,幽咽多悲声。胡马顾朔雪,躞蹀长嘶鸣。感物动我心,缅然含归情。昔视秋蛾飞,今见春蚕生。袅袅桑结叶,萋萋柳垂荣。急节谢流水,羁心摇悬旌。挥涕且复去,恻怆何时平。"⑤ 李贺《摩多楼子》云:"晓气朔烟上,趑趄胡马蹄。行人临水别,陇水长东西。"⑥ 张乔《笛》诗云:"剪雨裁烟一节秋,落梅杨柳曲中愁。尊前暂借殷勤看,明日曾闻向陇头。"⑦ 辛弘智《自君之出矣(又一首)》云:"自君之出矣,宝镜为谁明。思君如陇水,常闻呜咽声。"⑧ 这些与陇山有关的诗都是在写离别情感,用"愁""悲""嗟"等字眼写离情别绪。即便不出现这些字眼,只要写到陇山,写到陇头的流水,一股悲愁凄苦的情感便溢于字里行间。

　　为了保证丝绸之路的通畅和西域局势的稳定,一批批远征的将士经过陇山西行,将士远征造成与家乡和亲人离别。无名氏《水调歌》第四云:"陇头一段气长秋,举目萧条总是愁。只为征人多下泪,年年添作断肠流。"⑨ 李白《学古思边》云:

衔悲上陇首,肠断不见君。流水若有情,幽哀从此分。苍茫愁边色,惆怅落日曛。山外接远天,天际复有云。白雁从中来,飞鸣苦难闻。足系一书札,寄言难离群。离群心断绝,十见花成雪。胡地无春晖,征人行不归。相思杳如梦,珠泪湿罗衣。⑩

---

① 《全唐诗》卷27,第386页。
② 《全唐诗》卷54,第665页。
③ 周勋初等主编:《全唐五代诗》卷45,陕西人民出版社2014年版,第912页。
④ (宋)计有功:《唐诗纪事》卷20,上海古籍出版社1965年版,第293页。
⑤ (唐)李白著,瞿蜕园、朱金城校注:《李白集校注》卷2,上海古籍出版社1980年版,第135页。
⑥ (唐)李贺著,叶葱奇疏注:《李贺诗集》卷4,人民文学出版社1959年版,第245页。
⑦ 《全唐诗》卷639,第7328页。
⑧ 《全唐诗》卷773,第8770页。
⑨ 《全唐诗》卷2,第379页。
⑩ 《李白集校注》卷25,第1484页。

胡宿《古别》云："长道何年祖鞁休，风帆不断岳阳楼。佳人挟瑟漳河晓，壮士悲歌易水秋。九帐青油徒自负，百壶芳醑岂消忧。至今长乐坡前水，不啻秦人怨陇头。"① 颜舒《凤栖怨》云："佳人名莫愁，珠箔上花钩。清镜鸳鸯匣，新妆翡翠楼。捣衣明月夜，吹管白云秋。惟恨金吾子，年年向陇头。"② 孟郊《古意》诗云：

> 荡子守边戍，佳人莫相从。去来年月多，苦愁改形容。……芙蓉无染污，将以表心素。欲寄未归人，当春无信去。无信反增愁，愁心缘陇头。愿君如陇水，冰镜水还流。宛宛青丝线，纤纤白玉钩。玉钩不亏缺，青丝无断绝。回还胜双手，解尽心中结。③

那来自"陇头"的愁心即相思之苦，无法用双手解开，只有戍守陇头的人"回还"才能解尽心中的情结。令狐楚《闺人赠远》诗云："君行登陇上，妾梦在闺中。玉箸千行落，银床一半空。"④ 身在辽西的闺妇思念远征的丈夫，梦见他登上陇山，梦境把后方和前线联系起来。王贞白《胡笳曲》云："陇底悲笳引，陇头鸣北风。一轮霜月落，万里塞天空。戍卒泪应尽，胡儿哭未终。争教班定远，不念玉关中。"⑤ 诗立足于人道主义立场，写战争给胡汉双方人民造成深重灾难，希望结束战争，恢复和平，不让将士们身处塞外，饱受思乡念亲之苦。

唐代前期的诗写到陇山更多的是充满豪情壮志，这是一种新气象。虽然边地生活艰苦，战争充满危险，远离家乡，思念亲人，但对那些向往立功边塞的人来说，似乎都不在话下。虞世南《出塞》云：

> 上将三略远，元戎九命尊。缅怀古人节，思酬明主恩。山西多勇气，塞北有游魂。扬桴上陇坂，勒骑下平原。誓将绝沙漠，悠然去玉门。轻赍不遑舍，惊策驽戎轩。凛凛边风急，萧萧征马烦。雪暗天山道，冰塞交河源。雾锋黯无色，霜旗冻不翻。耿介倚长剑，日落风尘昏。⑥

---

① 《全唐诗》卷731，第8366页。
② 《全唐诗》卷769，第8732页。
③ （唐）孟郊：《孟东野诗集》卷2，人民文学出版社1959年版，第20—21页。
④ 《全唐诗》卷334，第3749页。
⑤ 《全唐诗》卷701，第8060页。
⑥ 周勋初等主编：《全唐五代诗》卷2，陕西人民出版社2014年版，第28页。

诗刻画了那些立志报效国家立功异域的将士壮志凌云的形象,"扬鞭上陇坂"是多么英姿飒爽。他们翻越陇坂,目的是经玉门出塞,剑指西域。虽然西域苦寒,但壮志不减。孔绍安《结客少年场行》云:

> 结客佩吴钩,横行度陇头。雁在弓前落,云从阵后浮。吴师惊燧象,燕将警奔牛。转蓬飞不息,冰河结未流。若使三边定,当封万户侯。①

越陇出塞,追求的是安边定远立功封侯。诗用"横行"形容将士们度越陇山的阵容,一派所向无敌的气概。崔泰之《奉和圣制送张尚书巡边》云:

> 南庭胡运尽,北斗将星飞。旗鼓临沙漠,旌旗出洛畿。关山绕玉塞,烽火映金微。屡献帷谋策,频承庙胜威。蹙踥临河骑,逶迤度陇骓。地脉平千古,天声振九围。车马生边气,戈铤驻落晖。夏近蓬犹转,秋深草未腓。饯送纡天什,恩荣赐御衣。伫勒燕然颂,鸣驺计日归。②

"逶迤"形容翻越陇山出征的队伍声势浩大,军旗猎猎,一眼望不到头,预示张说巡边必震慑敌人。无名氏《水调歌》云:"平沙落日大荒西,陇上明星高复低。孤山几处看烽火,壮士连营候鼓鼙。"③ 从日落到星出,战士们关注着报警的烽火,只等着战鼓鸣起,随时准备出征应敌。在送人出征或巡边的诗中,诗人以立功边塞相期冀。张九龄《饯王尚书出边》云:"夏云登陇首,秋露泫辽阳。武德舒宸眷,文思饯乐章。感恩身既许,激节胆犹尝。祖帐倾朝列,军麾驻道傍。诗人何所咏,尚父欲鹰扬。"④ 贺知章《送人之军中》云:"常经绝脉塞,复见断肠流。送子成今别,令人起昔愁。陇云晴半雨,边草夏先秋。万里长城寄,无贻汉国忧。"⑤ 诗人叮嘱行人立功边塞,期望对方为国长城。岑参《送人赴安西》诗云:"上马带胡钩,翩翩度陇头。小来思报国,不是爱封侯。万里乡为梦,三边月作

---

① 周勋初等主编:《全唐五代诗》卷6,第110页。
② 周勋初等主编:《全唐五代诗》卷87,第1772页。
③ 周勋初等主编:《全唐诗》卷27,第378页。
④ 周勋初等主编:《全唐五代诗》卷110,第2251页。
⑤ (唐)芮挺章选:《国秀集》卷上,《唐人选唐诗》(十种),上海古籍出版社1978年版,第138页。

愁。早须清黠虏，无事莫经秋。"① 志愿在杀敌报国，个人功名并不重要。李白《塞下曲六首》云：

其二
天兵下北荒，胡马欲南饮。横戈从百战，直为衔恩甚。握雪海上餐，拂沙陇头寝。何当破月氏，然后方高枕。②

其六
烽火动沙漠，连照甘泉云。汉皇按剑起，还召李将军。兵气天上合，鼓声陇底闻。横行负勇气，一战净妖氛。③

又如韦应物《送孙徵赴云中》云：

黄骢少年舞双戟，目视旁人皆辟易。百战曾夸陇上儿，一身复作云中客。寒风动地气苍茫，横吹先悲出塞长。敲石军中传夜火，斧冰河畔汲朝浆。前锋直指阴山外，虏骑纷纷翦应碎。匈奴破尽看君归，金印酬功如斗大。④

来自陇上的健儿赴云中郡征战，诗人希望他杀敌立功。万楚《骢马》云："金络青骢白玉鞍，长鞭紫陌野游盘。朝驱东道尘恒灭，暮到河源日未阑。汗血每随边地苦，蹄伤不惮陇阴寒。君能一饮长城窟，为报天山行路难。"⑤ "河源""陇阴"都是征战之地，借咏马歌颂远征将士不畏艰险征战边塞的精神和壮志。高适《独孤判官部送兵》云："出关逢汉壁，登陇望胡天。亦是封侯地，期君早着鞭。"⑥ 希望独孤氏早日建功封侯。刘长卿《平蕃曲三首》其二云："渺渺戍烟孤，茫茫塞草枯。陇头那用闭，万里不防胡。"⑦ 希望战胜敌人，边境安定，敞开陇山通道，行人来去自由。

---

① （唐）岑参著，陈铁民、侯忠义校注：《岑参集校注》卷2，上海古籍出版社1981年版，第139页。
② （唐）李白著，瞿蜕园、朱金城校注：《李白集校注》卷5，上海古籍出版社1980年版，第364页。
③ 《李白集校注》卷5，第367—368页。
④ 《全唐诗》卷189，第1941页。按：此诗一作韩翃诗，孙徵作孙泼。见《全唐诗》卷243，第2729页。
⑤ 《全唐诗》卷145，第1468页。
⑥ （唐）高适著，孙钦善校注：《高适集校注》，上海古籍出版社1984年版，第55页。
⑦ 《全唐诗》卷148，第1525页。

度陇远征的将士思想和情感是复杂的，他们不因为追求功名而忘记亲情，也不因为眷恋家乡而放弃理想，陇山寄托了他们复杂的家国情怀。李颀《古意》云：

> 男儿事长征，少小幽燕客。赌胜马蹄下，由来轻七尺。杀人莫敢前，须如猬毛磔。黄云陇底白雪飞，未得报恩不能归。辽东小妇年十五，惯弹琵琶解歌舞。今为羌笛《出塞》声，使我三军泪如雨。①

既歌颂途经陇底远赴边地的将士们保卫国家的高度责任感和追求建功立业的豪情，也表达了他们听乐而触发思乡念亲的柔情心曲。无名氏《凉州歌》云："朔风吹叶枞门秋，万里烟尘昏戍楼。征马长思青海北，胡笳夜听陇山头。"② 写马实是写人，征马希望驰骋于青海头，那里是抗击吐蕃的战场，比拟将士们杀敌报国的志向。夜里守候于陇山山顶，听到悲壮凄凉的胡笳声，不免勾起思家念亲之情。高适《登陇》云："陇头远行客，陇上分流水。流水无尽期，行人未云已。浅才通一命，孤剑适千里。岂不思故乡？从来感知已。"③ 天宝十二载（753），高适赴任河西节度使府掌书记，此诗乃途中登陇山而作。节度使哥舒翰喜文重义，颇得文士好感，此诗所抒发之情感与此相关。诗人自述为报知遇之恩，离别家乡远赴边地，写登陇山所见，望流水之不竭而叹人生颠簸无常，抒发报答节帅知遇之恩的心情。将士们追求建功立业，现实并不如他们想象的那样公正，经历艰苦卓绝的斗争，未必能获得功名。王贞白《古悔从军行》云：

> 忆昔仗孤剑，十年从武威。论兵亲玉帐，逐虏过金微。陇水秋先冻，关云寒不飞。辛勤功业在，麟阁志犹违。④

为了报效国家，他们不畏边塞艰苦的环境，不畏生死的战斗；但那十年征战的艰辛、大小百余战的经历和显赫的战功，却没有为他们换取应有的功名。这是为什么？诗人虽没有明说，其意在于批评统治者赏罚不公，意在言外。

在唐诗中陇山是常用的意象，在送人赴边地想象其行程时往往写到陇

---

① （唐）李颀著，王锡九校注：《李颀诗歌校注》卷2，中华书局2018年版，第447页。
② 《全唐诗》卷27，第380页。
③ （唐）高适著，孙钦善校注：《高适集校注》，上海古籍出版社1984年版，第218页。
④ 《全唐诗》卷701，第8059页。

山，陇山的景物被诗人用来渲染旅途的景况，陇山的树、云、水、风、月、鸟、花、草、雨、雪等都被写入诗中。陇山总是与这些景物构成组合意象，创造出幽深凄清的意境。

陇树成为悲秋意象，诗人用"陇树秋"渲染征途上心情的凄凉。梁锽《崔驸马宅赋咏画山水扇》诗云："画扇出秦楼，谁家赠列侯。小含吴剡县，轻带楚扬州。掩作山云暮，摇成陇树秋。"① 张仲素《塞下曲五首》其四云："陇水潺湲陇树秋，征人到此泪双流。乡关万里无因见，西戍河源早晚休。"② 胡曾《咏史诗·回中》云："武皇无路及昆丘，青鸟西沈陇树秋。欲问生前躬祀日，几烦龙驾到泾州。"③ 周朴《寄塞北张符》云："陇树塞风吹，辽城角几枝。霜凝无暂歇，君貌莫应衰。万里平沙际，一行边雁移。那堪朔烟起，家信正相离。"④ 这些诗都以陇树和陇山苦寒写将士们征途生活艰辛。诗中写到"陇花"是反衬，以美景写哀情。黄滔《河梁》诗云："五原人走马，昨夜到京师。绣户新夫妇，河梁生别离。陇花开不艳，羌笛静犹悲。惆怅良哉辅，锵锵立凤池。"⑤ 在新婚离别的绣户眼里，陇山上的花也失去了色彩和艳丽。陇山与其他景物的组合，构成凄凉的意境。温庭筠《苏武庙》："苏武魂销汉使前，古祠高树两茫然。云边雁断胡天月，陇上羊归塞草烟。回日楼台非甲帐，去时冠剑是丁年。茂陵不见封侯印，空向秋波哭逝川。"⑥ 孤雁、胡月、归羊、塞草与陇山共同营造了令人伤感的气氛，表达了对苏武命运的同情和叹惋。

写陇山的诗还常写到云、雨或雨雪，用云、雨、雪渲染陇山的严寒和艰险，因此成为与陇山的组合意象。卢照邻《送郑司仓入蜀》云：

> 离人丹水北，游客锦城东。别意还无已，离忧自不穷。陇云朝结阵，江月夜临空。关塞疲征马，霜氛落早鸿。潘年三十外，蜀道五千中。送君秋水曲，酌酒对清风。⑦

---

① （唐）令狐楚编：《御览诗》，《唐人选唐诗》（十种），上海古籍出版社1978年版，第253页。
② 《全唐诗》卷367，第4138页。
③ 《全唐诗》卷647，第7436页。
④ 《全唐诗》卷673，第7697页。
⑤ 《全唐诗》卷704，第8104页。
⑥ （唐）温庭筠著，（清）曾益等笺注：《温飞卿诗集笺注》别集卷8，上海古籍出版社1980年版，第171—172页。
⑦ （唐）卢照邻：《卢照邻集》卷3，中华书局1980年版，第35页。

诗用陇云、江月、霜氛、秋鸿的组合意象，渲染凄清秋景，写郑氏入蜀途中的孤单和寂寞，寄托了对朋友的牵挂。杨衡《答崔钱二补阙》诗残句："陇首降时雨，雷声出夏云。"① 翁绶《雨雪曲》云："边声四合殷河流，雨雪飞来遍陇头。铁岭探人迷鸟道，阴山飞将湿貂裘。斜飘旌旆过戎帐，半杂风沙入戍楼。一自塞垣无李蔡，何人为解北门忧。"② 皇甫冉《送刘兵曹还陇山居》云："离堂徒宴语，行子但悲辛。虽是还家路，终为陇上人。先秋雪已满，近夏草初新。唯有闻羌笛，梅花曲里春。"③ 秋天未到陇山已经被大雪覆盖，直到初夏草才泛青，意谓这里乃苦寒之地，从来看不到春天。

月是家人团圆的象征，秋月又是凄凉的景象，"陇头月"是勾起人们思乡之情的意象。虞世南《拟饮马长城窟》云："有月关犹暗，经春陇尚寒。云昏无复影，冰合不闻湍。怀君不可遇，聊持报一餐。"④ 陇月也用来描写战场凄清肃杀景象，渲染悲凉气氛。王维《陇头吟》云："长安少年游侠客，夜上戍楼看太白。陇头明月迥临关，陇上行人夜吹笛。"⑤ 李子昂《西戎即叙》云："悬首藁街中，天兵破犬戎。营收低陇月，旗偃度湟风。肃杀三边劲，萧条万里空。"⑥ "陇头月"也是北方边地的象征。黄滔《寄怀南北故人》云："秋风昨夜落芙蕖，一片离心到外区。南海浪高书堕水，北州城破客降胡。玉窗挑凤佳人老，绮陌啼莺碧树枯。岭上青岚陇头月，时通魂梦出来无。"⑦ 五代沈彬《塞下三首》其二："贵主和亲杀气沉，燕山闲猎鼓鼙音。旗分雪草偷边马，箭入寒云落塞禽。陇月尽牵乡思动，战衣谁寄泪痕深。金钗谩作封侯别，劈破佳人万里心。"⑧ 月光的清凉透出心境的凄凉，写陇头月也是渲染路经陇山的行人或陇山戍守者的心情。

陇头风却有为征人壮行的意味。李端《瘦马行》云：

　　城傍牧马驱未过，一马徘徊起还卧。眼中有泪皮有疮，骨毛焦瘦令人伤。朝朝放在儿童手，谁觉举头看故乡。往时汉地相驰逐，如雨

---

① 《全唐诗》卷465，第5290页。
② 《全唐诗》卷600，第6939页。
③ 《全唐诗》卷250，第2824页。
④ 周勋初等主编：《全唐五代诗》卷2，陕西人民出版社2014年版，第18—19页。
⑤ （唐）王维撰，（清）赵殿成笺注：《王右丞集笺注》卷6，上海古籍出版社1984年版，第92页。
⑥ 《全唐诗》卷781，第8833页。
⑦ 《全唐诗》卷705，第8108页。
⑧ 《全唐诗》卷743，第8456页。

如风过平陆。岂意今朝驱不前,蚊蚋满身泥上腹。路人识是名马儿(一作衰),畴昔三军不得骑。玉勒金鞍既已远,追奔获兽有谁知。终身枥上食君草,遂与驽骀一时老。倘借长鸣陇上风,犹期一战安西道。①

写马实是写人,瘦马寓意年迈的老将,虽身老而志不衰,仍向往当年的战争生活,向往登上陇山,仰风长啸,驰骋疆场,远征安西。

陇西出产鹦鹉,很早就成为诗歌意象。诗人借对陇山鹦鹉的描写表达对家乡的思念,岑参《赴北庭度陇思家》云:"西向轮台万里余,也知乡信日应疏。陇山鹦鹉能言语,为报家人数寄书。"② 康骈《剧谈录》记载:"(李)德裕之营平泉也,远方之人多以土产异物奉之,故数年之间无所不有。时文人有题平泉诗者:'陇右诸侯供语鸟,日南太守送名花。'威势之使人也。"③ "语鸟"即鹦鹉。王建《宫词一百首》七十六:"鹦鹉谁教转舌关,内人手里养来奸。语多更觉承恩泽,数对君王忆陇山。"④ 借鹦鹉写宫女的思家念亲,鹦鹉来自陇山,忆陇山,乃影射幽闭深宫中的女子思念家乡。

在陇山的景物中更多被诗人写到的是陇头水。陇水很早就成为诗歌意象,汉乐府诗中已经咏及陇头水,陇水呜咽,饱含凄苦之情,诗人以陇水渲染离乡悲情和行役之苦。南朝谢朓《雨雪曲》云:"朔边昔离别,寒风复凄切。峨峨六尺冰,飘飘千里雪。未塞袁安户,行封苏武节。应随陇水流,几过空呜咽。"⑤ 江总《长相思二首》其一云:"长相思,久离别,征夫去远幽芳灭。湘水深,陇头咽。红罗斗帐里,绿绮清弦绝。逶迤百尺楼,愁思三秋结。"⑥ 北周庾信《出自蓟北门行》云:"蓟门还北望,役役尽伤情。关山连汉月,陇水向秦城。笛寒芦叶脆,弓冻纴弦鸣。梅林能止渴,复姓可防兵。将军连转战,都护夜巡营。燕山犹有石,须勒几人名。"⑦ 每读至此,读者自然联想到"陇头流水,鸣声呜咽"的古词,自

---

① 《全唐诗》卷284,第3239页。
② (唐)岑参著,陈铁民、侯忠义校注:《岑参集校注》卷2,上海古籍出版社1981年版,第141页。
③ 《太平广记》卷405,中华书局1961年版,第8964页。
④ (唐)王建著,王宗堂校注:《王建诗集校注》卷10,中州古籍出版社2006年版,第624页。
⑤ (宋)郭茂倩编:《乐府诗集》卷24,中华书局1979年版,第359页。
⑥ 《文苑英华》卷202,中华书局1966年版,第1000页。
⑦ (宋)郭茂倩编:《乐府诗集》卷61,中华书局1979年版,第892页。

然产生悲凉之情。

"陇水"也是唐诗中常见意象,唐前期开拓西域,往来于陇山的人增多,诗人用陇水渲染旅途的艰辛和心情的愁苦。陇山上有分水岭,汉辛氏《三秦记》云:"小陇山,一名陇坻,又名分水岭。"① 陇头东西分流的流水总是引起远行者伤感。沈佺期《陇头水》云:"陇山风落叶,陇雁度寒天。愁见三秋水,分为两地泉。西流入羌郡,东下向秦川。征客空(一作方)回首,肝肠空自怜。"② 岑参赴西域多次经行陇山,其《经陇头分水》诗云:"陇水何年有,潺潺逼路傍。东西流不歇,曾断几人肠。"③ 贺朝《从军行》写"河湟客"从军出塞:"直为甘心从苦节,陇头流水鸣呜咽。"④ 李白《猛虎行》云:"肠断非关陇头水,泪下不为雍门琴。旌旗缤纷两河道,战鼓惊山欲倾倒。"⑤ 唐诗中也有以陇水衬托将士们豪情。李益《从军有苦乐行》诗虽写"仆本居陇上,陇水断人肠"。但"一旦承嘉惠,轻命重恩光。秉笔参帷帟,从军至朔方。……寄言丈夫雄,苦乐身自当"⑥。在初盛唐诗中,陇头水更多渲染的是将士们不畏艰苦的豪情。

安史之乱发生后,陇右陷于吐蕃,陇山成为唐与吐蕃对峙的前线和长安西畿的屏障,"岐陇所以可固者,以陇山为阻也"⑦。诗中的陇山、陇水成为边地的象征。韦皋任剑南西川节度时,女诗人薛涛被罚边地,她的《罚赴边有怀上韦令公二首》其一云:"闻道边城苦,而今到始知。羞将门下曲,唱与陇头儿。"⑧ 陇头儿即戍守陇山前线的战士,这里被称作"边城"。于是写陇水渲染的情感在离别相思之外,又平添一种家国盛衰之感。杜甫《喜闻盗贼蕃寇总退口号五首》其一:

萧关陇水入官军,青海黄河卷塞云。北极转愁龙虎气,西戎休纵

---

① 《太平御览》卷50,上海古籍出版社2008年版,第1册,第557页。
② (唐)沈佺期、宋之问撰,陶敏、易淑琼校注:《沈佺期宋之问集校注》,中华书局2001年版,第222页。
③ (唐)岑参著,陈铁民、侯忠义校注:《岑参集校注》卷2,上海古籍出版社1981年版,第75页。
④ 《全唐诗》卷117,第1180—1181页。
⑤ 《全唐诗》卷165,第1713页。
⑥ (唐)李益著,范之麟注:《李益诗注》,上海古籍出版社1984年版,第1页。
⑦ (唐)沈既济著,肖占鹏、李勃洋校注:《沈下贤集校注》卷10,南开大学出版社2003年版,第201页。
⑧ (唐)薛涛等著,陈文华校注:《唐女诗人集三种》,上海古籍出版社1984年版,第30页。

犬羊群。①

这是与吐蕃的战事一时获胜时的快乐心情，但在唐后期诗人笔下陇头水更多的是伤感的意象，诗人写陇头水引起的伤感不同于前代写行役之苦的伤感，而是为战争形势和社会局势忧伤，更为沉重。过去陇山是经行之地，路过此山远赴边塞，现在成为前线，对面就是敌占区，敌人在面前横行。张籍《送边使》云：

> 扬旌过陇头，陇水向西流。塞路依山远，戍城逢笛秋。寒沙阴漫漫，疲马去悠悠。为问征行将，谁封定远侯。②

王建《陇头水》云：

> 陇水何年陇头别，不在山中亦鸣咽。征人塞耳马不行，未到陇头闻水声。谓是西流入蒲海，还闻北去绕龙城。陇东陇西多屈曲，野麋饮水长簌簌。胡兵夜回水傍住，忆著来时磨剑处。向前无井复无泉，放马回看陇头树。③

边使所往就是陇水流经之处，陇水岸畔有胡兵宿营，而那儿原来本是唐朝内地啊！吐蕃兵驻扎之处，正是唐军当年驻守的地方，征人还记得自己当年磨剑的地方。白居易《和思归乐》云："峡猿亦无意，陇水复何情。为入愁人耳，皆为肠断声。"④ 陈陶《胡无人行》云："十万羽林儿，临洮破郅支。杀添胡地骨，降足汉营旗。塞阔牛羊散，兵休帐幕移。空流陇头水，鸣咽向人悲。"⑤ 张仲素《陇上行》云："行到黄云陇，唯闻羌戍声。不如山下水，犹得任东西。"⑥ 陇山上水可以向东西两个方向流，陇山以西沦于敌手，人却不能自由来去了。其《塞下曲五首》其四："陇水潺湲陇树秋，征人到此泪双流。乡关万里无因见，西戍河源

---

① （唐）杜甫著，（清）仇兆鳌注：《杜诗详注》卷21，中华书局1979年版，第1857页。
② （唐）张籍著，徐礼节、余恕诚校注：《张籍集校注》卷2，中华书局2011年版，第168页。
③ （唐）王建著，王宗堂校注：《王建诗集校注》卷1，中州古籍出版社2006年版，第3375页。
④ （唐）白居易：《白居易集》卷2，中华书局1979年版，第40页。
⑤ 《全唐诗》卷745，第8465页。
⑥ 《全唐诗》卷367，第4137页。

早晚休。"① 卢汝弼《和李秀才边庭四时怨》其三："八月霜飞柳半黄，蓬根吹断雁南翔。陇头流水关山月，泣上龙堆望故乡。"② 男儿有泪不轻弹，当年相思离别未必流泪，现在痛心于国土的丧失，诗人到此不由落泪。温庭筠《回中作》云："苍莽寒空远色愁，呜呜戍角上高楼。吴姬怨思吹双管，燕客悲歌别五侯。千里关山边草暮，一星烽火朔云秋。夜来霜重西风起，陇水无声冻不流。"③ 边地形势紧张，令人感到压抑；天寒地冻，连陇水也停止了呜咽。崔致远《七言记德诗三十首谨献司徒相公·练兵》："陇水声秋塞草闲，霍将军暂入长安。太平天子怜才略，曾请陈兵尽日看。"④ 陇水只是作为边塞的代名词。

（四）唐后期与吐蕃对峙的前线

安史之乱后，陇右陷于吐蕃，陇山成为唐朝与吐蕃对峙的前线，越陇即成胡地，故这里成为边地，成为国门。唐朝对吐蕃的战争取得胜利，诗人们为之雀跃。杜甫《近闻》云："近闻犬戎远遁逃，牧马不敢侵临洮。渭水逶迤白日净，陇山萧瑟秋云高。崆峒五原亦无事，北庭数有关中使。似闻赞普更求亲，舅甥和好应难弃。"仇兆鳌注云："《唐书》：永泰元年十月，郭子仪与回纥定约，共击退吐蕃，时仆固名臣及党项帅皆来降。大历元年二月，命杨济修好吐蕃。吐蕃遣首领论泣陵来朝，此诗盖记其事。"⑤ 这是安史之乱发生后，吐蕃进逼时写的诗，而相对吐蕃日益深入的侵扰，陇山一带再次成为战争的前线，杜诗所写只是一时的安宁而已，实际上陇山更多的是引起诗人的怨叹愁恨。

陇山作为唐朝与吐蕃的分界线，在许多诗歌作品中都有反映。元结《陇上叹》写面对这种局面的心情：

> 援车登陇坂，穷高遂停驾。延望戎狄乡，巡回复悲咤。滋移有情教，草木犹可化。圣贤礼让风，何不遍西夏。父子忍猜害，君臣敢欺

---

① 《全唐诗》卷367，第4138页。
② 《全唐诗》卷688，第7911页。
③ （唐）温庭筠著，（清）曾益等笺注：《温飞卿诗集笺注》卷4，上海古籍出版社1980年版，第98页。
④ 〔新罗〕崔致远撰，党银平校注：《桂苑笔耕集校注》卷17，中华书局2007年版，第590页。
⑤ （唐）杜甫著，（清）仇兆鳌注：《杜诗详注》卷15，上海古籍出版社1979年版，第1283页。

诈。所适今若斯，悠悠欲安舍。①

陇山那边已沦于敌手，所以登陇西望便是戎狄之乡，令他伤感。在他看来，吐蕃是王化未及的地方，如今陇山以西落入其手，这里日益蛮化，这是更令他悲伤的事情。张籍《塞下曲》云："边州八月修城堡，候骑先烧碛中草。胡风吹沙度陇飞，陇头林木无北枝。"② 陇山那头成了吐蕃的天下，因此吹度陇山而来的风被称为"胡风"。马戴《酬田卿送西游》云："废城乔木在，古道浊河侵。莫虑西游远，西关绝陇阴。"③ 诗表面在安慰田氏，不要担心"我"西游远行，"我"是去不远的，最远只能到陇山，实际上隐含着深深的忧伤，因为陇山以西已成敌境。余延寿《折杨柳》云：

> 大道连国门，东西种杨柳。葳蕤君不见，袅娜垂来久。缘枝栖暝禽，雄去雌独吟。余花怨春尽，微月起秋阴。坐望窗中蝶，起攀枝上叶。好风吹长条，婀娜何如妾。妾见柳园新，高楼四五春。莫吹胡塞（一作筘）曲，愁杀陇头人。④

陇山前线成为将士们戍守之地，边塞与家乡两地相思中"陇头人"既愁失地难收，又愁归乡无望。翁绶《雨雪曲》云：

> 边声四合殷河流，雨雪飞来遍陇头。铁岭探人迷鸟道，阴山飞将湿貂裘。斜飘旌旆过戎帐，半杂风沙入戍楼。一自塞垣无李蔡，何人为解北门忧。⑤

陇头所闻流水成为"边声"，行人过此眼见吐蕃人的"戎帐"，戍楼上风沙侵入。陇山成为前线，将士们在陇山长期防戍，凝铸为"陇戍"语词，即陇山防线。李益《观回军三韵》云："行行上陇头，陇月暗悠悠。万里将军没，回旌陇戍秋。谁令呜咽水，重入故营流。"⑥

---

① （唐）元结著，孙望校：《元次山集》卷2，中华书局1960年版，第19页。
② 《全唐诗》卷382，第4285—4286页。
③ 《全唐诗》卷556，第6450页。
④ （宋）郭茂倩编：《乐府诗集》卷22，中华书局1979年版，第332页。
⑤ 《全唐诗》卷18，第191页。
⑥ （唐）李益著，范之麟注：《李益诗注》，上海古籍出版社1984年版，第17页。

由于敌人压境，长安不远的地方成为前线，唐人的边境观念发生了变化。李益《送韩将军还边》云：

> 白马羽林儿，扬鞭薄暮时。独将轻骑出，暗与伏兵期。雨雪移军远，旌旗上垅（陇）迟。圣心戎寄重，未许让恩私。①

题曰"还边"，诗中写"上陇"，又以"雨雪"的意象渲染环境的恶劣，把陇山视为边地。又如张籍《塞上曲》云：

> 边州八月修城堡，候骑先烧碛上草。胡风吹沙度陇飞，陇头林木无北枝。将军阅兵青塞下，鸣鼓冬冬促猎围。天寒山路石断裂，白日不销帐上雪。乌孙国乱多降胡，诏使名王持汉节。年年征战不得闲，边人杀尽唯空山。②

所谓"边州"就是陇山一带，陇山一带的百姓被称为"边人"。又如王涯《陇上行》云："负羽到边州，鸣箛度陇头。云黄知塞近，草白见边秋。"③在这一首小诗里，诗人反复称陇上为"边州"，为近"塞"，又云"边秋"，说明在他的心中已然形成陇山即边境的观念。又如马戴《陇上独望》云：

> 斜日挂边树，萧萧独望间。阴云藏汉垒，飞火照胡山。陇首行人绝，河源夕鸟还。谁为立勋者，可惜宝刀闲。④

陇山上的树称"边树"，唐军当年的营垒已经被遮掩，对面的山被称为"胡山"。由于连年的战争，陇山一带已经人烟稀少。白居易《中秋月》写月亮引起的愁苦云："万里清光不可思，添愁益恨绕天涯，谁人陇外久征戍？何处庭前新别离？失宠故姬归院夜，没蕃老将上楼时。照他几许人肠断，玉兔银蟾远不知。"⑤高骈《边城听角》云："席箕风起雁声秋，陇

---

① （唐）李益著，范之麟注：《李益诗注》，上海古籍出版社1984年版，第62页。
② （唐）张籍著，徐礼节、余恕诚校注：《张籍集系年校注》卷7，中华书局2011年版，第810页。
③ 《全唐诗》卷346，第3875页。
④ 《全唐诗》卷555，第6439页。
⑤ （唐）白居易：《白居易集》卷16，中华书局1979年版，第346页。

水边沙满目愁。三会五更欲吹尽,不知凡白几人头。"①《塞上曲二首》其一云:"二年边戍绝烟尘,一曲河湾万恨新。从此风林关外事,不知谁是苦心人。"其二:"陇上征夫陇下魂,死生同恨汉将军。不知万里沙场苦,空举平安火入云。"②他所谓"边城"就在陇山附近,陇山的风沙被称为"边沙"。戍守陇山就是"边戍"。风林关原在唐境之内,如今关外已非吾有。许棠《秦中遇友人》云:

> 半生南走复西驰,愁过杨朱罢泣岐。远梦亦羞归海徼,贫游多是滞边陲。胡云不聚风无定,陇路难行栈更危。旦暮唯闻语征战,看看已欲废吟诗。③

他的"滞边陲"之游不过就是到了陇山,"陇路"的艰难恐怕主要还不是道路的崎岖,而是战争形势,在这里人们每天谈论的就是打仗,诗人已经无心吟诗,学业渐废。又如齐己《送人游塞》云:"槐柳野桥边,行尘暗马前。秋风来汉地,客路入胡天。雁聚河流浊,羊群碛草膻。那堪陇头宿,乡梦逐潺湲。"④朋友到陇山便是"游塞",便是"入胡天",因为这里是与吐蕃对峙的前线。陇山有唐军戍守。王贞白《胡笳曲》云:"陇底悲笳引,陇头鸣北风。一轮霜月落,万里塞天空。戍卒泪应尽,胡儿哭未终。争教班定远,不念玉关中。"⑤诗人由陇山环境的恶劣,联想到战争给胡汉百姓带来的灾难,表达了结束战争恢复和平的愿望。陈陶《陇西行四首》其三:"陇戍三看塞草青,楼烦新替护羌兵。同来死者伤离别,一夜孤魂哭旧营。"⑥崔涂《陇上逢江南故人》云:"三声戍角边城暮,万里乡心塞草春。莫学少年轻远别,陇关西少向东人。"⑦黄滔《塞下》云:"匹马萧萧去不前,平芜千里见穷边。关山色死秋深日,鼓角声沈霜重天。荒骨或衔残铁露,惊风时掠暮沙旋。陇头冤气无归处,化作阴云飞杳然。"⑧在这些诗里陇山一带无一例外地被称"边"地。

唐后期诗人笔下的陇山、陇头常常笼罩着一层浓重的悲凉的色彩。张

---

① 《全唐诗》卷598,第6920页。
② 同上书,第6922页。
③ 《全唐诗》卷604,第6983页。
④ 《全唐诗》卷838,第9443页。
⑤ 《全唐诗》卷701,第8060页。
⑥ 《全唐诗》卷746,第8492页。
⑦ 《全唐诗》卷679,第7783页。
⑧ 《全唐诗》卷705,第8107页。

籍《关山月》云："陇头风急雁不下，沙场苦战多流星。可怜万国关山道，年年战骨多秋草。"① 晚唐诗人翁绶《关山月》云："徘徊汉月满边州，照尽天涯到陇头。影转银河寰海静，光分玉塞古今愁。笳吹远戍孤烽灭，雁下平沙万里秋。况是故园摇落夜，那堪少妇独登楼。"② 司空曙《关山月》云："苍茫明月上，夜久光如积。野幕冷胡霜，关楼宿边客。陇头秋露暗，碛外寒沙白。唯有故乡人，沾裳此闻笛。"③ 诗人忧伤的已不是过去单纯的相思离别，而是江河日下的时代的悲感。贯休《古塞上曲七首》其五云："不堪登陇望，白日又西斜。"④ 诗人登陇望远，但见白日依山尽，一派苍茫，这何尝不是唐朝日薄西山的写照。

陇山为什么形成这样的局面，失地为什么不能收复，是什么造成陇山一带百姓的苦难？诗人们既在诗中揭露这种社会现实，也在深深思考其根源，他们归结为统治者的无能和腐败。陈陶《续古二十九首》十二云："秦家无庙略，遮虏续长城。万姓陇头死，中原荆棘生。"⑤ 诗人显然是在借古讽今，写秦朝统治者缺乏深谋远虑，造成百姓的大量死亡，其实是在写唐后期的现实。其《陇西行四首》其一云："汉主东封报太平，无人金阙议边兵。纵饶夺得林胡塞，碛地桑麻种不生。"其三云："陇戍三看塞草青，楼烦新替护羌兵。同来死者伤离别，一夜孤魂哭旧营。"⑥ 边地荒芜，战事失利，士卒久戍不归，国家形势如此，上层统治者却忙着东封粉饰太平。战争破坏了陇山一带人民和平安定的生活，朝廷的赋税加重了人民的苦难，此地百姓苦不堪言。皮日休《正乐府十篇》有《哀陇民》一首：

陇山千万仞，鹦鹉巢其巅。穷危又极崄，其山犹不全。蚩蚩陇之民，悬度如登天。空中觇其巢，堕者争纷然。百禽不得一，十人九死焉。陇川有戍卒，戍卒亦不闲。将命提雕笼，直到金台前。彼毛不自珍，彼舌不自言。胡为轻人命，奉此玩好端。吾闻古圣王，珍禽皆舍

---

① （唐）张籍著，徐礼节、余恕诚校注：《张籍集系年校注》卷7，中华书局2011年版，第80—81页。
② （宋）郭茂倩编：《乐府诗集》卷23，中华书局1979年版，第339页。
③ 《全唐诗》卷293，第3336页。
④ （唐）贯休著，胡大浚笺注：《贯休歌诗系年笺注》卷11，中华书局2011年版，第550页。
⑤ 《全唐诗》卷746，第8485页。
⑥ 同上书，第8492页。

斾。今此陇民属，每岁啼涟涟。①

此地出产鹦鹉，捕捉鹦鹉进贡朝廷成为当地百姓和驻军的沉重负担。

唐后期仍然能够看到从军征行的乐观主义精神，诗人们在诗中表达收复失地的信心和决心。李子昂《西戎即叙》云：

> 悬首藁街中，天兵破犬戎。营收低陇月，旗偃度湟风。肃杀三边劲，萧条万里空。元戎咸服罪，余孽尽输忠。圣理符轩化，仁恩契禹功。降逾洞庭险，枭拟郅支穷。已散军容捷，还资庙算通。今朝观即叙，非与献馘同。②

李益《从军有苦乐行（时从司空鱼公北征）》云：

> 劳者且莫歌，我歌送君觞。从军有苦乐，此曲乐未央。仆本居陇上，陇水断人肠。东过秦宫路，宫路入咸阳。时逢汉帝出，谏猎至长杨。讵驰游侠窟，非结少年场。一旦承嘉惠，轻身重恩光。秉笔参帷幕，从军至朔方。边地多阴风，草木自凄凉。断绝海云去，出没胡沙长。参差引雁翼，隐辚腾军装。剑文夜如水，马汗冻成霜。侠气五都少，矜功六郡良。河山目起韵，睚眦死路贤。北逐驱獯虏，西临复旧疆。昔还赋余资，今出乃赢粮。一矢殁夏服，我弓不再张。寄语丈夫雄，苦乐身自当。③

李频《送边将》云：

> 防秋戎马恐来奔，诏发将军出雁门。遥领短兵登陇首，独横长剑向河源。悠扬落日黄云动，苍莽阴风白草翻。若纵干戈更深入，应闻收得到昆仑。④

这当然都是在表达一种理想而已。他们向往消灭敌人，收复失地，结束战争，享受太平。河源被认为在今青海之扎陵湖、鄂陵湖附近之黄河源头，

---

① （唐）皮日休：《皮子文薮》卷10，中华书局1959年版，第119页。
② 《全唐诗》卷781，第8833页。
③ （唐）李益著，范之麟注：《李益诗注》，上海古籍出版社1984年版，第1页。
④ 《全唐诗》卷587，第6809页。

向南便是巴颜喀拉山，巴颜喀拉山脉与昆仑山脉原是吐谷浑与吐蕃交界处。① 吐谷浑初为唐之属国，吐蕃灭吐谷浑，据有其地。安史之乱发生，吐蕃乘机进占河西、陇右。诗人希望边将不仅收复河湟之地，还应该剑指河源，进兵昆仑，把吐蕃人打回老家去。法振《送韩侍御自使幕巡海北》云："微雨空山夜洗兵，绣衣朝拂海云清。幕中运策心应苦，马上吟诗卷已成。离亭不惜花源醉，古道犹看蔓草生。因说元戎能破敌，高歌一曲陇关情。"② 羊士谔《送张郎中副使自南省赴凤翔府幕》云："仙郎佐氏谋，廷议宠元侯。城郭须来贡，河隍（湟）亦顺流。亚夫高垒静，充国大田秋。当奋燕然笔，铭功向陇头。"③ 贯休《古出塞曲三首》其三云："回首陇山头，连天草木秋。圣君应入梦，半路遭封侯。水不担阴雪，柴令倒戍楼。归来麟阁上，春色满皇州。"④ 这些诗有的是把陇山当作边塞意象来写，表达一种理想；有的则是写晚唐时河湟之地回归，陇右重新进入唐朝统治，诗人们写到陇山时的感情不同。

（五）唐诗中的《陇头水》乐曲

汉乐府诗有《陇头水》旧题，一名《陇头吟》或《陇头》。《乐府古题要解》云：

> 乐府横吹曲，有鼓角……又有胡角者，本以应胡笳之声，后渐用之，有双角，即胡乐也。汉博望侯张骞入西域，传其法，唯得《摩诃兜勒》一曲。李延年因胡曲更造新声二十八解，乘舆以为武乐，东汉以给边将。又有《出关》《入关》《出塞》《入塞》《黄覃子》《赤之

---

① 《新唐书·侯君集传》记载，贞观九年（635）侯君集征吐谷浑，至"柏海"（在今青海境内）。贞观十五年（641）文成公主入藏，松赞干布率众至"柏海"亲迎。黄文弼先生说："柏海，据清人考证，谓今之扎陵、鄂陵两淖尔。丁谦并实指今扎陵湖。扎，白也；陵，长也。柏，即白之转音。今云侯君集在扎陵淖尔观河源，则黄河源之发现，固于侯君集也。又据《新唐书·吐蕃传》，唐贞观十五年，以宗女文成公主妻弄赞，弄赞率兵至柏海亲迎归国，为公主筑一城，以夸后世。《唐会要》云：'弄赞至柏海，亲迎于河源。'其所述方位与地形，大致与《吐谷浑传》略同。"见氏著《西北史地论丛》，上海人民出版社1981年版，第234页。参见纵瑞华、梁今知《关于唐代的"柏海"与"河源"》，载《青海社会科学》1982年第5期；李发明《也谈唐代的"柏海"与"河源"》，载《青海师范大学学报》1984年第4期。

② 《全唐诗》卷811，第9142页。

③ 《全唐诗》卷332，第3698页。

④ （唐）贯休著，胡大浚笺注：《贯休歌诗系年笺注》卷11，中华书局2011年版，第555页。

扬》《黄鹄吟》《陇头吟》《折杨柳》《望行人》等十曲,皆无其词。若《关山月》已下八曲,后代所加也。①

可知《陇头吟》是李延年创制的新声二十八解之一。汉乐府古辞不存,后世多以此旧题写诗,属乐府横吹曲,有鼓角。②后世以此为题的诗大多写边塞生活、征役之苦和征夫思妇两地相思。古词"流水呜咽"意象令这些诗具有悲怨色彩,"若梁戴暠云:'昔听《陇头吟》,平居已流涕'"③。南朝刘孝威《陇头水》云:"从军戍陇头,陇水带沙流。时观胡骑饮,常为汉国羞。衅妻成两剑,杀子祀双钩。顿取楼兰颈,就解郅支裘。勿令如李广,功遂不封侯。"④梁元帝《陇头水》云:"衔悲别陇头,关路漫悠悠。故乡迷远近,征人分去留。沙飞晓成幕,海气旦如楼。欲识秦川处,陇水向东流。"⑤车皦《陇头水》:"陇头征人别,陇水流声咽。只为识君恩,甘心从苦节。雪冻弓弦断,风鼓旗竿折。独有孤雄剑,龙泉字不灭。"⑥南朝陈谢燮《陇头水》云:"陇坂望咸阳,征人惨思肠。咽流喧断岸,游沫聚飞梁。凫分敛冰彩,虹饮照旗光。试听铙歌曲,唯吟君马黄。"⑦顾野王《陇头水》云:"陇底望秦川,迢递隔风烟。萧条落野树,幽咽响流泉。瀚

---

① (唐)吴兢:《乐府古题要解》卷上,丁福保编《历代诗话续编》,中华书局1983年版,第40页。
② 郭茂倩《乐府诗集·横吹曲辞》解题云:"横吹曲,其始亦谓之鼓吹,马上奏之,乃军中之乐也。北狄诸国,皆马上作乐,故自汉已来,北狄乐总归鼓吹署。其后分为二部。有箫笳者为鼓吹,用之朝会、道路,亦以给赐。汉武帝时,南越七郡,皆给鼓吹是也。有鼓角者为横吹,用之军中,马上所奏者是也。……自隋已后,始以横吹用之卤簿,与鼓吹列为四部,总谓之鼓吹,并以供大驾及皇太子、王公等。……唐制:太常鼓吹,令掌鼓吹。施用调习之,节以备卤簿之仪,而分五部。一曰鼓吹部,其乐器如隋有棡鼓部而无大角。棡鼓一曲十叠,大鼓十五曲,严用三曲,警用十二曲,金钲无曲以为鼓节。小鼓九曲,上马用一曲,严警用八曲,长鸣一曲三声,上马,严警用之;中鸣一曲三声,用与长鸣同。二曰羽葆部,其乐器如隋铙鼓部而加敔于,凡十八曲。三曰铙吹部,其乐器与隋羽葆部同,凡七曲。四曰大横吹部,其乐器与隋同,凡二十四曲。有角节、鼓、笛、箫、笳箫、筝、桃皮筚篥七种,凡二十四曲。……五曰小鼓吹部,其乐器与隋同,其曲不见,疑同用大鼓吹曲也。凡大驾行幸,则夜警晨严。大驾夜警十二曲,中警七曲,晨严三通。皇太子夜警九曲,公卿已下夜警七曲,晨严并三通。夜警众一曲,转次而振也。"参见郭茂倩编《乐府诗集》卷21,中华书局1979年版,第309—310页。
③ (唐)吴兢:《乐府古题要解》卷上,丁福保编《历代诗话续编》,中华书局1983年版,第25页。
④ (宋)郭茂倩编:《乐府诗集》卷21,中华书局1979年版,第312—313页。
⑤ 同上书,第312页。
⑥ 同上书,第313页。
⑦ 同上书,第314页。

海波难息，交河冰未坚。宁知盖山水，逐节赴危弦。"① 张正见《陇头水二首》其一云："陇头鸣四注，征人逐貳师。羌笛含流咽，胡笳杂水悲。湍高飞转驶，涧浅荡还迟。前旌去不见，上路杳无期。"其二："陇头流水急，流急行难渡。远入隗嚣营，傍侵酒泉路。心交赐宝刀，小妇成纨裤。欲知别家久，戎衣今已故。"② 徐陵《陇头水》："别涂耸千仞，离川悬百丈。攒荆下不通，积雪冬难上。枝交陇底暗，石碍波前响。回首咸阳中，唯言梦时往。"③ 陈后主《陇头》云："陇头征戍客，寒多不识春。惊风起嘶马，苦雾杂飞尘。投鞭积石水，敛辔交河津。四面夕冰合，万里望佳人。"④《陇头水二首》其一："塞外飞蓬征，陇头流水鸣。汉处扬沙暗，波中燥叶轻。地风冰易厚，寒深溜转清。登山一回顾，幽咽动边情。"其二："高陇多悲风，寒声起夜丛。禽飞暗识路，鸟转逐征蓬。落叶时惊沫，移沙屡拥空。回头不见望，流水玉门东。"⑤《陇头水》是一支感人的乐曲，尤其远行离别之际，更容易触动人们的愁怀，催人泪下。周弘正《陇头送征客诗》云："朝霜侵漠草，流沙度陇飞。一闻流水曲，行住两沾衣。"⑥ 这"流水曲"就是《陇头水》。

唐人以此旧题写诗，继承了写边塞生活、征役之苦和离别相思的传统。他们的诗既是用古题写诗，又紧扣诗题立意。杨师道《陇头水》云：

陇头秋月明，陇水带关城。笳添离别曲，风送断肠声。映雪峰犹暗，乘冰马屡惊。雾中寒雁至，沙上转蓬轻。天山传羽檄，汉地急征兵。阵开都护道，剑聚伏波营。于兹觉无渡，方共濯胡缨。⑦

"天山传羽檄"表明战线已经向遥远的西域推进，唐军经陇头西进，将士们冒雪履冰进军，为了巩固西域边疆的稳定而奋斗。卢照邻《陇头水》云："陇阪高无极，征人一望乡。关河别去水，沙塞断归肠。马系千年树，

---

① （宋）郭茂倩编：《乐府诗集》卷 21，第 314 页。
② （宋）郭茂倩编：《乐府诗集》卷 21，第 314 页。此诗《文镜秘府论》西卷作徐陵诗，引刘氏云："吴人徐陵，东南之秀，所作文笔，未曾犯声。唯横吹云云，……亦是通人之弊。"《文苑英华》作张正见诗。
③ （宋）郭茂倩编：《乐府诗集》卷 21，第 313 页。
④ 同上书，第 311 页。
⑤ 同上书，第 313 页。
⑥ （唐）欧阳询：《艺文类聚》卷 29，第 526 页。
⑦ 周勋初等主编：《全唐五代诗》卷 9，陕西人民出版社 2014 年版，第 179 页。

旌悬九月霜。从来共呜咽，皆是为勤王。"① 沈佺期《陇头水》云："陇山飞落叶，陇雁度寒天。愁见三秋水，分为两地泉。西流入羌郡，东下向秦川。征客重回首，肝肠空自怜。"② 贞观年间对突厥用兵的胜利，激发了诗人们的豪迈激情，写边塞生活之苦，却流露出昂扬之气和建功立业之想。员半千《陇头水》云："路出金河道，山连玉塞门。旌旗云里度，杨柳曲中喧。喋血多壮胆，裹革无怯魂。严霜敛曙色，大明辞朝暾。尘销营卒垒，沙静都尉垣。雾卷白山出，风吹黄叶翻。将军献凯入，万里绝河源。"③ 在写边塞生活和两地相思之苦之外，唐代诗人写将士的愁怨有了新的内容，那就是愁功名不立，理想成空。储光羲《陇头水送别》云："相送陇山头，东西陇水流。从来心胆盛，今日为君愁。暗雪迷征路，寒云隐戍楼。唯余旌旆影，相逐去悠悠。"④ 刘方平《寄严八判官》云："洛阳新月动秋砧，瀚海沙场天半阴。出塞能全仲叔策，安亲更切老莱心。汉家宫里风云晓，羌笛声中雨雪深。怀袖未传三岁字，相思空作《陇头吟》。"⑤

安史之乱后，河西、陇右相继为吐蕃占领，经行陇头的丝绸之路为吐蕃人所阻。出现在诗人笔下的陇头，成为抵御吐蕃人的前线，以《陇头》为题的诗更多写实的成分，诗人笔下的"陇头""陇头水"成为实指。这些诗既"以乐府旧题写时事"，而且又紧扣诗题立意。"国家不幸诗人幸，赋到沧桑句便工"，陇山因为战争受到关注而成为诗歌的生动素材。张籍《陇头》诗云：

> 陇头已断人不行，胡骑夜入凉州城。汉家处处格斗死，一朝尽没陇西地。驱我边人胡中去，散放牛羊食禾黍。去年中国养子孙，今着毡裘学胡语。谁能更使李轻车，收取凉州属汉家。⑥

这首诗真实地反映了当时的边防局势，"陇头已断"和"陇西地"失陷都是事实，而不仅仅是文学意象。王建《陇头水》云：

> 陇水何年陇头别，不在山中亦呜咽。征人塞耳马不行，未到陇头

---

① （唐）卢照邻：《卢照邻集》卷2，中华书局1980年版，第22—23页。
② 《全唐诗》卷96，第1033页。
③ 《全唐诗》卷94，第1014页。
④ 《全唐诗》卷139，第1415页。
⑤ 《全唐诗》卷251，第2838页。
⑥ （宋）郭茂倩编：《乐府诗集》卷21，中华书局1979年版，第311页。

闻水声。谓是西流入蒲海，还闻北去绕龙城。陇东陇西多屈曲，野麋饮水长簇簇。胡兵夜回水傍住，忆著来时磨剑处。向前无井复无泉，放马回看陇头树。①

这首诗也是写实，当年唐军西征经行之地，如今成为胡兵傍水而住的军营。又如皎然《陇头水二首》其一云："陇头心欲绝，陇水不堪闻。碎影摇枪垒，寒声咽帐军。素从盐海积，绿带柳城分。日落天边望，逶迤入塞云。"其二："秦陇逼氐羌，征人去未央。如何幽咽水，并欲断君肠。西注悲穷漠，东分忆故乡。旅魂声搅乱，无梦到辽阳。"② 在诗人笔下，陇山一带笼罩着战云，那里地已成"天边"，云已成"塞云"。"氐羌"代指吐蕃。敌人进逼，近在咫尺，战士们不断走向战场，西流的陇水也思念故乡呜咽悲鸣。

陇山一带成为战场，诗人痛心统治者不顾惜战士的生命。"一将功成万骨枯"，于濆《陇头水》云："行人何彷徨，陇头水呜咽。寒沙战鬼愁，白骨风霜切。薄日朦胧秋，怨气阴云结。杀成边将名，名著生灵灭。"③ 鲍溶《陇头水》云："陇头水，千古不堪闻。生归苏属国，死别李将军。细响风凋草，清哀雁落云。"④ 诗人对统治者的无能痛加贬斥。罗隐《陇头水》云：

借问陇头水，年年恨何事？全疑呜咽声，中有征人泪。自古无长策，况我非深智。何计谢潺湲，一宵空不寐。⑤

这些诗所表达的是同样的痛苦，诗人由陇头水想到的都是伤心事。由于陇右沦陷不复收复，陇头水的呜咽中也包含着征人的失地之耻辱和遗恨。他们盼望陇头水流入清渭，意谓失地回归。但统治者无能，边将腐败，失地难收，令人失望。翁绶《陇头吟》云："陇水潺湲陇树黄，征人陇上尽思乡。马嘶斜日朔风急，雁过寒云边思长。残月出林明剑戟，平沙隔水见牛

---

① （唐）王建著，王宗堂校注：《王建诗集校注》卷1，中州古籍出版社2006年版，第7页。
② 《全唐诗》卷820，第9241页。
③ 《全唐诗》卷599，第6932页。
④ 《全唐诗》卷486，第5527页。
⑤ （唐）罗隐：《罗隐集》，中华书局1983年版，第103页。一作于濆诗，见《全唐诗》题注、郭茂倩编《乐府诗集》卷21，中华书局1979年版，第316页。字句略有不同。李定广考证当系罗隐诗，参见氏著《罗隐集系年校笺》，人民文学出版社2013年版，第306页。

羊。横行俱是封侯者，谁斩楼兰献未央。"① 征人来到陇上便生"边思"，因为这里成为唐与胡人交壤之地。他们痛心的不仅仅是国土沦陷，还有统治者不思进取，那些封侯横行的将军无人想到杀敌报国，收复失地。罗隐问"何计"，翁绶问"谁斩"，都是因为看不到希望才发出此问。"自古无长策"更多的是批判现实。

《陇头吟》乐曲的基调是愁苦，正如李贺《龙夜吟》云："胡儿莫作《陇头吟》，隔窗暗结愁人心。"② 这种凄苦的情感基调正契合了唐后期诗人的心态，因此更多的诗人以此乐府旧题写诗，表达了一个时代的心声。

（六）六盘山支脉之崆峒山

崆峒山地处陇山中段，属六盘山支脉，在今甘肃平凉市西 12 千米处，唐代位于岷州溢乐县"西二十里"。③ 由于差异风化、流水冲蚀和崩塌等外力作用，这里形成奇特的丹霞地貌，峰丛广布，怪石突兀，山势险峻。崆峒山是军事要塞，被视为"关陇锁匙"和"三秦咽喉"，历代为兵家必争之地。从此东瞰长安，西接兰州，南邻宝鸡，北抵银川，成为古丝绸之路西出关中之要塞。传说轩辕黄帝曾登临崆峒山，向智者广成子请教治国之道和养生之术。④ 神话中的崆峒山在极西遥远之地，因此作为文学意象也有视为"异国"的，胡皓《大漠行》云："崆峒北（一作异）国谁能托，萧索边心常不乐。"⑤ 因此"崆峒"便成为极西遥远之地的代称。骆宾王《边庭落日》云："紫塞流沙北，黄图灞水东。……擘力风尘倦，疆场岁月穷。河流控积石，山路远崆峒。"⑥ 这是形容"边庭"之遥远。秦始皇和汉武帝因"慕黄帝事""好神仙"而西登崆峒，诗人墨客在此留下大量诗词文章和碑碣铭刻。

六盘道未通之前，陇山南北横阻，崆峒山扼"原州七关"之首，是保中原守关中的重要通道，这里发生过无数战事。晋代苻登、十六国时赫连定曾在此扼守，唐代刘昌、段秀实抵御吐蕃，都借助"高岭崆峒，山川险阻"而克敌制胜。崆峒山在古代对外贸易、中外交流和抵抗强敌方面曾发挥重要作用。中古前又称为"笄头山"，汉时笄头道是古丝绸之路西出长

---

① （宋）郭茂倩编：《乐府诗集》卷 21，中华书局 1979 年版，第 312 页。
② （唐）李贺著，叶葱奇疏注：《李贺诗集》外集，人民文学出版社 1959 年版，第 345 页。
③ （唐）李吉甫：《元和郡县图志》卷 39，中华书局 1983 年版，第 996 页。
④ 黄帝问道故事，在《庄子·在宥》和《史记·黄帝本纪》等典籍中皆有记载。
⑤ 《全唐诗》卷 108，第 1124 页。
⑥ （唐）骆宾王著，（清）陈熙晋笺注：《骆临海集笺注》卷 4，第 126—127 页。

安北路第二站，从汉至唐这里曾呈现驼铃叮当、商贾不绝的盛况。这里出现过许多历史名人，引起诗人歌咏，王勃《陇西行十首》其五："充国出上邽，李广出天水。门第倚崆峒，家世垂金紫。"① 赵充国、李广都是陇右历史名人。杜甫的诗喜用崆峒山意象，通过"崆峒山"意象反映了唐朝西北地区政治和边防形势。盛唐时这一带局势安定，朝廷的使节经过崆峒山出使异域，杜甫《赠田九判官梁丘》云："崆峒使节上青霄，河陇降王款圣朝。宛马总肥春苜蓿，将军只数汉嫖姚。"② 仇兆鳌注云："哥舒翰讨安禄山，以田梁丘为行军司马。"此诗是田梁丘为哥舒翰河西判官时作。杜诗透露出唐代前期，丝绸之路发展至黄金时代，络绎不绝的使节经过崆峒山，往返于西域和中原地区。在唐朝经营西域的过程中，河西走廊是用兵西域的通道，崆峒山就是见证。无名氏《大漠行》写将士的征途："五将登坛俱出师，长风万里送旌旗。太白星前分甲胄，苍龙阙下度熊罴。崆峒木落边秋早，故木黄龙白嶝道。"③ 崆峒山和白登道不在同一出兵的方向上，因此这里都只是战争意象，非实写。

安史之乱发生，河西、陇右一带局势动荡，最终陷于吐蕃。在杜甫笔下，崆峒山成为陇右的象征，陇右被吐蕃人占领，好似崆峒山失去了重心。其《送从弟亚赴河西判官》云：

> 南风作秋声，杀气薄炎炽。盛夏鹰隼击，时危异人至。令弟草中来，苍然请论事。诏书引上殿，奋舌动天意。兵法五十家，尔腹为箧笥。应对如转丸，疏通略文字。经纶皆新语，足以正神器。宗庙尚为灰，君臣俱下泪。崆峒地无轴，青海天轩轾。西极最疮痍，连山暗烽燧。④

"崆峒地无轴"意谓唐中央失去了对这一带的控制，由此西去的地区遭受战争的破坏而满目疮痍。唐朝与吐蕃在这一带胜负无常，当唐军取得胜利时，诗人由衷地表示高兴，杜甫《近闻》诗云："近闻犬戎远遁逃，牧马不敢侵临洮。渭水逶迤白日净，陇山萧瑟秋云高。崆峒五原亦无事，北庭数有关中使。似闻赞普更求亲，舅甥和好应难弃。"⑤ 因为唐与吐蕃在这里

---

① 陈尚君辑校：《全唐诗补编》，中华书局1992年版，第330页。
② 《杜诗详注》卷3，第186—187页。
③ 徐俊纂辑：《敦煌诗集残卷》卷上（法藏部分），中华书局2000年版，第153页。
④ 《杜诗详注》卷5，第364—366页。
⑤ （唐）杜甫著，（清）仇兆鳌注：《杜诗详注》卷15，中华书局1979年版，第1283页。

对峙,此地太平意味着唐与吐蕃的关系缓和。杜甫《喜闻盗贼蕃寇总退口号五首》其三云:"崆峒西极过昆仑,驼马由来拥国门。逆气数年吹路断,蕃人闻道渐星奔。"① 诗前两句回忆盛唐丝绸之路通畅时西域各国入唐朝贡的盛况,域外各国使节是通过这里入唐的。后两句写现实,"逆气"代指吐蕃人的势力,近年来由于吐蕃人的入侵和战乱,通向西域的丝路断绝,西方各国的使节听说河西走廊的形势,都畏惧不前,避之唯恐不及。通过盛衰对比,诗歌强调了战乱给丝路交通造成的严重影响。

五 唐诗中的陇西

过陇山就是陇西地面,陇西或曰陇右,古人以西为右,故称陇山以西为陇右。从内地视角又称"陇外"。贞观元年(627)分全国为十道,开元年间增置十五道,都以陇山以西至沙州的地区置陇右道,兼统西域,地跨今甘肃、青海湖以东和新疆地区。景云二年(711)又以黄河为界,黄河以西置河西道,黄河以东置陇右道。于是"陇右"作为地域范围便有了广狭二义。广义的范围即"十道"时期的陇右道,狭义的范围泛指今黄河以南、青海湖以东至陇山的地区。② 从自然地理来看,陇右位处黄土高原西部,界于青藏、内蒙古、黄土三大高原接合部。

(一) 边塞战争和丝路意象

唐诗中"陇西"通常指狭义的概念,春秋时秦穆公称霸西戎,今甘肃天水、甘谷、武山、岷县、陇西和临洮等地属秦国。秦昭王二十七年(前280)在上述地区置陇西郡,秦朝时为天下三十六郡之一。汉代陇西郡是汉朝与匈奴、羌人交界处。秦汉时陇西郡治在狄道(今甘肃临洮)。"秦置陇西郡,以居陇坻之西为名,二汉因之。灵帝分立南安郡,魏置镇守在此,晋为南安、陇西二郡地。后魏为陇西郡,兼置渭州。后周为南安郡。隋初废,炀帝初,复置陇西郡。大唐为渭州,或为陇西郡。"③

唐诗中言地名喜用旧称,有古雅意味,故大多以"陇西"称之,其地大体包括秦州(今甘肃秦安县)、渭州(今甘肃陇西)、武州(今甘肃武

---

① 《杜诗详注》卷21,第1856页。
② 今陇山以东的平凉、庆阳二市习称"陇东",但就其隶属关系和历史文化传统而言,与陇右地区颇多相似,故亦属"陇右"。"陇右"有时又具体指陇西郡之地。
③ 《通典》卷174《州郡典》四,中华书局1988年版,第4546页。

都)、兰州（今甘肃兰州）、河州（今甘肃临夏）、岷州（今甘肃岷县）、洮州（今甘肃临潭）、叠州（今甘肃迭部）、宕州（今甘肃宕昌）、临州（今甘肃临洮）、成州（今甘肃成县）、鄯州（今青海乐都）、廓州（今青海化隆县）等州。汉时这一带是汉与羌人反复交战之地，成为诗歌吟咏的对象，汉代诗歌中"陇西"已经成为征战意象。汉末左延年《从军行》云："苦哉边地人，一岁三从军。三子到敦煌，二子诣陇西；五子远斗去，五妇皆怀身。"① 诗中"陇西"是边塞戍守之地。后世诗提到"陇西"或"陇右"往往也是作为边塞、前线和战争意象吟咏。南朝戴暠《从军行》云："诏书发陇右，召募取关西。"② 江总《雨雪曲》云："雨雪隔榆溪，从军度陇西。绕阵看狐迹，依山见马蹄。"③ 刘孝威《骢马驱》云："风伤易水湄，日入陇西树。"④ 吴均《和萧洗马子显古意诗六首》其四写征夫思念家乡云："何处报君书，陇右五歧路。泪研兔枝墨，笔染鹅毛素。碧浮孟渚水，香下洞庭路。应归遂不归，芳春空掷度。"⑤ 一边是乘危履险的前方征战，一边是罗裙罗袖的空房独守。

　　汉乐府中有《陇西行》旧题，其古辞应该与战争有关，但流传下来的最早歌辞却是夸赞家中主妇。"古辞云：'天上何所有，历历种白榆。'始言妇有容色，能应门承宾。次言善于主馈，终言送迎有礼。此篇出诸集，不入《乐志》。若梁简文'陇西四战地'，但言辛苦征战，佳人怨思而已。"⑥ 后世流传下来以此为题的作品，有的像晋陆机，南朝谢灵运、谢惠连的诗皆与征战无关，但更多的是像简文帝的诗写辛苦征战，佳人怨思，成为以《陇西行》为题的诗作传统题材。如简文帝诗《陇西行三首》云：

其一

　　边秋胡马肥，云中惊寇入。勇气时无侣，轻兵救边急。沙平不见虏，嶂崄还相及。出塞岂成歌，经川未遑汲。乌孙途更阻，康居路犹涩。月晕抱龙城，星流照马邑。长安路远书不还，宁知征人独伫立。

---

① 逯钦立辑校：《先秦汉魏晋南北朝诗》，中华书局1983年版，第410页。
② 《乐府诗集》卷32，第479页。
③ 《乐府诗集》卷24，第358页。
④ 同上书，第357页。
⑤ （南朝梁）徐陵编，（清）吴兆宜注，程琰删补：《玉台新咏笺注》卷6，中华书局1985年版，第228页。
⑥ （宋）郭茂倩编：《乐府诗集》卷37，中华书局1979年版，第542页。

第二章 丝绸之路之关陇道

其二

陇西四战地，羽檄岁时闻。护羌拥汉节，校尉立元勋。石门留铁骑，冰城息夜军。洗兵逢骤雨，送阵出黄云。沙长无止泊，水脉屡萦分。当思勒彝鼎，无用想罗裙。

其三

悠悠悬旆旌，知向陇西行。减灶驱前马，衔枚进后兵。沙飞朝似幕，云起夜疑城。迥山时阻路，绝水亟稽程。往年郅支服，今岁单于平。方观凯乐盛，飞盖满西京。①

这三首诗紧扣诗题来写，特别第二、三首直接写陇西战事。庾肩吾《陇西行》云："借问陇西行，何当驱马征。草合前迷路，云浓后暗城。寄语幽闺妾，罗袖勿空萦。"② 也是如此。

写到陇西、陇右或陇外的唐诗，其思想内容、情感特征和艺术风格随着政治形势、边防局势和时代精神的变动而变化。初盛唐时代国力强盛，陇右、河西以至西域，疆域万里，陇右成为全国最富庶的地区，"是时中国盛强，自安远门西尽唐境万二千里，闾阎相望，桑麻翳野，天下称富庶者无如陇右"③。这里描述的富庶景象主要是陇山以西的河湟地区。唐诗常写到陇西，诗人喜用《陇西行》乐府旧题作诗，这些诗继承了"辛苦征战，佳人怨思"的传统，但却表现出初盛唐时的积极进取、昂扬向上的精神。王勃《陇西行十首》便是这种社会风气和时代精神的反映：

其一

陇西多名家，子弟复豪华。千金买骏马，蹀躞长安斜。

其二

雕弓侍羽林，宝剑照期门。南来射猛虎，西去猎平原。

其三

既夕罢朝参，薄暮入终南。田间遭骂詈，低语示乘骖。

其四

入被銮舆宠，出视辕门勇。无劳豪吏猜，常侍当无恐。

---

① 《乐府诗集》卷 37，第 543—544 页。
② 同上书，第 544 页。
③ 《资治通鉴》卷 216，天宝十二载（753），中华书局 1956 年版，第 6919 页。

其五
充国出上邽，李广出天水。门第倚崆峒，家世垂金紫。
其六
麟阁图良将，六郡名居上。天子重开边，龙云叠相向。
其七
烽火照临洮，榆塞马萧萧。先锋秦子弟，大将霍嫖姚。
其八
开壁左贤败，夹战楼兰溃。献捷上明光，扬鞭歌入塞。
其九
更欲奏屯田，不必勒燕然。古人薄军旅，千载谨边关。
其十
少妇经年别，开帘知礼客。门户尔能持，归来笑投策。①

出身陇西的少年进入长安，炫耀家族的富有，裘马轻狂；有的立功边塞扬名阙庭的重臣良将出于陇西；"陇上多豪，山西好武"②。陇西弥漫着尚武之风，人们追求立功异域。在初唐诗人笔下，丈夫远征，妇女亦无愁苦之容。李频《春闺怨》："红妆女儿灯下羞，画眉夫婿陇西头。自怨愁容长照镜，悔教征戍觅封侯。"③"画眉"用汉张敞的典故，形容夫妻恩爱。当年夫妻恩爱卿卿我我的生活只成了回忆，如今丈夫远戍"陇西头"，面对独守空房的处境，红妆少妇心生悔意和愁怨，但这种愁怨却因"觅封侯"的动机和向往而显得轻淡而不深沉。又如贺朝《从军行》写敌人寇边将军出征："闻有河湟客，憎憎理帷帟。常山启霸图，汜水先天策。衔珠浴铁向桑干，衅旗膏剑指乌丸。"④ 陇右黄河之南、青海湖以东和陇山以西又称"河湟"，诗中的"河湟客"也是不畏生死慷慨赴敌的勇士。

陇右道"东接秦州，西逾流沙，南连蜀及吐蕃，北界朔漠"⑤，地处丝绸之路枢纽之地，联结着从长安赴西域或蜀地、吐蕃、北方草原的道路。唐代出使河西、西域、中亚、西亚和南亚的使节，以及往来奔波于丝绸之路上的商旅和西征的将士总要经过陇西，陇西道上亭堠相望，古塞苍凉。崔国辅《渭水西别李仑》诗云：

---

① 陈尚君辑校：《全唐诗补编》，中华书局1992年版，第330页。
② 张九龄：《泾州刺史牛公碑铭并序》，熊飞《张九龄集校注》卷20，第1043页。
③ 《全唐诗》卷587，第6808页。
④ 《全唐诗》卷117，第1180页。
⑤ 《大唐六典》卷3，三秦出版社1991年版，第58页。

陇外长亭堠，山深古塞秋。不知呜咽水，何事向西流。①

与汉魏六朝时期诗中的"陇西"更多的是文学意象不同，唐诗中更多写实的成分。因为唐朝在击灭东、西突厥之后，河西走廊、西域甚至中亚地区都进入唐朝势力范围，唐人从中原地区特别是都城长安出发西行的人越来越多，更多的人经过陇西之地前往河西、蜀中、西域和中亚甚至更远的地方，陇西是实实在在的经行之地，而不是想象中的边境和前线。员半千《陇右途中遭非语》是诗人行经陇右时遭到诽谤写的诗：

赵有两毛遂，鲁闻二曾参。慈母犹且惑，况在行路心。冠冕无丑士，贿赂成知己。名利我所无，清浊谁见理。敝服空逢春，缓带不著身。出游非怀璧，何忧乎忌人。正须自保爱，振衣出世尘。②

岑参赴西域途经渭州，其《西过渭州见渭水思秦川》云：

渭水东流去，何时到雍州。凭添两行泪，寄向故园流。③

渭州，北魏永安三年（530）置，因渭水得名，治所在襄武（今甘肃陇西东南）。辖境相当今甘肃陇西、定西、漳县、渭源和武山等县。安史之乱后陷于吐蕃，大中五年（851）唐朝重新控制渭州。"河、渭州虏将尚延心以国破亡，亦献款。秦州刺史高骈诱降延心及浑末部万帐，遂收二州。"④ 中和四年（884）移置平凉（今甘肃平凉）。王维《陇西行》云："十里一走马，五里一扬鞭。都护军书至，匈奴围酒泉。关山正飞雪，烽戍断无烟。"⑤ 酒泉并不在西域都护辖下，在这里只是边境地区的代称，那里军情紧急，需要增援。"关山"即陇山，只是前往边地的经行之地。从高宗时起，唐蕃间在河湟之地进行拉锯战，唐军前往河湟必经陇西，因此这里并不全是虚写，而是实际战争形势的反映。又如长孙左辅《陇

---

① 周勋初等主编：《全唐五代诗》卷133，陕西人民出版社2014年版，第2796页。
② 《全唐诗》卷94，第1014页。员半千乃高宗、武后时人，开元二年卒。长安中，五迁正谏大夫，兼右控鹤内供奉。以控鹤之职，古无其事，又授斯任者率多轻薄，非朝廷进德之选，上疏请罢之。由是忤旨，左迁水部郎中。
③ （唐）岑参著，陈铁民、侯忠义校注：《岑参集校注》卷2，第75页。
④ 《新唐书》卷216下《吐蕃传》，中华书局1975年版，第6108页。
⑤ （唐）王维撰，（清）赵殿成笺注：《王右丞集笺注》卷2，上海古籍出版社1984年版，第12页。

西行》与王维诗同一题旨："阴云凝朔气，陇上正飞雪。四月草不生，北风劲如切。朝来羽书急，夜救长城窟。"① 长孙左辅是开元年间诗人，与王维同时，这首诗反映的也是边地军情紧急，后方的部队经过陇西前往救援的情景。

陇西是前往河西走廊和西域的要道，经行此地西行的并不仅仅是出征的将士，还有商旅和文士。唐朝前期社会安定，经济繁荣，丝绸之路上商业贸易十分兴盛，越陇经商者络绎不绝。那些奔波于丝路上的商旅经久不归，与闺中佳人也有离别相思，诗中有歌咏此情的内容。刘希夷《江南曲八首》其三云：

> 君为陇西客，妾遇江南春。朝游含灵果，夕采弄风苹。果气时不歇，苹花日自新。以此江南物，持赠陇西人。空盈万里怀，欲赠竟无因。②

按照唐人常称商贾曰"客"的习惯，这位陇西人应是来自江南的经商者。诗写春天来临时他远在江南的夫人曾想以家乡的物产寄赠，但商人行踪不定，无处可寄，令佳人惆怅。朝廷派往异域的使节路经陇西。赵嘏《昔昔盐·垂柳覆金堤》云："新年垂柳色，袅袅对空闺。不畏芳菲好，自缘离别啼。因风飘玉户，向日映金堤。驿使何时度，还将赠陇西。"③ 驿使是古代传递公文书信的人。《后汉书·东平宪王苍传》记载："自是朝廷每有疑政，辄驿使谘问。"李白《子夜吴歌·冬歌》云："明朝驿使发，一夜絮征袍。"杜甫《黄草》诗云："秦中驿使无消息，蜀道兵戈有是非。"入蜀经岐山道者也要过陇山，而后经陇右入蜀。杜甫携家人入蜀途经陇西，其《发同谷县》云："始来兹山中，休驾喜地僻。奈何迫物累，一岁四行役。忡忡去绝境，杳杳更远适。停骖龙潭云，回首白崖石。"④ 此诗题注云："乾元二年十二月一日自陇右赴剑南纪行。"同谷县因两水同聚一谷而得名，宝应中地陷吐蕃，咸通末复置，为成州治所，在今甘肃康县。安史之乱中杜甫入蜀途中曾寓此，因感伤离乱作《同谷七歌》，又从此地出发入蜀。

---

① （宋）郭茂倩编：《乐府诗集》卷37，中华书局1979年版，第544—545页。
② （宋）郭茂倩编：《乐府诗集》卷26，第387页。
③ 《全唐诗》卷27，第375页。
④ （唐）杜甫著，（清）仇兆鳌注：《杜诗详注》卷9，中华书局1979年版，第705—706页。

（二）唐后期陇右形势

安史之乱后，陇右落入吐蕃人之手，通往西域的陇右道阻断，沉痛的现实引起诗人的关注。杜甫《天边行》云："天边老人归未得，日暮东临大江哭。陇右河源不种田，胡骑羌兵入巴蜀。"① 张籍《陇头行》云："陇头路断人不行，胡骑夜入凉州城。汉兵处处格斗死，一朝尽没陇西地。"②《泾州塞》云："行道泾州塞，唯闻羌戍鼙。道边古双堠，犹记向安西。"③ 李频《赠泾州王侍御》云："一旦天书下紫微，三年旌旆陇云飞。塞门无事春空到，边草青青战马肥。"④ 泾州古城位于今甘肃泾川县城北，由于从此西去便是吐蕃人占领区，因此本属内地的泾州被称为"塞""塞门"。陈陶《陇西行四首》其三云："陇戍三看塞草青，楼烦新替护羌兵。同来死者伤离别，一夜孤魂哭旧营。"⑤ 耿湋《凉州词》云："国使翻翻随旆旌，陇西岐路足荒城。毡裘牧马胡雏小，日暮蕃歌三两声。"⑥ 当出使吐蕃的唐使路经失陷的陇西之地时，看不到汉人耕种，而是放牧的胡儿；听不到欢声笑语，而是日晚时分的蕃歌。眼见沦陷区城池荒芜，吐蕃小儿一边放牧一边歌唱，而且这一切似乎已习以为常，其内心的痛楚自在言外。

提到陇西，想起陇西，来到陇西，遇到来自陇西的行人，总是触动诗人丧亲失地之痛。戎昱《逢陇西故人忆关中舍弟》云：

> 莫话边庭事，心摧不欲闻。数年家陇地，舍弟殁胡军。每念支离苦，常嗟骨肉分。急难何日见，遥哭陇西云。⑦

张祜《听简上人吹芦管三首》云：

> 其一
>
> 蜀国僧吹芦一枝，陇西游客泪先垂。至今留得新声在，却为中原人不知。

---

① 《杜诗详注》卷14，第1212页。
② （唐）张籍著，徐礼节、余恕诚校注：《张籍集系年校注》卷7，中华书局2011年版，第803页。
③ 《张籍集系年校注》卷5，第638页。
④ 《全唐诗》卷587，第6813页。
⑤ 《全唐诗》卷746，第8492页。
⑥ 《全唐诗》卷269，第3002页。
⑦ 《全唐诗》卷270，第3020页。

其二

  细芦僧管夜沈沈，越鸟巴猿寄恨吟。吹到耳边声尽处，一条丝断碧云心。

其三

  月落江城树绕鸦，一声芦管是天涯。分明西国人来说，赤佛堂西是汉家。①

漂泊西蜀的陇西客有家难归，听到芦管乐曲，那是曾经流行中原地区的乐曲，在中原已成绝响，却勾起异乡客的故乡之思。芦管吹奏的凄凉乐曲似乎告诉异乡客，赤佛堂西一带曾经是大唐的国土。赤佛堂，在高仙芝进军吐蕃连云堡（今阿富汗东北部喷赤河南源兰加尔）的途中。高仙芝率兵伐吐蕃，人马分为三路："使疏勒守捉使赵崇玭统三千骑趣吐蕃连云堡，自北谷入；使拨换守捉使贾崇瓘自赤佛堂路入；仙芝与中使边令诚自护密国入，约七月十三日辰时会于吐蕃连云堡。"② 斯坦因认为赤佛堂乃瓦罕溪谷中一座当地人称作"小栈"（Karwan-Balasi）的石砌小屋，在兰加尔与波咱拱拜之间，这里有一小佛龛。王小甫认为赤佛堂应该在"古代的连云堡以西尤其是昏驮多一带"③。昔日远在葱岭以西的赤佛堂尚属唐朝的国土，如今陇西已成沦陷区，令诗人痛心疾首。唐后期诗中写到陇西常常染上一层悲凉色彩。钱起《陇右送韦三还京》诗云：

  春风起东道，握手望京关。柳色从乡至，莺声送客还。嘶骖顾近驿，归路出他山。举目情难尽，羁离失志间。④

在一派春光明媚的季节送朋友入京，却情感忧伤。姚系《京西遇旧识兼送往陇西》云："蝉鸣一何急，日暮秋风树。即此不胜愁，陇阴人更去。相逢与相失，共是亡羊路。"⑤ 胡曾《交河塞下曲》云："交河冰薄日迟迟，

---

① 《全唐诗》卷511，第5850页。
② 《旧唐书》卷104《高仙芝传》，中华书局1975年版，第3203—3204页。
③ A. Stein, *Serindia. Detailed Report of Explorations in Central Asia and Westernmost China*, Vol. 1, Oxford. 1921, p. 73. 王小甫：《七至十世纪西藏高原通其西北之路》，原载《春史卞麟锡教授停年纪念论丛》，〔韩〕釜山图书出版公司2000年版，收入氏著《边塞内外》，东方出版社2016年版，第74页。
④ 《全唐诗》卷237，第2635页。
⑤ 《全唐诗》卷253，第2856页。

汉将思家感别离。塞北草生苏武泣,陇西云起李陵悲。"① 唐后期诗中发出收复失地的呼声,凤翔地近陇右,当抵御吐蕃的前线,诗人寄希望于凤翔将士。李频《送凤翔范书记》诗云:"西京无暑气,夏景似清秋。天府来相辟,高人去自由。江山通蜀国,日月近神州。若共将军语,河兰地未收。"② 李频《赠李将军》云:"吾宗偏好武,汉代将家流。走马辞中禁,屯军向渭州。天心待破房,阵面许封侯。却得河源水,方应洗国仇。"③ 面对陇西陷于吐蕃的局面,诗人痛感边将无能,不能收复失地。他们把失地难收归结为边将不肯用命、不作为和腐败。耿湋《陇西行》云:

> 雪下阳关路,人稀陇戍头。封狐犹未翦,边将岂无羞。白草三冬色,黄云万里愁。因思李都尉,毕竟不封侯。④

侵入唐朝的敌人没有消灭,边将应该感到羞愧。元稹《缚戎人》云:"边头大将差健卒,入抄禽生快于鹘。但逢频面即捉来,半是边人半戎羯。大将论功重多级,捷书飞奏何超忽。圣朝不杀谐至仁,远送炎方示微罚。万里虚劳肉食费,连头尽被毡裘喝。华裀重席卧腥臊,病犬愁鸱声咽喑。"⑤ 在他们邀赏论功的"俘虏"中,竟然有一半是"边人"即边境地区的汉人百姓:

> 中有一人能汉语,自言家本长城窟。少年随父戍安西,河渭瓜沙眼看没。天宝未乱犹数载,狼星四角光蓬勃。中原祸作边防危,果有豺狼四来伐。蕃马膘成正翘健,蕃兵肉饱争唐突。烟尘乱起无亭燧,主帅惊跳弃旄钺。半夜城摧鹅雁鸣,妻啼子叫曾不歇。阴森神庙未敢依,脆薄河冰安可越。荆棘深处共潜身,前匿蒺藜后魍魉。平明蕃骑四面走,古墓深林尽株橜。少壮为俘头被髡,老翁留居足多刖。乌鸢满野尸狼藉,楼榭成灰墙突兀。暗水溅溅入旧池,平沙漫漫铺明月。戎王遣将来安慰,口不敢言心咄咄。供进腤腤御叱般,岂料穹庐拣肥腯。五六十年消息绝,中间盟会又猖獗。眼穿东日望尧云,肠断正朝梳汉发。近年如此思汉者,半为老病半埋骨。常教孙子学乡音,犹话平时好城阙。老者傥尽少者壮,生长蕃中似蕃悖。不知祖父皆汉民,

---

① 《全唐诗》卷647,第7418页。
② 《全唐诗》卷589,第6837页。
③ 《全唐诗》卷589,第6838页。
④ (宋)郭茂倩编:《乐府诗集》卷37,中华书局1979年版,第544页。
⑤ (唐)元稹:《元稹集》卷24,中华书局1982年版,第4619—4620页。

便恐为蕃心矻矻。缘边饱喂十万众，何不齐驱一时发。年年但捉两三人，精卫衔芦塞溟渤。①

此诗题注云："近制，西边每擒蕃囚，例皆传置南方，不加剿戮，故李君作歌以讽焉。"李绅作《缚戎人》诗，元稹是同题和之。诗写一位身陷吐蕃的汉人，从吐蕃之地逃归。边将不肯上阵杀敌，又想邀功请赏，竟把他作为俘虏抓获，而后被朝廷发配到南方。"眼穿"二句自注："延州镇李如暹，蓬子将军之子也，尝没西蕃。及归，自云：蕃法唯正岁一日，许唐人没蕃者服衣冠。如暹当此日，悲不自胜，遂与蕃妻密定归计。"说明陷身吐蕃的唐人心存强烈的故国之思，日夜盼望回到故乡，边将的作为辜负了敌占区父老们的拳拳之心。

宣宗时吐蕃内乱，唐军收复秦、原、安乐三州和石门、驿藏、木峡、特胜、六盘、石峡和萧关七关。沙州张议潮起义收复河西，驱逐吐蕃人在这一带的势力，河陇之地恢复，诗人欣喜若狂。张祜《喜闻收复河陇》云："诏书频降尽论边，将择英雄相卜贤。河陇已耕曾殁地，犬羊谁辨却朝天。高悬日月胡沙外，遥拜旌旗汉垒前。共感垂衣匡济力，华夷同见太平年。"②马植《奉和白敏中圣道和平致兹休运岁终功就合咏盛明呈上》云："舜德尧仁化犬戎，许提河陇款皇风。指挥貔武皆神算，恢拓乾坤是圣功。四帅有征无汗马，七关虽戍已弢弓。天留此事还英主，不在他年在大中。"③他们热情歌颂天子的圣明、朝廷的运筹和将帅的用命，喜庆河湟一带的恢复。

（三）陇右监牧的兴盛和丧失

陇右之地"草肥水美"，④自古"多畜牧"，为了保证驿路交通、骑兵作战和皇家御仗的良马供应，唐初就在陇右建立大型国家养马场，称为监牧。张说《大唐开元十三年陇右监牧颂德碑序》记载："大唐接周隋乱离之后，承天下征战之弊，鸠括残烬，仅得牝牡三千。从赤岸泽徙之陇右，始命太仆张万岁葺其政焉。"⑤据《通鉴》胡注："赤岸泽，在长安北，同州南。"⑥

---

① （唐）元稹：《元稹集》卷24，中华书局1982年版，第4619—4620页。
② 陈尚君辑校：《全唐诗补编》，中华书局1992年版，第200页。
③ 《全唐诗》卷479，第5455页。
④ （唐）元载：《城原州议》，《全唐文》卷369，上海古籍出版社1990年版，第1656页。
⑤ （唐）张说著，熊飞校注：《张说集校注》卷12，中华书局2013年版，第622页。
⑥ 《资治通鉴》卷174，太建十二年（580），第5405页。

把赤岸泽3000马种迁至陇右牧养繁衍,此贞观初年事。① 此后唐朝在西北各地大力开展国家养马事业,陇右群牧是唐朝前期规模和影响最大的马牧系统。经过四十年的发展,至高宗麟德年间,陇右监牧"马至七十万六千匹,置八使以董之,设四十八监以掌之。跨陇西、金城、平凉、天水四郡之地,幅员千里,犹为隘狭,更析八监,布于河曲丰旷之野,乃能容之。于斯之时,天下以一缣易一马,秦汉之盛,未始闻也"。此后,由于马政积弊,加上吐蕃的进攻,至武则天垂拱年间以后,陇右牧场有所衰落,"张氏中废,马官乱职,或戎狄外攻,或师圉内寇,垂拱之后,二十余年,潜耗太半,所存盖寡"②。

唐玄宗重视养马事业,任命王毛仲管理监牧,于是陇右监牧重新出现兴旺局面:"(开元)元年牧马二十四万匹,十三年乃四十三万匹;初有牛三万五千头,是年亦五万头;初有羊十一万二千口,是年乃亦二十八万六千口。"③ 为了表彰王毛仲的成绩,玄宗命张说撰《大唐开元十三年陇右监牧颂德碑》,在碑文之后,张说写了长篇铭文,其实是一首骚体诗,热情洋溢地赞颂王毛仲的贡献和国家养马业的复兴,并归功于玄宗的用人得人:

> 皇天考牧兮圣之君,四十三万兮马为群。堑汧渭兮垣陇坂,飞黄早兮昆蹄苑。山崆峒兮水呜咽,泉喷玉兮草汗血。聚如花兮散如雪,性既驯兮才亦绝。维国家之大事,驾时龙兮祭天地,和銮发兮文物备。维皇帝之七德,总戎马兮威万国,彩髦翻兮金介胄,有霍公之掌政,择张氏之旧令。天皇驾兮仗黄麾,太仆骏兮展辂仪。舞月驷兮蹀云螭,神倜傥兮态权奇。骐骥溢野兮牛羊日多,子孙荣位兮恩宠如何?颂皇灵兮篆石鼓,万斯年兮群玉府。④

诗中称颂陇右监牧养马业的繁荣,为唐朝抵御异族入侵和开拓疆土提供了重要保障,开元盛世大振国威有陇右牧场的辉煌贡献。在王毛仲经营陇右监牧的同时,安忠敬在河湟地区的马牧事业中也有突出贡献。张说《河西节度副大使鄯州都督安公神道碑铭并序》记载安忠敬在鄯州都督任上的政绩:"其在军州,倾心下士,亲人如子,无约而亲附,不言而条理。其在

---

① 《唐会要》卷72《马》,上海古籍出版社1991年版,第1543页。
② (唐)张说著,熊飞校注:《张说集校注》卷12,第622页。
③ 同上书,第624页。
④ 同上书,第625页。

农牧，大田多稼，如茨如梁；思马斯才，有骄有皇。"其铭文云：

> 玉关气爽，金波秋澈。凉野萧条，寒山积雪。授灵产义，精劲才杰。孝固纯深，忠维刚烈。负羽从军，奋飞青云。麾幢按部，惠流时雨。总军挟郡，入文出武。三十年间，式遏戎虏。疆场务静，非公莫镇。金鼓气雄，非公莫震。神山与铁，龙池取骏。霹雳陷营，冲风入阵。勇将知时，仁兵善持。反耕罢战，王者之师。牧马如云，屯庾如坻。西军方壮，东首长辞。振古同嗟，没而不死。所谓明德，永传神理。钟鼎题门，珠玉名子。信言丰石，令问不已。①

这是一首四言诗，其中"牧马如云，屯庾如坻"就是序中所言其"农牧"两方面的成绩。这里所反映的正是唐朝在陇右河湟一带监牧事业兴旺发达时的景象。

唐代前期在长安以西陇右以东的西畿之地，置有养御马的"八马坊"，在岐、邠、泾、宁诸州境内，据郤昌《岐邠泾宁四州八马坊颂》序，八坊名称为保乐、甘露、南普润、北普润、岐阳、太平、宜禄、安定等。"其五在岐，其余在三郡。"② 唐代文献有时称"七坊"。《旧唐书·张茂宗传》记载："自长安至陇右，置七马坊，为会计都领，岐、陇间善水草及腴田，皆属七马坊。"③《新唐书·李岘传》记载，乾元二年（759），"凤翔七马坊押衙盗掠人"。"之所以出现七、八之分，当是由于南北二普润坊的缘故。以前是一坊，到开元年间分为二坊。"④ 亦属陇右监牧系统。据马俊民等人的研究，七坊或八坊，中宗时已有，与四十八监并存，八使中有三使专领七坊，三使在一段时间内还隶属于陇右群牧系统，所以被称为"陇右三使"。后来三使废，至开元十三年，八坊由都苑总监管辖。八坊属马匹使用部门，生产物直接上缴宫廷，直接接受御马，是皇家马厩的外延和扩大。⑤ 开元年间在都苑总监韦绩的管理下，八坊养马事业兴旺发达，郤昌《岐邠泾宁四州八马坊颂》即歌咏韦绩等人的成绩和八坊养马事业之诗作：

> 天王乘玉兮德至山陵，泽马于阜兮屡惟休徵；君命臣力兮庶绩其

---

① （唐）张说著，熊飞校注：《张说集校注》卷12，第788页。
② 《全唐文》卷361，上海古籍出版社1990年版，第1624页。
③ 《旧唐书》卷141《张茂宗传》，中华书局1975年版，第3861页。
④ 马俊民、王世平：《唐代马政》，西北大学出版社1995年版，第57页。
⑤ 同上书，第58页。

凝，八坊载就兮毕来斯升。岐山之下兮田畴好，泾水之将兮多嫩草；缭垣墉兮积刍槁，天马来兮从东道。群紫燕兮骈绿蛇，骨象奇兮归帝家；毛御风兮蹄践雪，举蘜云兮低喷沙。既伯既祷兮无灾害，有驲有容兮真沛艾。缟身朱鬣兮又白颠，睨影长鸣兮声造天；今安匹兮龙为友，吾君驭兮寿千年。①

这是一首骚体诗，也是一首杂言歌行体诗，诗歌颂八马坊马的优良，并为天子祝寿。

安史之乱发生以后，边兵内调，吐蕃陆续侵占西域、河西和陇右，昔日唐朝西北监牧之地陷于吐蕃，"陇右监牧马匹被抢掠一空，优良的牧地也被吐蕃占领"②。"暨至德后，西戎陷陇右，国马尽没，监牧使与七马坊名额皆废。"③ 敦煌诗集残卷 P.2544 佚名《苑中牧马思诗》（徐俊拟题）便是沦落吐蕃之监牧养马人思念家乡的诗：

紫蝶翩翩趋落花，碧水摇漾弄玉沙。岸柳池蒲吐青翠，日照云山锦作霞。早起焉见双飞鹨（鹩），博（薄）暮愁看绕树鸦。桅（?）恨敛眉长叹息，途中遥望忆思家。家乡迢递县（悬）心忆，县（悬）心忆罢愁不息。牧与（马）穷州涕泪连（涟），憔悴西池（施）改容色。我妻失兮在闺荣（?），忽忆思兮加添恻。浩浩天能照知大，丈夫沉滞囚他国。④

"穷州"当指西北牧马之地，牧马人来自内地。从其描写来看，这位昔日牧马人被押解至蕃地，诗写于途中。

陇右群牧和八马坊的丧失是河湟之地陷于吐蕃的重大损失之一，对唐朝养马事业是致命打击，对丝路交通和丝绸贸易产生重大影响。唐中后期于内地置监养马，受各种条件限制，成效甚微。缺乏优良的战马，造成的后果有二：一是对吐蕃的战争失去优势，造成边防的削弱，正如当时人们所指出的："每西戎东牧，常步马相凌，致令外夷浸骄，边备不立。"⑤ 二是朝廷依赖于向回鹘市马，唐后期与回鹘的绢马贸易给唐朝财政造成巨大

---

① 《全唐文》卷361，上海古籍出版社1990年版，第1624页。
② 马俊民、王世平：《唐代马政》，西北大学出版社1995年版，第96页。
③ 《唐会要》卷66《群牧使》，上海古籍出版社1991年版，第1354页。
④ 徐俊纂辑：《敦煌诗集残卷辑考》卷中（法藏部分下），中华书局2000年版，第475页。
⑤ 《唐会要》卷66《群牧使》，第1355页。

负担。回鹘恃助唐平叛有功，向唐大量倾销战马，并以低价获取唐之马价绢。唐朝诗人对此痛心疾首，元稹《阴山道》诗云：

> 年年买马阴山道，马死阴山帛空耗。元和天子念女工，内出金银代酬犒。臣有一言昧死进，死生甘分答恩煮。费财为马不独生，耗帛伤工有他盗。臣闻平时七十万匹马，关中不省闻嘶噪。四十八监选龙媒，时贡天庭付良造。如今坰野十无一，尽在飞龙相践暴。万束刍茭供旦暮，千钟菽粟长牵漕。屯军郡国百余镇，缣缃岁奉春冬劳。税户逋逃例摊配，官司折纳仍贪冒。挑纹变缎力倍费，弃旧从新人所好。越縠缭绫织一端，十匹素缣功未到。豪家富贾逾常制，令族清班无雅操。从骑爱奴丝布衫，臂鹰小儿云锦韬。群臣利己要差僭，天子深衷空悯悼。绰立花砖鹓凤行，雨露恩波几时报。①

诗以今昔对比歌颂开元盛世时陇右河湟监牧事业的兴盛和唐后期与回鹘绢马贸易造成的严重后果。诗人由大量丝绢输入回鹘，换来多余的马甚至是病马，想到给百姓和国家造成的负担，由此追溯其原因，是陇右监牧的丧失。元氏诗乃和李绅之作，则李绅先有此题之诗，未传。元稹和白居易皆和之。白诗与元诗同旨，亦抨击唐与回鹘的绢马贸易，反映了陇右监牧之地失陷后与回鹘绢马贸易中在财政和边防方面的不利局面。此一问题在本书中论草原丝绸之路和唐朝与回鹘关系一章中有详论，此不赘谈。

（四）立功扬名的陇右名将

陇右是从长安赴河西、吐蕃、西域和入蜀的交通要道，又是与吐蕃对峙的前线，因此朝廷重视选拔名将驻守陇右。在与吐蕃长期的军事对抗中，涌现出许多效命国家的勇士和名将，诗人歌颂那些抗敌立功的将军。岑参《河西（当作西河）太守杜公挽歌四首》其一云："蒙叟悲藏壑，殷宗惜济川。长安非旧日，京兆是新阡。黄霸官犹屈，苍生望已愆。唯余卿月在，留向杜陵悬。"其二云："鼓角城中出，坟茔郭外新。雨随思太守，云从送夫人。蒿里埋双剑，松门闭万春。回瞻北堂上，金印已生尘。"其三云："忆昨明光殿，新承天子恩。剖符移北地，授钺领西门。塞草迎军幕，边云拂使轩。至今闻陇外，戎虏尚亡魂。"其四云："漫漫澄波阔，沉沉大厦深。秉心常匪席（一作石），行义每挥金。汲引窥兰室，招携入翰

---

① 杨军：《元稹集编年笺注》（诗歌卷），三秦出版社2002年版，第135页。

林。多君有令子,犹注世人心。"① 这位在陇右建立了功名的杜公来自长安,归葬长安。人虽去世,当年在"陇外"的威名至今令敌人闻风丧胆。

　　唐军中有不少出身蕃族的将军,被称为蕃将,哥舒翰是其中之一。哥舒翰是西突厥别部突骑施哥舒部之裔,世居安西。他是唐前期最著名的边将,初为安西节度使王忠嗣衙将,擢为大斗军副使,因拒吐蕃有功,迁陇右节度副使,后代王忠嗣知节度事。天宝末,加河西节度使,封西平郡王。哥舒翰身兼陇右、河西两道节度使,在对吐蕃的战争中屡立战功。他对吐蕃战争的胜利最有名的是石堡城之战。石堡城又称铁刃城,在今青海省西宁市西南湟源县西南。湟源县是湟水流域与青海湖地区之间的军事要地,唐朝在此地置振武军、神武军、天威军等军。石堡城是军事重镇,唐与吐蕃争此城屡得屡失,双方曾有两次大战。第一次发生在开元十七年(729)。吐蕃军占领石堡城,重兵驻守,并以此为基地,频繁袭扰河西、陇右。其年三月,朝廷命朔方节度使李祎与河西、陇右地区将帅共议攻城之计。李祎采取远途奔袭战术,把吐蕃守军打了个措手不及,收复石堡城,留兵驻防,在此置振武军,河西与陇右两道连为一片。吐蕃遣使求和,开元十八年(730)约以赤岭(今青海日月山)为界,并于甘松岭(在今四川松潘)及赤岭互市。开元二十一年(733)双方在赤岭竖碑纪念。

　　第二次大战发生在天宝八载(749)。石堡城后被吐蕃占领,成为其侵扰河湟地区的基地,唐军多次攻城,终因山道险远而未成功。这年六月,陇右节度使哥舒翰及突厥阿布思部奉命再攻石堡城。进攻数日,以死伤数万人的代价攻克石堡城,易其城名为神武军,驻兵戍守。② 哥舒翰对这次战事的险恶有亲身体会,他本是一员武将,却流传下来一首《破阵乐·破西戎》诗歌咏其事:

　　　　西戎最沐恩深,犬羊违背生心。神将驱兵出塞,横行海畔生擒。石堡岩高万丈,雕巢霞外千寻。一喝尽属唐国,将知应合天心。③

---

① 《全唐诗》卷200,第2094页;陈铁民、侯忠义:《岑参集校注》卷5,上海古籍出版社1981年版,第421页。陈铁民等认为,明抄本《岑参集》《全唐诗》诗题作"河西太守",误。王维有《故西河郡杜太守挽歌三首》诗,亦作"西河",西河太守杜公,疑指杜佑之父杜希望,京兆人,曾任陇右节度留后,卒时官西河太守。

② 王昱:《石堡城的历史文化资源与旅游开发》,《青海民族研究》2010年第4期。

③ 敦煌文书 P.3619,转录自任中敏编著《敦煌歌辞总编》卷2,凤凰出版社2014年版,第272页。按:原文"一喝尽属唐国",任中敏先生改"喝"为"唱",未必确当,"喝"或许更符合战场猛将的气势。

诗极言石堡城的险要和得之不易。对朝廷的边防政策、哥舒翰的边功和石堡城之战，唐人观点不同，有人歌颂和赞扬，也有人抨击和否定。石堡城之战的胜利引起当地百姓的赞扬和肯定，西鄙人《哥舒歌》云："北斗七星高，哥舒夜带刀。至今窥牧马，不敢过临洮。"① 意谓哥舒翰携刀夜巡，敌人闻风远遁。胡骑至今只能远远地窥探，不敢轻易地越过临洮。这首诗还有另一个版本，"天宝中，哥舒翰为河西节度使，控地数千里，甚著威令。故西鄙人歌曰：'北斗七星高，哥舒夜带刀。吐蕃总杀尽，更筑两重壕。'"② 诗赞美哥舒翰的威震敌胆。当时人曾竖碑颂德，《纪哥舒翰功绩碑》残碑文云：

（前阙）皇之德施化侔天地，经纶象云雷。日月所临之□远□也。憬□夏，其惟犬戎，聚落猖狂，保聚山谷。故圣王之□则怀□旧章，特申约言，载锡姻好，□明德□也。潜通约而反间□军士□未加□乃亲□败谋□大□水□德□□叛□举而定□也。武有七德，今则过之，而颂声无闻，何以□圣策谋从□颂曰：……③

碑文作者佚名，此碑或许立于哥舒翰的战地，其地后沦陷吐蕃；安史之乱中哥舒翰投降安禄山，晚节不保；或许也是年代久远，碑石残泐。这篇碑文没有完整地保存下来。特别是后面的颂诗全部佚失，其中定然是歌颂哥舒翰对吐蕃的战功，特别其石堡城之战。储光羲《哥舒大夫颂德》诗云：

天纪启真命，君生臣亦生。乃知赤帝子，复有苍龙精。神武建皇极，文昌开将星。超超渭滨器，落落山西名。画阃入受脤，凿门出扞城。戎人昧正朔，我有轩辕兵。陇路起丰镐，关云随旆旌。河湟训兵甲，义勇方横行。韩魏多锐士，蹶张在幕庭。大非肆决轧，石堡高峥嵘。攻伐若振槁，孰云非神明。嘉谋即天意，骤胜由师贞。枯草被西陆，烈风昏太清。戢戈旄头落，牧马昆仑平。宾从俨冠盖，封山纪天声。来朝芙蓉阙，鸣玉飘华缨。直道济时宪，天邦遂轻刑。抗书报知己，松柏亦以荣。嘉命列上第，德辉照天京。在车持简墨，粲粲皆词英。④

---

① 《全唐诗》卷784，第8850页。
② （宋）钱易：《南部新书》庚部，中华书局2002年版，第106页。
③ 《全唐文》卷989，上海古籍出版社1990年版，第4541页。
④ 《全唐诗》卷137，第1389—1390页。

诗写哥舒翰善于用兵,其中特别写到石堡城,唐军艰难地拿下石堡城,被他说成如摧枯拉朽。我们不妨做一个大胆推测,《纪哥舒翰功绩碑》或许即储光羲所作,这首诗或许就是作为其诗篇被单独保存下来。李白曾对哥舒翰以数万人代价攻下石堡城不以为然,其《答王十二寒夜独酌有怀》诗云:"君不能学哥舒,横行青海夜带刀,西屠石堡取紫袍。"①但后来写诗干谒哥舒翰,其《述德兼陈情上哥舒大夫》曾热情洋溢地赞美哥舒翰的功德:

> 天为国家孕英才,森森矛戟拥灵台。浩荡深谋喷江海,纵横逸气走风雷。丈夫立身有如此,一呼三军皆披靡。卫青谩作大将军,白起真成一竖子。②

此"一呼"与哥舒翰诗"一喝"相应,显系颂扬石堡城之战。王琦注引刘世教指出:"按此诗,述德有之,而无陈情之词,疑有阙文。"杜甫也曾写诗赞美过哥舒翰,晚年反思开元天宝时的开边战争,批判朝廷穷兵黩武的政策,对哥舒翰等边将的战功进行了重新评价,《遣怀》诗云:

> 先帝正好武,寰海未凋枯。猛将收西域,长戟破林胡。百万攻一城,献捷不云输。组练弃如泥,尺土负百夫。拓境功未已,元和辞大炉。③

先帝即玄宗,因其"好战",故"猛将"开边拓土,其中包括哥舒翰。"百万攻一城"显指石堡城之战,诗对不恤士卒之命换取一城的战争表达了不满。杜甫《喜闻盗贼蕃寇总退口号五首》其二云:"赞普多教使入秦,数通和好止烟尘。朝廷忽用哥舒将,杀伐虚悲公主亲。"④朝廷任用了像哥舒翰那样好战的将领,唐与吐蕃重启战端,致使文成公主和金城公主和亲吐蕃的成果前功尽弃。

诗人歌颂哥舒翰,一方面是他确实功勋卓著,为稳定陇右、河西局势做出了贡献;另一方面也有奉承干谒之意,希望得到他的举拔。哥舒翰能

---

① (唐)李白著,瞿蜕园、朱金城校注:《李白集校注》卷19,上海古籍出版社1980年版,第1144页。
② 安旗主编:《李白全集编年注释》"天宝十二载",巴蜀书社2000年版,第910页。
③ (唐)杜甫著,(清)仇兆鳌注:《杜诗详注》卷16,中华书局1979年版,第1488—1449页。
④ 《杜诗详注》卷21,第1858页。

够引用文士入其幕府,这对当时的文士来说是一条进身的途径;哥舒翰又有向朝廷举荐人才的机会,因此当时的文士纷纷向他投刺干谒。杜甫《投赠哥舒开府翰二十韵》云:

> 今代麒麟阁,何人第一功。君王自神武,驾驭必英雄。开府当朝杰,论兵迈古风。先锋百胜在,略地两隅空。青海无传箭,天山早挂弓。廉颇仍走敌,魏绛已和戎。每惜河湟弃,新兼节制通。智谋垂睿想,出入冠诸公。日月低秦树,乾坤绕汉宫。胡人愁逐北,宛马又从东。受命边沙远,归来御席同。轩墀曾宠鹤,畋猎旧非熊。茅土加名数,山河誓始终。策行遗战伐,契合动昭融。勋业青冥上,交亲气概中。未为珠履客,已见白头翁。壮节初题柱,生涯独转蓬。几年春草歇,今日暮途穷。军事留孙楚,行间识吕蒙。防身一长剑,将欲倚崆峒。①

杜甫肯定哥舒翰克敌制胜安定边疆的大功,当时哥舒翰正受明皇宠幸,杜甫投诗哥舒翰想投身其幕府,诗中不能不极尽歌功颂德之能事。高适曾任哥舒翰河西幕府掌书记,作为哥舒翰的幕僚,他的诗中多次写到这位战功卓著的主帅,多加恭维和赞美。高适《自武威赴临洮谒大夫不及因书即事寄河西陇右幕下诸公》诗云:

> 顾见征战归,始知士马豪。戈铤耀崖谷,声气如风涛。隐轸戎旅间,功业竞相褒。献状陈首级,飨军烹太牢。俘囚驱面缚,长幼随颠毛。毡裘何蒙茸,血食本膻臊。汉将乃儿戏,秦人空自劳。立马眺洪河,惊风吹白蒿。云屯寒色苦,雪合群山高。远戍际天末,边烽连贼壕。我本江海游,逝将心利逃。一朝感推荐,万里从英旄。飞鸣盖殊伦,俯仰忝诸曹。燕颔知有待,龙泉惟所操。相士惭入幕,怀贤愿同袍。清论挥麈尾,乘酣持蟹螯。此行岂易酬,深意方郁陶。微效傥不遂,终然辞佩刀。②

诗描写唐军凯旋时献俘的场面,以此称颂哥舒翰的战功。天宝十二载(753)五月,哥舒翰击吐蕃,收九曲之地。李希言有诗庆贺,远在长安的高适遥相和之,其《同李员外贺哥舒大夫破九曲之作》云:

---

① 《杜诗详注》卷3,第188—192页。
② 陈尚君辑校:《全唐诗补编》,中华书局1992年版,第33页。

遥传副丞相，昨日破西蕃。作气群山动，扬军大旆翻。奇兵邀转战，连弩绝归奔。泉喷诸戎血，风驱死虏魂。头飞攒万载，面缚聚辕门。鬼哭黄埃暮，天愁白日昏。石城与岩险，铁骑皆云屯。长策一言决，高踪百代存。威棱慑沙漠，忠义感乾坤。老将黯无色，儒生安敢论。解围凭庙算，止杀报君恩。唯有关河渺，苍茫空树墩。①

李员外即李希言。② "九曲"，地名，在今青海化隆回族自治县。"九曲者，去积石军三百里，水甘草良，宜畜牧，盖即汉大、小榆谷之地，吐蕃置洪济、大漠门等城以守之。"③ 史载九曲之地本在唐朝辖境，吐蕃贿赂鄯州刺史杨矩而得其地。天宝十二载五月，"陇右节度使哥舒翰击吐蕃，拔洪济、大漠门等城，悉收九曲部落"④。高适此诗歌咏此事。敦煌选本此诗题为"同吕员外范司直贺大夫再破黄河九曲之作"。"同"即同题赋诗之意，吕员外等人有贺哥舒翰战争获胜之作，高适以此诗和之。唐代御史大夫有"副相"之称，"副丞相"即哥舒翰。高适《同吕判官从哥舒大夫破洪济城回登积石军多福七级浮图》诗也是赞叹哥舒翰破九曲之作："拔城阵云合，转旆胡星坠。大将何英灵，官军动天地。"⑤ 吕判官等随哥舒翰收九曲之地，并陪哥舒翰登多福七级浮屠赋诗，高适和之。诗歌颂"大将"用兵如神和官军声威之盛。高适《九曲词三首》歌颂哥舒翰，其一："许国从来彻庙堂，连年不为在疆场。将军天上封侯印，御史台上异姓王。"其二："万骑争歌杨柳春，千场对舞绣骐驎。到处尽逢欢洽事，相看总是太平人。"其三："铁骑横行铁岭头，西看逻逤取封侯。青海只今将饮马，黄河不用更防秋。"⑥ 这三首诗名为"词"，显然是用于歌唱的。诗歌颂哥舒翰这位"异姓王"的武功，因为他的战功陇右一带获得了太平和安宁。据说高适还有一首《在哥舒大夫幕下请辞退托兴奉诗》："自从嫁与君，不省一日乐。遣妾作歌舞，好时还道恶。不是妾无堪，君家妇难作。下堂辞君

---

① （唐）高适著，孙钦善校注：《高适集校注》，上海古籍出版社1984年版，第230—231页。
② 周勋初：《高适年谱》，上海古籍出版社1980年版，第78页。
③ 《资治通鉴》卷210，景云元年（710）胡三省注，中华书局1956年版，第6661页。
④ 《资治通鉴》卷216，天宝十二载（753），中华书局1956年版，第6918页。
⑤ 《高适集校注》，第228页。积石军，高宗仪凤二年（677）改北周以来静边镇置，驻地在今青海贵德县河阴镇，管兵7000人，马100匹。属陇右节度使。唐代积石军曾建有佛塔，称多福七级浮图。其地乃唐军主要屯田区之一，因吐蕃骑兵常来夺麦，一度被称为"吐蕃麦庄"。肃宗乾元元年（758）军废，地入吐蕃。
⑥ （唐）高适著，孙钦善校注：《高适集校注》，第232—233页。

去，去后君莫错。"①《全唐诗》和《高适集》中皆无此诗，从高适与哥舒翰两人的关系来看，当为伪作。

安史之乱中，哥舒翰率军驻守潼关，兵败被执，遂降，后被杀。② 但唐后期人们对他似乎并无厌恶之情。当陇右陷于吐蕃时，人们更加怀念当年却敌立功的哥舒翰。薛逢《感塞》云："满塞旌旗镇上游，各分天子一方忧。无因得见哥舒翰，可惜西山十八州。"③ 那么多守边的将军，没有一个能像哥舒翰那样战胜强敌收复失地。元稹《西凉伎》写哥舒翰治理陇右、河西时的社会景况，感叹今不如昔：

哥舒开府设高宴，八珍九酝当前头。前头百戏竞撩乱，丸剑跳踯霜雪浮。狮子摇光毛彩竖，胡腾醉舞筋骨柔。大宛来献赤汗马，赞普亦奉翠茸裘。一朝燕贼乱中国，河湟没尽空遗丘。开远门前万里堠，今来蹙到行原州。去京五百而近何其逼，天子县内半没为荒陬，西凉之道尔阻修。连城边将但高会，每听此曲能不羞。④

诗人把唐朝西部大片国土的丧失归因于缺乏哥舒翰那样的良将，把昔日陇右、河西的安乐归结为有哥舒翰那样的名将驻守。

安史之乱后陇右地失，陇右节度使率兵镇守长安西北，杜甫笔下的郭英乂任节度使，其诗歌颂郭英乂抗击吐蕃守御长安的战功。《奉送郭中丞兼太仆卿充陇右节度使三十韵》诗歌咏这位名将：

诏发西山将，秋屯陇右兵。凄凉余部曲，燀赫旧家声。雕鹗乘时去，骅骝顾主鸣。艰难须上策，容易即前程。斜日当轩盖，高风卷旆旌。松悲天水冷，沙乱雪山清。和虏犹怀惠，防边不敢惊。古来于异域，镇静示专征。燕蓟奔封豕，周秦触骇鲸。中原何惨黩，余孽尚纵横。箭入昭阳殿，笳吟细柳营。内人红袖泣，王子白衣行。宸极祆星动，园陵杀气平。空余金碗出，无复穗帷轻。毁庙天飞雨，焚宫火彻明。罙恩朝共落，榆柏夜同倾。三月师逾整，群胡势就烹。疮痍亲接战，勇决冠垂成。妙誉期元宰，殊恩且列卿。几时回节钺，戮力扫欃

---

① 敦煌文书伯三八一二，王重民辑录：《补全唐诗》，《全唐诗补编》，中华书局 1992 年版，第 34 页。
② 《旧唐书》卷 104《哥舒翰传》，中华书局 1975 年版，第 3211—3215 页。
③ 《全唐诗》卷 548，第 6334 页。
④ （唐）元稹：《元稹集》卷 24，中华书局 1982 年版，第 281 页。

枪。圭窦三千士，云梯七十城。……废邑狐狸语，空村虎豹争。人频坠涂炭，公岂忘精诚。元帅调新律，前军压旧京。安边仍虎从，莫作后功名。

郭中丞即郭英乂。仇兆鳌《杜诗详注》引黄鹤注："《旧史》言至德初，英乂迁陇右节度使，兼御史中丞，不言兼太仆卿。《新史》言禄山乱，拜秦州都督、陇右采访使，至德二载，加陇右节度使，不言兼御史中丞与太仆卿。此题曰《送郭中丞兼太仆卿充陇右节度使》，可补二史之阙。当是至德二载秋八月作。"又引钱谦益笺注云："《赵充国传赞》：秦汉以来，山东出相，山西出将。天水、陇西、安定、北地皆为山西。英乂，瓜州长乐人，故曰山西将。"安史之乱后，陇右陷于吐蕃，郭英乂名为陇右节度使，其实并不能镇守陇右。他的部队驻守长安西北，面对强敌吐蕃，他率领的行营部队称防秋兵。《杜诗详注》引朱注云："吐蕃和好，久怀旧恩，故防边之法，不在惊扰，自古御戎，惟于镇静之中，默寓专征之意。"① 郭英乂是郭知运之季子，郭知运任鄯州都督、陇右诸军节度大使，镇守西陲，甚为吐蕃所惮，开元九年卒于军。② 至德初，肃宗兴师朔方，郭英乂继其父节度陇右，故有"部曲""家声"之句。

哥舒翰部下有两位名将受到杜甫称颂，一位是王思礼。杜甫《八哀诗·赠司空王公思礼》云：

司空出东夷，童稚刷劲翮。追随燕蓟儿，颖锐物不隔。服事哥舒翰，意无流沙碛。未甚拔行间，犬戎大充斥。短小精悍姿，屹然强寇敌。贯穿百万众，出入由咫尺。马鞍悬将首，甲外控鸣镝。洗剑青海水，刻铭天山石。九曲非外蕃，其王转深壁。飞兔不近驾，鸷鸟资远击。晓达兵家流，饱闻春秋癖。胸襟日沈静，肃肃自有适。潼关初溃散，万乘犹辟易。偏裨无所施，元帅见手格。太子入朔方，至尊狩梁益。胡马缠伊洛，中原气甚逆。肃宗登宝位，塞望势敦迫。公时徒步至，请罪将厚责。际会清河公，间道传玉册。天王拜跪毕，说议果冰释。翠华卷飞雪，熊虎亘阡陌。屯兵凤凰山，帐殿泾渭辟。金城贼咽喉，诏镇雄所搤。禁暴清无双，爽气春淅沥。巷有从公歌，野多青青

---

① （唐）杜甫著，（清）仇兆鳌注：《杜诗详注》卷5，中华书局1979年版，第369—375页。
② 《旧唐书》卷53《郭知运传》，第3190页。

麦。及夫哭庙后,复领太原役。恐惧禄位高,怅望王土窄。不得见清时,呜呼就窀穸。永系五湖舟,悲甚田横客。千秋汾晋间,事与云水白。昔观文苑传,岂述廉蔺绩。嗟嗟邓大夫,士卒终倒戟。①

王思礼是朔方军将领王虔威之子,出身高句丽,也是蕃将,故杜诗说他"出东夷"。这首诗写其一生的功绩,思礼少习军事,故诗云"童稚刷劲翮"。他先后隶属河东节度使王忠嗣、陇右节度使哥舒翰麾下,初任押衙,历任右金吾卫将军、关西兵马使、河源军使、金城太守、元帅府马军都将等,在陇右抗击吐蕃的战争中功勋卓著。河湟一带的和平安定局面有他的功劳。安史之乱中,潼关失守,王思礼的部队西逃安化郡,朝廷欲处以军法。宰相房琯以为可收后效,劝谏肃宗,得到赦免。"潼关初溃散"以下十六句写这段经历,表达了对王思礼的谅解。在安史叛军进攻面前,连皇帝都西幸成都,何况一名偏裨将领? 后任关内行营节度、河西陇右伊西行营兵马使,在收复两京和平息安史之乱中屡立大功。

另一位是蔡希曾。杜甫《送蔡希曾都尉还陇右因寄高三十五书记》诗云:

蔡子勇成癖,弯弓西射胡。健儿宁斗死,壮士耻为儒。官是先锋得,材缘挑战须。身轻一鸟过,枪急万人呼。云幕随开府,春城赴上都。马头金狎帕,驼背锦模糊。咫尺云山路,归飞青海隅。上公犹宠锡,突将且前驱。②

此诗原注:"时哥舒翰入奏,勒蔡子先归。"可见蔡氏系哥舒翰幕府武职僚佐,诗既以"勇"称颂其品性,又盛赞其武艺超群。刘方平《寄陇右严判官》诗:"副相西征重,苍生属望晨。还同周薄伐,不取汉和亲。房阵摧枯易,王师决胜频。高旗临鼓角,太白静风尘。赤狄争归化,青羌已请臣。遥传阃外美,盛选幕中宾。玉剑光初发,冰壶色自真。忠贞期报主,章服岂荣身。边草含风绿,征鸿过月新。胡笳长出塞,陇水半归秦。绝漠多来往,连年厌苦辛。路经西汉雪,家掷后园春。"③ 张蠙《赠李司徒》云:"承家拓定陇关西,勋贵名应上将齐。金库夜开龙甲冷,玉堂秋闭凤

---

① 《杜诗详注》卷16,第1373—1378页。
② (唐)杜甫著,(清)仇兆鳌注:《杜诗详注》卷3,中华书局1979年版,第238—240页。
③ 《全唐诗》卷251,第2838—2839页。

笙低。欢筵每恕娇娥醉，闲枥犹惊战马嘶。长怪鲁儒头枉白，不亲弓剑觅丹梯。"① 这些将士都为安定陇右保护丝路通畅做出了贡献。

六　唐诗中的秦州

今甘肃天水一带本是邽戎地，公元前 688 年，秦国取其地，始置邽县，后改上邽县。公元前 221 年，秦朝置三十六郡，上邽县属陇西郡。汉武帝元鼎三年（前 114）置天水郡，上邽是其中一县，在今天水市区西南。天水河谷水草丰茂，秦人祖先伯益在此地为舜养马，得到封土，并获赐"嬴"姓。西周时伯益之后非子为周孝王养马有功，孝王让他承袭伯益的"嬴"姓，"封其地为附庸，邑之秦"。故此为秦国之发祥地。"秦州"之名始于三国魏黄初元年（220），"天水"则是历史上使用时间最长的地名。

从交通上看，秦州居长安至兰州两大城市中间，陕甘川三省交界之地，西通青海、西藏、新疆，北越六盘山至宁夏，自古是丝绸之路要道。"东至上都（长安）八百里，东至东都（洛阳）一千六百六十里，东（北）至陇州三百六十里，西（北）至渭州三百里。西南至成州二百里，东北至原州四百六十里。"②从陇州、渭州西行通往西域，从成州向南通向成都，分别与丝绸之路沙漠路和南方丝绸之路连接，北上越六盘山进入宁夏则与草原路连接。初盛唐时秦州是从长安西去度越陇山后第一大重镇，玄奘西去印度取经途经天水，"时有秦州僧孝达在京学《涅槃经》，功毕返乡，遂与俱去。至秦州，停一宿，逢兰州伴，又随去至兰州"③。杜甫入蜀，亦曾停留此地。

安史之乱中，杜甫为避战乱和灾荒弃官入蜀，他携带家小越陇山来到秦州。先住城东南 50 里的东柯谷，即今天水市北道区街子乡八槐村的柳家河（曾名子美村），后移居城中。杜甫在秦州住了三个月，写下《秦州杂诗二十首》以及由陇入蜀的 12 首纪行诗，记载了他的行程，描写了在秦州的见闻，反映了秦州在地理和交通方面的重要位置及当时的政治形势。他越陇山来到秦州，所以《秦州杂诗二十首》其一云："满目悲生事，

---

① 《全唐诗》卷 702，第 8078 页。
② （唐）李吉甫：《元和郡县图志》卷 39，中华书局 1983 年版，第 980 页。
③ （唐）慧立、彦悰：《大慈恩寺三藏法师传》，中华书局 2000 年版，第 11 页。

因人作远游。迟回度陇怯，浩荡及关愁。水落鱼龙夜，山空鸟鼠秋。西征问烽火，心折此淹留。"① 他要到成都投亲靠友，路途遥远，故云"因人作远游"；前途未卜，他心怀忐忑，故云"怯"。这一带是与吐蕃人对抗的前线，他的居行必须视其时军情而定，特别关心路途的安全和战争形势，所以"西征问烽火"。战乱造成他在此地"淹留"，令人心折神伤。

这里有驿道通西域，《秦州杂诗二十首》其三云："州图领同谷，驿道出流沙。降虏兼千帐，居人有万家。马骄珠汗落，胡舞白蹄斜。年少临洮子，西来亦自夸。"② 杜甫写于秦州的《东楼》诗亦云："万里流沙道，西行过此门。"③ 所谓"流沙道"即指通西域之驿道。"东楼"乃秦州城上之城楼，从中原地区往西域者从此入城，过秦州赴西域。中原地区赴西域的使节路经此地，西域的天马入贡中原也经过这里。《秦州杂诗二十首》其五云："南使宜天马，由来万匹强。浮云连阵没，秋草遍山长。闻说真龙种，仍残老骕骦。哀鸣思战斗，迥立向苍苍。"④ 其八云："闻道寻源使，从天此路回。牵牛去几许，宛马至今来。一望幽燕隔，何时郡国开。东征健儿尽，羌笛暮吹哀。"⑤ 因为是交通要道，驿道上驿亭相望，驿使络绎不绝。其九云："今日明人眼，临池好驿亭。丛篁低地碧，高柳半天青。稠叠多幽事，喧呼阅使星。"⑥ 大道上有驿亭，往来此道的使节奔波道途竟如流星，可见交通的繁忙。其十云："云气接昆仑，涔涔塞雨繁。羌童看渭水，使客向河源。烟火军中幕，牛羊岭上村。所居秋草净，正闭小蓬门。"⑦ 使星、使客都是指奉命出行的朝廷使臣。

杜甫诗写出当时此地的动荡形势，这里本是内地，但因吐蕃的进逼，已成边境。《秦州杂诗二十首》其四云："鼓角缘边郡，川原欲夜时。秋听殷地发，风散入云悲。抱叶寒蝉静，归来独鸟迟。万方声一概，吾道竟何之。"⑧ 其六云："城上胡笳奏，山边汉节归。防河赴沧海，奉诏发金微。士苦形骸黑，旌疏鸟兽稀。那闻往来戍，恨解邺城围。"⑨ 其七："莽莽万重山，孤城山谷间。无风云出塞，不夜月临关。属国归何晚，楼兰斩未还。烟

---

① （唐）杜甫著，（清）仇兆鳌注：《杜诗详注》卷7，第572页。
② 同上书，第574页。
③ 同上书，第601页。
④ 同上书，第576页。
⑤ 同上书，第579页。
⑥ 同上书，第580页。
⑦ 同上书，第581页。
⑧ 同上书，第575—576页。
⑨ 同上书，第577页。

尘独长望,衰飒正摧颜。"① 在这"边郡"处处闻鼓角之声,往来于西域和中原的使节、士兵络绎不绝,不断传来战争的消息。国家的局势令诗人不安,关于战争的消息令他生厌。其十一云:"萧萧古塞冷,漠漠秋云低。黄鹄翅垂雨,苍鹰饥啄泥。蓟门谁自北,汉将独征西。不意书生耳,临衰厌鼓鼙。"② 其十五云:"未暇泛沧海,悠悠兵马间。塞门风落木,客舍雨连山。阮籍行多兴,庞公隐不还。东柯遂疏懒,休镊鬓毛斑。"③ 其十八云:"地僻秋将尽,山高客未归。塞云多断续,边日少光辉。警急烽常报,传闻檄屡飞。西戎外甥国,何得迕天威。"④ 其十九:"凤林戈未息,鱼海路常难。候火云烽峻,悬军幕井干。风连西极动,月过北庭寒。故老思飞将,何时议筑坛。"⑤ 称这里是"边郡",到处闻"鼓角""胡笳",时时见烽火报警,看到出征的将士和往返的国使,反映出其时山雨欲来风满楼的动荡局面。

秦州的自然风物和历史文化进入杜甫的视野,他写到秦州的南郭寺、北流泉、东柯谷、仇池穴等。《秦州杂诗二十首》其十二云:"山头南郭寺,水号北流泉。老树空庭得,清渠一邑传。秋花危石底,晚景卧钟边。俯仰悲身世,溪风为飒然。"⑥ 其十三云:"传道东柯谷,深藏数十家。对门藤盖瓦,映竹水穿沙。瘦地翻宜粟,阳坡可种瓜。船人近相报,但恐失桃花。"⑦ 其十四云:"万古仇池穴,潜通小有天。神鱼人不见,福地语真传。近接西南境,长怀十九泉。何时一茅屋,送老白云边。"⑧ 其十六云:"东柯好崖谷,不与众峰群。落日邀双鸟,晴天养片云。野人矜险绝,水竹会平分。采药吾将老,儿童未遣闻。"⑨ 这里的一花一木和飞鸟昆虫都引起杜甫的诗兴。其十七云:"边秋阴易久,不复辨晨光。檐雨乱淋幔,山云低度墙。鸬鹚窥浅井,蚯蚓上深堂。车马何萧索,门前百草长。"⑩ 其二十:"唐尧真自圣,野老复何知。晒药能无妇,应门幸有儿。藏书闻禹穴,读记忆仇池。为报鸳行旧,鹪鹩在一枝。"⑪

---

① (唐)杜甫著,(清)仇兆鳌注:《杜诗详注》卷7,第578页。
② 同上书,第581—582页。
③ 同上书,第585页。
④ 同上书,第586—587页。
⑤ 同上书,第587页。
⑥ 同上书,第582页。
⑦ 同上书,第583页。
⑧ 同上书,第584页。
⑨ 同上书,第585页。
⑩ 同上书,第586页。
⑪ 同上书,第588页。

杜诗写到秦州著名的历史古迹隗嚣宫，这是西汉末年雄据天水的隗嚣的避暑宫，在麦积山后崖三扇崖下雕巢峪。隗嚣出身陇右大族，年轻时在州郡为官，以知书通经而闻名陇上。王莽时刘歆闻其名，举为国士。刘歆叛逆后，隗嚣归故里。刘玄更始政权建立，隗嚣趁机占领平襄（今甘肃通渭县），被推为上将军，割据一方。后归顺更始帝，被封为右将军，因功被封为御史大夫。东汉建立，刘秀即位，隗嚣劝刘玄归顺光武帝刘秀，刘玄不允。隗嚣欲挟持东归未遂，逃回天水，自称西州大将军，声势日大，割据陇右。光武帝数次招降，隗嚣首鼠两端，与蜀中割据势力公孙述联合抗汉。光武帝御驾亲征，隗嚣被困冀城（今甘谷县城），忧愤而死。"隗嚣连城""隗嚣宫"正史不载。见于旧志，一说东汉建武八年（32）闰四月，刘秀讨伐隗嚣，进幸上邽，居处称皇城，即隗嚣宫。今皇城村至陈家窖一带出土有汉代以前青铜器，说明此地确是一古遗址。杜甫《秦州杂诗二十首》其二云：

秦州山北寺，胜迹隗嚣宫。苔藓山门古，丹青野殿空。月明垂叶露，云逐渡溪风。清渭无情极，愁时独向东。①

隗嚣宫建筑存在，但此地沦陷吐蕃，来到此地诗人伤感于此。许棠《隗嚣宫晚望》云："西顾伊兰近，方惊滞极边。水随空谷转，山向夕阳偏。碛鸟多依地，胡云不满天。秋风动衰草，只觉犬羊膻。"②末句实写此地为游牧民族占领，社会生活弥漫胡风。《成纪书事二首》也是写来到秦州看到隗嚣宫的心情：

其一
东吴远别客西秦，怀旧伤时暗洒巾。满野多成无主冢，防边半是异乡人。山河再阔千余里，城市曾经一百春。闲与将军议戎事，伊兰犹未绝胡尘。

其二
蹉跎远入犬羊中，荏苒将成白首翁。三楚田园归未得，五原岐路去无穷。天垂大野雕盘草，月落孤城角啸风。难问开元向前事，依稀

---

① （唐）杜甫著，（清）仇兆鳌注：《杜诗详注》卷7，第573—574页。
② 《全唐诗》卷604，第6977页。

犹认隗嚣宫。①

诗表达的是山河沦丧的悲痛。他笔下的隗嚣宫成了历史变迁的见证,这一带为吐蕃人占领,来到此地就是"远入犬羊中",看到隗嚣宫,令诗人想到开元盛世,但诗人"难问"开元事,因为谈起开元盛世令人伤感。

秦州于宝应二年(763)没于吐蕃。② 张籍《旧宫人》诗反映了这一可悲现实:

歌舞秦州女,归时白发生。全家没蕃地,无处问乡程。宫锦不传样,御香空记名。一身难自说,愁逐路人行。③

这位来自秦州的宫女年老出宫,家乡陷于吐蕃而无家可归。首句"秦州"一作"梁州",梁州不曾陷于吐蕃,当作"秦州"。唐后期诗人写到天水郡之成纪县。成纪在战国时便设县,秦朝时属陇西郡,县址大约在今秦安县东南。汉武帝增置天水郡,成纪归属天水,东汉改名汉阳。北魏时成纪县废,北周时又恢复。唐时县址迁至今天水市秦安县西北叶堡川,并为秦州治所。秦州"管县五",其中有成纪。④ 诗人对天水之地沦陷吐蕃感到伤感。

但诗人也不都是一味伤感,他们对未来充满信心。胡曾《咏史诗·陇西》云:

乘春来到陇山西,隗氏城荒碧草齐。好笑王元不量力,函关那受一丸泥。⑤

"陇山西"就是吐蕃的占领区,诗人到此要寻找盛唐时的旧迹,看到了隗嚣宫,但荒草萋萋,与古城断壁残垣齐高。虽然诗人也很伤感,却对吐蕃的占领表示蔑视。诗后两句用东汉王元的故事表达吐蕃的占领是暂时的。王元是东汉初年隗嚣的部将,光武帝招降隗嚣,王元劝隗嚣抗衡刘秀,说

---

① 《全唐诗》卷604,第6983页。
② (唐)李吉甫:《元和郡县图志》卷39,中华书局1983年版,第980页。
③ (唐)张籍著,徐礼节、余恕诚校注:《张籍集系年校注》卷2,中华书局2011年版,第377页。
④ 《元和郡县图志》卷39,第980页。
⑤ 《全唐诗》卷647,第7428页。

"请以一丸泥为大王东封函谷关",便可保全隗嚣在陇右的割据。① 隗嚣听从王元的建议,终为光武帝所灭。胡曾诗咏王元故事,意谓吐蕃终究不是唐朝的对手,虽然现在占领陇西,终有一天唐朝会光复旧地。秦州陷于吐蕃后,唐仍置秦州刺史,并兼御史大夫,充陇西经略军使,"割扶风普润县以处之,倚为长城,镇我近辅"。刘滩担任此职,朝廷建保义军,以之为节度使,刘氏建议出兵陇右,收复失地,因种种原因未能付诸实践。吕温《秦州刺史保义军节度陇西经略等使刘公(滩)神道碑铭》歌颂刘氏:

至精氤氲,为勇为仁。将昭文德,有此武臣。猛而不残,灵而能驯。情厉秋霜,气含阳春。源由尧兴,派自汉启。承光祖考,致美兄弟。通刑练政,达乐知礼。行归有方,用入无体。中襟汤汤,应变弛张。开则雷电,闭为金汤。能求敌情,善用己长。威不可犯,惠不可忘。静言未宾,忠愤慷恺。翻翻燕海,固护秦塞。车无停轨,衣不解带。勤王万人,瞻我大斾。左汧右泾,克壮其声。目尽西极,尘沙不惊。行人如归,战士且耕。陇首烽断,原川草生。方提金鼓,振国威武。建铭赤山,恢复旧宇。促运僭夺,奇功莫睹。殁而不瞑,足感明主。诏葬九原,宠昭幽魂。介士班剑,送於都门。草陈霜来,树拱烟昏。万物有尽,唯石独存。②

刘滩收复失地的理想没有实现,铭文中所写他的功业其实是在表达他的理想和作者的愿望。

唐朝收复河湟之地,许棠有《题秦州城》诗写失地回归的喜悦:"圣泽滋遐徼,河堤四向通。大荒收庑帐,遗土复秦风。乱烧迷归路,遥山似梦中。此时怀感切,极目思无穷。"③ 陇右收复,唐朝开始派官员赴任秦州,罗隐《送秦州从事》反映了这一史实:

一枝何足解人愁,抛却还随定远侯。紫陌红尘今别恨,九衢双阙夜同游。芳时易失劳行止,良会难期且驻留。若到边庭有来使,试批书尾话梁州。④

---

① 《后汉书》卷13《隗嚣传》,中华书局1965年版,第524—525页。
② 《全唐文》卷631,上海古籍出版社1990年版,第2818页。
③ 《全唐诗》卷603,第6972页。
④ 《全唐诗》卷658,第7559页。

诗人们不免过于乐观了，唐朝后期已经衰败到无可收拾，河湟之地得而复失。

五代时秦州地入蜀，秦城芭蕉冬天开花，被认为是归蜀的先兆，王仁裕《玉堂闲话》记载：

> 天水之地迩于边陲，地寒，不产芭蕉。戎帅使人于兴元求之，植二本于亭台间，每至入冬，即连土掘取之，埋藏于地窖，候春暖，即再植之。庚午、辛未之间，有童谣曰："花开夹裹，花谢来裹。"而又节气变而不寒，冬即和煦，夏即暑毒，甚于南中。芭蕉于是花开，秦人不识，远近士女来看者，填咽衢路。寻则蜀人犯我封疆，自尔年年一来，不失芭蕉开谢之候。乙亥岁，岐陇援师不至，自陇之西，竟为蜀人所有。暑湿之候，一如巴邛者。盖剑外节气，先布于秦城，童谣之言不可不察。①

前蜀皇帝巡幸至此，王仁裕《从蜀后主幸秦川上梓潼山》云："彩仗拂寒烟，鸣驺在半天。黄云生马足，白日下松巅。盛德安疲俗，仁风扇极边。前程问成纪，此去尚三千。"②

秦州是佛教传播的重要通道，麦积山石窟寺是重要见证。麦积山是西秦岭山脉小陇山系一座孤峰，又名麦积崖，地处今天水市东南50千米麦积区麦积山乡南侧。石窟始建于后秦，大兴于北魏，西魏文帝元宝炬皇后乙弗氏死，在这里开凿麦积崖为龛而葬。北周保定、天和年间，秦州大都督李允信在此为亡父建七佛阁，请文学家庾信撰《秦州天水郡麦积崖佛龛铭并序》，隋文帝仁寿元年（601）在麦积山建塔"敕葬神尼舍利"。后经唐五代宋元明清不断开凿扩建，成为著名石窟群之一。杜甫路经秦州时有《山寺》诗：

> 野寺残僧少，山圆细路高。麝香眠石竹，鹦鹉啄金桃。乱石通人过，悬崖置屋牢，上方重阁晚，百里见秋毫。③

这些描写跟麦积山石窟形状极其吻合，仇兆鳌注引王仁裕《玉堂闲话》，

---

① 《太平广记》卷140，中华书局1961年版，第1011页。
② 《全唐诗》卷736，第8401页。
③ （唐）杜甫著，（清）仇兆鳌注：《杜诗详注》卷7，中华书局1979年版，第603页。

据杜诗描写，认为这首诗写的就是麦积山石窟寺，"麦积山梯空架险而上，其间千房万室，悬空蹑虚。即'悬崖置屋牢'也"。杜甫至时一定被麦积山石窟的奇特所吸引，因此写诗赋咏，但其时这里的佛事并不兴盛，此后我们没有看到其他诗人咏此，直到晚唐五代麦积山石窟寺才又受到诗人的关注。可止《寄积麦山会如长老》云："默然如大道，尘世不相关。青桧行时静，白云禅处闲。贫高一生行，病长十年颜。夏满期游寺，寻山又下山。"① 可止是唐末五代之际洛京长寿寺僧，约唐昭宗天祐初前后在世。王仁裕有《题麦积山天堂》诗："蹑尽悬空万仞梯，等闲身共白云齐。檐前下视群山小，堂上平分落日低。绝顶路危人少到，古岩松健鹤频栖。天边为要留名姓，拂石殷勤手自题。"② 此诗写作背景，《玉堂闲话》记载：

> 麦积山者，北跨清渭，南渐两当。五百里冈峦，麦积处其半。崛起一石块，高百万寻，望之团团，如民间积麦之状，故有此名。其青云之半，峭壁之间，镌石成佛，万龛千室。虽自人力，疑其鬼功。隋文帝分葬神尼舍利函于东阁之下。石室之中，有庾信铭记，刊于岩中。古记云："六国共修。"自平地积薪，至于岩巅，从上镌凿其龛室佛像。功毕，旋旋折薪而下，然后梯空架险而上。其上有散花楼、七佛阁、金蹄银角犊儿。由西阁悬梯而上，其间千房万屋，缘空蹑虚，登之者不敢回顾。将及绝顶，有万菩萨堂，凿石而成，广若今之大殿。其雕梁画栱，绣栋云楣，并就石而成，万躯菩萨，列于一堂。自此室之上，更有一龛，谓之天堂。空中倚一独梯，攀缘而上。至此则万中无一人敢登者。于此下顾，其群山皆如培楼。王仁裕时独能登之，仍题诗于天堂西壁上，……时前唐末辛未年，登此留题，于今三十九载矣。③

唐朝后期最后一个"辛未"年是宣宗大中五年（851），此"唐末辛未年"显然不是这一年，这时王仁裕尚未出生。王仁裕生于僖宗广明元年（880），此后至唐亡，无"辛未"年。故此登麦积山之"辛未年"当指后梁太祖乾化元年（911），王仁裕是后蜀人，不承认朱梁正统地位及其年号，唐朝已亡，又无唐朝纪年，故云"唐末丁未年"。此文当作于后汉隐

---

① 《全唐诗》卷825，第9291页。
② 《全唐诗》卷736，第8402页。
③ 《太平广记》卷397，中华书局1961年版，第3181页。

帝乾祐三年（950），上距登临赋诗时39年。王仁裕卒于后周世宗显德三年（956），《玉堂闲话》中关于麦积山的一段记载作于其晚年。可止和王仁裕的诗是唐末五代麦积山石窟兴盛的见证。

七　唐诗中的临洮

从秦州西北行至临洮，按唐时地理书记载，约40里。① 据《尚书·禹贡》记载，其地在雍州之境，古西羌之地。自秦汉至于魏晋，皆羌人所居。北魏时地属吐谷浑，北周时内属，保定元年（561）置洮州。隋大业三年（607）改临洮郡。唐代有时称临洮郡，有时称洮州。唐武德年间置洮州，开元十七年（729）废入岷州，二十年在临潭置临州，二十七年又改为洮州。哥舒翰镇守陇右，这里是与吐蕃长期争夺之地。宝应元年（762）吐蕃东侵，连陷秦、渭、洮、临四州，洮州于广德元年（763）陷于吐蕃。宪宗时李吉甫编《元和郡县图志》记载，洮州"管县二：临潭、美相"②。其时唐朝并不实管其地。临洮郡下有临洮县，古称狄道，自古为陇右重镇和丝绸之路要道。

唐诗中称地名喜用旧称，洮州隋时称临洮郡，故唐诗中多称临洮，而很少称洮州。临洮历来为控扼陇蜀和西北游牧民族的战略要地，秦筑长城以制匈奴南牧之患。三国时蜀汉姜维出狄道以扰关陇，魏人据狄道，姜维不得志。临洮以境内有洮水得名，在唐前期与吐蕃的军事对抗中，洮水流域为必争之地，临洮是唐与吐蕃交战的前线，故在唐前期诗人的笔下，临洮常常与对吐蕃的战争有关，成为边塞和前线意象。王勃《陇西行十首》其七："烽火照临洮，榆塞马萧萧。"③ 高适《送白少府送兵之陇右》："践更登陇首，远别指临洮。为问关山事，何如州县劳。"④ 白少府送新兵到前线，目的地就是临洮。王昌龄《塞下曲四首》其二云：

饮马渡秋水，水寒风似刀。平沙日未没，黯黯见临洮。昔日长城

---

① 据李吉甫《元和郡县图志》卷39记载，秦州"东南至上都一千四百六十里"，洮州"东北至上都一千五百里"。按：此"东北"二字当作"东南"，因为洮州在秦州西北，此不当言东北。
② （唐）李吉甫：《元和郡县图志》卷39，中华书局1983年版，第997页。
③ 陈尚君辑校：《全唐诗补编》，中华书局1992年版，第330页。
④ （唐）高适著，孙钦善校注：《高适集校注》，上海古籍出版社1984年版，第208页。

战,咸言意气高。黄尘足今古,白骨乱蓬蒿。"①

王昌龄《从军行七首》其五:"大漠风尘日色昏,红旗半卷出辕门。前军夜战洮河北,已报生擒吐谷浑。"② 洮河即洮水。李白《子夜吴歌·冬歌》云:"明朝驿使发,一夜絮征袍。素手抽针冷,那堪把剪刀。裁缝寄远道,几日到临洮。"③ 临洮是丈夫戍守之地,妇人盼望征袍能早日送到。《胡无人行》云:"十万羽林儿,临洮破郅支。杀添胡地骨,降足汉营旗。塞阔牛羊散,兵休帐幕移。空余陇头水,呜咽向人悲。"④ 诗以匈奴郅支单于代指吐蕃首领,临洮是唐与吐蕃交战之地。杜甫《近闻》云:"近闻犬戎远遁逃,牧马不敢侵临洮。渭水逶迤白日净,陇山萧瑟秋云高。"⑤ 王宏《从军行》诗:"秦王筑城三千里,西自临洮东辽水。山边叠叠黑云飞,海畔莓莓青草死。从来战斗不求勋,杀身为君君不闻。"⑥ 汪遵《长城》云:"秦筑长城比铁牢,蕃戎不敢过临洮。虽然万里连云际,争及尧阶三尺高。"⑦ 都把临洮当作前线和边境来写。

初盛唐时人们追求建功立业,才志之士远赴边地投身幕府寻找出路,与吐蕃人对峙的临洮一带是施展才华的舞台,因此成为志向远大追求功名的士人追求梦想的地方。高适《送蹇秀才赴临洮》云:"怅望日千里,如何今二毛。犹思阳谷去,莫厌陇山高。倚马见雄笔,随身唯宝刀。料君终自致,勋业在临洮。"⑧ 高适本人入哥舒翰陇右河西幕,赴临洮拜谒主将,未及见,寄诗与其幕府同僚。《自武威赴临洮谒大夫不及因书即事寄河西陇右幕下诸公》云:

浩荡去乡县,飘飘瞻节旄。扬鞭发武威,落日至临洮。主人未相识,客子心忉忉。顾见征战归,始知士马豪。戈铤耀崖谷,声气如风

---

① (唐)王昌龄著,胡问涛、罗琴校注:《王昌龄集编年校注》卷1,巴蜀书社2000年版,第40页。
② 《王昌龄集编年校注》卷1,第49页。
③ (唐)李白著,瞿蜕园、朱金城校注:《李白集校注》卷8,上海古籍出版社1980年版,第453页。
④ (唐)李白著,瞿蜕园、朱金城校注:《李白集校注》卷30,第1712页。
⑤ (唐)杜甫著,(清)仇兆鳌注:《杜诗详注》卷15,中华书局1979年版,第1283页。
⑥ 《全唐诗》卷38,第494页。
⑦ 《全唐诗》卷602,第6961页。一作褚载诗,见《全唐诗》卷694,第7991页。
⑧ (唐)高适著,孙钦善校注:《高适集校注》,上海古籍出版社1984年版,第207—208页。

涛。隐轸戎旅间,功业竞相襃。献状陈首级,飨军烹太牢。俘囚驱面缚,长幼随巅毛。毡裘何蒙茸,血食本膻臊。汉将乃儿戏,秦人空自劳。立马眺洪河,惊风吹白蒿。云屯寒色苦,雪合群山高。远戍际天末,边烽连贼壕。我本江海游,逝将心利逃。一朝感推荐,万里从英旄。飞鸣盖殊伦,俯仰忝诸曹。燕颔知有待,龙泉惟所操。相士惭入幕,怀贤愿同袍。清论挥麈尾,乘酣持蟹螯。此行岂易酬,深意方郁陶。微效倘不遂,终然辞佩刀。①

诗以功业相期许,决心效命边塞。

临洮是东来西往的行人路经之地,内地的人们赴河西和西域,从河西和西域返中原,常常路经临洮。天宝十载(751)岑参从武威回长安,住宿临洮,其《临洮客舍留别祁四》云:"无事向边外,至今仍不归。三年绝乡信,六月未春衣。客舍洮水聒,孤城胡雁飞。心知别君后,开口笑应稀。"② 岑参从长安赴西域也路经临洮,《临洮龙兴寺玄上人院同咏青木香丛》云:"移根自远方,种得在僧房。六月花新吐,三春叶已长。抽茎高锡杖,引影到绳床。只为能除疾,倾心向药王。"③《发临洮将赴北庭留别》云:"闻说轮台路,连年见雪飞。春风曾不到,汉使亦应稀。白草通疏勒,青山过武威。勤王敢道远,私向梦中归。"④ 从北庭返中原的人士亦路经临洮。岑参在这里遇到从西域回长安的赵仙舟,其《临洮泛舟赵仙舟自北庭罢使还京》云:"白发轮台使,边功竟不成。云沙万里地,孤负一书生。池上风回舫,桥西雨过城。醉眠乡梦罢,东望羡归程。"⑤ 赵仙舟从西域归来,年岁已经不小却未有功名。在临洮与赴西域的岑参相遇,岑参远离家乡,羡慕赵仙舟能实现归乡的梦想,其实也是对赵的安慰,虽未有边功,好在能顺利返乡。高适《自武威赴临洮谒大夫不及因书即事寄河西陇右幕下诸公》也表明诗人是亲践其地。

临洮陷于吐蕃,唐后期诗人笔下临洮成为前线、战场和失地象征。朱庆馀《自萧关望临洮》云:

---

① 陈尚君辑校:《全唐诗补编》,中华书局1992年版,第33页。
② (唐)岑参著,陈铁民、侯忠义校注:《岑参集校注》卷2,上海古籍出版社1981年版,第97页。
③ 《岑参集校注》卷2,第97页。
④ 同上书,第142页。
⑤ 同上书,第143页。

玉关西路出临洮，风卷边沙入马毛。寺寺院中无竹树，家家壁上有弓刀。惟怜战士垂金甲，不尚游人著白袍。日暮独吟秋色里，平原一望戍楼高。①

从萧关远望临洮，视线之内弥漫着战争的气氛。马戴《出塞词》云："金带连环束战袍，马头冲雪度临洮。卷旗夜劫单于帐，乱斫胡儿缺宝刀。"②令狐楚《从军行五首》其三云："却望冰河阔，前登雪岭高。征人几多在，又拟战临洮。"③陈陶《胡无人行》云："十万羽林儿，临洮破郅支。杀添胡地骨，降足汉营旗。塞阔牛羊散，兵休帐幕移。空流陇头水，呜咽向人悲。"④都把临洮当作战地和失地来写。李德裕《寒食日三殿侍宴奉进诗》歌颂宣宗，把收复临洮作为其辉煌的功业："英威扬绝漠，神算尽临洮。"⑤因事出使吐蕃或身陷吐蕃的人在临洮惜别。吕温于贞元十九年（803）得王叔文推荐任左拾遗，贞元二十年（804）夏以侍御史为入蕃副使出使吐蕃，在吐蕃滞留经年。其《临洮送袁七书记归朝》云："忆年十五在江湄，闻说平凉且半疑。岂料殷勤洮水上，却将家信托袁师。"⑥诗题注云："时袁生作僧，蕃人呼为袁师。"这首诗是他滞留吐蕃期间送袁某归朝所作。袁某归朝，吕温在临洮为之送行，并托家书给袁氏。

八　唐诗中的金城和皋兰山

金城即今兰州，新石器时代先民们已在这里繁衍生息。商周时为雍州属地，属西羌部落。秦朝分全国为三十六郡，兰州一带属陇西郡，汉初依秦建制。武帝元狩二年（前121），霍去病远征匈奴，设令居塞（今兰州西）驻军，为打通河西走廊建立了军事基地。昭帝始元元年（前86）置金城县（在今兰州），属天水郡，取"金城汤池"之意。"金城"一名从此始。始元六年（前81）"分陇西、张掖以为金城郡"⑦。宣帝神爵二年

---

① 《全唐诗》卷514，第5876页。

② （宋）郭茂倩编：《乐府诗集》卷21，中华书局1979年版，第321页。

③ 《全唐诗》卷334，第3749页。

④ 《全唐诗》卷745，第8465页。

⑤ 《全唐诗》卷475，第5388页。

⑥ 《全唐诗》卷371，第4168页。

⑦ （唐）李吉甫：《元和郡县图志》卷39，中华书局1983年版，第986页。

（前60）赵充国平西羌之乱，屯兵湟中，汉朝在金城郡置七县。东汉光武帝建武十二年（36），金城郡并于陇西郡。安帝永初四年（110）羌人暴动，郡治由允吾迁至襄武（今甘肃陇西县），十二年后迁回允吾。汉末从金城郡析置西平郡，金城郡治由允吾迁至榆中（在今榆中县城西）。三国时设置金城县，属金城郡。西晋仍置金城郡。前凉永安元年（314），从金城郡析置广武郡，金城郡治由榆中迁至金城（在今兰州市红古区窑街附近），从此金城郡治与县治同驻一城。

兰州位于陇中盆地和黄河上游，地接青藏高原、蒙新高原和黄土高原，城南有皋兰山，城北有白塔山，黄河在两山间城中心穿城而过，城市位于两山之间的狭长河谷盆地，称为兰州盆地，控河为险，襟带万里，捍御秦雍，扼控中原，战略地位重要，"自汉以来，河西雄郡，金城为最"[①]。西晋末年各族群在此纷争不息，鲜卑人乞伏氏所建西秦将国都设于兰州地区（今榆中县西固区），北魏时改称子城县，隋朝改称五泉县。隋文帝开皇元年（581）因城南有皋兰山，改金城郡为兰州，并置兰州总管府，筑州城，"兰州"之称始于此。炀帝大业三年（607）又改兰州为金城郡。十三年（617）金城校尉薛举起兵，称西秦霸王，建都金城。又迁都于天水，被唐朝所灭。武德二年（619）置兰州，八年置都督府。高宗显庆元年（656）改为兰州，玄宗天宝元年（742）改为金城郡。肃宗乾元二年（759）又改为兰州。代宗宝应元年（762）地没于吐蕃。宣宗大中二年（848），沙州敦煌人张议潮起义驱逐吐蕃人势力，兰州归唐，不久又被吐蕃人所占。

兰州是古丝绸之路重镇，中西商业贸易枢纽城市。从长安西行进入河西走廊的主要路线分为南、北路和青海道三条通道。兰州地处南路要道。汉朝打通河西走廊后，兰州就成为丝绸之路上重要的黄河渡口和交通枢纽。从兰州北上，过乌鞘岭便进入河西走廊。作为黄河渡口、商埠重镇和货贸集散地，汉唐以来兰州在中西经济文化交流中发挥了重要作用。魏晋南北朝时从兰州东行可至长安、洛阳；西行入吐谷浑之路；渡河北上进入河西走廊，至张掖，西行至酒泉、敦煌入西域；从张掖北行与居延古道相接，通往草原丝绸之路。后秦弘始元年（399）法显、慧景和道整等人赴印度取经，路经金城。北魏神龟元年（518）宋云等从洛阳出发，经金城西行至赤岭，入吐谷浑之路，而后西行至鄯善。唐代玄奘赴印度取经，"至秦州，停一宿，逢兰州伴，又随去至兰州。一宿，遇凉州人送官马归，

[①]（清）顾祖禹：《读史方舆纪要》卷60，中华书局2005年版，第2871页。

又随去至彼"①。初唐高僧玄奘赴印度取经，"背金府而出流沙，践铁门而登雪岭"②。金府即金城，唐武德八年于此置都督府。由于金城沟通四方的地理位置，西域胡人入华多路经此地，有的定居于此。洛阳出土《康续墓志》云："昔西周启祚，康王承累圣之基。东晋失图，康国跨全凉之地。控弦飞镝，屯万骑于金城，月满尘惊，辟千营于沙塞。举葱岭而入款，宠锡侯王；受茅土而开封，业传枝胤。"③ 所谓启祚于周康王之说自属附会，但谓西晋之末康国人"跨全凉之地"比较近情。当西晋之末，天下大乱，胡族横行于甘凉，金城遂成为胡人聚集之地。④

兰州得名于皋兰山，其山"高厚蜿蜒，如张两翼，东西环拱州城，延袤二十余里"⑤。皋兰山是兰州城的屏障，游牧于此地的匈奴人仰望着这座高山，看到山如此之高，取名"皋兰"。匈奴谓天为"祁连"，皋兰和"祁连"发音相近，意思是高峻。⑥ 兰州成为诗人吟咏的对象，如唐诗中马戴《关山曲》："金锁耀兜鍪，黄云拂紫骝。叛羌旗下戮，陷壁夜中收。霜霰戎衣故，关河碛气秋。箭创殊未合，更遣击兰州。"⑦ 唐诗中直接称兰州的作品较少，因为"金城"更有诗意，皋兰山是兰州的象征，更为形象，在古代诗歌中"金城""皋兰"是我们常常看到的兰州意象。皋兰成为边塞前线的象征，思妇思亲念远的对象。南朝徐陵《长

---

① （唐）慧立、彦悰：《大慈恩寺三藏法师传》卷1，中华书局2000年版，第11页。
② （唐）义净：《大唐西域求法高僧传》卷上，中华书局1988年版，第9页。
③ 吴钢主编：《全唐文补遗》第3辑，三秦出版社1996年版，第448页。
④ 刘铭恕：《洛阳出土的西域人墓志》，《洛阳——丝绸之路的起点》，中州古籍出版社1992年版，第208页。
⑤ 《甘肃通志》卷5《山川》，《钦定四库全书》史部十一，《地理类·都会郡县之属》。
⑥ 关于皋兰的来历，另有两种说法，一是出自羌语"河"的称呼，二是来自山上的一种兰草。兰州市地方志办公室副主任金钰铭说："实际上，皋兰、乌兰、贺兰等指河，是匈奴人的称呼，现在蒙古仍有将河叫皋兰的。皋兰山就是河边的大山。应该得到确认的是，匈奴人在黄河北岸为皋兰山取名的说法是成立的。"五泉山位于皋兰山北坡，因有惠、甘露、掬月、摸子、蒙五眼泉水而得名。民间传说，这五眼泉是名将霍去病用铜鞭戳出的，故名五泉。"这仅仅是一个传说，霍去病并没有来过兰州！""这是一段被误读了的历史。"《史记》《汉书·武帝纪》中记载霍去病攻打匈奴的河西战役时说，霍去病率军一向西，抵达张掖，然后在皋兰山同匈奴展开大战。人们往往把这个皋兰山当作兰州皋兰山，从而混淆了霍去病西征的线路。"实际上，汉代在今天的甘肃境内应该有两个皋兰山。一个是兰州的皋兰山，另一个就是张掖附近的合黎山，这座山当时也被称为皋兰山。"霍去病同匈奴激战的皋兰山应该是张掖的合黎山。"从匈奴人命名皋兰山后，皋兰山也就成了兰州沧桑岁月的见证。"《皋兰山：曾被误读了的大山》，中国甘肃网，http：//www.gscn.com.cn/Get/gsnews/0881411025356485_63_4.htm。《兰州晨报》，http：//www.gscn.com.cn，2008-8-14，10：59：54。
⑦ （宋）郭茂倩编：《乐府诗集》卷27，中华书局1979年版，第394页。

相思二首》其一："长相思，望归难，传闻奉诏戍皋兰（一作传制戍皋兰）。龙城远，雁门寒，愁来瘦转剧，衣带自然宽。念君今不见，谁为抱腰看。"① 庾信《拟咏怀二十七首》之二十云："在死犹可忍，为辱岂不宽。古人持此性，遂有不能安。其面虽可热，其心长自寒。匣中取明镜，披图自照看。幸无侵饿理，差有犯兵栏。拥节时驱传，乘亭不据鞍。代郡蓬初转，辽阳桑欲乾。秋云粉絮结，白露水银团。一思探禹穴，无用麏皋兰。"②

初盛唐时兰州已经进入唐之版图，但在诗人笔下"兰皋"仍是边地意象。崔湜《大漠行（一作胡皓诗）》：

> 单于犯蓟壖，骠骑略萧边。南山木叶飞下地，北海蓬根乱上天。科斗连营太原道，鱼丽合阵武威川。……阳春半，岐路间，瑶台苑，玉门关。百花芳树红将歇，二月兰皋绿未还。阵云不散鱼龙水，雨雪犹飞鸿雁山。③

诗中的"兰皋"与许多地名皆非实指，而是边塞与战争意象，指将士征战戍守之地。唐诗中其他作品言及兰皋或皋兰与之相同。沈佺期《出塞》（一作《被试出塞》）云："辛苦皋兰北，胡霜损汉兵。"④ 卢照邻《紫骝马》云："骝马照金鞍，转战入皋兰。"⑤ 骆宾王《军中行路难同辛常伯作》云："雁门迢递尺书稀，鸳被相思双带缓。行路难，行路难！誓令氛祲静皋兰。"⑥ 寇泚《度涂山》云："行闻汉飞将，还向皋兰宿。"⑦ 李益《来从窦车骑行》云："出入燕南陲，由来重意气。自经皋兰战，又破楼烦地。"⑧ 韩琮《京（一作凉）西即事》："秋草河兰起阵云，凉州唯向管弦闻。豺狼毳幕三千帐，貔虎金戈十万军。候骑北来惊有说，戍楼西望悔为文。昭阳亦待平安火，谁握旌旗不见勋。"⑨ 河指黄河，兰指皋兰山，河兰

---

① （宋）郭茂倩编：《乐府诗集》卷69，第992页。
② 逯钦立辑校：《先秦汉魏晋南北朝诗》，中华书局1983年版，第2369—2370页。
③ 周勋初等主编：《全唐五代诗》卷102，陕西人民出版社2014年版，第2074—2075页。
④ （宋）郭茂倩编：《乐府诗集》卷21，中华书局1979年版，第321页。
⑤ （唐）卢照邻：《卢照邻集》卷2，中华书局1980年版，第26—27页。
⑥ （唐）骆宾王著，（清）陈熙晋笺注：《骆临海集笺注》卷，上海古籍出版社1995年版，第122—125页。
⑦ 《全唐诗》卷101，第1082页。
⑧ （唐）李益著，范之麟注：《李益诗注》，上海古籍出版社1984年版，第33页。
⑨ 《全唐诗》卷565，第6550页。

代指兰州。

"金城"之称也见于唐诗。兰州是通往河西走廊和西域的要道,唐代诗人行经此地,故有写实之作。黄河流经兰州,这里有丝绸之路上著名的黄河古渡,驿道上有驿站名临河驿。天宝十三载(754)岑参第二次赴西域,曾入住临河驿,故有《题金城临河驿楼》诗:

> 古戍依重险,高楼见五凉。山根盘驿道,河水浸城墙。庭树巢鹦鹉,园花隐麝香。忽如江浦上,忆作捕鱼郎。①

据此诗描写,此地险要处有古戍,即军队设防的关塞;居高临下,可以遥望远方,似乎辽阔的五凉之地尽在视野中。驿道盘绕在山脚下,驿站靠近黄河岸边。高适《金城北楼》云:"北楼西望满晴空,积水连山胜画中。湍上急流声若箭,城头残月势如弓。垂竿已羡磻溪老,体道犹思塞上翁。为问边庭更何事,至今羌笛怨无穷。"② 金城是通向"边庭"的要道,因此登上金城北楼,便令人想到边境的战事。战争未能结束,将士们在"羌笛怨杨柳"中忍受着相思离别之苦。李白《送程、刘二侍郎兼独孤判官赴安西幕府》云:"安西幕府多材雄,喧喧惟道三数公。绣衣貂裘明积雪,飞书走檄如飘风。朝辞明主出紫宫,银鞍送别金城空。天外飞霜下葱海,火旗云马生光彩。胡塞清尘几日归,汉家草绿遥相待。"③ 诗人想象两位侍郎从长安赴安西,会路经金城。与皋兰相比,金城多实写,这些诗中的金城都是实际地名。

九 唐诗中的原州和萧关

从长安出发西北行进入河西走廊,北道经原州。这条路线经奉天(今陕西乾县)、邠州(今陕西彬县)、泾州(今甘肃泾川)、平凉弹筝峡,转而向北;经原州(今宁夏固原)向西北至石门关(今宁夏固原须弥山附近),由此向西;经会州(今甘肃靖远)会宁关,渡黄河,西北行至凉州

---

① (唐)岑参著,陈铁民、侯忠义校注:《岑参集校注》卷2,上海古籍出版社1981年版,第143页。

② (唐)高适著,孙钦善校注:《高适集校注》,上海古籍出版社1984年版,第219页。

③ (唐)李白著,瞿蜕园、朱金城校注:《李白集校注》卷17,上海古籍出版社1980年版,第1007页。

姑臧，与南道会合。全程约 1600 里。①

原州在《禹贡》中属雍州，春秋时属秦国，秦朝分天下三十六郡，其地属北地郡，汉代属安定郡。② 顾祖禹《读史方舆纪要》称固原州：

> 秦北地郡地。汉初，安定郡治此。晋为雍州徼外地。后魏置高平郡，兼置原州。隋改平凉郡。唐仍为原州。……州据八郡之肩背，绾三镇之要臂。元《开成志》云："左控五原，右带兰、会，黄流绕北，崆峒阻南，称为形胜。"今自州以东则翼庆、延，自州以西则卫临、巩，自州而南则瞰三辅矣。乃其边境则东接榆林，西连甘肃，北负宁夏，延袤盖千有余里。三镇者，其固原之门墙；固原者，其三镇之堂奥欤？③

原州引起诗人关注是因为在安史之乱后这一带陷于吐蕃，成为唐朝与吐蕃对抗的前线，地理位置重要。元载《城原州议》指出原州居泾州与吐蕃占领地区中间，又临河湟水草丰美之地，筑城可以"渐开陇右，进达安西，据吐蕃腹心，则朝廷可高枕无忧矣"④。唐朝重视原州防线，李涉《奉使京西》反映了这种局势："卢龙已复两河平，烽火楼边处处耕。何事书生走羸马，原州城下又添兵。"⑤ 元稹《西凉伎》云："一朝燕贼乱中国，河湟没尽空遗丘。开远门前万里堠，今来蹙到行原州。"⑥ 原州成为抗击吐蕃的前线，唐朝泾原节度使驻节泾州临泾，称行原州。

原州境内萧关为诗人所关注，成为诗中常见意象。萧关是古代西北边地著名关隘，但遗址不存，位置在何处向有争议，"有七八种说法：陇山关说、瓦亭说、三关口说、硝河城说、开城说、古城说、固原城北十里铺说等"⑦。萧关是关中四大关隘之一，其故址历史上屡有变迁，秦代萧关遗址位于甘肃庆阳环县城北。史载有人劝项羽建都关中，以为

---

① 严耕望：《唐代长安西通凉州两道驿程考》，《中国文化研究所学报》第 4 卷第 1 期，1971 年。收入氏著《唐代交通图考》（河陇碛西区）第十一篇，上海古籍出版社 2007 年版，第 341—419 页。
② （唐）李吉甫：《元和郡县图志》卷 3，中华书局 1983 年版，第 57 页。
③ （清）顾祖禹：《读史方舆纪要》卷 58，中华书局 2005 年版，第 2802 页。
④ （唐）元载：《城原州议》，《全唐文》卷 369，上海古籍出版社 1990 年版，第 1656 页。
⑤ 《全唐诗》卷 477，第 5433 页。
⑥ （唐）元稹：《元稹集》卷 24，中华书局 1982 年版，第 281 页。
⑦ 杨晓娟：《萧关古道：丝绸之路重要组成部分——访宁夏社会科学院历史研究所所长薛正昌》，《中国社会科学报》2012 年 2 月 6 日。

"关中阻山河四塞"。《史记集解》引徐广注:"东函谷,南武关,西散关,北萧关。"① 此萧关指秦萧关,故址位于秦长城与萧关故道交会处。《庆阳府志》记载:"萧关在城西北二里。"萧关地处环江东岸开阔的台地上,是关中北大门,出关可达宁夏、内蒙古及兰州、河西等地,入关经环江、马莲河和泾河抵关中。张耀民考察后说:"战国秦长城,经今甘肃省庆阳地区的镇原、环县、华池三县,长达 242 千米。萧关即是当时在长城上所建的关口,也是我国长城史上最早的关口之一。'北萧关'在今环县城北二里的长城上,遗址尚在。经萧关南北和东西交通的道路,世称'萧关故道',自战国、秦朝至汉初,一直是关中与北方的军事、经济、文化交往的主要通道。秦、汉时的北地郡治所就建在萧关东南相距约 110 华里的环江台地上(即今庆阳县马岭镇)。"②

汉代萧关位于今宁夏固原东南,亦为唐萧关。唐代萧关在宁夏固原县东南这一大致方位,处于三关口以北、古瓦亭峡以南的险要峡谷中,有泾水相伴。李吉甫《元和郡县图志》云:"萧关故城,在县东南三十里。《汉书》文帝十四年,匈奴入萧关,杀北地都尉,是也。"③ 萧关处于丝绸之路从长安至武威的要道上,从萧关出东南可直驱中原;北过黄河直至广阔的草原,与丝绸之路草原路连接;向西通向河西走廊和西域。历代王朝重视长城、萧关防御体系的建设,秦汉唐宋元等朝先后在萧关周围设郡立县,建关筑城。秦汉帝王出巡、汉唐文士出塞往往与萧关结缘,萧关在中国文化史上具有重要意义。

萧关自古就是从关中通往塞外、西域的咽喉要道和军事重镇,历史上发生过无数次战事。这里曾是汉与匈奴交战的古战场,"汉孝文皇帝十四年,匈奴单于十四万骑入朝那、萧关,杀北地都尉卬,虏人民畜产甚多,遂至彭阳"④。古代文人墨客留下很多关于萧关的诗文,据统计,唐诗中描写萧关或以萧关为意象的诗有 42 首。⑤ 此仅据《全唐诗》统计,并不全面。诗人笔下的萧关未必实指秦萧关或汉唐萧关,往往只是作为边关的象征。唐初萧关在突厥威胁之下,对于唐人来说那是遥远的边境,是边塞战争发生之地,所以虞世南《从军行二首》其二云:

---

① 《史记》卷 7《项羽本纪》,中华书局 1982 年新 1 版,第 315 页。
② 张耀民:《"北萧关"考——兼证萧关原址在今甘肃庆阳地区环县城北二里》,《西北史地》1997 年第 1 期。
③ (唐)李吉甫:《元和郡县图志》卷 3,中华书局 1983 年版,第 58 页。
④ 《史记》卷 110《匈奴列传》,中华书局 1982 年新 1 版,第 2901 页。
⑤ 安正发:《唐诗中的萧关及其文化意蕴》,《乐山师范学院学报》2010 年第 3 期。

烽火发金微，连营出武威。孤城塞云起，绝阵虏尘飞。侠客吸龙剑，恶少缦胡衣。朝摩骨都垒，夜解谷蠡围。萧关远无极，蒲海广难依。①

萧关是边地，成为遥不可及之地。出萧关便到了塞外，便有漂泊之感。敦煌诗集残卷伯三七七一《珠英集》卷五佚名（一作胡皓）《答徐四箫（萧）关别醉后见投一首》云："箫（萧）关城南陇入云，箫（萧）关城北海生荒。咄嗟塞外同为客，满酌杯中一送君。"② 徐四当从萧关外往更远的地方去，因此诗人在萧关外客中送客，倍感忧伤。胡皓《大漠行》云："单于犯蓟墙，骠骑略萧边。"③ 萧关是边境，故称萧关为"萧边"。随着唐朝对突厥的用兵和军事上的胜利，唐朝势力进入更远的西域，萧关则成了内地，成为远赴边地的路经之地。出萧关就到了塞外，所以萧关一带被称为"塞上"。骆宾王《早秋出塞寄东台详正学士》云："促驾逾三水，长驱望五原。"④ "三水"即关内道邠州三水县，"五原"代指宁夏灵州。从长安出发经这条路线必经萧关，所以诗题中"出塞"即出萧关。王维《使至塞上》云："萧关逢候骑，都护在燕然。"⑤ 诗中的萧关就是诗题中的"塞上"。萧关是一个岔路口，南下河源，西入河西，北通草原，东通长安。贾岛《送李骑曹》云：

归骑双旌远，欢生此别中。萧关分碛路，嘶马背寒鸿。朔色晴天北，河源落日东。贺兰山顶草，时动卷帆风。

李嘉言说："此为送李归灵州诗，萧关为灵州咽喉。"⑥ 与贾岛同时代的无可有《送李骑曹之灵武宁侍》，张籍有《送李骑曹灵州归觐》，所送当为一人，从无可、张籍诗题可知，李某乃归乡探亲，看望父母。⑦ 唐前期远

---

① 周勋初等主编：《全唐五代诗》卷2，陕西人民出版社2014年版，第17页。
② 徐俊纂辑：《敦煌诗集残卷辑考》卷下（英藏俄藏部分），中华书局2000年版，第579页。
③ 《全唐诗》卷108，第1124页。
④ （唐）骆宾王著，（清）陈熙晋笺注：《骆临海集笺注》卷4，第115页。
⑤ （唐）王维著，（清）赵殿城笺注：《王右丞集笺注》卷9，上海古籍出版社1984年版，第156页。
⑥ （唐）贾岛著，李嘉言校：《长江集新校》卷3，上海古籍出版社1983年版，第27页。
⑦ 无可诗一作郎士元，据考当作无可。参见佟培基《全唐诗重出误收考》，陕西人民教育出版社1996年版，第193页。

征西域成为后期诗人缅怀和追忆的往事。薛能《柘枝词》其二：

> 悬军征拓羯，内地隔萧关。日色昆仑上，风声朔漠间。何当千万骑，飒飒贰师还。①

字面上咏西汉时李广利伐大宛，实际歌颂唐前期对西域和中亚的用兵。"拓羯"或写作赭羯、柘羯，来自伊朗语，中亚地区对战士的称谓。杜甫《喜闻官军已临贼境二十韵》云："花门腾绝漠，拓羯渡临洮。"仇兆鳌注云："花门，指回纥；拓羯，指安西。"又引胡夏客曰："《封常清传》：'禄山先锋至东京，使骁骑与拓羯逆战。时常清以北庭都护入朝，命讨禄山，故有拓羯之兵。'此诗所云，盖指北庭之归义者。《唐书·西域传》：'安西者，即康居小君长䥫王故地，募勇健者为拓羯，犹中国言战士也。'"②"隔"字准确地写出了萧关在中原与西域之间的位置，萧关有内地与异域限隔的意蕴在，出萧关便有漂泊之感。但薛能的时代，萧关成为边境，再也看不到王师远征经萧关凯旋的盛况，"何当"二句表达了对往昔的向往和对现实的失望。

途经萧关的道路在唐诗中被称为"萧关道"或"萧关路"，萧关道是丝绸之路的一部分，也是征人远征的经行之地，因此成为远征的将士希望重新踏上归程的地方，成为闺中思妇日思夜想的地方。敦煌诗残卷伯三六一九萧沼阙题诗云："生年一半在燕支，容鬓砂场日夜衰。箫（萧）关不隔乡园梦，瀚海长愁征战期。"③人在西域，梦中飞越萧关回到家乡。女诗人刘云《有所思》云："朝亦有所思，暮亦有所思。登楼望君处，霭霭萧关道。掩泪向浮云，谁知妾怀抱。玉井苍台庭院深，杨花落尽无人知。"④表达了深切思念远方戍守的丈夫的苦闷情怀，盼望他从萧关道归来。这首诗被《全唐诗》列入"无考女子诗"中，刘云显然是一位征夫之妇。唐朝击灭东、西突厥，用兵西域，萧关是必经之地。初盛唐时诗中流露出昂扬进取的精神，萧关成为将士们用武之地。卢照邻《上之回》云："回中道路险，萧关烽堠多。五营屯北地，万乘出西河。单于拜玉玺，天子按琱

---

① 《全唐诗》卷22，第290页。
② （唐）杜甫著，（清）仇兆鳌注：《杜诗详注》卷5，中华书局1979年版，第420页。按："赭羯"与"柘羯"音近，"拓羯"与"柘羯"形近，相较之下，"柘羯"当是正确的音译。
③ 徐俊纂辑：《敦煌诗集残卷辑考》卷中（法藏部分下），中华书局2000年版，第315页。
④ （宋）计有功：《唐诗纪事》卷79，上海古籍出版社1987年版，第1132页。

戈。振旅汾川曲，秋风横大歌。"① 诗描述萧关周围处处是山头报警的烽堠，歌咏汉武帝出关巡视匈奴望威臣服的宏大场面，实际上是颂扬大唐国力的强盛和北方民族的内附。宋之问《送朔方何侍郎》云：

> 闻道云中使，乘骢往复还。河兵守阳月，塞虏失阴山。拜职尝随骠，铭功不让班。旋闻受降日，歌舞入萧关。②

在他笔下途经萧关的是奏凯班师的唐军将士。王维奉命出使凉州，慰问与吐蕃作战获胜的崔希逸部队，其《使至塞上》诗云："单车欲问边，属国过居延。征蓬出汉塞，归雁入胡天。大漠孤烟直，长河落日圆。萧关逢侯骑，都护在燕然。"③ 他在萧关道上遇到的是奏捷的侯骑，诗热情歌颂唐朝边防军取得的重大胜利。唐前期萧关道是行人常常经行之道，岑参《胡笳歌送颜真卿使赴河陇》云："凉秋八月萧关道，北风吹断天山草。"④ 王昌龄《塞下曲》四首其一云："蝉鸣空桑林，八月萧关道。出塞复入塞，处处黄芦草。从来幽并儿，皆向沙场老。莫学游侠儿，矜夸紫骝好。"⑤ 岑参和王昌龄都是实际经行于萧关的行人。在王昌龄笔下，那些幽并少年胸怀远大志向，奔波于萧关道上，出塞入塞成为日常生活。

边塞是士人们追求梦想的地方，萧关外是逐梦的士人奋斗的边塞的象征。高适《奉寄平原颜太守》云：

> 上将拓边西，薄才忝从戎，岂论济代心，愿效匹夫雄。……屡陪投醪醉，窃贺铭山功。虽无汗马劳，且喜沙塞空。去去勿复道，所思积深衷。一为天崖客，三见南飞鸿，应念萧关外，飘飘随转蓬。⑥

大将军奉命拓边，投笔从戎的文士希望获得立功边塞的机会，"萧关外"

---

① （唐）卢照邻：《卢照邻集》卷2，中华书局1980年版，第26页。
② 《全唐诗》卷52，第636—637页。
③ （唐）王维著，（清）赵殿成笺注：《王右丞集笺注》卷9，上海古籍出版社1984年版，第156页。
④ （唐）岑参著，陈铁民、侯忠义校注：《岑参集校注》卷1，上海古籍出版社1981年版，第66页。
⑤ （唐）王昌龄著，胡问涛、罗琴校注：《王昌龄集编年校注》卷1，巴蜀书社2000年版，第39页。
⑥ 敦煌文书伯三八六二，王重民辑录：《补全唐诗》，《全唐诗补编》，中华书局1992年版，第31—32页。

成为其寄身异域之地。陶翰《出萧关怀古》云：

> 驱马击长剑，行役至萧关。悠悠五原上，永眺关河前。北虏三十万，此中常控弦。秦城亘宇宙，汉帝理旌旄。刁斗鸣不息，羽书日夜传。五军计莫就，三策议空全。大漠横万里，萧条绝人烟。孤城当瀚海，落日照祁连。怆矣苦寒奏，怀哉式微篇。更悲秦楼月，夜夜出胡天。①

这两首诗都描绘了萧关道上奇特的塞上风光和诗人穿越萧关时的心境，追求沙场立功，虽然环境恶劣，时有悲凄之感，但总的看是充满斗志奋发向上的。许浑《送从兄归隐蓝溪二首》其二云："京洛多高盖，怜兄剧断蓬。身随一剑老，家入万山空。夜忆萧关月，行悲易水风。无人知此意，甘卧白云中。"② 萧关、易水和长剑都是男儿建功立业的象征，"身随一剑老"言其从兄怀有壮志，如今却归老隐居，说明他在世上找不到出路，诗表达了对他壮志未成的遗憾。"萧关月"是战场的象征，这位从兄也曾到边塞谋取功名，但失意而归；"白云"是高洁的象征，"甘卧白云中"赞美其洁身自好。于武陵《秋夜达萧关》云："扰扰浮梁路，人忙月自闲。去年为塞客，今夜宿萧关。辞国几经岁，望乡空见山。不知江叶下，又作布衣还。"③ 这些诗写到萧关，即写实，又是象征，其中的萧关意象包含着追求立功关塞而理想落空的意蕴。

萧关道上奔波着来自西域的胡人，因为原州处于丝绸之路要道上，因此成为胡人聚居之地。考古发现自北朝至隋唐时期墓葬中出土不少来自域外的器物产品，并有来自域外的胡人墓葬，例如史氏家族墓地发现史索岩、史铁棒、史诃耽、史道洛、史射勿、史道德诸人墓，这是一个来自中亚昭武九姓国之一史国的胡人家族。他们的墓中发现西方金银器、萨珊王朝银币、拜占庭金币等，表明这里是一个丝绸之路上的要道，这是一个胡人的聚居地。④ 来到这里的人们会感受到一种不同于内地的异域胡风，写到萧关的诗中有胡人的身影。颜真卿出使河陇，岑参为之送行，写下著名的《胡笳歌送颜真卿使赴河陇》诗：

---

① 《全唐诗》卷146，第1475页。
② 《全唐诗》卷528，第6043页。
③ 《全唐诗》卷595，第6896页；一作于邺诗，见《全唐诗》卷725，第8315页。
④ 罗丰：《北朝、隋唐时期的原州墓葬》，氏著《胡汉之间——丝绸之路与西北历史考古》，文物出版社2004年版，第27—51页。

君不闻胡笳声最悲，紫髯绿眼胡人吹。吹之一曲犹未了，愁杀楼兰征戍儿。凉秋八月萧关道，北风吹断天山草。昆仑山南月欲斜，胡人向月吹胡笳。胡笳怨兮将送君，秦山遥望陇山云。边城夜夜多愁梦，向月胡笳谁喜闻。①

他想象着颜真卿路经萧关道，会听到胡儿夜吹胡笳，这正是他对萧关道的深刻印象。从中原地区西行，走出萧关便成为漂泊异域的行客，故胡皓《答徐四萧关别醉后见投》云："萧关城南陇入云，萧关城北海生荒（'尘'字之误）。咄嗟塞外同为客，满酌杯中一送君。"②出萧关便到了"塞外"，人便成为"塞外客"，同样漂泊塞外，因此同病相怜。

安史之乱中萧关外大片国土陷于吐蕃，萧关又成为抗击吐蕃的前线，萧关成为边关，唐军驻守，形势紧张。许棠《送李左丞巡边》云：

狂戎侵内地，左辖去萧关。走马冲边雪，鸣鞭动塞山。风收枯草定，月满广沙闲。西绕河兰匝，应多隔岁还。③

"边雪""塞山"都意在说明萧关一带成为边境。司空图《河湟有感》云："一自萧关起战尘，河湟隔断异乡春。汉儿尽作胡儿语，却向城头骂汉人。"④王驾《古意》云："夫戍萧关妾在吴，西风吹妾妾忧夫。一行书信千行泪，寒到君边衣到无。"⑤萧关成为守边将士戍守的边关，诗表达了女子深切思念为国戍边的丈夫的依依之情。王贞白《晓发萧关》云："早发长风里，边城曙色间。数鸿寒背碛，片月落临关。陇上明星没，沙中夜探还。归程不可问，几日到家山。"⑥萧关过去是赴西域的经行之地，现在又成为边地，被称为"边城"，去萧关被称为"还边""巡边"。张蠙《过萧

---

① （唐）岑参著，陈铁民、侯忠义校注：《岑参集校注》卷1，上海古籍出版社1981年版，第66页。
② 陈尚君辑校：《全唐诗补编》，中华书局1992年版，第20页。按：《全唐诗》卷108有胡皓诗，不言胡皓预修《三教珠英》，《唐会要》卷36所载的二十六人里面也没有胡皓。可是《珠英集》里选了胡皓的诗四首，并记载着他的"爵里"是"恭陵丞安定胡皓"。晁公武《郡斋读书志》犹著录《珠英集》，说"预修书者凡四十七人"，胡皓应在四十七人数中。
③ 《全唐诗》卷603，第6966页。
④ 《全唐诗》卷633，第7261页。
⑤ 《全唐诗》卷690，第7918页。
⑥ 《全唐诗》卷701，第8066页。

关》云:"出得萧关北,儒衣不称身。陇狐来试客,沙鹍下欺人。晓戍残烽火,晴原起猎尘。边戎莫相忌,非是霍家亲。"① 萧关外的非汉族族群被称为"边戎"。杨夔《宁州道中》云:

> 城枕萧关路,胡兵日夕临。唯凭一炬火,以慰万人心。春老雪犹重,沙寒草不深。如何驱匹马,向此独闲吟。②

萧关道上的宁州时时遭到吐蕃人的侵扰,当平安火燃起时才让人稍有安定之感。由于吐蕃的入侵,造成通过萧关入西域的道路断绝。姚合《送少府田中丞入西蕃》云:

> 萧关路绝久,石埭亦为尘。护塞空兵帐,和戎在使臣。风沙去国远,雨雪换衣频。若问凉州事,凉州多汉人。③

"久"说明自从陇右、河西陷入吐蕃,萧关道早就关闭,只有双方使节还在利用此道往还。耿湋《旅次汉故畤》云:"我行过汉畤,寥落见孤城。邑里经多难,儿童识五兵。广川桑遍绿,丛薄雉连鸣。惆怅萧关道,终军愿请缨。"④ 失地的百姓向往唐朝收复失地,奔波在萧关道上的行人路经此地,看到沦陷区的人民,连儿童都想为国效力,让诗人感到如果朝廷有心收复失地,民心可用。萧关一带的战事为诗人所关注,他们为唐军的胜利而欢欣鼓舞。耿湋《上将行》云:

> 萧关扫定犬羊群,闭阁层城白日曛。枥上骅骝嘶鼓角,门前老将识风云。旌旗四面寒山映,丝管千家静夜闻。谁道古来多简册,功臣唯有卫将军。⑤

大历二年(767)路嗣恭破吐蕃于灵州,杜甫听说官军深入萧关、陇右,喜不自禁,其《喜闻盗贼蕃寇总退口号五首》其一云:"萧关陇水入官军,

---

① 《全唐诗》卷702,第8069页。
② 《全唐诗》卷763,第8660页。
③ 《全唐诗》卷496,第5623—5624页。
④ 《全唐诗》卷268,第2981页。
⑤ 《全唐诗》卷269,第3001页。

青海黄河卷塞云。北极转愁龙虎气,西戎休纵犬羊群。"① 诗人欢喜雀跃之情溢于言表。

形势并不像杜甫、耿湋这些诗人想象的那么乐观,唐朝后期原州、萧关一带一直处于唐与吐蕃的对峙中。顾非熊《出塞即事二首》其二云:

> 贺兰山便是戎疆,此去萧关路几荒。无限城池非汉界,几多人物在胡乡。诸侯持节望吾土,男子生身负我唐。回望风光成异域,谁能献计复河湟。②

诗写萧关城池失陷,道路荒芜,反映了沦为吐蕃人统治的痛苦现实,表达了忧国忧民的心情。卢纶《送韩都护还边》云:"好勇知名早,争雄上将间。战多春入塞,猎惯夜登山。阵合龙蛇动,军移草木闲。今来部曲尽,白首过萧关。"③ 年迈的将军再次奉命赴边镇守来到萧关,当年的部曲全都不见了。萧关一带长期处于唐与吐蕃对峙的地区,因此百姓尚武。朱庆馀《望萧关》云:"渐见风沙暗,萧关欲到时。儿童能探火,妇女解缝旗。川绝衔鱼鹭,林多带箭麋。暂来戎马地,不敢苦吟诗。"④ 他未到前线,想象萧关一带的形势,百姓妇孺皆兵,一派战地景象。韩翃《送刘侍御赴令公行营》云:"东城跃紫骝,西路大刀头。上客刘公干,元戎郭细侯。一军偏许国,百战又防秋。请问萧关道,胡尘早晚收。"⑤ 热切盼望官军早日驱逐敌寇,收复失地。

宣宗时朝廷收复七关三州,张议潮起义驱逐了吐蕃人在河西陇右的势力。萧关形势发生了变化。令狐楚《圣明乐》云:"海浪恬丹徼,边尘靖黑山。从今万里外,不复镇萧关。"⑥ 白敏中《贺收复秦原诸州诗》云:"一诏皇城四海颁,丑戎无数束身还。戍楼吹笛人休战,牧野嘶风马自闲。河水九盘收数曲,天山千里锁诸关。西边北塞今无事,为报东南夷与蛮。"⑦ 朝廷恢复了对河西陇右的治理,按照朝廷与归义军政权的协议,朝廷任命从事赴河西任职,唐朝重新向河西、陇右选派官员,萧关又成为中

---

① (唐)杜甫著,(清)仇兆鳌注:《杜诗详注》卷21,第1857页。
② 《全唐诗》卷509,第5790页。
③ (唐)卢纶,刘初棠校注:《卢纶诗集校注》卷1,上海古籍出版社1989年版,第3页。
④ 《全唐诗》卷514,第5870页。此诗一作李昌符诗,题作《登临洮望萧关》,见《全唐诗》卷601,第6953页。
⑤ 《全唐诗》卷244,第2745页。
⑥ 《全唐诗》卷27,第392页。
⑦ 《全唐诗》卷508,第5773页。

原通向河西的道路。王贞白《晓发萧关》云:"早发长风里,边城成曙色间。数鸿寒背碛,片月落临关。陇上明星没,沙中夜探还。归程不可问,几日到家山。"① 魏兼恕《送张兵曹赴营田》云:"河曲今无战,王师每务农。选才当重委,足食乃深功。草色孤城外,云阴绝漠中。萧关休叹别,归望在乘骢。"② 熊曜《送杨谏议赴河西节度判官兼呈韩王二侍御》云:"贤哉征西将,幕府多俊人。筹议秉刀尺,话言在经纶。先鞭羡之子,走马辞咸秦。庭论许名实,数公当即真。行行弄文翰,婉婉光使臣。今者所从谁,不闻歌苦辛。黄云萧关道,白日惊沙尘。虏寇有时猎,汉兵行复巡。王师已无战,传檄奉良臣。"③ 李昌符《送人游边》云:"愁指萧关外,风沙入远程。马行初有迹,雨落竟无声。地理全归汉,天威不在兵。西京逢故老,暗喜复时平。"④ 这都是当时的形势在诗中的反映。

萧关具有特殊的地理位置,出东南直驱中原,北过黄河至西北大草原,向西通向河西走廊和西域。因此,萧关是从长安赴朔方入草原路的要道,有关的诗还将在本书谈唐诗中的丝绸之路河西路和草原路部分论及。

---

① 《全唐诗》卷701,第8066页。
② 《全唐诗》卷776,第8788页。
③ 同上书,第8790页。
④ 《全唐诗》卷601,第6951页。

第三章　丝绸之路之河西路

河西走廊可以称为丝绸之路"河西路",也可以称为"河西道",因为"河西道"又是唐代行政区划和藩镇之名称,因此本章谈交通道路时为了有所区分而称"河西路"。河西走廊是内地通往西域的要道,初盛唐时唐朝大力开拓和经营西域,丝绸之路进入黄金时代,河西路交通十分繁忙,使节、商旅、僧人和往来于西域与中原之间的行旅络绎不绝,途经河西走廊的诗人写下大量诗篇。安史之乱后河西陷于吐蕃,宣宗时朝廷收复"七关三州",张议潮起义驱逐吐蕃人在河西的势力,这些重大变化在唐诗中都得到了反映。

一　平李轨与唐朝经营河西

(一)平李轨与柳宗元的《河右平》诗

唐朝打通河西走廊始于平李轨。李轨字处则,凉州姑臧(今甘肃武威)人,"略知书,有智辩。家以财雄边,好赒人急,乡党称之。隋大业中,补鹰扬府司兵"[①]。大业十三年(617),薛举在金城郡起兵。李轨担心薛举扰乱河西,与关谨、梁硕、李赟、安修仁等同郡人商议起兵抗敌,共推李轨为首,收捕隋朝官员谢统师、韦士政。李轨自称河西大凉王,设职署官,任用隋朝旧官谢统师为太仆卿,韦士政为太府卿。薛举果然遣兵来犯,李轨败之于昌松,斩首二千级,余众悉俘,放还。其后陆续攻占张掖、敦煌、西平和枹罕诸郡,称雄河西。

李渊建唐,谋攻薛举,派人到凉州结好李轨。李轨遣其弟李懋到长安,李渊拜李懋为大将军,派人持节赴河西拜李轨为凉王、凉州总管。武

[①]《新唐书》卷86《李轨传》,中华书局1975年版,第3708页。

德元年冬，李轨称帝，年号为"安乐"，立儿子李伯玉为太子，任命曹珍为尚书左仆射，"攻陷张掖、敦煌、西平、枹罕，尽有河西五郡之地"①。以梁硕为谋主，命为吏部尚书。梁硕有谋略，见凉州境内胡人众多，劝李轨防备，与出身胡族的安修仁交恶。李轨之子李仲琰与安修仁一起诬陷梁硕。李轨毒杀梁硕，故人心怀疑惧，不为李轨所用。

李轨见李渊称帝关中，与部下谋议，欲去帝号，东向受册。曹珍说："隋亡，英雄竞起，号帝王者瓜分鼎峙。唐自保关、雍，大凉奄河右，业已为天子，奈何受人官？必欲以小事大，请行萧察故事，称梁帝而臣于周。"②武德二年，李轨派邓晓入朝长安，奉书称"从弟大凉皇帝"。时逢年饥，李轨闭仓而不放粮，部下怨恨。安修仁之兄安兴贵在长安，奉唐高祖之命到凉州，劝李轨降唐，李轨不听。安兴贵与安修仁暗引诸胡兵马围攻其城，李轨兵败，安修仁把他押送至长安斩首。

河西为唐所有，在丝路开辟史上意义重大，河西走廊这一通往西域的咽喉地带从此打通。唐高祖《曲赦凉甘等九州诏》云："河湟之表，比罹寇贼，勾连凶丑，雍隔朝风。……今凶狡即夷，西陲克定，远人悦附，政道惟新。"③张说《河西节度副大使鄯州都督安公神道碑铭并序》赞颂安忠敬之祖安兴贵的功业云："凉公皇运经纶，首平李轨，大举河湟之地，远通城郭之国，宠锡蕃庶，冠绝等彝。"④"城郭之国"即西域诸国，安兴贵平李轨为唐通西域做出了贡献。柳宗元《唐铙歌鼓吹曲十二篇》第七篇《河右平》纪其事："河右澶漫，顽为之魁。王师如雷震，昆仑以颓。上聋下聪，鸷不可回。助仇抗有德，惟人之灾。乃溃乃奋，执缚归厥命。万室蒙其仁，一夫则病。濡以鸿泽，皇之圣。威畏德怀，功以定。顺之于理，物咸遂厥性。"⑤诗写李轨称帝而为高祖所灭之事，歌颂高祖功德。征讨李轨可谓势如破竹，平叛功成以后，又行安抚，"濡以鸿泽，皇之圣"。此诗一气贯注，不枝不蔓，大气磅礴。"澶漫"，宽而长，指面积方圆。"顽"指李轨。"魁"，首领。"昆仑以颓"，昆仑山因而倾塌，渲染唐军的声威。"上聋"指李轨，"下聪"谓其部将安兴贵。"一夫"指李轨。"病"是使动用法，意即"使……受严厉惩罚"，这里指处以极刑。"威畏德怀"，都是使动用法，歌颂唐之盛德，威严令人畏惧，德仁使人感怀。河西是通向

---

① 《旧唐书》卷55《李轨传》，中华书局1975年版，第2249页。
② 《新唐书》卷86《李轨传》，第3709页。
③ 《全唐文》卷1，上海古籍出版社1990年版，第4页。
④ 《全唐文》卷230，第1029页。
⑤ （唐）柳宗元：《柳宗元集》卷1，中华书局1979年版，第20—21页。

西域的通道，河西平，唐朝便打开了通向西域的道路。

（二）唐诗中的河西道与河西路

睿宗景云二年（711），因陇右道疆域辽阔，管辖不便，将黄河以西地区析出。"贞观元年，分陇坻已西为陇右道。景云二年，以江山阔远，奉使者艰难，乃分山南为东西道，自黄河以西，分为河西道。"① 置河西节度使，治所在凉州。所辖州府包括：凉州，治所姑臧县，辖5县；沙州，治所敦煌县，辖敦煌、寿昌2县；瓜州，治所晋昌县，辖2县；甘州，治所张掖县，辖2县；肃州，治所酒泉县，辖3县；伊州，治所伊吾县，辖3县；西州，治所前庭县，辖5县；庭州，治所金满县，辖3县，后增设西海县；安西都护府，治所龟兹镇。河西道辖地相当于今甘肃黄河以西和新疆地区。玄宗时沿边置大军区，河西节度使是其一，意在断隔吐蕃和突厥。安史之乱发生，吐蕃乘机东进，河西为吐蕃所有，河西节度使撤销。唐末吐蕃内乱，敦煌一带发生张议潮起义，驱逐吐蕃驻军，一度收复河西一带的唐朝故土，朝廷遣兵戍守凉州，因黄巢之乱而隔绝，其西为甘州回鹘所有。

唐初，河西之地面临突厥的侵扰，在防御和抗击突厥的战争中遭到严重破坏，"州县萧条，户口鲜少"②。唐朝采取一系列策略对河西进行治理，增兵设防，屯田储粮，养马屯牧，发展贸易，经济逐渐恢复，成为唐朝经营西域的基地。吐蕃灭吐谷浑之后，陇右、河西的局势发生变化，唐与吐蕃关系恶化，河西成为抗击吐蕃的前线，又是通往西域的要道，在唐朝经营河西的过程中许多内地人士赴河西任职，诗人们有不少送人往河西的作品，这些诗在内容上一是表达离情别绪，二是鼓励赴任河西者效命国家建功立业。在初盛唐广大士人追求立功边塞的风气中，有的文士投身河西节度使幕府效命，送行者往往祝愿他们立功扬名。孙逖《送李补阙摄御史充河西节度判官》云：

> 昔年叨补衮，边地亦埋轮。官序惭先达，才名畏后人。西戎虽献款，上策耻和亲。早赴军戎幕，长清外域尘。③

---

① 《旧唐书》卷40《地理志三》，中华书局1975年版，第1639页。
② 《旧唐书》卷62《李大亮传》，第2388页。
③ 《文苑英华》卷268，中华书局1966年版，第1353页。

据考此"李补阙"名李成,官右补阙,大约于天宝三载左右赴河西任职。①唐代前期边镇幕府中常以朝官或当地官员充任幕职,从朝廷赴边镇者辍朝廷之职,担任节度使府僚佐称"判官"。"补阙"是李某朝廷职务,"摄御史"是他在幕府里兼宪衔。诗人祝他在河西节度使府辅助长官,消灭敌人,安定边疆。王维《送张判官赴河西》云:"单车曾出塞,报国敢邀勋。见逐张征虏,今思霍冠军。沙平连白云,蓬卷入黄云。慷慨倚长剑,高歌一送君。"②《送宇文三赴河西充行军司马》云:"横吹杂繁筚,边风卷塞沙。还闻田司马,更逐李轻车。蒲类成秦地,莎车属汉家。当令犬戎国,朝聘学昆邪。"③刘长卿《送裴四判官赴河西军试》云:

  吏道岂易惬,如君谁与俦。逢时将骋骥,临事无全牛。鲍叔幸相知,田苏颇同游。英资挺孤秀,清论含古流。出塞佐持筒,辞家拥鸣驺。宪台贵公举,幕府资良筹。武士伫明试,皇华难久留。阳关望天尽,洮水令人愁。万里看一鸟,旷然烟霞收。晚花对古戍,春雪含边州。道路难暂隔,音尘那可求。他时相望处,明月西南楼。④

河西是从内地赴西域的要道,从这里送行人远行,则勉励对方立功边塞。岑参《送张献心充副使归河西杂句》云:

  将门子弟君独贤,一从受命常在边。未至三十已高位,腰间金印色赭然。前日承恩白虎殿,归来见者谁不羡。箧中赐衣十重余,案上军书十二卷。看君谋智若有神,爱君词句皆清新。澄湖万顷深见底,清冰一片光照人。云中昨夜使星动,西门驿楼出相送。玉瓶素蚁腊酒香,金鞭白马紫游缰。花门南,燕支北,张掖城头云正黑,送君一去天外忆。⑤

高适《河西送李十七》云:

---

① 参傅璇琮主编《唐五代文学编年史》,辽海出版社1998年版,第786—787页。
② (唐)王维著,(清)赵殿成笺注:《王右丞集笺注》卷8,上海古籍出版社1984年版,第135页。
③ 同上书,第148页。
④ (唐)刘长卿著,储仲君笺注:《刘长卿诗编年笺注》,中华书局1996年版,第46—47页。
⑤ (唐)岑参著,陈铁民、侯忠义校注:《岑参集校注》卷3,上海古籍出版社1981年版,第207页。

边城多远别，此去莫徒然。问礼知才子，登科及少年。出门看落日，驱马向秋天。高价人争重，行当早著鞭。①

判官、行军司马、副使等都是节度使幕府僚佐，这几首诗都是盛唐诗人送人入河西将军幕府任职，鼓励被送者立功边塞。在这些诗里弥漫着尚武之风。

有的诗写出了河西地区的自然环境和社会风情。岑参赴西域任职，多次路经河西，他的诗写出了在河西的见闻和感受。其《河西春暮忆秦中》云：

渭北春已老，河西人未归。边城细草出，客馆梨花飞。别后乡梦数，昨来家信稀。凉州三月半，犹未脱寒衣。②

岑参《凉州馆中与诸判官夜集》云：

弯弯月出挂城头，城头月出照凉州。凉州七里十万家，胡人半解弹琵琶。琵琶一曲肠堪断，风萧萧兮夜漫漫。河西幕中多故人，故人别来三五春。花门楼前见秋草，岂能贫贱相看老。一生大笑能几回，斗酒相逢须醉倒。③

这两首诗写出了凉州城市的繁华，也写出了河西地区的荒凉苦寒。河西自然环境不比内地，其地毕竟远离中原，又是抗敌前线，生活条件艰苦，不是所有士子喜欢去任职的地方。杜甫曾被任命为河西尉，他不愿担任此职，辞职，又被任为右卫率府参军，其《官定后戏赠》诗云："不作河西尉，凄凉为折腰。老夫怕趋走，率府且逍遥。耽酒须微禄，狂歌托圣朝。"诗自注："时免河西尉，为右卫率府兵曹。"④他宁愿担任京城里一个管理军械的小官，也不愿到河西任职，"耽酒"只是他不得不接受兵曹薄宦的托词。

河西是连接内地与西域以及北方草原的中间路段，从长安赴西域或自

---

① （唐）高适著，孙钦善校注：《高适集校注》，上海古籍出版社1984年版，第241页。
② （唐）岑参著，陈铁民、侯忠义校注：《岑参集校注》卷2，第90页。
③ 同上书，第144页。
④ （唐）杜甫著，（清）仇兆鳌注：《杜诗详注》卷3，上海古籍出版社1979年版，第245页。

西域归中原的人士往往取道河西，这条道在黄河以西，从内地看在黄河以外，故被称为"河西路"或"河外路"。许棠《边城晚望》云："广漠杳无穷，孤城四面空。马行高碛上，日堕迥沙中。逼晓人移帐，当川树列风。迢迢河外路，知直去崆峒。"① 河西路连接着内地与塞外，因此远在塞外的人们思家念亲，便不由自主回望河西路。崔融《塞上寄内》诗云："旅魂惊塞北，归望断河西。春风若可寄，暂为绕兰闺。"② 戍守边关塞外的将士遥望故乡，看不到通往中原地区的河西走廊，寄希望于春风传达对家乡的思念。孙逖《送赵大夫护边》云：

　　外域分都护，中台命职方。欲传清庙略，先取剧曹郎。已佩登坛印，犹怀伏奏香。百壶开祖饯，驷牡戒戎装。青海连西掖（一作极），黄河带北凉。关山瞻汉月，戈剑宿胡霜。体国才先著，论兵策复长。果持文武术，还继杜当阳。③

诗题一作"送赵都护赴安西"，"青海"二句写赵都护赴西域的路线，"黄河带北凉"即河西之地，意谓赵氏赴任安西大都护途经河西。

河西走廊是丝绸之路要道，商胡贩客或路经此地，或至此地经商。经商也有风险，有人满载而归，有人失计流落。敦煌诗集残卷 ДХ.3871、P.2555 卷正面所载数诗，可能是到河西贩贸者写自己经商失利的作品："作客令人心里孤，如今归去一钱无。家乡不久应如此，自到河西频失途。""岁去年来已白头，更闻啼鸟使人愁。客旅无钱可沽酒，春光莫道不相留。""塞上磋砣数岁年，一离乡井更无缘。朝朝唯后（候）天兵降，宿昔令人白发迁。"④ 这些既不是在河西任官，又不是出征戍守或奉命出使滞留河西的人，最大可能是经商至此客居此地者。第三首还可能是在吐蕃占领后未能及时返乡的人。

安史之乱中河西陷于吐蕃，唐末河湟失地收复后，唐朝恢复了向河西派遣官吏。张乔《送河西从事》诗云："结束佐戎旃，河西住几年。陇头随日去，碛里寄星眠。水近沙连帐，程遥马入天。圣朝思上策，重待奏安边。"⑤

---

① 《全唐诗》卷604，第6980页。
② 周勋初等主编：《全唐五代诗》卷59，陕西人民出版社2014年版，第1165页。
③ 《全唐诗》卷218，第1196页。
④ 徐俊纂辑：《敦煌诗集残卷辑考》卷下（英藏俄藏部分），中华书局2000年版，第698页。
⑤ 《全唐诗》卷639，第7326页。

熊曜《送杨谏议赴河西节度判官兼呈韩王二侍御》诗云："贤哉征西将，幕府多俊人。筹议秉刀尺，话言在经纶。先鞭羡之子，走马辞咸秦。庭论许名实，数公当即真。行行弄文翰，婉婉光使臣。今者所从谁，不闻歌苦辛。黄云萧关道，白日惊沙尘。虏寇有时猎，汉兵行复巡。王师已无战，传檄奉良臣。"① 这两位河西从事就是在这种背景下奉朝廷之命赴河西任职的，此时河西并不安定，敌人不断出没，送行者希望赴河西任职的人向朝廷报告边境恢复和平的消息。

河西走廊上的祁连山备受诗人关注。"祁连"是古匈奴语，意思是天山，寓意祁连山高入云天。祁连山位于青海东北部与甘肃西部，由多条西北东南向的平行山脉组成，绵延近 1000 千米，因位于河西走廊南侧，又称南山。这里古为羌人聚居地，汉初为匈奴控制。汉代曾发生霍去病进军祁连山的战事，汉军取得重大胜利，因此祁连山很早就成为古代诗歌中喜用的战争胜利的意象。南朝何逊《长安少年行》诗云："追兵待都护，烽火望祁连。"② 萧子云《从军行》云："邀功封浞野，窃宠拜祁连。"③ 陈暄《雨雪曲》云："都尉出祁连，雨雪满鸡田。"④ 张正见《从军行》其二云："将军定朔边，刁斗出祁连。"⑤ 徐陵《关山月》云："星旗映疏勒，云阵上祁连。"⑥ 因为祁连山的典故与霍去病西征有关，其中包含着胜利的预示。

唐代祁连山仍被当作战争意象使用。骆宾王《军中行路难同辛常伯作》云："长驱万里耆祁连，分麾三命武功宣。"⑦ 虞羽客《结客少年场行》云："幽并侠少年，金络控连钱。窃符方救赵，击筑正怀燕。轻生辞凤阙，挥袂上祁连。"⑧ 卢照邻《关山月》云："塞垣通碣石，虏障抵祁连。相思在万里，明月正孤悬。影移金岫北，光断玉门前。寄书谢中妇，时看鸿雁天。"⑨ "祁连"作为战争胜利的意象还有另一个语源。东汉戊己校尉耿恭被匈奴困于疏勒，军吏范羌率兵士二千，冒雪迎救耿恭而还。范

---

① 《全唐诗》卷 776，第 8790 页。
② （宋）郭茂倩编：《乐府诗集》卷 66，中华书局 1979 年版，第 959 页。
③ （宋）李昉等编：《文苑英华》卷 199，中华书局 1966 年版，第 982 页。
④ 《文苑英华》卷 193，第 953 页。
⑤ 《文苑英华》卷 199，第 983 页。
⑥ 《文苑英华》卷 198，第 978 页。
⑦ （唐）骆宾王著，（清）陈熙晋笺注：《骆临海集笺注》卷 4，上海古籍出版社 1961 年版，第 121—125 页。
⑧ 周勋初等主编：《全唐五代诗》卷 8，陕西人民出版社 2014 年版，第 157 页。
⑨ （唐）卢照邻：《卢照邻集》卷 2，中华书局 1980 年版，第 25—26 页。

羌在祁连山一带建有战功，后人称其为"范祁连"。"范羌"或"范祁连"成为英勇善战之将的代称。杨凝《从军行》云："都尉出居延，强兵集五千。还将张博望，直救范祁连。汉卒悲箫鼓，胡姬湿采旄。如今意气尽，流泪挹流泉。"① 在这些诗里祁连山都是征战之地，诗人借此表达对远征的将士的歌颂，对思妇的同情和对给胡汉双方造成灾难的战争的批判。

祁连山地处通往西域的要道，在唐朝向西域用兵的过程中，对于路经河西走廊往返于西域和内地的行旅，祁连山的风景伴随着他们的行程，诗人笔下的祁连山成为实写之景物。岑参《过酒泉忆杜陵别业》诗云："昨夜宿祁连，今朝过酒泉。黄沙西际海，白草北连天。愁里难消日，归期尚隔年。阳关万里梦，知处杜陵田。"② 祁连是经河西赴西域必经之地，不少人屡次往返于此道，岑参《送李副使赴碛西官军》诗云：

  火山六月应更热，赤亭道口行人绝。知君惯度祁连城，岂能愁见轮台月。脱鞍暂入酒家垆，送君万里西击胡。功名只向马上取，真是英雄一丈夫。③

祁连城是十六国时前凉置，名由祁连山，在今甘肃张掖市西南。诗中"惯度"二字说明李副使不知道多少次经过祁连山往返于内地与西域。唐后期河西陷于吐蕃，途经此地的人少了，只有奉命出使异域的使臣还要路过此地。马戴《送和北虏使》云："路始阴山北，迢迢雨雪天。长城人过少，沙碛马难前。日入流沙际，阴生瀚海边。刀镮向月动，旌纛冒霜悬。逐兽孤围合，交兵一箭传。穹庐移斥候，烽火绝祁连。汉将行持节，胡儿坐控弦。明妃的回面，南送使君旋。"④ 这里"祁连"只是作为典故使用，并非实指。

河西走廊上之燕支山是另一个受诗人关注的意象。燕支山位于今甘肃省张掖市山丹县东南五十多千米处，东西绵延一百多千米，南北横跨二十多千米，松柏常青，水草丰美，冬温夏凉，气候湿润，特别适合于畜牧。燕支山也写作焉支山、焉脂山、燕脂山、胭脂山等，匈奴语音译，与删丹山、大黄山为同一条山脉。燕支山绵延在祁连山和龙首山之间，是山丹河

---

① 《全唐诗》卷290，第3299页。
② （唐）岑参著，陈铁民、侯忠义校注：《岑参集校注》卷2，上海古籍出版社1981年版，第76页。
③ 《岑参集校注》卷2，第95页。
④ 《全唐诗》卷556，第6449页。

与石羊河的分水岭。山坡上曾有哥舒翰修筑的寺庙,已毁。山下西北有霍城遗址,据说乃汉将霍去病屯兵处。燕支山产胭脂草,能作妇女化妆的颜料。霍去病兵出临洮,越燕支山,大破匈奴。匈奴人失此山,歌曰:"亡我祁连山,使我六畜不蕃息;失我燕支山,使我嫁妇无颜色。"① 这个故事被唐代诗人反复吟咏,成为歌咏战争胜利和将军才能的常用典故。王维《燕支行》诗开头即云:"汉家大将才且雄",全诗极力渲染将军的胆略才识,并以卫青、霍去病作比,最后云:"终知上将先伐谋。"② 李白《塞上曲》云:"命将征西极,横行阴山侧。燕支落汉家,妇女无花色。"③ 这是借汉事歌颂唐将的功业。由于这个历史典故,燕支山成为战争意象,在诗人笔下燕支山是敌人入侵或驻扎之处,是将军征战立功之地。韦元甫《木兰歌》云:"木兰代父去,秣马备戎行。易却纨绮裳,洗却铅粉妆。驰马赴军幕,慷慨携干将。朝屯雪山下,暮宿青海傍。夜袭燕支虏,更携于阗羌。"④ 高适《送李侍御赴安西》云:"功名万里外,心事一杯中。虏障燕支北,秦城太白东。"⑤ 李昂《从军行》云:"汉家未得燕支山,征戍年年沙朔间。塞下长驱汗血马,云中恒闻玉门关。"⑥

燕支山是经过河西走廊赴西域和北方草原的行人经行之地,也是他们必然亲眼所见的景物,自然进入诗人的吟咏,燕支山成为实写之景。诗人称经过燕支山赴西域的道路为"燕支道"。高适《武威作二首》云:"朝登百尺烽,遥望燕支道。汉垒青冥间,胡天白如扫。忆昔霍将军,连年此征讨。匈奴终不灭,塞下徒草草。唯见鸿雁来,令人伤怀抱!"⑦ 从唐诗里可见这里的自然物候和边地形势。在唐前期士人积极追求立功边塞的社会风气中,那里成为远赴边塞人的途经之地,成为志士用武之地。杜审言《赠苏绾书记》云:"知君书记本翩翩,为许从戎赴朔边。红粉楼中应计日,燕支山下莫经年。"⑧ 岑参《过燕支寄杜位》

---

① (唐)司马贞:《史记索隐》引《西河旧事》,见《史记》卷110《匈奴列传》,中华书局1982年新1版,第2909页,注[四]。
② (唐)王维撰,(清)赵殿成笺注:《王右丞集笺注》卷6,上海古籍出版社1984年版,第95—96页。
③ (唐)李白著,瞿蜕园、朱金城校注:《李白集校注》卷5,上海古籍出版社1980年版,第371页。
④ 《全唐诗》卷272,第3055页。
⑤ (唐)高适著,孙钦善校注:《高适集校注》,上海古籍出版社1984年版,第206页。
⑥ 周勋初等主编:《全唐五代诗》卷115,陕西人民出版社2014年版,第2370页。
⑦ (唐)高适著,孙钦善:《高适集校注》,第238页。此诗原题《登百丈峰二首》,此据敦煌文书P.3862改。
⑧ 周勋初等主编:《全唐五代诗》卷43,第844页。

云:"燕支山西酒泉道,北风吹沙卷白草。长安遥在日光边,忆君不见令人老。"①《送张献心充副使归河西杂句》云:"花门南,燕支北,张掖城头云正黑,送君一去天外忆。"② 杜审言笔下的苏绾赴朔边,即赴灵州,那是通往北方草原路的方向;岑参则是赴西域,他们都是经过燕支山下的河西走廊,所以写燕支山是写其途中所见之景。张献心则是归河西,要到张掖去,其地在燕支山北。这些都是实写,诗人就地取材。高适《送浑将军出塞》云:"将军族贵兵且强,汉家已是浑邪王。子孙相承在朝野,至今部曲燕支下。控弦尽用阴山儿,登阵常骑大宛马。"③ 此浑将军即浑惟明,曾在陇右节度使哥舒翰部下,任皋兰府都督。天宝十三载(754),哥舒翰曾为其论功,奏加云麾将军。④ 这首诗反映了自汉以来河西走廊燕支山下便有北方游牧民族聚居。据《新唐书·宰相世系表》,浑氏出自汉匈奴浑邪王,汉武帝元狩三年(前120),浑邪王降汉,"部曲"指浑邪部落后裔。高适此诗反映了河西有浑氏后裔存在和河西一带诸胡杂处的现状。崔希逸《燕支行营》二绝句其一云:"天平四塞尽黄砂,塞冷三春少物华。忽见天山飞下雪,疑是前庭有落花。"天山代指燕支山,诗写其地严寒,突出其自然环境的恶劣。其二云:"阳乌黯黯映山平,阴兔微微光渐生。戍楼往往云间没,烽火时时碛里明。"⑤ 日落西山,月亮东升,眼见暮色中山上处处戍楼耸立,沙碛里定时燃起报警或报平安的烽火,突出边地军情的紧张和形势的严峻。崔希逸任河西节度使,开元二十五年春曾与吐蕃大战于青海西,大败之,自凉州南入吐蕃界二千里,诗当作于其时。他是统军出塞作战,亲临其地,所写乃实景。

但在唐诗中,燕支山并不全是实写,有时也以意象出现,燕支山成为塞外、战地或胡地意象。在诗人笔下将士们征战的燕支山是塞外荒寒之地。卢照邻《和吴侍御被使燕然》云:"胡笳折杨柳,汉使采燕支。戍城聊一望,花雪几参差。关山有新曲,应向笛中吹。"⑥ 燕然山和燕支山不是一山,诗中"燕支"显非实指。敦煌文书 P.3619《唐诗丛钞》萧沼失题

---

① (唐)岑参著,陈铁民、侯忠义校注:《岑参集校注》卷2,上海古籍出版社1981年版,第75页。
② 《岑参集校注》卷3,第207页。
③ (唐)高适著,孙钦善校注:《高适集校注》,上海古籍出版社1984年版,第204页。
④ 《资治通鉴》卷217,天宝十三载(754),第6926页。
⑤ 敦煌文书伯三六一九,见《全唐五代诗》卷113,陕西人民出版社2014年版,第2331页;又见陈尚君辑录《全唐诗续拾》卷11,《全唐诗补编》,中华书局1992年版,第816页。
⑥ (唐)卢照邻:《卢照邻集》卷2,中华书局1980年版,第31页。

诗云:"生年一半在燕支,容颜砂场日夜衰。箫(萧)关不隔乡园梦,瀚海长愁征战期。"①据考萧沼(或作治)与岑参同时,岑参有《天山歌送萧治归京》,可知萧沼曾在西域与岑参同事。从诗的后两句可知,此诗当作于西域。人在西域,身不能过萧关归乡,但梦魂却能飞越关山。虽然梦中获得一时满足,但人仍在西域征战。可知首句"燕支"只是边塞之象征。屈同仙《燕歌行》云:"河塞东西万余里,地与京华不相似。燕支山下少春晖,黄沙碛里无流水。"②李白《王昭君二首》其一:"燕支长寒雪作花,蛾眉憔悴没胡沙。生乏黄金枉图画,死留青冢使人嗟。"③《幽州胡马客歌》云:"天骄五单于,狼戾好凶残。牛马散北海,割鲜若虎餐。虽居燕支山,不道朔雪寒。妇女马上笑,颜如赪玉盘。翻飞射鸟兽,花月醉雕鞍。"④诗写匈奴人习惯于北方严寒的气候。《秋思》云:"燕支黄叶落,妾望白登台。海上碧云断,单于秋色来。胡兵沙塞合,汉使玉关回。征客无归日,空悲蕙草摧。"⑤贺朝《从军行》:"自从一戍燕支山,春光几度晋阳关。"⑥晋阳关即雁门关,戍守燕支山,不经雁门关。这里的燕支山、晋阳关都不是实指。以上这些诗中的地名皆非确指,而是泛称,是符号化的边塞地名。在李白笔下燕支山成为出塞的王昭君途经之处,思妇思念征客的情感指向和幽州胡马客征战之地。写燕支山的严寒,有时是为了渲染烘托家乡亲人对远征戍守的丈夫的牵挂,有时借以衬托边塞将士不畏艰苦立功边塞的壮志雄心和英雄情怀。燕支山意象多出现在唐前期的诗中,安史之乱后河西走廊陷于吐蕃,唐诗中便极少燕支山的吟咏,写到燕支山时则称为边地。韦应物词《宫中调笑》其一云:"胡马,胡马,远放燕支山下。咆沙咆雪独嘶,东望西望路迷。迷路,迷路,边草无穷日暮。"⑦字里行间隐隐流露出举目有山河之异的感受。

二 唐诗中的河西四郡

"河西四郡"的提法源自汉代,汉武帝时从匈奴手中夺取河西走廊,

---

① 徐俊纂辑:《敦煌诗集残卷辑考》卷中(法藏部分下),中华书局2000年版,第315页。
② 周勋初等主编:《全唐五代诗》卷203,陕西人民出版社2014年版,第3374页。
③ 瞿蜕园、朱金城:《李白集校注》卷4,上海古籍出版社1980年版,第298页。
④ 同上书,第344页。
⑤ 瞿蜕园、朱金城:《李白集校注》卷6,第448页。
⑥ 《全唐诗》卷117,第1181页。
⑦ (宋)郭茂倩编:《乐府诗集》卷82,中华书局1979年版,第1156页。

在这里先后置武威、张掖、酒泉、敦煌等郡。河西四郡控制丝绸之路通向西域的要道,在东西方交流中具有非常重要的地位。这里又是中原地区和西北、西南民族争夺极为激烈的地区。当唐朝夺取西域后,河西走廊的交通变得十分繁忙,为了维护河西地区的安定和丝路的畅通,唐朝与吐蕃长期在这里交战,河西四郡依旧保持着丝路要道的重要地位,并受到诗人们的特别关注。唐代前期地方行政实行州县二级制,州郡属同一级别,河西四郡有时分别称为凉州、甘州、肃州、沙州,并曾于酒泉与敦煌间置瓜州。当唐沿边置大军区藩镇时,皆隶属于河西节度使。安史之乱后,其地皆先后陷于吐蕃。

(一) 唐诗中的凉州

1. 凉州的繁华和在丝路上的重要地位

从长安进入河西走廊,北道过萧关后和南道、中道相会于凉州,至此丝绸之路进入了河西路,凉州城是进入河西走廊第一大站。从汉代以来凉州城既是州治所在,又是武威郡、姑臧县治所,古诗里写到"凉州""武威""姑臧"皆指此城。北魏温子昇有《凉州乐歌》二首,其一云:"远游武威郡,遥望姑臧城。车马相交错,歌吹日纵横。"其二:"路出玉门关,城接龙城坂。但事弦歌乐,谁道山川远。"[1]诗把凉州、武威和姑臧并举,实指一地。第二首写从凉州西行,出玉门关到西域,途经白龙堆。唐代该地有时称凉州,有时称武威郡,"武德二年,平李轨,置凉州总管府,……天宝元年,改为武威郡,……乾元元年,复为凉州"[2]。提到"凉州"和"武威"这两个名称的唐诗数量都不少。武威为汉代著名郡城,其中寄寓着深厚的历史意蕴,诗人借之抒写边思,凉州一称几乎全是实指。

唐朝前期凉州是河西地区政治、经济和文化中心,因此成为一座繁荣富庶的都市和东西方文化交流的中心,"凉州为河西都会,襟带西蕃、葱右诸国,商侣往来,无有停绝"[3]。从唐诗的描写能看出当时的繁荣景象,岑参《凉州馆中与诸判官夜集》诗云:

弯弯月出挂城头,城头月出照凉州。凉州七里十万家,胡人半解弹琵琶。琵琶一曲肠堪断,风萧萧兮夜漫漫。河西幕中多故人,故人

---

[1] 逯钦立辑校:《北魏诗》卷2,《先秦汉魏晋南北朝诗》,中华书局1983年版,第2221页。
[2] 《旧唐书》卷40《地理志三》,中华书局1975年版,第1640页。
[3] (唐)慧立、彦悰:《大慈恩寺三藏法师传》卷1,中华书局2000年版,第11页。

别来三五春。花门楼前见秋草,岂能贫贱相看老。一生大笑能几回,斗酒相逢须醉倒。①

"凉州馆"是接待东往西来的行旅的馆驿,岑参往来中原和西域之间住宿这里,诗中写到的凉州是其亲眼所见。天宝时凉州全部(包括所领五县)人口二万二千四百多户,十二万二百八十一口。②此云"七里十万家"是夸张,渲染凉州的繁华面貌。凉州"玉门远控,金城遐阻,人兼北狄,地杂西戎"③。在岑参笔下反映了这一事实,这里有大量胡人聚居,据他所见这些胡人大都会弹琵琶,他们的演奏给人留下很深印象。卢纶《送饯从叔辞丰州幕归嵩阳旧居》诗云:"丰州闻说似凉州,沙塞晴明部落稠。"④为了强调丰州的繁华,便把它比作凉州,可见当时凉州以人口众多经济繁荣而闻名。李端《千里思》云:"凉州风月美,遥望居延路。泛泛下天云,青青缘塞树。燕山苏武上,海岛田横住。更是草生时,行人出门去。"⑤诗反映凉州连接着河西走廊与居延路的交通,因此能够东望海岛,北望燕山。虽是遥想,也不乏夸饰的成分,但其交通枢纽地位可见一斑。作为国际都会,凉州充满异域风情,这里不仅是西来的"胡人"聚居之地,世风民情中也有不少外来的成分。王维《凉州赛神》诗云:"凉州城外少行人,百尺峰头望虏尘。健儿击鼓吹羌笛,共赛城东越骑神。"⑥元稹《西凉伎》诗对凉州陷落吐蕃前的描写,极为生动地再现了当地富庶繁华和开放的景象:

> 吾闻昔日西凉州,人烟扑地桑柘稠。蒲萄酒熟恣行乐,红艳青旗朱粉楼。楼下当垆称卓女,楼头伴客名莫愁。乡人不识离别苦,更卒多为沈滞游。哥舒开府设高宴,八珍九酝当前头。前头百戏竞撩乱,丸剑跳踯霜雪浮。狮子摇光毛彩竖,胡腾醉舞筋骨柔。大宛来献赤汗

---

① (唐)岑参著,陈铁民、侯忠义校注:《岑参集校注》卷2,上海古籍出版社1981年版,第144页。
② 《旧唐书》卷40《地理志三》,中华书局1975年版,第1640页。
③ 唐高宗:《册乔师望凉州刺史文》,《全唐文》卷14,上海古籍出版社1990年版,第68页。
④ (唐)卢纶著,刘初棠校注:《卢纶诗集校注》卷1,上海古籍出版社1989年版,第102页。
⑤ 《全唐诗》卷284,第3234页。
⑥ (唐)王维著,(清)赵殿成笺注:《王右丞集笺注》卷14,上海古籍出版社1961年版,第266页。此诗自注:"时为节度判官,在凉州作。"

马，赞普亦奉翠茸裘。①

人烟稠密、树木葱茏；酒客姬女、恣意行乐；佳酿珍味、歌舞百戏，令人想到富贵温柔之乡江南。当地人不知愁滋味，外地人乐不思蜀流连而忘返。在河西节度使哥舒翰的宴会上，饮的是葡萄酒，表演的杂技大多是来自域外的节目，如跳丸、弄剑、狮子舞、胡腾舞，还有前来贡献的大宛、吐蕃使节从此地经过，前往都城长安，处处体现出凉州丝路名城多元文化交汇的都市风貌。

凉州是河西政治中心和抵御吐蕃进军西域的基地，因此与首都长安之间有密切关系，人员往来频繁。敦煌诗集残卷伯三九六七载周卿《送张三再赴凉州》云：

凌冬走马归，初春再拂衣。墨池花酒懒，翻叙别离期。急驿郊边立，王程不敢违。杏林倾门送，征路彩云飞。②

这首诗似是唐前期的作品，从"急驿"二句诗意看张三当从长安赴凉州。诗题中"再赴"说明张三并不是任职凉州，而是从长安临时奉命出使。短时间内两次赴凉州，他的行踪反映出长安与凉州之间官差的频繁。"杏林"是中医医生的代称，医家往往以"杏林中人"自称。许多医家同行送行，张三赴凉州或许与疾疫流行朝廷恤灾活动有关。"彩云"也有某种寓意，彩云是吉祥的云气，传说中神仙驾祥云而行。其中包含着对张三医术的赞美和他圆满完成使命的祝愿。据徐俊校注："原卷此诗有删改笔迹，删改之后诗为：'凌冬走马归，再行还拂衣。急驿郊边立，王程不敢违。墨池花酒懒，无暇洽春晖。彩云凝古戍，祇怨苦分飞。'"③ 其中"彩云"句写出长安与凉州之间道途的情景。

唐朝派往西域的将士和官员要经过凉州继续西进，凉州是从长安至西域的重要中转站。唐诗反映了兵出武威进军西域的边塞战争。虞世南《从军行》："爟（一作烽）火发金微，连营出武威。……萧关远无极，蒲海广难依。沙磴离旌断，晴川候马归。交河梁已毕，燕山旆欲飞。方知万里相，侯服有光辉。"④ "金微"即阿尔泰山，是西域意象，西域发生战争，

---

① （唐）元稹：《元稹集》卷24，中华书局1982年版，第281页。
② 徐俊纂辑：《敦煌诗集残卷辑考》卷中（法藏部分下），中华书局2000年版，第445页。
③ 同上。
④ （宋）郭茂倩编：《乐府诗集》卷33，中华书局1979年版，第484页。

唐军从武威出发,进军西域。"萧关"是进军西域的要道,"蒲海""交河"都是代指西域。柳中庸《凉州曲》云:"高槛连天望武威,穷阴拂地戍金微。九城弦管声遥发,一夜关山雪满飞。"① 也把武威和金微联系起来,将士们从武威出发,远戍"金微"。郭震《塞上》云:"塞外虏尘飞,频年出武威。死生随玉剑,辛苦向金微。久戍人将老,长征马不肥。仍闻酒泉郡,已合数重围。"② 也是出武威,向金微。王贞白《古悔从军行》云:"忆昔仗孤剑,十年从武威。论兵亲玉帐,逐虏过金微。陇水秋先冻,关云寒不飞。辛勤功业在,麟阁志犹违。"③ 又是从武威,过金微。艰苦征战并不是都能获得功名,奋战在武威前线的将士满怀壮志不酬的遗憾和惆怅。

  盛唐两位著名的边塞诗人岑参和高适都与凉州结下不解之缘,他们的诗都反映了凉州在丝绸之路上的重要地位。岑参从长安赴西域途经凉州,有《发临洮将赴北庭留别》《凉州馆中与诸判官夜集》《登凉州尹台寺》《河西春暮忆秦中》等诗。《登凉州尹台寺》云:"胡地三月半,梨花今始开。因从老僧饭,更上夫人台。清唱云不去,弹弦风飒来。应须一倒载,还似山公回。"④ 这是岑参居留凉州期间的活动。《发临洮将赴北庭留别》云:"闻说轮台路,连年见雪飞。春风曾不到,汉使亦应稀。白草通疏勒,青山过武威。勤王敢道远,私向梦中归。"⑤ 他还在凉州写诗送人赴西域,《武威送刘判官赴碛西行军》云:"火山五月行人少,看君马去疾如鸟。都护行营太白西,角声一动胡天晓。"⑥ 碛西即莫贺延碛之西,过了莫贺延碛便是西域。在送人赴西域的诗中,诗人往往想象着西域边地风貌。《武威送刘单判官赴安西行营便呈高开府》诗云:

> 热海亘铁门,火山赫金方。白草磨天涯,湖沙莽茫茫。夫子佐戎幕,其锋利如霜。中岁学兵符,不能守文章。功业须及时,立身有行藏。男儿感忠义,万里忘越乡。孟夏边候迟,胡国草木长。马疾过飞鸟,天穷超夕阳。都护新出师,五月发军装。甲兵二百万,错落黄金

---

① 《全唐诗》卷257,第2877页。
② 《全唐诗》卷66,第756—757页。
③ 《全唐诗》卷701,第8059页。
④ (唐)岑参著,陈铁民、侯忠义校注:《岑参集校注》卷2,上海古籍出版社1981年版,第88页。
⑤ 同上书,第142页。
⑥ 同上书,第94页。

光。扬旗拂昆仑,伐鼓震蒲昌。太白引官军,天威临大荒。西望云似蛇,戎夷知丧亡。浑驱大宛马,系取楼兰王。曾到交河城,风土断人肠。寒驿远如点,边烽互相望。赤亭多飘风,鼓怒不可当。有时无人行,沙石乱飘扬。夜静天萧条,鬼哭夹道傍。地上多髑髅,皆是古战场。置酒高馆夕,边城月苍苍。军中宰肥牛,堂上罗羽觞。红泪金烛盘,娇歌艳新妆。望君仰青冥,短翮难可翔。苍然西郊道,握手何慨慷。①

诗人在武威送刘氏赴安西行营,诗中写到的"热海""铁门关""白草""火山""胡国""昆仑""蒲昌""交河""赤亭"等都是西域景物和意象。他还想象着西域的唐军将士取得战争的胜利,获得大宛马、生擒楼兰王。这些想象都建立在凉州地处内地与西域的交通要道的现实基础上。

唐前期凉州是丝绸之路重镇和繁华的国际都会,从西域归来的行旅或入华的胡人往往路经此地,有的驻足流连,有的定居于此。岑参诗《武威春暮闻宇文判官西使还已到晋昌》云:

片云过城头,黄鹂上戍楼。塞花飘客泪,边柳挂乡愁。白发悲明镜,青春换敝裘。君从万里使,闻已到瓜州。②

岑参赴西域路经武威,在这里听说宇文判官从西域回朝的消息,宇文氏已至晋昌,晋昌又称瓜州(今甘肃瓜州县),两人即将在武威和瓜州之间某处谋面。从"闻"字还可知河西走廊上消息传播之迅捷。岑参《送李别将摄伊吾令充使赴武威便寄崔员外》云:

词赋满书囊,胡为在战场。行间脱宝剑,邑里挂铜章。马疾飞千里,凫飞向五凉。遥知竹林下,星使对星郎。③

伊吾在今新疆哈密一带,李别将代理伊吾县令,并从西域奉命出使河西,武威是河西节度使驻节之地,故至武威。他所经行的河西走廊是五胡十六国时"五凉"政权所在地,"马疾"二句形容他匆忙的行踪。对于从西域

---

① (唐)岑参著,陈铁民、侯忠义校注:《岑参集校注》卷2,第91页。
② 同上书,第89页。
③ 同上书,第173页。

进入内地的人和由内地赴西域的行人来说,凉州是重要的交通枢纽。高适《送萧判官赋得黄花戍》诗云:

> 君不见黄花曲里黄,戍日萧萧带寒树。楼上偏临北斗星,门前直至西州路。每到瓜时更卒来,祇对黄花□□□。楼中几度哭明月,笛里何人吹《落梅》。多君莫不推才杰,欲奏平戎赴天阙。辕门杯酒别交亲,去去云霄羽翼新。知君马上貂裘暖,须念黄花久戍人。①

此诗作于凉州在哥舒翰幕府时,高适送萧氏的地方西行直达西州,因此诗称"西州路",西州即今新疆吐鲁番一带。萧氏此行是"欲奏平戎赴天阙",是赴长安报捷,可见萧氏从西域回,路经凉州赴长安。

从西域东来的胡人路经凉州大量定居于此,像岑参诗中所写这里生活着大量的胡人,胡风盛行。从汉代丝绸之路开辟,凉州就成为西域胡人落脚之地,唐代这里有大量胡人定居是长期形成的状况。唐初梁硕注意到凉州"西域胡种族盛",劝李轨提防。李轨户部尚书安修仁、其兄安兴贵世为"凉州豪望",他们都是胡族出身。②岑参《凉州馆中与诸判官夜集》云:"凉州七里十万家,胡人半解弹琵琶。"③有的胡人先是定居凉州,又从凉州进入内地。当他们来到中原地区便被称为凉州人、凉州儿或凉州胡儿、凉州胡人。李端《胡腾儿》诗咏出身胡族的表演胡腾舞的艺人:

> 胡腾身是凉州儿,肌肤如玉鼻如锥。桐布轻衫前后卷,葡萄长带一边垂。帐前跪作本音语,拾襟搅袖为君舞。安西旧牧收泪看,洛下词人抄曲与。扬眉动目踏花毡,红汗交流珠帽偏。醉却东倾又西倒,双靴柔弱满灯前。环行急蹴皆应节,反手叉腰如却月。丝桐忽奏一曲终,鸣鸣画角城头发。胡腾儿,胡腾儿,故乡路断知不知。④

胡腾舞是流行于中亚的乐舞,"胡腾儿"或"凉州儿"是来自中亚的胡人,很可能是石国人。这首诗写的胡腾儿就是安史之乱前从凉州来到洛

---

① (唐)高适著,孙钦善校注:《高适集校注》,上海古籍出版社1984年版,第241—242页。孙钦善云:"此诗作于任职哥舒翰幕府期间,原集缺佚,据敦煌残集伯三一九五补。"
② 《新唐书》卷86《李轨传》,中华书局1975年版,第3709—3610页。
③ (唐)岑参著,陈铁民、侯忠义校注:《岑参集校注》卷2,第144页。
④ 《全唐诗》卷284,第3238页。

阳，在洛阳表演胡腾舞的胡人。凉州陷于吐蕃，这些把凉州作为第二故乡的中亚人归乡路断。

唐代前期凉州是与吐蕃对峙的前线和唐军基地，河西节度使驻节此地。"河西节度使，断隔羌胡，统赤水、大斗、建康、宁寇、玉门、墨离、豆卢、新泉等八军，张掖、交城、白亭三守捉。河西节度使治在凉州，管兵七万三千人，马万九千四百匹，衣赐岁百八十万匹段。"凉州城内外驻扎着为数众多的军队："赤水军，在凉州城内，管兵三万三千人，马万三千匹。"大斗军、建康军、宁寇军、玉门军、墨离军、豆卢军、新泉军、张掖守捉、交城守捉、白亭守捉等驻军城周围。① 天宝年间，诗人李昂曾在朝廷某使韦氏手下任判官，赴河西"监统收籴"，作《塞上听弹〈胡笳〉作并序》，写了他到凉州的见闻。其诗不传，其序云：

　　□□□达两蕃，常顿兵十万，裹粮坐甲，无粟不守。故天子命我柱史韦公，括□□□，监统收籴。韦公谓我不忝，奏充判官。天宝七载十有一月，次于赤水军，将计□□。时有若尚书郎苏公，专交兵使，处于别馆，是日也，余因从韦公相与谒诣，既尽筹划，且开樽俎。客有尹侯者，高冠长剑，尤善鼓琴。因接（按）弦奏《胡笳》之曲，摧藏哀抑，闻之忘味。夫《胡笳》者首出蔡女，没于胡尘，泣胡霜而凄汉月，烦冤愁思之所作也，故有出塞入塞之声，清商清□之韵。其音苦，其调悲。况此地近胡（下缺）。②

"两蕃"指"羌胡"，即吐蕃与突厥。"十万"是约数，《资治通鉴》云"七万三千人"是正规军编制，不包括地方团练之类。河西节度使统有"赤水军"，在凉州城中。尹某善弹琴，奏《胡笳》曲，当与河西一带形势有关。在与吐蕃的交战中，河西一带百姓常被掠入吐蕃，其遭遇颇似汉末之蔡文姬，奏此曲特别能触动当地百姓的心弦，尤为感人。"况此地近胡……"想要表达的就是这个意思。遗憾其诗不传，诗可能描写乐曲的动人，借蔡文姬的故事表达河西百姓沦落异域骨肉分离之苦。

为了协调诸军，河西节度使和陇右节度使往往由一人兼任，河西节度使又兼任地方行政和军事长官凉州刺史和凉州都督。这里是抗击吐蕃人进攻和经营河西、陇右的军事基地和西北战区，河西节度使肩负抗击吐蕃的

---

① 《旧唐书》卷38《地理志》，中华书局1975年版，第1386页。
② 徐俊纂辑：《敦煌诗集残卷辑考》卷上（法藏部分），中华书局2000年版，第98页。

重任。凉州地近长安,因此又是首都长安的西部屏障,"凉州之界,咫尺帝乡,有兵为藩垣,有地为襟带,扼西戎要冲,为东夏关防,捉守则内有金汤之安,废之则外无堵堃之固"①。当有人赴任时人们往往赋诗饯行。开元年间张敬忠为河西节度使、凉州都督,崔颢《赠梁(当作凉)州张都督》诗云:"闻君为汉将,虏骑罢南侵。出塞(一作碛)清沙漠,还家拜羽林。风霜臣节苦,岁月主恩深。为语西河使,知余报国心。"②兵部尚书萧嵩为河西节度使,判凉州事,玄宗"命有司于定鼎门外供帐置酒送之,帝赋诗以宠之"③。能够抵御吐蕃的入侵是河西节度使、凉州都督的职责所在。故凉州(武威)在唐诗中被称为"边城"。高适《武威同诸公过杨七山人》云:

幕府日多暇,田家岁复登。相知恨不早,乘兴乃无恒。穷巷在乔木,深斋垂古藤。边城唯有醉,此外更何能!④

又《和窦侍御登凉州七级浮图之作》云:

化塔屹中起,孤高宜上跻。铁冠雄赏眺,金界宠招携。空色在轩户,边声连鼓鼙。天寒万里北,地豁九州西。清兴揖才彦,峻风和端倪。始知阳春后,具物皆筌蹄。⑤

当诗人登上佛塔远眺之时,听到鼓鼙此起彼伏,因为是边地,故他称为"边声"。高适还有《陪窦侍御灵云南亭宴诗得雷字》诗,序云:"凉州近胡,高下其池亭,盖以耀蕃落也。……请赋南亭诗,列之于后。"⑥当时参与宴会的窦侍御、李员外也应有诗。高适还有《陪窦侍御泛灵云池》等。

作为边城不可避免地发生抗敌守边与扩边的战争,胡皓《大漠行》写

---

① 张议潮:《张议潮进表》(S.6342),唐耕耦、陆宏基《敦煌社会经济文献真迹释录》第四辑,全国图书馆文献缩微复制中心,1990年,第363—364页。
② 《全唐诗》卷130,第1327页。按"梁"当作"凉",参见郁贤皓《唐刺史考·凉州》,傅璇琮主编《唐五代文学编年史》,辽海出版社1998年版,第586页。
③ 傅璇琮主编:《唐五代文学编年史》,辽海出版社1998年版,第623页。
④ (唐)高适著,孙钦善校注:《高适集校注》,上海古籍出版社1984年版,第240页。
⑤ 同上书,第237页。
⑥ 同上书,第234页。

边塞战争:"科斗连营太原道,鱼丽合阵武威川。"① 战争造成边地的荒凉。凉州城内虽是无尽的繁华热闹,但其郊外却是另一番景象。王维奉命出使凉州,慰问立功将士时写的诗《凉州郊外游望》云:"野老才三户,边村少四邻。"②《凉州赛神》诗云:"凉州城外少行人,百尺峰头望虏尘。健儿击鼓吹羌笛,共赛城东越骑神。"③ 此二诗皆自注:"时为节度判官,在凉州作。"说明诗中所写乃亲身见闻。第二首诗中的赛神本是非常热闹的节日,可作为边境地区的凉州,赛神会是在军中举行的,在进行当中也不忘警戒,在高达百尺的烽火台上,哨兵警惕地眺望,注意入侵的胡骑卷起的沙尘。他们所迎之神也是与将士们习武有关的越骑神。安史之乱发生,河西和西域的局势顿时令人担忧。上引杜甫《送从弟亚赴河西判官》表现出诗人敏锐地觉察到武威受到的威胁和潜在的危机,他知道武威的存在对于河西走廊和西域安危的重要意义。要保全河西,武威是根本。只要有武威,就可以经营河西和西域。

从军征战立功边塞曾是唐前期无数仁人志士追逐的梦想。凉州地当边塞,哥舒翰威名远扬,那里成为志士建功立业的地方。盛唐时不少人入河西幕,追随哥舒将军效命边塞,他们英勇报国的精神受到诗人赞扬,高适是其中之一。杜甫《送高三十五书记》云:

> 崆峒小麦熟,且愿休王师。请公问主将,焉用穷荒为。饥鹰未饱肉,侧翅随人飞。高生跨鞍马,有似幽并儿。脱身簿尉中,始与捶楚辞。借问今何官,触热向武威。答云一书记,所愧国士知。人实不易知,更须慎其仪。十年出幕府,自可持旌麾。此行既特达,足以慰所思。男儿功名遂,亦在老大时。常恨结欢浅,各在天一涯。又如参与商,惨惨中肠悲。惊风吹鸿鹄,不得相追随。黄尘翳沙漠,念子何当归。边城有余力,早寄从军诗。④

在这首诗里,杜甫祝愿节度使掌书记高适在武威幕府建功立业。那些入将军幕府的士人才子也踌躇满志,他们不畏边塞的艰苦和危险,互相勉励建

---

① 《全唐诗》卷108,第1124页。
② (唐)王维著,(清)赵殿成笺注:《王右丞集笺注》卷8,上海古籍出版社1961年版,第151页。
③ (唐)王维著,(清)赵殿成笺注:《王右丞集笺注》卷14,第266页。
④ (唐)杜甫著,(清)仇兆鳌注:《杜诗详注》卷2,中华书局1979年版,第126—128页。

立功名。高适《自武威赴临洮谒大夫不及因书即事寄河西陇右幕下诸公》云：

> 浩荡去乡县，飘飘瞻节旄。扬鞭发武威，落日至临洮。主人未相识，客子心忉忉。顾见征战归，始知士马豪。戈铤耀崖谷，声气如风涛。隐轸戎旅间，功业竞相襃。献状陈首级，饩军烹太牢。俘囚驱面缚，长幼随巅毛。毡裘何蒙茸，血食本膻臊。汉将乃儿戏，秦人空自劳。立马眺洪河，惊风吹白蒿。云屯寒色苦，雪合群山高。远戍际天末，边烽连贼壕。我本江海游，逝将心利逃。一朝感推荐，万里从英髦。飞鸣盖殊伦，俯仰忝诸曹。燕颔知有待，龙泉惟所操。相士惭入幕，怀贤愿同袍。清论挥麈尾，乘酣持蟹螯。此行岂易酬，深意方郁陶。微效傥不遂，终然辞佩刀。[1]

满纸表现的都是高昂的斗志。高适《武威同诸公过杨七山人》诗末二句云："边城唯有醉，此外更何能。""写杨氏的失意，亦兼及自己未尽遂愿之情。"[2] 杨氏和高适都是抱着立功边塞的志向赴河西幕府，未得到重用时才产生失意之感。武威是志士向往的英雄用武之地，霍总《塞下曲》云："曾当一面战，频出九重围。但见争锋处，长须得胜归。雪沾旗尾落，风断节毛稀。岂要铭燕石，平生重武威。"[3] 燕然勒铭早已成为古代志士的崇高志向，而在诗人看来立功武威甚至超过燕然勒石。对于立志在边塞建立功名的士人来说，凉州是值得向往之地。李益《边思》云："腰垂锦带佩吴钩，走马曾防玉塞秋。莫笑关西将家子，只将诗思入凉州。"[4] 苑咸《送大理正摄御史判凉州别驾》云："天子念西疆，咨君去不遑。垂银棘庭印，持斧柏台纲。雪下天山白，泉枯塞草黄。仃闻河陇外，还继海沂康。"[5] 对离朝到凉州赴任某君寄予厚望，盼望着从那里得到胜利的消息。唐前期对吐蕃的战争基本上处于势均力敌或某种优势进攻态势，经过唐军将士的浴血奋战，赢得了边境战争的胜利，凉州一带处于和平安宁的环境，这首诗即是这种景象的反映，也是诗人对赴任凉州者的希望。从军征战固然是获

---

[1] 陈尚君辑校：《全唐诗补编》，中华书局1992年版，第33页。
[2] （唐）高适著，孙钦善校注：《高适集校注》，上海古籍出版社1984年版，第240页。
[3] 《全唐诗》卷597，第6911页。
[4] （唐）令狐楚编：《御览诗》，傅璇琮等编《唐人选唐诗新编》，中华书局2014年版，第607页。
[5] 《全唐诗》卷129，第1317页。

取功名的机会,但不是每个人都能如愿以偿,也有的失意而归。敦煌诗集残卷 P. 3200 佚名阙题杂诗有一首云:"莫道封侯在武威,请看辛苦老戎依(衣)。书中未有黄金□,□□衔将自兹归。"① 此诗又见俄藏敦煌诗集残卷 ДХ. 3871、P. 2555 卷正面,文字不同,可互相补充:"莫道封侯在武威,请看辛苦老戎衣。书中未有黄金出,梦里羞题(提)□发归。"② 反映的就是无数身经百战却未获功名者的辛酸。

2. 安史之乱后的凉州

杜甫诗写安史之乱发生后的凉州,其时边兵入中原平叛,吐蕃乘机北进,凉州岌岌可危,杜诗表达了极度忧虑之情,其《送长孙九侍御赴武威判官》云:

> 骢马新凿蹄,银鞍被来好。绣衣黄白郎,骑向交河道。问君适万里,取别何草草。天子忧凉州,严程到须早。去秋群胡反,不得无电扫。此行收遗甿,风俗方再造。族父领元戎,名声国中老。夺我同官良,飘摇按城堡。使我不能餐,令我恶怀抱。若人才思阔,溟涨浸绝岛。尊前失诗流,塞上得国宝。皇天悲送远,云雨白浩浩。东郊尚烽火,朝野色枯槁。西极柱亦倾,如何正穹昊。③

因为从长安到凉州的道路也是通向西域的道路,因此长孙九西行的道路被称为"交河道"。"天子忧凉州,严程到须早",说明凉州形势严峻和它的战略地位重要。安史之乱发生,西北边防军抽调中原平叛,通往西域的武威更显重要。杜甫虽为失去诗友而遗憾,又为塞上得人才而欣慰,对长孙西行赴任寄予厚望,希望他为扶危济困稳定西北局面做出贡献。杜甫《送从弟亚赴河西判官》云:

> 南风作秋声,杀气薄炎炽。盛夏鹰隼击,时危异人至。令弟草中来,苍然请论事。诏书引上殿,奋舌动天意。兵法五十家,尔腹为箧笥。应对如转丸,疏通略文字。经纶皆新语,足以正神器。宗庙尚为灰,君臣俱下泪。崆峒地无轴,青海天轩轾。西极最疮痍,连山暗烽燧。帝曰大布衣,借卿佐元帅。坐看清流沙,所以子奉使。归当再前

---

① 徐俊纂辑:《敦煌诗集残卷辑考》卷上(法藏部分),中华书局 2000 年版,第 209 页。
② 徐俊纂辑:《敦煌诗集残卷辑考》卷下(英藏俄藏部分),中华书局 2000 年版,第 696 页。
③ (唐)杜甫著,(清)仇兆鳌注:《杜诗详注》卷 5,中华书局 1979 年版,第 362 页。

席，适远非历试。须存武威郡，为画长久利。①

这首诗的写作背景与上首诗相同，两京沦陷，西域动荡，肃宗在灵武即位，将进军长安。杜鸿渐节度河西，辟杜亚为从事。杜甫认识到只有河西走廊和西域局势稳定，朝廷用兵才无后顾之忧。维护西域和河西的局势，就要保全武威。从弟杜亚将赴武威任职，他告诫说从长远考虑，"须存武威郡"。保全武威，才能保证中原地区的平叛胜利，才能保证西域的长治久安。

河西走廊沦陷于吐蕃后，描绘凉州形势和边民情况的诗歌很多，主要表达对国土失陷百姓沦落的悲伤和收复失地的呼声，反映了经过凉州通往西域的丝绸之路的衰落。王建《凉州行》诗云：

凉州四边沙皓皓，汉家无人开旧道。边头州县尽胡兵，将军别筑防秋城。万里人家皆已没，年年旌节发西京。多来中国收妇女，一半生男为汉语。蕃人旧日不耕犁，相学如今种禾黍。驱羊亦著锦为衣，为惜毡裘防斗时。养蚕缲茧成匹帛，那堪绕帐作旌旗。城头山鸡鸣角角，洛阳家家学胡乐。②

"旧道"即指唐前期通往西域的道路，自从凉州失陷，唐朝通西域的道路断绝了。这一带处处都有吐蕃军队驻守，原来驻守此地的唐将军只能退守到长安附近，筑城防秋。这里汉人成为吐蕃人的奴隶，吐蕃人在这里耕种，俨然成为这里的主人。胡人汉化，汉人胡化，胡化风气甚至影响到内地洛阳。王建《古从军》诗云：

汉家逐单于，日没处河曲。浮云道旁起，行子车下宿。枪城围鼓角，毡帐依山谷。马上悬壶浆，刀头分颊肉。来时高堂上，父母亲结束。回面不见家，风吹破衣服。金疮在肢节，相与拔箭镞。闻道西凉州，家家妇女哭。③

唐人收复凉州失地的战争十分艰苦，战事失利，伤亡惨重，凉州一带家家

---

① 《杜诗详注》卷5，第364—365页。按：此诗题中"河西"一作"安西"，循其诗意，当为"河西"。
② （唐）王建著，王宗堂校注：《王建诗集校注》卷1，中州古籍出版社2006年版，第1页。
③ （唐）王建著，王宗堂校注：《王建诗集校注》卷3，第123—124页。

有死伤之悲。张籍《陇头行》云:

> 陇头路断人不行,胡骑夜入凉州城。汉兵处处格斗死,一朝尽没陇西地。驱我边人胡中去,散放牛羊食禾黍。去年中国养子孙,今着毡裘学胡语。谁能更使李轻车,收取凉州属汉家。①

诗描写了当时凉州陷落时的惨状,表达了收复失地的希望。李益《边思》云:"腰悬锦带佩吴钩,走马曾防玉塞秋。莫笑关西将家子,只将诗思入凉州。"② 李益的时代陇右河西已经陷落,"入凉州"赋诗只是在表达一种理想。在这样的情况下,诗人们更加向往昔日全盛时丝路通畅的景象。张籍《凉州词三首》其一回顾唐前期的状况:

> 边城暮雨雁飞低,芦笋初生渐欲齐。无数铃声遥过碛,应驮白练到安西。③

安西即安西都护府所在地龟兹,从凉州到安西本来是丝路贸易最繁盛的地区。诗反映了这个路段以及丝绸之路往昔的繁盛,同时感叹而今丝路的断绝和荒凉,为失地难收而悲伤。安史之乱后吐蕃占领西域、河西和陇右,凉州落入吐蕃人之手。其三写凉州沦陷后的景况:"古镇城门白碛开,胡兵往往傍沙堆。巡边使客行应早,每待平安火到来。"④ 古镇城门当指凉州古城,城外沙堆近傍到处是驻防的吐蕃兵。

唐朝无力收复失地,凉州长期陷于吐蕃人统治,诗人表达了对不能收复失地的统治者的不满,他们把批判的矛头指向边将。其二云:"凤林关里水东流,白草黄榆六十秋。边将皆承主恩泽,无人解道取凉州。"⑤ 诗当写于穆宗长庆四年(824),凉州于广德二年(764)陷于吐蕃,⑥ 至此六十年。清人黄叔灿《唐诗笺注》评曰:"此篇言边将安坐居奇,不以立功报主为念,……经今已六十年,边将空邀主恩,无人出力,言之深

---

① (唐)张籍著,徐礼节、余恕诚校注:《张籍集系年校注》卷7,中华书局2011年版,第803页。
② (唐)李益著,范之麟注:《李益诗注》,上海古籍出版社1984年版,第110页。
③ (唐)张籍著,徐礼节、余恕诚校注:《张籍集系年校注》卷6,第736页。
④ 同上书,第741页。
⑤ 同上书,第738页。
⑥ 《旧唐书》卷196《吐蕃传上》,中华书局1975年版,第5239页。

切著明。"① 其实失地不能收复,也有最高统治者的责任,但诗人不能直指皇帝和朝廷,便把矛头指向边将,故明人周明辅《删补唐诗选脉笺释会通评林》云:"刺体,直中有婉。"② 战争造成了边地的荒凉,唐诗描绘了沦陷区凄清萧条的景象和边民的生活情形,表达了对凉州失陷的痛心,对边将荒淫不恤国事的愤恨。姚合《送少府田中丞入西蕃》云:"萧关路绝久,石堠亦为尘。护塞空兵帐,和戎在使臣。风沙去国远,雨雪换衣频。若问凉州事,凉州多汉人。"③ 韩琮《京西即事》云:"秋草河兰起阵云,凉州唯向管弦闻。豺狼毳幕三千帐,貔虎金戈十万军。候骑北来惊有说,戍楼西望悔为文。昭阳亦待平安火,谁握旌旗不见勋。"④ 元稹《西凉伎》云:"一朝燕贼乱中国,河湟没尽空遗丘。开远门前万里堠,今来蹙到行原州。去京五百而近何其逼,天子县内半没为荒陬,西凉之道尔阻修。连城边将但高会,每听此曲能不羞。"⑤ 诗人痛心于国土大面积丧失,昔日繁盛的"西凉之道"被吐蕃人阻断。

3.《凉州曲》与《凉州词》

《凉州词》或《凉州歌》是《凉州曲》的歌词,《凉州曲》是唐代非常流行的曲调名,本是凉州地方音乐,北魏温子昇就有《凉州乐歌》二首,已见前引。凉州乐多杂有西域龟兹诸国胡音。开元年间陇右节度使郭知运搜集一批西北边地乐曲,献给朝廷。玄宗命教坊翻成中原曲谱,配上新的歌词演唱,以这些乐曲产生的地名为曲调名,《凉州曲》即其一。"天宝乐曲,皆以边地名,若《凉州》《伊州》《甘州》之类。"⑥ 唐代宫廷里和社会上都喜欢演奏《凉州曲》,诗人往往依谱填写歌词,称《凉州歌》或《凉州词》(见表3-1)。于是,外来音乐与唐诗创作便发生因缘。岑仲勉先生曾就此指出:"唐诗之变化,西方乐曲实具莫大之潜移力,前人论唐诗演进,都未发之。"⑦ 许多诗人有以《凉州词》为题的诗流传,这些诗写塞外风光、边塞战争和征夫思妇相思之情。最著名的是王之涣的《凉州词二首》,其一:"黄河远上白云间,一片孤城万仞山。羌笛何须怨

---

① (唐)张籍著,徐礼节、余恕诚校注:《张籍集系年校注》卷6,第741页。
② 同上书,第740页。
③ (唐)姚合著,黄河清校注:《姚合诗集校注》卷1,上海古籍出版社2012年版,第61页。
④ 《全唐诗》卷565,第6550页。
⑤ (唐)元稹:《元稹集》卷24,中华书局1982年版,第281页。
⑥ 《新唐书》卷22《礼乐志十二》,第467页。
⑦ 岑仲勉:《隋唐史》,中华书局1982年版,第239页。

杨柳，春风不度玉门关。"[1] 诗写戍边将听到羌笛的感受，由《折杨柳》曲名联想到春风，以"春风不度玉门关"批评朝廷不关心边塞士兵。诗境界雄阔苍凉，含义曲折深刻。其二云："单于北望拂云堆，杀马登坛祭几回。汉家天子今神武，不肯和亲归去来。"[2] 又如王翰《凉州词》二首其一："蒲萄美酒夜光杯，欲饮琵琶马上催。醉卧沙场君莫笑，古来征战几人回。"其二："秦中花鸟已应阑，塞外风沙犹自寒。夜听胡笳折杨柳，教人意气忆长安。"[3] 连习惯写田园山水的孟浩然也有《凉州词二首》，其一云："浑成紫檀金屑文，作得琵琶声入云。胡地迢迢三万里，那堪马上送明君。"其二："异方之乐令人悲，羌笛胡笳不用吹。坐看今夜关山月，思杀边城游侠儿。"[4] 无名氏《凉州歌》云："朔风吹叶雁门秋，万里烟尘昏戍楼。征马长思青海北，胡笳夜听陇山头。"[5] 柳中庸《凉州曲二首》其一云："关山万里远征人，一望关山泪满巾。青海戍头空有月，黄沙碛里本无春。"其二云："高檗连天望武威，穷阴拂地戍金微。九城弦管声遥发，一夜关山雪满飞。"[6] 也有的脱离边塞征战内容，但仍表达离别相思之情，如薛逢《凉州词》三首其一云："千里东归客，无心忆旧游。挂帆游□水，高枕到青州。"其二云："君住孤山下，烟深夜径长。辕门渡绿水，游苑绕垂杨。"其三："树发花如锦，莺啼柳若丝。更游欢宴地，愁见别离时。"[7] 韩琮的《凉州词》云："树发花如锦，莺啼柳若丝。更游欢宴地，悲见别离时。"[8] 这些大多与边塞生活有关，但也有少数只写离情别绪。《凉州词》或写到《凉州曲》的诗据统计有"近百首之多"，可见在唐诗

---

[1] 《全唐诗》卷253，第2849页。在历代唐诗研究中，王之涣的《凉州词》属于七言绝句的"压卷之作"。诗题或作《出塞》，首句一作"黄沙远上白云间"。史铁良《也谈王之涣的"凉州词"》(《文学评论》1980年第6期)和李飞平《是"黄河远上"还是"黄沙直上"——〈凉州词〉质疑》(《学术研究》1981年第1期)进行过讨论。高晨野《略谈唐诗中"凉州"的特定含义》指出这首诗在历史上曾被人妄改过——将诗题换成《出塞》，将第一句改为"黄沙直上白云间"，无疑是"点金成铁"，有悖于诗人的原意。究其根源有三：其一是对"凉州"地理沿革未弄清楚，特别是对唐诗中"凉州"的特定含义未弄清楚；其二，对"玉门关"及"孤城"在唐边塞诗中的特定含义未弄明白；其三，对唐代七言绝句的特殊要求——"风调"不理解。载《学术研究》1983年第1期。

[2] 《全唐诗》卷253，第2849—2850页。

[3] 《全唐诗》卷156，第1605页。

[4] （唐）孟浩然著，徐鹏校注：《孟浩然集校注》卷4，人民文学出版社1989年版，第298页。

[5] 《全唐诗》卷27，第380页。

[6] 《全唐诗》卷257，第2877页。

[7] 《全唐诗》卷548，第6336—6337页。

[8] 《全唐诗》卷565，第6551页。

中以凉州为题或诗咏凉州成为诗歌创作的热点和时尚。①

表 3-1　　　　　以《凉州词》《凉州歌》为题的唐诗作品

作者	篇名	出处
王翰	凉州词二首	《全唐诗》卷 156
王之涣	凉州词二首	《全唐诗》卷 253
孟浩然	凉州词二首	《孟浩然集校注》卷 4
张籍	凉州词三首	《张籍集系年校注》卷 6
耿㧑	凉州词	《全唐诗》卷 27
柳中庸	凉州曲二首	《全唐诗》卷 257
薛逢	凉州词三首	《全唐诗》卷 565
韩琮	凉州词	《全唐诗》卷 565
无名氏	凉州歌三首	《全唐诗》卷 27

在唐诗里咏及《凉州曲》的作品不胜枚举，《凉州曲》有时转写为《梁州曲》，如李益诗《夜上西城听梁州曲二首》，李频《闻金吾妓唱梁州》。方豪指出："《西凉（曲）》起苻氏之末，魏周之际已称国伎。唐人诗词中常及之，亦转为'梁州'。如'唱得凉州意外声''霓裳奏罢唱凉州''声声飞出旧凉州''一曲凉州今不清''那堪更奏梁州曲'等，皆名句也。"② 王胜明指出："在中国诗歌史和音乐史上其实只有《凉州曲》而无《梁州曲》，《梁州曲》之名称实乃《凉州曲》之误。"③ 从唐诗可见此曲流传之广。王昌龄《殿前曲二首》其二云："胡部笙歌西殿头，梨园弟子和《凉州》。新声一段高楼月，圣主千秋乐未休。"④ 白居易《题灵岩寺》诗云："使君虽老颇多思，携觞领妓处处行。今愁古恨入丝竹，一曲《凉州》无限情。"⑤《秋夜听高调凉州》诗云："楼上金风声渐紧，月中银字韵初调。促张弦柱吹高管，一曲《凉州》入沉寥。"⑥ 李益《夜上西城

---

① 李明伟：《古丝路上的"西凉乐"与"凉州词"》，收入《丝绸之路贸易史研究》，甘肃人民出版社 1991 年版，第 320 页。
② 方豪：《中西交通史》，岳麓书社 1987 年版，第 442 页。
③ 王胜明：《〈梁州曲〉乃〈凉州曲〉之误辩》，《青海社会科学》2009 年第 5 期。
④ （唐）王昌龄著，胡问涛、罗琴校注：《王昌龄集编年校注》卷 2，巴蜀书社 2000 年版，第 71 页。
⑤ （唐）白居易：《白居易集》卷 21，中华书局 1979 年版，第 461 页。
⑥ （唐）白居易：《白居易集》卷 31，第 705 页。

听梁州曲二首》其一云:"行人夜上西城宿,听唱梁州双管逐。此时秋月满关山,何处关山无此曲。"可见驻防边塞的将士普遍喜听《凉州曲》。此曲感染力特强,其二:"鸿雁新从北地来,闻声一半却飞回。金河戍客肠应断,更在秋风百尺台。"① 大雁听了也生思乡之念,何况驻守边关的士兵呢! 欧阳詹《闻邻舍唱凉州有所思》云:"有善伊凉曲,离别在天涯。虚堂正相思,所妙发邻家。声音虽类闻,形影终以遐。因之增远怀,惆怅菖蒲花。"②"伊凉曲"即《伊州曲》和《凉州曲》。这来自边地的音乐多少次触动诗人的灵感,令他们挥笔赋诗。薛用弱《集异记》记载的"旗亭画壁"故事反映《凉州曲》流行之广泛:

> 开元中,诗人王昌龄、高适、王涣之齐名。时风尘未偶,而游处略同。一日天寒微雪,三诗人共诣旗亭,贳酒小饮,忽有梨园伶官十数人,登楼会宴。三诗人因避席隈映,拥炉火以观焉。俄有妙妓四辈,寻续而至,奢华艳曳,都冶颇极。旋则奏乐,皆当时之名部也。昌龄等私相约曰:"我辈各擅诗名,每不自定其甲乙。今者可以密观诸伶所讴,若诗人歌词之多者,则为优矣。"俄而一伶拊节而唱,乃曰:"寒雨连江夜入吴,平明送客楚山孤。洛阳亲友如相问,一片冰心在玉壶。"昌龄则引手画壁曰:"一绝句!"寻又一伶讴之曰:"开箧泪沾臆,见君前日书。夜台何寂寞,犹是子云居。"适则引手画壁曰:"一绝句!"寻又一伶讴曰:"奉帚平明金殿开,强将团扇共徘徊。玉颜不及寒鸦色,犹带昭阳日影来。"昌龄则又引手画壁曰:"二绝句!"涣之自以得名已久,因谓诸人曰:"此辈皆潦倒乐官,所唱皆巴人下俚之词耳! 岂阳春白雪之曲,俗物敢近哉?"因指诸妓之中最佳者曰:"待此子所唱,如非我诗,吾即终身不敢与子争衡矣! 脱是吾诗,子等当须列拜床下,奉吾为师!"因欢笑而俟之。须臾,次至双鬟发声,则曰:"黄河远上白云间,一片孤城万仞山。羌笛何须怨杨柳,春风不度玉门关。"涣之即揶揄二子曰:"田舍奴! 我岂妄哉?"③

王涣之即王之涣。这个故事未必真实,④ 但它反映了当时诗用以歌唱的事

---

① (唐)李益著,范之麟注:《李益诗注》,上海古籍出版社1984年版,第107页。
② 《全唐诗》卷349,第3905页。
③ (唐)薛用弱:《集异记》卷2,中华书局1980年版,第11—12页。
④ 傅璇琮:《靳能所作王之涣墓志铭跋》,《唐代诗人丛考》,中华书局1980年版,第63—65页。

实,也反映了王之涣《凉州词》之流传广泛。王之涣自负《凉州词》为"阳春白雪",非它曲可比,也反映了此曲在当时人们心目中的地位。从以上这些诗和这个故事可知,边关将士、宫廷梨园、青楼歌妓、官员游赏、街坊邻里和集市娱乐等各种场所,都有《凉州曲》的演唱。岑仲勉据此论证西方音乐与盛唐诗的变化之关系:"试观旗亭画壁及元稹诗之'休遣玲珑唱我辞'(商玲珑乃余杭歌者),中唐唱歌之盛,可见一斑。然两汉以后之诗,多限于五、七言,不能发生天籁,往往辞不达意。遇着西方乐谱大量涌入,有调而无词,一般诗家既昧于乐律,弗能适应潮流,而田野作品又被缙绅视为粗鄙之音,为急于实用,就不能不取较短之曲,迁就流行之诗篇,此开、天间七绝、五绝所以成为歌诗之原因。"① 旗亭画壁故事中伶人所唱皆五七言绝句,王维《送元二使安西》被谱曲广为传唱,也是绝句诗,似乎都能印证岑先生之论断。在论证诗歌于盛唐时达于高峰的成因方面,注意到外来文化的影响,可谓独具慧眼。

凉州沦陷不能收复,唐后期《凉州曲》成为触动诗人心头之痛的乐曲。"天宝后诗人多为忧苦流寓之思,及寄兴于江湖僧寺。而乐曲亦多以边地为名,有《伊州》《甘州》《凉州》等,至其曲遍繁声,皆谓之'入破'。又有《胡旋舞》本出康居,以旋转便捷为巧,时又尚之。破者,盖破碎云。"② 把大片土地失陷归结为乐曲中的"入破",或认为"入破"是大片国土失陷的征兆,本无道理,但当时人们的确把乐曲与政治联系起来。刘景复《梦为吴泰伯作胜儿歌》云:

  繁弦已停杂吹歇,胜儿调弄逻娑拨。四弦拢撚三五声,唤起边风驻明月。大声嘈嘈奔溜溜,浪蹙波翻倒溟渤。小弦切切怨飔飔,鬼哭神悲秋窸窣。倒腕斜挑掣流电,春雷直戛腾秋鹘。汉妃徒得端正名,秦女虚夸有仙骨。我闻天宝十年前,凉州未作西戎窟。麻衣右衽皆汉民,不省胡尘暂蓬勃。太平之末狂胡乱,犬豕崩腾恣唐突。玄宗未到万里桥,东洛西京一时没。汉土民皆没为虏,饮恨吞声空喑咽。时看汉月望汉天,怨气冲星成彗字。国门之西八九镇,高城深垒闭闲卒。河湟咫尺不能收,挽粟推车徒兀兀。今朝闻奏凉州曲,使我心神暗超忽。胜儿若向边塞弹,征人泪血应阑干。③

---

① 岑仲勉:《隋唐史》,中华书局1982年版,第239页。
② 《新唐书》卷35《五行志二》,中华书局1975年版,第921页。
③ 《全唐诗》卷868,第9832—9833页。

据此诗题注："吴郡泰伯祠，市人赛祭，多绘美女以献。岁乙丑，有以轻绡画侍婢捧胡琴者，名为胜儿，貌踰旧绘，巫方献舞，进士刘景复过吴，适置酒庙东通波馆，忽欠伸思寝，梦紫衣冠者言让王奉屈，随至庙，揖而坐。王语之曰：'适纳一胡琴妓，艺精而色丽，知吾子善歌，奉邀作胡琴一曲以宠之。'因命酒为作歌。王召胜儿授之。刘寤，传其歌吴中云。"这是一个传奇小说的情节，在这个传奇故事里，一幅画有捧胡琴的侍婢画，一支《凉州曲》便引起诗人对河湟沦陷的万千感慨，可见面对西北失地唐人是如何痛心疾首和耿耿于怀。杜牧《河湟》诗云：

元载相公曾借箸，宪宗皇帝亦留神。旋见衣冠就东市，忽遗弓剑不西巡。牧羊驱马虽戎服，白发丹心尽汉臣。唯有凉州歌舞曲，流传天下乐闲人。①

河湟失陷，对于中原来说一切尽失，唯有一曲《凉州曲》还在社会上流传不衰，那些不关心国事的"闲人"仍从欣赏《凉州曲》中获得快乐，这正是"商女不知亡国恨，隔江犹唱后庭花"之意。与此诗题旨相同的是韩琮《京西即事》诗："秋草河兰起阵云，凉州唯向管弦闻。"② 凉州陷于敌手，只剩一首《凉州曲》还能听人演奏。王贞白《歌（一作凉州行）》云："谁唱关西曲，寂寞夜景深。一声长在耳，万恨重经心。调古清风起，曲终凉月沉。却应筵上客，未必是知音。"③ "关西曲"即《凉州曲》，当深夜有人演奏此曲时，令人心生万恨。诗人痛心于失地未复，但在座的客人却不是都能理解诗人的心情。《凉州词》的歌唱不仅流行，还出现以歌唱这首歌曲闻名的歌手。刘禹锡《与歌者米嘉荣》云："唱得凉州意外声，旧人唯数米嘉荣。"④ 米嘉荣是来自中亚米国的歌手，这种混有西域音乐成分的歌曲是其最擅长的。

凉州失陷，内地以此为题材形成戏剧艺术，被任中敏先生认为是"全能剧"，其第一手材料就是白居易诗《西凉伎》（已见前引）。他说："借伎艺名作剧名也。若按后世情形，为之拟名，可以曰'雄狮恨'，或'胡儿思乡'，或'凉州梦'（元稹诗题）。此则中唐之全能剧，约产生

---

① （唐）杜牧：《樊川文集》卷 2，上海古籍出版社 1978 年版，第 24 页。
② 《全唐诗》卷 565，第 6550 页。
③ 《全唐诗》卷 701，第 8060 页。
④ （唐）刘禹锡著，瞿蜕园笺证：《刘禹锡集笺证》卷 25，上海古籍出版社 1989 年版，第 783 页。

于德宗初年，第八世纪之末。其前身为《胡腾儿》歌舞剧，约早四十年已有之。至第九世纪之半，宣宗大中三年，河湟收复，剧之直接作用不复存在，或始罢演。"元稹和白居易都有以《西凉伎》为题的诗，元稹诗称为"此曲"，因为他写的是安史之乱前哥舒翰幕府中的歌舞形式，"确系百戏之狮舞，结合夷乐之胡腾舞而已"。白居易诗云："有一征夫年七十，见弄《凉州》低面泣。"又云"忍取《西凉》弄为戏"①。则已是全能剧之形式。从白居易诗可知，西凉伎之戏剧有"路断""问狮"等情节。至于此剧之形成过程，云："大历初，凉州既陷，安西交通开始断绝，予当时人之刺激甚深；便有人就所演之《西凉伎》中，删去狮舞，专就胡腾舞发展，而注入路断思乡之情绪，以寄其悼念遗疆之痛。——此同一题材，初步改编，由歌舞而进入歌舞剧之情形也。及贞元末，时事更非，六州久已全陷，而君臣束手如故，唐民之愤慨愈深！乃有有心人者，复因旧伎，增加情节，还入《狮舞》，而益就狮子生情，专以讽刺封疆，即白诗所据以阐发者。——此同一题材，再度改编，由歌舞剧而进入全能剧之情形也。"结合白居易诗的描写，任先生分析了《西凉伎》作为全能剧的剧情大概、致辞（剧中人作代言体之说白）、表演、乐舞、装服、效果六个方面，分析了此全能剧之性质。②白居易的诗咏此剧情，正是借以讽刺和针砭不作为的边将，故诗序云："《西凉伎》，刺封疆之臣也。"③

宣宗时收复七关三州，张议潮沙州起义于懿宗咸通四年（851），收复凉州。薛逢《凉州词》热情歌颂这一胜利："昨夜蕃兵报国仇，沙州都护破凉州。黄河九曲今归汉，塞外纵横战血流。"④皎然《塞下曲二首》其二："都护今年破武威，胡沙万里鸟空飞。旄竿瀚海扫云出，毡骑天山蹋雪归。"⑤都反映了这一重大事变。杜牧站在朝廷立场上，歌颂宣宗对河西地区的用兵，其《今皇帝陛下一诏征兵，不日功集，河湟诸郡次第归降，臣获睹圣功辄献歌咏》云：

捷书皆应睿谋期，十万曾无一镞遗。汉武惭夸朔方地，周宣休道太原师。威加塞外寒来早，恩入河源冻合迟。听取满城歌舞曲，《凉

---

① 谢思炜撰：《白居易诗集校注》卷4，中华书局2006年版，第367页。
② 任中敏：《唐戏弄》第三章《剧录》，凤凰出版社2013年版，第373—378页。
③ （唐）白居易：《白居易集》卷3，中华书局1979年版，第53页。
④ 《全唐诗》卷548，第6334页。
⑤ 《全唐诗》卷820，第9241页。

州》声韵喜参差。①

诗言宣宗收复河湟之地,功业超过了周宣汉武。当河湟收复的消息传来,再演唱《凉州曲》时人们的心情不同了,其曲调的抑扬顿挫让人怎么听都是美妙的。晚唐李洞《冬日送凉州刺史》云:

> 宠饯西门外,双旌出汉陵。未辞金殿日,已梦雪山灯。地远终峰尽,天寒朔气凝。新年行已到,旧典听难胜。吏扫盘雕影,人遮散马乘。移军驼驮角,下塞掾河冰。猎近昆仑兽,吟招碛石僧。重输右藏实,方见左车能。兵聚边风急,城宽夜月澄。连营烟火岭,望诏几回登。②

从这首诗可知,当时朝廷有任命凉州刺史的举措。"旧典"当作"旧曲",即《凉州曲》。新任凉州刺史赴任,自然演奏《凉州》旧曲欣赏。

敦煌诗集残卷中有的诗反映凉州光复后的形势。地属武威郡的番禾县,随着凉州回归唐朝治下,敦煌文书唐佚名诗集有一首题为《番禾县》(P.2672)的诗写光复后的社会景象:

> 五柳和风多少年,琴堂墳毁旧山川。城当河口凭石壁,地接沙场种水田。经乱不输乡国税,昔时繁盛起狼烟。夷人相勉耕南亩,愿拜乘凫贡上天。③

据考这首诗可能是时任河西都防御使的翁郜所写,非常符合久经乱离后复归太平的社会状况。同卷又有一首题为《平凉堡》的诗:

> 魏主昔都击五凉,天然移国道消亡。残云瓦解西陲阵,偃月戈铤入帝乡。旧日柳营今作镇,昔时州县废封疆。山河上(尚)在犹繁盛,莫遣将军更卧墙。④

此诗题注云:"太延五年拓跋焘(焘)伐凉。"从这首诗第一句和此注可

---

① (唐)杜牧撰,吴在庆校注:《杜牧集系年校注》卷2,中华书局2013年版,第112页。
② 《全唐诗》卷723,第8303页。
③ 徐俊纂辑:《敦煌诗集残卷辑考》卷下,中华书局2000年版,第657—658页。
④ 同上书,第659页。

知此"平凉堡"是一个具体地名,不是唐代平凉县。其得名跟北魏太武帝拓跋焘平凉州有关,其地当在凉州之境。诗由平凉堡地名引发联想,想到凉州一带的历史兴亡,感慨今昔。虽然此地曾繁盛一时,但现在依然疮痍未复,如今战乱已经结束,诗人希望永无战争。同卷《嘉麟县》诗云:"道消堪泣遇嘉麟,县毁西凉后魏臣。昔日百城曾卧治,如今五柳不沾春。开元田□徒□□,谩假橐鞬圻战轮。户口怨随羌虏族,思乡终拟效唐人。"[①] 嘉麟县亦乃武威郡属县,诗写此地的今昔盛衰,传达其地唐人百姓的心理,自凉州一带陷蕃后,当地唐人便受吐蕃统治,但他们思念故国,生活方式依然取法中原。

(二)唐诗中的张掖

1. 作为"塞上江南"的张掖

张掖郡位于祁连山(南山)、合黎山与龙首山(北山)之间,汉初为匈奴昆邪王属地。汉武帝元狩二年(前121),霍去病进军河西,夺取此地。元鼎六年(前111),汉朝取"断匈奴之臂,张中国之掖(腋)"之意,置张掖郡,属凉州刺史部,领十县。王莽始建国元年(9),改名设屏郡。东汉建武三年(27)各地恢复旧名,张掖郡恢复原称。献帝兴平元年(194)属雍州。西晋初张掖郡领永平、屋兰、临泽、氏池四县。五胡十六国时先是沮渠蒙逊在张掖建立北凉(401),定都建康(今高台县骆驼城)。北魏太武帝于太延五年(439)攻灭北凉,在此建立军镇,实行军事管制,张掖郡改为张掖军。孝明帝正光五年(524),复为郡,属西凉州,并为州治。西魏废帝三年改西凉州为甘州。在南北朝对峙,北方东、西魏和北周、北齐鼎立之际,西域各国商队止于张掖,张掖一时成为中西商贸和文化交流的中心。

隋开皇三年(583)罢张掖郡。大业三年(607)罢甘州,复置张掖郡,领张掖、删丹、福禄三县。张掖保持着中西方贸易中心地位,史载"西域诸蕃,多至张掖,与中国交市"[②]。张掖在丝绸之路上的地位日益重要,炀帝派重臣裴矩至张掖主持互市。由于裴矩的策划和努力,中西交通恢复了繁荣局面:

> 帝由是甘心,将通西域,四夷经略,咸以委之。转民部侍郎,未

---

① 徐俊纂辑:《敦煌诗集残卷辑考》卷下,第659页。
② 《隋书》卷67《裴矩传》,中华书局1973年版,第1578页。

视事，迁黄门侍郎。帝复令矩往张掖引致西蕃，至者十余国。大业三年，帝有事于恒岳，咸来助祭。帝将巡河右，复令矩往敦煌。矩遣使说高昌王麴伯雅及伊吾吐屯设等，啖以厚利，导使入朝。及帝西巡，次燕支山，高昌王、伊吾设等及西蕃胡二十七国，谒于道左。皆令佩金玉，被锦罽，焚香奏乐，歌儛喧噪。复令武威、张掖士女盛饰纵观，骑乘填咽，周亘数十里，以示中国之盛。帝见而大悦。竟破吐谷浑，拓地数千里，并遣兵戍之。每岁委输巨亿万计，诸蕃慑惧，朝贡相续。①

裴矩的活动使张掖成为隋朝经营西域的前哨。

唐代张掖郡先是地属陇右，后隶河西，其名称屡有改易，有时称张掖郡，有时称甘州。"武德二年，平李轨，置甘州。天宝元年，改为张掖郡。乾元元年，复为甘州。"② 唐前期张掖是抗击吐蕃的战略要地和军事补给之基地，唐朝在此加强边防，大力发展农业生产，经济繁荣。武后时以主客郎中郭元振为凉州都督、陇右诸军大使，"凉州南北境不过四百余里，突厥、吐蕃频岁奄至城下，百姓苦之。郭元振始于南境硖口置和戎城，北境碛中置白亭军，控其冲要，拓州境千五百里，自是寇不复至城下。元振又令甘州刺史李汉通开置屯田，尽水陆之利。旧凉州粟麦斛至数千，及汉通收率之后，一缣籴数十斛，积军粮支数十年。元振善于抚御，在凉州五年，夷夏畏慕，令行禁止，牛羊被野，路不拾遗"③。中国第二大内陆河黑河贯穿其全境，素有"桑麻之地""鱼米之乡""塞上江南"之美称和"金张掖、银武威"之佳誉。

2. 张掖在丝路上的重要地位

张掖从西汉时起就是丝绸之路重镇，是中原通往西域的要道，西域和中原地区的人们由于各种不同的使命途经此地，往来于长安与西域之间。中原地区人士远赴西域途经张掖，因此张掖在古代诗歌中早已成为离别意象。南朝江总《别永新侯》诗云："送君张掖郡，分悲函谷关。欲知肠断绝，浮云去不还。"④ 唐代前期经营西域，张掖更是丝绸之路要道，行人多经于此。玄奘赴印度取经途经此地，陈子昂奉命到此地视察，著《上谏武后疏》，并有诗传世，其《还至张掖古城闻东军告捷赠韦五虚已》云：

---

① 《隋书》卷67《裴矩传》，第1580页。
② 《旧唐书》卷40《地理志三》，中华书局1975年版，第1641页。
③ 《资治通鉴》卷207，中华书局1956年版，第6557—6558页。
④ （唐）欧阳询：《艺文类聚》卷29，上海古籍出版社1965年版，第527页。

孟秋首归路，仲月旅边亭。闻道兰山战，相邀在井陉。屡斗关月满，三捷虏云平。汉军追北地。胡骑走南庭。君为幕中士，畴昔好言兵。白虎锋应出，青龙阵几成。披图见丞相，按节入咸京。宁知玉门道，翻作陇西行。北海朱旄落，东归白露生。纵横未得意，寂寞寡相迎。负剑空叹息，苍茫登古城。①

武则天垂拱二年（686），陈子昂随左补阙乔知之的部队到达居延海、张掖河一带，从此诗诗题和内容可知，当他归京至张掖古城时遇到从长安西行的韦虚己，韦是参加了东军兰山之战的人，陈子昂大概从他口中听说了东军告捷的消息。在陈子昂看来，韦虚己是立功之人，应在朝廷升官任职，可是却又奉使至陇西，颇为失意，他为之抱不平。盛唐时有人从长安出发，往河西赴任，有的即到张掖任职，岑参、王维、高适等人都曾路经甘州，并有诗作。岑参《送张献心充副使归河西杂句》②之张献心乃河西节度使僚佐，在长安被任命为节度副使，他从河西来，又归河西，张掖是其目的地。

安史之乱之初，洛阳、长安先后陷落，张掖成为避乱之地。李白《江夏赠韦南陵冰》诗云："胡骄马惊沙尘起，胡雏饮马天津水。君为张掖近酒泉，我窜三巴九千里。"③据李白诗意，他笔下的韦冰先是避乱到张掖，后又辗转至江夏，任南陵令，李白遭贬流放夜郎途中，在江夏与之相遇。随着河西、安西兵马抽调内地平叛，吐蕃北进，张掖陷于吐蕃，唐诗中保存了张掖沦陷后一段伤心的史实。在敦煌石窟中发现被吐蕃人俘虏的河西地区官员们写的诗，这些人被称为"破落官"，马云奇是其一。他本是张掖太守乐庭瓌僚属，德宗建中二年（781）张掖被吐蕃攻陷，大小官员被俘，马云奇沦为囚徒。他们被押送至吐蕃地区，马云奇的诗描写了途中所见所感。他们先被押解到青海湖北，两年后转至湟水河畔的临蕃城（今青海西宁西的多巴）。④在近代西方人在中国西北地区的探险考察中，马云奇的诗被外国人劫去，收藏于巴黎图书馆，经王重民据敦煌抄本整理，收入《〈补全唐诗〉拾遗》，今存13首。⑤其中《白云歌》《怀素师草书歌》

---

① （唐）陈子昂：《陈子昂集》卷2，中华书局1960年版，第20页。
② （唐）岑参著，陈铁民、侯忠义校注：《岑参集校注》卷3，上海古籍出版社1981年版，第207页。
③ （唐）李白著，瞿蜕园、朱金城校注：《李白集校注》卷11，上海古籍出版社1980年版，第745页。
④ 陈尚君辑校：《全唐诗补编》，中华书局1992年版，第87页。
⑤ 同上书，第61—64页。

《送游大德赴甘州口号（此便代书寄呈将军）》《题周奉御》《赠邓郎将四弟》《同前已（以）诗代书》《赠乐使君》六首应作于安史之乱前。其他七首则作于被吐蕃人俘后。

被俘后的这些诗情真意切，反映了他们从张掖至吐蕃境内临蕃城的经历和心情，表达了山河沦失之痛，被俘遭囚之苦，句句是心血之流露。当年九月九日这群破落官曾同题赋诗，故马云奇有《九日同诸公殊俗之作》诗，表达了他们身处"殊俗"时共同的悲哀和心声："一人歌唱数人啼，拭泪相看意转迷。不见书传清（青）海北，只知魂断陇山西。登高乍似云霄近，寓目仍惊草树低。菊酒何须频劝酌，自然心醉已如泥。"① 诗中充满"涕""泪""魂断""惊""心醉"等字眼，表达了国破家亡的流落之悲。马云奇思念和牵挂儿女，《途中忆儿女之作》云："发为思乡白，形因泣泪枯。尔曹应有梦，知我断肠无？"② 被押送至大斗拔谷时，他写有《至淡河同前之作》诗："念尔兼辞国，缄愁欲渡河。到来河更阔，应为涕流多。""念尔"是对儿女的思念，"辞国"表达对故国的依恋，家国之情交织在一起，无限悲伤。被押送到临蕃城，其《诸公破落官蕃中制作》也表达了同样的伤痛情感："别来心事几悠悠，恨续长波晓夜流。欲知起坐相思意，看取云山一段愁。"③ 不仅表达了他个人的哀怨，也是沦为吐蕃统治下的河西民众的共同心声。马云奇参加抗击吐蕃的斗争，被俘后被长年囚禁，却仍然坚守节操，在《被蕃军中拘系之作》中回忆当年的战斗生活和失败后的愧悔和失望："何事逐漂蓬，悠悠过凿空！世穷途运荣（塞），战苦不成功。泪滴东流水，心遥北鬻鸿。可能忠孝节，长遣阆西戎。"④

张议潮收复河西，唐朝曾置河西都防御使，河西一带至少在名义上又重新回归唐朝。敦煌诗集残卷有题为《甘州》（P.6234）的诗：

　　雪山东面碛西□（疑为"头"），□□（当为李陵）苏武北海暮。空吟汉月胡儿曲，胡□甘州□□□。悬□□感化从风，醴泉□水绕城流。⑤

---

① 《〈补全唐诗〉拾遗》卷1，《全唐诗补编》，第62页。
② 同上书，第63页。
③ 同上书，第64页。
④ 同上书，第63页。
⑤ 徐俊纂辑：《敦煌诗集残卷辑考》卷下（英藏俄藏部分），中华书局2000年版，第655页。

诗里流露出某种苍凉之感，但仍反映出河西回归后的气象。张掖一直是胡汉杂居之地，西域胡人多驻足于此，故诗中写到胡儿曲。此诗作者可能是河西都防御使翁郜。① 河西都防御使可能兼任甘州刺史，并驻节甘州。因此翁郜《述怀寄友人》诗云："弱冠忍离家，屡曾通消息。意气感凌云，假宦向张掖。"② 翁郜有立功边塞的志向，其阙题诗云：

塞草凝霜白露浓，征人防城即秋风。塞穹不卷西陲□，虏骑难逃怯骏駃。□发已曾闻贼号，□仓未省天□弓。方将竭力阵（陈）明主，不惮沙场立战功。③

但他的处境是困难的，一方面唐朝廷与沙州归义军之间矛盾重重，他夹在中间，局面不好应付；另一方面地近吐蕃，要面对吐蕃随时的进攻。背后则是唐朝赋予的重任。所以翁郜的诗流露出极其复杂的情感，虽然有时他为此地收复感到高兴，但更多的是为个人前途担忧，其《自述》诗托物言志："羝羊何事触西蕃（藩），进退难为出塞垣。毛短更忧刀机苦，哀鸣伏听主人言。"④ "西蕃（藩）"一语双关，字面上写篱笆，实指吐蕃。任职甘州，直接面对吐蕃人的进攻，故以羝羊触西藩为喻。出任河西官员是一个艰苦危险的差事儿，但对没有背景的官员而言，朝廷之命不可违，来此实则是不得已而为之，故云："哀鸣伏听主人言。"他在这里日夜盼望早日归去，《塞上逢友人》诗云：

相逢悲喜两难任，话旧新诗益寸心。执手更言西域去，塞垣何处会知音。敦煌上计程多少，纳职休行更入深。早晚却回归旧业，莫随蕃丑左衣衿。⑤

诗大概是诗人赴职河西路上出塞之作。说从此一别，再无朋友相会了，大有"西出阳关无故人"之意。地方官每年有上计之任，从敦煌上计朝廷路程遥远；周围环境险恶，他告诫自己巡视属地，只到伊州纳职县，不要行

---

① 参见荣新江《唐人诗集的钞本形态与作者蠡测》，四川大学中国俗文化研究所编《项楚先生欣开八秩颂寿文集》，中华书局2012年版，第141—158页。
② 徐俊纂辑：《敦煌诗集残卷辑考》卷下（英藏俄藏部分），第660页。
③ 同上书，第662页。
④ 同上书，第660页。
⑤ 同上。

之太远。最后两句一方面写出自己的担心,即害怕为敌人所虏;另一方面盼望早日归去,重理旧业。《自述》诗写在河西任职的生活和处境:

> 不衣涕(绨)袍以(已)数秋,罗巾帔尽系缠头。弯弓射虏随蕃丑,叫鼓鸣更宿戍楼。一日悔称张掖椽,三年功大(?)义阳侯。辛勤自欲朝乡道,喜筑西陲置此州。①

末句可能指在这里筑"南堡"一事。《重阳》写与"征西将"聚饮佳节思亲的心情:"共登南堡宴重阳,奔眼颦媚(眉)望故乡。"② 这里时时会发生战斗,故常常不着官袍,而着战衣。当一座新城筑成,他稍感安慰,但其思乡之情并不一日稍减。这些诗写出了任职甘州者的心情,也反映了甘州边防的紧张局势。

3.《甘州曲》

甘州边地乐曲流入宫廷,成为教坊大曲,曲牌有《甘州曲》《甘州子》《甘州破》《八声甘州》等。《甘州曲》是教坊曲名。"天宝乐曲,皆以边地名,若《凉州》《伊州》《甘州》之类。……安禄山反,凉州、伊州、甘州皆陷吐蕃。"③ 唐人把各地沦陷归结为这些乐舞中有"入破"的段子,以为一语成谶。"天宝后,诗人多为忧苦流寓之思,及寄兴于江湖僧寺。而乐曲亦多以边地为名,有《伊州》《甘州》《凉州》等,至其曲遍繁声,皆谓之'入破'。……破者,盖破碎云。"④ 唐代《甘州曲》颇流行,元稹《琵琶》诗云:

> 学语胡儿撼玉玲,《甘州》破里最星星。使君自恨常多事,不得功夫夜夜听。⑤

但现在所见以该乐名写的诗,内容和甘州没什么关系,如符载《甘州歌》云:"月里嫦娥不画眉,只将云雾作罗衣。不知梦逐青鸾去,犹把花枝盖面归。"⑥ 前蜀王衍《甘州曲》云:"画罗裙,能解束,称腰身。柳眉桃脸

---

① 徐俊纂辑:《敦煌诗集残卷辑考》卷下(英藏俄藏部分),第661页。
② 同上。
③ 《新唐书》卷22《礼乐志十二》,中华书局1975年版,第476—477页。
④ 《新唐书》卷35《五行志二》,第921页。
⑤ (唐)元稹著,杨军笺注:《元稹集编年笺注》,三秦出版社2002年版,第983页。
⑥ 《全唐诗》卷472,第5354页。

不胜春。薄媚足精神,可惜许,沦落在风尘。"① 顾敻《甘州子》云:"一炉龙麝锦帷旁,屏掩映,烛荧煌。禁城刁斗喜初长,罗荐绣鸳鸯,山枕上,私语口脂香。"② 虽然如此,张掖等地陷落后,《甘州曲》却是勾起诗人伤心的乐曲。薛逢《醉中闻〈甘州〉》诗云:"老听笙歌亦解愁,醉中因遣合《甘州》。行追赤岭千山外,坐想黄河一曲流。日暮岂堪征妇怨,路傍能结旅人愁。左绵刺史心先死,泪满朱弦催白头。"③ 听到《甘州曲》便想到河西之地昔日的繁盛,如今那里汉人遭受吐蕃统治,征战连年,男人死于沙场,思妇愁怨忧伤,抚今追昔,令人泪流潸潸,甚至陡生白发。

(三) 唐诗中的酒泉

1. 酒泉郡与酒泉道

酒泉郡位于今甘肃省西北部,郡治在今酒泉市,地处河西走廊西端阿尔金山、祁连山与马鬃山之间。秦汉之前为西戎地、西羌地。汉武帝元狩二年(前121)以前,酒泉一带一直是匈奴人驻牧之地。这一年,霍去病进军河西,其年秋击败浑邪王,夺取河西之地。汉朝将中原数十万人迁至此地耕种。酒泉以"城下有泉""其水若酒"得名。④ 汉武帝元封五年(前106),设立酒泉郡,郡治禄福县,为河西四郡之一。西晋惠帝元康五年(295),改禄福县为福禄县。北魏太延元年(435)改称酒泉镇。隋仁寿二年(602)改酒泉镇为肃州。唐武德七年(624)置酒泉县,广德元年(763)地陷吐蕃,建"肃州千户府"。至宣宗大中五年(851)的89年间为蕃占时期。张议潮驱逐吐蕃人的势力,重归唐朝。唐末至五代地属回鹘。

唐时酒泉郡有时称"肃州",唐诗中没有出现过"肃州"之称,"酒泉"是一个形象化的词,更富有诗意,因此诗中总是以酒泉称之。"酒泉"这个名字还被李白引申发挥出人生当饮酒的道理,其《月下独酌四首》其二云:"天若不爱酒,酒星不在天。地若不爱酒,地应无酒泉。"⑤ 杜甫则坐实理解为出好酒的地方,《饮中八仙歌》诗云:"知章骑马似乘船,眼花

---

① 《全唐诗》卷889,第10048页。
② 华钟彦:《花间集注》卷6,中州书画社1983年版,第190页。
③ 《全唐诗》卷548,第6329页。
④ 《汉书》卷28下《地理志》:"酒泉郡,武帝太初元年开。"颜师古注:"应劭曰:'其水若酒,故曰酒泉也。'师古曰:'旧俗传云城下有金泉,泉味如酒。'"中华书局1962年版,第1614页。
⑤ (唐)李白著,瞿蜕园、朱金城校注:《李白集校注》卷23,上海古籍出版社1980年版,第1332页。

落井水底眠。汝阳三斗始朝天,道逢麴车口流涎,恨不移封向酒泉。"① 酒泉在汉代时是与匈奴作战的前线,因此成为边塞战争意象,在唐诗中往往被当作战地描写。王维《陇西行》云:"十里一走马,五里一扬鞭。都护军书至,匈奴围酒泉。关山正飞雪,烽戍断无烟。"② 郭震《塞上》云:"久戍人将老,长征马不肥。仍闻酒泉郡,已合数重围。"③ 王维和郭震的年代,酒泉都在唐朝管控之下,地属后方,但在他们诗中都是遭敌围困之中,显然都不是实写。

酒泉东南接张掖、东边连接居延道,南接青海,西接敦煌和西域。在唐前期丝绸之路兴盛时期,这里是东来西往的行人经常出入的地方,社会生活中充满异域风情。路经酒泉的道路被称为"酒泉道"。岑参多次路经酒泉道,对酒泉道自然环境有真切体会,他的诗反映了酒泉通往西域的道路的自然风貌。《过燕支寄杜位》诗云:"燕支山西酒泉道,北风吹沙卷白草。长安遥在日光边,忆君不见令人老。"④ 《过酒泉忆杜陵别业》云:"昨夜宿祁连,今朝过酒泉。黄沙西际海,白草北连天。愁里难消日,归期尚隔年。阳关万里梦,知处杜陵田。"⑤ 河西路上凉州地方长官成为诗人歌咏的对象,酒泉太守多次出现在岑参诗中,在诗人笔下酒泉道则与玉门道相连。《赠酒泉韩太守》云:

  太守有能政,遥闻如古人。俸钱尽供客,家计常清贫。酒泉西望玉关道,千山万碛皆白草。辞君走马归长安,忆君倏忽令人老。⑥

诗赞美太守能政且廉洁,又热情好客。"酒泉"二句写酒泉道之荒凉,诗人从西域回,赴长安途经酒泉,受到太守的招待。当他扬鞭离开酒泉趋向长安时,他一边想到酒泉道的荒凉,一边怀念太守的好客,为之愁肠郁结。从长安出发的行人西出玉门关经酒泉道远赴西域,那时远行的人也有苦恼,那是思家念乡漂泊异乡之感。诗中愈是渲染酒泉之地的荒凉,愈是流露这种情感之强烈。

---

① (唐)杜甫著,(清)仇兆鳌注:《杜诗详注》卷2,中华书局1979年版,第82页。
② (唐)王维著,(清)赵殿成笺注:《王右丞集笺注》卷2,上海古籍出版社1984年版,第12页。
③ 《全唐诗》卷66,第756—757页。
④ (唐)岑参著,陈铁民、侯忠义校注:《岑参集校注》卷2,上海古籍出版社1981年版,第75页。
⑤ 同上书,第76页。
⑥ 同上书,第87页。

2. 酒泉的异域风情

酒泉是中外文化交流的要道,其社会生活充满域外风情。岑参《酒泉太守席上醉后作》写太守酒宴的情景,乐舞饮食都具异域色彩:

> 酒泉太守能剑舞,高堂置酒夜击鼓。胡笳一曲断人肠,座上相看泪如雨。琵琶长笛曲相和,羌儿胡雏齐唱歌。浑炙犁牛烹野驼,交河美酒金叵罗。三更醉后军中寝,无奈秦山归梦何。[①]

天宝八载(749)冬天,岑参赴西域途中经过酒泉,这首诗写酒泉太守之招待情形。天宝十四载(755)安禄山叛乱,至德二载二月,肃宗进军到凤翔,六月经杜甫等人举荐,岑参被授右补阙。可见在六月之前,岑参已自北庭东归来到凤翔,这年春天岑参正好东归路过酒泉。宴会上的美酒、酒具、乐曲、乐器、饮食和表演的胡族艺人等,都是在渲染此地的异域风情。浑炙是整只进行烧烤之意;犁牛,毛色相杂之牛;金叵罗是酒器,来自域外。整头烤全牛,烹调野骆驼,颇具有地方风味;持"金叵罗"喝交河美酒,宴会具有深厚的西域风情和地域特色。酒席散去诗人已醉,"军中就寝",但诗人梦中也是回到秦山,这种思乡之情使他闻乐而生悲伤之情。

酒泉有两个特点为唐代诗人关注,一是西域来的胡人聚居此处,人数众多。定居酒泉的胡人有的又来到中原地区,活跃在京师。李端《赠康洽》就是这样一个人:

> 黄须康兄酒泉客,平生出入王侯宅。今朝醉卧又明朝,忽忆故乡头已白。流年恍惚瞻西日,陈事苍茫指南陌。声名恒压鲍参军,班位不过扬执戟。迩来七十遂无机,空是咸阳一布衣。后辈轻肥贱衰朽,五侯门馆许因依。自言万物有移改,始信桑田变成海。同时献赋人皆尽,共壁题诗君独在。步出东城风景和,青山满眼少年多。汉家尚壮今则老,发短心长知奈何。华堂举杯白日晚,龙钟相见谁能免。君今已反我正来。朱颜宜笑能几回。借问朦胧花树下,谁家畚插筑高台。[②]

康洽,从其姓可知是来自中亚康国之人,"黄须"的描写也是胡人形象。从李端诗可知康洽是一位汉化很深的胡人,他能跟文士们一样献赋题诗,

---

[①] (唐)岑参著,陈铁民、侯忠义校注:《岑参集校注》卷3,第188页。
[②] 《全唐诗》卷284,第3238—3239页。

并在朝廷任职。二是此地出产的夜光杯常常引起诗人的诗兴,酒泉名产夜光杯是唐诗中喜欢吟咏的器物。① 夜光杯是用玉琢成的饮酒器皿,制作夜光杯的玉料采自祁连山中,距酒泉城百余千米。王之涣著名的《凉州词》:"蒲萄美酒夜光杯,欲饮琵琶马上催。醉卧沙场君莫笑,古来征战几人回。"酒泉郡属凉州,《凉州词》中歌咏夜光杯,也是在歌咏本地物产。

3. 沦于吐蕃的酒泉

安史之乱后,酒泉跟整个河西地区一样陷于吐蕃,蕃占时期酒泉成为失地象征。杨巨源《卢龙塞行送韦掌记二首》其二云:"陈琳书记本翩翩,料敌能兵夺酒泉。圣主好文兼好武,封侯莫比汉皇年。"② 卢龙塞位于今河北迁西县与宽城县接壤处,是燕山山脉东段的隘口。在这里送别行人,不大可能往酒泉,因此这里酒泉并不是实写,诗中把夺取酒泉作为战争的目的,夺取酒泉就是收复失地。张议潮起义,驱逐吐蕃人的势力,这里回归唐朝,恢复了安定和平生活,唐置河西都防御使驻守此地。敦煌残诗卷 S.6234 有佚名诗人《酒泉太守》诗:

将军施豹略,仗钺匣龙泉。皂(貌)质霜威镜,弯弧覆阵船。平吴愁范蠡,激水笑张骞。控御西陲静,封侯贺圣年。③

酒泉地处与吐蕃对峙的前线,因此太守一职需文武兼备,故诗称太守为"将军",极力赞美其军事才干;酒泉地处丝路要道,诗人又把酒泉太守在中外交通史上的贡献比作张骞,认为其功劳不在张骞之下。由于太守的努力,西陲获得和平与安宁,路经酒泉的丝路得以通畅。太守军功卓著,诗人祝愿他早日封侯。同卷又有题为《酒泉》的诗:

建康碛外酒泉城,御史新收贮甲兵。花柳移风含叶□,战鏊休攊绝镴枪。迁渠亩上金河水,五牸分行玉畔耕。直为唐朝明主圣,感恩多处贺□□。④

---

① 2006 年 5 月 20 日,经国务院批准,酒泉夜光杯被列入第一批国家级非物质文化遗产名录。2007 年 6 月 5 日,经文化部确定,酒泉市肃州区李洪斌为该文化遗产项目代表性传承人,并被列入第一批 226 名国家级非物质文化遗产项目代表性传承人名单。
② 《全唐诗》卷 333,第 3736 页。此诗作者一作钱起,见《全唐诗》卷 236。
③ 徐俊纂辑:《敦煌诗集残卷辑考》卷下(英藏俄藏部分),中华书局 2000 年版,第 653 页。
④ 同上书,第 654 页。

诗写酒泉的太平景象，歌颂唐天子的圣明，当然包含着对酒泉地方官治绩的歌颂。因为跟吐蕃战争不断，对于酒泉地区的百姓来说，和平安定的生活尤其来之不易，所以他们的诗表达了对天子圣明、长官治能和太平盛世的期望和向往。同卷还有题为《金河》的诗：

县名标振武，波浪出西凉。直入居延海，分流袭（昔）战场。塞城滋黍稷，地利赖金汤。道性通川渟，风涛怨异乡。①

此诗题注："亦名呼蚕水。"呼蚕水流经酒泉郡，入居延海。据考证这三首诗的作者可能是晚唐时河西都防御使翁郜，②诗既写出了河西一带驱逐了吐蕃人之后的社会景象，还写出了战争留下的痕迹，也表达了一位来自内地的官员之异乡之感和思乡之情。

河西走廊从汉代就设置驿站，供使节行人食宿，酒泉与敦煌间有悬泉置。汉代悬泉置遗址位于今安敦公路甜水井道班南侧1.5千米处戈壁中，敦煌市与安西县交界处，南依三危山余脉火焰山，北临西沙窝，为汉唐间安西与敦煌之间往来人员中转驿站。东去安西56千米，西去敦煌64千米。1990—1991年考古工作者对遗址进行了发掘，遗址现存面积2.25万平方米，出土大量生活、生产用具，特别是数量巨大的简牍、帛书和纸文书，对研究丝绸之路具有重要价值。③唐代从酒泉西行赴敦煌途中，仍有悬泉驿。据严耕望先生考证，高宗永淳二年（683），废无穷山南之黄谷、空谷、无穷三驿，于山北悬泉谷置悬泉驿，在悬泉水之东，东去鱼泉驿四十里，西至其头驿八十里。其地有悬泉城，乃守捉城。又有悬泉祠、悬泉寺，"盖为驿道要冲"，此皆南道。武则天时废南道诸驿。④从高宗时悬泉驿地处悬泉谷来看，其位置大致与汉代悬泉置相近。从唐诗来看，安史之乱后似仍然使用。中唐诗人贾岛有《宿悬泉驿》诗："晓行沥水楼，暮到悬泉驿。林月值云遮，山灯照愁寂。"⑤贾岛的时代河西走廊处于吐蕃人统治之下，悬泉驿或者在吐蕃统治时期得到恢复。在贾岛笔下，悬泉驿显然

---

① 徐俊纂辑：《敦煌诗集残卷辑考》卷下（英藏俄藏部分），第658页。
② 荣新江：《唐人诗集的钞本形态与作者蠡测》，《项楚先生欣开八秩颂寿文集》，中华书局2012年版，第141—158页。
③ 何双全：《甘肃敦煌汉代悬泉置遗址发掘简报》，《文物》2000年第5期。
④ 严耕望：《唐代交通图考》第二卷《河陇碛西区》，上海古籍出版社2007年版，第442页。
⑤ （唐）贾岛撰，李嘉言新校：《长江集新校》卷1，上海古籍出版社1983年版，第6页。

失去了往昔的繁忙景象，格外冷落清静。

（四）唐诗中的敦煌

1. 敦煌在丝绸之路上的重要地位

敦煌在古代丝绸之路上具有无与伦比的重要性。汉元鼎六年（前111），汉朝分酒泉设敦煌郡。《汉书·地理志》"敦煌郡"颜师古注引应劭云："敦，大也；煌，盛也。"① 李吉甫《元和郡县图志》云："敦，大也，以其开广西域，故以盛名。"② 西汉初匈奴人入侵河西，河西走廊遂成为匈奴领地。霍去病西征，夺取河西，汉朝设置了酒泉郡和武威郡，又从酒泉、武威析出敦煌、张掖二郡，敦煌成为"河西四郡"之一。汉朝自令居经敦煌直至盐泽（今罗布泊）设置亭障，筑长城，在敦煌西置阳关和玉门关，敦煌成为中西交通的"咽喉"之地，成为连接中原与西域的交通要道，故被称为"华戎所交，一都会也"③。

五胡十六国时，河西走廊局势动荡，先后出现"五凉"割据政权。前凉时曾改称沙州。李暠建立西凉，以敦煌为国都，敦煌成为西北地区政治文化中心。北魏灭北凉，占据河西，敦煌社会安定。唐代敦煌名称屡有改易，"沙州下，隋炖煌郡。武德二年，置瓜州。五年，改为西沙州。贞观七年，去'西'字。天宝元年，改为炖煌郡。乾元元年，复为沙州"④。唐代敦煌经济繁荣，文化昌盛。安史之乱中吐蕃乘虚占领河西，建中二年（781）陷沙州，统治长达60余年。张议潮率众起义，驱逐吐蕃势力，被唐朝封为河西、河湟十一州节度使，建归义军，治沙州。⑤ 唐亡，张承奉自立"金山国"。

敦煌是河西走廊西部辽阔沙漠和戈壁中一小块绿洲。从中原赴西域的三条路线都从敦煌出发，故隋代裴矩《西域图记序》描述当时丝绸之路的路线云：

> 发自敦煌，至于西海，凡为三道，各有襟带。北道从伊吾，经

---

① 《汉书》卷28下《地理志下》，中华书局1962年版，第1614页。
② （唐）李吉甫：《元和郡县图志》卷40，中华书局1983年版，第1026页。
③ 《后汉书·志》第二十三《郡国志》五，注引《耆旧记》，中华书局1965年版，第3521页。
④ 《旧唐书》卷40《地理志三》，中华书局1975年版，第1644页。
⑤ 敦煌陷蕃时间和张议潮收复时间，颇有争议，此依向达说，见向达《罗叔言〈补唐书张议潮传〉补正》，《唐代长安与西域文明》，生活·读书·新知三联书店1957年版，第417—418页。

蒲类海、铁勒部、突厥可汗庭,度北流河水,至拂菻国,达于西海。其中道从高昌、焉耆、龟兹、疏勒,度葱岭,又经钹汗、苏对沙那国、康国、曹国、何国、大、小安国、穆国,至波斯,达于西海。其南道从鄯善、于阗、朱俱波、喝槃陀,度葱岭,又经护密、吐火罗、挹怛、忛延、漕国,至北婆罗门,达于西海。其三道诸国,亦各自有路,南北交通。其东女国、南婆罗门国等,并随其所往,诸处得达。故知伊吾、高昌、鄯善,并西域之门户也。总凑敦煌,是其咽喉之地。①

唐朝击灭东西突厥后,迅速恢复了隋朝中西交通的盛况,三条干线空前通畅。丝路行旅从中原地区出发,进入河西走廊,经武威、张掖、酒泉,到达敦煌,而后经三条路线进入西域。从西域入华者经由三条路线到敦煌,而后沿河西走廊进入中原地区。敦煌成为丝绸之路上的咽喉锁匙,多元文化在此汇聚交融。季羡林先生说:"世界上历史悠久、地域广阔、自成体系、影响深远的文化体系只有四个:中国、印度、希腊、伊斯兰,再没有第五个;而这四个文化体系汇流的地方只有一个,就是中国的敦煌和新疆地区,再没有第二个。"②

2. 安史之乱前有关敦煌的歌咏

敦煌很早就进入诗人的歌咏中,那是作为边塞描写的。汉末魏初诗人左延年《从军行》云:"苦哉边地人,一岁三从军。三子到敦煌,二子诣陇西。五子远斗去,五妇皆怀身。"③ 在汉朝与匈奴争夺西域的过程中,敦煌是战争的前线。因此在汉代诗歌中,敦煌是汉军戍守之地,这首诗反映的就是这种形势。对于南北朝时的人来说,敦煌不在南朝管辖之地,因此在南朝诗人笔下,敦煌代表一个遥远的地方。梁代诗人刘孝先《春宵诗》云:"夜楼明月弦,露下百花鲜。情多意不设,啼罢未归眠。敦煌定若远,一信动经年。"④ 敦煌与内地在文化上的联系不曾中断,敦煌乐舞流传到内地。北魏诗人温子昇《敦煌乐》云:"客从远方来,相随歌且笑。自有敦煌乐,不减安陵调。"⑤ 远方的客人带来的《敦煌乐》乐曲美妙。

唐代前期疆域扩展到西域,敦煌不再是战争的前线,而成了东西方交

---

① 《隋书》卷67《裴矩传》,中华书局1973年版,第1579—1580页。
② 季羡林:《敦煌学、吐鲁番学在中国文化史上的地位和作用》,《红旗》1986年第3期。
③ 逯钦立辑校:《先秦汉魏晋南北朝诗》,中华书局1983年版,第411页。
④ (唐)欧阳询:《艺文类聚》卷32,上海古籍出版社1965年版,第568页。
⑤ (宋)郭茂倩编:《乐府诗集》卷78,中华书局1983年版,第1094页。

通的要道。由于地处丝绸之路咽喉之地，外国来的商队和从西域归来的唐人，不管取道南道还是北道，都要在敦煌落脚后东去，西行的人都要先到敦煌而后从不同方向西去，这就使得敦煌成为中原与西域间的枢纽之地。岑参《武威春暮闻宇文判官西使还已到晋昌》诗云："君从万里使，闻已到瓜州。"① 晋昌郡有时称瓜州，"武德五年置瓜州，……天宝元年为晋昌郡，乾元元年，复为瓜州"②。从敦煌（沙州）东来，首经此地。沙州"东到瓜州三百里"③。岑参去往西域最早是在天宝八载（749），后一次出塞归来是在至德二载（757）。他西行至武威，得知宇文判官出使西域回，已入玉门关，经敦煌至瓜州。在抗击吐蕃的战争中，凉州、张掖、酒泉是前线，敦煌相对来说属后方，因此唐前期敦煌呈现出一派和平安定的局面。岑参路经敦煌，有《敦煌太守后庭歌》诗赞美敦煌太守治理该地的辉煌政绩，诗写敦煌太守盛情招待的情形：

敦煌太守才且贤，郡中无事高枕眠。太守到来山出泉，黄砂碛里人种田。敦煌耆旧鬓皓然，愿留太守更五年。城头月出星满天，曲房置酒张锦筵。美人红妆色正鲜，侧垂高髻插金钿。醉坐藏钩红烛前，不知钩在若个边。为君手把珊瑚鞭，射得半段黄金钱，此中乐事亦已偏。④

敦煌诗集残卷本诗题中"太守"前有"马"字。⑤ 从太守设宴待客的欢快热闹的情形也可看出当时敦煌的富庶繁华和太平无事。

无名氏《敦煌廿咏》是一组歌咏敦煌风物的诗，其中反映了敦煌在丝绸之路和中外交流中的地位。这是一组描写敦煌地区名胜古迹的五言律诗，是安史之乱前后创作的。其序云："仆到三危，向逾二纪，略观图录，粗览山川，古迹灵奇，莫可究竟，聊申短咏，以讽美名云尔矣。"⑥ 绎其文意，当是一位从内地来到敦煌的文士，久居此地，在相当长的时间里写成

---

① （唐）岑参著，陈铁民、侯忠义校注：《岑参集校注》卷2，上海古籍出版社1981年版，第89页。
② 《旧唐书》卷40《地理志三》，中华书局1975年版，第1643页。
③ （唐）李吉甫：《元和郡县图志》卷40，中华书局1983年版，第1026页。
④ （唐）岑参著，陈铁民、侯忠义校注：《岑参集校注》卷2，第77页。
⑤ 柴剑虹：《俄藏敦煌诗词写卷经眼录》，载《敦煌吐鲁番研究》第一卷，北京大学出版社1996年版，第106页；徐俊纂辑：《敦煌诗集残卷辑考》卷中（法藏部分下），中华书局2000年版，第481页。
⑥ 陈尚君辑校：《全唐诗补编》，中华书局1992年版，第79页。

的。在写这些诗的过程中,他还查阅了不少资料,并实地踏访各处。这二十首诗写敦煌城内外和敦煌地区的风物,其中第十六和第十七两首应该是写敦煌城景物,第十六《贺拔堂咏》云:"英雄传贺拔,割据王敦煌。五郡征般匠,千金造寝堂。绮檐安兽瓦,粉壁架鸿梁。峻宇称无德,何曾有不亡?"[1] 贺拔堂当在城中,《贺拔堂咏》是一首咏史诗,咏唐初叛将贺拔行威故事,写他在敦煌称王,滥用民力,奢靡腐化,最终灭亡。称他为"英雄"无疑是讽刺,诗结尾隐含着对统治者的劝谏讽喻。第十七《望京门咏》云:"郭门望京处,楼上启重闉。水北通西域,桥东路入秦。黄沙吐双径,白草生三春。不见中华使,翩翩起房尘。"[2] 望京就是望长安,此郭门当指敦煌城东郭门,当时应有此名。诗写敦煌城的地理方位,一条河向北流向西域,桥东一条大道通往内地。向西则是一望无际的黄沙,沙碛中向西延伸出两条道路,分别指向西域南道和北道。"不见"二句只是诗人到此时一时所见,并不是通常的情况。这首诗真实地写出了敦煌在中西交通中的地位。

其他的都是咏敦煌地区的风物。其六《阳关戍咏》我们在本书第四章分析,《白龙堆咏》我们在本书第五章讲西域道时分析。其他诸诗分咏敦煌各处风景名胜,让我们了解到当时敦煌最为人所喜欢的游赏之处,这些地方有的是自然名胜,有的是历史古迹,有的是当地动植物,因此从内容上可以分为写景、咏物、咏史三类。其中最能体现敦煌作为丝路名城交通要道特色的有如下几首:

其三《莫高窟咏》:"雪岭干青汉,云楼架碧空,重开千佛刹,旁出四天宫。瑞鸟含珠影,灵花吐蕙蘩(丛)。洗心游胜境,从此去尘蒙。"[3] 莫高窟是中外文化交流的产物,是佛教文化东传的见证,也是敦煌作为"丝路咽喉"的见证。这首诗为我们了解唐代莫高窟的状况提供了难得的史料。据《大(周)上柱国李君莫高窟(佛)龛碑》云:"乃于斯胜岫造一龛……妙宫建四庐之观。"又云:"粤以圣历元年五月十四日修葺功毕。"[4] 李君即李克让,这首诗正反映了李克让重修后的莫高窟形制。

其四《贰师泉咏》:"贤哉李广利,为将讨匈奴。路指三危迥,山连万

---

[1] 陈尚君辑校:《全唐诗补编》,中华书局1992年版,第82页。
[2] 同上。
[3] 同上书,第79页。
[4] (清)陆心源编:《唐文拾遗》卷63,《全唐文》附,上海古籍出版社1990年版,第315页。

里枯。抽刀刺石壁，发矢落金乌。志感飞泉涌，能令士马苏。"① 汉武帝时贰师将军李广利远征大宛，是丝绸之路历史上的重大事件，李广利第一次兵出敦煌，失利而归，回师途中驻敦煌。再伐大宛获胜，敦煌有其遗迹是可能的，"贰师泉"与这一事件有关。贰师泉又名悬泉，在今敦煌城东 60 千米三危山谷中，汉代悬泉置遗址用水源于此。敦煌遗书《沙州都督府图经》云："悬泉水，右在州东一百卅里。出于石崖腹中。其泉傍出细流，一里许即绝。人马多至，水即多；人马少至，水出即少。《西凉录·异物志》云：'汉贰师将军李广利西伐大宛，回至此山，兵士众渴乏，广（利）乃以掌拓山，仰大悲誓，以佩剑刺山，飞泉涌出，以济三军。人多皆足，人少不盈。侧出悬崖，故曰悬泉。'"② 诗即咏这一传说。贰师泉传说也是敦煌作为中西交通大道的产物和见证。诗的作者文化水平不太高，他写李广利的故事，说"讨匈奴"是史实上的失误。

其五《渥洼池天马咏》："渥洼为小海，伊昔献龙媒。花里牵丝去，云间曳练来。胜骧走天阙，灭没下章台。一入重泉底，千金市不回。"③ 这首诗咏渥洼马传说，渥洼水出天马的传说，本是一个骗局。《汉书》颜师古注引李斐曰："南阳新野有暴利长，当武帝时遭刑，屯田敦煌界，数于此水旁见群野马中有奇（异）者，与凡马（异），来饮此水。利长先作土人，持勒靽于水旁。后马玩习，久之代土人持勒靽收得其马，献之。欲神异此马，云从水中出。"④ 敦煌附近因此的"渥洼池"的地名。

其十二《安城祆咏》："版筑安城日，神祠与此兴。一州祈景祚，万类仰休征。苹藻来（采）无乏，精灵若有凭。更看云祭处，朝夕酒如渑（淹）。"这首诗反映了祆教在敦煌流传的情况。产生于波斯的琐罗亚斯德教传入中国称为祆教，又叫拜火教，南北朝时期已经传入中原。安城在敦煌附近，是一座供波斯人或中亚安国侨民居住的土城，城内建有祆庙。"酒如渑"描写祆庙祭祀活动，这是中外文化交流的一个见证。

其他的诗有的写自然风物，如其一《三危山咏》："三危镇群望，岫崿凌穹苍。万古不毛发，四时含雪霜。岩连九陇险，地窜三苗乡。风雨暗溪谷，令人心自伤。"⑤ 首二句极言三危山巍峨高耸，接着四句写其荒凉险峻。其九《瑟瑟咏》云："瑟瑟焦山下，悠悠采几年。为珠悬宝髻，作璞

---

① 陈尚君辑校：《全唐诗补编》，中华书局 1992 年版，第 80 页。
② 郑炳林：《敦煌地理文书汇辑校注》，甘肃教育出版社 1989 年版，第 6 页。
③ 陈尚君辑校：《全唐诗补编》，中华书局 1992 年版，第 80 页。
④ 《汉书》卷 6《武帝纪》，中华书局 1962 年版，第 184 页。
⑤ 陈尚君辑校：《全唐诗补编》，中华书局 1992 年版，第 79 页。

间金钿。色入青霄里,光浮黑碛边。世人偏重此,谁念楚材贤。"[1] 这是咏敦煌的一种特产,"瑟瑟"是玉石类名贵矿物,敦煌盛产此物。末二句通过咏物表达应爱惜人才之意。其十四《半壁树咏》:"半壁生奇木,盘根到水涯。高柯宠(笼)宿雾,密叶隐朝霞。二月含青翠,三秋带紫花。森森神树下,祈赛不应赊。"[2] 其十五《三攒草咏》:"池草三攒别,能芳二月春。渌(绿)苔生水嫩,翠色出泥新。弄舞餐花蝶,潜惊触钓鳞。芳菲观不厌,留兴待诗人。"[3] 其十八《相似树咏》:"两树夹招提,三春引影低。叶中微有字,阶下已成蹊。含气同修短,分条德且齐。不容凡鸟坐,应欲俟□栖。"[4] 其二十《分流泉咏》:"地涌澄泉美,环城本自奇。一源分异派,两道入汤池。波上青苹合,洲前翠柳垂。况逢佳景处,从此遂忘疲。"[5] 这几首诗都咏敦煌奇异稀见景物,只是表达赏心悦目惊异赞叹之情,并无深意。

有的咏当地历史传说,如其八《玉女泉咏》:"用(周)人祭潏(瑶)水,黍稷信非馨。西豹追河伯,蛟龙遂隐形。红妆随洛浦,绿鬓逐浮萍。尚有销金冶,何曾玉女灵。"[6] 传说开元年间,沙州城西北180里处疏勒河与党河汇流下游有玉女泉,妖龙肆虐,祸害百姓,每年当地要以童男童女祭献方得平安。北庭都护张嵩设计射杀蛟龙,填平该泉,将龙头进献朝廷,玄宗割龙舌赐张嵩,并封为"龙舌张氏",世为沙州刺史,永为勋荫。[7] 诗咏民女悲惨命运、张嵩为民除弊的壮举,把张嵩比作西门豹。其十三《墨池咏》:"昔人精篆素,尽妙许张芝。草圣雄千古,芳名冠一时。舒笺行鸟迹,研墨染鱼缁。长想临池处,兴来聊咏诗。"[8] 东汉有"草圣"之称的书法家张芝出生于敦煌渊泉县,传说他曾在敦煌城北水临池写书,后人称此池为"张芝墨池"。据《沙州都督府图经》记载,墨池在县东北一里。因年代既远,池已湮没。开元四年,敦煌县令赵智本访得遗迹,并

---

[1] 陈尚君辑校:《全唐诗补编》,中华书局1992年版,第81页。
[2] 同上书,第81—82页。
[3] 同上书,第82页。
[4] 同上。
[5] 同上书,第83页。
[6] 同上书,第80页。
[7] 参见《太平广记》卷420,中华书局1961年版,第3423—3424页;敦煌文献S.788《沙州图经》、S.5448《敦煌录》,见郑炳林《敦煌地理文书汇辑校注》,甘肃教育出版社1989年版,第56、87页;赵红《张孝嵩斩龙传说探微》,《西北师大学报》2004年第1期。
[8] 陈尚君辑校:《全唐诗补编》,中华书局1992年版,第81页。

于池中掘得石砚一，疑即张芝之遗物。乃劝张芝第十代孙张仁会等在池旁立庙，塑张芝像于庙中。① 有的咏当地历史人物，其十《李庙咏》云："昔时兴圣帝，遗庙在敦煌。叱咤雄千古，英威静一方。牧童歌冢上，狐兔穴坟傍。晋史传韬略，留名播五凉。"② 据《沙州都督府图经》记载："先王庙，右在州西八里。《西凉录》：凉王李暠谥父为凉简公，于此立庙，因号先王庙。其院周回三百五十步，高一丈五尺。次东有一庙，是暠子潭、让、恂等庙，周回三百五十步，高一丈五尺，号曰李庙。屋宇除毁，阶墙尚存。"③ 先王庙即李庙，祭祀李暠父。诗虽咏庙，其实是赞颂建庙者凉王李暠。其十一《贞女台咏》云："贞女谁家女？孤标坐此台。青蛾随月转，红粉向花开。二八无人识，千秋已作灰。洁身终不嫁，非为乏良媒。"④ 据《十六国春秋》，后凉王吕绍被杀，其美人张氏，敦煌人，品行端正，出家为沙门。继位者吕隆想占有她，张氏跳楼殉节。敦煌人筑台塑像表彰其贞节。其十九《凿壁井咏》云："尝闻凿壁井，兹水最为灵。色带三春渌，芳传一味清。玄言称上善，图录著高名。德重胜铢两，诸流量且轻。"⑤ 凿壁井即开凿在峭壁上的水井，实际即峭壁水泉。这首诗所写不是作者亲见，而是从传闻和"图录"中得知。泉水给人们提供了香甜的清水，造福于人，诗人称赞它品德高尚。

　　这些诗当作于安史之乱前，表达了生活在敦煌的人士对当地历史文化和风物名胜的喜爱，其托物寓意似不必求之过深。安史之乱以后敦煌一带长期处于动荡之中，这些诗总体上写得平淡质朴，没有那种社会动荡的气息、国土沦丧之悲和历史兴亡之感。敦煌坐落在茫茫戈壁沙漠之中的一片绿洲之上，风景优美，历史悠久，从敦煌当地产生的诗歌来看，敦煌人对这片土地爱得深沉。敦煌诗集残卷佚名阙题诗残篇"敦煌境望好，川原四面尽。菓榛□万姓，坚甲（下缺）"⑥ 同样表达了这种思想情感。又如敦煌遗书中阙题诗："莫欺沙州是小处，若论佛法出彼所。不问僧俗有起者，（下缺）。"⑦ 敦煌佛教兴盛，在举世崇奉佛教的年代里，敦煌人以此而自豪。

---

① 王仲荦：《敦煌石室地志残卷考释》，中华书局2007年版，第134页。
② 陈尚君辑校：《全唐诗补编》，中华书局1992年版，第81页。
③ 王仲荦：《敦煌石室地志残卷考释》，中华书局2007年版，第128页。
④ 陈尚君辑校：《全唐诗补编》，中华书局1992年版，第81页。
⑤ 同上书，第82页。
⑥ 徐俊纂辑：《敦煌诗集残卷辑考》卷下（英藏俄藏部分），第793页。
⑦ 徐俊纂辑：《敦煌遗书诗歌散录》卷中（英藏部分），《敦煌诗集残卷辑考》，第888页。

3. 安史之乱发生后有关敦煌的诗

安史之乱发生后,吐蕃人利用唐朝平叛之机,相继攻陷河西、陇右大面积唐土。凉州失陷后,河西节度使移治敦煌。从大历十一年(776)起,吐蕃人围攻敦煌,遭到敦煌军民顽强抗击。贞元二年(786),敦煌城内矢尽粮绝,在得到吐蕃"勿徙他境"的允诺后,敦煌守军与吐蕃结盟而降。① 唐诗反映了这段壮烈而伤心的历史。敦煌莫高窟藏经洞发现的唐代无名氏曲子词有一首《菩萨蛮》歌咏其事:

> 敦煌古往出神将,感得诸蕃遥钦仰。效节望龙庭,麟台早有名。只恨隔蕃部,情恳难申吐。早晚灭狼蕃,一齐拜圣颜。②

任中敏先生推测此词可能作于德宗建中初年,其时陇右、河西大片国土沦陷,守城军民与朝廷隔绝,敦煌作孤岛困守,在将军率领下取得一次次胜利。这首词歌颂了将军的神勇,表达了对朝廷的怀念和夺取胜利的信念。③ 另有《望江南》词:

> 敦煌郡,四面六蕃围。生灵苦屈青天见,数年路隔失朝仪。目断望龙墀。新恩降,草木总光辉。若不远仗天威力,河湟必恐陷戎夷。早晚圣人知。④

任先生认为"此首作者之心理动态显在因路隔而失朝才数年而已,瓜沙人心依然东'望';此次'新恩'因间道而获临,举郡欢欣,咸认'天威'既在,瓜沙暂时尚得羁縻。今后倘再遭疏弃,则河湟西疆势必全陷,用以警惕中朝。——此种形势与心理验诸史乘,仅合代宗大历间,凉、甘诸州虽已落蕃,而远鄙瓜沙于困遭诸蕃之围扰中,依然苦苦据守之际"⑤。另一

---

① 沙州沦陷的时间,另有建中二年(781)、贞元三年(787)等观点。
② 任中敏编著,何剑平、张长彬校理:《敦煌歌辞总编》卷2,凤凰出版社2014年版,第283页。
③ 按:此诗写作时间和背景,争议较大。程石泉认为在764—781年,刘大杰认为必作于851年,汤珺认为是大中五年(851)前后的作品,颜廷亮认为当为张议潮入京前后的作品,"神将"是对张议潮的赞誉,"谓其'效节望龙庭,麟台早有名',必能'早晚灭狼蕃,一齐拜圣颜'"。参见任中敏《敦煌歌辞总编》,第283—285页;颜廷亮《敦煌文学千年史》,人民文学出版社2013年版,第175页。
④ 任中敏编著,何剑平、张长彬校理:《敦煌歌辞总编》卷2,第280页。
⑤ 同上书,第281—282页。

首《浣溪沙》应该写于同时,乃敦煌军民英勇抗敌之际,与朝廷取得联系,获朝廷颁授"新恩"之时,表达无比喜悦之情:

> 好是身沾圣主恩,紫襕初降耀朱门。合郡人心咸喜贺,拜圣君。竭节尽忠扶社稷,指山为誓保乾坤。看着风前双旌拥,贺明君![1]

朝廷的圣旨传至敦煌,敦煌军民获得巨大的鼓舞,这首词既表达了合郡军民的喜悦,也表达了他们誓死捍卫敦煌的意志和决心。敦煌失陷后,陷身吐蕃的敦煌人视敦煌为自己的家乡和故国所在。吐蕃占领敦煌后,敦煌人痛感世事变迁。敦煌诗集残卷 P. 3967 佚名"阙题"诗云:

> (上缺)□□翻陷重围里,却遣吾曹泣塞门。览史多矜两相伐,披书愤惋吟秋月。晓夕祇望白髦(旄)头,何时再睹黄金钺。星霜累换意难任,风送笳声转苦心。北胡不为通京国,南雁犹传帝里音。坏垒狐狸焉自乐,同究(疑当为"窒")无情惧雕鹗。归途已被龙蛇闭,心魂梦向麒麟阁。上人清(青)海变霓裳,弱水凌晨且洗肠。莫望(忘)逍遥齐物志,终须振鹭到仙乡。殊俗蓬头安可居,每涕珠泪洒穹庐。怀书十上皆遗弃,未解提戈空羡鱼。危山岸峉潜龙虎,流沙忽震如鼙鼓。松竹虽坚不寄生,四时但见愁云吐。敦煌易主镇天涯,梅杏逢春旧地花。归期应限羝羊乳,收取神驹养渥洼。[2]

又《送令狐师回驾青海》云:

> 敛袂辞仙府,投冠入正真。广开方便品,务欲接迷津。袖里南都□,将呈北座亲。往来驷马请,光照墨池姻。叨谒陪初地,忻情未再陈。惠风摇去盖,花散路旁春。执锡论虞芮,何时结善邻。鸟啼悲不语,鹦哢怨离秦。玉塞分心苦,金经御宝轮。一朝谈相国,谁念失乡宾。[3]

细绎诗意,这两首诗当同一人写给令狐某的作品。第一首的"上人"即

---

[1] 任中敏编著,何剑平、张长彬校理:《敦煌歌辞总编》卷2,第282—283页。
[2] 徐俊纂辑:《敦煌诗集残卷辑考》卷中(法藏部分),中华书局2000年版,第444页。
[3] 同上书,第444页。

第二首的令狐师，都是对佛教人士的称呼，但称"令狐师"又与一般称僧人之"师"不同，佛教中一般称法名，不称俗姓，如"怀素师""道安师"。这里称"令狐师"透露出的信息是他与一般僧人不同。"上人清（青）海变霓裳"和"敛袂辞仙府，投冠入正真"说明令狐某当是在吐蕃占领的青海地区由道入佛之士。① 他本是青海道士，"仙府"即道观，"冠"指道士戴的帽子，道士著冠，僧人不著冠。吐蕃崇尚佛教，为了生存他弃道入佛。"青海变霓裳"指他脱去道服而著僧衣。令狐某与敦煌有姻亲，而且其亲戚在敦煌有地位，他从青海探亲到敦煌，故云"往来驷马请，光照墨池姻"。诗中云"翻陷重围""敦煌易主"，说明诗写于敦煌沦陷之后。据徐俊校注，原诗有删改，"塞门"原作"虏门"，复添改为"塞门"。项楚据此以为乃有所避忌而然，判断在敦煌陷蕃之后。② 第一首诗当是令狐氏到敦煌，朋友与之唱和之作；第二首当是令狐氏将返青海时送别之作。诗表达了身处沦陷区的唐朝人士的痛苦。从诗里可知，他非常想了解唐朝的消息，但北胡（回纥人）阻断了道路，只能从吐蕃那边来人略微知道些许消息。"鸟啼悲不语，鹦啭怨离秦"之"秦"指唐朝首都长安，徐俊先生以为当作"情"，似不妥，而且"情"与此诗韵脚也不合，"秦"应无错。这两句表达的正是对故国的思念。从"北胡"二句还反映一个史实，河陇路断之后，回纥曾在唐朝与西域的沟通中发挥了中介作用，但当敦煌被吐蕃占领之后，敦煌与中原间的"回纥道"是遭回纥封锁和阻断的，只有张议潮驱逐了吐蕃势力之后，才开始被张议潮的使人所利用。

　　陷身吐蕃的唐朝人士也有出于生计和个人前途为吐蕃人效力的，窦良骥就是这样的人。朱利华、伏俊琏著文考证过窦氏的生平和创作。③ 窦良骥又称窦骥、窦良器，吐蕃统治时期敦煌的重要文人，以其文才由一介布衣任职"大蕃国子监博士"。敦煌遗书 P.4640 载其诗《往河州蕃使纳鲁酒回赋此一篇》云：

---

① "正真"即佛道。丁福保《佛学大辞典》（文物出版社 1984 年版）释"无上正真道"云："梵语'阿耨多罗三藐三菩提'之古译。《无量寿经》上曰：'时国王闻佛说法，心怀悦豫，寻发无上正真道意。'又曰：'开化恒沙无量众生，使立无上正真之道。'"三国吴支谦译《佛开解梵志阿颰经》："佛言：'吾本用恶杀故，求佛无上正真之道。汝梵志种，但口贵仁，虽手不杀，心皆有杀。今我为佛，身、口、意净，一切不杀。用天下人皆好杀故，教以仁义。'"
② 项楚：《敦煌诗歌导论》，巴蜀书社 2001 年版，第 242 页。
③ 朱利华、伏俊琏：《敦煌文人窦良骥生平考述》，《敦煌学辑刊》2015 年第 3 期。

驿骑骖趣谒相回,笙歌烂漫奏倾杯(杯)。食客三千蹑珠履,美人二八舞金台。西园明月刘贞(桢)赋,南楚雄风宋玉才。慕德每思门下事,兴嗟世上乏良媒。①

这首诗是窦良骥奉使从敦煌到河州归来后写的诗。河州是吐蕃东道节度使驻节之地,从诗题可知他的使命是为节度使奉送鲁酒。诗是敦煌人士为之接风,在酒宴上写的。首句写从河州归来。"相"指东道节度使,为使相,当时吐蕃人称东道节度使幕府为"相幕""东衙""相衙"。第二句写敦煌接风的宴席。第三句用典,写吐蕃东道节度使幕人才众多。第四句写东道节度使幕升平之乐。第五六句写其幕府文士才华横溢,最后两句写希望得到汲引的心情,他希望能有人举荐他,得到东道节度使的辟用。现在保存下来的窦良骥在蕃占时期的作品有碑颂赞铭诗等十余篇,反映了他以文才效命吐蕃权贵的活动。

张议潮在敦煌起义,河西之地回归大唐。敦煌诗集残卷保存佚名诗人《敦煌》(P.5007)诗表达了这种兴亡之感和回归之乐:

万顷平田四畔沙,汉朝城垒属蕃家。歌谣再复归唐国,道舞春风杨柳花。仕女上(尚)采天宝髻,水流依旧种桑麻。雄军往往施鼙鼓,斗将徒劳猃狁夸。②

前两句写敦煌的失陷,三四句写敦煌的回归,五六句写敦煌恢复了和平生活,最后写虽时有战争,但雄军斗将,连敌人也不得不佩服。又《军威后感怀□□》:"运偶中兴国祚昌,天人□征在敦煌。鹊印已钣函相路,(下缺)。"③"鹊印"是用典,晋干宝《搜神记》记载的志怪故事,东汉时张颢得山鹊所化圆石,椎破后得一金印,后官至太尉。④ 故"鹊印"成为得官的喜兆。细体诗意,当是敦煌光复后,当地人士希望归义军领袖早日得到朝廷封赏和印绶的祝愿之词。"天人"指张议潮。"函相"或许为"汉相"之误。唐后期各大藩镇节度使往往出将入相,这也是敦煌人对张议潮的期望。又《寿昌》(P.5007)云:

---

① 徐俊纂辑:《敦煌遗书诗歌散录》卷上(法藏部分),《敦煌诗集残卷辑考》,第833页。
② 徐俊纂辑:《敦煌诗集残卷辑考》卷下(英藏俄藏部分),中华书局2000年版,第655页。
③ 徐俊纂辑:《敦煌诗集残卷辑考》卷下(法藏部分),第656页。
④ (晋)干宝:《搜神记》卷9,中华书局1979年版,第116页。

会稽碛畔亦疆场，迥出平田筑寿昌。沙幕雾深鸣故雁，草枯犹未及重阳。狐裘上（尚）冷搜红髓，绨葛那堪卧□霜。邹曾（鲁）不行文墨少，移风徒突托西王。①

"托西王"即"拓西大王曹议金"。曹议金称"大王"的资料始见于莫高窟第 401 窟，该窟甬道经五代缩修，南壁供养人题名为"敕……拓西大王谯□（郡）……□（曹）议金一心供养"。主室东壁门北南侧新砌墙面上画观音一身，旁题"壬午年六月五（下漏写一'日'字）画毕功记也"。"壬午年"即后梁龙德二年（922）。P. 4040 号文书《修文坊巷社再上祖兰若功德赞并序》提到"奉为我托西金山王永作西陲之主"。此金山王指张承奉。上海图书馆藏敦煌遗书 165 号（馆藏 812532 号）《曹议金建窟发愿文》有"有我河西节度使大王"的说法，此愿文当写于 918—924 年。王惠民认为曹议金继承了张承奉"拓西王"称号。② 荣新江考证此诗作者可能是担任唐朝河西都防御使的翁郜。③ 诗的语气亦似唐朝赴河西的官员所做。河湟地区收复后，唐置河西都防御使，因此翁郜是朝廷命官。当时诗人歌咏其事，朝廷诗人和河西归义军诗人立场不同，朝廷诗人归功于皇上的英明，欢呼失地复归唐朝所有。河西地区则歌颂归义军领袖的丰功伟绩。这首诗欣然于失地"复归唐国"，而且又说"移风徒突托西王"，正是唐朝任职河西的官员的口气。敦煌文书唐佚名诗钞《梦□□鸿分青改字咏志》（P. 2762）云：

理□恩波出帝京，分青改作拜江城。鸿飞万里羽毛迅，抛却沙州闻雁声。④

这是一首纪梦诗，后有"龙纪二年十九也，心中"诸字，不管是作者对本诗的说明，还是下首诗的题目，都暗示此诗作于晚唐。唐昭宗龙纪二年为 890 年。诗的作者可能也是在敦煌任职的内地人士，日夜思念离开敦煌，回到内地。日有所思，夜有所梦，有一天竟然梦中回到京城，接到了朝廷

---

① 徐俊纂辑：《敦煌诗集残卷辑考》卷下（英藏俄藏部分），第 656 页。
② 王惠民：《一条曹议金称"大王"的新资料》，《国家图书馆学刊》1994 年第 3/4 期，第 85—86 页。
③ 荣新江：《唐人诗集的钞本形态与作者蠡测》，四川大学中国俗文化研究所编《项楚先生欣开八秩颂寿文集》，中华书局 2012 年版，第 141—158 页。
④ 徐俊纂辑：《敦煌诗集残卷辑考》卷下（法藏部分），第 176 页。

的新的任命，可以离开沙州赴任江城了。当他南下赴任时，听到大雁北归时的鸣叫。一时的兴奋令他操笔染翰，把梦境记下，可见他是多么渴望回到中原。

三　河湟的失陷与收复

　　河湟指黄河与湟水合流处的广大地区，"湟水出蒙谷，抵龙泉与河合。河之上流，繇洪济梁西南行二千里，水益狭，春可涉，秋夏乃胜舟。其南三百里三山，中高而四下，曰紫山，直大羊同国，古所谓昆仑者也，虏曰闷摩黎山，东距长安五千里，河源其间，流澄缓下，稍合众流，色赤，行益远，它水并注则浊，故世举谓西戎地曰河湟"①。安史之乱后被吐蕃占领的河西、陇右地区泛称为"河湟"。这里是唐与吐蕃交界地带，也是丝绸之路的咽喉之地。安史之乱后河湟地区陷于吐蕃，直到宣宗时形势才有所改观。河湟一带吐蕃发生内乱，朝廷收复"三州七关"；河西地区发生张议潮起义，驱逐吐蕃人在这一带的势力，表示归顺唐朝。这些重大变化在唐诗中引起极大反响。

（一）河湟的失陷与诗人的痛心

　　唐代前期河湟地区乃富庶之乡，开元、天宝时"天下称富庶者无如陇右"②。在唐朝与吐蕃的反复争夺中，河湟地区曾被吐蕃人占领，唐将哥舒翰收复河湟，这一带的边防形势引起诗人的关注。杜甫《兵车行》云："君不见，青海头，古来白骨无人收。"③ 便是对玄宗时河湟一带战争形势的写照。哥舒翰的功业受到称颂，杜甫《投赠哥舒开府二十韵》称颂其战功："每惜河湟弃，新兼节制通。智谋垂睿想，出入冠诸公。日月低秦树，乾坤绕汉宫。胡人愁逐北，宛马又从东。"④ 杜甫诗谓哥舒翰收复河湟，丝绸之路重新畅通，大宛国汗血马才又源源不断进贡到唐朝。

　　安史之乱后唐朝再失河湟，河西、陇右兵马入中原平叛，吐蕃乘机进兵，河湟一带相继沦陷。"安禄山之乱，肃宗在灵武，悉召河西戍卒收复

---

① 《新唐书》卷 216 下《吐蕃传下》，第 6104 页。
② 《资治通鉴》卷 216，天宝十二载（753），中华书局 1956 年版，第 6919 页。
③ （唐）杜甫著，（清）仇兆鳌注：《杜诗详注》卷 2，中华书局 1979 年版，第 114 页。
④ （唐）杜甫著，（清）仇兆鳌注：《杜诗详注》卷 3，第 190 页。

两京，吐蕃乘虚取河西、陇右，华人百万皆陷吐蕃。"① "及潼关失守，河洛阻兵，于是尽征河陇、朔方之将镇兵入靖国难，谓之行营。曩时军营边州无备预矣。乾元之后，吐蕃乘我间隙，日蹙边城，或为虏掠伤杀，或转死沟壑。数年之后，凤翔之西，邠州之北，尽蕃戎之境，淹没者数十州。"② "安禄山乱，哥舒翰悉河陇兵东守潼关，而诸将各以所镇兵讨难，始号'行营'，边候空虚，故吐蕃得乘隙暴掠。"③ 至德元载（756）后，吐蕃占领凤翔（今陕西宝鸡）以西、邠州（今陕西彬县）以北十余州，即廓（今青海化隆）、岷（今甘肃岷县）、秦（今甘肃省天水）、渭（今甘肃陇西东南）、洮（今甘肃临潭）等。广德元年（763），又陷兰（今甘肃皋兰）、河（今甘肃临夏）、鄯（今青海西宁）等州，河西、安西、北庭遂与中原阻隔。次年，吐蕃又占领凉州（今甘肃武威）、甘州（今甘肃张掖）、沙州（今甘肃敦煌），河西、陇右全部沦陷。

关于河湟之地的形势，中唐人沈亚之《贤良方正能直言极谏策》云："以安西至于泾、陇，一万二千里，其间严关重阻，皆为戎有"④；"自轮海以东，神乌、敦煌、张掖、酒泉、东至于金城、会宁，东南至于上邽、清水，凡五十郡六镇十五军，皆唐人子孙，生为戎奴婢，田牧种作，或丛居城落之间，或散得野泽之中"⑤。吐蕃在河湟地区推行蕃化政策，强迫汉人穿胡服，学蕃语，赭面文身。唐朝西部边境大为收缩，长安受到直接威胁。德宗时吐蕃之众分三路进兵，"相次屯于所趋之地，连营数十里。其汧阳贼营，距凤翔四十里，京师震恐，士庶奔骇"。吐蕃人对当地汉人极尽残害之事，"焚烧庐舍，驱掠人畜，断吴山神首，百姓丁壮者驱之以归，羸老者咸杀之，或断手凿目，弃之而去"⑥。宣宗时，吐蕃内部发生矛盾，宰相尚恐热与大将尚婢婢争权，"恐热大略鄯、廓、瓜、肃、伊、西等州，所过捕戮，积尸狼藉"⑦。"婢婢粮乏，留拓跋怀光守鄯州，帅部落三千余人就水草于甘州西。恐热闻婢婢弃鄯州，自将轻骑五千追之，至瓜州，闻怀光守鄯州，遂大掠河西鄯、廓等八州，杀其丁壮，剮剔其羸老及妇人，

---

① 《旧五代史》卷138《吐蕃传》，中华书局1976年版，第1839页。
② 《旧唐书》卷196上《吐蕃传》，第5236页。
③ 《新唐书》卷216上《吐蕃传》，第6087页。
④ （唐）沈亚之著，肖占鹏等校注：《沈下贤集校注》卷10，南开大学出版社2003年版，第220页。
⑤ （唐）沈亚之著，肖占鹏等校注：《沈下贤集校注》卷10，南开大学出版社2003年版，第222页。
⑥ 《旧唐书》卷196下《吐蕃传下》，第5254页。
⑦ 《新唐书》卷216下《吐蕃传下》，第6106页。

以槊贯婴儿为戏,焚其室庐,五千里间,赤地殆尽。"①

面对西部辽阔的国土丧失,百姓惨遭蹂躏和奴化,诗人痛心疾首。白居易《西凉伎》写来自西域的舞狮艺人因河湟失陷而归乡道绝,表达对河湟之地丧失的痛心:

> 西凉伎,假面胡人假狮子。刻木为头丝作尾,金镀眼睛银贴齿。奋迅毛衣摆双耳,如从流沙来万里。紫髯深目两胡儿,鼓舞跳梁前致辞。应似凉州未陷日,安西都护进来时。须臾云得新消息,安西路绝归不得。泣向狮子涕双垂,凉州陷没知不知?狮子回头向西望,哀吼一声观者悲。

诗人把失地难收归罪于边将:

> 贞元边将爱此曲,醉坐笑看看不足。享宾犒士宴三军,狮子胡儿长在目。有一征夫年七十,见弄凉州低面泣。泣罢敛手白将军,主忧臣辱昔所闻。自从天宝兵戈起,犬戎日夜吞西鄙。凉州陷来四十年,河陇侵将七千里。平时安西万里疆,今日边防在凤翔。缘边空屯十万卒,饱食温衣闲过日。遗民肠断在凉州,将卒相看无意收。天子每思长痛惜,将军欲说合惭羞。奈何仍看西凉伎,取笑资欢无所愧!纵无智力未能收,忍取西凉弄为戏?②

他借年迈征夫之口,痛斥边帅荒淫奢侈不思进取。诗中自注:"平时开远门外立堠,云去安西九千九百里,以示戍人,不为万里行,其实就盈数也。今蕃汉使往来,悉在陇州交易也。"元稹《西凉伎》与白诗表达同一主旨:

> 吾闻昔日西凉州,人烟扑地桑柘稠。蒲萄酒熟恣行乐,红艳青旗朱粉楼。楼下当垆称卓女,楼头伴客名莫愁。乡人不识离别苦,更卒多为沈滞游。哥舒开府设高宴,八珍九酝当前头。前头百戏竞撩乱,丸剑跳踯霜雪浮。狮子摇光毛彩竖,胡腾醉舞筋骨柔。大宛来献赤汗马,赞普亦奉翠茸裘。一朝燕贼乱中国,河湟没尽空遗丘。开远门前

---

① 《资治通鉴》卷249,中华书局1956年版,第8043—8044页。
② (唐)白居易:《白居易集》,中华书局1979年版,第75—76页。

万里堠，今来蹙到行原州。去京五百而近何其逼，天子县内半没为荒陬。①

在"今来蹙到行原州"句下有与白诗同样的自注："平时开远门外立堠，云去安西九千九百里，以示戍人，不为万里行，其实就盈故矣。""堠"是瞭望敌情的土堡，但盛唐时在长安开远门外所立之土堡的用意不在瞭望敌情，上书"去安西九千九百里"在于揭示唐朝自此辖地万里，实际上是唐通西域万里道路的零公里碑。开远门外的烽堠曾经是唐朝强大国力和富强繁华的昭示和象征，如今却时时挑起唐人的国难家愁，令人触景生情，无限伤感。面对失地难收的困境，白居易、元稹都把批判的矛头指向边将，其实是对最高统治者无能的指斥，是对整个边防局势的忧虑和对国家形势的痛心。陈寅恪先生云："原州，广德元年没吐蕃，置行原州于灵台之百里城。贞元十九年徙治平凉，元和三年又徙治临泾，是行原州凡三徙治所。……泾州在京师西北四百九十三里，与元诗'去京五百而近'之语适合，然微之诗断无远指第一次即广德元年所徙之灵台而言之理，是其所指必是元和三年十二月即第三次所徙之临泾无疑。然则微之新乐府作成之年月，亦在元和三年十二月以后，与乐天所作同为元和四年矣。"② 元稹诗中"万里"与"五百而近"的距离的对比，表达了对大片国土沦丧的极大痛苦和深切忧虑。

河湟之地沦于敌手，人们的边地观念便发生了变化，正如元白诗中指出的，往昔万里之外的安西为边疆，如今距长安不远的凤翔成为边防要地。长安之西不远处的凤翔、邠州、宁州、泾州、汧州、陇州和长安之北的渭州，不断遭到吐蕃和回鹘的侵扰，唐分置藩镇防御吐蕃，戍守防秋，拱卫长安，故皆被视为边地。宪宗有《命胡证充京西京北巡边使制》，云："顷自东夏有虞，近郊多垒。"③ 胡证到京西和京北近畿之地巡视，被称为"巡边"。朝廷置邠宁庆节度使驻节邠州，作为长安的屏障，李观《报弟兑书》称"边陲数州界在房，关土塞门，民犷荣战"④。故李观《邠庆宁节度飨军记》称节度使张公"拥七尺之节，临三州之师，牧我邠荒，藩我雍疆"⑤。李端《边头作》云：

---

① （唐）元稹：《元稹集》卷24，中华书局1982年版，第281页。
② 陈寅恪：《元白诗笺证稿》第五章，上海古籍出版社1978年版，第128页。
③ 《全唐文》卷59，上海古籍出版社1990年版，第275页。
④ 《全唐文》卷533，上海古籍出版社1990年版，第2397页。
⑤ 《全唐文》卷534，第2402页。

邠郊泉脉动，落日上城楼。羊马水草足，羌胡帐幕稠。射雕过海岸，传箭怯边州。何事归朝将，今年又拜侯。①

诗人称"邠郊"为"边头"，登高一望，但见到处是"羌胡"之帐幕，其游猎者越过昔日边界，这情景令人生怯。又如李益《赴邠宁久别》云："幸应边书募，横戈会取名。"② 他收到邠宁节度使的聘书，被他称为"边书"，便是把邠州、宁州皆视为边地。《立春日宁州行营因赋朔风吹飞雪》云："边声日夜合，朔风惊复来。"③ 在宁州他听到的风声被称为"边声"。《邠宁春日》云："桃李年年上国新，风沙日日塞垣人。"④ 因驻守邠宁镇而自称"塞垣人"，意谓地处边塞。喻凫《送武毅之邠宁》云："戍路少人踪，边烟淡复浓。诗宁写别恨，酒不上离容。燕拂沙河柳，鸦高石窟钟。悠然一瞑阻，山叠虏云重。"⑤ 同样把邠州、宁州视为边地。因为这里是防戍之前线，因此路少人稀。眼前的烟霭被称为"边烟"，举目一望，所看到的都是敌占区，故"云"为"虏云"。项斯《宁州春思》云："失意离城早，边城任见花。"⑥《泾州听张处士弹琴》云："边州独夜正思乡，君又弹琴在客堂。"⑦ 马戴《夕发邠宁寄从弟》云："半酣走马别，别后锁边城。"⑧ 在这些诗里，诗人都直接把这些本来属于唐朝内地都城近畿之地称为"边城""边州""边头"。

汧州、泾州、陇州本来是从长安出发西行者路经近畿之地，现在成为边地。沈既济《陇州刺史厅记》云："昔制戍于安西瀚海之时，而陇汧去塞万三千里。其处内居安如此，朝之命守，犹以为重地。……今上邽清水以西，六镇五十郡既失地，地为戎田，城为戎固，人为戎奴婢。顾陇泾盐灵，皆列为极塞。而陇益为国路，凡戎使往来者皆出此。"⑨ 作为与吐蕃通使往来的"国路"，除了使节之外，昔日络绎不绝的行人不见了。马戴《陇上独望》云："斜日挂边树，萧萧独望间。阴云藏汉垒，飞火照胡山。

---

① 《全唐诗》卷285，第3249页。
② （唐）李益著，范之麟注：《李益诗注》，上海古籍出版社1984年版，第72页。
③ 同上书，第70页。
④ 同上书，第117页。
⑤ 《全唐诗》卷543，第6272页。
⑥ 《全唐诗》卷554，第6408页。
⑦ 同上书，第6422页。
⑧ 《全唐诗》卷555，第6431页。
⑨ （唐）沈既济著，肖占鹏、李勃洋校注：《沈下贤集校注》卷5，南开大学出版社2003年版，第103页。

陇首行人绝，河源夕鸟还。谁为立勋者，可惜宝刀闲。"① 站在陇坂上西望，所看到的树称为"边树"，"汉垒"与"胡山"相对，那敌手对峙的边地，本来是唐朝首都长安的近畿。泾州的形势，据沈既济《临泾城碑》云："昔天宝时，天下有兵，为防者独西戎矣。而边至王畿，尚万有余里。其烽燧之警，东不过敦煌、张掖之间，又有严关重阻，盘错之固，绵属于其中。……今每秋戎入塞寇泾，驱其井间父子与马牛杂畜，焚积聚，残庐室，边人耗尽。"② 薛能《送李殷游京西》云："投刺皆羁旅，游边更苦辛。岐山终蜀境，泾水复蛮尘。"③ 李殷仅仅是"游京西"，薛能诗中却云"游边"，而且说"泾水复蛮尘"，意谓京西之地泾水河畔已成夷蛮之地。

从长安往北，过渭水也成为与吐蕃对垒之地，也被视为边地。渭北指渭河以北，渭河发源于甘肃渭源县鸟鼠山，由潼关汇入黄河，流域包括甘肃、宁夏和陕西三省区。"渭北"之称由来已久，不同时期所指区域不尽相同，广义泛指黄河第一大支流渭水以北，特指西起宝鸡，东至黄河，南与渭河平原相连，北接黄土高原丘陵沟壑地带这一区域，这里与首都长安仅一水之隔。李益《赴渭北宿石泉驿南望黄堆烽》云：

> 边城已在虏尘中，烽火南飞入汉宫。汉庭议事先黄老，麟阁何人定战功？④

首句写渭北一带陷入吐蕃；次句写战争形势，敌人的兵锋威胁到长安。朝廷奉行黄老之术无为而治，实际是委曲妥协，无人敢与吐蕃一战，收复失地。又如李频《送姚侍御充渭北掌书记》云：

> 北境烽烟急，南山战伐频。抚绥初易帅，参画尽须人。书记才偏称，朝廷意更亲。绣衣行李日，绮陌别离尘。报国将临虏，之藩不离秦。豸冠严在首，雄笔健随身。饮马河声暮，休兵塞色春。败亡仍暴骨，冤哭可伤神。上策何当用，边情此是真。雕阴曾久客，拜送欲沾巾。⑤

---

① 《全唐诗》卷555，第6439页。
② （唐）沈既济著，肖占鹏、李勃洋校注：《沈下贤集校注》卷11，第232页。
③ 《全唐诗》卷559，第6489页。
④ （唐）李益著，范之麟注：《李益诗注》，第125页。
⑤ 《全唐诗》卷589，第6840页。

安史之乱后于渭北节度使,姚某赴渭北掌书记之任,李频赋诗送行。诗称这一带为"北境"。说姚某"报国将临虏",未离秦却已"之藩",又把这一带的形势称为"边情",都是把长安之北不远处视为边境临戎之地。张蠙《过萧关》云:

> 出得萧关北,儒衣不称身。陇狐来试客,沙鹘下欺人。晓戍残烽火,晴原起猎尘。边戎莫相忌,非是霍家亲。①

从长安入河西之北路经原州和萧关,提到萧关,便让人想起盛唐时王维《使至塞上》的著名诗句:"萧关逢侯骑,都护在燕然。"那是盛唐时唐使西行经行之处,如今萧关已成边地,那里看到的是烽火、猎尘。生活在那里的人们被称为"边戎",都说明今非昔比,这里已经沦为战争的前沿,把京畿之地称为边地,饱含着诗人多大的伤感啊!

对于唐人来说,河湟失地犹如母亲之于丢失的弃儿,想起便充满伤感。赵嘏《降虏》云:"广武溪头降虏稀,一声寒角怨金微。河湟不在春风地,歌舞空裁雪夜衣。铁马半嘶边草去,狼烟高映塞鸿飞。扬雄尚白相如吃,今日何人从猎归。"②刘景复《梦为吴泰伯作胜儿歌》序云:"吴郡泰伯祠,市人赛祭,多绘美女以献。岁乙丑,有以轻绡画侍婢捧胡琴者,名为胜儿……"胡琴即琵琶,西域乐器,胜儿又弹奏《凉州曲》,诗人由此想到沦陷于吐蕃的河湟失地,触发了诗人心底的伤痛。其诗曰:"国门之西八九镇,高城深垒闭闲卒。河湟咫尺不能收,挽粟推车徒兀兀。今朝闻奏凉州曲,使我心神暗超忽。胜儿若向边塞弹,征人泪血应阑干。"③一曲《凉州曲》引发了诗人对失地的联想,他顿时心神暗忽,悲伤无限。由于各种原因,唐人收复失地的愿望不能实现。张乔《河湟旧卒》:"少年随将讨河湟,头白时清返故乡。十万汉军零落尽,独吹边曲向残阳。"④这首诗反映了唐人用兵河湟的艰难及其失败,流露出沉重的哀伤之感。

河湟地区长期为吐蕃人统治,吐蕃人推行蕃化政策,这一带胡化严重。诗人对这种局面十分忧伤。顾非熊《出塞即事二首》其一云:"塞山行尽到乌延,万顷沙堆见极边。河上月沉鸿雁起,碛中风度犬羊膻。席箕

---

① 《全唐诗》卷702,第8068页。
② 《全唐诗》卷549,第6350页。
③ 《全唐诗》卷868,第9832—9833页。
④ 《全唐诗》卷639,第7326页。

草断城池外,护柳花开帐幕前。此处游人堪下泪,更闻终日望狼烟。"① 这里的风里弥漫着"犬羊膻"味,这是此地世风胡化的艺术写照。诗人所以出塞而下泪,除了看到国土沦丧戎人猖狂之外,更为失地百姓陷身胡虏失去故国且日益胡化而痛苦。其二云:"贺兰山便是戎疆,此去萧关路几荒。无限城池非汉界,几多人物在胡乡。诸侯持节望吾土,男子生身负我唐。"于是发出"回望风光成异域,谁能献计复河湟"的呼声。② 司空图《河湟有感》诗云:"一自萧关起战尘,河湟隔断异乡春。汉儿尽作胡儿语,却向城头骂汉人。"③ 胡化使当地汉人忘记了民族耻辱。情况虽不全然如此,当地汉人的胡化也并未像司空图、顾非熊所言那样严重,人心向背的变化总是令唐人心存不安。

(二) 唐诗中收复失地的呼声

河湟失陷在朝野上下引起极大震动。唐代君臣并未放弃收复河湟的努力,大历时独孤及为代宗拟《敕与吐蕃赞普书》中痛斥吐蕃侵占河湟:"自我国家有安禄山、史思明之难,朕谓言赞普必有恤邻救患之意。岂知乘我之衅,恣其侵轶,煞略河湟之人,争夺汧陇之地?"并发誓"既不得已,方思用师,正欲悉天下精兵,长驱西向,吊人问罪,然后凯旋。上以雪宗庙之仇耻,下以释将士之愤怒!"④ 代宗时诗人李益《送常曾侍御使西蕃寄题西川》诗云:

> 凉王宫殿尽,羌没陇云西。今日闻君使,雄心逐鼓鞞。行当收汉垒,直可取蒲泥。旧国无由到,烦君下马题。⑤

常曾以侍御史身份出使吐蕃,李益写此诗送行,希望常曾代他题写于西川。前两句写自己的家乡陇右已经陷于吐蕃,李益家陇西。中间四句对常氏出使寄予厚望,"汉垒"指唐朝建于陇右之地的营垒。"蒲泥"用汉代卫青的典故,汉武帝时击匈奴曾"讨蒲泥,破符离"。⑥ 诗人希望常曾此行

---

① 《全唐诗》卷509,第5790页。
② 同上。
③ 《全唐诗》卷633,第7261页。
④ 《全唐文》卷384,上海古籍出版社1990年版,第1726页。
⑤ (唐)李益著,范之麟注:《李益诗注》,上海古籍出版社1984年版,第60页。
⑥ 《史记》卷111《卫将军骠骑列传》,第2924页。按:蒲泥、符离有二解,《史记集解》引晋灼云:"二王号。"又引崔浩云:"漠北塞名。"

建收复失地之功。末二句是托付之事。陇右陷于吐蕃，其地接剑南西川，剑南西川节度使兼"统押近界诸蛮"之安抚使，陇右属其统押之范围，故称陇右为西川。约德宗建中元年时沙州（敦煌）人作《菩萨蛮》词，表达了河湟一带陷于吐蕃的感伤和收复失地的愿望："只恨隔蕃部，情恳难申吐。早晚灭狼蕃，一齐拜圣颜。"① 近百年沦陷期间，唐朝君臣时刻梦想着收复失地，失地百姓盼望着唐军到来。文宗开成年间唐朝使节出使西域途中"见甘、凉、瓜、沙等州城邑如故，陷蕃之人见唐使者旌节，夹道迎呼涕泣曰：皇帝犹念陷蕃生灵否？"② 每年祭祖时他们会悄悄换上汉装，之后痛苦地藏起。昔日的"天可汗"之尊严和开元盛世一去不复返，国家残破，生灵涂炭，疆土丧失，这种现实不断地打击唐人的自尊心。

　　河湟问题成为安史之乱后全社会舆论的焦点，中原战乱一结束，社会关注立刻转向西北失地。德宗贞元年间，举国上下群情激愤，誓言兴复。杜佑分析当时的情势："今潼关以西，陇山之东，邠坊之南，终南之北，十余州之地，已数十万家。吐蕃绵力薄材，食鲜艺拙，不及中国远甚，诚能复两渠之饶，诱农夫趣耕，择险要，缮城垒，屯田蓄力，河、陇可复，岂唯自守而已。"③ 秦州刺史、保义军节度使刘澭西捍陇塞，"其军蕃戎畏之，不敢为寇，常有复河湟之志，议者壮之"④。凤翔节度使张敬则"常有复河湟之志，遣大将野诗良辅发锐卒至陇西，番戎大骇"⑤。礼部员外郎林蕴《上安邑李相公安边书》云："国家有西土，犹右臂之附体，岂不固欤？臂之不存，体将安舒？"可是"我疆我理，陷于犬羊"，当他西行目睹河湟沦于吐蕃时痛心疾首："今所践者惟北抵幽郊，西极汧陇，不数百里，则为外域。可不痛哉！可不惜哉！"⑥ 河湟沦陷在中唐时成为有识之士锥心之痛，河湟问题成为举世关注的热点话题，甚至成为科举考试中举子们应试的时事政治题。贞元十九年（803）权德舆主试贡举，策试题《礼部策问进士五道》便有一题问及收复河湟之策：

　　　　今北方和亲，亟通礼命；南诏纳款，屡献奇功。而蠢兹西戎，尚有遗类，犹调盛秋之戍，颇动中夏之师。思欲尽复河湟之地，永销烽

---

① 任中敏：《敦煌曲研究》，凤凰出版社2013年版，第29页。
② 《旧五代史》卷138《吐蕃传》，中华书局1976年版，第1839页。
③ 《新唐书》卷215上《突厥传》，第6026页。
④ 《旧唐书》卷143《刘澭传》，第3901页。
⑤ 《旧唐书》卷144《张敬则传》，第3928页。
⑥ 《全唐文》卷482，第2182页。

燧之警，师息左次，人无外徭，酌古便今，当有长策。①

可见如何收复河湟失地成为社会上下普遍关注的话题。从韩愈《与凤翔邢尚书书》可知当时有志之士都将收复河湟作为互相激励的立功盛事："天下慕义之人，使或愿驰一传，或愿操一戈，纳君于唐虞，收地于河湟。"②

宣宗之前众多边将、朝臣和有识之士皆有恢复雪耻之志，并对收复河湟颇多设想与建议。德宗贞元二年（786），润州节度使韩滉奏请朝廷对吐蕃用兵：

> 吐蕃盗有河湟，为日已久。大历已前，中国多难，所以肆其侵轶。臣闻其近岁已来，兵众浸弱，西迫大食之强，北病回鹘之众，东有南诏之防，计其分镇之外，战兵在河、陇五六万而已。国家第令三数良将，长驱十万众，于凉、鄯、洮、渭并修坚城，各置二万人，足当守御之要。臣请以当道所贮蓄财赋为馈运之资，以充三年之费。然后营田积粟，且耕且战，收复河、陇二十余州，可翘足而待也。③

此时确为收复河湟的大好时机，据入蕃使崔翰密查，吐蕃驻河陇兵马只有五万九千人，马八万六千匹，可战兵士仅三万人，余皆老弱。唐朝"两河罢兵，中土宁乂"，无后顾之忧。但唐朝内部意见不一，敢战者少，事难实行。据说德宗很欣赏韩滉的建议，韩滉推荐了刘玄佐任边将，以图恢复。刘玄佐"来觐上，上访问焉，初颇禀命。及滉以疾归第，玄佐意怠，遂辞边任，盛陈犬戎未衰，不可轻进。滉贞元三年二月以疾薨，遂浸其事"④。朝廷还曾打算任用李抱真为边帅，"抱真亦辞不行。时抱真判官陈昙奏事京师，（张）延赏俾昙劝抱真，竟拒绝之"⑤。泾原兵变后，德宗失去初期的进取精神，只想苟且求安。据林蕴《上安邑李相公安边书》，李抱玉"曾封章上闻，请复河湟，事亦旋寝，功竟不立"⑥。

宪宗即位，励精图治，痛心河湟沦陷，有意兴复。李绛对宪宗聚财不

---

① 《全唐文》卷483，第2186页。
② （唐）韩愈撰，马其昶校注：《韩昌黎文集校注》卷3，上海古籍出版社1986年版，第202页。
③ 《旧唐书》卷129《韩滉传》，第3602页。
④ 同上书，第3603页。
⑤ 《旧唐书》卷129《张延赏传》，第3609页。
⑥ 《全唐文》卷482，第2182页。

满，宪宗说："今两河数十州，皆国家政令所不及，河湟数千里沦于左衽。朕日夜思雪祖宗之耻，而财力不赡，故不得不蓄聚耳。不然，朕宫中用度极俭薄，多藏何用耶？"① 虽然是讳饰之词，也说明收复失地在其念念之中。但元和中兴的局面没有维持多久，唐朝便陷于内忧外患之中，宪宗未能实现这一理想，他把希望寄托于后人。归融《宪宗加谥昭文章武大圣至神孝皇帝议》一文中说他："海内无事，天下一家，万国来宾，百蛮向化。方兴谋于戎虏，深注意于河湟。伏以疆土开拓而有时，腥膻冠带而有日。"② 宪宗后藩镇跋扈和外患严重，对于吐蕃处于守势，更遑论收复失地。元稹《进西北边图状》反映朝廷更多担心的是吐蕃的进攻，而不是唐军的进取：

> 《京西京北州镇烽戍道路等图》一面：右，臣先画《圣唐西极图》三面，草本并毕，伏候面自奏论，方拟进呈。前月十一日于思政殿面奉圣旨云："诸家所进《河陇图》，勘验皆有差异，并检寻近日烽镇城堡不得。"令臣所画，稍须精详。伏缘臣先画《西极图》，疆界阔远，郡国繁多，若烽镇馆驿尽言，即山川榜帖太密，恐烦圣览，不甚分明。愚臣数日之间，别画一《京西京北州镇烽戍道路等图》已毕，纤毫必载，尺寸无遗。若边上奏报烟尘，陛下便可坐观处所。若欲验臣此图与诸家所进何如，伏乞圣明于南衙及北军中召取一久任边将者，或于中使内有经过边上校熟者，宣示其道，辨别精粗，即知臣愚一一皆有依凭，不敢妄加增减。其《圣唐西极图》三本，伏缘经略意大事须面自陈，伏恐次及降诞务繁，未敢进状候对。其《京西京北镇烽戍道路等图并序》，谨随状进呈。③

此状作于穆宗初年，元稹本画有《圣唐西极图》，那是"平时安西万里疆"的局面，所以"疆界阔远，郡国繁多"，其用意在于表达光复故地的雄心和意愿。但初即位的穆宗皇上所关心的主要是河陇一带的防务，当看到大家所绘《河陇图》上竟没有当前的"烽镇城堡"时，便迫不及待地令元稹重绘补足，这分明反映了西北边情和吐蕃的进攻成为朝廷的枕上之忧和心腹之患。为了解除皇上的忧虑，元稹在数日之内便画出《京西京北州

---

① 《资治通鉴》卷238，宪宗元和五年（810），第7682页。
② 《全唐文》卷747，第3426页。
③ （唐）元稹：《元稹集》卷35，中华书局1982年版，第407页。

镇烽戍道路等图》进上，而且"纤毫必载，尺寸无遗"，目的是"若边上奏报烟尘，陛下便可坐观处所"，让朝廷及时了解吐蕃军队的动向。宣宗《上顺宗宪宗谥号赦文》云："每念河湟失坏，陷为戎虏之疆，百有余年，一失莫复。元和中将雪前愤，尝振睿思，方除孽臣，未就成业。永怀道训，明发疚心。"[1] 宪宗去世，遗愿未遂，宣宗表示他永远记住宪宗的遗志，但一念及此便心痛不已。

唐后期关于河湟失地的议论和恢复失地的强烈呼声，同样反映在诗歌创作中。诗人们对河湟地区的沦陷一方面表达了痛心，另一方面表达了收复的愿望。要求收复河湟失地的呼声，百年间不绝于诗。李益大历年间入郾坊节度使臧希让幕，其《从军有苦乐行》诗云："侠气五都少，矜功六郡良。山河起目前，睚眦死路傍。北逐驱獯虏，西临复旧疆。"[2] 旧疆即指被吐蕃侵占的土地。顾非熊《出塞即事二首》其二云："回望风光成异域，谁能献计复河湟！"[3] 刘禹锡《送工部萧郎中刑部李郎中，并以本官兼中丞分命充京西京北覆粮使》云："天威巡虎落，星使出鸳行。尊俎成全策，京坻阅见粮。归来虏尘灭，画地奏明光。"[4] 萧、李等奉命往京西和京北覆粮，那里靠近敌占区，诗人希望他们归来时带来"虏尘灭"的好消息。李涉《邠州词献高尚书三首》其一云："单于都护再分疆，西引双旌出帝乡。朝日诏书添战马，即闻千骑取河湟。"[5] 当高氏往边地任职时，诗人希望他能收复河湟，从此妖氛尽无，边境安谧。鲍溶《赠李黯将军》云："圣人唯有河湟恨，寰海无虞在一劳。"[6] 诗人告诫李将军，河湟未复是当今皇上的心头之痛，收复失地在于将军一战功成。杜牧《史将军二首》其二云："壮气盖燕赵，耽耽魁杰人。弯弧五百步，长戟八十斤。河湟非内地，安史有遗尘。何日武台坐，兵符授虎臣。"[7] 诗人盛赞史氏英武盖世，希望他有朝一日能受命出征，收复河湟完成统一，削平藩镇结束割据局面。杜牧平生志向之一在于收复河湟失地，《郡斋独酌》诗云："平生五色线，愿补舜衣裳。弦歌教燕赵，兰芷浴河湟。腥膻一扫洒，凶狠皆披攘。生人但眠食，寿域富农桑。"[8] 令狐楚《少年行四首》其三云："弓背霞明剑照霜，

---

[1] 《全唐文》卷82，第377页。
[2] （唐）李益著，范之麟注：《李益诗注》，上海古籍出版社1984年版，第1页。
[3] 《全唐诗》卷509，第5790页。
[4] （唐）刘禹锡：《刘禹锡集》卷28，上海人民出版社1975年版，第254页。
[5] 《全唐诗》卷477，第5438页。
[6] 《全唐诗》卷486，第5527页。
[7] （唐）杜牧：《樊川文集》卷1，上海古籍出版社1978年版，第20页。
[8] 同上书，第8页。

秋风走马出咸阳。未收天子河湟地，不拟回头望故乡。"① 李频《送边将》云："防秋戎马恐来奔，诏发将军出雁门。遥领短兵登陇首，独横长剑向河源。悠扬落日黄云动，苍莽阴风白草翻。若纵干戈更深入，应闻收得到昆仑。"② 河源被认为在今青海之扎陵湖、鄂陵湖附近之黄河源头，③ 向南便是巴颜喀拉山。巴颜喀拉山脉与昆仑山脉原是吐谷浑与吐蕃交界处，吐谷浑是唐之属国。后来吐蕃灭吐谷浑，占领其地，进而占领河西、陇右。诗人希望边将不仅收复河湟之地，还应该剑指河源，进兵直到昆仑山，把吐蕃人打回老家去。李频《送凤翔范书记》云："江山通蜀国，日月近神州。若共将军语，河兰地未收。"④ 诗人寄希望于赴任凤翔节度使掌书记的范某，转告凤翔节度使，勿忘收复失地。李频《赠李将军》诗："吾宗偏好武，汉代将家流。走马辞中禁，屯军向渭州。天心待破虏，阵面许封侯。却得河源水，方应洗国仇。"⑤ 希望这位同姓的将军收复失地，洗雪国仇。李频在送人诗中念念不忘谆谆叮嘱的是收复失地。

沦陷区百姓的梦想、最高统治者的遗愿、诸多边将和朝臣对收复河湟的各种设想与建议皆未成现实，诗人深感遗憾。杜牧《河湟》云："元载相公曾借箸，宪宗皇帝亦留神。旋见衣冠就东市，忽遗弓剑不西巡。牧羊驱马虽戎服，白发丹心尽汉臣。唯有凉州歌舞曲，流传天下乐闲人。"⑥ 虽然前代君臣都有收复失地的愿望和规划，但失地未复，对于唐朝来说，陇右、河西之地只剩下一支乐曲供人欣赏。面对河湟地区的长期沦陷，诗人们把批判的矛头指向不作为的边将。林蕴《上安邑李相公安边书》云："愚尝出国，西抵于泾原，历凤翔，过邠宁，此三镇得不为右臂之大藩乎？

---

① 《全唐诗》卷 24，第 325 页。
② 《全唐诗》卷 587，第 6809 页。
③ 《新唐书·侯君集传》记载，唐太宗贞观九年（635）侯君集征吐谷浑，至"柏海"。贞观十五年（641）文成公主入藏，松赞干布率众至"柏海"亲迎。"柏海"在今青海境内，黄文弼说："柏海，据清人考证，谓今之扎陵、鄂陵两淖尔。丁谦并实指今扎陵湖。扎，白也；陵，长也。柏，即白之转音。今云侯君集在扎陵淖尔观河源，则黄河源之发现，固早于侯君集也。又据《新唐书·吐蕃传》，唐贞观十五年，以宗女文成公主妻弄赞，弄赞率兵至柏海亲迎归国，为公主筑一城，以夸后世。《唐会要》云：'弄赞至柏海，亲迎于河源。'其所述方位与地形，大致与《吐谷浑传》略同。"见氏著《西北史地论丛》，上海人民出版社 1981 年版，第 234 页。参见纵瑞华、梁今知《关于唐代的"柏海"与"河源"》，载《青海社会科学》1982 年第 5 期；李发明《也谈唐代的"柏海"与"河源"》，载《青海师范大学学报》1984 年第 4 期。
④ 《全唐诗》卷 589，第 6837 页。
⑤ 《全唐诗》卷 589，第 6838 页。
⑥ （唐）杜牧：《樊川文集》卷 2，上海古籍出版社 1978 年版，第 24 页。

自画藩维拥旄钺者，殆数十百人。……五十余年无收尺土之功者！"① 陈寅恪考证此"李相公"即李吉甫，为宪宗朝宰相，林蕴此书自为元和时所上无疑。② 这种不满也反映在唐诗中，刘驾《有感》云："弓剑不自行，难引河湟思。将军半夜饮，十里闻歌吹。高门几世宅，舞袖仍新赐。谁遣一书来，灯前问边事。"③ 对日夜高饮宴乐的将军痛下针砭。元稹《西凉伎》结尾云："去京五百而近何其逼，天子县内半没为荒陬，西凉之道尔阻修。连城边将但高会，每听此曲能不羞。"④ 元稹《和李校书新题乐府十二首·缚戎人》揭露边将无心收复失地边军活捉边人充作俘虏的丑闻。李校书即李绅，此诗题注："近制，西边每擒蕃囚，例皆传置南方，不加剿戮。故李君作歌以讽焉。"⑤ 白居易亦有同题之作，李绅先有《缚戎人》的诗，元、白和之。在大片国土沦陷河湟胡化严重之时，缘边诸将置酒高会，歌舞升平。国家空费大批粮草，边军每年只抓两三人作为俘虏敷衍塞责，甚至抓没落于失地的汉人百姓充数，全然不知羞耻。陈寅恪先生说："自安史乱后，吐蕃盗据河湟以来，迄于宪宗元和之世，长安君臣虽有收复失地之计图，而边镇将领终无经略旧疆之志意。此诗人之所以同深愤慨，而元、白二公此篇所共具之历史背景也。"⑥

由于种种原因，收复失地的愿望未能实现，河湟地区为吐蕃所侵占，历经德、顺、宪、穆、敬、文、武诸朝。《新唐书·吐蕃传》云：

> 太宗平薛仁杲，得陇上地；禽李轨，得凉州；破吐谷浑、高昌，开四镇。玄宗继收黄河积石、宛秀等军，中国无斥候警者几四十年。轮台、伊吾屯田，禾菽弥望。开远门揭候（堠）署曰"西极道九千九百里"，示戍人无万里行也。乾元后，陇右、剑南西山三州七关军镇监牧三百所皆失之。宪宗常览天下图，见河湟旧封，赫然思经略之，未暇也。⑦

河湟之地为吐蕃占领既成现实，河湟问题的社会关注度日渐转移，收复失

---

① 《全唐文》卷482，第2182页。
② 陈寅恪：《元白诗笺证稿》，上海古籍出版社1978年版，第226页。
③ 《全唐诗》卷585，第6781页。
④ （唐）元稹：《元稹集》卷24，中华书局1982年版，第281页。
⑤ 同上书，第289页。
⑥ 陈寅恪：《元白诗笺证稿》，上海古籍出版社1978年版，第226页。
⑦ 《新唐书》卷216下《吐蕃传》，第6107页。

地的呼声日渐微弱。诗人提及河湟，只感到无奈和悲凉。张乔《河湟旧卒》反映了唐人收复河湟的努力及其失败："少年随将讨河湟，头白时清返故乡。十万汉军零落尽，独吹边曲向残阳。"① 诗流露出沉重的哀伤与无望之感。宪宗时虽对内削藩颇有建树，但对吐蕃却处守势。经过德宗年间收复失地的强烈呼声未见成效之后，整个社会似乎失去了信心，由此而来的是对西部边防转入守势。元稹《论西戎表》云："蒙恩顾问，窃见陛下患戎之意深矣。"为什么呢？因为当时的形势是"自贞元以来，国家所以甘亿兆之费于塞下，茍以犬戎有侵轶之患，而边人思守御之利也。然而河湟之地日削，田莱之业日空，塞下之人日亡，戎狄之心日炽"。他探讨河湟之地长久不得收复的原因："若此非他，不得备之之术也。"他指出对付吐蕃之战略上的失误，但在给朝廷的建议中却已经失去贞元年间君臣上下收复失地的壮志和雄心，他所提出的所谓良策不在于收复失地，而是如何备御防守：

> 今夫邠岐汧陇之地，皆后稷、公刘之所理也。土宜植物，人务稼穑。陛下诚能使本道节制，广于荒隙，大建屯田；塞下诸军，除使令守防之外，一切出之于野；限之名田，复其租入，然后因其阡陌，制之闾井，因其卒伍，树之师长，固其塍埒，以备不虞。犬戎适至，则有连阡接畛之兵；戎骑才归，则复锄获耰耨之事。若此，则曩时之聚食者，尽归之于服勤之农矣。前此之系虏者，尽化为守御之兵矣。三五年间，塞下有相因之粟，边人无侵轶之虞。②

元稹的建议完全是从防守考虑。至于其"备戎之大略"即若干年后"董之以师旅，威之以必刑，则彼彼琐琐之戎，陛下将署其君长，征其牛羊，奴虏以擒之可也，蝼蚁以攘之可也，又何必询王恢，使苏武，用晁错，访娄敬，而后复河湟称即叙哉？"③ 不过是为朝廷眼下不得不妥协退守寻找借口罢了。从上引元、白《西凉伎》诗可知，他们都把失地难收归结为边帅贪图享受而不用心边防。由此可见代宗、德宗时对西戎同仇敌忾志欲恢复的社会情绪，至宪宗时已经转化为对收复的无望和忧伤，对吐蕃入侵的民族仇恨转化为对边将谋私和畏战的怒斥，对西部边防的考虑已失进取之心而重在防备。

---

① 《全唐诗》卷639，第7326页。
② （唐）元稹：《元稹集》卷33，第381页。
③ 同上书，第382页。

（三）河湟回归与诗人对朝廷的称颂

宣宗大中二年（848），沙州人张议潮率众起义，成功驱逐吐蕃沙州守将。后二年又相继收复其他为吐蕃人强占诸州，标志着河湟故地正式回归唐朝版图。吐蕃从达玛赞普在位（838—842）开始，灾荒连年，"国中地震裂，水泉涌，岷山崩；洮水逆流三日，鼠食稼，人饥疫，死者相枕藉。鄯、廓间夜闻鼙鼓声，人相惊"①。吐蕃内部因赞普继位问题矛盾激化，在吐蕃统治的河湟地区，先是别将尚恐热野心大发，欲谋相位和赞普之位，击鄯州节度使尚婢婢，遭遇大败。而后二人相攻，河湟大乱，吐蕃实力大衰。尚恐热曾谋划降唐，因无诚意而未果。宣宗时朝廷着意经营河陇，乘机进兵。

大中三年（849），河陇民众乘吐蕃贵族统治崩溃之际，举秦、原、安乐三州及石门、驿藏、木峡、特胜、六盘、石峡和萧关七关归唐。唐军逐次收复了河陇地区，"凤翔节度使李玭复清水；泾原节度使康季荣复原州，取石门等六关，得人畜几万；灵武节度使李钦取安乐州，诏为威州；邠宁节度使张钦绪复萧关；凤翔收秦州；山南西道节度使郑涯得扶州。凤翔兵与吐蕃战陇州，斩首五百级"②。河西、陇右沦陷区千余老人至长安朝贺，"天子为御延喜楼，赐冠带，皆争解辫易服。因诏差赐四道兵，录有劳者；三州七关地腴衍者，听民垦艺，贷五岁赋；温池委度支榷其盐，以赡边；四道兵能营田者为给牛、种，戍者倍其资饷，再岁一代；商贾往来于边者，关镇毋何留；兵欲垦田，与民同"③。在这种背景下，张议潮起事沙州，驱逐吐蕃沙州守将；后二年又相继光复为吐蕃人强占河西诸州，自此沦陷近百年的河湟地区终于收复：

> 明年，沙州首领张议潮奉瓜、沙、伊、肃、甘等十一州地图以献。初，议潮阴结豪英归唐，一日，众擐甲噪州门，汉人皆助之，虏守者惊走，遂摄州事。缮甲兵，耕且战，悉复余州。以部校十辈皆操梃，内表其中，东北走天德城，防御使李丕以闻。帝嘉其忠，命使者赍诏收慰，擢议潮沙州防御使，俄号归义军，遂为节度使。④

---

① 《新唐书》卷216下《吐蕃传》，第6105页。
② 《新唐书》卷216下《吐蕃传下》，第6107页。
③ 同上。
④ 同上书，第6107—6108页。

张议潮之所以起事成功，除了其个人的果敢和智慧外，一是吐蕃内部矛盾造成自身的瓦解；二是唐军进攻使吐蕃在河湟地区的统治已难维持；三是在于民心的向背，人心思唐。陈黯《代河湟父老奏》表达了失地百姓的心声："臣等世籍汉民也，虽地没戎虏而常蓄归心，时未可谋则俯仰偷生。……国家以内寇时起，不遑西顾。其蕃戎伺隙，侵掠边州，臣等由此家为虏有，然虽力不支而心不离，故居河湟间世相为训。今尚传留汉之冠裳，每岁时祭享，则必服之，示不忘汉仪，亦犹越翼胡蹄，有巢嘶之异。"① 沦陷区百姓盼望重归唐朝是张议潮起事成功的根本原因。起事成功后张议潮继续修缮甲兵，且耕且战，收复瓜、伊、西、甘、肃、兰、鄯、河、岷、廓十州。大中五年（851）八月，张议潮遣其兄张议潭和州人李明达、李明振、押衙吴安正等二十九人入朝告捷，并献瓜、沙等十一州图籍。② 宣宗特授众人官职，由杜牧撰写的《沙州专使押衙吴安正二十九人授官制》云：

> 自天宝以降，中原多故，莫大之虏盗取西陲，男为戎臣，女为戎妾，不暇吊伐，今将百年。自朕君临，岂敢偷惰，乃命将帅，收复七关，爰披地图，实得天险，遂使朝廷声闻闻于敦煌。尔帅议潮，果能抗忠臣之丹心，折昆夷之长角。窦融西河之故事，见于盛时；李陵教射之奇兵，无非义旅。尔等咸能竭尽肝胆，奉事长帅，将其诚命，经历艰危。言念忠劳，岂吝爵位，官我武卫，仍峻阶级，以慰皇华，用震殊俗。③

唐军亦乘势发动进攻，诱降吐蕃降人，"其后河、渭州虏将尚延心以国破亡，亦献款。秦州刺史高骈诱降延心及浑末部万帐，遂收二州，拜延心武卫将军。骈收凤林关，以延心为河、渭等州都游弈使。咸通二年，议潮奉凉州来归"④。沙州入唐专使来到长安，与长安诗人有唱和之作。敦煌文书 S.4654 保存下来的杨庭贯《谨上沙州专使持表从化诗一首》云："流沙古塞没多时，人物虽存改旧仪。再遇明主恩化及，远将情恳赴丹墀。"⑤ 杨庭贯生平籍贯不详，但其朝廷立场非常鲜明，虽然赞美沙州专使的远来，但

---

① 《全唐文》卷 767，第 3538 页。
② 向达：《罗叔言〈补唐书张议潮传〉补正》，《唐代长安与西域文明》，第 417—428 页。
③ （唐）杜牧：《樊川文集》卷 20，上海古籍出版社 1978 年版，第 305 页。
④ 《新唐书》卷 216 下《吐蕃传下》，第 6108 页。
⑤ 徐俊纂辑：《敦煌诗集残卷辑考》卷中，中华书局 2000 年版，第 339 页。

是从接受明主恩化的角度叙述这一事件的。

河湟失地回归,让江河日下的唐朝感到莫大的振奋,君臣将相额手称庆。朝廷不失时机地鼓吹皇上英明,宣宗把功劳归于自己的决策,"乃命将帅,收复七关",由此才造成了张议潮起义的成功。宣宗《收复河湟制》云:

> 朕猥荷丕图,思宏景业,忧勤戚惕,四载于兹,每念河湟土疆,绵亘退阔。自天宝末犬戎乘我多难,无力御奸,遂纵腥膻,不远京邑。事更十叶,时近百年。进士试能,靡不竭其长策;朝廷下议,皆亦听其直词。尽以不生边事为永图,且守旧地为明理。荏苒于是,收复无由。

宣宗说河湟历经百年隔绝,无时不在其思虑之中;举国上下,才识之士虽然都关注河湟问题,但基本态度都是得过且过。自己虽然不甘心现状,限于国力,只能迁延时日,无由收复。接着宣布河湟光复和光复的原因,他归功于"天地储祥,祖宗垂佑,左衽输款,边垒连降,刷耻建功,所谋必克。实赖枢衡妙算,将帅雄棱"。把功劳归功于朝廷,仍然是在表彰自己。强调朝廷之功,意在贬低张议潮起事的意义,朝廷对河湟光复后的安排,重在奖赏唐朝各路兵马和各州将士。最后对河湟故地唐风犹存感到欣慰:"呜呼!七关要害,三郡膏腴,候馆之残址可寻,唐人之遗风尚在,追怀往事,良用兴嗟。夫取不在广,贵保其金汤;得必有时,讵计於迟速。今则便务修筑,不进干戈,必使足食足兵,有备无患。载协亭育之道,永致生灵之安。"① 在《允宰臣请御丹凤楼上尊号敕》中自夸:

> 没陷河湟,百有余岁;中原封界,咫尺戎疆,累圣含容,久劳征戍。伏思元和中,将摅宿愤,常欲经营。属诛锄叛臣,未暇收复。今则恭行先志,克就前功,不远征兵,不劳财力。二州之外,兼得七关,又取维州,粗成边业。②

谦逊的语气包含着自我炫耀。宣宗《重阳锡宴群臣》是庆祝收复河湟的

---

① 《全唐文》卷79,上海古籍出版社1990年版,第360页。
② 《全唐文》卷81,第369页。

诗:"款塞旋征骑,和戎委庙贤。倾心方倚注,叶力共安边。"① 此诗题注:"时收复河湟。"他把收复河湟推功于朝廷的"征骑"和"庙贤",意在揽功于朝廷,淡化沙州张议潮等人的功绩。他把收复河湟视为在位时最值得夸耀的功业,其遗诏自述最辉煌的功业是"克复河湟,拓疆三千里外;告成宗庙,雪耻二百年间"②。当时朝廷编制了大型乐舞,宣宗亲自谱词制曲,歌唱河湟地区的回归,"又有《葱岭西曲》,士女踏歌为队,其词言葱岭之民乐河湟故地归唐也"③。

收复河湟是当时极具影响力和震撼效果的重大事件,全国上下君臣之间都将收复河湟当作盛事,唐朝诗人把这一辉煌的事件归功于宣宗的英明,上尊号:"至是群臣奏言:王者建功立业,必有以光表于世者。今不勤一卒,血一刃,而河湟自归,请上天子尊号。"宣宗曰:"宪宗尝念河湟,业未就而殂落。今当述祖宗之烈,其议上顺、宪二庙谥号,夸显后世。"④ 宣宗虽归功于"祖宗之烈",显然也自命有功,欣然接受了群臣之请。于是,收复河湟成为臣下歌功颂德的最好题材,也成为当时诗坛最流行的主题。当时连篇累牍的诗作欢呼收复河湟的胜利,大臣们甚至进诗祝贺:

> 大中初,边鄙不宁,吐蕃崛强,宣宗决于致讨,延英先问宰臣,敏中首奏兴师,遂为统帅。宣宗初览捷书云:"我知敏中必殄凶丑。"敏中凯旋,与同列宰辅进诗。敏中诗云:"一诏皇城四海颁,丑戎无数束身还。戍楼吹笛人休战,牧野嘶风马自闲。河水九盘收数曲,天山千里锁诸关。西边北塞今无事,为报东南夷与蛮。"魏扶诗云:"萧关新复旧山川,古戍秦原景象鲜。戎虏乞降归惠化,皇威渐被慑膻膻。穹庐远戍烟尘灭,神武光扬竹帛传。左衽尽知歌帝泽,从兹不更备三边。"崔铉诗云:"边陲万里注恩波,宇宙群方洽凯歌。右地名王争解辫,远方戎垒尽投戈。烟尘永息三秋戍,瑞岁遥清九折河。共偶圣明千载运,更观俗阜与时和。"⑤

此类歌颂"皇威"之作还不止几位宰相,薛逢《八月初一驾幸延喜楼看冠带降戎》诗云:"城头旭日照阑干,城下降戎彩仗攒。九陌尘埃千骑合,

---

① 《全唐诗》卷4,第50页。
② 《全唐文》卷80,第368页。
③ 《新唐书》卷22《礼乐志十二》,第478页。
④ 《新唐书》卷216下《吐蕃传下》,第6107页。
⑤ (宋)计有功:《唐诗纪事》卷51,上海古籍出版社1987年版,第769页。

万方臣妾一声欢。楼台乍仰中天易,衣服初回左衽难。清水莫教波浪浊,从今赤岭属长安。"① 张乔《再书边事》云:"万里沙西寇已平,犬羊群外筑空城。分营夜火烧云远,校猎秋雕掠草轻。秦将力随胡马竭,蕃河流入汉家清。羌戎不识干戈老,须贺当时圣主明。"② 敦煌诗人入朝时也有称颂朝廷和宣宗的作品,如僧人悟真奉张议潮和洪辩师之命,入朝长安时,也曾赞美宣宗为"明王""圣上""明君",说他"明主感化四夷静,不动干戈万里新"。详见下文论述。大中十三年(859)八月,宣宗驾崩,翌年二月下葬,来自归义军在京师长安之张议潭亦预此大典,因作《宣宗皇帝挽歌》五首进上,其中感戴宣宗的接见:"忆别西凉日,来朝北阙时。千官捧銮殿,独召上龙墀。宠极孤臣惧,恩深四表知。无由殉灵驾,血泪自双垂。"其中"九夷瞻北极,万国靡南熏"歌颂宣宗的功业,包含着收复河西的事件。③ 姚合《送狄尚书镇太原》诗云:

> 授钺儒生贵,倾朝赴饯筵。麾幢官在省,礼乐将临边。代马龙相杂,汾河海暗连。远戎移帐幕,高鸟避旌旃。天下屯兵处,皇威破虏年。防秋嫌垒近,入塞必身先。④

大中时诗人司马扎《观郊礼》诗云:"钟鼓旌旗引六飞,玉皇初著画龙衣。泰坛烟尽星河晓,万国心随彩仗归。"⑤ 杜牧《今皇帝陛下一诏征兵,不日功集,河湟诸郡次第归降,臣获睹圣功辄献歌咏》:"捷书皆应睿谋期,十万曾无一镞遗。汉武惭夸朔方地,周宣休道太原师。威加塞外寒来早,恩入河源冻合迟。听取满城歌舞曲,凉州声韵喜参差。"⑥《奉和白相公圣德和平致兹休运岁终功就合咏盛明呈上三相公长句四韵》云:"行看腊破好年光,万寿南山对未央。黠戛可汗修职贡,文思天子复河湟。应须日御西巡狩,不假星弧北射狼。吉甫裁诗歌盛业,一篇江汉美宣王。"⑦

河湟的收复被认为是宣宗时所谓太平盛世的重要表征。李回《享太庙

---

① 《全唐诗》卷548,第6328页。
② 《全唐诗》卷639,第7325页。
③ 汪泛舟:《敦煌诗解读》,世界图书出版公司2015年版,第400页;孙望:《全唐诗补逸》卷17,作无名氏《挽歌五首》,系从许国霖辑《敦煌杂录》录出,许氏拟题《进上挽歌》;陈尚君辑校:《全唐诗补编》,中华书局1992年版,第286页。
④ 《全唐诗》卷496,第5615页。
⑤ 《全唐诗》卷596,第6904页。
⑥ (唐)杜牧:《樊川文集》卷2,上海古籍出版社1978年版,第27页。
⑦ 同上。

乐章》云："受天明命，敷祐下土。化时以俭，卫文以武。氛消夷夏，俗臻往古。亿万斯年，形于律吕。"① 令狐楚《圣明乐》热情洋溢地赞颂宣宗朝边防形势："海浪恬丹徼，边尘靖黑山。从今万里外，不复镇萧关。"② 许浑《正元》云：

> 高揭鸡竿辟帝闾，祥风微暖瑞云屯。千官共削奸臣迹，万国初衔圣主恩。宫殿雪华齐紫阁，关河春色到青门。华夷一轨人方泰，莫学论兵误至尊。③

诗人异口同声地歌颂宣宗皇帝的圣明。敦煌诗集残卷中保留有河湟地区收复后唐朝赴任河西的官员的诗，河西都防御使翁郜的一首阙题诗应是他到任后写所见所感："河湟新复□□城，道路通流陇上清。垒净雪花迎瑞夕，重轮云霁日偏明。唐（？）覆不易今时聚，归（下缺）。"④ 河湟之地是丝绸之路要道，自从吐蕃占领后交通阻塞。诗人想象这条通向远方的道路从此恢复了通畅。总之，皇上推功于唐朝谋臣与将士，大臣归功于宣宗的运筹庙堂，最终揽功于朝廷，对沙州起义的张议潮等人的功劳则只字不提。

吐蕃人占领河湟之地时泾州、凤翔、邠州、岐州、沂州、陇州之地被唐人视为边州。如今河湟收复，这一带恢复了和平和安定。因此诗人们再写到这一带，便是另一种景象。李频《赠泾州王侍御》云："一旦天书下紫微，三年旌旆陇云飞。塞门无事春空到，边草青青战马肥。"⑤ 王侍御任职泾州三年，这一带呈现出一派和平祥和景象。羊士谔《送张郎中副使自南省赴凤翔府幕》云："仙郎佐氏谋，廷议宠元侯。城郭须来贡，河隍亦顺流。亚夫高垒静，充国大田秋。当奋燕然笔，铭功向陇头。"⑥ 薛能《早春书事》云："百蛮降伏委三秦，锦里风回岁已新。渠滥水泉花巷湿，日销冰雪柳营春。何年道胜苏群物，尽室天涯是旅人。焚却蜀书宜不读，武侯无可律余身。"⑦ 在诗人们笔下，似乎从此天下一统无复战争，可以偃武修文永久太平了。这些诗中最引人注目的是郑嵎的《津阳门诗》，⑧ 这首诗

---

① 《全唐诗》卷508，第5776页。
② 《全唐诗》卷27，第392页。
③ 《全唐诗》卷535，第6104页。
④ 徐俊：《敦煌诗集残卷辑考》卷下（英藏俄藏部分），中华书局2000年版，第662页。
⑤ 《全唐诗》卷587，第6813页。
⑥ 《全唐诗》卷332，第3698页。
⑦ 《全唐诗》卷559，第6483页。
⑧ 《全唐诗》卷567，第6561—6566页。

长达二百句，写诗人入津阳门北酒家饮酒，店主老翁回忆自己从十五岁起入羽林军，直至眼下的所见所闻。从开元盛世、天宝之乱一直写到河湟收复，把宣宗的时代比作开元盛世，称"两逢尧年"，意在歌颂宣宗时代社会太平。

刘驾《唐乐府十首》也是歌咏唐朝收复河湟失地的，序云：

> 唐乐府，自送征夫至献贺觞，歌河湟之事也。下土土贡臣驾，生于唐二十八年，获见明天子以德归河湟地，臣得与天下夫妇复为太平人。独恨愚且贱，蠕蠕泥土中，不得从臣后拜舞称于上前。情有所发，莫能自抑，作诗十章，目曰唐乐府。虽不足贡声宗庙，形容盛德，而愿与耕稼陶渔者歌田野江湖间，亦足自快。①

这十首诗是《送征夫》《输者讴》《吊西人》《边军过》《望归马》《祝河水》《田西边》《昆山》《乐边人》《献贺觞》。② 前九首诗都包含着今昔对比，对比河湟收复前后不同的国家形势。诗人送新兵至长安，故从送兵写起。过去送征夫，战事辛苦；今日边境战争结束，守边时日不久即归，故"今送征夫乐"。往前线送粮也成为快乐事，因为一人出塞送粮，一家十口不再纳税。国家的事就是自家的事，所以"去者不遑宁，归者唱歌行"。河湟之地已回归大唐，将军入城，未遇抵抗。河湟之地恢复和平，从此只需务农耕种。唐朝大军不断从此经过西征，他们一点儿也不骚扰百姓。当他们西征归来时，人数比西行时更多，因为在他们的队伍里增添了大量俘虏。中原地区的百姓看到西征的队伍归来，不再惊慌害怕，因为将士们凯旋，朝廷不会再像从前征发新兵去前线打仗，"亦不更征兵"。天下从此和平，一如黄河水清，"从今亿万岁，不见河浊时"。河湟地区光复后，农业生产一派兴旺，兵器都销毁铸成农器，人们安心于农业生产，田野里庄稼茂盛，再无放牧羊马的空阔之处。过去产于昆山的玉特别珍贵，因为那时西域被吐蕃人占领，人们很难来到这产玉之地；如今昆山玉如尘土般不为人所重，因为昆山已回归大唐。白玉如此这般不为人所重，更何况金银呢？由于边境地区恢复了和平，人们乐于到边境地区戍守，因为在家乡不免辛劳，而在边地也一样吃饱穿暖。如果父子兄弟都在边地生活，老死于此又有何不可。诗人对此景象似乎并不满足，因为按照他们的观念，河湟

---

① 《全唐诗》卷567，第6776—6777页。
② 《全唐诗》卷585，第6776—6778页。

之地并不是边境地区，那本来是中国的内地。大唐盛时"安西万里疆"，日入之处本就该纳于大唐。所以第十首表达诗人的愿景，他希望唐朝对西域的开疆拓土不应止步，应该恢复大唐盛时对西域广大地区的统治："愿今日入处，亦似天中央。"又如李频《送边将》也表达了这一思想："防秋戎马恐来奔，诏发将军出雁门。遥领短兵登陇首，独横长剑向河源。悠扬落日黄云动，苍莽阴风白草翻。若纵干戈更深入，应闻收得到昆仑。"①昆仑在古人观念中在极西之域。他希望唐军不应止于收复河湟，应该继续进军，收复西域。

张议潮等献瓜沙诸州地图，唐朝版图扩大，新的华夷图令诗人倍感自豪。曹松《观华夷图》诗云："落笔胜缩地，展图当晏宁。中华属贵分，远裔占何星。分寸辨诸岳，斗升观四溟。长疑未到处，一一似曾经。"②伍乔《观华夷图》云：

> 别手应难及此精，须知攒簇自心灵。始于毫末分诸国，渐见图中列四溟。关路欲伸通楚势，蜀山俄耸入秦青。笔端尽现寰区事，堪把长悬在户庭。③

在想到大唐如日中天征服四夷的时候，诗人更想到对于夷狄不应该赶尽杀绝，只要他们表示臣服，就应该让他们有生存的机会。贯休《胡无人》云：

> 霍嫖姚，赵充国，天子将之平朔漠。肉胡之肉，烬胡帐幄。千里万里，唯留胡之空壳。边风萧萧，榆叶初落。杀气昼赤，枯骨夜哭。将军既立殊勋，遂有胡无人曲。我闻之，天子富有四海，德被无垠。但令一物得所，八表来宾，亦何必令彼胡无人。④

意谓即便我大唐强盛无比，也会让四夷生存，因为唐天子以德治天下。张议潮宣布归唐，唐朝名义上实现了陇右、河西的收复，因此唐朝官吏开始赴河西任职，唐诗中又出现了送人赴任河西的作品。张乔《送河西从事》

---

① 《全唐诗》卷 587，第 6809 页。
② 《全唐诗》卷 716，第 8225 页。
③ 《全唐诗》卷 744，第 8462 页。
④ （唐）贯休著，胡大浚校注：《贯休歌诗系年笺注》卷 1，中华书局 2011 年版，第 12—13 页。按：贯休（823—912），唐末僧人，俗姓姜，字德隐，婺州兰溪（今浙江兰溪市游埠镇）人，在他有生之年，大概只有宣宗时才可能有这样的口气写出这样的诗。

云:"结束佐戎旃,河西住几年。陇头随日去,碛里寄星眠。水近沙连帐,程遥马入天。圣朝思上策,重待奏安边。"① 根据冯培红研究,张淮深再度收复河西后,唐朝在凉州地区设置了凉州都防御使、凉州西界防御使。但考虑到凉州是张淮深收复的,遂与其达成协议,实行朝廷与归义军共管。由敦煌人出任长官,而属官则由唐廷派遣官员担任。② 张乔送朋友赴河西任从事,正是这种史实的反映。敦煌诗集残卷伯二七六二纸背有《梦□□鸿分青改字咏志》诗:"理□恩波出帝京,分青改作拜江城。鸿飞万里羽毛迅,抛却沙州闻雁声。"③ 这是一首记梦诗,诗人梦中到了长安,蒙受恩命出任江城。他赴任的脚步是那样迅疾,可见其心情之好。这似是一位任职敦煌的中原士人,日夜盼望离开此地,回到中原。日有所思,夜有所梦,他的愿望在梦中实现了。这首诗后有"龙纪二年二月十九也(当为日)心中"一行字,唐昭宗龙纪二年乃890年,这首诗反映的可能是晚唐时在敦煌任职者的心情。这些诗可能印证了冯培红先生的观点。

唐朝诗人不免过于乐观了,收复河湟并不像诗人们想象的那样,边关无事,丝路畅通。那不过是衰弱的唐朝一时回光返照现象。张议潮起义后,河湟地区仍处在吐蕃、回鹘的环伺之下。宣宗时唐朝已是"夕阳无限好,只是近黄昏"的时光,阶级矛盾激化,内忧外患严重。朝廷既无力经营西域,在处理归义军问题上也颇失策,归义军与朝廷貌合神离,河湟回归只是名义上而已,"张议潮以瓜、沙、伊、肃、鄯、甘、河、西、兰、岷、廓十一州来归,而宣懿德微,不暇疆理,惟名存有司而已"④。贯休《古塞下曲七首》反映了当时的情势:

其一
下营依遁甲,分帅把河隍。地使人心恶,风吹旗焰荒。搜山得探卒,放火猎黄羊。唯有南飞雁,声声断客肠。
其二
归去是何年,山连逻逤川。苍黄曾战地,空阔养雕天。旗插蒸沙堡,枪担卓槊泉。萧条寒日落,号令彻穷边。
其三
虏寇日相持,如龙马不肥。突围金甲破,趁贼铁枪飞。汉月堂堂

---

① 《全唐诗》卷639,第7326页。
② 冯培红:《敦煌的归义军时代》,甘肃教育出版社2013年版,第143页。
③ 徐俊纂辑:《敦煌诗集残卷辑考》卷上(法藏部分上),中华书局2000年版,第176页。
④ 《新唐书》卷40《地理志》四,第1040页。

上，胡云惨惨微。黄河冰已合，犹未送征衣。

    其四

南北惟堪恨，东西实可嗟。常飞侵夏雪，何处有人家。风刮阴山薄，河推大岸斜。只应寒夜梦，时见故园花。

    其五

不是将军勇，胡兵岂易当。雨曾淋火阵，箭又中金疮。铁岭全无土，豺群亦有狼。因思无战日，天子是陶唐。

    其六

榆叶飘萧尽，关防烽寨重。寒来知马疾，战后觉人凶。烧逐飞蓬死，沙生毒雾浓。谁能奏明主，功业已堪封。

    其七

万战千征地，苍茫古塞门。阴兵为客祟，恶酒发刀痕。风落昆仑石，河崩首蓿根。将军更移帐，日日近西蕃。①

这七首诗都是以河湟地区形势为背景写的，在他笔下河湟之地仍是唐朝分兵防守之处，战事不断。防戍的将士归乡无日，艰苦征战，后方供应不济，而战争形势却日趋紧张。唐末，吐蕃、回鹘不断侵扰河湟之地，唐与西域间的联系和交通并未恢复。晚唐诗人皮日休《正乐府十篇》其一《卒妻怨》云："河湟戍卒去，一半多不回。"② 罗邺《老将》云："百战辛勤归帝乡，南班班里最南行。弓欺猿臂秋无力，剑泣虬髯晓有霜。千古耻非书玉帛，一心犹自向河湟。"③ 罗邺《河湟》云："河湟何计绝烽烟，免使征人更戍边。尽放农桑无一事，遣教知有太平年。"④ 河湟依然是唐与吐蕃战争的前线。"河湟"作为边境地区的意象和代名词，晚唐时并不曾改变。敦煌文书 S.5139V《乙酉年（925）六月凉州节院使押衙刘少晏状》称："自从张太保幕上政直，河西道路安泰。"⑤ 这只是归义军从敦煌经河西走廊进入长安的道路通畅，并不是指唐朝交通西域的道路畅通了，其中也不免粉饰太平之意。但唐末毕竟有河湟收复的一时胜利，"收河湟"成为收复失地的象征。晚唐时崔致远歌颂高骈的诗《七言记德诗三十首谨献司徒相公·安化》云："班笔由来不暗投，旋驱熊隼待封侯。郡名安化能宣化，

---

① 《全唐诗》卷830，第9363页。
② 《全唐诗》卷608，第7019页。
③ 《全唐诗》卷654，第7509页。
④ 同上书，第7522页。
⑤ 邓文宽：《〈凉州节院使押衙刘少晏状〉新探》，《敦煌学辑刊》1987年第2期。

更指河湟地欲收。"① 用"收河湟"作为对高骈的期望。

（四）敦煌地区对归义军的称颂

河湟失地收复，张议潮功不可没。唐朝廷肯定了张议潮的不世之功，张议潮受到民间广泛的爱戴和颂扬。朝廷酬赏河西功臣，设沙州归义军使，统领沙、甘、肃、鄯、伊、西、河、兰、岷、廓十州，以张议潮为节度、管内观察处置使。张议潮力图收复整个河湟失地，又经过三年艰苦奋斗收复凉州，朝廷置凉州节度使，由灵武节度使兼领，领凉、洮、西、鄯、河、临六州。至此，河湟失地总算在名义上重归国家怀抱。经过归义军的惨淡经营，河西地区局势业已稳定，生产得到了发展。咸通八年（867）二月，张议潮入觐长安，朝廷任命他为右神武统军，并于宣阳坊赐第一区，晋升为司徒。咸通十三年（872）八月，卒于长安。在唐朝廷君臣的诗中很少见对沙州张氏和归义军的歌颂，他们只顾替朝廷歌功颂德。

张氏的功绩沙州百姓看在眼里，打败回鹘以后，张议潮"朝朝秣马，日日练兵，以备凶奴，不曾暂暇"②。归义军在得不到朝廷实际支持的情况下，多次打退吐蕃、吐谷浑和回鹘残部的进攻，对稳定河湟局势起了关键作用，敦煌百姓给予了极高的评价。张议潮起义当年即大中二年（848），敦煌就出现了歌颂张议潮的诗歌。敦煌文书 P.2716 残诗云："可惜沙州好川原，自从破落六十年。将作一生为奴婢，……（阙）"李正宇先生认为缺句或当为"谁知今又睹唐天"③。这首诗被认为"今所能见归义军张氏时期最早的一首诗"④，诗显然表达了对敦煌家乡的热爱，歌颂张议潮起义把百姓从吐蕃人的奴役下解放出来。大中九年（855）沙州义学都法师悟真作《德政及祥瑞五更转兼十二时》歌颂张议潮功德，共十七首并序，十七首歌辞已佚，其序全文尚存，"足为张议潮收复河西，重归唐治之始末作参考资料"。歌辞的内容与序文相应，"先述尚书殊特之功，后录尚书祥瑞之应，凡一十七咏"⑤。敦煌石室发现的《张氏勋德记》写张议潮之侄张怀深：

---

① 〔新罗〕崔致远撰，党银平校注：《桂苑笔耕集校注》卷17，中华书局2007年版，第589页。
② 黄征、张涌泉：《敦煌变文校注》卷1，中华书局1997年版，第181页。
③ 李正宇：《沙州贞元四年陷蕃考》，《敦煌研究》2007年第4期。
④ 颜廷亮：《敦煌文学千年史》，人民文学出版社2013年版，第175页。
⑤ 任中敏：《敦煌歌辞总编》，凤凰出版社2014年版，第854—855页。

坐筹帷幄之中，决胜千里之外，四方犷狂，却通好而求和；八表来宾，列阶前而拜舞。北方猃狁，款少骏之駃騠；南土蕃浑，献昆岗之白璧。九功惟叙，黎人不失于寒耕；七政调和，秋收有丰于岁稔。①

张议潮叔侄收复河湟，为河西、陇右的稳定做出突出贡献，"河西创复，犹杂蕃、浑，言音不同，羌龙嗢末，雷威慑伏，训以华风，咸会训良，轨俗一变"②。张氏归义军政权还大力发展生产，注意兴修水利。沙州修建许多沟渠，每一沟渠设"渠头""升门"等专职人员进行管理，水利兴建促进了农业生产发展，五谷丰登，百姓乐业，一派和平繁荣景象。故当时人称颂道：

　　三光昨来转精耀，六郡尽道似尧时。田地今年别滋润，家园果树似荼脂。河中现有十碾水，潺潺流溢满百渠。必定丰熟是物贱，休兵罢甲读文书。③

在河西人民眼里，河湟的光复和重归大唐怀抱，通过陇右、河西入长安的丝绸之路又畅通了。因此他们歌颂张议潮的英雄业绩："河西沦落百余年，路阻萧关雁信稀。赖得将军开归路，一振雄名天下知。"④

从《张议潮变文》和《张淮深变文》两个残卷中，可以知道张议潮和张氏归义军政权在沙州百姓中威信甚高，社会上流行着不少歌颂张氏的民歌民谣。变文中的歌唱部分大体可以看作当地民歌民谣的汇集。张议潮先后被唐朝封为尚书、仆射、太保等，在敦煌流行的变文和赞歌中，总是称其官衔而不直呼其名，如"诸川吐蕃兵马还来劫掠沙州，奸人探得事宜，星夜来报仆射"。变文中歌颂张议潮对吐浑、蕃贼、回鹘等用兵如神，所向披靡：

　　忽闻犬戎起狼心，叛逆西同把险林。星夜排兵奔疾道，此时用命总须擒。雄雄上将谋如雨，蠢愚蕃戎计岂深？自十载提戈驱丑虏，三

---

① 巴黎藏石室本 P. 2762 号，ポール・ベリォ、羽田亨共编：《敦煌遗书》（活字本・第一集），大正十五年（1926）九月，上海东亚考究会发行；黄永武编：《敦煌丛刊初集》，台湾新文丰出版公司 1985 年版，第 89 页。
② 佚名：《张氏勋德记》，巴黎藏石室本 P. 2762 号，黄永武编《敦煌丛刊初集》，第 88 页。
③ 黄征、张涌泉：《敦煌变文校注》卷 1，中华书局 1997 年版，第 181 页。
④ 同上书，第 193 页。

边犷悍不能侵。何期今岁兴残害，辄尔依前起逆心。今日总须摽贼首，斯须雾合已沉沉。将军号令儿郎曰："克励无辞百载（战）劳。丈夫名宦向枪头觅，当敌何须避宝刀！"汉家持刃如霜雪，虏骑天宽无处逃。头中锋铓陪垒土，血溅戎尸透战袄。一阵吐浑输欲尽，上将威临煞气高。①

变文中还称扬张议潮浴血沙场以表达对唐朝的忠心：

  炖煌上将汉诸侯，弃却西戎朝凤楼。圣主委令权右地，但是凶奴（匈奴）尽总仇。昨闻猃狁侵伊镇，俘劫边甿旦夕忧。元戎叱咤扬眉怒，当即行兵出远收。两军相见如龙斗，纳职城西赤血流。我将军意气怀文武，威胁蕃浑胆已浮。犬羊才见唐军胜，星散回兵所在抽。远来今日须诛剪，押背擒罗岂肯休。千人中矢沙场殣，铩锷搯髣坠贼头。闪铄红旗晶耀日，不忝田丹（单）纵火牛。汉主神资通造化，殄却残凶总不留。②

当时敦煌一带流行的歌唱张氏的民歌民谣应该不少，这些当是变文作者收入的作品。为了表达对朝廷的忠诚，获取朝廷对归义军的支持，维持朝廷与归义军的关系，张议潮束身入朝，被朝廷留任长安，对他的壮举诗人表达了赞美。敦煌高僧悟真诗云："龙沙西裔隔恩波，太保奉诏出京华。英才堂堂七尺貌，口如江海决县（悬）河。"③ 张议潮于咸通八年（867）入朝，敕封河西节度使、金紫光禄大夫、检校吏部尚书、兼御史大夫、金吾卫大将军。十三年（872）卒于长安，赠太保。这篇唱文应是歌颂张议潮之作，其中"出"当为"入"字之误。张议潮入京后未再回敦煌，无"出京华"之举，后面写的也是他入"京华"的表现。诗前两句表彰张议潮在敦煌长期沦陷后奉命入朝的行为，既出于对朝廷的遵命，又出于对敦煌前途和命运的考虑，因为他的入朝标志着敦煌地区的真正回归。后两句写张议潮当廷对问时的优秀表现，意在向敦煌人宣扬张议潮的机智才能，他的英姿和口才获得了朝廷的赞美和肯定。

---

① 黄征、张涌泉：《敦煌变文校注》卷1，第180页。
② 同上书，第180—181页。
③ 黄征、张涌泉：《敦煌变文校注》卷1，第182页。颜廷亮说："此诗所写'太保奉诏出京华'一事未见诸其他记载，但该诗为歌颂张议潮之作，却是一目了然的。"见氏著《敦煌文学千年史》，人民文学出版社2013年版，第168页。

张议潮入朝,其侄张淮深为留后,袭叔父官职爵位。嗢末人占领凉州,① 咸通二年(861),张淮深率汉、蕃兵再复凉州并表奏朝廷。咸通四年(863)复设凉州节度使。② 当张淮深再复凉州的捷报到达朝廷,薛逢曾激动地写诗纪念,其《凉州词》云:

> 昨夜蕃兵报国仇,沙州都护破凉州。黄河九曲今归汉,塞外纵横战血流。③

这是朝廷诗人绝无仅有的一篇歌颂张氏的诗。"蕃兵报国仇"即指凉州再次失陷,"昨夜"极言其时间之短,便被沙州都护收复,显然是歌颂张淮深和归义军收复凉州的功绩。张淮深坚守河湟,多次与回鹘交战,为稳定河西局势做出了重要贡献,其文治武功亦不下于张议潮,故当地人民热情歌颂他。《张淮深变文》中写张议潮归阙后张淮深的功业,④ 不仅歌颂其击退回鹘的杰出军事才能,还歌颂其治理河西的升平景象,其中也收入当地的歌谣:

> 自从司徒归阙后,有我尚书独进奏。(持)节河西理五州,德化恩沾及飞走。
> 天生神将(足)英谋,南破西戎北扫胡。万里能令烽火灭,百城

---

① 唐时由吐蕃随军奴隶演变成的族群,又称"浑末"。吐蕃人出征,富家豪族带有奴隶,平时散处耕牧,战时随主征战。在战争中造成主仆相失,摆脱主人后,自相啸聚,形成新的部落群体,散处于甘、肃、凉、瓜、沙、廓、河、渭、岷、叠等州。宣宗时有的嗢末部具有万帐之众。其中有相当一部分是蕃化汉人子孙。

② 关于凉州节度使的置废和使主的任命,参见李军《晚唐凉州节度使考》,《敦煌研究》2007年第6期;冯培红《敦煌的归义军时代》,甘肃教育出版社2013年版,第113—142页。

③ 《全唐诗》卷27,第381页。

④ 按:《张淮深变文》残卷是写张议潮,还是写张淮深,学界有争议。孙楷第认为此篇中"尚书"应是张淮深,学界多从之。见氏著《敦煌写本张淮深变文跋》,载《中央研究院历史语言研究所集刊》第7本第3分,1937年。收入周绍良、白化文编《敦煌变文论文录》,上海古籍出版社1982年版,第723—749页。伏俊琏、王伟琴据变文中朝廷使者第一次到沙州的情景叙述和尚书打回鹘的时间,认为变文中的尚书当为张议潮,而不是张淮深。参见氏著《敦煌本〈张淮深变文〉当为〈张议潮变文〉考》,载《新疆师范大学学报》2010年第4期。变文是文学作品,又是民间讲唱艺术,所谓打回鹘、迎朝使不过是一种歌颂归义军领袖的故事套子,既可用到张议潮身上,也可用到张淮深身上,不可作为信史看待。从唱词中"自从司徒归阙后,有我尚书独进奏"可知,此篇变文中的"尚书"应指张淮深,"司徒"指张议潮。

第三章 丝绸之路之河西路　261

黔首贺来苏。

几回献捷入皇州，天子临轩许上筹："卿能保我山河静，即见推轮拜列侯。

河西沦落百余年，路阻萧关雁信稀。赖得将军开归路，一振雄名天下知。①"

年初弱冠即登庸，匹马单枪突九重。曾向祁连□□□，几回大漠虏元凶。

西取伊□□□□，□□□□复旧疆。邻国四时□□□，□□□□□□唐。

退浑小丑□□□（下缺）②

敦煌残卷中另有歌颂"太保"的一篇唱文，似是歌颂张淮深治理沙州的业绩：

二月仲春色光辉，万户歌谣总展眉。太保应时纳福祐，夫人百庆无不宜。三光昨来转精耀，六郡尽道似尧时。田地今年别滋润，家园果树似荼脂。河中现有十碾水，潺潺流溢满百渠。必定丰熟是物贱，休兵罢甲读文书。再看太保颜如佛，恰同尧王有重眉。弓硬刀强箭又褐，头边虫鸟不能飞。四面蕃人来跪伏，献驼纳马没停时。甘州可汗亲降使，情愿与作阿耶儿。汉路当日无停滞，这回来往亦无虞。莫怪小男女呎哆语，童谣歌出在小厮儿。某乙伏承阿耶万万岁，夫人等劫石不倾移。阿耶驱来作证见，阿孃也交作保知。优赏但知与一匹锦，令某乙作个出入衣。③

---

① 孙楷第先生认为："所谓开旧路者，必指复凉州事无疑。"张淮深于咸通二年（861）收复凉州。参见氏著《敦煌写本〈张淮深变文〉跋》，载《中央研究院历史语言研究所集刊》第7本第3分，1937年；收入周绍良、白化文编《敦煌变文论文录》下册，上海古籍出版社1982年版，第726页。
② 黄征、张涌泉校注：《敦煌变文校注》卷1，中华书局1997年版，第193—194页。按：潘重规先生认为这首诗其实是六首绝句和一首诗的残句，以为"当时人歌颂张怀深功德之作，抄者附写于变文之后，伯三八〇八长兴四年中兴殿应圣节讲经文，正文完毕后亦抄附七言绝句十九首，皆歌咏时事之作。此盖抄者所为，盖与讲者无涉"。参见氏著《敦煌变文集新书》卷5，台北文津出版社有限公司1994年版，第950页。
③ 巴黎藏石室本P.3500，《敦煌变文校注》卷1引，第181—182页。从这首诗的内容看，写河西地区升平安定局面，似是经过归义军政权长期治理的效果，文中并有"□从收复已多年，万里西门绝戍烟"云云。故歌颂张淮深可能性更大。

诗赞美张淮深的文治武功，敦煌文书 P.4692 佚名曲子词《望远行》被认为是称颂张淮深的作品：

> 年少将军佐圣朝，为国扫荡狂妖。弯弓如月射双雕，马蹄到处阵（一作尽）云消。休寰海，罢枪刀，银鸾驾走上连（一作超）霄。行人南北尽歌谣，莫把尧舜比今朝。

大中五年（851），宣宗曾对张议潮和其侄张淮深大加封赏，张淮深确有称将军一事，此诗乃敦煌文士献贺之作。[1] 敦煌诗集残卷伯二六七二佚名阙题残诗也应是歌颂张淮深："河湟新复□□城，道路通流陇上清。坌净雪花迎瑞夕，重轮云霁日偏明。唐（？）覆不易今时聚，归（下缺）。"[2] 这首诗跟上引"河西沦落百余年"一首相同，应该是在张淮深收复凉州后所写。只有收复了凉州，才能谈得上"道路通流陇上清"。张议潮入朝后，张淮深独撑危局，既对敦煌一带进行有效治理，又与周边族群展开斗争，对巩固和发展敦煌的良好局面做出了杰出贡献。与朝廷方面大力称颂宣宗的英明相对，敦煌一带社会上下都把河西的收复和治理归功于归义军领袖，归义军政权充分利用当地的文学形式宣扬自己的合法性和辉煌功业。

敦煌地区不仅歌颂归义军领袖人物，也歌颂那些在驱逐吐蕃势力、保卫归义军政权斗争和地方建设中立下显赫功劳的英雄豪杰。归义军时期敦煌流行一种被称为"邈真赞"的文体，又称写真赞、图真赞、真仪赞、邈影赞、邈生赞、彩真赞等，即人物画像赞。[3] 篇目众多，经整理有 90 余篇，具有重要史料价值。其中大多韵散相间，韵文部分可以看作一种诗歌

---

[1] 颜廷亮：《敦煌文学千年史》，人民文学出版社 2013 年版，第 179—180 页。
[2] 徐俊纂辑：《敦煌诗集残卷辑考》卷下（英藏俄藏部分），第 662 页。
[3] 李并成：《一批珍贵的历史人物档案——敦煌遗书中的邈真赞》，《档案》1991 年第 5 期。据该文介绍，唐宋时期敦煌社会上层人物多在晚年或病危时请当地有名文士为其画像作赞，为的是留下生前容貌德业，以供家属、子孙、门人弟子祭奠睹仰，并用以训诫、劝勉后人。这种邈真赞保存有近百件。敦煌遗书中往往可见"偶因凋森，预写生前之容；故命良工爰绩丹青之貌""风疾侵缠……乃召匠伯，预写生前"（P.3718）一类的记载，可见邈真赞的制作当时颇风行。或是有的人生前没有留下像赞而突然死亡，则亲属子弟只得请画师根据回忆和口头描述进行绘制。邈真赞一般选用上等felt绢制作，以利长久保存。画幅多呈长方形，可分上下二栏。上栏一般绘佛或菩萨、观音尊像，或佛经变相图，下栏则竖分成三格，左右两格一格仍画菩萨、观音尊像，另一格像主，或跪或立，多作礼佛状，有的像主身后还绘其家属子女和仆役，也有的左右两格分别画像主夫妇或父子兄弟。中间一格专门用于作"赞"。

形式。由于赞词出于文人名士之手，文彩斑斓，简练精粹，形象生动，音韵和谐，声调优美，常常被人抄录传诵，和画像脱离开来，成为单独的文体被辑录流传。这些邈真赞可以看作颂诗，有一定的文学成就："四字结言，铺陈有序，句中炼字，雅瞻华茂"，"感物兴怀，思辨严谨，言舒调缓，情激气盛"①。如悟真撰《大唐前河西节度押衙甘州删丹镇遏充凉州西界游奕采访营田都知兵马使兼殿中侍御史康公讳通信邈真赞》云：

懿哉哲人，与众不群。刚柔相伴，文质彬彬。尽忠奉上，尽孝安亲。叶和众事，进退俱真。助开河陇，效职辕门。磺戈阵面，骁勇虎贲。番禾镇将，删丹治人。先公后私，长在军门。天庭奏事，荐以高勋。姑臧守职，不行遭窑。他乡殒殁，孤捐子孙。怜（邻）人［辍］舂，闻者悲辛。邈其影像，铭记千春。②

又如悟真撰《使持节瓜州诸军事守瓜州刺史康使君邈真赞》云：

伟哉康公，族氏豪宗。生知礼义，禀气恢洪。凤标勇捍，早著骁雄。练磨星剑，蕴习武功。虚弦落雁，射比冯蒙。辕门处职，节下高踪。助开河陇，有始有终。南征北伐，自西自东。三场入战，八阵先冲。前贤接踵，后背卧龙。若其术业，名称九重。银章紫绶，鱼符五通。一身崇秩，荣耀多丛。领郡晋昌，百里宣风。刚柔正直，率下劝农。威棱肃肃，治道雍雍。四岳诸侯，今犹绍隆。否泰一吉一凶。悬蛇遘疾，梦奠云薨。美角先折，木秀先攻。愁云□□，□惨碧空。图形新障，粉绘真同。恬笔记事，不业无穷。③

这两位康姓人氏应该都是粟特人后裔，助张议潮收复河陇和治理地方有功。赞文以热情洋溢的语言歌颂这两位文武双全立功立事的将军和官员。又如苏翚《河西都僧统悟真邈真赞》（P.4660）歌颂悟真的生平德业。悟真是敦煌地区佛教领袖洪辩的弟子，最大寺院灵图寺寺主，张议潮起义时曾"甘蹈白刃，随军征战"，起义成功后又奉张氏政权使命入朝，代表敦煌政僧两界朝见天子。此后屡次奉使入朝，往来于敦煌与长安间的道路

---

① 张志勇：《敦煌邈真赞释译》前言，人民出版社2015年版，第6页。
② 郑炳林：《敦煌碑铭赞辑释》，甘肃教育出版社1992年版，第114页。
③ 同上书，第151页。

上,荣升河西都僧统的高位,对于归义军政权的建立和巩固立下汗马功劳。赞文称颂他的人品天资,佛学修养,显赫战功:"凤彰聪憼,志蕴怀奇""军功抑选,勇效驱驰",入觐阙廷,声闻宇内:"入京奏事,履践丹墀。升阶进策,献烈鸿规。"① 又如佚名《河西都防御右厢押衙御史中丞王公讳景翼邈真赞》(P.4660):"助开河陇,决胜先行。身经百战,顺效名彰。刚柔正直,列职姑臧。"② 这些赞词虽不免溢美之处,但从中我们仍可看到归义军统治时期曾辛勤治理,着意经营,积极发展农业生产,取得显著成效,同时实行减轻赋税,与民休养生息的政策,并注重吏治建设,从而开创了较安定的社会局面,发展成雄据于西北地区的一支不可小觑的地方政权。

  诗作为史料具有独特的价值,"诗言志"和"诗言情"是传统的诗歌价值观,在反映一个时代的社会心理、民族情感和价值取向方面是别的史料不可代替的。从上述分析中我们可以看出,吐蕃占领河湟地区后,唐人心理上经历了从不能接受、义愤填膺并决心收复失地,到后来委屈妥协隐忍忧伤,再到后来河湟之地收复群情振奋的变化,唐诗反映了这种社会心理和情感的变化。河湟之地的收复是多种原因造成的,当吐蕃势力衰落之时,唐朝军事上对吐蕃的胜利,张议潮的英雄壮举和河湟百姓民心的向背都是重要因素,都是值得歌颂和肯定的。但在河湟地区驱逐了吐蕃人势力之后,朝廷与河西归义军政权之间逐渐产生了复杂的矛盾和纠葛,在歌颂收复河湟胜利时,朝廷与河西归义军的政治立场和思想倾向是不同的。唐朝尽力揽大功于朝廷,强调唐军收复三州和七关等对吐蕃军事上的胜利,而对张议潮等归义军领袖颂扬的诗则绝无仅有。河西地区则极力称颂张议潮、张淮深等归义军领袖的智慧、胆略和勇气,歌颂他们收复和治理河湟地区的功业。这在流传下来的诗歌中也有明显的反映,除身在长安的张议潭有《宣宗皇帝挽歌诗》之外,河西地区流传下来的文学作品几乎是绝口不提朝廷和唐军在收复河湟之地的贡献。在歌颂朝廷的诗歌中,我们看到不少过分溢美之词和过于乐观的表达。宣宗时唐朝已经进入衰败得无可收拾的地步,收河湟虽然给这个衰弱的躯体注入一针强心剂,终究不能挽回其衰亡的结局。而在朝廷那些歌功颂德的诗里,似乎唐朝从此振兴,贞观之治和开元盛世的局面马上恢复,唐朝盛时在西域和中亚地区建立起来的宗主国地位也能重新开始一般。历史最终证明了这些不过是一种幻想。

---

  ① 张志勇:《敦煌邈真赞释译》,第 26—27 页。
  ② 陈祚龙:《中华佛教文化史散策》(第四集),台北新文丰出版公司 1986 年版,第 289 页。

归义军与朝廷之间的矛盾与博弈持久而复杂。归义军要仰赖朝廷威望以生存发展,但它不同于内地藩镇,有很强的独立性;朝廷通过沙州政权名义上恢复了对河湟地区的统治,但实际上鞭长莫及,他们担心归义军离心离德,因此互相利用又互相提防。张议潮归阙后,朝廷迟迟未授予其侄张淮深归义军节度旌节,便是对归义军有意的牵掣,而归义军旌节对张淮深政权又至关重要。因此唐末出现张淮深极力申请授予旌节而朝廷却迟迟不予授予的僵持状态。① 获得朝廷授予旌节成为归义军领袖的心结,敦煌藏经洞发现的曲子词《望江南》表现出他们迫切的心情:

边塞苦,圣上合闻声。背蕃归汉经数岁,当为大国作长城,金榜有嘉名。太傅化,永保更延龄。每抱沈机扶社稷,一人有庆万家荣。早愿拜龙旌。②

词上下阙主要内容歌颂归义军领袖的功勋和对朝廷的忠心,最后一句点出主旨,希望朝廷理解归义军的用心和处境,早日授予旌节。

归义军统治沙州时期,虽然朝廷未能有效利用这条丝路古道交通西域,沙州归义军政权却是东通唐朝,西通西域的,当其强盛时与西域发展了一定的友好关系。归义军政权与于阗国保持着友好交往,已见上述。同时西域其他地区也与归义军保持着密切联系,敦煌文书中有的诗作反映了这种状况。P.3552《儿郎伟》词云:

四方宴然清帖,狷犹不能犯边。甘州雄身中节,嗢末送款旌坛。西州上拱(贡)宝马,焉祁(耆)送纳金钱。从此不闻枭鸺,敦煌太平[万年]。③

这首词被荣新江考证为产生于约 895 年末,李氏诸子独揽归义军政权,其权势达到顶点时。④ 西州、焉耆都地属西域,自古以来地处丝绸之路要道。文学作品中的颂德之词或许有夸张溢美之处,但至少它反映出归义军政权通过丝路古道与其以西的地区保持着政治经济上的某种联系。当西域与唐朝隔绝后,史书上便缺少有关西域形势的记载,敦煌文书中的只言片语往

---

① 唐长孺:《关于归义军节度使的几种资料跋》,《中华文史论丛》第 1 辑,1962 年。
② 任中敏:《敦煌歌辞总汇》卷 2,凤凰出版社 2014 年版,第 289 页。
③ 荣新江:《晚唐归义军李氏家族执政史探微》,《文献》1989 年第 3 期。
④ 荣新江:《归义军史研究》,上海古籍出版社 1996 年版,第 360—361 页。

往透露出某种重要信息。

（五）敦煌与长安高僧的赠答酬唱

敦煌与长安高僧的交往和交流是敦煌光复在文化领域的涟漪，敦煌高僧悟真奉使至长安，与长安高僧的唱和是唐末佛教界和诗坛的盛事。悟真乃沙州高僧，大中五年（851）五月，奉其师沙州都法律洪辩之命入朝。①朝廷非常重视悟真此行，"诏奖之，赐紫，许巡礼两街诸寺"，成为京师佛学界一件大事，长安左右街高僧多赠以诗什，赞美其入京献款。②宣宗敕命洪辩为河西都僧统，悟真为都法师。悟真返敦煌，洪辩卒，悟真继任河西都僧统，年逾七十。敦煌藏经洞发现的文献中保存了长安僧人与悟真赠答酬唱的诗。

长安僧人盛赞悟真的佛学修养，并把他长安之行与敦煌的光复联系起来，视之为具有标志性意义的事件。怀竺法深《奉赠河西真法师》诗云：

> 知师远自炖煌至，艺行兼通释与儒。还似法兰与上国，仍论博望献新图。已闻□陇春长在，更说河湟草不枯。郡去五天多少地，丕腾得见雪山无。③

又如圆鉴《五言美瓜沙僧献款诗》云："圣主恩方洽，瓜沙有异僧。身中多种艺，心地几千灯。面进输诚款，亲论向化能。诏迥（疑应作'回'）应锡赉，殊宠一层层。"④彦楚《五言述瓜沙（一下有"州"字）僧献款诗》云："乡邑虽然异，衔恩万国同。远朝来凤阙，归顺贺宸聪。昌（疑应作'冒'字）暑闻莺啭，看花落晚红。辩清能击论，学富早成功。大教从西得，敷皂赐（一作'筵愿'）向东。今朝承圣旨，起坐沐天风。"⑤子

---

① 悟真奉使时间，学术界有争议，此依吴丽娱、杨宝玉说，见《归义军政权与中央关系研究——以入奏活动为中心》，中国社会科学出版社2015年版，第19页。
② 见P.3720卷，参见荣新江《归义军史研究》，上海古籍出版社1996年版，第3页。
③ 见P.3886卷，原署："京荐福寺内供奉大德栖白上。"陈尚君：《全唐诗续拾》卷30，《全唐诗补编》，中华书局1992年版，第1118—1119页。
④ 见P.3886卷，又见P.3720卷。原署："右街千福寺内道场应制大德圆鉴。"圆鉴，宣宗大中年间长安千福寺僧。《全唐诗》无圆鉴诗。参见《全唐诗续拾》卷30，《全唐诗补编》，第1119页。
⑤ 见P.3886卷，注"一作"者，为P.3720卷之异文。原署："右街崇先寺内讲论兼应制大德彦楚。"彦楚，大中年间长安崇先寺僧。《全唐诗》无彦楚诗。参见《全唐诗续拾》卷30，《全唐诗补编》，第1119页。

言《五言美瓜沙僧献款诗》诗："圣泽布遐荒，僧来自远方。愿弘戎虏地，却作礼仪乡。博□谕乡雅，清谭义更长。□应恩意重，归路转生央。"① 建初《感圣皇之化有炖煌都法师悟真上人特疏来朝因成四韵》诗："名出炖煌郡，身游日月宫。柳烟轻古塞，边草靡春风。鼓舞千年圣，车书万里同。褐衣特献疏，不战四夷空。"② 太奉《五言四韵奉赠河西大德》云："□禹□禹空门客，洋洋艺行全。解投天上日，不住□□禅。飞锡登云路，抠衣拂戍烟。喜同清净教，乐我太平年。"③ 有孚《立赠河西悟真法师》云："沙徼房尘清，天亲入帝京。词华推翘类，经论许纵横。幸喜乾坤泰，忻逢日月明。还乡报连帅，相宁□升平。"④ 宗莅《七言美瓜沙僧献款诗》二首其一："沙漠关河路几程，师能献土远输诚。因兹却笑宾熬旅，史籍徒章贡赋名。"其二："行尽平沙入汉川，手摇金锡意朝天。如今政是无为代，尧舜聪明莫比肩。"⑤ 辨章《依韵奉酬悟真大德》（题拟）："生居忠正地，远慕凤凰城。已见三冬学，何言徒聚萤？"⑥ 这些诗都称赞悟真入长安与敦煌的归顺献款，体现出失地收复天下一统的喜气洋洋的情绪。

悟真《辞谢辨章大德》（题拟）却十分谦虚："生居狐貊（陌）地，长在碛边城。未能学吐凤，徒事聚飞萤。"⑦ 悟真此行受到朝廷的高规格的接待和礼遇，悟真在与长安僧人的唱和中表达了对宣宗皇帝的感恩戴德之情，敦煌文书 S.4654《悟真辄成韵句》诗云：

  炖煌昔日旧时人，虏丑隔绝不复亲。明王感化四夷静，不动干戈万里新。春景氤氲乾坤泰，□（启？）煌披缕无献陈。礼则宛然无改

---

① 见 P.3886 卷。原署："右街千福寺沙门子言。"子言，大中年间长安千福寺僧。《全唐诗》无子言诗。参见《全唐诗续拾》卷 30，《全唐诗补编》，第 1120 页。
② 见 P.3886 卷。原署："报恩寺赐紫僧建初。"建初，大中年间长安报恩寺僧。《全唐诗》无建初诗。参见《全唐诗续拾》卷 30，《全唐诗补编》，第 1120 页。
③ 见 P.3886 卷。原署："报圣寺内供奉沙门太奉。"太奉，大中年间长安报圣寺僧。《全唐诗》无太奉诗。参见《全唐诗续拾》卷 30，《全唐诗补编》，第 1120—1121 页。
④ 见 P.3886 卷。原署："内供奉文章应制大德有孚。"有孚，大中年间长安僧。《全唐诗》无有孚诗。参见《全唐诗续拾》卷 30，《全唐诗补编》，第 1121 页。
⑤ 见 P.3886 卷。原署："右街千福寺内道场表白兼应制赐紫大德宗莅。"参见《全唐诗续拾》卷 30，《全唐诗补编》，第 1121 页。
⑥ 见 P.3720 卷。原附悟真诗后，题作"依韵奉酬"。其署衔为"右街千福寺三教首座入内讲论赐紫大德"。辨章，大中年间长安千福寺僧，三教首座。《全唐诗》无辨章诗。《全唐诗续拾》卷 30，《全唐诗补编》，第 1122 页。
⑦ 见 P.3720 卷。原题作"悟真未能酬答和尚，故有辞谢"。《全唐诗》无悟真诗。《全唐诗续拾》卷 30，《全唐诗补编》，第 1122 页。

处，艺业德（得）传化塞邻。羌山虽长思东望，蕃浑自息不动尘。迢迢远至归帝阙，□□听教好博闻。莫辞往返来投日，得睹京华贺圣君。①

诗应当写于此次与长安僧人唱和之时。诗表达了敦煌沦陷时期敦煌人对故国的怀念，歌颂朝廷安定四方的功业，当然包括对河湟地区的收复。最后表达路途虽遥阻挡不住敦煌人帝阙朝觐的脚步，为了"得睹京华贺圣君"，自己将不辞往来奔波之辛苦，希望还有机会再来。悟真自长安归敦煌之际，长安僧人景导有诗送别，其《赠沙州僧悟真上人兼送归》云："河湟旧邑新道复，天竺名僧汉地来。经论三乘鹙子辩，诗吟五字慧休才。登山振杖穿云锡，渡水还浮逆浪杯。明日玉阶辞圣主，恩光西迈送书回。"②从内容上看，悟真此诗似乎为酬答景导之作。诗末两句正是对景导诗最后两句的回应。悟真还有几首诗内容上皆与此次入朝有关，敦煌文书 S.4654、P.3645 载："远涉风沙路几千，暮（沐）恩传命玉阶前。墙阴蕠意初潮（朝）日，涧底松心近对天。""流沙古赛（塞）改多时，人物须（虽）存改旧仪。再遇明主恩化及，远将情恳赴丹墀。""灵（一作重）云缭绕拱丹霄，圣上临轩问百僚：'龙沙没洛（落）何年岁？笺疏犹言忆本朝。'""奉（一作表）奏明王入紫微，便交（教）西使诏书追。初沾圣泽愁肠散，不对天颜誓不归。"③这几首诗从对朝廷和宣宗的称颂以及谦卑的语气看，都只能是在长安语境中有此言说和表现。众所周知，归义军与朝廷长期互相猜忌，如果这些诗写在敦煌，便会给归义军统治者造成其离心离德之感，作为敦煌上层人士，悟真不会没有这种政治敏感。这是悟真在长安代表敦煌政权向朝廷表达忠心，以期换取朝廷对归义军的信任与恩怜。

悟真奉使长安，在敦煌归义军政权和唐朝廷之间建立了联系的桥梁，有功于双方，他自己也认为这是他一生最重要的功业，这件事对悟真一生影响很大。敦煌文书 P.2748V、P.4660 等载《国师唐和尚百岁诗》收

---

① 徐俊纂辑：《敦煌诗集残卷辑考》卷中，中华书局 2000 年版，第 339 页。
② 见 S.4654 卷。原署："左街保寿寺内供奉讲论大德景导。"景导，大中间长安左街保寿寺僧。《全唐诗》无景导诗。陈尚君辑校：《全唐诗补编》，中华书局 1992 年版，第 1122—1123 页。
③ 巴黎藏石室本 P.3645 号，《敦煌变文校注》卷 1 引，第 182 页。关于敦煌残卷中的唱文，黄征等校注云："皆颂太保之作，自然写张议潮之可能性更大；但张议潮归阙不返后，张淮深皆袭其叔父之职称，亦可称太保。因此尚难确定所写者何人。"颜廷亮认为这些诗"应是 851 年悟真奉张议潮和洪辩之遣作为入朝使入奏期间之作"。见氏著《敦煌文学千年史》，人民文学出版社 2013 年版，第 168 页。

有他晚年作品十首,其中有一首回忆当年奉使事:"男儿发愤建功勋,万里崎岖远赴秦。对策圣明天子喜,承恩至立一生身。"① 正如论者所云:"表现出不同于僧者身份的傲恃与豪情。"② "表明悟真对自己昔日参加张议潮逐蕃归唐斗争和之后多次'万里崎岖远赴秦''对策圣明'是引为骄傲的。"③ 从这首诗可知,当年悟真奉命赴长安需要多大的勇气。须知当悟真等人奉命入唐时,吐蕃与回鹘阻断交通,他们一行人冒极大的生命危险,历尽艰辛才到达长安。那次经历对于归义军的前途和命运以及与唐朝的关系具有重大意义,是悟真一生最重要的贡献,因此至其晚年仍记忆犹新,是对自己一生聊感安慰之成就。

  显然,无论是归义军方面,还是朝廷方面,都希望在佛教人士的接触中拉近彼此的距离,从文化的归属中寻求更多的政治回归的共同话题,这是河湟一带长期蕃化后在文化上的重新认同。沙州高僧入长安访问,长安两街高僧与沙州高僧的诗歌酬唱,在加强朝廷与归义军之间的关系方面起到了磨合和促进作用。

---

① 徐俊纂辑:《敦煌诗集残卷辑考》卷上(法藏部分),中华书局2000年版,第157页。
② 邵文实:《敦煌边塞文学研究》,甘肃教育出版社2007年版,第279页。
③ 颜廷亮:《敦煌文学千年史》,人民文学出版社2013年版,第207页。

第四章　玉门关和阳关

从敦煌西行出玉门关、阳关便进入西域。对于中原地区来说，玉门关、阳关就是通向西域的两个门户，而对于西域来说则是起点。两关丰富的历史文化内涵以及地理位置的独特性和对外交往的重要性，很早就成为诗歌意象。玉门关比阳关更受诗人关注，这些诗大多与丝绸之路、边塞战争、边地生活、域外风情以及中外交流等内容密切相关。唐人继承前代的传统，又赋予玉门关、阳关更加丰富和深刻的内涵。唐诗中的玉门关和阳关有时是实写，大多数情况下是作为丝路和边塞意象吟咏的，寄托着唐人复杂的情感。

一　唐诗中的玉门关

玉门关始置于西汉，唐代之前玉门关已经成为诗歌中喜用的意象，唐人继承这一文学传统，更频繁地使用这一意象，诗歌中也省称"玉关""玉门"，或称"玉塞"。唐代诗词中写到玉门关的多达119首（见表4-1）。① 未必为全部，大抵不差。唐代诗人赋予玉门关更深厚的文化意蕴，表达了壮烈的家国情怀，成为中国文化史上具有独特意义的永恒意象。

（一）关于玉门关地理位置的争议

玉门关始置于西汉设置河西四郡交通西域之时，因和田玉经此关进入中原而得名，史称"列四郡，据两关焉"②。"两关"即玉门关、阳关，目

---

① 唐诗中咏及玉门关的篇目，有学者进行过统计，但各家所得数量不同。笔者据《全唐诗》《全唐诗补编》《敦煌诗集残卷辑考》《全敦煌诗》《全唐五代诗》和各种诗人别集进行搜索，并编号统计，得119首。这种统计可能难免疏漏。因为诸家统计差别较大，也有人理解有误，有必要列表示证，可使读者对唐诗中关于玉门关的作品有总体的了解。

② 《汉书》卷96上《西域传序》，中华书局1962年版，第3873页。

的是防止匈奴对河西地区的侵扰,"隔绝羌胡",维护丝绸之路的通畅。1907 年 4 月,斯坦因在小方盘城遗址发现标明"玉门都尉府"字样的汉简,认定这里是汉玉门关所在地。小方盘城位于今敦煌市西北 90 千米处。近年来有学者依据考古资料,以为玉门关遗址当在小方盘城之西约 11 千米的马圈湾西侧。①

汉武帝时初置玉门关,约建于公元前 111 年左右。其址何在?曾有争议。太初元年,武帝派李广利伐大宛,"拜李广利为贰师将军,发属国六千骑及郡国恶少年数万人以往伐宛。期至贰师城取善马,故号贰师将军"。战不利,"引兵而还,往来二岁,还至敦煌,士不过什一二。使使上书,言道远,多乏食。且士卒不患战患饥,人少不足以拔宛。愿且罢兵益发而复往。天子闻之,大怒,而使使遮玉门曰:'军有敢入者辄斩之。'贰师恐,因留敦煌"②。法国汉学家沙畹据此记载,认为汉武帝太初之前,玉门关应在敦煌以东,因此武帝"使使遮玉门",李广利才停留敦煌,不敢东向以入关。敦煌西北之玉门关应是太初以后所改置者。③ 王国维《流沙坠简序》赞成其说,其后不少人同意这一观点。夏鼐提出异议,以为汉代玉门一关并无改置之事。向达比较《史记》"而使使遮玉门曰"一语,在《汉书》中作"而使使遮玉门关曰",增一"关"字。判断《史记》所谓"玉门"当指汉时玉门县,在敦煌东。《汉书》中"关"字当为衍字。又验之新近发现之汉简,赞成夏鼐的意见,申成其说。④

按照《汉书·地理志》记载,玉门关在敦煌郡龙勒县境内,龙勒至唐为寿昌县,隶沙州。隋唐时玉门关徙置于敦煌以东瓜州之晋昌县。《元和郡县图志》"瓜州晋昌县"条云:"玉门关在县东二十步。"⑤ 而称汉之玉门关为"玉门故关"。从汉时起玉门关一直为通往西域的门户,为丝绸之路通往西域北道的咽喉要隘。"玉门故关在(寿昌)县西北一百一十七里,谓之北道,西趣车师前庭及疏勒。此西域之门户也。"⑥ 东汉时班超在西域,年老思乡,上疏朝廷云:"臣不敢望到酒泉郡,但愿生入玉门关。"即

---

① 参见吴乃骧《玉门关与玉门关候》,甘肃省博物馆、敦煌县文化馆《敦煌马圈湾汉代烽燧遗址发掘简报》,《文物》1981 年第 10 期。
② 《史记》卷 123《大宛列传》,中华书局 1982 年版,第 3175 页。
③ 〔法〕沙畹:《斯坦因在东土耳其斯坦沙漠所获中国文书考释》(*Les Documents Chinois Decouverts par Aurel Stein dans les sables du Turkestan oriental*)《序论》,第 6—7 页。
④ 向达:《两关杂考——瓜沙谈往之二》,《唐代长安与西域文明》,生活·读书·新知三联书店 1957 年版,第 377—383 页。
⑤ (唐)李吉甫:《元和郡县图志》卷 40,中华书局 1983 年版,第 1028 页。
⑥ 同上书,第 1026 页。

指此。唐时玉门关仍是赴西域的要道,但已经不到敦煌便北上。玄奘法师西行取经,至瓜州,"因访西路,或有报云:'从此北行五十余里,有瓠芦河,下广上狭,洄波甚急,深不可渡。'上置玉门关,路必由之,即西境之襟喉也"①。从其方位看,此玉门关非汉时之玉门关。

汉代玉门关故址,据张守节《史记正义》引《括地志》,在沙州寿昌县西百一十八里,②龙勒县至唐为寿昌县,隶敦煌郡(沙州),寿昌县东至郡(州)城 105 里。③清人陶保廉曾认为大方盘城为汉玉门关遗址,"大方盘城,废垣无人,汉玉门关故地也"④。大方盘城位于小方盘城北约 10 千米处,敦煌市西北约 90 千米的戈壁滩上。伦敦收藏的唐代文书《敦煌录》中记载有储军粮的河仓城,人们认为就是此处。此城建于汉代,这种储备粮秣的建筑在甘肃只发现这一处。城南北残壁皆开有小洞,当为通风之用。只开南门,东西北三面外围加筑两道围墙。斯坦因小方盘城所获汉简,法国学者沙畹和中国学者罗振玉、王国维皆有考释。1943 年 10 月,夏鼐、阎文儒在小方盘城又发掘出有"酒泉玉门都尉"字样的汉简,进一步认定小方盘城是汉代玉门关。小方盘城关城遗址呈方形,四周城垣保存完好,黄土夯筑,开西北两门。城墙高达 10 米,上有女墙,下有马道,人马可直达顶部。东西长 24 米,南北宽 26.4 米,面积 633 平方米。这些与巴黎藏敦煌石室本《沙州图经》记载相合,向达认同斯坦因、夏鼐、阎文儒、王国维等人的观点,"是亦可为小方盘城即古玉门关故城之一证也"⑤。

唐玉门关遗址何在,不断有人提出新说。李并成认为应位于今甘肃省安西县双塔堡一带,其根据是唐玉门关地理位置应在瓠轳河(今疏勒河)南岸、置于遍设烽燧的山嶂间、关外西北应有沿线烽燧、关址设在汉长城"昆仑塞"址上、关城为伊吾路(莫贺延碛道、第五道)的起点、距隋唐晋昌城不远,且在敦煌以东三四天行程处等。⑥ 李正宇认为唐代玉门关在今瓜州县(原安西县)锁阳城(唐瓜州城)西北,处于瓜州城往返常乐城的大道上。⑦ 李宏伟等认为在瓜州破城子遗址,"位于河西走廊西端的

---

① (唐)慧立、彦悰:《大慈恩寺三藏法师传》卷 1,中华书局 2000 年版,第 12 页。
② 《史记》卷 123《大宛列传》注引,中华书局 1982 年新 1 版,第 3172 页。
③ (唐)李吉甫:《元和郡县图志》卷 40,第 1026 页。
④ (清)陶保廉:《辛卯侍行记》卷 5,沈云龙主编《近代中国史料丛刊续编》(第 921—922 册)第 93 辑,文海出版社 1982 年版,第 46 页。
⑤ 向达:《两关杂考——瓜沙谈往之二》,《唐代长安与西域文明》,第 376 页。
⑥ 李并成:《唐玉门关究竟在哪里》,《西北师范大学学报》2001 年第 4 期。
⑦ 李正宇:《双塔堡决非唐玉门关》,《敦煌研究》2010 年第 4 期。

瓜州县"①。后来诸说虽然各有根据，目前尚不足以改变斯坦因、夏鼐、阎文儒、向达等人的结论。玉门关遗址被列入"丝绸之路长安—天山廊道的路网"三十三处遗址之一，作为世界文化遗产，玉门关更加彰显其文化史上的意义。

表4-1　　　　　　　　唐诗中咏及玉门关的作品

作者	篇名	诗句	出处
袁朗	饮马长城窟行	玉关尘卷静	全唐五代诗·卷1
虞世南	出塞	悠然去玉门	全唐五代诗·卷2
唐太宗	饮马长城窟行	胡尘清玉塞	唐太宗集
上官仪	昭君怨	玉关春色晓	全唐五代诗·卷26
来济	出玉关	衔凄渡玉关	全唐诗·卷39
王勃	春思赋	榆塞连延玉关侧君道玉门关	王子安集注·卷1
卢照邻	关山月	光断玉门前	卢照邻集·卷2
骆宾王	秋露	玉关寒气早	骆临海集笺注·卷2
骆宾王	秋雁	书归玉塞寒	骆临海集笺注·卷2
骆宾王	从军中行路难	君不见玉关尘色暗边亭	骆临海集笺注·卷4
骆宾王	从军行	不求生入塞	骆临海集笺注·卷4
骆宾王	在军中赠先还知己	望断玉门关	骆临海集笺注·卷4
骆宾王	西行别东台详正学士	塞荒行辨玉	骆临海集笺注·卷4
陈子昂	还至张掖古城闻东军告捷赠韦五虚己	宁知玉门道	陈子昂集·卷2
佚名	从军行	却令羞见玉门关	全敦煌诗·卷73
虞羽客	结客少年场行	振旅玉门旋	全唐五代诗·卷8
刘希夷	从军行	将军玉门出	全唐五代诗·卷56
刘希夷	春女行	遥想玉关人	全唐五代诗·卷56
崔液	代春闺	玉关遥遥戍未回	全唐五代诗·卷104
李峤	和麹典设扈从东郊忆弟使往安西冬至日恨不得同申拜庆	玉关方叱驭	全唐五代诗·卷47
李峤	送骆奉礼从军	玉塞边烽举	全唐五代诗·卷48
李峤	道	玉关尘似雪	全唐五代诗·卷44

---

① 李宏伟等：《唐玉门关——破城子遗址》，《丝绸之路》2015年第3期。

续表

作者	篇名	诗句	出处
李峤	戈	朝提玉塞前	全唐五代诗·卷45
李峤	奉和幸望春宫送朔方总管张仁亶	玉塞征骄子	全唐五代诗·卷45
郑愔	塞外三首·其三	玉关朔风起	全唐五代诗·卷83
刘允济	怨情	玉关芳信断	全唐五代诗·卷49
徐彦伯	胡无人行	歌舞玉门中	全唐五代诗·卷61
贺朝	从军行	单于玉塞振佳兵	全唐五代诗·卷103
张宣明	使至三姓咽面	玉塞已迢阔	全唐五代诗·卷84
员半千	陇头水	山连玉塞门	全唐五代诗·卷32
崔泰之	奉和圣制送张尚书巡边	关山绕玉塞	全唐五代诗·卷87
苏颋	山鹧鸪词二首·其一	玉关征戍久	全唐五代诗·卷101
王之涣	凉州词	春风不度玉门关	全唐五代诗·卷119
李昂	从军行	云中恒闭玉门关	全唐诗·卷120
徐九皋	关山月	玉塞抵长城	全唐诗·卷203
张惟俭	赋得西戎献白玉环	朝天玉塞东	全唐诗·卷281
胡皓	大漠行	瑶台苑，玉门关	全唐诗·卷108
王昌龄	从军行七首·其四	孤城遥望玉门关	王昌龄集编年校注·卷1
王昌龄	从军行七首·其七	玉门山嶂几千重	王昌龄集编年校注·卷1
吴商浩	塞上即事	玉关孤望杳溟濛	才调集·卷9
王维	燕支行	身作长城玉塞中	王右丞集笺注·卷6
李白	王昭君二首·其一	一上玉关道	李白集校注·卷4
李白	关山月	吹度玉门关	李白集校注·卷4
李白	塞下曲六首·其五	玉关殊未入	李白集校注·卷5
李白	折杨柳	花明玉关雪	李白集校注·卷6
李白	子夜吴歌·秋歌	总是玉关情	李白集校注·卷6
李白	秋思	汉使玉关回	李白集校注·卷6
李白	从军行	从军玉门道	李白集校注·卷6
李白	胡无人行	天兵照雪下玉关	李白集校注·卷6
李白	登邯郸洪波台置酒观发兵	倚剑望玉关	李白集校注·卷21
李白	奔亡道中五首·其四	函谷如玉关	李白集校注·卷22
李白	清溪半夜闻笛	肠断玉关声	李白集校注·卷23
李白	思边（一作春怨）	玉关去此三千里	李白集校注·卷25

第四章 玉门关和阳关

续表

作者	篇名	诗句	出处
高适（一作宋济）	和王七度玉门关听吹笛	—	国秀集·卷下
岑参	赠酒泉韩太守	酒泉西望玉关道	岑参集校注·卷2
岑参	玉关寄长安李主簿	玉关西望堪肠断	岑参集校注·卷2
岑参	玉门关盖将军歌	玉门关城迥且孤	岑参集校注·卷2
李颀	古从军行	闻道玉门犹被遮	全唐五代诗·卷193
李华	奉使朔方赠郭都护	扬鞭玉关道	全唐诗·卷153
张谓	送青龙一公	勤王度玉关	全唐诗·卷197
戎昱	苦哉行五首·其五	迢迢玉门关	全唐诗·卷270
戎昱	塞下曲	旌旗初下玉关东	全唐诗·卷270
陈羽	冬晚送友人使西蕃	玉关晴有雪	全唐诗·卷348
朱庆馀	送李侍御入蕃	心知玉关道	全唐诗·卷514
朱庆馀	自萧关望临洮	玉门西路出临洮	全唐诗·卷514
陈去疾	塞下曲	萧条玉塞但胡沙	全唐诗·卷490
王建	秋夜曲二首·其一	玉关遥隔万里道	王建诗集校注·卷2
王建	朝天词十首寄上魏博田侍中·其八	玉关犹隔吐蕃旗	王建诗集校注·卷9
卢纶	寄赠库部王郎中	旋清玉塞尘	全唐诗·卷278
李益	塞下曲	定远何需生入关	李益诗注
李益	边思	走马曾防玉塞秋	李益诗注
杨巨源	述旧纪勋寄太原李光颜侍中	玉塞含凄见雁行	全唐诗·卷333
杨凭	边情	玉关边上幸无他	全唐诗·卷289
武元衡	元和癸巳余领蜀之七年奉诏征还二月十八日清明途经百牢关因题石门洞	辛苦玉门关	全唐诗·卷316
武元衡	送张六谏议归朝	玉关门外老班超	全唐诗·卷317
王涯	春闺思	玉关音信断	全唐诗·卷346
令狐楚	从军词五首·其五	生入玉门关	全唐诗·卷334
张仲素	天马辞	不知玉塞沙中路	全唐诗·卷367
李贺	摩多楼子	玉塞去金人	三家评注李长吉歌诗
李贺	送秦光禄北征	雪污玉关泥	李贺诗集·卷3
鲍溶	寄李都护	闻道玉关烽火灭	全唐诗·卷487

续表

作者	篇名	诗句	出处
杨衡	征人	望云愁玉塞	全唐诗·卷465
油蔚	赠别营妓卿卿	白发应从玉塞生	全唐诗·卷768
许浑（一作无可）	看雪（一作雪）	兵防玉塞寒	全唐诗·卷529
许浑	登蒜山观发军	行知玉塞空	全唐诗·卷537
杜牧（一作许浑）	梁秀才以早春旅次大梁将归郊扉言怀兼别示亦蒙见赠凡二十韵走笔依韵	玉塞功犹阻	全唐诗·卷526
李商隐	昭肃皇帝挽歌辞三首·其二	玉塞惊宵柝	全唐诗·卷540
马戴	塞下曲二首·其一	鬓改玉关中	全唐诗·卷555
戴叔伦	闺怨	不识玉门关外路	戴叔伦诗集校注·卷3
戴叔伦	塞上曲二首·其二	何须生入玉门关	戴叔伦诗集校注·卷3
赵嘏	昔昔盐·风月守空闺	肠断玉关中	全唐诗·卷549
赵嘏	昔昔盐·一去无还意	三冬阻玉关	全唐诗·卷549
赵嘏	送从翁中丞奉使黠戛斯六首·其四	玉关降尽可汗军	全唐诗·卷550
胡曾	咏史诗·玉门关	—	全唐诗·卷647
胡曾	独不见	玉关一自有氛埃	全唐诗·卷647
卿云	送人游塞	去去玉关路	全唐诗·卷825
柳中庸	征怨	岁岁金河复玉关	全唐诗·卷257
王涯	春闺思	玉关音信断	全唐诗·卷346
翁绶	关山月	光分玉塞古今愁	全唐诗·卷600
翁绶	白马	玉关初别远嘶风	全唐诗·卷600
唐彦谦	咏马二首·其二	梦魂犹在玉门关	全唐诗·卷671
陈陶	水调词十首·其三	忆饯良人玉塞行	全唐诗·卷746
温庭筠	定西番	千里玉关春雪	花间集注·卷1
温庭筠	菩萨蛮	玉关音信稀	花间集注·卷1
韦庄	木兰花	愁望玉关芳草路	全唐诗·卷892
吴融	即席	满筵惊动玉关秋	全唐诗·卷686
吴融	新雁	玉关摇落又南飞	全唐诗·卷687
罗隐	莺声	玉关人未归	罗隐集·甲乙集
王贞白	胡笳曲	争教班定远，不念玉关中	全唐诗·卷701

续表

作者	篇名	诗句	出处
贯休	古出塞曲三首·其二	谶出玉关门	全唐诗·卷830
贯休	塞上曲二首·其二	玉关凯入君看取	全唐诗·卷827
可止	雪十二韵	寒甚玉关西	全唐诗·卷825
李士元	登单于台	河背玉关流	全唐诗·卷775
林宽	闻雁	声声寒出玉关迟	全唐诗·卷606
徐夤	河流	远能通玉塞	全唐诗·卷708
无名氏	失题	三十年来带（疑当作滞）玉关	敦煌诗集残卷辑考·卷上
无名氏	奉和李中承（丞）职祁侍御弹琵琶二首	离声曾断玉关云	敦煌诗集残卷辑考·卷中
无名氏	胡桐树	为恨玉门关□路	敦煌诗集残卷辑考·卷下
无名氏	从军行	却令羞见玉门关	全敦煌诗·卷73

（二）边塞、前线与丝路交通要道

玉门关从汉代起就是重要的军事关隘，因此在古诗中很早就成为边塞、边地和战争前线的象征。玉门关常常作为征战之地出现在诗人笔下，成为征人远戍思妇念远之地。南朝梁吴均《战城南》云："陌上何喧喧，匈奴围塞垣。黑云藏赵树，黄尘埋陇垠。天子羽书劳，将军在玉门。"①《和萧洗马子显古意诗六首》其五云："匈奴数欲尽，仆在玉门关。莲花穿剑锷，秋月掩刀环。春机鸣窈窕，夏鸟思绵蛮。中人坐相望，狂夫终未还。"②前四句写征人，后四句写思妇。这两首诗都把玉门关作为汉匈间战地来写。范云《奉和齐竟陵王郡县名诗》中一句一个地名，写到玉门关时，是作为战争意象来写的："抚戈金城外，解佩玉门中。"③"抚戈"，把武器收藏起来；"解佩"是战事结束，将军脱去佩印和戎装。

唐代玉门关作为边塞和战争意象更多地出现在诗歌创作中。李峤《戈》云："夕拱金门侧，朝提玉塞前。"④《奉和幸望春宫送朔方总管张仁

---

① （宋）李昉等：《文苑英华》卷196，中华书局1966年版，第969页。
② （陈）徐陵编，（清）吴兆宜注，程琰删补：《玉台新咏笺注》卷6，中华书局1985年版，第229页。
③ 逯钦立辑校：《先秦汉魏晋南北朝诗》，第1548页。
④ 周勋初等主编：《全唐五代诗》卷45，陕西人民出版社2014年版，第908页。

亶》云:"玉塞征骄子,金符命老臣。"① 郑愔《塞外三首》其三云:"玉关朔风起,金河秋月团。"② 贺朝《从军行》云:"天子金坛拜飞将,单于玉塞振佳兵。"③ 王昌龄《从军行七首》其七云:"玉门山嶂几千重,山北山南总是烽。人依远戍须看火,马踏深山不见踪。"④ 崔泰之《奉和圣制送张尚书巡边》云:"关山绕玉塞,烽火映金微。"⑤ 王维《燕支行》云:"誓辞甲第金门里,身作长城玉塞中。"⑥ 李白《登邯郸洪波台置酒观发兵》云:"观兵洪波台,倚剑望玉关。"⑦《奔亡道中五首》其四:"函谷如玉关,几时可生还。"⑧ 安史之乱发生,洛阳和长安之间沦为战场,诗人以玉门关作比。张渭《送青龙一公》称赞这位高僧"事佛轻金印,勤王度玉关"⑨。"勤王"意谓青龙一公赴前线。李贺《送秦光禄北征》云:"风吹云路火,雪污玉关泥。"⑩ 许浑《看雪》云:"客醉瑶台曙,兵防玉塞寒。"⑪《登蒜山观发军》云:"去想金河远,行知玉塞空。"⑫ 赵暇《送从翁中丞奉使黠戛斯六首》其四云:"牢山望断绝尘氛,滟滟河西拂地云。谁见鲁儒持汉节,玉关降尽可汗军。"⑬ 在这些诗中,玉门关是将士戍守征战之地。因此,玉门关也成为家乡亲人思念所在,玉门关又成为征人思妇离别相思意象。陈陶《水调词》云:"忆饯良人玉塞行,梨花三见换啼莺。边场岂得胜闺阁,莫逞雕弓过一生。"⑭ 三年离别,令家中少妇渴望丈夫早日归来,"玉塞"即"边场"。杨衡《征人》云:"望云愁玉塞,眠月想蕙质。借问露沾衣,何如香满室。"⑮ 闺中天真的少妇在心里问那遥远的丈

---

① 周勋初等主编:《全唐五代诗》卷48,第955页。
② 周勋初等主编:《全唐五代诗》卷83,第1703页。
③ 周勋初等主编:《全唐五代诗》卷103,第2108页。
④ (唐)王昌龄著,胡问涛、罗琴校注:《王昌龄集编年校注》卷1,巴蜀书社2000年版,第51页。
⑤ 周勋初等主编:《全唐五代诗》卷87,第1772页。
⑥ (唐)王维撰,(清)赵殿成笺注:《王右丞集笺注》卷6,上海古籍出版社1984年版,第95页。
⑦ (唐)李白著,瞿蜕园、朱金城校注:《李白集校注》卷21,上海古籍出版社1980年版,第1220页。
⑧ (唐)李白著,瞿蜕园、朱金城校注:《李白集校注》卷22,第1272页。
⑨ 《全唐诗》卷197,第2017页。
⑩ (唐)李贺著,叶葱奇疏注:《李贺诗集》卷3,人民文学出版社1959年版,第162页。
⑪ 《全唐诗》卷529,第6048页。
⑫ 《全唐诗》卷537,第6130页。
⑬ 《全唐诗》卷550,第6374页。
⑭ 《全唐诗》卷746,第8490页。
⑮ 《全唐诗》卷465,第5279页。

夫，防守边关，雨露湿衣，哪有在家里好啊，你为什么迟迟不归。玉门关没有战争是边境安定的表现。南朝诗人虞羲《咏霍将军北伐》诗就曾表达此意："玉门罢斥堠，甲第始修营。"① 只有边境地区无事，后方才能过上安定的生活。唐诗人李峤《道》亦是此意："玉关尘似雪，金穴马如龙。今日中衢上，尧尊更可逢。"② 鲍溶《寄李都护》云："去年河上送行人，万里弓旌一武臣。闻道玉关烽火灭，犬戎知有外家亲。"③ 寄托了向往和平安定生活的社会理想。

玉门关从汉时起就是通往西域各国和西北边塞的门户，丝路交通要道，商旅、使节和征战西域的将士必经之地。北魏温子昇《凉州乐歌二首》其二云："远游武威郡，遥望姑臧城。车马相交错，歌吹日纵横。路出玉门关，城接龙城坂。"④ 反映了从河西走廊经过玉门关通向西域的道路上繁忙的交通状况。北周李昶《奉和重适阳关》诗云："衔悲向玉关，垂泪上瑶台。舞阁悬新网，歌梁积故埃。"⑤ 把玉门关当作远赴西域的要道。当唐朝征服东西突厥，打通了通往西域的道路以后，出入玉门关远赴西域的行人便多了起来，那里驼铃悠悠，人喊马嘶，商队络绎，使者不绝。当阳关久废，东来西往的行旅更多地利用玉门关。敦煌文献 S.788 号文书《沙州图经》记载，敦煌西北七十里有凉兴胡泊，"水皆苦，唯北不可涉，商胡从玉门关往来，皆止于此"⑥。太宗曾对安国使臣说："西突厥已降，商旅可行矣。"⑦ 袁朗《饮马长城窟行》反映的就是这种局面：

> 朔风动秋草，清跸长安道。长城连不穷，所以隔华戎。规模惟圣作，荷负晓成功。乌庭已向内，龙荒更凿空。玉关尘卷静，金微路已通。……四时徭役尽，千载干戈戢。太平今若斯，汗马竟无施。⑧

"尘"指战尘，"金微"代指西域。当玉门关没有战争时，从中原通往西域的道路便畅通了。卢纶《寄赠库部王郎中》云："五营俱益灶，千里不

---

① 逯钦立辑校：《先秦汉魏晋南北朝诗》，第1608页。
② 周勋初等主编：《全唐五代诗》卷44，第870页。
③ 《全唐诗》卷487，第5539页。
④ 逯钦立辑校：《先秦汉魏晋南北朝诗》，第2221页。
⑤ 同上书，第2325页。
⑥ 郑炳林：《敦煌地理文书汇集校注》，甘肃教育出版社1989年版，第56页。
⑦ 《新唐书》卷221下《西域传》，中华书局1975年版，第6244页。
⑧ 周勋初等主编：《全唐五代诗》卷1，第11页。

停轮。未远金门籍，旋清玉塞尘。"① 也反映了唐前期夺取西域之后边境安定的局面，经过玉门关通向西域的道路畅通无阻，都可以看作对太宗的话的注脚。于是，玉门关成为实际经行之地，唐诗中写玉门关的诗有的是写实之作。高宗时来济出为庭州刺史，经玉门关赴任，作《出玉关》诗："敛辔遵龙汉，衔凄渡玉关。今日流沙外，垂涕念生还。"② 他的路线是出玉门关，过莫贺延碛，而后到庭州。李峤《和麹典设扈从东郊忆弟使往安西冬至日恨不得同申拜庆》诗云：

> 玉关方叱驭，桂苑正陪舆。桓岭嗟分翼，姜川限馈鱼。雪花含□晚，云叶带荆舒。重此西流咏，弥伤南至初。③

诗人之弟奉使往安西，诗人想象着他经过玉门关的情形，说他在玉门关驰马奔波于丝路西行时，正是自己陪驾游于桂苑之时，反映了唐前期玉门关与内地的密切联系。玉门道是中外交往的要道，丝绸通过玉门道输入域外，异族入贡路经玉门关，域外物产通过玉门道输入中原。张仲素《天马辞》云："天马初从渥水来，郊歌曾唱得龙媒。不知玉塞沙中路，苜蓿残花几处开。"④ 张惟俭《赋得西戎献白玉环》云：

> 当时无外守，方物四夷通。列土金河北，朝天玉塞东。自将荆璞比，不与郑环同。正朔虽传汉，衣冠尚带戎。幸承提佩宠，多愧琢磨功。绝域知文教，争趋上国风。⑤

玉门关征尘消弭，四夷入塞朝贡是其象征。玉门关是丝绸之路上的重要关隘，玉门道则是丝绸之路连接中原与西域的重要路段。通过玉门关西去的道路称为"玉门道"或"玉关道""玉关路"，这也是古代诗歌中早就有的意象。南朝萧绎《骢马驱》云：

> 朔方寒气重，胡关饶苦雾。白雪昼凝山，黄云宿埋树。连翩行役

---

① 《全唐诗》卷278，第3161页。
② 《全唐诗》卷39，第501页。
③ 周勋初等主编：《全唐五代诗》卷47，第945页。
④ 《全唐诗》卷367，第4139页。
⑤ 《全唐诗》卷281，第3192页。

子,终朝征马驱。试上金微山,还看玉关路。"①

又如江总《陇头水》诗写远征的将士归乡无望:"雾暗山中日,风惊陇上秋。徒伤幽咽响,不见东西流。无期从此别,更度几年幽。遥闻玉关道,望入杳悠悠。"②北周诗人庾信《寄王琳》诗云:"玉关道路远,金陵信使疏。独下千行泪,开君万里书。"③唐诗中有不少关于"玉关道"的吟咏。陈子昂《还至张掖古城闻东军告捷赠韦五虚己》云:"披图见丞相,按节入咸京。宁知玉门道,翻作陇西行。"④岑参《赠酒泉韩太守》云:"酒泉西望玉关道,千山万碛皆白草。辞君走马归长安,忆君倏忽令人老。"⑤在诗人笔下,酒泉是行人西出玉门关赴西域、东归长安的要道。中原地区用兵西域,玉门关是必经之地。李白《从军行》云:"从军玉门道,逐虏金微山。"⑥玉门关是通向胡地的道路,李白《王昭君二首》其一云:"汉家秦地月,流影照明妃。一上玉关道,天涯去不归。"⑦李华《奉使朔方赠郭都护》云:"都护征兵日,将军破虏时。扬鞭玉关道,回首望旌旗。"⑧朱庆馀《送李侍御入蕃》云:"移帐依泉宿,迎人带雪来。心知玉关道,稀见一花开。"⑨"玉关道"就是这样被诗人反复吟咏,可见玉门关在唐人心目中就是通往西域的必经之地。

(三) 内地与异域的限隔

西域"东则接汉,阨以玉门、阳关"⑩。玉门关和阳关是中原与西域的分界,对于中原人士来说,一出关门,便生异域之思;一入关门,便有落叶归根之感。所以东汉时在西域奋斗三十年的班超上书陈情:"臣不敢望到酒泉郡,但愿生入玉门关。"⑪汉末曹操《陌上桑》诗云:"驾虹霓,乘

---

① 逯钦立辑校:《先秦汉魏晋南北朝诗》,第 2033—2034 页。
② (宋) 郭茂倩编:《乐府诗集》卷 21,中华书局 1979 年版,第 314—315 页。
③ (北周) 庾信撰,(清) 倪璠注:《庾子山集注》卷 4,中华书局 1980 年版,第 368 页。
④ (唐) 陈子昂著,徐鹏校点:《陈子昂集》卷 2,中华书局 1960 年版,第 21 页。
⑤ (唐) 岑参著,陈铁民、侯忠义校注:《岑参集校注》卷 2,上海古籍出版社 1981 年版,第 87 页。
⑥ (唐) 李白著,瞿蜕园、朱金城校注:《李白集校注》卷 6,第 446 页。
⑦ (唐) 李白著,瞿蜕园、朱金城校注:《李白集校注》卷 4,第 298 页。
⑧ 《全唐诗》卷 153,第 1590 页。
⑨ 《全唐诗》卷 514,第 5869 页。
⑩ 《汉书》卷 96《西域传序》,中华书局 1962 年版,第 3871 页。
⑪ 《后汉书》卷 47《班超传》,中华书局 1965 年版,第 1583 页。

赤云，登彼九疑历玉门。济天汉，至昆仑，见西王母谒东君。"① 诗中玉门就是从中原赴西域的经行之地。班超故事和班超的话成为古代诗歌中常用典故。武元衡《元和癸巳余领蜀之七年奉诏征还，二月十八日清明途经百牢关因题石门洞》诗云："何惭班定远，辛苦玉门关。"②《送张六谏议归朝》云："归去朝端如有问，玉关门外老班超。"③ 令狐楚《从军词五首》其五云："暮雪连青海，阴霞覆白山。可怜班定远，生入玉门关。"④ 胡曾《咏史诗·玉门关》云："西戎不敢过天山，定远功成白马闲。半夜帐中停烛坐，唯思生入玉门关。"⑤ 来济《出玉关》云："敛辔遵龙汉，衔凄渡玉关。今日流沙外，垂涕念生还。"⑥ 这些诗都是用班超的典故，表达回归故土的渴望，对身在边关的抗敌将士久居边塞的同情，还有"不破楼兰终不还"的报国情志。

西域在汉代就进入中国版图，在西域都护设置之前，这里属匈奴人势力范围，因此在汉人观念中属"异域"。汉朝从匈奴人手中夺取西域之后，这种"异域"观念成为诗歌中的文学意象，尽管玉门关已经成为后方，成为内地，但作为文学典故依然保留着其"异域"色彩，出玉门关即进入异域。在远征塞外的将士们心中，出入玉门关成为远赴异域和身归故土的界限。玉门关寄托着远征将军和士卒热爱家乡、眷恋故国、落叶归根的深情，唐诗表达了将士们这种深厚情感，唐诗中玉门关是离家去国的"国门"，成为远行者漂泊异乡、将士远征离别相思的意象。

玉门关是远方边塞的象征，在古代交通不便的情况下，对于内地人来说，玉门关是一个遥远的所在。诗人常用各种手法形容玉门关距家乡路途的遥远。隋朝薛道衡《奉和临渭源应诏》云："玄功复禹迹，至德去汤罗。玉关亭障远，金方水石多。"⑦ 唐代徐夤《河流》形容黄河的源远流长："远能通玉塞，高复接银河。"⑧ "远"字概括了人们心目中对玉门关的总体印象。上官仪《昭君怨》云："玉关春色晚，金河路几千。琴悲桂条上，笛怨柳花前。雾掩临妆月，风惊入鬓蝉。缄书待还使，泪尽白云天。"⑨ 第

---

① （汉）曹操：《曹操集》，中华书局1974年版，第8页。
② 《全唐诗》卷316，第3551—3552页。
③ 《全唐诗》卷317，第3560页。
④ 《全唐诗》卷334，第3750页。
⑤ 《全唐诗》卷647，第7425页。
⑥ 《全唐诗》卷39，第501页。
⑦ （宋）李昉编：《文苑英华》卷170，中华书局1966年版，第819页。
⑧ 《全唐诗》卷708，第8140页。
⑨ 周勋初等主编：《全唐五代诗》卷26，第509—510页。

一句写王昭君从这里走出国门,入匈奴和亲。第二句写路途的遥远,玉门关似乎隔开了两个世界,出关便是荒凉遥远的异域。"路几千"包含着一个"远"字。这首诗写王昭君,强调的是走出玉门关身处异域时对家乡的思念。卢照邻《关山月》云:"相思在万里,明月正孤悬。影移金岫北,光断玉门前。"① 万里相隔加重了思妇的相思之情。崔液《代春闺》云:"江南日暖鸿始来,柳条初碧叶半开。玉关遥遥戍未回,金闺日夕生绿苔。"②

虽然遥远,却因思念而情不自禁地遥望,因此唐诗中往往有遥望玉门关的描写。在西域思念家乡,遥望玉门关,因为那是归途路经之地。骆宾王《在军中赠先还知己》云:"蓬转俱行役,瓜时独未还。魂迷金阙路,望断玉门关。"③ "望断"是望而不见之意。徐九皋《关山月》云:"玉塞抵长城,金徽映高阙。遥心万余里,直望三边月。"④ 远征的将士和西行的官员文士对玉门关有直接的观感,他们亲临边地,眼见玉门关,另有一番心情。王昌龄《从军行》:"青海长云暗雪山,孤城遥望玉门关。黄沙百战穿金甲,不破楼兰终不还。"⑤ 战士们回望玉门关,想到身后的祖国,想到保卫国家的重任,玉门关激发了他们的豪情壮志。岑参《玉关寄长安李主簿》云:"东去长安万里余,故人何惜一行书。玉关西望堪肠断,况复明朝是岁除。"⑥ 行人到玉门关,回首长安,已相隔万里;瞻望西域,沙漠苍茫,故思念亲故,肝肠寸断。

在这遥远的边关,处处触发来到边地的人的万千思绪。高适《和王七度玉门关听吹笛》云:"胡人吹笛戍楼间,楼上萧条海月闲。借问落梅凡几曲,从风一夜满关山。"⑦ "落梅"即古笛曲《梅花落》,汉乐府中二十八横吹曲之一,自魏晋以来流传不息,此曲多抒发幽怨之情。胡人吹笛,幽怨的《梅花落》曲引起守关将士的伤感。在与北方草原民族的冲突中,汉地百姓往往被掳到北方,那些被掳百姓亦视玉门关为国门。戎昱《苦哉

---

① (唐)卢照邻:《卢照邻集》卷2,中华书局1980年版,第25—26页。
② 周勋初等主编:《全唐五代诗》卷104,第2122页。
③ (唐)骆宾王著,(清)陈熙晋笺注:《骆临海集笺注》卷4,上海古籍出版社1995年版,第128页。
④ 《全唐诗》卷203,第2119页。
⑤ (唐)王昌龄著,胡问涛、罗琴校注:《王昌龄集编年校注》卷1,巴蜀书社2000年版,第47页。
⑥ (唐)岑参著,陈铁民、侯忠义校注:《岑参集校注》卷2,第168页。
⑦ (唐)芮挺章编:《国秀集》卷下,《唐人选唐诗》,上海古籍出版社1958年版,第186页。

行五首》写被回纥掳掠的汉地妇女的痛苦，其五云：

> 可汗奉亲诏，今月归燕山。忽如乱刀剑，搅妾心肠间。出户望北荒，迢迢玉门关。生人为死别，有去无时还。汉月割妾心，胡风凋妾颜。去去断绝魂，叫天天不闻。①

玉门关成为陷身异域的妇女回望家乡走出国门之地。回纥人返回北方草原并不经玉门关，这里的玉门关就是被作为国门看的，一入北方草原，便离开了故国，永远与家乡亲人隔绝。这些诗写到玉门关，常常与"远""万余里""几万里""迢迢"等字眼相连，形容其遥远。诗中玉门关成为遥远的具象，而非实指。李商隐《昭肃皇帝挽歌辞三首》其二："玉塞惊宵柝，金桥罢举烽。"②诗以"玉塞惊宵柝"形容昭宗皇帝晏驾的消息传到远方。林宽《闻雁》形容大雁来自远方："接影横空背雪飞，声声寒出玉关迟。"③徐夤《河流》写黄河："远能通玉塞，高复接银河。"④都是把玉门关作为远方的象征。

相思是双向的，一边是身处边关思念家乡亲人的征夫，另一边就是后方亲人对远征的将士的牵挂和想念。对于家乡的亲人来说，玉门关成为他们思念亲人的寄托。古代诗歌中玉门关早就成为离别意象。南朝诗人范云《别诗》赋离别之情，就是把"玉门"作为典型的离别意象："孤烟起新丰，候雁出云中。草低金城雾，木下玉门风。"⑤陈后主《陇头水》诗写思乡之情："回首不见望，流水玉门东。"⑥那些写盼归思妇对远戍征夫的刻骨牵挂之情的唐诗中，往往把玉门关当作亲人所在。胡皓《大漠行》云：

> 单于犯蓟壖，骠骑略萧边。南山木叶飞下地，北海蓬根乱上天。科斗连营太原道，鱼丽合阵武威川。三军遥倚仗，万里相驰逐。旌旆悠悠静潮源，鼙鼓喧喧动卢谷。穷徼出幽陵，吁嗟倦寝兴。马蹄冻溜石，胡靆暖生冰。云沙泱漭天光闭，河塞阴沉海色凝。崆峒异国谁能

---

① 《全唐诗》卷270，第3007页。
② 《全唐诗》卷540，第6202页。
③ 《全唐诗》卷606，第7004页。
④ 《全唐诗》卷708，第8140页。
⑤ 逯钦立辑校：《先秦汉魏晋南北朝诗》，第1546页。
⑥ 同上书，第2505页。

托,萧索边心常不乐。近见行人畏白龙,遥闻公主愁黄鹤。阳春半,岐路间,瑶台苑,玉门关。百花芳树红将歇,二月兰皋绿未还。①

诗以瑶台苑和玉门关对举,分别指闺中思妇和远征之将士所在。李白《折杨柳》云:"垂杨拂绿水,摇艳东风年。花明玉关雪,叶暖金窗烟。"②诗以"金窗"和"玉关"分别指征夫思妇的处所。李白《秋思》云:

  阏氏黄叶落,妾望白登台。月出碧云断,蝉声秋色来。胡兵沙塞合,汉使玉关回。征客无归日,空悲蕙草摧。③

思妇日夜盼归,汉使从玉关带来的消息却是"征客无归日",让思妇盼归的心愿再次落空。李白《关山月》云:

  明月出天山,苍茫云海间。长风几万里,吹度玉门关。汉下白登道,胡窥青海湾。由来征战地,不见有人还。戍客望边色,思归多苦颜。高楼当此夜,叹息未应闲。④

将士们身在西北边塞,月光下伫立遥望故园,长风浩浩,似掠过几万里中原国土,横度玉门关而来。在那遥远的家乡,月光之下闺中佳人何尝不在望月兴叹呢。李白《塞下曲六首》其五云:"玉关殊未入,少妇莫长嗟。"⑤玉关未入,意谓战事尚在继续,征人便无法回归故乡。在翁绶笔下玉关象征着离别之地,《关山月》写征夫与思妇离别之苦:

---

① (唐)佚名:《搜玉小集》,傅璇琮等编《唐人选唐诗新编》,中华书局2014年版,第102—103页。《文苑英华》卷333以此诗为胡皓作,《搜玉小集》作崔湜。《全唐诗》卷54系于崔湜,但云:"一作胡皓。"卷108作胡皓。周勋初等云:"《搜玉小集》《文苑英华》所出皆甚早,实难遽定,今两存之。"周勋初等主编:《全唐五代诗》卷102,第2074—2075页。傅璇琮考定《搜玉小集》之《大漠行》乃胡皓作品,误作崔湜诗。见《唐人选唐诗新编》,第94页。按:崔湜和胡皓当皆有题为《大漠行》的诗作,敦煌诗集残卷伯二七四八保存佚名《大漠行》残句:"五将登坛俱出师,长风(下缺)。"见徐俊纂辑《敦煌诗集残卷辑考》卷下(英藏俄藏部分),中华书局2000年版,第536页。此篇既已考定为胡皓之作,则敦煌诗集残卷此残句当为崔湜之作。
② (唐)李白著,瞿蜕园、朱金城校注:《李白集校注》卷6,第432页。
③ 同上书,第448页。
④ (唐)李白著,瞿蜕园、朱金城校注:《李白集校注》卷4,第279页。
⑤ (唐)李白著,瞿蜕园、朱金城校注:《李白集校注》卷5,第367页。

裴回汉月满边州，照尽天涯到陇头。影转银河寰海静，光分玉塞古今愁。笳吹戍成孤烽灭，雁下平沙万里秋。况是故园摇落夜，那堪少妇独登楼。①

边州与故园，两地望月，一种情怀，那月光恰是在玉门关分向，一面洒向边地，一面洒向故乡。《白马》诗写马从西域到中原："金埒乍调光照地，玉关初别远嘶风。"②吴融《新雁》云："湘浦波春始北归，玉关摇落又南飞。数声飘去和秋色，一字横来背晚晖。……莫从思妇台边过，未得征人万里衣。"③刚入秋南飞的大雁从玉门关飞来，把湘浦的思妇和玉关的戍卒连接起来。思妇多么希望新雁带来玉关的消息，却劝大雁不要从这里经过，因为仅仅鸿雁传书无法解除思妇的愁苦。罗隐《莺声》云："金屋梦初觉，玉关人未归。不堪闲日听，因尔又沾衣。"④黄莺婉转的歌唱不能引起思妇的美感，反而逗起她的伤心，因为远戍玉关的丈夫未归。实际上音信相通是思妇最盼望的。李白《思边》云："玉关去此三千里，欲寄音书那可闻。"⑤刘允济《怨情》云："玉关芳信断，兰闺锦字新。愁来好自抑，念切已含嚬。虚牖风惊梦，空床月厌人。归期傥可促，勿度柳园春。"⑥王涯《春闺思》云："雪尽萱抽叶，风轻水变苔。玉关音信断，又见发庭梅。"⑦韦庄《木兰花》词云："独上小楼春欲暮，愁望玉关芳草路。消息断，不逢人，却敛细眉归绣户。……千山万水不曾行，魂梦欲教何处觅。"⑧温庭筠《菩萨蛮》词写闺妇对远征丈夫的思念："青琐对芳菲，玉关音信稀。"⑨都是写节物改换而征人未归，不仅如此，如今欲寄音书不可达，前线的消息也不得而知，使思妇心理上的最后一丝安慰也不能维持，故令她牵挂不已，睹物伤情。

玉门关是边塞的象征，戍守边关的将士被称为"玉关人"，思念戍守边关将士的心情被称为"玉关情"，表达离愁别绪的乐曲被称为"玉关声"。李白《子夜吴歌·秋歌》云："长安一片月，万户捣衣声。秋风吹

---

① 《全唐诗》卷600，第6939页。
② 同上书，第6940页。
③ 《全唐诗》卷687，第7896页。
④ （唐）罗隐著，雍文华校辑：《罗隐集》，中华书局1983年版，第119页。
⑤ （唐）李白著，瞿蜕园、朱金城校注：《李白集校注》卷25，第1485页。
⑥ 周勋初等主编：《全唐五代诗》卷49，第967页。
⑦ 《全唐诗》卷346，第3875页。
⑧ 《全唐诗》卷892，第10079页。
⑨ （五代后蜀）赵崇祚辑，李一氓校：《花间集校》卷1，人民文学出版社1958年版，第2页。

不尽，总是玉关情。"①"玉关"成为故乡亲人心中的情结，念念不忘，挥之不去。唐人闺怨诗中写思亲念远，情感指向常常是"玉关"。王勃《春思赋》云："榆塞连延玉关侧，云间沈沈不可识。……疏勒井泉寒尚竭，燕山烽火夜应明。闻道河源路远远，谁教夫婿苦行行？"②又云："江边小妇无形迹，特怨狂夫事行役。……君道玉门关，何如金陵渚。"③ 刘希夷《春女行》云："遥想玉关人，愁卧金闺里。"④ 苏颋《山鹧鸪词二首》其一："玉关征戍久，空闺人独愁。寒露湿青苔，别来蓬鬓秋。"⑤ 李白《清溪半夜闻笛》云："羌笛梅花引，吴溪陇水情。寒山秋浦月，肠断玉关声。"⑥ 在诗人笔下思妇甚至在梦中来到将士们戍守的边关，虽然现实中不知道玉门关所在，却不妨碍思妇梦中来到此地。戴叔伦《闺怨》云："看花无语泪如倾，多少春风怨别情。不识玉门关外路，梦中昨夜到边城。"⑦ 白天看花，春怨幽长；日有所思，夜有所梦。长夜漫漫，春闺寂寞，远征的丈夫身在边关，闺中的少妇肝肠寸断。千山阻隔，玉门关不知在何处。千里寻夫的冲动，终于化为昨夜的一场好梦，梦中居然来到边城。诗借梦境写出闺妇对远戍征夫的那种铭心刻骨的牵挂和思念。王建《秋夜曲二首》其一云："玉关遥隔万里道，金刀不剪双泪泉。香囊火死香气少，向帷合眼何时晓。城乌作营啼野月，秦川少妇生离别。"⑧ 温庭筠《定西番》："千里玉关春雪，雁来人不来。羌笛一声愁绝，月徘徊。"⑨ 诗人笔下的玉门关皆非实指，只是一种意象和符号。敦煌诗集残卷伯三九四六佚名《奉和李中承（丞）职祁侍御弹琵琶二首》残句："御席早愁金殿月，离声曾断玉关云。三朝侍从（下缺）。"⑩"断"字一语双关，琵琶弹奏的离别之曲断于玉门关；玉门关的白云因琵琶曲的动人而断。把离别之曲与

---

① （唐）李白著，瞿蜕园、朱金城校注：《李白集校注》卷6，第452页。
② （唐）王勃著，（清）蒋清翊注：《王子安集注》卷1，上海古籍出版社1995年版，第7—8页。
③ 同上书，第12页。
④ 《全唐五代诗》卷56，第1113页。
⑤ 《全唐五代诗》卷101，第2061页。
⑥ （唐）李白著，瞿蜕园、朱金城校注：《李白集校注》卷23，第1345页。
⑦ （唐）戴叔伦著，蒋寅校注：《戴叔伦诗集校注》卷3，上海古籍出版社2001年版，第234页。
⑧ （唐）王建著，王宗堂校注：《王建诗集校注》卷2，中州古籍出版社2006年版，第99页。
⑨ （五代后蜀）赵崇祚辑，李一氓校：《花间集校》卷1，人民文学出版社1958年版，第10页。
⑩ 徐俊纂辑：《敦煌诗集残卷辑考》卷中（法藏部分），中华书局2000年版，第442页。

玉门关联系在一起，突出离别之曲的感伤，这是因为玉门关已经是一种离别之情的象征。

（四）对和平生活的向往和立功异域的志向

　　将士们出关远征，目的是战胜敌人，保卫家乡，保卫和平。玉门关寄托着人民对和平安定生活的向往。战斗在前线的将士追求建功立业，后方的亲人盼望他们早日归来，但那是在战胜敌人边境安定的前提下凯旋而归。凯旋归来，入玉门关就是回到了后方，这一立意早见于南朝诗人鲍照的诗，其《建除诗》歌颂出征归来的将士云："破灭西零国，生虏郅支王。危乱悉平荡，万里置关梁。成军入玉门，士女献壶浆。"① 唐代诗人继承了这一传统，特别是唐朝前期边防形势处于优势进攻态势，兵入玉门关是凯旋之意。虞羽客《结客少年场行》云：

　　　　幽并侠少年，金络控连钱。窃符方救赵，击筑正怀燕。轻生辞凤阙，挥袂上祁连。陆离横宝剑，出没鹜驵驸。蒙轮恒顾敌，超乘忽争先。摧枯逾百战，拓地远三千。骨都魂已散，楼兰首复传。龙城含苦雾，瀚海接遥天。歌吹金微返，振旅玉门旋。烽火今已息，非复照甘泉。②

唐太宗《饮马长城窟行》云："胡尘清玉塞，羌笛韵金钲。绝漠干戈戢，车徒振原隰。都尉反龙堆，将军旋马邑。扬麾氛雾静，纪石功名立。荒裔一戎衣，灵台凯歌入。"③ 李峤《送骆奉礼从军》云："玉塞边烽举，金坛庙略申。羽书资锐笔，戎幕引英宾。……希君勒石返，歌舞入城闉。"④ 员半千《陇头水》云："路出金河道，山连玉塞门。旌旗云里度，杨柳曲中喧。……雾卷白山出，风吹黄叶翻。将军献凯入，万里绝河源。"⑤ 李白《秋歌》写思妇盼归，但她向往的是"何日平胡虏，良人罢远征"，罢远征的前提是平胡虏。其《胡无人行》云："天兵照雪下玉关，虏箭如沙射

---

① （南朝宋）鲍照撰，钱仲联校：《鲍参军集注》卷6，上海古籍出版社1980年版，第366页。
② 周勋初等主编：《全唐五代诗》卷8，陕西人民出版社2014年版，第157页。
③ （唐）李世民著，吴云、冀宇编辑校注：《唐太宗集》，陕西人民出版社1986年版，第13页。
④ 周勋初等主编：《全唐五代诗》卷48，第958页。
⑤ 周勋初等主编：《全唐五代诗》卷32，第643页。

金甲。云龙风虎尽交回,太白入月敌可摧。"① 徐彦伯《胡无人行》云:"暗碛埋沙树,冲飙卷塞蓬。方随膜拜入,歌舞玉门中。"② 戎昱《塞下曲》云:"汉将归来虏塞空,旌旗初下玉关东。"③ 崔湜《大漠行》诗里玉门关成为前线的象征,诗人向往战争胜利,边境安宁:"火绝烟沉右西极,谷静山空左北平。但使将军能百战,不须天子筑长城。"④ 贯休《古出塞曲三首》其二云:"玉帐将军意,殷勤把酒论。功高宁在我,阵没与招魂。塞色干戈束,军容喜气屯。男儿今始是,谶出玉关门。"⑤ 从这些唐诗中可以看出,上自太宗皇帝,下至普通文士,诗中提及玉门关,都表达了消灭敌人安定边疆和向往和平的理想和愿望。

和平有时是通过战争实现的,和平需要付出牺牲。汉唐间无数矢志捐身报效国家的志士为了维护国家安定和丝绸之路通畅,不畏艰辛,远赴边塞,追逐立功异域以取封侯的梦想。走出玉门关,立功异域成为好男儿志在四方的宏大抱负,唐诗中热情歌颂那些慷慨报国的英勇将士。骆宾王《从军行》云:"平生一顾念,意气溢三军。野日分戈影,天星合剑文。弓弦抱汉月,马足践胡尘。不求生入塞,唯当死报君。"⑥ 诗对班超"但愿生入玉门关"语典反其意而用之,表达了一种博大的军人情怀和马革裹尸誓死报国的精神。刘希夷《从军行》云:"天子庙堂拜,将军玉门出。纷纷伊洛间,戎马数千匹。军门压黄河,兵气冲白日。平生怀伏剑,慷慨既投笔。南登汉月孤,北走燕云密。近取韩彭计,早知孙吴术。丈夫清万里,谁能扫一室。"⑦ 诗用东汉陈蕃的典故,表达兼济天下的志向。岑参《玉门关盖将军歌》云:"盖将军,真丈夫,行年三十执金吾,身长七尺颇有须。玉门关城迥且孤,黄沙万里白草枯。南临犬戎北接胡,将军到来备不虞,五千甲兵胆力粗,军中无事但欢娱。"⑧ 诗咏玉门关守关将军的宴会、娱乐生活和边关安定的局势,这种局面是将士们英勇奋战换来的。李白关注国家安危和边境形势,《从军行》诗歌颂将士们扫荡敌寇建功立业的宏大志愿:"从军玉门道,逐虏金微山。笛奏梅花曲,刀开明月环。鼓声鸣海上,

---

① (唐)李白著,瞿蜕园、朱金城校注:《李白集校注》卷6,第452页。
② 周勋初等主编:《全唐五代诗》卷61,第1199页。
③ 《全唐诗》卷270,第3021页。
④ 周勋初等主编:《全唐五代诗》卷102,第2075页。
⑤ 《全唐诗》卷830,第9365页。
⑥ (唐)骆宾王著,(清)陈熙晋笺注:《骆临海集笺注》卷4,第113页。
⑦ 周勋初等主编:《全唐五代诗》卷56,第1104页。
⑧ (唐)岑参著,陈铁民、侯忠义校注:《岑参集校注》卷2,第165页。

兵气拥云间。愿斩单于首，长驱静铁关。"① 这种立功边塞的志向并不是每个人都能顺利实现的，当这种愿望不得实现时，他们也不免流露出失落的心情。杜牧的诗《梁秀才以早春旅次大梁，将归郊扉言怀兼别示亦蒙见赠凡二十韵走笔依韵》云："玉塞功犹阻，金门事已陈。世途皆扰扰，乡党尽循循。"②

在歌咏玉门关的诗作中，洋溢着杀敌报国的豪迈情怀。王昌龄《从军行七首》其四云："青海长云暗雪山，孤城遥望玉门关。黄沙百战穿金甲，不破楼兰终不还。"③ 上引虞羽客《结客少年场行》诗，生动地写出戍边将士不惧生死保家卫国和消灭敌人的勇气和决心。这些诗字里行间迸射出奔赴边关建功立业的豪迈理想，玉门关承载着热血男儿杀敌卫国的壮志豪情。骆宾王《从军中行路难》云："君不见玉关尘色暗边亭，铜鞮杂虏寇长城。天子按剑征余勇，将军受脤事横行。"④ 将军受命远征，把儿女之情置之度外。唐彦谦《咏马二首》其二云："崚嶒高耸骨如山，远放春郊苜蓿间。百战沙场汗流血，梦魂犹在玉门关。"⑤ 写马实则写人，那匹久经沙场归老田园的汗血马，虽然已经闲放于苜蓿野草之间，但它的梦想还是征战边塞。贯休《塞上曲》云：

　　去年转斗阴山脚，生得单于却放却。今年深入于不毛，胡兵拔帐遗弓刀。男儿须展平生志，为国输忠合天地。甲穿虽即失黄金，剑缺犹能生紫气。塞草萋萋兵士苦，胡虏如今勿胡虏。封侯十万始无心，玉关凯入君看取。⑥

佚名作者《从军行》写一位在边塞转战十四五年的战士："频到虏庭斩首还，即今刀上血犹殷。欲觅封侯仍未得，却令羞见玉门关。"⑦ 出入玉门关就是为了立功封侯，没有立功封侯就羞于入关回乡。杨巨源《述旧纪勋寄太原李光颜侍中》歌颂李光颜兄弟："玉塞含凄见雁行，北垣新诏拜龙骧。"⑧ 李益《塞下曲》云："伏波惟愿裹尸还，定远何需生入

---

① （唐）李白著，瞿蜕园、朱金城校注：《李白集校注》卷6，第446页。
② 《全唐诗》卷526，第6026页。
③ （唐）王昌龄著，胡问涛、罗琴校注：《王昌龄集编年校注》卷1，第47页。
④ （唐）骆宾王著，（清）陈熙晋笺注：《骆临海集笺注》卷4，第122—125页。
⑤ 《全唐诗》卷671，第7667页。
⑥ 《全唐诗》卷827，第9315页。
⑦ 张锡厚主编：《全敦煌诗》卷73，作家出版社2006年版，第3394页。
⑧ 《全唐诗》卷333，第3725页。

关。莫遣只轮归海窟,仍留一箭射天山。"① 戴叔伦《塞上曲二首》其二云:"汉家旌帜满阴山,不遣胡儿匹马还。愿得此身长报国,何须生入玉门关。"② 诗皆用班超典故,反其意而用之,如果能够报效国家,宁愿终身在塞外奋战。

  唐诗还用玉门关路途遥远和环境艰苦衬托将士们的志向和抱负。玉塞成为绝远之地的象征,那里风雪严寒,黄沙漫漫,环境艰苦,驻防玉门关的将士、出征西域的征人和出使异域的使节往返出入于玉门关,面临着艰苦的生活和战争的危险。唐诗里"玉关"成为严寒之地的代名词。写玉门关寄托了诗人对战士们的同情。吴商浩《塞上即事》云:

> 身似星流迹似蓬,玉关孤望杳溟濛。寒沙万里平铺月,晓角一声高卷风。战士殁边魂尚哭,单于猎处火犹红。分明更想残宵梦,故国依然在甬东。③

诗人来到塞上,眼望远处迷迷茫茫的玉门关,同情久戍边关的将士。想象着那些将士们有的战殁沙场,但战事依然没有结束的一天,他们梦里不知多少次回到故乡,但醒来依然身在异乡。骆宾王《秋晨同淄川毛司马秋九咏》之《秋露》云:"玉关寒气早,金塘秋色归。"④《秋雁》云:"阵去金河冷,书归玉塞寒。"⑤ 都用"寒"概括玉关的气候。其他诗中往往也是从苦寒出发,写其地环境,并与朔风、雨雪、秋月、边声、霜气、枯草、黄沙、胡沙等形成组合意象,渲染玉门关自然环境的艰苦荒凉。郑愔《塞外》云:"玉塞朔风起,金河秋月团。边声入鼓吹,霜气下旌竿。"⑥ 岑参《玉门关盖将军歌》云:"玉门关城迥且孤,黄沙万里百草枯。"诗僧可止《雪十二韵》写大雪严寒,则与玉关气候作比:"落处咸过尺,翛然物象凄。瑞凝金殿上,寒甚玉关西。"⑦ 陈去疾《塞下曲》云:"春至金河雪似花,萧条玉塞但胡沙。晓来重上关城望,惟见惊尘不见家。"⑧ 都强调玉门关孤城苦寒人烟稀少的环境。对边塞环境的恶劣,

---

① (唐)李益著,范之麟注:《李益诗注》,上海古籍出版社1984年版,第135页。
② (唐)戴叔伦著,蒋寅校注:《戴叔伦诗集校注》卷3,第234页。
③ 《全唐诗》卷774,第8772页。
④ (唐)骆宾王著,(清)陈熙晋笺注:《骆临海集笺注》卷2,第45页。
⑤ 同上书,第48页。
⑥ 周勋初等主编:《全唐五代诗》卷83,第1703页。
⑦ 《全唐诗》卷825,第9292页。
⑧ 《全唐诗》卷490,第5553页。

诗人有时表现出愁苦之情。岑参《玉关寄长安李主簿》云："玉关西望堪肠断，况复明朝是岁除。"陈羽《冬晚送友人使西蕃》云："驿使向天西，巡羌复入氐。玉关晴有雪，砂碛雨无泥。落泪军中笛，惊眠塞上鸡。逢春乡思苦，万里草萋萋。"① 西蕃指吐蕃，唐使赴吐蕃不必经玉门关，这里玉关只是用典，代指国门，出玉关即至异域。油蔚《赠别营妓卿卿》云："愁肠只向金闺断，白发应从玉塞生。"② 吴融《即席》云："竹引丝随袅翠楼，满筵惊动玉关秋。何人借与丹青笔，画取当时八字愁。"③ 但艰苦的环境成为征人将士豪迈精神的衬托，更多的诗表达了乐观主义精神和昂扬向上的情绪。虞世南《出塞》写边塞苦寒："凛凛边风急，萧萧征马烦。雪暗天山道，冰塞交河源。雾锋黯无色，霜旗冻不翻。耿介倚长剑，日落风尘昏。"但将士们却"誓将绝沙漠，悠然去玉门"④。"悠然"二字写出那些胸怀壮志的英雄们远赴绝域征战时的心态，当他们走出玉门关时全然不顾环境恶劣和战争危险。张宣明《使至三姓咽面》云："昔闻班家子，笔砚忽然投。一朝抚长剑，万里入荒陬。岂不厌艰险，只思清国仇。山川去何岁，霜露几逢秋。玉塞已遐廓，铁关方阻修。东都日窅窅，西海此悠悠。卒使功名建，长封万里侯。"⑤ 史载张宣明"为郭振判官，使至三姓咽面，因赋诗曰……时人称为绝唱"⑥。三姓咽面族群中之西突厥贵族，活动在伊犁河流域。张宣明出使其地，来到遥远的西域，虽然山川险阻，诗人报国的热情丝毫不减，他不为远离家乡而悲伤，一心想着建立功名。

玉门关是征战之地，歌咏玉门关自然写到战争。提到边塞战争，唐代诗人有两种态度，有的表现出对保家卫国的支持，积极投身边塞，杀敌报国，立功扬名。有的则表现反战思想，痛心战争给人民造成的灾难。远征西域有时是统治者穷兵黩武的表现，诗人写到玉门关，有时是对统治者战争政策的批判。王之涣《凉州词》云："黄河远上白云间，一片孤城万仞山。羌笛何须怨杨柳，春风不度玉门关。"⑦ "春风不度"语意双关，暗寓讽喻，一方面写环境的荒凉，另一方面象征朝廷恩惠不及此地。身处绝域

---

① 《全唐诗》卷 348，第 3890 页。
② 《全唐诗》卷 768，第 8719 页。
③ 《全唐诗》卷 686，第 7878 页。
④ 《全唐五代诗》卷 2，第 28 页。
⑤ 《全唐五代诗》卷 84，第 1712 页。
⑥ （唐）刘肃：《大唐新语》卷 8，中华书局 1984 年版，第 125—126 页。
⑦ 周勋初等主编：《全唐五代诗》卷 119，第 2478 页。

之地的将士们的艰苦生活,引起诗人对统治者不关心边地将士生命与生活的怨愤。又如李颀《古从军行》:

> 白日登山望烽火,黄昏饮马傍交河。行人刁斗风沙暗,公主琵琶幽怨多。野营万里无城郭,雨雪纷纷连大漠。胡雁哀鸣夜夜飞,胡儿眼泪双双落。闻道玉门犹被遮,应将性命逐轻车。年年战骨埋荒外,空见蒲萄入汉家。①

战争给双方人民都造成苦难,汉军远戍征役艰苦,胡儿哀怨落泪,双方的百姓都希望休兵罢战,但朝廷一意孤行,战事遥遥无期,打断了"行人"思归之念。史载汉武帝太初元年,贰师将军李广利率军征大宛,攻战不利,请求罢兵。武帝闻之大怒:"使使遮玉门,曰军有敢入者辄斩之!"②诗用此典批判唐代统治者的穷兵黩武。诗人超越了狭隘的民族主义立场,对胡汉双方百姓寄予同情。王贞白《胡笳曲》云:"戍卒泪应尽,胡儿哭未终。争教班定远,不念玉关中。"③此与李颀诗用意相同,从胡汉双方百姓落笔,控诉战争给人民造成的苦难。又如李昂《从军行》云:"塞下长驱汗血马,云中恒闭玉门关。"④也是借用汉武帝"遮玉门"典故,"恒闭"二字传达出统治者的薄情少恩,毫不体恤士卒的生死。朱庆馀《自萧关望临洮》云:"玉关西路出临洮,风卷边沙入马毛。寺寺院中无竹树,家家壁上有弓刀。惟怜战士垂金甲,不尚游人著白袍。"⑤诗对久戍边塞的战士寄予深深同情。柳中庸《征怨》云:"岁岁金河复玉关,朝朝马策与刀环。三春白雪归青冢,万里黄河绕黑山。"⑥"三春"和"万里"分别从时日旷久和路途遥远突出战士们有家难归的思乡之苦,写出题目中的"怨"字之意。

(五)唐后期失地的象征

安史之乱发生后,陇右、河西和西域先后陷于吐蕃,玉门关陷入吐蕃统治。及至张议潮起义,驱逐吐蕃人在河西的势力,玉门关一带并没有回

---

① 周勋初等主编:《全唐五代诗》卷193,第4054—4055页。
② 《史记》卷123《大宛列传》,第3175页。
③ 《全唐诗》卷701,第8060页。
④ 《全唐诗》卷120,第1209页。
⑤ 《全唐诗》卷514,第5876页。
⑥ 《全唐诗》卷257,第2876页。

到唐朝的怀抱。因此唐后期诗人写到玉门关便充满痛心和伤感,玉门关作为失地象征频频出现在诗人的吟咏中。王建《朝天词十首寄上魏博田侍中》其八云:"胡马悠悠未尽归,玉关犹隔吐蕃旗。老臣一表求高卧,边事从今欲问谁。"① 陈去疾《塞下曲》云:"春至金河雪似花,萧条玉塞但胡沙。晓来重上关城望,惟见惊尘不见家。"② 胡曾《独不见》云:"玉关一自有氛埃,年少从军竟未回。门外尘凝张乐榭,水边香灭按歌台。窗残夜月人何处,帘卷春风燕复来。万里寂寥音信绝,寸心争忍不成灰。"③ 诗从思妇角度写西域的丧失,玉门关陷于吐蕃,入西域驻守的夫君便一去未回,令妇人"一寸相思一寸灰"。当张议潮起义胜利之时,沦落敦煌一带的汉族人士由衷感到高兴。敦煌文书唐佚名诗抄《阙题三首》:

其一

三十年来带(当作"滞")玉关,碛西危冷隔河山。十里时闻蜂(当作"烽")子叫,花间且喜不辞难。元戎若交(当作"教")知众苦,解继(当作"颐")频□暂展颜。遥愧敦煌张相国,回轮争敢忘一餐。

其二

圣鸟庚申降此间,正在宣宗习化年。从□(此)弃蕃归大化(大中二年也),经管河陇献唐天。继嗣秉油(猷)还再至,羽毛青翠泛流泉。□诗必有因承雨,□□天子急封禅。④

其三

一别端溪砚,于今三□年。携持融入紫,无复丽江绫(此字疑有误,韵脚不合)。惟(当作"谁")谓龙沙近,陶融□□□。□□□台,笔下起愁烟。

据徐俊先生说明,这三首残诗在 S.11564、S.3329、S.6161(A)号残片上,拼接为以上三首诗,从内容上看似出于一人之手。其二"必有"前有"别似"二字,但被涂去。末句行左侧有一"得"字。说明这是三首诗的手稿,经过反复修改。从诗的内容来看,这是一位内地人士,陷身碛西已久。其一的"三十年"和其三的"于今三□年"说明他在此已三十年之

---

① (唐)王建著,王宗堂校注:《王建诗集校注》卷9,第431页。
② 《全唐诗》卷490,第5553页。
③ 《全唐诗》卷647,第7417—7418页。
④ 徐俊纂辑:《敦煌诗集残卷辑考》卷上(法藏部分),第178—179页。

久。三十年里生活在吐蕃人统治之下,这一带时有战事,生活于惊恐之中。如今,张议潮驱逐了吐蕃人势力,并以河陇归附唐朝,他深感张氏于己深重如山,决心有机会以相报答。但他似乎不能回归故乡,因此才说"龙沙"(白龙堆)虽近,却不能如愿以偿,他的诗才表达悲愁之情。诗里"玉关"是塞外失地的象征,过去的三十年,玉关、碛西都在吐蕃人统治下。

吐蕃势力虽退出河西,但这里并不太平,吐蕃人仍不断骚扰这一带,局势很不稳定。卿云《送人游塞》云:"去去玉关路,省君曾未行。塞深多伏寇,时静亦屯兵。"① 这应是当时通向西域的道路的真实写照。李士元《登单于台》云:"悔上层楼望,翻成极目愁。路沿葱岭去,河背玉关流。马散眠沙碛,兵闲倚戍楼。残阳三会角,吹白旅人头。"② 单于台在今内蒙古境内,由此登高西望,面对国土沦丧的现实,让诗人产生无穷愁思。敦煌诗集残卷有无名氏《胡桐树》诗:"张骞何处识胡桐,元出姑臧赤岸东。荼异乌桑阴柯棣,枝生杏叶密蒙笼。徒劳大夏看筇竹,漫向楼兰种一丛。为恨玉门关□(当作'外')路,泪痕长滴怨秋风。"③ 诗把胡桐树拟人化,托物寓意,由胡桐泪生发想象,胡桐树生长异地不复归乡,故"泪痕长滴",其实写的是流落内地的西域人不得还乡的悲伤。

玉门关陷入吐蕃,对于唐朝便成敌占区,但诗人笔下作为意象,仍是边地的象征。李益《边思》云:"腰悬锦带佩吴钩,走马曾防玉塞秋。莫笑关西将家子,只将诗思入凉州。"④ 杨凭《边情》云:"新种如今屡请和,玉关边上幸无他。欲知北海苦辛处,看取节毛余几多。"⑤ 李贺《摩多楼子》云:"玉塞去金人,二万四千里。风吹沙作云,一时渡辽水。"⑥ 赵嘏《昔昔盐二十首·风月守空闺》云:"良人犹远戍,耿耿夜闺空。绣户流宵月,罗帏坐晚风。魂飞沙帐北,肠断玉关中。"⑦ 赵嘏《昔昔盐二十首·一去无还意》云:"良人征绝域,一去不言还。百战攻胡房,三冬阻玉关。"⑧ 马戴《塞下曲二首》其一云:"旌旗倒北风,霜霰逐南鸿。夜救龙城急,朝焚虏帐空。骨销金镞在,鬓改玉关中。却想

---

① 《全唐诗》卷825,第9295页。
② 《全唐诗》卷775,第8786页。
③ 徐俊纂辑:《敦煌诗集残卷辑考》卷下,中华书局2000年版,第657页。
④ (唐)李益著,范之麟注:《李益诗注》,第110页。
⑤ 《全唐诗》卷289,第3296页。
⑥ (清)王琦等:《三家评注李长吉歌诗》,中华书局1959年版,第137页。
⑦ 《全唐诗》卷549,第6341页。
⑧ 同上书,第6343页。

羲轩氏，无人尚战功。"① 玉门关成为边关戍守之地的象征，这纯粹是文学意象了。在唐后期的诗歌中这一意象融入了新的内涵，由此可知唐人观念中，玉门关一带虽为失地，但仍是唐人的土地，没有把它看作化外之境异域之地。

二 唐诗中的阳关

在唐诗中阳关没有玉门关那样内涵丰富，因此过去大家比较关注玉门关在唐诗中的描写，而对阳关比较忽略。实际上跟阳关在汉唐历史上具有独特的价值一样，它在唐诗中的描写也有其特殊意义。这些诗大多与丝绸之路、边塞战争、边地生活以及中外交流等内容相关，阳关还是古代诗词中常见的离别意象。

（一）丝绸之路上的"阳关道"

阳关故址，在唐沙州寿昌县西六里，② 诸古地志书记载相同。③《新唐书·地理志》记载边州入四夷道之"安西入西域道"云："又一路自沙州寿昌县西十里至阳关故城。"④ 巴黎藏敦煌藏经洞发现之《沙州地志》残卷（P.5034号）记载，阳关"在县西十里，今见毁坏，基趾现存。西通石□（城）、于阗等南路。以在玉门关南，号曰阳关"⑤。清乾隆皇帝曾亲自考证阳关所在，《钦写皇舆西域图志》载录其《御制阳关考》以为阳关和玉门关皆在党河以西，阳关应在今党河西南与红山口附近。⑥ 向达考证阳关遗址位于敦煌市西南70千米南湖乡西之"古董滩"今阳关镇。⑦ 今一般认同阳关在今南湖乡境内。⑧ 张骞出使西域回到长安，向汉朝报告西域

---

① 《全唐诗》卷555，第6434页。
② 唐李泰《括地志》云："玉门关在沙州寿昌县西六里。"张守节《史记正义》引，见《史记》卷123《大宛列传》注，中华书局1982年新1版，第3160页。清孙星衍认为"玉门关"当"阳关"之误。向达从之，见氏著《两关杂考——瓜沙谈往之二》，《唐代长安与西域文明》，生活·读书·新知三联书店1957年版，第389页，注［三］。
③ 参见《元和郡县图志》卷40、《太平寰宇记》卷153、《舆地广记》卷17。
④ （宋）欧阳修等：《新唐书》卷43《地理志》，中华书局1974年版，第1151页。
⑤ 郑炳林：《敦煌地理文书汇辑校注》，甘肃教育出版社1989年版，第45—46页。
⑥ 钟兴琪等：《西域图志校注》，新疆人民出版社2002年版，第173页。
⑦ 向达：《两关杂考——瓜沙谈往之二》，《唐代长安与西域文明》，第375页。
⑧ 史国强：《阳关与阳关诗》，《西域研究》2007年第1期。

情况，使汉武帝产生了交通西域各国的念头，决心打通河西走廊通道。骠骑将军霍去病进攻匈奴，打垮休屠王和昆邪王，汉朝在河西地区先后设立了酒泉郡、武威郡、张掖郡、敦煌郡，筑玉门关、阳关。阳关遗址仅存一座伫立在墩墩山上的汉代烽燧，被称为"汉墩"。

　　阳关为丝绸之路西出敦煌，通向西域南道的关卡，很早便进入诗人的吟咏，成为诗歌中边塞与丝路意象。阳关是离开河西走廊进入西域的要道，远行的人除了玉门关之外，便走阳关，故有"阳关道"之称。阳关进入诗人的吟咏，最早见于北周诗人庾信的诗，而且是以通向西域的道路为诗人关注，其《重别周尚书诗二首》其一："阳关万里道，不见一人归。唯有河边雁。秋来南向飞。"① 阳关道是通向遥远的塞外的道路，故庾信《拟咏怀二十七首》之十云：

　　　　悲歌度燕水，弭节出阳关。李陵从此去，荆卿不复还。故人形影灭，音书两俱绝。遥看塞北云，悬想关山雪。游子河梁上，应将苏武别。②

初盛唐时唐朝向西域开拓，远征和戍边的将士往往经行阳关。开元盛世时，大唐疆域西行万里，从西域东来或从中原地区西行往安西者有的经过阳关。《沙州地志》"播仙镇南山"条记载了当时通过阳关的道路："一道南路，从镇东去沙州一千五百里，其路由古阳关向沙州，多缘险隘，泉有八所，皆有草，道险不得夜行。春秋二时雪涤，道闭不通。"③ 由于路险甚至夜间不宜经行，因此阳关道不是四季皆可畅行的道路，但它是赴西域的道路之一。

　　自从唐朝灭突厥西域进入中原政权统治之后，阳关便日益失去其战略地位和军事上的重要性，因此日益荒废。敦煌诗残卷有敦煌无名氏作品《敦煌廿咏》，其六《阳关戍咏》云：

　　　　万里通西域，千秋尚有名，平沙迷旧路，眢井引前程。马色无人问，晨鸡吏不听。遥瞻废阙下，昼夜复谁扃？④

---

① （北周）庾信著，（清）倪璠注：《庾子山集注》卷4，中华书局1980年版，第370页。
② （北周）庾信著，（清）倪璠注：《庾子山集注》卷3，第236页。
③ 郑炳林：《敦煌地理文书汇集校注》，甘肃教育出版社1989年版，第48页。
④ 陈尚君辑校：《全唐诗补编》，中华书局1992年版，第80页。

写出闻名于世的阳关地位的重要和荒废景象。这里是通向西域的要道,但现在连道路都为白沙掩埋,难以寻找踪迹了。"戍"是唐朝置军驻守之地,阳关虽有"戍",但却是一片荒废景象。从《敦煌廿咏》其七《水精堂咏》我们还可以知道阳关有建筑称"水精堂":"阳关临绝漠,中有水精堂。暗碛铺银地,平沙散玉羊。体明同夜月,色净含秋霜。可则弃胡塞,终归还帝乡。"[①] 首句让我们想象出阳关矗立在一望无际的辽阔荒漠的景象,第二句写水精堂的位置,在这个孤城中有一座建筑称水精堂。水晶晶莹洁白,"暗碛"四句紧扣这个特点描写这座建筑,水精堂建在白色沙碛之上,地面如白银铺地,如白羊散漫;堂壁也是白沙泥筑就,因此像月亮像秋霜晶莹透亮。唐代阳关虽然荒废,由于它在历史上曾发挥重要作用,早已在古代诗歌中形成符号化的意象,加上王维《送元二使安西》诗广泛传唱,其中"西出阳关无故人"成为脍炙人口的名句,成为表达离别的常用语典,因此在唐诗中仍频繁地被诗人吟咏,据我们统计咏及阳关的作品也有 37 首之多,虽不及咏玉门关的诗的数量,也相当可观了(见表 4-2)。

表 4-2　　　　　　　　　唐诗中咏及阳关的作品

作者	篇名	诗句	出处
崔湜	折杨柳	流涕望阳关	全唐诗·卷 18
沈佺期	春闺	春梦失阳关	全唐诗·卷 96
骆宾王	久戍边城有怀京邑	阳关亭候迂	骆临海集笺注·卷 4
骆宾王	畴昔篇	阳关积雾万里昏	骆临海集笺注·卷 5
李昂	从军行	春云不变阳关雪	全唐诗·卷 120
王维	送平淡然判官	不识阳关路	王右丞集笺注·卷 8
王维	送刘司直赴安西	绝域阳关道	王右丞集笺注·卷 8
王维	奉和圣制送不蒙都护兼鸿胪卿归安西应制	按节阳关外	王右丞集笺注·卷 11
王维	送元二使安西	西出阳关无故人	王右丞集笺注·卷 14
岑参	寄宇文判官	两度过阳关	岑参集校注·卷 2
岑参	过酒泉忆杜陵别业	阳关万里梦	岑参集校注·卷 2
岑参	岁暮碛外寄元挚	发到阳关白	岑参集校注·卷 2

[①] 陈尚君辑校:《全唐诗补编》,中华书局 1992 年版,第 80 页。

续表

作者	篇名	诗句	出处
无名氏	（阙题）	一抱远成杨（阳）关外	敦煌诗集残卷·卷下
杜甫	送人从军	阳关已近天	杜诗详注·卷8
袁晖	正月闺情	何日度阳关	全唐诗·卷111
刘长卿	送裴四判官赴河西军试	阳关望天尽	全唐诗·卷150
刘威	伤曾秀才马	秋归未过阳关日	全唐诗·卷562
钱起	送张将军征西	愁中明月度阳关	全唐诗·卷236
耿湋	送王将军出塞	阳关旧路通	全唐诗·卷268
耿湋	陇西行	雪下阳关路	全唐诗·卷268
戴叔伦	送别钱起	阳关多古调	全唐诗·卷273
白居易	醉题沈子明壁	我有《阳关》君未闻	白居易集·卷21
白居易	对酒五首·之一	听唱《阳关》第四声	白居易集·卷26
白居易	答苏六	故遣《阳关》劝一杯	白居易集·卷27
白居易	晚春欲携酒寻沈四著作先以六韵寄之	最忆《阳关》唱	白居易集·卷33
张祜	听歌二首·其二	西去阳关第一声	全唐诗·卷511
储嗣宗	随边使过五原	五原西去阳关废	全唐诗·卷594
许棠	塞下二首·其一	难更出阳关	全唐诗·卷603
李商隐	饮席戏赠同舍	唱尽阳关无限叠	玉溪生诗集笺注·卷2
李商隐	赠歌妓二首·其一	断肠声里唱阳关	玉溪生诗集笺注·卷3
高骈	赠歌者二首·其二	直到阳关水尽头	全唐诗·卷598
谭用之	江馆秋夕	谁人更唱阳关曲	全唐诗·卷764
刘元淑	妾薄命	梦度阳关向谁说	全唐诗·卷773
崔仲容	赠歌姬	满眼阳关客未归	全唐诗·卷801
刘氏云	有所思	浮云遮却阳关道	乐府诗集·卷17
无名氏	敦煌廿咏六·阳关戍咏	—	全唐诗补编
无名氏	敦煌廿咏七·水精堂咏	阳关临绝漠	全唐诗补编

唐诗中的阳关有的是实写，阳关的废弃并不意味着路经此地的道路断绝，诗人确实经历此地写所见所感。岑参《寄宇文判官》云："西行殊未已，东望何时还。终日风与雪，连天沙复山。二年领公事，两度过阳关。

相忆不可见，别来头已斑。"① 这首诗反映了唐朝控制着西域时阳关道在西行道路上仍有利用。诗人往往把家国情怀融为一体，既歌颂守边将士报国热情，又写将士们思家念亲的美好情感。因此写乡愁并不影响表达他们的壮志理想。阳关远离中原，远赴阳关之外的行人，不免思念家乡亲友。王维《送元二使安西》诗云："渭城朝雨浥轻尘，客舍青青柳色新。劝君更尽一杯酒，西出阳关无故人。"② 岑参《过酒泉忆杜陵别业》云："昨夜宿祁连，今朝过酒泉。黄沙西际海，白草北连天。愁里难消日，归期尚隔年。阳关万里梦，知处杜陵田。"③ 岑参远赴西域曾两度过阳关，都令他思念亲友，难以忍受。尚在河西时便想象过了阳关之后，万里思乡，梦中也会到故乡杜陵。岑参《岁暮碛外寄元挚》云："西风传戍鼓，南望见前军。沙碛人愁月，山城犬吠云。别家逢逼岁，出塞独离群。发到阳关白，书今远报君。"④ 岑参怀抱立功塞外的志向投身边塞幕府，日久思乡乃人之常情。

初盛唐国力强盛的时代人们情绪高昂，他们抱着立功边塞的理想远赴异域，虽有离别之愁，却无情感之悲。阳关成为遥远和苦寒的边地的代名词，写阳关之远，更渲染行旅之苦和思乡之情。骆宾王《畴昔篇》写"荣亲未尽礼，徇主欲申功"的少年奉使绝域，其途中情景："阳关积雾万里昏，剑阁连山千种色。蜀路何悠悠，岷峰阻且修。回肠随九折，进泪连双流。寒光千里暮，露气二江秋。"⑤ 奉使蜀地不经阳关，这里阳关代指边塞

---

① （唐）岑参著，陈铁民、侯忠义校注：《岑参集校注》卷2，上海古籍出版社1981年版，第86页。按：史国强《阳关与阳关诗》（《西域研究》2007年第1期）一文认为，唐诗中"阳关"皆非实写，岑参这首诗中的"阳关"只是代指边塞，因为唐人奔走于安西与内地间多取丝路中道，阳关离中道很远，诗前六句写宇文判官之行程，其行程中"理当无阳关"。可备一说。然这种认识建立在阳关完全废弃的前提上，赴安西者一定不经阳关，而这首诗前六句不是写自己的行程，而是想象宇文判官的行程的推测。这些认识不尽符合当时的实际情况。唐人赴安西并不完全出玉门关，有时通过阳关，就像入西域南道有时也出玉门关一样。如果有某种特殊情况，路出阳关故地是可能的。据敦煌出土《沙州图志》，阳关虽已废弃，但经阳关故址西行仍是入西域道路之一。虽然艰险，并不完全阻绝。玄奘从印度取经归来，行经丝路南道，东入阳关返回长安。《新唐书·地理志》记载边州入四夷道第五"安西入西域道"云："又一路自沙州寿昌县西十里至阳关故城，又西至蒲昌海南岸千里。"岑参诗明写个人行程，如解作写宇文判官之行程，颇感牵强。即便写宇文判官之行程，"两度出阳关"的写实感十分强烈，也未必就是袭用汉典而完全抽象化的诗歌专用语言。
② （唐）王维著，（清）赵殿成笺注：《王右丞集笺注》卷14，上海古籍出版社1984年版，第263页。
③ （唐）岑参著，陈铁民、侯忠义校注：《岑参集校注》卷2，第76页。
④ 同上书，第82页。
⑤ （唐）骆宾王著，（清）陈熙晋笺注：《骆临海集笺注》卷5，第161—165页。

绝远和年轻人追求功名和远赴异乡经行之地。骆宾王《久戍边城有怀京邑》写"行役风霜久"的思乡之情:"陇坂肝肠绝,阳关亭候迂。迷魂惊落雁,离恨断飞凫。春去荣华尽,年来岁月芜。边愁伤郢调,乡思绕吴歈。河气通中国,山途限外区。"① 诗人久戍在外,思乡之情是自然的,也是可以理解的。他想象中的归途经陇坂和阳关,这也正是他当年远赴边城的途经之地。诗人戍守之地在阳关之外,阳关迂远,家乡则在更远的远方。刘威《伤曾秀才马》:"秋归未过阳关日,夜魄忽销阴塞云。"② 未过阳关,意谓尚未回归。李昂《从军行》先写将士远征,扬笔写将士们的壮志豪情,接着写边地的艰苦和将士的思乡之情:

> 归心海外见明月,别思天边梦落花。天边回望何悠悠,芳树无人渡陇头。春云不变阳关雪,桑叶先知胡地秋。田畴不卖卢龙策,窦宪思勒燕然石。麾兵静北垂,此日交河湄。欲令塞上无干戚,会待单于系颈时。③

虽然阳关积雪严寒,胡地桑叶早落,但战士们杀敌报国的斗志不曾稍减。王维《奉和圣制送不蒙都护兼鸿胪卿归安西应制》云:"上卿增命服,都护扬归旆。杂虏尽朝周,诸胡皆自郐。鸣笳瀚海曲,按节阳关外。落日下河源,寒山静秋塞。万方氛祲息,六合乾坤大。无战是天心,天心同覆载。"④ 不蒙是蕃将之姓,乃"夫蒙"之讹,王维的时代任安西节度者有夫蒙灵詧,即其人。诗人希望这位安西大都护立功边塞,诸国都臣服于唐,在他治理下西域太平。

安史之乱前的这些送别的作品写到阳关,虽然表达了离别相思之情,由于社会的安定和国力的强盛,诗中并无悲观失望之感,仍然充满豪情,那正是一种盛唐气象。更可贵的是写到阳关,诗人们还表达和赞颂了赴边征戍的将士们立功异域的壮志。王维《送平淡然判官》云:

> 不识阳关路,新从定远侯。黄云断春色,画角起边愁。瀚海经年到,交河出塞流。须令外国使,知饮月氏头。⑤

---

① (唐)骆宾王著,(清)陈熙晋笺注:《骆临海集笺注》卷4,第129—134页。
② 《全唐诗》卷562,第6527页。
③ 《全唐诗》卷120,第1209页。
④ (唐)王维著,(清)赵殿成笺注:《王右丞集笺注》卷11,第200—201页。
⑤ (唐)王维著,(清)赵殿成笺注:《王右丞集笺注》卷8,第140页。

"定远侯"是东汉班超,这里代指平判官跟从的主帅。平判官是第一次出塞,因此诗人的送别之情中不免有几分愁苦,但诗人希望他立功远方,其豪迈之气大大冲淡了离别的悲伤。王维《送刘司直赴安西》云:"绝域阳关道,胡沙与塞尘。三春时有雁,万里少行人。苜蓿随天马,葡萄逐汉臣。当令外国惧,不敢觅和亲。"① 这首诗与上首诗题旨相同,都寄厚望于对方,希望他们立功边塞。杜甫《送人从军》云:

弱水应无地,阳关已近天。今君渡沙碛,累月断人烟。好武宁论命,封侯不计年。马寒防失道,雪没锦鞍鞯。②

此诗题注:"时有吐蕃之役。"黄鹤注云:"弱水、阳关,皆属陇右道,当是乾元二年秦州作。"此时陇右、河西尚在唐手,杜甫勉励朋友建功立业。诗虽然写到大雪严寒,却洋溢着豪迈的激情,"以马寒雪盛为词,极惨澹事,偏作浓丽语"。刘长卿《送裴四判官赴河西军试》云:

宪台贵公举,幕府资良筹。武士伫明试,皇华难久留。阳关望天尽,洮水令人愁。万里看一鸟,旷然烟霞收。晚花对古戍,春雪含边州。道路难暂隔,音尘那可求。他时相望处,明月西南楼。③

因为裴四远赴边地幕府,有效命府主立功报国的机会,虽然阳关路遥,边地环境恶劣,诗中并无悲苦之情。钱起《送张将军征西》云:

长安少年唯好武,金殿承恩争破虏。沙场烽火隔天山,铁骑征西几岁还。战处黑云霾瀚海,愁中明月度阳关。玉笛声悲离酌晚,金方路极行人远。计日霜戈尽敌归,回首戎城空落晖。始笑子卿心计失,徒看海上节旄稀。④

这首诗想象张某西征,想象其边境地区的激战,阳关成为战场。最后祝将军杀敌立功,早日凯旋。在这些送人远赴边地的诗中,诗人都以卓越的历史人物激励朋友,期望他们像古人那样立功边塞,威慑敌人,安定

---

① (唐)王维著,(清)赵殿成笺注:《王右丞集笺注》卷8,第142页。
② (唐)杜甫著,(清)仇兆鳌注:《杜诗详注》卷8,第626—627页。
③ 《全唐诗》卷150,第1549页。
④ 《全唐诗》卷236,第2603页。

边境。

安史之乱后，西域、陇右和河西走廊陷于吐蕃，经过阳关的丝绸之路被阻断。诗人笔下的阳关更多的是边塞苦情和失地意象。耿湋《送王将军出塞》云：

> 汉家边事重，窦宪出临戎。绝漠秋山在，阳关旧路通。列营依茂草，吹角向高风。更就燕然石，行看奏虏功。①

本来陇右、河西和西域皆陷于吐蕃，这里写王将军出塞，阳关路通，只是寄托一种理想而已。诗人希望王某能像汉代窦宪一样，却敌立功，打通通向西域的道路。现实的情景则如他《陇西行》所写："雪下阳关路，人稀陇戍头。"② 陇山成为唐军戍守之地，阳关已经道阻不通。又如许棠《塞下二首》其一：

> 胡虏偏狂悍，边兵不敢闲。防秋朝伏弩，纵火夜搜山。雁逆风声振，沙飞猎骑还。安西虽有路，难更出阳关。③

西域的局势令关心国事的诗人感到忧愁。又如储嗣宗《随边使过五原》云："偶逐星车犯虏尘，故乡常恐到无因。五原西去阳关废，日漫平沙不见人。"④ 崔仲容《赠歌姬》云："渭城朝雨休重唱，满眼阳关客未归。"⑤ 李商隐《赠歌妓二首》其一云："水精如意玉连环，下蔡城危莫破颜。红绽樱桃含白雪，断肠声里唱阳关。"⑥ 想到失地未复，诗人们把批判的矛头指向边将无能。耿湋《陇西行》云："雪下阳关路，人稀陇戍头。封狐犹未翦，边将岂无羞。白草三冬色，黄云万里愁。因思李都尉，毕竟不封侯。"⑦ 这些诗真实地反映了阳关陷蕃后丝绸之路的阻绝、阳关的荒废和唐人的痛心，折射出大唐盛世的一去不返。

---

① 《全唐诗》卷 268，第 2977 页。
② 同上书，第 2981 页。
③ 《全唐诗》卷 603，第 6967 页。
④ 《全唐诗》卷 594，第 6887 页。
⑤ 《全唐诗》卷 801，第 9011 页。
⑥ （唐）李商隐著，（清）冯浩笺注：《玉溪生诗集笺注》卷 3，上海古籍出版社 1979 年版，第 557 页。
⑦ 《全唐诗》卷 268，第 2981 页。

(二）阳关音信：征夫思妇的情感纽带

"西出阳关无故人"，出阳关便意味着远离家乡。阳关在古代诗歌中很早便是著名的离别意象，如北周诗人庾信《燕歌行》诗：

> 代北云气昼昏昏，千里飞蓬无复根。寒雁嗈嗈渡辽水，桑叶纷纷落蓟门。晋阳山头无箭竹，疏勒城中乏水源。属国征戍久离居，阳关音信绝能疏。愿得鲁连飞一箭，持寄思归燕将书。渡辽本自有将军，寒风萧萧生水纹。妾惊甘泉足烽火，君讶渔阳少阵云。自从将军出细柳，荡子空床难独守。①

这首诗写的是征人与思妇边塞家乡的两地相思，"阳关音信"是联系两地的情感纽带，音信的稀疏和断绝都令家乡亲人牵挂不已。庾信这首诗对唐代诗人影响很大，"阳关音信"成为唐诗中写两地相思的常见意象。

家中亲人日思夜想是阳关。当亲人远赴西域征战之时，家人日日夜夜盼望着来自阳关的消息。敦煌诗集残卷 P.2555 佚名阙题诗云：

> 故人闻道雁传书，雁去雁来音信稀，一抱远戍杨（阳）关外，白发逢秋未□归。②

"故"当作"古"。古人鸿雁传书，但亲人远戍之后，虽然看到每年大雁飞来又飞去，亲人的来信越来越少了。回想当年离别时那亲密的"一抱"之后，丈夫便远赴西域戍守再未归来。多少年过去了，如今人已白首，大雁又归去了，却未盼来丈夫归来。此诗原抄于"天宝九载九月十二日、十七日史索秀玉牒"下，在天宝年间文书之上复书有唐昭宗景福二年（893）至乾宁三年（896）状牒。徐俊先生判断"诗为唐昭宗时所写"。但我们从诗的描写和表现出来的情绪来看，却更像盛唐时的作品。"阳关"虽然只是文学意象，但使用这一意象与时代背景有关。"阳关外"就是西域，唐军远戍西域是初盛唐时事，昭宗时代早就不存在"远戍阳关外"的情况。所以，诗虽然表达了思念亲人之苦，却无国事日衰之悲。相反，从征人"远戍阳关外"更让人感到一种边境辽阔和国力强盛的盛世气象。残卷

---

① （北周）庾信著，（清）倪璠注：《庾子山集注》卷5，中华书局1980年版，第4页。
② 徐俊纂辑：《敦煌诗集残卷辑考》卷下（英藏俄藏部分），第784页。

上有天宝九载九月里的牒文,或许诗就写于这个秋天,故末句云"逢秋"。赵暇《昔昔盐·织锦窦家妻》云:"当年谁不羡,分作窦家妻。锦字行行苦,罗帷日日啼。岂知登陇远,只恨下机迷。直候阳关使,殷勤寄海西。"① "直候阳关使"还是在盼望"阳关音信",同时还要通过"阳关使"传递对阳关征人的思念。袁晖《正月闺情》云:

>正月金闺里,微风绣户间。晓魂怜别梦,春思逼啼颜。绕砌梅堪折,当轩树未攀。岁华庭北上,何日度阳关。②

当新春来临之际,闺中思妇想到的是征人日行渐远,在计算着他到达阳关的日子。刘元淑《妾薄命》以思妇口吻写对远征的丈夫的思念:"夜深闻雁肠欲绝,独坐缝衣灯又灭。暗啼罗帐空自怜,梦度阳关向谁说。"③ 离别日久,妇人夜梦飞度万里,到达阳关。刘氏云《有所思》云:"朝亦有所思,暮亦有所思,登楼望君处,蔼蔼浮云飞。浮云遮却阳关道,向晚谁知妾怀抱。"④ 阳关遥遥,远望只见茫茫白云,无法望见征人的身影,夜晚更令妇人寂寞难耐。

远赴阳关的行人思乡念亲,身在内地的亲人思念远征的亲人,借阳关写两地相思,北周诗人李昶《奉和重适阳关》已是这一主题:

>衔悲向玉关,垂泪上瑶台。舞阁悬新网,歌梁积故埃。紫庭生绿草,丹墀染碧苔。金扉昼常掩,珠帘夜暗开。方池含水思,芳树结风哀。行雨归将绝,朝云去不回。独有西陵上,松声薄暮来。⑤

诗中的"玉关"代指阳关,当行人满怀悲伤远赴阳关之时,家乡亲人正流着泪水登高望远,此后便开始了寂寞索居的日子。唐诗中写征人思乡的作品,如沈佺期《春闺》云:"铁马三军去,金闺二月还。边愁离上国,春梦失阳关。池水琉璃净,园花玳瑁斑。岁华空自掷,忧思不胜颜。"⑥ 远征的人为离开家乡而愁苦,闺中思妇梦里也惦念着阳关。"阳关"是亲人征

---

① 《全唐诗》卷549,第6341页。
② 《全唐诗》卷111,第1140页。
③ 《全唐诗》卷773,第8765页。
④ (宋)郭茂倩:《乐府诗集》卷17,中华书局1979年版,第255页。
⑤ 逯钦立辑校:《先秦汉魏晋南北朝诗》,中华书局1983年版,第2325页。
⑥ 《全唐诗》卷96,第1032页。

战之地，是思妇的情结，日思夜想是阳关。阳关方面的消息一旦中断，思妇的精神支柱便会坍塌。崔湜《折杨柳》云："二月风光半，三边戍不还。年华妾自惜，杨柳为君攀。落絮缘衫袖，垂条拂髻鬟。那堪音信断，流涕望阳关。"① 在这些诗中，诗人总是把边地和家乡绾合在一起来写，一边是思妇，一边是征人，两地相思，互相映衬，一种情怀，感人至深。

（三）渭城一曲动千古

阳关因王维《送元二使安西》一诗而更加闻名，这首诗语言朴实，抒写的是一种最有普遍意义的情感，即与亲人朋友的离别。诗中没有特殊的背景，而自有深挚的惜别之情，使它适合于各种离筵别席演唱。这首诗被谱写乐曲传唱，称《渭城曲》。《渭城曲》是唐代送别的名曲，也成为中国音乐史上最流行、传唱最久的古曲，或名《阳关曲》。白居易《对酒五首》之一云："相逢且莫推辞醉，听唱《阳关》第四声"，自注："第四声即'劝君更尽一杯酒'。"② 王维这首诗被谱曲歌唱，另有一题为《阳关三叠》，因为咏唱时末句重叠三唱，即"西出阳关"句。《阳关三叠》被编入乐府，成为饯别名曲，历代广为流传。

唐诗反映了这支乐曲感人之深和广泛流行的程度，从表 4-2 可知，唐后期当河西之地沦陷于吐蕃后，唐诗中写到阳关，通常是写听闻这一乐曲，而且由于这支乐曲的影响，"阳关"这一文学符号更多地代表离情别绪，其意蕴逐渐单一化。白居易《醉题沈子明壁》："不爱君池东十丛菊，不爱君池南万竿竹。爱君帘下唱歌人，色似芙蓉声似玉。我有《阳关》君未闻，若闻亦应愁杀君。"③ 唐人喜置筵送别，筵席上往往奏乐赋诗。离筵之上往往奏此曲，以此表达离别之情，此外似乎没有更好的方式安慰对方和自己了。白居易《答苏六》云："更无别计相宽慰，故遣《阳关》劝一杯。"④ 当时有人以善唱此歌而闻名。白居易《晚春欲携酒寻沈四著作先以六韵寄之》云："敢辞携绿蚁，只愿见青娥。最忆《阳关》唱，真珠一串歌。"⑤ 自注："沈有讴者，善唱'西出阳关无故人词'。"从王维时代开始，《渭城曲》一直流行不衰，几十年后，便有了"古调"之称。戴叔伦《送别钱起》云："阳关多古调，无奈醉中闻。归梦吴山远，离情

---

① 《全唐诗》卷 18，第 190 页。
② （唐）白居易：《白居易集》卷 26，中华书局 1979 年版，第 598 页。
③ 《白居易集》卷 21，第 472 页。
④ 《白居易集》卷 27，第 614 页。
⑤ 《白居易集》卷 33，第 756 页。

楚水分。"① 张祜《听歌二首》其二云:"十二年前边塞行,坐中无语叹歌情。不堪昨夜先垂泪,西去阳关第一声。"② 李商隐《饮席戏赠同舍》云:"兰回旧蕊缘屏绿,椒缀新香和壁泥。唱尽阳关无限叠,半杯松叶冻颇黎。"③ 李商隐《赠歌妓》:"红绽樱桃含白雪,断肠声里唱阳关。"④ 高骈《赠歌者二首》其二:"公子邀欢月满楼,双成揭调唱伊州。便从席上风沙起,直到《阳关》水尽头。"⑤ 谭用之《江馆秋夕》云:"谁人更唱阳关曲,牢落烟霞梦不成。"⑥ 从这些诗的描写来看,此曲在唐代数百年间一直传唱不衰。一曲《渭城曲》触发多少离别之情,直至晚唐别筵离席之上唱《阳关曲》表达离情别绪,仍然感动着无数人。

由于《阳关曲》的流传和唐诗中的反复吟咏,"阳关"成为极常见的边塞和离别意象频繁出现在后世的诗词中,其边塞意味逐渐淡薄,离情别意越来越浓重,最后似乎只剩下离别之情了,其意蕴逐渐单一化。如南唐词人冯延巳《鹊踏枝》云:"蜡烛泪流羌笛怨,偷整罗衣,欲唱情犹懒。醉里不辞金盏满,阳关一曲肠千断。"⑦ 宋代苏轼诗词中"阳关"一词出现不少于20次,如《渔家傲》云:"一曲阳关情几许,知君欲向秦川去。白马皂貂留不住,回首处,孤城不见天霖雾。"⑧ 李清照《凤凰台上忆吹箫》云:"这回去也,千万遍《阳关》,也即难留。"⑨ 姜夔《琵琶仙》云:"千万缕、藏鸦细柳,为玉尊、起舞回雪。想见西出阳关,故人初别。"⑩ 宋代有人以此诗和此曲之意作画,黄庭坚《题阳关图二首》其一云:"断肠声里无形影,画出无声亦断肠。想得阳关更西路,北风低草见牛羊。"其二:"人事好乖当语离,龙眠貌出断肠诗。渭城柳色关何事,自是离人作许悲。"⑪ 元曲大家白朴《水龙吟·丙午》云:"短亭休唱阳关,柳丝惹

---

① 《全唐诗》卷273,第3072页。
② 《全唐诗》卷511,第5844页。
③ (唐)李商隐著,(清)冯浩笺注:《玉溪生诗集笺注》卷2,上海古籍出版社1979年版,第528页。
④ 《玉溪生诗集笺注》卷3,第557页。
⑤ 《全唐诗》卷598,第6920页。
⑥ 《全唐诗》卷764,第8673页。
⑦ 曾昭岷等编:《全唐五代词》卷3,中华书局1999年版,第654页。
⑧ 朱孝臧编年,龙榆生校笺:《东坡乐府笺》,台北华正书局有限公司1985年版,第302页。
⑨ (宋)李清照:《李清照集·词》,中华书局1962年版,第28页。
⑩ 唐圭璋编:《全宋词》,中华书局1965年版,第2178页。
⑪ (宋)黄庭坚:《山谷外集》卷7,《四部全书荟要》,台北世界书局1988年影印本,第22页。

尽行人怨。鸳鸯只影,荷枯苇淡,沙寒水浅。"① 白朴《满江红·庚戌春别燕城》云:"还又喜、小窗虚幌,伴人幽独。荐枕恰疑巫峡梦,举杯忽听阳关曲。"② 宋词中有《古阳关》或《阳关引》的词牌,往往写离情别绪。如晁补之《古阳关》云:"暮草蛩吟喧。暗柳萤飞灭。空庭雨过,西风紧,飘黄叶。卷书帷寂静,对此伤离别。重感叹、中秋数日又圆月。沙觜樯杆上,淮水阔。有飞凫客,词珠玉,气冰雪。且莫教皓月,照影惊华发。问几时、清尊夜景共佳节。"③ 在后世诗词曲中"阳关"一词的出现不胜枚举,粗略统计唐宋诗词中便有近 300 篇作品,其中使用"阳关"意象者,大多表达离别相思之情。由于《渭城曲》的流行,"阳关"几乎成为单一的离别意象。只有少数诗词中仍有边塞意味,如孙光宪《酒泉子》词:"空碛无边,万里阳关道路。马萧萧,人去去,陇云愁。香貂旧制戎衣窄,胡霜千里白。绮罗心,魂梦隔,上高楼。"④ 这首词中阳关即是边塞意象,又是离别意象。陆游《看镜》云:"凋尽朱颜白尽头,神仙富贵两悠悠。胡尘遮断阳关路,空听琵琶奏《石州》。"⑤ 诗写年华流逝,神仙富贵两无缘,驰骋疆场收复失地的理想落空。《石州》,乐曲名,石州是唐代边地州名,治所在离石(在今山西省吕梁市离石区)。唐南卓《羯鼓录》太簇商调收有《石州曲》。夏敬观《词调溯源》云:"六州者,伊、梁、甘、石、氐、渭,皆唐西边州名。六州各有歌曲,统名六州。"⑥ 故知《石州曲》属边地乐曲。"阳关路"象征着边塞和战场,不能赴边地效命,是诗人一生最大的遗憾,耳听边地音乐,令他倍生惆怅。

玉门关和阳关是古代丝绸之路上的重要关隘,分别扼守西域南北两道。阳关为丝绸之路西域道南道关卡,玉门关为北道关卡,唐代内地与西域交通莫不取道两关。河西走廊西端的敦煌被称为通向西域的"咽喉之地",而阳关、玉门关便是通向西域的两扇大门。向达先生《两关杂考》云:"唐人于役西陲者,尤喜以之入于吟咏。是故两关不仅在中外交通历史上有其地位,即在文学上亦弥足以增人伤离惜别之情。"⑦ 如本章所论,"伤离惜别"并不能概括唐人赋予两关的丰富复杂的思想情感,阳关、玉

---

① 唐圭璋编:《全金元词》,中华书局 1979 年版,第 629 页。
② 同上书,第 632 页。
③ 唐圭璋编:《全宋词》,中华书局 1965 年版,第 563 页。
④ 华钟彦:《花间集注》,中州书画社 1983 年版,第 228 页。
⑤ 北京大学古文献研究所编:《全宋诗》卷 2183,北京大学出版社 1998 年版,第 24866 页。
⑥ (清)夏敬观:《词调溯源》,商务印书馆 1933 年版,民国丛书第五编第 05054 册影印本。
⑦ 向达:《两关杂考——瓜沙谈往之二》,《唐代长安与西域文明》,第 373 页。

门关这两座屹立在汉唐边陲的雄关，充满了阳刚之气、神奇的魅力和深厚的意蕴，承载了中华民族不畏艰险、不畏强敌、开放进取、顽强奋斗的精神，成为诗人喜欢吟咏的素材，引得千百年来文人墨客魂牵梦萦、反复吟唱，把雄关的沧桑留在了不朽的字里行间，使之成为中国文化史上永恒的意象和符号。唐代诗歌中写玉门关的作品多，写阳关的少，其原因可能是玉门关在北，古代中原政权与西北民族的战争和交往更多利用西域北道，出玉门关者多，与玉门关有关的历史事件更多，因此更容易被诗人作为意象吟咏。出阳关通向西域南道的道路，因为面临与吐蕃的对抗，行人利用较北道为少，唐代几乎废绝。但由于《渭城曲》的流行，后世诗词曲中写到"阳关"的又多于玉门关。丝绸之路从长安出发，穿越陇右和河西走廊，分别从阳关与玉门关进入西域。走出阳关和玉门关，西域的异域风情更是诗人喜欢吟咏的新奇素材。

第五章　丝绸之路之西域道

"西域"概念有广狭之分，狭义的西域大体上相当于今新疆地区和葱岭东西，广义的西域则包括了中国以西更广大的地区，中亚、西亚、南亚和非洲北部、欧洲都曾被称为西域。本章的论述立足于狭义范围。丝绸之路西域段早在汉代已经形成，经过西域的三条干线在唐代以前的文献中已有多次记载，对三条路线的详细描述以魏晋时鱼豢《魏略》为最早，隋代裴矩《西域图记序》中西域道三条路线的描述反映了隋代的变化。中唐贾耽《入四夷之路》中关于"安西入西域道"的记载最为详细，反映的是唐前期西域交通状况。就笔者所见，结合古代文献记载和考古成果，对古代西域交通路线描述最详尽的是严耕望《唐代交通图考》关于"京都关内区"和"河陇碛西区"两部分、① 陈戈《新疆古代交通路线综述》一文。② 神奇而渺远的西域曾经牵动着唐人敏感的神经，无数次地激发了诗人们创作的灵感和热情，西域道上的地名、人物和事件都成为诗人吟咏的对象和诗歌意象。本书列专章论述西域道三条路线之天山以北草原路，本章主要论述塔克拉玛干沙漠南北两缘之西域南道和北道在唐诗中的反映。

一　唐朝对西域的开拓和经营

西域自古就是多民族聚居地区，处于欧洲文明、西亚文明、印度文明和华夏文明辐射的焦点，在东西方交通史上具有重要意义。从自然交通地理上看，这里与印度相隔昆仑山、喜马拉雅山两大山脉；与中亚、波斯则西限葱岭；与欧洲则远隔内陆，又隔乌拉尔山。而与中国中原地区仅相隔

---

① 严耕望：《唐代交通图考》，上海古籍出版社2007年版，第一、二卷。
② 陈戈：《新疆古代交通路线综述》，原载《新疆文物》1990年第3期，收入《新疆考古论文集》，商务印书馆2017年版，第3—57页。

莫贺延碛，交通相对便利，接受其文化影响既近且易。汉代时已经进入中原王朝的有效控制之下，唐前期100多年间国力日增，先后征服东西突厥、吐谷浑、高昌、龟兹、焉耆等，恢复了对西域的控制，打开了通往西方的要道。唐朝经营西域维护了丝绸之路的安全，促进了中西方经济和文化交流。

突厥自6世纪中叶兴起，"西破嚈哒，东走契丹，北并契骨"[1]，拓地万里。强盛时东起辽东，西迄里海北岸。北周、北齐政权都曾臣服于它。北齐天统三年（567），突厥土门可汗弟室点密征西域，灭嚈哒，败波斯，自立为西面可汗。隋开皇二年（582），其子达头可汗与东面始波罗可汗不睦，突厥汗国遂以阿尔泰山为界分裂为东西两部分。隋朝利用东西突厥之间的矛盾分化离间，使东突厥臣服于隋，从而避免了西突厥的直接威胁。隋末中原内乱，东突厥乘势崛起，"始毕可汗咄吉者，启民可汗子也。隋大业中嗣位，值天下大乱，中国人奔走者众。其族强盛，东自契丹、室韦，西尽吐谷浑、高昌诸国，皆臣属焉，控弦百余万。北狄之盛，未之有也"[2]。大业十一年（615），炀帝北巡长城，被始毕可汗围困于雁门，"诏天下诸郡募兵，于是令守各来赴难。九月甲辰，突厥解围而去"[3]。

隋炀帝曾大力开展对西域的交通，但国祚短促，交通规模有很大局限，唐朝在西域的开拓方面取得更大的成就。唐朝对西域的开拓伴随着与突厥的斗争。隋末唐初，唐高祖一面称臣于突厥，一面与其他割据势力斗争。贞观四年（630），唐太宗利用突厥内部分裂的时机，一举击灭了东突厥。贞观八年（634），征服吐谷浑，从而打开了通往西域的道路，"伊吾之右，波斯以东，商旅相继，职贡不绝"[4]。但高昌依附西突厥，对抗唐朝，成为唐朝向西发展和交通西域的障碍。贞观十四年（640），唐朝开始对西域用兵，第一个目标就是高昌。唐朝经营西域，主要敌人是西突厥。贞观初，西突厥统叶护可汗死，汗国分裂，主要有泥孰系与乙毗咄陆系争夺大可汗位，征战不已。唐朝乘机将统治势力推进到伊吾（今新疆哈密），于其地置伊州，形成与泥孰系夹击乙毗咄陆系的局面。从贞观十二年开始，乙毗咄陆可汗向东方推进，高昌国倒向乙毗咄陆可汗，试图进攻伊州。贞观十四年，唐朝发动对西域的战争，驱逐乙毗咄陆势力，平高昌，置西州和庭州，与伊州一起构成唐朝治理西域并继续进军的基地。唐朝在

---

[1]《周书》卷50下《异域传·突厥》，中华书局1971年版，第907页。
[2]《旧唐书》卷194上《突厥传》，第5153页。
[3]《隋书》卷4下《炀帝纪》，第89页。
[4]（宋）宋敏求编：《唐大诏令集》卷130，中华书局2008年版，第702页。

高昌置安西都护府，留兵镇戍。泥孰系西突厥势力日渐强盛，在如何分割乙毗咄陆系故地上与唐朝发生矛盾。太宗诏令乙毗射匮可汗献西域西部地区与唐朝和亲，乙毗射匮可汗不听。贞观二十二年（648），唐朝对乙毗射匮可汗用兵，扶植原乙毗咄陆系的阿史那贺鲁作为西突厥十姓故地的统治者，在西域取得稳定的控制地位。

高宗时将被俘的西域焉耆、龟兹、于阗等国统治者送回本国，任命高昌王之弟麹智湛为安西都护。唐朝在西域军事力量薄弱，造成西域局势的动荡。被唐朝任命为瀚海都督的阿史那贺鲁反叛，经过七年战争，唐朝才平息了阿史那贺鲁之乱，在西域设置羁縻府州，从而完善了在西域的统治格局，形成以安西都护府为核心，以伊、西、庭三州为保障，以羁縻府州为依托的统治结构，促进了西域的稳定和经济的发展，为丝路交通的发展提供了有利的条件和保障。西域交通路线在唐前期征服东、西突厥之后和安史之乱之前都是畅通无阻的。

在唐代前期经营西域过程中，不少诗人曾投身边塞，写出了一些反映西北边塞自然环境、边塞战争和边塞生活的诗。有的诗人没有到过边塞，但也获得不少关于西北边塞的军情和生活信息，在他们的诗中也有对西北边塞的间接的反映。反映西北边塞生活的诗篇与丝绸之路有密切关系，从这些诗里我们可以看到关于西域道的信息和反映。"西域"一词在唐诗中有虚实之分，也有广义和狭义之别。吴筠《步虚词十首》之五云："扶桑诞初景，羽盖凌晨霞。倏欻造西域，嬉游金母家。"[1] 诗里"西域"乃神话传说中西王母所居之地。吕温《道州城北楼观李花》云："夜疑关山月，晓似沙场雪。曾使西域来，幽情望超越。"[2] 吕温曾出使吐蕃，在他笔下吐蕃亦属西域。诗中有时称西域为"西极"。崔融《西征军行遇风》云："兵气腾北荒，军声振西极。坐觉威灵远，行看氛祲息。"[3] 徐彦伯《春闺》云："有使通西极，缄书寄北河。"[4] 杜甫《送从弟亚赴河西判官》云："宗庙尚为灰，君臣俱下泪。崆峒地无轴，青海天轩轾。西极最疮痍，连山暗烽燧。"[5] 所谓"西极最疮痍"是写西域遭到吐蕃蚕食的形势。杜甫《喜闻盗贼蕃寇总退口号五首》其三云："崆峒西极过昆仑，驼马由来

---

[1] 《全唐诗》卷853，第9647页。
[2] 《全唐诗》卷371，第4173页。
[3] 《全唐诗》卷68，第765页。
[4] 《全唐诗》卷76，第826页。
[5] （唐）杜甫著，（清）仇兆鳌注：《杜诗详注》卷5，第365—366页。

拥国门。"① 西域诸多地名作为意象出现在诗中,这些意象反映了西域在唐人心目中的印象和观念。

安史之乱后,西域形势发生巨大变化,唐朝势力从西域退出,唐朝与西域的交通、交往和交流遇到严重阻碍。唐诗反映了西域局势的这些变化。

二 唐征服突厥和平高昌在唐诗中的反映

(一)灭东突厥与太宗等联句诗

唐初对东突厥采取忍让迁就的态度,高祖时"赐予不可胜计"。但"始毕自恃其功,益骄踞,每遣使者至长安,颇多横恣"②。颉利可汗"承父兄之资,兵强马壮,有凭陵中国之志","言辞悖慢,求请无厌"③。东突厥不断侵扰唐之北边,颉利可汗和突利可汗曾两度率兵入侵关中,进逼长安。太宗即位后,开始对东突厥采取积极防御的策略,利用其内部矛盾,进行分化离间。

突厥是通过征服众多民族形成的族群,内部矛盾复杂尖锐。突厥贵族对各族人民的剥削和压迫不断引起反抗。贞观初又遇严重自然灾害,"频年大雪,六畜多死,国中大馁,颉利用度不给,复重敛诸部,由是下不堪命,内外多叛之"④。阴山以北薛延陀、回纥、拔也古等铁勒部纷纷叛离,漠北形成薛延陀汗国。草原东部的奚和契丹等部先后背叛东突厥,归附唐朝。各族人民的起义反抗动摇了东突厥贵族的统治基础,促使东突厥贵族内部矛盾激化。贞观三年(629),唐朝乘东突厥内部分裂之际,以李靖等为行军总管,统兵十余万分道出击,击溃了东突厥。这年十二月,突利可汗降附唐朝,来到长安,太宗设宴招待可汗和群臣,并联句作诗。贞观君臣的《两仪殿赋柏梁体》联句诗是庆贺破东突厥胜利的作品:

绝域降附天下平(唐太宗李世民)
八表无事悦圣情(淮安王李神通)

---

① (唐)杜甫著,(清)仇兆鳌注:《杜诗详注》卷21,第1858页。
② 《旧唐书》卷194上《突厥传》,第5154页。
③ 同上书,第5155页。
④ 同上书,第5159页。

云披雾敛天地明（长孙无忌）
登封日观禅云亭（房玄龄）
太常具礼方告成（萧瑀）

韦述《两京新记》记载："贞观五年（乃'三年'之误），太宗破突厥，于两仪殿宴突利可汗，赋七言诗柏梁体。"[1] 柏梁体是七言古诗的一种，众人联句为诗，每句押韵。清赵翼《陔馀丛考·柏梁体》云："汉武宴柏梁台赋诗，人各一句，句皆用韵，后人遂以每句用韵者为柏梁体。然《柏梁》以前如汉高《大风歌》、荆卿《易水歌》……可见此体已久有之，不自《柏梁》始也。但联句之每句用韵者，乃为柏梁体耳。"[2] 当然贞观君臣的联句诗夸大了击灭东突厥的战果，因为西域的形势并不像他们诗中所言"绝域降附""八表无事"，唐朝征服西域还任重道远。

贞观四年（630）二月，定襄道行军总管李靖破东突厥颉利可汗于阴山，斥地自阴山至大漠，露布以闻，至此东突厥在唐朝军事打击下彻底灭亡。甲寅，以克突厥赦天下，赐酺五日。这天许敬宗等七人酺饮于曲池，各赋四言座铭，可视为庆祝胜利之作。据《翰林学士集》当时同作还有武康公沈叔安、燕王友张后胤、沛公郑元璹、鄘王友张文琮、兵部侍郎于志宁、越王文学陆揖，他们有同题《四言曲池酺饮座铭》诗。[3] 陆揖诗："群公酺饮，列坐水湄。花飘翠盖，叶覆丹帷。俱倾圣酒，争摛雅诗。下国贱隶，含毫无辞。"[4] 郑元璹诗："离酺将促，远就池台。酒随欢至，花逐风来。鹤归波动，鱼跃萍开。人生所盛，何过乐哉。"[5] 沈叔安诗："天地开泰，日月贞明。政教弘阐，至治隆平。三阳应节，百卉舒荣。憬流方外，酺饮上京。"[6] 张文琮诗："和风习习，落景沉沉。俯映绿水，仰睇翠

---

[1] （唐）韦述撰，辛德勇辑校：《两京新记辑校》卷1，三秦出版社2006年版，第3页。按：太宗宴突利可汗于两仪殿，与长孙无忌等人赋柏梁体联句，事在贞观三年（629）。《册府元龟》卷109云贞观三年十一月"戊子，宴突利可汗及群臣三品已上于中华殿，帝赋七言诗，极欢而罢"。突利于第二年"还国"。此云"五年"，当为"三年"之误。据陈垣《二十史朔闰表》推算，贞观三年十一月无"戊子"日。《旧唐书·太宗本纪》记载，贞观三年"十二月戊辰，突利可汗来奔"。故诗当作于本年十二月，《册府元龟》系之于"十一月"，傅璇琮主编《唐五代文学编年史》依之，误。据《二十史朔闰表》，"十二月戊辰"乃十二月二日，太宗宴群臣与突利可汗或即其日。

[2] （清）赵翼：《陔馀丛考》卷23，河北人民出版社1990年版，第382页。
[3] 张步云：《唐代逸诗辑存》，《文学遗产》1983年第2期。
[4] 陈尚君辑校：《全唐诗补编》，中华书局1992年版，第656页。
[5] 同上书，第657页。
[6] 同上书，第658页。

林。友朋好合，如□瑟琴。勉矣君子，俱奉尧心。"① 张后胤诗："公侯盛集，酺醼梁园。莺多谷响，树密花繁。"② 于志宁诗："泾抽冠筝，源开绶花。水随湾曲，树逐风斜。始攀幽桂，更折疏麻。再欢难遇，聊赏山家。"③ 许敬宗诗："日月扬彩，爟烽撤候。赐饮平郊，列筵春岫。露鲜芳薄，影华清溜。倒载言旋，骊歌貳奏。"④ 这是击灭东突厥颉利可汗在唐诗中的反映，虽然诗的内容并未及于对突厥战争的胜利，但这次诗歌活动是在击灭颉利可汗的背景下举行的，诗写春日美景赏心悦目和太平盛世的欢乐，正是国家对东突厥战争夺取最终胜利时喜气洋洋心情的自然流露。

　　东突厥亡后，唐朝在东起幽州（今北京一带），西迄灵州（今宁夏灵武）的广大北方地区置顺、祐、长、化四州都督府，以安置内附的十多万突厥百姓。唐朝在原颉利可汗所统辖的地区东部（相当于今内蒙古地区东部）设定襄都督府，西部设云中都督府，下设六州，任命原突厥酋长为刺史，管理当地突厥部落，史称"六胡州"。突厥人迁居长安者近万家，有人被唐朝任命为将军、中郎将等，五品以上官员百余人，太宗又用金帛赎回被突厥贵族掳去的8万汉族百姓。

　　六胡州是唐朝在突厥人故地设置的统治机构，置于贞观四年灭东突厥后，其名称分别为鲁州、丽州、含州、塞州、依州和契州，以唐人为刺史。治所位于今内蒙古鄂托克前旗一带。⑤ 武周长安二年（702），并为匡州和长州二州。中宗神龙三年（707），兰池都督府建立后，改州为县。开元十年（722），复置鲁、丽、契、塞4州。寻以兵部尚书张说擒康愿子于木盘山，诏移其众5万余口于许、汝、唐、邓、仙、豫等诸州。不久以地旷，又改为二州。六胡州始置时间，过去根据两《唐书》和《元和郡县图志》记载，以为"调露元年，于灵、夏南境以降突厥置鲁州、丽州、含州、塞州、依州、契州，以唐人为刺史，谓之六胡州"⑥。调露元年（679）是唐高宗年号。1981年，洛阳出土粟特人安菩墓志，安菩号为"唐故陆胡州大首领"，逝世于高宗麟德元年（664）。可见在此之前，六

---

① 陈尚君辑校：《全唐诗补编》，中华书局1992年版，第669页。
② 同上书，第670页。
③ 同上书，第678页。
④ 同上书，第682页。
⑤ 艾冲《六胡州》认为，六胡州治城都在今鄂尔多斯市境内。载《民族研究》2005年第6期；《唐代灵、盐、夏、宥四州边界考》，载《中国历史地理论丛》2004年第1期。2010年6月，内蒙古自治区文物主管部门宣布，六胡州治城遗址有五座确知在鄂托克前旗境内。
⑥ 《新唐书》卷37《地理志一》"宥州宁朔郡"，第974—975页。

胡州已经存在，由粟特人担任刺史，调露元年（679）之后改由唐人任刺史。① 随着其后出土的墓志及敦煌文书的发现，对所涉及六胡州人员的综合分析，学界渐渐倾向于认为六胡州始置于唐太宗贞观四年（630），居民以粟特移民为主体。②

唐置六胡州后，其势力进入北方草原地区，六胡州居民为唐朝稳定北方草原局势和通往西域的草原路从事征战。后突厥崛起后，六胡州面临着突厥人的进攻。为了对付突厥人的进攻，唐朝曾加强六胡州的防御设施。武则天时，李峤奉命督筑六胡州城。神功元年（697），李峤建议加强对后突厥势力的军事防御，"治兵以备之"。同年，朝廷命李峤督筑六胡州城，竣工后赋诗《奉使筑朔方六州城率尔而作》：

> 奉诏受边服，总徒筑朔方。驱彼犬羊族，正此戎夏疆。……三旬无愆期，百雉郁相望。雄视沙漠垂，有截北海阳。二庭已顿颡，五岭尽来王。驱车登崇墉，顾眄凌大荒。千里何萧条，草木自悲凉。……③

六胡州生活着擅长经商、善于养牧良马的粟特胡人。从安菩墓志看，粟特人对六胡州有一种文化归属感。对这样一个众多胡人聚居之地，唐代诗人也颇感兴趣，尽管此后"六胡州"屡经改易，实际州数已不足六州，但唐人仍以"六州胡儿"称这一带生活的胡人群体。安史之乱以后，这里生活的粟特人与其中亚故土交通被阻断，诗人对他们的命运寄予同情。李益《登夏州城观送行人赋得六州胡儿歌》云：

> 六州胡儿六蕃语，十岁骑羊逐沙鼠。沙头牧马孤雁飞，汉军游骑貂锦衣。云中征戍三千里，今日征行何岁归。无定河边数株柳，共送行人一杯酒。胡儿起作本蕃歌，齐唱呜呜尽垂手。心知旧国西州远，西向胡天望乡久。回身忽作异方声，一声回尽征人首。蕃音虏曲一难分，似说边情向塞云。故国关山无限路，风沙满眼堪断魂。不见天边青作冢，古来愁杀汉昭君。④

---

① 张广达：《唐代六胡州等地的昭武九姓》，《北京大学学报》1986年第2期。
② 陈海涛：《唐代粟特人聚落六胡州的性质及始末》，《内蒙古社会科学》2002年第5期。
③ 周勋初等主编：《全唐五代诗》卷46，陕西人民出版社2014年版，第925页。
④ （唐）李益著，范之麟注：《李益诗注》，上海古籍出版社1984年版，第43页。

李益诗的描写也透露出"六州胡儿"以粟特人为主体,这些六州胡儿会"六蕃语",我们知道出身粟特胡人的安禄山便会"六蕃语",或"九蕃语"。① 这是粟特胡人和北方各族通用的商业贸易语言,安禄山凭此从事诸蕃间"互市牙郎"的行当。在饯行的宴席上,胡儿起身歌舞,西向远望其"旧国",说明他们的家乡在西方。这就不是突厥本族人的描写,突厥人本就生活在六胡州之地。李益的诗反映了安史之乱后生活在六胡州一带粟特人家国之思。在抗击突厥人的进攻中,他们做出了贡献,也付出了代价。在唐开元时的突厥语碑铭中,六胡州被称为突厥人征讨的对象。如《阙特勤碑》中突厥人声称:"我弟阙特勤……完成了如下的功业:征伐六胡州。"②《毗伽可汗碑》云:"十八岁时,我征讨六(州胡)。在那里,我将胡人击溃。"③ 李益《从军夜次六胡北饮马磨剑石为祝殇辞》对战死沙场的"六州胡儿"表示哀悼:

> 我行空碛,见沙之磷磷,与草之幂幂,半没胡儿磨剑石。当时洗剑血成川,至今草与沙皆赤。我因扣石问以言,水流呜咽幽草根,君宁独不怪阴磷?吹火荧荧又为碧,有鸟自称蜀帝魂。南人伐竹湘山下,交根接叶满泪痕。请君先问湘江水,然我此恨乃可论。秦亡汉绝三十国,关山战死知何极。风飘雨洒水自流,此中有冤消不得。为之弹剑作哀吟,风沙四起云沉沉。满营战马嘶欲尽,毕昴不见胡天阴。东征曾吊长平苦,往往晴明独风雨。年移代去感精魂,空山月暗闻鼙鼓。秦坑赵卒四十万,未若格斗伤戎虏。圣君破胡为六州,六州又尽为胡丘。韩公三城断胡路,汉甲百万屯边秋。乃分司空授朔土,拥以玉节临诸侯,汉为一雪万世仇。我今抽刀勒剑石,告尔万世为唐休。又闻招魂有美酒,为我浇酒祝东流。殇为魂兮,可以归还故乡些;沙场地无人兮,尔独不可以久留。④

诗人由一块半没沙碛的磨剑石,想到昔日酷烈的战事,想到六州胡儿的牺牲,他们身死异域,诗人祝祷他们魂归故乡。六胡州设置后,唐朝与北方草原民族的战事不断,特别在与后突厥的反复征战中,那些随唐军

---

① 《新唐书》卷225《安禄山传》,第6411页;姚汝能:《安禄山事迹》,上海古籍出版社1983年版,第1页。
② 芮传明:《古突厥碑铭研究》(增订本),商务印书馆2017年版,第182页。
③ 同上书,第227页。
④ (唐)李益著,范之麟注:《李益诗注》,上海古籍出版社1984年版,第44—45页。

征战的粟特胡人付出了生命的代价。"六州胡儿"又被称为"六番子弟",他们的英勇善战闻名于世。晚唐诗人韦蟾《送卢潘尚书之灵武》写到这一带的局势:"贺兰山下果园成,塞北江南旧有名。水木万家朱户暗,弓刀千队铁衣鸣。心源落落堪为将,胆气堂堂合用兵。却使六番诸子弟,马前不信是儒生。"① "弓刀千队"是对六胡州一带社会面貌的描写,在这临近边境常遭受北方民族侵扰的地区,人人习兵,世风尚武,诗歌反映了这种世风民情,那"马前不信是儒生"的卢尚书,便成为六番诸子弟崇拜的楷模。

(二) 平高昌与唐诗

唐朝夺取了河西,征服了吐谷浑,据有了今河西走廊、青海地区和新疆东南部,打开了用兵西域的通道。西域诸国皆依附于西突厥,唐朝开始了与西突厥争夺西域的斗争。西突厥尽有今新疆地区和中亚大部地区,处于中西交通要道上,占据唐朝和印度、东罗马、萨珊波斯等国家交通的中间地带。西域有许多以城郭为中心的小国,立国于天山南路塔克拉玛干沙漠南北两缘的高昌、焉耆、龟兹、于阗、疏勒等是最强盛的5个绿洲王国。这些王国西汉时已立国,皆在汉西域都护统辖的36国中。经过兴亡治乱,分裂合并,隋唐时有40余国,都依附于突厥。突厥分裂为东西两部,则皆隶于西突厥。唐朝建立后这些西域王国都有恢复与内地关系的愿望。高昌是两汉西域长史和戊己校尉的驻地,高昌王麹文泰曾到长安朝觐太宗,焉耆王也遣使请开碛路以通往来,但是这种良好关系由于西突厥的存在而遇到阻挠。

西突厥统叶护可汗"控弦数十万,霸有西域"②。西突厥对西域诸国王都授予"颉利发"的称号,并遣"吐屯"监统之,督其征赋。③ "颉利发""吐屯"都是西突厥大官名。④ 唐太宗一开始就有打通西域的意向,消灭东突厥后便决心夺取西域控制权。高昌在西域东部,依仗西突厥的势力和唐

---

① (唐) 韦庄编:《又玄集》卷中,傅璇琮等新编《唐人选唐诗新编》,中华书局 2014 年版,第 833 页。
② 《旧唐书》卷 194 下《突厥传》,第 5181 页。
③ (唐) 杜佑:《通典》卷 199《边防十五》,中华书局 1988 年版,第 5455 页。
④ 《旧唐书·突厥传上》记载:"其大官屈律啜,次阿波,次颉利发,次吐屯,次俟斤,并代居其官而无员数,父兄死则子弟承袭。"王国维《高昌宁朔将军曲斌造寺碑跋》云:"诃黎伐,亦俟利发或颉利发之音变也。"而除"颉利发""俟利发"之外,还有"俟利发""俟利伐""俟列弗""俟列发""希利发"等异写,而"颉利"则又有"伊利""一利""意利""伊离"等异文,证明此乃突厥极常用之官号。

朝对抗，唐朝第一个目标就是高昌。贞观二年（628），统叶护可汗在内乱中被杀，西突厥发生分裂。在碎叶川西南方向者为弩失毕五部，在东北方向者为咄陆五部，双方攻战不休，为唐朝用兵西域带来可乘之机。贞观十四年（640），唐军在名将侯君集统率下远征高昌：

> 高昌不臣，拜交河道行军大总管出讨。……君集次碛口，而文泰死，子智盛袭位。进营柳谷。候骑言国方葬死君，诸将请袭之。君集曰："不可，天子以高昌骄慢，使吾龚行天罚，今袭人于墟墓间，非问罪也。"于是鼓而前。贼婴城自守。遣谕之，不下。乃刊木塞堑，引撞车毁其堞，飞石如雨，所向无敢当，因拔其城，俘男女七千，进围都城。初，文泰与西突厥欲谷设约，有急相援。及是，欲谷设益惧，西走，智盛失援，乃降。高昌平，君集刻石纪功还。①

西突厥由于内乱而衰弱，不敢和唐军对抗。唐朝在高昌置西州，又置安西都护府于高昌交河城。柳宗元《唐铙歌鼓吹曲十二篇》第十一篇《高昌》记唐平高昌之事：

> 麹氏雄西北，别绝城外区。既恃远且险，纵傲不我虞。烈烈王者师，熊螭以为徒。龙旃翻海浪，駬骑驰坤隅。贲育搏婴儿，一扫不复余。平沙际天极，但见黄云驱。臣靖执长缨，智勇伏囚拘。文皇南面坐，夷狄千群趋。咸称天子神，往古不得俱。献号天可汗，以覆我国都。兵戎不交害，各保性与躯。②

诗序云："李靖灭高昌，为《高昌》第十一。"③ 这与史实不符，史无李靖灭高昌之事。侯君集为交河道大总管，率兵数万平高昌。但后来侯君集因谋反被诛，唐时避言其功，故柳宗元诗以李靖代之，这是政治避讳，在唐代是众所周知之事。"麹氏"即高昌王麹伯雅父子。"臣外区"指麹氏向西突厥称臣。"烈烈""熊螭"形容唐军士兵威武。"龙旃"是绣有龙形图案的军旗。"駬"是驿站用的车，"駬骑"指唐军车骑。因《易·坤》有"西南得朋"之语，故"坤"指西南方向。"贲育"是古代两位勇士孟贲

---

① 《新唐书》卷94《侯君集传》，第3826页。
② （唐）柳宗元：《柳宗元集》卷1，中华书局1979年版，第24页。
③ 同上书，第23页。

和夏育。孟贲"水行不避蛟龙,陆行不避豺狼,发怒吐气,声响动天。夏育,亦猛士也"①。这里代指唐军将士。"搏"是空手而执,形容唐军对付高昌就像勇士击婴儿。"囚拘"指高昌国俘虏像犯人一样被捆绑。"天可汗"即太宗,"贞观四年夏四日丁酉,御顺天门,军吏执颉利以献捷,自是西北诸蕃咸请上尊号为'天可汗'"②。此诗为五言古诗,笔法与作者的《河右平》《铁山碎》相类。诗歌颂唐太宗的功业,"咸称天子神,往古不得俱""献号天可汗,以覆我国都"。史载侯君集率兵远征高昌之前,高昌境内已有童谣流行,预言麴氏将亡。《高昌童谣》云:"高昌兵马如霜雪,汉家兵马如日月。日月照霜雪,回首自消灭。"③国王麴文泰使人捕其初唱者,不能得。

太宗《讨高昌王麴文泰诏》数落高昌王之罪:

> 自隋季道消,天下沦丧,衣冠之族,疆场之人,或寄命诸戎,或见拘寇手。及中州既定,皇风远肃,人怀首丘,途经彼境,皆被囚系,加之重役,忍苦遐外,控告无所;又伊吾之右,波斯以东,职贡不绝,商旅相继,琛赆遭其寇攘,道路由其壅塞;又西蕃突厥,战争已久,朕愍其乱离,志务安辑,乃立咥利始可汗兄弟,庶令克复旧基。文泰反道败德,幸灾好祸,间谍酋豪,交乱种落。遂使毡裘之长,亟动干戈,引弓之人,重罹涂炭;又焉耆之地,与之临接,文泰疾其尽节,轻肆凶威。城池有危亡之忧,士女婴劫掠之酷。④

高昌王四项大罪皆与丝绸之路有关。一是隋末动乱以来,许多中原百姓和士族避乱或被掳进入西域和突厥。唐朝建立,天下安定,他们希望经丝绸之路回归故土,遭到高昌王的阻挠。二是自波斯到伊吾的西亚、中亚和西域国家与唐朝建立了友好关系,但他们入唐朝贡或往来贩贸,遇到高昌王从中作梗,高昌劫掠贡使和商旅,造成丝绸之路的壅塞。三是东突厥被唐朝击败后,唐朝欲安定突厥余众,高昌王挑拨离间,造成突厥不和,互相征战。四是地处丝绸之路要道的焉耆国与高昌为近邻,高昌王嫉妒焉耆效忠唐朝,对焉耆进行军事威胁。这些说明唐平高昌,一个重要目的就是扫清丝绸之路上的障碍,打通中原与西域交通的通道。

---

① 《汉书》卷57下《司马相如传》,中华书局1962年版,第2590页,颜师古注[二]。
② 《旧唐书》卷3《太宗纪》,第39页。
③ 《全唐诗》卷878,第9941页。
④ (宋)宋敏求编:《唐大诏令集》卷130,中华书局2008年版,第702页。

(三) 灭西突厥与唐诗

唐平高昌后，继续向西域进军，进占浮图城（今新疆吉木萨尔），置庭州。唐军开始和西突厥正面展开斗争，从贞观十六年（642）到二十二年（648），唐军攻取焉耆、龟兹等地，西域诸国纷纷归附唐朝。唐朝在西域置龟兹、于阗、疏勒、焉耆四个军镇，史称"安西四镇"，隶属于安西都护府，又将安西都护府西迁至龟兹（今新疆库车一带），成为唐朝控制西域的军事基地。安西四镇的设立标志着唐朝在西域建立了牢固的统治，对西域的统一稳定和丝绸之路的畅通发挥了重要作用。史载安国"贞观初，献方物，太宗厚慰其使曰：'西突厥已降，商旅可行矣。'诸胡大悦"①。说明唐对突厥战争的胜利对于丝绸之路的通畅具有多么重要的意义。

高宗时，唐朝继续向西推进。西突厥阿史那贺鲁胁持十姓部落起兵反唐，经过从永徽二年（651）至显庆二年（657）激烈的战斗，唐朝击溃了阿史那贺鲁叛乱势力，西突厥残余势力西迁，唐朝势力进入葱岭以西的中亚地区。唐朝在中亚碎叶川以东置昆陵都护府，以西置濛池都护府，皆隶属于安西都护府。碎叶城（在今吉尔吉斯斯坦托克马克附近）位于碎叶川南岸，离西突厥牙地千泉不远，又当中亚交通要冲，商业繁盛，故唐政府于此置碎叶镇，以之代焉耆，重新调整了安西四镇的布局，把碎叶镇作为经略中亚的军事基地，原来役属于西突厥的中亚诸国纷纷归附唐朝。

唐朝先后击灭东突厥和西突厥，成为当时世界上第一强国，崛起于东亚。李子昂《西戎即叙》歌咏这场在历史上具有重大意义的事件：

> 悬首藁街中，天兵破犬戎。营收低陇月，旗偃度湟风。肃杀三边劲，萧条万里空。元戎咸服罪，余孽尽输忠。圣理符轩化，仁恩契禹功。降逾洞庭险，枭拟郅支穷。已散军容捷，还资庙算通。今朝观即叙，非与献馘同。②

诗题用《尚书·禹贡》典故："三危既宅，三苗丕叙。厥土惟黄壤，厥田惟上上，厥赋中下。厥贡惟球、琳、琅玕。浮于积石，至于龙门、西

---

① 《新唐书》卷221《西域传下》，中华书局1974年版，第6244页。
② 《全唐诗》卷781，第8833页。

河，会于渭汭。织皮昆仑、析支、渠搜，西戎即叙。"这是"美禹之功及戎狄也"①。把唐灭突厥比作大禹治理滔滔洪水之功和西域臣服的伟业。"西戎"在这里代指突厥，"即序"意为皆就次序，这里是归顺之意。诗一边歌颂天兵的神威，一边称颂天子的庙算。"献槃"用西周历史典故，"西旅献獒，太保作旅獒"；"惟克商，遂通道于九夷八蛮，西旅厎贡厥獒"。西旅献獒被认为"明王慎德，四夷咸宾，无有远迩，毕献方物"的表现之一，是"王乃昭德之致于异姓之邦"②。诗人认为唐朝征服突厥的胜利，类似于周武王灭商，因而招致四夷臣服。中唐诗人张祜《采桑》回忆唐初击灭东西突厥的胜利还充满自豪之情："自古多征战，由来尚甲兵。长驱千里去，一举两番平。按剑从沙漠，歌谣满帝京。寄言天下将，须立武功名。"③ 两番即东西突厥，"一举两番平"是夸张的写法。

柳宗元《唐铙歌鼓吹曲十二篇》第八篇《铁山碎》专咏唐灭突厥的历史事件。其序云："突厥之大，古夷狄莫强焉。师大破之，降其国，告于庙。为《铁山碎》第八。"诗云：

  铁山碎，大漠舒。二虏劲，连穹庐。背北海，专坤隅。岁来侵边，或传于都。天子命元帅，奋其雄图。破定襄，降魁渠。穷竟窟宅，斥余吾。百蛮破胆，边氓苏。威武辉耀，明鬼区。利泽弥万祀，功不可逾。官臣拜手，惟帝之谟。④

铁山，指阿尔泰山，乃突厥发迹之地，又称金山。"突厥之先，平凉杂胡也。……世居金山，工于铁作。金山状如兜鍪，俗呼兜鍪为'突厥'，因以为号。"⑤ "铁山碎"象征突厥的崩溃和覆灭。诗写突厥灭亡，北方草原和大漠地区获得了安定和平，但这个胜利来之不易，诗回忆过去颉利、突利两可汗强盛时唐朝北部边患的严重。结果唐太宗任命李靖为元帅，一举灭突厥，不仅使百蛮破胆，边地百姓安宁，而且造福后世。诗最后归结为对太宗的称颂，认为灭突厥出于太宗皇帝的英明决策。

西突厥灭亡之后，其故地皆入唐之辖境。唐朝在于阗以西、波斯以东的十六国之地，在乌浒河（阿姆河）以北的昭武九姓国之地（今乌兹别克

---

① 《尚书正义》卷6，《十三经注疏》，中华书局1980年版，第150页。
② 《尚书正义》卷13，《十三经注疏》，中华书局1980年版，第194页。
③ 《全唐诗》卷510，第5824页。
④ （唐）柳宗元：《柳宗元集》卷1，第21—22页。
⑤ 《隋书》卷84《北狄传》，中华书局1975年版，第1863页。

斯坦境内），置都督府和州，称羁縻府州。羁縻府州是古代在边远少数民族地区所置之州，因其俗以为治，有别于一般州县，于边疆设羁縻府州始于唐。羁縻府州之长官由原来的统治者充任，其废立皆由自己决定，但要接受唐朝的册封；唐朝不向他们征收赋税徭役，但他们要定期纳贡。高宗时在中亚地区设置的都督府最西者是波斯都督府，治所在疾陵城，即今伊朗中部锡斯坦首府扎兰季，最南是条支都督府，在今阿富汗南部。唐朝大体上将两河流域以东的中亚广大地区纳入了自己的统辖范围，扫清了丝绸之路上的障碍，东西方交通出现了前所未有的通畅，中亚广大地区臣属于唐朝，这在历史上是空前的。

在这样的背景下，西域文化传入内地。在长安元宵节的花灯中，西域的灯轮引起诗人的极大关注。张说《十五日夜御前口号踏歌词》描写了元宵节之夜的灯轮：

其一
花萼楼前雨露新，长安城里太平人。
龙衔火树千灯艳，鸡上莲花万岁春。
其二
帝宫三五戏春台，行雨流风莫妒来。
西域灯轮千影合，东华金阙万重开。①

灯轮是一种大型的灯彩，张鷟《朝野佥载》记载："睿宗先天二年正月十五、十六夜，于京师安福门外作灯轮高二十丈，衣以锦绮，饰以金玉，燃五万盏灯，簇之如花树。宫女千数……于灯轮下踏歌三日夜，欢乐之极，未始有之。"②陈子昂《上元夜效小庾体》诗写道："芳宵殊未极，随意守灯轮。"③从张说诗可知此种灯彩来自西域。清黄景仁《念奴娇·元夜步月》词亦云："西域灯轮，东京火树，百变鱼龙戏。"④这种来自西域的灯彩从唐朝开始成为内地元宵节的传统娱乐节目。西突厥诸部落臣服于唐朝，在唐朝征战西域的将士中有这些蕃将的身影。岑参《胡歌》云："黑姓蕃王貂鼠裘，葡萄宫锦醉缠头。"⑤陈铁民等注此诗大约为岑参任职北庭

---

① （唐）张说著，熊飞校注：《张说集校注》卷10，中华书局2013年版，第548页。
② （唐）张鷟：《朝野佥载》卷3，中华书局1979年版，第69页。
③ （唐）陈子昂：《陈子昂集》补遗，中华书局1962年版，第234页。
④ （清）黄景仁：《两当轩集》卷19，上海古籍出版社1983年版，第475页。
⑤ （唐）岑参著，陈铁民、侯忠义校注：《岑参集校注》卷2，第172页。

时所作。黑姓，西突厥别部突骑施（居今哈萨克斯坦、吉尔吉斯斯坦一带）之一支，开元、天宝时突骑施分为黄姓（娑葛部）、黑姓（苏禄部）二部。① 这位出身西突厥别部突骑施的黑姓胡王，成为唐朝守卫西域的将军而被诗人称颂。

隋代裴矩《西域图记序》曾对西域道三条路线进行详细描述：

> 发自敦煌，至于西海，凡为三道，各有襟带。北道从伊吾，经蒲类海铁勒部、突厥可汗庭、度北流河水，至拂菻国，达于西海。其中道从高昌、焉耆、龟兹、疏勒，度葱岭，又经钹汗，苏对沙那国，康国，曹国，何国，大、小安国，穆国，至波斯，达于西海。其南道从鄯善、于阗、朱俱波、喝槃陀，度葱岭，又经护密、吐火罗、挹怛、忛延，漕国，至北婆罗门，达于西海。其三道诸国，亦各自有路，南北交通。其东女国、南婆罗门国等，并随其所往，诸处得达。故知伊吾、高昌、鄯善，并西域之门户也。总凑敦煌，是其咽喉之地。②

隋代在中西交通的开展方面取得巨大成就，用裴矩的话说："皇上（隋炀帝）膺天育物，无隔华夷，率土黔黎，莫不慕化。风行所及，日入以来，职贡皆通，无远不至。"③ 但这些交通干道在隋末由于中原战乱和突厥势力的强盛而再度断绝。唐太宗在位时唐军先后击败吐谷浑、高昌、突厥等，在交河城（今新疆吐鲁番西南）设安西都护府，置龟兹（今新疆库车）、于阗（今新疆和田）、疏勒（今新疆喀什）、焉耆（今新疆焉耆）等四镇控制西域。随着唐朝向中亚进军，于碎叶城（今吉尔吉斯斯坦托克马克附近）置都督府，取代焉耆，形成新的四镇体系，控制了原突厥故地和丝绸之路交通，裴矩描述的各条路线和中西交通的局面迅速恢复。因此，可以认为唐初丝路发展的情况接近裴矩的描述。西域三道之间不是各自独立的存在，而是由很多道路相互贯通，"各自有路，南北交通"。"有自交河故城至轮台同北道的白水涧道，自交河故城至庭州的他地道，沟通天山南北的乌谷道、赤亭道、化谷道、移摩道、萨捍道、突波道、焉耆道、龟兹道、穆素尔领道、别迭里通道等，都是沟通中道（西域北道）与北道（草原路）的路线，沟通中道与南道的通道有拨换城至于阗和媲摩即泥至龟兹

---

① 《新唐书》卷 215 下《突厥传》，第 6068 页。
② 《隋书》卷 67《裴矩传》，中华书局 1973 年版，第 1579—1580 页。按：这段文字，中华书局点校本标点符号有误，点校本二十四史修订本亦误，此据文意订正。
③ 同上书，第 1579 页。

安西四镇的设立和变迁影响了西域交通道路的格局，西域交通网络是以安西都护府为中心和以四镇为枢纽而展开的。贾耽《入四夷之路》其五曰"安西入西域道"有详细记载，其中关于西域道的记述是以安西都护府交通四镇为重要节点，这是一个复杂的交通网络，这个网络的起点是"安西"即安西都护府所在地。安西都护府，或安西大都护府是唐朝统治西域的军政机构，管辖范围曾完全包括天山南北，甚至葱岭以西直至波斯。武周时成立北庭都护府，安西都护府则分管天山以南地区。安西都护府于贞观十四年（640）初置于高昌交河城（在今新疆吐鲁番），贞观二十二年（648）迁至龟兹（今新疆库车）。高宗显庆二年（657）十一月，苏定方在碎叶水平定阿史那贺鲁反叛，从而结束了西突厥的历史。吐蕃入侵西域，唐罢安西四镇，安西都护府治所一度迁回高昌故地。② 显庆三年（658）五月，安西都护府再迁至龟兹，升格为大都护府，其后直至陷于吐蕃。贾耽所谓"安西"即指安西都护府所在地龟兹。龟兹、于阗、焉耆、碎叶是为都护府所辖安西四镇，贾耽所谓"安西入西域道"即以此四镇为交通枢纽记载唐朝通往西域的道路网络。

三　唐诗中的西域南道

西域南道指经敦煌（沙州）西出玉门关或阳关，沿塔克拉玛干沙漠南缘经鄯善、且末、于阗、莎车西逾葱岭的道路。上引裴矩《西域图记序》记载："南道从鄯善、于阗、朱俱波、喝槃陀，度葱岭，又经护密、吐火罗、挹怛、忛延、漕国，至北婆罗门，达于西海。"③ 从于阗向西有两条路线，一条由于阗西南行经葱岭守捉（今新疆塔什库尔干北郊石头城）越葱岭；一条经皮山、莎车西行逾葱岭，经中亚南去南亚。南道至疏勒与西域

---

① 殷晴：《丝绸之路与西域经济》，中华书局2007年版，第291—304页。
② 史学界一般认为，唐高宗咸亨元年（670），由于吐蕃入侵，唐朝曾放弃安西四镇，并将安西都护府撤回西州。但也有不同观点。郭平梁认为，当时的四镇可能只是遭受一次围困，并未放弃。杨建新认为，唐罢四镇，只是撤四镇之兵及其机构，吐蕃并未占据南疆。刘安志根据吐鲁番出土文书认为，安西都护府并未迁回西州，唐虽于咸亨元年被迫下令罢安西四镇，由于西域形势的变化，实际罢弃的只是于阗、疏勒二镇，龟兹、焉耆二镇仍在唐手，并未放弃。参刘安志《从吐鲁番出土文书看唐高宗咸亨年间的西域政局》，载《魏晋南北朝隋唐史资料》（第十八辑），武汉大学出版社2001年版，第106—126页。
③ 《隋书》卷67《裴矩传》，中华书局1973年版，第1579—1580页。

北道连接，而后西行越葱岭，往中亚、西亚。西域南道见于唐诗吟咏者主要是蒲昌海、石城镇、播仙镇和于阗。

（一）蒲昌海

蒲昌海，即今新疆东南部之罗布泊，从汉至唐代的文献又称盐泽、牢兰海、泑泽、辅日海、临海等。① 西域两条大河葱岭河（今喀什噶尔河）与于阗河（今和田河）汇合为塔里木河，流入蒲昌海。古人误以为蒲昌海水潜行地下，南出于今青海境内之积石山，即黄河源头，唐代以后渐知其误。《水经注》记载，喀什噶尔河"河水又东径墨山国南，治墨山城，西至尉犁二百四十里。河水又东径注宾城南，又东径楼兰城南而东注。盖坂田士所屯，故城禅国名耳。河水又东注于泑泽，即《经》所谓蒲昌海者也。水积鄯善之东北、龙城之西南"②。

蒲昌海是赴西域的经行之地，从蒲昌海南岸西行入西域南道，北岸西行入西域北道。汉代时这里已经是丝路要道，因此很早就进入诗人的吟咏。沈约《饮马长城窟行》诗云："介马渡龙堆，涂葇马屡回。前访昌海驿，杂种寇轮台。旌幕倦烟雨，徒御犯冰埃。"③ 诗写远征西域的军队经行的路线。"昌海"即蒲昌海，昌海驿即蒲昌海附近之驿站。唐代蒲昌海两岸的道路仍为行人所利用，其南岸道路通往西域南道。贾耽《入四夷之路》记载安西入西域道：

> 又一路自沙州寿昌县西十里至阳关故城，又西至蒲昌海南岸千里。自蒲昌海南岸，西经七屯城，汉伊修城也。又西八十里至石城镇，汉楼兰国也，亦名鄯善，在蒲昌海南三百里，康艳典为镇使以通西域者。又西二百里至新城，亦谓之弩支城，艳典所筑。又西经特勒井，渡且末河，五百里至播仙镇，故且末城也，高宗上元中更名。又西经悉利支井、祆井、勿遮水，五百里至于阗东兰城守捉。又西经移杜堡、彭怀堡、坎城守捉，三百里至于阗。④

---

① 罗布泊在古代文献中有各种不同的称呼，《山海经》称"泑泽"，《汉书》中称"蒲昌海"，郦道元《水经注》称为"牢兰海"，玄奘《大唐西域记》称作"纳缚波"，元代地理书称"罗布淖尔"。"罗布""纳缚"一音转写；"淖尔"蒙古语意为"湖泊"。一说"罗布淖尔"是古维吾尔语，意为"汇水之地"。
② （北魏）郦道元著，陈桥驿校证：《水经注校证》卷2，中华书局2013年版，第38页。
③ （唐）欧阳询编：《艺文类聚》卷41，上海古籍出版社1965年版，第739页。
④ 《新唐书》卷43下《地理志七下》，第1151页。

唐人赴西域经行南道和唐军在西域对吐蕃用兵往往经过蒲昌海。岑参《献封大夫破播仙凯歌六首》其二：

> 官军西出过楼兰，营幕傍临月窟寒。蒲海晓霜凝马尾，葱山夜雪扑旌竿。①

播仙镇即"故且末城"，地处西域南道，在石城镇之西。岑参这组诗作于天宝十三载和十四载之间，封大夫即北庭都护、伊西节度使封常清。蒲海即蒲昌海，封常清驻兵北庭（今新疆吉木萨尔一带），即古车师之地。唐军从北庭都护府出发，赴西域南道进击吐蕃，必经蒲昌海，诗写封常清率军出征播仙吐蕃的路线是写实的。蒲昌海成为战争意象，那里是中原军队用兵西域的战场。唐诗中明确写到这个地名都是唐军征战戍守的地方。又如岑参《武威送刘单判官赴安西行营便呈高开府》："孟夏边候迟，胡国草木长。马疾过飞鸟，天穹超夕阳。都护新出师，五月发军装。甲兵二百万，错落黄金光。扬旗拂昆仑，伐鼓震蒲昌。"② 蒲昌海是唐军经行之地，"伐鼓震蒲昌"极言唐军声势之盛。

蒲昌海在西域，被诗人视为极西遥远之地，与北方边塞连为一线，成为"绝域"之界线。岑参《北庭作》云："雁塞通盐泽，龙堆接醋沟。孤城天北畔，绝域海西头。秋雪春仍下，朝风夜不休。可知年四十，犹自未封侯。"③ 盐泽即蒲昌海，"海西头"之海也指蒲昌海。孤城指北庭都护府所在地庭州州城，诗人从北庭都护府东望雁门关，西望盐泽，正是唐朝北方边境一线。北庭都护府地处"天北畔"和"海西头"的"绝域"，这里环境恶劣，而更让诗人伤感的是年华空过而功名未立。

从蒲昌海北岸西行，经蒲昌县入西域北道。贞观十四年（640）平高昌，以其东镇城置蒲昌县，即今新疆鄯善县。德宗贞元后废。《元和郡县图志》记载："蒲昌县，中下，西南至州一百八十里。贞观十四年置，本名金蒲城，车师后王庭也。"④ 蒲昌县以临蒲昌海得名，罗布泊自汉至唐称为蒲昌海。蒲昌县地当西域通向中原的门户，乃丝绸之路主要交通路线所经过地。蒲昌县在今吐鲁番市东，蒲昌海西北，从敦煌、玉门关西行的道路，过蒲昌海西北的蒲昌县至西州，入西域北道。经伊吾道至西州途经蒲

---

① （唐）岑参著，陈铁民、侯忠义校注：《岑参集校注》卷2，第153页。
② 同上书，第91页。
③ 同上书，第155页。
④ （唐）李吉甫：《元和郡县图志》卷40，第1032页。

昌海东北，过北岸，西北行至西州。亲身来到此地的诗人留下了描写蒲昌海的诗篇。写赴西域南道和北道的诗都写到蒲昌海。岑参《经火山》诗云："火山今始见，突兀蒲昌东。赤焰烧房云，炎氛蒸塞空。不知阴阳炭，何独然此中。我来严冬时，山下多炎风。人马尽汗流，孰知造化功。"① 此蒲昌指蒲昌县，火山矗立在蒲昌县东，方位描写上非常准确。岑参经蒲昌县至庭州，其时庭州乃西域北道和入草原路的起点。岑参在封常清幕府，封常清驻节北庭，蒲昌海是唐军出征经行之地，岑参诗关于地域方位的描写都是真实的。

蒲昌海西南之海头城也出现在唐诗中。常建《送李大都护》云：

> 单于虽不战，都护事边深。君执幕下秘，能为高士心。海头近初月，碛里多愁阴。西望郭犹子，将分泪满襟。②

"海头"即海西头，一语双关，一是从字面意思上指蒲昌海西畔，二是海头又是蒲昌海边古城。1907年，斯坦因首先发现海头古城。古城在楼兰古城西南48.3千米处，曾是罗布泊地区仅次于楼兰的第二大城。遗址南北城墙长107米，东西城墙长190米。1910年，日本人橘瑞超到罗布泊探险，在此城获得著名的《李柏文书》。当时他误认为此城是楼兰古城。同年王国维在考译《李柏文书》时发现，两件文书均注明"海头"二字，日本学者森鹿三根据橘瑞超提供的《李柏文书》出土地点的照片，也证实这里不是楼兰古城，而是斯坦因1914年2月探险时命名的LK城址。③ 以后人们就将罗布泊南古城LK城址称作"海头古城"。大约在4世纪30年代，楼兰城废弃后，西晋的西域长史府迁至海头古城。"海头"是早已有的地名，常建诗中的"海头"可能便来自罗布泊湖畔的古城名称。

（二）石城镇、且末、播仙镇

石城镇在今若羌，地处古楼兰国都故地。《新唐书·地理志》记载自沙州西行路线，七屯城"又西八十里至石城镇，汉楼兰国也，亦名鄯善，在蒲昌海南三百里，康艳典为镇使以通西域者"④。楼兰城遗址在今罗布泊（蒲昌海）近旁，但斯坦因认为那只是汉晋时中原政权守护西域道路的一

---

① （唐）岑参著，陈铁民、侯忠义校注：《岑参集校注》卷2，第79页。
② （唐）常建著，王锡九校注：《常建诗歌校注》卷下，中华书局2017年版，第241页。
③ 〔日〕森鹿三：《李柏文书的出土地》，《龙谷史坛》（四五），1959年7月。
④ 《新唐书》卷43下《地理志七下》，第1151页。

个军事据点，而非楼兰国都，楼兰国都应在若羌。石城镇在蒲昌海南三百里处，可能就是古楼兰国都城。"楼兰"在唐诗中不是实指，因为唐人将石城镇认作汉楼兰国都所在地，因此有些诗中的"楼兰"实际就是石城镇。上引岑参《献封大夫破播仙凯歌六首》之二云："官军西出过楼兰，营幕傍临月窟寒。"① 官军西出破播仙必经此地，所以此处"楼兰"当指石城镇。

康艳典是粟特人，康国大首领，贞观年间东来"据此城，胡人随之，因成聚落，亦云典合城"②。他可能接受了唐朝镇守使的任命，据敦煌出土《沙州伊州地志》（S.367号），他曾在古楼兰国旧址修筑四城，石城镇是其一。"汉鄯善城，周回一千六百卅步，西去石城镇廿步。"据此可知，石城镇应在楼兰王城遗址。除石城镇外康艳典修筑的其他三城分别是"新城，东去石城镇二百卌里。康艳典之居鄯善，先修此城，因名新城，汉为弩支城。今若羌县瓦石峡乡"；"蒲桃城，南去石城镇四里，康艳典所筑，种蒲桃此城中因号蒲桃城"；"萨毗城，西北去石城镇四百八十里，康艳典所筑，其城近萨毗泽。今且末境内，或且末与若羌县的交界处"③。

播仙镇即故且末城，唐高宗时更名，其地在今新疆且末县东北车尔臣河北岸，"自沙州寿昌县西十里至阳关故城，又西至蒲昌海南岸千里。自蒲昌海南岸，西经七屯城，汉伊修城也。又西八十里至石城镇，汉楼兰国也，……又西二百里至新城，亦谓之弩支城，艳典所筑。又西经特勒井，渡且末河，五百里至播仙镇，故且末城也，高宗上元中更名"④。七屯城在今米兰。"播仙"一称在唐诗中仅见于岑参的《献封大夫破播仙凯歌六章》诗题，诗歌颂封常清破吐蕃的战功：

其一
汉将承恩西破戎，捷书先奏未央宫。
天子预开麟阁待，只今谁数贰师功。
其二
官军西出过楼兰，营幕傍临月窟寒。
蒲海晓霜凝马尾，葱山夜雪扑旌竿。

---

① （唐）岑参著，陈铁民、侯忠义校注：《岑参集校注》卷2，第153页。
② 郑炳林：《敦煌地理文书汇辑校注》，甘肃教育出版社1989年版，第65页。
③ 同上书，第65—66页。
④ 《新唐书》卷43下《地理志七下》，第1151页。

其三
鸣笳叠鼓拥回军,破国平蕃昔未闻。
丈夫鹊印摇边月,大将龙旗掣海云。
其四
日落辕门鼓角鸣,千群面缚出蕃城。
洗兵鱼海云迎阵,秣马龙堆月照营。
其五
蕃军遥见汉家营,满谷连山遍哭声。
万箭千刀一夜杀,平明流血浸空城。
其六
暮雨旌旗湿未干,胡烟白草日光寒。
昨夜将军连晓战,蕃军只见马空鞍。①

此诗作于天宝十三载（754）或十四载秋冬之际,诗人时任封常清幕府僚佐。封常清在天宝十三载"权知北庭都护,持节充伊西节度等使"②。播仙镇地处西域南道,受到吐蕃威胁,是唐与吐蕃争夺之地,有时或为吐蕃攻占。封常清破播仙事,史传失载。这首诗反映了当时唐朝与吐蕃在播仙一带争夺的战争史实。

（三）白龙堆

从敦煌、玉门关西行,经白龙堆至楼兰。在从敦煌西行的丝绸之路上,白龙堆是一个著名的所在。自汉以来往返于中原与西域的行人对它印象极深,《汉书》提到这个地方:"楼兰国最在东陲,近汉,当白龙堆,乏水草。"③ 古代文献和诗歌中往往省称为"龙堆""龙沙"。魏晋人鱼豢《魏略·西戎传》记载西域中道:"从玉门关西出,发都护井,回三陇沙北头,经居卢仓,从沙西井转西北,过龙堆,到故楼兰,转西诣龟兹,至葱岭。"④ 北魏郦道元《水经注·河水》提到罗布泊东北之"龙城"。⑤ 白龙堆是一片盐碱地土台群,位于罗布泊东北,丝绸之路进入罗布泊的道路从白龙堆穿过,汉代以来丝绸之路行人多路经此地。

---

① （唐）岑参著,陈铁民、侯忠义校注:《岑参集校注》卷2,第153—154页。
② 《旧唐书》卷104《封常清传》,第3208页。
③ 《汉书》卷96上《西域传上》,第3878页。
④ 《三国志》卷30《魏书·乌丸鲜卑东夷传》,裴松之注引,第859页。
⑤ （北魏）郦道元著,陈桥驿校证:《水经注校证》卷2,第38页。

白龙堆常被描绘成十分险恶的区域。唐诗中实写白龙堆景象的作品是无名氏《敦煌廿咏》之二《白龙堆咏》：

> 传道神沙异，喧寒也自鸣。势疑天鼓动，殷似地雷惊。风削棱还峻，人跻刃不平。更寻掊井处，时见白龙行。①

诗虽艺术性并不高，但真切地写出白龙堆的自然风貌。诗称白龙堆为"神沙"，又用"异"字概括其特点。以下从所闻所见两方面写其奇异，首先是写其声，不论冬夏都自己发声。它的声音震天动地，像是天上擂响战鼓，又像是地下惊雷轰鸣。"风削"两句写所见地形，长年的劲风吹拂，一道道土台的尖棱像刀削一般陡峭，地面上一道道土埂像刀尖一样凸凹不平。人行于白龙堆沙碛之地，寻找水源，随时可见一道道盐碱覆盖的土台像白龙一样蜿蜒起伏，连绵不断。英国学者斯坦因到此地考察，他的描述印证了这首诗描写的真实。

斯坦因于1914年用了10天时间，实地踏查了从敦煌、玉门关至楼兰遗址的道路，验证了《魏略》《水经注》关于楼兰道的描述。其间他考察了《汉书》中提到的白龙堆，认为"白龙堆"一名从此道开辟之初就被中国人用于古罗布淖尔干盐床东北那个特别所在。他在这里看到一串串有盐壳的土台，都是由风蚀作用从早期地质时期的湖底雕刻出来的。这些土台互相平行，呈北、东北至南、西南方向排列，在覆盖着盐壳的古湖床东西两岸延伸相当距离。土台形状奇特，相互之间又奇迹般地相似，在中国人眼中，很容易看成"无头有尾的土龙，高者两三丈（20或30英尺），低者丈余（10英尺余）。皆东北向，形状相似"。《汉书》的作者用"白龙堆"这个词精确而形象地描述它们。② 一条古道从这里通过，即《魏略》中所谓"中道"（本书中的"西域北道"），从敦煌直达库车。这就是为什么《魏略》"龙堆"紧放在"故楼兰"之前的原因。斯坦因的探险证明，在故汉道即《魏略》中道上，120余英里的地段就是由盐、黏土和沙砾构成的无水的沙漠。为了闯过这个绝对贫瘠的缺乏水草的沙漠，汉朝使节需要距离最近的楼兰人在白龙堆附近为其提供向

---

① 陈尚君辑校：《全唐诗补编》，中华书局1992年版，第79页。
② 斯坦因说："成书于公元3世纪的《汉书》的注释家是这样（按：用'白龙堆'这个词）精确而形象地描述它们。"《西域考古图记》第一卷，中国社会科学院考古研究所译，广西师范大学出版社1998年版，第209页。其言不确，"白龙堆"见于《汉书·西域传》正文，非出于注者之笔；《汉书》则成书于1世纪。

导，并负水担粮。① 历史文献上对白龙堆的记载均在南道，过去一般认为白龙堆地处通往南道的路段，虽然我们从诗人的描写中发现西域南道较少利用，行人往往经白龙堆西行往赴北道（或称中道），这里我们仍把它放在南道论述。

南朝诗歌中"龙堆"已经成为边塞和战争意象，在往返于西域和内地的经行之地上其道途艰险在南朝诗中已有反映，沈约《饮马长城窟行》云："介马渡龙堆，涂萦马屡回。前访昌海驿，杂种寇轮台。"② 这是以汉代西域战争为背景写的诗，将士们过龙堆，经昌海驿远征，是因为敌人侵扰轮台。汉代时的轮台地处天山南麓，塔里木盆地北缘，距库尔勒187千米，因此汉军征轮台则必经白龙堆。沈约《白马篇》又写到白龙堆：

白刀紫金鞍，停镳过上兰。寄言狭斜子，讵知陇道难。赤坂途三折，龙堆路九盘。冰生肌里冷，风起骨中寒。功名志所急，日暮不遑餐。长驱入右地，轻举出楼兰。直去已垂涕，宁可望长安。匪期定远封，无羡轻车官。唯见恩义重，岂觉衣裳单。本持躯命答，幸遇身名完。③

诗里提到的地名是经河西走廊至西域各地。在远征楼兰的途中，将士们经过陇道、赤坂和龙堆，都是在渲染道路的艰险，以衬托将士们报效国家的崇高志向。

唐时轮台县城乃古丝路北新道上的繁华重镇。至唐轮台道路非止一条，但诗歌中的"轮台"有时并非确指，它代表边塞，诗人并不坐实汉轮台或唐轮台。唐诗中"龙堆""白龙堆"也常常是泛称，代指西域，强调其乃赴西域必经之地，并渲染征途的艰辛。唐太宗《饮马长城窟行》云：

塞外悲风切，交河冰已结。瀚海百重波，阴山千里雪。迥戍危烽火，层峦引高节。悠悠卷旆旌，饮马出长城。寒沙连骑迹，朔吹断边声。胡尘清玉塞，羌笛韵金钲。绝漠干戈戢，车徒振原隰。都尉反龙堆，将军旋马邑。④

---

① 〔英〕奥雷尔·斯坦因：《西域考古图记》第一卷，第210页。
② （唐）欧阳询：《艺文类聚》卷41，上海古籍出版社1965年版，第739页。
③ （宋）郭茂倩编：《乐府诗集》卷63，中华书局1979年版，第917页。
④ （唐）李世民著，吴云、冀宇编辑校注：《唐太宗集》，陕西人民出版社1986年版，第13页。

其中"塞外""交河""瀚海""阴山""长城""龙堆""马邑"等都是边塞意象,这些地名并不在一个方位,也不在一个进军的方向上,却被诗人组合到一起,作为将军出征和凯旋的行军路线,因此并非实指。交河是古代西域车师国都城,"龙堆"即著名的白龙堆,诗里写将军经白龙堆赴西域征战,获胜班师,再次途经白龙堆。白龙堆作为征行路经之地,一是揭示战地的遥远,二是渲染行军的艰辛。这样的写法也见于胡皓《大漠行》:

> 单于犯蓟壖,骠骑略萧边。南山木叶飞下地,北海蓬根乱上天。科斗连营太原道,鱼丽合阵武威川。三军遥倚仗,万里相驰逐。旌旆悠悠静潮源,鼙鼓喧喧动卢谷。穷徼出幽陵,吁嗟倦寝兴。马蹄冻溜石,胡毳暖生冰。云沙泱漭天光闭,河塞阴沉海色凝。崆峒异国谁能托,萧索边心常不乐。近见行人畏白龙,遥闻公主愁黄鹤。阳春半,岐路间,瑶台苑,玉门关。百花芳树红将歇,二月兰皋绿未还。阵云不散鱼龙水,雨雪犹飞鸿雁山。山嶂连绵不可极,路远辛勤梦颜色。北堂萱草不寄来,东园桃李长相忆。汉将纷纭攻战盈,胡寇萧条幽朔清。韩君拜节偏知送,郑吉驱旌坐见迎。火绝烟沉右西极,谷静山空右北平。但使将军能百胜,不须天子筑长城。①

诗中的地名都不是确指,论方位言及东北、北方和西北地区的众多地名,都是边塞意象。其中"近见行人畏白龙"之"白龙"指白龙堆,征人经行之地;黄鹤,指黄鹤楼,思妇所在的家乡。这两句省去"堆"和"楼"二字,成为妙对。常建《塞下曲四首》其二云:"北海阴风动地来,明君祠上望龙堆。髑髅皆是长城卒,日暮沙场飞作灰。"② 写战士们思念家乡,登高远望白龙堆,因为那里是从家乡出塞的路经之地,也是回归家乡的路经之地。皇甫冉《春思》诗云:"莺啼燕语报新年,马邑龙堆路几千。"③ "马邑"和"龙堆"都是边塞的代名词,闺中思妇的远征亲人所在。

在亲身赴西域奉命出使或投身边塞战争的诗人笔下,白龙堆有时是实写,用以渲染路途和征行的艰险。岑参于天宝十三载(754)夏秋间至至德二载(757)在北庭都护封常清幕府任职,封常清率军征播仙,大军经过白龙堆。岑参《献封大夫破播仙凯歌六首》歌颂封常清出师获胜,其

---

① 《全唐诗》卷108,第1124页。
② (唐)常建著,王锡九校注:《常建诗歌校注》卷下,第294页。
③ (唐)令狐楚编:《御览诗》,《唐人选唐诗十种》,上海古籍出版社1978年版,第206页。

四云:"日落辕门鼓角鸣,千群面缚出蕃城。洗兵鱼海云迎阵,秣马龙堆月照营。"① 龙堆是大军经行之地。岑参《北庭作》云:"雁塞通盐泽,龙堆接醋沟。"② 诗写北庭的地理形势,亦属写实。古代文献中罗布泊又称盐泽,按古人的认识,盐泽潜行地下,出则为河源,即黄河之源。黄河从河套地区南下,流过雁门关之西,故云"雁塞通盐泽"。龙堆即白龙堆,地接罗布泊,按照古人的观念,它连接着黄河之源。醋沟是一个具体真实的地名,指隋唐时新郑的醋沟,《水经注》记载,役水(即潮河)自阳丘亭东流,经山氏城北,又东北为酢(醋)沟。潮河流入贾鲁河,贾鲁河又称"小黄河"。古人以为贾鲁河为黄河支流,故云"龙堆接醋沟"。"盐泽""龙堆"代指身处的西域,"雁塞""醋沟"代指中原。四个地名通过黄河连接起来。开头两句境界颇为壮阔,却又写实。敦煌《残诗集》(P.2555)五十九首之三十八《春日羁情》:

  乡山临海岸,别业近天埌。地接龙堆北,川连雁塞西。童年方剃削,弱冠导群迷。儒释双披玩,声名独见跻。须缘随垦请,今乃恨暌携。寂寂空愁坐,迟迟落日低。触槐常有志,折槛为无蹊。薄暮荒城外,依稀闻远鸡。③

"龙堆"即白龙堆,他说家乡在白龙堆北,即在罗布泊、楼兰一带。"川连雁塞西"之"川"指黄河,这两句诗与岑参诗同一意境,其命意当袭自岑诗。敦煌《残诗集》有以《晚秋》为题的组诗七首,其二云:"天涯地角一何长,雁塞龙堆万里疆。每恨沦流经数载,更嗟缧绁泣千行。"④ 这首诗亦袭岑诗之意,以雁塞和白龙堆连用,以雁塞代指家乡,表达强烈的思乡之情。黄河连接着白龙堆和雁门关,这一线被诗人看作国家的疆域,也是自己的北方家乡所在。白龙堆是通向胡地的路经之地,如东方虬《昭君怨》:"掩涕辞丹凤,御悲向白龙。单于浪惊喜,无复旧时容。"⑤ 诗人笔下"盐泽"是极其荒凉的所在,岑参《登北庭北楼呈幕中诸公》云:

  尝读《西域传》,汉家得轮台。古塞千年空,阴山独崔嵬。二庭

---

① (唐)岑参著,陈铁民、侯忠义校注:《岑参集校注》卷2,第153页。
② 同上书,第155页。
③ 陈尚君辑校:《全唐诗补编》,第73页。
④ 同上书,第74页。
⑤ (宋)郭茂倩编:《乐府诗集》卷29,中华书局1979年版,第429页。

近西海，六月秋风来。日暮上北楼，杀气凝不开。大荒无鸟飞，但见白龙堆（堆）。①

  岑参是亲临边塞对西域荒凉有身感实受的诗人，"无"和"但"对举，渲染出一个空旷荒凉的意境，"大"字则展现出一个辽阔悠远的荒凉世界。白龙堆在这个背景下像一个特写镜头，给人深刻印象。
  从实写到虚写，由客观景物到文学意象，白龙堆寄托着诗人复杂的思想感情。白龙堆曾是东来西往的使臣往返中原和西域必经之地，也是域外国家入贡的必经之地，从西域传入中原的物产经过白龙堆。白龙堆成为中西交通经行之地的泛称，成为著名的边塞意象和丝绸之路意象。元稹《感石榴二十韵》云："何年安石国，万里贡榴花。迢递河源道，因依汉使槎。酸辛犯葱岭，憔悴涉龙沙。"②龙沙即白龙堆，安石国即安息国（一说指中亚安国和石国）。诗人在荆州看到安石榴树绿叶红花，想到它当年从遥远的安石国入贡中原，途经白龙堆。敦煌藏经洞发现的曲子词有一首《望江南》（P.3128、P.2809、P.3911、S.5556），当是出于张议潮收复河湟地区后沙州文士之手，写唐朝与西域的交通：

    龙沙塞，路远隔恩波。每恨诸蕃生留滞，只缘当路寇仇多，抱屈争奈何。
    皇恩溥，圣泽遍天涯。大朝宣差中外使，今因绝塞暂经过，路远合通和。③

  "龙沙塞"即白龙堆。词反映了唐朝廷使节经白龙堆赴西域的史实，上阕沙州人遗憾于西域诸国与朝廷的隔绝，由于道路遥远、白龙堆自然环境恶劣和沿途寇仇的劫掠，他们常受阻滞，未能赴唐朝入贡，不能沐浴大唐皇

---

① （唐）岑参著，陈铁民、侯忠义校注：《岑参集校注》卷2，第159页。
② （唐）元稹：《元稹集》卷13，中华书局1982年版，第151页。
③ 任中敏编著：《敦煌歌辞总编》卷2，凤凰出版社2014年版，第287页。任中敏先生认为这首词是唐朝出使西域路经白龙堆使臣的作品，当作于张议潮收复河湟地区后，"唐室之西遣使节已近边陲，而受寇阻，幸获沙州援纳，乃兴歌咏，以奖其通和，表其忠义"。又据《张议潮变文》，定其事于宣宗大中十年（856），这一年，唐遣回鹘册立使王端章，已至雪山之南，被回鹘叛部所劫，赖有沙州游奕人护，始免。这样坐实理解未必符合这首词写作的本事。细读此词，当作沙州人士的口气比较合适，唐人在诗中称本朝一般称"国朝"，如韩愈诗："国朝盛文章"；或以汉代唐，在唐诗中更为普遍，未见称"大朝"者。

恩，因此怀恨抱屈。下阕因大唐使节经此西去而兴奋异常。朝廷遣使出塞，路经白龙堆，把皇恩宣布至远方绝域，从而实现与远方的"通和"。"每恨"说明此非一朝一夕之事，"暂经过"是特指此次遣使。称唐朝为"大朝"也是沙州人的口气，他们为能护送朝廷使节经此远去而感到荣幸。沦落西域的人以不能途经白龙堆回到中原而抱憾。敦煌文书《唐佚名诗钞》中阙题诗（S.3329、S.6161·A）云："一别端溪砚，于今三十□。携持融入紫，无复丽江绫。惟（当作'谁'）谓龙沙近，陶融□□□。□□□□台，笔下起愁烟。"① 表达的就是滞留碛西的中原士人不得回归的悲愁。

白龙堆既然是中原军队远征途经之地，便成为家乡亲人思念征战将士的所在，在唐诗中有时是相思离别意象，这样的诗中往往交织着相思离别的痛苦和追求功名的理想壮志。皇甫冉《春思》写思妇云："莺啼燕语报新年，马邑龙堆路几千。家住秦城邻汉苑，心随明月到胡天。机中锦字论长恨，楼上花枝笑独眠。为问元戎窦车骑，何时反旆勒燕然。"② 敦煌诗集残卷佚名《别望怨》写思妇："征客戍龙砂，倡楼晓望赊。"③ 远征的将士思念亲人，盼望早日回归故乡，但前提是战胜敌人，勒石记功，然后才"反旆"凯旋。温庭筠《塞寒行》云：

> 燕弓弦劲霜封瓦，朴簌寒雕睇平野。一点黄尘起雁喧，白龙堆下千蹄马。河源怒触风如刀，剪断朔云天更高。晚出榆关逐征北，惊沙飞迸冲貂袍。心许凌烟名不灭，年年锦字伤离别。彩毫一画竟何荣，空使青楼泪成血。④

一边是千军万马经过白龙堆远征，一边是"年年锦字伤离别"。卢汝弼《和李秀才边庭四时怨》其三写秋怨："八月霜飞柳半黄，蓬根吹断雁南翔。陇头流水关山月，泣上龙堆望故乡。"⑤ 诗从戍边将士角度写两地相思，其中"龙堆"代指边塞之地，"泣上龙堆"写战士们登高望远，思念家乡。

---

① 徐俊纂辑：《敦煌诗集残卷辑考》卷上（法藏部分），中华书局 2000 年版，第 178 页。
② （唐）令狐楚编：《御览诗》，《唐人选唐诗十种》，上海古籍出版社 1978 年版，第 206 页。
③ 徐俊纂辑：《敦煌诗集残卷辑考》卷下（英藏俄藏部分），第 741 页。
④ （唐）温庭筠著，（清）曾益等笺注：《温飞卿诗集笺注》卷 1，上海古籍出版社 1980 年版，第 22—23 页。
⑤ 《全唐诗》卷 688，第 7911 页。

白龙堆既是中原军队远征经行之地，也是敌人入侵途经之地。温庭筠《山中与诸道友夜坐闻边防不宁因示同志》云："龙沙铁马犯烟尘，迹近群鸥意倍亲。风卷蓬根屯戊己，月移松影守庚申。韬钤岂足为经济，岩壑何尝是隐沦。心许故人知此意，古来知者竟谁人。"① "龙沙"即白龙堆。当敌人从那里入侵之时，诗人正打发着隐沦生涯，但他内心并不甘心于远离尘嚣，他关心着边事和现实。诗人有政治抱负，只是现实没有给他提供实现理想的机会，隐沦是不得已的生活，诗人感叹此种心态世无人知。

（四）唐诗中的"楼兰"意象

楼兰作为汉代西域国家，其名始见于汉文帝四年（前176）匈奴冒顿单于给文帝的信，冒顿夸耀匈奴强盛："定楼兰、乌孙、呼揭及其旁二十六国，皆以为匈奴。"② "楼兰"之名可能与地临牢兰海有关："楼兰、姑师，邑有城郭，临盐泽。盐泽去长安可五千里。"③ 盐泽即罗布泊，又称牢兰海。楼兰是西域东部最靠近中原地区的西域王国，地处丝绸之路要道，"楼兰国最在东陲，近汉"④。"楼兰、姑师小国耳，当空道"⑤。空道即孔道，交通大道。在进入西域南道途中，楼兰是必经之地。楼兰国后改名鄯善国，"鄯善当汉道冲，西通且末七百二十里"⑥。

楼兰国依附匈奴，成为汉朝通西域的障碍。汉昭帝时楼兰王之弟尉屠耆降汉，把楼兰叛汉而依附匈奴的信息告知朝廷。元凤四年（前77），汉朝派平乐监傅介子赴楼兰，"介子轻将勇敢士，赍金币，扬言以赐外国为名。既至楼兰，诈其王欲赐之。王喜，与介子饮，醉，将其王屏语，壮士二人从后刺杀之"。汉朝立尉屠耆为新王，改其国名为鄯善。汉朝为尉屠耆刻了新的印章，赐宫女为夫人，文武百官为之送行。汉遣司马一人，吏士四十人，屯田伊循以镇抚之。其后更置都尉。⑦ 罗布泊和孔雀河下游北岸地区遂为汉控制，其后"楼兰国"一称便在西汉文献中消失了。鄯善国与西汉保持良好关系，保证了经鄯善西行进入西域南北两道的通畅。

鱼豢《魏略·西戎传》记载经楼兰进入西域北道的路线："从玉门关

---

① （唐）温庭筠著，（清）曾益等笺注：《温飞卿诗集笺注》卷4，第105—106页。
② 《史记》卷110《匈奴列传》，中华书局1982年版，第2896页。
③ 《史记》卷123《大宛列传》，第3160页。
④ 《汉书》卷96上《西域传上》，第3876页。
⑤ 《史记》卷123《大宛列传》，第3171页。
⑥ 《汉书》卷96上《西域传上》，第3879页。
⑦ 同上书，第3878页。

西出，发都护井，回三陇沙北头，经居卢仓，从沙西井转西北，过龙堆，到故楼兰，转西诣龟兹，至葱岭，为中道。"① 此"中道"即本书所论西域北道。这段话提到楼兰城遗址，鱼豢的时代楼兰城已经废弃，所以称"故楼兰"。鱼豢详细描述了从玉门关和长城最西延伸部分到楼兰遗址这条沙漠路线上的主要路段。斯坦因区别这里的"故楼兰"和《魏略》中另一处提到的"楼兰"，认为"故楼兰"就是楼兰城遗址，"楼兰"则指罗布泊地区的南部，即楼兰国故地。斯文·赫定发现，经斯坦因多次考察被确定为"楼兰城"的遗址并非楼兰国都城，而是汉魏间中原政权为保证通向西域的丝路通畅而设置的一个军事基地。经楼兰城遗址西行的路线为什么成为常常被利用的道路？斯坦因根据考察指出："从'故楼兰'向西前往库车的旅人将会发现，不管是选择经库尔勒，还是顺着塔里木河道上行，沿库鲁克达里雅河床前行都将是最近的路线，这正是《魏略》所描述的中道。"②

楼兰作为国名在历史上消失了，但作为西域意象却持久地出现在后世文学作品中。楼兰成为敌国的代名词，成为汉军征讨的对象。梁简文帝《从军行》云："贰师惜善马，楼兰贪汉财。前年出右地，今岁讨轮台。"③ 前两句写汉军出征西域的原因，一是大宛国不愿向汉朝出售汗血马，二是楼兰国劫杀汉使，掠夺财货。萧纲《和赠逸民应诏诗》其六云："方叔率止，军幕洞开。如貔如兽，如霆如雷。呼韩北款，楼兰南摧。威加四海，武誉九垓。有苗已格，徐方不回。"④ 用历史典故歌颂朝廷的武功，灭"楼兰"是其中之一。南朝张正见《君马黄二首》其一云：

> 幽并重骑射，征马正盘桓。风去嘶声远，冰坚度足寒。出关聊变色，上坂屡停鞍。即今随御史。非复在楼兰。⑤

御史是文官，春秋战国时列国皆有御史，掌文书及记事。秦设御史大夫，并以御史监郡，遂有纠察弹劾之权，因近臣以作耳目。汉以后御史职衔屡有变化，职责则专司纠弹，文书记事乃归太史掌管。楼兰国处汉代通西域

---

① 《三国志》卷30《魏书》，裴松之注引，中华书局1959年版，第859页。
② 〔英〕奥雷尔·斯坦因：《西域考古图记》第一卷，中国社会科学院考古研究所译，广西师范大学出版社1998年版，第248页。
③ （宋）郭茂倩编：《乐府诗集》卷32，中华书局1979年版，第478页。
④ 罗国威：《日藏弘仁本文馆词林校证》卷158，中华书局2001年版，第73页。
⑤ （宋）李昉等编：《文苑英华》卷209，中华书局1966年版，第1034页。

南道上，因居汉朝与匈奴之间，常持两端，或杀汉使，阻通道。傅介子斩其王安归，另立尉屠耆为王，更名为鄯善。傅介子立功封侯。后亦借用为杀敌立功的事典，楼兰是杀敌立功的地方。诗末二句说如今自己的职务改变了，成为御史大夫之下的文职，失去了像傅介子那样远赴边塞杀敌立功的机会。北周庾信《拟咏怀二十七首》之十七云："日晚荒城上，苍茫余落晖。都护楼兰返，将军疏勒归。"① 将军远征楼兰、疏勒胜利班师。祖孙登《紫骝马》诗云："候骑指楼兰，长城迥路难。嘶从风处断，骨住水中寒。飞尘暗金勒，落泪洒银鞍。抽鞭上关路，谁念客衣单。"② 候骑是侦察兵，首句表明即将对楼兰用兵。因为楼兰是征讨的对象，写征夫思妇的诗中"楼兰"成为将士征行思妇思念的地方，因此成为相思离别意象。王褒《燕歌行》云：

陇西将军号都护，楼兰校尉称嫖姚。自从昔别春燕分，经年一去不相闻。无复汉地长安月，唯有漠北蓟城云。淮南桂中明月影，流黄机上织成文。充国行军屡筑营，阳史讨虏陷平城。城下风多能却阵，沙中雪浅讵停兵。属国小妇犹年少，羽林轻骑数征行。遥闻陌头采桑曲，犹胜边地胡笳声。胡笳向暮使人泣，长望闺中空伫立。桃花落，杏花舒，桐生井底寒叶疏。试为来看上林雁，必有遥寄陇头书。③

诗里"陇西""楼兰""漠北""蓟城""平城""陇头"等，都非实指，而是泛指征夫远征和思妇念远之地。唐诗继承古典诗歌传统，诗中的楼兰仍是战争意象和敌国的象征，"楼兰"一词频繁地出现在唐诗中。据统计，唐诗中"楼兰"语汇诗篇有27首，《全唐诗》收26首，《全唐诗补编》收1首，诗人涉及岑参（4首）、李白（3首）、王昌龄（3首）、杜甫（2首）、虞世南（2首）、王勃、陈子昂、张九龄、郑愔、高适、孟郊、严维、武元衡、张仲素、翁绶、曹唐、韦庄、虞羽客（各1首），共计18位。27首诗作中"楼兰"语汇含义大体可分为如下三类：地理区域；汉代典故；西域泛称。④

---

① （北周）庾信著，（清）倪璠注：《庾子山集注》卷3，中华书局1980年版，第242页。
② （宋）郭茂倩编：《乐府诗集》卷24，第354页。
③ （宋）郭茂倩编：《乐府诗集》卷32，第472页。
④ 盖金伟：《诗史之间：唐代"楼兰"语汇的文化阐释》，载《西域文史》第一辑，科学出版社2006年版，第195—204页。按：盖先生统计中之"张永进（1首）"，系西汉金山国人，时已为五代。

诗中写到楼兰的作者，多为初盛唐诗人。从诗歌意象分析看，诗中的"楼兰"全是虚写，在初盛唐诗里更多的是征讨对象、战争前线和杀敌立功的地方。虞世南《从军行二首》其一云："涂山烽候惊，弭节度龙城。冀马楼兰将，燕犀上谷兵。"①"楼兰将"即征讨楼兰的将军。其《饮马长城窟行》云："驰马渡河干，流深马渡难。前逢锦车使，都护在楼兰。"②陈子昂《和陆明府赠将军重出塞》："忽闻天上将，关塞重横行。始返楼兰国，还向朔方城。"③郑愔《塞外三首》其三："阳鸟南飞夜，阴山北地寒。汉家征戍客，年岁在楼兰。"④楼兰是将军战斗的前线。王昌龄《代扶风主人答》云："十五役边地，三回讨楼兰。"⑤岑参《胡笳歌送颜真卿使赴河陇》云："君不闻胡笳声最悲，紫髯绿眼胡人吹。吹之一曲犹未了，愁杀楼兰征戍儿。"⑥孟郊《猛将吟》云："拟脍楼兰肉，蓄怒时未扬。秋鼙无退声，夜剑不隐光。虎队手驱出，豹篇心卷藏。古今皆有言，猛将出北方。"⑦楼兰是征讨的对象。这些诗里流露出征战艰辛有功不赏的怨恨和思家念亲的痛苦。唐朝灭亡以后，西汉金山国张永进《白雀歌》用"楼兰"典故歌颂其王："我王自有如神将，沙南委付宋中丞。白屋藏金镇国丰，进达偏能报虏戎。楼兰献捷千人喜，敕赐红袍与上功。"⑧在这里楼兰仍然是敌国的象征。

因为楼兰是边塞、前线和将士征战之地，故而成为离别相思意象，楼兰寄托了家乡亲人对远征在外的将士的思念。武元衡《石州城》云："丈夫心爱横行，报国知嫌命轻。楼兰径百战，更道戍龙城。锦字窦车骑，胡笳李少卿。生离两不见，万古难为情。"⑨但在初盛唐广大士人积极进取的时代，诗里更多地洋溢着蓬勃向上的热情，楼兰成为志士效命疆场立功扬名的地方。虞羽客《结客少年场行》云：

  幽并侠少年，金络控连钱。窃符方救赵，击筑正怀燕。轻生辞凤

---

① 周勋初等主编：《全唐五代诗》卷2，陕西人民出版社2014年版，第17页。
② 周勋初等主编：《全唐五代诗》卷2，第18—19页。
③ （唐）陈子昂：《陈子昂集》卷2，中华书局1962年版，第30页。
④ 《全唐诗》卷106，第1108页。
⑤ （唐）王昌龄著，胡问涛、罗琴校注：《王昌龄集编年校注》卷1，巴蜀书社2000年版，第54页。
⑥ （唐）岑参著，陈铁民、侯忠义校注：《岑参集校注》卷1，上海古籍出版社1981年版，第66页。
⑦ （唐）孟郊：《孟东野诗集》卷1，人民文学出版社1959年版，第6页。
⑧ 陈尚君辑校：《全唐诗补编》，中华书局1992年版，第1252页。
⑨ 《全唐诗》卷317，第3569页。

阙，挥袂上祁连。陆离横宝剑，出没惊徂旃。蒙轮恒顾敌，超乘忽争先。摧枯逾百战，拓地远三千。骨都魂已散，楼兰首复传。龙城含晓雾，瀚海隔遥天。歌吹金微返，振旅玉门旋。烽火今已息，非复照甘泉。①

楼兰王传首是幽并少年的辉煌战功和战争胜利的象征。又如王勃《陇西行十首》其八："开壁左贤败，夹战楼兰溃。献捷上明光，扬鞭歌入塞。"②高适《东平留赠狄司马》云："古人无宿诺，兹道未为难。万里赴知己，一言诚可叹。马蹄经月窟，剑术指楼兰。地出北庭尽，城临西海寒。森然瞻武库，则是弄儒翰。入幕绾银绶，乘轺兼铁冠。练兵日精锐，杀敌无遗残。献捷见天子，论功俘可汗。"③王昌龄《从军行七首》其四云："青海长云暗雪山，孤城遥望玉门关。黄沙百战穿金甲，不破楼兰终不还。"④岑参《武威送刘单判官赴安西行营便呈高开府》云："太白引官军，天威临大荒。西望云似蛇，戎夷知丧亡。浑驱大宛马，系取楼兰王。"⑤李白《幽州胡马客歌》云："幽州胡马客，绿眼虎皮冠。笑拂两只箭，万人不可干。弯弓若转月，白雁落云端。双双掉鞭行，游猎向楼兰。出门不顾后，报国死何难？"⑥严维《送房元直赴北京》云："犹道楼兰十万师，书生匹马去何之。临歧未断归家目，望月空吟出塞诗。常欲激昂论上策，不应憔悴老明时。遥知到日逢寒食，彩笔长裾会晋祠。"⑦"北京"即太原，那里面临北方草原民族的侵扰。这里的"楼兰"代指北方游牧民族，当其大兵压境之时，诗人送房元直赴北方边地，这位朋友不甘心平庸，向往建功立业，诗人鼓励他以自己的才华效命边塞。

傅介子斩楼兰王故事成为诗歌中喜用的典故，诗人借这个故事表达立功异域的志向。傅介子故事早已进入诗人的吟咏，南朝刘孝威《陇头水》云："从军戍陇头，陇水带沙流。时观胡骑饮，常为汉国羞。衅妻成两剑，杀子祀双钩。顿取楼兰颈，就解郅支裘。勿令如李广，功遂不封侯。"⑧"顿取"句即用此典故，诗人向往边塞立功，最担心的是遭遇不公，艰苦

---

① 周勋初等主编：《全唐五代诗》卷8，第157页。
② 童养年辑录：《全唐诗续补遗》卷1，《全唐诗补编》，中华书局1992年版，第330页。
③ （唐）高适著，孙钦善校注：《高适集校注》，上海古籍出版社1984年版，第140页。
④ （唐）王昌龄著，胡问涛、罗琴校注：《王昌龄集编年校注》卷1，第47页。
⑤ （唐）岑参著，陈铁民、侯忠义校注：《岑参集校注》卷2，第91页。
⑥ （唐）李白著，瞿蜕园、朱金城校注：《李白集校注》卷4，第344页。
⑦ 《全唐诗》卷263，第2916页。
⑧ （宋）郭茂倩编：《乐府诗集》卷21，第312—313页。

奋战却不能如愿以偿。唐诗中不少诗用此典,如翁绶《陇头吟》云:"横行俱足封侯者,谁斩楼兰献未央。"① 张九龄《送赵都护赴安西》云:"自然来月窟,何用刺楼兰。"② 王昌龄《从军行七首》之六云:"明敕星驰封宝剑,辞君一夜取楼兰。"③ 李白《塞下曲六首》其一云:"愿将腰下剑,直为斩楼兰。"④《出自蓟北门行》云:"挥刃斩楼兰,弯弓射贤王。"⑤ 岑参《北庭西郊候封大夫受降回军献上》颂扬封常清的战功:"前年斩楼兰,去岁平月支。"⑥ 虞羽客《结客少年场行》云:"骨都魂已散,楼兰首复传。"⑦ 张仲素《塞下曲五首》其三:"功名耻计擒生数,直斩楼兰报国恩。"⑧ 杜甫《秦州杂诗二十首》其七:"属国归何晚,楼兰斩未还。"⑨《暮冬送苏四郎徯兵曹适桂州》:"卢绾须征日,楼兰要斩时。"⑩

　　楼兰是汉代丝绸之路上重要的西域国家,汉朝征服楼兰打通西域的历史曲折生动,与之有关的人物和事件激动人心,因此古代诗歌中作为历史典故的"楼兰"词汇在南朝诗歌中已经出现,并确立了其敌国意象、立功异域和杀敌报国的诸多含义。唐代"楼兰"语词在诗歌中出现最多的是初盛唐时代,寄托着当时唐人蔑视敌人、不畏艰险和开拓进取的精神。中唐诗中绝少楼兰意象,因为其时唐朝面临最迫切的问题是内地藩镇割据和跋扈,在对外战争中失去了初盛唐优势进攻态势,而"楼兰"意象的含义更多针对对外战争,更多寓意战争的胜利,这与中唐时代气氛和社会形势不合,因此"楼兰"语词不再流行。晚唐时有两首诗写到楼兰。韦庄《捣练篇》云:"月华吐艳明烛烛,青楼妇唱捣衣曲。白袷丝光织鱼目,菱花绶带鸳鸯簇。临风缥缈叠秋雪,月下丁东捣寒玉。楼兰欲寄在何乡,凭人与系征鸿足。"⑪ 诗写青楼妇思念良人之情,因为无人可寄,更不知寄往何方,因此"楼兰"只代表一个虚无飘渺的所在。曹唐《送康祭酒赴轮台》云:"灞水桥边酒一杯,送君千里赴轮台。霜粘海眼旗声冻,风射犀文甲

---

① 《全唐诗》卷18,第181页。
② (唐)张九龄撰,熊飞校注:《张九龄集校注》卷3,中华书局2008年版,第189页。
③ (唐)王昌龄著,胡问涛、罗琴校注:《王昌龄集编年校注》卷1,第50页。
④ (唐)李白著,瞿蜕园、朱金城校注:《李白集校注》卷5,第362页。
⑤ (宋)郭茂倩编:《乐府诗集》卷61,第892页。
⑥ (唐)岑参著,陈铁民、侯忠义校注:《岑参集校注》卷2,第149—150页。
⑦ 《全唐诗》卷774,第8778页。
⑧ 《全唐诗》卷367,第4138页。
⑨ (唐)杜甫著,(清)仇兆鳌注:《杜诗详注》卷7,第578页。
⑩ (唐)杜甫著,(清)仇兆鳌注:《杜诗详注》卷23,第2034页。
⑪ (唐)韦庄:《韦庄集》,人民文学出版社1958年版,第112页。

缝开。断碛簇烟山似米，野营轩地鼓如雷。分明会得将军意，不斩楼兰不拟回。"① 从题目上看，康某赴轮台应属写实，灞水在长安附近，康某是从内地赴西域。"祭酒"是一个文人之职，他赴轮台似是从军入幕，为将军幕府僚佐，所以诗最后用傅介子的典故，希望他立功西域。这种情况更像初盛唐时情况，诗中表达的思想情感也是初盛唐时人们的心态。晚唐时已无唐军远赴轮台戍守之事，因此颇疑此诗非为晚唐时人作。

（五）于阗与于阗镇、莎车

于阗是西域古国，唐朝夺取西域后，在此地置于阗镇，是唐前期"安西四镇"之一，在丝绸之路上处于重要位置。玄奘从印度取经回至于阗，于此修表上奏太宗，太宗《答元奘还至于阗国进表诏》云："闻师访道殊域，今得归还……朕已敕于阗等道使诸国，送师人力鞍乘，应不少乏。令敦煌官司于流沙迎接，鄯善于沮沫迎接。"② 太宗诏中所言各地便是从于阗经南道到敦煌进而入长安的道路。贾耽《入四夷之路》之"安西入西域道"把于阗作为交通网络上一个重要的枢纽和联结点描述，除了记载了自安西（龟兹）、碎叶、焉耆三镇通于阗的道路之外，还详细记述了于阗的四至道路和地域：

> 于阗西五十里有苇关，又西经勃野，西北渡系馆河，六百二十里至郅支满城，一曰碛南州。又西北经苦井、黄渠，三百二十里至双渠，故羯饭馆也。又西北经半城，百六十里至演渡州，又北八十里至疏勒镇。自疏勒西南入剑末谷、青山岭、青岭、不忍岭，六百里至葱岭守捉，故羯盘陀国，开元中置守捉，安西极边之戍。有宁弥故城，一曰达德力城，曰汗弥国，曰拘弥城。于阗东三百九十里，有建德力河，东七百里有精绝国。于阗西南三百八十里，有皮山城，北与姑墨接。冻凌山在于阗国西南七百里。又于阗东三百里有坎城镇，东六百里有兰城镇，南六百里有胡弩镇，西二百里有固城镇，西三百九十里有吉良镇。于阗东距且末镇千六百里。③

于阗是经西域南道来往天竺的所经之地。诗僧贯休《遇五天僧入五台》五

---

① 《全唐诗》卷640，第7343页。
② 《全唐文》卷7，上海古籍出版社1990年版，第32页。
③ 《新唐书》卷43下《地理志七下》，第1150—1151页。

首之三云："雪岭顶危坐，乾坤四顾低。河横于阗北，日落月支西。"① 这位从天竺来的僧人是经过于阗来到中原。于阗与中原地区保持着臣属关系。在唐代诗人笔下于阗国是汉军征讨的同盟军。韦元甫《木兰歌》云：

> 木兰代父去，秣马备戎行。易却纨绮裳，洗却铅粉妆。驰马赴军幕，慷慨携干将。朝屯雪山下，暮宿青海傍。夜袭燕支虏，更携于阗羌。②

古代于阗国王姓尉迟，北朝至隋唐时进入内地的有尉迟姓画家和将军。隋时尉迟跋质那、尉迟乙僧父子是著名画家，太宗时的尉迟敬德是开国名将。唐代进入中原的尉迟姓人也进入诗人的吟咏，刘威《尉迟将军》云："天仗拥门希授钺，重臣入梦岂安金。江河定后威风在，社稷危来寄托深。扶病暂将弓试力，感恩重与剑论心。明妃若遇英雄世，青冢何由怨陆沉。"③ 此尉迟将军其祖先应是于阗国人。

其他写到于阗的诗与于阗在中西交通上的重要性皆无大关系，这与于阗在西域交通上的重要地位不相称。李白《于阗采花》云："于阗采花人，自言花相似。明妃一朝西入胡，胡中美女多羞死。乃知汉地多名姝，胡中无花可方比。丹青能令丑者妍，无盐翻在深宫里。自古妒蛾眉，胡沙埋皓齿。"④ 据智匠《古今乐录》，《于阗采花》是陈隋时旧曲名，"蕃胡四曲"之一。李白用旧曲填写新词，感叹王昭君的遭遇，借以抒发对贤愚莫辨的现实的不满。于阗是佛教传入中原的中转之地。唐代越地灵嘉寺有于阗钟，传说从天竺飞来，窦庠《于阗钟歌送灵彻上人归越》咏其事：

> 海中有国倾神功，烹金化成九乳钟。精气激射声冲瀜，护持海底诸鱼龙。声有感，神无方，连天云水无津梁。不知飞在灵嘉寺，一国之人皆若狂。东南之美天下传，环文万象无雕镌。有灵飞动不敢悬，锁在危楼五百年。有时清秋日正中，繁霜满地天无风。一声洞彻八音尽，万籁悄然星汉空。徒言凡质千钧重，一夫之力能振动。大鸣小鸣须在君，不击不考终不闻。高僧访古稽山曲，终日当之言不足。手提

---

① 《全唐诗》卷832，第9380页。
② 《全唐诗》卷272，第3055页。
③ 《全唐诗》卷562，第6525—6526页。
④ （唐）李白著，瞿蜕园、朱金城校注：《李白集校注》卷4，第293页。

文锋百炼成，恐刺此钟无一声。①

此诗题注云："钟在越灵嘉寺，从天竺飞来。"灵嘉寺在旧会稽县（今浙江绍兴）东南70里处，建于东晋建武元年（317）。东晋永和六年（350），京都名僧支遁寻胜会稽，挂褡此寺。会昌五年（845）废，后晋天福七年（945）重建。于阗钟甚至成为佛寺钟的泛称。刘复《禅门寺暮钟》云："簨簴高悬于阗钟，黄昏发地殷龙宫。游人忆到嵩山夜，叠阁连楼满太空。"②灵一《静林精舍》云："静林溪路远，萧帝有遗踪。水击罗浮磬，山鸣于阗钟。"③此诗题注云："寺即梁武帝未达时所居，寺中有钟磬，皆古物，时时有声，在安吉州。"此寺既非窦庠诗所咏之越灵嘉寺，寺中古物亦未名于阗钟，其所谓于阗钟者，非实有其名，乃泛称。晚唐诗人陆龟蒙有两首诗提到于阗，其奉和皮日休的《茶具十咏·茶瓯》云："昔人谢堙埏，徒为妍词饰。岂如珪璧姿，又有烟岚色。光参筠席上，韵雅金罍侧。直使于阗君，从来未尝识。"④《开元寺客省早景即事奉和次韵》云："日上罘罳叠影红，一声清梵万缘空。襎裧满地贝多雪，料峭入楼于阗风。"⑤于阗风当指于阗佛教和音乐风尚。唐代乐曲中西凉部有《于阗佛曲》，流行于阗的佛教和佛曲有自己的特色，史载于阗"俗知礼义，尚学好音，风仪详整，异胡诸俗"⑥。"于阗风"一语双关，即形容入楼之风寒，又形容寺中佛曲之声异。郑蕡《天骥呈材》云："毛骨合天经，拳奇步骤轻。曾邀于阗驾，新出贰师营。"⑦大宛国汗血马来自西域，因此于阗流行以汗血马驾车。诗人们很少直接写到于阗，跟他们没到过此地有关，这也反映了唐代西域南道的利用程度不及北道。

唐朝前期经营西域，用兵节使多出北道，故南道比较冷落。诗人少有至于阗者，故唐诗中写到于阗的作品很少。"龟兹是西域至内地的北道枢纽，于阗是西域至内地的南道枢纽"⑧。与唐诗中大量写到龟兹的作品相比，写到于阗的诗少得可怜。西域南道本来就是唐朝与吐蕃反复争夺之地，安史之乱后南道陷于吐蕃，与内地的来往完全断绝。德宗时曾遣使到

---

① 《全唐诗》卷271，第3044页。
② 《全唐诗》卷305，第3470页。
③ 《全唐诗》卷809，第9124页。
④ 何锡光：《陆龟蒙全集校注》，凤凰出版社2015年版，第1404页。
⑤ 同上书，第1436页。
⑥ （唐）慧立、彦悰：《大慈恩寺三藏法师传》卷5，中华书局2000年版，第120页。
⑦ 《全唐诗》卷780，第8818页。
⑧ 王昆吾：《隋唐五代燕乐杂言歌辞研究》，中华书局1996年版，第31页。

西域，目的是求和田玉，但使者只到"安西"，即龟兹，在此得玉器若干，假道回鹘返回中原。①"自德宗后，迄唐之亡，两《唐书》及《册府元龟》等书内，对于于阗情形，都无记载。"②"于阗国，自汉至唐，皆入贡中国，安史之乱，绝不复至。"③王国维《于阗公主绘地藏菩萨题记跋》云："德宗时，吐蕃攻陷安西四镇，与唐隔绝，终唐之世遂不复知于阗事。"④唐末虽有与于阗交通的迹象，⑤但总的来看，双方交往非常有限。张议潮收复河湟地区，归义军政权和唐亡后在沙州建国的金山国政权与于阗国存在友好交往关系。敦煌藏经洞发现的敦煌曲子词《谒金门·开于阗》反映了这种活动：

> 开于阗，绵绫家家总满。奉戏生龙及玉椀，将来百姓看。
> 尚书座客□典，四塞休征罢战。但□阿郎千秋岁，甘州他自离乱。⑥

归义军政权能够从于阗获得"绵绫""龙戏""玉椀"等奉贡之物。此事写作年代和诗中人物所指有不同理解。任中敏认为诗中的"尚书"指张议潮，"阿郎"指其侄张淮深。张议潮入朝后，张淮深成为归义军实际领导人，这首词当作于张议潮在长安期间。"议潮于咸通十三年已卒于长安，则辞当作于公元八七二年之前。"⑦荣新江认为词当歌颂金山国张承奉之作，"戏"乃"献"字之误。"尚书座客□典"为"尚书座（坐）宫典（殿）"。⑧似以后者更可信从。揆之史实，此词当作于西汉金山国建立之初，福祐《罗通达邈真赞并序》反映了金山国开于阗的事件：

> 洎金山王西登九五，公乃[陪]（倍）位台阶。英高国相之班，宠奖股肱之美。遂乃于阗路阻，擦微艰危，骁雄点一千精兵，公以权

---

① 《新唐书》卷221上《西域传上》，第6236页。
② 任中敏编著：《敦煌歌辞总编》卷2，凤凰出版社2014年版，第293页。
③ 《宋史》卷490《于阗传》，中华书局1985年版，第14106页。
④ 任中敏编著：《敦煌歌辞总编》卷2，凤凰出版社2014年版，第293页。
⑤ （宋）孙光宪《北梦琐言》卷六记载，裴休信仰佛教，发愿"世世为国王，弘护佛法"。后于阗国王生一子，手文有裴休姓字。"闻于中朝，其子弟欲迎之于彼国，敕旨不允。"此小说家言，不足凭信。
⑥ 任中敏编著：《敦煌歌辞总编》卷2，第292页。
⑦ 同上书，第293页。
⑧ 荣新江：《归义军史研究》，上海古籍出版社1996年版，第93页。

两旬便至。于是机宣韩白,谋运张陈。天祐助盈,神军佐胜。指青蛇未出于匣,蕃丑生降;表白虎才已临旗,戎虬伏死。弯□一击,全收两城。回剑征西,伊吾殄扫。(S.4654)①

这里反映的是金山国宰相罗通达率军打通于阗道路的战争,"为了打通通往于阗的丝绸之路南道、拯救擦微,宰相罗通达率领一支千人部队,长途奔袭 20 天,一举占领了两座城"②。此即"开于阗"之"开"之意。其后张承奉金山国与于阗国便一直保持友好关系,从敦煌文书 P. 3633V 张文彻《龙泉神剑歌》的描写还透露出双方有"结亲"之举。"结亲只为图长国","天子犹来重二亲"③。和田玉是于阗国最珍贵的物产,成为其外交活动中通常使用的贡物,金山国因交通于阗而获金椀之奉贡。

西域南道上的莎车,汉代是西域三十六国之一,东汉时曾称霸西域。三国、北魏时称渠莎,属疏勒,隋唐时属于阗。唐诗中极少写到莎车。王维《送宇文三赴河西充行军司马》云:"横吹杂繁笳,边风卷塞沙。还闻田司马,更逐李轻车。蒲类成秦地,莎车属汉家。当令犬戎国,朝聘学昆邪。"④"莎车"句反映的正是唐朝势力进入西域,西域重新回归中原政权统治的历史事实。但莎车在唐诗中仅仅作为典故使用一次,与于阗的情况应当相似。

(六)昆仑山:神话意象与西域象征

昆仑山又称昆仑墟、昆仑丘或玉山,亚洲中部大山系,中国西部山系的主干,西起帕米尔高原东部,横贯新疆和西藏两地之间,延伸至青海境内。从敦煌出玉门关、阳关西行的人们路经西域南道,经过昆仑山北麓和塔克拉玛干沙漠南缘。中国有很多神话传说与昆仑山有关,古人称昆仑山为"龙脉之祖""万山之祖"。但后世所谓昆仑山并非许多神话里的昆仑山,而是今昆仑山脉,今"昆仑山"之名自汉武帝时始。唐代诗人笔下的昆仑山有时是实指,有时则是神话中的昆仑山,这要看诗人用意所在。

1. 神话传说中的昆仑山

昆仑山被称为"中国第一神山",神话传说中的"昆仑仙山"是世界

---

① 张志勇:《敦煌邈真赞释译》,人民出版社 2015 年版,第 163 页。
② 冯培红:《敦煌的归义军时代》,甘肃教育出版社 2013 年版,第 209 页。
③ 徐俊纂辑:《敦煌诗集残卷辑考》,中华书局 2000 年版,第 808 页。
④ (唐)王维著,(清)赵殿成笺注:《王右丞集笺注》卷 8,第 148 页。

上最高的山，"中有层城九重，其高万一千里百一十四步二尺六寸"①。因此昆仑成为抽象意义上的崇高的象征。皮日休《鲁望昨以五百言见贻过有褒美内揣庸陋弥增愧悚因成一千言上述吾唐文物之盛次叙相得之欢亦迭和之微旨也》诗谈唐代文学的成就，从开元年间至诗人生活的时代达到巅峰，群英辈出：

> 射洪陈子昂，其声亦喧阗。惜哉不得时，将奋犹拘挛。玉垒李太白，铜堤孟浩然。李宽包堪舆，孟澹拟漪涟。埋骨采石圹，留神鹿门埏。俾其羁旅死，实觉天地屠。猗与子美思，不尽如转辁。纵为三十车，一字不可捐。既作风雅主，遂司歌咏权。谁知耒阳土，埋却真神仙。当于李杜际，名辈或溯沿。良御非异马，由弓非他弦。其物无同异，其人有媸妍。自开元至今，宗社纷如烟。爽若沆瀣英，高如昆仑巅。②

用昆仑山顶喻文学史的巅峰。古代神话认为昆仑山上世间万物皆备，居住着神仙"西王母"。"西海之南，流沙之滨，赤水之后，黑水之前，有大山，名曰昆仑之丘。有神，人面虎身，有文有尾，皆白，处之。其下有弱水之渊环之，其外有炎火之山，投物辄燃。有人戴胜，虎齿，豹尾，穴处，名曰西王母。此山万物尽有。"③ 昆仑山上生长着大量的玉树。"上有木禾，其修五寻。珠树、玉树、璇树、不死树在其西，沙棠、琅玕在其东，绛树在其南，碧树、瑶树在其北。"④ 不死树上结的果实吃了可以长生，琅玕树上生长的玉是凤凰和鸾鸟的美食。神话传说中昆仑山又是黄帝之下都，众神所在。"海内昆仑之虚，在西北，帝之下都。昆仑之虚，方八百里，高万仞。上有木禾，长五寻，大五围。面有九井，以玉为槛。面有九门，门有开明兽守之，百神之所在。在八隅之岩，赤水之际，非仁羿莫能上冈之岩。"⑤

唐代诗人写到昆仑山、西王母和黄帝，显然受到这些记载的启发，并用为素材。吴筠《步虚词十首》其五云：

---

① （汉）刘安：《淮南子》卷4《坠形训》，《二十二子》，上海古籍出版社1986年版，第1221页。
② 《全唐诗》卷609，第7024—7025页。
③ 袁珂：《山海经校译》卷16，上海古籍出版社1985年版，第272页。
④ （汉）刘安：《淮南子》卷4《坠形训》，《二十二子》，第1221页。
⑤ 袁珂：《山海经校译》卷11，第225页。

扶桑诞初景，羽盖凌晨霞。倏欻造西域，嬉游金母家。碧津湛洪源，灼烁敷荷花。煌煌青琳宫，粲粲列玉华。真气溢绛府，自然思无邪。俯矜区中士，夭浊良可嗟。①

金母家指西王母。西方属金，故称金母。她的宫中到处是玉的装饰。李白《杂言用投丹阳知己兼奉宣慰判官》云：

客从昆仑来，遗我双玉璞。云是古之得道者西王母食之余，食之可以凌太虚。爱之颇谓绝今昔，求识江淮人犹乎比石。如今虽在卞和手，□□正憔悴了了知之亦何益？恭闻士有调相如，始从镐京还，复欲镐京去。能上秦王殿，何时回光一相盼？欲投君，保君年，幸君持取无弃捐。无弃捐，服之与君俱神仙。②

又《飞龙引二首》其二云："鼎湖流水清且闲，轩辕去时有弓剑，古人传道留其间。后宫婵娟多花颜，乘鸾飞烟亦不还，骑龙攀天造天关。造天关，闻天语，长云河车载玉女。载玉女，过紫皇，紫皇乃赐白兔所捣之药方，后天而老凋三光。下视瑶池见王母，蛾眉萧飒如秋霜。"③ 王维《赠李颀》云："闻君饵丹砂，甚有好颜色。不知从今去，几时生羽翼。王母翳华芝，望尔昆仑侧。文螭从赤豹，万里方一息。"④ 这些诗都直接取材于有关昆仑山的中国古代神话传说。

按神话传说，西王母与黄帝、舜帝有交往。南朝梁孙柔之《瑞应图》曰："黄帝时，西王母乘白鹿来献白环。"⑤ 佚名《尚书大传》记载："舜之时，西王母来献其白玉琯。"⑥ 西王母献白玉环和白玉琯，被视为祥瑞和远夷慕化的象征。张惟俭《赋得西戎献白玉环》云："当时无外守，方物四夷通。列土金河北，朝天玉塞东。自将荆璞比，不与郑环同。正朔虽传汉，衣冠尚带戎。幸承提佩宠，多愧琢磨功。绝域知文教，争趋上国风。"⑦ 丁泽《上元日梦王母献白玉环》："梦中朝上日，阙下拜天颜。仿

---

① 《全唐诗》卷853，第9647页。
② （唐）李白著，瞿蜕园、朱金城校注：《李白集校注》卷30，第1691页。
③ （唐）李白著，瞿蜕园、朱金城校注：《李白集校注》卷3，第232页。
④ （唐）王维著，（清）赵殿成笺注：《王右丞集笺注》卷2，第21页。
⑤ 《太平御览》卷692《服章部》，上海古籍出版社2008年版，第七册，第263页。
⑥ （汉）应劭：《风俗通义》卷6《声音》，《汉魏丛书》，吉林大学出版社1992年版，第654页。
⑦ 《全唐诗》卷281，第3192页。

佛瞻王母，分明献玉环。灵姿趋甲帐，悟道契玄关。似见霜姿白，如看月彩弯。霓裳归物外，凤历晓人寰。仙圣非相远，昭昭寤寐间。"① 张惟俭和丁泽都是通过用典和借梦境为朝廷歌功颂德。

神话传说中最令诗人感兴趣的故事是周穆王西行见西王母。穆王西征是早期中西交通史重大事件，但在历史记载中由于后世的渲染增添了不少神话传说成分。唐诗歌咏这一事件，并对穆王的荒淫进行讽刺和批判。陈子昂《感遇二十七首》之二十六云：

荒哉穆天子，好与白云期。宫女多怨旷，层城闭蛾眉。日耽瑶池乐，岂伤桃李时。青苔空萎绝，白发生罗帷。②

刘叉《观八骏图》云：

穆王八骏走不歇，海外去寻长日月。五云望断阿母宫，归来落得新白发。③

从此诗可知穆王西征故事早已成为绘画的题材，这首咏画诗说穆王西行是为了追求长生，但他归来还是徒增年岁，新添了白发。诗旨显然是借古讽今，批判唐朝天子追求长生的妄想。又如白居易《八骏图》云：

穆王八骏天马驹，后人爱之写为图。背如龙兮颈如象，骨耸筋高脂肉壮。日行万里疾如飞，穆王独乘何所之。四荒八极蹋欲遍，三十二蹄无歇时。属车轴折趁不及，黄屋草生弃若遗。瑶池西赴王母宴，七庙经年不亲荐。璧台南与盛姬游，明堂不复朝诸侯。白云黄竹歌声动，一人荒乐万人愁。周从后稷至文武，积德累功世勤苦。岂知才及四代孙，心轻王业如灰土。由来尤物不在大，能荡君心则为害。文帝却之不肯乘，千里马去汉道兴。穆王得之不为戒，八骏驹来周室坏。至今此物尚称珍，不知房星之精下为怪。八骏图，君莫爱。④

这首咏画诗也是借古讽今，题注云："戒奇物、惩佚游也。"李贺《瑶华

---

① 《全唐诗》卷281，第3197页。
② （唐）陈子昂：《陈子昂集》卷1，中华书局1960年版，第9页。
③ 《全唐诗》卷395，第4446页。
④ （唐）白居易：《白居易集》卷4，第76页。

乐》云：

> 穆天子，走龙媒，八辔冬珑逐天回，五精扫地凝云开。高门左右日月环，四方错镂棱层殿。舞霞垂尾长盘珊，江澄海净神母颜。施红点翠照虞泉，曳云拖玉下昆山。列旍如松，张盖如轮。金风殿秋，清明发春。八銮十乘，矗如云屯。琼钟瑶席甘露文，玄霜绛雪何足云，薰梅染柳将赠君。铅华之水洗君骨，与君相对作真质。①

诗也是讽刺穆王的淫游与求仙。李商隐《瑶池》云："瑶池阿母绮窗开，黄竹歌声动地哀。八骏日行三万里，穆王何事不重来。"② 这首诗亦讽其求仙，意谓穆王的骏马可以日行三万里，为什么却未再西行会西王母呢？因为他已经不在人世，可见求仙之虚妄。李群玉《穆天子》云：

> 穆满恣逸志，而轻天下君。一朝得八骏，逐日西溟濆。寂漠崦嵫幽，绝迹留空文。三千闶宫艳，怨绝宁胜云。或言帝轩辕，乘龙凌紫氛。桥山葬弓剑，暧昧竟难分。不思五弦琴，作歌咏南薰。但听西王母，瑶池吟白云。③

诗批判穆王恣意邀游，不恤国事。曹唐《穆王宴王母于九光流霞馆》云："桑叶扶疏闭日华，穆王邀命宴流霞。霓旌著地云初驻，金奏掀天月欲斜。歌咽细风吹粉蕊，饮余清露湿瑶砂。不知白马红缰解，偷吃东田碧玉花。"④ 胡曾咏史诗《瑶池》云："阿母瑶池宴穆王，九天仙乐送琼浆。漫矜八骏行如电，归到人间国已亡。"⑤ 唐彦谦《穆天子传》云："王母清歌玉琯悲，瑶台应有再来期。穆王不得重相见，恐为无端哭盛姬。"⑥ 这些诗都把周穆王西行会西王母当作荒淫误国的典型来写，借以表达对现实的不满。吴融《王母庙》云："鸾龙一夜降昆丘，遗庙千年枕碧流。赚得武皇心力尽，忍看烟草茂陵秋。"⑦ 周穆王西行，昆仑会王母成为君王荒淫奢侈

---

① （唐）李贺著，（清）王琦等：《三家评注李长吉歌诗》，中华书局1959年版，第147—148页。
② （唐）李商隐著，（清）冯浩笺注：《玉溪生诗集笺注》卷1，第269页。
③ 《全唐诗》卷568，第6583页。
④ 《全唐诗》卷640，第7339页。
⑤ 《全唐诗》卷647，第7427页。
⑥ 《全唐诗》卷672，第7683页。
⑦ 《全唐诗》卷685，第7874页。

生活的象征。陈陶《续古二十九首》其十云："周穆恣游幸，横天驱八龙。宁知泰山下，日日望登封。"① 许浑《奉命和后池十韵》云：

> 叠石通溪水，量波失旧规。芳洲还屈曲，朱阁更逶迤。浴鸟翻荷叶，惊蝉出柳丝。翠烟秋桧耸，红露晓莲披。攀槛登楼近，停桡待客迟。野桥从浪没，轻舸信风移。竹韵迁棋局，松阴递酒卮。性闲鸥自识，心远鹤先知。应想秦人会，休怀越相祠。当期穆天子，箫鼓宴瑶池。②

所以看到池边饮宴，便自然想到穆王与西王母相会于瑶池。周穆王乘八骏驾车西上昆仑，八骏既是绘画题材，也是诗人喜咏的对象。诗人咏八骏往往寓以深意，表达对社会的某种认识和对人生的感悟。元稹《八骏图诗》云：

> 穆满志空阔，将行九州野。神驭四来归，天与八骏马。龙种无凡性，龙行无暂舍。朝辞扶桑底，暮宿昆仑下。鼻息吼春雷，蹄声裂寒瓦。尾掉沧波黑，汗染白云赭。华辀本修密，翠盖尚妍冶。御者腕不移，乘者寐不假。车无轮扁斫，辔无王良把。虽有万骏来，谁是敢骑者。③

强调仅有良马不行，还需要良车、良舆和乘马者，寓意治理国家需要君明臣良和各种制度的完善。罗隐《八骏图》云："穆满当年物外程，电腰风脚一何轻。如今纵有骅骝在，不得长鞭不肯行。"④ 意谓虽有良马，如无驾驭良马的方法和工具，良马亦不能发挥作用。诗借马批评现实，由于统治者缺乏知人善任的能力导致人才的埋没和不得其用。李群玉《骢马》云："浮云何权奇，绝足世未知。长嘶清海风，蹀躞振云丝。由来渥洼种，本是苍龙儿。穆满不再活，无人昆阆骑。若识跃峤怯，宁劳耀金羁。青刍与白水，空笑驽骀肥。伯乐傥一见，应惊耳长垂。当思八荒外，逐日向瑶池。"⑤ 把穆天子看作善于驾驭良马的人，有了善于驾驭良马的人，良马才

---

① 《全唐诗》卷746，第8485页。
② 《全唐诗》卷537，第6133页。
③ （唐）元稹：《元稹集》卷3，第32页。
④ （唐）罗隐：《罗隐集》，中华书局1983年版，第177页。
⑤ 《全唐诗》卷568，第6576页。

可能驰骋万里奔向远方。顾况《露青竹鞭》云:"穆王八骏超昆仑,安用冉冉孤生根。圣人不贵难得货,金玉珊瑚谁买恩。"①意谓有穆王八骏那种良马,并不需要露青竹制成的马鞭驱策,自能日行万里,逾越昆仑。从而说明唐玄宗喜难得之货,臣下迎合其所好,才有难得之马鞭进奉。明钟惺云:"小小题,讽刺慷慨,胸中有故,莫作咏物看。"②

神话传说中另一个令诗人感兴趣的题材是汉武帝会见西王母。古小说《汉武故事》《汉武内传》和张华《博物志》诸书都记载了西王母七夕来会汉武帝,并有三青鸟为之传递信息的传说故事。诗人对汉武帝和西王母的爱情故事津津乐道,"青鸟"也成为诗中常见的典故,成为恋人间的信使。咏及西王母和汉武帝的故事,有的纯为游仙会仙内容,如崔国辅《七夕》诗:"遥思汉武帝,青鸟几时过。"③鲍溶《会仙歌》云:"王母初自昆仑来,茅盈王方平在侧。青毛仙鸟衔锦符,谨上阿环起居王母书。"④于邺《白樱桃》云:"王母阶前种几株,水晶帘内看如无。只应汉武金盘上,泻得珊珊白露珠。"⑤曹唐《汉武帝将候西王母下降》云:"昆仑凝想最高峰,王母来乘五色龙。歌听紫鸾犹缥缈,语来青鸟许从容。"⑥《汉武帝于宫中宴西王母》云:"鳌岫云低太一坛,武皇斋洁不胜欢。长生碧字期亲署,延寿丹泉许细看。"⑦有的诗寓讽刺和批判之意,并借古喻今,批判和讽刺帝王游幸无度和汉武帝求仙长生的虚妄。韦应物《汉武帝杂歌三首》其一云:

汉武好神仙,黄金作台与天近。王母摘桃海上还,感之西过聊问讯。欲来不来夜未央,殿前青鸟先回翔。绿鬓紫云裾曳雾,双节飘飘下仙步。白日分明到世间,碧空何处来时路。玉盘捧桃将献君,踟蹰未去留彩云。海水桑田几翻覆,中间此桃四五熟。可怜穆满瑶池燕,正值花开不得荐。花开子熟安可期,邂逅能当汉武时。颜如芳华洁如玉,心念我皇多嗜欲。虽留桃核桃有灵,人间粪土种不生。由来在道岂在药,徒劳方士海上行。掩扇一言相谢去,如烟非烟不

---

① 《全唐诗》卷 265,第 2944 页。
② (明)钟惺、谭元春:《唐诗归》卷 26,《续修四库全书》,上海古籍出版社 1996 年版,第 1590 册,第 19 页。
③ 《全唐诗》卷 119,第 1201 页。
④ 《全唐诗》卷 485,第 5502—5503 页。
⑤ 《全唐诗》卷 725,第 8314 页。
⑥ 《全唐诗》卷 640,第 7337 页。
⑦ 同上。

知处。①

又如李白《古风》之四十三："周穆八荒意，汉皇万乘尊。淫乐心不极，雄豪安足论。西海宴王母，北宫邀上元。瑶水闻遗歌，玉杯竟空言。灵迹成蔓草，徒悲千载魂。"②"此言二君虽遇王母、上元夫人，然卒不免于死，是亦辛垣平玉杯之空言耳。后之求神仙者可不鉴诸！当时明皇亦好神仙，此诗盖有所讽云耳。"③魏源云："刺明皇荒淫怠慢政事也。"④李贺《昆仑使者》云："昆仑使者无消息，茂陵烟树生愁色。金盘玉露自淋漓，元气茫茫收不得。麒麟背上石文裂，虬龙鳞下红枝折。何处偏伤万国心，中天夜久高明月。"⑤武帝派往昆仑的使者一去不返，自己却已葬身茂陵，他求仙长生的愿望终究没有实现，生前那些求仙行为和遗迹昭示着他当年的徒劳和妄想。吴融《王母庙》云："鸾龙一夜降昆丘，遗庙千年枕碧流。赚得武皇心力尽，忍看烟草茂陵秋。"⑥诗言武帝因遇西王母而迷信长生，用尽心力，最终还是一命呜呼，只留下凄凉茂陵供人凭吊。

2. 西域南道上的昆仑山

现实中的昆仑山，乃汉武帝所命名。"汉使穷河源，河源出于阗，其山多玉石，采来，天子案古图书，名河所出山曰昆仑云。"⑦汉朝之前的地理认知是黄河源出昆仑山，这种认识来自远古神话传说，具体所指并不确定。汉武帝把和田河的发源之山脉命名为昆仑山，神话传说中遥远缥缈的昆仑山成了现实的存在，并有了确切具体的位置。丝绸之路西域南道便经过塔克拉玛干沙漠南缘和昆仑山北麓。

无论是神话中的昆仑山，还是现实中的昆仑山，都地处西域，因此在诗人笔下昆仑山成为西域的象征。杜甫《奉赠太常张卿垍二十韵》云："方丈三韩外，昆仑万国西。建标天地阔，诣绝古今迷。"⑧诗赞美唐朝的强盛，极言唐朝疆域的辽阔，以昆仑为坐标，写至西极遥远之地。《后苦寒行二首》其一云："南纪巫庐瘴不绝，太古已来无尺雪。蛮夷长老怨苦

---

① 《全唐诗》卷195，第2006页。
② （唐）李白著，瞿蜕园、朱金城校注：《李白集校注》卷2，第167页。
③ 同上书，第168页。
④ （清）魏源：《诗比兴笺》，《魏源全集》第20册，岳麓书社2004年版，第535页。
⑤ （清）王琦：《李长吉歌诗汇解》卷4，《三家评注李长吉歌诗》，第183页。
⑥ 《全唐诗》卷685，第7874页。
⑦ 《史记》卷123《大宛列传》，第3173页。
⑧ （唐）杜甫著，（清）仇兆鳌注：《杜诗详注》卷3，第220页。

寒，昆仑天关冻应折。"① 柳宗元《行路难》云："君不见夸父逐日窥虞渊，跳踉北海超昆仑。"② 李贺《日出行》云："白日下昆仑，发光如舒丝。徒照葵藿心，不照游子悲。"③ 日落西方，夸父与日相逐向西，诗人用昆仑表示西极之地。

昆仑是西域的象征，便成为奋战在西域的将士们立功异域的地方。岑参《北庭贻宗学士道别》云："曾逐李轻车，西征出太蒙。荷戈月窟外，擐甲昆仑东。"④ "擐甲昆仑东"意味宗学士曾从军西域，"昆仑"与"月窟"相对，极言其征程遥远。杜甫《魏将军歌》云："将军昔著从事衫，铁马驰突重两衔。披坚执锐略西极，昆仑月窟东崭岩。"⑤ 说魏将军当年西征到达极西遥远之地，在那里昆仑山、月窟都已经在东方了。鲍溶《述德上太原严尚书绶》云："清冢入内地，黄河穷本源。风云寝气象，鸟兽翔旗幡。军人歌无胡，长剑倚昆仑。"⑥ 歌颂严将军的文治武功，用"长剑倚昆仑"塑造了叱咤风云的将军形象。西域陷于吐蕃，唐人向往收复失地。贯休《古塞下曲七首》其七云："风落昆仑石，河萌苜蓿根。将军更移帐，日日近西蕃。"⑦ "风落"二句写西域环境的艰险荒凉，但将军却没有停止进军的脚步。

昆仑是经西域南道西行的必经之地，来往于中国与西方的国使途经昆仑山下。当大唐全盛之日，西域的驼马经崆峒山、昆仑山来到中国。安史之乱后西域陷于吐蕃，导致丝路交通的中断。杜甫《喜闻盗贼蕃寇总退口号五首》其三云："崆峒西极过昆仑，驼马由来拥国门。逆气数年吹路断，蕃人闻道渐星奔。"⑧ 昆仑山也是唐朝使节西行的经行之地。杜甫《秦州杂诗二十首》其十云："云气接昆仑，涔涔塞雨繁。羌童看渭水，使客向河源。"⑨ 唐后期西域陷于吐蕃，昆仑成为失地的象征，唐人向往收复失地。李频《送边将》云：

  防秋戎马恐来奔，诏发将军出雁门。遥领短兵登陇首，独横长剑

---

① （唐）杜甫著，（清）仇兆鳌注：《杜诗详注》卷21，第1848页。
② （唐）柳宗元：《柳宗元集》卷43，第1239页。
③ （唐）李贺著，（清）王琦等：《三家评注李长吉歌诗》，第138页。
④ （唐）岑参著，陈铁民、侯忠义校注：《岑参集校注》卷2，第157页。
⑤ （唐）杜甫著，（清）仇兆鳌注：《杜诗详注》卷4，第259页。
⑥ 《全唐诗》卷485，第5510—5512页。
⑦ （唐）贯休著，胡大浚笺注：《贯休歌诗系年笺注》卷11，中华书局2011年版，第544页。
⑧ （唐）杜甫著，（清）仇兆鳌注：《杜诗详注》卷21，第1858页。
⑨ （唐）杜甫著，（清）仇兆鳌注：《杜诗详注》卷7，第581页。

向河源。悠扬落日黄云动,苍莽阴风白草翻。若纵干戈更深入,应闻收得到昆仑。①

张议潮起义赶走了吐蕃人,收复了河湟之地,陇右、河西复归唐土,刘驾《唐乐府十首八·昆山》云:"昔时玉为宝,昆山过不得。今时玉为尘,昆山入中国。白玉尚如尘,谁肯爱金银。"② 昆山成为西域之象征。

西域南道在唐诗中的记述和描写较少,反映了西域南北道在唐代的利用情况。隋及唐初这条道路数次开闭,与中原政权与吐谷浑的关系变化相关,与吐谷浑对敦煌以西鄯善、且末一带的控制相关。吐谷浑亡后,唐与吐蕃建立和亲关系,这条靠近吐蕃控制地区的道路相当重要。玄奘从天竺归来即取此道,太宗敕令"于阗等道使诸国"迎送,"令敦煌官司于流沙迎接,鄯善于沮沫迎接";"于阗王资饯甚厚"③。但其时诗风未畅,较少诗人咏及此道。此后,唐朝与吐蕃关系破裂,这条道路成为不够安全的道路,唐代经营中亚更多利用西域北道,故唐代诗人少有到南道者。安史之乱后,南道为吐蕃占领,对于唐朝来说这条与西域交通的道路断绝。南道的自然环境也是影响其利用的重要原因,据敦煌所出《沙州地志》(P. 5034)可知,"由古阳关向沙州,多缘险隘,泉有八所,皆有草,道险不得夜行,春秋二时雪涤,道闭不通"④。从唐诗创作来看,唐与吐蕃的和战吸引了诗人们的注意力,初盛唐时唐与吐蕃长期处于对抗状态,唐诗更多地反映了唐朝与吐蕃的关系,唐朝与吐蕃的战争更多地发生在四川和青海一带,更多的作品与此两地有关。

四 唐诗中的西域北道

与西域南道在唐诗中比较冷落不同,西域北道在唐诗中有极为丰富的描写。北道从敦煌(沙州)、玉门关西行入西域,或经莫贺延碛道、伊吾道至伊州,或经稍竿道至伊州,或经大海道至西州,或经大碛路通焉耆。⑤

---

① 《全唐诗》卷587,第6809页。
② 《全唐诗》卷585,第6778页。
③ (唐)慧立、彦悰:《大慈恩寺三藏法师传》卷5,中华书局2000年版,第124页。
④ 郑炳林:《敦煌地理文书汇辑校注》,甘肃教育出版社1989年版,第48页。
⑤ 李宗俊:《唐前期西北军事地理问题研究》,中国社会科学出版社2015年版,第170—188页。

沿天山南麓塔里木盆地北缘西行，经龟兹西去。① 相对于西域南道和天山以北草原路来说居中，又被称为"中道"。裴矩《西域图记序》关于西域中道的记述正是对这条道路的描写："从高昌、焉耆、龟兹、疏勒，度葱岭，又经钹汗，苏对沙那国，康国，曹国，何国，大、小安国，穆国，至波斯，达于西海。"② 唐诗中有所记录和反映的主要是莫贺延碛、西州（即高昌，唐平高昌，置西州）、轮台、焉耆、龟兹、姑墨、疏勒。

（一）莫贺延碛

从敦煌出发，过玉门关西行，首先遇到的便是莫贺延碛。碛指沙碛，唐诗中有时泛指，在不同的地方指不同的沙碛之地。例如于鹄《送张司直入单于》云："若到并州北，谁人不忆家。寒深无去伴，路尽有平沙。碛冷唯逢雁，天春不见花。"③ 马戴《送和北虏使》云："路始阴山北，迢迢雨雪天。长城人过少，沙碛马难前。"④ 此处的"碛""沙碛"大约指蒙古大漠。无可《送田中丞使西戎》云："朝元下赤墀，玉节使西夷。关陇风回首，河湟雪洒旗。碛砂行几月，戎帐到何时。"⑤ 西戎、西夷指吐蕃，赴吐蕃不经玉门关和莫贺延碛，此"碛砂"当指今青海一带沙漠。"碛路"指多沙石的道路，诗中有时是泛指，如南朝鲍照《登翻车岘》云："淖坂既马领，碛路又羊肠。"⑥ 李益《石楼山见月》："紫塞连年戍，黄沙碛路穷。"⑦ 不过唐诗中"碛"更多专指莫贺延碛，所谓"碛路"大多指经过莫贺延碛的道路。诗中的"碛路"有时为文学意象，泛指中原地区赴西域或蒙古大漠的道路。

莫贺延碛即横亘于伊吾和沙州之间的噶顺戈壁，在伊州（今新疆哈密）东南，为玉门关外长碛，又称"八百里瀚海"，也称"流沙"。《史记》中说老子"西适流沙"，《列仙传》传说老子之"流沙之西"⑧，皆指

---

① 天山南麓和塔克拉玛干沙漠北缘的这条道路相对于南道，称为北道，而相对于天山以北的道路来说，又可以称为中道。我们取北道之说。裴矩所谓"北道"，在本书中称草原路。
② 《隋书》卷67《裴矩传》，中华书局1973年版，第1579页。
③ 《全唐诗》卷310，第3520页。
④ 《全唐诗》卷556，第6449页。
⑤ 《全唐诗》卷813，第9143页。
⑥ （南朝宋）鲍照著，钱仲联增补集说校：《鲍参军集注》卷5，上海古籍出版社1980年版，第272页。
⑦ （唐）李益著，范之麟注：《李益诗注》，上海古籍出版社1984年版，第88页。
⑧ （南朝宋）裴骃：《史记集解》注引，《史记》卷63《老子韩非列传》，第2141页。

此地。唐时此处以西皆称"域西""碛西",就是"西域"的起点。大碛自然环境极其恶劣,玄奘西行取经途经此地,看到的景象是"长八百里,古曰沙河,目无飞鸟,下无走兽,复无水草"①。莫贺延碛和通过莫贺延碛的"碛路"自古闻名,它连接着西域东部和河西走廊西端,气候干旱,年降水量在30毫米以下,几乎所有的地面寸草不生。由于接近安西,受安西大风影响,常年大风呼啸。加上库木塔格沙垅和雅丹广为分布,平添一种变幻莫测的气氛。玄奘九死一生度越莫贺延碛,心有余悸,他是凭着强烈的信仰战胜内心的恐惧:

> 是时顾影唯一,心但念观音菩萨及《般若心经》……四顾茫然,人鸟俱绝,夜则妖魑举火,灿若繁星;昼则惊风拥沙,散如时雨。虽遇如是,心无所惧,但苦水尽,渴不能前。是时四夜五日无水滴沾喉,口腹干焦,几将殒绝。②

莫贺延碛为风蚀戈壁之地貌,荒凉异常。但相对水草茂盛的西域北道、北新道,连接通向楼兰的楼兰道、去高昌的大海道、进入哈密的五船道等,莫贺延碛是一条最近的路。有关大碛的传说自然进入诗人的吟咏,胡曾咏史诗《流沙》云:"七雄戈戟乱如麻,四海无人得坐家。老氏却思天竺住,便将徐甲去流沙。"③诗咏老子出关西去故事,以为老子避乱往天竺,路经流沙。此用东晋葛洪《神仙传》典故,徐甲是老子的佣工,从小跟随老子,老子曾用方术使其化为枯骨,又使其复生。④

唐诗中碛路、大沙海、海头、流沙、流沙路、黄沙碛里、碛西等往往指此地,这是中原地区通往西域和域外行人赴中原的道路。敦煌文书P.2762唐佚名诗钞《夫字为首尾》写思妇对远戍的丈夫的思念:"战袍著尽谁将去,万里道迢碛路迂。天山旅泊思江外,梦里还家入道墟。"⑤远赴"天山"征战的将士经过的"碛路"当指莫贺延碛。西域各国入唐进贡的使节路经碛路,或称"流沙路"。周存《西戎献马》云:"天马从东道,皇威被远戎。来参八骏列,不假贰师功。影别流沙路,嘶流上苑风。"⑥唐朝到

---

① (唐)慧立、彦悰:《大慈恩寺三藏法师传》卷1,第16—17页。
② 同上。
③ 《全唐诗》卷647,第7432页。
④ (宋)李昉等:《太平广记》卷1,中华书局1961年版,第4页。
⑤ 徐俊纂辑:《敦煌诗集残卷辑考》卷上(法藏部分),中华书局2000年版,第173页。
⑥ 《全唐诗》卷288,第3289页。

西域任职的官员经常路经碛路。高宗时来济出为庭州刺史,其《出玉关》诗云:"敛辔遵龙汉,衔凄渡玉关。今日流沙外,垂涕念生还。"① 出玉门关,过"流沙"便是西域,流沙即莫贺延碛。岑参的诗也反映了这种状况,《初过陇山途中呈宇文判官》写宇文判官从西州东来,途经莫贺延碛:

  前月发安西,路上无停留。都护犹未到,来时在西州。十日过沙碛,终朝风不休。马走碎石中,四蹄皆血流。②

诗的描写非常真实,"十日"具体地写出了经过大碛所需的时间。英国探险家斯坦因曾考察过这条路线,所用时间也是十日。他说:"在那十日中,我沿着中国古道来到楼兰,其间我们穿过或绕过宽广的结着盐壳的海床。"③ 在诗人笔下莫贺延碛是极西遥远之地,他们的诗写出了这种强烈的感受。进入西域北道不只是可以从玉门关往西北方向去往西州,还可以选择出阳关之后折向莫贺延碛去往西州。岑参赴西域进入北道是出了阳关之后折向西北,取道莫贺延碛去往北庭。这位好奇的诗人面对大碛的景象写下好几首诗,写出了自己的深刻印象。如《碛中作》云:"走马西来欲到天,离家见月两回圆。今夜不知何处宿,平沙万里绝人烟!"④《日没贺延碛作》云:"沙上见日出,沙上见日没。悔向万里来,功名是何物!"⑤《过碛》写道:"黄沙碛里客行迷,四望云天直下低。为言地尽天还尽,行到安西更向西。"⑥ 茫茫无际的沙碛令诗人对远赴西域顿生悔意,思乡之情油然而起,诗人此言并非动摇了立功边塞的志向,不过强调沙碛的遥远、景象的令人生畏和西域环境的艰苦。

  赴西域征战的将士路经碛路,他们的行踪反映到唐诗中。高宗仪凤四年(679),十姓可汗阿史那匐延都支及李遮匐联合吐蕃侵扰安西,朝廷派裴行俭以册送波斯王为名,组成波斯军,进入西州,智获都支和遮匐。S.4332《酒泉子》词歌咏其事:"砂多泉头,伴贼寇枪张怒起。语报恩住裴氏晖威(下阙)。"⑦ 汤珺指出:"据其词意基本上可以推测为初唐词,

---

① 《全唐诗》卷39,第501页。
② (唐)岑参著,陈铁民、侯忠义校注:《岑参集校注》卷2,第73页。
③ 〔英〕奥雷尔·斯坦因:《路经楼兰》,肖小勇、巫新华译,广西师范大学出版社2000年版,第136页。
④ (唐)岑参著,陈铁民、侯忠义校注:《岑参集校注》卷2,第82页。
⑤ 同上书,第145页。
⑥ 同上书,第83页。
⑦ 任中敏编著:《敦煌歌辞总编》,凤凰出版社2014年版,第308页。

至于词中歌颂之'裴氏',当是唐高宗时的名臣裴行俭。"《旧唐书·裴行俭传》载其册送波斯王事:"途经莫贺延碛,属风沙晦暝,导者益迷。行俭命下营,虔诚致祭,令告将吏,泉井非遥。俄而云收风静,行数百步,水草甚丰,后来之人,莫知其处,众皆悦服,比之贰师将军。"[1] 汤珺认为"本词所残存的内容,与此传说甚符"[2]。那么词中"砂多"即指莫贺延碛。杜甫《送人从军》诗:"弱水应无地,阳关已近天。今君渡沙碛,累月断人烟。"[3] 无名氏《征步郎》诗:"塞外虏尘飞,频年度碛西。死生随玉剑,辛苦向金微。"[4] 高适《送裴别将之安西》云:"绝域眇难跻,悠然信马蹄。风尘经跋涉,摇落怨暌携。地出流沙外,天长甲子西。少年无不可,行矣莫凄凄。"[5]《同吕员外酬田著作幕门军西宿盘山秋夜作》云:"碛路天早秋,边城夜应永。遥传戎旅作,已报关山冷。上将顿盘坂,诸军遍泉井。"[6] 无名氏《杂曲歌辞·入破第三》云:"三秋大漠冷溪山,八月严霜变草颜。卷旆风行宵渡碛,衔枚电扫晓应还。"[7] 岑参有《武威送刘判官赴碛西行军》、[8]《送李副使赴碛西官军》诗,[9] 都是送人度碛到西域从军的。李约《从军行三首》其二:"边城多老将,碛路少归人。杀尽三河卒,年年添塞尘。"[10] 张蠙《边将二首》其二:"按剑立城楼,西看极海头。承家为上将,开地得边州。碛迥兵难伏,天寒马易收。"[11] 常衮《代员将军罢战后归故里》:"结发事疆场,全生到海乡。连云防铁岭,同日破渔阳。牧马胡天晚,移军碛路长。"[12] 贯休《古塞曲》其三:"远树深疑贼,惊蓬迥似雕。凯歌何日唱,碛路共天遥。"[13]

丝绸之路是商贸之路,中国的丝绸通过莫贺延碛输送到西域更远的国

---

[1] 《旧唐书》卷84《裴行俭传》,中华书局1975年版,第2802页。按:故事源出于张说《赠太尉裴公神道碑铭并序》,见《张说集校注》卷14,中华书局2013年版,第723—724页。
[2] 汤珺:《敦煌曲子词地域文化研究》,上海古籍出版社2004年版,第30页。
[3] (唐)杜甫著,(清)仇兆鳌注:《杜诗详注》卷8,第626页。
[4] 《全唐诗》卷27,第387页。
[5] (唐)高适著,孙钦善校注:《高适集校注》,上海古籍出版社1984年版,第207页。
[6] 同上书,第229页。
[7] 《全唐诗》卷27,第383页。
[8] (唐)岑参著,陈铁民、侯忠义校注:《岑参集校注》卷2,第95页。
[9] 同上书,第94页。
[10] 《全唐诗》卷309,第3496页。
[11] 《全唐诗》卷702,第8075页。
[12] 《全唐诗》卷254,第2860页。
[13] 《全唐诗》卷830,第9362页。

家和地区。张籍《凉州词》其一云："边城暮雨雁飞低，芦笋初生渐欲齐。无数铃声遥过碛，应驮白练到安西。"① 这是诗人想象大唐盛世时丝路繁忙景象。李白《闺情》云：

> 流水去绝国，浮云辞故关。水或恋前浦，云犹归旧山。恨君流沙去，弃妾渔阳间。玉箸夜垂流，双双落朱颜。黄鸟坐相悲，绿杨谁更攀。织锦心草草，挑灯泪斑斑。窥镜不自识，况乃狂夫还。②

诗中的"狂夫"不当指征人，那度碛西行者只能是从事贸易的商人。经碛路往来的还有东来西往的宗教徒，他们也出现在诗歌吟咏中。刘言史《送婆罗门归本国》云：

> 刹利王孙字迦摄，竹锥横写叱萝叶。遥知汉地未有经，手牵白马绕天行。龟兹碛西胡雪黑，大师冻死来不得。地尽年深始到船，海里更行三十国。……出漠独行人绝处，碛西天漏雨丝丝。③

这位入唐的天竺婆罗门为了到中国传教，先欲经西域入华，但受阻于艰险的碛西道路未能成行。又转而经海路来到中国，现在又要经西域归国。"出漠"即走出莫贺延碛大漠，"碛西"即西域地面。诗人想象着他要经过莫贺延碛，要经历西域艰苦的环境。刘言史《代胡僧留别》云："此地缘疏语未通，归时老病去无穷。定知不彻南天竺，死在条支阴碛中。"④ 从中国归天竺，不经条支，此阴碛也当指莫贺延碛。这位胡僧年老归国，对归途充满恐怖，他想象着自己难以走出大漠。许浑《赠僧（一作赵嘏诗）》云："心法本无住，流沙归复来。锡随山鸟动，经附海船回。"⑤ 这是一位曾赴西域取经的僧人，所以说他"流沙归复来"。处默《送僧游西域》云："一盂兼一锡，只此度流沙。野性虽为客，禅心即是家。寺披云峤雪，路入晓天霞。自说游诸国，回应岁月赊。"⑥ 所送僧赴西域所度之"流沙"即莫贺延碛，"诸国"指僧人将往之西域各国。度碛西行，归日

---

① （唐）张籍著，徐礼节、余恕诚校注：《张籍集系年校注》卷6，第736页。
② （唐）李白著，瞿蜕园、朱金城校注：《李白集校注》卷25，第1478页。
③ 《全唐诗》卷468，第5322页。
④ 同上书，第5331页。
⑤ 《全唐诗》卷529，第6048页。
⑥ 《全唐诗》卷849，第9614页。

无期,故云"岁月赊"。

莫贺延碛成为重要的丝路意象。远赴西域的人离乡别井,莫贺延碛代指遥远的西方,成为相思离别异乡漂泊的意象。屈同仙《燕歌行》写征人思妇:"燕支山下少春晖,黄沙碛里无流水。金戈玉剑十年征,红粉青楼多怨情。"① 岑参《轮台即事》云:

> 轮台风物异,地是古单于。三月无青草,千家尽白榆。蕃书文字别,胡俗语音殊。愁见流沙北,天西海一隅。②

唐代的轮台在莫贺延碛北方,故云"愁见流沙北"。"愁"字写出身处西域的诗人的心情,这里远离故乡,景物异常,令诗人产生漂泊之感。岑参《岁暮碛外寄元揿》云:"西风传戍鼓,南望见前军。沙碛人愁月,山城犬吠云。别家逢逼岁,出塞独离群。发到阳关白,书今远报君。"③ 身在西域,故云"碛外",诗写身在西域的人,在年节将至之时,倍感远离亲人朋友的孤单。其《碛西头送李判官入京》云:"一身从远使,万里向安西。汉月垂乡泪,胡沙费马蹄。寻河愁地尽,过碛觉天低。送子军中饮,家书醉里题。"④ 当诗人过碛进入西域,逢李判官将过碛归中原,故引起诗人对亲人的思念。岑参《日没贺延碛作》《过碛》《碛中作》等诗都表达了诗人目睹大碛产生的强烈的思乡之情。空旷的大碛成为遥远地方的象征,离家漂泊的人把它视为异乡或异域。李邵《过九疑山有怀》云:"晚度疑山道,依然想重华。云飘上苑叶,雪映御沟花。行叹戍麾远,坐令衣带赊。交河通绝徼,弱水浸流沙。旅思徒漂梗,归期未及瓜。两阶干羽绝,夜夜泣胡笳。"⑤ 这首诗写漂泊之感,以"交河""流沙"代指自己身处之地,形容离乡之远。

碛里又是边塞艰苦环境的象征,在唐代诗人笔下那里是风沙严寒所在。盛唐诗人王之涣《凉州词》有"春风不度玉门关"的名句,莫贺延碛在玉门关外,故在诗人观念中那里是春风不到的严寒地带。柳中庸《凉州曲二首》其一云:"关山万里远征人,一望关山泪满巾。青海戍头空有月,

---

① 《全唐诗》卷203,第2122—2123页。
② (唐)岑参著,陈铁民、侯忠义校注:《岑参集校注》卷2,第156页。
③ 同上书,第82页。
④ (唐)岑参著,陈铁民、侯忠义校注:《岑参集校注》卷2,第83页。此"碛",有人认为指银山碛,又名银山,在今新疆库米什附近。不确。
⑤ 陈尚君辑校:《全唐诗补编》,中华书局1992年版,第410页。

黄沙碛里本无春。"① 王烈《塞上曲二首》其一云:"红颜岁岁老金微,砂碛年年卧铁衣。白草城中春不入,黄花戍上雁长飞。"② 陈陶《水调词十首》其五云:"水阁莲开燕引雏,朝朝攀折望金吾。闻道碛西春不到,花时还忆故园无。"③ 诗人们反复咏叹此地没有春天,强调这里是苦寒之地。写到莫贺延碛极力渲染其苦寒,于是形成"寒碛"意象,于鹄《出塞》其三云:"空山朱戟影,寒碛铁衣声。"④ 与其地苦寒有关的便是将士们心情的愁苦。常建《送李大都护》云:"单于虽不战,都护事边深。君执幕中秘,能为高士心。海头近初月,碛里多愁阴。西望郭犹子,将分泪满襟。"⑤ 想到碛里征人的悲愁,诗人希望有郭伋那样的将军,既令敌人闻风丧胆,又关心百姓疾苦。李益《从军北征》云:"天山雪后海风寒,横笛偏吹《行路难》。碛里征人三十万,一时回首月中看。"⑥ 陈陶《关山月》云:

  昔年嫖姚护羌月,今照嫖姚双鬓雪。青冢曾无尺寸归,锦书多寄穷荒骨。百战金疮体沙碛,乡心一片悬秋碧。汉城应期破镜时,胡尘万里婵娟隔。度碛冲云朔风起,边笳欲晚生青珥。陇上横吹霜色刀,何年断得匈奴臂。⑦

这首诗写边塞生活,两次写到"碛",渲染战争生活的艰险,征战沙碛,金疮遍体;度碛往来,寒风吹沙。张仲素《塞下曲五首》其五:"阴碛茫茫塞草肥,桔槔烽上暮云飞。交河北望天连海,苏武曾将汉节归。"⑧ 五代沈彬《塞下三首》其三:"月冷榆关过雁行,将军寒笛老思乡。贰师骨恨千夫壮,李广魂飞一剑长。戍角就沙催落日,阴云分碛护飞霜。谁知汉武轻中国,闲夺天山草木荒。"⑨ 诗人写这里的风、寒、雨、雪、霜以及烽

---

① 《全唐诗》卷 257,第 2877 页。
② 《全唐诗》卷 295,第 3353 页。
③ 《全唐诗》卷 746,第 8490 页。
④ 《全唐诗》卷 310,第 3502 页。
⑤ (唐)常建著,王锡九校注:《常建诗集校注》卷下,中华书局 2017 年版,第 241 页。
⑥ (唐)李益著,范之麟注:《李益诗注》,上海古籍出版社 1984 年版,第 113 页。
⑦ 《全唐诗》卷 745,第 8475 页。
⑧ 《全唐诗》卷 367,第 4138 页。《史记·魏公子列传》:"公子与魏王博,而北境传举烽。"裴骃《史记集解》引文颖曰:"作高木橹,橹上作桔槔,桔槔头兜零,以薪置其中,谓之烽。常低之,有寇即火燃举之以相告。"后因称烽火台为"桔槔烽"。
⑨ 《全唐诗》卷 743,第 8456 页。

火,渲染此地不仅自然环境恶劣,还有军情紧急,时时有烽火报警,令人心不得安,愁思顿生。

唐朝经营西域,将士远征要经过莫贺延碛,因此莫贺延碛又是战争意象,赴碛西便是赴前线。唐前期广大士人向往立功边塞,写到莫贺延碛往往充满积极进取的精神。对于那些远赴西域从军征战的人们,诗人鼓励他们不畏艰险,报效国家以博取功名。岑参《送李副使赴碛西官军》云:"脱鞍暂入酒家垆,送君万里西击胡。功名只向马上取,真是英雄一丈夫。"①《北庭贻宗学士道别》:"孤城倚大碛,海气迎边空。四月犹自寒,天山雪濛濛。君有贤主将,何谓泣途穷。时来整六翮,一举凌苍穹。"② 对于那些向往功名的志士来说,艰苦的环境却正是彰显其雄心和抱负的衬托。诗人笔下的人物都是在艰苦的环境中奋战立功令敌人胆寒的将军。那些远赴西域奋斗的人向往立功边塞,唐诗表达了他们的志向和理想。杜甫《送人从军》云:"弱水应无地,阳关已近天。今君渡沙碛,累月断人烟。好武宁论命,封侯不计年。马寒防失道,雪没锦鞍鞯。"③ 杨巨源《赠史开封》云:"天低荒草誓师坛,邓艾心知战地宽。鼓角迥临霜野曙,旌旗高对雪峰寒。五营向水红尘起,一剑当风白日看。曾从伏波征绝域,碛西蕃部怯金鞍。"④ 曹唐《送康祭酒赴轮台》云:"灞水桥边酒一杯,送君千里赴轮台。霜粘海眼旗声冻,风射犀文甲缝开。断碛簇烟山似米,野营轩地鼓如雷。分明会得将军意,不斩楼兰不拟回。"⑤ 耿湋《送杨将军》云:"一身良将后,万里讨乌孙。落日边陲静,秋风鼓角喧。远山当碛路,茂草向营门。生死酬恩宠,功名岂敢论。"⑥ 王建《送阿史那将军安西迎旧使灵榇(一作送史将军)》:"汉家都护边头没,旧将麻衣万里迎。阴地背行山下火,风天错到碛西城。单于送葬还垂泪,部曲招魂亦道名。却入杜陵秋巷里,路人来去读铭旌。"⑦ 对于那些追求功业的志士来说,艰苦的环境不在话下。

(二)高昌、西州、西州都护府、安西都护府

唐诗中写到的蒲昌海、高昌、西州、安西、柳中、交河、火山、赤

---

① (唐)岑参著,陈铁民、侯忠义校注:《岑参集校注》卷2,第94页。
② 同上书,第157页。
③ (唐)杜甫著,(清)仇兆鳌注:《杜诗详注》卷8,第626页。
④ 《全唐诗》卷333,第3728页。
⑤ 《全唐诗》卷640,第7343页。
⑥ 《全唐诗》卷268,第2977—2978页。
⑦ (唐)王建著,王宗堂校注:《王建诗集校注》卷7,第377页。

亭、银山碛西馆皆在西州境内，可视为一组意象群。蒲昌海已见上文论述，此不重复。

1. 高昌、西州

过莫贺延碛进入西域北道，经蒲昌海先至西州（今吐鲁番一带）。贞观十四年（640），唐灭麴氏高昌，以其地置西州，领高昌、柳中、交河、蒲昌、天山等5县，治高昌（今新疆吐鲁番东南高昌故城）。天宝、至德时曾改名交河郡。西州地位重要。贞观年间唐军征服东突厥，又消灭依附西突厥的高昌国，又攻灭焉耆和龟兹，疏勒和于阗则臣服于唐，天山南路全部进入唐之版图，唐朝先在西州置西州都护府，后在西州境内交河城置安西都护府，管理西域事务，这里成为西域政治中心。高宗显庆三年（658）五月平定西突厥阿史那贺鲁之乱，迁安西都护府于龟兹，西州置西州都督府。

唐朝经营西域和向西的开拓是从灭高昌开始的，唐诗中的高昌即指此地。柳宗元《唐铙歌鼓吹曲十二篇·李靖灭高昌》歌颂了这一具有重要意义的战役，已见前文论述。西州是汉代车师国或姑师国之地，唐诗中的地名喜用旧称，写到高昌或西州也有称"车师"的。今吐鲁番市以东42千米处有著名的"阿斯塔那—哈剌和卓古墓群"，在502号墓中纸棺上发现糊有岑参路经西州某驿站时的账单："岑判官马柒匹共食青麦三豆（斗）伍胜（升）付健儿陈金。"① 时间大约在天宝十三载至十四载间，其时岑参在北庭都护、伊西节度使封常清幕府中任掌书记。②"判官"即是节度使幕府文职僚佐职名，又是幕府文职僚佐的通称。这件文书是唐朝西域官员在丝绸之路上奔波的见证，也是边塞诗人西域生活的见证。岑参在西州写的诗是以这种生活为背景的。

作为安西都护府所在地，西州一度成为西域政治军事中心，"安西大都护府，初治西州。显庆二年平贺鲁，析其地置濛池、昆陵二都护府，分种落列置州县，西尽波斯国，皆隶安西，又徙治高昌故地。三年徙治龟兹都督府，而故府复为西州。咸亨元年，吐蕃陷都护府。长寿二年收复安西四镇。至德元载更名镇西。后复为安西"③。吐蕃陷龟兹后，安西大都护府又徙回西州。至长寿二年收复四镇，后又移至龟兹。在西州两度为安西都

---

① 新疆博物馆、西北大学历史系考古专业编：《1973年吐鲁番阿斯塔那古墓群发掘简报》，《文物》1975年第7期。

② 闻一多考证，天宝十三载（754），封常清请岑参为安西北庭节度判官。参闻一多《岑嘉州系年考证》，《清华学报》（第7卷）1933年第2期。

③ 《新唐书》卷40《地理志四》，第1047页。

护府所在地时,写实的诗较多。骆宾王有《秋日饯麴录事使西州序》云:

> 麴录事务切皇华,指轮台而凤举;群公等情敦素赏,临别馆以凫分。促樽酒以邀欢,望山川而起恨。于时露团龙隰,云敛雁天。落叶响而庭树寒,残花疏而兰皋晚。闻秋声之乱水,已怆分沟;对零雨之飘风,倍伤远道。五日之趣,未淹兰藉之娱;二星之辉,行照葱河之境。清飙朗月,我则相思;陇水秦川,君方呜咽。行歌不驻,遽惊班马之嘶;赠言可申,聊振飞鱼之藻。人探一字,一韵一篇。①

这首诗当作于高宗上元三年(676)。② 西州就是麴氏的家乡,唐平高昌后麴氏有人到朝廷任职,现在又奉使至西州。骆宾王和当时饯别者的诗不传,但这是朝廷官员出使至西州的真实记载。"轮台""葱河"代指西域,乃麴录事之目的地;"兰皋""陇水秦川"是其行经之地。李峤有《和麴典设扈从东郊忆弟使往安西冬至日恨不得同申拜庆》诗:

> 玉关方叱驭,桂苑正陪舆。桓岭嗟分翼,姜川限馈鱼。雪花含□晚,云叶带荆舒。重此西流咏,弥伤南至初。③

此赴安西之麴典设之弟,或即骆宾王诗序中之"麴录事",其时安西都护府因吐蕃攻陷龟兹而迁回西州,因此,他使往之"安西"即骆宾王诗中之"西州"。学术界关于安西都护府是否回迁西州有争议,这两首诗或许能提供一个佐证。

盛唐时为维护西域的安定,唐朝驻兵西州,边塞诗人岑参从军入幕,亲临其地。岑参《走马川行奉送出师西征》诗云:"匈奴草黄马正肥,金山西见烟尘飞,汉家大将西出师。……虏骑闻之应胆慑,料知短兵不敢接,车师西门伫献捷。"④ 北朝至唐贞观十四年之前此地称高昌国,唐平高昌,置西州,此后"西州"之名出现在唐诗中。岑参《初过陇山途中呈宇文判官》云:"前月发安西,路上无停留。都护犹未到,来时在西州。"⑤ 此时安西都护府已移至龟兹,从龟兹东来经过西州。汉代曾在车师置戊己

---

① (唐)骆宾王著,(清)陈熙晋笺注:《骆临海集笺注》卷9,第322—323页。
② 傅璇琮主编:《唐五代文学编年史》,第247页。
③ 周勋初等主编:《全唐五代诗》卷47,第945页。
④ (唐)岑参著,陈铁民、侯忠义校注:《岑参集校注》卷2,第148页。
⑤ 同上书,第73页。

校尉,管理屯田,唐诗中有称此地为"戊己"的。温庭筠《山中与诸道友夜坐闻边防不宁因示同志》云:"龙沙铁马犯烟尘,迹近群鸥意倍亲。风卷蓬根屯戊己,月移松影守庚申。"①戊己代指西州。

高昌(西州)之地,自汉以来就是中原政权经营西域的战略要地,也是丝绸之路西域道上的枢纽。从敦煌、玉门关或阳关西出,经伊吾道、楼兰道、沙海道皆可至高昌,从高昌可北行至天山北路,经草原路西去,入欧亚草原之路;亦可从高昌西行进入西域北路,经龟兹、姑墨、疏勒西行。因此西州在西域北道上处于重要的交通位置,是中原地区赴西域的中转之地,北道的起点,"东南至上都(长安)五千三十里。东南至东都(洛阳)五千里。东北至伊州七百三十里。西南至焉耆七百二十里。东南至金沙州一千四百里。南至楼兰国一千二百里,并沙碛,难行。北(至)〔自〕金婆岭至北庭都护府五百里"②。

2. 交河、交河城

在西州意象群中,最为诗人关注的是交河。西州境内的交河城地势险要,安西都护府最初选址于此。"交河出县北天山,水分流于城下,因以为名。"③城建在一处30多米高的台地上,交河在台地一端分流,从两侧流过,在台地另一端汇合,台地像一座呈柳叶状的小岛,故得名为交河城。由于河水冲刷,土台边缘成为陡峭的悬崖,使交河城地势险要异常。汉代时车师前王国都在此,"交河县,中下,东南至州八十里,本汉车师前王庭也。按车师前王国理交河城,自汉迄于后魏,车师君长相承不绝,后魏之后湮没无闻,盖为匈奴所并。贞观十四年于此置交河县,与州同置"④。交河城汉代即闻名中原,当汉与匈奴五争车师时,那里是战争的中心。因此,交河城很早就受到诗人的关注。

交河城很早就进入诗歌中成为战争和边塞意象,南朝梁吴均《入关》云:

> 羽檄起边庭,烽火乱如萤。是时张博望,夜赴交河城。马头要落日,剑尾掣流星。君恩未得报,何论身命倾。⑤

---

① (唐)温庭筠著,(清)曾益等笺注:《温飞卿诗集笺注》卷4,第105页。
② (唐)李吉甫:《元和郡县图志》卷40《陇右道》,第1031页。
③ 同上。
④ 同上。
⑤ (宋)郭茂倩编:《乐府诗集》卷21,第317页。

史书上并没有明确记载张骞曾到交河城，这里的交河城只是西域的代称。又如刘孝标《出塞》云："绝漠冲风急，交河夜月明。"① 顾野王《陇头水》云："瀚海波难息，交河冰未坚。宁知盖山水，逐节赴危弦。"② 隋杨素《出塞二首》："汉虏未和亲，忧国不忧身。……交河明月夜，阴山苦雾辰。"③ 陈子良《赞德上越国公杨素》称扬杨素功德："交河方饮马，瀚海盛扬旌。"④ 这些诗里交河皆非实写，而是代指战地，是人们效命君王杀敌立功之地。古诗中还往往用"交河"形容路途的遥远。北周庾信《送周尚书弘正》云："交河望合浦，玄菟想朱鸢。"⑤ 交河在西域，合浦在岭南，用两地相隔遥远形容自己与朋友的距离，表达相见时难别亦难的感伤。虞世基《出塞二首》其二："天山冬夏雪，交河南北流。"⑥ 此诗题注"和杨素"。交河是征人远戍之地，作为遥远边地的象征，也成为行人思妇两地相思的意象。梁元帝《燕歌行》写征人远戍思妇伤离：

> 燕赵佳人本自多，辽东少妇学春歌。黄龙戍北花如锦，玄菟城中月似蛾。如何此时别夫婿，金羁翠眊往交河。还闻入汉去燕营，怨妾愁心百恨生。⑦

夫婿往"交河"戍守，思妇愁怨。交河地处丝路要道，从事西域贸易的商人经行其地，诗中也有反映。南朝梁简文帝《倡妇怨情十二韵》写游子远行思妇念远："玉关驱夜雪，金气落严霜。飞狐驿使断，交河川路长。荡子无消息，朱唇徒自香。"⑧ 诗写倡妇怨情，她思念的人在远方，而且远赴西域，应当是一位重利轻别离的商人，所以被称为"荡子"。这种辞家远行、羁旅忘返的男子，只有商人才能如此。这些诗中写到的交河，都是作为远方异地和边塞意象出现在诗中。

唐诗继承古诗传统，"交河"意象频频出现在诗人笔下。据统计，《全

---

① （宋）郭茂倩编：《乐府诗集》卷21，第318页。
② （宋）李昉等编：《文苑英华》卷198，中华书局1966年版，第979页。
③ 逯钦立辑校：《先秦汉魏晋南北朝诗》，中华书局1983年版，第2676页。
④ 《全唐诗》卷39，第498页。
⑤ （北周）庾信著，（清）倪璠注：《庾子山集注》卷4，第370页。
⑥ （宋）李昉等编：《文苑英华》卷197，中华书局1966年版，第937页。
⑦ （宋）李昉等编：《文苑英华》卷196，第966页。
⑧ （南朝陈）徐陵编，（清）吴兆宜注：《玉台新咏笺注》卷7，中华书局1985年版，第287—288页。

唐诗》中出现"交河"语汇的作品多达 40 首。① 这个数字仅据《全唐诗》统计,是不全面的。交河所以如此常常入诗,一是因为这里曾是安西都护府治所,引起诗人关注;二是此乃丝绸之路交通要道,往来行人较多;三是投身边塞的诗人有的亲临其地。在不少诗人笔下,交河成为西域和边塞的代名词。唐太宗《饮马长城窟行》云:

> 塞外悲风切,交河冰已结。瀚海百重波,阴山千里雪。迥戍危烽火,层峦引高节。悠悠卷旆旌,饮马出长城。……都尉反龙堆,将军旋马邑。②

其中"塞外""交河""瀚海""阴山""长城""龙堆""马邑"都是边塞意象,皆非实指。陈昭《昭君词》:"交河拥塞路,陇首暗尘沙。"③ 卢照邻《昭君怨》:"合殿恩中绝,交河使渐稀。肝肠辞玉辇,形影向金微。"④ 都是用来指王昭君入匈奴路经之地。虞世南《从军行二首》其二写将士征途:"沙磴离旌断,晴川候马归。交河梁已毕,燕山旆欲飞。"⑤《出塞》云:"凛凛边风急,萧萧征马烦。雪暗天山道,冰塞交河源。"⑥《结客少年场行》云:"天山冬夏雪,交河南北流。……轻生殉知己,非是为身谋。"⑦ 沈佺期《送卢管记仙客北伐》云:"羽檄西北飞,交城日夜围。庙堂盛征选,戎幕生光辉。"⑧ 刘希夷《入塞》云:"将军陷虏围,边务息戎机。霜雪交河尽,旌旗入塞飞。"⑨ 李昂《从军行》:"麾兵静北垂,此日交河湄。欲令塞上无干戚,会待单于系颈时。"⑩ 在初盛唐士人追求建功立业的时代,生死尚且不顾,交河战事的艰险和自然环境的恶劣都不在话下,一心想的是杀敌报国。诗渲染交河的环境的恶劣,恰是衬托将士们的壮志豪情。但是,并不是每一个赴边塞征战的人都能如愿以偿。陶翰《燕歌行》云:"雪中凌天山,冰上渡交河。大小百余

---

① 盖金伟:《唐诗"交河"语汇考论》,《新疆师范大学学报》2008 年第 2 期。
② (唐)李世民著,吴云、冀宇编辑校注:《唐太宗集》,第 13 页。
③ 《全唐诗》卷 19,第 214 页。
④ (唐)卢照邻:《卢照邻集》卷 2,中华书局 1980 年版,第 24 页。
⑤ 周勋初等主编:《全唐五代诗》卷 2,陕西人民出版社 2014 年版,第 17 页。
⑥ 同上书,第 28 页。
⑦ 同上书,第 15 页。
⑧ 《全唐诗》卷 97,第 1049 页。
⑨ 《全唐诗》卷 18,第 188 页。
⑩ 周勋初等主编:《全唐五代诗》卷 115,第 2370 页。

战，封侯竟蹉跎。"① 写交河环境之恶劣，为的衬托志士失意之悲，借汉代李广的典故，批评统治者的赏罚不公。

唐后期写到交河的诗情调便大不相同，更多悲怆色彩。皎然《拟古》："思君转战度交河，强弄胡琴不成曲。日落应愁陇底难，春来定梦江南数。"② 孟郊《折杨柳二首》其二云："枝疏缘别苦，曲怨为年多。花惊燕地云，叶映楚池波。谁堪别离此，征戍在交河。"③ 胡曾《交河塞下诗》云："交河冰薄日迟迟，汉将思家感别离。塞北草生苏武泣，陇西云起李陵悲。"④ 张仲素《塞下曲五首》其五云："阴碛茫茫塞草肥，桔槔烽上暮云飞。交河北望天连海，苏武曾将汉节归。"⑤ 唐后期已经没有将士在交河征战，诗中都借"交河"渲染边塞之苦，失却了昂扬向上之思。"交河"是虚指，不是实指，与"塞北""陇西"等皆为边塞意象，成为悲苦的象征。作为文学意象，唐诗中交河是战事激烈和将士们浴血奋战的地方。于濆《沙场夜》云："士卒浣戎衣，交河水为血。"⑥ 张乔《赠边将》云："将军夸胆气，功在杀人多。对酒擎钟饮，临风拔剑歌。翻师平碎叶，掠地取交河。"⑦ 清江《早发陕州途中赠严秘书》云："人家依旧垒，关路闭层城。未尽交河虏，犹屯细柳兵。"⑧ 清江约生活在大历、元和时期，严秘书据考为严维，此人在建中年间入朝为秘书郎。⑨ 这里交河也非实指，其时唐与吐蕃在陇山对峙，此"交河虏"当指吐蕃。陆龟蒙《乐府杂咏六首·孤烛怨》："前回边使至，闻道交河战。坐想鼓鼙声，寸心攒百箭。"⑩ 唐后期"交河"完全成为意象，而非实写。写交河大多数情况下是寄托理想，或表达对唐后期边事的担忧和悲伤。在贾岛笔下，那里只是一个风雨严寒之地，其《积雪》诗云："昔属时霖滞，今逢腊雪多。南猜飘桂渚，北讶雨交河。"⑪ 在中晚唐诗歌中，"交河"还成为边地象征。白居易《缚戎人》诗写边地百姓陷身吐蕃，又被唐朝边将捉来作为俘虏送往南方：

---

① 《全唐诗》卷19，第225—226页。
② 《全唐诗》卷820，第9247页。
③ （唐）孟郊：《孟东野诗集》卷2，人民文学出版社1959年版，第21页。
④ 《全唐诗》卷647，第7418页。
⑤ 《全唐诗》卷367，第4138页。
⑥ 《全唐诗》卷599，第6927页。
⑦ 《全唐诗》卷638，第7306页。
⑧ 《全唐诗》卷812，第9144页。
⑨ 傅璇琮主编：《唐才子传校笺》卷3，中华书局1987年版，第539页。
⑩ 《全唐诗》卷627，第7204页。
⑪ 李嘉言：《长江集新校》卷6，上海古籍出版社1983年版，第72—73页。

"缚戎人,缚戎人,耳穿面破驱入秦。……忽逢江水忆交河,垂手齐声呜咽歌。"① 诗中交河被这些曾陷身吐蕃的边地百姓视为家乡。

交河也是征夫思妇相思离别的意象,交河是戍边将士思乡的地方,也是后方的思妇日夜牵挂的地方。虞世南《中妇织流黄》云:"衣香逐举袖,钏动应鸣梭。还恐裁缝罢,无信达交河。"② 又《五言拟费昶秋夜听捣衣》写思妇:"形销狭斜路,心属交河道。"③ 因为思念远戍交河的夫君而形销骨立的夫人,心里想的念的是"交河道"。骆宾王《军中行路难同辛常伯作》其二云:

> 君不见玉关尘色暗边亭,铜鞮杂虏寇长城。天子按剑征余勇,将军受脤事横行。七德龙韬开玉帐,千里鼙鼓叠金钲。阴山苦雾埋高垒,交河孤月照连营。……春来秋去移灰琯,兰闺柳市芳尘断。雁门迢递尺书稀,鸳被相思双带缓。行路难,行路难!誓令氛祲静皋兰。但使封侯龙额贵,讵随中妇凤楼寒。④

交河上空的那一轮孤月,不光是照耀着远征部队的营垒,也照到千里万里之外思妇的闺楼。诗写女子思念远征的丈夫,"交河"那夫婿戍守征战的前方,成为她们魂牵梦绕的所在。李元纮《相思怨》云:"交河一万里,仍隔数重云。"⑤ 刘希夷《捣衣篇》云:"梦见形容亦旧日,为许裁缝改昔时。缄书远寄交河曲,须及明年春草绿。"⑥ 赵嘏《昔昔盐·恒敛千金笑》云:"从军人更远,投喜鹊空传。夫婿交河北,迢迢路几千。"⑦ 李白《捣衣篇》云:"闺里佳人年十余,颦蛾对影恨离居。忽逢江上春归燕,衔得云中尺素书。玉手开缄长叹息,狂夫犹戍交河北。万里交河水北流,愿为双鸟泛中洲。"⑧ 孟郊《折杨柳》其二云:"谁堪别离此,征戍在交河。"⑨

---

① 谢思炜:《白居易集校注》卷3,中华书局2006年版,第351页。
② 周勋初等主编:《全唐五代诗》卷2,第19—20页。
③ 徐俊纂辑:《敦煌诗集残卷辑考》卷上(法藏部分),中华书局2000年版,第111页。按:此诗在敦煌文书P.2640虞世南诗《怨歌行》之后。徐俊指出:"此诗《全唐诗》等失载,原题下未署作者,或也虞世南作。"
④ (唐)骆宾王著,(清)陈熙晋笺注:《骆临海集笺注》卷4,第121—125页。
⑤ 《全唐诗》卷108,第1114页。
⑥ 《全唐诗》卷82,第885页。
⑦ 《全唐诗》卷549,第6341页。
⑧ (唐)李白著,瞿蜕园、朱金城校注:《李白集校注》卷6,第456页。
⑨ (唐)孟郊:《孟东野诗集》卷2,人民文学出版社1959年版,第21页。

雍裕之《五杂组》云："五杂组，刺绣窠。往复还，织锦梭。不得已，戍交河。"① 陈陶《水调词十首》之七："长夜孤眠倦锦衾，秦楼霜月苦边心。征衣一倍装绵厚，犹虑交河雪冻深。"② 交河以苦寒闻名，思妇为征人缝制的棉衣用了多一倍的棉絮，仍然担心不够保暖，交河凝聚了多少思妇们的牵挂与眼泪。

唐灭高昌，在交河城置安西都护府，成为唐统治西域的政治中心，西域的战争总是与之相关，诗人们的行踪有时来到交河城，因此唐诗中的交河有时是实写。骆宾王《晚度天山有怀京邑》云："行叹戎麾远，坐怜衣带赊。交河浮绝塞，弱水浸流沙。旅思徒漂梗，归期未及瓜。"③ 从诗题可知，诗人到了天山，应该经过交河，因此这里交河并不是想象之词。王维《送平澹然判官》云："不识阳关路，新从定远侯。黄云断春色，画角起边愁。瀚海经年到，交河出塞流。须令外国使，知饮月氏头。"④ "定远侯"用东汉班超的典故，意谓平澹然判官乃赴西域入军幕。"瀚海"二句写真实的西域景象，并非虚笔。杜甫《高都护骢马行》云：

　　安西都护胡青骢，声价欻然来向东。此马临阵久无敌，与人一心成大功。功成惠养随所致，飘飘远自流沙至。雄姿未受伏枥恩，猛气犹思战场利。腕促蹄高如踣铁，交河几蹴曾冰裂。⑤

安西都护驻节交河城，说他的战马曾踏足交河冰在情理之中。杜甫《前出塞九首》之一云："戚戚去故里，悠悠赴交河。公家有程期，亡命婴祸罗。"⑥ 钱谦益云："《前出塞》为征秦陇之兵赴交河而作。"⑦ 李颀《古从军行》云："白日登山望烽火，黄昏饮马傍交河。"⑧ 岑参《武威送刘单判官赴安西行营便呈高开府》云："曾到交河城，风土断人肠。"⑨《天山雪歌送萧治归京》云："交河城边飞鸟绝，轮台路上马蹄滑。"⑩

---

① 《全唐诗》卷471，第5348页。
② 《全唐诗》卷746，第8490页。
③ （唐）骆宾王著，（清）陈熙晋笺注：《骆临海集笺注》卷4，第120页。
④ （唐）王维著，（清）赵殿成笺注：《王右丞集笺注》卷8，第140页。
⑤ （唐）杜甫著，（清）仇兆鳌注：《杜诗详注》卷2，第86—87页。
⑥ 同上书，第118页。
⑦ （清）钱谦益：《钱注杜诗》卷3，上海古籍出版社1979年版，第92—93页。
⑧ （唐）李颀著，王锡九校注：《李颀诗歌校注》，中华书局2018年版，第255页。
⑨ （唐）岑参著，陈铁民、侯忠义校注：《岑参集校注》卷2，第91页。
⑩ 同上书，第168页。

《火山云歌送别》云:"平明乍逐胡风断,薄暮浑随塞雨回。缭绕斜吞铁关树,氛氲半掩交河戍。"① 《送崔子还京》云:"匹马西从天外归,扬鞭只共鸟争飞。送君九月交河北,雪里题诗泪满衣。"② 《酒泉太守席上醉后作》:"浑炙犁牛烹野驼,交河美酒金叵罗。"③ 《使交河郡郡在火山脚其地苦热无雨雪献封大夫》云:"奉使按胡俗,平明发轮台。暮投交河城,火山赤崔巍。"④ 这四句完全是写实,交代了自己的行程和使命。岑参曾两次入安西幕府,他笔下的西域地名往往是他亲践亲历之地。即便在酒泉写到的交河的美酒,也是实写产自西域的葡萄酒。高昌的葡萄酒极有特色,曾受到唐太宗的欣赏,把酿酒之法引进内地。"葡萄酒,西域有之。前世或有贡献,及破高昌,收马乳葡萄实,于苑中种之,并得其酒法,自损益造酒,酒成,凡有八色。芳香酷烈,味兼醍醐,既颁赐群臣,京中始识其味。"⑤ 岑参笔下的"交河美酒"应当是高昌地区的特产。

交河是赴西域更远地方的要道,经过交河的道路被称为"交河道"。杜甫《送长孙九侍御赴武威判官》云:"骢马新凿蹄,银鞍被来好。绣衣黄白郎,骑向交河道。"⑥ 赴武威并不经过交河,交河在更远的地方,这里的"交河道"是泛指,即从长安出发赴西域的道路。岑参《武威送刘单判官赴安西行营便呈高开府》诗的描写反映了交河道的面貌:

> 曾到交河城,风土断人肠。寒驿远如点,边烽互相望。赤亭多飘风,鼓怒不可当。有时无人行,沙石乱飘扬。夜静天萧条,鬼哭夹道傍。⑦

这里的描写极具史料价值,交河道上驿站、烽火台远近相望,天寒风劲。严耕望先生曾据此指出岑仲勉"汉唐在玉门西未见驿传之记载"论断有误。⑧ 李邕《过九疑山有怀》云:"交河通绝徼,弱水浸流沙。旅思徒漂

---

① (唐)岑参著,陈铁民、侯忠义校注:《岑参集校注》卷2,第171页。
② 同上。
③ 同上书,第188页。
④ 同上书,第152页。
⑤ (宋)王溥:《唐会要》卷100,上海古籍出版社1991年版,第2135页。
⑥ (唐)杜甫著,(清)仇兆鳌注:《杜诗详注》卷5,第362—364页。
⑦ (唐)岑参著,陈铁民、侯忠义校注:《岑参集校注》卷2,第91页。
⑧ 严耕望:《怎样学历史——严耕望的治史三书》,辽宁教育出版社2006年版,第32页。

梗，归期未及瓜。两阶干羽绝，夜夜泣胡笳。"[1] 在唐人观念中，交河是通向绝域的要道，亲临交河的诗人会明显感受到此地风光和民俗与内地有别。敦煌诗集残卷 S.6234 有佚名作者以《西州》为题的诗：

交河虽远地，风俗易（异）中华。绿树参云秀，乌桑戴□花。□□居猃犹，芦酒宴胡笳。大道归唐国，三年路不赊。[2]

作者可能是晚唐时河西都防御使翁郜。[3] 诗围绕一个"远"字来写，因为距离中原遥远，因此风俗与中原不同。三、四句从自然景物写"异"，五、六句从社会生活上写"异"。地近北方草原地带，所以说交河附近"居猃犹"（指唐后期的回鹘），酒宴上奏乐，伴奏的乐器是胡笳。最后写心理上对大唐的归依。在大唐统治之下，尽管三年的路途空间距离甚远，但心理上却不感到遥远，因为同属大唐的天下。

3. 赤亭、银山碛西馆

赤亭作为地名有多处，一在今甘肃成县西北，东汉元初二年（115），羌族起义被武都太守虞诩镇压于此；南朝宋元嘉十八年（441），宋将裴方明破杨和于赤亭亦此地。二在今甘肃省陇西县西首阳镇。东汉建武中元末，烧当羌的一支徙居于此，其后裔姚氏东晋时建立后秦。唐代边塞诗中的"赤亭"在今新疆境内，指赤亭守捉，系军事要塞。遗址在今鄯善县七克台镇南湖村南东西向一座小山上，占地面积约 30 亩，长宽各 100 米，高 20 米，土石结构，现轮廓尚在。守捉是唐朝在边地的驻军机构，主要分布在陇右道与西域。唐代边兵守戍者大者称军，小者称守捉、城、镇，各机构皆有使。守捉驻兵 300—7000 人不等。赤亭守捉是一个重要的交通路口。严耕望先生《凉州西通安西驿道》考证并绘制《唐代瓜、沙、伊、西、安西、北庭交通图》，赤亭在伊州至西州的道路上。[4] 不仅如此，赤亭

---

[1] 陈尚君辑校：《全唐诗补编》，中华书局 1992 年版，第 410 页。按：李郜，字子玄，延唐人。大和间举贤良方正，擢进士第一，调河南府参军。时刘蕡对事切直，考官畏中官，不敢取。郜曰："刘蕡下第，我辈登科，能不厚颜。"又疏请以所受官让蕡，帝不纳。后历贺州刺史。

[2] 徐俊纂辑：《敦煌诗集残卷辑考》卷下（英藏俄藏部分），中华书局 2000 年版，第 654 页。

[3] 荣新江：《唐人诗集的钞本形态与作者蠡测》，载《项楚先生欣开八秩颂寿文集》，中华书局 2012 年版，第 141—158 页。

[4] 严耕望：《唐代交通图考》第二卷（河陇碛西区），上海古籍出版社 2007 年版，第 594—595 页。

还直通庭州，伊庭道起点为伊州纳职县（今哈密市四堡）西，至赤亭守捉与伊西路合：

> 纳职，下（县）。贞观四年以鄯善故城置，开元六年省，十五年复置。南六十里有陆盐池。自县西经独泉、东华、西华驼泉，渡茨其水，过神泉，三百九十里有罗护守捉；又西南经达匪草堆，百九十里至赤亭守捉，与伊西路合。别自罗护守捉西北上乏驴岭，百二十里至赤谷；又出谷口，经长泉、龙泉，百八十里有独山守捉；又经蒲类，百六十里至北庭都护府。①

由此可知，伊庭道和伊西道在赤亭交会，这里连接着伊州、庭州和西州。正是因为这是一个连接西域三州的要道，所以岑参多次路过此地，他有4首诗写到赤亭，写了他到此地的具体感受。《武威送刘单判官赴安西行营便呈高开府》云：

> 曾到交河城，风土断人肠。寒驿远如点，边烽互相望。赤亭多飘风，鼓怒不可当。有时无人行，沙石乱飘扬。夜静天萧条，鬼哭夹道傍。地上多髑髅，皆是古战场。置酒高馆夕，边城月苍苍。②

诗真切地描写了赤亭的环境，这里是一个风口，给岑参印象最深的是"飘风"，即旋风和暴风。岑诗描写了这里风狂沙飞的情景，极力渲染此地风力的劲猛。《天山雪歌送萧治归京》云："天山有雪常不开，千峰万岭雪崔嵬。北风夜卷赤亭口，一夜天山雪更厚。"③ 诗写赤亭的大风和暴雪，冬天奇冷。夏天则是奇热，气温之高无法通行。赤亭靠近所谓"火山"，故炎热异常，《火山云歌送别》写其方位云："火山突兀赤亭口。"④ 因此，《送李副使赴碛西官军》云："火山六月应更热，赤亭道口行人绝。知君惯度祁连城，岂能愁见轮台月。"⑤ 从岑参诗的描写来看，赤亭地处火山山口，是交通要道，而且此处有"高馆"，即供行人住宿和换马之驿站，但环境极其恶劣。

---

① 《新唐书》卷40《地理志四》，中华书局1975年版，第1046页。
② （唐）岑参著，陈铁民、侯忠义校注：《岑参集校注》卷2，第91页。
③ 同上书，第168页。
④ 同上书，第79页。
⑤ 同上书，第95页。

地处西州的驿馆出现于唐诗中的还有银山碛西馆。银山碛又称银山，大沙碛名，在今新疆吐鲁番西南库木什附近。玄奘去印度取经，从高昌西行经银山，当此地，"又经银山，山甚高广，皆是银矿，西国银钱之所出也"①。馆，客舍，官府用来接待行旅宾客的处所。岑参《银山碛西馆》云："银山碛口风似箭，铁门关西月如练。双双愁泪沾马毛，飒飒胡沙迸人面。丈夫三十未富贵，安能终日守笔砚。"②《新唐书·地理志》记载，西州交河郡"自州西南有南平、安昌两城，百二十里至天山西南入谷，经磠石碛，二百二十里至银山碛，又四十里至焉耆界吕光馆"③。从岑参诗可知这里有馆驿之设，是唐人往返西域与中原地区的住宿之处。因为地处天山山口，风特别大特别猛，岑诗用"似箭"的比喻形容这里的风之寒与烈。跟赤亭附近的环境一样，往往大风伴随着沙尘飞扬，"迸"字写出风沙击伤人面的情景。这是只有身临其境才有的体会，诗人形象化的描写弥补了史书记载的不足。

4. 火山

西州气候炎热，著名的火山就在这里。火山又名火焰山，古称赤石山，位于吐鲁番盆地北缘，山土为赤红色砂砾岩和泥岩组成，山体呈红色。当地人称"克孜勒塔格"，意即"红山"。火山从吐鲁番向东延伸至鄯善县，其地气候干燥炎热，故唐人称火山。

曾亲身来到西域的诗人岑参好几首诗都写到火山，《经火山》云：

火山今始见，突兀蒲昌东。赤焰烧虏云，炎氛蒸塞空。不知阴阳炭，何独燃此中。我来严冬时，山下多炎风。人马尽汗流，孰知造化功。④

这是他第一次看到火山，对此奇景感到惊奇万分。他说尽管时值严冬，但风依然炎热异常，行人从山下经过，遭受炙热之苦。《火山云歌送别》云：

火山突兀赤亭口，火山五月火云厚。火云满山凝未开，飞鸟千里不敢来。平明乍逐胡风断，薄暮浑随塞雨回。缭绕斜吞铁关树，氛氲

---

① （唐）慧立、彦悰：《大慈恩寺三藏法师传》卷2，中华书局2000年版，第24页。
② （唐）岑参著，陈铁民、侯忠义校注：《岑参集校注》卷2，第79页。
③ 《新唐书》卷40《地理志四》，中华书局1975年版，第1046页。
④ （唐）岑参著，陈铁民、侯忠义校注：《岑参集校注》卷2，第79页。

半掩交河戍。迢迢征路火山东，山上孤云随马去。①

诗前三句皆用"火"字开头，连用四个"火"字，给人极深的印象。接着用极其夸张的语言强调这里是无法通行的，飞鸟距离千里已经望而生畏，何况人呢。人们要经过火山，都是利用黎明时分，或是傍晚下雨时。正因为如此，诗人对送别的行人充满担心，眼看他骑着马踏上入火山的道路。西域景物富有异域色彩，岑参是一位"好奇"的诗人，又喜欢用夸张的手法，故他笔下的西域景象奇之又奇，这里对火山奇景的描写也带有夸张色彩。

岑诗中多次对火山附近的气候和景色进行描写，如《武威送刘单判官赴安西行营便呈高开府》云："热海亘铁门，火山赫金方。"②《使交河郡郡在火山脚其地苦热无雨雪献封大夫》云："奉使按胡俗，平明发轮台。暮投交河城，火山赤崔巍。九月尚流汗，炎风吹沙埃。何事阴阳工，不遣雨雪来。"③《送李副使赴碛西官军》云："火山六月应更热，赤亭道口行人绝。"《武威送刘判官赴碛西行军》云："火山五月行人少，看君马去疾如鸟。都护行营太白西，角声一动胡天晓。"④ 岑参的边塞诗为了歌颂唐朝将士不畏艰险在西域奋斗的精神，强调和夸张西域艰苦的环境。写火山之炎热与写西域的风沙、严寒一样，用以衬托赴西域征战的唐朝将士的忘我报国的壮志。

（三）焉耆与铁门关、乌垒

从高昌西行入西域北道，首先至焉耆。焉耆是西域古国名，在今新疆焉耆县附近，又称乌夷、阿耆尼。焉耆地处西域之中，地理位置重要。汉朝势力未进入西域时，焉耆是匈奴统治西域的中心。"匈奴西边日逐王置僮仆都尉，使领西域，常居焉耆、危须、尉黎间，赋税诸国，取富给焉。"⑤ 在汉代与匈奴的斗争中焉耆常依附匈奴。汉武帝元朔六年（前123），骠骑将军霍去病将万骑出陇西，过焉耆山千余里，得胡首虏八千余级，得休屠王祭天金人。宣帝时汉朝从匈奴手中夺取西域，置西域都护，驻节乌垒城（在今新疆轮台东北），地近焉耆。焉耆国从此置于汉西域都

---

① （唐）岑参著，陈铁民、侯忠义校注：《岑参集校注》卷2，第171页。
② 同上书，第91页。
③ 同上书，第152页。
④ 同上书，第94页。
⑤ 《汉书》卷96上《西域传上》，第3872页。

护管辖之下。《汉书·西域传》记载：

> 焉耆国，王治员渠城，去长安七千三百里。户四千，口三万二千一百，胜兵六千人。击胡侯、却胡侯、辅国侯、左右将、左右都尉、击胡左右君、击车师君、归义车师君各一人，击胡都尉、击胡君各二人，译长三人。西南至都护治所四百里，南至尉犁百里，北与乌孙接。近海，水多鱼。①

西汉末西域反乱，焉耆首叛，杀汉朝西域都护。魏晋南北朝时成为中原地区交通西域的障碍，"恃地多险，颇剽劫中国使"②。突厥崛起，焉耆则受西突厥统治。唐灭西突厥后，于焉耆置都督府，成为唐朝控制西域的重要军镇之一。《旧唐书·地理志》记载：

> 焉耆都督府，本焉耆国，其王姓龙，名突骑支，常役于西突厥。俗有鱼鳖之利。贞观十八年，安西都护郭孝恪平之，由是臣属。上元中，置都督府处其部落，无蕃州。在安西都护府东八百里。③

焉耆初与龟兹、疏勒、于阗诸镇并称"安西四镇"，隶属于安西都护。随着唐朝向中亚的进军，唐置碎叶都督府取代焉耆。焉耆地处丝绸之路要道，据贾耽《入四夷之路》之"安西入西域道"记载，焉耆是西域道交通枢纽之一："自焉耆西五十里过铁门关，又二十里至于术守捉城，又二百里至榆林守捉，又五十里至龙泉守捉，又六十里至东夷僻守捉，又七十里至西夷僻守捉，又六十里至赤岸守捉，又百二十里至安西都护府。"④

亲身经过焉耆的诗人留下了足迹，"焉耆"作为地名实指，见于岑参《早发焉耆怀终南别业》诗题，诗写在西域思念家乡的心情："晓笛别乡泪，秋冰鸣马蹄。一身虏云外，万里胡天西。终日见征战，连年闻鼓鼙。故山在何处，昨日梦清溪。"⑤ 诗题中焉耆是岑参确实经过的地方。又见于焉耆陷于吐蕃后武涉献焉耆王的诗。敦煌诗集残卷 P.3328 武涉《上焉祇（耆）王诗》云：

---

① 《汉书》卷96下《西域传下》，第3917—3918 页。
② 《魏书》卷102《西域传》，第2265 页。
③ 《旧唐书》卷40《地理志》，第1648 页。
④ 《新唐书》卷43《地理志七》，第1151 页。
⑤ （唐）岑参著，陈铁民、侯忠义校注：《岑参集校注》卷2，第85 页。

第五章　丝绸之路之西域道　379

　　　　天生殊异焉祇（耆）王，壮志年过四十强。威名已振三边外，忠
　　孝双全四海扬。威灵磊落谁不羡，意气峰（风）传未曾见。神凝□雪
　　寒远风，心对江胡（湖）净如练。堂堂美皃（貌）备三端，盈路行人
　　注目看。家中日夕笙歌满，沥上怨胞（耶）巡出兰。神圣赞普见相
　　次，宝辈（贝）金帛每年赐。福禄诤（争）高北斗齐，前贤后哲难相
　　似。有时出腊（猎）骋荒郊，骢马金案（鞍）西转豪。教土犲狼箭下
　　运，苍鹰比下不曾抛。芬芳桃李纵横种，能令将相情怀重。理事和平
　　惬异乡，吐言成玉人皆诵。延（筵）开绿钗对红炉，爓（烂）漫欢娱
　　伴酒徒。东阁不扃常待客，黄金用尽为□（樗）蒲。谁怜没落离家
　　子，怨苦愁容今若此。倘谁方便出沉沉，他时赐节门兰事。①

这首诗长达32行，每4行一转韵。焉耆是西域古国，汉代焉耆是西域强国之一。唐代征服焉耆之地，于此置羁縻州和军镇，焉耆王为都督。安史之乱发生，唐抽调边军入内地平叛，吐蕃入侵。贞元七年（791）唐北庭节度使与吐蕃战，失败，焉耆受吐蕃统治。直到唐会昌元年（841）黠戛斯占领安西、北庭，后西迁回鹘庞特勤又率众占领焉耆，设牙帐。诗中颂扬吐蕃赞普，写焉耆王接受赞普的赐赠，说明此诗当作于蕃占时期。从诗的描写可知，吐蕃对焉耆的统治继承了唐朝的羁縻制度，保留焉耆王的傀儡地位。武涉可能是沦落焉耆的内地人士，在生计无着的情况下，希望焉耆王能救拔他于流落沉沦之中。有学者把这首诗的写作时间定于晚唐归义军时期，② 似与此诗意不符，大约与此诗在早期释读时未能辨认"赞普"二字有关。又敦煌诗集残卷 P. 2672 有题为《焉耆》的诗：

　　　　万里聘焉耆，奔程踏丽龟（离归）。碛深嗟狐媚，山远象蛾眉。
　　水陆分三郡，风流效四夷。故城依绝域，无日不旋师。③

这首诗很生动地写出中原人士赴焉耆的真实感受和焉耆异域特色。晚唐时张议潮收复河湟地区，唐朝又向河西派遣官员，并护守西域。这首诗可能就是赴河西担任都防御使的翁郜所作，其中"风流效四夷"写出焉耆之地多元文化交汇之地的特点；"故城依绝域"写出其地处遥远西域的地理特

---

① 徐俊纂辑：《敦煌遗书诗歌散录》卷上（法藏部分），《敦煌诗集残卷辑考》，第657页。
② 陆庆夫：《从焉耆龙王到河西龙家——龙部落迁徙考》，《敦煌研究》1997年第2期。
③ 徐俊纂辑：《敦煌诗集残卷辑考》卷下（英藏法藏部分），第657页。

征;"无日不旋师"则写出焉耆一带紧张的军事形势。

焉耆境内的铁门关是赴西域的要道,商旅、使节和投身西域的将士必经此地,故非常受诗人关注。形势险要的铁门关位于焉耆西北五十里库鲁克塔格山谷之中,连接西域南北道。据陈戈先生考察,唐代铁门关在今库尔勒和塔什店之间的峡谷中,"在这条峡谷的中段处,即距峡谷南口约十千米处。该处是孔雀河水在峡谷中的一个大拐弯处,其南岸伸出一山头,山高于河面约一百米,站在其上可以鸟瞰下面的古道"。在山顶上,他们发现遗存有古代房址,在面上散布有陶片,"这些古代遗址、遗物及地理形势说明这里在古代是一处关卡要隘,驻有兵士守卫防护,铁门关当在斯处"①。吐鲁番出土文书《唐开元二十年(732)瓜州都督府给石染典过所》反映出当时这里是商旅行经之地,也是唐军驻守之地:

[前缺]
1 家 生 奴 移 □□ ▢▢▢▢▢
2 安西已来,上件人四、驴十。今月 日, 得 牒
3 称:从西来,至此市易事了。今欲却往安
4 西已来,路由铁门关,镇戍守捉不练行由,
5 请改给者。依勘来文同此,已判给,幸依勘
6 过。②

从"安西"来,即从安西都护府来,"市易事了"表明经铁门关的是经商者。经商的行人往返于铁门关,这里有"镇戍守捉",即驻守的唐军。

铁门关独特的地理位置和险要形势吸引了过往此地的人们的关注,常常出现在诗人们的笔下。岑参入安西幕府,屡经铁门关,有多首诗提到它。《宿铁关西馆》云:

马汗踏成泥,朝驰几万蹄。雪中行地角,火处宿天倪。塞迥心常怯,乡遥梦亦迷。那知故园月,也到铁关西。③

---

① 陈戈:《铁门关、铁关和遮留谷》,原载《西北史地》1985 年第 4 期,收入《新疆考古论文集》,商务印书馆 2017 年版,第 658—662 页。
② 国家文物局古文献研究室、新疆维吾尔自治区博物馆、武汉大学历史系编:《吐鲁番出土文书(录文本)》第 9 册,文物出版社 1990 年版,第 40 页。
③ (唐)岑参著,陈铁民、侯忠义校注:《岑参集校注》卷 2,第 81 页。

铁关即铁门关，关西有馆驿，供往来于中原与西域的人住宿。《题铁门关楼》云：

> 铁关天西涯，极目少行客。关门一小吏，终日对石壁。桥跨千仞危，路盘两崖窄。试登西楼望，一望头欲白。①

岑参路过此地时，由于安西四镇的设立，铁门关有唐朝官吏的驻守管理。从诗中描写可知，这里在军事上已经失去了战略意义，只是相当于一个驿站，是过往行人歇脚之处。过往行人既少，守关人也闲暇无聊。但此地险要的形势还是给诗人以深刻印象。出关就到了异域，故从此西望，不禁忧从中来。从西域返中原的行人要经过铁门关。岑参《天山雪歌送萧治归京》云："天山有雪常不开，千峰万岭雪崔嵬。北风夜卷赤亭口，一夜天山雪更厚。能兼汉月照银山，复逐胡风过铁关。"②从天竺入华的僧人路经西域，铁门关也是其必经之地。僧贯休《遇五天僧入五台五首》之一云："十万里到此，辛勤讵可论。唯云吾上祖，见买给孤园。一月行沙碛，三更到铁门。"③这位来自印度的僧人行经万里来到中国，又要到五台山佛教圣地。诗人想象着他入华道路的艰辛，知道他经西域过铁门关来到中原。

铁门关乃中国古代二十六名关之一，地处天山南麓和昆仑山北坡交会的交通要冲，扼孔雀河上游陡峭峡谷的出口，古丝绸之路中段必经之地，是从焉耆盆地进入塔里木盆地的一道天险，自古为兵家必争之地。诗人们喜欢写铁门关的险要，歌颂唐朝将士的英勇，并抒发建功立业的志向。岑参《使交河郡郡在火山脚其地苦热无雨雪献封大夫》云：

> 铁关控天涯，万里何辽哉。烟尘不敢飞，白草空皑皑。军中日无事，醉舞倾金罍。汉代李将军，微功今可咍！④

因为铁门关之险和将军的英勇善战，如今边境无事，军中安乐。相比之下，汉代李广的那点儿功劳和封大夫相比简直微不足道。《武威送刘单判

---

① （唐）岑参著，陈铁民、侯忠义校注：《岑参集校注》卷2，第80页。
② 同上书，第168页。
③ （唐）贯休著，胡大浚笺注：《贯休歌诗系年笺注》卷14，中华书局2011年版，第655页。
④ （唐）岑参著，陈铁民、侯忠义校注：《岑参集校注》卷2，第152页。

官赴安西行营便呈高开府》云:"热海亘铁门,火山赫金方。白草磨天涯,湖沙莽茫茫。夫子佐戎幕,其锋利如霜。中岁学兵符,不能守文章。功业须及时,立身有行藏。男儿感忠义,万里忘越乡。"① 热海、铁门关、火山、金方代指刘单判官将往之地,诗人希望他在那里佐戎幕立功勋。张宣明《使至三姓咽面》云:

  昔闻班家子,笔砚忽然投。一朝抚长剑,万里入荒陬。岂不厌艰险,只思清国仇。山川去何岁,霜露几逢秋。玉塞已遐廓,铁关方阻修。东都日窅窅,西海此悠悠。卒使功名建,长封万里侯。②

此诗题注:"宣明为(郭)元振判官时,使至三姓咽面,因赋此诗。时人称为绝唱。"在汉唐经营西域中伴随着战争,铁门关是西去或东来的必经之地,作为意象,在唐诗中代表着战争。乔备《出塞》云:"沙场三万里,猛将五千兵。旌断冰溪戍,笳吹(敦煌诗集残卷 P.3771《珠英集》卷五作葭思,当作遐思)铁关城。阴云暮下雪,寒日昼无晶。直为怀恩苦,谁知边塞情。"③李白《从军行二首》其一云:"从军玉门道,逐虏金微山。笛奏梅花曲,刀开明月环。鼓声鸣海上,兵气拥云间。愿斩单于首,长驱静铁关。"④铁门关象征着遥远和艰险,但面对遥远的西域和艰险的环境,诗人们没有流露出畏惧和愁苦,而是精神昂扬,志向远大。

  由于诗人亲身经过铁门关,因此铁门关周围的景物落入诗人笔下。岑参《火山云歌送别》写火山云笼罩长空:"平明乍逐胡风断,薄暮浑随塞雨回。缭绕斜吞铁关树,氛氲半掩交河戍。"⑤《银山碛西馆》云:"银山碛口风似箭,铁门关西月如练。双双愁泪沾马毛,飒飒胡沙迸人面。"⑥ 铁门关周围郁郁葱葱的树林和夜晚天上的一轮明月,都是行经此地的诗人亲眼所见,因此写得真实而亲切。安史之乱后,铁门关陷于吐蕃。唐末张议潮驱逐了陇右、河西吐蕃人势力,唐朝重新在河西任命官员治理。唐朝担任河西都防御使的翁郜可能也亲临其地,面对西域疆土未复,满怀惆怅,其《铁门关》诗云:

---

① (唐)岑参著,陈铁民、侯忠义校注:《岑参集校注》卷2,第91页。
② 《全唐诗》卷113,第1151页。
③ (宋)李昉等编:《文苑英华》卷197,第974页。
④ (唐)李白著,瞿蜕园、朱金城校注:《李白集校注》卷6,第446页。
⑤ (唐)岑参著,陈铁民、侯忠义校注:《岑参集校注》卷2,第171页。
⑥ 同上书,第79页。

第五章　丝绸之路之西域道　383

　　铁门关外东西道，过尽前朝多少人。客舍丘墟存旧迹，山川犹自叠鱼麟。掊沙偃水燃刁斗，黄叶胡桐以代薪。信□弯弧愁虏骑，潜奔不动麝香尘。①

鱼麟，军阵名，代指战争。诗人想到唐朝盛时，西域在大唐统治之下，出入国门的行旅曾在铁门关络绎不绝。如今大唐使节驻足过的驿站客舍仍旧迹可循，但这里依然战事不断，军情紧张。

与焉耆有关的西域意象还有乌垒。乌垒是汉时西域小国，却有重要的地位，因为这里是西域都护驻节之地："乌垒，户百一十，口千二百，胜兵三百人。城都尉、驿长各一人。与都护同治。其南三百三十里至渠犁。"② 乌垒国地处西域中心，地理位置很重要。西汉末年中原动乱，丧失对西域的控制，乌垒为龟兹所并。东汉建立，西域各国请求内附，光武帝刘秀有感于无力经营西域，未纳。莎车王贤击灭妫塞国，立其国人驷鞬为妫塞王，立其子为龟兹王，又分龟兹为乌垒国，徙驷鞬为乌垒王。③ 唐时置乌垒州，属羁縻府州，④ 当即汉时乌垒国故地。一般认为其故址位于今新疆巴州轮台县以东的野云沟乡和策大雅乡结合部，距轮台县城 58 千米。此地有三处古城遗址，一处在策大雅乡政府东 1 千米处，一座小方城池被水流冲刷过，城垣仅存 1 米，夯土干打垒建筑，建筑材料为黄沙土防潮层，拉筋建筑材料为胡杨树枝，每 0.33 米为一叠层，周长约百米，城内散布青灰色陶片，有白色的刻画点云纹和水波纹。城东有一城楼，南有城门。一处在乡政府东面 10 千米处公路北侧，当地人称白土墩，估计是烽燧。考古学家黄文弼在上述两处遗址发掘出存贮粮食的陶罐，认为是西域都护府设立时士卒屯守的用物。另一处是黄文弼在野云沟乡发现的较大的遗址，"从库尔楚西行，至小野云沟，即古乌垒国地"⑤。张安福则认为汉代西域都护府乌垒城在野云沟乡稍偏西南的绿洲地带。⑥

在汉与匈奴争夺西域过程中，乌垒政治形势屡有变化。西汉太初三年，汉灭轮台国，第二年置使者校尉，在此屯田。宣帝本始二年，乌垒国

---

① 徐俊纂辑：《敦煌诗集残卷辑考》卷下，中华书局 2000 年版，第 659 页。荣新江考证此诗为时任唐朝河西都防御使的翁郜所写。见氏著《唐人诗集的钞本形态与作者蠡测》，载《项楚先生欣开八秩颂寿文集》，中华书局 2012 年版，第 141—158 页。
② 《汉书》卷 96 下《西域传下》，第 3911 页。
③ 《后汉书》卷 86《西域传》，第 2924 页。
④ 《新唐书》卷 43 下《地理志七》，第 1135 页。
⑤ 黄文弼：《塔里木盆地考古记》，科学出版社 1958 年版，第 9 页。
⑥ 张安福：《西域都护府乌垒城遗址考》，《齐鲁学刊》2013 年第 3 期。

复国。神爵二年匈奴内讧，日逐王先贤掸归降汉朝。汉朝任命郑吉为西域都护，驻乌垒城，即今新疆轮台。乌垒地处西域正中，当北路要道所经，由此去龟兹（今新疆库车）、姑墨（今新疆阿克苏）、疏勒（今新疆喀什），逾葱岭可到大宛、康居等地，此为"北道"；往南有道通鄯善（今新疆若羌）、且末（今新疆且末）、于阗（今新疆和田）、莎车（今新疆莎车），越葱岭至大月氏、大夏、安息诸国，即所谓"南道"；往北经焉耆（今新疆焉耆）、车师通丝绸之路草原路，可去"山后六国"和乌孙、康居。魏晋南北朝时期地属龟兹国，隋时属西突厥。唐灭西突厥，乌垒国不复存在，此地为安西都护府下的乌垒州。在唐代诗人笔下"乌垒"成为西域的代名词，是将士远戍之地。李约有《从军行三首》：

其一
看图闲教阵，画地静论边。乌垒天西戍，鹰姿塞上川。
路长须算日，书远每题年。无复生还望，翻思未别前。

其二
栅高三面斗，箭尽举烽频。营柳和烟暮，关榆带雪春。
边城多老将，碛路少归人。点尽三河卒，年年添塞尘。

其三
候火起雕城，尘砂拥战声。游军藏汉帜，降骑说蕃情。
霜降滮池浅，秋深太白明。嫖姚方虎视，不觉请添兵。[1]

轮台一名"布古尔"，维吾尔语作"雕鹰"之意，故李约诗中的"鹰姿""雕城"皆指轮台，此轮台字面上指汉代轮台，西域都护驻所。乌垒又被诗人视为极西绝远之地。皮日休《鲁望昨以五百言见贻过有褒美内揣庸陋弥增愧悚……微旨也》称颂开元以后的文学成就："当于李杜际，名辈或溯沿。良御非异马，由弓非他弦。其物无同异，其人有媸妍。自开元至今，宗社纷如烟。爽若沆瀣英，高如昆仑巅。百家嚣浮说，诸子率寓篇。筑之为京观，解之为牲牷。各持天地维，率意东西牵。竞抵元化首，争扼真宰咽。或作制诰数，或为宫体渊。或堪被金石，或可投花钿。或为舆隶唱，或被儿童怜。乌垒虏亦写，鸡林夷争传。"[2] 意谓盛唐那些优秀诗人的作品西传至西域，东传至朝鲜半岛。

---

[1]《全唐诗》卷309，第3496页。
[2]《全唐诗》卷609，第7024—7025页。

（四）龟兹、安西都护府、安西大都护府、镇西都护府

龟兹是古时西域大国。关于龟兹的记载，最早见于班固《汉书·西域传》：

> 龟兹国，王治延城，去长安七千四百八十里。户六千九百七十，口八万一千三百一十七，胜兵二万一千七十六人。……南与精绝、东南与且末、西南与于弥、北与乌孙、西与姑墨接。能铸冶、有铅。东至都护所乌垒城三百五十里。[①]

汉置西域都护，龟兹国属西域都护所辖国家。强盛时以今新疆库车为中心，东起轮台，西至巴楚，北靠天山，南临塔克拉玛干大沙漠，今新疆库车、拜城、新和、沙雅、轮台等县都曾是其属地。魏晋南北朝时龟兹脱离中原政权统治，5世纪后沦于嚈哒，后又被西突厥统治。隋时曾入贡中原：

> 龟兹国，都白山之南百七十里，汉时旧国也。……东去焉耆九百里，南去于阗千四百里，西去疏勒千五百里，西北去突厥牙六百余里，东南去瓜州三千一百里。大业中，遣使贡方物。[②]

唐初，龟兹虽与唐朝有交往，但仍附属于西突厥。贞观八年（634），龟兹曾遣使朝贡。唐平高昌，置西州，在西州境内之交河城置安西都护府。贞观十六年（642）唐朝派遣昆丘道副大总管郭孝恪讨伐龟兹，破其都城，龟兹国相那利率众遁逃，郭孝恪自留守。那利等率众万余，与城内降胡表里为应攻城，郭孝恪中流矢死，将军曹继叔收复其都城。贞观二十二年（648）设安西节度使，抚宁西域，统龟兹、焉耆、于阗、疏勒四国。显庆二年（657）十一月，唐军在碎叶平定阿史那贺鲁之乱，西域局势稳定下来，唐朝把安西都护府治所移至龟兹国都城，管戍兵二万四千人。后一度将安西都护府迁回高昌，显庆三年五月又迁到龟兹，升格为大都护府。此后，在唐与吐蕃反复争夺中此地多次易手，长寿元年（692），王孝杰收复四镇，恢复安西都护府，安西都护府治所在龟兹稳固下来。

安西都护府治所在龟兹期间，唐代文献和唐诗中提到的"安西"往往

[①] 《汉书》卷96下《西域传下》，第3911页。
[②] 《隋书》卷83《西域传》，第1851—1852页。

指龟兹王城。"安西大都护府，初治西州。显庆二年平贺鲁，析其地置濛池、昆陵二都护府，分种落列置州县，西尽波斯国，皆隶安西，又徙治高昌故地。三年徙治龟兹都督府，而故府复为西州。咸亨元年，吐蕃陷都护府。长寿二年收复安西四镇。至德元载更名镇西。后复为安西。"① 可知安西都护府曾一度改称"镇西都护府"。② 唐佚名诗人《镇西》诗写西域形势："天边物色更无春，只有羊群与马群。谁家营里吹羌笛，哀怨教人不忍闻。"③ 岑参《醉里送裴子赴镇西》云："醉后未能别，待醒方送君。看君走马去，直上天山云。"④ 这些诗可能是安西改名镇西时的作品。

安史之乱发生，吐蕃北进，占据河陇，驻守西域的唐军仍以北庭、安西为基地抗击吐蕃。"吐蕃既侵河陇，惟李元忠守北庭，郭昕守安西，与沙陀、回纥相依，吐蕃攻之久不下。建中二年，元忠、昕遣使间道入奏，诏各以为大都护，并为节度。贞元三年，吐蕃攻沙陀、回纥、北庭、安西，无援，遂陷。"⑤ 置于龟兹之安西大都护府陷落后，其地先后为吐蕃和回鹘所得。唐置安西行营，安西节度使并不能实际驻守龟兹。

龟兹是安西四镇之一，又是安西都护府所在地，地位重要。显庆三年（658），安西都护府移至龟兹城，升为安西大都护府，龟兹城成为西域政治中心和交通枢纽。贾耽《入四夷之路》之"安西入西域道"中"安西"即指龟兹城，贾耽的著作记载此道以其为起点和中心坐标：

  安西西出柘厥关，渡白马河，百八十里西入俱毗罗碛。经苦井，百二十里至俱毗罗城。又六十里至阿悉言城。又六十里至拨换城，一曰威戎城，曰姑墨州，南临思浑河。乃西北渡拨换河、中河，距思浑河百二十里，至小石城。又二十里至于阗境之胡芦河。又六十里至大石城，一曰于祝，曰温肃州。又西北三十里至粟楼烽。又四十里度拨达岭。又五十里至顿多城，乌孙所治赤山城也。又三十里渡真珠河，又西北度乏驿岭，五十里渡雪海，又三十里至碎卜戍，傍碎卜水五十里至热海。又四十里至冻城，又百一十里至贺猎城，又三十里至叶支城，出谷至碎叶川口，八十里至裴罗将军城。又西二十里至碎叶城，

---

① 《新唐书》卷40《地理志四》，第1047页。
② 朱秋德：《论唐代西域地理名称的变迁——岑参诗中的安西、北庭、碛西、镇西》，《石河子大学学报》（哲学社会科学版）2003年第3期。
③ 《全唐诗》卷27，第388页。
④ （唐）岑参著，陈铁民、侯忠义校注：《岑参集校注》卷2，第184页。
⑤ 《新唐书》卷40《地理志四》，第1048页。

城北有碎叶水，水北四十里有羯丹山，十姓可汗每立君长于此。①

这里记载了从龟兹直到中亚各地的道路和里程。

唐代西域北道利用频繁，龟兹地处西域北道要道。由于龟兹在西域政治地位的重要和北道的更多利用，唐诗对龟兹的记述和描写较多。"龟兹"一名在唐诗中有的是实指。岑参《北庭贻宗学士道别》云："忽来轮台下，相见披心胸。饮酒对春草，弹棋闻夜钟。今且还龟兹，臂上悬角弓。平沙向旅馆，匹马随飞鸿。"②宗学士从北庭都护府返安西都护府，诗人作此诗送行。诗中写朋友翻越天山回到龟兹，是其真实的行程。梁陟《龟兹闻莺》云："边树正参差，新莺复陆离。娇非胡俗变，啼是汉音移。绣羽花间覆，繁声风外吹。人言曾不辨，鸟语却相知。出谷情何寄，迁乔义取斯。今朝乡陌伴，几处坐高枝。"③从诗题看诗人似乎亲身到过该地。刘言史《送婆罗门归本国》云：

　　刹利王孙字迦摄，竹锥横写叱萝叶。遥知汉地未有经，手牵白马绕天行。龟兹碛西胡雪黑，大师冻死来不得。地尽年深始到船，海里更行三十国。行多耳断金环落，冉冉悠悠不停脚。马死经留却去时，往来应尽一生期。出漠独行人绝处，碛西天漏雨丝丝。④

可知这位胡僧回天竺国是取道西域北道，在诗人想象中这里是东来西往的行人经行之地。

龟兹是乐舞之乡，龟兹乐舞和龟兹艺人进入中原地区，其新奇美妙的表演引起诗人极大的兴趣，因此唐诗写到龟兹乐舞艺术。白居易《西凉伎》云：

　　西凉伎，假面胡人假狮子。刻木为头丝作尾，金镀眼睛银贴齿。

---

① 《新唐书》卷40《地理志四》，第1149页。
② （唐）岑参著，陈铁民、侯忠义校注：《岑参集校注》卷2，第157页。
③ （宋）李昉等编：《文苑英华》卷328，中华书局1966年版，第1707页。此诗《全唐诗》误作吕敞诗，见《全唐诗》卷782，第8836页。梁陟，童养年《全唐诗续补遗》列入"无世次"作者，见《全唐诗外编》，中华书局1982年版，第680页。陈尚君考证梁陟"应作梁涉"，开元、天宝时人。见陈尚君辑校《全唐诗补编》，中华书局1992年版，第830页。此说可取。吕敞乃晚唐人，晚唐时诗人已难到龟兹，而且也不会称龟兹为"边地"。
④ 《全唐诗》卷468，第5322页。

奋迅毛衣摆双耳,如从流沙来万里。紫髯深目两胡儿,鼓舞跳梁前致辞。应似凉州未陷日,安西都护进来时。①

据陈寅恪先生考证,白诗首节叙舞狮戏情状,符合文献中关于龟兹乐的记载,《乐府杂录》记载龟兹部云:"戏有五方狮子,高丈余,各有五色,每一狮子,有十二人,戴红抹额,衣画衣,执红拂子,谓之狮子郎。舞太平乐曲。"②陈寅恪认为白诗中表演狮子舞的胡人就是凉州陷于吐蕃,安西路绝,"西胡之来中国不能归国者"。他们流落各地,其中必有流落散处于边镇者,当地人取以为戏,边将用来享宾客犒士卒。③龟兹乐北朝时传入中原,唐代在内地和宫廷都很流行,"唐代流行之西域乐以龟兹部为特盛"。④元稹《连昌宫词》写开元天宝时连昌宫的繁华景象云:"逡巡大遍《凉州》彻,色色《龟兹》轰绿续。"⑤宫廷里打马球比赛时,宫人助兴有时奏《龟兹乐》。王建《宫词一百首》十五云:"对御难争第一筹,殿前不打背身球。内人唱好龟兹急,天子鞘回过玉楼。"⑥反映了唐宫廷中龟兹乐的流行。刘商《胡笳十八拍·第七拍》云:

男儿妇人带弓箭,塞马蕃羊卧霜霰。寸步东西岂自由,偷生乞死非情愿。龟兹筚篥愁中听,碎叶琵琶夜深怨。竟夕无云月上天,故乡应得重相见。⑦

筚篥是来自西域的乐器,唐代诗人认为它来自龟兹。这首诗字面上咏汉末蔡文姬故事,实际反映的是沦落吐蕃的百姓的心情和生活,异域音乐时时勾起他们沦落异乡的悲伤。李颀《听安万善吹觱篥歌》云:"南山截竹为觱篥,此乐本自龟兹出。流传汉地曲转奇,凉州胡人为我吹。"⑧权德舆《朝回阅乐寄绝句》云:"子城风暖百花初,楼上龟兹引导车。曲罢卿卿理驺驭,细君相望意何如。"⑨从这首诗可知唐天子朝罢回銮,引导銮仗回宫

---

① (唐)白居易:《白居易集》卷4,第75页。
② (唐)段安节:《乐府杂录》,上海古籍出版社1988年版,第25页。
③ 陈寅恪:《元白诗笺证稿》,上海古籍出版社1978年版,第231—232页。
④ 向达:《唐代长安与西域文明》,生活·读书·新知三联书店1957年版,第62页。
⑤ 杨军:《元稹集编年笺注》(诗歌卷),三秦出版社2002年版,第786页。
⑥ (唐)王建著,王宗堂校注:《王建诗集校注》卷10,第558页。
⑦ (宋)郭茂倩:《乐府诗集》卷59,中华书局1979年版,第301页。
⑧ 《全唐诗》卷133,第1354页。
⑨ 《全唐诗》卷329,第3681页。

的车上奏的是龟兹乐。龟兹乐还通过唐朝的赐赠传入南诏,详见本书"南方丝绸之路"一章有关章节。

武则天长寿元年(692)以后,安西都护府稳定在龟兹,担负着安定西域和中亚地区、维护丝绸之路安全的重任。当中亚地区发生事变时,安西大都护代表朝廷处理相关事务,而安西大都护维护西域和中亚局势的手段有两种,即安抚和征讨。在安西大都护率领下唐军在西域的征战反映到唐诗中,著名的怛逻斯之战是唐朝与大食(阿拉伯)在中亚地区的军事冲突,这次战役在唐诗中也有反映。李明伟指出:"公元750年高仙芝攻石国,751年高仙芝与大食战于怛逻斯,有岑参《武威送刘单判官赴安西行营便呈高开府》《武威送刘判官赴碛西行军》《送人赴安西》。"① 岑参的《武威送刘单判官赴安西行营便呈高开府》诗写的安西行营当即赴中亚作战的高仙芝的部队,其中有云:

> 热海亘铁门,火山赫金方。白草磨天涯,湖沙莽茫茫。……男儿感忠义,万里忘越乡。孟夏边候迟,胡国草木长。马疾过飞鸟,天穷超夕阳。都护新出师,五月发军装。甲兵二百万,错落黄金光。扬旗拂昆仑,伐鼓震蒲昌。太白引官军,天威临大荒。西望云似蛇,戎夷知丧亡。浑驱大宛马,系取楼兰王。②

这首诗写于天宝十载(751)五月,反映了与怛逻斯之战有关的"天威健儿赴碎叶"的史实。"高开府"即高仙芝,天宝十载正月,高仙芝被任命为开府仪同三司。诗的内容是写前往中亚地区参战的安西大军集结出征的情形。在新出吐鲁番文书中,天宝十载交河郡长行坊文书中提到"天威健儿赴碎叶",诗最后一句"天威临大荒"诗中的"天威"可能是一语双关,字面上是朝廷的军队之威风,又指派往西域的天威军。因为大军越葱岭至中亚作战,诗从刘判官将赴之地写起,热海即伊克塞湖,在今吉尔吉斯斯坦境内。又用汉代贰师将军李广利伐大宛的典故,预祝战争胜利,大宛在今中亚费尔干纳盆地。诗用"万里"形容刘判官征程之遥,这些都暗示刘判官此行与高仙芝远征军有关。廖立也指出:"高仙芝天宝九载伪与石国约和,虏其王,杀老弱,掠财宝。石国王子逃诣

---

① 李明伟:《丝绸之路与唐诗的繁荣》,原载《中州学刊》1988年第6期,收入《丝绸之路贸易史研究》,甘肃人民出版社1991年版,第310—317页。
② (唐)岑参著,陈铁民、侯忠义校注:《岑参集校注》卷2,第91页。

大食，引其兵欲攻四镇。仙芝再度出兵，大败而还。此诗作于再度出兵之时，在十载五月。"① 毕波在新出吐鲁番文书中发现两组文书涉及"天威健儿"，进一步坐实了岑参此诗内容与高仙芝远征有关，一是天宝十载交河郡长行坊文书，提到"天威健儿赴碎叶"；另一为天宝十载交河郡客使文书，其中记录了"押天威健儿官宋武达"。这弥补了传统史籍记载之不足，证明了"天威军"的存在。天宝十载唐廷发"天威健儿赴碎叶"，在传世史籍和出土文献中皆未得其踪，这件文书提供了关于唐朝用兵西域的重要信息，对于认识西域当时的政治军事形势具有非常重要的价值。新出文书记载的唐朝发"天威健儿赴碎叶"，反映的可能是高仙芝"担心碎叶地区的突骑施掩袭背后，在发大军前往怛逻斯同时，也派遣一部分兵力赶往碎叶地区，以防止那里的黄姓突骑施夹击唐军"，其中便有天威军健儿。② 如果说岑参此诗反映高仙芝出兵中亚史实不误，那么《武威送刘判官赴碛西行军》乃同时之作，亦与此史实相关："火山五月人行少，看君马去疾如鸟。都护行营太白西，角声一动胡天晓。"③ 都护行宫即高仙芝远征的部队，"胡天"指唐军远征之地。廖立说："刘判官当为刘单，《武威送刘单判官赴安西行营》有'五月'字，时、地、姓氏全同，则此诗必同时之作，在天宝十载。"④ 岑参另一首《送李副使赴碛西官军》诗也应是同时之作："火山六月应更热，赤亭道口行人绝。知君惯度祁连城，岂能愁见轮台月。脱鞍暂入酒家垆，送君万里西击胡。功名只向马上取，真是英雄一丈夫！"⑤ 五月、六月时间相近，从河西赴安西参战，应是一段时间内陆续进行，非一日一时之事。"万里西击胡"正是指高仙芝此次统军西征的行动，此"胡"既包括中亚胡兵，也包括大食军队。至于《送人赴安西》一诗，写作年代不详，或以为作于天宝六载，其年有征小勃律之役；⑥ 或以为作于天宝十三载（754）。⑦ 从行人"翩翩度陇头"的描写，时诗人在长安，当不与高仙芝此次军事行动有关。

高仙芝二度出兵中亚，与大食军在怛逻斯遭遇，大败而还。当时的诗

---

① （唐）岑参撰，廖立笺注：《岑嘉州诗笺注》卷1，中华书局2004年版，第25页。
② 毕波：《怛逻斯之战和天威健儿赴碎叶》，《历史研究》2007年第2期。
③ （唐）岑参著，陈铁民、侯忠义校注：《岑参集校注》卷2，第94页。
④ （唐）岑参撰，廖立笺注：《岑嘉州诗笺注》卷7，第786页。
⑤ （唐）岑参著，陈铁民、侯忠义校注：《岑参集校注》，第95页。
⑥ （唐）岑参撰，廖立笺注：《岑嘉州诗笺注》卷3，第667页。
⑦ （唐）岑参著，陈铁民、侯忠义校注：《岑参集校注》卷2，第139页。

人皆缄口不言，或有诗咏之而未流传。百年后我们在唐诗的咏叹中才听到一点儿历史的回声，晚唐诗人薛能有诗咏之，其《柘枝词三首》云：

> 其一
> 同营三十万，震鼓伐西羌。
> 战血粘秋草，征尘搅夕阳。
> 归来人不识，帝里独戎装。
> 其二
> 悬军征柘羯，内地隔萧关。
> 日色昆仑上，风声朔漠间。
> 何当千万骑，飒飒贰师还。
> 其三
> 意气成功日，春风起絮天。
> 楼台新邸第，歌舞小婵娟。
> 急破催摇曳，罗衫半脱肩。[1]

诗中"西羌""拓（当作柘）羯"皆指中亚石国，一是借代，一是实指。薛能的时代，陇右、河西和西域皆陷于吐蕃，唐军再无远征中亚之举，越过葱岭远征中亚只有高仙芝天宝十载伐石国事。因此，此组诗三首咏怛逻斯之战事无疑。前两首都写战事规模之大，战事之惨烈。与岑参几首诗都写于战前不同，岑诗送人从军时多从祝愿战争胜利将士立功异域着笔，薛能诗则是在高仙芝败还百年左右之后，回顾这场对于唐人来说刻骨铭心的战争。"战血""秋草""征尘""夕阳""日色""风声""飒飒"都在渲染一种悲凉的气氛，诗的主旨在于伤感无数阵亡的将士，抨击因战争成名的将军。虽然战争失败，没有影响将军归来后的歌舞享乐。《柘枝》是唐朝教坊健舞曲，其曲有六，"首曰《阿辽》，次曰《柘枝》"[2]。则薛能《柘枝词三首》当时应该也是谱曲歌唱的。

从龟兹出发西行的官道称"安西路""安西道"或"安西入西域道"，文献中的"安西""安西道"常常指龟兹之地和从此出发的道路，高僧悟空随张韬光使团赴罽宾，"自安西路去"[3]。安西都护府和安西大都护府存

---

[1] 《全唐诗》卷558，第6476页。
[2] 任中敏：《唐声诗》下编，凤凰出版社2013年版，第136页。
[3] （宋）赞宁：《宋高僧传》卷3《悟空传》，中华书局1987年版，第50页。

在约 170 年，其中贞观十四年（640）至高宗显庆三年（658）、高宗乾封二年（667）至武则天垂拱元年（685）、武则天永昌元年（689）至武周天授二年（691）为都护府，共约 38 年；显庆三年（658）至乾封二年（667）、垂拱二年（686）至永昌元年（689）、武周长寿二年（693）至玄宗天宝十一载（752）为大都护府，共约 71 年。安史之乱后，代宗永泰元年（765）至大历十三年（778）为都护府，德宗建中二年（781）后又名为大都护府。盛唐时安西都护府管理范围至极西遥远之地，因此被视为"绝域"。高适《送裴别将之安西》云：

> 绝域眇难跻，悠然信马蹄。风尘经跋涉，摇落怨晙携。地出流沙外，天长甲子西。少年无不可，行矣莫凄凄。①

古时以十二地支配十二星次，以十二星次中的二十八宿对应古九州诸国天文分野。"甲子西"意谓远在九州分野之外。"地出流沙外，天长甲子西"是对"绝域"二字的具体描写。岑参《醉里送裴子赴镇西》云："醉后未能别，待醒方送君。看君走马去，直上天山云。"②《过碛》云："黄沙碛里客行迷，四望云天直下低。为言地尽天还尽，行到安西更向西。"③王维《送元二使安西》云："劝君更尽一杯酒，西出阳关无故人。"④诗中提到安西都是作为极西之地来写。那里不仅路途遥远，而且环境艰苦，军情紧张。岑参《使交河郡郡在火山脚其地苦热无雨雪献封大夫》云："昨者新破胡，安西兵马回。铁关控天涯，万里何辽哉。"⑤诗写出了诗人投身西域的实际生活感受。

安西是将士们征战的地方，将士们思念家乡，家乡亲人思念边塞将士，唐诗描写了这种两地相思之情。李廓《鸡鸣曲》：

> 星稀月没上五更，胶胶角角鸡初鸣。征人牵马出门立，辞妾欲向安西行。再鸣引颈檐头下，月中角声催上马。才分地色第三鸣，旌旗红尘已出城。妇人上城乱招手，夫婿不闻遥哭声。长恨鸡鸣别时苦，

---

① （唐）高适著，孙钦善校注：《高适集校注》，上海古籍出版社 1984 年版，第 207 页。
② （唐）岑参著，陈铁民、侯忠义校注：《岑参集校注》卷 2，第 184 页。
③ 同上书，第 83 页。
④ （唐）王维著，（清）赵殿成笺注：《王右丞集笺注》卷 14，第 263 页。
⑤ （唐）岑参著，陈铁民、侯忠义校注：《岑参集校注》卷 2，第 152 页。

不遣鸡栖近窗户。①

丈夫离家赴安西，正是早晨鸡鸣时。自从丈夫离家，夫人独守空房，鸡鸣常常惹起她对离别时的回忆，平添悲伤和痛苦。李峤《和麹典设扈从东郊忆弟使往安西冬至日恨不得同申拜庆》云："玉关方叱驭，桂苑正陪舆。桓岭嗟分翼，姜川限馈鱼。雪花含□晚，云叶带荆舒。重此西流咏，弥伤南至初。"② 当冬至日奉陪皇上郊游之时，弟弟远使安西，佳节不能同聚，令诗人遗憾之余，赋诗表达怀念和牵挂之情。岑参《安西馆中思长安》云：

家在日出处，朝来起东风。风从帝乡来，不异家信通。绝域地欲尽，孤城天遂穷。弥年但走马，终日随飘蓬。寂寞不得意，辛勤方在公。胡尘净古塞，兵气屯边空。乡路眇天外，归期如梦中。遥凭长房术，为缩天山东。③

当春风从家乡的方向吹来，身在安西的诗人像获得了家书一样感到浓浓的暖意。在这遥远的西极之地，终日奔波，辛勤劳累，时时刻刻思念家乡，但道路遥远，归期如梦。诗人幻想有费长房的缩地术，把安西与家乡的道路缩短，让自己能一步跨回家中。

然而，在初盛唐时代，送人赴安西，却较少凄苦之情，往往多勉励之词。这突出表现在送朋友赴安西担任高官的诗中。张九龄《送赵都护赴安西》云：

将相有更践，简心良独难。远图尝画地，超拜乃登坛。戎即昆山序，车同渤海单。义无中国费，情必远人安。他日文兼武，而今栗且宽。自然来月窟，何用刺楼兰。南至三冬晚，西驰万里寒。封侯自有处，征马去啴啴。④

---

① 《全唐诗》卷29，第419页。
② 《全唐诗》卷58，第698页。
③ （唐）岑参著，陈铁民、侯忠义校注：《岑参集校注》卷2，第84页。
④ （唐）张九龄著，熊飞校注：《张九龄集校注》卷3，中华书局2008年版，第189页。《全唐诗》卷49，第600页。诗题中之"直"一作"真"或"贞"。

赵都护，当即赵颐贞。① 赵氏入相出将，所任当为安西大都护，诗作于开元十四年（726），其时安西大都护驻龟兹。张说《送赵顺直郎中赴安西副大都督》云：

> 绝镇功难立，悬军命匪轻。复承迁相后，弥重任贤情。将起神仙地，才称礼乐英。长心堪系虏，短语足论兵。日授休门法，星教置阵名。龙泉恩已著，燕颔相终成。月窟穷天远，河源入塞清。老夫操别翰，承旨颂升平。②

题目中之"顺直"当作"颐贞"，③"郎中"是其朝衔。诗题中一本无"副大都督"四字。与张九龄诗互相参照，此赵颐真（贞）即张九龄诗中的赵都护，可知赵氏担任安西副大都护。"赵都护"是省称，"副大都督"应为副大都护之误。此诗题注"督，一作护"，应为"护"，唐有安西大都护之职，而无安西大都督。大都护一般由亲王虚衔遥领，而副大都护实际行使都护之职权。同时送赵氏赴西域的还有卢象《送赵都护赴安西》云：

> 下客候旌麾，元戎复在斯。门开都护府，兵动羽林儿。黠虏多翻覆，谋臣有别离。智同天所授，恩共日相随。汉使开宾幕，胡笳送酒卮。风霜迎马首，雨雪事鱼丽。上策应无战，深情属载驰。不应行万里，明主寄安危。④

又孙逖《送赵大夫护边（一作送赵都护赴安西）》云：

> 外域分都护，中台命职方。欲传清庙略，先取剧曹郎。已佩登坛印，犹怀伏奏香。百壶开祖饯，驷牡戒戎装。青海连西掖，黄河带北凉。关山瞻汉月，戈剑宿胡霜。体国才先著，论兵策复长。果持文武术，还继杜当阳。⑤

---

① 《旧唐书》卷194《突厥传下》："杜暹入知政事，赵颐贞代为安西都护。"第5191页；《新唐书》卷200《赵冬曦传》："颐贞，安西都护。"第5703页。
② 《全唐诗》卷88，第972页。
③ 参见傅璇琮主编《唐五代文学编年史》，辽海出版社1998年版，第614页。
④ 《全唐诗》卷122，第1120页。
⑤ 《全唐诗》卷118，第1196页。

此赵都护应与张九龄、张说诗中的赵某为同一人。"大夫"即御史大夫，是赵氏的宪衔。朝廷重视安西大都护的人选，寄予厚望。当夫蒙灵詧赴任，玄宗亲自赋诗送行。王维《奉和圣制送不蒙都护兼鸿胪卿归安西应制》云："上卿增命服，都护扬归旆。杂虏尽朝周，诸胡皆自郐。鸣笳瀚海曲，按节阳关外。落日下河源，寒山静秋塞。万方氛祲息，六合乾坤大。无战是天心，天心同覆载。"① "圣制"即玄宗制诗。诗题中的"不蒙"，据考当为"夫蒙"之讹，蕃将之姓。"刘昫《唐书·高仙芝传》有安西节度使夫蒙灵詧，即其人也。"②

初盛唐时不少士人奔赴边塞，向往立功扬名，安西是他们追逐梦想的地方。他们从内地出发，入边塞幕府，诗人朋友写诗送行，往往多勉励之词。高适《送李侍御赴安西》云：

　　行子对飞蓬，金鞭指铁骢。功名万里外，心事一杯中。虏障燕支北，秦城太白东。离魂莫惆怅，看取宝刀雄。③

王维《送刘司直赴安西》云：

　　绝域阳关道，胡沙与塞尘。三春时有雁，万里少行人。苜蓿随天马，葡萄逐汉臣。当令外国惧，不敢觅和亲。④

李白《送程刘二侍御兼独孤判官赴安西幕府》云：

　　安西幕府多材雄，喧喧惟道三数公。绣衣貂裘明积雪，飞书走檄如飘风。朝辞明主出紫宫，银鞍送别金城空。天外飞霜下葱海，火旗云马生光彩。胡塞清尘几日归，汉家草绿遥相待。⑤

李白《送族弟绾从军安西》云：

　　汉家兵马乘北风，鼓行而西破犬戎。尔随汉将出门去，剪虏若草

---

① （唐）王维著，（清）赵殿成笺注：《王右丞集笺注》卷11，第200—201页。
② 同上书，第201页。
③ （唐）高适著，孙钦善校注：《高适集校注》，第206页。
④ （唐）王维著，（清）赵殿成笺注：《王右丞集笺注》卷8，第142页。
⑤ （唐）李白著，瞿蜕园、朱金城校注：《李白集校注》卷17，第1007页。

收奇功。君王按剑望边色,旌头已落胡天空。匈奴系颈数应尽,明年应入蒲萄宫。①

以上几首诗在内容上往往包含如下内容,一是交代对方远赴安西,二是写安西之地环境恶劣,三是鼓励对方立功西域。送别朋友远赴艰苦的西域,却无悲伤惆怅之情;送行者都希望对方以功名为念,早日传来战胜敌人的消息;在诗人们的观念中,以公主和亲的行为是唐朝屈辱退让的表现,而从对方来说则是恃强凌弱的行为,所以说当军威强盛时敌人感到威慑,不敢提和亲。虽然远赴西域,条件艰苦,但远行者和送行者皆无凄苦之感,无论是赴西域任都护,或入幕府为僚属,都以功业相期,预祝立功扬名于边塞。诗写环境的恶劣,不是出于抱怨和同情,而是作为一种不畏艰险和困难的精神的衬托。又如刘长卿《赠别于群投笔赴安西》诗:

风流一才子,经史仍满腹。心镜万象生,文锋众人服。顷游灵台下,频弃荆山玉。蹭蹬空数年,裴回冀微禄。揭来投笔砚,长揖谢亲族。且欲图变通,安能守拘束。本持乡曲誉,肯料泥涂辱。谁谓命迍邅,还令计反覆。西戎今未弭,胡骑屯山谷。坐恃龙豹韬,全轻蜂虿毒。拂衣从此去,拥传一何速。元帅许提携,他人伫瞻瞩。出门寡俦侣,矧乃无僮仆。黠虏时相逢,黄沙暮愁宿。萧条远回首,万里如在目。汉境天西穷,胡山海边绿。想闻羌笛处,泪尽关山曲。地阔鸟飞迟,风寒马毛缩。边愁殊浩荡,离思空断续。塞上归限赊,尊前别期促。知君志不小,一举凌鸿鹄。且愿乐从军,功名在殊俗。②

这位满腹学识才华过人的于群在家乡不得志,不甘心沉沦下僚流于凡俗,当安西战事吃紧时毅然投笔从戎,面对西域的艰苦环境全无畏惧。诗人知道他志向远大,不同凡俗,一定会立功异域,一举成名。岑参《送人赴安西》云:"上马带胡钩,翩翩度陇头。小来思报国,不是爱封侯。万里乡为梦,三边月作愁。早须清黠虏,无事莫经秋。"③这位赴安西的朋友本不把个人功名放在心里,投身西域目的是报效国家。诗人希望唐军早日战胜敌人,他能尽快回到家乡。远赴安西入幕,有立功之机会,不仅不是令人

---

① (唐)李白著,瞿蜕园、朱金城校注:《李白集校注》卷17,第1023页。
② 《全唐诗》卷150,第1552页。
③ (唐)岑参著,陈铁民、侯忠义校注:《岑参集校注》卷2,第139页。

同情之事，反而是令人仰慕之举。诗人送别，不写离情别绪之悲，而是盼望对方早日凯旋。杜甫《送韦书记赴安西》云：

  夫子欻通贵，云泥相望悬。白头无藉在，朱绂有哀怜。书记赴三捷，公车留二年。欲浮江海去，此别意苍然。①

杜甫对比自己与韦氏的遭遇，韦氏入安西幕府为掌书记，自己却一官不名，有彼贵己贱之感，故兴云泥相望之叹。从以上这些作品可知，盛唐时确有不少士人满怀热情地奔赴安西投身边幕，希望在那里建立功名；而在他们远行时朋友们往往写诗送行，这些送行的诗中总是一改离别时凄然相向的情景，而代之以满腔热情。这是因为盛唐时确有不少人在西域的征战中获得了功名。

然而投身边塞者未必都能获得功名，由于各种原因失意沦落者则令诗人同情。赴西域任从事的人与将军的命运联系在一起，当将军政治失意时，其僚属也荣辱与共。高适《东平留赠狄司马（曾与田安西充判官）》便是这样一位从事：

  古人无宿诺，兹道未为难。万里赴知己，一言诚可叹。马蹄经月窟，剑术指楼兰。地出北庭尽，城临西海寒。森然瞻武库，则是弄儒翰。入幕绾银绶，乘轺兼铁冠。练兵日精锐，杀敌无遗残。献捷见天子，论功俘可汗。激昂丹墀下，顾盼青云端。谁谓纵横策，翻为权势干。将军既坎壈，使者亦辛酸。耿介挹三事，羁离从一官。知君不得意，他日会鹏抟。②

田安西即安西都护田仁琬，狄氏曾不远万里，投身边塞，入其幕府，并建立了辉煌的功业。但田仁琬因罪被贬官，狄氏也沦落下僚。安史之乱发生，封常清回朝，领兵抗击安史叛军，失利，伏诛。其安西四镇僚属失去依靠，从安西失意东归。岑参《送四镇薛侍御东归》诗云："相送泪沾衣，天涯独未归。将军初得罪，门客复何依。梦去湖山阔，书停陇雁稀。园林幸接近，一为到柴扉。"③ 岑参与薛侍御同为封常清僚属，与之有同病相怜

---

① （唐）杜甫著，（清）仇兆鳌注：《杜诗详注》卷2，第134页。
② （唐）高适著，孙钦善校注：《高适集校注》，第140页。
③ （唐）岑参著，陈铁民、侯忠义校注：《岑参集校注》卷2，第175页。

树倒无依之感，因此生归乡隐居之念。

安史之乱发生后，安西四镇不复存在，龟兹之地先后陷于吐蕃、回鹘。安西行营兵马入援中原平叛，安史之乱后不能再回到西域征战，此后诗人提到的"四镇"指入援中原平叛的安西行营。安西兵马应召入中原平叛，杜甫在华州见到入援的安西兵马，高兴地写下《观安西兵过赴关中待命二首》，诗人对安西兵马寄予厚望：

其一
四镇富精锐，摧锋皆绝伦。还闻献士卒，足以静风尘。老马夜知道，苍鹰饥著人。临危经久战，用急始如神。
其二
奇兵不在众，万马救中原。谈笑无河北，心肝奉至尊。孤云随杀气，飞鸟避辕门。竟日留欢乐，城池未觉喧。①

诗人希望安西兵马在平息叛乱中做出贡献。李端《送古之奇赴安西幕》云："畴昔十年兄，相逢五校营。今宵举杯酒，陇月见军城。堠火经阴绝，边人接晓行。殷勤送书记，强虏几时平。"②此安西幕即安西行营幕，安史之乱后安西行营驻守长安西北边，防御吐蕃进攻，因此古之奇所赴军幕在陇山附近，故云"陇月见军城"。"强虏"指安史叛军。钱起《送屈突司马充安西书记》云："制胜三军劲，澄清万里余。星飞庞统骥，箭发鲁连书。海月低云旆，江霞入锦车。遥知太阿剑，计日斩鲸鱼。"③屈突司马入安西幕为掌书记，也是指安西行营，"鲸鱼"指安史叛军。唐人用"鲸"形容安史叛军首领，如李白诗《经乱离后，天恩流夜郎，忆旧游书怀，赠江夏韦太守良宰》："君王弃北海，扫地借长鲸。"④长鲸代指安禄山。姚合《穷边词二首》其一："将军作镇古汧州，水腻山春节气柔。清夜满城丝管散，行人不信是边头。"其二云："箭利弓调四镇兵，蕃人不敢近东行。沿边千里浑无事，唯见平安火入城。"⑤这驻守汧州的四镇部队就是安西行营兵马。

---

① （唐）杜甫著，（清）仇兆鳌注：《杜诗详注》卷6，第488—489页。
② 《全唐诗》卷285，第3252页。
③ 《全唐诗》卷237，第2634页。
④ （唐）李白著，瞿蜕园、朱金城校注：《李白集校注》卷11，第728页。
⑤ （五代后蜀）韦縠编：《才调集》卷9，傅璇琮等编《唐人选唐诗新编》，第1183—1184页。

面对安西万里失地,诗人痛感国土的沦丧和盛世不再。当大唐盛时,安西都护府所在地龟兹是丝绸贸易的集散地,从内地赴西域贩贸的商队携丝绸到安西交易,来华的胡商在龟兹获丝绸后踏上归程。那时多少人怀揣着梦想,伴随着驼铃声经过大碛,前往龟兹,但如今盛世不再。张籍《凉州词》其一云:"无数铃声遥过碛,应驮白练到安西。"① 丝路繁忙的时代已成过去,这是对盛世的回忆和向往。张籍《送安西将》云:

> 万里海西路,茫茫边草秋。计程沙塞口,望伴驿峰头。雪暗非时宿,沙深独去愁。塞乡人易老,莫住近蕃州。②

这应该是一位出身安西的将军,年老归乡,诗人写诗送行,表达了安西失陷的哀伤和对老将的担忧。张籍《泾州塞》云:"行到泾州塞,唯闻羌戍鼙。道边古双堠,犹记向安西。"③ 诗人来到泾州,此地已成边塞,这里本来是通往安西都护府要经过的地方,如今成为唐与吐蕃对峙的前线。只有道边的两座矗立的烽堠,昭示着这里是昔日通向西域的道路。白居易《西凉伎》写西凉胡人表演舞狮,这些胡人是当年安西都护从西域献入朝廷的,如今"安西路绝归不得,泣向狮子涕双垂"。诗人感叹:"凉州陷来四十年,河陇侵将七千里。平时安西万里疆,今日边防在凤翔。"④ 王建《送阿史那将军安西迎旧使灵榇》云:"汉家都护边头没,旧将麻衣万里迎。阴地背行山下火,风天错到碛西城。单于送葬还垂泪,部曲招魂亦道名。却入杜陵秋巷里,路人来去读铭旌。"⑤ 这位被称为"汉家都护"的"旧使"战没安西,出身于突厥族的部下阿史那将军西行万里迎回其灵榇,诗充满哀怨之情调。

唐人决心收复西域的愿望在唐诗中也有反映。"安西"是唐朝统治西域的象征,收复安西即收复西域。张籍《赠赵将军》云:"当年胆略已纵横,每见妖星气不平。身贵早登龙尾道,功高自破鹿头城。寻常得对论边事,委曲承恩掌内兵。会取安西将报国,凌烟阁上大书名。"⑥ 这位关心边事的赵将军曾有杀敌破城之功,如今却成为禁卫军将领,不能施展才能,

---

① (唐)张籍著,徐礼节、余恕诚校注:《张籍集系年校注》卷6,第736页。
② (唐)张籍著,徐礼节、余恕诚校注:《张籍集系年校注》卷2,第316页。
③ (唐)张籍著,徐礼节、余恕诚校注:《张籍集系年校注》卷5,第638页。
④ (唐)白居易:《白居易集》卷4,第75—76页。
⑤ (唐)王建著,王宗堂校注:《王建诗集校注》卷7,第377页。
⑥ (唐)张籍著,徐礼节、余恕诚校注:《张籍集系年校注》卷4,第501页。

故称其"委曲",诗人希望他能有领兵出征收复安西的机会,书名凌烟阁。李端《瘦马行》借咏马表达收复安西的愿望:

> 城傍牧马驱未过,一马徘徊起还卧。眼中有泪皮有疮,骨毛焦瘦令人伤。朝朝放在儿童手,谁觉举头看故乡。往时汉地相驰逐,如雨如风过平陆。岂意今朝驱不前,蚊蚋满身泥上腹。路人识是名马儿,畴昔三军不得骑。玉勒金鞍既已远,追奔获兽有谁知。终身枥上食君草,遂与驽骀一时老。倘借长鸣陇上风,犹期一战安西道。①

那匹病卧道旁的老马,已是垂暮之际,却还向往远征安西。诗借咏马寄托了驰骋西域收复失地的志向。李频《赠长城庾将军》云:"定拥节麾从此去,安西大破犬戎群。"② 从这些诗里可知,虽然安西都护府已不存在,诗人们都有着深深的安西情结,向往着收复失地。

(五) 姑墨州、苜蓿烽

姑墨本汉代西域三十六国之一,汉代先后属西域都护和西域长史。三国时属魏,附于龟兹。唐高宗显庆三年(658),置"姑墨州",在今阿克苏市以东喀拉玉尔衮一带,隶龟兹都督府。姑墨州是贾耽"入四夷之路"中安西入西域道之要道,从姑墨州出发与安西四镇、西域各地皆有路可达。姑墨州之拨换城是安西都护府通往西域多条道路的枢纽之地。③ 东与安西都护府所在地龟兹镇相通:"安西西出柘厥关,渡白马河,百八十里西入俱毗罗碛。经苦井,百二十里至俱毗罗城。又六十里至阿悉言城。又六十里至拨换城,一曰威戎城,曰姑墨州,南临思浑河。"④ 安西四镇之另外三镇均需到达拨换后,才能东去安西,这便形成途经拨换赴西域政治和军事中心的安西都护府的三条路线,拨换城处于这几条重要路线的联结点。姑墨州交通安西四镇和西域各地的第一条路线向西北至碎叶镇:

> 西北渡拨换河、中河,距思浑河百二十里,至小石城。又二十里至于阗境之胡芦河。又六十里至大石城,一曰于祝,曰温肃州。又西

---

① 《全唐诗》卷284,第3239页。
② 《全唐诗》卷587,第6810页。
③ 陈国灿:《唐代的"神山路"与拨换城》,《魏晋南北朝隋唐史资料》(第24辑),武汉大学文科学报编辑部,2008年,第202—203页。
④ 《新唐书》卷43下《地理志七下》,第1149页。

北三十里至粟楼烽。又四十里度拔达岭。又五十里至顿多城,乌孙所治赤山城也。又三十里渡真珠河,又西北度乏驿岭,五十里渡雪海,又三十里至碎卜戍,傍碎卜水五十里至热海。又四十里至冻城,又百一十里至贺猎城,又三十里至叶支城,出谷至碎叶川口,八十里至裴罗将军城。又西二十里至碎叶城,城北有碎叶水,水北四十里有羯丹山,十姓可汗每立君长于此。①

第二条路线向西南至疏勒镇:

  自拨换、碎叶西南渡浑河,百八十里有济浊馆。……又六十里至据史德城,龟兹境也,一曰郁头州,在赤河北岸孤石山。渡赤河,经岐山,三百四十里至葭芦馆。又经达漫城,百四十里至疏勒镇。②……
第三条路线向南至于阗镇:自拨换南而东,经昆岗,渡赤河,又西南经神山、睢阳、碱泊,又南经疏树,九百三十里至于阗镇城。③

自拨换城至于阗的道路因经神山,被称为"神山路"。
  "姑墨"之名在唐诗中没有出现,引起诗人吟咏的是此地的"苜蓿烽"和"胡芦河"。苜蓿烽位于姑墨州葫芦河附近,是一个报警的烽火台。据《新唐书·地理志》,"安西西出柘厥关,约行五百余里至小石城,又二十里至于祝境之胡芦河。于祝即今新疆乌什县治,胡芦河为阿克苏河支流托什干河"④。岑参《题苜蓿烽寄家人》诗写到这两个地名:"苜蓿烽边逢立春,胡芦河上泪沾巾。闺中只是空相忆,不见沙场愁杀人。"⑤ 葫芦河,据《新唐书·地理志》记载,安西西出拓厥关约五百里"至小石城,又二十里至于祝境之胡芦河"⑥。于祝即今新疆乌什县治,胡芦河为阿克苏河支流托什罕河。⑦ 这首诗是写给家乡亲人的信,表达了自己对妻子的思念,前两句点明时间和地点,强调相去之远,使诗人落思家念亲之泪;后两句以家人思念自己,衬托诗人思念之苦。语言质朴自然,感情真挚深切,格调

---

① 《新唐书》卷43下《地理志七下》,第1149—1150页。
② 同上书,第1150页。
③ 同上。
④ 〔法〕沙畹:《西突厥史料》绪说,中华书局2004年版,第11页。
⑤ (唐)岑参著,陈铁民、侯忠义校注:《岑参集校注》卷2,第86页。
⑥ 《新唐书》卷43下《地理志》,第1149页。按:于祝,原文作"于阗",沙畹《西突厥史料》云:"《唐书》原文于祝误作于阗。"
⑦ (唐)岑参著,陈铁民、侯忠义校注:《岑参集校注》卷2,第86页。

苍凉沉重。此诗为诗人在安西都护府任职时作，约作于天宝八载（749）。诗人在安西时，曾行役至苜蓿烽，适逢立春，顿起思家念亲之情。

应该指出的是，龙朔元年（661）设姑墨州都督府，后移治怛没国之怛没城（在今乌兹别克斯坦境内），属安西大都护府，辖境相当于今乌兹别克斯坦阿姆河北岸之捷尔梅兹西北一带。《新唐书·地理志》记载："姑墨州都督府，以怛没国怛没城置。领栗弋州（以弩羯城置）。"[①] "弩羯城"或"弩室羯城"亦曰新城、小石国城。穆斯林地理文献作 Nujakath、Nujikath 或 Nūjkath，意为"新城"，在今乌兹别克斯坦塔什干东。玄宗天宝十载（751）后，地属大食（阿拉伯帝国），州废。

（六）疏勒与疏勒镇

疏勒是汉代西域三十六国之一，在今新疆喀什一带。东汉时疏勒是班超奋斗的地方，汉与匈奴、西域诸国曾经在这里进行错综复杂的斗争。这里是丝绸之路西域南北道相会之地。唐代经营西域，疏勒为安西四镇之一，具有重要的地位：

> 安西节度使，抚宁西域，统龟兹、焉耆、于阗、疏勒四国。安西都护府治所，在龟兹国城内，……疏勒，在安西府西二千余里。[②]

从疏勒西行越葱岭可去往中亚、波斯、大食等国。贾耽《入四夷之路》之"从安西入西域道"记载，疏勒镇处于此道重要位置上，它与安西诸镇皆有路可通。首先，从碎叶镇和安西都护府所在地龟兹镇至疏勒镇：

> 自拨换、碎叶西南渡浑河，百八十里有济浊馆，故和平铺也。又经故达干城，百二十里至谒者馆。又六十里至据史德城，龟兹境也，一曰郁头州，在赤河北岸孤石山。渡赤河，经岐山，三百四十里至葭芦馆。又经达漫城，百四十里至疏勒镇，南北西三面皆有山，城在水中。城东又有汉城，亦在滩上。赤河来自疏勒西葛罗岭，至城西分流，合于城东北，入据史德界。

从于阗通疏勒镇：

---

① 《新唐书》卷43下《地理志七下》，第1137页。
② 《旧唐书》卷38《地理志一》，第1385页。

于阗西五十里有苇关,又西经勃野,西北渡系馆河,六百二十里至郅支满城,一曰碛南州。又西北经苦井、黄渠,三百二十里至双渠,故羯饭馆也。又西北经半城,百六十里至演渡州,又北八十里至疏勒镇。

从疏勒镇还有一道通葱岭守捉:

自疏勒西南入剑末谷、青山岭、青岭、不忍岭,六百里至葱岭守捉,故羯盘陀国,开元中置守捉,安西极边之戍。有宁弥故城,一曰达德力城,曰汗弥国,曰拘弥城。①

可知疏勒是重要交通枢纽,联结着中原、西域诸地和域外的诸多路线。

疏勒在丝绸之路上具有极其重要的地位。汉代疏勒在西域都护治理下,成为中原政权经营西域和葱岭以西地区的军事基地,为了维护丝路的畅通和西域的稳定,班超等人曾在此地进行了长期的艰苦卓绝的斗争,他们的事迹激动人心,因此成为诗歌中歌咏边塞战争的传统题材。在古代诗歌中疏勒早就成为边塞意象,是中原将士远方征战和立功扬名之地。南朝陈暄《雨雪曲》云:"都尉出祁连,雨雪满鸡田。雕陵持抵鹊,属国用和毡。冰合军应渡,楼寒烽未然。花迷差未著,疏勒复经年。"② 吴均《古意诗三首》其一云:"杂虏寇铜鞮,征役去三齐。扶山蓟疏勒,傍海扫沈黎。剑光夜挥电,马汗昼成泥。何当见天子。画地取关西。"③ 庾信《拟咏怀二十七首》之十七云:"日晚荒城上,苍茫余落晖。都护楼兰返,将军疏勒归。马有风尘气,人多关塞衣。阵云平不动,秋蓬卷欲飞。闻道楼船战,今年不解围。"④ 疏勒也是家中思妇思亲念远的意象。王褒《从军行二首》其一云:

兵书久闲习,征战数曾经。讲戎平乐观,学戏羽林亭。西征度疏勒,东驱出井陉。牧马滨长渭,营军毒上泾。平云如阵色,半月类城形。羽书封信玺,诏使动流星。对岸流沙白,缘河柳色青。将幕恒临斗,旌门常背刑。勋封瀚海石,功勒燕然铭。兵势因麾下,军图送被

---

① 《新唐书》卷43下《地理志七下》,第1150页。
② (宋)郭茂倩编:《乐府诗集》卷24,第358页。
③ (宋)李昉等编:《文苑英华》卷205,第1015页。
④ (北周)庾信撰,(清)倪璠注:《庾子山集注》卷3,第242页。

庭。谁怜下玉箸，向暮掩金屏。①

全诗都是扬笔写将士远征，将军久习兵书，转战各地，疏勒是其一。末二句写思妇深夜不寐暗自垂泪，有上文充分的铺垫，虽只有两句，却显得非常沉重。将军虽战功显赫，却难抵家乡亲人两地相思的痛苦。徐陵《关山月二首》其一云："关山三五月，客子忆秦川。思妇高楼上，当窗应未眠。星旗映疏勒，云阵上祁连。战气今如此，从军复几年。"②诗意与王褒诗相同，将士奋战在前线，思妇深夜不眠。这些诗中提到疏勒，大都是暗用汉代班超奋战西域的典故。

疏勒是唐代"安西四镇"之一，唐时戍边将士和往西域执行任务的官员亲践其地，他们的诗写出疏勒作为边镇和战争前线的形势，表达他们投身边塞杀敌立功的志向。骆宾王《从军中行路难二首》其二写将士奉命远征，征途漫漫，转战万里："连营去去无穷极，拥旆遥遥过绝国。阵云朝结晦天山，寒沙夕涨迷疏勒。"但他们"誓令氛祲静皋兰，但使封侯龙额贵，讵随中妇凤楼寒"③。王维《老将行》写一位英勇无敌但年迈被弃的老将，虽然"自从弃置便衰朽，世事蹉跎成白首"，仍然向往"誓令疏勒出飞泉，不似颍川空使酒。……莫嫌旧日云中守，犹堪一战取功勋"④。岑参《发临洮将赴北庭留别》云："闻说轮台路，连年见雪飞。春风曾不到，汉使亦应稀。白草通疏勒，青山过武威。勤王敢道远，私向梦中归。"⑤李端《雨雪曲》云："天山一丈雪，杂雨夜霏霏。湿马胡歌乱，经烽汉火微。丁零苏武别，疏勒范羌归。若看关头过，长榆叶定稀。"⑥

---

① （宋）郭茂倩编：《乐府诗集》卷32，第482页。
② （宋）郭茂倩编：《乐府诗集》卷23，第235—236页。
③ （唐）骆宾王著，（清）陈熙晋笺注：《骆临海集笺注》卷4，第121—125页。
④ （唐）王维撰，（清）赵殿成笺注：《王右丞集笺注》卷6，第93页。
⑤ （唐）岑参著，陈铁民、侯忠义校注：《岑参集校注》卷2，第86页。此"疏勒"，陈铁民等注释："安西四镇（龟兹、疏勒、于阗、碎叶）之一，在今新疆维吾尔自治区疏勒县。"柴剑虹《轮台、铁门关、疏勒辨》指出，新疆境内有两个疏勒，岑参诗中的疏勒在北疆北庭都护府内。即《后汉书·耿恭传》记载的汉明帝永明十八年（75）耿恭据守的疏勒城。见氏著《丝绸之路与敦煌学》（浙江大学出版社2015年版），如果从岑参从临洮赴北庭的路线考虑，柴先生说法颇有道理。但如果从诗中"轮台路"的角度看，说北庭西通疏勒，东连武威，强调轮台地理位置的重要性，似乎也符合诗意。因为轮台如此重要，所以诗人远赴万里，才有意义。故后两句云："勤王敢道远，私向梦中归。"耿恭据守的疏勒是一个小地名，陌生地名，唐诗中涉及的地名大多为常见地名和大家熟知的地名，因此笔者认为还是解为"安西四镇"之一的"疏勒"更好。
⑥ 《全唐诗》卷285，第3242页。

皇甫冉《和袁郎中破贼后经剡中山水》云："武库分帷幄，儒衣事鼓鼙。兵连越徼外，寇尽海门西。节比全疏勒，功当雪会稽。"① 在这些诗里，有的实写，如岑参的诗；更多的是虚写，把疏勒用作典故，但都是作为边塞意象使用的。

在疏勒进入唐朝版图、唐朝于西域置安西四镇后，疏勒国人积极投入维护国家统一的斗争。洛阳发现的"裴沙墓志"反映了疏勒人参与唐朝对吐蕃和北方草原民族的军事斗争，以及进入中原地区的汉化情况。墓志出土于"民国五年（1916）十二月十六日，洛阳西北十五里老仓凹村"，收藏于千唐志斋。墓志记载在唐与吐蕃争夺西域的斗争中，裴沙立有大功：

> 公少奇，颇有韩彭之略，及长也，属藩落携贰，安西不宁。都护李君与公再谋，奏拔四镇。公乃按以戎律，导以泉井，百战无死败之忧，全军得生还之路，翳公是赖。

后来，他又参加了对"北庭杂虏"的军事斗争，"志在丧元，奋不顾命，请躬先士卒，歼彼渠帅"。以功授忠武将军行左领军卫郎将。裴沙于开元十二年（724）十二月卒于洛阳，葬于北邙山。其墓志铭包含三首四言诗，其一："赫赫我唐，四夷来王。念尔先祖，早竭忠良。惟公勇烈，复启戎行。指大成效，拜虎贲郎。"其二："率性知止，退居辞禄。饵术未验，逝川何速。华堂才歌，穗帐旋哭。"其三："逶迤春水，□绕邙山。长夜冥寞，去者何还。吞古人之遗恨，痛嗣子之哀颜。"② 这既是对大唐统一事业的颂歌，也是对裴氏家族效命国家的称美，表达了对英雄逝世的哀伤。

从唐诗的描写来看，对西域北道的反映更多，说明北道相对于南道更为重要。在唐太宗、松赞干布和文成公主等人去世后，唐蕃关系破裂，在长期的军事对抗状态中，南道经常受到吐蕃的威胁和侵扰。唐朝置安西四镇，安西都护府和四镇重心始终在北道一线。可能受此影响，北道更多被行旅所利用，所以有关的诗也比之南道要多。从本章论述可知，西域的地理、历史和文化丰富了唐代诗歌创作的内容，西域道路的盛衰变化，西域风光、生活、乐舞、战争、人物、服饰、用具都进入唐代诗

---

① 《全唐诗》卷250，第2829页。
② 裴恒涛：《唐代〈裴沙墓志〉所反映的西域胡人的汉化及认同》，载李鸿宾主编《中古墓志胡汉问题研究》，宁夏人民出版社2013年版，第159页。

人的视野，唐诗也为我们研究唐代西域形势、道路交通提供了丰富的资料。

五　唐诗中葱岭以西的道路

葱岭以西的中亚地区地处丝绸之路枢纽位置，自古以来是沟通东西方文明的十字路口。距唐朝最近的拔汗那国，地处费尔干纳盆地。阿姆河和锡尔河都发源于葱岭，流经中亚地区，注入咸海。两河之间有昭武九姓国。阿姆河以南有吐火罗、谢䫻（曹矩吒）、帆延（梵衍那）、护密。昭武九姓国粟特人是善于经商的民族，九姓胡商队活跃在中世纪丝绸之路上，成为沟通中西间交通与交流的重要力量。由于诗人们的足迹一般没有越过葱岭，因此他们在西域的活动和创作基本上限于如今的新疆地区，他们诗中所反映的西域情况基本上也限于这一地区。但在唐诗中葱岭和葱岭以西的丝绸之路经行之地也偶有描写。由于这些地方大多是诗人未曾到达的地方，所以往往出于听闻和想象，因此更少写实而具有更多诗歌意象的成分。

（一）葱岭、葱河道

葱岭即帕米尔高原，古代称不周山、葱岭。当西域即今新疆地区进入中原政权控制之下时，葱岭基本上是域内和域外的分界。葱岭是亚洲多个主要山脉的汇集处，地处中国最西端，中亚东南部，最高峰乔戈里峰在中国和巴基斯坦的边境上，海拔 8611 米，为世界第二高峰。丝绸之路西域道南北两道都有路翻越葱岭而后进入中亚、西亚和南亚。葱岭常年积雪，因此诗人想象大雪是从葱岭而来。李贺《嘲雪》云："昨日发葱岭，今朝下兰渚。喜从千里来，乱笑含春语。龙沙湿汉旗，凤扇迎秦素。久别辽城鹤，毛衣已应故。"[1]

唐诗里有时称它为"葱山"，那里是边塞极远之地和异域民族生存的地方，是边塞征战之地。沈佺期《塞北二首》其二云：

> 胡骑犯边埃，风从丑上来。五原烽火急，六郡羽书催。冰壮飞狐冷，霜浓候雁哀。将军朝授钺，战士夜衔枚。紫塞金河里，葱山铁勒隈。莲花秋剑发，桂叶晓旗开。秘略三军动，妖氛百战摧。何言投笔

---

[1]　（唐）李贺著，（清）王琦等：《三家评注李长吉歌诗》，中华书局1959年版，第179页。

去，终作勒铭回。①

"紫塞"二句写将士们征战之地。岑参《献封大夫破播仙凯歌六章》其二云："官军西出过楼兰，营幕傍临月窟寒。蒲海晓霜凝马尾，葱山夜雪扑旌竿。"②于鹄《出塞》其一云："葱岭秋尘起，全军取月支。山川引行阵，蕃汉列旌旗。转战疲兵少，孤城外救迟。边人逢圣代，不见偃戈时。"③韦庄《平陵老将》云："白羽金仆姑，腰悬双辘轳。前年葱岭北，独战云中胡。"④此葱岭并非实指，而泛指西北方边境地区。

从葱岭发源流入西域沙漠和绿洲有两条河被称为"葱岭河"，有南北两道，南名叶尔羌河，北名喀什噶尔河，皆在新疆西南部，为塔里木河支流，故又称西域道为"葱河道"。诗人笔下葱河道是唐军远戍和远征之地，唐军在此地的战争在唐诗中有所反映。李白《战城南》云："去年战，桑干源；今年战，葱河道。洗兵条支海上波，放马天山雪中草。万里长征战，三军尽衰老。"⑤葱河道之葱河，即葱岭河。《战城南》是汉乐府旧题，为汉乐府《铙歌》十八曲之一。汉古辞主要写战争的艰险和残酷，李白诗继承了这一传统。萧士赟《分类补注李太白诗》云："开元、天宝中，上好边功，征伐无时，此诗盖以讽也。"⑥《旧唐书·王忠嗣传》记载："玄宗方事石城堡，诏问以攻取之略。"王忠嗣反对用兵，引起玄宗不快。天宝元年北伐，与奚怒皆战于桑乾河，三败之。⑦《新唐书·高仙芝传》记载，天宝六载（747），诏高仙芝步骑一万出讨吐蕃。高仙芝率军自安西拨换城，经疏勒登葱岭，涉播密川，破小勃律。天宝九载率兵讨石国，在怛逻斯败于大食。⑧李白这首诗就是天宝初年唐朝对东北和西域用兵的谴责。

丝绸之路在此经过，唐人出使域外和中亚、西亚各国入贡都要经过葱岭。中国的丝绸经过这里输出域外，换取域外各种器物产品输入中原。元稹《感石榴二十韵》云：

---

① 周勋初等主编：《全唐五代诗》卷64，第1272页。
② （唐）岑参著，陈铁民、侯忠义校注：《岑参集校注》卷2，第153页。
③ 《全唐诗》卷310，第3502页。
④ （唐）韦庄：《韦庄集》，人民文学出版社1958年版，第110页。
⑤ （唐）李白著，瞿蜕园、朱金城校注：《李白集校注》卷3，第222页。
⑥ （元）萧士赟：《分类补注李太白诗》卷3，四部丛刊影印本，第14页。
⑦ 《旧唐书》卷103《王忠嗣传》，第3199—3200页。
⑧ 《新唐书》卷135《高仙芝传》，第4576—4578页。

何年安石国，万里贡榴花。迢递河源道，因依汉使槎。酸辛犯葱岭，憔悴涉龙沙。初到摽珍木，多来比乱麻。深抛故园里，少种贵人家。唯我荆州见，怜君胡地赊。从教当路长，兼恣入檐斜。绿叶裁烟翠，红英动日华。新帘裙透影，疏牖烛笼纱。委作金炉焰，飘成玉砌瑕。乍惊珠缀密，终误绣帏奢。琥珀烘梳碎，燕支懒颊涂。风翻一树火，电转五云车。绛帐迎宵日，芙蕖绽早牙。浅深俱隐映，前后各分葩。宿露低莲脸，朝光借绮霞。暗虹徒缴绕，濯锦莫周遮。俗态能嫌旧，芳姿尚可嘉。非专爱颜色，同恨阻幽遐。满眼思乡泪，相嗟亦自嗟。①

元稹诗借石榴万里而来，流落偏远的地方，自伤身世。在汉文文献里，安石榴最早出现于东汉医学著作中，张仲景的《金匮要略》中讲到"安石榴不可多食，损人肺"②。汉末魏初的缪袭《祭仪》中提到"秋尝果以梨、枣、柰、安石榴"③。安石榴是从域外引进的水果和植物，梁元帝《赋得石榴诗》云："西域移根至，南方酿酒来。"孔绍《咏石榴诗》云："可惜庭中树，移根逐汉臣。"④既然来自西亚，必然经过葱岭，元稹说它"酸辛犯葱岭"便是此意。

（二）热海

葱岭之西，引起诗人关注的首先是热海，即伊克塞湖，位于今吉尔吉斯斯坦境内，湖面海拔 1600 余米，湖水终年不冻。唐朝击灭西突厥后，中亚各国纷纷归属唐朝，唐朝在碎叶城设置军镇驻兵，成为安西四镇之一，热海位于碎叶城东南。伊克塞湖以其常年不冻引起中原地区人们的好奇，称为"热海"。盛唐时边塞诗人岑参亲临西域，他又是一位好奇的诗人，因此他写诗专咏"热海"。在北庭大都护府任职时写的《热海行送崔侍御还京》云：

侧闻阴山胡儿语，西头热海水如煮。海上众鸟不敢飞，中有鲤鱼长且肥。岸傍青草常不歇，空中白雪遥旋灭。蒸沙烁石然虏云，沸浪

---

① （唐）元稹：《元稹集》卷 13，中华书局 1982 年版，第 151 页。
② （东汉）张仲景撰，（清）高学山注：《高注金匮要略》，上海人民卫生出版社 1956 年版，第 339 页。
③ （唐）徐坚等：《初学记》卷 28，中华书局 1962 年版，第 683 页。
④ 同上书，第 684 页。

炎波煎汉月。阴火潜烧天地炉,何事偏烘西一隅。势吞月窟侵太白,气连赤坂通单于。送君一醉天山郭,正见夕阳海边落。柏台霜威寒逼人,热海炎气为之薄。①

从诗的开头"侧闻"云云可知,诗人并未到过热海,他写的都是听闻。"热海"其实并不像岑参描写的那样"热",诗的描述有很多想象成分,用的是夸张的手法,突出热海地区奇异的景致。玄奘西行取经,路过此地,后来他的弟子慧立撰写的《大慈恩寺三藏法师传》曾澄清其"热海"之称的夸张说法:"清池亦云热海,见其对凌山不冻,故得此名,其水未必温也。"②岑参另一首诗中也写到热海,其《武威送刘单判官赴安西行营便呈高开府》云:"热海亘铁门,火山赫金方。白草磨天涯,湖沙莽茫茫。"③这里是举出西域几个典型的地名极言其地荒远。

唐诗中有时称伊克塞湖为"西海"。由于对西方地理认识的模糊,中国古代文献不同的记载中,"西海"往往指不同的地方,隋唐时依然如此。裴矩《西域图记》序中记载丝绸之路三条路线西边的终点都是"西海",实际分别指黑海、地中海和波斯湾。有时也指咸海、里海。诗中的"西海"又常常是泛称,代指西域,但有时也确指伊克塞湖。上引岑参诗大体上是写实的。又如岑参《送张都尉东归》云:"白羽绿弓弦,年年只在边。还家剑锋尽,出塞马蹄穿。逐虏西逾海,平胡北到天。封侯应不远,燕颔岂徒然。"④如果把这里的"海"指热海,即伊克塞湖,唐军的确征战至此,说张某曾经把敌人赶到热海之西,符合当时的历史事实。张宣明《使至三姓咽面》诗云:

昔闻班家子,笔砚忽然投。一朝抚长剑,万里入荒陬。岂不服艰险,只思清国仇。山川去何岁,霜露几逢秋。玉塞已退廓,铁关方阻修。东都日窅窅,西海此悠悠。卒使功名建,长封万里侯。⑤

此诗题注云:"宣明为元振判官时,使至三姓咽面,因赋此诗。时人称为绝唱。"三姓咽面乃西突厥残部,主要活动在伊克塞湖一带。永淳元年

---

① (唐)岑参著,陈铁民、侯忠义校注:《岑参集校注》卷2,第169页。
② (唐)慧立、彦悰:《大慈恩寺三藏法师传》卷2,中华书局2000年版,第27页。
③ (唐)岑参著,陈铁民、侯忠义校注:《岑参集校注》卷2,第91页。
④ 同上书,第174页。
⑤ 《全唐诗》卷113,第1151页。

(682) 二月,西突厥阿史那车薄率十姓反。四月"围弓月城,安西都护王方翼引军救之,破虏众于伊丽水,斩首千余级。俄而三姓咽面与车薄合兵拒方翼,方翼与战于热海,流矢贯方翼臂,方翼以佩刀截之,左右不知。……方翼寻迁夏州都督,征入,议边事。上见方翼衣有血渍,问之,方翼具对热海苦战之状,上视疮叹息"①。王方翼与三姓咽面战于热海,便说明了三姓咽面的活动区域。张宣明奉郭元振之命出使三姓咽面,其诗中提到的"西海"当指"热海",即伊克塞湖。高适《东平留赠狄司马(曾与田安西充判官)》云:

> 古人无宿诺,兹道未为难。万里赴知己,一言诚可叹。马蹄经月窟,剑术指楼兰。地出北庭尽,城临西海寒。森然瞻武库,则是弄儒翰。入幕绾银绶,乘轺兼铁冠。练兵日精锐,杀敌无遗残。献捷见天子,论功俘可汗。激昂丹墀下,顾盼青云端。谁谓纵横策,翻为权势干。将军既坎壈,使者亦辛酸。耿介抱三事,羁离从一官。知君不得意,他日会鹏抟。②

说"地出北庭尽",此"西海"当指伊克塞湖,其地在北庭都护府辖区。杜甫《黄河二首》其一云:"黄河北岸海西军,椎鼓鸣钟天下闻。铁马长鸣不知数,胡人高鼻动成群。"③ 此诗中的"海西军"历来注释说法不一,有人认为指吐蕃军,有人认为指回纥军,皆不确。杜甫诗中写的是入援中原助唐平乱的中亚兵马。此"海"当指伊克塞湖,这是来自中亚的柘羯兵马,杜诗中多次提及。王建《塞上逢故人》云:"百战一身在,相逢白发生。何时得乡信,每日算归程。走马登寒垄,驱羊入废城。羌笳三两曲,人醉海西营。"④ 此"海西营"所指与杜诗相同,当指入援中原的中亚兵马。安史之乱结束以后,河西走廊和西域通道被吐蕃人阻断,这支军队无法返回故地,故称"安西行营"。此"海"与杜诗中的"海"同意,指伊克塞湖。

(三) 碎叶镇及其置废

碎叶城位于中亚楚河流域,唐朝在此设置军镇,是唐朝最盛时在西部地区设防最远的边防军镇,也是丝路上一重要城镇,与龟兹、疏勒、于阗

---

① 《资治通鉴》卷203,永淳元年,中华书局1956年版,第6409页。
② (唐)高适著,孙钦善校注:《高适集校注》,第140页。
③ (唐)杜甫著,(清)仇兆鳌注:《杜诗详注》卷13,第1138页。
④ (唐)王建著,王宗堂校注:《王建集校注》卷5,第222页。

并称为"安西四镇"。根据苏联考古发掘材料,英国学者克劳森(T. Clauson)最早提出碎叶城遗址在今吉尔吉斯斯坦托克马克城西南8千米处之阿克·贝希姆(Ak-Beshim),苏联学者克里亚施托尔内和日本护雅夫赞同此说,所以又称阿克·贝希姆遗址。[1] 碎叶城地处丝绸之路西域道南北两条干线的交会处,中西商人汇集于此,东西使者的必经之路,因此是一个重要的交通枢纽。

碎叶城始建于5世纪,作为丝绸之路要道上的城市,它的兴起和发展显然是丝路贸易造成的。玄奘西行取经路过此地,有这样的记载:"清池西北行五百余里,至素叶水城。城周六七里,诸国商胡杂居也。"[2] 清池即伊克塞湖,素叶水城即碎叶城。这种商胡杂居的局面并不是玄奘时开始的,按照丝路古道上城市的出现,通常首先有一个驿站,或有一集市,因而有商胡聚落,逐渐发展为城市。碎叶城大概也不例外。魏晋南北朝时支配中亚局势的是嚈哒,但这个政权西面受到波斯萨珊王朝的威胁,东面受到突厥人的进攻,后来在萨珊王朝和西突厥夹击下灭亡。以阿姆河为界,萨珊王朝和西突厥瓜分了嚈哒的领土,阿姆河以南归波斯,以北归西突厥,碎叶所在地成为西突厥属地。

突厥自6世纪中叶兴起,"西破嚈哒,东走契丹,北并契骨,威服塞外诸国"[3]。其地东起辽东,西迄里海,东西万余里。后来西突厥人继续南下,进占了几乎是原来嚈哒人的全部领土。贞观元年(627)玄奘西行取经,从跋禄迦国(今新疆阿克苏)出发,翻越凌山到他笔下的大清池(即伊塞克湖);从大清池来到素叶水城。在这里他见到了从事畋猎的西突厥统叶护可汗:

> 循海(清池,即伊克塞湖)西北行五百余里,至素叶城,逢突厥(统)叶护可汗。方事畋游,戎马甚盛。……既与相见,可汗欢喜,云:"暂一处行,二三日当还,师且向衙所。"令达官答摩支引送安置至衙。三日可汗方归,引法师入。可汗居一大帐,帐以金华装之,……法师去帐三十余步,可汗出帐迎拜,……因停留数日,……又施绯绫发服一袭,绢五十匹,与群臣送十余里。[4]

---

[1] 参见张广达《碎叶城今地考》,《北京大学学报》1979年第5期。
[2] 季羡林等:《大唐西域记校注》卷1,中华书局2000年版,第71页。
[3] 《周书》卷50《异域传》,中华书局1971年版,第909页。
[4] 《大慈恩寺三藏法师传》卷2,中华书局2000年版,第27—29页。

玄奘记载："素叶以西数十孤城，城皆立长，虽不相禀命，然皆役属突厥。"①这"城皆立长"的"数十孤城"即粟特人昭武九姓国和其他中亚诸王国。这一带属楚河流域，楚河即中国古代文献中之素叶水，又称细叶川、细叶水、睢合水、垂河、吹没辇、吹河。素叶水城或碎叶城即因此得名。突厥可汗牙帐在此，说明碎叶自然环境的优越和地理形势的重要。玄奘记载碎叶城的自然和社会状况："土宜糜、麦、蒲萄，林树稀疏。气序风寒，人衣毡褐。"② 玄奘在这里见到唐朝使节，还得到可汗所赠法服一袭、五十匹绢及通行国书，并派一名通解汉语和其他语言的少年随行，一路护送西去。这使他能够顺利经过中亚到达印度。

玄奘西行之际，唐朝正与突厥展开激烈的军事斗争。太宗即位后，对东突厥采取积极防御策略，利用其内部矛盾，进行分化离间。贞观元年（627）阴山以北薛延陀、回纥、拔也古等匈奴铁勒部相率起义，在漠北建立起薛延陀汗国。草原东部的奚、契丹等部也先后背叛突厥，归附唐朝。贞观三年（629），乘东突厥内部分裂，李靖等为行军总管，统兵十余万，分道出击，击溃了东突厥。西突厥尽有今新疆和中亚大部分地区，在所控制的西域地区有许多以城郭为中心的小国，隋唐时有40余国。唐朝建立，他们都有恢复与内地联系的愿望。高昌是两汉西域长史和戊己校尉的驻地，高昌王麴文泰曾到长安朝见太宗，焉耆王也遣使请开碛路以通往来，由于西突厥的阻挠而不得实现。西突厥"控弦数十万，霸有西域"，唐朝与西域的联系被隔绝。在消灭了东突厥后，太宗决心夺取西域的控制权。

贞观二年（628），西突厥统叶护可汗在内乱中被杀，汗国发生分裂。在碎叶川西南方者为弩失毕五部，在东北方者为咄陆五部，双方攻战不休，为唐朝用兵西域造成了可乘之机。贞观十四年（640）唐军在侯君集率领下灭高昌。西突厥由于内乱而衰弱，不敢和唐军对抗。唐朝在高昌设置西州，又置安西都护府于交河城。接着唐军又进占浮图城（今新疆吉木萨尔），在此设庭州。唐军和西突厥正面展开军事斗争。从贞观十六年（642）到二十二年（648），唐军接连打败西突厥，攻取焉耆、龟兹等地，天山南路各小国纷纷摆脱西突厥的控制归附唐朝。唐西迁安西都护府于龟兹，在西域地区设置四个军事重镇，即龟兹、于阗、疏勒、焉耆，成为控制西域的军事基地。安西四镇的设立标志着唐朝在西域建立了牢固的统

---

① 季羡林等：《大唐西域记校注》卷1，第72页。
② 同上书，第71页。

治，对西域的统一稳定和丝绸之路的畅通发挥了重要的保障作用。

高宗时唐朝继续向西域进军，大食（阿拉伯）也正在向中亚扩张。大食、吐蕃和唐朝在中亚展开争夺。臣服于唐朝的西突厥十姓部落产生离心倾向，阿史那贺鲁胁持十姓部落反唐，唐朝击溃了贺鲁的军队。唐朝在碎叶川以东置昆陵都护府，以西置濛池都护府，皆隶属于安西都护府。西突厥突骑施部落首领乌质勒本为斛瑟罗之莫贺达干（突厥官名），以碎叶城为大牙，弓月城（今新疆霍城西北）为小牙。东邻后突厥，西接中亚河中地区，尽有斛瑟罗故地，臣属于唐。其后统治西突厥十姓之地的阿史那弥射和阿史那步真两可汗相继去世，阿史那都支和李遮匐收其余众，附于吐蕃，攻陷于阗、龟兹，唐罢四镇。咸亨二年（671）唐朝任命突厥部酋阿史那都支为左骁卫大将军、匐延府都督，委其统五咄陆之众。阿史那都支自号"十姓可汗"。① 调露元年（679），阿史那都支及李遮匐煽动十姓部落，联合吐蕃，侵逼安西。裴行俭以护送波斯王子泥涅师返国为由，路经西域时出其不意擒阿史那都支和李遮匐，平息了叛乱，在碎叶立碑纪功，副使王方翼留此镇守。王方翼对碎叶城进行了改建，碎叶成为唐朝重要军镇，十姓突厥重新倒向唐朝。王方翼在西域身经百战，热海之役大破咽面，对稳定西域局势做出杰出贡献，因此受到诗人的称颂。张说《唐故夏州都督太原王公神道碑序》记载王方翼在西域的功绩云：

> 裴吏部名立波斯，实取遮匐，伟公威厉，飞书荐请，诏为波斯军副使兼安西都护，以都护杜怀宝为庭州刺史。公城碎叶，街郭回互，夷夏纵观，莫究端倪。三十六蕃承风谒贺。自泊汗海东肃如也。无何，诏公为庭州刺史，以波斯使领金山都护，前使杜怀宝更统安西，镇守碎叶。朝廷始以镇不宁蕃，故授公代宝。又以求不失镇，复命宝代公。夫然，有以见诸蕃之心摇矣。于是车薄啜首唱寇兵，群蕃响应，猬毛而竖。公在碛西，捷无虚岁，蹙车薄于弓月，陷咽面于热海。②

其铭则以四言诗形式概括了王方翼一生功业，其中包括他在西域的作为：

> 上德惟公，气秀才杰。孝宏世美，忠广前烈。日月心照，江河思

---

① 《新唐书》卷215下《突厥传下》，第6064页。
② （唐）张说著，熊飞校注：《张说集校注》卷16，中华书局2013年版，第775页。

决。难地必通,暗机先彻。……师律三总,军声六振。锐气入营,长云出阵。肃将国威,烜赫天外。玉弩方擎,云旗卷旆。天道茫茫,自古多伤。功存西域,身弃南荒。易箦中路,悬棺反藏。宝刀生衣,玉玦无光。后有才子,先贤不忘。①

诗热情赞扬王方翼在西域的卓越战功,同情他最终流贬没身。

平息阿史那都支叛乱第二年,唐朝恢复了安西四镇的设置,以碎叶代焉耆。碎叶城位于碎叶川南岸,离西突厥牙地千泉不远,又当中亚交通要冲,商业繁盛,故唐朝以碎叶代焉耆,属条支都督府,划入安西四镇,作为经略中亚的军事基地。碎叶作为"安西四镇"之一时,是楚河流域民族、宗教、文化发生重大转折时期,"中亚地区内部的交流也随着佛教的传播、商业往来、联姻、战争等因素变得日益密切"②。役属于西突厥的中亚诸国纷纷归附唐朝。唐朝陇右道把陇右、河西、西域和中亚地区置于统领之下,这里设置的大军区称为安西都护府,安西四镇便是安西都护府下负责通往西域和中亚地区军事镇守的军事、边防单位。碎叶城地理位置优越,自然环境良好,水草丰美,宜牧宜农,地域辽阔,所在楚河流域峡谷、平原地带达近10万平方千米。沿楚河河谷出山,可以全面进攻和威胁中亚诸国。如果其地被西方势力控制,又成为进攻中亚东部即天山南北地区的通道。因此,唐朝征服西突厥后立即在此设置军镇,以达到全面控制中亚地区的目的。

唐朝在于阗以西波斯以东的广大地区置羁縻府州,高宗时设置的都督府最西者是波斯都督府,治所在疾陵城,即今伊朗中部锡斯坦首府扎兰季,最南的是条支都督府,在今阿富汗南部。唐朝大体上将中亚广大地区纳入自己的统辖范围。在怛逻斯之战中被大食人俘虏的杜环,在碎叶城还看到交(金字之误)河公主的故宅上建了佛寺,称大云寺,佛寺尚在。武则天于天授二年(691)三月下令在全国各地修建大云寺,可见其时碎叶城奉唐之号令。诗人李白于武后长安元年(701)出生于碎叶城一个富商之家。五岁时随父亲迁居四川。李白独特的性格和气质造成的奇异浪漫的诗风,与他不同寻常的经历有关系。

碎叶城四通八达,成为连接中国与中亚各国的交通网络中的枢纽城市,发挥着丝绸之路商贸城市的作用。贾耽《入四夷之路》之"安西入西

---

① (唐)张说著,熊飞校注:《张说集校注》卷16,第776页。
② 努尔兰·肯加哈买提:《碎叶》,上海古籍出版社2017年版,第147—148页。

域道"记载：

> （自粟楼烽）又四十里度拔达岭。又五十里至顿多城，乌孙所治赤山城也。又三十里渡真珠河，又西北度乏驿岭，五十里渡雪海，又三十里至碎卜戍，傍碎卜水五十里至热海。又四十里至冻城，又百一十里至贺猎城，又三十里至叶支城，出谷至碎叶川口，八十里至裴罗将军城。又西二十里至碎叶城，城北有碎叶水，水北四十里有羯丹山，十姓可汗每立君长于此。自碎叶西十里至米国城，又三十里至新城，又六十里至顿建城，又五十里至阿史不来城，又七十里至俱兰城，又十里至税建城，又五十里至怛逻斯城。自拨换、碎叶西南渡浑河，百八十里有济浊馆，故和平铺也。又经故达干城，百二十里至谒者馆。又六十里至据史德城，龟兹境也，一曰郁头州，在赤河北岸孤石山。渡赤河，经岐山，三百四十里至葭芦馆。又经达漫城，百四十里至疏勒镇，南北西三面皆有山，城在水中。城东又有汉城，亦在滩上。赤河来自疏勒西葛罗岭，至城西分流，合于城东北，入据史德界。自拨换南而东，经昆岗，渡赤河，又西南经神山、睢阳、碱泊，又南经疏树，九百三十里至于阗镇城。①

其中以碎叶为起始点记载了到达中亚和新疆的各条道路的路程，特别是安西四镇间交通的道路，大体上反映了盛唐时安西四镇交通体系完整时的状况。

唐朝对中亚地区恩威并施，极力维持对这一地区的控制。开元元年（713），朝廷任命突骑施部落首领苏禄为左羽林军大将军、金方道经略大使，赐号忠顺可汗。苏禄周旋于唐朝与后突厥、吐蕃之间，不愿得罪任何一方。唐朝封阿史那怀道女为金河公主妻之，苏禄又娶于后突厥、吐蕃，三女并为可敦。后因与唐安西都护杜暹有隙，结吐蕃兵掠安西四镇，围安西城，闻杜暹入为唐相，乃退去，复遣使入朝。唐军在碎叶城的驻守延续到开元七年（719），这一年朝廷接受汤嘉惠的建议，以焉耆镇取代碎叶镇，故开元七年以后的安西四镇又恢复为龟兹、于阗、焉耆、疏勒四镇，显示出唐朝势力在中亚的退却。当然唐朝不甘心碎叶的丢失。开元二十七年（739）八月，北庭都护盖嘉运以轻骑袭破突骑施于碎叶城，擒获其可汗吐火仙，威震西陲。

---

① 《新唐书》卷43下《地理志七下》，第1149—1150页。

碎叶镇的设立和丧失是时代变迁的标志。当唐朝在碎叶置镇之时，它是大唐盛世的象征，昭示着唐朝的强大国力。在诗人笔下它是西部边境的象征，诗人多有吟咏。遥远的碎叶是许多诗人足迹未至之处，因此诗中"碎叶"多是虚指。王昌龄《从军行七首》之六云：

> 胡瓶落膊紫薄汗，碎叶城西秋月团。明敕星驰封宝剑，辞君一夜取楼兰。①

身骑骏马肩挎胡瓶的敕使奔往西域，日夜兼程，越过碎叶，奉朝命统军征讨，誓言必胜。戎昱《塞上曲》云："胡风略地烧连山，碎叶孤城未下关。山头烽子声（一作齐）声叫，知是将军夜猎还。"② 张乔《赠边将》云："将军夸胆气，功在杀人多。对酒擎钟饮，临风拔剑歌。翻师平碎叶，掠地取交河。"③ 碎叶是战争胜利和将士豪情的象征。唐朝不甘心在中亚丧失宗主国地位，对于其地的离心和叛乱不断进行军事征服。天宝时期为了挽回颓势，唐朝曾数度出兵葱岭以西。杜环《经行记》记载："碎叶城，天宝七载，北庭节度使王正见薄伐，城壁摧毁，邑居零落。"④ 不久又发生著名的怛逻斯之战，高仙芝率军进入中亚，与大食军队发生激战，败绩。随着阿拉伯人东进，唐朝逐渐失去了在中亚地区的优势。

安史之乱发生，唐朝西北边防军内调，陇右、河西走廊和西域陷于吐蕃。至德元载（756），葛逻禄人灭突骑施汗国，在碎叶建都，唐朝彻底丧失对中亚的控制。碎叶城成为失地的象征，诗人们写到碎叶，流露出伤心和感叹。刘商《胡笳十八拍》第七拍云：

> 男儿妇人带弓箭，塞马蕃羊卧霜霰。寸步东西岂自由，偷生乞死非情愿。龟兹觱篥愁中听，碎叶琵琶夜深怨。竟夕无云月上天，故乡应得重相见。⑤

唐人对大唐盛世充满眷恋和向往，他们仍然幻想着收复失地，甚至重新把

---

① （唐）王昌龄著，胡问涛、罗琴校注：《王昌龄集编年校注》卷1，巴蜀书社2000年版，第50页。
② 《全唐诗》卷270，第3023页。
③ 《全唐诗》卷638，第7306页。
④ （唐）杜佑：《通典》卷193《边防》九，中华书局1988年版，第5275页。
⑤ 《全唐诗》卷23，第301页。

碎叶城纳入国家的版图。张籍《征西将》表达了这种愿望:"黄沙北风起,半夜又翻营。战马雪中宿,探人冰上行。深山旗未展,阴碛鼓无声。几道征西将,同收碎叶城。"① 这只是诗人的理想和幻想。

怛逻斯之战后,唐朝势力继续从中亚退却,阿拉伯人继续向中亚扩张。安史之乱后,安西四镇相继失陷,阿拉伯人称霸中亚,中亚地区进入伊斯兰化时期。但碎叶与中原地区仍保持着贸易关系,丝绸是主要内容,从唐诗里我们甚至还看到其中的奴隶贸易。戎昱《苦哉行五首》写一位被掳入回纥的汉地妇女自伤身世。这是一位洛阳的女子,在安史之乱中被回纥所掠,她不习惯胡地生活,日日登高望远,思念家乡。其三云:

> 登楼望天衢,目极泪盈睫。强笑无笑容,须妆旧花靥。昔年买奴仆,奴仆来碎叶。岂意未死间,自为匈奴妾。一生忽至此,万事痛苦业。得出塞垣飞,不如彼蜂蝶。②

这位女子原先生活在洛阳一个富有的家庭,家里使用的奴仆是从碎叶贩买而来的。这虽然是诗的描写,应该也是当时社会生活的真实反映。

(四) 大宛

大宛是中亚古国名,在今费尔干纳盆地。盆地东西长 300 千米,南北宽 170 千米,以出产天马(汗血马)、苜蓿著称。张骞第一次出使西域,曾至大宛,在大宛王帮助下至大月氏。汉朝正是通过张骞回国后的报告了解到大宛,"大宛之迹,见自张骞"③。大宛在汉代就是丝绸之路要道,"其北则康居,西则大月氏,西南则大夏,东北则乌孙,东则扜罙、于阗"④。北魏时交通西域,大宛与北魏互通使节,北魏称其国为"洛那""破洛那"。北魏时董琬、高明出使乌孙,曾至破洛那。《魏书·西域传》记载:

> 洛那国,故大宛国也,都贵山城,在疏勒西北,去代万四千四百五十里。太和三年,遣使来献汗血马,自此每使朝贡。⑤

---

① (唐)张籍著,徐礼节、余恕诚校注:《张籍集系年校注》卷 2,第 187 页。
② 《全唐诗》卷 19,第 232—233 页。
③ 《史记》卷 123《大宛列传》,第 3157 页。
④ 同上书,第 3160 页。
⑤ 《魏书》卷 102《西域传》,中华书局 1974 年版,第 2270 页。

张星烺先生指出:"'洛那'当作'破洛那',考《太武帝纪》太延三年及五年,均有破洛那朝贡,此外无所谓'洛那'者。故此方'洛那'上必脱去'破'字无疑。《新唐书·西域传》:'宁远'本拔汗那,或曰䥽汗,元魏谓之'破洛那',皆为 Ferghana 之译音,今代地图上多译作费尔干那。"① 突厥强盛时,大宛地属西突厥。唐灭西突厥,臣属于唐。唐初称"拔汗那"或"䥽汗"。高宗时始来朝贡,唐以其地置休循州,属羁縻州。开元二十七年(739)助唐平吐火仙之乱,被唐朝封为奉化王。天宝三载(744)改其名为宁远国,赐姓窦(玄宗外戚姓氏),并以和义公主嫁之。天宝十三载(754)其王忠节遣子薛裕入朝,并留宿卫,学习唐朝礼仪制度,唐朝授予左武卫将军。在中亚诸国中,"事唐最谨"。②

大宛之地在古代中西方交通和交流中处于"文明十字路口"的地位。其地出良马,被中国人称为"天马""汗血马"。大宛马的传播是古代丝绸之路上重要的交流内容。汉武帝为了获得汗血马,曾派贰师将军李广利远征大宛并取胜。李广利征大宛和大宛国汗血马成为古代诗歌常用的典故。南朝梁简文帝《从军行二首》云:

其一

贰师惜善马,楼兰贪汉财。前年出右地,今岁讨轮台。鱼云望旗聚,龙沙随阵开。冰城朝浴铁,地道夜衔枚。将军号令密,天子玺书催。何时反旧里,遥见下机来。

其二

云中亭障羽檄惊,甘泉烽火通夜明。贰师将军新筑营,嫖姚校尉初出征。复有山西将,绝世爱雄名。三门应遁甲,五垒学神兵。白云随阵色,苍山答鼓声。迤逦观鹅翼,参差睹雁行。先平小月阵,却灭大宛城。善马还长乐,黄金付水衡。小妇赵人能鼓瑟,侍婢初笄解郑声。庭前桃花飞已合,必应红妆来起迎。③

这两首诗都咏贰师将军伐大宛事。梁褚翔《雁门太守行三首》云:"三月杨花合,四月麦秋初。幽州寒食罢,郑国采桑疏。便闻雁门戍,结束事戎车。寄语金闺妾,勿怨寒床虚。鹅军攻日逐,燕骑荡康居。大宛归善马,

---

① 张星烺:《中西交通史料汇编》第五册"古代中国与土耳其之交通",民国丛书本,第64页。
② 《新唐书》卷221下《西域传》,第6250页。
③ (宋)郭茂倩编:《乐府诗集》卷32,第478页。

小月送降书。"① 可见在南朝诗人边塞诗中常把李广利伐大宛和汉朝获汗血马的故事作为典故使用,写边境战争的胜利。

唐代诗人也喜欢使用李广利和汗血马的典故赞颂边塞立功的将军。岑参《献封大夫破播仙凯歌六章》其一云:"汉将承恩西破戎,捷书先奏未央宫。天子预开麟阁待,只今谁数贰师功。"② 封常清出师大捷,岑参以李广利伐大宛的胜利比拟其卓越功勋,以为今有封大夫立功边塞,相比之下当年的贰师将军已经不在话下。岑参《武威送刘单判官赴安西行营便呈高开府》云:

> 热海亘铁门,火山赫金方。白草磨天涯,湖沙莽茫茫。夫子佐戎幕,其锋利如霜。中岁学兵符,不能守文章。……都护新出师,五月发军装。甲兵二百万,错落黄金光。扬旗拂昆仑,伐鼓震蒲昌。太白引官军,天威临大荒。西望云似蛇,戎夷知丧亡。浑驱大宛马,系取楼兰王。③

题目中的"高开府"和诗中的"都护"即高仙芝,时任安西副都护、安西行营节度使,开府仪同三司。诗歌颂高仙芝的战功,用贰师将军李广利获大宛汗血马称颂。高适《送浑将军出塞》云:

> 将军族贵兵且强,汉家已是浑邪王。子孙相承在朝野,至今部曲燕支下。控弦尽用阴山儿,登阵常骑大宛马。银鞍玉勒绣蝥弧,每逐嫖姚破骨都。李广从来先将士,卫青未肯学孙吴。传有沙场千万骑,昨日边庭羽书至。城头画角三四声,匣里宝刀昼夜鸣。意气能甘万里去,辛勤判作一年行。黄云白草无前后,朝建旌旄夕刁斗。塞下应多侠少年,关西不见春杨柳。从军借问所从谁,击剑酣歌当此时。远别无轻绕朝策,平戎早寄仲宣诗。④

浑氏乃唐军中蕃将,诗人用大宛马衬托其英勇无比。又如耿湋《入塞曲》云:"将军带十围,重锦制戎衣。猿臂销弓力,虬须长剑威。首登平乐宴,新破大宛归。楼上诛姬笑,门前问客稀。暮烽玄兔急,秋草紫骝肥。未奉

---

① (宋)郭茂倩编:《乐府诗集》卷39,第575页。
② (唐)岑参著,陈铁民、侯忠义校注:《岑参集校注》卷2,第153页。
③ 同上书,第91页。
④ (唐)高适著,孙钦善校注:《高适集校注》,第204页。

君王诏,高槐昼掩扉。"① 这首诗写一位失意的将军,他当年功勋卓著,如今虽然生活奢华,但失去了君王的重用。边关紧急,他却没有得到重上战场的机会,英雄无用武之地。诗用"新破大宛归"写他昔日的辉煌战功,赞扬他有与李广利相比的功勋和荣誉。

从汉武帝时开始,大宛国汗血马成为向汉朝入贡的特产。此后丝绸之路上每年都有大宛国入贡汗血马的使节奔波于途。天马入贡是国家强盛、四夷臣服的象征,唐代诗人以此称颂大唐盛世。杨师道《咏马》云:

> 宝马权奇出未央,雕鞍照曜紫金装。春草初生驰上苑,秋风欲动戏长杨。鸣珂屡度章台侧,细蹀经向濯龙傍。徒令汉将连年去,宛城今已献名王。②

张说《舞马千秋万岁乐府词三首》之二云:"圣皇至德与天齐,天马来仪自海西。"③ 储光羲《献王威仪》云:"入与真主言,有骑天马来。"④ 周存《西戎献马》云:"天马从东道,皇威被远戎。来参八骏列,不假贰师功。影别流沙路,嘶流上苑风。望云时蹀足,向月每争雄。禀异才难状,标奇志岂同。驱驰如见许,千里一朝通。"⑤ 这首诗表达的意思是外夷臣服不能靠武力征服,靠的是皇威远被。唐朝正是在世界上享有崇高威望,所以才有如今"千里一朝通"的局面。

安史之乱发生以后,丝绸之路被吐蕃人阻断,对于唐人来说,由宛马引起的不是自豪,而是悲伤,因为那个令人自豪的时代结束了。诗人借宛马表达对现实的感伤。杜甫《秦州杂诗二十首》其八云:"闻道寻源使,从天此路回。牵牛去几许,宛马至今来。一望幽燕隔,何时郡国开。东征健儿尽,羌笛暮吹哀。"⑥ 元稹《西凉伎》云:

> 吾闻昔日西凉州,人烟扑地桑柘稠。蒲萄酒熟恣行乐,红艳青旗朱粉楼。楼下当垆称卓女,楼头伴客名莫愁。乡人不识离别苦,更卒多为沈滞游。哥舒开府设高宴,八珍九酝当前头。前头百戏竞撩乱,

---

① 《全唐诗》卷269,第2995页。
② 《全唐诗》卷34,第461页。
③ 《全唐诗》卷87,第962页。
④ 《全唐诗》卷136,第1373页。
⑤ 《全唐诗》卷288,第3289页。
⑥ (唐)杜甫著,(清)仇兆鳌注:《杜诗详注》卷7,第579页。

丸剑跳踯霜雪浮。狮子摇光毛彩竖，胡腾醉舞筋骨柔。大宛来献赤汗马，赞普亦奉翠茸裘。一朝燕贼乱中国，河湟没尽空遗丘。开远门前万里堠，今来蓦到行原州。去京五百而近何其逼，天子县内半没为荒陬，西凉之道尔阻修。连城边将但高会，每听此曲能不羞。①

这首诗运用了今昔对比的手法写国家局势的变化，唐前期哥舒翰为将，威震敌胆，边境和平，异域各国纷纷来朝，大宛国入贡汗血马；如今失地万里，守边的将军日日置酒高会，不思进取，从而表达了对盛世的怀念、对国事的担忧和对边帅的不满。

唐代诗人托物言志，常常写到大宛马。杜甫《房兵曹胡马》具有代表性："胡马大宛名，锋棱瘦骨成。竹批双耳峻，风入四蹄轻。所向无空阔，真堪托死生。骁腾有如此，万里可横行。"② 杜甫《秦州杂诗二十首》其五云："南使宜天马，由来万匹强。浮云连阵没，秋草遍山长。闻说真龙种，仍残老骕骦。哀鸣思战斗，迥立向苍苍。"③ 诗人在于表达自己的情感，不是在为历史作评判。因此对于同一事件和同一人物，在诗人们笔下往往遭受的褒贬不一。对于汉武帝用兵西域和李广利伐大宛，也有诗人持批判的态度。张祜《咏史二首》其一云："汉代非良计，西戎世世尘。无何求善马，不算苦生民。外国仇虚结，中华愤莫伸。却教为后耻，昭帝远和亲。"④ 诗人认为，汉代李广利远伐大宛是得不偿失的行为，为了满足统治者追求好马的愿望，用兵西域，劳民伤财，结怨外国，遗患后世。

（五）月氏

月氏是古代游牧民族，匈奴崛起以前游牧于河西走廊、祁连山和天山东部，中国古代文献亦写作"月支""禺知"。公元前2世纪为匈奴所败，西迁伊犁河、楚河流域，又败于乌孙，遂西击大夏，占领妫水（今阿姆河）两岸，建立大月氏王国。月氏西迁伊犁河、楚河时，逐走了原居其地的游牧民族塞种人，迫使塞种人一部分南迁罽宾（今克什米尔），一部分西侵巴克特里亚的希腊人王国，建立大夏国。大月氏人征服大夏国。张骞第一次出使西域，目的就是寻找大月氏，希望与之联合共击匈奴。东汉时大月氏曾侵入西域，班超大破之。大月氏有五翕侯（王），其中贵霜翕侯

---

① （唐）元稹：《元稹集》卷24，第281页。
② （唐）杜甫著，（清）仇兆鳌注：《杜诗详注》卷1，第18页。
③ （唐）杜甫著，（清）仇兆鳌注：《杜诗详注》卷7，第576页。
④ 《全唐诗》卷510，第5815页。

日益强盛，建立贵霜王朝，5世纪初为嚈哒所灭。

东汉时班超在西域奋斗的事迹彪炳史册，粉碎大月氏人的入侵是其显赫功绩之一。唐代以前这个故事就为诗人吟咏，在这个典故中"月氏"成为外敌的象征。三国诗人曹植《白马篇》写幽并游侠儿："控弦破左的，右发摧月支。"① 月氏成为他的靶的。北周诗人王褒《出塞》云："飞蓬似征客，千里自长驱。塞禽唯有雁，关树但生榆。背山看故垒，系马识馀蒲。还因麾下骑，来送月支图。"② 月氏在这里只是敌国的象征，战胜敌人，其地进入中国版图，故送其地图给朝廷。庾信《杨柳歌》云："昔日公子出南皮，何处相寻玄武陂。骏马翩翩西北驰，左右弯弧仰月支。"③ 与曹植诗同意。

月氏国早已不复存在，唐代诗人仍然使用这一典故，把月氏当作敌国的象征，用破月氏歌颂唐军在西域的胜利。岑参《北庭西郊候封大夫受降回军献上》歌颂封常清的战功："如公未四十，富贵能及时。直上排青云，傍看疾若飞。前年斩楼兰，去岁平月支。天子日殊宠，朝廷方见推。"④ 暗喻封常清获得可与班超媲美的战功。王贞白《入塞》云："玉殿论兵事，君王诏出征。新除羽林将，曾破月支兵。惯历塞垣险，能分部落情。从今一战胜，不使虏尘生。"⑤ 王维《送平澹然判官》云："不识阳关路，新从定远侯。黄云断春色，画角起边愁。瀚海经年到，交河出塞流。须令外国使，知饮月氏头。"⑥ 班超被封定远侯，此指平氏的主帅府主。诗人祝愿平氏跟随像班超一样的将军，立功异域。"知饮月氏头"也是用典，匈奴老上单于击败月氏，"杀月氏王，以其头为饮器"⑦。月氏王头颅被用作饮器，是月氏战败的寓意。曹唐《和周侍御买剑》云："见说夜深星斗畔，等闲期克月支头。"⑧ 张友正《锦带佩吴钩》云："应须待（当作持）报国，一刎月支头。"⑨ 这两首诗最后一句都是用这一典故。李白《塞下曲六首》其二云："何当破月氏，然后方高枕。"⑩ 于鹄《出塞》其一："葱岭秋尘

---

① （南朝梁）萧统编：《文选》卷27，上海书店1988年版，第382页。
② （宋）郭茂倩编：《乐府诗集》卷21，第318页。
③ （北周）庾信著，（清）倪璠注：《庾子山集注》卷5，第411页。
④ （唐）岑参著，陈铁民、侯忠义校注：《岑参集校注》卷2，第149页。
⑤ 《全唐诗》卷701，第8060页。
⑥ （唐）王维著，（清）赵殿成笺注：《王右丞集笺注》卷8，第140页。
⑦ 《史记》卷123《大宛列传》（点校本二十四史修订本），中华书局2014年版，第3838页。
⑧ 《全唐诗》卷640，第7343页。
⑨ 《全唐诗》卷727，第8327页。
⑩ （唐）李白著，瞿蜕园、朱金城校注：《李白集校注》卷5，第364页。

起，全军取月支。"① 都用"破月氏"表示对异族战争的胜利。

安史之乱发生以后，"月氏"形象在诗人们笔下发生了变化。象征敌国的月氏不再是打败和消灭的对象，而是强大对手和严重威胁，代指不断向唐朝进犯的吐蕃。杜甫《偶题》写当时局势："圣朝兼盗贼，异俗更喧卑。郁郁星辰剑，苍苍云雨池。两都开幕府，万宇插军麾。南海残铜柱，东风避月支。"② 张籍《没蕃故人》云："前年伐月支，城上没全师。蕃汉断消息，死生长别离。无人收废帐，归马识残旗。欲祭疑君在，天涯哭此时。"③ 杜甫的诗反映了唐与吐蕃战争形势的逆转，唐朝失去了过去进攻态势，对敌手避之唯恐不及。张籍的诗怀念在对吐蕃战争中失去下落的朋友，他是死是活不得而知。诗人笔下的这场战争，唐军全军覆灭，败于"月支"（吐蕃），他的朋友不知下落，在这场战争中要么已经战死，要么被敌人生俘。

与月氏有关的西域意象还有"大夏"。当年张骞出使西域，在大夏见到蜀布、筇竹杖等中国蜀地特产，因此告诉汉武帝从西南地区应当有通向身毒国再到大夏的道路。这个历史典故多次出现在唐诗中，有时是把它与西南丝绸之路联系起来，有的则把它与沙漠绿洲道联系起来。敦煌诗集残卷有《胡桐树》诗："张骞何处识胡桐，元出姑藏赤岸东。荼异乌桑阴柯㯫，枝生杏叶密蒙笼。徒劳大夏看筇竹，漫向楼兰种一丛。为恨玉门关□路，泪痕长滴怨秋风。"④ 诗借胡桐树表达玉门关路阻断，无计再赴西域的感叹。

（六）条支

条支是西亚古国，其地颇有争议，一般认为在今伊拉克境内底格里斯河和幼发拉底河之间，在中国文献中也写作"条枝"，记载也不一致。据说为塞琉古（塞琉西）王国建立。张骞出使西域就听闻其名，知道它在安息国之西，"条枝在安息西数千里，临西海。暑湿。耕田，田稻。有大鸟，卵如瓮。人众甚多，往往有小君长，而安息役属之，以为外国。国善眩。安息长老传闻条枝有弱水、西王母，而未尝见"⑤。公元前64年亡于罗马，所以中国人曾认为它是"大秦"（古罗马）的一部分。226年，波斯萨珊

---

① 《全唐诗》卷310，第3502页。
② （唐）杜甫著，（清）仇兆鳌注：《杜诗详注》卷18，第1544页。
③ （唐）张籍著，徐礼节、余恕诚校注：《张籍集系年校注》卷2，第381页。
④ 徐俊辑纂：《敦煌诗集残卷辑考》，中华书局2000年版，第657页。
⑤ 《史记》卷123《大宛列传》（点校本二十四史修订本），中华书局2014年版，第3841页。

王朝兴起后,领有条支故地,故《魏书·西域传》又称波斯为"古条支国"。① 唐朝曾在今中亚地区设条支都督府,属羁縻都督府。龙朔元年(661)在谢䫻国之地设置,位于今阿富汗中部。府治优宝瑟颠城,即鹤悉那城,在今阿富汗首都喀布尔(Kabul)南加兹尼(Ghazni)一带,领羁縻州九,属安西大都护府。天宝十载(751)后其地归属大食(阿拉伯)。

因为《史记》中已经记载了"条支",因此很早就被诗人用作典故。谭其骧指出:"条支一名,汉后遂成为中土人心目中西方极远地区的代名词,李阳冰与李白诗文中的条支与条支海,即用此义。"② 按照《史记》记载,条支国在安息之西数千里,因此在古代诗歌中它是一个遥远的所在。南朝梁诗人刘孝威《雀乳空井中》云:"远去条支国,心知汉德优。聊栖丞相府,过令黄霸羞。挟子须闲地,空井共寻求。辘轳丝绠绝,桔槔冬藓周。将怜羽翼张,唯辞各背游。"③ 诗借"雀"既情恋汉德,又不得不远飞条支的无奈,表达两情相乖的痛苦心情,诗里"条支"作为西域意象只是远方的象征。

由于唐朝曾置条支都督府,所以唐诗中的"条支"是亦虚亦实的,说其虚,因为条支一名早已虚化为一个意象,并不实指某地;说其实,唐代确有一个"条支都督府"这样的地名。但无论虚实,在唐诗中大都泛指西域。李白《战城南》云:"去年战,桑干源,今年战,葱河道。洗兵条支海上波,放马天山雪中草。万里长征战,三军尽衰老。匈奴以杀戮为耕作,古来唯见白骨黄沙田。秦家筑城避胡处,汉家还有烽火燃。"④ 贯休《古塞曲》其一云:"单于烽火动,都护去天涯。别赐黄金甲,亲临白玉墀。塞垣须静谧,师旅审安危。定远条支宠,如今胜古时。"⑤ 刘言史《代胡僧留别》云:"此地缘疏语未通,归时老病去无穷。定知不彻南天竺,死在条支阴碛中。"⑥ 从汉地回天竺并不经过条支之地,此条支阴碛指的就是西域沙漠。

---

① 《魏书》卷102《西域传》(点校本二十四史修订本),中华书局2017年版,第2462页。
② 谭其骧:《郭著〈李白与杜甫〉地理正误》,《长水粹编》,河北教育出版社2004年版,第415页。
③ (宋)郭茂倩编:《乐府诗集》卷68,中华书局1979年版,第985页。
④ (唐)李白著,瞿蜕园、朱金城校注:《李白集校注》卷3,第222页。
⑤ (唐)贯休著,胡大浚笺注:《贯休歌诗系年笺注》卷11,中华书局2011年版,第534页。
⑥ 《全唐诗》卷4683,第5831页。

第六章　通向草原丝绸之路

欧亚草原自古是游牧人的天堂，也是沟通东西方文化交流的重要通道，被称为"草原丝绸之路"。草原游牧民族与农耕定居民族之间的复杂关系构成世界古代史一大奇观，中国自古便存在与北方、西北方游牧民族时战时和的关系，当唐朝征服北方草原突厥民族之后，唐朝与北方草原民族的关系和利用草原路与西域交通进入一个新时期，这一历史内容为唐诗创作提供了新鲜素材。有唐一代在漫长的北方草原上曾经先后生活着突厥、薛延陀、回纥（回鹘）、奚、契丹、党项羌、黠戛斯等游牧族，唐朝在东北、北方和西北方建立了若干城市和军镇，主要有幽州、太原、灵州、庭州等，处理与这些游牧民族的关系，并防御其可能的侵扰。

一　唐朝对天山以北草原路的护守

新疆天山与阿尔泰山之间地处欧亚大草原东段，唐朝建立之初是突厥人的天下。唐灭突厥之后，北方草原民族纷纷投附唐朝，自中国北方直至咸海成为唐朝势力范围，唐朝与西北游牧民族以至更远的乌孙、康居、拜占庭的交往利用这条草原路，对这一带的占领和守护显示了唐朝国力的强盛。唐代诗人有的亲身来到这遥远的草原地带，为保护丝绸之路通畅和西域稳定贡献力量，草原丝路的利用在唐诗中得到反映。草原之路在隋裴矩《西域图记序》中称西域北道：

> 发自敦煌，至于西海，凡为三道，各有襟带。北道从伊吾，经蒲类海、铁勒部、突厥可汗庭，度北流河水，至拂菻国，达于西海。[①]

[①]《隋书》卷67《裴矩传》（点校本二十四史修订本），中华书局2019年版，第1772页。

北道起点伊吾是西域古国，在今新疆哈密一带，唐朝灭突厥，于其地置伊州。自沙州（敦煌）入西域经稍竿道至伊州[①]，再北越天山至庭州，从庭州西行至碎叶及中亚、欧洲。稍竿道从敦煌向北（略偏西）经青墩峡、碱泉戍、稍竿戍抵伊州。此路东汉时已开通，称伊吾道。隋末丧乱，伊吾背叛，此道阻塞。贞观四年（630），唐灭东突厥，伊吾首领石万年率伊吾七城归唐，此道复通。唐人有时也从瓜州（今甘肃酒泉市瓜州县）北上赴伊吾，玄奘西行即从瓜州赴伊吾。此道终点拂菻即拜占庭，首都君士坦丁堡（今土耳其伊斯坦布尔）。

高宗显庆三年（658），唐朝平定阿史那贺鲁之乱，于其地置濛池、昆陵二都护府。第二年，在天山以北设庭州，领金满、轮台、蒲类3县（后增置西海县），治金满城（今新疆吉木萨尔北破城子），州境为汉代车师后部。显庆四年（659）又设金山都护府，治所在庭州，管辖天山以北、巴尔喀什湖以南、阿尔泰山以西、波斯以东广大地区，存在44年。为了巩固西北边疆，武周长安二年（702），设立北庭都护府，治所在庭州金满城，隶属于安西大都护府。北庭都护府取代原金山都护府，管理区域东起伊吾，西至咸海，北抵额尔齐斯河到巴尔喀什湖一线，统辖西突厥十姓部落诸羁縻府州，正是欧亚大草原东部地区。北庭都护府设立后，成为西北地区政治经济中心，社会安定，农牧业、商业和手工业都得到空前发展。睿宗景云二年（711），北庭都护府升为北庭大都护府，与安西大都护府分治天山南北。天山以北包括阿尔泰山和巴尔喀什湖以西的广大地区归北庭大都护府统辖。为了确保这条东西方通道的安全，玄宗时又设北庭节度使，统领瀚海、天山、伊吾三军，其中瀚海军一万二千人屯戍北庭。

自庭州西至碎叶的道路称为"碎叶道"。《新唐书·地理志》记载：

> 自庭州西延城西六十里，有沙钵城守捉（今阜康东），又有冯洛守捉，又八十里有耶勒城守捉，又八十里有俱六城守捉，又百里至轮台县（今乌鲁木齐乌拉泊古城），又百五十里有张堡城守捉（今昌吉花园古城），又渡里移得建河（今呼图壁河），七十里有乌宰守捉（今玛纳斯附近），又渡白杨河（今玛纳斯河），七十里有清镇军城，又渡叶叶河，七十里有叶河守捉，又渡黑水（今奎屯河），七十里有黑水

[①] 关于稍竿道的路线，参见孟凡人《新疆考古与史地论集》，科学出版社2000年版；严耕望《唐代交通图考》（第二卷）"河陇碛西区"，上海古籍出版社2007年版；袁黎明《简论唐代丝绸之路的前后期变化》，《丝绸之路》2009年第6期；李宗俊《唐前期西北军事地理问题研究》，中国社会科学出版社2015年版，第179—181页。

守捉（今乌苏附近），又七十里有东林守捉，又七十里有西林守捉。又经黄草泊、大漠、小碛，渡石漆河（今精河），逾车岭，至弓月城（今霍城一带）。过思浑川、蛰失蜜城，渡伊丽河（今伊犁河），一名帝帝河，至碎叶界。又西行千里至碎叶城，水皆北流入碛及入夷播海。①

全盛时北庭都护府下辖金满、轮台、蒲类三县，瀚海、天山、伊吾三军，以及盐治州、盐禄州、阴山州、大漠州、轮台州、金满州、玄池州、哥系州、咽面州、金附州、西盐州、东盐州、叱勒州、迦瑟州、冯洛州和孤舒州十六个羁縻州。

安史之乱爆发，西域兵马调入中原平乱，吐蕃乘机北进，占领陇右、河西，西域与内地联系隔断。北庭都护府孤军独守，坚持35年之久，最终陷于吐蕃。自702年置都护府至791年失陷，存在89年。789年，葛逻禄在北庭一带与吐蕃联合，② 战胜回纥（后称回鹘）。不久回鹘人进军西域，在北庭、龟兹、拔汗那（今乌兹别克斯坦费尔干纳）一带败葛逻禄与吐蕃联军，北庭又被回鹘人夺取。其时漠北、天山以北是回鹘汗国，回鹘西北是黠戛斯人，黠戛斯西南是葛逻禄人，葛逻禄南是吐蕃人。葛逻禄西南是入居中亚的大食（阿拉伯）人。文宗开成五年（840），漠北回鹘汗国灭亡，近三分之一部众西迁，其中西迁三分之一投靠葛逻禄人。

美国汉学家薛爱华依据沙畹等人的研究指出："从敦煌到吐鲁番途中要经过白龙堆（所谓'白龙堆'就是古代罗布泊遗留下来的盐壳），白龙堆是一片地地道道的荒漠，不仅穿行极其艰难，而且沿途还有妖魔出没，所以商队宁愿取道伊吾（即今哈密），这样就可以躲开白龙堆，向北绕道抵达吐鲁番。从吐鲁番起，旅行者可以向西穿过西突厥的地面（即天山北部地区），也可以越过西南方，进入天山南部地区，继续通过库车以及塔里木盆地其他的绿洲城市西行。"③ 天山北部地区的草原路即裴矩所谓的"北道"，由敦煌、玉门关往西北，经伊州沿天山北麓西行，经庭州至伊宁后西去，通往唐朝在中亚地区设置的最远一个军镇碎叶镇。这条道路在唐

---

① 《新唐书》卷40《地理志四》"北庭大都护府"条，第1047页。
② 葛逻禄，亦称葛罗禄、卡尔鲁克。6—13世纪中亚操突厥语的游牧部族，铁勒诸部之一，地处北庭西北，金山（今阿尔泰山）之西，与车鼻部接。766年起，葛逻禄强盛起来，逐渐取代突骑施，占有楚河流域西突厥故地，包括著名的碎叶城、怛逻斯城。
③ 〔美〕薛爱华：《撒马尔罕的金桃——唐代舶来品研究》，吴玉贵译，社会科学文献出版社2016年版，第58页。

诗中有所歌咏的是伊州、庭州、轮台、热海、弓月城和碎叶。

二　从敦煌、玉门关进入草原路的道路

（一）伊吾、伊州与伊吾道

　　从敦煌、玉门关出发赴天山北路，首站就是伊州。这里古称西漠、西膜、古戎地、昆莫，西汉时称伊吾卢。宣帝神爵二年（前60），置西域都护，伊吾卢和蒲类国皆在西域都护管辖之内。东汉始称伊吾。伊吾是东汉王朝与匈奴争夺西域的焦点。明帝永平十六年（73）汉将窦固击匈奴呼衍王，追至蒲类海，取伊吾卢地，置宜禾都尉管理屯田。章帝建初元年（76），汉朝放弃伊吾卢屯田，匈奴遣兵占领。和帝永元二年（90），汉军击败占领伊吾的北匈奴。永元四年（92）汉使任尚屯驻伊吾。安帝永初元年（107）西域反乱，东汉迎回伊吾、柳中屯田吏士。元初六年（119），敦煌太守曹宗派长史索班率千人屯伊吾，次年春被匈奴攻没。顺帝时班勇通西域，设伊吾司马，驻伊吾，恢复屯田。永和二年（137），敦煌太守裴岑率部与北匈奴呼衍王交战巴里坤，诛杀呼衍王，结束了汉朝和匈奴在西域长达300余年的拉锯战。

　　北魏时置伊吾郡，经过此地西行入西域的道路称"伊吾道"。隋末伊吾属西突厥。贞观四年（630）唐灭东突厥，臣属于西突厥的伊吾城长入朝，举七城奉献。唐朝以其地置西伊州，两年后去"西"字称伊州。[1] 此为唐朝在西域置州之始。此后置军蒲类海（今新疆东北部巴里坤湖）屯田、屯牧。伊州于天宝元年（742）改名伊吾郡，属陇右道。天宝三载（744），东部回纥崛起，蒲类海为其所有。乾元元年（758）伊吾郡改称伊州。安史之乱发生后，伊吾被吐蕃人占领，延续90年左右，直到唐末张议潮起义，吐蕃人的势力方才退出此地。伊州是东天山的标志，天山地处塔里木盆地塔克拉玛干沙漠和准噶尔盆地大沙漠之间，"与东方的蒙古和中原之间横亘着寸草不生、荒无人烟、极其干燥的大沙漠"，因此天山山脉呈半岛状凸出于西域北部，被日本学者松本寿男称为"天山半岛"。[2]

---

[1]《新唐书》卷215上《突厥传上》，第6036页。

[2]〔日〕松本寿男：《古代天山历史地理学研究》，陈俊谋译，中央民族学院出版社1987年版，第7页。

伊州便在"半岛"东端。

伊州是从敦煌、玉门关西北行进入天山以北草原路的要道。从伊州到庭州的道路称"伊庭道",伊州之纳职县是此道起点。《新唐书·地理志》记载:

> 伊州伊吾郡,下。本西伊州,贞观六年更名。土贡:香枣、阴牙角、胡桐律。户二千四百六十七,口万一百五十七。西北三百里甘露川有伊吾军,景龙四年置。县三:伊吾(下,贞观四年置,并置柔远县,神功元年省入焉。在大碛外,南去玉门关八百里,东去阳关二千七百三十里。① 有折罗漫山,亦曰天山;南二里有咸池海),纳职(下,贞观四年以鄯善故城置,开元六年省,十五年复置。南六十里有陆盐池。自县西经独泉、东华、西华驼泉,渡茨萁水,过神泉,三百九十里有罗护守捉;又西南经达匪草堆,百九十里至赤亭守捉,与伊西路合。别自罗护守捉西北上乏驴岭,百二十里至赤谷;又出谷口,经长泉、龙泉,百八十里有独山守捉;又经蒲类,百六十里至北庭都护府。)②

由于伊州繁盛,加之西域南道处于吐蕃人威胁之下,南道故道逐渐为流沙淹没,北道保持着繁荣。因此,伊州成为初盛唐时人们赴西域北道和草原路的要道,唐诗常咏及伊吾。岑参《送李别将摄伊吾令充使赴武威便寄崔员外》云:

> 词赋满书囊,胡为在战场。行间脱宝剑,邑里挂铜章。马疾飞千里,凫飞向五凉。遥知竹林下,星使对星郎。③

又《送郭司马赴伊吾郡请示李明府(郭子是赵节度同好)》云:

> 安西美少年,脱剑卸弓弦。不倚将军势,皆称司马贤。秋山城北面,古治郡东边。江上舟中月,遥思李郭仙。④

---

① 按:此方位、里数有误。
② 《新唐书》卷40《地理志四》,第1046页。
③ (唐)岑参著,陈铁民、侯忠义校注:《岑参集校注》卷2,第173页。
④ 同上书,第183页。

两诗所送的李别将和郭司马就是派往伊吾驻军的官员。李别将担任代理伊吾县令,又奉命出使武威,则是从伊州经敦煌、玉门关进入河西走廊的道路。郭司马当为庭州刺史僚佐,而且与节度使赵某是好友。这是一位年轻人,而且出身西域,奉使去伊吾向李明府传达政令。唐时称县令为"明府",此李明府可能即摄伊吾县令之李别将,他出身文士。从岑诗中这两个人的行踪可以看出庭州、伊州和河西走廊之敦煌、玉门关以至凉州(武威)之间的交通。

伊州之纳职县是伊庭路的起点,西北行至庭州。后伊州陷于吐蕃,庭州陷于回鹘。及至张议潮收复沙州和河湟之地,伊州进入归义军节度使管辖之内,庭州则在回鹘人之手。因此唐朝派往河西走廊的官员虽然名义上兼管西域事务,其实是无力管辖伊州和庭州的,而且伊州处于归义军与回鹘对峙状态中的前线,故担任河西都防御使的翁郜面对伊州以西的地区只有望洋兴叹之感,其《塞上逢友人》诗云:"相逢悲喜两难任,话旧新诗益寸心。执手更言西域去,塞垣何处会知音。敦煌上计程多少,纳职休行更入深。早晚却回归旧业,莫随蕃丑左衣衿。"① 纳职本是赴北庭的伊西路起点,但诗人说唐人不能再从这里出发继续西行了。

唐代伊州之地产生一支著名的乐曲《伊州乐》,又称《伊州曲》,与龟兹乐、疏勒乐、悦般乐、高昌乐、北庭乐等,被称为西域六大乐曲。"天宝后,诗人多为忧苦流寓之思,及寄兴于江湖僧寺。而乐曲亦多以边地为名,有《伊州》《甘州》《凉州》等,至其曲遍繁声,皆谓之'入破'。又有《胡旋舞》,本出康居,以旋转便捷为巧,时又尚之。破者,盖破碎云。"② 唐时多以地名称谓曲名,如龟兹乐、高昌乐、疏勒乐。《伊州曲》是玄宗时西凉节度使盖嘉运引进。盖嘉运,开元年间官至北庭都护,统辖西突厥十姓部落诸羁縻府州,在西域立有大功。开元二十八年(740)三月献俘长安,被封为河西、陇右两镇节度使,负责经略吐蕃。玄宗酷爱音乐,盖嘉运到任后,将著名的《伊州曲》献给唐玄宗。玄宗命教坊演出,从此流行于宫廷和茶楼酒肆,并传入日本。宋辽时期流行的《伊州曲》"前五叠为歌,后五叠为入破",即前五遍是抒情歌唱,从第六遍开始起舞。歌为慢速度,"入破"是快板起舞。其结构是先由散板起舞一遍,然后进入中板节奏中急旋五遍而结束。"入破"在宋时又叫"彻",张先《减宋木兰辞》有"舞彻伊州,头上宫花颤未休"之句。《伊州曲》在宋

---

① 徐俊纂辑:《敦煌诗集残卷辑考》卷下,中华书局 2000 年版,第 660 页。
② 《新唐书》卷 35《五行志二》,第 921 页。

时的杂剧中留有深刻的印迹，如《领伊州》《铁指甲伊州》《闹五伯伊州》《裴少俊伊州》《食店伊州》等。流行至今的哈密十二木卡姆的前身即伊州大曲。《伊州乐》配唐诗、宋词是一道奇观。宋人郭茂倩编《乐府诗集》收 10 首《伊州曲》，① 唐诗中提到的《伊州》，多是以此为名的曲子。

  这支曲子在唐代宫廷和社会上十分流行。崔令钦《教坊记》记载："教坊人唯得舞《伊州》《五天》，重来叠去，不离此两曲。"② 王建《宫词一百首》之五十六云："未承恩泽一家愁，乍到宫中忆外头。求守管弦声款逐，侧商调里唱《伊州》。"③ 唐代士大夫家养有歌伎，她们有《伊州曲》的歌唱和表演。白居易《伊州》诗云："老去将何散老愁，新教小玉唱《伊州》。亦应不得多年听，未教成时已白头。"④《伊州曲》为商调曲，曲调悲凉，唐诗里《伊州曲》的歌词内容总是与离情别绪相关。如王维《伊州歌》云："清风明月苦相思，荡子从戎十载余。征人去日殷勤嘱，归雁来时数附书。"⑤ 许浑《吴门送振武李从事》云："晚促离筵醉玉缸，《伊州》一曲泪双双。欲携刀笔从新幕，更宿烟霞别旧窗。"⑥ 温庭筠《弹筝人》云："天宝年中事玉皇，曾将新曲教宁王。钿蝉金雁今零落，一曲《伊州》泪万行。"⑦ 高骈《赠歌者二首》其二云："公子邀欢月满楼，双成揭调唱《伊州》。便从席上风沙起，直到阳关水尽头。"⑧ 金昌绪《伊州歌（一作春怨）》写思妇之情："打起黄莺儿，莫教枝上啼。啼时惊妾梦，不得到辽西。"⑨

  伊州后为吐蕃所占领，张议潮起义后与河陇一带回归唐朝。无名氏《仆固天王乾符三年四月廿四日打破伊州（此缺数字）录打劫酒泉后却

---

① 黄适远：《伊州乐和唐诗》，《丝绸之路》2007 年第 11 期。
② （唐）崔令钦：《教坊记》，古典文学出版社 1957 年版，第 6 页。
③ （唐）王建著，王宗堂校注：《王建诗集校注》卷 10，中州古籍出版社 2006 年版，第 600 页。
④ （唐）白居易：《白居易集》卷 25，第 572 页。
⑤ （唐）王维著，（清）赵殿成笺注：《王右丞集笺注》卷 15，第 281 页。按：此诗原作"失题"，宋郭茂倩《乐府诗集》卷 79《近代曲辞》题作《伊州歌·第一》，首句为"秋风明月独离居"。题注云："《乐苑》曰：'《伊州》，商调曲，西京节度（盉）[盖] 嘉运所进也。"中华书局 1979 年版，第 1119 页。盖嘉运所进乃乐曲，歌者则以诗歌填充歌词，诗人则据以填词。《乐府诗集》载五首歌词未必为盖嘉运所进，如第三首"闻道黄花戍"一首乃沈佺期作；第四首"千晨东归客"一首一作薛逢诗，一作韩翃诗；此诗当为王维作。
⑥ 《全唐诗》卷 536，第 6116 页。
⑦ （唐）温庭筠著，（清）曾益等笺注：《温飞卿诗集笺注》卷 5，第 113 页。
⑧ 《全唐诗》卷 598，第 6920 页。
⑨ 《全唐诗》卷 768，第 8724 页。

□断（下缺）》诗只留残句："为言回鹘倚凶（下缺）。"① 王重民认为这首诗作于唐大中二年（848）张议潮起义之后，"有历史价值。仆固天王殆即北庭回鹘首领仆固俊。此诗应是当时当地人所作，所以称他为'天王'。乾符三年（876）打破伊州事，不见史书记载。可惜诗题残缺，诗文仅存六字，以致意义不够明显。这时候，仆固俊受张议潮的指挥，打败了吐蕃不久。这次（876）打伊州，想他是受张议潮的命令的"。② 这个论断失考。张议潮于咸通八年（867）二月入觐长安，未再回河西，朝廷任命他为右神武统军，赐给田地，并于宣阳坊赐第一区，晋升为司徒，咸通十三年（872）去世。仆固天王于乾符三年（876）打破伊州，怎么会在张议潮指挥下打仗？这首诗完整的内容应该反映了伊州被张议潮收复，进入归义军统治区域，乾符三年遭回鹘仆固氏进攻的史实。荣新江认为"这首敦煌人写的诗歌记录了乾符三年西州回鹘攻取沙州归义军所辖伊州城的历史真相，仆固天王即仆固俊或其后继者"③。诗的作者可能是晚唐时河西都防御使翁郜。④ 仆固俊是西州回鹘的创建者，这首诗反映了西州回鹘与沙州归义军两个政权间的军事斗争。诗中"为言回鹘倚凶"后残缺，按照语义当为"残"。"凶"本身是贬义词，从感情色彩看，这首敦煌人写的诗也不可能赞美在张议潮指挥下仆固俊打败吐蕃的战事。

（二）蒲类海与蒲类城

自伊州至庭州有南、北两道，南道即伊庭道，伊庭道上最受诗人关注的是蒲类海。《新唐书·地理志》记载：

> 纳职，下（县）。贞观四年以鄯善故城置，开元六年省，十五年复置。南六十里有陆盐池。自县西经独泉、东华、西华驼泉，渡茨其水，过神泉，三百九十里有罗护守捉；又西南经达匪草堆，百九十里至赤亭守捉，与伊西路合。别自罗护守捉西北上乏驴岭，百二十里至赤谷；又出谷口，经长泉、龙泉，百八十里有独山守捉；又经蒲类，

---

① 陈尚君辑校：《全唐诗补编》，中华书局1992年版，第84页。
② 同上书，第85页。
③ 荣新江：《归义军及其周边民族的关系初探》，《敦煌学辑刊》1986年第2期。
④ 荣新江：《唐人诗集的钞本形态与作者蠡测》，载《项楚先生欣开八秩颂寿文集》，中华书局2012年版，第141—158页。

百六十里至北庭都护府。①

这条道的起点在伊州纳职县西,纳职县在今哈密市四堡。罗护守捉在今惠井子,一说在七角井。赤亭守捉在今七克台附近,独山守捉在今老奇台附近,蒲类在今木垒附近,北庭都护府在今吉木萨尔北之北庭古城。北道为伊吾军道,自伊州北越折罗漫山(今巴里坤东南天山东段)至甘露川(约为大河古城,伊吾军驻地),然后沿巴里坤湖南岸西南行,在长泉(今称三个泉)与伊庭道合,再经蒲类(今木垒)、奇台县境至庭州,这条道路又被称为"庭州大道"。不仅赴西域征战的将士往来于此,职贡使臣、游客商旅亦络绎不绝。蒲类是湖名(蒲类海,即今巴里坤湖),又是西域国名,又是城名,又是县名。汉代蒲类后国属姑师,汉破姑师,置车师前王国、车师后王国、蒲类前国、蒲类后国等。东汉时仅存蒲类前国,此后先后为鲜卑、突厥属地。贞观十四年(640),唐置蒲类县,城在今新疆东部巴里坤湖附近。② 这一带四周山峦起伏,水草丰美,湖中碧波荡漾,是入西域路上难得的一处绿洲。

蒲类海是汉朝用兵西域途经之地,在古代诗歌中成为西域边塞意象。蒲类海给唐人的印象是湖面广阔,唐初诗人虞世南《从军行二首》其二写将士征行:"萧关远无极,蒲海广难依。"③ 唐朝在蒲类设县,归庭州管辖,是唐朝向西域发展的重大举措,唐诗歌咏了唐朝经营西域的这一辉煌成就。王维《送宇文三赴河西充行军司马》云:"蒲类成秦地,莎车属汉家。"④ 秦、汉都代指唐,"蒲类"句意即唐朝从西突厥手中夺取了蒲类海一带地区。由蒲类西去经木垒、奇台达庭州。唐朝与吐蕃关系破裂后,双方在西域展开争夺,蒲类一带成为战争前沿。"初唐四杰"之一的骆宾王赴北庭幕府,路经此地,有《夕次蒲类津》一诗,写此地景象以及自己的行程和心情:"二庭归望断,万里客心愁。山路犹南属,河源自北流。晚风连朔气,新月照边秋。灶火通军壁,烽烟上戍楼。"⑤ "二庭"用汉代南北匈奴和唐初东西突厥两庭典故,代指蒲类海一带。高宗咸亨元年(670)吐蕃入侵,薛仁贵任逻娑道行军大总管出征西域,骆宾王从军并任奉礼郎。这首诗大约作于薛仁贵兵败大非川以后。骆宾王随军征战到蒲类津

---

① 《新唐书》卷40《地理志四》,第1046页。
② 孟凡人:《丝绸之路史话》,社会科学文献出版社2011年版,第88—102页。
③ 周勋初等主编:《全唐五代诗》卷2,陕西人民出版社2014年版,第17页。
④ (唐)王维著,(清)赵殿成笺注:《王右丞集笺注》卷8,第148页。
⑤ (唐)骆宾王著,(清)陈熙晋笺注:《骆临海集笺注》卷4,第117—120页。

（今新疆巴里坤湖东南岸），夜晚就地宿营时有感而发，将眼前景、心中情诉诸笔端，真实地记录了当时辗转征战的境况和自己的忧伤心情。

玄宗时唐朝在西域与吐蕃的战争取得胜利与名将封常清有关。在封常清幕府中的诗人岑参写了不少边塞诗，蒲类海成为其诗中的意象。其《献封大夫破播仙凯歌六章》歌颂封常清的战功云："官军西出过楼兰，营幕傍临月窟寒。蒲海晓霜凝马尾，葱山夜雪扑旌竿。"[1] 其中的"蒲海"应是实指唐军出征路线。安史之乱后蒲类一带为回鹘占领，因此收复蒲类便成为收复失地的象征。中唐诗人李益《再赴渭北使府留别》云："平戎七尺剑，封检一丸泥。截海取蒲类，跑泉饮鹮䴊。"[2] 从王维诗"蒲类成秦地"的现实，到李益诗的"截海取蒲类"的幻想，反映了蒲类一带近二百年间反复易手的历史变迁。

（三）天山、天山路与天山雪

从伊州北上，进入草原路要翻越天山，然后沿天山北麓草原西行，远至中亚、西亚和欧洲。这里水草丰茂，对以马和骆驼为主要交通工具的古代商队和旅行者来说有极大吸引力，因此成为草原丝绸之路的重要组成部分。天山位于欧亚大陆腹地，呈东西走向，跨中国、哈萨克斯坦、吉尔吉斯斯坦和乌兹别克斯坦等国。中国境内的天山把新疆分成两部分，南边是塔里木盆地，北边是准噶尔盆地。坐落在新疆阜康市境内的博格达峰是天山山脉东段著名高峰，海拔 5445 米。天山 3800 米以上的山峰有终年不化的积雪，故有"雪海"之称。

日本学者松田寿男对天山历史地理进行了深入探讨，他论述了天山与丝绸之路的关系，认为这个地方正式登上历史舞台在公元前 2 世纪，那时西汉王朝开始与天山南北的西域诸国公开往来。当时西域号称三十六国，其通商活动很活跃，沿着天山南北两麓分别开拓了一条贸易路，加上塔克拉玛干沙漠南缘东西向的一条路，三条路连接着东西亚洲，把中国的丝绸运往西方。"天山既是东西文化的分水岭，又是分隔南北的山脉，同时又是连接南北的山脉。这种分隔是把内陆亚洲划分成南北对峙的两个环境，即沙漠草原地带和沙漠绿洲地带，天山以北是草原占优势的地区，天山以南是绿洲占主要地位的地区。天山在这种划分中具有分界线的使命。"[3] 草

---

[1] （唐）岑参著，陈铁民、侯忠义校注：《岑参集校注》卷 2，第 153 页。
[2] （唐）李益著，范之麟注：《李益诗注》，上海古籍出版社 1984 年版，第 83 页。
[3] 〔日〕松田寿男：《古代天山历史地理学研究》，陈俊谋译，中央民族学院出版社 1987 年版，第 5 页。

原地带从事畜牧生活的民族，也具有意想不到的商业民族的素质，与其他民族进行交往和交流是他们发展的动力，也是他们的生命线。绿洲民族依靠与其他地区的交易冲破其在地理上被封锁的命运，成为典型的商业民族。高耸入云的天山山脉虽然巍然矗立在这两种不同生活者之间，但这两个不同生活的民族曾经开辟出几条山路，并且还建有为双方进行接触的关口。因此从地理上来讲天山"一方面，它具有作为划分草原与绿洲两种地带的屏障的意义；另一方面，可以说由于人们的努力使它在历史上起到了连接南北的接合剂的作用"①。

天山本来就是诗歌中的西北边塞意象，唐灭突厥后在庭州置北庭都护府，唐朝官员、将士和文士越过天山至北庭的人越来越多，并留下不少诗篇。骆宾王《晚度天山有怀京邑》云：

忽上天山路，依然想物华。云疑上苑叶，雪似御沟花。行叹戎麾远，坐怜衣带赊。交河浮绝塞，弱水浸流沙。旅思徒漂梗，归期未及瓜。宁知心断绝，夜夜泣胡笳。②

诗人从军西域，远离家乡，当他登上天山回望京邑时，便产生了强烈的"行叹戎麾远"之感。在诗人笔下，天山是遥远的象征，天山路艰险难行，卢照邻《西使兼送孟学士南游》云：

地道巴陵北，天山弱水东。相看万余里，共倚一征蓬。零雨悲王粲，清尊别孔融。裴回闻夜鹤，怅望待秋鸿。骨肉胡秦外，风尘关塞中。唯余剑锋在，耿耿气成虹。③

从诗中可知，卢照邻或许有奉使西域（天山、弱水）之行，史无记载。卢照邻曾为来济作《南阳公集序》，来济曾任庭州刺史，卢照邻的西行可能亦在此时。④ 这里"天山弱水东"显系夸张，极言自己西使要赴西域极远之地，与南游的孟学士将天各一涯，故云"相看万余里"。岑参《安西馆中思长安》云：

---

① 〔日〕松田寿男：《古代天山历史地理学研究》，陈俊谋译，中央民族学院出版社1987年版，第21页。
② （唐）骆宾王著，（清）陈熙晋笺注：《骆临海集笺注》卷4，第120—121页。
③ （唐）卢照邻：《卢照邻集》卷3，中华书局1980年版，第34页。
④ 傅璇琮主编：《唐五代文学编年史》，辽海出版社1998年版，第165页。

　　　　家在日出处，朝来起东风。风从帝乡来，不异家信通。绝域地欲尽，孤城天遂穷。弥年但走马，终日随飘蓬。寂寞不得意，辛勤方在公。胡尘净古塞，兵气屯边空。乡路眇天外，归期如梦中。遥凭长房术，为缩天山东。①

在这绝域之地，诗人幻想有缩地术，缩短天山与家乡的距离。又如李益《从军北征》云："天山雪后海风寒，横笛偏吹《行路难》。碛里征人三十万，一时回向月中看。"②《行路难》乐曲表达的正是将士们身处天山的实际感受，当征人忽闻笛中乐曲，顿生思乡之情。万楚《骢马》云："金络青骢白玉鞍，长鞭紫陌野游盘。朝驱东道尘恒灭，暮到河源日未阑。汗血每随边地苦，蹄伤不惮陇阴寒。君能一饮长城窟，为报天山行路难。"③ 这两首诗都以"行路难"形容天山山路，"难"字道出经行天山的多少苦辛！

天山终年白雪皑皑，这是给来到西域的人最深的印象，因此天山成为边塞苦寒的象征，常与"雨""雪""寒""冰""风""雾""霜"等自然意象组合，构成酷冷严寒之意境。这本来就是古代诗歌的传统，南朝张正见《雨雪曲》云："胡关辛苦地，雪路远漫漫。含冰踏马足，杂雨冻旗竿。沙漠飞恒暗，天山积转寒。无因辞日逐，团扇掩齐纨。"④ 唐代诗人写到天山继承了这一传统，他们用这一意象群写边塞生活的艰苦，用来衬托征战边地的将士报效国家的崇高精神，歌颂他们保家卫国的丰功伟绩。虞世南《结客少年场行》云：

　　　　少年重一顾，长驱背陇头。焰焰霜戈动，耿耿剑虹浮。天山冬夏雪，交河南北流。云起龙沙暗，木落雁行秋。轻生殉知己，非是为身谋。⑤

又如他的《出塞》诗："上将三略远，元戎九命尊。缅怀古人节，思酬明主恩。山西多勇气，塞北有游魂。扬桴上陇坂，勒骑下平原。誓将绝沙漠，悠然去玉门。轻赉不遑舍，惊策骛戎轩。凛凛边风急，萧萧征马烦。

---

① （唐）岑参著，陈铁民、侯忠义校注：《岑参集校注》卷2，第84页。
② （唐）李益著，范之麟注：《李益诗注》，上海古籍出版社1984年版，第113页。
③ 《全唐诗》卷145，第1469页。
④ （宋）郭茂倩编：《乐府诗集》卷24，第358页。
⑤ 《全唐诗》卷24，第321页。

雪暗天山道，冰塞交河源。雾锋黯无色，霜旗冻不翻。耿介倚长剑，日落风尘昏。"① 西域艰苦的环境没有消磨将士们的意志，面对天山大雪，他们更加斗志昂扬。"天山雪"成为唐代诗人常用的意象。李白《塞下曲六首》其一："五月天山雪，无花只有寒。笛中闻折柳，春色未曾看。晓战随金鼓，宵眠抱玉鞍。愿将腰下剑，直为斩楼兰。"② 贺朝《从军行》写"河湟客"从军征战："边树萧萧不觉春，天山漠漠长飞雪。鱼丽阵接塞云平，雁翼营通海月明。"③ 天山是唐朝边地的象征，写天山环境的艰苦是为了衬托边塞征战和戍守边疆的将士的昂扬气概和豪迈精神，歌颂其守边卫国的卓越功勋。

写"天山雪"透露出的思想情感是复杂的。将士们不畏艰险西域征战，未必能如其愿建功立业。陶翰《燕歌行》云：

> 请君留楚调，听我吟燕歌。家在辽水头，边风意气多。出身为汉将，正值戎未和。雪中凌天山，冰上渡交河。大小百余战，封侯竟蹉跎。归来灞陵下，故旧无相过。雄剑委尘匣，空门垂雀罗。玉簪还赵女，宝瑟付齐娥。昔日不为乐，时哉今奈何。④

这位曾赴西域征战的老将，大小百余战，却未得功名，晚景凄凉。回想当年的征战生活，曾在风雪中翻越天山印象深刻，但那些艰苦奋斗却付诸东流，故生得过且过、及时行乐之思。"天山雪"既是边塞苦寒的象征，自然也是思妇最为牵挂之处，因此写"天山雪"有时是为了突出两地相思之苦。卢照邻《梅花落》云：

> 梅岭花初发，天山雪未开。雪处疑花满，花边似雪回。因风入舞袖，杂粉向妆台。匈奴几万里，春至不知来。⑤

家中思妇因梅岭的梅花开放想到天山的积雪，丈夫正在那里艰苦征战。雪花飞入香闺，良人却不见归来。张文琮《昭君怨》云："戒途飞万里，回首望三秦。忽见天山雪，还疑上苑春。玉痕垂粉泪，罗袂拂胡尘。为得胡

---

① 《全唐诗》卷36，第471页。
② （唐）李白著，瞿蜕园、朱金城校注：《李白集校注》卷5，第362页。
③ 《全唐诗》卷117，第1180—1181页。
④ 《全唐诗》卷146，第1473页。
⑤ （唐）卢照邻：《卢照邻集》卷2，第25页。

中曲，还悲远嫁人。"① 诗借王昭君故事写和亲女子的哀怨，"天山雪"令她想到汉宫梨花盛开的景象，以上苑春反衬异域生活的悲哀心情。这与上引骆宾王《晚度天山有怀京邑》笔法相同，都以上林苑的春天和花叶与遥远的天山的寒冬和积雪互相映衬，以见家乡的温暖和边塞的严寒。

如果说有的诗人不过凭印象写诗，极言天山大雪严寒的话，有的诗人是亲赴其地的，他们笔下的天山雪是其亲眼所见的实景。如骆宾王《晚度天山有怀京邑》："忽上天山路，依然想物华。云疑上苑叶，雪似御沟花。"② 岑参也是亲临西域目睹天山风光的诗人，他有诗专咏天山雪，其《天山雪歌送萧治归京》云：

> 天山有雪常不开，千峰万岭雪崔嵬。北风夜卷赤亭口，一夜天山雪更厚。能兼汉月照银山，复逐胡风过铁关。交河城边飞鸟绝，轮台路上马蹄滑。晻霭寒氛万里凝，阑干阴崖千丈冰。将军狐裘卧不暖，都护宝刀冻欲断。正是天山雪下时，送君走马归京师。雪中何以赠君别，惟有青青松树枝。③

又如《白雪歌送武判官归京》：

> 北风卷地白草折，胡天八月即飞雪。忽如一夜春风来，千树万树梨花开。散入珠帘湿罗幕，狐裘不暖锦衾薄。将军角弓不得控，都护铁衣冷难著。瀚海阑干百丈冰，愁云惨淡万里凝。中军置酒饮归客，胡琴琵琶与羌笛。纷纷暮雪下辕门，风掣红旗冻不翻。轮台东门送君去，去时雪满天山路。山回路转不见君，雪上空留马行处。④

这两首诗都用天山雪渲染了送别朋友的惆怅情怀，并无悲伤之意。唐诗中有时写到"天山雪"，与西域完全无关，只是"雪"的代名词，如王维《送崔三往密州觐省》云："南陌去悠悠，东郊不少留。同怀扇枕恋，独念倚门愁。路绕天山雪，家临海树秋。鲁连功未报，且莫蹈沧洲。"⑤ 诗里为了与"海树秋"对仗的需要，用了"天山雪"，诗的内容与天山无关。

---

① 《全唐诗》卷39，第504页。
② （唐）骆宾王著，（清）陈熙晋笺注：《骆临海集笺注》卷4，第120—121页。
③ （唐）岑参著，陈铁民、侯忠义校注：《岑参集校注》卷2，第168页。
④ 同上书，第163页。
⑤ （唐）王维著，（清）赵殿成笺注：《王右丞集笺注》卷8，第149页。

天山是一个天然的屏障,隔断天山以北草原地带和天山以南绿洲地带民族的生活,同时又沟通了北方游牧民族与山南绿洲居民的联系。"原来注定为天然边界的天山山脉,对山北的游牧民族来说起到了将其政治势力推向南方的作用,而对山南的绿洲民族来说则是通向北方进行贸易的道路。"① 历史上中原统一政权始终注意与草原民族争夺天山一带的控制,"中国历史上著名的'西域经营'就是依靠武力把游牧民族的势力从天山以北驱逐出去,把绿洲诸国与中原王朝连接在一起,以独占东西贸易的道路,并保护这条道路的活动"②。唐代经营西域和北方,先后战胜突厥、薛延陀等游牧政权,终于夺取天山以北地带草原路的控制权,打通了从天山北麓的庭州直至中亚碎叶的道路。因此,在反映西北边塞战争的诗中"天山"成为西域意象,也成为战争意象。如骆宾王《从军中行路难同辛常伯作》云:

> 君不见玉关尘色暗边亭,铜鞮杂虏寇长城。天子按剑征余勇,将军受脤事横行。七德龙韬开玉帐,千里鼍鼓叠金钲。阴山苦雾埋高垒,交河孤月照连营。连营去去无穷极,拥斾遥遥过绝国。阵云朝结晦天山,寒沙夕涨迷疏勒。③

又如窦庠《灵台镇赠丘岑中丞》:"晓日天山雪半晴,红旗遥识汉家营。近来胡骑休南牧,羊马城边春草生。"④ 诗言由于将士们不畏艰苦的浴血奋战,敌人不敢南下,因为没有战争,城外的战场上没有战马的践踏,春草长得茂盛。写天山的严寒是为了衬托将士们的豪情。岑参《赵将军歌》云:"九月天山风似刀,城南猎马缩寒毛。将军纵博场场胜,赌得单于貂鼠袍。"⑤ 诗用天山严寒劲风渲染将军的豪情和武艺,在严寒中将军出猎,比赛中场场获胜,凸显其豪迈之气概和骑射之技高超。

天山象征着守边将士的豪情,有的诗写到天山,不是渲染其苦寒,而

---

① 〔日〕松田寿男:《古代天山历史地理学研究》,陈俊谋译,中央民族学院出版社1987年版,第23页。
② 同上书,第13页。
③ (唐)骆宾王著,(清)陈熙晋笺注:《骆临海集笺注》卷4,第121—125页。
④ 《全唐诗》卷271,第3047页。羊马城,古时为防守御敌而在城外筑的类似城圈的工事。《通典·兵五》:"于城外四面壕内,去城十步,更立小隔城,厚六尺,高五尺,仍立女墙,谓之羊马城。"亦作"羊马垣""羊马墙"。《旧五代史·梁书·朱珍传》:"既破羊马垣,遇雨班师。"
⑤ (唐)岑参著,陈铁民、侯忠义校注:《岑参集校注》卷2,第173页。

是强调其高峻,借以映衬守边将士的形象。岑参《灭胡曲》云:"都护新灭胡,士马气亦粗。萧条胡尘净,突兀天山孤。"① 《醉里送裴子赴镇西》云:"醉后未能别,待醒方送君。看君走马去,直上天山云。"② 面对西域恶劣的自然环境,奔赴边塞的将士毫无犹豫和恐惧之色,那飞马奔向天山的身影多么豪迈乐观! 岑参《北庭贻宗学士道别》云:

  万事不可料,叹君在军中。读书破万卷,何事来从戎。曾逐李轻车,西征出太蒙。荷戈月窟外,擐甲昆仑东。两度皆破胡,朝廷轻战功。十年只一命,万里如飘蓬。容鬓老胡尘,衣裘脆边风。忽来轮台下,相见披心胸。饮酒对春草,弹棋闻夜钟。今且还龟兹,臂上悬角弓。平沙向旅馆,匹马随飞鸿。孤城倚大碛,海气迎边空。四月犹自寒,天山雪濛濛。君有贤主将,何谓泣途穷。时来整六翮,一举凌苍穹。③

这首诗是岑参在北庭送别宗某的诗,宗某曾随军远征,但未能获取功名,如今越天山到轮台,虽然边地严寒,诗人却劝他不要悲观失望,在"贤主将"麾下总有一鸣惊人的一天。"天山雪"是西域艰苦环境的典型景观。

以天山作为典故歌咏唐军将士,唐人喜用的是薛仁贵"三箭定天山"的故事。高宗龙朔二年(662)三月,薛仁贵领兵击九姓突厥于天山,时九姓突厥有众十余万,遣骁健数十人挑战。薛仁贵连发三矢,射杀三人,余皆下马请降,大捷而还。于是九姓衰弱,不复为患。军中歌曰:"将军三箭定天山,战士长歌入汉关。"④ 此后诗人喜用此典,借以歌颂立功边塞的将军或寄托立功扬名的志向。胡宿《塞上》云:"汉家神箭定天山,烟火相望万里间。契利请盟金匕酒,将军归卧玉门关。"⑤ 李益《塞下曲》云:"伏波惟愿裹尸还,定远何须生入关。莫遣只轮归海窟,仍留一箭射天山。"⑥ 顾况《从军行二首》其二云:"少年胆气粗,好勇万人敌。仗剑出门去,三边正艰厄。怒目时一呼,万骑皆辟易。

---

① (唐)岑参著,陈铁民、侯忠义校注:《岑参集校注》卷2,第161页。
② 同上书,第184页。
③ 同上书,第157页。
④ 《旧唐书》卷83《薛仁贵传》,第2781页。
⑤ 《全唐诗》卷731,第8366页。
⑥ (唐)李益著,范之麟注:《李益诗注》,上海古籍出版社1984年版,第135页。

杀人蓬麻轻，走马汗血滴。丑虏何足清，天山坐宁谧。"① 其中"天山坐宁谧"也是暗用"将军三箭定天山"之典。高骈《赴安南却寄台司》云："曾驱万马上天山，风去云回顷刻间。今日海门南面事，莫教还似凤林关。"② 高骈未曾领兵至西域，因此这里"天山"只是用典，暗含以薛仁贵自许之意。

天山是西域极远之地，成为边塞的象征，写天山的遥远和苦寒渲染了出使西域征战边地的将士与家乡亲人的两地相思之苦。骆宾王《晚度天山有怀京邑》写思乡之情："行叹戎麾远，坐怜衣带赊。交河浮绝塞，弱水浸流沙。旅思徒漂梗，归期未及瓜。宁知心断绝，夜夜泣胡笳。"③ 李白《关山月》云：

明月出天山，苍茫云海间。长风几万里，吹度玉门关。汉下白登道，胡窥青海湾。由来征战地，不见有人还。戍客望边色，思归多苦颜。高楼当此夜，叹息未应闲。④

李白《独不见》云：

白马谁家子，黄龙边塞儿。天山三丈雪，岂是远行时。春蕙忽秋草，莎鸡鸣西池。风催寒棕响，月入霜闺悲。忆与君别年，种桃齐蛾眉。桃今百余尺，花落成枯枝。终然独不见，流泪空自知。⑤

安史之乱后西域沦陷，诗人笔下仍把它作为边地来写。董思恭《咏雪》云："天山飞雪度，言是落花朝。惜哉不我与，萧索从风飘。鲜洁凌纨素，纷糅下枝条。良时竟何在，坐见容华销。"⑥ 窦巩《少妇词》云："坐惜年光变，辽阳信未通。燕迷新画屋，春识旧花丛。梦绕天山外，愁翻锦字中。昨来谁是伴，鹦鹉在帘栊。"⑦ 李益《从军北征》云："天山雪后海风寒，横笛偏吹《行路难》。碛里征人三十万，一时回首月中看。"⑧ 月亮历

---

① （唐）顾况著，赵昌平校编：《顾况诗集》卷1，江西人民出版社1983年版，第15页。
② 《全唐诗》卷598，第6919页。
③ （唐）骆宾王著，（清）陈熙晋笺注：《骆临海集笺注》卷4，第120—121页。
④ （唐）李白著，瞿蜕园、朱金城校注：《李白集校注》卷4，第279页。
⑤ 同上书，第335页。
⑥ 《全唐诗》卷63，第743页。
⑦ 《全唐诗》卷271，第3049页。
⑧ （唐）李益著，范之麟注：《李益诗注》，第113页。

来是思乡意象和亲人团聚的象征，此诗写征人望月思乡的情景。天山脚下风月严寒的夜晚，哀怨的笛声勾引起征人思乡之情，他们不约而同地仰望天上明月，因为明月既照到边关，也照到家乡。月出东方正是家乡所在，身处西域，故而回望。笛声、月光传达出深沉悲凉的思乡情怀，天山雪则有力地烘托了这种情感的悲苦。这些诗以"天山雪"为背景，渲染了征战西域的将士思乡之苦，也渲染了出使异域的使节思乡之愁。诗人借写天山雪，强调西域的苦寒，从而写出远征的将士的艰辛，渲染其边地生活和离别相思之苦。

在写到那些远赴西域的将士付出巨大牺牲时，诗人们从人道主义精神出发表达了对统治者穷兵黩武政策的不满，借天山意象对统治者的开边战争进行批判。李白《战城南》云：

> 去年战，桑干源，今年战，葱河道。洗兵条支海上波，放马天山雪中草。万里长征战，三军尽衰老。匈奴以杀戮为耕作，古来唯见白骨黄沙田。秦家筑城避胡处，汉家还有烽火燃。烽火燃不息，征战无已时。野战格斗死，败马号鸣向天悲。乌鸢啄人肠，衔飞上挂枯树枝。士卒涂草莽，将军空尔为。乃知兵者是凶器，圣人不得已而用之。①

《战城南》是乐府古题，"汉铙歌十八曲"之一，郭茂倩《乐府诗集》列入《鼓吹曲辞》。桑干源即桑干河，今永定河上游，在今河北省西北部和山西省北部，源出山西管涔山。唐时此地常与奚、契丹发生战事。葱河即葱岭河，今有南北两河，南名叶尔羌河，北名喀什噶尔河，俱在新疆西南部，发源于帕米尔高原，为塔里木河支流。洗兵指战斗结束后，清洗兵器。条支是汉西域古国名，在今伊拉克底格里斯河、幼发拉底河之间，此泛指西域。这首诗写将士们转战万里，付出巨大牺牲，战争造成人民的苦难。五代诗人沈彬《塞下三首》其三云：

> 月冷榆关过雁行，将军寒笛老思乡。贰师骨恨千夫壮，李广魂飞一剑长。戍角就沙催落日，阴云分碛护飞霜。谁知汉武轻中国，闲夺天山草木荒。②

---

① （唐）李白著，瞿蜕园、朱金城校注：《李白集校注》卷3，第222页。
② 《全唐诗》卷743，第8456页。

将士们辛苦征战为的是什么,浴血奋战,只夺得天山一座荒山,统治阶级倾中原之力穷兵黩武,视百姓生命如尘埃。诗人还对统治者的赏罚不公提出批评。陶翰《燕歌行》云:"请君留楚调,听我吟燕歌。家在辽水头,边风意气多。出身为汉将,正值戎未和。雪中凌天山,冰上渡交河。大小百余战,封侯竟蹉跎。"① 钱起《送张将军征西》云:

> 长安少年唯好武,金殿承恩争破虏。沙场烽火隔天山,铁骑征西几岁还。战处黑云霾瀚海,愁中明月度阳关。玉笛声悲离酌晚,金方路极行人远。计日霜戈尽敌归,回首戎城空落晖。始笑子卿心计失,徒看海上节旄稀。②

写天山的艰险和遥远表达了诗人对将士们的同情。诗人们写到失志未遇的将士时,便突出了统治者政策的不公,诗人们颇为那些遭遇不公的将士鸣不平。那些胸怀壮志的将士们远征万里,不畏艰险,目的是谋取功名,可是统治者用人不公,赏罚不明,让从事征战的将士失志不遇。温庭筠《伤温德彝(一作伤边将)》云:"昔年戎虏犯榆关,一败龙城匹马还。侯印不闻封李广,别人丘垄似天山。"③ 同样立功边塞,有人像霍去病一样功勋盖世,死后陵墓像祁连山(天山);有人却像李广,屡立战功,却无缘封侯。

唐后期西域尽失,天山一带为回纥(回鹘)所有。唐代诗人写到天山,自然流露出悲伤之情。李端《雨雪曲》云:"天山一丈雪,杂雨夜霏霏。湿马胡歌乱,经烽汉火微。"④ 马逢《部落曲》云:"雕戈蒙豹尾,红旆插狼头。日暮天山下,鸣笳汉使愁。"⑤ 王建《塞上梅》云:"天山路傍一株梅,年年花发黄云下。昭君已殁汉使回,前后征人惟系马。"⑥ 山上的梅花不能引起人的审美愉悦,流水落花反增人惆怅。温庭筠《达摩支曲》云:"红泪文姬洛水春,白头苏武天山雪。"⑦ 面对失地难收,诗中流露出无可奈何之情。

---

① 《全唐诗》卷19,第225—226页。
② 《全唐诗》卷236,第2603页。
③ (唐)温庭筠著,(清)曾益等笺注:《温飞卿诗集笺注》卷5,第108页。
④ 《全唐诗》卷18,第199页。
⑤ 《全唐诗》卷772,第8761页。
⑥ (唐)王建著,王宗堂校注:《王建诗集校注》卷1,第15页。
⑦ (唐)温庭筠著,(清)曾益等笺注:《温飞卿诗集笺注》卷2,第38页。

（四）庭州和北庭都护府

庭州是唐代前期在西域所置三州之一，治所在金满城（今新疆吉木萨尔北破城子）。其地在汉代为车师后部，唐初为西突厥浮图城，突厥可汗遣其叶护屯此。"叶护"是草原民族突厥、回纥等官名，地位仅次于可汗，通常由可汗子弟或宗族中强者担任。庭州之地与高昌相接，贞观十四年（640）唐平高昌，叶护惧以城降，唐于其地置庭州。文明元年（684）又于庭州置瀚海军。武周长安二年（702）于此置北庭都护府，统辖天山北路西突厥十姓部落诸羁縻府州，最高长官为北庭都护。玄宗先天元年（712）又设北庭伊西节度使，由北庭都护兼领，统瀚海军、天山军（驻西州）和伊吾军共两万人，用以防制突骑施、坚昆。开元年间北庭都护盖嘉运对州城重加修筑，城中有府邸军衙、佛寺道观和贸贩市场。安史之乱发生，北庭起初仍为唐守，德宗贞元六年（790）被吐蕃攻占，9 世纪中叶为回鹘所居。

北庭都护府遗址位于吉木萨尔县城以北的冲积平原上，距县城约 12 千米，清代称"护堡子破城"，当地群众称为"破城子"。清人徐松曾实地考察，指出此地"唐为庭州金满县，又改后庭县，北庭都护治也"，该城发现的唐代《金满县残碑》，证明古城为唐代北庭大都护府遗址。[①] 李遇春等对古城进行过考察，发现唐代文物铜镜、铜钱、莲花纹方砖和瓦当、陶器等。[②] 1980 年，中国社会科学院考古研究所新疆工作队对北庭故城进行了调查。[③] 1988 年 1 月 13 日，古城遗址被国务院公布为全国重点文物保护单位。古城西接西河坝，东临东河坝。城址平面布局略呈长方形，布局受长安城影响，分内外两城。内城为全城中心所在，位于外城中部略偏东北。外城之北有低矮的羊马城，内外城墙都有马面、敌台、角楼和城门。城外有天然河环绕成护城河，城墙为夯筑，高约 5—7 米，宽约 7—8 米。近年来北庭古城考察取得新的进展，证明北庭故城外城为唐代构建。参加考察的学者说："在夯土底下，和褐土上头，正好出来一块铜钱，开元通宝。这就说明了这座城最早构成年代是唐代，肯定无疑，从夯土堆积看，是一次性筑成，宋代也没有修补过这个城，所以大的问题，年代问题已经

[①] （清）徐松著，朱玉琪整理：《西域水道记》卷 3，中华书局 2005 年版，第 172—173 页。
[②] 李遇春：《新疆吐鲁番、吉木萨尔勘查记》，《文物参考资料》1958 年第 11 期。
[③] 中国社会科学院考古研究所新疆工作队：《新疆吉木萨尔北庭古城调查》，《考古》1982 年第 2 期。

解决了，这是我们这次考古一个最大收获。"①

北庭都护府是唐朝在天山以北最高行政设置，因此成为西域政治中心和军事基地，庭州是水草丰美的绿洲，"丰草美水，皆在北庭"②，唐朝于此设置屯田。松田寿男指出："庭州对于东西方贸易以及与北方游牧民族的往来上起着无与伦比的前哨基地的作用，具有极其重要的意义。"③ "古城坐落在天山北麓坡前地带与准噶尔盆地古尔班通古特沙漠相接壤的平原上，南依天山，北望沙漠，扼守东西交通要道。"④ 庭州地处天山北麓草原丝绸之路要道，东连伊州、沙州，南接西州，西通弓月城、碎叶镇。由于北庭都护府的建立，庭州成为西域交通枢纽之一，其地交通四方：

> 东南至上都五千二百七十里。东南至东都六千一百三十里。东南至伊州九百七十里。东至西州五百里。西南至焉耆镇一千一百里。西至碎叶二千二百二十里。北至坚昆衙帐约四千里。东北至回鹘衙帐三千里。⑤

在诸线上皆置兵驻守，从西州通庭州的道路称为"西州路"，从庭州经神仙镇至西州，故神仙镇在都护府南五十里，"当西州路"；从庭州至碎叶的道路称为"碎叶路"，途经沙钵镇、俱六镇，故二镇"当碎叶路"。从庭州通回鹘的道路称"回鹘路"，途经郝遮镇、盐泉镇、特罗堡子，皆"当回鹘路"。⑥ 庭州一时成为东西方贸易的中心。史载睿宗时裴伷先"徙北庭，殖货任侠，常遣客调都下事"⑦。说明这里有许多营商的机会，从此到长安常有商贾往来，故裴伷先能借经商之名遣人入长安刺探消息。安史之乱后回鹘夺取庭州，粟特商人和回鹘人经庭州往来于中原与碎叶之间贩贸，从庭州西行的碎叶路成为"唐代中后期中国通往碎叶的官道"⑧。清人

---

① 李岸：《考古专家确认北庭故城外城为唐代构建》，央广网，http://news.cnr.cn/native/city/20160807/t20160807_522905457.shtml。
② （唐）张九龄著，熊飞校注：《张九龄集校注》卷8，第528页。
③ 〔日〕松田寿男：《古代天山历史地理学研究》，中央民族大学出版社1987年版，第348页。
④ 中国社会科学院考古研究所新疆工作队：《新疆吉木萨尔北庭古城调查》，《考古》1982年第2期。
⑤ （唐）李吉甫：《元和郡县图志》卷40"庭州"，中华书局1983年版，第1033页。
⑥ 同上书，第1034页。
⑦ 《资治通鉴》卷210，睿宗景云元年，第6658页。
⑧ 许序雅：《8—10世纪中亚通往安西之路》，黄时鉴主编《东西交流论谭》，上海文艺出版社1998年版，第62页。

徐松、法国人沙畹和近人岑仲勉都对庭州至碎叶道进行过考述。①

庭州地处西域,交通四方,诸胡杂处,因此人情风物富有异域色彩。岑参第二次出塞是天宝十三载(754)夏秋间至至德二载(757)春,在庭州任安西北庭节度使封常清幕府僚佐,②他写了若干关于北庭都护府的诗,反映了庭州作为一个多元文化汇聚之地的面貌。其《奉陪封大夫宴得征字时封公兼鸿胪卿》云:

> 西边虏尽平,何处更专征。幕下人无事,军中政已成。座参殊俗语,乐杂异方声。醉里东楼月,偏能照列卿。③

"座参"二句是丝绸之路沿线城镇的共同特点。安史之乱发生后,陇右、河西和西域大片土地被吐蕃占领,北庭唐军尚苦苦坚守,北庭与首都长安之间信使不断,因此成为中原联结西域的中转站。高僧悟空从北天竺回国,便是经龟兹、北庭回到长安。④杜甫《近闻》诗云:"近闻犬戎远遁逃,牧马不敢侵临洮。渭水逶迤白日净,陇山萧瑟秋云高。崆峒五原亦无事,北庭数有关中使。似闻赞普更求亲,舅甥和好应难弃。"⑤从诗的描写可知,北庭是直接与长安朝廷进行联系的,只是由于吐蕃阻断河西、陇右的道路,往返于庭州与长安的行人不得不绕道回纥。

在唐人心目中庭州是遥远寒苦之地,赴庭州任职或从事征战是艰苦的,因此赴庭州者有时表现出凄苦之情,诗人对赴北庭任职的人寄予同情。高宗时来济赴任庭州刺史,出玉门关,其《出玉关》诗云:"敛辔遵龙汉,衔凄渡玉关。今日流沙外,垂涕念生还。"⑥来济在庭州与突厥交战中阵亡。岑参《寄韩樽》云:"夫子素多疾,别来未得书。北庭苦寒地,体内今何如。"⑦高适《东平留赠狄司马(曾与田安西充判官)》云:"马蹄经月窟,剑术指楼兰。地出北庭尽,城临西海寒。"⑧杜甫《秦州杂诗二十首》之十九云:"候火云烽峻,悬军幕井干。风连西极动,月过北

---

① 岑仲勉:《西突厥史料补阙及考证》,中华书局1958年版,第179—185页。
② (唐)岑参著,陈铁民、侯忠义校注:《岑参集校注》前言,上海古籍出版社1981年版,第3页。
③ (唐)岑参著,陈铁民、侯忠义校注:《岑参集校注》卷2,第161页。
④ 《宋高僧传》卷3《唐上都章敬寺悟空传》,中华书局1987年版,第51页。
⑤ (唐)杜甫,(清)仇兆鳌注:《杜诗详注》卷15,第1283页。
⑥ 《全唐诗》卷39,第501页。
⑦ (唐)岑参著,陈铁民、侯忠义校注:《岑参集校注》卷5,第431页。
⑧ (唐)高适著,孙钦善校注:《高适集校注》,上海古籍出版社1984年版,第140页。

庭寒。"① 这些诗都把北庭与"寒"字联系起来。远离家乡来到这苦寒之地,思家念亲固亦难免。轮台是北庭所属一县,诗中往往以轮台代指北庭。岑参《赴北庭度陇思家》云:"西向轮台万里余,也知乡信日应疏。陇山鹦鹉能言语,为报家人数寄书。"② 题目中的"赴北庭"和诗中的"向轮台"皆言诗人此次行程。

远赴北庭戍守和征战是为了获得建功立业之机会,因此北庭的严寒没有阻挡住唐人西行的脚步。岑参《北庭作》云:"雁塞通盐泽,龙堆接醋沟。孤城天北畔,绝域海西头。秋雪春仍下,朝风夜不休。可知年四十,犹自未封侯。"③ 为什么不畏北庭的艰苦勇往直前,因为诗人怀抱着立功封侯的理想和抱负。高适诗中的狄司马是在仕途不得意时投身边塞,赴西域入田安西幕府充判官,"万里赴知己",希望有建立功名的机会,"知君不得意,他日会鹏抟"④。赴北庭从军征战的将士和士人情感是复杂的,世事并不如人们预料那样顺利,历尽艰险未必能如愿以偿。岑参《北庭贻宗学士道别》云:

> 万事不可料,叹君在军中。读书破万卷,何事来从戎。曾逐李轻车,西征出太蒙。荷戈月窟外,擐甲昆仑东。两度皆破胡,朝廷轻战功。十年只一命,万里如飘蓬。容鬓老胡尘,衣裘脆边风。忽来轮台下,相见披心胸。饮酒对春草,弹棋闻夜钟。今且还龟兹,臂上悬角弓。平沙向旅馆,匹马随飞鸿。孤城倚大碛,海气迎边空。四月犹自寒,天山雪濛濛。君有贤主将,何谓泣途穷。时来整六翮,一举凌苍穹。⑤

这位宗学士的遭遇与狄司马相同,他也曾从军征战,却没有获取功名,因而又来到北庭这遥远艰苦的边塞寻求机会。岑参《临洮泛舟赵仙舟自北庭罢使还京》云:"白发轮台使,边功竟不成。云沙万里地,孤负一书生。"⑥ 赵氏从北庭返京,年岁已然不轻,却未获功名,那万里征程和艰苦经历都与他的所得不相称,故云有负于这位读书人。从高适和岑参的诗里可知,

---

① (唐)杜甫著,(清)仇兆鳌注:《杜诗详注》卷7,第587页。
② (唐)岑参著,陈铁民、侯忠义校注:《岑参集校注》卷2,第141页。
③ 同上书,第155页。
④ (唐)高适著,孙钦善校注:《高适集校注》,上海古籍出版社1984年版,第140页。
⑤ (唐)岑参著,陈铁民、侯忠义校注:《岑参集校注》卷2,第157页。
⑥ 同上书,第143页。

那些富有才华的士人远赴西域，目的都是获得立功扬名的机会。

因为怀抱边塞立功的念头，北庭的严寒并未消减志士的雄心和乐观情绪。北庭将士的生活和情感反映到唐诗的描写中，诗里表现出乐观主义精神。岑参《发临洮将赴北庭留别》云："闻说轮台路，连年见雪飞。春风曾不到，汉使亦应稀。白草通疏勒，青山过武威。勤王敢道远，私向梦中归。"① 轮台代指庭州，轮台路即庭州路，那里环境艰苦，但对那些立志"勤王"的志士来说，并不放在心上，挂在嘴边。虽然思念家乡，但只记在心里，梦里归乡，略慰自己牵挂思念亲人之情。岑参《登北庭北楼呈幕中诸公》云：

> 尝读《西域传》，汉家得轮台。古塞千年空，阴山独崔嵬。二庭近西海，六月秋风来。日暮上北楼，杀气凝不开。大荒无鸟飞，但见白龙堆。旧国眇天末，归心日悠哉。上将新破胡，西郊绝烟埃。边城寂无事，抚剑空徘徊。幸得趋幕中，托身厕群才。早知安边计，未尽平生怀。②

唐轮台与汉轮台本非一地，这里以汉轮台代指唐轮台。诗写了这里环境的恶劣，对家乡的深深思念，对主将破胡取得的胜利感到兴奋，与同僚共勉，以安边为怀，在没有实现自己的抱负时绝不言归。岑参《北庭西郊候封大夫受降回军献上》云：

> 胡地苜蓿美，轮台征马肥。大夫讨匈奴，前月西出师。甲兵未得战，降虏来如归。橐驼何连连，穹帐亦累累。阴山烽火灭，剑水羽书稀。却笑霍嫖姚，区区徒尔为。西郊候中军，平沙悬落晖。驿马从西来，双节夹路驰。喜鹊捧金印，蛟龙盘画旗。如公未四十，富贵能及时。直上排青云，傍看疾若飞。前年斩楼兰，去岁平月支。天子日殊宠，朝廷方见推。何幸一书生，忽蒙国士知。侧身佐戎幕，敛衽事边陲。自逐定远侯，亦著短后衣。近来能走马，不弱并州儿。③

封大夫即北庭节度使封常清，诗人身处北庭艰苦的环境中，为封常清的战

---

① （唐）岑参著，陈铁民、侯忠义校注：《岑参集校注》卷2，第142页。
② 同上书，第159页。
③ 同上书，第149页。

功而欢欣鼓舞，为自己遇上这样一位将军而欣慰。岑参《陪封大夫宴瀚海亭纳凉》云："细管杂青丝，千杯倒接篱。军中乘兴出，海上纳凉时。日没鸟飞急，山高云过迟。吾从大夫后，归路拥旌旗。"① 北庭有瀚海军，此瀚海亭当为此地湖岸一休闲处所。诗人追求建功立业报效国家，因此路途的遥远、环境的艰苦和军情的紧张都被弃之脑后，将军的英明、战争的胜利和主帅的赏识令诗人心情愉快，开朗乐观。

北庭都护府和北庭节度使兵马本来是安定西域和对付北方草原民族回纥的，但安史之乱发生，吐蕃进占河陇，地处遥远西域的庭州形势日益紧张起来。唐诗反映了这一带的军情。杜甫《秦州杂诗二十首》其十九云：

凤林戈未息，鱼海路常难。候火云烽峻，悬军幕井干。风连西极动，月过北庭寒。故老思飞将，何时议筑坛。②

筑坛用汉将韩信的典故，西域形势危急，诗人希望朝廷筑坛拜将，夺取战争胜利，稳定局势。朝廷抽调西域兵马进入中原平定叛乱，北庭兵马入援中原，杜甫见到了从西域赴中原的北庭兵马。他希望这些将士不仅打下邺城，应该打到叛军老巢，把他们完全消灭。《观兵》诗云：

北庭送壮士，貔虎数尤多。精锐旧无敌，边隅今若何。妖氛拥白马，元帅待雕戈。莫守邺城下，斩鲸辽海波。③

当时诗人喜欢用"鲸"形容安禄山，如李白《经乱离后天恩流夜郎忆旧游书怀赠江夏韦太守良宰》："君王弃北海，扫地借长鲸。"④ 杜诗"斩鲸"亦是此意。

7世纪早期，庭州一带曾是西突厥统治中心，突厥人在这里建立了不少城堡，如贺鲁城、沙钵略城、可汗浮图城等，不少粟特商人前来经商，形成聚落和商贸中心。唐诗有时写到这些城镇。谭用之《塞上》其二云：

钵略城边日欲西，游人却忆旧山归。牛羊集水烟黏步，雕鹗盘空雪满围。猎骑静逢边气薄，戍楼寒对暮烟微。横行总是男儿事，早晚

---

① （唐）岑参著，陈铁民、侯忠义校注：《岑参集校注》卷2，第159页。
② （唐）杜甫著，（清）仇兆鳌注：《杜诗详注》卷7，第587页。
③ （唐）杜甫著，（清）仇兆鳌注：《杜诗详注》卷6，第507页。
④ （唐）李白著，瞿蜕园、朱金城校注：《李白集校注》卷11，第726页。

重来似汉飞。①

北周宣帝大成元年（579），突厥沙钵略可汗求亲于北周，宣帝以宇文招之女许之，封为千金公主。令汝南公宇文神庆带领善骑射的侍卫，一同护送千金公主前往突厥。诗中的"钵略城"应该就是沙钵略可汗所建之城。谭用之似亲临此地，他向往立功边塞，因此短期的游边活动不能满足他的愿望，立志再来以实现立功异域的志向。

安史之乱发生，唐朝抽调西域兵马入内地平叛，北庭都护府孤悬塞外。贞元七年（791）被吐蕃人攻占。不久，回鹘人夺取北庭，此后北庭在回鹘统治下历时三百多年。当庭州失陷时，在庭州任职的唐朝官员有人被俘入吐蕃，他们的诗表达了失地流落之悲。敦煌诗集残卷 P.3812 保存殷济《忆北府弟妹二首》诗云：

其一
骨肉东西各一方，弟兄南北断肝肠。离情只向天边碎，壮志还随行处伤。不料此心分两国，谁知翻属二君王。艰难少有安中土，经乱多从胡虏乡。独羡春秋连影雁，每思羽翼并成行。题诗泣尽东流水，欲话无人问短长。

其二
与尔俱成沦没世，艰难终日各东西。胡笳晓听心长共，汉月霄（宵）看意自迷。独泣空房襟上血，孤眠永夜梦中渧（啼）。何时骨肉园林会，不向天涯闻鼓鞞。②

又有《奉忆北庭杨侍御留后》：

不幸同俘絷，常悲海雁孤。如何一朝事，流落在天隅？永夜多寂寞，秋深独郁纡。欲知相忆甚，终日泪成珠。③

这首诗也被认为是殷济之作。"北府""北庭"即北庭都护府，这几首诗分别表达了对滞留北庭的弟妹和一起被吐蕃人俘絷的杨某的思念，表达落

---

① 《全唐诗》卷764，第8667页。
② 徐俊纂辑：《敦煌诗集残卷辑考》卷中（法藏部分下），中华书局2000年版，第385页。
③ 同上书，第386页。

蕃的痛苦。他还有一首《岁日送王十三判官之松州幕》："异方新岁自然悲，三友那堪更别离。房酒未倾心已醉，愁容相顾懒题诗。三边罢战犹长策，二国通和藉六奇。伫听莺迁当此日，归鸿莫使尺书迟。"①"三友"可能指自己和杨侍御、王十三，同为被俘絷之人。其他还有《悲春》《奉（春）闺怨》二首、《冬霄（宵）感怀》《叹路傍枯骨》《言怀》《见花发有思》等，都见于同卷，表达的思想情感相同，可能都出于殷济之手。这些哀婉的诗不仅仅表达殷济个人的感情，也可以看作大唐西域之地丧亡的哀歌。庭州北庭都护府的失陷，标志着唐朝对草原丝绸之路控制力的彻底丧失。先后在吐蕃、回鹘人统治下北庭于东西方贸易中仍发挥作用，唐朝的丝绸通过回鹘、粟特人的转手贸易输入中亚以及更远的地方。

（五）轮台与轮台路

在写北庭的诗歌中，轮台备受诗人关注。关于轮台地名，需要区别汉轮台和唐轮台。天山南麓西域北道上有轮台国，汉代西域三十六国之一，汉武帝太初三年（前102）被贰师将军李广利所灭。宣帝本始二年（前72）复国为乌垒国。神爵二年（前60），汉朝于其地置西域都护府，统领西域诸国，历时72年。汉轮台地处天山之南，唐时属龟兹都督府所辖乌垒州。轮台早已进入诗人的吟咏，唐代以前诗人写到的轮台即此地。唐轮台在天山北，非汉轮台故地。贞观十四年（640）唐平高昌，置轮台县，隶属庭州。这以后唐诗中提到的"轮台"有时是边塞意象，并不确指何地，但往往用的是汉代的典故；有时是实指，诗人亲历其地，则指唐轮台。唐轮台位于西州和庭州之间，但其遗址在哪里至今未有定论。

学术界关于唐代轮台城遗址确切位置的争论，自20世纪70年代开始。林必成发表《唐代轮台初探》，②王有德发表《再谈唐代轮台问题》，③澄清了过去将唐轮台和汉轮台混为一谈的混乱，明确了唐代轮台在北疆。但具体在北疆哪个地方，意见仍不一致。庭州以东四百一十二里之内，有唐时夯土旧城数座，其中何为轮台，未有确论。最有可能的所在地有三处，即米泉古城、乌拉泊古城和昌吉古城，有关轮台遗址的争议主要集中于这三座古城遗址孰是孰非。《旧唐书·地理志》"北庭都护府"条云："金满，流沙州北，前汉乌孙部旧地，方五千里。后汉车师后王庭，胡故庭有

---

① 徐俊纂辑：《敦煌诗集残卷辑考》卷中（法藏部分下），第386页。
② 林必成：《唐代轮台初探》，《新疆大学学报》1979年第4期。
③ 王有德：《再谈唐代轮台问题——兼与林必成同志商榷》，《新疆大学学报》1980年第3期。

五城，俗号'五城之地'。贞观十四年平高昌后，置庭州以前，故（一作胡）及突厥常居之"；"轮台，取汉轮台为名"；"蒲类，海名"；"以上三县，贞观十四年与庭州同置"①。可知唐置庭州时，同置轮台县。《元和郡县图志》"庭州"条云："轮台县，下，东至州四十二里。长安二年置。"②说明轮台县可能在武则天时期有所移徙。

米泉古城即乌鲁木齐北郊20余千米之米泉县（今乌鲁木齐市米东区）古牧地镇破城子古城，论者以为米泉破城子遗址在"古牧地镇"境内，范围较大，当地百姓讲时有古物出土，其中不乏唐钱。遗址地处天山北支博格达山北麓西侧、准噶尔盆地"北沙窝"南缘，地势较低。岑参诗称"雪海"可能就是北沙窝雪原的泛称。它又处于由伊州经庭州至碎叶的要道上，从多方面分析与岑参诗意较合，当即唐代轮台遗址。③ 乌拉泊古城位于乌鲁木齐市西南郊约10千米处的乌拉泊湖畔，海拔1100米，略呈方形，南北长550米，东西宽450米。此说始倡者为林必成，而以钱伯泉的论述最为有力。④ 陈戈也以为唐轮台当为乌拉泊古城，以地理位置而言，若是轮台在乌拉泊以北的米泉或者昌古，则其城"只能控制哈密—吉木萨尔—乌鲁木齐—伊犁之路，却不能控制哈密—吐鲁番—乌鲁木齐—伊犁之路"⑤。昌吉古城位于今昌吉市内，俗称"唐朝城"。薛宗正综合各种历史文献和考古发掘研究进行考证，尤其是与乌拉泊、昌吉古城相互勘比，从轮台城是丝路北道的商税雄关、轮台地当北庭—碎叶道的位置、城堡规模与出土文物、以诗证史的方法等，论证唐代轮台县不可能是乌拉泊古城，而是今天的昌吉故城。⑥

也有人认为，唐代轮台县治曾有过迁徙。大历六年（771）以前，轮台县治应位于今米泉古牧地古城，后迁往乌拉泊古城。因此历史上存在多个轮台城。⑦ 综合各家论证，轮台城在昌吉古城的论据较为有力。开元七年（719），安西节度使汤嘉惠上表朝廷，请以焉耆备四镇，"诏焉耆、龟

---

① 《旧唐书》卷40《地理志三》，第1646页。
② （唐）李吉甫：《元和郡县图志》卷40，中华书局1983年版，第1034页。
③ 柴剑虹：《轮台、铁门关、疏勒辨》，见氏著《丝绸之路与敦煌学》，浙江大学出版社2015年版，第65页。
④ 钱伯泉：《轮台的地理位置与乌鲁木齐渊源考》，《新疆社会科学》1982年第1期。
⑤ 陈戈：《唐轮台在哪里》，《新疆大学学报》1981年第3期。收入《新疆考古论文集》，商务印书馆2017年版，第613—621页。
⑥ 薛宗正：《唐轮台名实核正》，《新疆社会科学》1983年第4期；《唐轮台县故址即今昌吉古城再考》，《昌吉学院学报》2011年第4期。
⑦ 秦坚、王永捷：《唐代轮台城地望新探》，《乌鲁木齐职业大学学报》2009年第4期。

兹、疏勒、于阗征西域贾，各食其征，由北道者轮台征之"①。可见唐时天山之南，从号称"安西四镇"的四地征税。而在天山之北，征税之地只有轮台一地，轮台相当于天山以南四镇之地位，反映轮台在丝路贸易中的重要地位。既然是对西域商胡收税，收税之地当在最西边，从方位上看三座古城中昌吉古城最西。从岑参诗可知，封常清出兵往往从轮台出发。天宝十三载（754）春，岑参入北庭都护、伊西节度使、瀚海军使封常清幕府，经封常清表荐为大理评事、摄监察御史，充伊西、北庭节度判官与度支副使，第二次赴西域，至北庭。封常清所辖乃今博格达山山北之北庭、山南之西州与伊州。其所防御者有二，一是焉耆之西鹰娑川（今巴音布鲁克草原）之突骑施；二是伊犁、碎叶、怛逻斯诸地之葛逻禄。一在庭州西南，一在庭州之西。若驻庭州，则难防西州；若驻西州，则庭州难防。轮台则不仅只有"税征北道"之重，更有控扼三州的军防之重，故而封常清常驻之地可能不在庭州，而在轮台。这样我们就可以理解"轮台"为什么频繁地出现在岑参的吟咏中。

关于唐轮台的地理位置，诗歌作品并不能比考古材料提供更确切的依据，从唐诗中获得历史信息，我们并不希望它能与历史文献争胜，但唐诗能提供比历史文献和考古资料更多的别样的材料和信息。轮台的自然风貌、边防形势、当年唐军戍守轮台的边地生活以及轮台在唐人心目中的形象、谈及轮台唐人的情感心态，可能只能从当时诗人的创作中寻得丰富而生动的书写。轮台地理位置和战略地位非常重要，因此在唐诗中屡见吟咏。历史上的唐轮台究竟在何处，考古学的成果可能最终会给出答案，唐诗中的"轮台"并不能都坐实。南朝时"轮台"已经演化为文学典故，成为西域或西北边地的代称。南朝梁简文帝《赋得陇坻雁初飞》云：

> 高翔悍阔海，下去怯虞机。雾暗早相失，沙明还共飞。陇狭朝声聚，风急暮行稀。虽殄轮台援，未解龙城围。相思不得返，且寄别书归。②

此轮台即指汉轮台，但在简文帝诗中不过是边塞的象征，写的是思妇对出征的丈夫的思念。丈夫一去不返，连年征战，思妇希望通过大雁传书，得到前线的消息。唐诗中作为典故使用时，其语源往往还是汉轮台，但也是

---

① 《新唐书》卷221上《西域传上》，第6230页。
② （唐）欧阳询：《艺文类聚》卷91，上海古籍出版社1982年版，第1579页。

虚实兼用的，因为唐轮台和汉轮台皆在西域，其文化意蕴是相同的。唐代诗人写诗还有以汉代唐的习惯，明明写的是唐事，字面上却写作汉朝，这在唐诗中非常普遍。因此在唐诗里有时确是实指，有时只是泛称，但实指唐代轮台时字面上有时又写作汉，这些是我们必须明白的。字面上写的是"汉"，而内容上却是唐；字面上写的是唐轮台，却又用汉代的典故。其意指如何，只能具体情况具体分析。唐诗中轮台仍是征夫和思妇离别相思的题材和意象。郑愔《秋闺》云：

> 征客向轮台，幽闺寂不开。音书秋雁断，机杼夜蛩催。虚幌风吹叶，闲阶露湿苔。自怜愁思影，常共月裴回。①

沈佺期《梅花落》云：

> 铁骑几时回，金闺怨早梅。雪中花已落，风暖叶应开。夕逐新春管，香迎小岁杯。感时何足贵，书里报轮台。②

这两首诗里的"轮台"都是作为意象或符号使用的。在这样的诗里，诗人有时把轮台与汉朝联系起来，如郑锡《千里思》云："渭水通胡苑，轮台望汉关。帛书秋海断，锦字夜机闲。旅梦虫催晓，边心雁带还。惟余两乡思，一夕度关山。"③ 唐前期开拓西域，诗人写当时征夫思妇的两地相思，字面上却写成汉事。

北庭都护府置于庭州，庭州辖有轮台县，唐朝赴任庭州的官员往往来到轮台。在初盛唐诗歌中，写到轮台，他们感叹此地的荒远，但更多的是抒发立功边塞的雄心抱负。骆宾王曾从军出塞，其《西行别东台详正学士》想象途中情景和西域生活：

> 意气坐相亲，关河别故人。客似秦川上，歌疑易水滨。塞荒行辨玉，台远尚名轮。泄井怀边将，寻源重汉臣。上苑梅花早，御沟杨柳新。只应持此曲，别作边城春。④

---

① 《全唐诗》卷106，第1107页。
② 《全唐诗》卷18，第197页。此诗一题《花落》，作宋之问诗，见《全唐诗》卷52。
③ 《全唐诗》卷262，第2912页。
④ （唐）骆宾王著，（清）陈熙晋笺注：《骆临海集笺注》卷4，上海古籍出版社1961年版，第114页。

从诗的描写看，诗人是在渭水告别同僚，远赴西域，他要经过玉门关到庭州轮台。"塞荒"二句用了拆字互文法，把"玉塞"和"轮台"两组词拆开，用"荒""远"形容玉塞和轮台，意思是将要行经玉门关，前往轮台任职，那都是荒远之地。这种修辞方法意在加深读者对"荒远"的印象。"上苑"二句既是写景，又包含着送别时演唱的乐曲，在饯别的宴会上演奏了《梅花落》和《折杨柳》曲，边地没有春天，我将带上这乐曲权作边城的春天。这是初唐诗人，虽远往荒远的西域，却并不伤感。李峤《送骆奉礼从军》大约写在这次送别的活动中，"玉塞边烽举，金坛庙略申。……希君勒石返，歌舞入城闉"[1]。又岑参《登北庭北楼呈幕中诸公》云：

  尝读《西域传》，汉家得轮台。古塞千年空，阴山独崔嵬。二庭近西海，六月秋风来。日暮上北楼，杀气凝不开。大荒无鸟飞，但见白龙塠。旧国眇天末，归心日悠哉。上将新破胡，西郊绝烟埃。边城寂无事，抚剑空徘徊。幸得趋幕中，托身厕群才。早知安边计，未尽平生怀。[2]

岑参身在唐代的轮台，但他在这首诗里写的却是汉代的轮台。写汉代的轮台，目的是歌颂唐代的将军，以汉朝夺取轮台赞美唐之"上将新破胡"。陈陶《水调词十首》其十云："万里轮台音信稀，传闻移帐护金微。会须麟阁留踪迹，不斩天骄莫议归。"[3] 诗末句与王昌龄诗"不破楼兰终不还"意同。曹唐《送康祭酒赴轮台》诗云："灞水桥边酒一杯，送君千里赴轮台。霜粘海眼旗声冻，风射犀文甲缝开。断碛簇烟山似米，野营轩地鼓如雷。分明会得将军意，不斩楼兰不拟回。"[4] 曹唐是晚唐人，懿宗咸通年间累为使府从事。此时西域不在唐朝掌握之中，他送行的这位康某为什么能到轮台，赴轮台是何公干，都不得而知。从诗的后两句看似是入将军幕府，但唐军此时在西域已无军幕，哪里谈得上会将军之意，杀敌立功。因此，颇疑此诗非晚唐诗人之作。

  唐置北庭都护府后，轮台是唐军驻守的地方，并有客舍，有的诗人亲履其地。唐代边塞诗中的"轮台"有时确是实指。岑参第二次从军西域，

---

[1] 周勋初等主编：《全唐五代诗》卷48，陕西人民出版社2014年版，第958页。
[2] （唐）岑参著，陈铁民、侯忠义校注：《岑参集校注》卷2，第159页。
[3] 《全唐诗》卷746，第8491页。
[4] 《全唐诗》卷640，第7343页。

在北庭都护、伊西节度使封常清幕中任职，写有多首"轮台诗"，这些诗中所称"轮台"大部分是实指。如他的《赴北庭度陇思家》云："西向轮台万里余，也知乡信日应疏。陇山鹦鹉能言语，为报家人数寄书。"①《轮台即事》诗云："轮台风物异，地是古单于。三月无青草，千家尽白榆。蕃书文字别，胡俗语音殊。愁见流沙北，天西海一隅。"② 诗题明言在轮台有感而作，言突厥故地亦符合史实。据其描写，这里一派异域风情。《与独孤渐道别长句兼呈严八侍御》云："轮台客舍春草满，颍阳归客肠堪断。穷荒绝漠鸟不飞，万碛千山梦犹懒。……军中置酒夜挝鼓，锦筵红烛月未午。花门将军善胡歌，叶河蕃王能汉语。知尔园林压渭滨，夫人堂上泣罗裙。鱼龙川北盘谿雨，鸟鼠山西洮水云。台中严公于我厚，别后新诗满人口。自怜弃置天西头，因君为问相思否？"③ 这里写的"轮台客舍"置酒送别的场面是写实的。《天山雪歌送萧治归京》写萧治经轮台路回长安："交河城边飞鸟绝，轮台路上马蹄滑。晻霭寒氛万里凝，阑干阴崖千丈冰。将军狐裘卧不暖，都护宝刀冻欲断。正是天山雪下时，送君走马归京师。"④ "轮台路"指自轮台返长安的道路。岑参《白雪歌送武判官归京》写轮台东门送行，也是现实情景：

> 北风卷地白草折，胡天八月即飞雪。忽如一夜春风来，千树万树梨花开。散入珠帘湿罗幕，狐裘不暖锦衾薄。将军角弓不得控，都护铁衣冷难著。瀚海阑干百丈冰，愁云惨淡万里凝。中军置酒饮归客，胡琴琵琶与羌笛。纷纷暮雪下辕门，风掣红旗冻不翻。轮台东门送君去，去时雪满天山路。山回路转不见君，雪上空留马行处。⑤

他的《使交河郡郡在火山脚其地苦热无雨雪献封大夫》诗云："奉使按胡俗，平明发轮台。暮投交河城，火山赤崔巍。"⑥《走马川行奉送封大夫出师西征》诗："君不见走马川行雪海边，平沙莽莽黄入天。轮台九月风夜吼，一川碎石大如斗，随风满地石乱走。"⑦《发临洮将赴北庭留别》云：

---

① （唐）岑参著，陈铁民、侯忠义校注：《岑参集校注》卷2，第141页。
② 同上书，第156页。
③ 同上书，第176页。
④ 同上书，第168页。
⑤ 同上书，第163页。
⑥ 同上书，第152页。
⑦ 同上书，第148页。

"闻说轮台路,连年见雪飞。春风曾不到,汉使亦应稀。白草通疏勒,青山过武威。勤王敢道远,私向梦中归。"①从这首诗可知,轮台路西通疏勒,东通武威。这些诗中的"轮台"都可以理解为实写,通过诗人的生动描写让我们感受到这里的自然环境和轮台路沟通中原与西域的重要性。岑参有专咏轮台的诗,咏轮台是为了歌颂唐军将士。《轮台歌奉送封大夫出师西征》云:

> 轮台城头夜吹角,轮台城北旄头落。羽书昨夜过渠黎,单于已在金山西。戍楼西望烟尘黑,汉兵屯在轮台北。上将拥旄西出征,平明吹笛大军行。四边伐鼓雪海涌,三军大呼阴山动。虏塞兵气连云屯,战场白骨缠草根。剑河风急雪片阔,沙口石冻马蹄脱。亚相勤王甘苦辛,誓将报主静边尘。古来青史谁不见,今见功名胜古人。②

这首诗是写唐轮台,封常清从轮台出征,人名和地名都是实指,但诗中称唐军为"汉兵",称对方为"单于",单于是汉代匈奴的首领,也是用典和象征。在岑参这两首诗里字面上的汉轮台实际上指唐轮台,既是用典又是写实。

诗中的轮台有时介于亦实亦虚之间。从唐诗中提及的"轮台"分析,薛天纬先生指出:"汉以后,轮台演化为一个典故,成为西北边地的代称。唐轮台为庭州属县,设于贞观十四年,距庭州州治四百二十里。但出现在唐人诗文中的轮台,在许多情况下,并不指轮台县,而是沿用汉轮台的历史典故,以轮台代称西北边地,或用轮台指称西州、庭州一带地区。长安二年庭州改置北庭都护府,轮台更明确地成为北庭都护府辖区的代称。岑参第二次从军西域,在北庭都护、伊西节度使封常清幕中任职期间,写有多首'轮台诗',这些诗中所称'轮台',实指北庭都护府驻地,而非轮台县。"③认为岑参诗中写到的轮台不是确指其地,往往代指北庭都护府所在地金满城(今新疆吉木萨尔),举例如《首秋轮台》:"异域阴山外,孤城雪海边。秋来唯有雁,夏尽不闻蝉。雨拂毡墙湿,风摇毳幕膻。轮台万里地,无事历三年。"④《北庭西郊候封大夫受降回军献上》云:"胡地苜

---

① (唐)岑参著,陈铁民、侯忠义校注:《岑参集校注》卷2,第142页。
② 同上书,第145页。
③ 薛天纬:《岑参诗与唐轮台》,《文学遗产》2005年第5期。
④ (唐)岑参著,陈铁民、侯忠义校注:《岑参集校注》卷2,第182页。

蒨美，轮台征马肥。大夫讨匈奴，前月西出师。"① 《北庭贻宗学士道别》云："十年只一命，万里如飘蓬。容鬓老胡尘，衣裘脆边风。忽来轮台下，相见披心胸。饮酒对春草，弹棋闻夜钟。今且还龟兹，臂上悬角弓。平沙向旅馆，匹马随飞鸿。孤城倚大碛，海气迎边空。"② 《送李副使赴碛西官军》云："火山六月应更热，赤亭道口行人绝。知君惯度祁连城，岂能愁见轮台月。"③ 《临洮泛舟赵仙舟自北庭罢使还京》云："白发轮台使，边功竟不成。云沙万里地，孤负一书生。池上风回舫，桥西雨过城。醉眠乡梦罢，东望羡归程。"④ 《赴北庭度陇思家》云："西向轮台万里余，也知乡信日应疏。陇山鹦鹉能言语，为报家人数寄书。"⑤ 这个分析很有道理，岑诗中确有代称。但我们认为岑诗中的"轮台"基本上是写实的，虽然有的包含有用典的意味，有的代指庭州，如果把他笔下的轮台都认为是泛指，可能并不符合岑诗的实际。

轮台又名"布古尔"（Bügür），突厥语汉字谐音，⑥ 意为"雕鹰"，因此汉轮台城的意思是"雕鹰之城"。唐诗中的"雕城"指轮台，用汉代典故和轮台语义。李约《从军行三首》其一："看图闲教阵，画地静论边。乌垒天西戍，鹰姿塞上川。"其三："候火起雕城，尘沙拥战声。游军藏汉帜，降骑说蕃情。"⑦ 诗中"鹰姿""雕城"都包含着轮台城本来的语义。诗以"乌垒"与"鹰姿"相对都表示地名，说明这两个地方有联系。乌垒是汉代西域小国，汉西域都护的治所。"乌垒，户百一十，口千二百，胜兵三百。城都尉、驿长各一人。与都护府同治。其南三百三十里至渠犁。"⑧ 乌垒在今轮台县东北，国虽小，地理位置重要，处于西域中心。据《新唐书·地理志》记载，唐于安西置乌垒州，未说明具体位置，当在汉乌垒国旧地。现在一般认为其望在今轮台县东境策大雅附近。晚清学者阚仲韩著《新疆大记》指出，唐安西乌垒州城应在今新疆轮台县东境策大雅。⑨ 中华人民共和国成立后编绘的《中国历史地图集》把它划在今轮

---

① （唐）岑参著，陈铁民、侯忠义校注：《岑参集校注》卷2，第149页。
② 同上书，第157页。
③ 同上书，第95页。
④ 同上书，第143页。
⑤ 同上书，第141页。
⑥ 柴剑虹：《轮台、铁门关、疏勒辨》，氏著《丝绸之路与敦煌学》，浙江大学出版社2015年版，第64页。
⑦ 《全唐诗》卷309，第3496页。
⑧ 《汉书》卷96下《西域传下》，中华书局1962年版，第3911页。
⑨ （清）阚仲韩：《新疆大记》，光绪丁未（1907）版。

台县东境的阳霞至策大雅之间。西汉太初三年（前102）李广利伐大宛，途中灭乌垒国。太初四年（前101），汉置使者校尉，于此屯田。宣帝本始二年（前72）复国，为乌垒国。神爵二年（前60），统辖西域的匈奴日逐王先贤掸降汉，汉朝任命屯田侍郎郑吉为西域都护，设都护府于乌垒城，即今轮台。乌垒城位置适中，当西域北路要道所经，由此去龟兹、姑墨、疏勒，逾葱岭可到大宛、康居等国。南通鄯善、且末、于阗、莎车诸国，越葱岭即大月氏、大夏、安息等国。往北经焉耆、车师可去"山后六国"，① 而后往西至乌孙、康居，进入草原路。南北朝时地属龟兹，隋时属西突厥，唐时为安西都护府下之乌垒州。故知汉"乌垒国"和唐乌垒州（即今轮台县）实为一地，唐诗中故以"乌垒"与"鹰姿"相对，并以"雕城"称呼之。

（六）瀚海

古代文献和诗歌中的"翰海"或作"瀚海"，历来有不同解释，其含义随时代而变。这个词最早出现在《史记·卫将军骠骑列传》，汉武帝表彰霍去病度漠北征，击匈奴，"封狼居胥，禅于姑衍，登临翰海"②。唐以前人注释《史记》《汉书》，皆解作一大海名，如裴骃《史记集解》引张晏曰："登海边山以望海也。"司马贞《史记索隐》引崔浩云："北海名，群鸟之所解羽，故云'翰海'。"又引《广异志》云："在沙漠北。"③ 有学者把"北海"坐实为贝加尔湖，以为据方位判断，当在今蒙古高原东北境，疑即今呼伦湖与贝加尔湖。④ 这种解释不符合实际，因为霍去病远征，离呼伦湖、贝加尔湖甚远。有人把"瀚海"解释为山名，即金山（阿尔泰山）。元代刘郁《西使记》记载其西行，"自和林出兀孙中，西北行二百余里，地渐高，入站经瀚海，地极高寒，虽酷暑，雪不消。"⑤ 又云："今

---

① 汉魏间天山北东且弥国、西且弥国、单桓国、毕陆国、蒲陆国、乌贪国等，被称为"山北六国"，魏晋时"并属车师后部王"。由此"转西北则乌孙、康居"等草原游牧民族国家。参见鱼豢《魏略·西戎传》，《三国志》卷30《乌丸鲜卑东夷传》裴松之注引，中华书局1959年版，第862页。
② 《史记》卷111《卫将军骠骑列传》，第936页。
③ 同上书，第937—2938页，注[十]。
④ 安介生：《"瀚海"新论——历史时期对蒙古荒漠地区认知进程研究》，安介生、邱仲麟主编《边界、边地与边民——明清时期北方边塞地区部族分布与地理生态基础研究》，齐鲁书社2009年版，第4—23页。
⑤ 杨建新主编：《古西行记校注》，宁夏人民出版社1987年版，第238页。

之所谓瀚海者,即古金山也。"①

岑仲勉先生认为既云"登临",则是山而非海,"瀚海"当即"杭爱",乃今蒙古国杭爱山音译。似不可取,登临即登山临海之意,如曹操诗:"东临碣石,以观沧海。"另有一种解释,即戈壁、沙漠,以为唐代所谓"瀚海"是蒙古高原大沙漠以北及其迤西今准噶尔盆地一带广大地区的泛称,其地大约在天山与阿尔泰山之间。有人不同意这一看法,"按班史前云'绝大漠',后云'临瀚海',则瀚海非今之戈壁矣"②。如果作为具体地名,《北史·蠕蠕传》数见"瀚海"一词,方位不一,其一与《史记》《汉书》所载相同;其一当在高原北境,疑即今贝加尔湖。柴剑虹《"瀚海"辨》据维吾尔语汇分析,认为古代居住在蒙古高原上的突厥民族称高山峻岭中的险隘山谷为"杭爱",或"瀚海"。③

唐诗中"瀚海"是常用词汇,特别在边塞诗或战争诗中,但其含义却不尽相同,很难用上述各种解释中某一种含义进行释义。其中有时指海,有时指大沙漠。这一方面是诗为文学作品,诗人并不追求用词的科学和准确,"瀚海"已经形成一个文学意象,代指边塞苦寒之地;另一方面当时诗人并不是都去过边塞,特别是"瀚海"通常表示的北庭之地,可能使用这个词的时候并未细心考虑它是山或者海,是具体所指或是诗歌泛称。诗人不必拘泥于其确切所指,可以"望文生义",既然称瀚海,就把它当作海来写。这在前代诗中已是如此,如南朝顾野王《陇头水》云:

陇底望秦川,迢递隔风烟。萧条落野树,幽咽响流泉。瀚海波难息,交河冰未坚。宁知盖山水,逐节赴危弦。④

说它"波难息",显然是当作海来理解的。唐代诗人继承了这一传统。唐太宗《饮马长城窟行》云:"塞外悲风切,交河冰已结。瀚海百重波,阴山千里雪。"⑤钱起《送王使君赴太原行营》云:"汉驿双旌度,胡沙七骑过。惊蓬连雁起,牧马入云多。不卖卢龙塞,能消瀚海波。"⑥崔湜《大漠行》云:"三军遥倚仗,万里相驰逐。旌旆悠悠静瀚源,鼙鼓喧喧

---

① 杨建新主编:《古西行记校注》,宁夏人民出版社1987年版,第242页。
② (清)范寿金:《元耶律文正公西游录略注补》,景聚学轩丛书本。
③ 柴剑虹:《丝绸之路与敦煌学》,浙江大学出版社2015年版,第55页。
④ (宋)郭茂倩编:《乐府诗集》卷21,第314页。
⑤ 吴云、冀宇编辑校注:《唐太宗集·诗赋编》,陕西人民出版社1986年版,第13页。
⑥ 《全唐诗》卷238,第2658页。

动卢谷。"① 卢照邻《结客少年场行》云："龙旌昏朔雾,鸟阵卷胡风。追奔瀚海咽,战罢阴山空。"② 这些诗里用"百重波"形容,或称"瀚海波";或与"阴山"相对,用"咽"形容涛声,又说"瀚源",明指波浪、涛声、海水,但这些诗都是虚写,并非实指。马戴《送和北虏使》云:"日入流沙际,阴生瀚海边。"③ 月亮从东海升起,此"瀚海"也是海,则指东海。

唐诗中更多指大沙漠,指天山以北沙漠或北方蒙古大漠,有时泛指西北边地,在初盛唐边塞诗中那里是将士们立功扬名的地方。崔禹锡《奉和圣制送张说巡边》云:

> 供帐何煌煌,公其抚朔方。群僚咸饯酌,明主降离章。关塞重门下,郊岐禁苑傍。练兵宜雨洗,卧鼓候风凉。炎景宁云惮,神谋肃所将。旌摇天月迥,骑入塞云长。赫赫皇威振,油油圣泽滂。非惟按车甲,兼以正封疆。叱咤阴山道,澄清瀚海阳。房垣行决胜,台座伫为光。④

又如无名氏《回纥》云:"曾闻瀚海使难通,幽闺少妇罢裁缝。缅想边庭征战苦,谁能对镜治愁容。"⑤ 与"阴山"组合的瀚海意象,或与北方民族回纥关联的"瀚海"当指北方蒙古大漠,即通常所谓漠南、漠北之大漠。虞羽客《结客少年场行》云:"骨都魂已散,楼兰首复传。龙城含晓雾,瀚海隔遥天。歌吹金微返,振旅玉门旋。"⑥ "金微"即阿尔泰山,从那里凯旋而归路经大漠,此瀚海指天山北之大沙漠,即古尔班通古特沙漠。

柴剑虹先生的解释颇能解释个别较为实写的诗篇。岑参《白雪歌送武判官归京》写北庭送别武判官的情景:"瀚海阑干百丈冰,愁云惨淡万里凝。……轮台东门送君去,去时雪满天山路。"⑦ 正像柴先生所说:"沙漠里横七竖八地覆盖着百丈坚冰,这是一种什么景象呢?实在难以想象,难

---

① 《全唐诗》卷54,第661—662页。一作胡皓诗,见《全唐诗》卷108。
② (唐)卢照邻:《卢照邻集》卷1,中华书局1980年版,第10页。
③ 《全唐诗》卷556,第6449页。
④ 《全唐诗》卷111,第1137页。
⑤ 《全唐诗》卷27,第388页。
⑥ 《全唐诗》卷774,第8778页。
⑦ (唐)岑参著,陈铁民、侯忠义校注:《岑参集校注》卷2,第163页。

以讲通。"① 实际上"正是写的峡谷背阴的百丈山崖上冰雪交错覆盖的壮丽景象"②。王维《送平澹然判官》云:"不识阳关路,新从定远侯。黄云断春色,画角起边愁。瀚海经年到,交河出塞流。须令外国使,知饮月氏头。"③ 钱起《送张将军征西(一作西征)》云:"长安少年唯好武,金殿承恩争破虏。沙场烽火隔天山,铁骑征西几岁还。战处黑云霾瀚海,愁中明月度阳关。玉笛声悲离酒晚,金方路极行人远。计日霜戈尽敌归,回首戎城空落晖。始笑子卿心计失,徒看海上节旄稀。"④ 这些与"交河""天山""阳关"等意象组合的"瀚海"意象,或者是比较具体的地名,也可以理解为符合柴先生的解释。

从上引诸诗可知,在唐代诗人笔下不管是山,是海,还是大沙漠,瀚海都是苦寒之地,唐军远征之地,是边境苦战与相思离别的意象。陈陶《水调词十首》之八云:"瀚海长征古别离,华山归马是何时。仍闻万乘尊犹屈,装束千娇嫁郅支。"⑤ 屈同仙《燕歌行》云:"君不见渔阳八月塞草腓,征人相对并思归。云和朔气连天黑,蓬杂惊沙散野飞。是时天地阴埃遍,瀚海龙城皆习战。两军鼓角暗相闻,四面旌旗看不见。"⑥ 诗人写"瀚海",总与"长征""战"相关,用边塞苦寒衬托西域征战和两地相思之苦。

(七) 金山、金微山

金微山即今阿尔泰山,西北—东南走向,跨今俄罗斯、哈萨克斯坦、中国和蒙古国。"阿尔泰"在蒙古语中意为"金山",这里有金矿,故名。天山与阿尔泰山之间的准噶尔盆地是中国第二大盆地,略呈三角形的封闭式内陆盆地,东西长700千米,南北宽370千米,面积38万平方千米。其西北为准噶尔界山,东北为阿尔泰山,南部为北天山。腹地为古尔班通古特沙漠,盆地中部是草原和沙漠,如上所云,唐诗中的"瀚海"有时指此地。

东汉永元三年(91),耿夔、任尚等破北匈奴于此。窦宪见北匈奴力量微弱,欲乘势灭之,这年二月出兵河西,任命耿夔为大将军左校尉,与

---

① 柴剑虹:《丝绸之路与敦煌学》,第54页。
② 同上书,第56页。
③ (唐)王维著,(清)赵殿成笺注:《王右丞集笺注》卷8,第140页。
④ 《全唐诗》卷236,第2603页。
⑤ 《全唐诗》卷746,第8490页。
⑥ 《全唐诗》卷203,第2122—2123页。

任尚、赵博等率八百精骑，出居延塞（今内蒙古额济纳旗），奔北匈奴单于王庭，在金微山包围了北匈奴单于。汉军大败北匈奴，俘虏北匈奴单于母亲阏氏，斩杀大部落王以下五千余人，缴获北匈奴大量财宝、牲畜。单于仅与数名骑兵脱逃。汉军出塞五千余里，是自汉朝对匈奴用兵以来进军最远的。耿夔因功被封为粟邑侯。① 在古诗中写到金微山，都暗含着耿夔战胜匈奴的故事，金微山成为战争意象，象征着对北方游牧民族的重大胜利。虞世南《从军行二首》其二云：

烽火发金微，连营出武威。孤城塞云起，绝阵虏尘飞。侠客吸龙剑，恶少缦胡衣。朝摩骨都垒，夜解谷蠡围。萧关远无极，蒲海广难依。沙磴离旌断，晴川候马归。交河梁已毕，燕山旆欲飞。方知万里相，侯服有光辉。②

又如虞羽客《结客少年场行》："歌吹金微返，振旅玉门旋。"③ 崔泰之《奉和圣制送张尚书巡边》云："关山绕玉塞，烽火映金微。"④ 张尚书即张说，诗中写到金微山，包含着以耿夔赞颂张说的用意。李白《从军行》云："从军玉门道，逐虏金微山。"⑤ 都是暗用耿夔的典故。

金微山也是边塞意象。唐朝设立北庭都护府后，唐朝的势力进入天山以北草原地带，并西至咸海，这里成为唐军戍守之地，西北边地向更远方推进，金微山成为边防前线。张说《破阵乐》其二云：

汉兵出顿金微，照日明光铁衣。百里火幡焰焰，千行云骑骓骓。蹙踏辽河自竭，鼓噪燕山可飞。正属四方朝贺，端知万舞皇威。⑥

唐诗往往以汉代唐，汉兵即唐军。又如柳中庸《凉州曲二首》其二："高槛连天望武威，穷阴拂地戍金微。九城弦管声遥发，一夜关山雪满飞。"⑦ 王烈《塞上曲二首》其一云："红颜岁岁老金微，砂碛年年卧铁衣。白草

---

① 《后汉书》卷19《耿弇传》，第718—719页。
② 《全唐诗》卷19，第226页。
③ 《全唐诗》卷774，第8778页。
④ 《全唐诗》卷91，第991页。
⑤ （唐）李白著，瞿蜕园、朱金城校注：《李白集校注》卷6，第446页。
⑥ 《全唐诗》卷27，第386页。
⑦ 《全唐诗》卷257，第2877页。

城中春不入，黄花戍上雁长飞。"① 李义府《和边城秋气早》云："金微凝素节，玉律应清葭。边马秋声急，征鸿晓阵斜。"② 金微山成为唐军戍守之地，因此成为征夫思妇离别相思意象。徐彦伯《闺怨》云："征客戍金微，愁闺独掩扉。尘埃生半榻，花絮落残机。褪暖蚕初卧，巢昏燕欲归。春风日向尽，衔涕作征衣。"③ 张仲素《秋思二首》其一云："碧窗斜月蔼深晖，愁听寒螀泪湿衣。梦里分明见关塞，不知何路向金微。"④ 敦煌诗集残卷 P.2555 佚名《从军行》云："十四五年在金微，身上何曾解铁衣。"⑤ S.8466、S.8467 载残诗两篇，其二《赠祷（捣）练篇》写捣衣女子对丈夫的思念，其中有云："明朝择（驿）使榆林过，此夜表（裱）缝□□□……咸威（当作谓）远寄向金微，啥啼问使□□□。"⑥ 捣衣的女子们缝好衣服，交给驿使，送到戍守金微的丈夫那里。唐军赴金微山戍守，这是唐朝向西开拓后才可能有的事实。诗虽然写戍守的艰辛，久戍不归的怨叹和家乡亲人的思念，但却透露出唐朝强盛的国力，表现出盛唐气象的精神。开元时张孝嵩奉命巡边，张九龄等六人赋诗送行，胡皓《奉和圣制送张尚书巡边》祝贺张孝嵩巡边顺利回归："金山无积阻，玉树有华滋。请追炎风暮，归旌候此时。"⑦ 岑参入封常清北庭幕府，金微山是其实见之景，因此他的诗中既是对西域景象的描绘，也暗含着用典之意。在他歌咏主帅封常清的诗中多次提到"金山"，《轮台歌奉送封大夫出师西征》："轮台城头夜吹角，轮台城北旄头落。羽书昨夜过渠黎，单于已在金山西。"⑧ 又如《走马川行奉送出师西征》云："匈奴草黄马正肥，金山西见烟尘飞，汉家大将西出师。"⑨ 诗中包含着对封常清辉煌战功的称颂。

沿天山北和金山（阿尔泰山）之南的草原路是通向西方的重要通道，被称为"金微路"。袁朗《饮马长城窟行》云："鸟庭已向内，龙荒更凿空。玉关尘卷静，金微路已通。"⑩ 反映的就是唐灭突厥以后西域和丝路的形势。为了维护西域的稳定和丝绸之路的通畅，将士们远征赴西域。沈佺

---

① 《全唐诗》卷295，第3353页。
② 《全唐诗》卷35，第468页。
③ 《全唐诗》卷76，第824页。
④ 《全唐诗》卷367，第4138页。
⑤ 徐俊纂辑：《敦煌诗集残卷辑考》卷下（英藏俄藏部分），第747页。
⑥ 同上书，第665页。
⑦ 《全唐诗》卷108，第1123页。
⑧ （唐）岑参，陈铁民、侯忠义校注：《岑参集校注》卷2，第145—146页。
⑨ 同上书，第148页。
⑩ 《全唐诗》卷20，第241页。

期《送卢管记仙客北伐》云:"羽檄西北飞,交城日夜围。庙堂盛征选,戎幕生光辉。雁行度函谷,马首向金微。"① 郭震《塞上》云:"塞外虏尘飞,频年出武威。死生随玉剑,辛苦向金微。"② "向金微"表示从中原有路通向金微山,通向西北草原地区。

安史之乱发生,驻守西域的北庭、安西兵马奉诏进入中原参与平叛,唐诗反映了这一局面。杜甫《秦州杂诗二十首》其六云:"城上胡笳奏,山边汉节归。防河赴沧海,奉诏发金微。士苦形骸黑,旌疏鸟兽稀。那闻往来戍,恨解邺城围。"③ 这首诗写的就是安西北庭兵马,奉诏从驻防的西域出发,来到中原平叛。随着唐军进入中原平叛,边防空虚,吐蕃、回纥陆续侵占天山南北。赵嘏《降虏》云:"广武溪头降虏稀,一声寒角怨金微。河湟不在春风地,歌舞空裁雪夜衣。"④ "怨"字写出西域沦陷后提到金微时人们的心情。收复失地只是诗人们的理想,当年疆域万里的盛况早已成为不化的情结。柳公权《应制贺边军支春衣》云:"去岁虽无战,今年未得归。皇恩何以报,春日得春衣。挟纩非真纩,分衣是假衣。从今貔武士,不惮戍金微。"⑤ 当边军得到朝廷配发的军衣之时,战士们感念皇恩,誓言国家需要时,愿意到遥远的金微山防戍。陈陶《水调词十首》之十云:"万里轮台音信稀,传闻移帐护金微。会须麟阁留踪迹,不斩天骄莫议归。"⑥ 驻防轮台的将士忽然"音信稀",因为他们已经进军到更远的金微山,这是一种理想和幻想,表达了唐人收复失地恢复盛世的愿望。如果真的能实现这种愿望,他们追求的是建立功名,不怕天高地远,不消灭敌人就不考虑回归,大有"不破楼兰终不还"的气概。对于远征金微,人们不畏艰险,怕的是功名不立。王贞白《古悔从军行》云:"忆昔仗孤剑,十年从武威。论兵亲玉帐,逐虏过金微。陇水秋先冻,关云寒不飞。辛勤功业在,麟阁志犹违。"⑦ 韦庄《赠边将》:"昔因征远向金微,马出榆关一鸟飞。万里只携孤剑去,十年空逐塞鸿归。手招都护新降虏,身著文皇旧赐衣。只待烟尘报天子,满头霜雪为兵机。"⑧ 王贞白和韦庄诗中的主人公都是曾远赴金微山征战立功的人,但都无缘功名,其中缘由虽没有明

---

① 《全唐诗》卷 97,第 1045 页。
② 《全唐诗》卷 66,第 756—757 页。
③ (唐)杜甫著,(清)仇兆鳌注:《杜诗详注》卷 7,第 577 页。
④ 《全唐诗》卷 549,第 6350 页。
⑤ 《全唐诗》卷 479,第 5447 页。
⑥ 《全唐诗》卷 746,第 8491 页。
⑦ 《全唐诗》卷 701,第 8059 页。
⑧ (唐)韦庄著,聂安福笺注:《韦庄集笺注》卷 2,上海古籍出版社 2002 年版,第 98 页。

说,其实在批评统治者的赏罚不公。

三 "参天可汗道"与"入回鹘道"

"可汗"是北方草原民族对首领的称呼,唐朝灭突厥后,原先依附于突厥的北方各族归附唐朝,尊奉唐太宗为"天可汗"。[①] 意思是"可汗之上的可汗"。太宗说:"自古皆贵中华,贱夷、狄,朕独爱之如一,故其种落皆依朕如父母。"[②] 太宗晚年,漠北地区各部相继归附,请求唐朝开辟一条大道,方便入朝唐朝天子,称为"参天可汗道"。这条道上沿途设置驿站68处,备有马匹与食物供应往来使者。"参天可汗道"的开辟推动了唐朝中央政权与北方草原民族关系的稳固发展,方便了双方的商旅往来,促进了各民族相互交流和多民族统一国家的形成。

(一)"天可汗"的光荣与"参天可汗道"

薛、延陀本是两个部落,联合而成一个部落,称为薛延陀。其族源和回纥属同一民族,即汉魏以来的丁零族。丁零又称敕勒、高车等,隋唐时称为铁勒,分为十五部,初役属于突厥汗国。薛、延陀和回纥都是十五部中之一部,最初在漠北土拉河流域从事游牧。突厥分裂为东西二部,铁勒诸部也大多一分为二,分属东西突厥。隋唐之际突厥成为中原政权的北方边患,突厥沙钵略可汗曾出兵经今宁夏固原地区的石门、木峡两关攻入陇关以东。唐初原州、灵州及贺兰山一带处处都是唐军与突厥血战的沙场。战场上的鼓角和喊杀声在唐诗中引起反响,诗人王维《老将行》诗云:"贺兰山下阵如云,羽檄交驰日夕闻。"[③] 反映了当年鏖战的激烈场面。

贞观二年(628),西突厥统叶护可汗死,国乱。薛延陀首领夷男率其部落七万余家,越金山依附东突厥。东突厥境内的薛延陀、回纥、拔也古等部正在进行声势浩大的反抗东突厥统治集团的斗争,夷男立即率众参加了起义,击破东突厥"四设"("设"意即帅),被起义诸族共推为可汗。唐朝有意扶植铁勒诸部以牵制或对抗东突厥,薛延陀成为唐朝扶植的对象。唐太宗册封夷男为真珠毗伽可汗,薛延陀成为唐之属国。东突厥在和

[①] (宋)王溥《唐会要·杂录》:"贞观四年,诸蕃君长诣阙,请太宗为天可汗。乃下制,令后玺书赐西域北荒之君长,皆称皇帝天可汗。"
[②] 《资治通鉴》卷198,贞观二十一年,中华书局1958年版,第6247页。
[③] (唐)王维著,(清)赵殿成笺注:《王右丞集笺注》卷6,第93页。

薛延陀的斗争中走向衰落，唐乘其敝而一举灭之。贞观三年（629），灵州大都督李道宗等分道出击东突厥，于灵州俘获突厥人畜数以万计。颉利可汗部众或降附于唐，或走投薛延陀。东突厥亡后，夷男在独罗河（土拉河）畔建牙帐，回纥、拔也古、阿跌、同罗、白霫等部皆受其役属，薛延陀汗国成为漠北一大势力。唐朝与薛延陀短暂的友好关系在唐诗中也有反映。刘行敏《又嘲杨文瓘》云：

  武陵敬爱客，终宴不知疲。遣共浑王饮，错宴延陀儿。始被鸿胪识，终蒙御史知。精神既如此，长叹复何为。①

此诗题注云："武陵公杨文瓘任户部侍郎，以能饮，令宴蕃客浑王。遂错与延陀儿宴。行敏咏之云云。"在唐朝高官的宴会上有吐谷浑王和薛延陀可汗。

  唐朝把东突厥降众安置于长城河南之地，使其成为唐与薛延陀之间的缓冲力量。唐朝向西域开拓，贞观四年（630）置西伊州（今新疆哈密），贞观十四年（640）灭高昌，第二年在交河城设安西都护府。薛延陀也向西域扩张，势力很快发展到天山北路，唐朝与薛延陀的矛盾迅速激化。为了争夺对西域的控制，唐朝极力遏制薛延陀势力的发展。贞观十九年（645），夷男死，其子多弥可汗立，暴虐无道。第二年，回纥酋长吐迷度攻杀多弥及其家族。唐军乘机出兵，消灭了薛延陀残余力量。直接反映唐灭薛延陀战事的诗，就是唐太宗灵州勒石名句："雪耻酬百王，除凶报千古。"太宗的五言诗没有完整保存下来，仅存此两句。《全唐诗》录之附记："本纪云：'贞观二十年秋，帝幸灵州，破薛延陀。时铁勒诸部遣使相继入贡，请置吏。北荒悉平，帝为五言诗，勒石于灵州，以序其事。'今止存此。"②"凶"指薛延陀。唐军和回纥联合，在贺兰山北大败薛延陀，唐朝强大军事力量威慑北疆。漠北铁勒族回纥、同罗、拔也古、仆骨、思结、思结别部、奚结、浑、阿跌、多览葛、斛薛、契苾羽、白霫、结骨、骨利干、俱罗勃等部纷纷臣属于唐，太宗与之相会于灵州。太宗从长安至泾州，逾六盘山至瓦亭，视察唐军牧马场，而后到达灵州，受到回纥、铁勒各部族使节隆重欢迎。太宗写下了一首五言诗，并铭勒贞石，以庆祝击薛延陀的胜利和纪念这次盛会。中唐诗人柳宗元《唐铙歌鼓吹曲·高昌》

---

① 《全唐诗》卷869，第9847页。
② 吴云、冀宇编辑校注：《唐太宗集》，陕西人民出版社1986年版，第98—99页。

也颂扬此事:"文皇南面坐,夷狄千群趋。咸称天子神,往古不得俱。献号'天可汗',以覆我国都。"①

贞观二十一年(647),唐朝于薛延陀故地设六府七州,内附诸部酋长入朝,太宗接受了"天可汗"这一称号,在来往的文书上皆署以"皇帝天可汗"字样。唐朝在漠北设立的州府皆为羁縻州府,由燕然都护府统领,又根据铁勒诸部的请求,在鹈鹕泉至今色楞格河流域设置邮驿68所,称为"参天可汗道"。驿站内备有马及酒肉以供过使,漠北各州府岁供貂皮以充租赋。唐朝的统治扩展到整个漠北地区。"参天可汗道"北达回纥,大致在今蒙古及其西北等处。《新唐书·地理志》所载贾耽"入四夷之路"中的由中受降城(今内蒙古包头市附近)入回鹘之道,大致即这条路经行之处。这条路以现在内蒙古包头为起点,至今蒙古国哈剌和林北鄂尔温河西岸,其走向是从中受降城(今包头西昆独仑河入黄河处)出发,经呼延谷(今包头昆独仑召)、鹈鹕泉(今内蒙古潮格旗西北)、公主城、眉间城、怛罗思山、赤崖、盐泊、浑义河(今蒙古国境内之翁金河)、炉门山、木烛岭,至回纥牙帐(今蒙古国哈剌和林北鄂尔温河西岸)。从鹈鹕泉至回鹘牙帐还有一条支线,即从鹈鹕泉先向正北行,后折向西北,中经鹿鹿山、鹿耳山、错甲山、山燕子井、密粟山、达旦泊、野马泊、可汗泉、横岭、绵泉和镜泊。② 因此鹈鹕泉是此道一个分叉口和重要节点。

太宗接受"天可汗"称号不久去世,因此有关太宗时这条道路的利用情况在唐诗中较少反映。此后北方草原民族一直称唐天子为"天可汗",唐朝与回纥的使节往来奔波于这条驿道上。唐前期西京长安和东京洛阳同样重要,故从中原至中受降城则有从长安出发和从洛阳出发的两条路线。武则天称帝,长期住洛阳,因此从中原赴回纥通常从洛阳出发。唐诗中有送人出使回纥的作品。杜审言《送高郎中北使》云:"北狄愿和亲,东京发使臣。马衔边地雪,衣染异方尘。岁月催行旅,恩荣变苦辛。歌钟期重锡,拜手落花春。"③ 东京即洛阳,北狄即回纥,唐朝使节一定经过"参天可汗道"至回纥牙帐。高郎中出使回纥之事,史书无载,此诗可补史书之阙。

---

① (唐)柳宗元:《柳宗元集》卷1,中华书局1979年版,第24页。
② 吴承志:《唐贾耽记边州入四夷道里考实》,中华史地名著丛刊之三,初版收入求恕斋丛书(1921),文海出版社1968年再版。
③ 《全唐诗》卷628,第735页。

（二）唐朝与回纥关系的变化

唐代前期回纥臣属于唐朝，在唐朝开拓西域、对抗吐蕃族的战争中曾效力于唐。唐军中有回纥人出身的将军和回纥兵。唐诗中回纥被称为"花门"。花门是回纥之别名，在回纥牙帐西南千里有花门山堡，故唐人称回纥为"花门"。从唐诗中可知，安史之乱前唐朝在西域的战争中，曾与回纥共抗吐蕃，西域唐军中有回纥将士。岑参《与独孤渐道别长句兼呈严八侍御》云：

> 轮台客舍春草满，颍阳归客肠堪断。穷荒绝漠鸟不飞，万碛千山梦犹懒。……军中置酒夜挝鼓，锦筵红烛月未午。花门将军善胡歌，叶河蕃王能汉语。①

诗人在轮台送别独孤某时，饯宴上有"花门将军""叶河蕃王"。花门将军即回纥将军。叶河即今锡尔河，② 中国古代文献又称药杀水，亚洲中部内陆河，由费尔干纳盆地东部的纳伦河（Naryn）、卡拉河（Karadarya）汇合而成，源于天山，流经今乌兹别克斯坦、塔吉克斯坦和哈萨克斯坦三个国家，注入咸海。"叶河蕃王"泛指唐军中出身中亚粟特民族的将领，这些蕃将在西域与唐军并肩作战。

回纥日益强盛，便因利益之争，不可避免地与唐朝发生冲突，唐诗中有反映唐与回纥的战争的。无名氏《回纥》云："曾闻瀚海使难通，幽闺少妇罢裁缝。缅想边庭征战苦，谁能对镜治愁容。久戍人将老，须臾变作白头翁。"③ 安史之乱发生，唐求援回纥，回纥出兵助唐。这时唐朝与回纥的实力便发生了倒转，唐朝非常仰赖回纥的精骑平息安史之乱。诗人杜甫特别关注此事，他在诗中多次提及回纥援军问题，表现了他的政治敏锐性和对国事的忧虑。《喜闻官军已临贼境二十韵》其中有云：

> 天步艰方尽，时和运更遭。谁云遗毒螫，已是沃腥臊。睿想丹墀近，神行羽卫牢。花门腾绝漠，拓羯渡临洮。此辈感恩至，嬴俘何足操。④

---

① （唐）岑参著，陈铁民、侯忠义校注：《岑参集校注》卷2，第176—177页。
② 冯承钧原编，陆峻岭增订：《西域地名》，中华书局1980年版，第106页。
③ 《全唐诗》卷27，第388页。
④ （唐）杜甫著，（清）仇兆鳌注：《杜诗详注》卷5，第417—420页。

这首诗反映了回纥军援问题，对回纥大军穿越大漠前来助战，诗人感到由衷的高兴，认为有了回纥和拓羯（中亚援军）的助战，消灭安史叛军指日可待。但对于这个北方强族，杜甫又认为应该提防，不可倚之过重。安史之乱中的至德二载（757）八月，杜甫从凤翔到鄜州羌村探望家人，途中作《北征》诗，表达了对朝廷借助回纥平乱的隐忧：

> 至尊尚蒙尘，几日休练卒？仰观天色改，坐觉妖氛豁。阴风西北来，惨淡随回纥。其王愿助顺，其俗善驰突。送兵五千人，驱马一万匹。此辈少为贵，四方服勇决。所用皆鹰腾，破敌过箭疾。圣心颇虚伫，时议气欲夺。①

他对借用回纥兵持肯定意见，但认为应该尽量少地依赖回纥的援助。皇上急于战胜叛军，希望多多益善，但社会上却为此灰心丧气。"时议"说明当时有这种担忧的并非杜甫一人。杜甫《诸将五首》之二云："韩公本意筑三城，拟绝天骄拔汉旌。岂谓尽烦回纥马，翻然远救朔方兵。胡来不觉潼关隘，龙起犹闻晋水清。独使至尊忧社稷，诸君何以答升平。"②诗谓当年张仁愿筑受降城东中西三城，本意是防御回纥，消灭北方强敌。哪里料到如今国家多难之际，反而借回纥兵马平乱，唐军反而依赖回纥的救援。安史叛军未灭，回纥之患又起，令至尊忧心国事。诗人对唐军将领不作为，回纥坐大表示忧虑和不满。杜甫《留花门》云：

> 北门天骄子，饱肉气勇决。高秋马肥健，挟矢射汉月。自古以为患，诗人厌薄伐。修德使其来，羁縻固不绝。胡为倾国至，出入暗金阙。中原有驱除，隐忍用此物。公主歌黄鹄，君王指白日。连云屯左辅，百里见积雪。长戟鸟休飞，哀笳曙幽咽。田家最恐惧，麦倒桑枝折。沙苑临清渭，泉香草丰洁。渡河不用船，千骑常撇烈。胡尘逾太行，杂种抵京室。花门既须留，原野转萧瑟。③

仇注云："此当是乾元二年秋适秦州后作。《杜臆》：'题曰留花门，言不当留也。'《唐·地理志》：'甘州删丹县，北渡张掖河，西北行，出合黎

---

① （唐）杜甫著，（清）仇兆鳌注：《杜诗详注》卷5，第402页。
② （唐）杜甫著，（清）仇兆鳌注：《杜诗详注》卷16，第1363—1371页。
③ （唐）杜甫著，（清）仇兆鳌注：《杜诗详注》卷7，第549—551页。

山峡口，傍河东北千余里，有宁寇军。军东北有居延海。又北三百里，有花门堡。又东北千里，至回纥衙帐。《旧书》：肃宗还西京，叶护辞归，奏曰：'回纥战兵留在沙苑，今且归灵、夏取马，更为陛下收范阳余孽。'"①《留花门》大约作于肃宗乾元二年（759）秋，题为"留花门"，实则是说花门不可留。杜甫对朝廷过于依赖回纥表示极大的愤慨和忧虑。

回纥助唐平叛，不是免费的午餐。唐朝答应收复长安、洛阳后，两地任其掳掠。在唐朝与回纥的协议中，打下两京后除土地归唐朝，子女财物归回纥。当唐朝在回纥援助下收复长安和洛阳后，回纥兵曾大肆掳掠。除了掠夺财物外，回纥兵抢掠妇女，他们掳掠汉地妇女入北方草原，唐代诗人借没身回纥的妇女之口诉说怨愤之情。皇甫松《怨回纥歌》云：

> 白首南朝女，愁听异域歌。收兵颉利国，饮马胡芦河。毳布腥膻久，穹庐岁月多。雕巢城上宿，吹笛泪滂沱。②

南朝女指汉地妇女，相对于北方草原民族，唐朝在南方，故称南朝女。颉利，东突厥可汗，曾迫使唐太宗签订便桥之盟，但最终被唐征服。这里以颉利国代指回纥。回纥兵携其俘获人物返北方草原走"灵州道"。葫芦河是渭河第一大支流，古称瓦亭水、陇水，发源于宁夏西吉县与海原县交界处的月亮山南麓，向南流经西吉、静宁、庄浪、秦安，在天水三阳川与渭河交汇，因河床狭窄多曲折，形似"葫芦"得名。回纥兵经灵州道进入关中和返回故地路经此地。皇甫冉的诗写一位被掳入回纥的汉地妇女久居异域的痛苦心情。回纥助唐收复东都洛阳，抢掠尤其严重。"回纥入东京，肆行杀掠，死者万计，火累旬不灭。"③戎昱《苦哉行五首》写收复洛阳后，被回纥掳掠的女子在异域的生活和心情：

> 其一
> 彼鼠侵我厨，纵狸授粱肉。鼠虽为君却，狸食自须足。冀雪大国耻，翻是大国辱。膻腥逼绮罗，砖瓦杂珠玉。登楼非骋望，目笑是心哭。何意天乐中，至今奏胡曲。

---

① （唐）杜甫著，（清）仇兆鳌注：《杜诗详注》卷7，第549页。
② 《全唐诗》卷369，第4153页。又指皇甫冉诗，《全唐诗》卷250，第2835页。据佟培基考证，当为皇甫松诗，见《全唐诗重出误收考》，陕西人民出版社1996年版，第199页。
③ 《资治通鉴》卷222，上元二年，中华书局1956年版，第7135页。

其二

官军收洛阳，家住洛阳里。夫婿与兄弟，目前见伤死。吞声不许哭，还遣衣罗绮。上马随匈奴，数秋黄尘里。生为名家女，死作塞垣鬼。乡国无还期，天津哭流水。

其三

登楼望天衢，目极泪盈睫。强笑无笑容，须妆旧花靥。昔年买奴仆，奴仆来碎叶。岂意未死间，自为匈奴妾。一生忽至此，万事痛苦业。得出塞垣飞，不如彼蜂蝶。

其四

妾家清河边，七叶承貂蝉。身为最小女，偏得浑家怜。亲戚不相识，幽闺十五年。有时最远出，只到中门前。前年狂胡来，惧死翻生全。今秋官军至，岂意遭戈铤。匈奴为先锋，长鼻黄发拳。弯弓猎生人，百步牛羊膻。脱身落虎口，不及归黄泉。苦哉难重陈，暗哭苍苍天。

其五

可汗奉亲诏，今月归燕山。忽如乱刀剑，搅妾心肠间。出户望北荒，迢迢玉门关。生人为死别，有去无时还。汉月割妾心，胡风凋妾颜。去去断绝魂，叫天天不闻。[①]

这组诗题注："宝应中过滑州洛阳后同王季友作。"说明同时代的诗人王季友有同题之作。

从唐诗中我们还知道，回纥抢掠汉地妇女的事件当时被谱写成歌曲传唱。戎昱《听杜山人弹胡笳（一本题下有歌字）》云：

绿琴胡笳谁妙弹，山人杜陵名庭兰。杜君少与山人友，山人没来今已久。当时海内求知音，嘱付胡笳入君手。杜陵攻琴四十年，琴声在音不在弦。座中为我奏此曲，满堂萧瑟如穷边。第一第二拍，泪尽蛾眉没蕃客。更闻出塞入塞声，穹庐毡帐难为情。胡天雨雪四时下，五月不曾芳草生。须臾促轸变宫征，一声悲兮一声喜。南看汉月双眼明，却顾胡儿寸心死。回鹘数年收洛阳，洛阳士女皆驱将。岂无父母与兄弟，闻此哀情皆断肠。杜陵先生证此道，沈家祝家皆绝倒。如今世上雅风衰，若个深知此声好。世上爱筝不爱琴，则明此调难知音。

[①] 《全唐诗》卷270，第3006—3007页。

今朝促轸为君奏，不向俗流传此心。①

安史之乱后根据回纥统治者要求，唐朝改称其为"回鹘"。杜山人弹胡筘，边弹边唱，内容是被回纥掠走的妇女的哀怨，是以回纥收复洛阳后劫掠为背景，被掳入胡地的妇女即"蛾眉没蕃客"回忆当年被掳的那段悲惨史实，表达对故乡的思念。这条大唐盛世时回纥入贡唐朝的"天可汗"之路，却成为汉地妇女被回纥掳掠至北方草原的道路，诗人们借被掳妇女的遭遇表达了对盛世不再的叹惋。

回纥兵在中原地区的作为，虽然侵害了百姓的利益，甚至造成极大的灾难，毕竟助唐平叛发挥了重要作用，唐统治者感恩戴德。因此，与之建立和亲关系，频嫁公主入回纥。而且，大量回纥人进入长安，从事贩贸，享受特殊待遇。还有可汗子弟入侍长安，入唐的质子能够获得宿卫授官和抚养教育。在出土回纥人的墓志中，有的墓主就是以质子入唐的。如《回纥会宁郡王移建勿志》中的移建勿"充质朝天"，《回鹘米副侯墓志》中的米副侯"从远蕃，质子传息"。入唐的回鹘人死葬中原，亦模仿中原习俗，树碑立传。除了碑文记叙其身世和事迹之外，也用铭文赞颂其人品和业绩。如《大唐故瀚海都督右领军卫大将军经略军使回纥府君墓志铭》：

分土命氏兮始自轩辕，应星作气兮时称大蕃。乃父乃祖兮怀圣殷，为王为侯兮庆流子孙。万古河山兮地久天长，泉台一闭兮绝相望。②

又如《唐故回纥赠天水郡王李府君（秉义）墓志铭》：

天子武臣，可汗棣萼。百战为欢，七擒取乐。纵横奋击，驰突如飞，气摧万刃，勇决重围。恩眷特深，藏舟不固。悲逐隙驹，哀缠薤露。父画云阁，子铭景钟。荣标国姓，宠表嘉庸。礼备饰终，赠光幽壤。徽音永茂，营魄长往。③

又如《故回纥会宁郡王移建勿墓志铭》："阴山之裔，厥有淳德。以功受

---

① 《全唐诗》卷270，第3011页。
② 周绍良、赵超主编：《唐代墓志汇编续编》，上海古籍出版社2001年版，第681页。
③ 李浩：《西安新见两方回纥贵族墓志的初步考察》，《唐研究》第22卷，北京大学出版社2016年版，第495页。

封,以勤率职。殁有余眷,开兹地域。于其志之,永用刊刻。"①《故回鹘葛啜王子墓志并序》铭曰:"蕃子王子兮,气雄雄;生言始兮,死言终;魂神异兮,丘墓同。"② 这些铭文采用骚体诗、四言体诗和杂言体诗形式,夸耀墓主的身世、功业和品德,表达了哀悼和赞叹之情。从写作上看,皆富于文采。从已知的作者来看,大都出于汉地文士之手,如柳伉、张涉等。这在一定程度上反映了当时唐人对回纥的态度以及唐朝与回鹘的关系。

(三) 受降城入回鹘道

唐与回鹘的关系保持了长期的和平交往和军事冲突并存的局面。唐朝平息安史之乱取得胜利,回纥的援助功不可没。宪宗元和四年(809),唐朝接受回纥毗迦可汗请求,改称回纥为"回鹘",取"回旋轻捷如鹘"之义。③ 唐与回鹘交通的道路沿袭着前期"参天可汗道"的传统。贾耽《入四夷之路》记载了"中受降城入回鹘道":

> 中受降城正北如东八十里,有呼延谷,谷南口有呼延栅,谷北口有归唐栅,车道也,入回鹘使所经。又五百里至鹈鹕泉,又十里入碛,经麚鹿山、鹿耳山、错甲山,八百里至山燕子井。又西北经密粟山、达旦泊、野马泊、可汗泉、横岭、绵泉、镜泊,七百里至回鹘衙帐。又别道自鹈鹕泉北经公主城、眉间城、怛罗思山、赤崖、盐泊、浑义河、炉门山、木烛岭,千五百里亦至回鹘衙帐。④

这条道上的中受降城、筑受降城之唐朝名将张仁愿和这条道路上之交通枢纽鹈鹕泉,以及唐与回鹘之间的和战关系都在此中得到反映。实际上,西受降城和东受降城也是自中原地区入回鹘常常路经之地。唐后期当西线遭受吐蕃威胁时,唐入回鹘之太原道路经东受降城。从西受降城北行入回鹘道的天德军城(北城,在今内蒙古乌梁素海土城子)也曾被视为回鹘道之起点,天德军都防御使一度移入西受降城,西受降城也成为回鹘道之起点。元稹《进西北边图经状》云:"太和公主下嫁,伏恐圣虑念其道远

---

① 李浩:《西安新见两方回纥贵族墓志的初步考察》,《唐研究》第 22 卷,北京大学出版社 2016 年版,第 494 页。
② 荣新江主编:《唐研究》第 19 卷,北京大学出版社 2013 年版,第 423 页。
③ 《旧唐书》卷 195《回纥传》,第 5210 页。
④ 《新唐书》卷 43 下《地理志七下》,第 1148 页。

第六章　通向草原丝绸之路　475

（一作途），臣今具录天德城以北，到回鹘衙帐已来，食宿井泉，附于图经之内。"① 说明其所绘入回鹘道以天德城为起点。元稹为相在穆宗时，其时天德军城又迁回北城故地。遗憾的是元稹所进其"山川险易细大无遗"的《西北边图经》没有留存下来。

1. 张仁愿和三受降城

高宗和武周时突厥势力复兴，称为"后突厥"。神龙三年（707），后突厥击败朔方军，中宗命张仁愿统领朔方军，为朔方军总管。朔方军"屯所"设在灵州（在今宁夏吴忠市境内），又名朔方郡，亦曾名灵武郡，简称灵武。朔方军与突厥以黄河为界对峙，黄河北岸有拂云神祠，是突厥人祀祭求福之所。吕温《三受降城碑铭》记载：

> 有拂云祠者，在河之北，地形雄坦，控扼枢会。虏伏其下，以窥城中，祷神观兵，然后入寇。甲不及擐，突如其来，鲸一跃而吞舟，虎数步而择肉。②

张仁愿乘突厥西击突骑施之机，进击突厥，夺取其地，占领拂云堆，并沿黄河北岸，建了三座城，各距400里，称"受降城"，中受降城与东、西受降城掎角相应，有效扼制了突厥的南下。以此为基地，唐朝向北开拓三百余里，控制了大漠以南的整个地区。③ 李吉甫《元和郡县图志》记载："先是朔方军北与突厥以黄河为界，河北岸有拂云堆神祠，突厥将入寇，心先诣祠祭酹求福，因牧马料兵而后渡河。仁愿奏请乘虚夺取漠南之地，于河北筑三受降城，首尾相应，绝其南寇之路"，"在拂云祠为中城，与东西两城相去各四百余里，遥相应接。北拓三百余里"④。"自是突厥不敢渡山畋牧，朔方无复寇掠，减镇兵数万人。"⑤

三受降城皆在今内蒙古境内，"东受降城，景云三年，朔方军总管张仁愿筑三受降城。宝历元年，振武节度使张惟清以东城滨河，徙置绥远烽南；中受降城，有拂云堆祠，接灵州境有关，元和九年置。……西受降城，开元初为河所圮。十年，总管张说于城东别置新城"⑥。中受降城位置

---

① （唐）元稹：《元稹集》卷35，中华书局1982年版，第406页。
② 《全唐文》卷630，上海古籍出版社1990年版，第2814页。
③ 李鸿宾：《唐代朔方军研究》，吉林人民出版社2000年版，第1—11页。
④ （唐）李吉甫：《元和郡县图志》卷4，中华书局1983年版，第116页。
⑤ 《资治通鉴》卷209，景龙二年，第6621页。
⑥ 《新唐书》卷37《地理志》，第976页。

最为重要，曾是唐安北大都护所在地，安北大都护府"开元二年治中受降城，十年徙治丰、胜二州之境，十二年徙治天德军"①。《元和郡县图志》记载："中受降城，本秦九原郡地，汉武帝元朔二年更名五原，开元十年于此置安北大都护府，后又移徙。"②"十年"当为"二年"之误。古拂云堆祠和中受降城在内蒙古乌拉特前旗东部近南界，包头境内的黄河北岸。从吕温的描写可知，拂云堆当是一座土山，周围地形平坦，故"虏伏其下，以窥域中"。由于敌人能够瞭望黄河南岸动静，往往给唐军突如其来的打击。拂云堆是黄河北岸的战略要地，故张仁愿为朔方军大总管，首先夺取其地。

中受降城具体位置在何处？学术界颇有争议。有人认为即孟家梁古城，有人认为是老陶窑子古城。梁坚考证中受降城与拂云堆的关系，认为"这两处遗址与史书记载的中受降城特征相差太远。位于黄河南岸的达拉特旗'昭君坟'是一座高100多米的怪石土山，西南是一段高30多米的土梁，这座高大的土山是汉代宜梁县和北魏石崖城所在地，这片高地以前在黄河北岸，站在山顶上纵目望去，北面不远处就是弯弯曲曲的黄河，四周方圆几十里都是被黄河冲击的平原"。一千多年前黄河从这片高地的南边流过，由于黄河泥沙的淤积和水量的减少，河岸渐渐北移。1914年，学者张相文来到内蒙古西部地区考察，投宿于麻池古城西面的小村庄，第二天西行，日记中写道："西行数里，望黄河南岸，土阜隆起若小山，亦名昭君墓。闻之村人云，此乃昭君衣冠冢也。旁有土垒似营屯，近已颓废。旧在黄河北岸，自河流北徙，乃在河南矣。"③ 这些证明"昭君坟"这片高地以前是在黄河北岸，梁坚判断这里就是汉代叠加唐代的遗址，就是唐代中受降城遗址。古城西南因修路者取土被毁坏，城内300多米的坡地上散落着邢窑白瓷片，远处尚能看到一段1米多高的城墙，沿土梁向东走，越过南北土坡，也许就是中受降城城墙。从唐人诗歌中寻找线索，也能证明这片高地的西边就是中受降城遗址。王之涣《凉州词》云："单于北望拂云堆，杀马登坛祭几回。汉家天子今神武，不肯和亲归去来。"④ 李益《夜上受降城闻笛》有"回乐峰前沙似雪"句，⑤ 梁坚认为"回乐峰也许是拂云堆的另一个称呼，也许是昭君坟北面高地上的土峰，有待考证。昭君坟南面就是库

---

① 《新唐书》卷37《地理志》，第976页。
② （唐）李吉甫：《元和郡县图志》卷4，第115页。
③ 张相文：《沌谷·塞北纪行》，《地学杂志》1915年第6期。
④ 《全唐诗》卷253，第2850页。此诗又作李益诗，见《全唐诗》卷283，第3224页。
⑤ （唐）李益著，范之麟注：《李益诗注》，第101页。

不齐沙漠,现在昭君坟西北坡地有的地方还堆满黄沙"①。这些可能都与唐诗中黄沙、昭君墓等的描写相合,证明现在包头黄河南岸的昭君坟,就是唐代黄河北岸中受降城,是黄河改道使中受降城在大家的眼皮底下隐藏数百年。从史籍知道,东、西受降城都曾被河水冲毁后重建,中受降城因地处拂云堆旁的高地上,不曾被河水破坏,因而保存了下来。②

三受降城在抗击突厥的战争中发挥了巨大作用,成为诗人喜欢吟咏的题材,唐诗中有时称受降城为"三城"。中受降城是此道的起点,因此唐诗中多有吟咏。中受降城在拂云堆,故拂云堆又为中受降城的别称,拂云堆有时简称"云堆"。三受降城常见于诗人的吟咏,筑三受降城的张仁愿被歌颂。张仁愿,原名张仁亶,华州下邽(今陕西渭南)人,先任殿中侍御史,升任肃政台中丞,检校幽州都督,率兵击退突厥默啜可汗的进犯,兼任并州大都督府长史。中宗继位,张仁愿被召回朝廷,授左屯卫大将军、检校洛州长史。不久又被任命为朔方军大总管,防御突厥,筑三座受降城,向北拓地三百余里。唐代诗人热情歌咏这三座边城。在诗人笔下,受降城是唐朝边塞战争胜利的象征,是唐朝国力强盛的象征,从而肯定了这三座边城的重大意义,也充分肯定和颂扬了张仁愿的功绩。中宗景龙元年(707),张仁愿入朝,又返回朔方军,李峤、李乂、李适、郑愔、苏颋、刘宪等人应制赋诗送别,故有《奉和幸望春宫送朔方军大总管张仁亶》同题之作。

这些诗虽有当面奉承之嫌,但因为张仁愿确实有值得赞扬的功绩,因此并不让人感到过分溢美。李适诗:"地限骄南牧,天临饯北征。解衣延宠

---

① 梁坚认为,宋代昭君坟这片高地被河水包围,也能证明河岸在向北移动,水中小岛的景色十分美丽。其证据是北宋曾巩《环波亭》诗:"水心还有拂云堆,日日应须把酒杯。杨柳巧含烟景合,芙蓉争带露华开。城头山色相围出,檐底波声四面来。谁信瀛洲未归去,两州俱得小蓬莱。"此诗见于《曾巩集》卷7,中华书局1984年版,第104页。按:此诗乃曾巩知齐州之作,此环波亭显然建于诗中所谓水心之拂云堆。此环波亭在齐州,拂云堆亦非唐代受降城之拂云堆。曾巩还有《雨后环波亭次韵四首·次绾得风字韵》诗:"荷芰东西鱼映叶,樵舟朝暮客乘风。清泉雨后分毛发,何必南湖是镜中。"苏辙有诗《和孔教授武仲济南四咏其一环波亭》:"南山迤逦入南塘,北渚迢峣枕北墙。过尽绿荷桥断处,忽逢朱槛水中央。凫鹥聚散湖光净,鱼鳖浮沉瓦影凉。境净不知三伏热,病身唯要一藤床。"说明环波亭乃济南名胜。如今大明湖上波光浩渺处,有一青瓦红柱方亭,就是环波亭,又名湖心亭,坐落在湖心岛上,始建于宋代,曾巩、苏辙多有诗咏,后废圮。北宋时受降城之地非宋朝所有,曾巩诗中拂云堆不会是黄河北岸之地,乃大明湖心之小岛。梁坚以曾巩诗为例证,有误。

② 梁坚:《包头历史名城:中受降城和拂云堆祠考证》,见《包头日报》2012年9月24日,http://www.baotounews.com.cn/epaper/btrb/html/2012-09/24/content_213749.htm。

命,横剑总威名。豹略恭宸旨,雄文动睿情。坐观膜拜入,朝夕受降城。"① 李峤诗:"玉塞征骄子,金符命老臣。三军张武旆,万乘饯行轮。猛气凌玄朔,崇恩降紫宸。投醪还结士,辞第本忘身。露下鹰初击,风高雁欲宾。方销塞北祲,还靖漠南尘。"② 郑愔诗:"御跸下都门,军麾出塞垣。长杨跨武骑,细柳接戎轩。睿曲风云动,边威鼓吹喧。坐帷将阃外,俱是报明恩。"③ 郑愔这首五律把写景、叙事、抒情与议论紧密结合,赞叹张仁愿远戍报国的情怀。李乂诗:"边郊草具腓,河塞有兵机。上宰调梅寄,元戎细柳威。武貔东道出,鹰隼北庭飞。玉匣谋中野,金舆下太微。投醪衔饯酌,缉衮事征衣。勿谓公孙老,行闻奏凯归。"④ 苏颋诗:"北风吹早雁,日夕渡河飞。气冷胶应折,霜明草正腓。老臣帷幄算,元宰庙堂机。饯饮回仙跸,临戎解御衣。军装乘晓发,师律候春归。方伫勋庸盛,天词降紫微。"⑤ 刘宪诗:"命将择耆年,图功胜必全。光辉万乘饯,威武二庭宣。中衢横鼓角,旷野蔽旌旃。推食天厨至,投醪御酒传。凉风过雁苑,杀气下鸡田。分阃恩何极,临岐动睿篇。"⑥ 郑愔的《塞外三首》其二云:"荒垒三秋夕,穷郊万里平。海阴凝独树,日气下连营。戎旆霜旋重,边裘夜更轻。将军犹转战,都尉不成名。折柳悲春曲,吹笳断夜声。明年汉使返,须筑受降城。"⑦ 这些诗都肯定了受降城修筑的重大意义,颂扬了张仁愿的道德和功业。吕温《三受降城碑铭》也是一首热情洋溢的颂诗:

  韩侯受命,志在朔易。北方之强,制以全策。亘汉横塞,揭兹雄壁。如三斗龙,跃出大泽。并分襟带,各闭风雷。俯视阴山,仰看昭回。一夫登陴,万里洞开。日晏秋尽,纤尘不来。时维韩侯,方运神妙。观衅则动,乃诛乃吊。廓乎穷荒,尽日所照。天乎未赞,不策清庙。我圣耀德,罢扃北门。优而柔之,用息元元。曷若完守,推亡固存。于襄于夷,永裕后昆。

这是继承《诗经》中"颂诗"的四言诗形式,歌颂张仁愿筑三城巩固边防

---

① 《全唐诗》卷70,第777页。
② 《全唐诗》卷61,第724页。
③ 《全唐诗》卷106,第1106页。
④ 《全唐诗》卷92,第999页。
⑤ 《全唐诗》卷74,第809页。
⑥ 《全唐诗》卷71,第782页。此诗一作"萧至忠",见《全唐诗》卷104,第1092页。
⑦ 《全唐诗》卷106,第1108页。

开疆拓土之功。

张仁愿去世后,被朔方军奉为"军神",在三受降城立庙祠之,"唐之元老有大庇于生人,曰韩公张仁愿。尽力天朝,位尊将相,三城立庙,军帅乞灵则祠之"。昔日突厥于此祭神而入侵,如今唐军祭祀张仁愿而乞佑。李华著《韩国公张仁愿庙碑铭》颂扬其功德,其铭曰:

> 赫尔韩公,司武有经。受命北伐,渠魁就刑。敢或不顺,鼓行风霆。崇岱压卵,沧波灌萤。沈泉雷动,机发冥冥。功奋三城,人谣亿龄。谋出先后,构危于宁。张天之威,恢庙之灵,北狄顿颡,山戎来庭。万里寝柝,缘河罢扃。趋拜故祠,德谢惟馨。翔野何有,群山青青。感激遗风,徘徊涕零。吾谁与归,式荐斯铭。①

这实际上是一首热情洋溢的四言体诗,歌颂张仁愿筑三城却敌安边的辉煌功业。

唐后期失地难收,边防吃紧,人们更加怀念张仁愿这样却敌立功的名将。杜甫以张仁愿作比,批评诸将无能,其《诸将五首》之二云:

> 韩公本意筑三城,拟绝天骄拔汉旌。岂谓尽烦回纥马,翻然远救朔方兵。胡来不觉潼关隘,龙起犹闻晋水清。独使至尊忧社稷,诸君何以答升平。②

韩公即张仁愿,中宗景龙二年(708)拜相,封韩国公。张仁愿欲击灭回纥,故筑受降城;今诸将无能,却靠回纥立功。唐后期筑盐州城,出于德宗的决策,白居易歌颂其事,把此举与张仁愿筑受降城相比,肯定其重要意义。其《城盐州》:

> 城盐州,城盐州,城在五原原上头。蕃东节度钵阐布,忽见新城当要路。金乌飞传赞普闻,建牙传箭集群臣。君臣赪面有忧色,皆言勿谓唐无人。自筑盐州十余载,左衽毡裘不犯塞。昼牧牛羊夜捉生,长去新城百里外。诸边急警劳戍人,唯此一道无烟尘。灵夏潜安谁复辨,秦原暗通何处见。鄜州驿路好马来,长安药肆黄蓍贱。城盐州,

---

① 《全唐文》卷318,上海古籍出版社1990年版,第1427页。
② (唐)杜甫著,(清)仇兆鳌注:《杜诗详注》卷16,第1365页。

盐州未城天子忧。德宗按图自定计，非关将略与庙谋。吾闻高宗中宗世，北房猖狂最难制。韩公创筑受降城，三城鼎峙屯汉兵。东西亘绝数千里，耳冷不闻胡马声。如今边将非无策，心笑韩公筑城壁。相看养寇为身谋，各握强兵固恩泽。愿分今日边将恩，褒赠韩公封子孙。谁能将此盐州曲，翻作歌词闻至尊。①

诗题注云："美圣谟而诮边将也"，又云："贞元壬申岁，特诏城之。"德宗决策筑盐州城，在防御吐蕃中发挥了重要作用，白居易比之于张仁愿筑受降城。李益《拂云堆》云："汉将新从虏地来，旌旗半上拂云堆。单于每近沙场猎，南望阴山哭始回。"② 这位威震敌胆的"汉将"就是张仁愿，筑三受降城，令突厥畏威北撤。"南望"句用汉代侯应典故，汉元帝时匈奴请求罢边备，侯应言于元帝云："边长老言匈奴失阴山后，过之未尝不哭也。"③ 诗把张仁愿筑三受降城比作汉夺取阴山，使突厥失却了屏障。李益《从军夜次六胡北饮马磨剑石为祝殇辞》云："圣君破胡为六州，六州又尽为胡丘。韩公三城断胡路，汉甲百万屯边秋。乃分司空授朔土，拥以玉节临诸侯。"④ 许浑《吴门送振武李从事》用张仁愿的典故赞美振武军主帅，祝愿李某从军立功："胡马近秋侵紫塞，吴帆乘月下清江。嫖姚若许传书檄，坐筑三城看受降。"⑤ 皎然《从军行五首》其四云："飞将下天来，奇谋阃外裁。水心龙剑动，地肺雁山开。望气燕师锐，当锋虏阵摧。从今射雕骑，不敢过云堆。"⑥ 薛逢《狼烟》云："三道狼烟过碛来，受降城上探旗开。传声却报边无事，自是官军入抄回。"⑦ 秦韬玉《边将》云："剑光如电马如风，百捷长轻是掌中。无定河边蕃将死，受降城外虏尘空。"⑧ 受降城成为胜利的象征。

在诗人笔下受降城是边地的象征和将士们立功扬名的地方。张祜《塞下》云："箭插雕翎阔，弓盘鹊角轻。闲看行近远，西去受降城。"⑨ 聂夷

---

① （唐）白居易：《白居易集》卷3，第67—68页。
② （唐）李益著，范之麟注：《李益诗注》，上海古籍出版社1984年版，第101页。
③ 《汉书》卷94下《匈奴传》，中华书局1962年版，第3803页。
④ （唐）李益著，范之麟注：《李益诗注》，上海古籍出版社1984年版，第45页。
⑤ 《全唐诗》卷536，第6118页。
⑥ 《全唐诗》卷820，第9240页。
⑦ 《全唐诗》卷548，第6334页。
⑧ 《全唐诗》卷670，第7658页。
⑨ 《全唐诗》卷510，第5816页。此诗一作朱庆馀《塞下曲》，见《全唐诗》卷515，只有个别字稍异："万里去（一作事）长征，连年惯野营。入群来择马，抛伴去擒生。箭撚雕翎阔，弓盘鹊角轻。问看行近远，西过受降城。"

中《胡无人行》云："男儿徇大义，立节不沽名。腰间悬陆离，大歌胡无行。不读战国书，不览黄石经。醉卧咸阳楼，梦入受降城。"① 卿云《送人游塞》云："雪每先秋降，花尝近夏生。闲陪射雕将，应到受降城。"② 因为是边地的象征，受降城也成为征夫思妇相思离别的意象。黄滔《闺怨》云："妾家五岭南，君戍三城北。雁来虽有书，衡阳越不得。"③ 杜牧《题木兰庙》诗云："弯弓征战作男儿，梦里曾经与画眉。几度思归还把酒，拂云堆上祝明妃。"④ 祭奠王昭君，意在盼望早日回归。

北方边地环境恶劣，为了表达征人和思妇的悲伤，这种自然环境的艰苦在唐诗中被强调，因此"三城"在诗人笔下又是苦寒之地。李益《夜上受降城闻笛》云："回乐峰（当作烽）前沙似雪，受降城外月如霜。不知何处吹芦管，一夜征人尽望乡。"⑤ 李益《夜上西城听梁州曲二首》其一："行人夜上西城宿，听唱梁州双管逐。此时秋月满关山，何处关山无此曲。"⑥ "西城"即西受降城。其二云："鸿雁新从北地来，闻声一半却飞回。金河戍客肠应断，更在秋风百尺台。"⑦ "金河"即今金河水，流经西受降城以东，在今内蒙古黄河北岸乌梁素海以北。"百尺台"即回乐烽，诗以鸿雁渲染这里的荒凉，将士们驻守的受降城连大雁也不愿停住，战士们却终日守护着回乐烽。刘沧《边思》云："汉将边方背辘轳，受降城北是单于。黄河晚冻雪风急，野火远烧山木枯。偷号甲兵冲塞色，衔枚战马踏寒芜。蛾眉一没空留怨，青冢月明啼夜乌。"⑧ "单于"指单于大都护府，在受降城北，统领漠南突厥族所住地区府州的首府。遗址在今呼和浩特市和林格尔县土城子。唐代诗人写戍边将士的家国情怀，他们笔下的将士们总是既思报国，又心怀家乡亲人，是热血男儿，又儿女情长。李益《暮过回乐烽》云："烽火高飞百尺台，黄昏遥自碛西来。昔时征战回应乐，今日从军乐未回。"⑨ 回乐烽在西受降城附近，这座烽火台所以命名"回乐烽"，就是战胜敌人后快乐回乡的意思，诗人巧妙地用今昔对比，写如今唐军将士之从军乐。

---

① 《全唐诗》卷636，第7296页。
② 《全唐诗》卷825，第9295页。
③ 《全唐诗》卷704，第8095页。
④ （唐）杜牧：《樊川文集》卷4，上海古籍出版社1978年版，第80页。
⑤ （唐）李益著，范之麟注：《李益诗注》，上海古籍出版社1984年版，第124页。
⑥ 同上书，第107页。
⑦ 同上。
⑧ 《全唐诗》卷586，第6790页。
⑨ （唐）李益著，范之麟注：《李益诗注》，上海古籍出版社1984年版，第114页。

唐后期朔方军担负着西抗吐蕃和北抗回鹘侵扰之重任，其管下三受降城和丰安军（在今宁夏中卫西南）、定远城（今宁夏平罗南）合称"五城"，东西连为一线，牵制吐蕃对长安的威胁，阻止回鹘人南下。诗人感叹这一带无休止的战事。李益《五城道中》写沿途所见："五城鸣斥堠，三秦新召募。天寒白登道，塞浊阴山雾"；战士们"寝兴倦弓甲，勤役伤风露"，因此感叹"未知朔方道，何年罢兵赋"①。在朝廷专力中原战争之际，三受降城以北之边备日益废弛。代宗时回纥登里可汗率兵南下，"至三城北，见荒城无戍卒，州县尽为空垒"②。晚唐杜牧《游边》云："黄沙连海路无尘，边草长枯不见春。日暮拂云堆下过，马前逢着射雕人。"③便是当时景象的写照，"射雕人"用汉代李广的典故，代指回鹘游军，这一带成为回鹘人控制和自由出没的地区。

2. 回鹘道上之鸊鹈泉

鸊鹈泉是回鹘道上的一个湖泊，是参天可汗道的起点，连接着中原与北方草原地带的中转之地。贞观四年（630），北方草原民族奉太宗为"天可汗""天至尊"，请唐朝开通往长安的大道："生荒陋地，归身圣化，天至尊赐官爵，与为百姓，依唐若父母然。请于回纥、突厥部治大涂（途），号'参天至尊道'，世为唐臣。"太宗"诏碛南鸊鹈泉之阳置过邮六十八所，具群马、湩、肉待使客，岁纳貂皮为赋"④。即从鸊鹈泉往北开辟邮驿大道，世称"参天可汗道"。从上引贾耽《入四夷之路》之"中受降城入回鹘道"的记载可知，唐后期这条道上的鸊鹈泉仍是交通枢纽，是从中受降城赴回鹘牙帐两条路线的分叉处和交会点。除了贾耽的记载之外，《新唐书·回鹘传》写到唐使至黠戛斯阿热牙帐，也路经鸊鹈泉和回鹘牙帐：

> 阿热牙至回鹘牙所，橐它四十日行。使者道出天德右二百里许抵西受降城，北三百里许至鸊鹈泉，泉西北至回鹘牙千五百里许，而有东、西二道，泉之北，东道也。回鹘牙北六百里得仙娥河，河东北曰雪山，地多水泉。青山之东，有水曰剑河，偶艇以度，水悉东北流，经其国，合而北入于海。⑤

---

① （唐）李益著，范之麟注：《李益诗注》，上海古籍出版社1984年版，第41页。
② 《旧唐书》卷195《回纥传》，中华书局1975年版，第5202页。
③ （唐）杜牧：《樊川文集》，上海古籍出版社1978年版，第346页。
④ 《新唐书》卷217上《回鹘传上》，第6112页。
⑤ 《新唐书》卷217下《回鹘传下》，第6148页。

由于鸊鹈泉在唐与回鹘、黠戛斯交通道路上这种重要位置，故颇受诗人关注。鸊鹈泉在丰州西受降城北（今内蒙古河套西北部）。刘言史《赋蕃子牧马》诗："碛净山高见极边，孤烽引上一条烟。蕃落多晴尘扰扰，天军猎到鸊鹈泉。"① 李益边塞诗中多次写到鸊鹈泉。《再赴渭北使府留别》云："平戎七尺剑，封检一丸泥。截海取蒲类，跑泉饮鸊鹈。"② 两首诗以蒲类海和鸊鹈泉作为北方边地的代称。李益《暖川》云："胡风冻合鸊鹈泉，牧马千群逐暖川。塞外征行无尽日，年年移帐雪中天。"③ 写鸊鹈泉的严寒突出北方边地的环境之艰苦。《度破讷沙二首》其二云："破讷沙头雁正飞，鸊鹈泉上战初归。平明日出东南地，满碛寒光生铁衣。"④ "破讷沙"古称"破讷沙""普纳沙""库结沙"，今称"库布齐沙漠"，位于今内蒙古伊克昭盟杭锦旗、达拉特旗和准格尔旗地区。"库布齐"蒙古语意为"弓弦"，因其处于内蒙古黄河弯道下，东西长，像一根弓弦而得名。破讷沙与鸊鹈泉隔黄河相望，故在李益诗中对举。诗里鸊鹈泉是交战之地。宪宗元和初，回鹘曾以骑兵进犯，与镇武节度使在这一带交战，诗概括了这样的历史内容，赞颂边塞将士的英雄气概。鸊鹈泉又叫"胡儿饮马泉"，李益《过五原胡儿饮马泉》咏其地："绿杨著水草如烟，旧是胡儿饮马泉。几处吹笳明月夜，何人倚剑白云天。从来冻合关山路，今日分流汉使前。莫遣行人照容鬓，恐惊憔悴入新年。"⑤ 作者自注："鸊鹈泉在丰州城北，胡人饮马于此。""分流"写出鸊鹈泉地处两路线交叉处，"汉使"说明此乃唐人奉使入回鹘之要道。

3. 唐与回纥（回鹘）通使之路

唐与回鹘使节往来不断，双方使节一般情况下都要经此道往来，唐诗中反映了双方往来的盛况。回鹘汗国名义上是唐朝设置的瀚海都督府，由唐管辖，回鹘可汗任都督，汗国为唐朝属国。回鹘历代可汗受唐册封，唐朝的册封对汗国人心的稳定起了重要作用。回鹘可汗去世，唐使前往吊唁；新可汗继位，要经唐朝廷册封；唐公主入回鹘和亲，唐和亲使节入回鹘，皆经回鹘道。从长安至受降城主要有两条道路，一是灵州道，二是太原道。

唐代灵州有时称灵武郡，治所在今宁夏灵武西南十里，中古时北方民

---

① 《全唐诗》卷468，第5327页。
② （唐）李益著，范之麟注：《李益诗注》，上海古籍出版社1984年版，第83页。
③ 同上书，第108页。
④ 同上书，第101页。
⑤ 同上书，第78—79页。

族入侵，中国中原政权出兵，都以此为通道。开元时边疆置九节度，朔方军节度使驻节灵武。"灵武朔方军既当西北交通孔道，华夷走集枢纽，其去国都又最近，且无大河之限，高山之阻，故此州军在对外交通上尤形重要。""安史乱后，灵武更见为唐与回纥（回鹘）交通转输中心。诚以其地最近长安，且当中国北通塞上诸国之孔道也。"① 唐后期由于秦、兰、原、会诸州地陷吐蕃，经过青海、陇右、河西通西域的道路皆遭阻绝，与西域、中亚诸国使节往还、商旅贩贸，多经灵州进出。因此灵州不仅为北通回纥（回鹘）之要道，也是交通西域与中亚各国的要道。从长安通往灵州主要有三条路线：一是从长安出发，经邠州、宁州、庆州至灵州；二是从长安出发，经邠州、泾州、原州至灵州；三是从长安出发，经邠州、宁州、庆州、盐州至灵州。从灵州向西、北两个方向有多条道路通向北方和西北方域外民族。向西通凉州，可经河西走廊赴西域。"由灵州西渡黄河，盖越贺兰山南间，经沙碛，凡九百里至凉州。"向北到丰州、西受降城、天德军道及西城，出高阙至回纥（回鹘）、黠戛斯道。向北微东循黄河而下至天德军为一道，取西受降城路及取丰州路皆约一千一百里。从灵州至西受降城或中受降城，入"参天可汗道"或"回鹘道"。向北至碛南弥娥川水一千里，此道出贺兰山隘道向北行，也是通塞北诸部之孔道。

　　唐与回纥（回鹘）交通的另一条重要道路是太原道。从长安至太原的驿道，严耕望做了详细考证："此道大略取渭水北岸东经同州（今大荔），由蒲津渡河至蒲州（今永济），再东北循涑水河谷而上，至绛州（今新绛）。又由同州有支线东北行至龙门，渡河，循汾水而上亦至绛州。又有支线由蒲州沿河东岸北行至龙门，接龙门、绛州道。绛州又循汾水河谷北上，经晋州（今临汾），至太原府（今晋源）。"② 这条道路就是当年李渊从太原起兵攻入长安的逆向行军路线。唐与回纥的交通本来主要利用灵州道和太原道，安史之乱后灵州道受到吐蕃的威胁，经太原至回鹘的道路得到更多的利用。严耕望先生论述这一变化云：

　　　　唐代北方长期强邻为回纥。回纥旧都在娑陵水上，其水即今外蒙古北境之色楞格河。其后，牙帐南徙于乌德健山与昆河之间，在今和林之北偏西盖不到五十哩，鄂尔浑河左岸之黑城子。其至唐之主道

---

① 严耕望：《唐代交通图考》第一卷"京都关内区"，上海古籍出版社 2007 年版，第175页。
② 同上书，第91页。

系由该城东南行凡一千五百里至鹈鹕泉，又南入高阙凡三百里至西受降城，其地在北河（今黄河故道即五加河）西岸。由此直南取灵州道至长安约二千一二百里；由此东循黄河取单于都护府（后置振武军，今归绥城西南三四十里），又东南入雁门关经太原府至长安，约三千里。雁门、太原道虽迂远，然太原以南途程平坦，经济繁荣，其北亦颇富庶，故沿途供应较易；灵州道虽较径捷，然灵州以南有横山山脉之阻，途程艰险且人烟稀少，其北更属沙漠地带，故沿途供应困难。是以唐代前期，两道行程各有优劣。及安史乱后，吐蕃强盛，侵据原州（今固原），屡扰盐、夏（横山山脉北麓），北侵西城，致西城、灵州南至长安之道不能畅通；故唐与回纥之主要通道，惟存太原一线。凡使节往还、商贾行旅，莫不由之。……国疆东北部之河北三镇叛服不常，太行东麓之南北驿道交通亦时见阻隔。故唐代中叶以后，国都长安西北至回纥惟有太原一道，东北通幽州、妫州，亦往往取太原雁门道，是以太原府在北塞交通与军事支援方面之重要性更为增加。①

回鹘一直沿袭着太宗时的传统，奉唐天子为"天可汗"，故其新君要经唐朝册封，唐与回鹘间的使节往来不绝于途，唐诗反映了唐与回纥间交通和交往的兴盛状况。权德舆《送张阁老中丞持节册吊回鹘》云：

旌旆翩翩拥汉官，君行常得远人欢。分职南台知礼重，辍书东观见才难。金章玉节鸣驺远，白草黄云出塞寒。欲散别离唯有醉，暂烦宾从驻征鞍。②

旧可汗的去世和新可汗的继立是同时的，因此册立使和吊祭使由同一个官员兼任，是同一次使命往来，故称"吊祭册立使"。③ 又如周繇《送入蕃使》云：

猎猎旗幡过大荒，敕书犹带御烟香。滹沱河冻军回探，逻迤孤城

---

① 严耕望：《唐代交通图考》第五卷"河东河北区"，第1335—1336页。
② 《全唐诗》卷323，第3630页。
③ 《旧唐书》卷195《回纥传》："长庆元年，毗伽保义可汗薨，辍朝三日，仍令诸司三品已上就鸿胪寺吊其使者。四月，正衙册回鹘君长为登罗羽录没密施句主录毗伽可汗，以少府监裴通为检校左散骑常侍、兼御史大夫，持节册立、兼吊祭使。"太和七年，回鹘可汗李义节死，朝廷以唐弘实为"持节入回鹘吊祭册立使"。

雁著行。远寨风狂移帐幕，平沙日晚卧牛羊。早终册礼朝天阙，莫遣虬髭染塞霜。"①

又如朱庆馀《送于中丞入蕃册立》云："上马生边思，戎装别众僚。双旌衔命重，空碛去程遥。迥没沙中树，孤飞雪外雕。蕃庭过册礼，几日却回朝。"② 诗中的"册礼"即册封之礼。于中丞即于人文，敬宗宝历元年三月，朝廷遣其出使回鹘，"册回鹘曷萨特勒为爱登里罗汨没密于合毗伽昭礼可汗"③。又如贾岛《送于中丞使回纥册立》："君立天骄发使车，册文字字著金书。渐通（一作过）青冢乡山尽，欲达皇情译语初。调角寒城边色动，下霜秋碛雁行疏。旌旗来往几多日，应向途中见岁除。"④ 贾岛的时代，回纥已改名回鹘，诗题仍用其旧称。回鹘可汗去世，唐朝遣使吊唁。顾非熊《送于中丞入回鹘》云："风沙万里行，边色看双旌。去展中华礼，将安外国情。朝衣惊异俗，牙帐见新正。料得归来路，春深草未生。"⑤ 雍陶《送于中丞使北蕃》云："朔将引双旌，山遥碛雪平。经年通国信，计日得蕃情。野次依泉宿，沙中望火行。远雕秋有力，寒马夜无声。看猎临胡帐，思乡见汉城。来春拥边骑，新草满归程。"⑥ 这两首诗与朱庆馀、贾岛的诗所送为同一使节，于人文肩负着双重使命，所以既说"将安外国情"，又说"牙帐见新正"。

唐与回鹘存在和亲关系，因公主入蕃造成的使节往来也很频繁。杨巨源《送殷员外使北蕃》云："二轩将雨露，万里入烟沙。和气生中国，薰风属外家。"⑦ 北蕃即回鹘，因为唐公主下嫁回鹘，故唐人自称"外家"。殷员外这次出使应当与和亲公主有关。又如杨巨源诗《和吕舍人喜张员外自北番回至境上，先寄二十韵》云：

割爱天文动，敦和国步安。仙姿归旧好，戎意结新欢。并命瞻鹓鹭，同心揖蕙兰。玉箫临祖帐，金榜引征鞍。广陌双旌去，平沙万里看。海云侵鬓起，边月向眉残。突兀阴山迥，苍茫朔野宽。毳庐同甲

---

① 《全唐诗》卷635，第7292页。
② 《全唐诗》卷514，第5866—5867页。
③ 《资治通鉴》卷243，宝历元年三月，第7843页。
④ （唐）贾岛著，李嘉言校：《长江集新校》卷9，上海古籍出版社1983年版，第108页。
⑤ 《全唐诗》卷509，第5787—5788页。
⑥ 《全唐诗》卷518，第5917—5918页。
⑦ 《全唐诗》卷333，第3719页。

帐，韦橐比雕盘。义著亲胡俗，仪全识汉官。地邻冰鼠净，天映烛龙寒。节异苏卿执，弦殊蔡女弹。碛分黄渺渺，塞极黑漫漫。欢味膻腥列，征声未僚攒。归期先雁候，登路剧鹏抟。上客离心远，西宫草诏殚。丽词传锦绮，珍价掩琅玕。百两开戎垒，千蹄入御栏。瑞光麟阁上，喜气凤城端。尚德曾辞剑，柔凶本舞干。茫茫斗星北，威服古来难。①

张员外即张荐，吕舍人即吕渭。《旧唐书·张荐传》记载，贞元四年，与回纥和亲，以关播充使，张荐为判官。当张荐从回纥回至境上，吕渭寄之以诗，杨巨源和之。②"割爱""敦和"意即以公主和亲，诗强调了与回鹘以和为贵，反对以武威征服敌人的思想。张荐从北番归朝，他的使命就是送公主至回鹘和亲。

唐与回鹘不断发生战争，但战争之后便是议和，唐朝派遣入回鹘议和的使节称"和蕃使"。朱庆馀《送李侍御入蕃》云："远使随双节，新官属外台。戎装非好武，书记本多才。移帐依泉宿，迎人带雪来。心知玉关道，稀见一花开。"③李某以侍御身份入蕃，当为议和而往。赵嘏《平戎》诗云："边声一夜殷秋鼙，牙帐连烽拥万蹄。武帝未能忘塞北，董生才足使胶西。冰横晓渡胡兵合，雪满穷沙汉骑迷。自古平戎有良策，将军不用倚云梯。"④ 此诗题注云："时谏官谕北虏未回，天德军帅请修城备之。"可知当时朝廷已经派"谏官"赴回鹘议和，但不知道是否成功，所以天德军统帅上书朝廷，修城备战。当朝廷官员奉命远赴异域议和时，同僚朋友则写诗送行。马戴《送和北虏使》云：

  路始阴山北，迢迢雨雪天。长城人过少，沙碛马难前。日入流沙际，阴生瀚海边。刀镮向月动，旌纛冒霜悬。逐兽孤围合，交兵一箭传。穹庐移斥候，烽火绝祁连。汉将行持节，胡儿坐控弦。明妃的回面，南送使君旋。⑤

诗同情使臣道途的艰辛，在唐回战事一触即发之际，诗人希望通过他的出

---

① 《全唐诗》卷333，第3734页。
② 参见傅璇琮主编《唐五代文学编年史》，辽海出版社1998年版，第448—449页。
③ 《全唐诗》卷514，第5869—5870页。
④ 《全唐诗》卷549，第6350页。
⑤ 《全唐诗》卷556，第6449页。

使而息刀兵，盼望他成功出使顺利回朝。又如孙頠《送薛大夫和蕃》："亚相独推贤，乘轺向远边。一心倾汉日，万里望胡天。忠信皇恩重，要荒圣德传。戎人方屈膝，塞月复婵娟。别思流莺晚，归朝候雁先。当书外垣传，回奏赤墀前。"① 无名氏《送薛大夫和蕃》："戎王归汉命，魏绛谕皇恩。旌旆辞双阙，风沙上五原。往途遵塞道，出祖耀都门。策令天文盛，宣威使者尊。澄波看四海，入贡仳诸蕃。秋杪迎回骑，无劳枉梦魂。"② 都希望通过"和蕃"之举保持和平局面友好相处。这些入回纥的使节有的经过灵州道，有的经过太原道。在出使回鹘的道路上唐朝使节有时留下足迹。李益有《临滹沱见入蕃使列名》："漠南春色到滹沱，碧柳青青塞马多。万里关山今不闭，汉家频许郅支和。"③ 这可能是诗人在滹沱河岸边石上或崖壁上看到的铭刻，是出使回鹘的使节的名录，引起他的感慨。这首诗描写的"入蕃使列名"正是唐与回鹘交通利用太原道的见证。

回鹘使节入唐也见于唐诗的吟咏。王卓《观北番谒庙》云："肃肃层城里，巍巍祖庙清。圣恩覃布濩，异域献精诚。冠盖分行列，戎夷变姓名。礼终齐百拜，心洁尽忠贞。瑞气千重色，箫韶九奏声。仗移迎日转，旆动逐风轻。休运威仪盛，丰年俎豆盈。不堪惭颂德，空此望簪缨。"④ 回鹘娶唐朝公主，自认为唐朝的女婿，当其入唐时回鹘可汗以女婿身份谒庙。因此诗中写到的"戎夷"当包括回鹘使臣。

4. 公主和亲之路

唐与回纥和亲开始于安史之乱中。为了平叛，唐朝向北方草原民族政权借兵，派人出使回纥，要求和亲，"以修好征兵"。回纥怀仁可汗有心助唐平乱，把女儿嫁给李承寀，又遣使入唐求娶唐公主，建立起和亲关系。可汗率兵与唐军元帅郭子仪共破叛军中同罗等部。第二年二月，可汗又派太子叶护和将军帝德等人率兵四千助唐平乱。回纥两度派兵助战，唐朝多次将公主嫁回纥可汗和亲，"参天可汗道"成为和亲之路。

嫁入回纥见于唐诗的首先是崇徽公主。崇徽公主是唐朝名将仆固怀恩之幼女，为了得到回纥助唐平叛，她的两个姐姐已经先后远嫁回纥。其中

---

① 《全唐诗》卷779，第8814页。
② 《全唐诗》卷787，第8875页。
③ 令狐楚编：《御览诗》，《唐人选唐诗十种》，上海古籍出版社1978年版，第242页。
④ 《全唐诗》卷781，第8830页。按：此诗又见沈亚之《沈下贤集》，题作《西蕃请谒庙》，西蕃指吐蕃，北番指回鹘。但从诗意来看，"冠盖分行列，戎夷变姓名"，谒庙者实包括北番和西蕃。吐蕃自从文成公主和金城公主入嫁后，与唐朝为甥舅之亲，奉使入唐者有拜祖庙之礼。唐后期与回鹘和亲，回鹘之使也应有此礼。

一位嫁给牟羽可汗（后称登里可汗）移地健，大历三年（768）病故，移地健指名续娶仆固怀恩的女儿为妻，代宗便将怀恩幼女封为"崇徽公主"，第二年嫁与登里可汗。崇徽公主与移地健生有一女，称"少可敦叶公主"或"叶公主"。崇徽公主经太原道入回鹘，唐诗中提供了证据。雍陶《阴地关见入蕃公主石上手迹》诗云：

　　汉家公主昔和蕃，石上今余手迹存。风雨几年侵不灭，分明纤指印苔痕。①

此公主即崇徽公主，晚唐时李山甫有《阴地关崇徽公主手迹》诗：

　　一拓纤痕更不收，翠微苍藓几经秋。谁陈帝子和番策，我是男儿为国羞。寒雨洗来香已尽，澹烟笼著恨长留。可怜汾水知人意，旁与吞声未忍休。②

据此可知，崇徽公主入回纥曾途经阴地关。阴地关在长安至太原的驿道上，山西省灵石县西南五十里。因冷泉关在其北，故俗称阴地关为南关。李山甫还有《代崇徽公主意》诗："金钗坠地鬓堆云，自别朝（一作昭）阳帝岂闻。遣妾一身安社稷，不知何处用将军。"③ 其用意仍在于借此批评朝廷无能。宋人欧阳修有《唐崇徽公主手痕和韩内翰》诗："故乡飞鸟尚啁啾，何况悲笳出塞愁。青冢埋魂知不返，翠崖遗迹为谁留。玉颜自古为身累，肉食何人为国谋。行路至今空叹息，岩花野草自春秋。"④ 北宋对外软弱，屈辱事敌，上层统治集团以权谋私，不恤国事，欧阳修借古讽今，用意与李山甫诗同。

其次是咸安公主。咸安公主是德宗第八女，即燕国襄穆公主，始封咸安公主。贞元三年（787）九月十三日，回纥武义成功可汗派将军合阙献方物，请和亲。德宗让合阙在麟德殿见咸安，把咸安画像赐予可汗。第二年十月十四日，回纥派宰相、公主率庞大使团纳聘迎亲，德宗于延喜门接见。可汗上书甚恭。⑤ 二十六日，德宗下诏按亲王标准置咸安公主府，册

---

① 《全唐诗》卷518，第5926页。
② 《全唐诗》卷643，第7368页。
③ 同上书，第7374页。
④ （宋）欧阳修：《欧阳修全集》，中国书店1986年版，第94页。
⑤ 《新唐书》卷217上《回鹘传上》，第6124页。

命可汗为汩咄禄长寿天亲毗伽可汗，公主为智惠端正长寿孝顺可敦。十一月，任命李湛然为婚礼使，关播、赵憬等持节护送咸安公主入蕃。德宗赋诗相送，其诗不传。贞元五年（789）七月，咸安公主至回纥牙帐。天亲可汗死，其子忠贞可汗立；忠贞可汗死，其子奉诚可汗立；奉诚可汗死，回纥人立宰相为怀相可汗，按照传统咸安依次嫁与这四个可汗。咸安公主在回纥二十一年，宪宗元和三年（808）卒，回鹘遣使告哀，宪宗废朝三日，追封为燕国大长公主。① 按说德宗曾赋诗送行，群臣亦应奉和，但这些诗都没有留传下来，唐诗中咏及咸安和亲的只有一首，即孙叔向《送咸安公主》诗：

> 卤簿迟迟出国门，汉家公主嫁乌孙。玉颜便向穹庐去，卫霍空承明主恩。②

诗讽刺将军无能而以公主和亲安国，显然不是朝廷送行时所写的诗，当是目睹咸安出嫁时的场面有感而发。咸安公主去世的消息传至唐廷，白居易奉命代宪宗撰写了《祭咸安公主文》，祭文以诗一般的语言赞美咸安公主和她的和亲之举：

> 柔明立性，温惠保身，静修德容，动中规度。组紃之训，既习于公宫；汤沐之封，遂开于国邑。及礼从出降，义重和亲；承渥泽于三朝，播芳猷于九姓。远修好信，既申洽比之姻；殊俗保和，实赖肃雍之德。方凭福履，以茂辉荣；宜降永年，遽归长夜。悲深讣告，宠极哀荣。爰命使臣，往申奠礼。故乡不返，乌孙之曲空传；归路虽遥，青冢之魂可复。远陈薄酹，庶鉴悲怀。③

可以看作一首颂扬咸安公主的诗篇。

与回鹘最后一次和亲的真公主是太和公主。太和公主，宪宗第十女，从回鹘归国后晋封"定安大长公主"。长庆元年（821），穆宗许以亲妹永安公主嫁回鹘可汗。可汗死，永安公主出家为道士。同年，回鹘崇德可汗派都督、都渠、叶护、公主等两千多人入唐迎婚，穆宗将太和公主册为

---

① 《新唐书》卷83《诸帝公主传》，第3665页。
② 《全唐诗》卷472，第5358页。
③ （唐）白居易：《白居易集》卷57，第1211—1212页。

"仁孝端丽明智上寿可敦"嫁之。太和公主出嫁的礼仪空前隆重,穆宗亲送至通化门,文武官员在章敬寺前送别,长安城百姓倾城出动。唐诗中有三首写送太和公主和亲的作品。杨巨源《送太和公主和蕃》云:"北路古来难,年光独认寒。朔云侵鬓起,边月向眉残。芦井寻沙到,花门度碛看。薰风一万里,来处是长安。"① 花门即回鹘。王建《太和公主和蕃》云:"塞黑云黄欲渡河,风沙眯眼雪相和。琵琶泪湿行声小,断得人肠不在多。"② 张籍《送和蕃公主》:"塞上如今无战尘,汉家公主出和亲。邑司犹属宗卿寺,册号还同房帐人。九姓旗幡先引路,一生衣服尽随身。毡城南望无回日,空见沙蓬水柳春。"③ 这三首诗皆太和公主之作,主要写赴回鹘一路上环境的恶劣,想象公主心境的悲伤。

太和公主的经历十分坎坷,反映了唐朝与回鹘的复杂关系和回鹘后期的命运。她经灵关道入回鹘,吐蕃发兵侵扰,被盐州唐军击退。回鹘派一万骑兵出北庭,一万骑兵出安西,抗拒吐蕃侵扰。唐朝发兵三千赴蔚州(今河北省蔚县)护送,回鹘派760人将驼马及车至黄芦泉迎候。公主到达回鹘牙帐,崇德可汗以隆重的礼仪迎接公主。数日后唐使胡证等人返国,公主在帐中宴送,痛哭失声,流连眷慕。"证等将归,可敦宴之帐中,留连号啼者竟日。"④ 太和公主自长庆元年(821)远嫁回鹘,先后嫁给三位可汗为可敦。

唐朝与回鹘的关系和贸易由于公主和亲而重新活跃,但好景不长。回鹘连年饥荒、瘟疫流行,各派势力争权夺位,矛盾激化,四分五裂,局势动荡。长庆四年(824),崇德可汗死,其弟昭礼可汗立。太和六年(832),昭礼可汗被部下杀死,其侄彰信可汗立。开成四年(839),回鹘宰相掘罗勿荐公招引沙陀突厥进攻彰信可汗,可汗兵败自杀,掘罗勿荐公自立为可汗。开成五年(840),回鹘将军名末录贺引黠戛斯十万兵马进攻回鹘,杀掘罗勿荐公。开成六年,昭礼可汗之弟乌介自立为可汗,率残余部落南迁至唐朝边境错子山。在回鹘与黠戛斯的冲突中,太和公主为黠戛斯军所俘。黠戛斯人欲结好唐朝,送公主归唐。乌介可汗抢回太和公主,以太和公主名义表请唐朝册封。唐朝遣使前往乌介驻地慰问,"许借米三万石",并封其为可汗。乌介继续借粮借兵,要求唐朝助其复国。唐朝不能完全满足其要求,乌介遂挟持公主南下,侵掠大同、马县、天德、振武

---

① 《全唐诗》卷333,第3740页。
② (唐)王建著,王宗堂校注:《王建诗集校注》卷9,第528页。
③ (唐)张籍著,徐礼节、余恕诚校注:《张籍集系年校注》卷4,第503页。
④ 《旧唐书》卷195《回纥传》,第5213页。

等地。乌介的侵扰给边地百姓造成极大灾难,晚唐诗人杜牧《早雁》诗反映了这一史实:

> 金河秋半虏弦开,云外惊飞四散哀。仙掌月明孤影过,长门灯暗数声来。须知胡骑纷纷在,岂逐春风一一回?莫厌潇湘少人处,水乡菰米岸莓苔。①

武宗会昌二年八月,乌介率兵南侵,边民纷纷向南方逃亡。杜牧时任黄州刺史,感时伤世,写下此诗。诗采用比兴象征手法,借写雁反映时事,写流离失所的百姓的痛苦。

会昌三年(843),唐朝河东节度使刘沔率兵突袭乌介可汗驻地,乌介仓皇逃命,未及带上太和公主。丰州刺史石雄途中遇太和公主帐幕,"因迎归国"。乌介为部下所杀,回鹘汗国亡国。太和公主被唐军护送回太原,当年三月公主回到长安。公主在回鹘生活了22年,返回长安后不久去世。唐军战胜乌介,平安迎回太和公主,是一件可喜可贺之事,当时诗人写了不少歌咏其事的诗,把太和公主还朝比作蔡文姬归国。迎回公主的石雄将军又是一位画家,护送公主回长安的途中曾绘有《射鹭鸶图》在长安出示,白居易大加赞赏,他把石雄的武功和太和公主还朝两件事一起咏叹,《河阳石尚书破回鹘迎贵主过上党射鹭鸶绘画为图猥蒙见示称叹不足以诗美之》诗云:

> 塞北虏郊随手破,山东贼垒掉鞭收。乌孙公主归秦地,白马将军入潞州。剑拔青鳞蛇尾活,弦抨赤羽火星流。须知鸟目犹难漏,纵有天狼岂足忧。画角三声刁斗晓,清商一部管弦秋。他时麟阁图勋业,更合何人居上头。②

潞州即上党,从太原经潞州、河阳可至洛阳,太和公主是从这条路回长安的。又如许浑《破北虏太和公主归宫阙》云:"毳幕承秋极断蓬,飘飘一剑黑山空。匈奴北走荒秦垒,贵主西还盛汉宫。定是庙谟倾种落,必知边寇畏骁雄。恩沾残类从归去,莫使华人杂犬戎。"③诗把破回鹘和迎回公主

---

① (唐)杜牧:《樊川文集》卷3,上海古籍出版社1978年版,第57页。
② (唐)白居易:《白居易集》卷37,第854—855页。
③ 《全唐诗》卷535,第6103页。

的胜利归功于武宗的决策和唐军将领的骁雄。刘得仁《马上别单于刘评事》诗:"庙谋宏远人难测,公主生还帝感深。天下底平须共喜,一时闲事莫惊心。"① 题注:"时太和公主还京,评事罢举起职。""单于评事"即在单于都护府任从事,其朝衔是大理评事。刘某放弃长安应举,将赴北方边地任职,诗人写此诗送行。诗把迎回太和公主一事视为天下恢复太平的象征,当时惊心动魄的斗争被诗人视为"一时闲事",意谓对强大的唐朝来说,此乃等闲之事。张祜《投河阳右仆射》诗云:"黠虏构搀抢(应作'欃枪'或'搀枪'),将军首出征。万人旗下泣,一马阵前行。对敌枭心死,冲围虎力生。雪霜齐擐甲,风雨骤扬兵。指点看鞭势,喧呼认箭声。狂胡追过碛,贵主夺还京。黑夜星华朗,黄昏火号明。无非刀笔吏,独传说时英。"② 诗颂扬迎回公主的石雄将军。顾非熊《武宗挽歌词二首》其一:"睿略皇威远,英风帝业开。竹林方受位,薤露忽兴哀。静塞妖星落,和戎贵主回。龙髯不可附,空见望仙台。"③ 他把迎回太和公主作为武宗的功绩之一加以颂扬。也有的诗人对公主的坎坷身世表示同情。李频《太和公主还宫》云:"天骄发使犯边尘,汉将推功遂夺亲。离乱应无初去貌,死生难有却回身。禁花半老曾攀树,宫女多非旧识人。重上凤楼追故事,几多愁思向青春。"④ 李敬方《太和公主还宫》云:"二纪烟尘外,凄凉转战归。胡笳悲蔡琰,汉使泣明妃。金殿更戎幄,青袪换氀衣。登车随伴仗,谒庙入中闱。汤沐疏封在,关山故梦非。笑看鸿北向,休咏鹊南飞。宫髻怜新样,庭柯想旧围。生还侍儿少,熟识内家稀。凤去楼扃夜,鸾孤匣掩辉。应怜禁园柳,相见倍依依。"⑤ 昔日的"参天可汗道",后来的"入回鹘道",承载了唐公主多少辛酸和痛苦,承载了唐朝多少光荣和屈辱!

唐代诗人对公主和亲的认识和态度是不同的。从总的倾向看,唐前期在国家强盛时与周边民族的和亲促进了双方友好关系,诗人虽然也同情公主远离国家远赴异域的遭遇,但对她们和亲的意义持肯定的态度。如中宗时金城公主和亲吐蕃,朝廷大臣奉和之作。安史之乱后的和亲,是作为争取对方军事援助的条件出嫁的,因此诗人们有屈辱之感,因此大多持否定态度。他们认为安定国家,朝廷不应该以此作为国策,而应该任用良将战

---

① 《全唐诗》卷545,第6304页。
② 陈尚君辑校:《全唐诗补编》,中华书局1992年版,第192页。
③ 《全唐诗》卷509,第5788页。
④ 《全唐诗》卷587,第6809页。
⑤ 《全唐诗》卷508,第5776页。

胜敌人。杜甫《喜闻盗贼蕃寇总退口号五首》其二："赞普多教使入秦，数通和好止烟尘。朝廷忽用哥舒将，杀伐虚悲公主亲。"① 大历二年（767）冬，吐蕃被唐军击退。杜甫认为要避免战争，获得边境安定，需要朝廷的英明决策。当年玄宗任命哥舒翰为将，导致唐蕃间战争连绵不断，葬送了唐与吐蕃和亲的一切成果，公主悲伤远嫁实在是徒劳。《柳司马至》云："有使归三峡，相过问两京。函关犹出将，渭水更屯兵。设备邯郸道，和亲逻些城。幽燕唯鸟去，商洛少人行。衰谢身何补，萧条病转婴。霜天到宫阙，恋主寸心明。"② 逻些即今拉萨，安史之乱后唐朝无与吐蕃和亲之事，此以文成公主、金城公主和亲吐蕃代指与回鹘的和亲。当时杜甫在三峡，从出使到长安归来的柳司马那里了解北方的信息，把和亲回鹘视为令人伤心的事之一。陈陶《水调词十首》其八云："瀚海长征古别离，华山归马是何时。仍闻万乘尊犹屈，装束千娇嫁郅支。"③ 郅支是汉代北匈奴单于，这里也代指回鹘。戴叔伦《塞上曲二首》其一："军门频纳受降书，一剑横行万里余。汉祖谩夸娄敬策，却将公主嫁单于。"④ 此诗以汉代唐，讽刺唐朝和亲的失策。鲍溶《述德上太原严尚书绶》云：

帝命河岳神，降灵翼轩辕。天王委管籥，开闭秦北门。顶戴日月光，口宣雨露言。甲马不及汗，天骄自亡魂。清冢入内地，黄河穷本源。风云寝气象，鸟兽翔旗幡。军人歌无胡，长剑倚昆仑。终古鞭血地，到今耕稼繁。樵客天一畔，何由拜旌轩。愿请执御臣，为公动朱轓。岂令群荒外，尚有辜帝恩。愿陈田舍歌，暂息四座喧。条桑去附枝，薙草绝本根。可惜汉公主，哀哀嫁乌孙。⑤

末二句以汉代唐，以乌孙代回鹘，诗人向镇守太原的将军陈情，希望他想到唐朝公主远嫁回鹘，用心戍守，令敌人丧胆。项斯《长安退将》云："塞晚冲沙损眼明，归来养病住秦京。上高楼阁看星坐，著白衣裳把剑行。常说老身思斗将，最悲无力制蕃营。翠眉红脸和回鹘，惆怅中原不用兵。"⑥ 这位病退长安的老将军悲伤的不是个人身世，而是敌强我弱的局

---

① （唐）杜甫著，（清）仇兆鳌注：《杜诗详注》卷21，第1858页。
② 同上书，第1824页。
③ 《全唐诗》卷746，第8490页。
④ 《全唐诗》卷274，第3104页。
⑤ 《全唐诗》卷485，第5510—5511页。
⑥ 《全唐诗》卷554，第6424页。

面。眼看公主入回鹘和亲,朝廷无心用兵,令他伤心难过。还有的诗人借写公主之悲苦愁怨渲染和亲的失策。张籍《送和蕃公主》云:"塞上如今无战尘,汉家公主出和亲。邑司犹属宗卿寺,册号还同房帐人。九姓旗幡先引路,一生衣服尽随身。毡城南望无回日,空见沙蓬水柳春。"① 诗写入蕃公主生还无望,思念家乡。白居易《听李士良琵琶》云:"声似胡儿弹舌语,愁如塞月恨边云。闲人暂听犹眉敛,可使和蕃公主闻。"② 此诗写李士良琵琶乐曲感人,用入蕃公主心情映衬。一般人听了悲伤得已经难以忍受,如果让公主听到会更加不堪,意谓入蕃公主的痛苦更深。

(四) 唐朝与回鹘的绢马贸易

在唐朝平息安史之乱的过程中,回纥的军事援助发挥过重要作用,回纥精骑投入战场,令渔阳突骑遇到克星。这种援助不是无偿的。至德二载(757)九月,为了收复长安,肃宗听从郭子仪的建议,遣使到回纥求援。其时朝廷正值艰难之际,哪有财物来做酬谢,便采用了指鸡下蛋的办法,许诺打下长安、洛阳,两都金帛、子女任其抢掠,这是牺牲百姓骨肉财产以换取回纥的援助。长安收复,回纥兵就要入城抢掠,广平王李俶跪地相求,回纥勉强停止了行动。回纥同意了广平王的请求,并不是出于对唐朝的同情,而是因为唐朝有新的许诺,一是打下洛阳后,允许回纥大抢;二是"与中国婚姻,岁送马十万匹,酬以缣帛百余万匹"③。即用百余万匹缣帛交换回纥十万匹马,这不是贸易,而是以交换的名义给回纥的酬劳。及至打下洛阳,回纥进行了一番抢掠,洛阳百姓拿出上万匹罗锦送给回纥,回纥兵才停止行动。④ 宝应元年(762),回纥助唐收复史朝义占领的洛阳,唐朝又与回纥约定,取胜后每年向回纥收买数万至十万匹马,每匹马付绢四十匹。

安史之乱平息,唐朝与回鹘的"绢马贸易"没有停止。北方草原盛产良马,中原地区早已与之交易,先秦时齐国即以金易其马。《管子》有云:"阴山之马,具驾者千乘,马之平价万也;金之平价万也。"⑤ 对于马匹过盛的草原民族,马之倾销是其重要的经济来源。唐代与回纥的绢马贸易早在安史之乱前已经存在,回纥经常以大批马匹换取唐朝的丝绢,因此被称为"绢马贸易"。交易起初是于双方有利的经济活动,但安史之乱后的绢

---

① (唐)张籍著,徐礼节、余恕诚校注:《张籍集系年校注》卷4,第503页。
② (唐)白居易:《白居易集》卷16,第348页。
③ 《新唐书》卷51《食货志一》,第1348页。
④ 《资治通鉴》卷220,至德二载,第7044页。
⑤ 《管子》卷23《揆度》,《二十二子》,上海古籍出版社1986年版,第184页。

马贸易已经不是平等交易,后来更演变为敲诈。这种交换意味着唐朝以高价收购回鹘的马匹,而以低价售出自己的丝绸,输入回鹘的大量丝绸不抵回鹘的那些老弱病马的价钱,所以唐朝一直欠账,"回纥恃功,自乾元之后,屡遣使以马和市缯帛。仍岁来市,以马一匹易绢四十匹,动至数万马。其使候遣继留于鸿胪寺者非一,蕃得帛无厌,我得马无用。朝廷甚苦之";①"中国财力屈竭,岁负马价"。②建中元年(780),唐积欠马价绢达180万匹。③直到元和二年(807),唐才还清历年积欠,可是第二年回鹘又送来许多病弱马匹,以后每年一仍旧贯,唐朝不能如数支付马价绢,于是继续欠债,直到会昌二年(842)回鹘亡国。

回鹘人得到数额巨大的丝绢,从天山之北,经庭州(今新疆吉木萨尔)、弓月城(今新疆伊宁市东北)和碎叶城(今吉尔吉斯斯坦楚河州北部托克马克市附近)与中亚人进行贸易。回鹘人和粟特人来往于天山北道的草原路,大量丝绢西运至中亚和西亚。唐朝在这种绢马贸易中承担了巨大财政赤字,绢马贸易造成的沉重经济负担。陆贽上疏论事云:"国家自禄山构乱、河陇用兵以来,肃宗中兴,撤边备以靖中邦,借外威以宁内难,于是吐蕃乘衅,吞噬无厌;回纥矜功,凭陵亦甚。中国不遑振旅,四十余年。使伤耗遗甿,竭力蚕织,西输贿币,北偿马资,尚不足塞其烦言,满其骄志。"④对于回鹘求取无厌,汉地大量丝帛输入回鹘,诗人们感到痛心。杜甫《喜闻盗贼蕃寇总退口号五首》其四云:"勃律天西采玉河,坚昆碧碗最来多。旧随汉使千堆宝,少答胡王万匹罗。"⑤他希望朝廷能减少对回鹘的绢帛的输送。元稹《阴山道》云:

> 年年买马阴山道,马死阴山帛空耗。元和天子念女工,内出金银代酬犒。臣有一言昧死进,死生甘分答恩焘。费财为马不独生,耗帛伤工有他盗。臣闻平时七十万匹马,关中不省闻嘶噪。四十八监选龙媒,时贡天庭付良造。如今坰野十无一,尽在飞龙相践暴。万束刍茭供旦暮,千钟菽粟长牵漕。屯军郡国百余镇,缣缃岁奉春冬劳。税户逋逃例摊配,官司折纳仍贪冒。挑纹变缎力倍费,弃旧从新人所好。越縠缭绫织一端,十四素缣功未到。豪家富贾逾常制,令族清班无雅

---

① 《旧唐书》卷 195《回纥传》,第 5207 页。
② 《新唐书》卷 51《食货志一》,第 1348 页。
③ 《新唐书》卷 217 上《回鹘传上》,第 6122 页。
④ 《旧唐书》卷 139《陆贽传》,第 3806 页。
⑤ (唐)杜甫著,(清)仇兆鳌注:《杜诗详注》卷 21,第 1858 页。

操。从骑爱奴丝布衫,臂鹰小儿云锦韬。群臣利己要差僭,天子深衷空悯悼。绰立花砖鹓凤行,雨露恩波几时报。①

这首诗是元稹《和李校书新题乐府十二首》之一,李校书即李绅,其《阴山道》诗没有流传,应该和元诗同一题旨。横亘于今内蒙古自治区南境、东北接连内兴安岭的阴山山脉是中原地区与北方草原民族交往的必经之地,山间缺口自古为南北交通孔道。阴山通道早就被诗人吟咏,晋陆机《饮马长城窟行》诗有对阴山道的描写:"驱马陟阴山,山高马不前。往问阴山候,劲虏在燕然。戎车无停轨,旌旆屡徂迁。仰凭积雪岩,俯涉坚冰川。冬来秋未反,去家邈以绵。"② 唐王昌龄《出塞》诗之一云:"但使龙城飞将在,不教胡马度阴山。"③ 陟阴山、度阴山,都是经阴山道。"阴山道"一词盛唐诗中已经出现。崔禹锡《奉和圣制送张说巡边》诗写张说巡行之途:"叱咤阴山道,澄清瀚海阳。"④ 阴山道是通向草原之路的道路,回鹘驱马入唐和满载唐朝绢帛回国要经阴山道。因此李绅咏及唐与回鹘的绢马贸易的诗题名《阴山道》,元稹和之。诗开头两句痛斥荒唐的绢马贸易,用一"空"字强调唐朝的得不偿失。诗重在写百姓织帛的辛劳,统治者消费和糟蹋劳动人民的血汗。白居易《阴山道》表达了同一主旨:

阴山道,阴山道,纥逻敦肥水泉好。每至戎人送马时,道旁千里无纤草。草尽泉枯马病羸,飞龙但印骨与皮。五十匹缣易一匹,缣去马来无了日。养无所用去非宜,每岁死伤十六七。缣丝不足女工苦,疏织短截充匹数。藕丝蛛网三丈余,回纥诉称无用处。咸安公主号可敦,远为可汗频奏论。元和二年下新敕,内出金帛酬马直。仍诏江淮马价缣,从此不令疏短织。合罗将军呼万岁,捧授金银与缣彩。谁知黠虏启贪心,明年马多来一倍。缣渐好,马渐多,阴山虏,奈尔何。⑤

此诗题注云:"疾贪虏也。"更侧重写回鹘的贪得无厌和唐朝的巨大损失以

---

① (唐)元稹:《元稹集》卷24,第290—291页。
② (晋)陆机著,刘运好校注整理:《陆士龙文集校注》卷6,凤凰出版社2007年版,第526页。
③ (唐)王昌龄著,胡问涛、罗琴校注:《王昌龄集编年校注》卷1,巴蜀书社2000年版,第20页。
④ 《全唐诗》卷111,第1137页。
⑤ (唐)白居易:《白居易集》卷4,第81页。

及双方交往中的尔虞我诈行为。这些诗既表达了对回鹘欲壑难平的愤恨，表达了对国家损失的痛心，也表达了对朝廷软弱和失策的不满。元白诗具有重要史料价值。陈寅恪注意到唐史与元白诗中唐朝输回纥之马价丝织品数量和品种有不同，白居易诗云："五十匹缣易一匹"，《旧唐书》则云"以马一匹易绢四十匹"。缣之为丝织品，其质不及绢之精美，因此推测可能马一匹值绢四十匹，值缣五十匹。白居易所草与回鹘可汗书中"印纳马都二万匹，都计马价绢五十万匹"，则每匹马只换到二十五匹绢，与《旧唐书》所言一匹马四十匹绢不合。推测"回鹘每以多马贱价倾售，唐室则减其马数而依定值付价"。陈先生又据白居易诗的描写，说明双方在交易中都存在欺诈行为，"唐制丝织品之法定标准为阔一尺八寸，长四丈，而付回鹘马价者，仅长三丈余，此即所谓'短截'也。其品质之好恶，应以官颁之样为式，而付回鹘马价者，则如藕丝蛛网，此即所谓'疏织'也。其恶滥至此，宜回鹘之诉称无用处矣。观于唐回马价问题，彼此俱以贪诈行之，既无益，复可笑。乐天此篇足为后世言国交者之鉴戒也。又史籍所载，只言回鹘之贪，不及唐家之诈，乐天此篇则并言之。是此篇在新乐府五十首中，虽非文学上乘，然可补旧史之阙，实为极佳之史料也"①。从白居易诗可知，白居易也不赞成对回鹘诚心相向，他认为如果输出马价之丝织品质量越好，回鹘明年会以更多的马输入，唐朝就更没办法对付回鹘了。

唐后期回鹘成为唐朝与周边和域外交通交往的重要枢纽和中介，贾耽《入四夷之路》记载"回鹘牙帐"与周边国家、民族和地区的交通：

> 东有平野，西据乌德鞬山，南依嗢昆水，北六七百里至仙娥河，河北岸有富贵城。又正北如东过雪山松桦林及诸泉泊，千五百里至骨利干，又西十三日行至都播部落，又北六七日至坚昆部落，有牢山、剑水。又自衙帐东北渡仙娥河，二千里至室韦。骨利干之东，室韦之西有鞠部落，亦曰袜部落。其东十五日行有俞折国，亦室韦部落。又正北十日行有大汉国，又北有骨师国。骨利干、都播二部落北有小海，冰坚时马行八日可度。海北多大山，其民状貌甚伟，风俗类骨利干，昼长而夕短。回鹘有延陁伽水，一曰延特勒泊，曰延特勒郍海。乌德鞬山左右嗢昆河、独逻河皆屈曲东北流，至衙帐东北五百里合流。泊东北千余里有俱伦泊，泊之四面皆室韦。②

---

① 陈寅恪：《元白诗笺证稿》，上海古籍出版社1978年版，第258—259页。
② 《新唐书》卷43下《地理志七下》，第1148—1149页。

由此可知，以回鹘牙帐为中心，这条路又可向不同方向继续延伸。向北可至骨利干（约在今贝加尔湖一带），折西可至都播（约在今俄罗斯图瓦自治共和国），又折北可至坚昆（今西萨彦岭、叶尼塞河流域一带），向东北可至室韦（黑龙江南北广大地区）。在唐诗中与吐蕃被称为"西蕃"相对，回鹘被称为"北蕃"。唐后期唐与回鹘关系破裂，唐诗中则称为"北虏"。周朴《塞上》云："受降城必破，回落陇头移。蕃道北海北，谋生今始知。"① 此"蕃道"即指经回鹘道北行的道路。

唐后期利用回鹘道与西域保持联系。从回鹘牙帐通向西域的路线，在唐后期中西交通方面发挥了重要作用。这条路即由回鹘牙帐向西沿着草原而行进的道路，处于从远古以来早就存在的欧亚草原之路的东段。吐蕃切断河西走廊和吐谷浑之路，这条路成为唐朝与西域取得联系的通道。由于吐蕃人切断了唐朝与西域驻军的联系，德宗建中二年（781）北庭节度使李元忠等即假道回鹘回到长安朝奏。早在天宝年间出使天竺的悟空，于德宗贞元五年（789）回国，是随中使段秀明从庭州（今新疆吉木萨尔）出发，越阿尔泰山进入蒙古高原，然后经回鹘牙帐返回长安。在欧亚草原之路和沙漠绿洲之路之间有若干条连接南北的干道，在东段的额济纳、巴里坤、吉木萨尔和霍城都是南端的连接点。由于吐蕃势力的威胁，额济纳和巴里坤都不好利用，这可能就是悟空到了庭州就折北走上回鹘道的原因。从庭州至碎叶的草原路是唐朝与西域和中亚地区联系的重要通道。从建中二年（781）起，除了从贞元六年（790）至贞元十五年（799）之间一度为吐蕃占领，庭州一直为回鹘所控制。回鹘在唐朝的中西交通中起了重要的中介作用。直到文宗开成五年（840），回鹘汗国因天灾、内讧和黠戛斯人的侵袭而灭亡，余众西迁。

四　唐朝与其他北方草原民族的关系

（一）黠戛斯的崛起及其与唐朝的关系

回鹘西迁后，北方草原崛起新的游牧民族黠戛斯。黠戛斯即汉代"鬲昆""隔昆""坚昆"。南北朝至隋时又称"护骨""结骨""契骨""纥骨"。唐时称为"黠戛斯""纥扢斯"。回鹘语意为"黄红色脸人"。汉魏

---

① 《全唐诗》卷673，第7703页。

南北朝时坚昆人游牧于咸海与里海之间，"坚昆国在康居西北，胜兵三万人，随畜牧，亦多貂，有好马"①。《新唐书·黠戛斯传》记载：

> 黠戛斯，古坚昆国也。地当伊吾之西，焉耆北，白山之旁。或曰居勿，曰结骨。其种杂丁零，乃匈奴西鄙也。匈奴封汉降将李陵为右贤王，卫律为丁零王。后郅支单于破坚昆，于时东距单于廷七千里，南车师五千里，郅支留都之。故后世得其地者讹为结骨，稍号纥骨，亦曰纥扢斯云。众数十万，胜兵八万，直回纥西北三千里，南依贪漫山。地夏沮洳，冬积雪。人皆长大，赤发、析面、绿瞳，以黑发为不祥。黑瞳者，必曰陵苗裔也。男少女多，以环贯耳，俗趫伉，男子有勇黥其手，女已嫁黥项。杂居多淫佚。②

隋及唐初坚昆役属于突厥，贞观年间与唐朝建立联系。"贞观二十二年，闻铁勒等已入臣，即遣使者献方物，其酋长俟利发失钵屈阿栈身入朝，太宗劳享之，谓群臣曰：'往渭桥斩三突厥，自谓功多，今俟利发在席，更觉过之。'俟利发酒酣，奏愿得持笏，帝以其地为坚昆府，拜俟利发左屯卫大将军，即为都督，隶燕然都护。高宗世，再来朝。景龙中，献方物，中宗引使者劳之曰：'而国与我同宗，非它蕃比。'属以酒，使者顿首。玄宗世，四朝献。"③

由于回纥强盛，坚昆与唐朝的交往未能正常地发展下去。"乾元中，为回纥所破，自是不能通中国。后狄语讹为黠戛斯，盖回鹘谓之，若曰黄赤面云，又讹为戛戛斯。"④ 黠戛斯地处丝绸之路要道，"东至骨利干，南吐蕃，西南葛罗禄"，尽管被回纥征服，"然常与大食、吐蕃、葛禄相依仗，吐蕃之往来者畏回鹘剽钞，必住葛禄，以待黠戛斯护送。大食有重锦，其载二十橐它乃胜，既不可兼负，故裁为二十匹，每三岁一饷黠戛斯。而回鹘授其君长阿热官为'毗伽顿颉斤'"⑤。说明黠戛斯在丝绸之路和东西方交流中发挥着重要作用，周围大国都仰赖它在丝路贸易中的帮助和服务。杜甫诗提到坚昆（即黠戛斯）曾向唐朝进贡玻璃碗，其《喜闻盗贼蕃寇总退口号五首》其四云："勃律天西采玉河，坚昆碧碗最

---

① 《三国志》卷30《乌丸鲜卑东夷传》，裴松之注引，第862页。
② 《新唐书》卷217《回鹘传附黠戛斯传》，第6146—6147页。
③ 同上书，第6149页。
④ 同上。
⑤ 同上。

来多。"① 黠戛斯入贡唐朝的玻璃碗应该是来自大食（阿拉伯）的产品。

后来黠戛斯终于获得发展机会，"回鹘稍衰，阿热即自称可汗。其母，突骑施女也，为母可敦；妻葛禄叶护女，为可敦。回鹘遣宰相伐之，不胜，挐斗二十年不解。阿热恃胜，乃肆詈曰：'尔运尽矣！我将收尔金帐，于尔帐前驰我马，植我旗，尔能抗，亟来，即不能，当疾去。'回鹘不能讨"②。崛起的黠戛斯与回鹘进行了长期的斗争，最终乘回鹘之敝，一举将其灭亡："其将句录莫贺导阿热破杀回鹘可汗，诸特勒皆溃。阿热身自将，焚其牙及公主所庐金帐者，回鹘可汗常坐也。乃悉收其宝货，并得太和公主，遂徙牙牢山之南。牢山亦曰赌满，距回鹘旧牙度马行十五日。"③ 灭回鹘汗国后，黠戛斯立刻与唐朝建立起友好关系："阿热以公主唐贵女，遣使者卫送公主还朝，为回鹘乌介可汗邀取之，并杀使者。"④ 为了护送太和公主归唐，黠戛斯付出沉重代价，这当然也会获得唐朝的好感。

虽然使节被回鹘所杀，黠戛斯没有放弃与唐朝交往的努力："会昌中，阿热以使者见杀，无以通于朝，复遣注吾合素上书言状。……行三岁至京师，武宗大悦，班渤海使者上，以其处穷远，能修职贡，命太仆卿赵蕃持节临慰其国，诏宰相即鸿胪寺见使者，使译官考山川国风。宰相德裕上言：'贞观时，远国皆来，中书侍郎颜师古请如周史臣集四夷朝事为《王会篇》。今黠戛斯大通中国，宜为《王会图》以示后世。'有诏以鸿胪所得绘著之。又诏阿热著宗正属籍。"⑤ 黠戛斯对唐入贡称臣，被晚唐诗人写入诗中。杜牧《奉和白相公圣德和平致兹休运岁终功就合咏盛明呈上三相公长句四韵》云：

> 行看腊破好年光，万寿南山对未央。黠戛可汗修职贡，文思天子复河湟。应须日驭西巡狩，不假星弧北射狼。吉甫裁诗歌盛业，一篇江汉美宣王。⑥

白相公即白敏中，宣宗时宰相，其歌咏的"圣德和平"即宣宗的圣德。杜牧奉和之作同颂宣宗，把黠戛斯的入贡视作宣宗的圣德和功业。黠戛斯拥

---

① （唐）杜甫著，（清）仇兆鳌注：《杜诗详注》卷21，第1858页。
② 《新唐书》卷217《回鹘传附黠戛斯传》，第6149页。
③ 同上书，第6150页。
④ 同上。
⑤ 同上。
⑥ （唐）杜牧：《樊川文集》卷2，第27页。

众数十万，胜兵八万，多次助唐平乱。

武宗以后，唐朝与黠戛斯使节往来不断。"是时，乌介可汗余众托黑车子，阿热愿乘秋马肥击取之，表天子请师。帝令给事中刘蒙为巡边使，朝廷亦以河、陇四镇十八州久沦戎狄，幸回鹘破弱，吐蕃乱，相残啮，可乘其衰。乃以右散骑常侍李拂使黠戛斯，册君长为宗英雄武诚明可汗。未行，而武宗崩。宣宗嗣位，欲如先帝意，或谓黠戛斯小种，不足与唐抗，诏宰相与台省四品以上官议，皆曰：'回鹘盛时有册号，今幸衰亡，又加黠戛斯，后且生患。'乃止。至大中元年，卒诏鸿胪卿李业持节册黠戛斯为英武诚明可汗。逮咸通间，三来朝。然卒不能取回鹘。后之朝聘册命，史臣失传。"① 这些记载说明武宗和宣宗时唐朝与黠戛斯一直保持着友好关系，聘使往来十分频繁，但由于晚唐时的战乱造成史书缺载。

唐与黠戛斯的友好往来在唐诗中有所反映。赵嘏《送从翁中丞奉使黠戛斯六首》其一云："扬雄词赋举天闻，万里油幢照塞云。仆射峰西几千骑，一时迎著汉将军。"其二云："旌旗杳杳雁萧萧，春尽穷沙雪未消。料得坚昆受宣后，始知公主已归朝。"其三云："虽言穷北海云中，属国当时事不同。九姓如今尽臣妾，归期那肯待秋风。"其四云："牢山望断绝尘氛，滟滟河西拂地云。谁见鲁儒持汉节，玉关降尽可汗军。"其五云："山川险易接胡尘，秦汉图来或未真。自此尽知边塞事，河湟更欲托何人。"其六云："秦皇无策建长城，刘氏仍穷北路兵。若遇单于旧牙帐，却应伤叹汉公卿。"② 这是唐朝使节出使黠戛斯时朋友送行的诗篇，诗中称赞了黠戛斯护送太和公主归朝的义举，颂扬唐朝的声威造成外族的臣服。

（二）沙陀的崛起及其与唐朝的关系

唐末北方草原崛起沙陀族。沙陀原名处月，为西突厥别部，分布在金娑山（今新疆博格多山，一说为尼赤金山）南、蒲类海东而名为"沙陀"的沙漠地区，故称沙陀突厥，简称"沙陀"或"沙陁"。唐代文献有时还将沙陀原来的名称处月译写成"朱邪"，作为沙陀统治者氏族的姓氏。

高宗永徽四年或五年，唐朝征服阿史那贺鲁叛乱时，在处月之地置金满、沙陀两个羁縻州。武周长安二年处月酋长沙陀金山，因从征铁勒有功，被任命为金满州都督，累封张掖郡公。沙陀金山死，其子辅国继位，受吐蕃威胁，率部徙于北庭，臣属于唐朝。安史之乱后，北庭、西州被吐

---

① 《新唐书》卷217《回鹘传附黠戛斯传》，第6150页。
② 《全唐诗》卷550，第6373页。

蕃隔绝，沙陀朝奏使经回纥来长安。大约在德宗贞元五年至六年（789—790），沙陀七千帐归附于吐蕃，与吐蕃联兵攻陷北庭。吐蕃把沙陀迁至甘州（今甘肃张掖），以辅国孙朱邪尽忠为统军大论。① 吐蕃进攻唐朝，常以沙陀为前锋。9世纪初，回鹘攻占凉州，吐蕃担心沙陀勾结回鹘，想把沙陀人迁至黄河以西。朱邪尽忠和长子朱邪执宜率部众三万落投归唐朝，朱邪尽忠被吐蕃追兵所杀，朱邪执宜率残部到灵州（今宁夏吴忠东北）。唐朝把他们安置在盐州（今陕西定边），设阴山都督府，以执宜为兵马使，流散各处的沙陀人相继归附，势力增强。

沙陀邻近吐蕃，唐朝担心其反复生变，当灵盐节度使范希朝移镇河东时，诏沙陀随之迁至河东。范希朝拣选其1200精骑组成"沙陀军"。朱邪执宜部驻守神武川黄花堆（今山西山阴东北），更号"阴山北沙陀"，唐朝又分其众隶诸州以弱其势。在宪宗平定成德王承宗、淮西吴元济，武宗对泽潞刘稹用兵和宣宗对抗吐蕃、党项、回鹘的斗争中，沙陀出力尤多。执宜死，其子朱邪赤心立，赤心兵英勇善战，当年依附吐蕃时，唐朝边境常遭遇其袭扰之苦。及至沙陀投附唐朝，便扭转了边境局势，吐蕃由此日衰。宣宗收复三州七关，任命赤心为蔚州刺史、云州守捉使。懿宗时朱邪赤心率兵助唐，镇压庞勋起义立功，被授予大同军节度使，赐姓李，名国昌。又因助唐朝抵御回鹘而升为鄜延节度使、振武军节度使，在讨捕王仙芝义军中屡立战功。僖宗乾符三年（876）其子李克用袭据云州（今山西大同），请求朝廷授予其大同防御留后，朝廷没有答应，发兵进讨。广明元年（880），李国昌父子败后逃入鞑靼部。② 当沙陀为唐朝所用时，被视为唐朝征服边疆族群的威德的象征。元稹《宪宗章武孝皇帝挽歌词三首（膳部员外时作）》其二云："天宝遗余事，元和盛圣功。二凶枭帐下，三叛斩都中。始服沙陀虏，方吞逻逤戎。狼星如要射，犹有鼎湖弓。"③ 其中把征服沙陀视为宪宗的功绩之一。

黄巢军攻入长安，唐朝诏李克用率沙陀、鞑靼军入援。李克用率军击败黄巢军于梁田陂，朝廷提拔李克用为河东节度使。此后朱温得汴州，李克用得太原，形成南北对抗局面。昭宗时李克用曾率沙陀军进逼长安，迫使朝廷赐宰相杜让能自尽。④ 这一事变在韩偓《代小玉家为蕃骑所虏后寄

---

① 大论，吐蕃官号。论，藏文 blon，王族、大臣。
② 《新唐书》卷218《沙陀传》，第6153—6166页；《新五代史》卷4《唐本纪·庄宗上》，中华书局1974年版，第31—40页。
③ （唐）元稹：《元稹集》卷8，中华书局1979年版，第91页。
④ 《旧唐书》卷20《昭宗纪》，第750页。

故集贤裴公相国》诗中得到反映：

> 动天金鼓逼神州，惜别无心学坠楼。不得回眸辞傅粉，便须含泪对残秋。折钗伴妾埋青冢，半镜随郎葬杜邮。唯有此宵魂梦里，殷勤见觅凤池头。①

从用"青冢"这个王昭君的典故来看，此"蕃骑"应指北方草原民族，这被抢掠的"小玉"是有自己的情郎的，只身被掳，与情人相隔天涯，她伤心于破镜永难再圆。清代诗论家吴乔认为此诗所咏当为景福二年九、十月间事，诗题中"裴公"当为"杜公"之误。其《围炉诗话》云："观其起句及'杜邮''凤池'，当是李茂贞兵逼京城，昭宗赐杜让能死，代其姬人之作。""让能之死可悯，致尧（韩偓字）于此，宜有诗以哀惜之也。"②五代后梁末帝龙德三年（923），李克用之子李存勖灭后梁，是为后唐庄宗。此后建立后晋的石敬瑭和建立后汉的刘知远都出身沙陀。

（三）党项的崛起及其与唐朝的关系

党项是古西羌族一支，故称"党项羌"。羌人最早生活在今青海东南部河湟一带，以畜牧为生。汉代已有羌人内迁至河陇及关中，隋代部分党项羌开始内附。开皇四年党项羌人千余家归附隋朝。但"自周及隋，或叛或朝，常为边患"③。唐武德年间党项羌归附唐朝。贞观三年南会州都督郑元璹招谕党项，其首领细封步赖率所部归唐，唐朝任命细封步赖为刺史，在其地设轨州（今四川松潘县西）。其他党项部落纷纷响应，唐朝设岷、奉、岩、远四州，以其酋长任刺史。贞观九年，唐朝开河曲之地为16州，党项内附者34万口，在其地设懿、嵯、麟、可等32州，以拓跋赤辞为西戎州都督，赐姓李氏，封为平西公。吐蕃向北扩张，灭吐谷浑，散居于今甘南和青海境内的党项部落受到威胁，请求内迁。唐朝移其部落至庆州（今甘肃庆阳县），置静边等州都督府，安置其人。其地陷于吐蕃，留下者为吐蕃所役属，其中的党项拓跋部被吐蕃人称为"弥药"。④ 内迁的党项人

---

① 陈才智编著：《韩偓诗全集汇校汇注汇评》卷4，崇文书局2017年版，第513页。
② （清）吴乔：《围炉诗话》卷1，郭绍虞编选，富寿荪校点《清诗话续编》，上海古籍出版社1983年版，第496页。
③ 《旧唐书》卷198《党项羌传》，第5290页。
④ 汤开建：《关于弥罗国、弥药、河西党项及唐古诸问题的考辨》，《西北第二民族学院学报》2000年第1期。

逐渐集中到甘肃东部和陕西北部，包括灵、庆、夏、银、绥、延、胜诸州，与室韦和内迁的吐谷浑及汉族杂居。高宗永隆元年（680），吐蕃人夺取青海湖地区，更多的党项人逃离故土。①

安史之乱发生，留居西北边地的党项人"常为吐蕃所诱，密以官告授之，使为侦道，故时或侵叛"②。广德二年（764），仆固怀恩起兵叛乱，郭子仪为防范党项等族受其煽动，建议把居住在静边等六府的党项人迁至银州以北、夏州以东，朝廷采纳了他的建议。为了防止党项族进一步强大，德宗时朝廷曾禁止商人以牛、马、军器等物资和党项族进行贸易。此后党项部落再度繁盛，远近商人都到该地与党项族进行贸易交换。

文宗时当地豪强、商人任意掠夺党项人的牲畜财产，引起党项人反抗，以灵州、盐州一带规模最大，他们阻绝交通，给唐朝以有力的打击。武宗多次下诏安抚，暴动才逐渐平息。宣宗《泰边陲曲》诗已佚，《全唐诗》录其残句，出于《南部新书》："宣皇制《泰边陲曲》，撰其词云：'海岳晏咸通。'此符懿皇之号也。"③ 此诗当是歌颂唐朝对党项的胜利。黄楼指出，此事最早见于苏鹗《杜阳杂编》，苏鹗为僖宗光启年间进士，距宣宗、懿宗时代很近，所记应较为可信。"泰边陲"即边陲安泰之意，此曲主旨大约是颂扬党项平定后边陲自此太平之意。④ 黄巢起义中党项族宥州刺史拓跋思恭响应朝廷号召，出兵进击黄巢军。拓跋思恭的弟弟拓跋思忠战死，朝廷赐拓跋思恭为"定难军节度使"，赐姓李。党项拓跋氏始有领地，拥有夏、银、绥、宥、静五州之地，成为名副其实的藩镇。

党项人拥有良马，"党项马"闻名于世，成为商贾奔走贩买的牲畜。元稹《估客乐》写当时商人的贩运活动："求珠驾沧海，采玉上荆衡。北买党项马，西擒吐蕃鹦。炎洲布火浣，蜀地锦织成。越婢脂肉滑，奚僮眉眼明。通算衣食费，不计远近程。"⑤ 这里讲的都是各地的名产，党项马名列其中。唐朝与党项的战争在唐诗中也有反映。杜牧《闻庆州赵纵使君与党项战中箭身死辄书长句》云：

> 将军独乘铁骢马，榆溪战中金仆姑。死绥却是古来有，骁将自惊

---

① 《旧唐书》卷198《党项羌传》，第5292页。
② 同上。
③ （宋）钱易：《南部新书》庚部，中华书局2002年版，第103页。
④ 黄楼：《唐宣宗大中政局研究》，天津古籍出版社2011年版，第252页。
⑤ （唐）元稹：《元稹集》卷23，第268—269页。

今日无。青史文章争点笔，朱门歌舞笑捐躯。谁知我亦轻生者，不得君王丈二殳。①

使君是古代对刺史或太守的称呼，赵纵是庆州刺史，庆州是党项羌人聚居之地，赵纵在与党项羌的战斗中中箭牺牲。贯休《寿春进祝圣七首》之三《从谏如流》："及溜龙鳞动，君臣道义深。万年轩后镜，一片汉高心。北狄皆输款，南夷尽贡琛。从兹千万岁，枝叶玉森森。"② 北狄通常指回鹘，但贯休的时代回鹘已亡，故此"北狄"当指后来崛起的党项羌。

中原地区的器具输入北方草原民族。皮日休《正乐府十篇·诮虚器》云：

> 襄阳作髹器，中有库露真。持以遗北虏，绐云生有神。每岁走其使，所费如云屯。吾闻古圣王，修德来远人。未闻作巧诈，用欺禽兽君。吾道尚如此，戎心安足云。如何汉宣帝，却得呼韩臣。③

诗里提到的"库露真"是漆器名，襄州（襄阳郡）特产，上贡朝廷的贡品。④《新唐书·地理志》记载其地土贡："纶巾、漆器库路真二品：十乘花纹、五乘碎石纹。"⑤ 皮日休的时代回鹘已经被黠戛斯人击溃西迁，此"北虏"当指党项人。中国是世界上最早使用和发明漆器的国家，襄阳一带早就是漆器生产的一个中心，春秋战国时代这里的漆器生产已经具有重要地位。漆器在中外文化交流中发挥过重要作用，至迟在汉代时中国漆器便已传入西域。《史记·大宛列传》记载西域"其地皆无丝、漆"，新疆地区考古发现战国至汉代的漆器残件。从皮日休的诗可知，唐代襄阳的漆器仍是与北方草原民族交往中的重要商品或礼品。

---

① （唐）杜牧：《樊川文集》卷2，第28页。
② 《全唐诗》卷834，第9403页。
③ （唐）皮日休：《皮子文薮》卷23，中华书局1959年版，第268—269页。
④ 唐刚卯先生认为，"库露真"非华夏语，当为音译。"真"字之前文字属于姓氏或地名，"库露"作为姓氏应该是中国西北少数民族的姓氏，极大可能来自鲜卑语。这种被称为"库露真"的漆器用于朝贡贸易，有一部分可以确定是为"北虏"（即北方游牧民族）专门制作的。"库露真"又可能与"库穆什"谐音，含义是银。因此，"库露真"可能是指一种金银平脱的漆器。见氏著《"库露真"与"襄样"——唐代漆器研究之一》，载《魏晋南北朝隋唐史资料》（第十七辑），武汉大学出版社2000年版，第178—187页。
⑤ 《新唐书》卷40《地理志四》，第1030页。

五 "乌孙"和"康居":草原丝路意象

(一) 乌孙人与乌孙古道

乌孙人是活跃在西北草原的游牧民族,乌孙首领称为"昆莫"或"昆弥"。关于其族源有不同认识,有匈奴说、突厥说、东伊朗族说、受塞种人影响很深的操突厥语民族说等观点。《汉书》颜师古注云:"乌孙于西域诸戎其形最异,今之胡人青眼、赤须、状类猕猴者,本其种也。"① 汉代时乌孙人不愿受匈奴控制,远徙至伊犁河流域。② "东与匈奴、西北与康居、西与大宛、南与城郭诸国相接。本塞地也。"③ 可知乌孙地处古代丝绸之路要道,政治中心在赤谷城,意为"红色山谷之城",故址在今吉尔吉斯斯坦伊塞克湖州伊什提克(Yshtyk),又译"伊什特克"。乌孙人以畜牧业为主,兼营狩猎,不务农耕。养马业繁盛,乌孙马为天下名马,汉代输入中原地区,先是被汉武帝称为"天马",后称"西极马"。可知乌孙地处联结中国中原地区和西北众多游牧民族的要道,在沟通欧亚草原之路的东西方联系方面发挥着重要作用。张骞第二次出使西域,目的就是拉拢乌孙人共击匈奴,"断匈奴右臂"。为了共同对付匈奴,汉朝与乌孙建立和亲关系,汉朝先后以乌孙公主和解忧公主嫁乌孙昆靡(一作昆弥)。

乌孙在汉与匈奴的对抗中成为汉朝的重要同盟,乌孙是汉朝西域政策最成功的一个范例。魏晋时乌孙仍是中原地区通过草原路与西域进行交往的要道。曹魏时期草原路之起点在车师后王国都城于赖城,由此西北通乌孙、康居和"大秦"(罗马)。鱼豢《魏略》记载的"北新道"西行进入天山北之草原路即此路线:

> 北新道西行,至东且弥国、西且弥国、单桓国、毕陆国、蒲陆国、乌贪国,皆并属车师后部王。王治于赖城,魏赐其王壹多杂守魏侍中,号大都尉,受魏王印。转西北则乌孙、康居,本国无增损也。北乌伊别国在康居北,又有柳国,又有岩国,又有奄蔡国,一名阿

---

① 《汉书》卷 96 下《西域传下》,第 3901 页。
② 《史记》卷 123《大宛列传》,中华书局 1982 年版,第 3168 页。一说难兜靡被月氏人攻杀,见《汉书》卷 61《张骞传》,第 2692 页。
③ 《汉书》卷 96 下《西域传下》,第 3901 页。

兰，皆与康居同俗。西与大秦、东南与康居接。其国多名貂，畜牧逐水草，临大泽，故时羁属康居，今不属也。①

据鱼豢记载，通过这条路线还有若干国家可至，魏晋时对它们皆有一定了解：

> 呼得国在葱岭北，乌孙西北，胜兵万余人，随畜牧，出好马，有貂。坚昆国在康居西北，胜兵三万人，随畜牧，亦多貂，有好马。丁令国在康居北，胜兵六万人，随畜牧，出名鼠皮、白昆子、表昆子皮。此上三国，坚昆中央，俱去匈奴单于庭安习水七千里，西南去康居界三千里，西去康居王治八千里。或以为此丁令即匈奴北丁令也，而北丁令在乌孙西，似其种别也。又匈奴北有浑窳国，有屈射国，有丁令国，有隔昆国，有新梨国，明北海之南自复有丁令，非此乌孙之西丁令也。乌孙长老言北丁令有马胫国，其人音声似雁鹜，从膝以上身头，人也，膝以下生毛，马胫马蹄，不骑马而走疾马，其为人勇健战也。短人国在康居西北，男女皆长三尺，人众甚多，去奄蔡诸国甚远。康居长老传闻常有商度此国，去康居可万余里。②

因为得之于传闻，因此有许多夸张离奇的说法。南北朝时，乌孙与北魏关系密切。5世纪初，因蠕蠕（柔然）入侵，乌孙人西迁葱岭山中，为之所灭。有一部分人留居当地，辽代尚遣使入贡，今为哈萨克族一大部落。

乌孙国虽然早已不存在，但"乌孙"很早就成为诗歌中的意象受到诗人的吟咏，它是异域外国的象征和通向绝域的要道。南朝梁简文帝《陇西行三首》其一云："边秋胡马肥，云中惊寇入。勇气时无侣，轻兵救边急。沙平不见虏，嶂崄还相及。出塞岂成歌，经川未遑汲。乌孙途更阻，康居路犹涩。月晕抱龙城，星流（一作眉）照马邑。长安路远书不还。宁知征人独伫立。"③ "乌孙途"和"康居路"正是从中国通向西域和草原路的道路，乌孙、康居都是古代草原民族游牧地区。陈后主《梅花落二首》其二："杨柳春楼边，车马飞风烟。连娉乌孙伎，属客单于毡。雁声不见书，蚕丝欲断弦。欲持塞上蕊，试立将军前。"④ "乌孙

---

① 《三国志》卷30《乌丸鲜卑东夷传》，裴松之注引，第862页。
② 同上书，第862—863页。
③ （宋）郭茂倩编：《乐府诗集》卷37，第543页。
④ （宋）郭茂倩编：《乐府诗集》卷24，第350页。

伎"即来自乌孙的乐舞演员，诗把乌孙伎与单于毡并提，都是作为异域意象歌咏的。

汉代与乌孙建立了和亲关系，这一历史被唐代诗人反复吟咏。唐诗中写到汉与乌孙的和亲，有时有借古讽今的用意。李颀《古从军行》：

> 白日登山望烽火，昏黄饮马傍交河。行人刁斗风沙暗，公主琵琶幽怨多。野营万里无城郭，雨雪纷纷连大漠。胡雁哀鸣夜夜飞，胡儿眼泪双双落。闻道玉门犹被遮，应将性命逐轻车。年年战骨埋荒外，空见蒲萄入汉家。①

诗中"公主琵琶"用的是汉乌孙公主的典故。西晋傅玄《琵琶赋序》记载琵琶起源：

> 世本不载作者，闻之故老云：汉遣乌孙公主嫁昆弥，念其行道思慕，故使工人知音者裁琴、筝、筑、箜篌之属，作马上之乐。今观其器，中虚外实，天地之象也；盘圆柄直，阴阳之序也；柱实有二，配律吕也；四弦，法四时也。以方语目之，故云琵琶，取其易传于外国也。杜挚以为嬴秦之末，盖苦长城之役，百姓弦鼗而鼓之。二者各有所据，以意断之，乌孙近焉。②

意思是说汉制琵琶乃遣乌孙公主时结合诸种乐器之形制创制的，便于作马上之乐。权德舆《朝回阅乐寄绝句》云："子城风暖百花初，楼上龟兹引导车。曲罢卿卿理骓驭，细君相望意何如。"③ 刘细君是汉朝第一位与乌孙和亲的公主，被称为乌孙公主。唐朝与吐蕃和亲，被诗人们比作汉朝与乌孙和亲。沈佺期《送金城公主适西蕃应制》云："金榜扶丹掖，银河属紫闱。那堪将凤女，还以嫁乌孙。"④ 崔日用《奉和送金城公主适西蕃应制》云："俗化乌孙垒，春生积石河。"⑤ 乌孙代指吐蕃。乌孙内属是汉朝威德

---

① 《全唐诗》卷19，第227页。
② 傅玄的《琵琶赋》，《宋书》卷19《乐志》、《北堂书钞》卷110《乐部》、《初学记》卷16《乐部》、《通典》卷144《乐》四、《太平御览》卷583《乐部》皆有片断引文；经严可均整理，收入《全晋文》卷45，见《全上古三代秦汉三国六朝文》，中华书局1958年版，第1716页。
③ 《全唐诗》卷329，第3681页。
④ 《全唐诗》卷96，第1031页。
⑤ 《全唐诗》卷46，第560页。

广被异域的反映,唐诗借乌孙故事歌颂唐朝的威德及其与西北游牧民族的友好关系。常建《塞下曲四首》其一云:"玉帛朝回望帝乡,乌孙归去不称王。天涯静处无征战,兵气销为日月光。"① 这首诗被评为"太平颂圣奇语"(钟惺、谭元春:《唐诗归》卷十二),诗用汉代乌孙故事,赞美唐朝威德远被,西北草原民族臣服于唐。法振《送常大夫赴朔方》云:"关山今不掩,军候乌先知。大汉嫖姚入,乌孙部曲随。高旌天外驻,寒角月中吹。归到长安第,花应再满枝。"② 法振是唐大历、贞元间人,那时在唐朝朔方军中有来自中亚的将士,此"乌孙部曲"代指唐军中的蕃兵蕃将。

唐前期诗中的"乌孙"往往是汉朝的盟友和和亲的对象。后期诗中"乌孙"往往暗比回鹘,由于回鹘与唐朝关系破裂,双方发生战争,因此乌孙成为敌对势力的象征和唐军讨伐的对象。历史上的乌孙与中国中原政权一直保持友好关系,不曾发生直接战争,为什么在唐诗中乌孙成为讨伐的对象,我们只能从唐朝与回鹘的关系中寻找根源。汉朝与乌孙建立了和亲关系,唐朝与回鹘建立了和亲关系,这一点相似。鲍溶《述德上太原严尚书绶》云:"可惜汉公主,哀哀嫁乌孙。"③ 就是以汉代的和亲乌孙比唐代和亲回鹘。回鹘与唐朝关系恶化,把回鹘比作乌孙,于是"乌孙"的褒贬色彩发生了变化。皎然《从军行五首》其一云:

> 候骑出纷纷,元戎霍冠军。汉鞞秋聒地,羌火昼烧云。万里戈(一作戎)城合,三边羽檄分。乌孙驱未尽,肯顾辽阳勋。④

又如耿湋《送杨将军》:"一身良将后,万里讨乌孙。"⑤ 张籍《塞下曲》云:"乌孙国乱多降胡,诏使名王持汉节。"⑥ 白居易《河阳石尚书破回鹘迎贵主过上党射鹭鸶绘画为图猥蒙见示称叹不足以诗美之》云:"塞北虏郊随手破,山东贼垒掉鞭收。乌孙公主归秦地,白马将军入潞州。"⑦ 唐太和公主入回鹘和亲,回鹘国乱,公主被迎回。唐诗写到此事,把回鹘比作乌孙。通过歌咏"乌孙公主"表达了对太和公主的同情,白居易的诗则对

---

① (唐)常建著,王锡九校注:《常建诗歌校注》卷下,第288页。
② 《全唐诗》卷811,第9142页。
③ 《全唐诗》卷485,第5509—5510页。
④ 《全唐诗》卷820,第9240页。
⑤ 《全唐诗》卷268,第2977页。
⑥ (唐)张籍著,徐礼节、余恕诚校注:《张籍集系年校注》卷7,第810页。
⑦ (唐)白居易:《白居易集》卷37,第854—855页。

救回公主的将军进行了歌颂。

（二）康居：绿洲之路与草原路的联结

康居乃西域古国名，汉代时在安息东北、大月氏北，王都卑阗城（今巴尔喀什湖西南锡尔河北岸突厥斯坦，约当今塔什干或奇姆肯特等地）。其北部为草原游牧区，南部为农业耕种区，因此是丝绸之路绿洲路与草原路的联结点和交叉处。汉朝人早就知道西方有康居国，它是最早与汉朝建立联系的西域诸国之一。张骞第一次出使西域到大月氏，曾路经康居，并得到康居王的帮助。汉武帝元光二年（前133），司马相如撰《喻巴蜀檄》提到康居，董仲舒的对策中也提到康居。"康居在大宛西北可二千里，行国，与月氏大同俗。控弦者八九万人。与大宛邻国。国小，南羁事月氏，东羁事匈奴。"① "行国" 即游牧民族，其游牧范围大致在今哈萨克斯坦南部及锡尔河中下游。东汉时康居国是西域三十六国之一，领地扩大。

史载康国乃康居之后，其国人 "旧居祁连山北昭武城，因被匈奴所破，西逾葱岭，遂有其国。支庶各分王，故康国左右诸国并以昭武为姓，示不忘本也"②。康居人擅长经商，往返于丝绸之路上。公元前1世纪末在中亚形成大部落联盟，人口达六十万，胜兵十二万。汉武帝太初二年（前103）汉贰师将军李广利伐大宛，康居曾企图增援大宛，慑于汉军军威未敢妄动，但康居一直依附匈奴而与汉朝对立。匈奴分裂，北匈奴郅支单于率部众向西北迁徙，应康居王之请，移至康居境内，在都赖水（Talas，怛逻斯河）上建郅支城（在今哈萨克斯坦塔拉斯）。康居王迎郅支单于入居康居，对抗亲附汉朝的乌孙。建昭三年，西域都护甘延寿、副校尉陈汤率兵进击郅支，杀郅支单于于郅支城，结束了匈奴人长期对汉朝的侵扰。公元前后康居日益强盛，威胁其南邻大月氏。1世纪中叶，贵霜国势转盛，康居则渐趋衰败，向中国中原政权示好。西晋武帝泰始年间，曾遣使献善马。《晋书·四夷传》记载："康居国在大宛西北可二千里，与粟弋、伊列邻接。其王居苏薤城。风俗及人貌、衣服略同大宛。地和暖，饶桐柳蒲陶，多牛羊，出好马。泰始中，其王那鼻遣使上封事，并献善马。"③ 南北朝时嚈哒势力崛起，嚈哒人西迁中亚后，康居役属于嚈哒，康居国不复存在。

---

① 《史记》卷123《大宛列传》，中华书局1982年版，第3161页。
② 《隋书》卷83《西域传》，中华书局1973年版，第1848页。
③ 《晋书》卷97《四夷传》，第2544页。

经过乌孙、康居西行的道路很早就受到诗人的关注。梁简文帝《陇西行三首》其一写将士远征:"出塞岂成歌,经川未遑汲。乌孙途更阻,康居路犹涩。"① 张骞第一次出使西域,借助康居到达大月氏;第二次出使乌孙,曾派副使到达康居,康居因此与汉朝建立了联系,这也是远夷慕化的表现。王褒《从军行二首》其二:"康居因汉使,卢龙称魏臣。"② "康居因汉使"就是用的汉朝的典故。在汉朝与匈奴对抗中,康居站在匈奴一边对抗汉朝,因此在古代诗歌中康居往往是汉军打击的对象。梁褚翔《雁门太守行》云:"戎车攻日逐,燕骑荡康居。大宛归善马,小月送降书。"③ 荡即荡平、消灭的意思。

唐诗中几乎不见"康居"的字眼,这与南北朝以来中亚政治形势变化有关。康居国又称"悉万斤",地处索格狄亚那中心地区。贵霜帝国强盛时这些地区的统治者大部分都是昭武族大月氏人。357—367 年,由于柔然的崛起并争夺西域,嚈哒匈奴人迁入中亚阿姆河与锡尔河之间,征服索格狄亚那各王国。至 4 世纪 20 年代,又向南攻灭贵霜王国,成为中亚霸主,居于中国和波斯萨珊王朝之间,其时康居、安息、乌孙、花剌子模、罽宾、大宛等这些汉代西域各王国名称全都不见了,原来居住在中亚地区的匈奴人、康居人、乌孙人、月氏人逐渐融合同化。此后随着突厥人的涌入、称霸中亚和突厥语的广泛流行,中亚各族都作为各个因子被突厥这个庞杂部族所覆盖。中亚各国的昭武族人在臣属西突厥的前提下,保持了自己各地的小政权和民族根源,形成"昭武九姓"诸国。因此唐诗中"康居"成为粟特人昭武九姓胡国的代称。白居易《胡旋女》云:

胡旋女,胡旋女,心应弦,手应鼓,弦鼓一声双袖举,回雪飘飘转蓬舞。左旋右转不知疲,千匝万周无已时。人间物类无可比,奔车轮缓旋风迟。曲终再拜谢天子,天子为之微启齿。胡旋女,出康居,徒劳东来万里余。中原自有胡旋者,斗妙争能尔不如。天宝季年时欲变,臣妾人人学圜转。中有太真外禄山,二人最道能胡旋。梨花园中册作妃,金鸡障下养为儿。禄山胡旋迷君眼,兵过黄河疑未反。贵妃胡旋惑君心,死弃马嵬念更深。从兹地轴天维转,五十年来制不禁。胡旋女,莫空舞,数唱此歌悟明主。④

---

① (宋)郭茂倩编:《乐府诗集》卷 37,第 543 页。
② (宋)郭茂倩编:《乐府诗集》卷 32,第 482 页。
③ (宋)郭茂倩编:《乐府诗集》卷 39,第 575 页。
④ (唐)白居易:《白居易集》卷 3,第 60 页。

此诗题注又云:"天宝末,康居国献之。"其时,康居国早已不存,此"康居"指中亚昭武九姓胡国之康国。在后来的诗歌中"康居"成为臣服者的意象。宋代诗人曹勋《饮马长城窟行》云:"汉马饮长城,匈奴空塞北。东胡与乌丸,先驱出绝哉。月氏合康居,受诏发疏勒。"诗中月氏和康居受诏出征,效命中原政权。

　　古康居国拥有近五百年的历史,由于古代汉文献记载康居的史料很少,对西域出土粟特文史料研究薄弱,我们甚至不知道康居国君王的名字。这个尚武和善商的中亚民族曾经长期垄断古代丝绸之路贸易,为东西方文化交流做出了重要贡献。昭武九姓国粟特人与唐朝关系密切,唐朝与昭武九姓国的关系在唐诗中有丰富的内容。但生活在阿姆河和锡尔河之间的昭武九姓胡人已经是沙漠绿洲定居民族,以经商著称,与草原游牧民族生活方式大不相同。因此唐朝与昭武九姓国的关系我们将另著专论。

第七章 吐谷浑之路与唐蕃古道

吐谷浑之路指经过今青海赴西域或吐蕃的道路，因这一带曾存在吐谷浑政权而得名。南北朝时吐谷浑主曾受南朝"河南王"之封，这条道又称"青海道"或"河南道"。南北朝时这条道路曾经是中原与西域之间的重要替补道路，当河西走廊阻塞时人们更多利用了这条道路。在南北政权对峙的情况下，西域赴南朝和南朝通西域也利用了这条道路。隋及唐初吐谷浑政权与中原政权关系时好时坏，最终为吐蕃所灭。吐谷浑之地又是唐朝与吐蕃交通和交往的要道。唐代后期唐与吐蕃间的交往也利用了这条道路。从关中地区经青海进入吐蕃的道路在唐代也被开发利用，世称"唐蕃古道"。因通过此路经泥婆罗（尼泊尔）可至印度，又称"中印藏道"。

一 丝绸之路之吐谷浑之路

（一）吐谷浑的盛衰及其与唐朝的关系

1. 吐谷浑与吐谷浑之路

西晋末，辽东鲜卑慕容部一支在其首领吐谷浑率领下西迁，先至枹罕（今甘肃临夏），此后先后征服今青海、甘南和四川西北地区诸羌氏部落。其孙叶延建国，都伏俟城，以祖父名为国号。吐谷浑国主曾接受南朝"河南王"封号，南朝称为河南国；邻族称为"阿柴虏"或"野虏"。五胡十六国南北朝时吐谷浑与南北方诸政权都有交往。隋时其控制区域"自西平临羌城（今青海湟源县东南）以西，且末（今新疆且末县）以东，祁连山以南，雪山（今昆仑山和巴颜喀拉山、阿尼玛卿山）以北，东西四千里，南北二千里"[①]。吐谷浑国主夸吕传子世伏，娶隋朝光化公主。隋朝征服吐

---

① 《隋书》卷83《西域传》，中华书局1973年版，第1845页。

谷浑，于其故地置四郡，即河源、西海、鄯善、且末等。隋末吐谷浑复国，渐复故地。

唐初吐谷浑累为边患。贞观九年（635）伏允战败，投奔黑党项，又逃至且末、突伦碛（在且末西），为部下所杀。吐谷浑分为二部，西部由伏允子达延芒结波率领，居鄯善，投降吐蕃，被吐蕃称作"阿柴"或"阿辖"。东部由伏允长子慕容顺率领，居伏俟城，依附唐朝，被封为西平郡王。慕容顺子诺曷钵继位，唐朝封为河源郡王，自号乌地也拔勒豆可汗。贞观十四年唐朝以弘化公主妻之，加封青海国王。诺曷钵两个儿子分别娶唐朝金城公主和金明公主。吐蕃向青海地区扩张，东部吐谷浑被吐蕃所灭，诺曷钵投奔凉州，率数千帐内附。唐朝把他的部众安置于灵州，并置安乐州以处之，以诺曷钵为安乐州刺史，保留可汗号，子孙世袭。[1] 吐谷浑国亡后，其人被称作"退浑"或"吐浑"。[2] 安史之乱后灵州陷于吐蕃，其地吐谷浑人迁至河东，五代时散处蔚州（今河北蔚县）等地，附属于沙陀李氏，后属后晋石氏。

伏俟城位于今青海海南州共和县石乃亥乡，即今铁卜加古城，东距青海湖约7.5千米。周围是一片地域开阔、水草丰美的大草原，当地人称"切吉加夸日"，藏语"夸日"为城，称汉人为"加"，意思就是切吉地方的汉人城。这里是游牧人游牧之地，没有筑城而居的习惯，加上年代久远，说不清其来历，就误认为是汉人所筑，其实就是6—7世纪时吐谷浑王城。[3] 伏俟城东连西平（今青海西宁）、金城（今甘肃兰州），南下可达益州（今四川成都），西通鄯善（今新疆若羌）。在4—6世纪南北朝对峙河西走廊一度阻塞不通的情况下，东西行旅往来多取道祁连山南，经青海西达南疆。[4] 吐谷浑之地是这条交通要道上的重要枢纽，这条道路在中西交通线上发挥了相当重要的作用。

2. 唐朝征服吐谷浑与唐浑关系

唐朝灭东突厥后，北有薛延陀，西北有西突厥，西则有吐谷浑。吐谷浑时叛时附，贞观九年（635），唐军入吐谷浑境破之，立诺曷钵为可汗，

---

[1] 《旧唐书》卷198《吐谷浑传》，第5297—5301页。
[2] 《新唐书》卷221上《西域传上》，第6228页。
[3] 靳玄生：《青海历代故垒遗址》，《西北论衡》1938年第6卷第1期。
[4] 关于吐谷浑之路，参见吴景敖《西陲史地研究》，中华书局1948年版，第1—9页；唐长孺《南北朝期间西域与南朝的陆道交通》，《魏晋南北朝史论拾遗》，中华书局1983年版，第168—195页；陈良伟《丝绸之路河南道》，中国社会科学出版社2002年版；石云涛《三至六世纪丝绸之路的变迁》，文化艺术出版社2007年版，第114—132页。

并将弘化公主嫁之。这条道路成为唐朝与吐蕃和西域交通的要道,"太宗即位,伏允遣其洛阳公来朝,使未返,大掠鄯州(今青海西宁乐都一带)而去。……伏允年老昏耄,其邪臣天柱王惑乱之,拘鸿胪丞赵德楷,太宗频遣宣谕,使者十余返,竟无悛心"。贞观九年,吐谷浑寇边,唐朝任命李靖为西海道行军大总管,率军征讨,大破之,吐谷浑主伏允之子杀其国相来降,伏允自缢而亡。① 李靖今存《舞剑歌》一首,回忆当年的战事:"陟崇冈兮望四围,□□闪□兮断虹飞,嗟嗟三军唱凯归。"② 联系诗题,这首诗当是李靖一边舞剑一边唱出的气势磅礴的诗歌。首句回忆当年战事的惨烈和情势的危急,当将军登上高冈时,四面敌军围绕,蜂拥而至;次句写激烈的战斗。虽是残句,仍然可以知道是描写战场的场面。"闪"是刀光剑影,"断虹飞"是比喻,形容战场上刀光闪闪飞箭如蝗的情景。第三句是大军凯旋班师。诗虽然只有三句,却非身经百战者不能写出,非战功赫赫者不能吟此。

一百多年后,柳宗元《唐铙歌鼓吹曲十二篇》第十篇《吐谷浑》纪其事,其序云:"李靖灭吐谷浑西海上,为《吐谷浑》第十。"诗曰:

> 吐谷浑盛强,背西海以夸。岁侵扰我疆,退匿险且遐。帝谓神武师,往征靖皇家。烈烈旆其旗,熊虎杂龙蛇。王旅千万人,衔枚默无哗。束刃逾山微,张翼纵漠沙。一举刈膻腥,尸骸积如麻。除恶务本根,况敢遗萌芽。洋洋西海水,威命穷天涯。系虏来王都,犒乐穷休嘉。登高望还师,竟野如春华。行者靡不归,亲戚欢要遮。凯旋献清庙,万国思无邪。③

"熊虎""龙蛇"指旗帜上的图形,蛟龙为旂,熊虎为旗,鸟隼为旟,龟蛇为旐。衔枚,古代秘密行军时,让士兵和战马口中横衔着竹片,防止说话发声。"膻腥",肉乳的腥臊气味,此代指以肉奶为主食的民族。"犒乐"指犒赏庆功的音乐。这首诗叙李靖赫赫战功,一韵到底,笔法与诗人的《唐铙歌鼓吹曲》之《河右平》《铁山碎》两诗相类。此诗极力歌颂唐军的威武和唐朝的声望,表现了诗人盼统一、颂太平的爱国情怀。

征服吐谷浑是唐朝建立之初的大事,成为唐诗中鼓舞人心的战胜敌人

---

① 《旧唐书》卷198《吐谷浑传》,第5297—5299页。
② 《全唐诗》无李靖诗,《舞剑歌》一诗见《钦定盘山志》卷1、《日下旧闻考》116。陈尚君辑校:《全唐诗续拾》卷2,《全唐诗补编》,中华书局1992年版,第665页。
③ (唐)柳宗元:《柳宗元集》卷1,中华书局1979年版,第22—23页。

的典故。王昌龄《从军行七首》其五云："大漠风尘日色昏，红旗半卷出辕门。前军夜战洮河北，已报生擒吐谷浑。"① 吐谷浑本为羌人故地，唐诗中的"羌"有时指吐谷浑。吴筠《胡无人行》云："剑头利如芒，恒持照眼光。铁骑追骁虏，金羁讨黠羌。"② 吐谷浑与唐时战时和，其国王和使臣都有入唐之举，受到唐朝的款待。刘行敏《又嘲杨文瓘》诗题注："武陵公杨文瓘任户部侍郎，以能饮，令宴蕃客浑王。遂错与延陀儿宴。行敏咏之云云。"诗云："武陵敬爱客，终宴不知疲。遣共浑王饮，错宴延陀儿。始被鸿胪识，终蒙御史知。精神既如此，长叹复何为。"③ 在一次外交活动中，杨文瓘奉命宴请蕃客浑王，浑王即吐谷浑王，发生失误，宴请了薛延陀人，受到御史弹劾，并受到刘行敏赋诗嘲笑。

征服吐谷浑，唐朝就恢复了南北朝时兴盛一时的吐谷浑之路或青海道，在河西走廊之外增加了一条赴西域的替补道路。孙逖《送赵大夫护边》云：

> 外域分都护，中台命职方。欲传清庙略，先取剧曹郎。已佩登坛印，犹怀伏奏香。百壶开祖饯，驷牡戒戎装。青海连西掖（一作极），黄河带北凉。关山瞻汉月，戈剑宿胡霜。体国才先著，论兵策复长。果持文武术，还继杜当阳。④

诗题一作"送赵都护赴安西"，安西大都护驻地在龟兹，"青海"二句写赵都护赴西域的路线，"青海连西极"意谓赵氏赴龟兹可以途经青海道。

（二）唐诗中的吐谷浑之路

青海道向东联结陇右，通往中原地区；往北、往西与丝绸之路河西道、西域道相接；向东南进入今四川北部，向南赴吐蕃。陇山是入吐蕃的必经之地，唐朝出使吐蕃的使节经过陇山，进入河湟地区，然后西向经河西走廊入西域，南向则进入吐蕃之境。吐谷浑亡后，吐蕃被唐人称为西戎，赴吐蕃经河湟之地，因此青海道在唐时具有交通枢纽地位。不过，一是吐谷浑叛服无常，二是不久就被吐蕃征服，三是唐代前期河西走廊道路通畅，因此赴西域的行人利用青海道不多，这条道路更多地为唐吐蕃交通

---

① （唐）王昌龄著，胡问涛、罗琴校注：《王昌龄集编年校注》卷1，第49页。
② 《全唐诗》卷853，第9662页。
③ 《全唐诗》卷869，第9847页。
④ 《全唐诗》卷218，第1196页。

往来所利用。

1. 河州（临夏）和凤林关

从陇右进入青海道，首站是河州，在今甘肃临夏，境内有积石山、凤林山和凤林关。相传河州是大禹治水的西极之地，其地古属雍州，大禹治水"导河积石，至于龙门……入于海"①。这一带古代为西羌人聚居区。汉昭帝时置金城郡，辖有枹罕县，前凉张骏时于枹罕县置河州。后魏初改置枹罕镇，孝文帝时又复为河州。隋大业三年（607）改为枹罕郡。隋末为金城校尉薛举所据，薛举臣服于突厥。唐武德元年（618），复置河州，治所在枹罕县。天宝元年（742）改河州为安乡郡，辖枹罕县。代宗宝应元年（762）陷于吐蕃。宣宗大中五年（851），张议潮击走吐蕃，占据河西、陇右诸州。吐蕃将领尚延心以河州、渭州降唐。

河州之地最引起诗人吟咏兴趣的是凤林关，但凤林关地在何处，却众说纷纭。河州有凤林山，在枹罕"县北三十五里"。河州又有凤林县。关是在凤林山上，抑或在凤林县境内，史无明确记载。刘满《西北黄河古渡考》否定了凤林关在今临夏县莲花镇原莲花城之说，认为应在今莲花镇原唵哥集。② 其《凤林津、凤林关位置及其交通路线考》又从讨论《法苑珠林》中关于唐述谷寺记载的标点入手，发现一条重要材料，即凤林津在唐河州西北五十里；又通过梳理《通典》和《元和郡县图志》等书关于唐鄯州至河州间道路的有关记载，探讨了北朝以来龙支至河州道的交通路线，发掘出另一条史料，即凤林关与唐龙支县的距离是140里。通过探讨西魏凤林县故城、唐凤林关、宋安乡关、元安乡县等相关地名变化，说明今唵哥集渡是北朝以来的黄河古渡，莲花渡是元明时才出现的黄河渡口，说明凤林津、凤林关在今临夏县莲花镇的原唵哥集。③

凤林关受到诗人关注是在安史之乱发生之后。由于河州地近吐蕃，凤林关地势险要，具有重要的军事意义。因此，唐诗中写到凤林关，往往与军事形势有关，凤林关成为唐与吐蕃对峙的前线。大历二年十一月"和蕃使、检校户部尚书、兼御史大夫薛景仙自吐蕃使还，首领论泣陵随景仙来朝，景仙奏云：'赞普请以凤林关为界。'"④ 赞普之请，当以当时实际的对峙形势为据。可知凤林关当时成为唐蕃对峙的前线。杜甫诗《秦州杂诗二十首》其十九云：

---

① 《尚书正义》卷6，《十三经注疏》，中华书局1980年版，第150页。
② 刘满：《西北黄河古渡考》（二），《敦煌学辑刊》2005年第4期。
③ 刘满：《凤林津、凤林关位置及其交通路线考》，《敦煌学辑刊》2013年第1期。
④ 《旧唐书》卷196下《吐蕃传下》，中华书局1975年版，第5243页。

第七章　吐谷浑之路与唐蕃古道　519

> 凤林戈未息，鱼海路常难。候火云烽峻，悬军幕井干。风连西极动，月过北庭寒。故老思飞将，何时议筑坛。①

杜甫入蜀途经河州，这里正是战事激烈的时候，杜诗透露出当时紧张的边防形势。安史之乱后，吐蕃占领此地，诗人们提到河州和凤林关，往往伤感。吕温出使吐蕃，路经河州，作《题河州赤岸桥》诗，描写河州沦陷后当地百姓思念大唐的痛苦心情："左南桥上见河州，遗老相依赤岸头。匝塞歌钟受恩者，谁怜被发哭东流。"②吕温于德宗贞元二十年（804）夏，以侍御史为入蕃副使出使吐蕃，在吐蕃滞留经年，这是他路经河州见到沦陷区百姓时有感而发。秦韬玉《塞下》云：

> 到处人皆著战袍，麾旗风紧马蹄劳。黑山霜重弓添硬，青冢沙平月更高。大野几重开雪岭，长河无限旧云涛。凤林关外皆唐土，何日陈兵戍不毛。③

过去凤林关外都是大唐的天下，现在沦于敌手，何时才能收复，唐军驻守其地。

凤林关是唐人心头之痛，它代表着失地之悲，有志之士誓言不能让其悲剧重演。高骈《赴安南却寄台司》诗："曾驱万马上天山，风去云回顷刻间。今日海门南面事，莫教还似凤林关。"④高骈《寓怀》诗："关山万里恨难销，铁马金鞭出塞遥。为问昔时青海畔，几人归到凤林桥。"⑤诗人的心头之恨就是凤林关沦于敌手。张籍《凉州词》其二："凤林关里水东流，白草黄榆六十秋。边将皆承主恩泽，无人解道取凉州。"⑥批判边将的腐败无能，表达对国土沦丧的痛心。安史之乱前唐朝同吐蕃的交界处在凤林关以西，随着边城的失守，凤林关亦已沦陷。在吐蕃族统治下凤林关内土地荒芜，寒水东流，白草丛生，黄榆遍地。诗人既从空间广度写凤林关的荒凉，又用"六十秋"从时间长度突出凤林关灾难的深重。这不是夸张而是写实，国土失陷如此之久，边民灾难如此之深，为什么没有收复？因

---

① （唐）杜甫著，（清）仇兆鳌注：《杜诗详注》卷7，第587页。
② 《全唐诗》卷371，第4166页。
③ 《全唐诗》卷670，第7659页。
④ 《全唐诗》卷598，第6919页。
⑤ 同上书，第6920页。
⑥ （唐）张籍著，徐礼节、余恕诚校注：《张籍集系年校注》卷6，第738页。

为边将享受着国家优厚的待遇,却不思进取,饱食终日,无所作为。

2. 积石山、积石军、赤岭

从河州西行,进入今青海之地,首先是丝路要道积石山。唐朝曾于此置积石军,高宗仪凤二年(677)改北周以来静边镇置,驻所在今青海贵德县河阴镇,管兵7000人,马100匹,属陇右节度使。积石山是由唐入吐蕃必经之地。赵彦昭《奉和送金城公主适西蕃应制》云:"圣后经纶远,谋臣计画多。受降追汉策,筑馆许戎和。俗化乌孙垒,春生积石河。六龙今出饯,双鹤愿为歌。"① 此积石河应指流经积石山的河,中宗时金城公主和亲吐蕃途经其地。

积石军驻地是唐军屯田区,每当麦熟季节,吐蕃军队就到积石军抢收麦子,被称为"吐蕃麦庄"。② 跟积石军有关的唐朝名将是哥舒翰。天宝六载(747),哥舒翰被任命为陇右节度副使、都知关西兵马使、河源军使,派王难得、杨景晖等人引兵至积石军设伏,吐蕃五千骑兵到,哥舒翰率骁勇将士从城中杀出,几乎全歼,余众逃回路上,被唐军伏兵截击,匹马未还,哥舒翰与积石军事迹在唐诗中留下了痕迹。哥舒翰时积石军建有佛塔,称多福七级浮图。高适有《同吕判官从哥舒大夫破洪济城回登积石军多福七级浮图》诗:

> 塞口连浊河,辕门对山寺。宁知鞍马上,独有登临事。七级凌太清,千崖列苍翠。飘飘方寓目,想像见深意。高兴殊未平,凉风飒然至。拔城阵云合,转旆胡星坠。大将何英灵,官军动天地。君怀生羽翼,本欲附骐骥。款段苦不前,青冥信难致。一歌阳春后,三叹终自愧。③

这首诗歌咏了哥舒翰统军对吐蕃作战的显赫战功。天宝十二载(753)五月,"陇右节度使哥舒翰击吐蕃,拔洪济、大漠门等城,悉收九曲部落"④。唐廓州达化县(今青海省循化县东)有洪济镇,周武帝时逐吐谷浑所筑,在县西二百七十里。⑤ 当即哥舒翰破吐蕃之地。白水戍当属积石军所辖,但吐谷浑之地陷入吐蕃后,其戍亦废。唐后期当诗人路经此地时便称为

---

① 《全唐诗》卷103,第1088页。
② 《资治通鉴》卷215,中华书局1956年版,第6878页。
③ (唐)高适著,孙钦善校注:《高适集校注》,第228页。
④ 《资治通鉴》卷215,中华书局1956年版,第6878页。
⑤ (唐)杜佑:《通典》卷174《州郡四》,中华书局1988年版,第4551页。

"白水古戍"。敦煌文书《残诗集》五十九首其二十《晚次白水古戍见枯骨之作》云:"深山古戍寂无人,崩壁荒丘接鬼邻。意气丹诚□□□,惟余白骨变灰尘。汉家封垒徒千所,失守时更历几春。此日羁愁肠自断,□□到此转悲辛。"① 临蕃城也是当年唐军戍守之地。其二十一《晚秋至临蕃被禁之作》云:"一到荒城恨转深,数朝长叹意难任。昔日三军雄镇地,今时百草遍城阴。隙墉穷巷无人迹,独树孤坟有鸟吟。邂逅流移千里外,谁念栖(牺)惶一片心。"② 在唐朝失地处处残留着当年的戍所封垒,唐人路经此地,目睹昔日的营垒废址和今日的荒凉景象,不免家国兴亡之感。

赤岭即今青海境内日月山,唐时名赤岭,又称"赤坂"。北朝时曾是北魏与吐谷浑的界山。杨衒之《洛阳伽蓝记》记载宋云等人西行取经:"初发京师,西行四十日,至赤岭,即国之西疆也,皇魏关防正在于此。赤岭者不生草木,因以为名。"③ 吐谷浑归附唐朝时,唐朝使节赴吐蕃要经过此山。吐谷浑被吐蕃灭亡后,赤岭成为唐朝与吐蕃的分界。金城公主出嫁吐蕃,唐朝与吐蕃"仍以赤岭各竖分界之碑,约以更不相侵"④。开元二十二年(648),"遣将军李佺于赤岭与吐蕃分界立碑"⑤。唐前期出使吐蕃的使臣途经赤岭,杜审言《送和西蕃使》云:

> 使出凤凰池,京师阳春晚。圣朝尚边策,诏谕兵戈偃。拜手明光殿,摇心上林苑。种落逾青羌,关山度赤坂。疆场及无事,雅歌而餐饭。宁独锡和戎,更当封定远。⑥

"西蕃"指吐蕃,此"和西蕃使"可能指娄师德。《资治通鉴》记载:"李敬玄之西征也,监察御史原武娄师德应猛士诏从军,及败,敕师德收集散亡,军乃复振,因命使于吐蕃。吐蕃将论赞婆迎之赤岭。师德宣导上意,谕以祸福,赞普甚悦,为之数年不犯边。"⑦ 迎之赤岭,即到边界迎候,以示隆重。

---

① 陈尚君辑校:《全唐诗补编》,中华书局1992年版,第70页。
② 同上。
③ (北魏)杨衒之著,范祥雍校注:《洛阳伽蓝记校注》卷5,上海古籍出版社1958年版,第252页。
④ 《旧唐书》卷146上《吐蕃传》,第5231页。
⑤ 同上书,第5233页。
⑥ (唐)杜审言著,徐定祥注:《杜审言诗注》,上海古籍出版社1982年版,第2页。
⑦ 《资治通鉴》卷202,仪凤三年,第6386页。

肃宗乾元元年（758），河西陇右兵马入中原平叛，吐蕃人占领其地，积石军废，赤岭地入吐蕃，成为失地象征。唐后期人们向往收复失地，赤岭仍为诗人所关心。李商隐《即日》诗：

> 小苑试春衣，高楼倚暮晖。夭桃惟是笑，舞蝶不空飞。赤岭久无耗，鸿门犹合围。几家缘锦字，含泪坐鸳机。[1]

一旦赤岭的消息断绝，便令思妇伤心牵挂愁怀难解。又如薛逢《醉中闻甘州》诗："老听笙歌亦解愁，醉中因遣合甘州。行追赤岭千山外，坐想黄河一曲流。日暮岂堪征妇怨，路傍能结旅人愁。左绵刺史心先死，泪满朱弦催白头。"[2] 晚唐时张议潮收复河西、陇右，诗人们欢呼失地收复，以赤岭为象征。薛逢《八月初一驾幸延喜楼看冠带降戎》："城头旭日照阑干，城下降戎彩仗攒。九陌尘埃千骑合，万方臣妾一声欢。楼台乍仰中天易，衣服初回左衽难。清水莫教波浪浊，从今赤岭属长安。"[3] 当然，事实上并不像诗人所想象的那样，赤岭并没有那样顺利地进入唐朝势力范围。直至唐亡，这一带仍为吐蕃人所占。敦煌文书《残诗集》五十九首佚名作者的诗可能是归义军张承奉称金山国天子之后，沙州寿昌县某士人写的诗，他可能奉使至吐蕃，被吐蕃拘禁，押送至吐蕃治下的临蕃，路经赤岭。其十九《夜度赤岭怀诸知己》云："山行夜忘寐，拂晓遂登高。回首望知己，思君心郁陶。不闻龙虎啸，但见豺狼号。寒气凝如练，秋风劲似刀。深溪多渌水，断岸饶黄蒿。驿使□靡歇，人疲马亦劳。独嗟时不利，诗笔虽然操。更忆绸缪者，何当慰我曹。"[4] 其时作者尚为金山国使臣，诗写旅途的艰辛和心情的愁苦。

3. 青海湖

唐初吐谷浑叛附无常，唐朝数次对吐谷浑用兵，青海湖一带是主要战场。吐蕃灭吐谷浑后，这里又成为唐朝与吐蕃长期对峙和争夺的地方，因此唐诗中的"青海"都指这一带，"青海戎"则代指吐谷浑或吐蕃。唐对吐谷浑的战争作为典故往往见诸唐诗，成为胜利的象征。如王昌龄《从军行七首》：

---

[1] （唐）李商隐著，刘学锴、余恕诚集解：《李商隐诗歌集解》卷1，中华书局1988年版，第412页。
[2] 《全唐诗》卷548，第6329页。
[3] 同上书，第6328页。
[4] 陈尚君辑校：《全唐诗补编》，第69—70页。

其一
烽火城西百尺楼,黄昏独上海风秋。
更吹羌笛关山月,无那金闺万里愁。①
其四
青海长云暗雪山,孤城遥望玉门关。
黄沙百战穿金甲,不破楼兰终不还。②
其五
大漠风尘日色昏,红旗半卷出辕门。
前军夜战洮河北,已报生擒吐谷浑。③

这里的"海风""洮河""青海""吐谷浑"都是作为地名典故使用,以唐与吐谷浑的战争为背景,泛指边塞地区,也包括对吐蕃的战争。中国古代文献中有"西海"的概念,意指西方的海,由于古代中国人对西方世界认识的模糊性,往往不得确指,近的青海湖、博斯腾湖、伊克塞湖,远者咸海、里海、地中海、波斯湾、红海等都被称为西海。但在隋唐时期由于与吐谷浑、吐蕃的和战关系,青海湖更多地被人们提起,隋唐时还在这一带置西海郡,因此唐诗中写到与吐谷浑、吐蕃交往中和唐军到西部边疆地区的战争中的"西海",大体上指西海郡和青海湖,特别是在盛唐时与吐蕃在此地反复争夺的年代里。韦元旦《奉和送金城公主适西蕃应制》云:

柔远安夷俗,和亲重汉年。军容旌送国,节命锦车传。琴曲悲千里,箫声恋九天。唯应西海月,来就掌珠圆。④

"西海"指青海湖,"掌珠"指金城公主。诗后两句描写公主入蕃途中的景物。常建《张公子行》云:"出门事嫖姚,为君西击胡。胡兵汉骑相驰逐,转战孤军西海北。"⑤ 柳宗元《唐铙歌鼓吹曲十二篇·李靖灭吐谷浑西海上,为吐谷浑第十》云:"吐谷浑盛强,背西海以夸。岁侵扰我疆,退匿险且遐。"⑥ 这两首诗中的"西海"也分明指青海湖。

---

① (唐)王昌龄著,胡问涛、罗琴校注:《王昌龄集编年校注》卷1,第43页。
② 同上书,第47页。
③ 同上书,第49页。
④ (宋)李昉等编:《文苑英华》卷176,中华书局1966年版,第861页。
⑤ (唐)常建著,王锡九校注:《常建诗歌校注》卷下,中华书局2017年版,第205页。
⑥ (唐)柳宗元:《柳宗元集》卷1,中华书局1979年版,第22—23页。

唐朝与吐蕃之间的使节往还要经过青海湖，青海道在唐蕃交往中非常重要，因此唐诗中写到青海道的不少。金城公主入藏，中宗君臣赋诗送别，李适《奉和送金城公主适西蕃应制》云："绛河从远聘，青海赴和亲。"① 张说同题诗云："青海和亲日，潢星出降时。"② "青海"代指公主入藏的道路。唐后期使节入蕃路经青海，吕温写自己入蕃的所见所感，描写了青海一带的风光，其《青海西寄窦三端公》云："时同事弗同，穷节厉阴风。我役流沙外，君朝紫禁中。从容非所羡，辛苦竟何功。但示酬恩路，浮生任转蓬。"③ 写出了出使途中的辛苦和漂泊之感，用窦某在朝廷的安逸作衬托，彰显自己远役的悲辛。吕温《读句践传》云："丈夫可杀不可羞，如何送我海西头。更生更聚终须报，二十年间死即休。"④ 这首诗表达了困于吐蕃的屈辱与愤恨之情。吕温《蕃中答退浑词二首》其二："退浑儿，退浑儿，冰消青海草如丝。明堂天子朝万国，神岛龙驹将与谁。"⑤ "退浑儿"是吐谷浑亡国后人们对其遗种的称呼，吕温眼见处于吐蕃统治之下的吐谷浑遗民，为他们的身世感到痛心。吐谷浑的名马青海骢当年是给唐朝的贡物，如今却再无唐朝这个强大的靠山，只能遭受吐蕃的奴役。吕温回国后任职南方，当湖风吹面时，他会不自觉地与当年出使吐蕃的生活进行对照，其《风叹》诗云："青海风，飞沙射面随惊蓬。洞庭风，危樯欲折身若空。西驰南走有何事，会须一决百年中。"⑥ 回忆往日的生活，他常常记起那次远役的遭遇，其《道州感兴》云："当代知文字，先皇记姓名。七年天下立，万里海西行。苦节终难辨，劳生竟自轻。今朝流落处，啸水绕孤城。"⑦ 诗人早已从吐蕃归国，若干年后对出使吐蕃在青海湖边的生活仍印象深刻。

吐蕃灭吐谷浑后，青海湖一带成为吐蕃与唐朝反复争夺的地区，"青海""青海戎"则代指吐蕃地区和吐蕃人。张说《奉和圣制送金城公主适西蕃应制》云："青海和亲日，潢星出降时。戎王子婿宠，汉国舅家慈。春野开离宴，云天起别词。空弹马上曲，讵减凤楼思。"⑧ "青海和亲"指唐朝与吐蕃的和亲。玄宗时唐朝与吐蕃在青海湖一带的战争十分激烈。唐玄宗

---

① （宋）李昉等编：《文苑英华》卷176，中华书局1966年版，第861页。
② 同上书，第860页。
③ 《全唐诗》卷370，第4160页。
④ 《全唐诗》卷371，第4175页。
⑤ 同上书，第4171页。
⑥ 同上书，第4175页。
⑦ 同上书，第4176页。
⑧ 《全唐诗》卷87，第942页。

《令陇右河西备边制》云:"如闻吐蕃尚聚青海,宜令萧嵩、张志亮等审察事势,倍加防御。"[1] 开元十五年(727)正月,唐军"破吐蕃于青海之西,虏其辎重及羊马而还"[2]。开元十六年秋,"陇右节度使、鄯州都督张忠亮引兵至青海西南渴波谷,与吐蕃接战,大破之"[3]。开元二十二年(734),河西节度使崔希逸"大破吐蕃于青海之上"[4]。开元末和天宝初形势逆转,吐蕃在青海一带攻势猛烈,唐军接连失利。[5] 李白《关山月》云:"汉下白登道,胡窥青海湾。由来征战地,不见有人还。"[6] "汉"代指唐,在青海一带与唐交战的"胡"指吐蕃。这首诗反映了当时唐与吐蕃战争的艰苦。杜甫《后苦寒行二首》其二云:"晚来江门失大木,猛风中夜吹白屋。天兵断斩青海戎,杀气南行动坤轴,不尔苦寒何太酷。"[7] 此"青海戎"也指吐蕃。

与吐蕃的战争给双方人民带来巨大的负担和灾难,诗人借青海意象表达对战争的不满。杜甫《兵车行》批判统治阶级的穷兵黩武:"边庭流血成海水,武皇开边犹未已。……君不见,青海头,古来白骨无人收。新鬼烦旧鬼哭,天阴雨湿声啾啾。"[8] 开元二十九年(741)十二月,吐蕃攻拔石堡城。天宝七载(748),"以哥舒翰为陇右节度使,攻而拔之,改石堡城为神武军"[9]。对这次付出巨大代价的胜利诗人表示愤慨。李白《答王十二寒夜独酌有怀》云:"君不能,学哥舒,横行青海夜带刀,西屠石堡取紫袍。"[10] 青海地区没有战争,被视为边境安定的象征。哥舒翰任河西、陇西节度使,颇能用兵,扭转了青海一带的战争局面。杜甫《投赠哥舒开府二十韵》云:"今代麒麟阁,何人第一功。君王自神武,驾驭必英雄。开府当朝杰,论兵迈古风。先锋百胜在,略地两隅空。青海无传箭,天山早挂弓。廉颇仍走敌,魏绛已和戎。"[11] 高适《九曲词三首》其三云:"铁骑横行铁岭头,西看逻逤取封侯。青海只今将饮马,黄河不用更防秋。"[12] 刘长卿《平蕃曲三首》其一云:"吹角报蕃营,回军欲洗兵。已教青海外,

---

[1] 《全唐文》卷23,上海古籍出版社1990年版,第111页。
[2] 《旧唐书》卷196上《吐蕃传上》,第5229页。
[3] 同上书,第5230页。
[4] 同上书,第5233页。
[5] 同上书,第5235页。
[6] (唐)李白著,瞿蜕园、朱金城校注:《李白集校注》卷4,第279页。
[7] (唐)杜甫著,(清)仇兆鳌注:《杜诗详注》卷21,第1849页。
[8] (唐)杜甫著,(清)仇兆鳌注:《杜诗详注》卷2,第115—116页。
[9] 《旧唐书》卷196上《吐蕃传》,第5235页。
[10] (唐)李白著,瞿蜕园、朱金城校注:《李白集校注》卷19,第1144页。
[11] (唐)杜甫著,(清)仇兆鳌注:《杜诗详注》卷3,第188页。
[12] (唐)高适著,孙钦善校注:《高适集校注》,第232页。

自筑汉家城。"① 代宗时诗人韦元甫《木兰歌》写木兰代父从军："朝屯雪山下，暮宿青海傍。夜袭燕支虏，更携于阗羌。将军得胜归，士卒还故乡。"② 这首诗一改北朝民歌《木兰词》中木兰北征而为西征，反映了当时唐朝的边患主要在西部，主要的强敌是吐蕃。

唐朝与吐蕃长期在青海一带争夺，唐军将士长期在青海一带戍守和征战，"青海"作为诗歌意象频繁出现于唐诗，成为边塞极远之地和战争前线的代称，成为将士们立功报国的地方。孙逖《送赵大夫护边（一作送赵都护赴安西）》云："外域分都护，中台命职方。欲传清庙略，先取剧曹郎。已佩登坛印，犹怀伏奏香。百壶开祖饯，驷牡戒戎装。青海连西掖，黄河带北凉。"③ 高适《塞下曲》云："青海阵云匝，黑山兵气冲。战酣太白高，战罢旄头空。万里不惜死，一朝得成功。"④ 无名氏《凉州歌》第二云："朔风吹叶雁门秋，万里烟尘昏戍楼。征马长思青海北，胡笳夜听陇山头。"⑤ 王贞白《少年行二首》其二云："弱冠投边急，驱兵夜渡河。追奔铁马走，杀虏宝刀讹。威静黑山路，气含清海波。常闻为突骑，天子赐长戈。"⑥ "清海"，从上句对仗看，黑山是专有名词，应该以专有名词相对；"黑"是颜色词，也应以颜色词相对，故"清海"当为"青海"。因为是唐军戍守之地，"青海"成为征夫思妇两地相思的意象。李元纮《绿墀怨》云："征马噪金珂，嫖姚向北河。绿苔行迹少，红粉泪痕多。宝屋粘花絮，银筝覆网罗。别君如昨日，青海雁频过。"⑦ 柳中庸《凉州曲二首》其一云："关山万里远征人，一望关山泪满巾。青海戍头空有月，黄沙碛里本无春。"⑧ 这两首诗一写思妇盼望鸿雁为戍守青海的征夫传递家书，一写戍守青海的将士思念家乡之苦。

安史之乱爆发，青海一带的局势急转直下，唐朝长期经营的边防体系迅速瓦解，吐蕃乘机展开攻势。杜甫《送从弟亚赴河西判官》写其时局势："宗庙尚为灰，君臣俱下泪。崆峒地无轴，青海天轩轾。西极最疮痍，连山暗烽燧。"⑨ "轩轾"，车前高后低为轩，前低后高为轾，喻指高低轻

---

① （唐）刘长卿著，储仲君笺注：《刘长卿诗集笺注》，中华书局1996年版，第23页。
② （宋）郭茂倩编：《乐府诗集》卷25，中华书局1979年版，第374页。
③ 《全唐诗》卷118，第1196页。
④ （唐）高适著，孙钦善校注：《高适集校注》，第242页。
⑤ 《全唐诗》卷27，第380页。
⑥ 《全唐诗》卷701，第8058页。
⑦ 《全唐诗》卷108，第1114页。
⑧ 《全唐诗》卷257，第2877页。
⑨ （唐）杜甫著，（清）仇兆鳌注：《杜诗详注》卷5，第366页。

重失衡，青海的天空发生了倾斜和动荡，指青海局势危笃，日益落入吐蕃之手。随着战事的进行，昔日双方反复争夺的地方完全陷于吐蕃。杜甫《有感五首》其二："幽蓟余蛇豕，乾坤尚虎狼。诸侯春不贡，使者日相望。慎勿吞青海，无劳问越裳。大君先息战，归马华山阳。"① 杜甫分析天下形势，认为青海一带虽为吐蕃占领，但目前内战没有结束，尚不能考虑收复青海之地。杜甫《警急（时高公適领西川节度）》云："才名旧楚将，妙略拥兵机。玉垒虽传檄，松州会解围。和亲知拙计，公主漫无归。青海今谁得，西戎实饱飞。"② 当唐对吐蕃的战事稍有胜利，诗人笔下的青海立刻风光不同。大历二年，路嗣恭大破吐蕃，吐蕃暂退。杜甫《喜闻盗贼蕃寇总退口号五首》其一云："萧关陇水入官军，青海黄河卷塞云。北极转愁龙虎气，西戎休纵犬羊群。"③

青海一带最终陷于吐蕃，青海湖成为唐人伤心之地，马云奇《白云歌》反映了唐后期人们的心情。④ 德宗建中二年（781），张掖被吐蕃攻陷，张掖大小官员被俘，马云奇沦为囚徒。他先被押解到青海湖北，两年后又转至湟水河畔临蕃城（今青海省西宁西的多巴）。他的诗反映了他从张掖至吐蕃境内临蕃城的经历，表达了山河沦失之痛和囚徒之苦。《白云歌》是他被押送至青海湖时所作，长达 66 行。这首长诗形象地描绘了青海湖的湖光山色，表达了物是人非之感："殊方节物异长安，盛夏云光亦自寒。远戍只将烟正起，横峰更是雪犹残。"⑤ 马云奇参加过抗击吐蕃的斗争，被俘后又被长年囚禁，却仍然坚守节操，其诗既反映了历史的真实，又抒发了感时伤世的真切情怀。敦煌本佚名《残诗集》五十九首佚名作者的诗《青海臣疾之作》《青海望敦煌之作》等，⑥ 表达了对故国的依恋和亡国之痛。其中《感兴临蕃驯雁》："感兹驯雁色苍苍，徘徊顾步貌昂昂。不见衔芦避矰缴，空闻落翮困堤塘。差池为失衡阳伴，邂逅飘零虏塞傍。引颈长鸣望云路，何时刷羽接归行。"⑦ 这首诗也写的是金山国使臣被拘临蕃城的心情。青海一带陷蕃后，诗人不称此地为吐蕃，而以"青海"代指这一沦陷地区。敦煌诗集残卷 P.3967 载佚名"阙题"诗一首中有"上人

---

① （唐）杜甫著，（清）仇兆鳌注：《杜诗详注》卷 11，第 972 页。
② （唐）杜甫著，（清）仇兆鳌注：《杜诗详注》卷 12，第 1043 页。
③ （唐）杜甫著，（清）仇兆鳌注：《杜诗详注》卷 21，第 1857—1860 页。
④ 马云奇的诗在敦煌石窟中发现，被西人劫掠，收藏于法国巴黎图书馆。据敦煌抄本，他是张掖太守乐庭瓌僚属，存诗 13 首。
⑤ 陈尚君辑校：《全唐诗补编》，中华书局 1992 年版，第 87 页。
⑥ 同上书，第 67、68 页。
⑦ 同上书，第 75 页。

清（青）海变霓裳"句和《送令狐师回驾青海》，似敦煌陷蕃后某氏写给来自青海一带的令狐道士的诗，一首乃互诉衷肠之作，另一首乃送别之作。已见前文论敦煌部分的分析。

吐谷浑有湖名曰墨离海。敦煌本佚名《残诗集》五十九首中之《至墨离海奉怀敦煌知己》："朝行傍海涯，暮宿幕为家。千山空皓雪，万里尽黄沙。戎俗途将近，知音道已赊。回瞻云岭外，挥涕独咨嗟。"[1] 这首诗是被押送至墨离海附近时怀念昔日的同事所作。诗人沿着墨离海东行，至青海湖边，又写了两首诗《青海卧疾之作》《青海望敦煌之作》。沿青海湖边南去到临水，又写了《临水闻雁》；而后东行到赤岭（今青海湖东南的日月山），又写了《夜渡赤岭怀诸知己》。从其经行的路线可知，墨离海在青海湖西北，北方不远为连绵的祁连山，四周荒漠平川，据此判断大约是今哈拉湖一带。[2]

吐谷浑有名马被称为"青海骢"，吐谷浑"出良马、牦牛、铜、铁、朱砂之类。有青海，周回八百里，中有小山，至冬，放牝马于其上，言得龙种。尝得波斯马，放入海，因生骢驹，能日行千里，故代称'青海骢'焉"[3]。唐诗中的"龙马""骢马"即指这种青海名马。无名氏《杂曲歌辞·排遍第一》云："三秋陌上早霜飞，羽猎平田浅草齐。锦背苍鹰初出按，五花骢马喂来肥。"[4] 咏马是为了写人，有时借马的雄壮歌颂人的英勇和壮志，沈佺期《骢马》云："西北五花骢，来时道向东。四蹄碧玉片，双眼黄金瞳。鞍上留明月，嘶间动朔风。借君驰沛艾，一战取云中。"[5] 李白《白马篇》云："龙马花雪毛，金鞍五陵豪。秋霜切玉剑，落日明珠袍。"[6] 杜甫《高都护骢马行（高仙芝，开元末为安西副都护）》写青骢马最为生动：

　　安西都护胡青骢，声价歘然来向东。此马临阵久无敌，与人一心成大功。功成惠养随所致，飘飘远自流沙至。雄姿未受伏枥恩，猛气犹思战场利。腕促蹄高如踣铁，交河几蹴曾冰裂。五花散作云满身，万里方看汗流血。长安壮儿不敢骑，走过掣电倾城知。青丝络头为君老，何由却出横门道。[7]

---

[1] 陈尚君辑校：《全唐诗补编》，第66页。
[2] 钱伯泉：《墨离军及其相关问题》，《敦煌研究》2003年第1期。
[3] 《旧唐书》卷198《吐谷浑传》，第5297页。
[4] 《全唐诗》卷27，第381页。
[5] 《全唐诗》卷96，第1031页。
[6] （唐）李白著，瞿蜕园、朱金城校注：《李白集校注》卷5，第357页。
[7] （唐）杜甫著，（清）仇兆鳌注：《全唐诗》卷216，第2255页。

"青骢"冠以"胡"字,说它来自"流沙地",明言来自胡地,隋唐时吐谷浑之地被称为胡地。写马的英勇无敌,实际上是赞美骑乘者,写马不得志感叹人的失意。陈子昂《题祀山烽树赠乔十二侍御》云:"汉庭荣巧宦,云阁薄边功。可怜骢马使,白首为谁雄。"① 纪唐夫《骢马曲》云:"连钱出塞蹋沙蓬,岂比当时御史骢。逐北自谙深碛路,连嘶谁念静边功。登山每与青云合,弄影应知碧草同。今日房平将换妾,不如罗袖舞春风。"② 陈诗中当朝廷轻视将士的边功时,那些出生入死奋战一生的将军不如朝廷花言巧语之人。纪唐夫写的青骢马在边塞征战中功劳显赫,但战争结束后却被主人以之换取美妾。

唐代画家有的以青骢马为题材,诗人咏画诗又咏画中之青骢马。高适《画马篇(同诸公宴睢阳李太守,各赋一物)》云:

君侯枥上骢,貌在丹青中。马毛连钱蹄铁色,图画光辉骄玉勒。马行不动势若来,权奇蹴踏无尘埃。感兹绝代称妙手,遂令谈者不容口。麒麟独步自可珍,驽骀万匹知何有。终未如他枥上骢,载华毂,骋飞鸿。荷君剪拂与君用,一日千里如旋风。③

又如杜甫《丹青引赠曹将军霸》云:"先帝天马玉花骢,画工如山貌不同。是日牵来赤墀下,迥立阊阖生长风。诏谓将军拂绢素,意匠惨澹经营中。斯须九重真龙出,一洗万古凡马空。"④ 廊下的玉青骢和画家笔下的马相互映衬,画中的马是真马的生动写照。

吐谷浑又有舞马并入贡中原。舞马是经过训练能够配合音乐跪拜舞蹈的马,供娱乐之用。南北朝时舞马就从吐谷浑国传入南朝。《宋书》记载:"世祖大明五年,拾寅遣使献善舞马、四角羊。皇太子、王公以下上《舞马歌》者二十七首。"⑤ 拾寅即吐谷浑国主。拾寅向刘宋进贡舞马,《宋书·谢庄传》也有记载:"时河南献舞马,诏群臣为赋,……又使庄作《舞马歌》,令乐府歌之。"⑥ 吐谷浑国主接受了南朝政权"河南王"封号,

---

① (唐)陈子昂:《陈子昂集》卷2,中华书局1962年版,第21页。
② 《全唐诗》卷18,第199页。
③ (唐)高适著,孙钦善校注:《高适集校注》,第110页。
④ 《全唐诗》卷220,第2322页。
⑤ 《宋书》卷96《鲜卑吐谷浑传》,中华书局1974年版,第2373页。
⑥ 《宋书》卷85《谢庄传》,第2175—2176页。

故吐谷浑又称河南国。唐初吐谷浑"频遣使朝贡"①。唐朝曾为获得青海良马发动对吐谷浑的战争,太宗时将军李大亮远征吐谷浑,"获其名王二十人,杂畜数万"。高宗时吐谷浑与唐朝建立和亲关系,频繁入贡,在吐谷浑的贡物和唐军战利品中都会有其特产"舞马"。李商隐《思贤顿(即望贤宫也)》云:"内殿张弦管,中原绝鼓鼙。舞成青海马,斗杀汝南鸡。"②这首诗写的唐朝宫廷的舞马就是来自吐谷浑。

吐谷浑之地与中原地区文化交流在唐诗中也有反映。吐谷浑有其独特的艺术,其歌舞被称为"青海舞"。李白《东山吟》云:

　　携妓东土山,怅然悲谢安。我妓今朝如花月,他妓古坟荒草寒。白鸡梦后三百岁,洒酒浇君同所欢。酣来自作青海舞,秋风吹落紫绮冠。彼亦一时,此亦一时,浩浩洪流之咏何必奇。③

据《通典·乐六》记载,吐谷浑与鲜卑、部落稽被称为"北狄三国",其乐称"北狄乐"。"其词虏音,不可晓。"④ 说明北狄乐是有歌词的,配合音乐、歌词有舞蹈,总称为"青海舞"。李白的诗反映青海舞在唐代颇为流行。

4. 河源、河源郡、河源军

唐诗中的"河源"一词有三种含义,一是黄河源头,二是州郡名,三是唐军镇名。河在古代文献中曾是黄河的专称,"河源"之黄河源头被认为在今青海之扎陵湖、鄂陵湖附近。⑤ 向南是巴颜喀拉山,巴颜喀拉山脉与昆仑山脉原是吐谷浑与吐蕃的分界。吐蕃灭吐谷浑,进而占领河西、陇

---

① 《旧唐书》卷198《吐谷浑传》,第5298页。
② 《全唐诗》卷541,第6248页。
③ (唐)李白著,瞿蜕园、朱金城校注:《李白集校注》卷7,第521—522页。
④ (唐)杜佑:《通典》卷146《乐六》,中华书局1988年版,第3725页。
⑤ 《新唐书·侯君集传》记载,唐太宗贞观九年(635),侯君集征吐谷浑,至今青海境内之"柏海"。贞观十五年(641),文成公主入藏,松赞干布率众至"柏海"亲迎。黄文弼说:"柏海,据清人考证,谓今之扎陵、鄂陵两淖尔。丁谦并实指今扎陵湖。扎,白也;陵,长也。柏,即白之转音。今云侯君集在扎陵淖尔观河源,则黄河之发现,固于侯君集也。又据《新唐书·吐蕃传》,唐贞观十五年,以宗女文成公主妻弄赞,弄赞率兵至柏海亲迎归国,为公主筑一城,以夸后世。《唐会要》云:'弄赞至柏海,亲迎于河源。'其所述方位与地形,大致与《吐谷浑传》略同。"见氏著《西北史地论丛》,上海人民出版社1981年版,第234页。参见纵瑞华、梁今知《关于唐代的"柏海"与"河源"》,《青海社会科学》1982年第5期;李发明《也谈唐代的"柏海"与"河源"》,《青海师范大学学报》1984年第4期。

右。作为州郡名，隋时置，取名与其地近黄河源头有关。隋大业五年（609）攻灭吐谷浑国，于其故地置四郡，河源郡是其一，治古赤水城（今青海兴海县桑当乡夏塘古城），领赤水、远化二县，辖区约当今青海省海南藏族自治州大部（贵德县除外）、果洛藏族自治州北部和黄南藏族自治州地区。炀帝命卫尉卿刘权在河源郡大开屯田。隋末吐谷浑复国，郡废。吐蕃灭吐谷浑，地入吐蕃。军是唐边境地区军事设施，河源军是唐代边防建制名，陇右节度使所辖诸军之一。高宗仪凤二年（677）始置，辖军14000人，马650匹，驻地在鄯州鄯城县（今西宁市东郊）。初隶鄯州都督府，开元后隶陇右节度使。在临洮军移至鄯州前，河源军是陇右节度使所辖最大的一个军。黑齿常之、娄师德、郭知运、哥舒翰等名将曾先后担任河源军经略大使。高宗永隆元年（680），黑齿常之在河源军置烽戍70余处，在河源地区开屯田5000余顷。肃宗乾元元年（758），其地陷于吐蕃，军废。

河源一带原先是吐蕃与吐谷浑交战之地，后成为唐朝与吐蕃争夺的地区。因此河源成为边境、战地、前线和将士们戍守征战之地的代称。万楚《骢马》云："金络青骢白玉鞍，长鞭紫陌野游盘。朝驱东道尘恒灭，暮到河源日未阑。汗血每随边地苦，蹄伤不惮陇阴寒。君能一饮长城窟，为报天山行路难。"① 写骢马征战河源，实际上是歌颂与吐蕃交战的唐军将士。员半千《陇头水》云：

> 路出金河道，山连玉塞门。旌旗云里度，杨柳曲中喧。喋血多壮胆，裹革无怯魂。严霜敛曙色，大明辞朝暾。尘销营卒垒，沙静都尉垣。雾卷白山出，风吹黄叶翻。将军献凯入，万里绝河源。②

经过将士们的浴血奋战，直到河源的广大地区已经结束战争，恢复和平。张仲素《塞下曲五首》其四："陇水潺湲陇树秋，征人到此泪双流。乡关万里无因见，西戍河源早晚休。"③ 法振《河源破贼后赠袁将军》云："白羽三千驻，萧萧万里行。出关深汉垒，带月破蕃营。蔓草河源色，悲笳碎叶声。欲朝王母殿，前路驻高旌。"④ 法振是大历、贞元间人，其时河源之地已入吐蕃，河源破敌之事史书失载。"河源"成为失地的象征，唐诗中

---

① 《全唐诗》卷145，第1469页。
② 《全唐诗》卷94，第1014页。
③ 《全唐诗》卷367，第4138页。
④ 《全唐诗》卷811，第9141页。

用收复河源表达收复失地的决心。杨巨源《述旧纪勋寄太原李光颜侍中二首》其一：

> 玉塞含凄见雁行，北垣新诏拜龙骧。弟兄间世真飞将，貔虎归时似故乡。鼓角因风飘朔气，旌旗映水发秋光。河源收地心犹壮，笑向天西万里霜。①

李光颜为邠宁节度使，元和十五年（820），吐蕃侵泾原，听闻李光颜全军而来，畏惧而退。诗中所写或指此事。诗用"河源收地"赞美李光颜，只是表达理想而已。又如沈彬《入塞二首》其二云："生希国泽分偏将，死夺河源答圣君。"② 诗歌颂边塞苦战的将士，他们把收复河源作为报答国家和君恩的功勋，为此不惜捐躯沙场。温庭筠《塞寒行》云："河源怒触风如刀，剪断朔云天更高。晚出榆关逐征北，惊沙飞进冲貂袍。心许凌烟名不灭，年年锦字伤离别。"③ 这里的"河源"只是泛指边地，并非实写。"河源"语词已经从实写到虚写，由实际地名成为文学意象。

青海之地是中原赴西域的通道之一，也是通往吐蕃的必经之地，唐诗中把河源之地写作丝路要道，称"河源路"或"河源道"。戎昱《泾州观元戎出师》云：

> 寒日征西将，萧萧万马丛。吹笳覆楼雪，祝纛满旗风。遮虏黄云断，烧羌白草空。金铙肃天外，玉帐静霜中。朔野长城闭，河源旧路通。④

诗赞颂边将出师获胜，途经河源的道路重新开通。元稹《感石榴二十韵》云："何年安石国，万里贡榴花。迢递河源道，因依汉使槎。酸辛犯葱岭，憔悴涉龙沙。"⑤ 河源道是青海道的一部分，这条道路自古就有利用，张骞第一次出使西域，"欲从羌中归"⑥，就是想经过青海之地回国。这条道路也是中原地区通西域的一条道路，所以元稹诗称来自安息的石榴经河源道

---

① 《全唐诗》卷333，第3725页。
② 《全唐诗》卷743，第8455页。
③ （唐）温庭筠著，（清）曾益等笺注：《温飞卿诗集笺注》卷1，第22—23页。
④ 《全唐诗》卷270，第3010页。
⑤ （唐）元稹：《元稹集》卷13，中华书局1979年版，第151页。
⑥ 《史记》卷123《大宛列传》，中华书局1982年版，第3159页。

传来。唐前期与吐谷浑、吐蕃友好交往也经过这条道路。安史之乱发生，吐蕃占据此地，故称此道为"河源旧路"。河源之地在青海湖附近，河源道又成为青海道的代称。因为河源道、青海道是一个交通要道，因此唐朝很多使节经过此地。杜甫《秦州杂诗二十首》其十云："云气接昆仑，涔涔塞雨繁。羌童看渭水，使客向河源。"① 杜甫入蜀途中在秦州看到朝廷赴青海和吐蕃的使臣。杜甫《东楼》云："万里流沙道，西征过北门。但添新战骨，不返旧征魂。楼角临风迥，城阴带水昏。传声看驿使，送节向河源。"黄鹤注："诗云驿使，盖使吐蕃者经此，当是乾元二年秦州作。"②

唐在鄯州置河源军，有的送行诗送朋友同僚奉使赴其地。如张谓《送卢举使河源》云："故人行役向边州，匹马今朝不少留。长路关山何日尽，满堂丝竹为君愁。"③贾至《送友人使河源》云："送君鲁郊外，下车上高丘。萧条千里暮，日落黄云秋。举酒有余恨，论边无远谋。河源望不见，旌旆去悠悠。"④李端《奉送宋中丞使河源》云："东周遣戍役，才子欲离群。部领河源去，悠悠陇水分。笳声悲塞草，马首渡关云。辛苦逢炎热，何时及汉军。"⑤从李端诗的内容可知，宋中丞赴河源是送河南府新兵至河源军。"东周"即洛阳，其地属河南府。以上这几首诗都有写实的内容。

安史之乱后，河源军废，地入吐蕃，因此"河源"成为失地的象征。唐朝奉命出使吐蕃议和的使节经过河源军旧地，自然引起他们的伤感。郎士元《送杨中丞和蕃》诗：

锦车登陇日，边草正萋萋。旧好寻君长，新愁听鼓鼙。河源飞鸟外，雪岭大荒西。汉垒今犹在，遥知路不迷。⑥

吕温《经河源军汉村作》云：

行行忽到旧河源，城外千家作汉村。樵采未侵征虏墓，耕耘犹就破羌屯。金汤天险长全设，伏腊华风亦暗存。暂驻单车空下泪，有心

---

① （唐）杜甫著，（清）仇兆鳌注：《杜诗详注》卷7，第581页。
② 同上书，第601页。
③ 《全唐诗》卷197，第2022页。
④ 《全唐诗》卷235，第2593页。
⑤ 《全唐诗》卷285，第3266页。
⑥ 《全唐诗》卷248，第2781页。

无力复何言。①

郎士元想象着杨中丞会路过河源军营垒,吕温则亲履其地,都表达了对沦陷区的怀念之情。郎士元想象着旧时唐军的营垒还在,吕温亲眼看到唐军当年屯戍的城堡和天险遗迹,汉族遗民的生活习俗依旧,但如今地属吐蕃,百姓虽渴望光复却无望悲伤,诗人也徒叹奈何。章碣《赠边将》云:

> 千千铁骑拥尘红,去去平吞万里空。宛转龙蟠金剑雪,连钱豹蹵绣旗风。行收部落归天阙,旋进封疆入帝聪。只有河源与辽海,如今全属指麾中。②

诗人叮嘱边将,莫忘河源、辽海未复。李商隐《行次西郊作一百韵》写晚唐的边防形势:"南资竭吴越,西费失河源。"③ 他们都对河源的失陷充满悲伤。唐后期诗人也表达了收复失地的愿望。李频《送边将》云:"防秋戎马恐来奔,诏发将军出雁门。遥领短兵登陇首,独横长剑向河源。悠扬落日黄云动,苍莽阴风白草翻。若纵干戈更深入,应闻收得到昆仑。"④ 诗人希望边将不仅收复河湟之地,还应该剑指河源,进兵西域,直到昆仑山,恢复大唐盛世的版图。

在唐诗里"河源"有时只是西部边塞或西域道的泛称,而非实指。羊士谔《赴资阳经蟠冢山(汉水所出,元和三年已授此官)》云:"宁辞旧路驾朱辀,重使疲人感汉恩。今日鸣驺到蟠峡,还胜博望至河源。"⑤ "博望"即张骞,因功封博望侯。这里的"河源"指张骞出使西域的道路。因为"河源"有时指黄河之源,而古代传说黄河之源在昆仑山,⑥ 所以有时泛称西域。杨炯《唐昭武校尉曹君神道碑》写曹氏随侯君集平高昌:"一举而清海外,再战而涤河源。"⑦ 这是用典,用"河源"代指侯君集平灭

---

① 《全唐诗》卷371,第4166页。
② 《全唐诗》卷669,第7650页。
③ (唐)李商隐著,(清)冯浩笺注:《玉溪生诗集笺注》卷1,第97页。
④ 《全唐诗》卷587,第6809页。
⑤ 《全唐诗》卷332,第3711页。
⑥ 《山海经·北山经》:"敦薨之山,……敦薨之水出焉,而西流注于泑泽。出于昆仑之东北隅,实惟河原。"《史记·大宛列传》:"汉使穷河源,河源出于窴,其山多玉石,采来,天子案古图书,名河所出山曰昆仑云。"《汉书·西域传》:"于阗之西,水皆西流,注西海;其东,水东流,注盐泽,河原出焉。"
⑦ 祝尚书:《杨炯集笺注》卷8,中华书局2016年版,第1158页。

的高昌。张说《送赵顺直郎中赴安西副大都督（一作护）》："龙泉恩已著，燕颔相终成。月窟穷天远，河源入塞清。"① 与张九龄诗互相参照，可知赵顺直担任安西副大都护。"赵都护"是省称，"安西副大都督"则误将都护称都督。赵顺直赴安西不经河源，此河源只是赴西域的道路的代称。王维《奉和圣制送不蒙都护兼鸿胪卿归安西应制》云："上卿增命服，都护扬归旆。杂虏尽朝周，诸胡皆自郐。鸣笳瀚海曲，按节阳关外。落日下河源，寒山静秋塞。万方氛祲息，六合乾坤大。无战是天心，天心同覆载。"赵殿成笺注云："不蒙，蕃将之姓。郭友培元谓当是夫蒙之讹。刘昫《唐书·高仙芝传》有安西节度使夫蒙灵詧，即其人也。"② 夫蒙灵詧赴任安西亦不经过青海河源之地，此"河源"亦泛指赴西域的道路。

（三）唐诗中的"退浑"

吐谷浑国主诺曷钵接受唐太宗"河源郡王"之封，入朝请婚，唐以弘化公主妻之。后受到吐蕃威胁，走投凉州，其地为吐蕃所有。诺曷钵率部落迁入灵州，唐置安乐州以处之，诺曷钵与其子慕容忠久居于此。大约武周圣历二年（699）八月，诺曷钵之孙慕容宣赵操纵灵州吐谷浑人反乱，"入牧坊掠群马，瘈夷州县"，逃归故地复国。但不堪吐蕃人控制，又率众归唐，③"突矢刃，弃吐蕃而来"，被安置于河西凉、甘、肃、瓜、沙等州。

安史之乱前，关内道、陇右道和河西诸州都有吐谷浑人移民。留居青海故地的吐谷浑人也有的陆续迁入上述诸州。开元三年（715）正月，吐谷浑大酋慕容道奴率部迁入关内道北部。开元十一年（723），一部分吐谷浑人入敦煌归降，得到河西节度使张敬忠接纳。天宝五载（746），河西节度使王忠嗣讨伐沙州墨离军吐谷浑部，"虏其全部而归"。安史之乱发生，河西诸州和灵州一带的吐谷浑人曾加入唐军参与潼关之战，有的因受吐蕃进逼迁入盐州、庆州和夏州朔方县等地。参加潼关之战的吐谷浑人战后下落不明，迁居盐、庆等州的继续活动在关内道北部。吐蕃陷安乐州，其众

---

① 《全唐诗》卷880，第972页。
② （唐）王维著，（清）赵殿成笺注：《王右丞集笺注》卷11，第200—201页。
③ 初唐时吐谷浑人内迁，主要有四次。第一次是高宗龙朔三年由诺曷钵率领迁入凉州；第二次是咸亨三年诺曷钵率部迁青海后复迁入灵州；第三次是圣历二年论弓仁等部迁入灵州；第四次是慕容宣超率吐谷浑人回迁青海后复迁入河西各州。但内迁的吐谷浑移民，实只有第一次和第三次迁入的两批，据上述数字估计人数在十万上下，其余两次不过是外迁后的重新迁入。

又东徙，散居于朔方、河东之境。

吐谷浑政权被吐蕃灭后，并不是所有吐谷浑人都迁离其地，吐鲁番出土文书中有这些人生活的踪迹和信息。[①] 留居故地的吐谷浑人处于吐蕃奴役之下，其散居各处的余众被称为"退浑"，这是"吐谷浑"三字快读时的发音。[②] 唐诗中也有涉及这些遗民的内容。德宗贞元二十年（804），吕温奉使入吐蕃，曾有《蕃中答退浑词二首》反映了这些吐谷浑遗民的生活境遇，可补史料之不足，其一："退浑儿，退浑儿，朔风长在气何衰。万群铁马从奴虏，强弱由人莫叹时。"其二："退浑儿，退浑儿，冰消青海草如丝。明堂天子朝万国，神岛龙驹将与谁。"诗序云："退浑种落尽在，而为吐蕃所鞭挞。有译者诉情于予，故以此答之。"[③] 当吐蕃占领陇右、河西后，也有大量汉人处于吐蕃人统治之下，其境遇和地位与吐谷浑人一样。因此，吐谷浑人对唐使倾诉衷情，唐使同情吐谷浑人的命运，何尝不包含着对陷于吐蕃的汉人的命运的忧伤。敦煌诗集残卷无名氏《冬出敦煌郡入退浑国朝发马圈之作》云："西行过马圈，北望近阳关。回首见城郭，黯然林树间。野烟暝村墅，初是惨寒山。步步缄愁色，迢迢惟梦还。"[④] 其时吐谷浑作为独立政权早已不复存在，所谓"退浑国"不过是吐谷浑国故地，是被吐蕃人奴役的吐谷浑人所居之地。

二 丝绸之路之唐蕃古道

吐蕃在青藏高原崛起时，正值中原地区的隋唐之际。统一了青藏高原的吐蕃政权与唐朝新兴政权很快建立起和亲关系，此后一直以甥舅关系相处。唐与吐蕃经青海道的交通建立起来，这条道路被称为"唐蕃古道"。吐蕃还与邻国泥婆罗（今尼泊尔）建立起和亲关系，经尼泊尔可至印度，因此"吐蕃—泥婆罗道"成为中印间交通的新通道。唐代之前中国与印度之间的陆路通道经由西域道、罽宾道、雪山道，不仅路途迂远，而且艰险异常。吐蕃与唐朝建立起友好关系，通过吐蕃和泥婆罗进入印度的道路更

[①] 齐东方：《吐鲁番阿斯塔那二二五号墓出土的部分文书的研究——兼论吐谷浑余部》，北京大学中国中古史研究中心编：《敦煌吐鲁番文书研究论集》（第二辑），中华书局1983年版，第596—601页。
[②] 《旧唐书》卷198《西戎传》，第5301页。
[③] 《全唐诗》卷371，第4171页。
[④] 陈尚君辑校：《全唐诗补编》，中华书局1992年版，第66页。

为近便。唐诗中有大量作品反映了唐蕃古道和经吐蕃、泥婆罗赴印度的道路。

（一）唐蕃古道的开辟

雅隆吐蕃人原来活动于今雅鲁藏布江南泽当一带，从松赞干布的祖父达日年塞开始强盛，并不断扩张，逐渐成为青藏高原上的强部。至松赞干布的父亲南日松赞（一译囊日伦赞）击败苏毗王国，初步统一了西藏高原，吐蕃王"赞普"（雄强丈夫）称号从他开始。唐贞观三年（629），吐蕃发生内乱，父王六臣和母后三臣都参与了叛乱，被征服的达波、工布、娘布、苏毗、羊同等都发生暴动，南日松赞被臣下毒杀。"赞普松赞干布之时，父系庶民心怀怨恨，母系庶民公开叛变，外戚象雄、牦牛苏毗、聂尼达波、工布、娘布等均公开反叛，父王囊日伦赞被进毒遇弑而薨逝。"①13岁的松赞干布继位，他利用各部落矛盾，笼络各方势力，平息了叛乱。大约在贞观七年（633）前后，松赞干布将王都自泽当迁至雅鲁藏布江北原苏毗王都的逻些（今拉萨）。拉萨河谷人口众多，水草丰美，景色秀丽；两岸有布达拉山与药王山遥相对峙，地势险要。松赞干布请泥婆罗等地工匠在布达拉山上修建了雄伟壮丽的红宫，铺设道路，筑起宫墙。松赞干布重新开始统一高原的战争，采用招抚和征服的办法，陆续将高原各部落纳于统治之下。他还对泥婆罗用兵，泥婆罗王向吐蕃纳女求和，于是有墀尊公主北嫁松赞干布的联姻。

松赞干布统一高原后，制定律例，创制藏文，并用联姻方式结好邻邦。贞观八年（634），松赞干布遣使与唐朝通贡，太宗派行人冯德遐回报。松赞干布闻突厥、吐谷浑都与隋唐联姻，派使者随冯德遐入唐请婚，太宗未许。使者返回，云："初至大国，待我甚厚，许嫁公主。会吐谷浑王入朝，有相离间，由是礼薄，遂不许嫁。"② 松赞干布发兵击吐谷浑，吐谷浑国主逃至青海湖一带，国人皆为吐蕃所掠。吐蕃又攻破党项、白兰诸羌，屯兵于松州（今四川松潘）。唐松州都督韩威轻骑夜袭，反为所败。太宗遣兵5万四道进击，阔水道行军总管牛进达先遣部队夜袭松州吐蕃军营，斩首千余级。松赞干布引兵而退，而后遣使谢罪，并再次请婚。太宗许以文成公主嫁之。贞观十五年（641），文成公主入藏。

太宗、文成公主和松赞干布在世时，唐蕃之间友好相处。文成公主入

---

① 王尧、陈践译注：《敦煌本吐蕃历史文书》（65），民族出版社1980年版，第139页。
② 《旧唐书》卷196上《吐蕃传上》，第5221页。

藏不仅把中原文化带到西藏，加强了汉、藏两个民族的联系，经青海至拉萨的道路被称为"唐蕃古道"。① 通过吐蕃使中国和印度两个文明之间增加了一条通道。在唐蕃关系和好时，中印藏道得以开辟。文成公主入藏前二年，即贞观十三年（639），泥婆罗墀尊公主嫁松赞干布。从中原地区至拉萨，经西藏南部班尼巴，过固蒂山口通向加德满都谷地的道路便畅通了，从泥婆罗可至天竺。这条路线从长安出发，经河西走廊、吐谷浑入吐蕃，至逻些，再经泥婆罗到天竺，被称为"吐蕃—泥婆罗道"。过吐谷浑后，其经行的主要地点如下：鄯城（今四川大散关）→多弥道→苏毗→拉里→吐蕃→小羊同→里仓法关→末上加三鼻关→泥婆罗→毗舍离。大体走向是"由青海道河州北渡黄河，经鄯州（治湟水，今青海乐都）→鄯城（今青海西宁市）→青海湖，转而西南行，经都兰、格尔木，越昆仑山口、唐古拉山口，进入今天的西藏，进而经安多、那曲，进抵拉萨，再由拉萨西南行，经日喀则进入尼泊尔，并进而抵达中天竺"②。在日喀则地区吉隆县北距县城约 4.5 千米处的阿瓦呷英山嘴，考古工作者发现《大唐天竺使出铭》摩崖石刻，铭文云："显庆三年六月"左骁卫长史王玄策经"小杨童（羊同）之西"出使天竺，成为吐蕃—泥婆罗道的历史见证。③

唐人道宣《释迦方志》"泥婆罗国"条下记载中印之间的这条通道，被称为"东道"，并云："比者国命，并从此国而往还矣。即东女国与吐蕃接界。唐梵相去可一万余里。"④ 志磐《佛祖统记》记述通往印度的道路，在"尼波罗"条下注云："其国北境即东女国，与吐蕃接。比来国命往还，率由此地。唐梵相去万里，自古取道迂回，致成远阻。"⑤ 相对于西域道而言，此道"近而少险阻"是唐初使节选择这条道路的原因，王玄策四次出使天竺，都取此道。⑥ 贞观十七年（643）三月李义表、王玄策送天竺使臣返国，当年十二月到摩伽陀国，不到 10 个月。僧人玄照自中天竺回，"以

---

① 参见吴景敖《西陲史地研究》，中华书局 1948 年版，第 10—19 页。
② 李斌城主编：《唐代文化》，中国社会科学出版社 2002 年版，第 1690 页。
③ 西藏自治区文物普查队：《西藏吉隆县发现唐显庆三年〈大唐天竺使出铭〉》，《考古》1994 年第 7 期；王舒、王琪儿：《大唐天竺使出铭石刻：见证古道繁荣的珍贵文物》，中国西藏网，2016 年 6 月 23 日，http://www.tibet.cn/news/index/xzyw/201006/t20100622_596293.htm。
④ （唐）释道世撰，周叔迦、苏晋仁校注：《法苑珠林校注》卷 29，中华书局 2003 年版，第 904 页。
⑤ （宋）志磐撰，释道法校注：《佛祖统记校注》卷 33，上海古籍出版社 2012 年版，第 733 页。
⑥ 孙修身：《敦煌与中西交通研究》，甘肃教育出版社 2002 年版，第 172—178 页。

九月而辞苫部（中印度菴摩罗跋国），正月便到洛阳，五月之间，途经万里"①。说明吐蕃—泥婆罗道确是中印间一条便捷的通道。

吐蕃—泥婆罗道的开辟加强了中国与尼泊尔、印度的联系，尼泊尔的特产波棱菜就是在这种背景下传入中国的。"太宗朝，远方咸贡珍异草木……波棱菜（原作波罗拔菜，据《唐会要》改）叶似红蓝（原作兰，据天一阁本改），实如蒺藜，泥婆罗国所献也。"② 行程大大缩短，唐和五天竺的官方交往频繁起来。王玄策第一次使印，仅用了九个多月时间，曾使摩揭陀王大吃一惊，因为若走他道，至少要花费一年以上的时间。对于这条近道，除了官方竭力利用外，民间交往活动也得以利用。唐、泥两位公主入藏，带来了佛教和两国文化，这条道路也成为佛教文化传播的通道。在文成公主帮助下，一些西行取经的中土僧人亦经由此道。

义净《大唐西域求法高僧传》记载唐初近 50 年间 57 位僧人赴印度求法，据统计其中确知经由陆路者 21 人，3 人所经具体路线不详，8 人取传统道路经西域、中亚至印度，10 人取吐蕃—泥婆罗道，其中 3 人经传统沙漠道去，取吐蕃—泥婆罗道归。如果考虑到 7 世纪中叶以后唐朝与吐蕃交恶，经由吐蕃境内的道路受到严重影响这一事实，将时间范围限于社会环境较为正常的 7 世纪中叶前后的话，则确切知道贞观十五年至麟德二年（665）前往印度的僧人共 8 人，其中 7 人取道泥婆罗。③ 唐诗歌咏了这些跋涉于这条道路的僧人的活动和事迹。玄照法师赴印度取经，往返都经过此道，得到文成公主资助。后奉敕再入印度，因"泥波罗道土蕃拥塞不通，迦毕试途多氏（大食）捉而难度，遂且栖志鹫峰，沉情竹苑"④，只好羁留天竺，在中印度菴摩罗跋国构疾而卒。高僧义净有四言诗伤之：

  卓矣壮志，颖秀生田。频经细柳，几步祁连。祥河濯流，竹苑摇芊。翘心念念，渴想玄玄。专希演法，志托提生。呜呼不遂，怆矣无成。两河沉骨，八水扬名。善乎守死，哲人利贞。⑤

---

① （唐）义净著，王邦维校注：《大唐西域求法高僧传校注》卷上，中华书局 1988 年版，第 10 页。
② （唐）封演撰，赵贞信校注：《封氏闻见记校注》卷 7，中华书局 1958 年版，第 60 页。
③ 李斌城主编：《唐代文化》，中国社会科学出版社 2002 年版，第 1692 页。
④ （唐）义净著，王邦维校注：《大唐西域求法高僧传校注》卷上，中华书局 1988 年版，第 11 页。
⑤ 同上书，第 11—12 页。

又有道希法师途经吐蕃至印度，携中土新旧佛教经四百余卷，留于那烂陀寺，亦于菴摩罗跛国遭疾而终。义净巡礼至道希曾经住过的房舍，伤其不达，赋诗一绝："百苦忘劳独进影，四恩在念契流通。如何未尽传灯志，溘然于此遇途穷！"① 大乘灯禅师经海路至印度，亦"过道希法师所住旧房"，念昔日在长安同游法席，不免伤感，有诗悼之："嗟矣死王，其力弥强。传灯之士，奄尔云亡。神州望断，圣境魂扬。眷余怅而流涕，慨布素而情伤。"②

中印间吐蕃—泥婆罗道好景不长，太宗、松赞干布和文成公主建立起来的友好关系没有持续下去。唐蕃关系至高宗时即已破裂，唐蕃进入长期的军事对抗阶段，和战相继，直至唐亡和吐蕃王朝瓦解。大约在 7 世纪后期经由吐蕃、尼泊尔至印度的这条道路就已关闭。高宗咸亨元年（670），吐蕃在青海大非川大败唐军，吐蕃—泥婆罗道便告断绝。这条道路开通时间虽然短暂，但在中印文化交流中却起了重要作用，中国的一些物产和技术如蚕种、茶、造纸术等可能是经由此道传入印度。自长安至拉萨的"唐蕃古道"是唐朝和吐蕃王朝频繁往来的一条古道，全长三千余千米，跨越今陕、甘、青、藏四省区。不论唐蕃关系是战是和，这条古道不曾中断，被称为藏汉两族人民建立的"黄金桥"。③ 自 634 年起至 846 年吐蕃王朝瓦解，213 年间双方存在"金玉绮绣，问遗往来，道路相望，欢好不绝"的关系。④ 唐诗是唐代社会生活的反映，见证了这条道路的利用和汉藏之间的友好交往。

唐蕃关系破裂后，只有双方的使节还在利用这条道路奔波于唐蕃之间。穆宗初年，唐使刘元鼎等人赴吐蕃都城逻些（今拉萨）与吐蕃会盟。刘元鼎有《使吐蕃经见纪略》记述了唐朝使团赴吐蕃的道路：

元鼎逾成纪武川，抵河广武梁，故时城郭未隳。兰州地皆秔稻，桃李榆柳岑蔚，户皆唐人，见使者麾盖夹观。至龙支城，耋老千人拜且泣，问天子安否。言顷从军没于此，今子孙未忍忘唐服，朝廷尚念之乎？兵何日来？言已皆呜咽。密问之，丰州人也。过石堡城，崖壁峭坚，道回屈，夷曰"铁刀城"。右行数十里，土石皆赤，夷曰"赤岭"，而信安王祎、张守珪所定封石皆仆，独夷所立石犹存。赤岭距

---

① （唐）义净著，王邦维校注：《大唐西域求法高僧传校注》卷上，第 36 页。
② 同上书，第 89 页。
③ 李琪美：《从唐代的诗歌看唐蕃古道上的藏汉关系》，《西藏大学学报》2001 年第 1 期。
④ 王辅仁、索文清：《藏族史要》，四川民族出版社 1989 年版，第 22 页。

长安三千里而赢,盖陇右故地也,日冈恒卢川。直逻娑川之南百里,臧河所流也。河之西南地如砥,原野秀沃。夹河多柽柳,山多柏。坡皆邱（当作丘）墓,旁作屋,赭涂之,绘白虎,皆夷贵人有战功者,生衣其皮,死以旌勇,殉死者瘗其旁。度悉结罗岭,凿石通车,逆金城公主道也。至麇谷就馆。臧河之北川,赞普之夏牙也。……元鼎逾湟水,至龙泉谷。西北望杀俺川,哥舒翰故壁多在。湟水至濛谷抵龙泉,与河合,河之上流繇洪济梁。西南行二千里,水益狭,春可涉,秋夏乃胜舟。其南三百里,三山中高而四下,曰紫山。直大羊同国,古所谓昆仑者也,夷曰冈摩黎山,东距长安五千里。河源其间,流澄缓下,稍合众流,色赤。行益远,它水并注则浊,故世举谓西戎地曰河湟。河源东北直莫贺延碛尾,殆五百里。碛广五十里,北至沙州,西南入吐谷浑,浸狭,故号碛尾。隐测其地,盖剑南之西。元鼎所经见大略如此。①

刘元鼎的记载,对我们了解唐蕃使节往来的道路有重要认识价值。唐使经陇右,过兰州,到龙支城,即唐蕃古道上的龙支县城,唐代曾繁华一时,位于今青海省民和县古鄯之北,现名北古城。又过石堡城、赤岭（日月山）,再越悉结罗岭,进入当年金城公主入蕃的道路,至吐蕃赞普夏都。一路上他们看到唐朝故垒还在,但唐人设施遭到吐蕃人破坏。

（二）唐蕃之间的和亲

汉藏间远在公元前就存在密切联系,7、8世纪统一了青藏高原的吐蕃王朝与唐朝有着更为密切的关系。7世纪初,在松赞干布治理下的吐蕃成为一个统一而强盛的王朝,唐太宗治下的唐朝正处于如日东升的贞观时期,两个强大的王朝建立起血浓于水的和亲关系,在唐蕃和亲中文成公主与松赞干布、金城公主与赞普赤德祖赞的两次联姻是汉藏民族关系史上的重大事件,影响深远,在唐诗中有强烈的反映。

1. 唐蕃和亲与送金城公主诗

贞观十五年（641）,太宗以宗室女文成公主出嫁松赞干布,这一重大历史事件在绘画中有所表现,贞观时宫廷画家阎立本《步辇图》表现的就是唐太宗接见吐蕃求婚使臣的场景。唐初诗风未盛,我们没有看到描写这一事件的诗作,不免令人遗憾。但在藏族中流传有一首古老的诗歌,相传

---

① 《全唐文》卷716,上海古籍出版社1990年版,第3261—3262页。

是迎亲的吐蕃大臣噶尔·东赞裕松唱给公主的。当太宗答应吐蕃请婚时，文成公主想到要从汉地远赴吐蕃，表现出悲伤的神情，噶尔·东赞裕松用歌安慰她：

> 嗨呀！世间罕见的/文成公主你/请听我一言/吉祥又欢喜/吐蕃的疆域/天神做人主/松赞干布王/仪表丰姿美/见而心神怡/乃观音化身/依佛法治国/臣民遵其命/君臣偕黎民/快乐歌太平/佛法日东升/高举福德灯/山上树木多/土地极辽阔/五谷皆齐备/满地能生长/金银铜铁等/珠宝皆齐备/牛羊马肥壮/到处乐融融/嗨呀！世间真稀奇/公主请细听。①

这首诗见于1564年成书的《智者喜宴》，可能出于后世传说，未可作为信史。但吐蕃人喜欢用歌唱表达情感，在当时这样重要的时刻有人作歌赞颂，也在情理之中。文成公主入藏，促进了民族团结和融合，受到汉藏两地人民的热爱确是事实，这首诗就是在这种背景下出现的。中宗景龙四年（710）正月，金城公主沿着文成公主走过的道路入藏，中宗率大臣送行，至始平县（今陕西兴平县）饯别。公主本名李奴奴，是中宗养女，生父为邠王李守礼。宴会上，中宗赋诗表达割慈远嫁爱女的挚情，令群臣赋诗奉和。这是一次饯别的宴会，也是一次盛大的诗会，因此流传下来不少奉和之作，除了16首送金城公主的奉和之作外，还有一首张说写的送随从公主入蕃的使臣的诗，这些诗见证了汉藏民族历史上亲密的关系和友谊，成为流传的诗坛佳话。

在这样的场合写奉和诗，诗人首先要歌颂中宗和亲的动机和行为，大部分作品重在从中宗角度写，称颂他作为一国之君从和戎安夷出发，为了国家利益而嫁爱女于远方，同时也赞美其慈父的仁爱情怀。崔湜《奉和送金城公主适西蕃应制》云：

> 怀戎前策备，降女旧因修。箫鼓辞家怨，旌旗出塞愁。尚孩中念切，方远御慈留。顾乏谋臣用，仍劳圣主忧。②

前两句说和亲是唐"怀戎"之"前策"，今以金城公主降于吐蕃是续修旧

---

① 巴俄·祖拉孙瓦：《智者喜宴》，民族出版社1980年版，第209页。
② 《全唐诗》卷54，第662页。

好，意谓这次和亲是延续文成公主入藏的前事。三、四句从金城公主说，她毕竟远嫁异域，乐曲不免流露出哀怨，旌旗颜色显出忧愁。五、六句写中宗的慈爱，因为金城公主年幼，令中宗心中牵挂，不忍割舍。最后对自己不能贡献良策嘉谋而抱愧。又如韦元旦《奉和送金城公主适西蕃应制》："柔远安夷俗，和亲重汉年。军容旌节送，国命锦车传。琴曲悲千里，箫声恋九天。唯应西海月，来就掌珠圆。"① 前两句从夷汉两个角度强调和亲的重大意义，三、四句写朝廷对此行的重视。五、六句同情公主远嫁，用了"悲"和"恋"两字写公主的心情。最后是对中宗和公主的安慰。李适《奉和送金城公主适西蕃应制》云："绛河从远聘，青海赴和亲。月作临边晓，花为度陇春。主歌悲顾鹤，帝策重安人。独有琼箫去，悠悠思锦轮。"② 这首诗五、六句最重要，第五句写公主眷恋故国，第六句写中宗以安人为重。徐彦伯《奉和送金城公主适西蕃应制》云："凤展怜箫曲，鸾闱念掌珍。羌庭遥筑馆，庙策重和亲。星转银河夕，花移玉树春。圣心凄送远，留跸望征尘。"③ 这首诗一、二句用"怜""念"写中宗的心情，写他是一位好父亲；三、四句写中宗筑馆远送，视国事重于亲情，是一位好皇帝。五、六句写公主远去，七、八句写中宗眷念。张说《奉和圣制送金城公主适西蕃应制》云："青海和亲日，潢星出降时。戎王子婿宠，汉国舅家慈。春野开离宴，云天起别词。空弹马上曲，讵减凤楼思。"④ 诗从唐蕃两家友谊角度赞美金城公主和亲，用"宠"和"慈"写双方"子婿"与"舅家"的关系。薛稷《奉和送金城公主适西蕃应制》云："天道宁殊俗，慈仁乃戢兵。怀荒寄赤子，忍爱鞠苍生。月下琼娥去，星分宝婺行。关山马上曲，相送不胜情。"⑤ 肯定公主和亲是于双方都有利的政治行为，因为这种和亲可以安定殊俗，结束战争，因此既是视远夷为赤子，又以割一己之爱而养护百姓。最后写公主远去，众人情不能已。

在饯别的诗宴上也有人称颂中宗的深谋远虑，重视国事。崔日用《奉和送金城公主适西蕃应制》云："圣后经纶远，谋臣计画多。受降追汉策，筑馆许戎和。俗化乌孙垒，春生积石河。六龙今出饯，双鹤愿为歌。"⑥

---

① 《全唐诗》卷69，第772页。
② 《全唐诗》卷70，第776页。
③ 《全唐诗》卷76，第823页。
④ 《全唐诗》卷87，第942页。
⑤ 《全唐诗》卷93，第1007页。
⑥ 《全唐诗》卷46，第560页。一作赵彦昭诗，见《全唐诗》卷103，第1088页。当作崔日用诗，参见佟培基《全唐诗重出误收考》，陕西人民出版社1996年版，第28页。

"圣后"即圣君,圣明的君主。指中宗。① 一、二句说和亲既出于皇上的深谋,又出于众臣的"计画"。虽然如此,亲人远嫁仍是令人情不能忍,所以沈佺期《送金城公主适西蕃应制》诗云:"金榜扶丹掖,银河属紫闱。那堪将凤女,还以嫁乌孙。玉就歌中怨,珠辞掌上恩。西戎非我匹,明主至公存。"② 诗一方面肯定公主乃中宗掌上明珠,另一方面写异域非同中华,从而说明中宗为了国家嫁公主于吐蕃的高尚无私。武平一《送金城公主适西蕃》云:"广化三边静,通烟四海安。还将膝下爱,特副域中欢。圣念飞玄藻,仙仪下白兰。日斜征盖没,归骑动鸣鸾。"③ 诗先歌颂大唐盛世的太平安定,又赞美中宗以远嫁爱女以换取普天之下百姓的欢情。诗写中宗因"圣念"而赋诗——"飞玄藻";金城公主出嫁的队伍则在大家的目送中远行——"下白兰"。直到太阳西下,公主的身影隐没于地平线,中宗和送行的大臣才动身返回长安。

有的诗更侧重从金城公主写,有的同情她的远嫁。李峤《奉和送金城公主适西蕃应制》:"汉帝抚戎臣,丝言命锦轮。还将弄机女,远嫁织皮人。曲怨关山月,妆消道路尘。所嗟秾李树,空对小榆春。"④ 这首诗虽然肯定中宗"抚戎臣"的良好动机,但在情感上主要感叹公主远嫁的嗟怨。阎朝隐《奉和送金城公主适西蕃应制》:"甥舅重亲地,君臣厚义乡。还将贵公主,嫁与耨檀王。卤簿山河暗,琵琶道路长。回瞻父母国,日出在东方。"⑤ 诗从政治上和民族大义上肯定和亲之举,但对公主远嫁异乡寄予同情。唐远悊《奉和送金城公主适西蕃应制》:"皇恩眷下人,割爱远和亲。少女风游兑,姮娥月去秦。龙笛迎金榜,骊歌送锦轮。那堪桃李色,移向虏庭春。"⑥ 说公主和亲远嫁吐蕃,像美丽的桃李移植到了"虏庭"。刘宪《奉和送金城公主入西蕃应制》:"外馆逾河右,行营指路岐。和亲悲远嫁,忍爱泣将离。旌旆羌风引,轩车汉月随。那堪马上曲,时向管中吹。"⑦ 这首诗与唐远悊的诗都用了"那堪"的字眼,意谓公主远嫁令人难忍悲伤。马怀素《奉和送金城公主适西蕃应制》:"帝子今何去,重姻适异方。离情

---

① 《韩诗外传》卷二云:"夫辟土殖谷者后稷也,决江疏河者禹也,听狱执中者皋陶也,然而圣后者尧也。"南朝王韶之《食举歌》之二云:"皇皇圣后,降礼南面。"五代齐己诗《谢丁秀才见示赋卷》云:"圣后求贤久,明公得隽稀。"
② 《全唐诗》卷96,第1031页。
③ 《全唐诗》卷102,第1084页。
④ 《全唐诗》卷58,第691页。
⑤ 《全唐诗》卷69,第771页。
⑥ 同上书,第774页。
⑦ 《全唐诗》卷71,第780页。

怆宸掖，别路绕关梁。望绝园中柳，悲缠陌上桑。空余愿黄鹤，东顾忆回翔。"① 诗着意渲染离别的忧伤。徐坚《奉和送金城公主适西蕃应制》："星汉下天孙，车服降殊蕃。匣中词易切，马上曲虚繁。关塞移朱帐，风尘暗锦轩。箫声去日远，万里望河源。"② 河源是公主入蕃途经之地，说她到了吐蕃后思念家乡，会不断地回望河源的方向。这几首诗的主题都落在写公主的悲苦方面。有的诗则称颂她给国家带来了和平和安定。苏颋《奉和送金城公主适西蕃应制》："帝女出天津，和戎转属轮。川经断肠望，地与析支邻。奏曲风嘶马，衔悲月伴人。旋知偃兵革，长是汉家亲。"③ "风""月"写其途中之艰辛，"悲"写公主的心情。但诗人强调的是唐蕃从此停止了战争，双方结为长久的姻亲关系。

陪公主入蕃的大臣奉命送亲，经年不返，是一个辛苦的差事儿，也是一次获取功名的机会。有人赞美送行大臣的行为，祝愿其送公主入吐蕃立功扬名。史载中宗始命纪处讷作送亲使，纪处讷"以不练边事固辞"。又命赵履温充使，赵履温又托关系辞去，最后命左骁卫大将军杨矩护送金城公主入蕃。④ 张说有《送郑大夫惟忠从公主入蕃》诗："凤吹遥将断，龙旗送欲还。倾都邀节使，传酌缓离颜。春碛沙连海，秋城月对关。和戎因赏魏，定远莫辞班。"⑤ 从张说的这首诗可以知道，送亲的队伍中还有郑惟忠，这一点可补史书之不足。"春碛"二句写道途的艰辛。送亲吐蕃是一个重要的外交使命，如果能够顺利完成，出使的大臣回朝就有因功赏拔的机会，所以诗人说郑氏的功劳不减于东汉时立功西域的定远侯班超。

上述送金城公主入藏的君臣唱和诗，在思想内容上可以概括为如下几个方面：一是强调唐蕃友谊和甥舅关系，二是称颂中宗慈仁抚戎，三是赞美中宗割爱和亲，四是同情公主远嫁。这些诗表达了唐朝君臣送别金城公主时的依依惜别之情，"庙策重和亲"揭示了金城公主入藏的意义和原因，说明这不是一般的婚姻，而是具有政治意义的事件。金城公主出嫁的背景是太宗之后唐蕃双方关系发生了变化，"我之边隅，亟兴师旅；彼之蕃落，颇闻凋弊"。中宗的"庙策"是将自己的"掌上明珠"远嫁于吐蕃赞普，以结束双方之间的战争，恢复唐朝与吐蕃的友好关系，他说："金城公主，

---

① 《全唐诗》卷93，第1008—1009页。
② 《全唐诗》卷107，第1112页。
③ 《全唐诗》卷73，第800页。
④ 《旧唐书》卷196上《吐蕃传上》，第5227页。
⑤ 《全唐诗》卷87，第948页。

朕之少女，岂不钟念，但为人父母，志息黎元，若允乃诚，更敦和好，则边土宁晏，兵役服息。遂割深慈，为国大计。"① 金城公主和亲进一步加强了唐蕃友谊，巩固了唐蕃间的"甥舅"关系。史载自中宗答应吐蕃方面的求亲，"自是频岁贡献"②。金城公主入藏 20 年后，赞普还向玄宗上表："外甥是先皇帝舅宿亲，又蒙降金城公主，遂和同为一家，天下百姓，普皆安乐。"③ 两位公主的入蕃联姻，同历代统治阶级之间实行的"和亲"一样，主要是一种满足双方需要的"政治行为"，促进了汉藏民族关系发展和经济文化上的交流。文成公主博学多能，对吐蕃文化进步影响很大，不但稳定了唐朝西陲边防，也把汉民族文化传播到吐蕃，吐蕃的经济文化借由大唐文化的营养得到跃升。陈陶《陇西行四首》其四云："黠虏生擒未有涯，黑山营阵识龙蛇。自从贵主和亲后，一半胡风似汉家。"④ 前两句写唐与吐蕃的战争，后两句写和亲的成果，反映的就是文成公主和金城公主的和亲给青藏高原地区的文化带来的影响。

　　文成公主致力于加强唐朝和吐蕃的友好关系，她热爱藏族同胞，深受百姓爱戴。金城公主力促唐蕃会盟，为唐蕃和好贡献良多。此间唐蕃虽有冲突，但往来频繁，以和好为主。开元二十二年（734），唐蕃在赤岭定界立碑，相约互不侵犯，并于甘松岭置互市，结束了持续数十年的战争。唐蕃会盟的促成，金城公主功不可没。文成公主和金城公主在吐蕃受到尊重，被尊称为"赞蒙"。吐蕃历史文书记载："及至狗年（睿宗景云元年，710 年）……赞蒙金城公主至逻些之鹿苑"；⑤ "及至兔年（玄宗开元二十七年，739 年）……赞蒙金城公主薨逝"；⑥ "及至蛇年（玄宗开元二十九年，741 年）……祭祀赞普王子拉本，及赞蒙公主二人之遗体"。⑦ 吐蕃中有"赞蒙"尊称而且去世后享有祭祀的女性是地位不低于吐蕃王后的人，文成公主、金城公主都获得这种尊重。自文成公主、金城公主先后入藏，历代吐蕃赞普多自认是唐朝的外甥，双方都强调和赞成这种舅甥关系。

　　这种舅甥关系在唐诗中受到颂扬。杜甫《近闻》云："近闻犬戎远遁逃，牧马不敢侵临洮。渭水逶迤白日净，陇山萧瑟秋云高。崆峒五原亦无

---

① 《旧唐书》卷 196 上《吐蕃传上》，第 5227 页。
② 同上书，第 5226 页。
③ 同上书，第 5231 页。
④ 《全唐诗》卷 746，第 8492 页。
⑤ 王尧、陈践译注：《敦煌本吐蕃历史文书》（增订本），民族出版社 1992 年版，第 150 页。
⑥ 同上书，第 153 页。
⑦ 同上。

事，北庭数有关中使。似闻赞普更求亲，舅甥和好应难弃。"① 《对雨》云："雪岭防秋急，绳桥战胜迟。西戎甥舅礼，未敢背恩私。"② 元稹《和李校书新题乐府十二首·西凉伎》回忆开元、天宝盛世，特意提到吐蕃的入贡："大宛来献赤汗马，赞普亦奉翠茸裘。"③ 吕温出使吐蕃，其《吐蕃别馆和周十一郎中杨七录事望白水山作》云："夙闻蕴孤尚，终欲穷幽遐。暂因行役暇，偶得志所嘉。明时无外户，胜境即中华。况今舅甥国，谁道隔流沙。"④ 诗乃作者观赏吐蕃雪山景色触景生情之作，从胜境相似天下一家的角度把唐蕃联系起来，以为唐蕃间的"舅甥"关系和传统友谊不会因"流沙"而分开。

由于文成公主和金城公主入藏，唐蕃关系更加密切。在民间表现为传统的经贸往来和茶马贸易等经济文化的交流。内地商人有经商至吐蕃者。元稹《估客乐》云："估客无住著，有利身则行。出门求火伴，入户辞父兄。……求珠驾沧海，采玉上荆衡。北买党项马，西擒吐蕃鹦。炎洲布火浣，蜀地锦织成。越婢脂肉滑，奚僮眉眼明。通算衣食费，不计远近程。经游天下遍，却到长安城。"⑤ 这位游贾东南西北地进行贸易，也曾至吐蕃之地，贩买吐蕃物产，并把各地物产贩运至长安。吐蕃习俗也有传入中原地区的。白居易《时世妆》批评唐朝女性流行之妆受外来文化之影响："时世妆，时世妆，出自城中传四方。时世流行无远近，腮不施朱面无粉。乌膏注唇唇似泥，双眉画作八字低。妍媸黑白失本态，妆成尽似含悲啼。圆鬟无鬓椎髻样，斜红不晕赭面状。"⑥ 白居易《城盐州》说吐蕃闻唐城盐州，"君臣赭面有忧色，皆言勿谓唐无人"⑦。《旧唐书·吐蕃传》记载，文成公主入藏，"恶其人赭面，弄赞令国中权且罢之，自亦释毡裘，袭纨绮，渐慕华风。仍遣酋豪子弟，请入国学以习《诗》《书》。又请中国识文之人典其表疏"⑧。陈寅恪考证白诗中之"赭面"妆来自吐蕃人妆容，"白氏此诗所谓面赭非华风者，乃吐蕃风气之传播于长安社会者也"⑨。

---

① （唐）杜甫著，（清）仇兆鳌注：《杜诗详注》卷15，第1283页。
② （唐）杜甫著，（清）仇兆鳌注：《杜诗详注》卷12，第1034页。
③ （唐）元稹：《元稹集》卷24，第281页。
④ 《全唐诗》卷370，第4158页。
⑤ （唐）元稹：《元稹集》卷23，第268页。
⑥ （唐）白居易：《白居易集》卷4，第82页。
⑦ （唐）白居易：《白居易集》卷3，第67页。
⑧ 《旧唐书》卷196上《吐蕃传上》，第5222页。
⑨ 陈寅恪：《元白诗笺证稿》，上海古籍出版社1978年版，第262页。

（三）唐蕃之间的战争

　　历史的发展是曲折的，由于复杂的历史原因和双方的利害冲突，兄弟民族间亦时断时续地发生战争。战争是中华民族融合过程中的斗争，民族融合有时是通过战争手段实现的，历史上汉藏之间的战争就是这种性质的战争。唐朝与吐蕃的战争是在一个漫长的交界线上进行的，前期主要在陇右、青海、西蜀、西域等几条战线进行。

　　唐朝与吐蕃关系破裂始于唐高宗时，吐蕃向北扩张，吐谷浑成为其吞并的对象，吐谷浑乃唐朝之属国，围绕吐谷浑问题唐蕃矛盾日益激化。吐蕃"后与吐谷浑不和，龙朔、麟德中递相表奏，各论曲直，国家依违，未为与夺。吐蕃怨怒，遂率兵以击吐谷浑，吐谷浑大败，河源王慕容诺曷钵及弘化公主脱身走投凉州，遣使告急。咸亨元年四月，诏以右威卫大将军薛仁贵为逻娑道行军大总管，左卫员外大将军阿史那道真、右卫将军郭待封为副，率众十余万以讨之。军至大非川，为吐蕃大将论钦陵所败，仁贵等并坐除名"①。大非川之战标志着唐蕃关系的破裂和此后长期唐蕃军事对抗的开端。此后"吐蕃连岁寇边"，唐与吐蕃的战争在陇右、青海、剑南、西域等地展开，双方互有胜负。战争与诗在这个时代发生姻缘，将军出征，朝臣送行赋诗。高宗上元三年闰三月，周王李显为元帅，讨吐蕃，薛元超赋《出征诗》，高宗代李显和之。② 其事未行，其诗皆不传。对吐蕃的战争取得胜利，朝廷也会赋诗祝贺。《旧唐书·高宗纪》记载：

　　　　幸九成宫。（仪凤三年）秋七月丁巳，宴近臣诸亲于咸亨殿。上谓霍王元轨曰："去冬无雪，今春少雨。自避暑此宫，甘雨频降，夏麦丰熟，秋稼滋荣。又得敬玄表奏，吐蕃入龙支，张虔勖与之战，一日两阵，斩馘极多。……思与叔等同为此欢，各宜尽醉。"上因赋七言诗效柏梁体，侍臣并和。③

史载除高宗外，其他还有皇太子、相王轮、霍王元轨、右仆射戴至德、黄门侍郎来恒、中书侍郎薛元超等，"自余群臣依次继作，日晏而罢"④。这

---

① 《旧唐书》卷196上《吐蕃传上》，第5223页。
② 《薛元超墓志》，载《乾陵稽古》，转引自傅璇琮主编《唐五代文学编年史》，第242—243页。
③ 《旧唐书》卷5《高宗纪》，第103页。
④ 《册府元龟》卷110《帝王部》，中华书局1960年版，第1307页。

场热闹的诗会固然因为风调雨顺,丰收有望,也由于前线胜利的消息给高宗君臣带来了好心情。从军出征的诗人以诗记叙征程并抒发从事征战的心情。武后垂拱四年(688)韦待价以安息道行军大总管统兵击吐蕃,崔融为其幕府掌书记,作《西征军行遇风》诗:

> 北风卷尘沙,左右不相识。飒飒吹万里,昏昏同一色。马烦莫敢进,人急未遑食。草木春更悲,天景昼相匿。凤龄慕忠义,雅尚存孤直。览史怀浸骄,读诗叹孔棘。及兹戎旅地,忝从书记职。兵气腾北荒,军声振西极。坐觉威灵远,行看氛祲息。愚臣何以报,倚马申微力。①

诗写战争生活的艰苦,表达不畏艰苦报国立功的志向。他还有《从军行》一诗,应该也是此次从征时所写:

> 穹庐杂种乱金方,武将神兵下玉堂。天子旌旗过细柳,匈奴运数尽枯杨。关头落月横西岭,塞下凝云断北荒。漠漠边尘飞众鸟,昏昏朔气聚群羊。依稀蜀杖迷新竹,仿佛胡床识故桑。临海旧来闻骠骑,寻河本自有中郎。坐看战壁为平土,近待军营作破羌。②

"穹庐杂种""羌"皆指吐蕃,"金方"即西方,与前诗题中"西征"和诗中的"西极"相应。

连年的战争给人民造成深重灾难,杜甫《兵车行》反映了天宝年间对吐蕃的战争给人民造成的灾难:

> 车辚辚,马萧萧,行人弓箭各在腰。耶娘妻子走相送,尘埃不见咸阳桥。牵衣顿足拦道哭,哭声直上干云霄。道旁过者问行人,行人但云点行频。或从十五北防河,便至四十西营田。去时里正与裹头,归来头白还戍边。边庭流血成海水,武皇开边意未已。君不闻汉家山东二百州,千村万落生荆杞。……君不见青海头,古来白骨无人收。新鬼烦怨旧鬼哭,天阴雨湿声啾啾。③

---

① 《全唐诗》卷68,第764—765页。
② 同上书,第765页。
③ (唐)杜甫著,(清)仇兆鳌注:《杜诗详注》卷2,第113—114页。

这首诗虽然也有人认为是针对唐与南诏的战争来写的，大多数论家认为是玄宗天宝年间对吐蕃的用兵的反映。仇兆鳌注"青海头"一句："《哥舒翰传》：筑神威军于青海上，吐蕃至，攻破之。又筑城于龙驹岛，以人二千戍之，由是吐蕃不敢近青海。《水经注》：金城郡南有湟水，出塞外，又东南经卑禾羌海，世谓之青海。《旧唐书》：吐谷浑有青海，周回八九百里。高宗龙朔三年，为吐蕃所并。仪凤中，李敬玄与吐蕃战，败于青海。开元中，王君㚟、张景顺、张忠亮、崔希逸、皇甫惟明、王忠嗣，先后破吐蕃，皆在青海西。"王道俊《杜诗博议》引王深父云："时方用兵吐蕃，故托汉武事为讽，此说是也。"①

在与吐蕃的长期战争中，唐朝涌现出一批名将，受到诗人的称颂。哥舒翰在扭转唐朝与吐蕃的战局中贡献最大，钱易《南部新书》记载："天宝中，哥舒翰为河西节度使，控地数千里，甚著威令。故西鄙人歌曰：'北斗七星高，哥舒夜带刀。吐蕃总杀尽，更筑两重壕。'"②哥舒翰《破阵乐》写石堡城之战："西戎最沐深恩，犬羊违背生心。神将驱兵出塞，横行海畔生擒。石堡岩高万丈，雕窠霞外千寻。一喝尽属唐国，将知应合天心。"③唐诗中歌颂哥舒翰的作品，我们在本书第二章中已有论述，此不复赘。唐诗中吐蕃被称为"西戎"，姚鹄《赠边将》歌颂与吐蕃英勇作战的将军："三边近日往来通，尽是将军镇抚功。兵统万人为上将，威加千里慑西戎。"④战争中贪生畏死吃了败仗的将军则受到讽刺和嘲笑。无名氏《李敬玄谣》辛辣讽刺畏战的李敬玄。史载中书令李敬玄为元帅，讨吐蕃。闻前军没，狼狈而走。王杲、曹怀舜等并惊退。军中谣曰："洮河李阿婆，鄯州王伯母。见贼不敢斗，总由曹新妇。"⑤

唐与吐蕃的战事影响到唐朝的泰山封禅，《嵩岳童谣》讽刺其事。调露中高宗欲封东岳，属突厥叛而止；后欲封，吐蕃入寇，复停；永淳年，又幸嵩岳，至山下，未及行礼，构疾还，至宫而崩。先是童谣云："嵩山凡几层，不畏登不得，只畏不得登。三度征兵马，傍道打腾腾。"⑥唐与吐蕃的战争给双方人民造成巨大灾难，诗人对统治者的穷兵黩武政策不满，

---

① （唐）杜甫著，（清）仇兆鳌注：《杜诗详注》卷2，第116—117页。
② （宋）钱易：《南部新书》庚部，中华书局2002年版，第106页。此诗《全唐诗》后二句作"至今窥牧马，不敢过临洮"。童养年辑录：《全唐诗续补遗》卷3，《全唐诗补编》，中华书局1992年版，第356页。
③ 陈尚君辑校：《全唐诗续拾》卷13，《全唐诗补编》，第850页。
④ 《全唐诗》卷553，第6404页。
⑤ 《全唐诗》卷878，第9942页。
⑥ 同上书，第9941页。

因此写诗抨击之。杜甫《兵车行》写连年征战，造成青海头"自古白骨无人收"的惨象。① 杜甫《喜闻盗贼蕃寇总退口号五首》其二又云："赞普多教使入秦，数通和好止烟尘。朝廷忽用哥舒将，杀伐虚悲公主亲。"② 都是反映唐朝与吐蕃的战争。李白《答王十二寒夜独酌有怀》则对哥舒翰用兵吐蕃，石堡城一战造成大量士兵伤亡和对吐蕃人的杀戮表示愤慨："君不能学哥舒，横行青海夜带刀，西屠石堡取紫袍。"③ 诗人们没有一味地站在狭隘的民族立场上赞颂自己一方军事上的胜利，而是从人类大爱角度谴责战争给双方人民造成的灾难。杨巨源《失题》云："何事慰朝夕，不逾诗酒情。山河空道路，蕃汉共刀兵。礼乐新朝市，园林旧弟兄。向风一点泪，塞晚暮江平。"④ 诗人没有站在一方的立场谴责战争，而是因为战争给双方带来灾难而伤感。

安史之乱发生后，吐蕃乘唐朝西北边防空虚，北上攻占陇右、河西和西域大片土地，唐朝与吐蕃的战争形势发生巨大变化。双方以陇山为界对峙，离都城长安不远的陇、秦、渭、宁诸州成为前线，吐蕃曾一度兵入长安。广德元年（763）九月，吐蕃军连克泾州、邠州、奉天县，进逼长安，代宗避之陕州，吐蕃人占据长安十五天后撤离。这一事件在唐诗中有所反映。《代宗李豫梦黄衣童子歌》云："中五之德方峨峨，胡胡呼呼何奈何。"⑤ 苏鹗《杜阳杂编》卷上记载，代宗幸陕，及回驾至潼关，夜梦黄衣童子歌于帐前云云。诘旦，具言其梦，侍臣咸称此乃"土德当王，吐蕃破灭之兆也"⑥。又钱起《广德初銮驾出关后登高愁望二首》云：

其一
长安不可望，远处边愁起。辇毂混戎夷，山河空表里。黄云压城阙，斜照移烽垒。汉帜远成霞，胡马来如蚁。不知涿鹿战，早晚蚩尤死。渴日候河清，沉忧催暮齿。

其二
愁看秦川色，惨惨云景晦。乾坤暂运行，品物遗覆载。黄尘涨戎马，紫气随龙斾。掩泣指关东，日月妖氛外。臣心寄远水，朝海去如

---

① （唐）杜甫著，（清）仇兆鳌注：《杜诗详注》卷2，第115页。
② （唐）杜甫著，（清）仇兆鳌注：《杜诗详注》卷21，第1858页。
③ （唐）李白著，瞿蜕园、朱金城校注：《李白集校注》卷19，第1144页。
④ 《全唐诗》卷333，第3740页。
⑤ 《全唐诗》卷868，第9829页。
⑥ 钱咏等编：《笔记小说大观》第1册，江苏广陵古籍刻印社1983年版，第141页。

带。周德更休明,天衢伫开泰。①

吐蕃兵入长安,皇上避乱出京,远望长安令诗人心痛。京城里竟然胡人纵横,关中表里山河成为空谈,诗人对国事前途和天子命运表达了悲痛和忧伤。但"候河清""伫开泰"表达了对收复京城恢复和平的信心。长安收复,诗人们写诗庆贺。杜甫《收京》云:"复道收京邑,兼闻杀犬戎。衣冠却扈从,车驾已还宫。克复成如此,安危在数公。莫令回首地,恸哭起悲风。"② 由于立场变化,诗人称吐蕃为"犬戎",他虽然为车驾还宫感到欣慰,但仍忧虑在心,叮嘱身系国家安危的"数公"不要悲剧重演。杜甫《巴西闻收宫阙送班司马入京》云:"闻道收宗庙,鸣銮自陕归。倾都看黄屋,正殿引朱衣。剑外春天远,巴西敕使稀。念君经世乱,匹马向王畿。"③ 也是这次吐蕃兵入长安天子出幸事件的反响。

贞元二年(786),吐蕃寇泾、陇、邠、宁诸州,民间传言德宗将出京避难。李晟一战取胜,吐蕃退兵。李商隐《复京》诗:"虏骑胡兵一战摧,万灵回首贺轩台。天教李令心如日,可要昭陵石马来。"④ 诗人对吐蕃的不义之举表示抗议和谴责,对李晟的忠诚英勇热情歌颂。杜甫《喜闻盗贼蕃寇总退口号五首》其一云:"萧关陇水入官军,青海黄河卷塞云。北极转愁龙虎气,西戎休纵犬羊群。"⑤ 吐蕃对河西走廊和西域的侵占,造成丝路中断。诗人表示极大痛心。其三云:"崆峒西极过昆仑,驼马由来拥国门。逆气数年吹路断,蕃人闻道渐星奔。"⑥ 李宣远《近无西耗(一作李敬方诗)》云:"远戍兵压境,迁客泪横襟。烽堠惊秦塞,囚居困越吟。自怜牛马走,未识犬羊心。一月无消息,西看日又沉。"⑦ "西耗"即西部边境的消息,唐后期西部边境大为收缩,唐朝与吐蕃以陇山为界,吐蕃的军队时时威胁着长安的安全,"远戍兵压境"就是对这种局势的反映,与吐蕃对抗的形势时时牵动着唐人的心。当时的战争态势在唐诗中都有反映,本书论陇右、河西诸章已有论述,此不复赘。

唐朝后期与吐蕃的战争在蜀地亦十分激烈,剑南西川节度使担负着西

---

① 《全唐诗》卷236,第2610页。
② (唐)杜甫著,(清)仇兆鳌注:《杜诗详注》卷13,第1078页。
③ 同上书,第1079页。
④ (唐)李商隐著,(清)冯浩笺注:《玉溪生诗集笺注》卷3,第707页。
⑤ (唐)杜甫著,(清)仇兆鳌注:《杜诗详注》卷21,第1857页。
⑥ 同上书,第1858页。
⑦ 《全唐诗》卷466,第5297—5298页。

抗吐蕃的重任，唐诗中有不少反映。安史之乱中杜甫举家入蜀，途经秦州，其《秦州杂诗二十首》其十八指责吐蕃乘乱入侵："地僻秋将尽，山高客未归。塞云多断续，边日少光辉。警急烽常报，传闻檄屡飞。西戎外甥国，何得迕天威。"① 在成都，杜甫入剑南西川节度使严武幕府，他的诗反映了这里与吐蕃对峙的形势，《入奏行赠西山检察使窦侍御》云：

> 窦侍御，骥之子，凤之雏。年未三十忠义俱，骨鲠绝代无。炯如一段清冰出万壑，置在迎风露寒之玉壶。蔗浆归厨金碗冻，洗涤烦热足以宁君躯。政用疏通合典则，戚联豪贵耽文儒。兵革未息人未苏，天子亦念西南隅。吐蕃凭陵气颇粗，窦氏检察应时须。运粮绳桥壮士喜，斩木火井穷猿呼。八州刺史思一战，三城守边却可图。此行入奏计未小，密奉圣旨恩宜殊。②

在赞美窦氏的同时，他提醒这位西山检察使要特别关注吐蕃的动静，因为天子忧念西南的局势，希望窦氏回朝入奏时把边将进攻吐蕃的计划向朝廷汇报。杜甫热情颂扬剑南西川节度使对吐蕃战争的胜利，其《奉和严郑公军城早秋》赞扬严武的将略和战功："秋风嫋嫋动高旌，玉帐分弓射房营。已收滴博云间戍，更夺蓬婆雪外城。"③ 滴博岭，又称的博岭，在维州。唐将韦皋曾兵逾滴博岭，击破吐蕃军。蓬婆乃吐蕃城名，开元年间唐军于此地败于吐蕃。杜甫在诗中表达了对严武的希望，夺取蓬婆城，报仇雪耻。

在西南地区唐朝与吐蕃的对峙中，松潘是前线。松潘位于今四川阿坝藏族羌族自治州东北部，高祖武德元年（618）于其地置松州，治所在今松潘县进安镇。这里自古以来即为川甘青三地商贸集散地，也是军事要地，被称为"川西北重镇""边陲重镇""战略要冲"。诗人胡皓《奉使松府》写来到此地的所见所感："蜀山匝地险，汉水接天平。波涛去东别，林嶂隐西倾。露白蓬根断，风秋草叶鸣。孤舟忽不见，垂泪坐盈盈。"④ 用一"险"字，见出其军事地位重要。这里原是象雄古国之地，据汉文和藏

---

① （唐）杜甫著，（清）仇兆鳌注：《杜诗详注》卷7，第586—587页。
② （唐）杜甫著，（清）仇兆鳌注：《杜诗详注》卷10，第867—868页。
③ （唐）杜甫著，（清）仇兆鳌注：《杜诗详注》卷14，第1170页。
④ 陈尚君辑校：《全唐诗补编》，中华书局1992年版，第19页。按：《全唐诗》不言胡皓预修《三教珠英》，《唐会要》卷36所载的26人里没有胡皓。《珠英集》里选胡皓诗四首，并记载他的"爵里"是"恭陵丞安定胡皓"。晁公武《郡斋读书志》著录《珠英集》，云"预修书者凡四十七人"，胡皓应在47人中。《全唐诗》卷108有胡皓诗。

文典籍记载，象雄古国（事实上是部落联盟）在 7 世纪前达到鼎盛，史称羌同、羊同。根据其军队数量和人口比例，其人口应不低于 1000 万。① 吐蕃在西藏高原崛起，8 世纪征服象雄，象雄文化渐渐消失。西藏古代文献《吐蕃王统世系明鉴》记载："自聂赤赞普至墀杰脱赞之间凡二十六代，均以本教护持国政。"松州一带曾是唐朝与吐蕃对抗的前线，战事激烈。杜甫《警急》诗云："才名旧楚将，妙略拥兵机。玉垒虽传檄，松州会解围。和亲知计拙，公主漫无归。青海今谁得，西戎实饱飞。"② 此诗题注云："时高公适领西川节度。"高适任剑南西川节度使时，广德元年十二月，吐蕃陷松州、维州。这首诗表达了作者对当时局势的担忧。当唐蕃关系破裂双方进入交战状态时，诗人把和亲视为失策之举。薛涛《罚赴边有怀上韦令公二首（一作陈情上韦令公）》其一云："黠虏犹违命，烽烟直北愁。却教严谴妾，不敢向松州。"③ 李商隐《杜工部蜀中离席》云："人生何处不离群？世路干戈惜暂分。雪岭未归天外使，松州犹驻殿前军。"④ 诗写杜甫的人生际遇，说他在蜀中时正是干戈扰攘之际，赴吐蕃议和的使节未归，长期驻扎在松州防御吐蕃人的唐军仍未撤离。

战争中双方互有胜负，都有对方的俘虏在手中。唐军士卒和唐地百姓有被吐蕃掳掠入蕃的，唐人被俘虏到吐蕃称为"落蕃""没蕃""落殊蕃"。高适《闺情为落殊蕃陈上相知人》诗："自从沦落到天涯，一片真心恋着□（查）。憔悴不缘思旧国，行渧（啼）只是为冤家。"⑤ 无名氏《闺情》云："相随万里泣胡风，疋偶将期一世终。早知中路生离别，悔不深怜沙碛中。"⑥ 寻其诗意，都是被掳入吐蕃的人思念心爱的人写的诗。在敌营中眼看同辈被杀的情景令人难以忍受。浑惟明《吐蕃党舍人临刑》云："生死谁能免，嗟君最可怜。幼男犹在抱，老母未终年。为复冥徒任，为当命合然。设将泉下事，时向梦中传。"⑦ 张籍《没蕃故人》云："前年

---

① 王克：《藏族人口史考略》，《西藏研究》1985 年第 2 期。
② （唐）杜甫著，（清）仇兆鳌注：《杜诗详注》卷 12，第 1043 页。
③ （唐）薛涛著，张篷舟笺：《薛涛诗笺》，人民文学出版社 1983 年版，第 4 页。
④ （唐）李商隐著，（清）冯浩笺注：《玉溪生诗集笺注》卷 2，第 361 页。
⑤ 见敦煌文书 P. 3812 卷，王重民辑录：《补全唐诗》，《全唐诗补编》，中华书局 1992 年版，第 34 页。
⑥ 陈尚君辑校：《全唐诗补编》，第 34 页。
⑦ 《全唐诗》无浑惟明诗，此诗见敦煌文书 P. 3619 卷，原署"浑维明"。浑惟明，天宝间人，事永王李璘。至德初，李璘兵败时，奔江宁。有诗二首。传据《旧唐书》卷 107《玄宗诸子传》。陈尚君：《全唐诗续拾》卷 13，《全唐诗补编》，中华书局 1992 年版，第 855—856 页。

伐（一作戍）月支，城上（一作下）没全师。蕃汉断消息，死生长别离。无人收废帐，归马识残旗。欲祭疑君在，天涯哭此时。"①"月支"代指吐蕃，诗题中的"没"有两种含义，一是身没，即战死；二是陷没，被吐蕃人俘虏。朋友在对吐蕃战争失利时失去下落，不知道是死于战场，还是被掳入吐蕃，因此不知是否该祭。白居易《中秋月》云："万里清光不可思，添愁益恨绕天涯，谁人陇外久征戍？何处庭前新别离？失宠故姬归院夜，没蕃老将上楼时。照他几许人肠断，玉兔银蟾远不知。"② 在传统的中秋月圆思亲念远的题材中增加了新的内容，陷身吐蕃的将士思念家乡亲人。

在唐蕃战争中吐蕃俘虏有的被唐朝配流南方，有的遇到机会被放还。"代宗之世，吐蕃数遣使求和，而寇盗不息，代宗悉留其使者，前后八辈，有至老死不得归者；俘获其人，皆配江、岭。"《资治通鉴》胡三省注云："江，谓大江之南；岭，谓五岭之外。"德宗时为了缓和与吐蕃的关系，曾"以随州司马韦伦为太常少卿使于吐蕃，悉集其俘五百人，各赐袭衣而遣之"。③ 永贞元年十一月"以卫尉少卿兼御史中丞侯幼平充入蕃告册立等使。元和元年正月，福建道送到吐蕃生口十七人，诏给递乘放还蕃"。④ 韩愈被贬潮州途中见到被配流湖南的吐蕃俘虏，其《武关西逢配流吐蕃》诗云："嗟尔戎人莫惨然，湖南地近保生全。我今罪重无归望，直去长安路八千。"⑤ 此诗题注："谪潮州时途中作。"从以上材料可知，被俘的吐蕃人有的被流放到江南、岭南、湖南、福建等地。元稹《和李校书新题乐府十二首·缚戎人》诗批判边帅的腐败行为，也反映了这一社会现实：

> 边头大将差健卒，入抄禽生快于鹘。但逢赪面即捉来，半是边人半戎羯。大将论功重多级，捷书飞奏何超忽。圣朝不杀谐至仁，远送炎方示微罚。万里虚劳肉食费，连头尽被毡裘喝。华裀重席卧腥臊，病犬愁鸱声咽噁。中有一人能汉语，自言家本长安（一作城）窟。少年随父戍安西，河渭瓜沙眼看没。天宝未乱家（一作犹）数载，狼星四角光蓬勃。中原祸作边防危，果有豺狼四来伐。蕃马膘成正翘健，

---

① （唐）张籍著，徐礼节、余恕诚校注：《张籍集系年校注》卷2，中华书局2011年版，第381页。
② （唐）白居易：《白居易集》卷16，第346页。
③ 《资治通鉴》卷226，大历十四年，第7267—7268页。
④ 《旧唐书》卷196下《吐蕃传下》，第5261页。
⑤ （唐）韩愈著，钱仲联集释：《韩昌黎诗系年集释》卷11，上海古籍出版社1984年版，第1101页。

蕃兵肉饱争唐突。烟尘乱起无亭燧，主帅惊跳弃旄钺。半夜城摧鹅雁鸣，妻啼子叫曾不歇。阴森神庙未敢依，脆薄河冰安可越。荆棘深处共潜身，前困蒺藜后羁縻。平明蕃骑四面走，古墓深林尽株榍。少壮为俘头被髡，老翁留居足多刖。乌鸢满野尸狼藉，楼榭成灰墙突兀。暗水溅溅入旧池，平沙漫漫铺明月。戎王遣将来安慰，口不敢言心咄咄。供进腌腌御叱殷，岂料穿庐拣肥膌。五六十年消息绝，中间盟会又猖獗。眼穿东日望尧云，肠断正朝梳汉发。近年如此思汉者，半为老病半埋骨。常教孙子学乡音，犹话平时好城阙。老者傥尽少者壮，生长蕃中似蕃悖。不知祖父皆汉民，便恐为蕃心矻矻。缘边饱喂十万众，何不齐驱一时发。年年但捉两三人，精卫衔芦塞溟渤。①

这首诗题注云："近制，西边每擒蕃囚，例皆传置南方，不加剿戮，故李君歌以讽焉。"李校书即中唐诗人李绅，他先写了以《缚戎人》为题的新乐府诗，元稹和之。诗写边将为了邀功请赏，活捉边地百姓以充吐蕃战俘。这位"戎人"其实是边地汉人，曾参加唐朝戍边战争，被敌人俘虏，陷敌五六十年，心常思汉。又被唐朝边将捉住，当作俘虏请功。"远送炎方示微罚"也反映了唐朝把吐蕃战俘发配到南方的史实。元稹诗在"肠断正朝梳汉发"句下自注："延州镇李如暹，蓬子将军之子也，尝没西蕃。及归，自云：蕃法唯正岁一日，许唐人没蕃者服衣冠。如暹当此日，悲不自胜，遂与蕃妻密定归计。"白居易有与元稹同题之《缚戎人》诗，都是和李绅的作品，题旨相同，写被发配南方的吐蕃战俘："缚戎人，缚戎人，耳穿面破驱入秦。天子矜怜不忍杀，诏徙东南吴与越。"② 白居易诗也写俘虏群中有一位本是汉地人，被吐蕃人俘虏，但始终不屈服，后设法从吐蕃逃回，却被唐朝边军当作吐蕃人俘虏以邀功。从这些诗的描写和诗人自注，我们一方面看到唐蕃之间残酷的战争给双方人民造成的灾难，另一方面又似乎看到双方行事之间仍存在丝丝温情。唐朝抓住吐蕃战俘，不予杀戮，而是流放南方，保全生命，诗人们对这些战俘还表达某种同情之心；吐蕃方面允许唐朝被俘的军人娶妻生子，逢节日还允许他们服汉服以满足其思念家乡的心愿，这些都是唐诗为我们提供的新鲜而生动的史料。有的吐蕃人在中原地区生活日久，习惯了这里的生活，当放他们回国时反而愿

---

① （唐）元稹著，杨军笺注：《元稹集编年笺注》（诗歌卷），三秦出版社2002年版，第131—132页。
② （唐）白居易：《白居易集》卷3，第71页。

留不归。敬宗宝历元年五月"丁卯,湖南观察使沈传师奏:'当道先配吐蕃罗没等一十七人,准赦放还本国。今各得状,不愿还。'从之"①。还有的吐蕃人为唐朝效命战场,晚唐时浙东发生裘甫起义,唐将王式率军平乱,"官军少骑卒。式曰:'吐蕃、回鹘比配江淮者,其人习险阻,便鞍马,可用也。'举籍府中,得骁健者百余人。……悉以为骑卒,使骑将石宗本将之。凡在管内者,皆视此籍。又奏得龙陂监马二百匹,于是骑兵足矣"②。

陷身吐蕃的人气节与遭遇不同。赵璘《因话录》记载了一则唐军将领被俘入蕃的故事,反映了吐蕃军中唐俘的生活状况:

> 元和十五年,淮南裨将谭可则,因防边为吐蕃所掠。初到蕃中,蕃人未知宪宗弃天下,日夜惧王师复河湟,不安寝食。可则既至,械系之置地牢中,绝其饮食,考问累至。可则具告以大行升遐,蕃人尚未之信。其傍有知书者,可则因略记遗诏示之,乃信焉。蕃法刻木为印,每有急事,则使人驰马赴赞府牙帐,日行数百里,使者上马如飞,号为"马使"。报得可则审宪皇崩问之状。先是,每得华人,其无所能者,便充所在役使,辄黥其面。粗有文艺者,则涅其臂,以候赞普之命。得华人补为吏者,则呼为"舍人"。可则以晓文字,将以为知汉书舍人,可则不愿。其旧舍人有姓崔者,本华人,可则尝于灵武相识。其人大为蕃帅所信,为言之,得免。可则前后数逃归,辄为候者所得。蕃帅虽不杀,以皮鞭榜之,凡数百,竟得脱。凡在蕃六年,及归,诣阙自陈,敕付神策军前驰(应作驱)使。未及进用,为军中沙汰,因配在浙东,止得散将而已,竟无官。开成四年,余于越州遇之,见其步履不快,云于蕃中走时冻损足。视其臂,一字尚存。译云:"天子家臣。"可则亦细言河湟可复之状。听其语,犹微染戎音。③

吐蕃对待唐人俘虏,无技艺者迫为奴仆役使,有技艺者则加以任用。崔氏因此成为吐蕃之"舍人",而谭可则却誓死不从,而且还屡次企图逃归,最终逃回汉地。

---

① 《旧唐书》卷17《敬宗纪》,第515页。
② 《资治通鉴》卷250,咸通六年,第8084页。
③ (唐)赵璘:《因话录》卷4,上海古籍出版社1957年版,第96—97页。

陷身吐蕃的唐人有的留下了诗篇，写其被俘后的生活和感受。殷济大约生活在大历、贞元年间，北庭陷蕃后被俘，① 有诗14首传世，写他在吐蕃的见闻和心情。《悲春》云：

青青柳色万家春，独掩荆扉对苦辛。山月有时来照户，蕃歌无夜不伤人。荒村寂寂鸡鸣早，穷巷喧喧犬吠频。自恨一生多处否，谁能终日更修文？②

春天的美景不能令诗人赏心悦目，夜间吐蕃人的歌唱只能让他闻之伤心。诗人在蕃中思念汉地的妻子和弟妹。《秦闺怨二首》其一："幽闺情自苦，何事更逢春？萱草侵阶绿，垂杨暗户新。镜中丝发乱，窗外鸟声频。对此芳菲景，长宵转忆君。"其二："春至感心伤，低眉入洞房。征夫天外别，抛妾镇渔阳。有意连新月，无情理旧妆。长流双睑泪，独恨对芬芳。"③ 这两首诗处处从妻子角度来写，写她春天来临时思念没身吐蕃的丈夫。《忆北府弟妹二首》其一："骨肉东西各一方，弟兄南北断肝肠。离情只向天边碎，壮志还随行处伤。不料此心分两国，谁知翻属二君王。艰难少有安中土，经乱多从胡虏乡。独羡春秋连影雁，每思羽翼并成行。题诗泣尽东流水，欲话无人问短长。"其二："与尔俱成沦没世，艰难终日各东西。胡笳晓听心长共，汉月宵看意自迷。独泣空房襟上血，孤眠永夜梦中啼。何时骨肉园林会，不向天涯闻鼓鼙。"④ 诗人感伤与骨肉同胞弟妹的异域分离的处境，盼望有朝一日重聚。

身陷蕃中的事事处处，时刻勾引诗人的忧伤情怀。与诗人同时被吐蕃俘系的同事不知身在何处，令他时时想念，其《奉忆北庭杨侍御留后》云："不幸同俘絷，常悲海雁孤。如何一朝事，流落在天隅？永夜多寂寞，秋深独郁纡。欲知相忆甚，终日泪成珠。"⑤ 与蕃中难友的离别令他悲伤。《岁日送王十三判官之松州幕》云："异方新岁自然悲，三友那堪更别离。房酒未倾心已醉，愁容相顾懒题诗。三边罢战犹长策，二国通和藉六奇。伫听莺迁当此日，归鸿莫使尺书迟。"王十三判官大约与殷济、杨侍御同时被吐蕃人俘虏，所谓"三友"即此三人。如今杨侍御不知身处何地，王

---

① 殷济，史书无传，《全唐诗》无殷济诗，其事迹据诸诗推定，其诗见敦煌文书 P. 3812 卷。
② 陈尚君辑校：《全唐诗续拾》卷18，《全唐诗补编》，中华书局1992年版，第922页。
③ 同上。
④ 同上书，第923页。
⑤ 同上。

十三又奉命远使,故诗云"三友那堪更别离"。王十三的出使大约与唐蕃之间的议和有关,故诗人盼望他早日完成使命归来,而且凭借王十三的才能,能够实现"三边罢战""二国通和"。其《冬宵(霄)感怀》云:"切切霜风入夜寒,微微孤烛客心难。长宵独恨流离苦,直到平明泪不干。"①《叹路傍枯骨》:"行行遍历尽沙场,只是偏教此意伤。从来征战皆空地,徒使骄矜掩异方。"②《言怀》:"愁绪足悲歌,离心似网罗。二年分两国,万里一长河。碛外人行少,天边雁叫多。怀乡不得死,皆是惜天涯。"③《见花发有思》:"花未发,增所思,及见花开转益悲。花开未发尚有期,独我情怀未见时。中宵月下空流泪,肠断关山知不知?"④《梦归还》:"春来相思每随风,万里关山想自通。梦里宛然归旧国,觉来还在虏营中。春来有幸却承恩,花里含啼入殿门。残妆不用添红粉,且待君王见泪痕。"⑤冬天的寒风、路边的枯骨、身处异乡的长久和花的未开已开都令他触景生情,无限忧伤。不仅白日思乡,夜里做梦也是随风飞往故乡。这些诗简直是字字血,声声泪,写出了陷身虏营的痛苦生活和心情。在蕃中岁久,诗人还回忆家乡的生活,令他产生对唐朝政治腐败的怨叹。《无名歌》云:"天下沸腾积年岁,米到千钱人失计。附郭种得二顷田,磨折不充十一税。今年苗稼看更弱,枌(一作'坟')榆产业须抛却。不知天下有几人,但见波逃如雨脚。去去如同不系舟,随波逐水泛长流。漂泊已经千里外,谁人不带两乡愁?舞女庭前厌酒肉,不知百姓饿眠宿。君不见城外空墙遥,将军只是栽花竹。君看城外恓惶处,段段茅花如柳叶。海燕衔泥欲作巢,空堂无人却飞去。"⑥诗回忆了故乡当年百姓生计的艰难,上层贵族的腐化,表达了对国家现实的不满,令人想到杜甫的诗:"朱门酒肉臭,路有冻死骨。"国家破亡、陷身虏地的遭遇令诗人痛定思痛,不免追索唐朝从兴盛走向衰落的根源。

敦煌被吐蕃占领,敦煌官员马云奇陷身吐蕃,当他被押送至吐蕃之地时,一路上和长期被拘中写下了一些诗歌留传下来。留存诗 13 首,见于敦煌文书 P. 2555 卷。其《白云歌》写途经青海湖所见所感,题注云:"予时落殊俗随蕃军望之感此而作。"说明是他与吐蕃士兵一起观望青海湖时

---

① 陈尚君辑校:《全唐诗续拾》卷18,《全唐诗补编》,第 923 页。
② 同上书,第 924 页。
③ 同上。
④ 同上。
⑤ 同上书,第 925 页。
⑥ 同上书,第 924 页。

写下这首诗，写出了陷身虏地的伤感和盼望回归的心情。"余遂感之心自闲。望白云，白云天外何悠扬，既悲出塞复入塞，应亦有时还帝乡。"① 其《九日同诸公殊俗之作》云："一人歌唱数人啼，拭泪相看意转迷。不见书传清（青）海北，只知魂断陇山西。登高乍似云霄近，寓目仍惊草树低。菊酒何须频劝酌，自然心醉已如泥。"（太常妻曰，一日不斋醉如泥）②《俯吐蕃禁门观田判官赠向将军真言口号》云："怪来偏得主君怜，料取分明在眼前。说相未应惊鹡鸰，看心且爱直如弦。"③《途中忆儿女之作》："发为思乡白，形因泣泪枯；尔曹应有梦，知我断肠无？"④《至淡河同前之作》："念尔兼辞国，缄愁欲渡河。到来河更阔，应为涕流多。"⑤《被蕃军中拘系之作》："何事逐漂蓬，悠悠过凿空！世穷途运荣（塞），战苦不成功。泪滴东流水，心遥北骛鸿。可能忠孝节，长遣阃西戎。"⑥《诸公破落官蕃中制作》："别来心事几悠悠，恨续长波晓夜流。欲知起望相思意，看取山云一段愁。"⑦ 这些诗的思想情感与殷济诗相同，表达亡国之痛和俘系之悲。

在与吐蕃长期的战争中，陇右、河西不少百姓也被吐蕃人所虏。安史之乱后这一带被吐蕃占领，更多汉族百姓沦为吐蕃人的奴隶。刘商《胡笳十八拍》借咏汉末蔡文姬故事，表达了对时事的伤感。汉末动乱中蔡文姬被匈奴人所掳，在胡地屈辱地生活了十二年。安史之乱中被吐蕃人所掳的百姓与其遭遇相同。刘商大历年间进士，正生活在这个血与火的时代，无数陷身蕃地的百姓的苦难令他创作出这组诗，诗以蔡文姬的口气写，字面上写蔡文姬的遭遇，实际上都是唐代沦落吐蕃的百姓的生活写照。且看第一拍：

> 汉室将衰兮四夷不宾，动干戈兮征战频。哀哀父母生育我，见离乱兮当此辰。纱窗对镜未经事，将谓珠帘能蔽身。一朝胡骑入中国，苍黄处处逢胡人。忽将薄命委锋镝，可惜红颜随虏尘。⑧

---

① 王重民辑录：《补全唐诗拾遗》卷1，《全唐诗补编》，第61—62页。
② 同上书，第62页。
③ 同上书，第62—63页。
④ 同上书，第63页。
⑤ 同上。
⑥ 同上。
⑦ 同上书，第64页。
⑧ （宋）郭茂倩编：《乐府诗集》卷59，中华书局1979年版，第866页。

又如第七拍：

> 男儿妇人带弓箭，塞马蕃羊卧霜霰。寸步东西岂自由，偷生乞死非情愿。龟兹筚篥愁中听，碎叶琵琶夜深怨。竟夕无云月上天，故乡应得重相见。①

这几乎就是陇右河西百姓故事的翻版，尤其是"龟兹"二句写胡中所闻音乐，不是匈奴中的胡笳，而是龟兹筚篥、碎叶琵琶，更是唐代的生活，而不是汉代的情景，诗中以蔡文姬故事影射大量百姓陷身吐蕃的现实非常明显。正是因为如此，这组诗流传极广，尤其在西北边地特别打动人心。据徐俊介绍："此诗敦煌遗书中已发现三个写本，本卷（伯二五五五）之外，还有伯三八一二（简称甲卷）、伯二八四五（简称乙卷）。"而且，当时落蕃人毛押牙又加一拍，成为十九拍。毛押牙诗云："去年骨肉悲□坼，不似今年苦为客。失土翻同落水瓶，归蕃永做投河石。他乡人物稀相识，独有夫君沉怜惜。岁暮恣情生百端，不觉愁牵加一拍。"② 这是毛某读到刘商诗引发的诗情，写的是自己在吐蕃占领区的所见所感，可见刘商的诗在当时陷身蕃占区的唐人心中引起多大的共鸣。

（四）唐蕃之间的使节往还

在唐蕃两个政权之间，一直通过互派使臣的方式发展友好关系和处理彼此间的纠纷，和平交往和战争冲突中皆如此。唐蕃古道双方往来的使节络绎于途，据统计从吐蕃第一次遣使（634）入唐，到吐蕃灭亡（842）的209年间，双方互派使臣达190多次。③ 当吐蕃使节到唐，在唐朝上下喜诗的社会环境里，朝廷宴请吐蕃使人时举行诗歌唱和活动。更有意思的是，在唐朝好诗的风气影响下，吐蕃使人也能吟诗，并与唐人唱和。中宗景龙四年（710）正月五日，中宗在蓬莱宫与家人近臣宴请吐蕃迎亲使节，"因为柏梁体，吐蕃使人亦赋"④。当时联句为诗者有皇后、长宁公主、安乐公主、太平公主、温王李重茂、上官昭容、吏部侍郎崔湜、著作郎郑愔、考功员外郎武平一、著作郎阎朝隐、御史大夫窦从一、将作大匠宗晋卿等，有的人失载。"时吐蕃舍人明悉猎请，令授笔与之，曰：'玉体由来

---

① （宋）郭茂倩编：《乐府诗集》卷59，中华书局1979年版，第867页。
② 徐俊纂辑：《敦煌诗集残卷辑考》卷下（英藏俄藏部分），第730页。
③ 李琪美：《从唐代诗歌看唐蕃古道上的藏汉关系》，《西藏大学学报》2001年第1期。
④ （宋）计有功：《唐诗纪事》卷9，上海古籍出版社1987年版，第115页。

献寿康。'"① 当年二月一日金城公主出降吐蕃，这次诗宴显然为公主和亲增添了祥和喜庆气氛。

唐人出使吐蕃，朋友会写诗送行。② 唐诗中有这些奔波道途的使臣的身影，他们在促进双方关系发展和文化交流中发挥了重要作用。开元十九年（731）二月，以崔琳为御史大夫，出使吐蕃，应吐蕃使节之请，携《毛诗》《春秋》《礼记》等书赠之。因有朋友随崔琳赴吐蕃，储光羲作《送人随大夫和蕃》诗："西方有六国，国国愿来宾。圣主今无外，怀柔遣使臣。大夫开幕府，才子作行人。解剑聊相送，边（一作秦）城二月春。"③ 杜甫入蜀途中亲眼看到唐使奔走在入蕃的驿道上，其《东楼》诗云：

万里流沙道，西征过北门。但添新战骨，不返旧征魂。楼角临风迥，城阴带水昏。传声看驿使，送节向河源。④

黄鹤注云："诗云驿使，盖使吐蕃者经此，当是乾元二年秦州作。"⑤ 这种友好往来的长期发展和经济文化关系的加强，造就汉藏两个民族"和同为一家"的亲密关系。唐朝非常重视派往吐蕃的使节，力图在外交礼仪上尊重对方的习俗，避免不必要的误会。封演《封氏闻见记》记载，韦伦奉使吐蕃，以御史苟曾为判官，即将出发时，忽然有人想到"吐蕃讳狗"，如果使团中有一位随从姓苟可能会引起误会，玄宗令苟曾改姓为"荀"，未更换使人。苟曾出使归来，便索性以荀为姓。⑥ 唐朝与吐蕃使节往来的频繁在唐诗中多所反映，唐诗中流传有为送入吐蕃使臣而写的送别诗近20首，还有出使吐蕃的使臣写的诗。

唐蕃间建立起"甥舅关系"，每一位唐朝皇帝的新立或丧亡，吐蕃每一个赞普的亲政或治丧，双方都会遣使往来，互致庆贺和互相吊丧。册封与吊祭往往是同时兼任的使命，即对已故赞普吊祭和对新赞普的册封往往为同一使命。刘禹锡《送工部张侍郎入蕃吊祭（时张兼修史）》云：

月窟宾诸夏，云官降九天。饰终邻好重，锡命礼容全。水咽犹登

---

① （宋）计有功：《唐诗纪事》卷9，上海古籍出版社1987年版，第10页。
② 吴逢箴：《送入吐蕃使诗浅析》，《西藏大学学报》1984年第4期。
③ 《全唐诗》卷139，第1414页。
④ （唐）杜甫著，（清）仇兆鳌注：《杜诗详注》卷7，第601页。
⑤ 同上。
⑥ （唐）封演撰，赵贞信校注：《封氏闻见记校注》卷10，中华书局1958年版，第90页。

陇,沙鸣稍极边。路因乘驿近,志为饮冰坚。毳帐差池见,乌旗摇曳前。归来赐金石,荣耀自编年。①

这首诗大约写于德宗贞元二十年(804)六月,②张荐等人代表唐朝入蕃吊祭,同时对新赞普进行册封,所以诗中有"锡命礼容全"的句子,"锡命"即赐命,指朝廷对赞普的册封。据《旧唐书》记载,张荐入蕃途中染病,卒于青海,实际到达拉萨吊祭的是吕温等人。③权德舆《送张曹长工部大夫奉使西番》云:"殊邻覆露同,奉使小司空。西候车徒出,南台节印雄。吊祠将渥命,导驿畅皇风。故地山河在,新恩玉帛通。塞云凝废垒,关月照惊蓬。青史书归日,翻轻五利功。"④ 此诗与刘禹锡诗作于同时,"张曹长"即张侍郎。诗中"吊祠"和"新恩"两词的使用也说明唐使兼有册封和吊祭两项使命。在敦煌藏经洞发现的曲子词《定西蕃》出于唐朝使臣之手:"事从星车入塞,冲沙碛,冒风寒,度千山。三载方达王命,岂辞辛苦艰。为布我皇纶绋,定西番。"⑤ 星车即星轺,使者所乘的车,借指使者。绋即大绳索,特指引棺的绳索。⑥"为布我皇纶绋"即代唐朝天子表达吊唁慰问之意,可见其出使"西番"(吐蕃)的使命是吊唁。见于记载的这类活动有30余次,这种活动对融洽双方关系、增进互信和友谊以及加强政治联系起到了推动作用。

即使处于军事冲突中,双方都想恢复和保持"素相亲厚"的关系和友谊,希望"化干戈为玉帛",以和平取代战争,或者通过谈判获取更大限度的利益。求和的愿望是双方共有的,谈判是求和的最佳途径,于是互相遣使议和。唐朝派遣使人被称为"和蕃使",唐诗中反映了这种交往活动并表达了诗人们热爱和平的愿望。武周长安三年(703),吐蕃乞附,朝廷遣桓彦范出使吐蕃,置宴饯送,同列旧僚赋诗。张说赋《张戎篇》,其序

---

① (唐)刘禹锡:《刘禹锡集》卷28,第254页。
② 据《旧唐书·德宗纪》,贞元二十年五月,"乙亥,以史馆修撰、秘书监张荐为工部侍郎、兼御史大夫,充入蕃吊祭使"。此为任命时间,非动身时间。又据权德舆《充吊赠吐蕃使赠礼部尚书张公墓志铭并序》:"张君讳荐,贞元甲申凤夏六月,出车国门。"故可判断刘禹锡送别诗当作于这年六月。
③ 《旧唐书》卷137《吕温传》,第3769页。
④ 《全唐诗》卷323,第3635页。
⑤ 任中敏:《敦煌歌辞总汇》,凤凰出版社2014年版,第285页。
⑥ 《礼记正义》卷42《杂记》下云:"吊非从主人也,四十者执绋。"郑玄注云:"言吊者必助主人之事,从犹随也。成人二十以上至四十丁壮时。"《十三经注疏》,中华书局1980年版,第1563页。即按照礼制,丧者四十岁,吊者手执引棺的绳索。

云："凡所赋诗，以存大雅云尔。"① 张说的诗没有留传，杜审言《送和西蕃使》当是其时所作，其诗云：

> 使出凤凰池，京师阳春晚。圣朝尚边策，诏谕兵戈偃。拜手明光殿，摇心上林苑。种落逾青羌，关山度赤坂。疆场及无事，雅歌而餐饭。宁独锡和戎，更当封定远。②

诗中有"宁独锡和戎"句，与张说诗题相应。从"种落逾青羌"可知所谓"西蕃"即吐蕃。这首诗反映了高宗、武后时唐蕃之间的关系，和西蕃使的使命是议和，目的是结束战争。代宗永泰二年（766），唐蕃发生军事冲突，朝廷遣阳济出使"和蕃"。③ 皇甫曾《送汤（当作阳）中丞和蕃》云："继好中司出，天心外国知。已传尧雨露，更说汉威仪。陇上应回首，河源复载驰。孤峰问徒御，空碛见旌麾。春草乡愁起，边城旅梦移。莫嗟行远地，此去答恩私。"④ 皇甫曾《送和西蕃使》："白简初分命，黄金已在腰。恩华通外国，徒御发中朝。雨雪从边起，旌旗上陇遥。暮天沙漠漠，空碛马萧萧。寒路随河水，关城见柳条。和戎先罢战，知胜霍嫖姚。"⑤ 这首诗可能是送阳济副使或随从官员的作品。李嘉祐《送崔夷甫员外和蕃》云："君过湟中去，寻源未是赊。经春逢白草，尽日度黄沙。双节行为伴，孤烽到似家。和戎非用武，不学李轻车。"⑥ 从诗中写到"西方""湟中""河源""上陇"可以判断，以上都是送出使吐蕃的使臣。唐朝与吐蕃的使节往还中，诗人们对使臣抱有极大希望，希望

---

① （唐）张说著，熊飞校注：《张说集校注》卷28，中华书局2013年版，第1354—1355页。
② （唐）杜审言著，徐定祥注：《杜审言诗注》，上海古籍出版社1982年版，第2页。按：此诗写作时间有两种推测，一是徐定祥注，以为可能作于高宗仪凤三年（678），这一年李敬玄西征，兵败，朝廷命娄师德"使于吐蕃"，诗可能送娄师德所作。二是陶敏考证作于长安三年（703）四月，张说有《和戎篇送桓侍御序》作于此时，桓氏乃桓彦范，杜审言或躬逢其会。参见陶敏、傅璇琮《唐五代文学编年史》（初盛唐卷），辽海出版社1998年版，第400页。依据《资治通鉴》卷202"高宗仪凤三年"条，娄师德出使吐蕃，事系于当年九月，杜审言诗中有"京师阳春晚"之句，节令不合。当以陶说近是。
③ 《阳济墓志》记载："拜大理少卿。西戎叛扰，又加御史中丞，持节和蕃。"见《千唐志斋藏志》九六三。
④ 《全唐诗》卷210，第2185页。
⑤ 同上。
⑥ 《全唐诗》卷206，第2153—2154页。按：常衮有《授崔夷甫金部员外郎等制》，见《全唐文》卷411，常衮于宝应二年（763）入翰林，迁考功员外郎、郎中，知制诰，转中书舍人。此制必在常衮入翰林之后，崔夷甫出使吐蕃又在此制之任命之后，与阳济出使时间吻合，崔夷甫当为阳济随员。

通过他们的外交努力,结束纷争,建立或恢复友好关系。郎士元《送杨(当作阳)中丞和蕃》:

> 锦车登陇日,边草正萋萋。旧好寻君长,新愁听鼓鼙。河源飞鸟外,雪岭大荒西。汉垒今犹在,遥知路不迷。①

诗人希望杨中丞出使吐蕃,与其君长再修旧好,希望他为进一步发展唐蕃友好关系做出贡献。杨中丞即阳济,《旧唐书·吐蕃传》载:"永泰二年(即大历元年)二月,命大理少卿兼御史中丞杨(当作阳)济修好于吐蕃。"②《册府元龟·外臣部》记载:"(永泰)三年三月(当为二年二月),命大理少卿杨济兼御史中丞使于吐蕃,修旧好也。"③诗人希望阳济成为增强民族团结的使节,通过这次出使,恢复和发展自文成公主以来的传统友谊。把"今犹在"的"汉垒"作为友好交往途中"遥知路不迷"的路标。这次出使取得良好成效,史载"四月,吐蕃遣首领论泣藏等百余人随济来朝,且谢申好"④。又如李嘉祐《送崔夷甫员外和蕃》云:"君过湟中去,寻源未是赊。经春逢白草,尽日度黄沙。双节行为伴,孤烽到似家。和戎非用武,不学李轻车。"⑤诗人们祝愿外交使臣们出使成功,恢复和平。为了结束战争,吐蕃方面也遣使入唐议和。杜甫《喜闻盗贼蕃寇总退口号五首》其二云:"赞普多教使入秦,数通和好止烟尘。朝廷忽用哥舒将,杀伐虚悲公主亲。"⑥诗批判朝廷在处理与吐蕃关系方面的失策,吐蕃求和,唐朝却任命哥舒翰这样好战的将军,导致关系破裂,和亲吐蕃政策失效。韦应物《送常侍御鲁却使西蕃》云:

> 归奏圣朝行万里,却衔天诏报蕃臣。本是诸生守文墨,今将匹马静烟尘。旅宿关河逢暮雨,春耕亭障识遗民。此去多应收故地,宁辞沙塞往来频。⑦

---

① 《全唐诗》卷248,第2781页。"旧好寻君长,新愁听鼓鼙",一作"旧好随君长,新愁呼鼓鼙"。
② 《旧唐书》卷196下《吐蕃传下》,第5243页。
③ 《册府元龟》卷980《外臣部》,中华书局1960年版,第11512页。
④ 《旧唐书》卷196下《吐蕃传下》,第5243页。
⑤ 《全唐诗》卷206,第2153—2154页。
⑥ (唐)杜甫著,(清)仇兆鳌注:《杜诗详注》卷21,第1858页。
⑦ (唐)韦应物著,陶敏、王友胜校注:《韦应物集校注》卷4,上海古籍出版社1998年版,第255页。

此诗又作殷尧藩诗，题作《送韦侍御报使西蕃》。① 陶敏考证以为作"常"是，常侍御即常鲁，《旧唐书·吐蕃传下》记载，建中二年十二月，"入蕃使判官常鲁与吐蕃使论悉诺罗等至自蕃中"。时韦应物任比部员外郎，当作韦应物诗。② 首句"却奏"照应了题目中的"却使"，即《旧书》所写"至自蕃中"。从"今将"句可知，常鲁此次奉使入蕃，目的是停止战争，诗人还希望通过他的出使，让唐朝获得更多的利益。

　　唐蕃双方一方面都想在战争中获得更多的土地和利益，另一方面都不愿意承受战争造成的灾难和后果，因此谈判是最好的方式。唐朝与吐蕃的谈判称为会盟，会盟是双方追求和平的表现，会盟写下的盟文表达了双方这种意愿和诚意。"长庆会盟"是历史上唐朝与吐蕃间友好相处的重大事件，取得良好效果。自8世纪中叶开始，吐蕃内部矛盾日趋激烈。为了巩固王室的统治，赞普希望缓和与唐朝的关系。长庆元年（821），吐蕃连续三次遣使入唐请求会盟。唐朝此时亦称"疮瘦未复，人皆惮战"，对会盟极表同意。穆宗命17名朝廷重臣与吐蕃使团在长安西郊举行会盟。此次奉命与吐蕃使节会谈的刘元鼎有《与吐蕃使盟文》，以诗的语言表达了追求化干戈为玉帛恢复和平友谊的心情：

　　　　惟唐承天，抚有八纮。声教所臻，靡不来廷。兢业齐栗，惧其陨颠。缵武绍文，叠庆重光。克彰浚哲，冈悉洪绪，十有二叶，二百有四载，则我太祖权明号而建不拔，铺鸿名而垂永久。类上帝以答嘉应，享皇灵以酬景福，曷有怠已。越岁在癸丑冬十月癸酉，文武孝德皇帝，诏丞相臣植、臣播、臣元颖等，与大蕃和使、礼部尚书讷罗论等会盟于京师，坛于城之西郊，坎于坛北，凡读誓刑牲，加书复壤。陟降周旋之礼，动无违者，盖所以偃兵息人，崇姻继好，懋建远略，规恢长利故也。原夫昊穹上临，黄祇下载，茫茫蠢蠢之类，必资官司，为厥宰臣，苟无统纪，则相灭绝。中夏见管，维唐是君；西裔一方，大蕃为主。自今而后，屏去兵革，宿忿旧恶，廓焉消除。追崇舅甥，襄昔结援。边堠撤警，戍烽韬烟。患难相恤，暴掠不作。亭障瓯脱，绝其交侵。襟带要害，谨守如故。彼无此诈，此无彼虞。呜呼！爱人为仁，保境为信，畏天为智，事神为礼。有一不至，构灾于躬。

---

① 一作韦应物诗，见《全唐诗》卷189，第1936页；一作殷尧藩诗，见《全唐诗》卷492，第5572页。
② 陶敏：《全唐诗·殷尧藩集考辨》，《湘潭师范学院学报》1990年第5期。

第七章　吐谷浑之路与唐蕃古道

寒山崇崇，河水汤汤。日吉辰良，奠其两疆。西为大蕃，东实巨唐。大臣执简，播告秩方。①

长安会盟只是提出一些原则性的问题，具体条件要到逻些再盟时细化。

第二年即穆宗长庆二年，唐朝又派刘元鼎等到吐蕃，与吐蕃僧相钵阐布和大相尚绮心儿等结盟于逻些东郊。双方重申"和同为一家"的甥舅关系，永结同好，互相援助。记载这次会盟内容的"唐蕃会盟碑"共有三块，其中一块立于拉萨大昭寺前，用汉、藏两种文字。西面的汉文碑文，依据王尧《唐蕃会盟碑疏释》一文移录如下：

> 大唐文武孝德皇帝与大蕃圣神赞普舅甥二三商议，社稷如一，结立大和盟约，永无沦（一作渝）替，神人俱以证知，世世代代使其称赞，是以盟文节目题之于碑（一作柱）也：文武孝德皇帝与圣神赞普猎（一作都）赞陛下二圣舅甥濬哲鸿被，晓今永之屯亨，矜愍之情，恩覆其无内外；商议叶同，务令万姓安泰。所思如一，成久远大喜（一作善），再续慈亲之情，重申邻好之义，为此大好（一作和）矣。今蕃汉二国所守见管本界，以东悉为大唐国疆，已西尽是大蕃境土，彼此不为寇敌，不举兵革，不相侵谋。封境或有猜阻捉生，问事讫，给以衣粮放归。今（当作令）社稷叶同如一，为此大和。然舅甥相好之义善谊（一作理），每须通传，彼此驿骑一往一来，悉遵曩昔旧路。蕃汉并于将军谷交马，其绥戎栅已东大唐祗应，清水县已西大蕃供应。须合舅甥亲近之礼，使其两界烟尘不扬，罔闻寇盗之名，复无惊恐之患，封人撤备（一作险），乡土俱安，如斯乐业之恩垂于万代，称美之声遍于日月所照矣。蕃于蕃国受安，汉亦汉国受乐，兹乃合其（一作具）大业耳。依此盟誓，永久不得移易，然三宝及诸贤圣日月星辰请为知证。如此盟约，各自契陈，刑牲为盟，设此大约。倘不依此誓，蕃汉君臣任何一方先为祸也，仍须仇报（一作备守）及为阴谋者，不在破盟之限。蕃汉君臣并稽告立誓，周细为文，二君之验证以官印（一作合终以雍和），登坛之臣亲署姓名（于柱），如斯誓文藏于玉府焉（一作属）。②

---

① 《全唐文》卷 716，上海古籍出版社 1990 年版，第 3261 页。
② 王尧：《唐蕃会盟碑疏释》，《历史研究》1980 年第 4 期；又见《全唐文》卷 988，第 4533 页。

碑东面（阴面）为吐蕃文，译为汉文如下：

　　大蕃圣神赞普可黎可足与大唐文武孝德皇帝和叶社稷如一统，立大和盟约，兹述舅甥二主结约始末及此盟约节目，勒石以铭：圣神赞普鹘提悉补野自天地浑成入主人间，为大蕃之首领。于雪山高耸之中央，大河奔流之源头，高国洁地，以天神而为人主，伟烈丰功，建万世不拔之基业焉。王曾立教法善律，恩泽广被，内政修明，熟娴谋略，外敌慑服，开疆拓土，权势增盛，永无衰颓。此威德无比雍仲之王威严烜赫，是故，南若门巴天竺，西若大食，北若突厥拔悉蜜等虽均可争胜于疆场，然对圣神赞普之强盛威势及公正法令，莫不畏服俯首，彼此欢忻而听命差遣也。东方之地曰唐，地极大海，日之所出，此王与蛮貊诸国迥异，教善德深，典笈丰闳，足以与吐蕃相颉颃。初，唐以李氏得国，当其创立大唐之二十三年，王统方一传，圣神赞普弃宗弄赞与唐主太宗文武圣皇帝和叶社稷如一，于贞观之岁，迎娶文成公主至赞普牙帐，此后，圣神赞普弃隶缩赞与唐主三郎开元圣文神武皇帝重协社稷如一，更续姻好。景龙之岁，复迎娶金城公主降嫁赞普之衙，成此舅甥之喜庆矣。然，中间彼此边将开衅，弃却姻好，代以兵争，虽已如此，但值国内政情孔急之时仍发援军相助（讨贼），彼此虽有怨隙，问聘之礼，从未间断，且有延续也，如此近厚姻亲，甥舅意念如一，再结盟誓。父王圣神赞普弃猎松赞陛下，深沉谋广，教兴政举。受王之慈恩者，无分内外，遍及八方。四境各部，来盟来享。与唐之好夫复遑言，谊属重亲，地接比邻，乐于和叶社稷如一统，甥舅所思熙融如一。与唐王圣神文武皇帝结大和盟约，旧恨消泯，更续新好。此后，赞普甥一代，唐主舅又传三叶。嫌怨碍难未生，欢好诚忱不绝，亲爱使者，通传书翰，珍宝美货，馈遗频频，然，未遑缔结大和盟约也。甥舅所议之盟未立，怨隙萌生，盖因彼此旧日纷扰、疑虑，遂使结大和盟事，一再延迟，倏间，即届产生仇仇，行将兵戎相见，顿成敌国矣，于此危急时刻，圣神赞普可黎可足陛下所知者聪明睿哲，如天神化现；所为者，悉合诸天，恩施内外，威震四方，基业宏固，号令遍行，乃与唐主文武孝德皇帝舅甥和叶社稷如一统，情谊绵长，结此千秋万世福乐大和盟约于唐之京师西隅兴唐寺前。时大蕃彝泰七年，大唐长庆元年，即阴铁牛年（辛丑）冬十月十日，双方登坛，唐廷主盟；又盟于吐蕃逻些东哲堆园，时大蕃彝泰八年，大唐长庆二年，即阳水虎年（壬寅）夏五月六日也。双方登坛，吐蕃主盟；其立石镌

第七章　吐谷浑之路与唐蕃古道　569

碑于此，为大蕃彝泰九年，大唐长庆三年，即阴水兔年（癸卯）春二月十四日事也。竖碑之日，观察使为唐之御史中丞杜载与赞善大夫高□□等参与告成之礼。同一盟文之碑亦竖于唐之京师云。①

碑文朴实无华，追述了唐蕃之前的友谊，并明确彼此疆界，誓言永久和平。长庆会盟之后，唐蕃之间的冲突基本上解决，双方的友好关系得到进一步发展，会盟使以这种形式实现了"化干戈为玉帛"的理想。

在古代交通不便的情况下，出使异域不仅辛苦异常，而且往返经年，在双方交战的情况下甚至有被拘留、被杀和被处罚的风险。因此在这样的送行诗中，诗人对出使吐蕃的使臣途中的艰辛寄予同情，赞美其不畏辛苦不惧生死奉身王事的精神。姚合《送少府田中丞入西蕃》云："萧关路绝久，石堠亦为尘。护塞空兵帐，和戎在使臣。风沙去国远，雨雪换衣频。若问凉州事，凉州多汉人。"② 陈羽《冬晚送友人使西蕃》："驿使向天西，巡羌复入氐。玉关晴有雪，砂碛雨无泥。落泪军中笛，惊眠塞上鸡。逢春乡思苦，万里草萋萋。"③ 朱庆馀《送李侍御入蕃》："远使随双节，新官属外台。戎装非好武，书记本多才。移帐依泉宿，迎人带雪来。心知玉关道，稀见一花开。"④ 这三首诗里写到"风沙""雨雪""砂碛"，都着意渲染路途上的艰辛和荒凉，用以赞扬使人为国忘身的精神。

朝廷对圆满完成使命的大臣常常褒奖有加，诗人从个人功名的角度祝愿和鼓励出使的人，圆满完成使命，获得朝廷封赏，实现立功异域的梦想。张说《送郭大夫元振再使吐蕃》云：

犬戎废东献，汉使驰西极。长策问苴渠，猜阻自夷殛。容发徂边岁，旌裘敝海色。五年一见家，妻子不相识。武库兵犹动，金方事未息。远图待才智，苦节输筋力。脱刀赠分手，书带加餐食。知君万里侯，立功在异域。⑤

史载武后万岁通天元年（696）吐蕃请和，武则天命郭元振出使吐蕃。⑥ 此

---

① 王尧：《唐蕃会盟碑疏释》，《历史研究》1980 年第 4 期。
② 《全唐诗》卷 496，第 5623—5624 页。
③ 《全唐诗》卷 348，第 3889—3890 页。
④ 《全唐诗》卷 514，第 5869—5870 页。
⑤ 《全唐诗》卷 86，第 927 页。
⑥ 《旧唐书》卷 97《郭元振传》，第 3042 页。

"海"即青海湖,赴吐蕃经青海。"武库"二句写与吐蕃的战争尚未止息。诗为张说送别郭元振出使吐蕃而写,郭元振此行是在这种背景下出使吐蕃的,张说希望郭氏此行能释疑惧解惑,化解矛盾,偃甲息兵。结尾四句表达对行者的鼓励与希望。郭元振此次成功出使,避免了一场一触即发的战争,回国后根据其在吐蕃的见闻向朝廷提出合理的建议,因此加官晋爵。又如杜甫《送杨六判官使西蕃》:

> 送远秋风落,西征海气寒。帝京氛祲满,人世别离难。绝域遥怀怒,和亲愿结欢。敕书怜赞普,兵甲望长安。宣命前程急,惟良待士宽。子云清自守,今日起为官。垂泪方投笔,伤时即据鞍。儒衣山鸟怪,汉节野童看。边酒排金醆,夷歌捧玉盘。草轻蕃马健,雪重拂庐干。慎尔参筹画,从兹正羽翰。归来权可取,九万一朝抟。①

这首诗作于肃宗至德二载(757),前四句交代了送别的背景,黄鹤注:"诗云'帝京氛祲满',时京师尚未收复也。"前一年吐蕃遣使和亲,愿助国讨贼。杨六西行则议和亲与求援之事,故云"敕书怜赞普,兵甲望长安"。唐军正谋进军长安,希望获取赞普助一臂之力。在国家艰难之际,杜甫希望杨氏出使成功,同时也为自己博取功名。又如耿湋《奉送崔侍御和蕃》云:

> 万里华戎隔,风沙道路秋。新恩明主启,旧好使臣修。旌节随边草,关山见戍楼。俗殊人左衽,地远水西流。日暮冰先合,春深雪未休。无论善长对,博望自封侯。②

以上三首诗都是在预祝使臣出使成功的同时获得个人功名。诗人写诗送行,还希望他们出使域外,维护国家的威望,展示唐朝的文明形象。无可《送田中丞使西戎(同用旗字)》:"朝元下赤墀,玉节使西夷。关陇风回首,河湟雪洒旗。碛砂行几月,戎帐到何时。应尽平生志,高全大国仪。"③ 还希望通过他们的交涉在唐朝与吐蕃争端中获得最大收益。韦应物《送常侍御鲁却使西蕃》云:"归奏圣朝行万里,却衔天诏报蕃臣。本是诸

---

① (唐)杜甫著,(清)仇兆鳌注:《杜诗详注》卷5,第376—377页。
② 《全唐诗》卷269,第2994页。
③ 《全唐诗》卷813,第9157页。

生守文墨,今将匹马静烟尘。旅宿关河逢暮雨,春耕亭障识遗民。此去多应收故地,宁辞沙塞往来频。"① 李益《送常曾侍御使西蕃寄题西川》云:"凉王宫殿尽,羌没陇云西。今日闻君使,雄心逐鼓鼙。行当收汉垒,直可取蒲泥。旧国无由到,烦君下马题。"② 在河湟之地被吐蕃长期占领的情况下,诗人们希望使臣们不要忘记国土未复,希望他们在和吐蕃的外交博弈中尽量多地收复失地。

奉命出使吐蕃的使臣,有的写诗记下了自己的亲身感受。最著名的是中唐时吕温。③ 吕温于德宗贞元二十年(804)冬,以侍御史为入蕃副使,随御史中丞张荐出使吐蕃。"明年,德宗晏驾,顺宗即位,张荐卒于青海,吐蕃以中国丧祸,留温经年。"④ 永贞元年(805)秋使还,官至刑部郎中。元和三年(808)秋,因与御史中丞窦群、监察御史羊士谔等弹劾宰相李吉甫,被贬为道州刺史。吕温赴吐蕃途中、在吐蕃经年和从吐蕃回国都有诗作,甚至在归国多年后还常常忆起那段不平凡的经历,写诗抒发感慨。读这些诗可以让我们体会到一位唐朝使臣出使中的心路历程。离开首都,远赴吐蕃,正使张荐死于途中,吕温深感行役的辛苦,有漂泊之感。行至临洮遇从吐蕃归来的袁同直,作《临洮送袁七书记归朝(时袁生作僧,蕃人呼为袁师)》:"忆年十五在江湄,闻说平凉且半疑。岂料殷勤洮水上,却将家信托袁师。"⑤ 袁同直为浑瑊掌书记,贞元三年陷身吐蕃,作僧,故被蕃人称为"袁师",⑥ 吕温赠诗表达了对家乡的思念。而对吕温而言,可能行役辛苦还不是最重要的,重要的是此次出使正值唐蕃关系破裂之际,取得成效的可能性不大,劳而无功。其《青海西寄窦三端公》:

> 时同事弗同,穷节厉阴风。我役流沙外,君朝紫禁中。从容非所羡,辛苦竟何功。但示酬恩路,浮生任转蓬。⑦

---

① (唐)韦应物著,陶敏、王友胜校注:《韦应物集校注》,上海古籍出版社1998年版,第256页;《全唐诗》卷189,第1936页。一作殷尧藩《送韦侍御报使西蕃》,见《全唐诗》卷492,第5572页。
② (唐)李益著,范之麟注:《李益诗注》,上海古籍出版社1984年版,第60页。
③ 吕温有关出使吐蕃的诗,余恕诚、郑传锐有《唐人出使吐蕃的诗史——论吕温使蕃诗》一文,载《民族文学研究》2012年第4期;王树森有《论唐诗对唐与吐蕃通使活动的书写》一文,载《学术界》(合肥)2016年第9期。可参看。
④ 《旧唐书》卷137《吕温传》,第3769页。
⑤ 《全唐诗》卷371,第4168页。
⑥ 袁同直事,见《旧唐书》卷196下《吐蕃传下》,第5252页。
⑦ 《全唐诗》卷370,第4160页。

吕温入蕃途经唐朝故土，面对失地和遗民心情忧伤，这是唐朝使臣最痛心的。其《经河源军汉村作》云："行行忽到旧河源，城外千家作汉村。樵采未侵征虏墓，耕耘犹就破羌屯。金汤天险长全设，伏腊华风亦暗存。暂驻单车空下泪，有心无力复何言。"① 《题河州赤岸桥》云："左南桥上见河州，遗老相依赤岸头。匝塞歌钟受恩者，谁怜被发哭东流。"② 安史之乱后，唐朝进入多事之秋，无力收复失地，面对失地百姓对唐朝收复的希冀和盼望，诗人只感到力不从心，徒叹奈何，这也代表了当时许多出使吐蕃的使臣面对国土难收的局面共同的心声。吕温初至吐蕃，可能受到友好的接待，因此心情较好，想到唐蕃间甥舅关系和传统友谊，产生唐蕃一家的感受。其《吐蕃别馆和周十一郎中杨七录事望白水山作》云：

纯精结奇状，皎皎天一涯。玉嶂拥清气，莲峰开白花。半岩晦云雪，高顶澄烟霞。朝昏对宾馆，隐映如仙家。夙闻蕴孤尚，终欲穷幽遐。暂因行役暇，偶得志所嘉。明时无外户，胜境即中华。况今舅甥国，谁道隔流沙。③

由于唐蕃关系的变化，吕温这种心情没有保持下去，很快他就陷入深深的苦恼中。唐朝大丧，新主即位，他被吐蕃滞留其地，未知归期。《吐蕃别馆卧病寄朝中诸友》云："星汉纵横车马喧，风摇玉佩烛花繁。岂知羸卧穷荒外，日满深山犹闭门。"④《吐蕃别馆中和日寄朝中僚旧》："清时令节千官会，绝域穷山一病夫。遥想满堂欢笑处，几人缘我向西隅。"⑤《吐蕃别馆月夜》："三五穷荒月，还应照北堂。回身向暗卧，不忍见圆光。"⑥《吐蕃别馆送杨七录事先归》："愁云重拂地，飞雪乱遥程。莫虑前山暗，归人正眼明。"⑦ 在吐蕃一年多时间里，吕温经历了卧病和送同僚归国等事，这些都引起他对家乡的思念，令他产生久滞异乡的痛苦。

在吐蕃一年多的经历，让吕温深感屈辱，诗中表达了洗雪耻辱的决

---

① 《全唐诗》卷371，第3166页。
② 同上。
③ 《全唐诗》卷370，第4158页。
④ 同上书，第4160页。
⑤ 同上。
⑥ 《全唐诗》卷371，第4164页。
⑦ 同上书，第4167页。

心。其《读句践传》诗云:"丈夫可杀不可羞,如何送我海西头。更生更聚终须报,二十年间死即休。"① 句践忍辱负重终于报仇雪耻的事迹激励了他,只要二十年后人还在,此仇必报,此耻必雪。

吕温终于盼来归国的日子,当他踏上归途,便迫不及待地写信给亲人,告知自己回国的消息,他自己则有九死一生之感和侥幸生还的一丝欣慰。《蕃中拘留岁余回至陇右先寄城中亲故》云:"蓬转星霜改,兰陔色养违。穷泉百死别,绝域再生归。镜数成丝发,囊收扸血衣。酬恩有何力,只弃一毛微。"② 回国后,一事一景往往勾起吕温对吐蕃生活的那段记忆,如《和舍弟惜花绝句(时蕃中使回)》云:"去年无花看,今年未看花。更闻飘落尽,走马向谁家。"③ 回国三年后,他被贬道州,看到李花,又使他想起在吐蕃的生活。《道州城北楼观李花》云:"夜疑关山月,晓似沙场雪。曾使西域来,幽情望超越。将念浩无际,欲言忘所说。岂是花感人,自怜抱孤节。"④《风叹》云:"青海风,飞沙射面随惊蓬。洞庭风,危樯欲折身若空。西驰南走有何事,会须一决百年中。"⑤ 吕温《道州感兴》云:"当代知文字,先皇记姓名。七年天下立,万里海西行。苦节终难辨,劳生竟自轻。今朝流落处,啸水绕孤城。"⑥ 那已经是几年过去了,吐蕃之行依然记忆犹新。当洞庭湖上风吹樯折的景象映入眼帘时,他又想到了当年在吐蕃之地时的生活环境,依然有风沙射面的感觉。风力是不由人决定的,就像人的命运,人无法改变自己的命运,他由风力产生世事沧桑人生如寄的感慨。

吐蕃使节入唐,在唐诗中也有反映。吐蕃自认是唐朝的外甥,其使节还曾请求拜谒唐朝太庙,以尽甥舅之礼,这当然是表示谦卑友好之意,沈亚之《西蕃请谒庙》诗盛赞其诚敬之心:"肃肃层城里,巍巍祖庙清。圣恩覃布濩,异域献精诚。冠盖分行列,戎夷辨姓名。礼终齐百拜,心洁表忠贞。瑞气千重色,箫韶九奏声。仗移迎日转,旌动逐风轻。休运威仪正,年推俎豆盈。不才惭圣泽,空此望华缨。"⑦ 这首诗歌颂唐蕃之间友好的关系,赞美吐蕃使节的尽礼和心诚。而吐蕃使节入唐受到朝廷的重视。

---

① 《全唐诗》卷371,第4175页。
② 《全唐诗》卷370,第4160页。
③ 同上书,第4159页。
④ 《全唐诗》卷371,第4173页。
⑤ 同上书,第4175页。
⑥ 同上书,第4175—4176页。
⑦ 《全唐诗》卷493,第5580页。

王建《宫词一百首》之八云："未明开着九重关，金画黄龙五色幡。直到银台排仗合，圣人三殿对西番。"① 三殿即麟德殿，唐天子接见蕃臣的地方，"凡蕃臣外夷来朝，率多设宴于此"②。"西番"，此指吐蕃，朝廷以隆重的仪式接见吐蕃来使。

（五）唐诗中的逻娑城

逻娑即逻些，唐时吐蕃都城，即今西藏拉萨。古代文献中也写作"逻迤""逻莎""逻挲"。逻娑在古代丝绸之路上地位重要，它既是唐蕃古道的终点，又是吐蕃—泥婆罗道的起点，在古代中印藏道上处于枢纽地位。文成公主入藏后从长安至逻娑的道路使节不绝于途，往来于中印之间的僧人也途经此地。

唐诗中的逻娑城有时是实写，指吐蕃都城，或代指吐蕃。李颀《听董大弹胡笳声兼寄语弄房给事》云："乌孙部落家乡远，逻娑沙尘哀怨生。"③ 两句写和亲公主之悲，后句写的是文成公主和金城公主入藏。元稹《宪宗章武孝皇帝挽歌词三首》其二歌颂宪宗的功业："天宝遗余事，元和盛圣功。二凶枭帐下，三叛斩都中。始服沙陀虏，方吞逻迤戎。狼星如要射，犹有鼎湖弓。"④ 贯休《古塞下曲四首》其一："古塞腥膻地，胡兵聚如蝇。寒雕中髇石，落在黄河冰。苍茫逻迤城，梼杌贼气兴。"⑤《古塞下曲七首》其二："归去是何年，山连逻迤川。苍黄曾战地，空阔养雕天。旗插蒸沙堡，枪担卓槊泉。萧条寒日落，号令彻穷边。"⑥ 其七："万战千征地，苍茫古塞门。阴兵为客祟，恶酒发刀痕。风落昆仑石，河崩苜蓿根。将军更移帐，日日近西蕃。"⑦ 西蕃即指吐蕃，因此这里的逻娑川即指吐蕃都城一带的地区。

有时是虚写，泛指周边民族首府和游牧民族可汗牙帐，因为从高宗时起唐与吐蕃长时间处于对抗状态，所以诗歌中逻娑城成为敌方的象征。字面上写吐蕃，实际上泛指敌对势力，特别指回鹘。周繇《送入蕃使》云："猎猎旗幡过大荒，敕书犹带御烟香。淳沱河冻军回探，逻迤孤城雁

---

① （唐）王建著，王宗堂校注：《王建诗集校注》卷10，第548页。
② （宋）程大昌：《雍录》卷4《唐翰苑位置》，中华书局2002年版，第71页。
③ 《全唐诗》卷133，第1357页。
④ （唐）元稹：《元稹集》卷8，第91页。
⑤ （唐）贯休著，胡大浚笺注：《贯休歌诗系年笺注》卷4，第208页。
⑥ （唐）贯休著，胡大浚笺注：《贯休歌诗系年笺注》卷11，第539页。
⑦ 《全唐诗》卷830，第9363页。

著行。远寨风狂移帐幕,平沙日晚卧牛羊。早终册礼朝天阙,莫遣虬髯染塞霜。"① 从诗的描写看,此次唐使出使是北方沙漠地区,并非吐蕃,这里的"逻娑"是借代的用法,指北方民族首府。唐朝前期曾以文成公主、金城公主与吐蕃和亲,唐后期又与回鹘和亲,故后来诗人以逻些城代指回鹘牙帐,以和亲逻些代指和亲回鹘。杜甫《柳司马至》诗写两京形势:"有使归三峡,相过问两京。函关犹出将,渭水更屯兵。设备邯郸道,和亲逻些城。幽燕唯鸟去,商洛少人行。"② 这里"逻些城"代指回鹘牙帐,是用典,因为其时唐朝与回鹘和亲,跟吐蕃和亲早已成为历史。金城公主后无唐朝与吐蕃和亲之事,此诗以文成、金城二公主和亲吐蕃代指与回鹘和亲。

(六) 大小勃律与"连云堡之战"

在唐朝与吐蕃的关系和唐朝通西域、中亚以及南亚的交通中,勃律国地位重要。勃律位于印度河上游,今克什米尔东部拉达克地区,地处南亚次大陆、中亚和青藏高原西部之间的交通要道。在汉文文献中称为波伦、钵露勒、钵卢勒、钵露罗、钵罗等。③ 吐蕃王朝兴起之前,勃律以巴勒提斯坦(Baltistn)为中心。7世纪时,吐蕃向中亚扩张,勃律成为其首先进攻的对象。勃律王被迫迁往西北方的吉尔吉特河流域,分为大、小勃律。在原巴勒提斯坦者称大勃律,或曰布露;西迁者称小勃律,地在今吉尔吉特和肥沃的雅辛谷地。大勃律"直吐蕃西,与小勃律接,南邻北天竺、乌苌。地宜郁金,役属吐蕃"。小勃律"去京师九千里而赢,东少南三千里距吐蕃赞普牙,东八百里属乌苌,东南三百里大勃律,南五百里个失蜜,北五百里当护密之娑勒城"④。

唐朝建立,勃律与唐朝通好,接受唐朝册封。从武后至玄宗开元年间,大勃律三次遣使入唐朝贡,唐朝册立其君主为王。小勃律王没谨忙于开元初亲自入长安,"玄宗以儿子畜之,以其地为绥远军"。小勃律是吐蕃进攻唐朝之安西四镇的要道,受到吐蕃的严重威胁,吐蕃夺其九城,意在争夺唐之西域,故称"我非谋尔国,假道攻四镇尔"。小勃律向唐朝北庭节度使求救。北庭节度使张孝嵩认为小勃律乃唐朝西域之西门,乃必救之

---

① 《全唐诗》卷635,第7292页。
② (唐)杜甫著,(清)仇兆鳌注:《杜诗详注》卷21,第1824页。
③ 见东晋智猛《游行外国传》、北魏宋云《宋云行记》和惠生《行记》以及唐代著述,如玄奘《大唐西域记》、道宣《释迦方志》等。
④ 《新唐书》卷221下《西域传下》,第6251页。

地，故遣疏勒副使张思礼率四千精锐救援，没谨忙出兵接应，大破吐蕃，收复九城。开元十年（722）没谨忙被唐朝册封为小勃律王，遣其大首领入谢。没谨忙死后，其子难泥、麻来兮先后继位。当苏失利为小勃律王时，臣服于吐蕃，吐蕃妻以公主，于是"西北二十余国皆臣吐蕃，贡献不入"。田仁琬、盖嘉运、夫蒙灵詧先后任安西节度使，从事征讨，皆无功而返。天宝六载（747），玄宗命安西副都护、都知兵马使并兼安西四镇节度副使高仙芝率兵进讨，唐军分兵三路攻占小勃律全境，俘虏小勃律王夫妇送长安，唐朝改其国号为归仁，设归仁军镇守，"拂菻、大食诸胡七十二国皆震恐，咸归附"①。

大小勃律臣属于唐朝和唐对小勃律的用兵在唐诗中产生了反响。杜甫《喜闻盗贼蕃寇总退口号五首》其四云：

> 勃律天西采玉河，坚昆碧碗最来多。旧随汉使千堆宝，少答胡王万匹罗。②

当杜甫听说唐军击退吐蕃的消息，高兴地回忆起盛唐时西域各国入贡的盛况，专门提到勃律，那时勃律和其他许多国家一样向唐朝称臣纳贡。唐军在高仙芝率领下远征小勃律，途中奇袭吐蕃之连云堡（在今阿富汗东北部喷赤河南源兰加尔），得以快速推进。在吐蕃军赶到之前进兵至小勃律，灭之。

连云堡是吐蕃要塞，也是讨伐小勃律的必经之路，只有顺利拿下连云堡，才可能夺取战争的胜利。其时高仙芝兵分三路，会攻连云堡：一路由疏勒守捉使赵崇玼率三千骑兵从北谷行进；一路由拨换守捉使贾崇瓘统领，自赤佛堂路南下；一路由高仙芝与监军中使边令诚率主力从护密国南下，相约于7月13日辰时在连云堡下会合，皆如期抵达。连云堡建在山上，东西南三面皆悬崖峭壁，只有北部是平地，但有婆勒川（今喷赤河）横贯其他。城堡内有吐蕃驻军一千人，城南侧五六千米处筑有木栅护墙，有驻军八九千人。当时婆勒川河水暴涨，高仙芝命兵士自备三天干粮，准备渡河。次日清晨，河水低缓，唐军迅速渡过，奇袭成功。边令诚因深入敌境过远，畏不敢前。高仙芝分三千兵士给他，让他扼守连云堡负责后援。主力越过冰川，先吐蕃一步杀至小勃律，并切断吐蕃援军来路，小勃

---

① 《新唐书》卷221下《西域传下》，第6251—6252页。
② （唐）杜甫著，（清）仇兆鳌注：《杜诗详注》卷21，第1857—1860页。

律只好投降，高仙芝押解小勃律王和吐蕃公主经赤佛堂路凯旋。九月，回到连云堡，与边令诚会合班师。可知奇袭连云堡是高仙芝小勃律之战的重要一役，班师后高仙芝报功于朝廷，却惹怒节度使夫蒙灵詧，他对高仙芝直接向皇帝报功不满。边令诚上奏朝廷，替高仙芝申冤，夫蒙灵詧内调，高仙芝接替他节制西域。

第八章 南方丝绸之路

南方丝绸之路是中国古代西南地区纵贯川滇桂粤诸省，连接缅甸、印度，通往东南亚、南亚、西亚以及欧洲各国的国际通道，这是中国最古老的国际通道之一，包括历史上有名的蜀—身毒道、茶马古道和安南道等。中国境内南方丝绸之路总长大约有 2000 千米，以成都为起点，从蜀地入滇有两条道路，即五尺道和灵关道，而后通过永昌道入缅甸和印度。南方丝绸之路还与安南道相接，通向岭南，连接海上丝绸之路。这些交通路线及其交流活动都在唐诗中得到反映。

一 成都：南方丝路的起点

远在四千年前，四川盆地就存在几条通向沿海和今缅甸、印度的通道，考古发现证明巴蜀先民早就与南方世界存在交通和交流。汉武帝时张骞在大夏发现邛竹杖和蜀布，说明巴蜀到"身毒"（印度）再到中亚早就存在一条通道。以成都为起点，经今云南至缅甸至印度，或从今四川、云南到岭南连接海上丝路是古已有之的国际通道，当代史家称为"西南丝绸之路"或"南方丝绸之路"。公元前 2 世纪以来，中国产品曾经缅甸、印度到达阿富汗，远及欧洲。

（一）成都名称的历史变迁

唐诗中对成都有多种多样的称呼，如蜀州、蜀县、华阳县、华阳国、益州、益府、剑南、成都府、锦江、锦城、锦官城、万里桥、碧鸡坊、刀州、三刀、蜀都、南京等，这些称呼与成都历史有关。

成都建城很早，传说公元前 5 世纪中叶，古蜀国将都城从广都（今四川双流县)迁至蜀都(今成都),构筑城池。据考古发现的金沙遗址,①成都建城史可以追溯至3200年前。史载成都以周太王从梁山迁岐"一年成邑,二年成都"得名。战国时秦灭蜀国,降蜀王为侯,置成都县。"秦惠王遣张仪、司马错定蜀,因筑成都而县之。"② 汉高祖时置蜀郡,武帝元封五年(前106)置益州。王莽时改益州为庸部,蜀郡为导江郡,治临邛。新朝地皇五年(24),公孙述称帝,定成都为"成家"。又改益州为司隶,蜀郡为成都尹。成都商业发达,秦时已经成为著名都市,西汉时户口达到7.6万户,近40万人口。

东汉时仍为蜀郡,汉末刘焉任益州牧,从广汉郡雒县移治于蜀郡,以成都为州、郡、县治所。刘备统兵进入蜀中,取代刘彰。221年,刘备称帝,史称蜀汉,成都成为蜀汉国都。蜀汉历昭烈帝刘备、怀帝刘禅二帝,被曹魏灭,改称蜀郡。晋武帝改蜀郡为成都国,不久又恢复旧称。西晋末年李雄割据蜀中,建都成都,称大成国,史称成汉。成汉被东晋桓温所灭,共43年。南朝宋齐以后,益州及蜀郡治所皆在成都,益州刺史治太城,成都内史治少城。后周夺取蜀中,置益州总管府。隋开皇二年(582)改为西南道行台。次年,复置总管府。大业初年(605),改益州为蜀郡。

唐朝建立,复为益州,置益州总管府。武德三年(620)改为西南道行台,九年(626)又改为都督府。高宗龙朔二年(662)升为益州大都督府。玄宗开元七年(719),置剑南节度使,辖益、彭、蜀、汉、眉、绵、梓、遂、邛、剑、荣、陵、嘉、普、资、嶲、黎、戎、维、茂、简、龙、雅、泸、合二十五州和昆明军,辖区相当于今四川省中部,后辖境扩大,增翼、当、柘、松、恭、姚、悉、奉、霸等州和保宁都护府,统辖天宝、平戎、昆明、宁远、江南、澄川诸军。天宝初年(742)复为蜀郡。安史之乱中玄宗幸蜀,升为成都府,称南京,改成都郡守为成都府尹。剑南节度使改为剑南西川节度使,增果州。另置剑南东川节度使,辖梓、遂、绵、阆、剑、龙、普、陵、泸、荣、资、简十二州。成都为剑南西川节度使驻节之地。玄宗返长安,上元初年(760)取消南京之称,保留成都府。

唐代成都成为全国四大都市(长安、洛阳、扬州、成都)之一,经济

---

① 2001年2月8日,金沙遗址被发现,遗址位于成都市区西北部金沙村,商周时期古蜀文化遗址。分布面积约5平方千米,遗址内发现祭祀区、宫殿区、墓葬区、居民生活区等。金沙遗址是继三星堆文明以后古蜀文化的又一都邑所在,说明3000多年前成都已经成为蜀地政治、经济、文化中心。

② (宋)乐史:《太平寰宇记》卷72《剑南西道一》,中华书局2007年版,第1463页。

繁荣文明昌盛与扬州齐名，世称"扬益"。从经济发展程度看有"扬一益二"之说，① 但其高下之别颇有争议。晚唐诗人杜荀鹤《送蜀客游维扬》诗云："见说西川景物繁，维扬景物胜西川。"② 宣宗大中年间文士卢求在《成都记序》中则认为成都在许多方面更胜扬州："大凡今之推名镇为天下第一者，曰扬益。以扬为首，盖声势也。（益州）人物繁盛，悉皆土著，江山之秀，罗锦之丽，管弦歌舞之多，伎巧百工之富，其人勇且让，其地腴以善熟，较其要妙，扬不足以侔其半。"③ 益州经济发达，风景优美，文化兴盛，不少著名文人如王勃、卢照邻、李白、杜甫、岑参、高适、薛涛、雍陶、李商隐等曾长期居住或短期旅居成都。唐诗中大量作品写到成都，成都称为"诗都"亦不为过，从这些诗中亦可看出成都作为南方丝路起点的重要地位。

（二）以蜀锦驰名的"锦官城"

西汉时成都丝织业已经非常发达，朝廷在这里设有负责丝织业的机构和官员，称"锦官"，唐代成都还保留着汉代锦官城的遗址，故成都有"锦官城"或"锦城"之称。汉代时文翁为郡守，立讲堂，作石室于南城。"后州夺郡学，移夷星桥南岸道东。道西城，故锦官也。"④ "锦城，在县南一十里，故锦官城也。"⑤ 蜀锦驰名中外，成为中外商贾逐利经营的畅销商货。唐代成都仍是丝织业中心之一，因此写成都自然写到其丝织业，咏锦的诗篇往往写到成都，提到成都时往往径称"锦城"。卢照邻《送郑司仓入蜀》云："离人丹水北，游客锦城东。"⑥ 《还京赠别》云："一去仙桥道，还望锦城遥。"⑦ 王维《送严秀才还蜀》云："别路经花县，还乡入锦城。"⑧ 李白《登锦城散花楼》云："日照锦城头，朝光散花楼。金窗夹绣户，珠箔悬银钩。"⑨ 《蜀道难》云："锦城虽云乐，不如早

---

① （唐）李吉甫：《元和郡县图志·阙卷逸文》卷2："扬州与成都号为天下繁侈，故称扬益。"《资治通鉴》卷259"唐昭宗景福元年七月"条："扬州富庶甲天下，时人称'扬一益二'。"胡注："言扬州居一，益州为次也。"
② 《全唐诗》卷692，第7972页。
③ 《全唐文》卷744，上海古籍出版社1990年版，第3413页。
④ （北魏）郦道元著，陈桥驿校证：《水经注校证》卷33，中华书局2013年版，第735页。
⑤ （唐）李吉甫：《元和郡县图志》卷31《剑南道》"成都县"条，中华书局1983年版，第768页。
⑥ （唐）卢照邻：《卢照邻集》卷3，中华书局1979年版，第35页。
⑦ （唐）卢照邻：《卢照邻集》卷2，第30页。
⑧ （唐）王维著，（清）赵殿成笺注：《王右丞集笺注》卷8，第134页。
⑨ （唐）李白著，瞿蜕园、朱金城校注：《李白集校注》卷21，第1211页。

还家。"①《上皇西巡南京歌十首》其七云："锦水东流绕锦城，星桥北挂象天星。"② 其八云："天子一行遗圣迹，锦城长作帝王州。"③ 杜甫《又于韦处乞大邑瓷碗》云："大邑烧瓷轻且坚，扣如哀玉锦城传。"④《寄赠王十将军承俊》云："将军胆气雄，臂悬两角弓。缠结青骢马，出入锦城中。"⑤《春夜喜雨》云："晓看红湿处，花重锦官城。"⑥《赠花卿》云："锦城丝管日纷纷，半入江风半入云。"⑦《送段功曹归广州》云："交趾丹砂重，韶州白葛轻。幸君因旅客，时寄锦官城。"⑧《奉送严公入朝十韵》云："空留玉帐术，愁杀锦城人。"⑨《送窦九归成都》云："读书云阁观，问绢锦官城。"⑩《将赴成都草堂途中有作先寄严郑公五首》其五云："锦官城西生事微，乌皮几在还思归。"⑪《怀锦水居止二首》其二："雪岭界天白，锦城曛日黄。"⑫ 元稹《贻蜀五首·李中丞表臣》云："十里花溪锦城丽，五年沙尾白头新。"⑬ 羊士谔《酬彭州萧使君秋中言怀》云："江回玉垒下，气爽锦城西。"⑭ 韩愈《和武相公早春闻莺》云："早晚飞来入锦城，谁人教解百般鸣。"⑮ 张乔《送许棠下第游蜀》云："行歌风月好，莫老锦城间。"⑯ 喻坦之《送友人游蜀》云："春尽离丹阙，花繁到锦城。"⑰ 无可《送杜司马再游蜀中》云："勿令双鬓发，并向锦城衰。"⑱ 这些来到成都的诗人，或送人到成都的诗人都想象着和陶醉于蜀锦之美，都以"锦城""锦官城"称呼成都，流露出对成都的热爱、向往和眷恋。

流经成都的江水称"锦江"或"锦水"。锦江发源于灌县，经成都汇

---

① （唐）李白著，瞿蜕园、朱金城校注：《李白集校注》卷3，第199页。
② （唐）李白著，瞿蜕园、朱金城校注：《李白集校注》卷8，第562页。
③ 同上书，第563页。
④ （唐）杜甫著，（清）仇兆鳌注：《杜诗详注》卷9，第734页。
⑤ 同上书，第783页。
⑥ （唐）杜甫著，（清）仇兆鳌注：《杜诗详注》卷10，第798页。
⑦ 同上书，第846页。
⑧ （唐）杜甫著，（清）仇兆鳌注：《杜诗详注》卷11，第928页。
⑨ 同上书，第911页。
⑩ （唐）杜甫著，（清）仇兆鳌注：《杜诗详注》卷12，第1025页。
⑪ （唐）杜甫著，（清）仇兆鳌注：《杜诗详注》卷13，第1109页。
⑫ （唐）杜甫著，（清）仇兆鳌注：《杜诗详注》卷14，第1238页。
⑬ （唐）元稹：《元稹集》卷19，第217页。
⑭ 《全唐诗》卷332，第3709页。
⑮ 《全唐诗》卷344，第3853页。
⑯ 《全唐诗》卷638，第7306页。
⑰ 《全唐诗》卷713，第8199页。
⑱ 《全唐诗》卷814，第9166页。

入岷江，其得名缘于成都的蜀锦，江边有地名曰"锦里"，"言锦工织锦，则濯之江流，而锦至鲜明。濯以他江，则锦色弱矣，遂命之为锦里也"①。李峤《锦》云："汉使巾车远，河阳步障新。云浮仙石晓，霞满蜀江春。"②"霞满"句是写景，也是比喻，形容蜀锦之美。来到成都的诗人写到成都都喜欢写"锦江"。李白《上皇西巡南京歌十首》其四："谁道君王行路难，六龙西幸万人欢。地转锦江成渭水，天回玉垒作长安。"③ 其五："万国同风共一时，锦江何谢曲江池。石镜更明天上月，后宫亲得照蛾眉。"④ 其九："水绿天青不起尘，风光和暖胜三秦。万国烟花随玉辇，西来添作锦江春。"⑤ 杜甫《奉寄高常侍（一作寄高三十五大夫）》云："天涯春色催迟暮，别泪遥添锦水波。"⑥《登楼》："花近高楼伤客心，万方多难此登临。锦江春色来天地，玉垒浮云变古今。"⑦《怀锦水居止二首》其一："朝朝巫峡水，远逗锦江波。"⑧ 张籍《送蜀客》云："蜀客南行祭碧鸡，木绵花发锦江西。"⑨ 权德舆《送密秀才吏部驳放后归蜀应崔大理序》云："迢迢三千里，返驾一羸车。玉垒长路尽，锦江春物余。"⑩ 从这些诗可知，诗人们不论在什么境况下，不论心情好与不好，都称锦江、锦水，其热爱成都之情不曾稍改。

　　成都不愧为南方丝绸之路的起点，晚唐时尽管成都历尽战乱，丝织业依然兴盛。来到成都的中原人为成都发达的丝织业而惊叹。高骈《锦城写望》云："蜀江波影碧悠悠，四望烟花匝郡楼。不会人家多少锦，春来尽挂树梢头。"⑪ 蜀锦乃天下之名产，通过赋贡、贩贸和赠遗流播远近。蜀锦的生产和流通在唐诗中也有描写。"濯锦"是蜀锦的重要工序。王维《送王尊师归蜀中拜扫》云："大罗天上神仙客，濯锦江头花柳春。"⑫ 李白《上皇西巡南京歌十首》其六："濯锦清江万里流，云帆龙舸下扬州。"⑬

---

① （北魏）郦道元著，陈桥驿校证：《水经注校证》卷33，第735页。
② 周勋初等主编：《全唐五代诗》卷45，陕西人民出版社2014年版，第916页。
③ （唐）李白著，瞿蜕园、朱金城校注：《李白集校注》卷8，第559页。
④ 同上书，第560页。
⑤ 同上书，第564页。
⑥ （唐）杜甫著，（清）仇兆鳌注：《杜诗详注》卷13，第1122页。
⑦ 同上。
⑧ （唐）杜甫著，（清）仇兆鳌注：《杜诗详注》卷14，第1238页。
⑨ （唐）张籍著，徐礼节、余恕诚校注：《张籍集系年校注》卷6，第645页。
⑩ 《全唐诗》卷323，第3629—3630页。
⑪ 《全唐诗》卷598，第6922页。
⑫ （唐）王维著，（清）赵殿成笺注：《王右丞集笺注》卷14，第262页。
⑬ （唐）李白著，瞿蜕园、朱金城校注：《李白集校注》卷8，第561页。

织锦被称为"制锦",钱起《和蜀县段明府秋城望归期》云:"制锦蜀江静,飞凫汉阙遥。"① 织工被称为"织锦人",裴说《蔷薇》云:"一架长条万朵春,嫩红深绿小棠匀。只应根下千年土,曾葬西川织锦人。"② 蜀锦是地方入贡朝廷的贡物,在宫中被作为颁奖之用。王建《宫词一百首》之三十:"春池日暖少风波,花里牵船水上歌。遥索剑南新样锦,东宫先钓得鱼多。"③ 皮日休《贱贡士》云:"南越贡珠玑,西蜀进罗绮。到京未晨旦,一一见天子。"④ 蜀锦被商贾贩运到全国各地,甚至域外。元稹《估客乐》写一位南北奔波出入域外的商贾贩运的货物:"子本频蕃息,货赂日兼并。求珠驾沧海,采玉上荆衡。北买党项马,西擒吐蕃鹦。炎洲布火浣,蜀地锦织成。越婢脂肉滑,奚僮眉眼明。"⑤ 蜀锦驰名中外,昭示成都不愧为南方丝绸之路的起点。

(三) 成都的历史文化和名胜

成都的历史文化和名胜古迹成为诗人吟咏的对象。汉代文翁是历史名人,汉景帝末年为蜀郡守,兴教育,举贤能,修水利,政绩卓著。唐人卢求《成都记序》云:"天下郡国皆立文学,自文翁始也。"⑥ 他的事迹受后人称颂,他在成都的遗迹为诗人景仰。李端《送何兆下第还蜀》云:"重江不可涉,孤客莫晨装。高木莎城小,残星栈道长。袅猿枫子落,过雨荔枝香。劝尔成都住,文翁有草(一作学)堂(一作旧房)。"⑦

文豪扬雄、司马相如及其与卓文君的风流故事被诗人津津乐道。权德舆《送密秀才吏部驳放后归蜀应崔大理序》云:"蜀国本多士,雄文似相如。之子西南秀,名在贤能书。薄禄且未及,故山念归欤。"⑧ 耿湋《送蜀客还》云:"万峰深积翠,路向此中难。欲暮多羁思,因高莫远看。卓家人寂寞,扬子业荒残。唯见岷山水,悠悠带月寒。"⑨ "卓家"用司马相如卓文君的典故,"扬子"即扬雄,成都人。温庭筠《锦城曲》云:"巴水

---

① 《全唐诗》卷237,第2629页。
② 《全唐诗》卷720,第8269页。
③ (唐)王建著,王宗堂校注:《王建诗集校注》卷10,第575页。
④ 《全唐诗》卷608,第7020页。
⑤ 《全唐诗》卷21,第273页。
⑥ 《全唐文》卷744,上海古籍出版社1990年版,第3413页。
⑦ 《全唐诗》卷285,第3259页。
⑧ 《全唐诗》卷323,第3629页。
⑨ 《全唐诗》卷268,第2992页。

漾情情不尽，文君织得春机红。"① 这里卓文君代指成都织女，写成都丝织业兴盛。严君平成都卖卦的故事脍炙人口。武元衡《送温况游蜀》云："应到严君开卦处，将余一为问生涯。"②

成都是蜀汉都城，那个风云激荡和英雄辈出的三国时代给诗人提供了许多灵感和素材。最令诗人怀念的是诸葛亮，他的功业令人向往，他的精神值得称颂，他的壮志未酬令人感叹。杜甫《蜀相》云："丞相祠堂何处寻，锦官城外柏森森。映阶碧草自春色，隔叶黄鹂空好音。三顾频烦天下计，两朝开济老臣心。出师未捷身先死，长使英雄泪满襟。"③ 万里桥是成都名胜，即今成都市南门大桥，俗称老南门大桥。唐诗中常写到万里桥，与诸葛亮有关。费祎出使东吴，诸葛亮在此置宴送行，费祎叹曰："万里之路，始于此桥。"④ 由此得名。万里桥是古代成都水陆交通的重要起点，文人吟唱不绝于书。杜甫《狂夫》写自己的住处："万里桥西一草堂，百花潭水即沧浪。"⑤ 岑参《万里桥》云："成都与维扬，相去万里地。沧江东流疾，帆去如鸟翅。楚客过此桥，东看尽垂泪。"⑥ 在诗人笔下万里桥把南方两个最繁华的都市扬州和成都联系起来。田澄（一作登）《成都为客作》云："蜀郡将之远，城南万里桥。衣缘乡泪湿，貌以客愁销。地富鱼为米，山芳桂是樵。旅游唯得酒，今日过明朝。"⑦ 万里桥成为成都的代称，刘景复《梦为吴泰伯作胜儿歌》云："我闻天宝十年前，凉州未作西戎窟。麻衣右衽皆汉民，不省胡尘暂蓬勃。太平之末狂胡乱，犬豕崩腾恣唐突。玄宗未到万里桥，东洛西京一时没。"⑧ 安史之乱中玄宗避乱入蜀至成都，这里万里桥代指成都。

成都的历史故事和历史人物成为唐诗中的典故，还有一个"刀州"和"刀州梦"。唐诗中有时称成都为"刀州"，刀州是古代益州的别称，用西晋王濬的典故：

> 王濬之在巴郡也，梦悬四刀于其上，甚恶之。濬主簿李毅拜贺曰："夫三刀为州，而见四，为益一也，明府其临益州乎？"后果为益

---

① （唐）温庭筠著，（清）曾益等笺注：《温飞卿诗集笺注》卷1，第9页。
② 《全唐诗》卷317，第3562页。
③ （唐）杜甫著，（清）仇兆鳌注：《杜诗详注》卷9，第736页。
④ （唐）李吉甫：《元和郡县图志》卷31，中华书局1983年版，第768页。
⑤ （唐）杜甫著，（清）仇兆鳌注：《杜诗详注》卷9，第742页。
⑥ （唐）岑参著，陈铁民、侯忠义校注：《岑参集校注》卷4，第353页。
⑦ 《全唐诗》卷255，第2865页。
⑧ 《全唐诗》卷868，第9833页。

州刺史。①

王濬治蜀有功并因功升迁，因此"刀州""三刀"或"三刀梦"的典故包含着对赴任成都的官员能力和治绩的赞美，以及祝愿对方仕途升迁之意。宋之问《送杨六望赴金水》云："借问梁州道，钦岑几万重。遥州刀作字，绝壁剑为峰。"② 岑参《送严黄门拜御史大夫再镇蜀川兼觐省》云："副相韩安国，黄门向子期。刀州重入梦，剑阁再题词。"③ 姚合《送任畹及第归蜀觐亲》云："东川横剑阁，南斗近刀州。"④《裴大夫见过》云："解下佩刀无所惜，新闻天子付三刀。"⑤ 李商隐《街西池馆》云："太守三刀梦，将军一箭歌。"⑥ 李咸用《赠友第》云："萤焰烧心雪眼劳，未逢佳梦见三刀。"⑦ 李夷简《西亭暇日书怀十二韵献上相公》云："宪省忝陪属，岷峨嗣徽猷。提携当有路，勿使滞刀州。"⑧ 武元衡《夕次潘（一作嶓）山下》云："锦谷岚烟里，刀州晚照西。"⑨ 武元衡《送温况游蜀》云："云深九折刀州远，路绕千岩剑阁斜。"⑩《春日偶题》云："山川百战古刀州，龙节来分圣主忧。" 此二句一作"三川会合古刀州，纡绂来分宵旰忧"⑪。《酬太常从兄留别（一作送太常十二兄罢册南诏却赴上都）》云："张骞随汉节，王濬守刀州。"⑫ 杨巨源有名句："三刀梦益州，一箭取辽城。"⑬ 李德裕《题剑门》云："想是三刀梦，森然在目前。"⑭ 这些诗里都用"三刀"代指成都，寄托着祝愿和梦想。

由于战乱，唐朝有两位皇帝曾入蜀避难，这是与成都有关的重大历史事件，唐诗多咏于此。安禄山叛军攻破潼关，玄宗仓皇出逃，最终逃到成

---

① 《太平御览》卷398，第4册，上海古籍出版社2008年版，第598页。
② 周勋初等主编：《全唐五代诗》卷72，陕西人民出版社2014年版，第1423页。
③ （唐）岑参著，陈铁民、侯忠义校注：《岑参集校注》卷4，第275页。
④ （唐）姚合著，黄河清校注：《姚合诗集校注》卷2，上海古籍出版社2012年版，第84页。
⑤ （唐）姚合著，黄河清校注：《姚合诗集校注》卷10，第536页。
⑥ （唐）李商隐著，（清）冯浩笺注：《玉溪生诗集笺注》卷3，第586页。
⑦ 《全唐诗》卷646，第7408页。
⑧ 《全唐诗》卷309，第3495页。
⑨ 《全唐诗》卷316，第3552页。
⑩ 《全唐诗》卷317，第3562页。
⑪ 同上书，第3578页。
⑫ 《全唐诗》卷316，第3548—3549页。
⑬ （宋）计有功：《唐诗纪事》卷35，上海古籍出版社1965年版，第546页。
⑭ （唐）李德裕撰，傅璇琮、周建国校笺：《李德裕文集校笺》别集卷4，中华书局2018年版，第583页。

都,成都因此被称为"南京"。李白《上皇西巡南京歌十首》其四云:"谁道君王行路难,六龙西幸万人欢。地转锦江成渭水,天回玉垒作长安。"① 诗为玄宗入蜀避讳,在玄宗仓皇西幸逃至成都万众丧气之时,却说"万人欢",因为玄宗的幸蜀,成都成了长安,现在读起来更接近讽刺。晚唐时僖宗避黄巢之乱幸蜀,宦官田令孜专权用事,左拾遗孟昭图上疏论奏,田令孜矫诏贬孟昭图为嘉州司户,并沉水致死。郑谷《蜀江有吊》表达对孟昭图的悼念:"孟子有良策,惜哉今已而。徒将心体国,不识道消时。折槛未为切,沈湘何足悲。苍苍无问处,烟雨遍江蓠。"② 这是僖宗入蜀事件中的一个插曲。罗隐《帝幸蜀》云:"马嵬山色翠依依,又见銮舆幸蜀归。泉下阿蛮应有语,这回休更怨杨妃。"③ 题注云:"乾符岁。"显然讽刺僖宗幸蜀事。

南诏的入侵曾给成都造成巨大破坏,令诗人触景伤情。雍陶《蜀中战后感事》:"蜀道(一作国)英灵地,山重水又回。文章四子盛,道路五丁开。词客题桥去,忠臣叱驭来。卧龙同骇浪,跃马比浮埃。已谓无妖土,那知有祸胎。蕃兵依濮柳,蛮筛指江梅。战后悲逢血,烧余恨见灰。空留犀厌怪,无复酒除灾。岁积苌弘怨,春深杜宇哀。家贫移未得,愁上望乡台。"④ 又《答蜀中经蛮后友人马艾见寄》云:"茜(一作酉)马渡泸水,北来如鸟轻。几年朝凤阙,一日破龟城。此地有征战,谁家无死生。人悲还旧里,鸟喜下空营。弟侄意初定,交朋心尚惊。自从经难后,吟苦似猿声。"⑤ 南诏的入侵给人们造成了巨大的心灵创伤。李景让写成都有诗句传世:"成都十万户,抛若一鸿毛。"⑥ 这应该也是与南诏入侵成都有关,斥责统治者不关心百姓,在大难临头时一逃了事。

(四) 古往今来的成都名士

成都当世著名人物也进入唐代诗人的歌咏中,他们歌颂为国家和民族做出贡献的成都、剑南道长官。严武任剑南西川节度使,治蜀有功,对吐蕃的战争也取得重大胜利。杜甫曾入其幕府为节度参谋,受到他的赞助,因此感恩戴德,诗中多次写到严武,赞颂其功业。其《奉和严大夫军城早

---

① (唐) 李白著,瞿蜕园、朱金城校注:《李白集校注》卷8,第559页。
② 《全唐诗》卷676,第7756页。
③ 李定广校笺:《罗隐集系年校笺·甲乙集》卷10,人民文学出版社2013年版,第516页。
④ 《全唐诗》卷518,第5917页。
⑤ 同上。
⑥ (宋) 孙光宪:《北梦琐言》卷5,上海古籍出版社1981年版,第32页。

秋》："秋风袅袅动高旌，玉帐分弓射房营。已收滴博（岭在维州）云间戍，更夺蓬婆雪外城（雪山外有蓬婆岭）。"① 杜鸿渐曾任剑南西川节度使。薛逢《题剑门先寄上西蜀杜司徒》云："峭壁横空限一隅，划开元气建洪枢。梯航百货通邦计，键闭诸蛮屏帝都。西蹙犬戎威北狄，南吞荆郢制东吴。千年管钥谁熔范，只自先天造化炉。"② 崔郸出任剑南西川节度使，宰相李德裕写诗送行，杜牧和之，其《奉和门下相公送西川相公兼领相印出镇全蜀诗十八韵》云：

盛业冠伊唐，台阶翊戴光。无私天雨露，有截舜衣裳。蜀辂新衡镜，池留旧凤凰。同心真石友，写恨蔑河梁。虎骑摇风旆，貂冠韵水苍。彤弓随武库，金印逐文房。栈压嘉陵咽，峰横剑阁长。前驱二星去，开险五丁忙。回首峥嵘尽，连天草树芳。丹心悬魏阙，往事怆甘棠。治化轻诸葛，威声慑夜郎。君平教说卦，犬子召升堂。塞接西山雪，桥维万里樯。夺霞红锦烂，扑地酒垆香。忝逐三千客，曾依数仞墙。滞顽堪白屋，攀附亦周行。肉管伶伦曲，《箫韶》清庙章。唱高知和寡，小子斐然狂。③

在崔郸将赴任成都时，诗人借成都历史名人事迹激励之，并用成都名胜赞美他的赴任之地。僖宗乾符二年（875），名将高骈移镇西川，筑成都府砖城，加强防御。又在境上驻扎重兵，迫使南诏修好，数年内蜀地粗安。他的幕僚顾云《筑城篇》歌咏其筑城的意义：

三十六里西川地，围绕城郭峨天横。一家人率一口甓，版筑才兴城已成。役夫登登无倦色，馔饱觞酣方暂息。不假神龟出指踪，尽凭心匠为筹画。画阁团团真铁瓮，堵阔巉岩（一作巉巉）齐石壁。风吹四面旌旗动，火焰相烧满天赤。散花楼晚挂残虹，濯锦秋江澄倒碧。西川父老贺子孙，从兹始是中华人。④

过去南诏侵逼，成都人时时都有被掳的危险，如今不再担心南诏入侵，才有"始是中华人"的安定心理，诗从一个侧面歌颂高骈治蜀的政绩。又如

---

① （唐）杜甫著，（清）仇兆鳌注：《杜诗详注》卷14，第1170页。
② 《全唐诗》卷548，第6328页。
③ （唐）杜牧撰，吴在庆校注：《杜牧集系年校注》卷2，中华书局2013年版，第132页。
④ 《全唐诗》卷637，第7303页。

温庭筠《赠蜀将》云："十年分散剑关秋，万事皆随锦水流。志气已曾明汉节，功名犹自滞吴钩。雕边认箭寒云重，马上听笳塞草愁。今日逢君倍惆怅，灌婴韩信尽封侯。"此诗题注："蛮入成都，频著功劳。"① 这是一首歌颂在与南蛮军事斗争中立下战功的将军，又同情他未能得到应有的封赏的遭遇。杜光庭《赠蜀州刺史》云："再扶日月归行殿，却领山河镇梦刀。从此雄名压寰海，八溟争敢起波涛。"② 剑南长官身负管领西南地区军政大任，在安定一方、交通西南诸族方面举足轻重。诗人歌颂这些地方长官的诗，反映了成都地位的重要和他们的治蜀之功。这些诗在内容上有如下特点，一是反映了唐朝与吐蕃、南诏的关系，主要是剑南西川节度使与吐蕃、南诏之间的军事斗争；二是分析剑南西川在西南地区交通四方的重要地理位置；三是由于这些西南地区长官的奋斗，在安定西南和与域外民族交通方面取得的成就。

唐代一些著名诗人曾在成都留下踪迹，人们把他们与历史上的名人一起视为成都的名片和骄傲。杜甫曾住成都浣花溪畔之草堂，张籍《送客游蜀》云："行尽青山到益州，锦城楼下二江流。杜家曾向此中住，为到浣花溪水头。"③ 杜甫的浣花草堂旧址吸引诗人前往游览。元稹曾居成都，戎昱《成都元十八侍御》云："不见元生已数朝，浣花溪路去非遥。"④ 郑谷《蜀中三首》其一云："马头春向鹿头关，远树平芜一望闲。雪下文君沽酒市，云藏李白读书山。"其二云："夜无多雨晓生尘，草色岚光日日新。蒙顶茶畦千点露，浣花笺纸一溪春。扬雄宅在唯乔木，杜甫台荒绝旧邻。"其三云："却共海棠花有约，数年留滞不归人。渚远江清碧簟纹，小桃花绕薛涛坟。"⑤ 在这些诗里，汉代的司马相如、扬雄和唐代曾在成都生活过的李白、杜甫、元稹、薛涛都受到称颂，他们的遗迹和蜀中的名胜鹿头关、玉垒山、浣花溪、朱桥、柞桥、金门路、锦江以及蜀中的树木花鸟等，一起构成成都的壮丽画卷。

（五）成都的美景和繁华

唐代诗人尽情歌咏成都的繁华和美丽，成都的自然风光见于诗人的笔端，而且表现出极其热爱之情。有的诗专写成都风物之美，萧遘《成都》

---

① （唐）温庭筠著，（清）曾益等笺注：《温飞卿诗集笺注》卷4，第77页。
② 《全唐诗》卷854，第9666页。
③ （唐）张籍著，徐礼节、余恕诚校注：《张籍集系年校注》卷6，第689页。
④ 《全唐诗》卷270，第3015页。
⑤ 《全唐诗》卷676，第7742—7743页。

云:"月晓已开花市合,江平偏见竹簰多。好教载取芳菲树,剩照岷天瑟瑟波。"①张籍《成都曲》云:"锦江近西烟水绿,新雨山头荔枝熟。万里桥边多酒家,游人爱向谁家宿。"②有的是诗人生活在成都,即时写景即景抒情之作。杜甫在成都写下许多歌咏成都风光的诗,其中数首以《绝句》为题的诗都描写成都的美景:"迟日江山丽,春风花草香。泥融飞燕子,沙暖睡鸳鸯";"江碧鸟逾白,山青花欲燃。今春看又过,何时是归年"③。写浣花溪畔的美景:"两个黄鹂鸣翠柳,一行白鹭上青天。窗含西岭千秋雪,门泊东吴万里船。"④离开成都仍时时怀念着那形胜之地,其《怀锦水居止二首》其一云:"军旅西征僻,风尘战伐多。犹闻蜀父老,不忘舜讴歌。天险终难立,柴门岂重过。朝朝巫峡水,远逗锦江波。"其二云:"万里桥南宅,百花潭北庄。层轩皆面水,老树饱经霜。雪岭界天白,锦城曛日黄。惜哉形胜地,回首一茫茫。"⑤

　　成都经济繁荣,人口殷盛,令身临其地的诗人惊叹。有的诗是送人赴成都或与人唱和时想象成都的繁华与美丽。张籍《送蜀客》云:"蜀客南行祭碧鸡,木棉花发锦江西。山桥日晚行人少,时见猩猩树上啼。"⑥武元衡曾任剑南西川节度使,驻节成都,有《早春闻莺》诗,系写成都风景之作,其诗不传。韩愈有《和武相公早春闻莺》云:"早晚飞来入锦城,谁人教解百般鸣。春风红树惊眠处,似妒歌童作艳声。"⑦羊士谔《酬彭州萧使君秋中言怀》云:"右职移青绶,雄藩拜紫泥。江回玉垒下,气爽锦城西。皋鹤惊秋律,琴乌怨夜啼。离居同舍念,宿昔奉金闺。"⑧韩翃《赠别成明府赴剑南》云:"朝为三室印,晚为三蜀人。遥知下车日,正及巴山春。县道橘花里,驿流江水滨。公门辄无事,赏地能相亲。解衣初醉绿芳夕,应采蹲鸱荐佳客。霁水远映西川时,闲望碧鸡飞古祠。爱君乐事佳兴发,天外铜梁多梦思。"⑨碧鸡,即成都碧鸡坊。这些诗都写成都春光明媚的景象。

---

① 《全唐诗》卷600,第6935页。
② (唐)张籍著,徐礼节、余恕诚校注:《张籍集系年校注》卷6,第788页。
③ (唐)杜甫著,(清)仇兆鳌注:《杜诗详注》卷13,第1134—1135页。
④ 同上书,第1143页。
⑤ (唐)杜甫著,(清)仇兆鳌注:《杜诗详注》卷14,第1237—1238页。
⑥ (唐)张籍著,徐礼节、余恕诚校注:《张籍集系年校注》卷6,第645页。
⑦ (唐)韩愈,钱仲联系释:《韩昌黎诗系年集释》卷8,第880页。
⑧ 《全唐诗》卷332,第3709页。
⑨ 《全唐诗》卷243,第2728—2729页。

（六）成都诗人的身世家国之感

成都的社会形势跟整个国家局势相呼应，初盛唐时的成都和中晚唐时的成都在诗人笔下面貌是不同的，政治经济状况盛衰有时。成都相对偏远，"蜀道难"令蜀地诗人感到远离京城，远赴蜀地往往有失落之感。唐前期诗人们有的赞叹成都的繁华，也有人感叹成都的偏远。杜某赴蜀地任县尉，王勃《送杜少府之任蜀川》诗云"城阙辅三秦，风烟望五津"便有渲染蜀地遥远之意。诗人甚至用"天涯"之远形容蜀地与长安的距离，杜氏离京竟然泪下沾襟。① 诗人们写出了从远方来到成都的感受，在描写成都风光之美的同时，表达个人穷通进退的感慨，有的写失志情怀。卢照邻《赠益府群官》云：

> 一鸟自北燕，飞来向西蜀。单栖剑门上，独舞岷山足。昂藏多古貌，哀怨有新曲。群凤从之游，问之何所欲。答言寒乡子，飘飘万余里。不息恶木枝，不饮盗泉水。常思稻粱遇，愿栖梧桐树。智者不我邀，愚夫余不顾。所以成独立，耿耿岁云暮。日夕苦风霜，思归赴洛阳。羽翮毛衣短，关山道路长。明月流客思，白云迷故乡。谁能借风便，一举凌苍苍。②

诗托物言志，表达个人失意不偶的感伤和盼望援引的企望。有的则表达道德理想的坚持。苏颋《九月九日望蜀台》云："蜀王望蜀旧台前，九日分明见一川。北料乡关方自此，南辞城郭复依然。青松系马攒岩畔，黄菊留人籍道边。自昔登临湮灭尽，独闻忠孝两能传。"③ 又如杜甫《成都府》云：

> 翳翳桑榆日，照我征衣裳。我行山川异，忽在天一方。但逢新人民，未卜见故乡。大江东流去，游子去日长。曾城填华屋，季冬树木苍。喧然名都会，吹箫间笙簧。信美无与适，侧身望川梁。鸟雀夜各归，中原杳茫茫。初月出不高，众星尚争光。自古有羁旅，我何苦

---

① （唐）王勃著，（清）蒋清翊注：《王子安集注》卷3，上海古籍出版社1995年版，第84页。
② （唐）卢照邻著，徐明霞点校：《卢照邻集》卷1，中华书局1980年版，第16页。
③ 《全唐诗》卷73，第806页。

哀伤。①

这是诗人历尽艰辛从中原避乱至成都时所作,表达了漂泊之感、游子之悲。安史之乱后,成都风景依旧,但国家局势今不如昔,诗人不仅写身世之感,而且写忧时伤世之情。杜甫居蜀时,北方战乱未休,朝廷宦官擅权,蜀中屡生叛乱,吐蕃时常入寇,国家内忧外患严重,诗人关注中原的形势,感时伤世,作《登楼》诗:

花近高楼伤客心,万方多难此登临。锦江春色来天地,玉垒浮云变古今。北极朝廷终不改,西山寇盗莫相侵。可怜后主还祠庙,日暮聊为梁甫吟。②

杜甫在成都生活困难,蜀中又生战乱,故赴阆州,欲往襄州。闻严武又返成都再任剑南西川节度使,即从阆州重返成都,其《将赴成都草堂途中有作先寄严郑公五首》其五云:"锦官城西生事微,乌皮几在还思归。昔去为忧乱兵入,今来已恐邻人非。侧身天地更怀古,回首风尘甘息机。共说总戎云鸟阵,不妨游子芰荷衣。"③ 其中写出自己因乱离开成都,现在再返成都,成都可能已物是人非。又如戎昱《成都暮雨秋》云:"九月龟城暮,愁人闭草堂。地卑多雨润,天暖少秋霜。纵欲倾新酒,其如忆故乡。不知更漏意,惟向客边长。"④ 田澄《成都为客作》云:"蜀郡将之远,城南万里桥。衣缘乡泪湿,貌以客愁销。地富鱼为米,山芳桂是樵。旅游唯得酒,今日过明朝。"⑤ 郑谷《蜀中春日(一作雨)》云:"海棠风外独沾巾,襟袖无端惹蜀尘。和暖又逢挑菜日,寂寥未是探花人。不嫌蚁酒冲愁肺,却忆渔蓑覆病身。何事晚来微雨后(一作过),锦江春学曲江春。"⑥ 《游蜀(一作蜀中春暮)》云:"所向(一作到处)明知是暗投,两行清泪语前流。云横新塞遮秦甸(一作水),花落空山入阆州。不念黄鹂惊晓梦,唯应杜宇信(一作起)春愁。梅黄麦绿无归处,可得漂漂爱浪游。"⑦ 这

---

① (唐)杜甫著,(清)仇兆鳌注:《杜诗详注》卷9,第724—725页。
② (唐)杜甫著,(清)仇兆鳌注:《杜诗详注》卷13,第1130—1131页。
③ 同上书,第1109页。
④ 《全唐诗》卷270,第3020页。
⑤ 《全唐诗》卷255,第2865页。
⑥ 《全唐诗》卷676,第7741页。
⑦ 同上书,第7742页。

些诗充满"惊""愁""哀""恨""怨""泪""贫"等字眼,反映了唐后期入蜀人士的悲凉心境。胡曾《咏史诗·成都》云:"杜宇曾为蜀帝王,化禽飞去旧城荒。年年来叫桃花月,似向春风诉国亡。"① 诗咏蜀地早期历史,何尝不是借古喻今,感叹晚唐江河日下的局势。晚唐时南诏兵入成都,裹挟成都财物百姓而去,成都惨遭残破,诗人极度伤感。本章后有论述。

二 从成都入南中的道路

唐代南诏与中原地区的交通经过成都。白居易《蛮子朝》诗写南诏与唐朝的往来:"蛮子朝,泛皮船兮渡绳桥,来自巂州道路遥。入界先经蜀川(一作道)过,蜀将收功先表贺。"② 蛮子即南诏,诗写南诏经蜀地入贡,蜀将乘机贪功。武元衡《四川使宅有韦令公时孔雀……妓兴嗟久之因赋此诗用广其意》云:"荀令昔居此,故巢留越禽。动摇金翠尾,飞舞碧梧阴。上客彻瑶瑟,美人伤蕙心。会因南国使,得放海云深。"③ 武元衡在成都,让"南国使"把孔雀带走,此南国使正是往来于南诏和唐朝首都之南诏使节。白居易和武元衡的诗反映了成都在唐朝与南诏交通中的中转地位。

(一)从成都至南诏

成都是连接内地与南诏的交通枢纽。自成都入滇自古有两道,一是秦时开通的"五尺道"。"秦时常頞通五尺道。"④ 五尺道从成都出发往东南行,经僰道(今四川宜宾)、南广(今云南盐津)、朱提(今云南昭通)、夜郎西北(今贵州威宁一带)、味县(今云南曲靖),至滇池(今云南昆明),继续向西至叶榆(大理)。这条道为东道。二是汉代开辟了西道,称灵关道。"邛、笮、冉、駹者近蜀,道亦易通,秦时尝通为郡县,至汉兴而罢。"⑤ 西汉元光六年(前129),武帝派司马相如开辟通川南雅安、西昌及云南大姚之邛、笮、冉、駹等西夷地区的"西夷道",因越巂境内有

---

① 《全唐诗》卷647,第7423页。
② 《全唐诗》卷426,第4697页。
③ 《全唐诗》卷316,第3551页。
④ 《史记》卷116《西南夷列传》,第2997页。
⑤ 《史记》卷117《司马相如列传》,第3046页。

灵山，山上有灵关，又名"灵关道"。因经旄牛县，又叫"旄牛道"。此道从成都出发，经临邛（邛崃）、严道（荥经）、旄牛（汉源）、阑县（越西）、邛都（西昌）、会无（会理）、过金沙江到青蛉（大姚），抵达叶榆（大理），与东道合。两道会合后西行，经博南（今永平）、永昌（今保山），由越赕（今腾冲）出境入骠国（在今缅甸），从今缅甸密支那或八莫入东南亚或南亚，这条道称"永昌道"。这条路可达"滇越乘象国"，可能到了印度和孟加拉地区。

隋唐时云南错杂散居着许多部落，主要有白蛮和乌蛮。白蛮受汉文化影响较深，经济和文化都较先进。战国以来，许多汉人陆续移居云南，和当地土人杂居通婚，形成白蛮族。他们过着农耕生活，在洱海、滇池周围有相当发达的农业生产。乌蛮即今彝族的祖先，主要分布在今云南、四川南部和贵州西部，受汉文化影响较少，有些部落的语言要经过三译四译才能和汉语相通。唐初乌蛮人过着畜牧生活，不会纺织，穿牛羊皮制衣服。从7世纪初叶开始，乌蛮部落向洱海地区迁移，征服白蛮，建立起六个王国，称六诏。洱海北是河蛮人的浪穹诏（今洱源）、邆赕诏（今洱源邓川）、施浪诏（今洱源三营），洱海东是磨些人的越析诏（今宾川），洱海西面是蒙巂诏（今漾濞），洱海南为蒙舍诏（今巍山）。蒙舍诏地居最南，称为"南诏"。"南诏蛮，本乌蛮之别种也。"[①]

南诏政权建立者是哀牢国王族舍龙族，"本哀牢夷后"[②]。舍龙族为避难迁至邪龙（在今云南巍山县）。邪龙本是哀牢地，汉朝置邪龙县，属益州郡，汉朝势力退出后被豪酋占据。舍龙族得到哀牢人支持，形成以舍龙族为中心的部落联盟，开始称作"蒙舍龙"或"蒙舍"。贞观二十三年（649），细奴逻继位蒙舍诏，"蛮谓王为诏"[③]。7世纪70年代，吐蕃势力进入洱海地区北部。南诏距吐蕃最远，依附于唐朝。在唐朝支持下先后灭其余五诏，征服洱海地区，建立南诏国。开元二十六年（738），唐朝封皮罗阁为云南王，第二年南诏建都太和城（今云南大理南）。南诏又征服东、西两爨以及雕题、饰齿、寻传、裸形等部族。天宝初阁罗凤为王，声势日益浩大。洱海地区是南诏首府所在地，由于南诏政治中心移至洱海附近的太和城和阳苴咩城，五尺道与灵关道会合地点便西移至此，由此西向为永昌道。

[①]《旧唐书》卷197《南诏蛮传》，第5280页。
[②]《新唐书》卷222上《南蛮传》，第6267页。
[③]《旧唐书》卷197《南诏蛮传》，第5280页。

南诏和唐朝、吐蕃的关系处于不断变化中,南诏"日以骄大",与唐朝不睦。天宝九载(750),云南太守张虔陀对南诏"待之不以礼","多所征求",阁罗凤举兵反抗,杀张虔陀。① 唐朝于天宝十载(751)、十三载(754)两次伐南诏,皆为南诏所败,前后丧师近二十万。南诏归附吐蕃,吐蕃封阁罗凤为"赞普钟"(吐蕃称弟为"钟"),称南诏为"赞普钟南诏大国",意为兄弟之邦。南诏最盛时占有今云南、四川南部及贵州西部,"回环万里","版图所及北抵今大渡河,与唐以一衣带水为界;其兵力东边达到今贵州的遵义和广西的西部;南部的今越南、泰国,西方的今缅甸,三个国家的北部,俱曾一度为南诏所征服。自第八世纪中至九世纪末,俨然为东南亚洲一大国,虽臣服于吐蕃,实则无异于分庭抗礼,同成唐朝边患"②。安史之乱发生,南诏王阁罗凤乘机攻陷唐朝之巂州与会同军,据清溪关,并击降越析、于赠、寻传蛮、骠国。大历十四年(779)阁罗凤死,其孙异牟寻继位,迁都至羊苴咩城,在太和城南十余里。

吐蕃向南诏征税,又在南诏险要地区修筑城堡,征调南诏兵助防,南诏不堪忍受。异牟寻为南诏王,汉人郑回为其清平官,决心反蕃归唐。贞元十年(794),南诏与唐订立盟约,愿为藩国。杀吐蕃使人,出兵攻吐蕃,夺取吐蕃占领的铁桥(在今丽江县境)等十六城,降其众十万。异牟寻被唐朝封为南诏王,自此世称南诏国,另有"鹤拓""龙尾""苴咩""阳剑"等别称。9世纪30年代以后,南诏和唐朝矛盾激化,战争不断。大和二年(828),南诏军攻陷成都,掠取百姓子女、百工数十万人及珍货。此后南诏连年寇边,西南边境不宁,唐朝派大军驻防。唐末农民起义由庞勋等人揭开序幕,庞勋所率即远戍云南蛮的徐州兵。天复二年(902)汉人权臣郑买嗣取代南诏,自立为王,建立大长和国,结束了南诏160多年的历史。

南诏在南方丝绸之路上具有极其重要的地位,其盛时疆域东至两爨,东南至安南,西北地接吐蕃,南面地接和女王国(在今泰国的南奔),西南接骠国(在今缅甸曼德勒一带),北抵大渡河,东北抵黔州、巫州(今贵州和四川长江南岸),沟通了中国内地、成都到安南和缅甸的道路。

(二) 经过南诏的中印缅道

南诏在中国、缅甸和印度之间的交通方面地位重要,这条道路被称为

---

① 《旧唐书》卷197《南诏蛮传》,第5180—5181页。
② 向达:《唐代长安与西域文明》,生活·读书·新知三联书店1957年版,第155页。

"中印缅道"。这条道起源很古，从4世纪起日渐衰微，至5世纪中叶后几乎停顿，原因是海上交通的发展和滇西的残破，不过这条道路的交通始终不曾中断。4世纪时，中国有僧人20余人经此道前往印度取经，印度笈多大王为中国僧人建造了支那寺。印度和缅甸也有人经此道至永昌郡（今云南保山）经商，并移居于此。西晋时永昌郡有"闽濮、鸠僚、僄越、倮濮、身毒之民"①。唐代这里是多种文化汇聚之所，是婆罗门、波斯、阇婆、勃泥、昆仑等"外通交易之所"，当然，这条道路随着唐朝、南诏和吐蕃政治关系的变化时有通塞。

8世纪60年代和70年代，阁罗凤统治下的南诏武力强盛，向西占领萨尔温江流域和伊洛瓦底江上游一带，骠国一度臣属南诏，南诏经骠国而与印度发生往来。贞元十年（794），南诏与唐朝恢复关系，骠国与唐朝的联系也就密切起来。贞元十八年（802），骠国派王子舒难陀率使团到长安，使团中有一个乐队，骠国乐因此传入中国。贾耽《入四夷之路》"安南道"记载了从南诏都城南行入缅甸和印度的道路：

> 自羊苴咩城西至永昌故郡三百里。又西渡怒江，至诸葛亮城二百里。又南至乐城二百里。又入骠国境，经万公等八部落，至悉利城七百里。又经突旻城至骠国千里。又自骠国西度黑山，至东天竺迦摩波国千六百里。又西北渡迦罗都河至奔那伐檀那国六百里。又西南至中天竺国东境恒河南岸羯朱嗢罗国四百里。又西至摩羯陀国六百里。一路自诸葛亮城西去腾充城二百里。又西至弥城百里。又西过山，二百里至丽水城。乃西渡丽水、龙泉水，二百里至安西城。乃西渡弥诺江水，千里至大秦婆罗门国。又西渡大岭，三百里至东天竺北界个没卢国。又西南千二百里，至中天竺国东北境之奔那伐檀那国，与骠国往婆罗门路合。②

从这个记载可以大体知道中印缅道的具体路线：从南诏首府太和城（在大理古城南）或羊苴咩城（今云南大理）出发，经过永昌故郡（今云南保山），西渡怒江到诸葛亮城（今云南龙陵）。从此分为两路，一路向西南行，经今遮放、畹町而入缅甸境。过九谷、叫栖（或沙示），到骠国都城

---

① （晋）常璩撰，任乃强注：《华阳国志校补图注》卷4，上海古籍出版社1987年版，第285页。
② 《新唐书》卷43下《地理志七下》，第1152—1153页。

(在今伊洛瓦底江畔骠蔑附近），即《大唐西域记》中之"室利差呾罗"。再逆伊洛瓦底江及其支流亲敦江而上，经过钦山地区而至印度的高哈蒂城，即《大唐西域记》中之迦摩缕波国。另一路从诸葛亮城出发西北行，经今云南腾冲，越境至缅甸境内的文冒（在今伊洛瓦底江上游的密支那城对岸），过伊洛瓦底江后到孟拱，入印度境在高哈蒂与西南路会合。

（三）唐文化的辐射与南诏诗人

南诏时期与内地联系增多，中原移民不断进入南诏，汉文化在南诏得到广泛传播，孙樵《序西南夷》言南诏汉化之深："道齐之东，偏泛巨海，其岛夷之大者，曰新罗；由蜀而南，逾昆明，涉不毛，驰七八千里，其群蛮之雄者，曰南诏。……唐宅有天下，二国之民率以儒为教先，彬然与诸夏肖矣。……其生穷海之中，托于瘴野之外，徒知便弓马，校战猎而已，乌识所谓文儒者哉。今抉兽心而知礼节，裰左衽而同衣服，非皇风远洽耶？"[①] 在唐文化影响下，南诏文学成就颇有可观。南诏大理时期洱海民族文学，受中原地区文学影响很深。南诏王及其大臣和子孙习汉文，读儒书。唐朝西泸县令郑回被南诏俘虏，阁罗凤以郑回"有儒学"令教其子孙。其子凤迦异、孙异牟寻都从郑回受学，"异牟寻颇知书，有才智"；南诏"人知礼乐，本唐风化"。南诏派遣贵族子弟及大臣到成都就学，50年间就学者上千人。他们把唐朝文化带回南诏。受唐朝文学影响，南诏文学也以诗和散文著称，涌现出不少知名诗人和文人。南诏诗文还流传到内地，有的被收录到《全唐诗》《全唐文》中。著名的《南诏德化碑》是其散文的代表作，[②] 该碑长达数千言，辞藻典雅，文字流畅，颇有唐文风韵。该碑叙述南诏王阁罗凤的功绩，并对阁罗凤统一六诏、东和诸爨、争夺安宁、张虔陀之不义、与唐王朝交恶、天宝战争之经过、阁罗凤不得已叛唐、吐蕃赞普招抚援助、封赐诸史事也有详尽的记述。其中详细分析了"不得已"与唐冲突和"不得已"叛唐的原因。其铭文则以四言诗形式对

[①] 《全唐文》卷794，上海古籍出版社1990年版，第3690页。
[②] 《全唐文》卷999，上海古籍出版社1990年版，第4588—4590页。《南诏德化碑》今存云南省大理市太和村西南诏太和城遗址内，有"云南第一碑"之誉。碑高3.97米，宽2.27米，厚0.58米。正面刻碑文40行，约3800字，现存256字。碑阴刻书41行，详列南诏清平官、大将军、六曹长等职衔和姓名。经过千百年的风风雨雨，碑文仅存八百余字。碑文相传为南诏清平官郑回所撰，唐朝流寓南诏御史杜光庭书写。内容主要颂扬阁罗凤的文治武功，并叙述了南诏、唐朝和吐蕃间的关系，以及历次战争的缘由和经过，表明叛唐的不得已和希望与唐和好的愿望。该碑对研究云南民族史、西藏地方史及其与中原政权关系都是宝贵的实物资料。

碑文内容进行了概括：

> 降祉自天，福流后允。瑞应匪虚，祯祥必信。圣主分忧，遐荒声振。袭久传封，受符兼印。兼琼秉节，贪荣构乱。开路安南，攻残面爨。竹信见屠，官师溃散。赖我先王，怀柔伏叛。祚不乏贤，先献是继。郡守诡随，贬身遐裔。祸连虔陀，乱深竖嬖，殃咎匪他，途豕自殪。仲通制节，不询长久。征兵海隅，顿营江口。赤心不纳，白刃相守。谋用不臧，逃师夜走。汉不务德，而以力争。兴师命将，置府层城。三军往讨，一举而平。面缚群吏，驰献天庭。李宓总戎，犹寻覆辙。水战陆攻，援孤粮绝。势屈谋穷，军残身灭。祭而葬之，情由故设。赞普仁明，审知机变。汉德方衰，边城绝援。挥我兵戎，攻彼郡县。越巂有征，会同无战。雄雄嫡嗣，高名英烈。惟孝惟忠，乃明乃哲。邛泸一扫，军群双灭。观兵寻传，举国来宾。巡幸东爨，怀德归仁。碧海效祉，金穴荐珍。人无常主，惟贤是亲。土宇克开，烟尘载寝。毂击犁坑，辑熙群品。出入连城，光扬衣锦。业留万代之台，仓贮九年之廪。明明赞普，扬天之光。赫赫我王，实赖之昌。化及有土，业著无疆。河带山砺，地久天长。辨称世雄，才出人右。信及豚鱼，润深琼玖。德以建功，是谓不朽。石以刊铭，可长可久。①

这可以看作南诏流传下来的最长的诗，在歌颂阁罗凤的功业时，主要讲述了他先后战胜唐将章仇兼琼、张虔陀、鲜于仲通、李宓的重大历史事件。由于当时南诏叛唐后依附于吐蕃，因此铭文中热情赞扬赞普之功德，南诏在他支持下实现了国家的安定强盛和对唐战争的胜利。

南诏骠信寻阁劝乃著名诗人，"骠信"是南诏王称号，意为"君主"。唐剑南西川节度使韦皋派使人崔佐时去南诏，离开南诏时，"阁劝赋诗以饯之"。② 他的《星回节游避风台与清平官赋》诗颇为流传：

> 避风善阐台，极目见藤越，悲哉古与今，依然烟与月。自我居震旦，翊卫类夔契，伊昔颈皇运，艰难仰忠烈。不觉岁云暮，感极星回节，元昶同一心，子孙堪贻厥。③

---

① 《全唐文》卷999，上海古籍出版社1990年版，第4590页。
② 《旧唐书》卷197《南诏蛮传》，第5283页。
③ 《全唐诗》卷732，第8373页。

南诏以十二月十六日为星回节,"清平官"类似中原政权的宰相。南诏有别都称善阐府,诗当作于此地。"藤越"是其邻国之名。南诏谓天子为"震旦"。夔、契是帝舜时两位贤臣,骠信诗用此典夸奖其清平官。南诏王自称为"元",类似于"朕";谓卿曰"昶"。"元昶"即君臣。从此诗的政治理念、写作水平和用典中可知南诏君王汉化之深。

清平官赵叔达的诗也很有名,其《星回节避风台骠信命赋》便是此次奉和之作:

> 法驾避星回,波罗毗勇猜。河润冰难合,地暖梅先开。下令俚柔洽,献琛弄栋来。愿将不才质,千载侍游台。①

作为臣下,当然要颂扬骠信的威德。前两句写其勇,"波罗"指虎,"毗勇"指野马。据说骠信昔年游此,曾射野马和老虎。五、六句写骠信的文治。"俚柔"指百姓,"弄栋"是国名。这两句诗的意思是在骠信治理下,百姓和乐,君民一心;异国归附,纳贡称臣。这种君臣酬唱奉和之风和表达的政治理想,与唐朝宫廷风气十分相似。南诏官员中有不少诗人,如清平官杨奇鲲、段义宗、赵眉隆和赞卫姚岑等,他们出使唐朝时曾写诗,并流传后世,反映出南诏诗歌的高度水平。杨奇鲲诗意境清新,有唐诗韵味,如《岩嵌绿玉》云:

> 天孙昔谪天下绿,雾鬓风鬟依草本。一朝骑凤上丹霄,翠翘花钿留空谷。

其《途中诗》云:

> □□□□□□□,□□□□□□□。风里浪花吹更白,雨中山色洗还青。海鸥聚处窗前见,林狖啼时枕上听。此际自然无限趣,王程不敢暂留停。②

这首诗收入《全唐诗》中。杨奇鲲,南诏宰相,有词藻,僖宗幸蜀时,曾至行在所朝见。

---

① 《全唐诗》卷 732,第 8373—8374 页。
② 同上书,第 8374 页。

布燮（清平官，相当于宰相）段义宗善诗，今存诗五首。其《听妓洞云歌》云："嵇叔夜，鼓琴饮酒无闲暇。若使当时闻此歌，抛掷广陵都不藉。刘伯伦，虚生浪死过青春。一饮一硕犹自醉，无人为尔卜深尘。"① 诗用汉地历史文化典故。《思乡作》云：

泸北行人绝，云南信未还。庭前花不扫，门外柳谁攀。坐久销银烛，愁多减玉颜。悬心秋夜月，万里照关山。②

又《题大慈寺芍药》云：

此花不与众花同，为感高僧护法功。繁影夜铺方丈月，异香朝散讲筵风。寻真自得心源静，观色非贪眼界空。好是芳馨堪供养，天教生在释门中。③

又《题三学院经楼》云：

鹫岭鸡园不可俦，叨陪龙象喜登游。玉排复道珊瑚殿，金错危楣翡翠楼。尚欲归心求四谛，敢辞旋绕满三周。羲和鞭挞金乌疾，欲网无由肯驻留？④

又《又题》云：

当今积善竞修崇，七宝庄严作梵宫。佛日明时齐舜日，皇风清处接慈风。一乘妙理应难测，万劫良缘岂易穷。共恨尘劳非法侣，掉鞭归去夕阳中。⑤

---

① 《全唐诗》卷732，第8374页。
② 《全唐诗》卷732，第8374页。以上二首，署名"布燮"，云"官名，其宰相也"，不知其即段义宗。
③ （后蜀）何光远：《鉴诫录》卷6，《知不足斋丛书》第22集第170册。《全唐诗》佚句卷仅存首二句。此首句"浮花"，《全唐诗》作"此花"。孙望辑录：《全唐诗补逸》卷16，《全唐诗补编》，第267页。
④ （后蜀）何光远：《鉴诫录》卷6。《全唐诗》佚句卷仅存三、四两句。此诗第四句"危栏"，《全唐诗》作"危楣"。见孙望辑录《全唐诗补逸》卷16，陈尚君辑校《全唐诗补编》，第267页。
⑤ 陈尚君辑校：《全唐诗补编》，第267页。

他的诗广为流传,其"悬心秋夜月,万里照乡关";"此花不与众花同,为感高僧护法功";"玉排复道珊瑚殿,金错危棚翡翠楼"等都是传诵的名句。①

孙望指出:"段义宗,南方长和国布燮。前蜀乾德中入蜀使,因不欲朝拜,遂秃削为僧。补诗三首。(按《全唐诗》佚句卷收段义宗佚句六句,不见全篇,注只云'外夷'人,其实皆吾中华当时所谓南土藩臣耳,亦兄弟民族也)。"又说:"《全唐诗》佚名卷共收段义宗佚诗六句,注云出《吟窗杂录》。其中'浮花'两句,即今补第一首中句;'玉排'二句,即今补第二首中句。另有'悬心秋月夜,万里照乡关'两句,实非佚句,全诗已收入《全唐诗》,署名'布燮',布燮,长和国人犹言宰相也,非人名,《全唐诗》与作者名等视之,失察矣。"②从段义宗《题判官赞卫有听妓洞云歌》一诗可知,赞卫姚岑的官职是判官,《听妓洞云歌》是赞卫氏所作,段氏题和。赵眉隆亦"有词藻"。这就证明南诏4位使臣都是能诗之士。

道南和尚,疑为南诏时期的一位僧侣诗人。明天启年间刘文征编《滇志》载有唐道南和尚《玉案山》七律一首:

松鸣天籁玉珊珊,万象常应护此山。一局仙棋苍石烂,数声长啸白云间。乾坤不蔽西南境,金碧平分左右班。万古难磨真迹在,峰头鸾鹤几时还。③

诗描写玉案山的美景,讲述有关这座山的传说,充满道教意味,与其"和尚"身份不合。玉案山有筇竹寺,据《云南通志》卷十三筇竹寺"唐贞观初建",元代郭松年曾至此地,有《筇竹寺》诗,可以推断道南和尚可能是南诏时筇竹寺僧。

留有诗名的唐代南诏诗人还有王载玄、张明亨和无心昌道人。据《滇志》记载,王、张二人隐居楚雄五楼山,"志在清虚,日载酒峰巅,长啸狂吟,时人莫之识也"。有一道人名"无心昌道人"至,共饮,并相约明年再至。到第二年约定日期,王、张二人重登寨上,口占一绝:"去年霜草断人魂,满江秋水白纷纷。犹记别离亭畔约,西山寨上未逢君。"吟罢,

---

① 《全唐诗》卷795,第8962页。
② 陈尚君辑校:《全唐诗补编》,第267页。
③ (明)刘文征撰,古永继点校:《滇志》卷28,云南教育出版社1991年版,第926页。

清风徐来，彩云飞舞，无心昌道人至矣。道人题诗壁上："带剑飘然负不群，几回挥袖拂红尘。不图紫绶朝金阙，独爱青山锁白云。蜗蜗一身空盖世，茫茫四海觅知音。与君不负当年约，一榻清风到五城。"王载玄随无心昌道人腾空而去，张明亨则阖然仙逝。无心昌道人被认为是吕洞宾。[1] 明天启年间编《滇志》当记载当地传说，道人诗颇有吕洞宾诗风味。

三 唐朝与南诏的关系

南诏是地处今云南的边疆族群建立的政权，南诏与唐朝关系反映了古代边疆民族与中原政权错综复杂的关系。南诏在沟通中国、缅甸和印度之间的交通方面起过重要作用，人们称通过南诏入缅甸至印度的道路为"中印缅道"或"南方丝绸之路"。唐代南诏是婆罗门、波斯、昆仑等"外通交易之所"，也是多种文化汇聚之地。这条道路随着唐朝、南诏和吐蕃关系的变化时有通塞。唐诗是唐代社会生活的壮丽画卷，唐朝与南诏复杂变化的关系以及双方文化的交流在唐诗中得到反映。

（一）唐朝对南蛮的征服和南诏的崛起

唐朝建立，便着意对西南夷地区的经营，迫于唐朝的军事威力，西南地区诸蛮族纷纷归服：

> 东谢蛮，其地在黔州之西数百里。……其首领谢元深，既世为酋长，其部落皆尊畏之。……贞观三年，元深入朝，冠乌龙皮冠，若今之髦头，以金银络额，身披毛帔，韦皮行縢而着履。中书侍郎颜师古奏言："昔周武王时，天下太平，远国归款，周史以书其事为《王会篇》。今万国来朝，至于此辈章服，实可图写。今请撰为《王会图》。"从之。以其地为应州，仍拜元深为刺史，隶黔州都督府。[2]

与东谢蛮一起入唐朝贡的还有南谢蛮，"共元深俱来朝见，为南寿州刺史"。另有西赵蛮亦入唐朝见，"西赵蛮，在东谢之南，其界东至夷子，西至昆明，南至西洱河。山洞阻深，莫知道里。南北十八日行，东西二十三

---

[1] （明）刘文征撰，古永继点校：《滇志》卷17，第579—580页。
[2] 《旧唐书》卷197《南蛮西南蛮传》，第5274页。

日行。其风俗物产与东谢同。首领赵氏，世为酋长，有户万余。贞观三年，遣使入朝。二十一年，以其地置明州，以首领赵磨为刺史"①。这些记载反映了唐初对西南夷地区经营的成效。

根据唐诗描写，谢氏入朝是唐朝大军入蛮作战的结果。柳宗元《唐铙歌鼓吹曲十二篇·东蛮》诗云：

> 东蛮有谢氏，冠带理海中。自言我异世，虽圣莫能通。王卒如飞翰，鹏骞骇群龙。轰然自天坠，乃信神武功。系虏君臣人，累累来自东。无思不服从，唐业如山崇。百辟拜稽首，咸愿图形容。如周王会书，永永传无穷。睢盱万状乖，咿嗢九译重。广轮抚四海，浩浩知皇风。歌诗铙鼓闲，以壮我元戎。②

诗序云："既克东蛮，群臣请图蛮夷状，如《周书·王会》，为《东蛮第十二》。"从柳诗描写的战争场面可知，谢氏蛮入朝是唐军远征的结果。谢氏即东谢蛮首领谢元深，"理海"即洱海一带。太宗即位，国威远被，异域各国、四方蛮夷皆朝拜请服。"王卒"四句写唐军入蛮作战的盛况，造成西南亦纷纷入朝"服从"。诗人追怀当年情景，喜不自禁，绘声绘色地描述了东蛮首领谢元深率族来朝之盛况。贞观初唐朝对东谢蛮的用兵，新、旧《唐书》皆无记载，柳宗元的诗透露的信息或可补其不足。

高宗永徽四年（653），南诏细奴逻来朝，高宗封细奴逻为巍州刺史。细奴逻子逻盛武后时入朝。其他五诏与河蛮部落受吐蕃威胁，纷纷弃唐归附吐蕃。南诏依附唐朝，在唐朝支持下进行统一六诏的战争，在这一过程中唐军曾出兵征蛮在唐诗中有反映。据《资治通鉴》记载，咸亨三年"正月，辛丑，以太子左卫副率梁积寿为姚州道行军总管，将兵讨叛蛮。庚戌，昆明蛮十四姓二万三千户内附，置殷、敦、总三州"。显然唐朝在这一用兵过程中进一步扩大了在西南地区的控制区域。③ 骆宾王《军中行路难同辛常伯作》诗反映了唐初对云南蛮族地区用兵的事实：

> 君不见封狐雄虺自成群，凭深负固结妖氛。玉玺分兵征恶少，金

---

① 《旧唐书》卷197《南蛮西南蛮传》，第5275页。
② （唐）柳宗元：《柳宗元集》卷1，中华书局1979年版，第24—25页。
③ 《资治通鉴》卷202，咸亨三年，第6368页。

坛授律动将军。将军拥麾宣庙略,战士横戈静夷落。长驱一息背铜梁,直指三危登剑阁。阁道岧峣起戍楼,剑门遥裔俯灵丘。邛关九折无平路,江水双源有急流。征役无期返,他乡岁华晚。杳杳丘陵出,苍苍林薄远。途危紫盖峰,路涩青泥坂。去去指哀牢,行行入不毛。绝壁千里险,连山四望高。中外分区宇,夷夏殊风土。交阯枕南荒,昆弥临北户。川原饶毒雾,豀谷多霪雨。行潦四时流,崩查千岁古。漂梗飞蓬不暂安,扪萝引葛陟危峦。昔时闻道从军乐,今日方知行路难。沧江绿水东流驶,炎州丹徼南中地。南中南斗映星河,秦关秦塞阻烟波。三春边地风光少,五月泸川瘴疠多。朝驱疲斥候,夕息倦樵歌。向月弯繁弱,连星转太阿。重义轻生怀一顾,东伐西征凡几度。夜夜朝朝斑鬓新,年年岁岁戎衣故。灞城隅,滇池水,天涯望转积,地际行无已。徒觉炎凉节物非,不知关山千万里。弃置勿重陈,重陈多苦辛。且悦清笳梅柳曲,讵忆芳园桃李人。绛节红旗分日羽,丹心白刃酬明主。但令一被君王知,谁惮三边征战苦。行路难,岐路几千端。无复归云凭短翰,空余望日想长安。[①]

诗中写到的地名如"铜梁""三危""剑阁""剑门""邛关""青泥坂"等,都是从中原地区入蜀的途经之地。大军征行的目的地则是"哀牢",作战之地为"南中""泸川""滇池",正是云南诸蛮族之地。这首诗描写唐军一路南下,经过蜀中各地,进入南中作战,渡过泸水、直至滇池,剑指哀牢。这些描写不应完全是虚写,应该反映的是唐军用兵南蛮助南诏统一的战争。姚州属剑南道,以此地人多姓姚,唐武德四年(621)置姚州和附郭县姚城,治所在今云南省姚安县西北旧城。骆宾王集中有《兵部奏姚州道破逆贼诺没弄杨虔柳露布》《兵部奏姚州破贼设蒙俭等露布》《为李总管祭赵郎将文》等,可知骆宾王曾从军征蛮,诗与文皆在军中所写。

开元二十五年(737),皮罗阁战胜河蛮,夺取太和城。第二年,唐朝赐皮罗阁名为蒙归义。蒙归义又破洱河蛮,唐封其爵为云南王。玄宗《封蒙归义云南王制》中说封王的原因是洱河诸部潜通犬戎(吐蕃),蒙归义率兵征讨有功。皮罗阁兼并五诏,厚赂剑南节度使王昱,请求合六诏为一,得到朝廷允许。"当是时,五诏微,归义独强,乃厚以利啖剑南节度使王昱,求合六诏为一。制可。"经王昱奏请,朝廷答应了蒙归义的要求,

---

① (唐)骆宾王著,(清)陈熙晋笺注:《骆临海集笺注》卷4,第121—125页。

而"归义已并群蛮,遂破吐蕃,浸骄大。入朝,天子亦为加礼。又以破洱蛮功,驰遣中人册为云南王,赐锦袍、金钿带七事。于是徙治太和城"①。玄宗对皮罗阁克敌制胜之功大加褒奖。②玄宗给王昱的敕文称蒙归义效忠出力,讨伐西蛮,"彼(指五诏)持两端(附唐亦附吐蕃),宜其残破"。大约在这一时期,玄宗给南诏赏赐不少。德宗时袁滋出使南诏,南诏王异牟寻"与使者宴,出玄宗所赐银平脱马头盘二以示意。又指老笛工、歌女曰:'皇帝所赐《龟兹乐》,惟二人在耳。'"③唐与南诏之贡赐关系是南方丝绸之路文化传播的重要途径,汉文化的南传是西南族群日益内附的重要动因。皮罗阁出兵,唐遣中使王承训、御史严正诲参与军事,先灭越析,次灭三浪,又灭蒙巂,很快统一六诏,南诏正式立国。

开元二十七年(739),皮罗阁迁都太和城(今云南大理)。天宝初,遣阁罗凤子凤迦异入朝宿卫。唐朝亦用兵于南诏,"安宁城有五盐井,人得煮鬻自给。玄宗诏特进何履光以兵定南诏境,取安宁城及井,复立马援铜柱,乃还"④。当南诏地属唐朝势力范围之时,南蛮之地成为唐朝贬官流放之地。卢僎《初出京邑有怀旧林》云:

赋生期独得,素业守微班。外忝文学知,鸿渐鹓鹭间。内倾水木趣,筑室依近山。晨趋天日晏,夕卧江海闲。松风生坐隅,仙禽舞亭湾。曙云林下客,霁月池上颜。虽曰坐郊园,静默非人寰。时步苍龙阙,宁异白云关。语济岂时顾,默善忘世攀。世网余何触,天涯谪南蛮。回首思洛阳,喟然悲贞艰。旧林日夜远,孤云何时还。⑤

唐代"南蛮"通常指南诏云南蛮。卢僎字守成,范阳涿县人,玄宗时大臣。开元六年,自闻喜尉入为集贤殿学士,出为襄阳令。开元末历任祠部、司勋员外郎,终吏部员外郎。诗写自己以文学知名,得预朝班,但以独善自期,性爱山水,谦默自守,却以直言获罪。"世网"二句交代自己"出京"的原因,是被贬官外放,贬放的地点是"南蛮"。被贬的原因是"语济岂时顾,默善忘世攀",士当济世,直言时弊,不顾忌时讳,没有想到去攀附权贵。这是他被贬出京时感怀身世、眷恋家乡写的诗,他自信为

---

① 《新唐书》卷 222 上《南蛮传》,第 6270 页。
② 《全唐文》卷 24,上海古籍出版社 1990 年版,第 116 页。
③ 《资治通鉴》卷 235,贞元十年五月,第 7561 页。
④ 《新唐书》卷 222 上《南蛮传》,第 6270 页。
⑤ 《全唐诗》卷 99,第 1069 页。

"贞",又深感在这个世道上要做到"贞"之艰难。卢僎被贬南蛮事,不见史书记载,此诗可补史传之阙。他被贬南蛮之地,也反映了唐朝与其地的关系。

(二) 南诏的壮大和唐朝对南诏的用兵

天宝年间,唐朝与南诏关系开始破裂,其原因一是南诏势力日益壮大,不愿意屈身事唐;二是唐朝西南地区官员的腐败,抚之失当。天宝四载(745),剑南节度使章仇兼琼遣使至云南,与皮罗阁言语不相得,引起皮罗阁不满。皮罗阁卒,子阁罗凤立。鲜于仲通任剑南西川节度使,再度引起双方的冲突。天宝九载(750),阁罗凤路过云南郡(姚州),太守张虔陀侮辱其同行妇女,勒索贿赂,阁罗凤不应。张虔陀派人去辱骂,并向朝廷诬告阁罗凤。阁罗凤起兵,攻破云南,杀张虔陀,并夺取唐之羁縻州。"鲜于仲通为剑南节度使,张虔陀为云南太守。仲通褊急寡谋,虔陀矫诈,待之不以礼。旧事,南诏常与其妻子谒见都督,虔陀皆私之。有所征求,阁罗凤多不应,虔陀遣人骂辱之,仍密奏其罪。阁罗凤忿怨,因发兵反攻,围虔陀,杀之。"①

天宝十载(751),鲜于仲通率兵八万出戎州、巂州,往击南诏。阁罗凤遣使谢罪请和,归还其所掳掠,且言"若不听,则归命吐蕃,恐云南非唐有"②。鲜于仲通不许,进军至西洱河,兵临太和城,被南诏击败,唐兵死六万人。南诏亦损失惨重,自曲、靖二州以下东爨居地被唐兵破坏。天宝十一载(752),阁罗凤臣于吐蕃,吐蕃册封阁罗凤为"赞普钟"。十三载,剑南留后李宓率兵七万击南诏,进至太和城,兵败,全军覆灭。李宓出征之际,诗人高适曾有诗送行,其《李云南征蛮诗》祝愿李宓出师获胜:

圣人赫斯怒,诏伐西南戎。肃穆庙堂上,深沉节制雄。遂令感激士,得建非常功。料死不料敌,顾恩宁顾终。鼓行天海外,转战蛮夷中。梯巘近高鸟,穿林经毒虫。鬼门无归客,北户多南风。蜂虿隔万里,云雷随九攻。长驱大浪破,急击群山空。饷道忽已远,悬军垂欲穷。精诚动白日,愤薄连苍穹。野食掘田鼠,晡餐兼糗僮。收兵列亭堠,拓地弥西东。临事耻苟免,履危能饬躬。将星独照耀,边色何溟

---

① 《旧唐书》卷197《南蛮西南蛮传》,第5280页。
② 《新唐书》卷222上《南蛮传上》,第6271页。

濛。泸水夜可涉，交州今始通。归来长安道，召见甘泉宫。廉蔺若未死，孙吴知暗同。相逢论意气，慷慨谢深衷。①

诗序云："天宝十一载，有诏伐西南夷，右相杨公兼节制之寄，乃奏前云南太守李宓涉海自交趾击之。道路险艰，往复数万里，盖百王所未通也。十二载四月，至于长安，君子是以知庙堂使能，而李公效节。适忝斯人之旧，因赋是诗。"这当是天宝十三载（754）李宓击云南蛮之前入朝时，诗人预祝其成功，但唐军败绩。

唐朝两次对南诏用兵皆以失败告终。天宝十载"四月，壬午，剑南节度使鲜于仲通讨南诏蛮，大败于泸南。时仲通将兵八万，分兵二道出戎、巂州，至曲州、靖州。……进军至西洱河，与阁罗凤战，军大败，士卒死者六万人，仲通仅以身免。杨国忠掩其败状，仍叙其战功"。南诏附属吐蕃，唐朝"制大募两京及河南北兵以击南诏。人闻云南多瘴疠，未战士卒死者什八九，莫肯应募。杨国忠遣御史分道捕人，连枷送诣军所。……于是行者愁怨，父母妻子送之，所在哭声振野"②。诗人同情百姓的痛苦，对统治阶级的穷兵黩武进行了批判和谴责。李白《古风》之三十四针对唐朝对南诏用兵而作：

羽檄如流星。虎符合专城。喧呼救边急。群鸟皆夜鸣。白日曜紫微。三公运权衡。天地皆得一。澹然四海清。借问此何为。答言楚征兵。渡泸及五月。将赴云南征。怯卒非战士。炎方难远行。长号别严亲。日月惨光晶。泣尽继以血。心摧两无声。困兽当猛虎。穷鱼饵奔鲸。千去不一回。投躯岂全生。如何舞干戚。一使有苗平。③

此诗诸家一致认为"咏讨南诏事"（胡震亨语）。王琦注引萧赟士云："此诗盖讨云南时作也。首即征兵时景象而言"，"末则深叹当国之臣，不能敷文德以来远人，致有覆车杀将之耻也"。④刘湾《云南曲》也是针对唐朝对南诏的用兵：

百蛮乱南方，群盗如猬起。骚然疲中原，征战从此始。白门太和

---

① （唐）高适著，孙钦善校注：《高适集校注》，第223—224页。
② 《资治通鉴》卷216，天宝十载四月，第6906—6907页。
③ （唐）李白著，瞿蜕园、朱金城校注：《李白集校注》卷2，第152页。
④ 同上书，第155页。

城，来往一万里。去者无全生，十人九人死。岱马卧阳山，燕兵哭泸水。妻行求死夫，父行求死子。苍天满愁云，白骨积空垒。哀哀云南行，十万同已矣。①

诗人对战争给人民造成的灾难表示极大同情。又如白居易《蛮子朝》诗回顾鲜于仲通败于南诏的往事："臣闻云南六诏蛮，东连牂牁西连蕃。六诏星居初琐碎，合为一诏渐强大。开元皇帝虽圣神，唯蛮倔强不来宾。鲜于仲通六万卒，征蛮一阵全军没。至今西洱河岸边，箭孔刀痕满枯骨。"自注："天宝十三载，鲜于仲通统兵六万，讨云南王阁罗凤于西洱河，全军覆殁也。"② 白居易《新丰折臂翁》也是控诉天宝年间征蛮给百姓造成的灾难，诗写新丰县一位老人回忆六十年前为了逃避征蛮兵役而自残的悲惨往事：

无何天宝大征兵，户有三丁点一丁。点得驱将何处去？五月万里云南行。闻道云南有泸水，椒花落时瘴烟起。大军徒涉水如汤，未过十人二三死。村南村北哭声哀，儿别爷娘夫别妻。皆云前后征蛮者，千万人行无一回。是时翁年二十四，兵部牒中有名字。夜深不敢使人知，偷将大石捶折臂。张弓簸旗俱不堪，从兹始免征云南。③

通过折臂老人自述，谴责了天宝年间对南诏的战争，老人以庆幸的口气讲述这场悲剧，让人更感到现实的残酷。陈寅恪认为此篇指天宝十三载李宓之败而言。④

安史之乱发生，唐朝自顾不暇，南诏背唐，阁罗凤在太和城中立《南诏德化碑》，表示叛唐出于不得已，对臣属说，后世可能再归唐，当指碑给唐使看，让其明白我的本心。阁罗凤知道依附吐蕃害多利少，两国关系不能持久，有意归唐。大历十四年（779），唐朝名将李晟等大破南诏和吐蕃联军，南诏损失惨重。德宗派李晟、曲环率北方兵数千，联合当地唐兵，再次大破吐蕃、南诏军，追击南诏军过大渡河。吐蕃、南诏数次失败，伤亡近十万。"吐蕃与南诏合兵十万，三道入寇，一出茂州，一出扶、文，一出黎、雅"；"上发禁兵四千人，使晟将之，发邠、陇、范阳兵五

---

① 《全唐诗》卷196，第2012页。
② （唐）白居易：《白居易集》卷3，第70页。
③ 同上书，第61—62页。
④ 陈寅恪：《元白诗笺证稿》，上海古籍出版社1978年版，第175页。

千，使金吾大将军安邑曲环将之，以救蜀。东川出军，自江油趣白坝，与山南兵合击吐蕃、南诏，破之。范阳兵追及于七盘，又破之，遂克维、茂二州。李晟追击于大度河外，又破之。吐蕃、南诏饥寒陨于崖谷死者八九万人"①。异牟寻惧唐进攻，迁都阳苴咩城，筑袤十五里。唐军经行蜀地迎击南诏。贾岛《送李傅侍郎剑南行营》就是此次送人投军之作：

走马从边事，新恩受外台。勇看双节出，期破八蛮回。许国家无恋，盘江栈不摧。移军刁斗逐，报捷剑门开。角咽猕猴叫，鼙干霹雳来。去年新甸邑，犹滞佐时才。②

此剑南行营即唐朝抵御南诏与吐蕃联军的部队，诗人希望李氏入剑南行营幕，在反攻南诏的战争中立功。

德宗贞元年间，韦皋为剑南西川节度使，招抚南诏，南诏请归附唐朝，唐朝与南诏恢复了友好关系。成都是南诏赴长安的经行之地，唐朝与南诏来往频繁，其贡使经成都到长安。元稹《和李校书新题乐府十二首·蛮子朝》云：

西南六诏有遗种，僻在荒陬路寻壅。部落支离君长贱，比诸夷狄为幽冗。犬戎强盛频侵削，降有愤心战无勇。夜防抄盗保深山，朝望烟尘上高冢。鸟道绳桥来款附，非因慕化因危悚。清平官系金呎嗟，求天叩地持双珙。益州大将韦令公（马注：韦皋），顷实遭时定洴陇。自居剧镇无他绩，幸得蛮来固恩宠。为蛮开道引蛮朝，迎蛮送蛮常继踵。天子临轩四方贺，朝廷无事唯端拱。漏天走马春雨寒，泸水飞蛇瘴烟重。椎头丑类除忧患，肿足役夫劳汹涌。匈奴互市岁不供，云蛮通好辔长騄。戎王养马渐多年，南人耗悴西人恐。③

郭茂倩《乐府诗集》解题云："《唐书》曰：'贞元之初，韦皋招抚诸蛮。至九年四月，南诏异牟寻请归附，十四年又遣使朝贡。"题注引《李传》云："贞元末，蜀川始通蛮酋。"④白居易有同题诗《蛮子朝》回顾南诏崛起的历史，赞叹其归附：

---

① 《资治通鉴》卷226，大历十四年十月，第7270—7271页。
② （唐）贾岛著，李嘉言校：《长江集新校》卷5，第59页。
③ （唐）元稹：《元稹集》卷24，第288页。
④ 同上。

谁知今日慕华风，不劳一人蛮自通。诚由陛下休明德，亦赖微臣诱谕功。德宗省（一作看）表知如此，笑令中使迎蛮子。蛮子导从者谁何，摩挲俗羽双隈伽。清平官持赤藤杖，大将军系金呿嗟。异牟寻男寻阁劝，特敕召对延英殿。上心贵在怀远蛮，引临玉座近天颜。冕旒不垂亲劳俫。赐衣赐食移时对。移时对，不可得，大臣相看有羡色。可怜宰相拖紫佩金章，朝日唯闻对一刻。①

诗题注云："刺将骄而相备位也。"把今日的归附视为德宗威德所致。元白诗中都对招抚南诏有功的西川节度使韦皋有微词。韦皋一生功业和品行，唐人的评价颇有分歧。李肇《唐国史补》把他和郭子仪并称："郭汾阳再收长安，任中书令二十四考。勋业福履，人臣第一。韦太尉皋镇西川亦二十年，降吐蕃九节度，擒论莽热以献，大招附西南夷。任太尉，封南康王，亦其次也。"② 但在肯定韦皋的功业的同时，对韦皋的施政也有批评，说他"极其聚敛，坐有余力，以故军府浸盛，而黎甿重困。及晚年为月进，终致刘辟之乱，天下讥之"③。元白都是同情百姓疾苦的诗人，对于韦皋施政给百姓造成的苦难非常不满，因此在诗中痛加针砭。元稹说他"自居剧镇无他绩，幸得蛮来固恩宠"。为了迎接南诏入贡的队伍，加重了沿途百姓的负担。白居易则认为南诏的降附并不是韦皋的成绩，"不劳一人蛮自通"。元白诗并非中肯之论，对韦皋的认识或有某种偏颇。陈寅恪认为："南康招抚西南夷之勋业，亦为时议所推许也。而元白二公乃借蛮子朝事以诋之，自为未允。盖其时二公未登朝列，自无从预闻国家之大计，故不免言之有误耳。"陈先生认为，韦皋招抚南诏是唐朝对付吐蕃的重大战略举措，乃"围攻吐蕃秘策"的一部分，元白不知道这一举措的政治意义，批评有失误之处。④ 元白诗对韦皋招抚南诏的政治外交方面的意义或认识不足，但诗人借南诏入朝表达的政治思想似乎也不能完全否定。李绅、元稹和白居易等人批评韦皋和朝廷对待南诏的态度，其实与他们的诗一贯的思想情感有关，他们同情人民疾苦，只要是加重了百姓负担的事情，在他们看来都是不应该的，因此对于边将和朝廷那些不顾及人民愿望和命运的行为都大加鞭笞。

---

① （唐）白居易：《白居易集》卷3，第70页。
② （唐）李肇：《唐国史补》卷中，上海古籍出版社1957年版，第32页。
③ 同上。
④ 陈寅恪：《元白诗笺证稿》，上海古籍出版社1978年版，第203页。

（三）南诏中兴及对唐朝的臣服

大历十四年（779），南诏与吐蕃联军被唐军击败，吐蕃悔怒，南诏恐惧，双方关系走向恶化，吐蕃改封南诏国王为日东王，取消赞普钟"兄弟之国"的地位，改为君臣关系。吐蕃在南诏征收重税，险要处设立营堡，要求南诏出兵助防。南诏之主异牟寻深感依附吐蕃之害，决心"弃蕃归唐"。德宗贞元十年（794），遣其弟凑罗栋、清平官尹仇宽等 27 人献地图、方物于唐。唐朝册封异牟寻为"南诏王"，以御史中丞、祠部郎中袁滋持节领使，成都少尹庞顾为副使，崔佐时为判官；宦官俱文珍为宣慰使，刘幽岩为判官。出使南诏，赐异牟寻黄金印，印文为"贞元册南诏印"。使者到达南诏，异牟寻离座，跪受册印，稽首再拜，接受所赐，云："开元、天宝中，曾祖及祖皆蒙册袭王。自此五十年，贞元皇帝洗痕录功，复赐爵命，子子孙孙永为唐臣。"① 南诏在洱海边点苍山神祠与唐使盟会，异牟寻面对天、地、水三大自然神与五岳四渎之灵，率文武大臣誓言："请全部落归汉（唐朝）"，各部落首领都表示："愿归清化，誓为汉臣，永无离贰。"唐以南诏统领的疆域置"云南安抚使司"，长官为"云南安抚使"，由剑南西川节度使兼任。异牟寻都阳苴咩城，"南去太和城十余里，东北至成都二千四百里"②。

袁滋等人奉使从戎州（今四川宜宾）入滇，南诏与唐朝和好，开始与吐蕃相攻。"异牟寻攻吐蕃，复取昆明城以食盐池。""又破施蛮、顺蛮，并虏其王，置白崖城；因定磨些，隶昆山西爨故；破茫蛮，掠弄栋蛮、汉裳蛮，以实云南东北。"③ "元和三年，异牟寻死。诏太常卿武少仪持节吊祭。子寻阁劝立，或谓梦凑，自称'骠信'，夷语君也。改赐元和印章。明年死，子劝龙晟立，淫肆不道，上下怨疾。十一年，为弄栋节度王嵯巅所杀，立其弟劝利。诏少府少监李铣为册立吊祭使。劝利德嵯巅，赐氏蒙，封'大容'，蛮谓兄为'容'。长庆三年，始赐印。是岁死，弟丰祐立。丰祐趫敢，善用其下，慕中国，不肯连父名。穆宗使京兆少尹韦审规持节临册。丰祐遣洪成酋、赵龙些、杨定奇入谢天子。"④ 至丰祐时一直与唐保持友好关系。

从贞元十年（794）南诏接受唐朝册封，双方保持了相当长时期的友

---

① 《新唐书》卷 222 上《南蛮传上》，第 6274 页。
② 《旧唐书》卷 197《南蛮西南蛮传》，第 5282 页。
③ 《新唐书》卷 222 上《南蛮传上》，第 6275 页。
④ 《新唐书》卷 222 中《南蛮传中》，第 6281 页。

好关系，聘使不断。王建《宫词》第二首云："殿前传点各依班，召对西来六诏蛮。上得青花龙尾道，侧身偷觑正南山。"① 诗生动地写出南诏使臣上朝时的神情举止。南诏王去世，唐朝遣使吊唁，并册封新王。杨巨源《送许侍御充云南哀册使判官》就是这种关系的反映：

  万里永昌城，威仪奉圣明。冰心瘴江冷，鹗宪漏天晴。荒外开亭堠，云南降旆旌。他时功自许，绝域转哀荣。②

唐朝使臣从南诏归来，会带回南诏物产，其中有南诏王赠送的礼品。如韩愈《和虞部卢四汀酬翰林钱七徽赤藤杖歌》云：

  赤藤为杖世未窥，台郎始携自滇池。滇王扫宫避使者，跪进再拜语嗢咿。绳桥挂过免倾堕，性命造次蒙扶持。途经百国皆莫识，君臣聚观逐旌麾。共传滇神出水献，赤龙拔须血淋漓。又云羲和操火鞭，瞑到西极睡所遗。几重包裹自题署，不以珍怪夸荒夷。归来捧赠同舍子，浮光照手欲把疑。空堂昼眠倚牖户，飞电著壁搜蛟螭。南宫清深禁闱密，唱和有类吹埙篪。妍辞丽句不可继，见寄聊且慰分司。③

此诗题注："元和四年作。"赤藤杖是云南著名的特产，特别受内地人士喜爱，唐诗中有不少吟咏云南赤藤杖的作品。韩愈笔下的这把赤藤杖，就是尚书省台郎出使南诏时南诏王的赠品，归来赠给了朋友。南诏臣属于唐，派其弟子入唐宿卫，并学习中原文化。晚唐时曾把南诏入侍子弟放还，郑洪业《诏放云南子弟还国》云："德被陪臣子，仁垂圣主恩。雕题辞凤阙，丹服出金门。有泽沾殊俗，无征及犷狁。铜梁分汉土，玉垒驾鸾轩。瘴岭蚕丛盛，巴江越嶲垠。万方同感化，岂独自南蕃。"④ 放其子弟回国，是推恩南诏的表现。郑洪业年里、生平俱不详，懿宗咸通八年（867）丁亥科状元及第。主考官为礼部侍郎郑愚，该科及第进士三十人，同榜有皮日休、韦昭度等人。

---

① （唐）王建著，王宗堂校注：《王建诗集校注》卷10，第540—541页。
② 《全唐诗》卷333，第3719页。
③ （唐）韩愈撰，钱仲联集释：《韩昌黎诗系年集释》卷6，第711—712页。
④ 《全唐诗》卷600，第6936页。

（四）南诏与唐朝的冲突及其衰落

唐朝与南诏的关系不断变化，"唐兴，蛮夷更盛衰，尝与中国抗衡者有四：突厥、吐蕃、回鹘、云南是也"；"凡突厥、吐蕃、回鹘以盛衰先后为次；东夷、西域又次之，迹用兵之轻重也；终之以南蛮，记唐所繇亡云"①。在唐代周边四个强敌中，最终与唐朝同时走向衰亡的是南诏。唐朝与南诏在斗争中走向衰亡，起始于双方关系的再度破裂。

南诏与唐朝关系再度破裂，始于文宗太和年间。太和三年（829），剑南节度使杜元颖不晓军事，武备废弛，且苛待部下，导致士卒引南诏入寇。其时南诏权臣嵯巅用事，南诏军攻破成都外城，掠走数万人，"嵯巅乃悉众掩邛、戎，寓三州，陷之。入成都，止西郛十日，慰赉居人，市不扰肆。将还，乃掠子女、工技数万引而南，人惧自杀者不胜计。救兵逐，嵯巅身自殿，至大度河，谓华人曰：'此吾南境（当作"此南吾境"，见《资治通鉴》卷244），尔去国，当哭。'众号恸，赴水死者十三"②。南诏由于获得成都工技数万，引进先进的丝织技术，"自是工文织，与中国埒"③。这可以看作是一场为掠夺唐朝先进丝织技术力量而发动的战争，也是南方丝绸之路史上丝织技术传播的一个重大事件。

这是唐史上一件极其伤心的事件，诗人闻此莫不悲伤，因此在唐诗中引起强烈反响。徐凝《蛮入西川后》诗云：

> 守隘一夫何处在，长桥万里只堪伤。纷纷塞外乌蛮贼，驱尽江头濯锦娘。④

"濯锦娘"即工于蚕桑丝织技术的成都妇女。雍陶的诗更是真实地反映了其时的战乱和唐人的心情，其《答蜀中经蛮后友人马艾见寄》：

> 酋马渡泸水，北来如鸟轻。几年朝凤阙，一日破龟城。此地有征战，谁家无死生。人悲还旧里，鸟喜下空营。弟侄意初定，交朋心尚惊。自从经难后，吟苦似猿声。⑤

---

① 《新唐书》卷215上《突厥传上》，第6023页。
② 《新唐书》卷222中《南蛮传中》，第6282页。
③ 同上。
④ 《全唐诗》卷474，第5384页。
⑤ 《全唐诗》卷518，第5917页。

他还有《哀蜀人为南蛮俘虏五章》组诗,也是反映这场战乱。其一《初出成都闻哭声》云:"但见城池还汉将,岂知佳丽属蛮兵。锦江南度遥闻哭,尽是离家别国声。"其二《过大渡河蛮使许之泣望乡国》云:"大渡河边蛮亦愁,汉人将渡尽回头。此中剩寄思乡泪,南去应无水北流。"其三《出青溪关有迟留之意》云:"欲出乡关行步迟,此生无复却回时。千冤万恨何人见,唯有空山鸟兽知。"其四《别巂州一时恸哭云日为之变色》云:"越巂城南无汉地,伤心从此便为蛮。冤声一恸悲风起,云暗青天日下山。"其五《入蛮界不许有悲泣之声》云:"云南路出陷河西,毒草长青瘴色低。渐近蛮城谁敢哭,一时收泪羡猿啼。"① 在这次战争中,剑南西川节度使属下诸军表现软弱,上述诗中都包含着对这些唐军将士的谴责,但个别将领也有立功表现,受到诗人的赞扬。温庭筠《赠蜀将》云:"十年分散剑关秋,万事皆随锦水流。志气已曾明汉节,功名犹自滞吴钩。雕边认箭寒云重,马上听笳塞草愁。今日逢君倍惆怅,灌婴韩信尽封侯。"② 此诗题注:"蛮入成都,频著功劳。"温诗就是赞美这位蜀将的战功,也对其坎坷失意寄予同情。

南诏达到了掠夺成都织工的目的,"明年,上表谢罪。比年使者来朝,开成、会昌间再至"③。文宗准许南诏求和,立约互不相侵。朝廷又用李德裕为剑南节度使,整顿边防,训练士卒,以防南诏再犯。太和四年(830),李德裕出镇成都。"德裕乃练士卒,葺堡鄣,积粮储以备边,蜀人粗安。"④ 从懿宗时起,南诏与唐朝关系再度恶化,其时唐朝天下大乱,南诏乘乱入侵。南诏军分两路进犯,一是安南交州,二是剑南蜀地。咸通元年(860),安南引南诏兵乘虚攻破交趾城,不久唐军收复之。咸通四年(863),南诏再破交趾城,唐军退守岭南。交趾陷没后,唐朝任命高骈为安南都护,在唐末对南诏的战争中高骈功不可没。他率五千士兵渡江,在邕州败林邑兵,进攻南诏龙州屯,蛮酋逃走。南诏首领酋龙派杨缉思助酋迁守安南,以范脆些为安南都统,赵诺眉为扶邪都统。咸通七年(866)六月,高骈率军到达交州,士气高昂,杀敌将张诠,李溠龙率万人投降。唐军攻破波风三壁,南诏杨缉思战败逃回,唐军入城,斩酋迁、脆些、诺眉,平定安南。

咸通十年(869),南诏侵犯西川。乾符二年(875),高骈率五千人渡

---

① 《全唐诗》卷518,第5925页。
② (唐)温庭筠著,(清)曾益等笺注:《温飞卿诗集笺注》卷4,第77页。
③ 《新唐书》卷222中《南蛮传中》,第6282页。
④ 《资治通鉴》卷244,大和四年,第7873页。

江,到达南定,大破南诏军。监阵敕使韦仲宰率七千人至峰州,补充高骈部队,高骈继续进军,多次击破之。高骈大破南诏蛮于交趾,杀获甚众,包围交趾城。高骈督励将士攻城,攻破城池,杀段酋迁及土蛮为南诏乡导的朱道古,斩道三万余级,南诏余部逃走。高骈又击破归附南诏的土蛮二洞,杀其酋长,土蛮帅众归附者达到万七千人。高骈僚佐顾云《天威行》诗歌颂高骈对南诏战争的胜利:

> 蛮岭高,蛮海阔,去舸回艘投此歇。一夜舟人得梦间,草草相呼一时发。飓风忽起云颠狂,波涛摆掣鱼龙僵。海神怕急上岸走,山燕股栗入石藏。金蛇飞状霍闪过,白日倒挂银绳长。轰轰砢砢雷车转,霹雳一声天地战。风定云开始望看,万里青山分两片。车遥遥,马闐闐,平如砥,直如弦。云南八国万部落,皆知此路来朝天。耿恭拜出井底水,广利刺开山上泉。若论终古济物意,二将之功皆小焉。①

又如李洞《上灵州令狐相公(一作赠高仆射自安西赴阙,一作赠功臣)》:"征蛮破虏汉功臣,提剑归来万里身。笑倚凌烟金柱看,形容憔悴老于真。"② 从"征蛮"内容来看,这首诗也是歌颂高骈功勋的。

南诏围攻成都,朝廷任命颜庆复为大渡河制使、剑南应接使,率兵至新都,南诏分兵抵挡,与颜庆复遭遇,颜庆复大破南诏军,杀二千余人,蜀民数千人争操芟刀、白棓以助官军,呼声震野。南诏军步骑数万到达,恰逢右武卫上将军宋威指挥忠武军二千人至,立即与诸军会合投入战斗,南诏军大败,死者五千余人,甲兵服物遗弃于路。高骈到达成都,派步骑五千追击,至大渡河,杀获甚众,擒其酋长五十多人,押送回成都,斩之。高骈修复邛崃关、大渡河诸城栅,又筑城于戎州马湖镇,称为平夷军,又筑城于沐源川,都处于南诏与西川之间的要地,各置兵数千镇守,南诏失去再战的勇气。南诏长期与唐朝战争,"屡覆众,国耗虚",甚至征十五岁以下男子为兵,妇女代男子耕种。高骈写信给骠信,骠信恐惧,把儿子作人质送至唐朝,誓约不敢寇边。胡曾《草檄答南蛮有咏》歌颂征蛮的将军:"辞天出塞阵云空,雾卷霞开万里通。亲受虎符安宇宙,誓将龙剑定英雄。残霜敢冒高悬日,秋叶争禁大段风。为报南蛮须屏迹,不同蜀

---

① 《全唐诗》卷637,第7302页。
② 《全唐诗》卷723,第8300页。

将武侯功。"① 贯休《送人征蛮》："七纵七擒处，君行事可攀。亦知磨一剑，不独定诸蛮。树尽低铜柱，潮常沸火山。名须麟阁上，好去及瓜还。"② 这些诗歌颂了征蛮将士的英勇与胜利。

晚唐时南诏求和亲，唐朝曾对南诏有和亲之议，朝中大臣有人赞同，有人反对，数年未决。此时南诏已走向衰落，向唐朝求婚不已。僖宗广明元年（880），西川节度使陈敬瑄再申和亲议，朝廷大臣亦赞成之，僖宗"乃以宗室女为安化长公主许婚"③。南诏王派三位清平官迎接公主。高骈从扬州上书僖宗，说这三人都是南诏重要谋臣，最好将他们毒死，"蛮可图也"。于是三位南诏宰相被毒死。第二年，南诏又遣使臣来迎公主，并携一百多床珍异毡毯入贡。僖宗又托故推迟。两年后，南诏再遣使来迎，僖宗约定礼使、副使及婚使，择日送公主南下和亲。"未行，而黄巢平，帝东还，乃归其使。"④ 南诏使臣再次空手而返。昭宗乾宁四年（897），南诏汉人权臣郑买嗣指使杨登杀死南诏王隆舜。其子即位，遣使欲与唐朝修好，昭宗不答。此时南诏国与唐朝都已走到历史的尽头，天下大乱，不复相通，几年后两国皆亡于内乱。剑南西川节度使王建说："南诏小夷，不足辱诏书。臣在西南，彼必不敢犯塞。"与唐朝作战，南诏要依靠黎、雅间的刘王、郝王、杨王等浅蛮部族，这些部族首领被王建处死。天复二年（902），郑买嗣起兵杀死舜化贞及南诏王族八百多人，建立大长和国，南诏灭亡。唐朝末年遣兵戍守防御南诏的进攻，庞勋领导的起义队伍，起初就是往桂林驻防的徐州兵，因逾期未归，打回家乡，揭开了唐末农民起义的序幕，故史有"唐亡于南蛮"之说。

（五）唐诗中来自南诏的物产

史载南诏入贡唐朝的贡物主要有"铎鞘、浪剑、郁刀、生金、瑟瑟、牛黄、虎珀、氎、纺丝、象、犀、越睒统伦马"⑤。南诏有的药物也传入中原地区，唐诗中咏及之。陆龟蒙《云南》诗："云南更有溪，丹砾尽无泥。药有巴賨卖，枝多越鸟啼。夜清先月午，秋近少岚迷。若得山颜住，芝槎手自携。"⑥ 云南的"药"通过巴賨人之手贩卖到中原地区，诗中的"芝

---

① 《全唐诗》卷647，第7417页。
② 《全唐诗》卷829，第9346页。
③ 《新唐书》卷222中《南蛮传中》，第6292页。
④ 同上书，第6293页。
⑤ 《新唐书》卷222上《南蛮传上》，第6275页。
⑥ 《全唐诗》卷622，第7157页。

樣"似亦指养生植物或药物。但在唐诗中，主要写到的是其地特产赤藤杖。白居易《蛮子朝》写入唐朝贡的南诏使节："德宗省表知如此，笑令中使迎蛮子。蛮子导从者谁何，摩挲俗羽双隈伽。清平官持赤藤杖，大将军系金哔嗟。"① 清平官是南诏类似于中原地区宰相的官职，他手捧赤藤杖作为礼物向唐朝进贡。

来自南诏的赤藤杖被当作礼物在朋友间互赠。这种藤和用来制成的杖，唐代始为中原地区所知，并感到稀奇。唐代奉使到南诏的袁滋著《云南记》记载南诏物产："云南出藤，其色如朱。小者以为马策，大者可为柱杖。"② 张籍《赠太常王建藤杖笋鞋》云："蛮藤剪为杖，楚笋结成鞋。称与诗人用，堪随礼寺斋。寻花入幽径，步日下寒阶。以此持相赠，君应惬素怀。"③ 又《酬藤杖》云："病里出门行步迟，喜君相赠古藤枝。倚来自觉身生力，每向傍人说得时。"④ 这种赤藤杖有时是出使南诏的使臣带回赠给朋友，如上引韩愈诗《和虞部卢四汀酬翰林钱七徽赤藤杖歌》所写的。赤藤杖往往成为诗人心爱之物，咏之表达喜爱之情。白居易从亲友处获赠红藤杖，从长安携至贬地江州，不仅拄用，也成为精神上的慰藉，所以他的诗一再写到此物。其《朱藤杖紫骢吟》云："拄上山之上，骑下山之下。江州去日朱藤杖，忠州归日紫骢马。天生二物济我穷，我生合是栖栖者！"⑤《红藤杖》："交亲过浐别，车马到江回。唯有红藤杖，相随万里来。"⑥《红藤杖（题注：杖出南蛮）》云："南诏红藤杖，西江白首人。时时携步月，处处把寻春。劲健孤茎直，疏圆六节匀。火山生处远，泸水洗来新。粗细才盈手，高低仅过身。天边望乡客，何日拄归秦？"⑦ 对于制作赤藤杖之原材料，诗人也热情歌咏之，白居易《三谣·朱藤谣》云：

朱藤朱藤，温如红玉，直如朱绳。自我得尔以为杖，大有裨于股肱。前年左迁，东南万里。交游别我于国门，亲友送我于浐水。登高山兮车倒轮摧，渡汉水兮马龃蹄开。中途不进，部曲多回。唯此朱藤，实随我来。瘴疠之乡，无人之地。扶卫衰病，驱呵魑魅。吾独一

---

① 《全唐诗》卷426，第4697页。
② 《太平御览》第九册（卷995）《百卉部二》，上海古籍出版社2008年版，第738页。
③ （唐）张籍著，徐礼节、余恕诚校注：《张籍集系年校注》卷2，第320页。
④ （唐）张籍著，徐礼节、余恕诚校注：《张籍集系年校注》卷6，第700页。
⑤ （唐）白居易：《白居易集》卷8，第150—151页。
⑥ （唐）白居易：《白居易集》卷15，第314页。
⑦ （唐）白居易：《白居易集》卷16，第332页。

身，赖尔为二。或水或陆，自北徂南。泥黏雪滑，足力不堪。吾本两足，得尔为三。紫霄峰头，黄石岩下。松门石磴，不通舆马。吾与尔披云拨水，环山绕野。二年蹋遍匡庐间，未尝一步而相舍。虽有隶子弟、良友朋，扶危助蹇，不如朱藤。嗟乎！穷既若是，通复何如？吾不以常杖待尔，尔勿以常人望吾。朱藤朱藤，吾虽青云之上、黄泥之下，誓不弃尔于斯须！①

在白居易被贬江州时，朱藤杖成为他唯一的朋友，成为他精神上的最大慰藉。特别对于年迈体衰的人来说，赤藤杖简直成了须臾不可离的朋友。裴夷直《南诏朱藤杖》："六节南藤色似朱，挂行阶砌胜人扶。会须将入深山去，倚看云泉作老夫。"②李洞《上司空员外》："禅心高卧似疏慵，诗客经过不厌重。藤杖几携量碛雪，玉鞭曾把数嵩峰。夜眠古巷当城月，秋直清曹入省钟。禹凿故山归未得，河声暗老两三松。"③从唐诗的这些描写可知，南诏红藤杖是很受唐人喜爱的器具，生活中不仅自己使用，而且作为礼物赠人。

四 "蜀—身毒道"之五尺道

五尺道是秦朝时修建的连接云南与内地的官道。"秦并蜀，通五尺道，置吏主之。"④秦朝在夜郎、滇等地设立郡县，为了有效控制这一带，秦始皇派常頞率军筑路，道路宽五尺，史称"五尺道"。此道从成都南下，经僰道（今四川宜宾）、朱提（今云南昭通）到滇池。故五尺道又称"滇僰古道""僰道"，因此道上有僰道县，故名。僰道县，汉时置，治所在今四川宜宾西南安边镇，武帝时为犍为郡治所，王莽时改称僰治。⑤南朝梁后为戎州治所。北周保定年间改称外江县，隋大业初复旧。唐贞观中移治今宜宾市。此道上有石门关（今称豆沙关），位于今云南省盐津县西南15千米，乃秦汉时"五尺道"重要关隘，由四川入云南之要道。地势险要，左

---

① （唐）白居易：《白居易集》卷39，第883页。
② 《全唐诗》卷513，第5861页。
③ 《全唐诗》卷723，第8292页。
④ （晋）常璩撰，任乃强校注：《华阳国志校注图注》卷4，上海古籍出版社1987年版，第230页。
⑤ 《汉书》卷28上《地理志上》，中华书局1962年版，1599页。

下为绝壁，隔朱提江与右面的危岩相对峙，像两扇巨大石门，扼锁通道，为咽喉之地，隋唐时称为"石门关"，樊绰《蛮书》称此道"石门道"。隋朝史万岁率军南征曾经此地。① 五尺道是唐代滇蜀之间重要官道、商道和用兵之道。此道远离吐蕃的威胁，唐与南诏的使节往还多经此道，如剑南西川节度使韦皋"遣幕府崔佐时由石门趣云南，而南诏复通"。他出兵击吐蕃，经石门之五尺道也是重要路线之一。②

从蜀地到僰道的道路早已存在，汉代称为"僰青衣道"。秦汉时吸引巴蜀人到西南夷地区的一项重要贸易活动是贩卖"僰僮"。"僰僮"出自僰道县，因而僰道县成为蜀贾贩卖"僰僮"的主要来源地和通商贸易地。此道由蜀地出发，沿青衣江而下，经过夹江至乐山，又循岷江而下至僰道（今宜宾）。从僰道分途，一为南夷道，即从僰道继续南行至夜郎（今贵州安顺）地区，再往东南可至南海（今广州）；另一条接着秦代修筑的五尺道，通往滇池。汉武帝时唐蒙"凿石开阁，以通南中"，将五尺道加以整修，形成由僰道南下过石门（今云南盐津豆沙关）到朱提县，然后经由味县，到达滇池地区的官道。此道以朱提为枢纽，又称朱提道。五尺道经由的地区山高水险，有"盘蛇七曲，盘羊、乌栊，气与天通"的说法。现存五尺道主要位于四川宜宾和云南昭通等地，如盐津县豆沙关，唐袁滋摩崖石刻就在五尺道旁崖壁上。筠连县塘坝一带少数古道至今还在发挥作用。③ 自秦以来五尺道就是滇川的交通要道，北起宜宾、南至曲靖，途经今盐津、大关、昭通、威宁、鲁甸、宣威等地。

唐诗反映了唐使赴南诏册封异牟寻的活动。据权德舆《送袁中丞持节册回鹘（当作南诏）序》记载，袁滋从京城出发，近臣有写诗送行之举："近臣主文，乃类歌诗。"④ 其他人之诗不传，权德舆《送袁中丞持节册南诏五韵》诗当即其时所作：

> 西南使星去，远彻通朝聘。烟雨僰道深，麾幢汉仪盛。途轻五尺险，水爱双流净。上国洽恩波，外臣遵礼命。离堂驻骖驭，且尽樽中圣。⑤

---

① 《新唐书》卷158《韦皋传》，第4934页。
② 同上书，第4935—4936页。
③ 冯勇、田富友：《筠连县发现一处秦"五尺道"遗迹》，四川在线—华西都市报，http://sc.sina.com.cn。
④ 《全唐文》卷491，第2220页。
⑤ 《全唐诗》卷323，第3630页。

袁中丞即袁滋,他以御史中丞的身份出使南诏,"五尺"即五尺道。此言袁滋入滇路线与文献记载、袁滋题记摩崖石刻地点相印证。袁滋等人经五尺道入滇,经石门关(今称豆沙关)时刻石记事,碑刻是见证唐朝与南诏关系的重要实物资料。两《唐书》、《蛮书》、《资治通鉴》诸书皆记载此事,摩崖石刻内容与诸书记载一致。从袁滋一行入南诏的道路可知唐使途经僰道、五尺道。

唐朝奉使南诏的活动,在唐诗中也留下了记录。如袁滋等人完成使命后返朝,武元衡《酬太常从兄留别(一作送太常十二兄罢册南诏却赴上都)》:

乡路日兹始,征轩行复留。张骞随汉节,王濬守刀州。泽国烟花度,铜梁雾雨愁。别离无可奈,万恨锦江流。①

这是册封事毕册封使们从南诏回长安的记录,武元衡任剑南西川节度使,驻节成都,故自比王濬"守刀州";其太常寺任职的从兄随袁滋出使南诏,故比为出使西域的张骞。这首诗当是册封使从南诏归来路经成都时,武元衡的送别之作。又如许棠《送徐侍御充南诏判官》云:

西去安夷落,乘轺从节行。彤庭传圣旨,异域化戎情。瘴路穷巴徼,蛮川过嶲城。地偏风自杂,天漏月稀明。危栈连空动,长江到底清。笑宜防狒狒,言好听猩猩。抚论如敦行,归情自合盟。回期佩印绶,何更见新正。②

许棠,唐末诗人,咸通十二年(871)进士及第,曾为江宁丞。诗当作于此后。史载中和三年,"诏检校国子祭酒张濬为礼会五礼使,徐云虔副之,宗正少卿嗣虢王约为婚使",赴南诏议婚和亲。③ 许棠诗中的"徐侍御"或许就是徐云虔。"瘴路"二句和"危栈"二句想象徐某赴南诏的路途,符合"五尺道"的情景。但这次出使并未成行,"未行,而黄巢平,帝东还,乃归其使"。唐赴黔中任职的官员也有经过成都、僰道赴任的。权德舆《送黔中裴中丞阁老赴任》云:"五谏留中禁,双旌辍上才。内臣持凤

---

① 《全唐诗》卷316,第3548—3549页。
② 《全唐诗》卷604,第6986—6987页。
③ 《新唐书》卷222《南蛮传中》,第6293页。

诏，天厩锡龙媒。宴语暌兰室，辉荣亚柏台。怀黄宜命服，举白叹离杯。景霁山川迥，风清雾露开。辰溪分浩淼，僰道接萦回。胜理环中得，殊琛徼外来。行看旬岁诏，传庆在公台。"① 裴中丞从长安出发，赴任黔中，权德舆送行，想象他的途中情景，说他要路经辰溪、僰道。

五 "蜀—身毒道"之灵关道

秦时开辟的五尺道，虽然唐人赴南诏有时利用，但此道迂远。相比之下，汉时开辟的灵关道比较艰险，但路程较近，因此唐时利用更多，在唐诗中留下的记录也较多。

（一）灵关道之开辟与走向

从成都至南诏，"灵关道"是最重要也是最惊险的一段。此道上之荥经（今四川荥经县）乃秦时所置严道县，严道以南是汉代所置旄牛郡及越嶲郡。从这一地区到今金沙江边的攀枝花市，古代居住着以旄牛羌系为主的众多民族。从汉代起就把从严道县经越嶲郡（今属西昌地区）至今攀枝花市之间的道路称为"牦牛道"。汉代曾在小相岭以北设"灵关"，故又把从荥经通大理的道路称为"灵关道"或"零关道"。

灵关古道自古以来就是商贸和军事要道，很早就是巴蜀先民与南方世界交流的通道。这条道从成都出发，经临邛（今四川邛崃）、青衣（今四川雅安市名山区）、严道（今四川荥经）、旄牛（今四川雅安市汉源县）、越嶲（今四川凉山彝族自治州越西县）、邛都（今四川西昌）、叶榆（今云南大理）到永昌（今云南保山），再到缅甸密支那或八莫入印度。这条古道早在战国时就已存在，秦汉之际蜀地富商蜀卓氏"铁山鼓铸，运筹策，倾滇、蜀之民，富至僮千人"②。"程郑，山东迁虏也，亦冶铸，贾椎髻之民，富埒卓氏，俱居临邛。"③ 他们都曾在这条商道上贩运铁器而致富。西汉以来成为南方军事、商旅主道。西汉建元六年（前135）司马相如出使西南夷，强征民工筑路。元鼎五年（前112）灵关道全线畅通。

蜀汉建兴三年（225）诸葛亮南征路经此道，《前出师表》感慨此地荒

---

① 《全唐诗》卷323，第3633页。
② 《史记》卷129《货殖列传》，中华书局1982年版，第3277页。
③ 同上书，第3278页。

凉云:"五月渡泸,深入不毛。"① 为便于行军和粮秣转运,诸葛亮对古道进行了整治,故后人将灵山改为相公岭,此道又名"孔明鸟道"。唐朝重视此道的通畅,剑南节度使章仇兼琼《邛崃关修路记》记载了唐前期对此道的维护和整治。天宝中鲜于仲通征南蛮,由此下兵南溪,兵败。此后"道遂闭"。德宗贞元年间韦皋任剑南西川节度使,击吐蕃,"命大将董勔、张芬分出西山、灵关,破峨和、通鹤、定廉城,逾的博岭,遂围松州,搏栖鸡,攻下羊溪等三城,取剑山屯焚之。南道元帅论莽热来援,与战,破其军,进收白岸"。由于对吐蕃战争的胜利,"西山羌女、诃陵、南水、白狗、逋租、弱水、清远、咄霸八国酋长,皆因皋请入朝"。南蛮各国入贡经"北谷",地近吐蕃,韦皋对此道进行了整修,"由黎州出邛部,直云南,置青溪关,号曰'南道'。乃诏皋统押近界诸蛮、西山八国、云南安抚使"②。此道上有清溪关,韦皋曾加以整治,韦皋进击吐蕃,此乃行军路线之一。太和四年(830),为防御南诏,剑南西川节度使李德裕又整修了清溪关,故唐代此道又名"清溪道"或"清溪关道"。后来清溪道为南诏控制,越嶲郡改为"建昌府",故唐史中又称清溪道为"建昌道"。灵关道是"蜀—身毒道"的重要组成部分,是沟通今四川与云南的重要交通线。

汉武帝时经略"西南夷",在开通南夷道(部分路段为五尺道)的同时,派司马相如招抚邛人、笮人等族,发兵开通西夷道,在滇蜀间原有商道的基础上加以修整。汉朝正对匈奴用兵,经略"西南夷道"活动一度中止。元狩元年(前122),张骞出使西域回国,向朝廷报告中提到在大夏(在今阿富汗)见到经过身毒(印度)贩运去的"蜀布"和"邛竹杖",判断从今四川、云南到印度有路可通。武帝派四路人马探求经过西南夷通往身毒的道路。其中以王然于、柏始昌、吕越为使者的一路到达滇池,受到滇人的友好接待,并协助汉使寻求西去通道,由于受到滇西昆明人、寯人的阻挠未获进展。这批使者返回汉朝,谈到滇池一带的富饶,增强了武帝开发"西南夷"的决心。元狩三年(前120),武帝在长安开"昆明池"操练水军,拟用兵"西南夷"。元鼎五年(前112),汉朝征服了邛、笮诸族,在其地设越嶲郡,治所在今西昌。元封二年(前109),汉朝调发巴蜀士卒征服滇人,于其地置益州郡,治所在今晋宁县晋城,封滇人首领为王,赐"滇王之印",此印1956年在晋宁县石寨山出土。杜甫《秋兴八

---

① (三国蜀)诸葛亮:《诸葛亮集》卷1,中华书局1960年版,第5页。
② 《新唐书》卷158《韦皋传》,第4935—4936页。

首》其七吟咏这一道路：

> 昆明池水汉时功，武帝旌旗在眼中。织女机丝虚夜月，石鲸鳞甲动秋风。波漂菰米沉云黑，露冷莲房坠粉红。关塞极天唯鸟道，江湖满地一渔翁。①

此"鸟道"即指自成都入南中的一段道路，即诸葛亮渡泸征蛮的道路。《南中八志》云："鸟道四百里，以其险绝，兽犹无蹊，特上有飞鸟道耳。"②

郡县制的确立使云南大部分地区直属于中央王朝统辖，云南与内地的联系进一步加强。灵关道在元谋、祥云等地尚存有遗迹。元谋县北姜驿至龙街有金沙江渡口，江面仅150米左右，是灵关道入云南的必经之处。樊绰《云南志》记载："从目集驿至河子镇七十里，泸江乘皮船渡泸水。"河子镇即今元谋县境内金沙江北岸的姜驿，汉代属越嶲郡三绛县。楚雄至双桥哨一段十分险要，路隘林深，途中有路桥多处。据《重修永安桥碑记》载，此道上通大理、永昌，下通会理、成都，是"蜀—身毒道"重要路段。严耕望先生考证了唐代灵关道驿道，称为"川滇西道（成都清溪通南诏驿道）"，云："综观此道，经邛、雅、黎、嶲、姚五州治所，全程约二千二百五十里上下。道中旧时十里刻一石以记程，唐世仍有存者"，"此道虽旅途险恶，然对于唐与南诏之交通，至关重要。当唐盛时，即利用此道控制南诏，其后南诏北侵，亦皆以此道为主线"③。实际上，唐与南诏使节往来利用五尺道较多，而用兵多在灵关道，这一点下文将予申说。唐诗中描写灵关道的内容较多。

（二）雅州、岷山、雪岭、西山

岷山是自甘南延伸至川西北的褶皱山脉，呈西北—东南走向，北起甘

---

① （唐）杜甫著，（清）仇兆鳌注：《杜诗详注》卷17，第1494页。
② （唐）杜甫著，（清）仇兆鳌注：《杜诗详注》卷17，第1494页。按：《南中八志》，一说即《南中志》，诸书亦误作《南州八郡志》《南征八郡志》《南北八郡志》《南中八部志》《南中八郡记》。疑为《太平御览》卷924中所引《南中八郡异物志》之省称。晋魏完撰，已佚，成书于太康二年（281）至太安二年（303），是记载南中（云南、四川西南、贵州西部）全境和交州（在今越南）的风土物产之地方志，亦是记载剽（骠）国（今缅甸）史地最早的一部书。有徐文德辑本，收入《云南史料丛刊》第26辑和王叔武《云南古佚书钞》辑本，对研究中国西南地区古代少数民族的史地物产等有重要参考价值。
③ 严耕望：《唐代交通图考》第4册，上海古籍出版社2007年版，第1207页。

肃东南岷县南部,南止四川盆地西部峨眉山,绵延700多千米,故有"千里岷山"之说。主峰雪宝顶位于今四川松潘境内。岷山山脉是长江水系岷江、涪江、白水河与黄河水系黑水河的分水岭,西北接西倾山,南与邛崃山连,包括甘南的迭山和甘肃、四川边境的摩天岭。甘肃境内为岷山北部余脉,由花尔盖山、光盖山、迭山、古麻山等组成。四川境内有摩天岭、雪宝顶、九顶山、峨眉山、青城山、四姑娘山、鹧鸪山等为岷山主体。龙门山和邛崃山为岷山中南段山脉,峨眉山为岷山南端凸起山峰。隋时雅州治所在严道县(今四川雅安),位于四川盆地西缘,东邻成都,西连甘孜,南界凉山,北接阿坝,距成都130千米,有"川西咽喉"之称。

岷山因常年积雪又称"雪岭",因在成都之西又称西山或西岭。岷山是唐朝与吐蕃的界山,从成都西行经雅州逾雪岭入吐蕃。武则天垂拱三年(687)征吐蕃,先由雅州进攻羌人。陈子昂上《谏雅州讨生羌书》谏阻:"臣闻乱生必由怨起,雅之边羌,自国初以来,未尝一日为盗,今一旦无罪受戮,其怨必甚","计大不计小,务德不务刑,图其安则思其危,谋其利则虑其害"①。为了表明反对用兵西羌的立场,又兴寄为诗,《感遇三十七首》之二十九云:

  丁亥岁云暮,西山事甲兵。赢粮匝邛道,荷戟争羌城。严冬阴风劲,穷岫泄云生。昏曀无昼夜,羽檄复相惊。拳跼竟万仞,崩危走九冥。籍籍峰壑里,哀哀冰雪行。圣人御宇宙,闻道泰阶平。肉食谋何失,藜藿缅纵横。②

诗开篇指出事件发生的时间地点,"丁亥"即垂拱三年,"西山"即成都以西的岷山,泛指蜀西羌人聚居之地。"赢粮匝邛道,荷戟争羌城"二句为"西山事甲兵"的具体化描写,战士们背负干粮,行军于邛崃山间。

杜甫在成都的诗中多次写到"雪岭""西山"或"西岭"。在他笔下岷山是与吐蕃对峙的前线。《严公厅宴同咏蜀道画图》云:"日临公馆静,画满地图雄。剑阁星桥北,松州雪岭东。华夷山不断,吴蜀水相通。兴与烟霞会,清樽幸不空。"③《对雨》云:"莽莽天涯雨,江边独立时。不愁巴道路,恐湿汉旌旗。雪岭防秋急,绳桥战胜迟。西戎甥舅礼,未敢背恩

---

① (唐)陈子昂:《陈子昂集》卷9,中华书局1962年版,第201—204页。
② (唐)陈子昂:《陈子昂集》卷1,第10页。
③ (唐)杜甫著,(清)仇兆鳌注:《杜诗详注》卷11,第905页。

私。"仇兆鳌注:"(黄)鹤曰:《九域志》:雪岭距威州二百六十里。威即维州。《高适传》:适出西山,三城置戍,论东西两川,当合为一,即雪岭也。"①《西山三首》题注云:"即岷山,捍阻羌夷,全蜀巨障。"其一云:"彝界荒山顶,蕃州积雪边。筑城依白帝,转粟上青天。蜀将分旗鼓,羌兵助井泉。西戎背和好,杀气日相缠。"其二云:"辛苦三城戍,长防万里秋。烟尘侵火井,雨雪闭松州。风动将军幕,天寒使者裘。漫山贼营垒,回首得无忧。"其三云:"子弟犹深入,关城未解围。蚕崖(蚕崖关在导江西北五十里)铁马瘦,灌口米船稀。辩士安边策,元戎决胜威。今朝乌鹊喜,欲报凯歌归。"②诗反映了当时唐蕃对峙的局势。诗作于广德元年(763),当时吐蕃陷松、维、保三城及云山新筑三城,剑南西川节度使高适不能救,于是剑南、西山诸州亦入于吐蕃,所以杜诗说:"漫山贼营垒,回首得无忧。"因为西逾雪岭即吐蕃之地,故杜诗中有时以"西山"代指吐蕃。杜甫《登楼》云:"花近高楼伤客心,万方多难此登临。锦江春色来天地,玉垒浮云变古今。北极朝廷终不改,西山寇盗莫相侵。"③"西山寇盗"指吐蕃。《奉和严大夫军城早秋》云:"秋风袅袅动高旌,玉帐分弓射房营。已收滴博云间戍,更夺蓬婆雪外城。"④雪外城即雪岭之外吐蕃之地,蓬婆岭在雪山外。李商隐《杜工部蜀中离席》云:"人生何处不离群,世路干戈惜暂分。雪岭未归天外使,松州犹驻殿前军。"⑤也是以雪岭代指唐与吐蕃的分界。

在唐诗里还以"西山"代指蜀中。杜牧《奉和门下相公送西川相公兼领相印出镇全蜀诗十八韵》云:"塞接西山雪,桥维万里樯。"⑥高骈《赴西川途经虢县作》云:"亚夫重过柳营门,路指岷峨隔暮云。红额少年遮道拜,殷勤认得旧将军。"⑦杜牧诗以"西山雪""万里桥"对举,代指成都和蜀中;高骈的诗把岷山和峨眉山并称,代指蜀中。

(三)荥经、邛崃关和"王阳道"

邛崃关在雅州荥经县(今雅安市荥经县)西80里,以邛崃坂而得名。

---

① (唐)杜甫著,(清)仇兆鳌注:《杜诗详注》卷12,第1035页。
② 同上书,第1045—1047页。
③ (唐)杜甫著,(清)仇兆鳌注:《杜诗详注》卷13,第1130—1131页。
④ (唐)杜甫著,(清)仇兆鳌注:《杜诗详注》卷14,第1170页。
⑤ (唐)李商隐著,(清)冯浩笺注:《玉溪生诗集笺注》卷2,第361页。
⑥ (唐)杜牧:《樊川文集》卷2,上海古籍出版社1978年版,第32页。
⑦ 《全唐诗》卷598,第6922页。

山岩阻峻，萦纡百有余里，关城当西麓垂尽处，凭高瞰远，地势险要。汉文帝六年（前174），废淮南王刘长，谪徙蜀郡严道邛邮（今四川雅安），则于邛崃置驿，山有九折坂，道路艰险，登者回环曲折乃得上。邛崃坂下有吒驭桥，亦名忠孝桥，出于汉代王尊的故事。"琅邪王阳为益州刺史，行部至邛崃九折坂，叹曰：'奉先人遗体，奈何数乘此险！'后以病去。及尊为刺史，至其坂，问吏曰：'此非王阳所畏道邪？'吏对曰：'是。'尊叱其驭曰：'驱之！王阳为孝子，王尊为忠臣。'尊居部二岁，怀来徼外，蛮夷归附其威信。"① 后以"王阳道"形容艰险的道路。

隋大业十年（614）始置邛崃关，唐中叶以后西南多事，邛崃关遂为重地。从成都南下赴南诏，或从南诏入唐必经此关，邛崃关见证了唐朝与南诏的复杂关系。贞元初，南诏王异牟寻与吐蕃合兵入侵蜀中，一路取茂州（今四川茂汶羌族自治县），逾汶川，扰灌口；一路取扶文，掠方维、白坝；一路侵黎州、雅州，寇邛崃关，败还。太和三年（829），南诏入侵蜀中，唐军出邛崃关迎战，遇伏败北，南诏遂犯成都。太和五年（831），李德裕出任剑南西川节度使，重修邛崃关，以扼蛮险。咸通二年（861），南诏攻邛崃关。十年，南诏攻清溪关，逾大渡河，陷黎州，遂入邛崃关，围雅州，寇邛州。乾符初年（874），南诏复破黎州，入邛崃关，进掠成都。次年，高骈任剑南西川节度使，逐蛮出大渡河，收邛崃关，复取黎州。五代梁乾化四年（914），南诏寇黎州，蜀主王建遣王宗播等出邛崃关大破之。

邛崃关、邛关道、王阳道进入唐代诗人的歌咏中。唐代从中原地区赴任或奉使巂州者，路经荥经邛崃关。陈子昂《送魏兵曹使巂州》云：

> 阳山淫雾雨，之子慎攀登。羌笮多珍宝，人言有爱憎。欲酬明主惠，当尽使臣能。勿以王阳道，迢递畏崚嶒。②

唐代用兵云南路经此道。骆宾王《从军中行路难二首》其一写唐军南征，征途上有邛关，即邛崃关："邛关九折无平路，江水双源有急流。"③ 邛崃关成为遥远而艰险的道路的象征。骆宾王《代女道士王灵非赠道士李荣》诗云："南陌西邻咸自保，还辔归期须及早。为想三春狭斜路，莫辞九折邛关道。"④

---

① 《汉书》卷76《王尊传》，中华书局1962年版，第3229页。
② （唐）陈子昂：《陈子昂集》卷2，中华书局1962年版，第34页。
③ （唐）骆宾王著，（清）陈熙晋笺注：《骆临海集笺注》卷4，第135—136页。
④ 同上书，第151页。

敦煌文书 P. 3771 卷有胡皓《夜行黄花川》诗："的的（旳旳）夜绵绵，斜斗历高天。露浩空山月，风秋洞壑泉。饥鼯啼远树，暗鸟宿长川。借问邛关道，遥遥复几年？"① 这条道是用兵之道，也是自成都南下进入云南的要道。

（四）峨眉山

从成都向西南经峨眉山。峨眉山在唐诗中有时是实指，有时则泛指蜀地、蜀山，有时代指成都。岑参赴任嘉州刺史，路经峨眉山，其《峨眉东脚临江听猿怀二室旧庐》诗云："峨眉烟翠新，昨夜秋雨洗。分明峰头树，倒插秋江底。久别二室间，图他五斗米。哀猿不可听，北客欲流涕。"② 郑谷《峨嵋山》云："万仞白云端，经春雪未残。夏消江峡满，晴照蜀楼寒。造境知僧熟，归林认鹤难。会须朝阙去，只有画图看。"③ 这两首诗都是诗人亲临其地的写实之作。但在唐诗里大部分只是泛称，如钱起《送傅管记赴蜀军》云：

终童之死谁继出，燕颔儒生今俊逸。主将早知鹦鹉赋，飞书许载蛟龙笔。峨眉玉垒指霞标，鸟没天低幕府遥。巴山雨色藏征旆，汉水猿声咽短箫。④

又如郎士元的诗《奉和杜相公益昌路作》云：

春半梁山正落花，台衡受律向天涯。南去猿声傍双节，西来江色绕千家。风吹画角孤城晓，林映蛾眉片月斜。已见庙谟能喻蜀，新文更喜报金（一作京）华。⑤

益昌在今四川广元市南，杜鸿渐赴任剑南西川节度使路经益昌，至成都，亦不经峨眉。陈羽《西蜀送许中庸归秦赴举》云："春色华阳国，秦人此别离。驿楼横水影，乡路入花枝。日暖莺飞好，山晴马去迟。剑门当石隘，栈阁入云危。独鹤心千里，贫交酒一卮。桂条攀偃蹇，兰叶藉参

---

① 陈尚君辑校：《全唐诗补编》，中华书局 1992 年版，第 20 页。
② （唐）岑参著，陈铁民、侯忠义校注：《岑参集校注》卷 4，第 358 页。
③ 《全唐诗》卷 676，第 7756 页。
④ 《全唐诗》卷 236，第 2605 页。
⑤ 《全唐诗》卷 248，第 2789 页。

差。旅梦惊蝴蝶,残芳怨子规。碧霄今夜月,惆怅上峨嵋。"① 华阳国即成都,诗人送许氏从成都往长安应举,亦不经峨眉。无可《送杜司马再游蜀中》云:"为客应非愿,愁成欲别时。还游蜀国去,不惜杜陵期。剑水啼猿在,关林转栈迟。日光低峡口,雨势出峨眉。山(一作川)迥逢(迟)残角,云开识远夷。勿令双鬓发,并向锦城衰。"② 白居易《长恨歌》写玄宗入蜀的旅途:"峨嵋山下少人行,旌旗无光日色薄。"③ 峨眉山在成都西南,从长安经蜀道入蜀,并不经过峨眉山,白诗只是作为蜀地的代称。元稹《使东川·好时节》云:"身骑骢马峨眉下,面带霜威卓氏前。虚度东川好时节,酒楼元被蜀儿眠。"④ 元稹出使到东川,不经峨眉。在这些诗人笔下,无论是本人的行程,或是送别的朋友的行程,皆不经过峨眉,都用峨眉(嵋)代指蜀地的路程,其中包含着旅途遥远而艰辛的含义。

(五)清溪关

邛崃关往南有清溪关,清溪关是南方丝绸之路上的重要关隘,在黎州(今四川汉源)西南135里,其地连山带谷,夹涧临溪,倚险结关,恃为控御,南诏入侵,此乃必经之道。虽然同样以清溪为名,清溪古城位于今汉源县北,清溪关则位于汉源县南的清溪峡谷中。它所在的这段南方丝路被称为清溪道。清溪道的历史早于清溪关,清溪道很早就是从成都进入云南的官道,该道经汉源进入甘洛(甘洛县隶属四川凉山彝族自治州)。战国时清溪道所行路线就成为"西南民族走廊"的重要一段,秦献公时羌人就在清溪道上运送货物。公元前383年,羌人南迁至蜀后,逐年向南迁移,形成最初的通道。西汉时在此设牦牛县,管理汉夷事务,故此道被称为"牦牛道"。

清溪关位于咽喉要道,是自汉彝走廊进入中原的险关要隘,亦兵家争战之所。清溪关置于何时,有不同说法。一说唐德宗贞元十一年(795),剑南西川节度使韦皋在清溪峡谷设置此关,以通好吐蕃和南诏。⑤ 但史载肃宗至德初年(756),南诏阁罗凤乘乱陷越嶲(今四川西昌),据清溪关,则清溪关在韦皋之前已经存在。贞元四年(788),吐蕃会合南诏兵入

---

① 《全唐诗》卷348,第3891页。
② 《全唐诗》卷814,第9166页。
③ (唐)白居易:《白居易集》卷12,第238页。
④ (唐)元稹:《元稹集》卷17,第199页。
⑤ 肃羽、李国斌:《清溪关:千年关隘的繁华与纷争》,《环球人文地理》2012年第14期。

寇，继而南诏兵至泸北引去，吐蕃攻两林、骠旁及东蛮，又分兵寇清溪关及铜山。韦皋遣黎州刺史韦晋与东蛮连兵，破吐蕃于清溪关外。未几，吐蕃复寇清溪关，又分兵攻东蛮，韦皋命韦晋镇守要冲城，督诸军御之，复遣刘朝彩出关，连战，大破之。韦皋凿清溪关，以通好南诏，自此出邛部，经姚州而入云南，谓之"南道"。[①] 说明之前清溪关没于南诏，韦皋收复之，重开经此关而入南诏和吐蕃之路。从成都南下至峨眉山，可以过大渡河南入南诏，亦可利用水路经大渡河、岷江再入长江东下。因此唐代清溪古城和清溪关也是交通枢纽。李白《峨眉山月歌》云：

　　　　峨眉山月半轮秋，影入平羌江水流。夜发清溪向三峡，思君不见下渝州。[②]

唐时有清溪驿，联结陆路与水道，李白从清溪驿出发，入长江沿江东下。清溪驿之取名当与水名有关，清溪是大渡河支流，清溪驿、清溪关取名皆源于此。

　　南诏屡次入清溪关北侵，李德裕出任剑南西川节度使，朝廷命塞清溪关，断南诏入寇之路。李德裕认为此地通蛮细路甚多，不可塞，惟重兵镇守，可保无虞。如果从黎、雅得万人，成都得二万人，精加训练，则蛮不敢动。又云"议者又闻一夫当关之说，以为清溪可塞，臣访之蜀中老将，清溪之旁，大路有三，自余小径无数，皆东蛮临时为之开通。若言可塞，则是欺罔朝廷，要须大度水北更筑一城，迤逦接黎州，以大兵守之方可"[③]。既而李德裕徙关于中城，近越巂卫东北境，西南有昆明军，西有宁远军，筑九城。自清溪关南径大定城，又三百五十里而至台登，于是关不果塞。咸通十年（869），南诏入侵，安再荣守清溪关，南诏军攻之，安再荣退屯大渡河北，与蛮隔水相射。蛮密分军伐木开道，逾雪坡至沐源川雪坡，寻渡青衣江，陷犍为，焚掠陵州、荣州。乾符二年（875），高骈帅西川，复戍清溪等关。五代时清溪关没于蛮。唐韦齐休著有《云南行记》一书，晁公武《郡斋读书志》云："齐休长庆三年，从韦审规使云南，记其往来道里及其见闻。序谓云南所以能为唐患者，以开道越巂耳。若自黎州之南、清溪关外，尽斥弃之，疆场可以无虞，不然忧未艾也。及唐之亡，

　　[①] 《新唐书》卷158《韦皋传》，第4935页。
　　[②] （唐）李白著，瞿蜕园、朱金城校注：《李白集校注》卷8，第566页。
　　[③] 《资治通鉴》卷244，太和四年，中华书局1956年版，第7873页。

祸果由此。"①

（六）灵关

灵关在今四川省凉山彝族自治州喜德县，秦时为蜀郡辖地。三国两晋及隋唐亦为蜀郡辖地。县境有山曰小相岭，汉代在小相岭以北设"灵关"，故史学界将荥经通大理一段称为"灵关道"。卢照邻《绵州官池赠别同赋湾字》诗云："轺轩遵上国，仙佩下灵关。尊酒方无地，联绻喜暂攀。离言欲赠策，高辨正连环。野径浮云断，荒池春草斑。残花落古树，度鸟入澄湾。欲叙他乡别，幽谷有绵蛮。"②从诗意看，有人来自长安，诗人在绵州与之送别，此人从绵州南下，奉使经成都往更远的南中地区出行，故云"仙佩下灵关"。

（七）巂州、越巂郡

越巂郡，汉武帝元鼎六年（前111）开邛都国而置，治所在邛都县（今四川西昌市东南），辖境相当于今云南丽江及饯江两县间金沙江以东，祥云、大姚以北和四川木里、石棉、甘洛、雷波以南地区。"巂"原为西南夷部落之一，邛都"其外，西自桐师以东，北至叶榆，名为巂、昆明。编发，随畜移徙，亡常处，亡君长，地方可数千里"③。故《汉书·地理志》云："武都地杂氐、羌，及犍为、牂柯、越巂，皆西南外夷，武帝初开置。"④"巂"又是水名，取名"越巂"意谓汉之统治越过了巂水，彰显汉朝的强盛。《汉书·地理志》"越巂郡"条下应劭注云："故邛都国也，有巂水，言越此水以章休盛也。"⑤西汉后期隶属于益州刺史部，王莽时改越巂郡为集巂郡。南朝梁时改称巂州，大同三年（537）武陵王萧纪置。北周天和五年（570）改为西宁州，旋又改严州。

隋开皇六年（586）复为西宁州，开皇十八年改为巂州，辖境相当金沙江以西以北，盐源、盐井以东，今四川冕宁、越西、美姑以南。大业初又改为越巂郡。唐武德元年（618）复为巂州，旋置都督府，都督十六羁縻州。至德二载（757）陷于吐蕃。贞元十三年（797），剑南西川节度使韦皋收复巂州。太和五年（831）州治为南诏占领，六年移治

---

① （元）马端临：《文献通考》卷200，中华书局1986年版，第1673页。
② （唐）卢照邻：《卢照邻集》卷3，中华书局1980年版，第35页。
③ 《汉书》卷95《西南夷传》，第3837页。
④ 《汉书》卷28下《地理志八下》，第1646页。
⑤ 《汉书》卷28上《地理志八上》，第1600页。

台登县（今四川冕宁县南）。咸通后全境入南诏，南诏改置建昌府，属会川都督府。

唐前期巂州在唐朝管辖之下，唐朝官员赴任或奉使至巂州，唐诗中有送人赴巂州的作品。陈子昂《送魏兵曹使巂州》云："阳山淫雾雨，之子慎攀登。羌笮多珍宝，人言有爱憎。欲酬明主惠，当尽使臣能。勿以王阳道，迢递畏崚嶒。"①魏兵曹是奉使朝廷使命至巂州，诗一方面写其途中道路的艰险，另一方面鼓励他完成使命。巂州属偏远落后地区，故唐代前期也把犯罪流放的官员发配此地，从长安到巂州是贬官流放之路，例如唐初杜淹、王珪、韦挺、郑世翼、李义府、薛元超等人曾因受株连，蒙冤被流放到越巂，有相关诗歌传世。杜淹、王珪、韦挺等人无罪，因受株连被贬官。②杜淹在越巂有诗寄长孙无忌，其《寄赠齐公》写自己的心情和路程：

> 冠盖游梁日，诗书问志年。佩兰长坂上，攀桂小山前。结交淡若水，履道直如弦。此观（《全唐诗》作欢）终未极，于兹独播迁。赪（同赬，赤色。《全唐诗》作赭，当作赭。赭衣，囚服）衣登蜀道，白首别秦川。泪随沟水逝，心逐晓旌悬。去去逾千里，悠悠隔九天。郊野间长薄，城阙隐凝烟。关门共月对，山路与云连。此时寸心里，难用尺书传。③

从诗的描写可见其行程，杜淹离开长安，经蜀道过成都至越巂，道路悠远，山高水长。他以直道自许，蒙受着冤屈到达荒凉的贬所，内心的痛苦无法言说。贞观年间郑世翼配流巂州，并死于贬所。④他以冤谤获罪，其《登北邙还望京洛》云："伊余孤且直，生平独沦丧。山幽有桂丛，何为坐惆怅。"⑤他虽然不得志，但自甘幽独，所以自比生长于僻处的桂丛。他之被贬可能也是冤案。《巫山高》诗写其赴贬所的道路和心情："巫山凌太清，岩崿类削成。霏霏暮雨合，霭霭朝云生。危峰入鸟道，深谷写猿声。别有幽栖客，淹留攀桂情。"⑥他的行程似乎是经长江西上，而后入成都，故有《过严君平古井》诗。严君平曾卖卜成都，古井当在此地。

---

① （唐）陈子昂：《陈子昂集》卷2，中华书局1962年版，第34页。
② 《旧唐书》卷66《杜淹传》，中华书局1975年版，第2471页。
③ （宋）李昉等编：《文苑英华》卷249，中华书局1966年版，第1256页。
④ 《旧唐书》卷190上《郑世翼传》，第4988—4999页。
⑤ 《全唐诗》卷38，第488—489页。
⑥ 同上书，第489页。

从成都取"鸟道"赴巂州。高宗时李义府被流放巂州,有《在巂州遥叙封禅》诗:

> 天齐标巨镇,日观启崇期。岩峣临渤澥,隐嶙控河沂。眺迥分吴乘,凌高属汉祠。建岳诚为长,升功谅在兹。帝献符广运,玄范畅文思。飞声总地络,腾化抚乾维。瑞策开珍凤,祯图荐宝龟。创封超昔夏,修禅掩前姬。东后方肆觐,西都导六师。肃驾移星苑,扬罕驭风司。沸鼓喧平陆,凝跸静通逵。汶阳驰月羽,蒙阴警电麾。岩花飘曙辇,峰叶荡春旗。石间环藻卫,金坛映黼帷。仙阶溢秘秬,灵检耀祥芝。张乐分韶濩,观礼纵华夷。佳气浮丹谷,荣光泛绿坻。三始贻遐眺,万岁受重釐。菲质陶恩奖,趋迹奉轩墀。触网沦幽裔,乘徽限明时。周南昔已叹,邛西今复悲。①

他称这个贬地是"幽裔",即偏远的边地。"邛西"即邛州、邛崃关之西,亦言其荒僻。李义府借武后之势,卖官鬻爵,朝野怨愤,当其被贬,上下称庆。李义府又是一个"笑里藏刀",善于逢迎拍马的人。这首诗也表现了他这一性格特点,在贬所不忘拍朝廷马屁。上官仪被诛,薛元超坐与上官仪"辞翰往复",自简州刺史配流巂州,"以诗酒为事,有《醉后集》三卷",皆不传。② 从唐诗中可知,唐后期也有官员被贬此地。张祜《伤迁客殁南中》云:"故人何处殁,谪宦极南天。远地身狼狈,穷途事果然。白须才过海,丹旐却归船。肠断相逢路,新来客又迁。"③"南中"之地大体上指自成都往南至云贵一带,巂州属这一地区,张祜笔下的迁客死于贬所,大致也在这里。

巂州位于唐朝与南诏往来之地,南诏入贡中原也要路经巂州。故白居易《蛮子朝》诗云:"蛮子朝,泛皮船兮渡绳桥,来自巂州道路遥。"④ 元稹《代曲江老人百韵》诗借一位老人之口回忆开元盛世:"山泽长鸷货,

---

① 《全唐诗》卷35,第469页。
② 《旧唐书》卷73《薛元超传》记载:"拜东台侍郎,右相李义府以罪配流巂州,旧制流人禁乘马,元超奏请给之,坐贬为简州刺史。岁余,西台侍郎上官仪伏诛,又坐与文章款密,配流巂州。上元初,遇赦还。"《乾陵稽古》载《薛元超墓志》:"复出为简州刺史,岁余,上官仪伏法,公以尝词翰往复,放于越巂之邛都。耽味《易》象,以诗酒为事,有《醉后集》三卷行于时。"《日本国见在书目·别集类》有"《醉后集》三",当即薛元超著作。今薛元超存诗三首,皆与流放巂州无关。
③ 《全唐诗》卷510,第5818页。
④ (唐)白居易:《白居易集》卷3,中华书局1979年版,第70页。

梯航竞献珍。翠毛开越巂，龙眼弊瓯闽。"① 唐朝与南诏交兵，巂州往往是经行之地。薛能《闻官军破吉浪戎小而固虑史氏遗忽因记为二章》其二云："泸水断嚣氛，妖巢已自焚。汉江无敌国，蛮物在回军。越巂通游国，苴咩闭聚蚊。"② 从"泸水""蛮物""越巂""苴咩"等词语可知，唐军攻破的对象应该是南诏。姚合《送李廓侍御赴西川行营》云："不道弓箭字，罢官唯醉眠。何人荐筹策，走马逐旌旃。阵变孤虚外，功成语笑前。从今巂州路，无复有烽烟。"③"西川行营"是剑南西川节度使下出征的部队，唐后期剑南西川节度使应对的外敌有南诏和吐蕃，巂州是南抗南诏、西御吐蕃之地，诗人肯定李廓的文武才干，认为他辅助主帅，定能战胜南诏和吐蕃，结束战争。

（八）泸水

泸水有广义和狭义之分，广义的泸水即金沙江别名；狭义的泸水即泸江水，今雅砻江下游和金沙江汇合后的一段。金沙江流至今云南巧家县，巧家县以上称若水，自巧家县以下称泸江水。巧家县古称堂琅县，西汉建元六年（前135）置，属犍为郡。三国蜀汉时堂琅县属益州朱提郡。隋开皇年间属南宁州总管府，大业年间为东爨地。唐初置唐兴县，后陷于南诏，属南诏拓东节度辖地。据《水经注》记载，若水流至朱提县（今云南昭通市昭阳区和鲁甸县）西为泸江水。若水"出蜀郡牦牛徼外，东南至故关，为若水也。南过越巂邛都县西，直南至会无县，淹水东南流注之。又东北至犍为朱提县西，为泸江水"④。过泸水即入蛮地。东汉建武十九年（43），遣刘尚率军"渡泸水入益州"⑤。诸葛亮《前出师表》云："五月渡泸，深入不毛。"⑥"渡泸"成为人们熟知的进入蛮地的典故。

泸水是唐朝与南诏的分界线，王起、穆寂等同作《南蛮北狄同日朝见

---

① （唐）元稹：《元稹集》卷10，中华书局1982年版，第110页。
② 《全唐诗》卷558，第6475页。
③ 《全唐诗》卷496，第5618页。
④ （北魏）郦道元撰，陈桥驿校证：《水经注校证》卷36，中华书局2013年版，第787—789页。
⑤ 《后汉书》卷86《南蛮西南夷列传》，第2846页。按：此"益州"指益州郡，范围在今天的云南省。此地原是"南蛮"古王国滇国的领地，汉武帝时置益州郡，郡治在滇池县。晋太安二年（303），分建宁郡西部置益州郡，治所在建伶县（今云南晋宁县昆阳镇），在今昆明市附近。辖境相当今云南省南盘江流域以北，武定县以南，双柏县以东地区。永嘉二年（308）改益州郡为晋宁郡。
⑥ （三国蜀）诸葛亮：《诸葛亮集》卷1，中华书局1960年版，第5页。

赋》"以渡泸款塞咸造阙庭为韵"①,渡泸者即南诏,款塞者即回纥。唐军征蛮经泸水,诗中地名往往有"泸阳""泸中""泸南"等,皆以泸水为坐标。这些诗都是反映唐朝对南诏的战争,高适《李云南征蛮诗》序云:"天宝十一载,有诏伐西南夷,右相杨公兼节制之寄,乃奏前云南太守李宓涉海自交趾击之。道路险艰,往复数万里,盖百王所未通也。十二载四月,至于长安,君子是以知庙堂使能,而李公效节。适忝斯人之旧,因赋是诗。"诗祝愿唐军胜利,那时"泸水夜可涉,交州今始通。归来长安道,召见甘泉宫"②。又如储光羲《同诸公送李云南伐蛮》乃与高适诗同时之作:

> 昆明滨滇池,蠢尔敢逆常。天星耀铁锁,吊彼西南方。冢宰统元戎,太守齿军行。囊括千万里,矢谟在庙堂。耀耀金虎符,一息到炎荒。蒐兵自交趾,茇舍出泸阳。群山高崭岩,凌越如鸟翔。封豕骤跧伏,巨象遥披攘。回溪深天渊,揭厉逾舟梁。玄武扫孤蛖,蛟龙除方良。雷霆随神兵,硼磕动穹苍。斩伐若草木,系缧同犬羊。余丑隐彄河,唧啾乱行藏。君子恶薄险,王师耻重伤。广车设置梁,太白收光芒。边吏静县道,新书行纪纲。剑关掉鞅归,武弁朝建章。龙楼加命服,獬豸拥秋霜。邦人颂灵旗,侧听何洋洋。京观在七德,休哉我神皇。③

诗里写到"泸阳",即渡泸水作战。以上两诗都是李宓从长安领命出征诗人送行之作。《水经注》记载泸江水有泸津,东去朱提县八十里,"水广六七百步,深十数丈,多瘴气,鲜有行者"④。唐军至此不习水土,兼罹瘴气,往往不战而死者十之二三,故遭败北。刘湾《云南曲》云:"百蛮乱南方,群盗如猬起。骚然疲中原,征战从此始。白门太和城,来往一万里。去者无全生,十人九人死。岱马卧阳山,燕兵哭泸水。妻行求死夫,父行求死子。苍天满愁云,白骨积空垒。哀哀云南行,十万同已矣。"⑤卢纶《送张郎中还蜀歌》:"泸南五将望君还,愿以天书示百蛮。曲栈重江初

---

① 《全唐文》卷641,上海古籍出版社1990年版,第2871页。
② 《全唐诗》卷212,第2209页。
③ 《全唐诗》卷138,第1398—1399页。
④ (北魏)郦道元撰,陈桥驿校证:《水经注校证》卷36,第789页。
⑤ 《全唐诗》卷196,第2012页。

过雨,前旌后骑不同山。迎车拜舞多耆老,旧卒新营遍青草。"① 写唐军征蛮,送将军出征云南,或送将军征云南还蜀,诗中都写到泸水、泸阳、泸南等,都表明自蜀入南诏须经泸水。

诸葛亮五月渡泸征蛮的历史故事,成为唐人喜咏的题材,唐诗写唐朝对南诏的战争,常常用这一典故,泸水的瘴气令人闻之色变,被诗人用以渲染蛮地自然环境的恶劣。贾岛《巴兴作》云:"三年未省闻鸿叫,九月何曾见草枯。寒暑气均思白社,星辰位正忆皇都。苏卿持节终还汉,葛相行师自渡泸。"② 骆宾王《从军中行路难二首》其一:"三春边地风光少,五月泸中瘴疠多。"③ 李白《古风》之三十四云:"借问此何为,答言楚征兵。渡泸及五月,将赴云南征。怯卒非战士,炎方难远行。"④ 白居易《新丰折臂翁》写天宝年间对南诏的用兵:"点得驱将何处去?五月万里云南行。闻道云南有泸水,椒花落时瘴烟起。大军徒涉水如汤,未过十人二三死。"⑤ 又如胡曾《咏史诗·泸水》:"五月驱兵入不毛,月明泸水瘴烟高。誓将雄略酬三顾,岂惮征蛮七纵劳。"⑥ 在这些诗中描写唐朝对南诏的用兵,称其地为"不毛"之地,出征的时间是"五月",出征的路线是"渡泸",都是暗用诸葛亮《出师表》中的语典。

南诏入侵要过泸水,马又《蜀中经蛮后寄陶雍》云:"酋马渡泸水,北来如鸟轻。几年期凤阙,一日破龟城。"⑦ 泸水是南诏人往来于唐朝与南诏必经之水,入贡唐朝的南诏使臣思念家乡,则念及泸水。南诏布燮《思乡作》云:"泸北行人绝,云南信未还。庭前花不扫,门外柳谁攀。坐久销银烛,愁多减玉颜。悬心秋夜月,万里照关山。"⑧ 布燮是南诏官名,即清平官,相当于内地宰相。此人可能是董成。世隆曾"遣清平官董成至成都"⑨,被剑南节度使李福囚禁,因此有人认为《思乡》一诗是董成所作。在他的诗里,泸水就是唐朝与南诏的分界。贾岛《喜雍陶至》云:"今朝笑语同,几日百忧中。鸟度剑门静,蛮归泸水空。"⑩ 来自南

---

① 《全唐诗》卷 277,第 3149 页。
② (唐)贾岛著,李嘉言注:《长江集新校》卷 9,第 103—104 页。
③ (唐)骆宾王著,(清)陈熙晋笺注:《骆临海集笺注》卷 4,第 136 页。
④ (唐)李白著,瞿蜕园、朱金城校注:《李白集校注》卷 2,第 152 页。
⑤ 谢思炜撰:《白居易诗集校注》卷 3,中华书局 2006 年版,第 309 页。
⑥ 《全唐诗》卷 647,第 7427 页。
⑦ 《全唐诗》卷 887,第 10023 页。
⑧ 《全唐诗》卷 732,第 8374 页。
⑨ (明)倪辂辑,木芹会证:《南诏野史会证》,云南人民出版社 1990 年版,第 148 页。
⑩ (唐)贾岛著,李嘉言新校:《长江集新校》卷 7,上海古籍出版社 1983 年版,第 86 页。

诏的物产，也是经泸水传入。白居易《红藤杖（题注：杖出南蛮）》云："南诏红藤杖，西江白首人。时时携步月，处处把寻春。劲健孤茎直，疏圆六节匀。火山生处远，泸水洗来新。"① 泸水是最为唐人喜咏的南方丝绸之路上的河流。

六 "蜀—身毒道"之永昌道

"蜀—身毒道"经永昌入缅甸，即永昌道。从汉武帝时至东汉初期，汉朝竭力打通和控制永昌道，东汉时置永昌郡，这条道路才真正通畅。这是"蜀—身毒道"在中国境内的最西段。唐代南诏建都太和城和阳苴咩城，南诏都城成为交通枢纽，成为五尺道、灵关道和永昌道的联结点。

（一）南诏太和城和阳苴咩城

南诏最早定都太和城，距今大理古城南7.5千米，位于苍山佛顶峰麓太和村一带，今大理古城始建于明洪武十五年（1382）。太和城原为河蛮城邑，开元末南诏王皮罗阁逐河蛮，取大和城。从开元二十七年（739）皮罗阁定都太和城，这里作为南诏国都41年，为南诏政治、经济和文化的发展奠定了基业。城内建过小城金刚城及避暑宫，立有《南诏德化碑》，751—754年，南诏与唐朝爆发战争，南诏王阁罗凤立此碑，表示背叛唐朝出于不得已，希望后代与大唐修好，碑阴41行题名是研究南诏初期社会结构和职官制度的重要资料。建中元年（780），南诏王异牟寻迁都阳苴咩城，又写作"羊苴咩城""苴咩城"。阳苴咩城原为洱河蛮居地，后发展为城邑。开元二十五年（737），皮罗阁攻占太和城，占领阳苴咩城。两年后，将都城由巍山迁至太和城。阁罗凤去世后，其孙异牟寻迁都至阳苴咩城。城在太和城南十多里，遗址在今云南省大理市。

南诏国迁都至此，始建城。史载异牟寻入寇，德宗发禁卫军及幽州军驰援东川，与山南道兵会合，大败异牟寻，异牟寻惧，更徙阳苴咩城。自大历十四年（779）至元朝至元十一年（1274），阳苴咩城一直是南诏和后来的大理国国都，历经南诏、大长和国、大天兴国、大义宁国、大理国等历史时期。1253年，元世祖忽必烈征大理，攻破阳苴咩城，灭大理国。从而结束了474年都城历史。元朝至元十一年建云南行省，置郡县，将政

---

① 谢思炜撰：《白居易诗集校注》卷16，中华书局2006年版，第1284页。

治中心由大理迁至中庆（今昆明），阳苴咩城为大理路军民总管府所在地。明洪武十五年（1382），沐英攻克大理，在阳苴咩城基础上修建新城，即今大理古城，旧城废弃，渐被湮没，阳苴咩城逐渐被遗忘。今大理古城以北500米桃溪南岸，残存城墙遗址一道，基宽8—10米，高2至4米，大部分为夯土筑成，部分用砖砌垒，乃太和城遗址。

异牟寻定都阳苴咩城后，南诏政权进入新的发展时期。异牟寻大加扩建，筑城墙，修宫殿，建成"延袤十五里"的宏大王城。阳苴咩城逐渐从单纯地注重政治和军事功能转而向政治、经济和文化等多功能综合性的方向发展。随着政权的稳固，其军事功能逐渐弱化，政治、经济和文化中心功能日益凸显。阳苴咩城伴随南诏政权走向政治、经济和文化的巅峰时代。樊绰《蛮书》记载："羊苴咩城，南诏大衙门。上重楼，左右又有阶道，高二丈余，甃以青石为磴。楼前方二三里，南北城门相对，大和往来通衢也。"① 古城西托苍山，东濒洱海，北至桃溪，南部界线不明，有南至绿玉溪之说。城有外、中、内三部分，外城称阳苴咩城，中城称叶榆城，城内收二里为皇城。叶榆城建筑仿唐制，街道整齐，有三街六市，皇宫雕梁画栋，宏伟壮丽。早在六诏与河蛮并存时，阳苴咩城就是洱海地区较大的城邑，具有城市雏形。阳苴咩城和太和城一样，只有南、北两道城墙，西依苍山为屏障，东踞洱海为天堑，南北两座城门之间由一条通衢大道相连。方圆15里，城内建有南诏王宫室和高级官吏住宅。太和城和阳苴咩城地近洱海，或称理海，故唐诗中有时以"洱海""理海"代指南诏都城或南诏国。柳宗元《唐铙歌鼓吹曲十二篇·既克东蛮，群臣请图蛮夷状如〈周书王会〉，为东蛮第十二》写唐朝征服东谢蛮："东蛮有谢氏，冠带理海中。"② 储光羲《同诸公送李云南伐蛮》写李宓征南诏："昆明滨滇池，蠢尔敢逆常。……余丑隐弭河，啁啾乱行藏。"③ 其中"理海""弭河"即洱海。

唐朝使节赴南诏，不论经五尺道，还是经灵关道，目的地都是南诏国都。德宗建中元年（780）以前，唐使赴太和城，其后则赴阳苴咩城。从唐诗描写来看，唐使多经五尺道，其原因可能是灵关道地近吐蕃，唐与南诏的交往往往遭到吐蕃的阻挠和袭扰，路途比较艰险。经五尺道虽然路程偏远，但比较安全。权德舆《送袁中丞持节册南诏五韵》云："西南使星

---

① （唐）樊绰著，向达校注：《蛮书校注》卷5，中华书局1962年版，第118—119页。
② （唐）柳宗元：《柳宗元集》卷1，第24—25页。
③ 《全唐诗》卷138，第1398—1399页。

去,远彻通朝聘。烟雨僰道深,麾幢汉仪盛。途轻五尺险,水爱双流净。上国洽恩波,外臣遵礼命。离堂驻驺驭,且尽樽中圣。"① 武元衡《酬太常从兄留别（一作送太常十二兄罢册南诏却赴上都）》云:"乡路自兹始,征轩行复留。张骞随汉节,王濬守刀州。泽国烟花度,铜梁雾雨愁。别离无可奈,万恨锦江流。"② 杨巨源《送许侍御充云南哀册使判官》云:"万里永昌城,威仪奉圣明。冰心瘴江冷,霜宪漏天晴。荒外开亭候,云南降斾旌。他时功自许,绝域转哀荣。"③ 许棠《送徐侍御充南诏判官》云:"西去安夷落,乘轺从节行。彤庭传圣旨,异域化戎情。瘴路穷巴徼,蛮川过嶲城。地偏风自杂,天漏月稀明。危栈连空动,长江到底清。笑宜防狒狒,言好听猩猩。抚论如敦行,归情自合盟。回期佩印绶,何更见新正。"④ 从这些诗中"僰道""途轻五尺险""巴徼""长江"的描写看,唐使都是经过五尺道,其册封使命须至南诏都城才能完成。

南诏遣使至唐朝从南诏国都出发,归来仍回其国都,跟唐使一样其行踪连接着太和城或阳苴咩城与唐朝都城长安。唐诗中反映了南诏使臣入唐朝贡的史实。王建《宫词一百首》其二云:"殿前传点各依班,召对西来六诏蛮。上得青花龙尾道,侧身偷觑正南山。"⑤ 元稹《和李校书新题乐府十二首·蛮子朝》写韦皋通南诏后双方的交通:

  西南六诏有遗种,僻在荒陬路寻壅。部落支离君长贱,比诸夷狄为幽冗。犬戎强盛频侵削,降有愤心战无勇。夜防抄盗保深山,朝望烟尘上高冢。鸟道绳桥来款附,非因慕化因危悚。清平官系金呿嵯,求天叩地持双珙。益州大将韦令公,顷实遭时定汧陇。自居剧镇无他绩,幸得蛮来固恩宠。为蛮开道引蛮朝,接蛮送蛮常继踵。天子临轩四方贺,朝廷无事唯端拱。漏天走马春雨寒,泸水飞蛇瘴烟重。椎头丑类除忧患,肿足役夫劳汹涌。匈奴互市岁不供,云蛮通好辔长鞚。戎王养马渐多年,南人耗悴西人恐。⑥

白居易有同题诗《蛮子朝·刺将骄而相备位也》:

---

① 《全唐诗》卷323,第3630页。
② 《全唐诗》卷316,第3548页。
③ 《全唐诗》卷333,第3719页。
④ 《全唐诗》卷604,第6987页。
⑤ （唐）王建著,王宗堂校注:《王建诗集校注》卷10,第540—541页。
⑥ （唐）元稹著,杨军笺注:《元稹集编年笺注》,三秦出版社2002年版,第129页。

蛮子朝，泛皮船兮渡绳桥，来自巂州道路遥。入界先经蜀川过，蜀将收功先表贺。臣闻云南六诏蛮，东连牂牁西连蕃。六诏星居初琐碎，合为一诏渐强大。开元皇帝虽圣神，唯蛮倔强不来宾。鲜于仲通六万卒，征蛮一阵全军没。至今西洱河岸边，箭孔刀痕满枯骨。（天宝十三载，鲜于仲通统兵六万，讨云南王阁罗凤于西洱河，全军覆灭也。）谁知今日慕华风，不劳一人蛮自通。诚由陛下休明德，亦赖微臣诱谕功。德宗省表知如此，笑令中使迎蛮子。蛮子导从者谁何，摩挲俗羽双隈伽。清平官持赤藤杖，大军将系金呿嗟。异车寻男寻阁劝，特敕召对延英殿。上心贵在怀远蛮，引临玉座近天颜。冕旒不垂亲劳俫。赐衣赐食移时对。移时对，不可得，大臣相看有羡色。可怜宰相拖紫佩金章，朝日唯闻对一刻。①

他们的诗对唐朝与南诏的交通往来提供了另一个视角，与史书上肯定韦皋的功劳和夸耀唐朝的威德不同，诗人抨击朝廷的举措给国家和人民造成的负担，揭露了上层统治阶级在对外政策上的碌碌无为，重虚名而不恤国事。白居易的诗回顾了南诏的历史以及与唐朝关系的发展变化，对南诏使节入唐的路线也进行了描写，具有重要的史料价值。晚唐时唐朝放还南诏侍子，郑洪业《诏放云南子弟还国》："德被陪臣子，仁垂圣主恩。雕题辞凤阙，丹服出金门。有泽沾殊俗，无征及犷狨。铜梁分汉土，玉垒驾鸾轩。瘴岭蚕丛盛，巴江越嶲垠。万方同感化，岂独自南蕃。"② 这些云南子弟的归程终点也是南诏国都，诗中的铜梁、玉垒、瘴岭、巴江、越嶲等地名，都表示双方使节经行之地。

唐军征蛮目的地指向南诏国都，而行军路线多是灵关道。对统治者用兵南诏，诗人多持反对态度，多写其战争给人民造成的灾难。这是因为在对南诏用兵的过程中，唐军接连遭受惨败，伤亡严重，给诗人心灵造成很深的创伤。刘湾《云南曲》云：

百蛮乱南方，群盗如猬起。骚然疲中原，征战从此始。白门太和城，来往一万里。去者无全生，十人九人死。岱马卧阳山，燕兵哭泸水。妻行求死夫，父行求死子。苍天满愁云，白骨积空垒。哀哀云南

---

① （唐）白居易著，朱金城笺校：《白居易集笺校》卷3，上海古籍出版社1988年版，第190页。
② 《全唐诗》卷600，第6936页。

行，十万同已矣。①

南诏入寇，也多经灵关道。徐凝《蛮入西川后》诗云："守隘一夫何处在，长桥万里只堪伤。纷纷塞外乌蛮贼，驱尽江头濯锦娘。"② 薛能《闻官军破吉浪戎小而固虑史氏遗忽因记为二章》其一云："一战便抽兵，蛮孤吉浪平。通连无旧穴，要害有新城。昼卒烽前寝，春农界上耕。高楼一拟望，新雨剑南清。"其二云："泸水断嚣氛，妖巢已自焚。汉江无敌国，蛮物在回军。越嶲通游国，苴咩闭聚蚊。空余罗凤曲，哀思满边云。"③ 这首诗的确补史书记载之不足。泸水、越嶲都是灵关道上地名，从苍洱间的太和城或阳苴咩城北上，入侵剑南西川节度使之政治中心成都，灵关道是最近的道路。

（二）永昌郡

"自羊苴咩城西至永昌故郡三百里。"④ 永昌郡始置于1世纪，治所在今云南保山市，所辖相当于今中国云南省西部、缅甸克钦邦东部、掸邦东部地区。东汉永平年间，哀牢国内附，东汉王朝于其地置哀牢县、博南县，并将原益州郡西部六县分离出来，合并成立为永昌郡。郡治起初在嶲唐县，后迁至不韦县。永昌郡是"南方丝绸之路"重要门户，经此道入缅甸的道路称永昌道。武后时，蜀州刺史张柬之上表谏罢姚州：

> 姚州者，古哀牢之旧国。绝域荒外，山高水深，自生人以来，洎于后汉，不与中国交通。前汉唐蒙开夜郎滇筰，而哀牢不附。至光武季年，始请内属，汉置永昌郡以统理之，乃收其盐布毡罽之税，以利中土。其国西通大秦，南通交址。奇珍异宝进贡，岁时不阙。⑤

永昌西去至滇越，滇越地处高黎贡山地区，为通往印度之近路，秦汉时蜀地商人长途贩运，取道滇越，滇越成为西南地区最早的对外贸易中转站。从古代遗址（蒲缥人遗址）出土文物判断，永昌一带至少在10000多年前已有人类居住。公元前424年，哀牢人在今保山坝建立哀牢国，又译"达

---

① 《全唐诗》卷196，第2012页。
② 《全唐诗》卷474，第5384页。
③ 《全唐诗》卷558，第6475页。
④ 《新唐书》卷43下《地理志七下》，第1152页。
⑤ 《旧唐书》卷91《张柬之传》，中华书局1975年版，第2939页。

光王国"或"乘象国",此地成为哀牢国统治中心。汉初仍属哀牢国。"哀牢"傣语发音为"艾隆",本是达光王国国王之名,最早与汉朝接触的是达光王,达光王国就被汉史称作"哀牢国"。达光王国是傣族先民在"怒江—澜沧江"流域建立的部落联盟国家,前期被汉文文献称作"哀牢国"或"滇越乘象国",后期被汉文文献称作"掸国"。哀牢国鼎盛时东西3000里,南北4600里,统治范围南至西双版纳,西至伊洛瓦底江,北至横断山脉,东至洱海,中心区域在今云南保山坝一带。汉武帝时通西南夷,希望打开通往"身毒"(印度)的道路,未获成功。元封二年(前109),西汉征服哀牢国东面的嶲(洱海周边)、昆明(楚雄一带)、滇(滇池及抚仙湖周边)等部族,将势力推进至哀牢国。汉军渡过兰沧水,击哀牢,"置嶲唐、不韦二县",哀牢从此国势衰落。

东汉光武帝建武二十七年(51),哀牢王贤栗遣使内属。明帝永平十二年(69),哀牢王柳貌率77邑王、5万余户、55万余口内附。东汉政府以益州六县与哀牢地置永昌郡,以哀牢王为部族君长,派官吏进行管理,这一带纳入中原王朝统治。哀牢史称这一变化为"柳貌丧国"。章帝建初元年(76),类牢继位为哀牢王,反抗东汉,兵败被杀。此后哀牢不再作为一个独立国家出现,永昌郡则成为东汉时全国第二大郡,范围大半与昔日哀牢国辖地相当。经历东汉、蜀汉、晋、宋、齐、梁各朝,陈朝丧失其地,其行政建置在北周时又恢复,但移至今四川省东部。在今保山市西南方4千米处一片平坦的田坝里发现一座古城,正方形,内城方圆为10500多平方米,四周残存城墙面宽8米,高1—3米,用土逐层夯筑而成。从内城田坝和四周墙脚挖出较多的五铢钱纹、菱形纹、云纹和布纹、绳纹图案的汉砖、汉瓦,证明是东汉时古城。根据其规模和位置,判断是东汉永昌郡治城遗址。

蜀汉时永昌郡虽然被视为西南绝远之地,但一直在汉族政权有效治理之下。诸葛亮《荐吕凯表》称赞吕凯等人:"永昌郡吏吕凯、府丞王伉等,执忠绝域,十有余年。雍闿、高定逼其东北,而凯等守义不与交通,臣不意永昌风俗敦直乃尔!"[①] 说明蜀汉时在此置郡设官治理。西晋以后,永昌郡名存实亡,南朝陈时放弃永昌郡,保山境内的哀牢人纷纷自立。唐代经永昌西向便是通向缅甸的重要商道,永昌西有高黎贡山,道路崎岖,唐时流传有无名氏《高黎贡山谣》反映了经此途从事贩贸者的艰辛:"冬日欲归来,高黎贡山雪。秋夏欲归来,无那穹赕热。春时欲归来,囊中络赂

---

① (三国蜀)诸葛亮:《诸葛亮集》卷1,中华书局1960年版,第8页。

绝。"原注："络赂，财之名也。"关于这首歌谣的产生，《蛮书》卷二、《永昌府文征》卷一记载："高黎贡山在永昌西，下临怒江，左右平川，谓之穹赕汤浪，加萌所居也。朝济怒江登山，暮方到山顶。冬中山上积雪苦寒，夏秋又苦穹赕汤浪毒暑酷热。河赕贾客，在寻传羁旅未还者，为之谣云。"① 歌谣反映了这条道路上商贸活动的存在。

唐代哀牢人的势力进入这一地区。开元二十六年（738），蒙舍（原邪龙县、今巍山县）哀牢人入主洱海地区，建立南诏国。南诏统一保山境内各部，在保山设永昌节度，取代了唐朝的统治。在这一过程中唐与南诏发生过军事冲突，唐诗中有所反映。上文曾引骆宾王长诗《从军中行路难》写唐军对哀牢国的远征，② 诗写唐军深入南中的战争，经过蜀地，渡过泸水。在哀牢人再次从唐朝手中夺取此地中，肯定有战争发生，但史书失载。骆宾王此诗写唐军对南诏的战争，当以史实为背景，不似虚构。

在南诏统治期间，唐诗中有时把"永昌"作为南诏国的代称。杨巨源《送许侍御充云南哀册使判官》云："万里永昌城，威仪奉圣明。冰心瘴江冷，鹖宪漏天晴。荒外开亭堠，云南降旆旌。他时功自许，绝域转哀荣。"③ 唐使赴南诏吊唁和册封，只到南诏首都太和城或阳苴咩城，并不到永昌，此言"永昌城"，代指南诏首都，强调其路途遥远。902 年，南诏权臣郑买嗣杀死南诏王及统治南诏的哀牢贵族 800 多人，建立大长和国。前期随南诏王室进入洱海地区的哀牢人，纷纷逃回保山避难。937 年，原南诏国通海节度使段思平平定洱海地区乱局，建立大理国，继承了南诏国的遗产，在保山设永昌节度，后改永昌府。

七 南方丝绸之路之"安南道"

唐置安南都护府，治所在交州龙编（今越南河内附近）。从交州、广州通南诏的道路称"安南道"。安南道至南诏首府阳苴咩城与南方丝绸之路连接。南方丝绸之路交通网络以阳苴咩城为中心，向北经五尺道或灵关道至成都。经安南道至交州、广州，连接海上丝绸之路；经永昌道西南向

---

① 陈尚君辑校：《全唐诗补编》，中华书局 1992 年版，第 544 页。
② （唐）骆宾王著，（清）陈熙晋笺注：《骆临海集笺注》卷 4，第 134—140 页。
③ 《全唐诗》卷 333，第 3719 页。

缅甸，从而把北方蜀道、海上丝绸之路和滇缅道连接起来。

（一）牂牁道：交州、广州与蜀中、南诏的交通

在"交州（龙编）—南诏首府（阳苴咩城）"这条路线上，经过巴东、贵州、广西的部分道路称"牂牁道"。贾耽"入四夷之路"之"安南道"记载从安南（交州龙编）至蜀中、南诏的道路：

> 安南经交趾太平，百余里至峰州。又经南田，百三十里至恩楼县，乃水行四十里至忠城州。又二百里至多利州，又三百里至朱贵州，又四百里至丹棠州，皆生獠也。又四百五十里至古涌步，水路距安南凡千五百五十里。又百八十里经浮动山、天井山，山上夹道皆天井，间不容跬者三十里。二日行，至汤泉州。又五十里至禄索州，又十五里至龙武州，皆爨蛮安南境也。又八十三里至傥迟顿，又经八平城，八十里至洞澡水，又经南亭，百六十里至曲江，剑南地也。又经通海镇，百六十里渡海河、利水至绛县。又八十里至晋宁驿，戎州地也。又八十里至柘东城，又八十里至安宁故城，又四百八十里至云南城，又八十里至白崖城，又七十里至蒙舍城，又八十里至龙尾城，又十里至大和城，又二十五里至羊苴咩城。①

因为这一路皆属南方蛮獠之地，贾耽文中地名大都是羁縻州名或南诏区划地名。这些名字极少见于唐诗的吟咏，但经过这些少数族群区域的道路却沟通了中国西南地区和南方沿海地区的联系。这是一条古老的道路，根据所能见到的文献资料，最早利用这条路线的是古蜀先民蜀王子安阳王。史载王子率兵3万沿这条道路"讨雒王、雒侯，服诸雒将"②，进入今越南北部红河地区，建立瓯骆国，称安阳王，即越南历史上之"蜀朝"。

汉代蜀中特产枸酱传入南越国，故从蜀中至南越的道路又称为"枸酱之路"。这条道路水陆兼行，因道经牂牁郡和牂牁江，又称"牂柯道"。汉武帝建元六年（前135），鄱阳令唐蒙奉使经豫章（今江西南昌）到达南越国，南越王用"枸酱"相招待，称经牂牁江运到番禺（南越国都，今广州）。唐蒙回到长安，从蜀商了解到枸酱是蜀地特产，蜀人贩运到夜郎，再转牂牁江，出西江以向番禺，这是蜀中与南海郡之间一条最近便的通

---

① 《新唐书》卷43下《地理志七下》，第1151—1152页。
② （北魏）郦道元著，陈桥驿校证：《水经注校证》卷37，中华书局2013年版，第822页。

道。唐蒙向武帝建议可经此道用兵南越。① 武帝任命唐蒙为郎中将，探查和开通这条道路，以备对南越用兵时作为运兵和军资转运的通道。此道经过黔中地区的夜郎古国，牂柯江流经其地。唐蒙率兵千人、食重（运输队）万余人，携大批物资和珠宝，从筰关（今合江县南关）出发，沿赤水河谷上行，进入牂柯地区，劝夜郎王多同与且兰国等部族首领归顺汉朝。夜郎国及其旁部族都贪图汉朝的缯帛，愿意臣服，史称"唐蒙通夜郎"。于是，汉朝于其地置犍为郡，"发巴蜀卒治道，自僰道指牂柯江"。这条道路就是连接蜀地，经过黔中深山峡谷水陆兼行之"牂柯道"。

汉末零陵人刘巴远适交趾，又从交趾入蜀，便是经此道。据《零陵先贤传》记载："巴入交趾，更姓为张。与交趾太守士燮计议不合，乃由牂柯道去。为益州郡所拘留，太守欲杀之。主簿曰：'此非常人，不可杀也。'主簿请自送至州，见益州牧刘璋，璋父焉昔为巴父祥所举孝廉，见巴惊喜，每大事辄以咨访。"刘备定益州，刘巴投靠蜀汉。② 显然，刘巴自交趾入蜀，经过这条道路。从番禺沿珠江出海经水路可至交趾（今越南河内附近），从蜀中至交州、广州，便与海上丝路相连接，因此这条道路又是连接南方丝绸之路与海上丝绸之路的道路。从上引贾耽的记载可知，从交趾出发，经过黔中、蜀中至南诏首府，确系水陆兼行之路。

牂柯道得名于牂柯江和牂柯郡。牂柯江位于贵州省六盘水市六枝特区西部，古夜郎国境，"夜郎者，临牂柯江，江广百余步，足以行船"③。汉武帝元鼎六年（前111）灭南越国，回师灭且兰国，在夜郎国地置牂柯郡。牂柯郡在今贵州省境内，郡治且兰（遗址位于今贵州省黄平县旧州镇）。又从犍为郡分出鳖县，隶属牂柯郡。牂柯郡辖17县。成帝河平二年（前27），牂柯郡太守陈立灭夜郎国。平帝元始四年（4）改为同亭郡。三国时蜀汉丞相诸葛亮南征，命将军马忠攻占牂牁郡城，并置军驻守。晋怀帝永嘉五年（311）分牂柯郡置平夷、平蛮二郡。南齐为南牂柯郡治，梁以后废。隋代置牂柯郡。唐武德三年（620）置牂州，贞观元年（627）置朗州，辖6县。唐代有时称牂柯郡、牂柯州、牂州、牁州等，辖区大致相当今贵州大部，云南曲靖东南部、文山州和红河州一部分，广西右江上游一带。从蜀地至安南的道路途经其地，故称"牂柯道"。

牂柯江有广、狭二义。"牂柯"之名最早见于战国，齐桓公说自己

---

① 《史记》卷116《西南夷列传》，中华书局1982年版，第2994页。
② 《三国志》卷39《蜀书·刘巴传》裴松之注引，第981页。
③ 《史记》卷116《西南夷列传》，中华书局1982年版，第2994页。

"九合诸侯,一匡天下,北至孤竹、山戎、秽貉、拘秦夏,西至流沙、西虞,南至吴、越、巴、牂柯、张不庾、雕题、黑齿(皆南夷之国号也),荆夷之国,莫违寡人之命"①。可知"牂柯"最早乃南夷之国号或族号之一,牂柯江之名应该源于部族名和地名。其地与族之所以名"牂柯",又与其地自然环境有关。《史记·西南夷列传》首次提到牂柯江:"牂柯江广数里,出番禺城下";"夜郎者,临牂柯江,江广百余步,足以行船"②。"牂柯"二字在不同典籍中又被写作"牂牁""牂柯""桩牁"等。其义有二解,一说指船只停泊时用以系缆绳的木桩。"牂"有壮大之义,"牁"犹木大枝之谓。"牂柯"者,言杙牂之大如牁也。《华阳国志·南中志》记载:"楚顷襄王遣将军庄蹻沂沉水出且兰以伐夜郎,植牂柯,系船于是","以牂柯系船,因名且兰为牂柯国"③。且兰是沅水上游渡口,位于今黔东南。另有一说是江中山名。《水经注》云:"牂柯,亦江中两山名也。左思《吴都赋》云'吐浪牂柯'者也。元鼎五年,武帝伐南越,发夜郎精兵下牂柯江,同会番禺是也。牂柯水又东南径毋敛县西,毋敛水出焉。又东,骊水出焉。又径郁林广郁县为郁水。"④《资治通鉴》"武帝元光五年"条胡三省注:"《南越志》曰:番禺之西有江浦焉。(颜)师古曰:'牂柯,系船杙。'《华阳国志》云:'楚遣庄蹻伐夜郎,军至且兰,柂船于岸而步战。既灭夜郎,以且兰有柂船牂柯处,乃改为牂柯。'又《后汉志》注:'牂柯,江中名山。'或曰,牂柯江东通四会,至番禺入海。《水经注》:'牂柯水东至郁林广郁县为郁水,南流入交趾界。'"⑤汉武帝欲平南越,唐蒙献计:"窃闻夜郎所有精兵可得十余万,浮船牂柯江,出其不意,汉此制越一奇也。"⑥可知牂柯江下游是"番禺城下",上游是夜郎国。牂柯江属于珠江水系是各家的共识。广义的牂柯江即从夜郎国之牂柯江至今珠江,所以才有牂牁江"出番禺城下"的说法。《史记》《汉书》所谓牂柯江即属广义之牂柯江。按照唐人观念,牂柯即是南方部族名,又是地名。"南楚之西南夷人种类,亦地名也,即五府管内数州皆是也"⑦。因此所谓牂柯,作为地

---

① 《管子》卷8《小匡》,《二十二子》本,上海古籍出版社1986年版,第123页。
② 《史记》卷116《西南夷列传》,第2994页。
③ (晋)常璩撰,任乃强校注:《华阳国志校补图注》卷4,上海古籍出版社1987年版,第229页。
④ (北魏)郦道元撰,陈桥驿校证:《水经注校证》卷36,中华书局2013年版,第795页。
⑤ 《资治通鉴》卷18,胡三省注,第588页。
⑥ 《史记》卷116《西南夷列传》,中华书局1982年版,第2994页。
⑦ (唐)慧琳:《一切经音义》卷81,徐时仪校注《一切经音义三种校本合刊》,第1943页。

名即整个珠江流域。

  狭义之牂柯江争议很大，由于史籍中古夜郎国的具体位置记载简略，只知："临牂柯江"，其西为滇国。一般认为，夜郎国主要在今贵州西部和南部，可能包括云南东北、四川南部及广西西北部一些地区。牂柯江是汉代以前的水名，有人认为乃今贵州北盘江和南盘江。有人则持都江说。清乾隆时任贵州巡抚的爱必达《黔南识略》称"都柳江即古之豚水，又曰遯"。艾凤嵩《独山州志》云："遯水在三脚屯江（今都柳江）。"道光年间贵州按察使吴振棫《黔语》云："遯江，今都江也。"近人胡嶲《牂柯丛考》云："牂柯江者，即今贵州三合县（今三都）之都江。"姚老庚不同意这种说法，认为"此江虽属珠江水系，但处于今湘黔桂交接处，与蜀贾窃市、汉武发兵等史实涉及的方位不合，融州不曾被称为牂柯。查古州一带，元时尚未设行政建置，清初还称为'生界'，而秦汉时牂柯江流域已置县设官，因而都江虽然可以几经转折通往番禺，但很明显不是《史记》所言之牂柯江"[①]。在考古发掘未提供可靠证据前，这样的争论还将继续下去。笔者认为狭义的牂柯江应是珠江上游河段，主要包括都柳江、融江。从地理位置看，在古夜郎国境内都柳江可以通船到达番禺，其下游就是融江。都柳江、融江应属狭义的"牂柯江"。都柳江发源于贵州独山县，流经三都县、榕江县、从江县，入广西三江县寻江口，进入柳江干流融江段。从唐代这一带的地名沿革也可看出一些端倪。融州，武德四年（621）析始安郡之义熙置，辖义熙、武阳、黄水、安脩4县。武德六年（623）改义熙县为融水县（此为融水得名之始）；贞观十三年（639）省安脩入临牂。武阳县于天宝初并黄水、临牂二县更置。天宝元年（742）改融水县为融水郡，乾元元年（758）复称为融州，治所在今融水镇。从"临牂"县名可知，当时是把这一带视为牂柯江流域的。在唐人观念中柳江和黔江应该也属狭义之牂柯江水段。柳宗元任柳州刺史，其《得卢衡州书因以诗寄》云："林邑东回山似戟，牂柯南下水如汤。"[②] 又《柳州寄京中亲故》云："林邑山连瘴海秋，牂柯水向郡前流。劳君远问龙城地，正北三千到锦州。"[③] 这两首诗都不是用典，而是写实景。柳宗元贬地在柳州，他的立足点是柳州，诗中写到林邑，说明其目光是朝南方向远望的，他说的"牂柯南下"和"牂柯水向郡前流"都是指柳江。

[①] 姚老庚：《牂柯江水流向何方》，中红网—中国红色旅游网，http://www.crt.com.cn/news2007/news/YLGRSMZZZXSLFHZHBBGS/141221446F9415B9815IG396G9128.html。

[②] （唐）柳宗元：《柳宗元集》卷42，第1167页。

[③] 同上书，第1184页。

宋代人们认为牂柯江就是融州境内江水，南宋时陈藻任教于融州书院，其《纪梦》诗云："自从弱冠为游子，玉融丹井壶山市。哦诗不用着工夫，已谪牂柯四千里。"又《余融州生日》云："牂柯相遇说长年，一在公堂一洞天。"《融州除夜寄福清刘九兄》云："腊月牂柯三十日，相思觅句上谯楼。"贾遵祖《题真仙岩》云："翰林以谪流夜郎，我亦何为涉此境。生平山水债未了，宦游直度桂州岭。牂柯江绕古融城，拂拭冠缨照清影。"周去非《岭外代答·广西水经》记载："融州之水，牂柯江是也，其源自西南夷中来。武帝发夜郎，下牂柯，即出此也。宜州之水，自南丹州合集诸蛮溪谷而来，东合于牂牁，历柳历象而至浔。"①又云："西融州城外江水，即牂牁江之下流也。汉武平南越，发夜郎，下牂柯，非由融州，则何自而至南越哉？今静江府桑江寨，其水亦合于融江之上流，或云桑江，亦柯音之讹也。"②他认为牂柯江包括融江上游的都柳江、桑江，即所谓"融州之水"。《管子·小匡》中提到的"牂柯"应该指融州一带和生活在这里的部族。又云，右江"自大理国威楚府大槃水来，江合于邕，历横历贵，与牂柯合于浔而东行，历藤而与灘水合于苍梧"③。此大槃水包括南盘江和北盘江，说来自大槃水之右江与牂柯江合于浔江，一是说明大槃水非牂柯江，二是说此牂柯江又包括了浔江上游的柳江和黔江。从此可知，古人有时也把柳江、黔江段视为牂柯江。因此我们认为广义的牂柯江包括从都柳江至珠江的江水；狭义的牂柯江指融州境内江水，包括都柳江、融江，但有时也把柳江和黔江视为牂柯江一段。

唐代从南中、巴蜀赴岭南利用了牂柯道，故在唐诗中多有反映。这是一条从南中、巴蜀赴安南、岭南常用的道路，常见于诗人从蜀中送人赴岭南之作品，如袁不约《送人至岭南》云：

    度岭春风暖，花多不识名。瘴烟迷月色，巴路傍溪声。畏药将银试，防蛟避水行。知君怜酒兴，莫杀醉猩猩。④

袁不约时任剑南节度使幕府僚佐，在成都送别朋友往岭南，故称对方行程为"巴路"。杜甫在成都有数首送人赴广州的诗，透露出蜀中与岭南间人员往来的频繁。《得广州张判官叔卿书使还以诗代意》云：

---

① （宋）周去非著，杨武泉校注：《岭外代答校注》卷1，中华书局1999年版，第24页。
② 同上书，第26页。
③ 同上书，第24页。
④ 《全唐诗》卷508，第5771页。

乡关胡骑远，宇宙蜀城偏。忽得炎州信，遥从月峡传。云深骠骑幕，夜隔孝廉船。却寄双愁眼，相思泪点悬。①

又《广州段功曹到得杨五长史谭书功曹却归聊寄此诗》云：

卫青开幕府，杨仆将楼船。汉节梅花外，春城海水边。铜梁书远及，珠浦使将旋。贫病他乡老，烦君万里传。②

往来于成都与广州之间的行人有的确实经牂柯道。张籍《送蛮客》云：

借问炎州客，天南几日行？江连恶溪路，山绕夜郎城。柳叶瘴云湿，桂丛蛮鸟声。知君却回日，记得海花名。③

这位途经"夜郎城"的"蛮客"即来自蛮地的行人，可能是经商者。元稹《别岭南熊判官》云："十年常远道，不忍别离声。况复三巴外，仍逢万里行。桐花新雨气，梨叶晚春晴。到海知何日，风波从此生。"④ 诗人于"三巴外"送别熊某，熊某又赴岭南，熊氏显然往返于蜀中与岭南之间。李端《送从舅成都县丞广南归蜀》云："巴字天边水，秦人去是归。栈长山雨响，溪乱火田稀。俗富行应乐，官雄禄岂微。魏舒终有泪，还识宁家衣。"⑤ 广南县位于今云南省文山州，地处滇、桂、黔三省区交界处。西汉元鼎六年（前111）于此地设句町县，属牂柯郡。唐初隶盘州（在今贵州普安），后属岭南西道安南都护府。这位成都丞出差至广南，再返回成都。"栈长"二句是送行者想象他途中的情景，符合牂柯路经蛮乡的景象。常衮《逢南中使寄岭外故人》云：

见说南来处，苍梧指桂林。过秋天更暖，边海日长阴。巴路缘云出，蛮乡入洞深。信回人自老，梦到月应沉。碧水通春色，青山寄远

---

① （唐）杜甫著，（清）仇兆鳌注：《杜诗详注》卷10，第871页。
② （唐）杜甫著，（清）仇兆鳌注：《杜诗详注》卷11，第927—928页。
③ （唐）张籍著，徐知礼、余恕诚校注：《张籍集系年校注》卷2，第179页。
④ （唐）元稹著，杨军笺注：《元稹集编年笺注》，三秦出版社2002年版，第679页。
⑤ 《全唐诗》卷285，第3268页。题注"一作卢纶诗"，非。卢纶有《送从舅成都县丞广归蜀》，文不同。见刘初棠校注《卢纶诗集校注》卷1，上海古籍出版社1989年版，第17页。

心。炎方难久客，为尔一沾襟。①

从诗中"巴路"可知诗写于蜀中，而诗人欲凭借"南中使"寄诗给"岭外故人"，此南中使当从蜀地入岭南，"蛮乡"则是其经行之地，即牂柯道。"炎方""边海"即岭外。

朝廷贬官有从中原出发、经蜀中再赴岭南者，他们有的经过牂柯道。杜甫《送李卿晔》云："王子思归日，长安已乱兵。沾衣问行在，走马向承明。暮景巴蜀僻，春风江汉清。晋山虽自弃，魏阙尚含情。"②此诗题注："晔，淮安忠公㻮之子，时以罪贬岭南。"李晔途经成都，杜甫为他送行。也有从岭南赴蜀中的。杜甫《公安送李二十九弟晋肃入蜀余下沔鄂》云："正解柴桑缆，仍看蜀道行。樯乌相背发，塞雁一行鸣。南纪连铜柱，西江接锦城。凭将百钱卜，飘泊问君平。"③杜甫离蜀至公安，在此遇李晋肃，李晋肃从岭南赴成都，故诗中说其行程是"南纪连铜柱，西江接锦城"，显系从西江西上入牂柯道。杨衡《送公孙器自桂林归蜀》云：

桂林浅复碧，潺湲半露石。将乘触物舟，暂驻飞空锡。蜀乡异青眼，蓬户高朱戟。风度杳难寻，云飘讵留迹。旧户闲花草，驯鸽傍檐隙。挥手共忘怀，日堕千山夕。④

从桂林入蜀是牂柯道的一段。张蠙《送南海僧游蜀》云："真修绝故乡，一衲度暄凉。此世能先觉，他生岂再忘。定中船过海，腊后路沿湘。野迥鸦随笠，山深虎背囊。瀑流垂石室，萝蔓盖铜梁。却后何年会，西方有上房。"⑤南海郡即广州，僧人从广州入蜀，主要路线就是牂柯道。当然，蜀中与广州之间也有经长江往来的道路，如诗中写到"月峡""峡云"云云，但比之牂柯路路程要远，而从唐诗中写到"西江""桂林""巴路"云云，似乎更多地利用了牂柯道。

蜀中与岭南之间的牂柯路也是一条商道，活跃在这条道路上的商贾在唐诗中留下了身影。从成都出发入牂柯道，首经犍为郡，有龙阁道，此道艰险。岑参《赴犍为经龙阁道》云：

---

① 《全唐诗》卷254，第2859—2860页。
② （唐）杜甫著，（清）仇兆鳌注：《杜诗详注》卷12，第1068页。
③ （唐）杜甫著，（清）仇兆鳌注：《杜诗详注》卷22，第1934页。
④ 《全唐诗》卷465，第5283页。
⑤ 《全唐诗》卷702，第8083页。

> 侧径转青壁，危梁透沧波。汗流出鸟道，胆碎窥龙涡。骤雨暗溪谷，归云网松萝。屡闻羌儿笛，厌听巴童歌。江路险复永，梦魂愁更多。圣朝幸典郡，不敢嫌岷峨。①

犍为郡是从成都东下连接长江三峡和岭南百蛮的要道，岑参《初至犍为作》云："山色轩槛内，滩声枕席间。草生公府静，花落讼庭闲。云雨连三峡，风尘接百蛮。到来能几日，不觉鬓毛斑。"② 在这条道路上商人乘船进行贸易活动，唐诗中有这些商贾的身影。杜甫《送段功曹归广州》云："南海春天外，功曹几月程。峡云笼树小，湖日落船明。交趾丹砂重，韶州白葛轻。幸君因旅客，时寄锦官城。"③ 交趾丹砂闻名于世，杜甫希望段功曹通过往来于广州与成都的商人寄送。陈羽《犍为城下夜泊闻夷歌》云："犍为城下牂牁路，空冢滩西贾客舟。此夜可怜江上月，夷歌铜鼓不胜愁。"④ 又如张籍《野老歌（一作山农词）》：

> 老农家贫在山住，耕种山田三四亩。苗疏税多不得食，输入官仓化为土。岁暮锄犁倚空室，呼儿登山收橡实。西江贾客珠百斛，船中养犬长食肉。⑤

西江是珠江水系干流之一，从西江西上，可入牂牁江，亦可入南盘江，皆为西江上游，黔江、浔江两段为中游，西江段为下游。西江自古是通航河道，沿江商贸繁荣，故诗人以"西江贾客"的豪富作对比，突出老农生活的艰辛。又如白居易《郡中春谠因赠诸客》诗：

> 仆本儒家子，待诏金马门。尘忝亲近地，孤负圣明恩。一旦奉优诏，万里牧远人。可怜岛夷帅，自称为使君。身骑牂牁马，口食涂江鳞。暗澹绯衫故，斓斑白发新。⑥

这是白居易任忠州刺史时的诗，忠州即今重庆忠县，他骑的马来自牂牁

---

① （唐）岑参著，陈铁民、侯忠义校注：《岑参集校注》卷4，第323页。
② 同上书，第356页。
③ （唐）杜甫著，（清）仇兆鳌注：《杜诗详注》卷11，第928—929页。
④ 《全唐诗》卷348，第3893页。
⑤ （唐）张籍著，徐礼节、余恕诚校注：《张籍集系年校注》卷1，第22页。
⑥ （唐）白居易著，谢思炜校注：《白居易诗集校注》卷11，第873页。

郡，反映了两地之间的物质交换活动。因为从成都入滇和入黔、入桂的道路是商道，从这些地方进入成都的商贾被称为"蛮客"。卢纶《送盐铁裴判官入蜀》诗云："传诏收方贡，登车著赐衣。榷商蛮客富，税地芋田肥。"① 这条道路在沟通四川、云南、贵州、广西和中原、岭南的交通方面地位重要，因此朝廷重视对这条道路的护守，唐诗的描写透露出这方面的信息。羊士谔《寄黔府窦中丞》云："汉臣旄节贵，万里护牂柯。夏月天无暑，秋风水不波。朝衣蟠艾绶，戎幕偃雕戈。满岁归龙阙，良哉仡作歌。"② 司空曙《送人归黔府》云："伏波箫鼓水云中，长戟如霜大旆红。油幕晓开飞鸟绝，翩翩上将独趋风。"③ 黔府即黔中府，任华《送祖评事赴黔中府李中丞使幕府》称其地："黔巫之地，西控微卢彭濮，东接桂林象郡，北渐巴峡，南驰沧溟。"④ 因此朝廷选重臣镇守之，其职责一方面是安抚夷蛮，另一方面是保证牂柯道的安全。正是在贤臣良将治理之下，从蜀中入安南、岭南的道路得以稳定。权德舆《送李十兄判官赴黔中序》云："内兄以黔巫之地为夷途安流者，受署于中执法王君故也。"⑤

牂柯道经蜀地至南诏首都，贾耽的记载反映了安南道与南方丝绸之路的连接，安南道从交州逆红河而上到达蜀中和南诏。南诏东连牂柯道，可至交州、广州。按照伯希和的考证，唐代最早开辟此道者是章仇兼琼，天宝初他命越巂令于昆明西筑安宁城以通安南，"自是之后，东京（越南河内，指交趾）一道似常通行，迨至751年南诏叛"⑥。对于唐朝来说，这条道路还是用兵之路。唐前期对南诏的征讨和唐末南诏对安南的侵犯，都经过这条道路。天宝年间，唐朝曾调发安南军队进攻南诏。鲜于仲通伐南诏，朝廷命王知进发交趾之兵，从步头进讨。高适《李云南征蛮诗》序云："天宝十一载，有诏伐西南夷，右相杨公兼节制之寄，乃奏前云南太守李宓涉海自交趾击之。道路险艰，往复数万里，盖百王所未通也。"⑦ 李宓自交趾击南诏，命何履光率十道兵马从安南进军，当经行安南道。储光羲《同诸公送李云南伐蛮》诗也强调李宓是自交趾出兵，进入"泸阳"（南诏地）："耀耀金虎符，一息到炎荒。蒐兵自交趾，

---

① （唐）卢纶著，刘初棠校注：《卢纶诗集校注》卷1，第13页。
② 《全唐诗》卷332，第3702页。
③ 《全唐诗》卷293，第3328页。
④ 《全唐文》卷376，上海古籍出版社1990年版，第1690页。
⑤ （唐）权德舆：《新刊权载之文集》卷37，宋蜀刻本唐人文集，上海古籍出版社2013年版，第6页。
⑥ 〔法〕伯希和：《交广印度两道考》，冯承钧译，第8—9页。
⑦ （唐）高适著，孙钦善校注：《高适集校注》，第223—224页。

芰舍出泸阳。"① 789 年，南诏王异牟寻归附唐朝，为避吐蕃阻挠，发三路使臣，其中一路为安南。南诏西南行又通骠国、天竺，所以白居易《蛮子朝》诗云："蛮子朝，泛皮船兮渡绳桥，来自巂州道路遥。入界先经蜀川过，蜀将收功先表贺。臣闻云南六诏蛮，东连牂牁西连蕃。"② 自南诏至骠国和印度的道路称为"滇缅道"，是安南道自南诏都城向西南方向的延伸。贾耽《入四夷之路》"安南道"记载了从安南至驩州和从驩州通东南亚连接海上丝路的道路：

> 一路自驩州东二日行，至唐林州安远县，南行经古罗江，二日行至环王国之檀洞江。又四日至朱崖，又经单补镇，二日至环王国城，故汉日南郡地也。自驩州西南三日行，度雾温岭，又二日行至棠州日落县，又经罗伦江及古朗洞之石蜜山，三日行至棠州文阳县。又经蓁诞涧，四日行至文单国之算台县，又三日行至文单外城，又一日行至内城，一曰陆真腊，其南水真腊。又南至小海，其南罗越国，又南至大海。③

从驩州东行至环王国，即林邑，在今越南境内；从驩州西南行至陆真腊（文单国）和水真腊（即今老挝和柬埔寨、泰国之地）。罗越国，马来亚古国名，一般以为在今马来半岛南部柔佛附近。王建《南中》诗云："天南多鸟声，州县半无城。野市依蛮姓，山村逐水名。瘴烟沙上起，阴火雨中生。独有求珠客，年年入海行。"④ 南中的"求珠客"即蜀地和云南地区从事珠宝生意的商贾，他们如何入海从事贸易，就是经牂柯道至交州或广州，然后出海经营。蔡京《假节邕交道由吴溪》云："停桡横水中，举目孤烟外。借问吴溪人，谁家有山卖。"⑤ 邕州即今广西南宁，交即交州。晚唐时蔡京路由邕交道赴任。从南宁至交州是南方丝绸之路通交州的一段路程。

（二）滇缅道：中缅关系与唐诗

安南道连接永昌道，从南诏首都太和城、阳苴咩城西行入骠国，进而

---

① 《全唐诗》卷138，第1398—1399页。
② （唐）白居易著，谢思炜校注：《白居易诗集校注》卷3，第342—343页。
③ 《新唐书》卷43下《地理志七下》，第1152—1153页。
④ （唐）王建著，王宗堂校注：《王建诗集校注》卷5，第222—223页。
⑤ 《全唐诗》卷472，第5363页。

至天竺，这条道路称"滇缅道"或"中印缅道"。据贾耽的记载，滇缅道"自羊苴咩城西至永昌故郡三百里。又西渡怒江，至诸葛亮城二百里"。从诸葛亮城分别向南和向西有两条路线，一路自诸葛亮城"南至乐城二百里。又入骠国境，经万公等八部落，至悉利城七百里。又经突旻城至骠国千里。又自骠国西度黑山，至东天竺迦摩波国千六百里"。"一路自诸葛亮城西去腾充城二百里。又西至弥城百里。又西过山，二百里至丽水城。乃西渡丽水、龙泉水，二百里至安西城。乃西渡弥诺江水，千里至大秦婆罗门国。又西渡大岭，三百里至东天竺北界个没卢国。又西南千二百里，至中天竺国东北境之奔那伐檀那国，与骠国往婆罗门路合。"① 伯希和《交广印度两道考》对此路线有详考，② 可参看，不赘引。骠国是7—9世纪缅甸骠人（后同化于缅人）在今伊洛瓦底江流域所建国家，是中国与印度交通经行的国家，与唐朝有直接的往来。滇缅道是唐代诗人极少践履之地，但如上文所论，此道上之"永昌郡"也进入了诗人的视野，有人曾到此地赴任在唐诗中也留下了踪迹。唐朝与地处今缅甸的骠国的交通往来利用了这条道路，这种关系在唐诗中有生动反映。

1. 唐朝与骠国的关系

骠国以种族名为国号，都卑谬城（梵文名 rī-ksetra），其地在今伊洛瓦底江下游之卑蔑（Prome）附近。骠人乃藏缅系中一支，可能是缅人族源之一。骠国"古朱波也，自号'突罗朱'，阇婆国人曰'徒里拙'"。③ 魏晋时的《西南异方志》《南中八郡志》等文献首载其名："永昌，古哀牢国也。传闻永昌西南三千里有骠国，君臣父子，长幼有序，然未见史传者。"④ 异译还有剽、僄、缥、漂越等。向达认为"漂越"或"剽国"为4世纪时缅甸古国，唐时译作"骠"，取代了东汉时两次朝贡的"掸国"之称。法国汉学家伯希和从发音考证认为骠国 Pyu 即缅甸，当指蒲甘建都以前以卑蔑为都城时统治缅甸种族的名称。⑤ 玄奘《大唐西域记》记载"传闻六国"中之室利差怛罗（Criksetra）"在大海滨山谷中"，即指缅甸故都 Thare Khettara。⑥ 义净

---

① 《新唐书》卷43下《地理志七下》，第1152页。
② 〔法〕伯希和：《交广印度两道考》，冯承钧译，第36—40页。
③ 《新唐书》卷222下《南蛮传下》，第6306页。"徒里拙"，《唐会要》卷100《骠国》作"徒里掘"。
④ 《唐会要》卷100《骠国》，上海古籍出版社1991年版，第2132页。
⑤ 〔法〕伯希和：《交广印度两道考》，冯承钧译，第22—35页。
⑥ （唐）玄奘、辩机著，季羡林等校注：《大唐西域记校注》卷10，中华书局2000年版，第803、804页。

《南海寄归内法传》称为"室利察呾罗"。① 613—718 年即隋大业九年至唐开元六年时，毗讫罗摩王朝达于极盛，北抵南诏，东接陆真腊，西接东天竺，南至海，所属有 298 个部落，9 个城镇，18 个属国，②据有整个伊洛瓦底江流域。唐大和六年（832），南诏攻陷骠国都城，骠国亡。后为缅人蒲甘王国取代，骠人同化于缅人。

骠国在南方丝绸之路上地位重要，中古时中国人记载骠国的距离，以永昌和长安为坐标。魏晋人著作《西南夷风土记》序称骠国"位于永昌西南三千里"。《新唐书·南蛮传》云："在永昌南二千里，去京师万四千里。"③《旧唐书·骠国传》云："骠国，在永昌故郡南二千余里，去上都一万四千里。其国境东西三千里，南北三千五百里。东邻真腊国，西接东天竺国，南尽溟海，北通南诏些乐城界，东北距阳苴咩城六千八百里。往来通聘迦罗婆提等二十国，役属者道林王等九城，食境土者罗君潜等二百九十部落。"④考古发现的室利差呾罗古城（今缅甸摩萨，Hmawza）被猜测是骠国首都。樊绰《蛮书》云："骠国在蛮永昌城南七十五日程，阁罗凤所通也。"⑤《新唐书·南蛮传》记载骠国都城"青甓为圆城，周百六十里，有十二门。四隅作浮屠，民皆居中，铅锡为瓦，荔支为材"⑥。贾耽《皇华四达记》、樊绰《蛮书》都记述了唐朝与骠国的交通道路。

骠国西境接东天竺，玄奘到天竺，因其国"山川道阻，不入其境，然风俗壤界，声闻可知"⑦。玄奘在天竺能够如此了解其国，说明骠国与天竺之间的联系很紧密。骠国在文化上受印度影响很大，"俗尚佛教"⑧，故以佛教音乐著称于世，"骠国在云南西，与天竺国相近，故乐多演释氏词云。每为曲皆齐声唱，各以两手十指，齐开齐敛，为赴节之状，一低一昂，未尝不相对，有类中国《柘枝舞》。骠一作僄，其西别有弥臣国，乐舞亦与骠国同，多习此伎以乐。后敕使袁滋、郗士美至南诏，并皆见此乐"⑨。唐朝与骠国的文化交流在乐舞方面最为突出。德宗贞元十年（794），南诏归

---

① （唐）义净著，王邦维校注：《南海寄归内法传校注》卷1，中华书局1995年版，第12页。
② 《新唐书》卷222下《南蛮传》下，第6306页。
③ 同上。
④ 《旧唐书》卷197《南蛮传》，第5285页。
⑤ （唐）樊绰：《蛮书》卷10《南蛮疆界接连诸蕃夷国名》，文渊阁《四库全书》本。
⑥ 《新唐书》卷222下《南蛮传》，第6308页。
⑦ （唐）玄奘、辩机著，季羡林等校注：《大唐西域记校注》卷10，第803页。
⑧ （明）朱孟震：《西南夷风土记》，《丛书集成初编》，商务印书馆1935年版，第6页。
⑨ （宋）王溥：《唐会要》卷33《南蛮诸国乐》，上海古籍出版社1990年版，第724页。

附唐朝，骠国国王雍羌闻之，亦有心内附。贞元十六年（800），南诏王异牟寻遣使杨加明诣剑南西川节度使韦皋，请献夷中歌曲，且令骠国进乐人。韦皋组织歌舞艺人，用中原字舞形式编制成《南诏奉圣乐》入贡长安。德宗亲往麟德殿观看。

贞元十七年（801），经南诏王异牟寻引荐，骠国王雍羌遣子舒难陀献其国乐至成都，第二年到长安。贞元十八年正月"乙丑，骠国王遣使悉利移来朝贡，并献其国乐十二曲与乐工三十五人"①。演奏时表演者文身绣面，用海螺壳和铜鼓伴奏。"贞元中，其王来献本国乐，凡一十二曲，以乐工三十五人来朝。乐曲皆演释氏经论之辞。"②"南蛮、北狄国俗，皆随发际断其发，今舞者咸用绳围首，反约发梢，纳于绳下。"③ 骠国王雍羌"遣弟悉利移、城主舒难陀献其国乐，至成都，韦皋复谱次其声。以其舞容、乐器异常，乃图画以献。工器二十有二，其音八：金、贝、丝、竹、匏、革、牙、角"④。"大抵皆夷狄之器，其声曲不隶于有司，故无足采云。"⑤《乐府杂录》记载夷部乐"有扶南、高丽、高昌、骠国、龟兹、康国、疏勒、西凉、安国"⑥。骠国使团的到访密切了骠国和唐朝之间的关系。

骠国乐的演奏轰动长安，开州刺史唐次写了《骠国献乐颂》献给朝廷。德宗封骠国王雍羌为检校太常卿，封王子舒难陀为太仆卿。白居易代德宗作复书，赞美其王雍羌"钦承王化，思奉朝章，得睦邻之善谋，秉事大之明义"⑦。骠国又于宪宗元和元年（806）、懿宗咸通三年（862）两次派使臣入唐。骠国乐舞的传入丰富了唐朝乐舞，唐代《太平乐》（亦名《五方狮子舞》）就是从骠国传入的。《新唐书·南蛮传》记载："初奏乐，有赞者一人先导乐意，其舞容随曲。用人或二、或六、或四、或八、至十，皆珠帽，拜首稽首以终节。其乐五译而至，德宗授舒难陀太仆卿，遣还。"⑧ 唐朝与骠国佛教方面也有交流，明朱孟震《西南夷风土记》记载："淮古城江心一山，颇奇，上有金塔大寺，唐僧曾寄宿焉。……都卢濮水关，有唐僧晒经台。……板古有河，名曰流沙，唐僧取经故道。贻记

---

① 《旧唐书》卷13《德宗纪下》，第396页。
② 《旧唐书》卷29《礼乐志九》，第1070页。
③ 同上书，第1071页。
④ 《新唐书》卷222下《南蛮传》，第6312页。
⑤ 《新唐书》卷22《礼乐志十二》，第480页。
⑥ （唐）段安节：《乐府杂录》，上海古籍出版社1988年新1版，第29页。
⑦ （唐）白居易：《白居易集》卷57，第1219页。
⑧ 《新唐书》卷222下《南蛮传下》，第6314页。

甚多。"① 这些可能和唐朝与骠国佛教文化交流有关。

2. 唐诗中的骠国文化

骠国乐在长安的演出给人们留下深刻印象，观看骠国乐舞后，唐次写了《骠国献乐颂》，白居易、元稹同题写了《骠国乐》诗，胡直钧写有《太常观阅骠国新乐》，但他们立场感情不同。胡直钧《太常观阅骠国新乐》云：

> 异音来骠国，初被奉常人。才可宫商辨，殊惊节奏新。转规回绣面，曲折度文身。舒散随鸾吹，喧呼杂鸟春。襟衽怀旧识，丝竹变恒陈。何事留中夏，长令表化淳。②

唐次诗云："至若骠国，来循万里。进贡其音，敢爱其子。"③ 他们把它看作大唐政治教化一派醇和的表现加以歌颂，咏叹骠国乐的优美。但那些新乐府运动的诗人则将之作为讽喻的对象加以批判。元白皆持乐与政通的观念，对域外传来的乐舞大加挞伐，认为《胡旋舞》曾导致了安史之乱的发生，如今从骠国传来的乐舞也是致乱之由。白居易《骠国乐》云：

> 骠国乐，骠国乐，出自大海西南角。雍羌之子舒难陀，来献南音奉（一作举）正朔。德宗立仗御紫庭，鼓钲不塞为尔听。玉螺一吹椎髻耸，铜鼓一（一作千）击文身踊。珠缨炫转星宿摇，花鬘斗薮龙蛇动。曲终王子启圣人，臣父愿为唐外臣。左右欢呼何翕习，至尊德广之所及。须臾百辟诣阁门，俯伏拜表贺至尊。伏见骠人献新乐，请书国史传子孙。时有击壤老农父，暗测君心闲独语。闻君政化甚圣明，欲感人心致太平。感人在近不在远，太平由实非由声。观身理国国可济，君如心兮民如体。体生疾苦心憯凄，民得和平君恺悌。贞元之民若未安，骠乐虽闻君不叹。贞元之民苟无病，骠乐不来君亦圣。骠乐骠乐徒喧喧，不如闻此刍荛言。④

这是一首讽喻诗，新乐府诗序云："欲王化之先迩后远也。"意思是讽劝朝

---

① （明）朱孟震：《西南夷风土记》，《丛书集成初编》，商务印书馆1936年版，第6页。
② 《全唐诗》卷464，第5276页。
③ 《说郛》卷67《骠国乐颂》，陈寅恪先生以为当唐次所撰颂文，见《元白诗笺证稿》，第209页。
④ （唐）白居易：《白居易集》卷3，第71页。

廷先关心自己百姓的苦难，再去施恩于远方异族。白居易在这首诗中不忘讽喻，最后四句点明题旨，以为骠国乐对王化无关紧要。元稹《骠国乐》乃与白诗同题之作，题旨亦同：

> 骠之乐器头象驼，音声不合十二和。促舞跳趫筋节硬，繁辞变乱名字讹。千弹万唱皆咽咽，左旋右转空傞傞。俯地呼天终不会，曲成调变当如何。德宗深意在柔远，笙镛不御停娇（一作嫔）娥。史馆书为朝贡传，太常编入鞉鞻科。古时陶尧作天子，逊遁亲听康衢歌。又遣道人持木铎，遍采讴谣天下过。万人有意皆洞达，四岳不敢施烦苛。尽令区中击壤块，燕及海外覃恩波。秦霸周衰古官废，下堙上塞王道颇。共矜异俗同声教，不念齐民方荐瘥。传称鱼鳖亦咸若，苟能效此诚足多。借如牛马未蒙泽，岂在抱瓮滋鼋鼍。教化从来有源委，必将泳海先泳河。非是倒置自中古，骠兮骠兮谁尔诃。①

风格独特的骠国乐在元稹笔下变得古怪难听，他批评朝廷"共矜异俗同声教，不念齐民方荐瘥"，认为如此重视域外乐舞乃是非颠倒。

除了乐舞之外，骠国杂技早就传入中国，唐诗中也有提及。白居易《草词毕遇芍药初开因咏小谢红药当阶翻诗以为一句未尽其状偶成十六韵》写自己的闲居生活："勾漏丹砂里，僬侥火焰旗。"② 卢仝《守岁》云："老来经节腊，乐事甚悠悠。不及儿童日，都卢不解愁。"③ 薛涛《斛石山书事》云："王家山水画图中，意思都卢粉墨容。"④ 王翰《观蛮童为伎之作》云："长裙锦带还留客，广额青娥亦效颦。"⑤ 这些诗中的"僬侥""都卢""蛮童"等都是来自骠国的杂技项目和艺人。

汉代张骞出使西域，在大夏见到蜀布、筇竹杖，大夏的蜀地物产是从"身毒"（印度）贩运而来，他推测自蜀经西南夷至身毒有路可通。汉武帝派人从蜀中向西南探查这条道路，由于遭到昆明族（当时云南境内的少数民族）的阻拦未获成功。张骞的风闻让唐代诗人把蜀中与云南、大夏联系起来，提到蜀中诗人会进一步联想到南诏和更远的大夏。如徐晶《送友人尉蜀中》诗："故友汉中尉，请为西蜀吟。人家多种橘，风土爱弹琴。

---

① （唐）元稹：《元稹集》卷24，第285页。
② 《全唐诗》卷442，第4943页。
③ 《全唐诗》卷387，第4371页。
④ 《全唐诗》卷803，第9038页。
⑤ 《全唐诗》卷156，第1605页。

水向昆明阔,山连(一作通)大夏深。理闲无别事,时寄一登临。"① 在诗人们心目中,蜀中确与域外更远的地方相连接。又如杜甫《送梓州李使君之任》云:"老思筇竹杖,冬要锦衾眠。"② 崔融《从军行》云:"依稀蜀杖迷新竹,仿佛胡床识故桑。临海旧来闻骠骑,寻河本自有中郎。"③ 李商隐《赠宗鲁筇竹杖》云:"大夏资轻策,全溪赠所思。静怜穿树远,滑想过苔迟。"④ 皮日休《缥缈峰》云:"头戴华阳帽,手拄大夏筇。清晨陪道侣,来上缥缈峰。带露嗅药蔓,和云寻鹿踪。"⑤ 提到筇竹杖、蜀杖,诗人们都自然联想到张骞的故事,称为大夏筇。通过滇缅道可至印度,经安南道、滇缅道进入印度后的道路,伯希和《交广印度两道考》有详细考证,⑥ 此不赘引。

---

① 《全唐诗》卷75,第816页。
② (唐)杜甫著,(清)仇兆鳌注:《杜诗详注》卷11,第917页。
③ 周勋初等主编:《全唐五代诗》卷59,第1156页。
④ (唐)李商隐著,(清)冯浩笺注:《玉溪生诗集笺注》卷3,第569页。
⑤ 《全唐诗》卷610,第7038页。
⑥ 〔法〕伯希和:《交广印度两道考》,冯承钧译,第41—43页。

第九章　通往海上丝绸之路

人类征服海洋是一个漫长的过程，从西太平洋到印度洋，再经红海至地中海航路，经过沿海各个民族的共同奋斗和经营，这条航路成为东西方交往的重要通道。至唐朝后期由于各种原因这条航路得到迅速发展。大海为人类交通提供了便利，也激发了诗人的想象和诗情。唐朝对海外贸易采取开放和鼓励政策，经过海路入华的外国商人可以把商品自由运进口岸，可以往来各地市易或开铺经营，中国海商也从事航海冒险事业，海外贸易进入鼎盛时期。从南方沿海地区通向东南亚、南亚以及更远的国家和地区的道路，以及来自海外的舶来品受到唐人关注，也反映在唐诗的描写中。

一　中西间海上交通的发展

唐朝后期陆上丝路的衰落始于安史之乱前后，大食（阿拉伯）势力的崛起和东西扩张，造成唐朝在中亚宗主国地位和影响日益式微。安史之乱导致陇右、河西和西域南道陷入吐蕃，东西方交通的丝绸之路遭到严重阻碍。政治局势的变动只是引起衰落的契机，并非全部根源。除了国际国内政治局势的变化之外，陆路交通自身存在难以克服的种种弱点。

陆上交通不便于与远方国家和地区的交往，如果某一国家或地区发生变故，或者某一国家企图垄断丝路贸易，就会造成阻碍。这样的变故造成丝路中断的情况在历史上屡见不鲜。唐代前期势力伸展到中亚和西亚，在丝路贸易上掌握着主动权。后期河西走廊、西域为吐蕃所控制，中亚、西亚地区成为阿拉伯人的势力范围，唐朝在陆上丝路失去了控制权和支配地位。丝绸之路沿线成为各种势力争夺的中心，战乱不断发生。中西间陆路交通自然条件恶劣，需经过一个个戈壁大漠，翻越崇山峻岭，风沙弥漫，山高路险。当时的运输工具主要是骆驼，虽然有"沙漠之舟"之称，但毕竟运输量有限，而且时间久，运费高，代价大。

唐代实行对外开放的政策，商品的进口量和出口量都很大，陆上交通不能承担数量巨大的商品运输。从当时进出口的商品来看，唐代统治者对香料的需求量很大，而外销的商品又以瓷器为大宗。瓷器容易破碎，又很重。船的载重量大，又平稳，比之骆驼运输，自然优越百倍。香料主要产于南亚、西亚和东非、北非，经过海上丝路输入更为便利。无论香料的大量进口，还是瓷器的大量外销，陆路都很不方便。唐代外销商品主要是丝绸和瓷器。瓷器的主要产地在南方，当时瓷器有"南青北白"之说。在广东、福建和浙江南方沿海地区烧制的外销瓷器以青瓷为大宗，越窑青瓷是其代表。唐后期丝绸生产无论从质量上，还是从数量上，南方都赶上和超过了北方。魏晋南北朝以来，经济重心开始南移。安史之乱造成黄河流域的经济严重破坏，更加速了这种经济重心的转移。陆路西运，远离商品产区，既不方便，又不经济。因而忽视海上贸易，发展陆上贸易，是违背经济规律的商业行为。从长远观点看，陆上丝路的衰落是必然的，只是迟早的事情。

陆上交通虽然有很多弱点，但在海上交通没有发展起来的时候，人们还是主要利用陆路进行交通。唐代造船技术和航海水平有了新的突破和发展，中国扩大了与波斯湾之间的远航。唐代达奚弘通是历史上第一个有姓名可考的泛海西行横渡印度洋的中国人。《玉海·地理异域图书》记载："达奚弘通《海南诸蕃行记》一卷，《书目》云：'《西南海诸蕃行记》一卷，唐上元中唐州刺史达奚弘通撰，弘通以大理司直使海外，自赤土至虔那几经三十六国，略载其事。"① 所谓《书目》即宋代成书的《中兴书目》，"上元"是唐高宗年号，674—675 年。唐代唐州治比阳县（今河南泌阳县）。大理司直，从六品上；刺史一般是五品。他应该以大理司直身份出使，归国后任唐州刺史，并著书，其书已佚。赤土，大约在今马来西亚半岛西部吉打（Kedah）以南，② 他先是到了赤土，而后出海抵达虔那，途经 36 国。虔那指何地，尚无定论，有人比定为阿拉伯半岛南部的班达尔·希什·戈拉（Bandar Hish Ghorah）。隋炀帝时常骏曾出使至赤土国，达奚弘通的出海活动可以看作常骏航海活动的继续。

唐代以前，中国商船主要航线在南海至印度南部和斯里兰卡。唐代前期东南亚沿海各国也有经海路到中国南方沿海从事贸易的，"广州地际南

---

① （宋）王应麟：《玉海》卷 16《地理异域图书》，江苏古籍出版社、上海书店 1987 年版，第 301 页。
② 赤土国，其地何在，颇有争议，多数主张在马来半岛，说法也不尽相同。参见陈佳荣等编《古代南海地名汇释》，中华书局 1986 年版，第 408 页。

海，每岁有昆仑乘舶以珍物与中国交市"；① "南海有蛮舶之利，珍货辐辏"。② "昆仑""蛮舶"是唐时对东南亚部分国家及其商舶的称呼。唐代中期大食阿拔斯王朝定都巴格达，从广州通向波斯湾的航线日益重要。贾耽在《广州通海夷道》中详细记录了中国商船从广州起航，西行到波斯湾的航程。他还记录了从波斯湾沿阿拉伯半岛通向东非另一条东非航线，以三兰（今坦桑尼亚首都达累斯萨拉姆）为终点。唐人杜环《经行记》和段成式《酉阳杂俎》中都提到"拔拔国"（今索马里柏培拉）和"摩邻国"（今肯尼亚马林迪），都是地处今东非沿海国家。段成式是得之于传闻，而杜环则到过东非。杜环随高仙芝远征中亚，在怛逻斯之战中被阿拉伯人俘虏。被俘后从中亚粟特地区先后辗转中亚、西亚各地，最后过二千里之沙漠到达东非，从摩邻国乘商船经南海回国，历时10年。③ 由于唐朝与大食间海上交通的发展，阿拉伯人的著作也记载了从巴士拉出发，沿波斯海岸航行到东方的道路，其海上航行的路线直到中国的广州。④

唐朝前期留居中国的外国人主要侨居北方，如凉州、长安、洛阳、太原、邺城等。后期大食和波斯商人经海路来到中国东南沿海各大城市，留居中国境内。留居中国的大食和波斯商人主要集中在东南沿海一带，如广州、泉州、扬州等。肃宗上元元年（760），"刘展反，邓景山引（田）神功助讨，自淄青济淮，众不整，入扬州，遂大掠居人资产，发屋剔窌，杀商胡波斯数千人"⑤。田神功军"入广陵及楚州，大掠，杀商胡以千数"⑥。可见当时在扬州的域外商人之多。泉州港从唐代中叶以后兴起，浮海而至的外国商人也很多。薛能《送福建李大夫》诗云："秋来海有幽都雁，船到城添外国人。"⑦ 今泉州东郊灵山有唐代阿拉伯人圣墓。据阿拉伯人记载，黄巢农民军在广州杀死大食、波斯商人十二万。⑧ 其数字或有夸张，但也反映了广州确实有大批胡商存在，也有中国商人至海外从事贸易。

安史之乱后，陇右、河西走廊和西域的道路被吐蕃人阻断，唐朝派往大食的使节也经海路西行。1984年，在陕西省泾阳县云阳镇小户杨村附近

---

① 《旧唐书》卷89《王方庆传》，第2897页。
② 《旧唐书》卷177《卢钧传》，第4591页。
③ 杜环《经行记》记载了他的行程和见闻，此书已佚，杜佑《通典》曾数处加以征引。
④ 〔阿拉伯〕伊本·胡尔达兹比赫：《道里邦国志》，宋岘译，中华书局1991年版，第63—72页。
⑤ 《新唐书》卷144《田神功传》，第4702页。
⑥ 《资治通鉴》卷221，上元元年，第7102页。
⑦ 《全唐诗》卷559，第6487页。
⑧ 〔阿拉伯〕佚名：《中国印度见闻录》卷2，中华书局1983年版，第96页。

发现的《杨良瑶神道碑》记载了宦官杨良瑶曾于德宗贞元元年（785）奉朝廷之命经海路出使黑衣大食：

> 贞元初，既清寇难，天下乂安，四海无波，九译入觐。昔使绝域，西汉难其选；今通区外，皇上思其人。比才类能，非公莫可。以贞元元年四月，赐绯鱼袋，充聘国使于黑衣大食，备判官、内傔，受国信、诏书。奉命遂行，不畏厥远。届乎南海，舍陆登舟。邈尔无悍险之容，懔然有必济之色。义激左右，忠感鬼神。公于是剪发祭波，指日誓众。遂得阳候敛浪，屏翳调风。挂帆凌汗漫之空，举棹乘颢水之气。黑夜则神灯表路，白舟乃仙兽前驱。星霜再周，经过万国。播皇风于异俗，被声教于无垠。往返如期，成命不坠。斯又我公杖忠信之明效也。四年六月，转中大夫。①

显然这是一次成功的出使，西北陆路上河西走廊、西域其时战乱频仍，唐朝与吐蕃的战争愈演愈烈，而南方社会安定，唐朝与大食之间海上交通畅通，是杨良瑶从长安远赴南海（今广州）选择经海路出使大食的原因。河陇陷没于吐蕃后，自天宝以来安西北庭奏事官、西域入华使人在长安者，归路既绝，供应仰给于朝廷。经检括得四千人，这些人大都置田宅，举质取利，朝廷拟放其还国。李泌说："此皆从来宰相之过，岂有外国朝贡使者留京师数十年不听归乎？今当假道回纥，或自海道各遣归国。有不愿归，当于鸿胪自陈，授以职位，给俸禄为唐臣。"② 从李泌的话中可知，当吐蕃切断河陇通道后，在华西域、中亚和西亚各国人等回国的道路除回鹘道外，便是海道。

唐代后期海上交通的兴盛是由多方面因素促成的。首先，从政治局势看，国内北方战乱较多，安史之乱持续七八年之久，乱后内有藩镇割据，外有异族入侵。特别是回纥和吐蕃，不仅占据河西、陇右和西域，而且不断向内地进犯。唐朝每年都要组织"防秋"兵，防御西线。吐蕃

---

① 荣新江：《唐朝与黑衣大食关系史新证——记贞元初年杨良瑶的聘使大食》，原载《文史》2012年第3期，收入氏著《丝绸之路与东西文化交流》，北京大学出版社2015年版，第84页。按：原碑现藏陕西省泾阳县博物馆，碑文首先经张世民《杨良瑶：中国最早航海下西洋的外交使节》发表，见《咸阳师范学院学报》2005年第3期。引文依荣新江据拓本重新校录版本。从汉代以来，朝廷遣宦官出使海外，主要为皇室采购珠宝珍奇，杨良瑶的使命应该也是如此。在大食崛起，海道日益重要的情况下，唐朝有必要考查东西方这一通道，并发展与大食的友好关系，杨良瑶的出使也肩负着这样的使命。

② 《资治通鉴》卷232，贞元元年，第7493页。

多次进逼长安，甚至一度攻入长安，迫使唐天子逃出京城避难。而南方相对安定，很少发生大的战事。从国际环境看，762年，大食阿拔斯王朝迁都巴格达，极力维持东西方海上交通的通畅，经波斯湾进入印度洋的航线更加便利。从南中国海经海路西行，由于阿拉伯势力的强盛，这一带也少有战争。这种情况直到唐末才发生变化，中国方面黄巢起义曾波及这一地区，黄巢义军经福建沿海进入岭南，又从岭南北上中原。波斯湾方面也有战争，大食发生分裂与内战，北非有黑奴起义，海上贸易受到一定影响。

其次，唐代造船技术和航海水平大大提高。汉代中国商使已经远至黄支国，那时"蛮夷贾船转送致之"，又"苦逢风波溺死，不者数年来还"①。而据贾耽《广州通海夷道》记载，唐代中后期商船从广州出海，航行至波斯湾尽头的末罗国，航线比到印度远得多，只需89天。唐代中国造船能力领先世界，扬子（今江苏仪征）一地就有造船场10所，洪州（今江西南昌）一次能造浮海大舶500艘。有一种名叫"苍舶"的大船，可载600—700人。大历、贞元年间一种船名"俞大娘"的大船载重超过万石。② 据阿拉伯人地理著作《中国印度见闻录》，唐代中国船舶远航至波斯湾，但不能在波斯湾通行，大部分中国船在尸罗夫港装货，因为中国船过于庞大，波斯湾里由于两河冲积泥沙所形成的浅滩造成了对中国船的阻碍。③ 阿拉伯人虽善于经商，但其远航能力不及中国。1980年，阿曼苏丹国进行一次模拟试验，用一艘双桅三帆船从其首都马斯喀特东来，完全采用中世纪航海技术，从这年的11月23日出发，到第二年的7月1日至广州，用了7个月的时间。④ 先进的造船技术和航海水平为海上交通的发展创造了必要的条件。

最后，从国内经济发展来看，唐后期北方经历长期战乱，黄河流域经济遭受严重破坏，南方因远离战乱中心，经济保持着稳定和发展。魏晋南北朝以来经济重心南移到这时更得到迅速推进，南方经济水平迅速超过北方。传统外销商品丝绸、瓷器、茶叶的生产，南方的生产量超过了北方，商品出口贸易以南方海路最为便捷和有利。唐朝重视对海外贸易的管理。

---

① 《汉书》卷28下《地理志下》，中华书局1962年版，第1671页。
② （唐）李肇：《唐国史补》卷下，上海古籍出版社1957年版，第62页。
③ 〔阿拉伯〕佚名：《中国印度见闻录》卷1，穆根来等译，中华书局1983年版，第7页，第41页注。
④ 张广达：《海舶来天方　丝路通大食——中国与阿拉伯世界的历史联系的回顾》，周一良主编《中外文化交流史》，河南人民出版社1987年版，第743页。

开元年间已在广州设"市舶使",检查出入广州港口的船舶,征收关税,收购政府专卖品。岭南节度使、广州刺史都有招徕蕃商、鼓励贸易的责任。德宗贞元八年(792),唐政府还曾打算在安南设市舶中使。朝廷重视对来华外商利益的保护,文宗大和八年(834)曾诏令岭南、福建、淮南等沿海地方官员对蕃客常加存问,任其自由往来贸易,不得重加税率。[①]这些都有力地推动和促进了海外贸易的发展。

二 海上丝绸之路的起点

在唐人心目中岭南是一个荒远的所在,又充满异域情调。奉使海外的使节和出海经商的唐人从这里出发,来自异域远方的人由此登陆,从事外交和贸易活动。海上丝绸之路给这里的沿海城市带来了商业贸易的繁荣,苍茫辽阔的大海引起人们对遥远陌生的世界的遐想。唐诗忠实地记录了当时社会生活风貌和人们的情感心态。来到岭南的诗人会在这里看到琳琅满目的外国货和相貌怪异的外国人,没有来过岭南的诗人也通过各种途径获得大量有关岭南的信息,了解到那些来自域外的舶来品和外域风物。广州和交州是当时南方沿海地区最重要的国际贸易港所在,是唐代海上丝路起点,由此受到诗人们的广泛关注。

(一)交州、交趾、龙编和安南都护府

交州是东汉到唐初在南方沿海地区的行政区划名称。秦朝出兵占领岭南地区,始在该地置南海、桂林、象3郡,秦末南海郡尉赵佗建立南越国。汉武帝灭南越后,分其地为7郡:南海、苍梧、郁林、合浦、交趾(一作阯)、九真、日南,包括今广东、广西大部分地区,北至今湖南江永县,南至今越南中部顺化。汉朝设交趾刺史部监察各郡,交趾为汉朝十三刺史部之一,辖南海、苍梧、郁林、合浦、交趾、九真、日南、珠崖、儋耳九郡,治龙编(在今越南河内东之北宁一带),大致包括今两广及越南中北部,其中三郡在今越南境内,即交趾(在越南北部)、九真(今越南北部之清化省、义安省、河静省、广平省)、日南(郡治今越南顺化以南,即越南中部及以南一部分)。最南为日南郡。东汉初改交趾部为交州,交

---

① (唐)文宗:《太和八年疾愈德音》,《全唐文》卷75,上海古籍出版社1990年版,第342页。

州和交趾郡皆治龙编。

东汉初年，当地人在征氏姐妹带领下起义，三年后被马援平定。汉末占族人区连杀死汉朝日南郡象林县令，占据原日南郡大部分地区，以婆罗门教为国教，建立林邑国，与东汉王朝以顺化为界。中原大乱，交州在士燮统治下相对安定，辖境包括今广东、广西及越南北部。汉献帝建安十五年（210），东吴孙权任命步骘为交州刺史，率兵抵番禺（今广州）。建安二十二年（217），步骘把交州州治从广信东迁番禺。献帝延康元年（220）吕岱代步骘为交州刺史。223年，蜀先主刘备死后，士燮诱导益州豪姓雍闿归附东吴。诸葛亮平叛，继而占领南中，派李恢领交州刺史，企图染指交州。226年，吴国将南岭以南诸郡以今广西北海市合浦为界，以北为广州，以南为交州。随即恢复原貌。264年再次分交州置广州，从此确定下事。广州治番禺，交州治龙编。西晋统一全国，交州官吏陶璜等降晋。西晋灭亡，交州依附于东晋和南朝诸朝。隋朝灭陈，完成全国统一，交州归隋。

交州最南的日南郡，自东汉以来就是重要的国际贸易港，龙编和日南郡是计算往南海各国里程的坐标。《南齐书·蛮传》云："南夷林邑国，在交州南，海行三千里。"① 《梁书·诸夷传》记载："海南诸国，大抵在交州南及西南大海洲上，相去近者三五千里，远者二三万里，其西与西域诸国接。"② "扶南国在日南郡之南，海西大湾中，去日南可七千里，在林邑西南三千余里"；"其南界三千余里有顿逊国，在海崎上，地方千里，城去海十里，有五王，并羁属扶南。顿逊之东界通交州，其西界接天竺、安息，徼外诸国往还交市"③。说明顿逊在中国与海外诸国交通中具有重要地位，把交州作为海上交通线的地标。

自汉代以来，海南及西域各国商人经顿逊至中国，云集交州，再进入内地。中国所获各种舶来品大量通过交州转运各地。"商货所资，或出交部，泛海陵波，因风远至，又重峻参差，氏众非一，殊名诡号，种别类殊，山琛水宝，由兹自出。通犀翠羽之珍，蛇珠火布之异，千名万品，并世主之所虚心，故舟舶继路，商使交属。"④ 交部即交州刺史部。这种状况直到唐初依然如此。"炀帝改为交趾，刺史治龙编，交州都护制诸蛮。其海南诸国，大抵在交州南及西南，居大海中洲上，相去或三五百里，三五

---

① 《南齐书》卷58《蛮·东南夷传》，中华书局1972年版，第1012页。
② 《梁书》卷54《诸夷传》，中华书局1973年版，第783页。
③ 同上书，第787页。
④ 《宋书》卷97《夷蛮传》，中华书局1974年版，第2399页。

千里，远者二三万里。乘舶举帆，道里不可详知。自汉武已来朝贡，必由交趾之道。"① 伯希和说："可以见其冲要矣。"② 自汉至唐"交趾""交州"之词，屡见于文学作品，成为海上丝路意象。汉代扬雄《交州箴》云：

> 交州荒裔，水与天际。越裳是南，荒国之外。爰自开辟，不羁不绊。周公摄祚，白雉是献。昭王陵迟，周室是乱。越裳绝贡，荆楚逆叛。（四国内侵，蚕食周京。臻于季赧，遂以灭亡。）大汉受命，中国兼该。南海之宇，圣武是恢。稍稍受羁，遂臻黄支。杭海三万，来牵其犀。盛不可不忧，隆不可不惧。（顾瞻陵迟，而忘其规摹。亡国多逸豫，而存国多难。）泉竭中虚，池竭濒干。牧臣司交，敢告执宪。③

说明交州自古便是中国与海外国家进行交通往来的要道。西周时越裳国即经此献白雉，④ 越裳地属今越南。西汉时有"黄支国献犀牛"的记载，⑤ 应当通过海船自黄支运抵交州，再转入中原。东晋人王叔之《拟古诗》云："客从北方来，言欲到交趾。远行无他货，唯有凤皇子。百金我不欲，千金难为市。"⑥ 可见交趾在当时为中外贸易之中心，中原地区的商人远赴其地进行贸易，故百金、千金之货皆集于此。

唐初在广州、桂州、容州、邕州和交州置五总管府，合称"岭南五管"。交州总管府辖今越南北部之地，高祖武德七年（624）改称都督府，高宗仪凤四年（679）改交州都督府为安南都护府，仍治龙编。在唐代地方行政区划不断易名的过程中，交州有时又称交趾郡。在交州龙编设安南都护府，内地与安南的交往更遍及政治、经济、军事、宗教、文化等领域。据法国马司帛洛《唐代安南都护府疆域考》，龙编在今越南河内市东北，相距约 26 千米。⑦ 安南都护府为唐朝六大都护府之一，是唐朝管理南部边疆地区的主要机构，属岭南道。辖境南至今越南河静省和广平省，东至今广西那坡、靖西、龙州、宁明、防城等地，西界在今越南红河和黑水

---

① 《旧唐书》卷41《地理志四》，中华书局1975年版，第1750页。
② 〔法〕伯希和：《交广印度两道考》，冯承钧译，中华书局1955年版，第3页。
③ （唐）欧阳询：《艺文类聚》卷6，上海古籍出版社1965年版，第116页。据徐坚《初学纪》卷8、《古文苑》校补。
④ 《后汉书》卷86《南蛮西南夷列传》，中华书局1965年版，第2835页。
⑤ 《汉书》卷12《平帝纪》，中华书局1962年版，第352页。
⑥ （唐）欧阳询：《艺文类聚》卷90，第1559页。
⑦ 冯承钧译：《西域南海史地考证译丛》（第一卷），商务印书馆1962年版，第54—102页。

之间，北至今云南省南盘江。安南都护兼任交州刺史。肃宗至德二载（757）改名镇南都护府，代宗永泰二年（766）复名安南都护府。敬宗宝历元年（825）徙治宋平（今越南河内）。自天宝以后，云南南盘江以南地区渐为南诏所有。在阿拉伯人的地理学著作中提到龙编，他们说"至中国的第一个港口"是鲁金（Luqin），即龙编，说这里有中国丝绸和优质陶瓷。[1] 唐代诗人写到交州、交趾郡、安南都护府皆指此地。唐代交州仍然是海外贸易中心，外国商船来华贸易者先至交州。德宗之前，外国商舶多至广州，德宗时入华外国商舶更多转移至交州。陆贽《论岭南请于安南置市舶中使状》云："岭南节度经略使奏，近日舶船多往安南市易。"[2] 因担心出问题，岭南节度使一边派判官到交州管理市舶贸易，一边请求朝廷遣中使监管。中唐作家李肇《唐国史补》记载交州和广州贸易的兴盛："南海舶，外国船也。每岁至安南、广州。师子舶最大，梯而上下数丈，皆积宝货。至则本道奏报，郡邑为之喧阗。有蕃长为主领，市舶使籍其名物，纳舶脚，禁珍异，蕃商有以欺诈入牢狱者。舶发之后，海路必养白鸽为信。舶没，则鸽虽数千里亦能归也。"[3] 此安南即交州。

当时赴安南的有从中原赴任的官员，离别时同僚朋友间往往赋诗送别或留别，在安南任职的官员与内地朋友间也以诗代笺，赠答酬唱。元稹《思归乐》诗中的赵工部曾两次到交州任都护，诗人羡慕他虽历炎瘴之地却身康体健：

> 山中思归乐，尽作思归鸣。尔是此山鸟，安得失乡名。应缘此山路，自古离人征。阴愁感和气，俾尔从此生。我虽失乡去，我无失乡情。惨舒在方寸，宠辱将何惊。浮生居大块，寻丈可寄形。身安即形乐，岂独乐咸京。命者道之本，死者天之平。安问远与近，何言殇与彭。君看赵工部，八十支体轻。交州二十载，一到长安城。长安不须臾，复作交州行。交州又累岁，移镇广与荆。归朝新天子，济济为上卿。肌肤无瘴色，饮食康且宁。长安一昼夜，死者如陨星。丧车四门出，何关炎瘴萦。[4]

---

[1] 〔阿拉伯〕伊本·胡尔达兹比赫：《道里邦国志》，宋岘译，中华书局1991年版，第71页。
[2] 《全唐文》卷473，上海古籍出版社1990年版，第2138页。
[3] （唐）李肇：《唐国史补》卷下，上海古籍出版社1957年版，第63页。
[4] （唐）元稹：《元稹集》卷1，第1页。

这些赴交州任职的官员的活动把陆上丝路起点长安、洛阳与海上丝路起点的交州和广州联系起来。交州和广州都是南方荒远之地，又有瘴气，一般北方人不服水土，而赵工部在交州、广州生活长达20多年，却康且宁，令诗人羡慕不已。又如权德舆《送安南裴都护》云：

> 忽佩交州印，初辞列宿文。莫言方任远，且贵主忧分。迥转朱鸢路，连飞翠羽群。戈船航涨海，旌旆卷炎云。绝徼塞帷识，名香夹縠焚。怀来通北户，长养洽南薰。暂叹同心阻，行看异绩闻。归时无所欲，薏苡或烦君。①

安南都护府在交州，与交州同治龙编，故诗称裴都护"佩交州印"。"名香"来自域外，"薏苡"是安南的特产，东汉时马援平林邑就带回薏苡，是从南方沿海地区传入中原的物品，故特意提到它，希望裴都护能费心不断寄来。高骈《赴安南却寄台司》云："曾驱万马上天山，风去云回顷刻间。今日海门南面事，莫教还似凤林关。"②《南征叙怀》云："万里驱兵过海门，此生今日报君恩。回期直待烽烟静，不遣征衣有泪痕。"③高骈是晚唐时名将，咸通年间拜安南都护，以安南都护府为静海军，朝廷任命他为静海军节度使，兼诸道行营招讨使。这是高骈赴任安南都护时写给朝廷官员的诗，表达了安定一方的雄心壮志。高骈在安南颇多建树，曾疏整安南至广州江道，称"天威道"，便利交广间交通转运，已见前文论述。

唐代分处异地的朋友往往互寄诗作以互通音问或表达相思之情，诗把中原地区和岭南地区联系起来。熊孺登《寄安南马中丞》云："龙韬能致虎符分，万里霜台压瘴云。蕃客不须愁海路，波神今伏马将军。"④ 马中丞当即安南都护，诗肯定他定能治理好安南，保证海上丝路的平安和畅通。也有因某种使命自中原赴安南的，当其返朝复命之际身处岭南的诗人为之送行。高骈《安南送曹别敕归朝》云：

> 云水苍茫日欲收，野烟深处鹧鸪愁。知君万里朝天去，为说征南

---

① 《全唐诗》卷323，第3634页。
② 《全唐诗》卷598，第6919页。
③ 同上书，第6923页。
④ 《全唐诗》卷476，第5421页。

已五秋。①

"别敕使"是朝廷临时差遣执行特定任务的官员,有时乃宦官充任。曹某自长安奉使到安南,从安南返朝,高骈赋诗送行。陆龟蒙《奉和袭美吴中言怀寄南海二同年》云:

> 曾见凌风上赤霄,尽将华藻赴嘉招。城连虎踞山图丽,路入龙编海舶遥。江客渔歌冲白荇,野禽人语映红蕉。庭中必有君迁树,莫向空台望汉朝。②

诗祝愿身在南海的朋友官职升迁,其中特意提到"龙编海舶",反映了安南之地海上贸易的兴盛。

岭南地区除广州等都市外,大多为蛮荒之地,偏僻遥远,自然环境恶劣,生活艰苦,成为唐朝贬官之所。交州比之广州更为荒远,因此不少人被贬至其地,也有贬至更远者途经其地。白居易《送客春游岭南二十韵》云:

> 已讶游何远,仍嗟别太频。离容君戚促,赠语我殷勤。迢递天南面,苍茫海北漘。诃陵国分界,交趾郡为邻。蓊郁三光晦,温暾四气匀。阴晴变寒暑,昏晓错星辰。瘴地难为老,蛮陬不易驯。土民稀白首,洞主尽黄巾。战舰犹惊浪,戎车未息尘。红旗围卉服,紫绶裹文身。面苦桄榔裹,浆酸橄榄新。牙樯迎海舶,铜鼓赛江神。不冻贪泉暖,无霜毒草春。云烟蟒蛇气,刀剑鳄鱼鳞。路足羁栖客,官多谪逐臣。天黄生飓母,雨黑长枫人。回使先传语,征轩早返轮。须防杯里蛊,莫爱橐中珍。北与南殊俗,身将货孰亲。尝闻君子诫,忧道不忧贫。③

这首诗题注云:"因叙岭南方物以谕之,并拟微之送崔十二之作。"这位崔十二似是一位经商者,所以诗写到岭南各种风物,告诫将游岭南的朋友,不要贪财。谈到岭南地方特色,提到两点,一是"路足羁栖客,官多谪宦臣";二是"牙樯迎海舶,铜鼓赛江神"。这里有许多被贬官外放的谪官,

---

① 《全唐诗》卷598,第6922页。
② 《全唐诗》卷625,第7186页。
③ (唐)白居易:《白居易集》卷17,第353页。

外国商船常汇聚岭南海上，中国海商出海贩贸时常举行祭祀海神的活动。唐初诗人沈佺期被贬岭南，其《度安海入龙编》云：

> 尝闻（一作我来）交趾郡，南与贯胸连。四气分寒少，三光置日偏。尉佗曾驭国，翁仲久游泉。邑屋遗甿在，鱼盐旧产传。越人遥捧翟，汉将下看鸢。北斗崇山挂，南风涨海牵。别离频破月，容鬓骤催年。昆弟推由命，妻孥割付缘。梦来魂尚扰，愁委疾空缠。虚道崩城泪，明心不应天。①

沈佺期是武周长安年间诗人，累迁通事舍人，预修《三教珠英》，转考功郎、给事中。坐交张易之流放驩州，即日南郡，今越南义安省荣市。他从广州渡海至今海南岛，又从海南岛渡海至龙编。当他行至龙编时写下此诗，因为龙编为安南都护府治所，故称其海为"安海"。与沈佺期同时被贬的杜审言有《旅寓安南》诗："交趾殊风候，寒迟暖复催。仲冬山果熟，正月野花开。积雨生昏雾，轻霜下震雷。故乡逾万里，客思倍从来。"② 杜审言是初唐诗人，"文章四友"之一，杜甫的祖父。高宗咸亨进士，官至修文馆直学士。中宗时因与张易之兄弟交往被流放峰州（今越南越池东南）。这首诗就是他行至交州时作。

唐代有不少人蒙冤被屈遭致流放，或在政治斗争中遭受打击和排斥被贬官，南方荒远之地往往是其贬所。盛唐诗人王昌龄曾被贬安南，其《寄驩州》诗残句云："与君远相知，不道云海深。"又《见谴至伊水》云："得罪由己招，本性易然诺。"③《送友人之安南》云："迁客又相送，风悲蝉更号。"④ 柳宗元《岭南江行》云：

> 瘴江南去入云烟，望尽黄茆是海边。山腹雨晴添象迹，潭心日暖长蛟涎。射工巧伺游人影，飓母偏惊旅客船。从此忧来非一事，岂容华发待流年。⑤

---

① 周勋初等主编：《全唐五代诗》卷66，第1292页。
② 《全唐诗》卷62，第734页。
③ 〔日〕遍照金刚：《文镜秘府论》地卷引，人民文学出版社1975年版，第36页。
④ 〔日〕遍照金刚：《文镜秘府论》地卷引末二句，云"此《送友人之安南》。"第45页。
〔日〕上毛河世宁：《全唐诗逸》卷上，收十四句，缺题。《全唐诗》附，第10177页；陈尚君辑校：《全唐诗补编》，中华书局1992年版，第849页。
⑤ （唐）柳宗元著，王国安笺释：《柳宗元诗笺释》卷3，上海古籍出版社1993年版，第302页。

柳宗元贬地柳州属安南都护府辖区。裴夷直在武宗时曾被贬驩州,当他赴贬所行至今湖南张家界地面时,曾写下《崇山郡》诗:"地尽炎荒瘴海头,圣朝今又放驩兜。交州已在南天外,更过交州四五州。"① 驩兜是古代传说中的三苗族首领,因与共工、鲧一起作乱,被舜流放至崇山。崇山在今湖南张家界,其地至今有驩兜墓、驩兜屋场、驩兜庙等遗迹。当他贬期已满,有幸活着返中原时,又写下《发交州日留题解炼师房》诗:"久喜房廊接,今成道路赊。明朝回首处,此地是天涯。"② 安南都护府所辖最南的地方是日南郡,有人远贬至此。张蠙《喜友人日南回》云:

南游曾去海南涯,此去游人不易归。白日雾昏张夜烛,穷冬气暖著春衣。溪荒毒鸟随船啤,洞黑冤蛇出树飞。重入帝城何寂寞,共回迁客半轻肥。③

日南郡在今越南中部,故称之为"海南涯",凡贬至此地的人极少生还。这位友人有幸作为"迁客"又回到帝城。跟他一起回来的人有的已经又升官发财了,但他却未见起用,诗人对他的处境寄予同情。贯休《送谏官南迁》云:"危行危言者,从天落海涯。如斯为远客,始是好男儿。瘴杂交州雨,犀揩马援碑。不知千万里,谁复识辛毗。"④ 唐代谏官是一个容易触犯龙鳞的职务,唯唯诺诺不能称职,正直敢言可能遭致反感。贯休送行的这位谏官就是因为正言直行得罪上层统治者被贬交州的,诗人称赞他像三国魏名臣辛毗正直敢言。

自古以来中原地区与交州一带就保持着宗教方面的联系。东汉末年牟子从北方到交州,著《理惑论》倡导佛教。六朝时从海上丝绸之路往来的僧人在南方沿海地区译经传教,他们翻译的佛经也传入中原地区。⑤ 从唐诗中可以看到安南的高僧曾被召入长安宫廷,当其返乡时诗人们写诗送行。贾岛《送安南惟鉴法师》诗云:

讲经春殿里,花绕御床飞。南海几回渡,旧山临老归。潮摇蛮草

---

① 《全唐诗》卷513,第5862页。
② 同上书,第5859页。
③ 《全唐诗》卷702,第8081页。
④ (唐)贯休著,胡大浚笺注:《贯休歌诗系年笺注》卷7,第354页。
⑤ 参见拙文《六朝时期的海上交通与佛教东传》,载《吴越佛教》第八卷,九州出版社2013年版。

落，月湿岛松微。空水既如彼，往来消息稀。①

诗前两句说惟鉴法师曾在宫内讲经，竟然讲得天女散花。三、四句扣题写其南归，最后写眷恋之情。杨巨源《供奉定法师归安南》云："故乡南越外，万里白云峰。经论辞天去，香花入海逢。鹭涛清梵彻，蜃阁化城重。心到长安陌，交州后夜钟。"② 从诗中可知定法师像鉴法师一样曾入宫讲经。也有中原高僧赴安南者，晚唐诗人李洞《送云卿上人游安南（一作送僧游南海）》云："春往海南边，秋闻半夜蝉。鲸吞洗钵水，犀触点灯船。岛屿分诸国，星河共一天。长安却回日，松偃旧房前。"③ 贯休《送僧之安南》云：

> 安南千万里，师去趣何长。鬓有沃（一作炎）州雪，心为异国香。退牙山象恶，过海布帆荒。早作归吴计，无忘父母乡。④

这些诗昭示着从中原地区到安南也是一条宗教文化传播之路。海上丝路是中国与东南亚和南亚佛教交流的重要通道，交州和广州则是域外佛教进入中国的门户。

唐代藩镇幕府僚佐的任用实行辟署制，即由节帅辟请，报请朝廷署职。那些科举考试落第者、仕途不顺利者、没有机会经过朝廷铨选踏上仕途的怀才不遇者，往往接受节帅辟请入幕充职。这些僚佐被称为"判官"，与地方职事官不同。中原士人有的远赴安南谋求幕职，朋友往往写诗送行。杨衡《送王秀才往安南》云：

> 君为蹈海客，客路谁谙悉。鲸度乍疑山，鸡鸣先见日。所嗟回棹晚，倍结离情密。无贪合浦珠，念守江陵橘。⑤

秀才别称茂才，原指才之秀者，汉代以后成为荐举人才的科目之一。汉代

---

① （唐）贾岛著，李嘉言校：《长江集新校》卷4，上海古籍出版社1983年版，第37页。此诗不同版本文字稍异，"南海几回渡"渡一作"过"；"潮摇"二句一作"触风香损印，沾雨磬生衣"；"空水"句一作"云水路迢递"。《唐诗纪事》诗题作"送长安惟鉴法师"。首句"殿"字，《又玄集》《唐诗纪事》俱作"色"。
② 《全唐诗》卷333，第3722页。
③ 《全唐诗》卷721，第8271页。
④ （唐）贯休，胡大浚笺注：《贯休歌诗系年笺注》卷16，第751页。
⑤ 《全唐诗》卷465，第5283页。

时开始与孝廉并为举士的科名,东汉时避光武帝刘秀讳改称"茂才"。唐初曾与明经、进士并设为举士科目,不久停废。唐宋间凡应举者皆称秀才,诗中的王氏参加过科举,未中第,故被称为"秀才"。当时像这样的举子远游安南,目的就是能得到节帅赏识,谋一幕席。杜荀鹤《赠友人罢举赴交趾辟命》亦与此相同:

> 罢却名场拟入秦,南行无罪似流人。纵经商岭非驰驿,须过长沙吊逐臣。舶载海奴镮硾耳,象驼蛮女彩缠身。如何待取丹霄桂,别赴嘉招作上宾。①

这位友人就是举进士不第,放弃了科举进身的途径,接受了安南幕府的辟请。远赴交趾可能是情愿的,想到那是蛮荒之地,不免有流贬的感觉。诗人希望他再有机会参加科举考试,换到新的幕府任职,即"别赴嘉招"。陈光《送人游交趾》云:"挂席天涯去,想君万里心。人间无别业,海外访知音。"②唐代节帅与其辟署的僚佐互称知己,这里说"海外访知音"就是到安南去寻求入幕的机会。以上被送者赴安南,安南是海外贸易发达的地区,送行者都想象着朋友到了安南,能见识或获得南方沿海或海外的异物和奇珍,诸如"鲸""合浦珠""海奴""象""蛮女""龙涎"等。

在诗人笔下,安南、交州是南方极远之地的象征。权德舆《大言》云:"华嵩为佩河为带,南交北朔跬步内。搏鹏作腊巨鳌鲙,伸舒轶出元气外。"③"大言"意即吹牛皮,当他夸张地说一步就可跨越国家的南北时,南方的标志就是交州。曹松《南游》云:"直到南箕下,方谙涨海头。君恩过铜柱,戎节限交州。犀占花阴卧,波冲瘴色流。远夷非不乐,自是北人愁。"④于濆《南越谣》云:"迢迢东南天,巨浸无津壖。雄风卷昏雾,干戈满楼船。此时尉佗心,儿童待幽燕。三寸陆贾舌,万里汉山川。若令交趾货,尽生虞芮田。天意苟如此,遐人谁肯怜。"⑤贾岛《送黄知(一作和)新归安南》云:

> 池亭沉饮遍,非独曲江花。地远路穿海,春归冬到家。火山难下

---

① 《全唐诗》卷692,第7957页。
② (明)佚名:《诗渊》第4册,书目文献出版社1984年版,第2521页。
③ (唐)权德舆:《新刊权载之文集》卷8,上海古籍出版社2013年版,第10页。
④ 《全唐诗》卷716,第8223页。
⑤ 《全唐诗》卷599,第6926页。

雪，瘴土不生茶。知决移（一作秋）来计，相逢期尚赊。①

这位黄氏似是在长安中举后归安南，唐代新进士放榜后有各种宴集活动，最重要的是曲江宴、慈恩题名、杏园探花宴等。② 诗前两句写的就是这种活动。黄氏中举后衣锦还乡，然后将再返长安，故诗有"相逢"之期。因为路途遥远，故言"期尚赊"。因为交州遥远，在唐诗里有时泛指南方极远之地，并非实指和确指。陈陶《和容南韦中丞题瑞亭白燕、白鼠、六眸龟、嘉莲》云："伏波恩信动南夷，交趾喧传四瑞诗。燕鼠孕灵褒上德，龟莲增耀答无私。回翔雪侣窥檐处，照映红巢出水时。尽写流传在轩槛，嘉祥从此百年知。"③ "容南"指容管经略使，驻节容州，与交州同属岭南，故诗中以"交趾"泛指岭南地区。储光羲《同诸公送李云南伐蛮》云："昆明滨滇池，蠢尔敢逆常。天星耀铁锁，吊彼西南方。冢宰统元戎，太守齿军行。囊括千万里，矢谟在庙堂。耀耀金虎符，一息到炎荒。蒐兵自交趾，茇舍出泸阳。"④ 这里的"交趾"也是强调朝廷征兵范围很广，远到岭南。

交州的历史文化进入诗人的视野，唐诗中写到交州的历史，写得较多的是马援的故事。马援乃东汉名将，曾南征交趾，平息征侧、征贰之乱，官至伏波将军，因功封新息侯，世称"马伏波"。马援平定"二征起义"后，立铜柱以为汉朝南边界碑，在唐诗里"铜柱"成为汉地与蛮族的分界。张籍《蛮中》诗云："铜柱南边毒草春，行人几日到金潾。玉镮穿耳谁家女，自抱琵琶迎海神。"⑤ 元稹《和乐天送客游岭南二十韵》云：

我自离乡久，君那度岭频。一杯魂惨澹，万里路艰辛。江馆连沙市，泷船泊水滨。骑田回北顾，铜柱指南邻。⑥

铜柱在唐诗中更多地作为战争胜利的标志，诗人用此典称赞当世将军，或祝愿将军荣立战功。杜甫《江阁对雨有怀行营裴二端公（裴虬与讨臧玠，故有行营）》云：

---

① （唐）贾岛著，李嘉言校：《长江集新校》卷7，第83页。
② 参见傅璇琮《唐代科举与文学》，陕西人民出版社1986年版，第304页。
③ 《全唐诗》卷746，第8480页。
④ 《全唐诗》卷138，第1398页。
⑤ （唐）张籍著，徐礼节、余恕诚校注：《张籍集系年校注》卷6，第796页。
⑥ （唐）元稹著，杨军笺注：《元稹集编年笺注》，三秦出版社2002年版，第569页。

> 南纪风涛壮,阴晴屡不分。野流行地日,江入度山云。层阁凭雷殷,长空水面文。雨来铜柱北,应洗伏波军。①

又如刘禹锡《和南海马大夫,闻杨侍郎出守郴州,因有寄上之作》云:"玉环庆远瞻台坐,铜柱勋高压海门。"② 杜牧《送容州中丞赴镇》云:"莫教铜柱北,空说马将军。"③ 这些诗都用马援赞美当世的将军,并包含着祝愿其像马援一样建立功名的意思。但众所周知,马援铜柱早已不存,这也象征着中原政权对其地统治的削弱和控制力的下降。因此,唐后期诗人写到南方沿海地区的政治局势,写到铜柱,又借以表达了对国事的伤感。李贺《古悠悠行》云:"空光远流浪,铜柱从年消。"④ "铜柱从年消"成为时世变迁的征象。马戴《送从叔重赴海南从事》云:"沙埋铜柱没,山簇瘴云平。念此别离苦,其如宗从情。"⑤ "沙埋铜柱"难道不是国威丧失的象征!这才是诗人送从叔南方赴任时真正的痛苦所在。

五代十国时南楚曾效马援立"溪州铜柱"。后晋天福四年(939)九月,南楚王马希范遣麾下刘勍、廖匡齐统兵征讨溪州,土家族、苗族首领彭士愁率蛮兵抵抗。蛮兵战败,退至沅陵,"弃州保险,凭高结寨",楚兵架设栈道向山顶进攻。溪兵坚守,廖匡齐阵亡。山上溪兵夜里燃起烽火,召集援兵。刘勍把毒药投放在溪涧内,援兵饮其水者毒发身亡。刘勍命士兵用火箭射入山寨,山寨尽焚,溪兵死伤甚众。彭士愁率部乘夜退至奖州(今麻阳、芷江一带),马希范与其相约议和,会盟于会溪坪(在今湖南省古丈县)。事后马希范效法马援"象浦立柱"之举,以铜五千斤铸柱,铭刻誓状于其上。⑥ 南楚国天策学士李宏皋作《铜柱辞》以咏其事:

> 招灵铸柱垂英烈,手执干戈征百越。诞今铸柱庇黔黎,指画风雷开五溪。五溪之险不足恃,我旅争登若平地。五溪之众不足平,我师轻蹑如春冰。溪人畏威思纳质,弃污归明求立誓。誓山川兮告鬼神,保子孙兮千万春。⑦

---

① (唐)杜甫著,(清)仇兆鳌注:《杜诗详注》卷23,第2078页。
② (唐)刘禹锡:《刘禹锡集》卷35,第350页。
③ (唐)杜牧著,吴在庆校注:《杜牧集系年校注》卷2,中华书局2013年版,第118—119页。
④ (唐)李贺:《李贺诗集》卷2,人民文学出版社1959年版,第79页。
⑤ 《全唐诗》卷556,第6443—6444页。
⑥ 参见新、旧《五代史》《九国志》《资治通鉴》诸书记载。
⑦ 《全唐诗》卷762,第8648页。

与马援有关的"薏苡明珠"故事被诗人用为典故。马援驻交趾时常吃薏苡,因为交趾潮湿,有瘴气,薏苡有防治风湿和祛除瘴气的功效。其地薏苡果实硕大,马援回京时拉了满满一车。马援死,其政敌诬陷马援在南方搜刮了满车珍珠文犀运回。光武帝异常愤怒,马援家人惶惧不安,把马援尸体草草埋葬。后人以"薏苡明珠"比喻被人诬陷,蒙受不白之冤。胡曾《咏史诗·铜柱》咏其事:"一柱高标险塞垣,南蛮不敢犯中原。功成自合分茅土,何事翻衔薏苡冤。"① 诗为立功绝域却蒙冤的名将马援鸣不平。

安南国又是今越南古代名称,得名于唐代安南都护府。安南之地自公元前3世纪秦朝开始即入中国版图,至五代十国时吴权割据安南时脱离南汉,北宋无力收复,故独立成国。实际上安南之地的独立是从晚唐时开始的,随着内地的战乱,此地日益摆脱中原政权控制。至五代时天下分裂,割据南方的南汉政权无力控制局面,安南的独立最终成为事实。这种分裂的苗头晚唐时便表现出来,与唐朝南方沿海地区官员抚理不当有关。懿宗咸通三年(862),南诏再陷安南,累岁兵戈不息。孙光宪《北梦琐言》记载:

> 荆徐间征役拒蛮,人甚苦之。有举子闻许卒二千没于蛮乡,有诗刺曰:"南荒不择吏,致我交趾覆。联绵三四年,致我交趾辱。懦者斗则退,武者兵益黩。军容满天下,战将多金玉。刮得齐民疮,分为猛士禄。雄雄许昌师,忠武冠其族。去为万骑风,住为一川肉。时有残卒回,千门万户哭。哀声动间里,怨气成山谷。谁能听鼓声,不忍看金镞。念此堪泪流,悠悠颍川绿。"②

此举子可能即晚唐诗人皮日休,其《三羞诗三首》其二与《北梦琐言》载此懿宗朝举子《刺安南事诗》文字大体相同,只是字数和句数稍多,对比可知:

> 南荒不择吏,致我交阯覆。绵联三四年,流为中夏辱。懦者斗即退,武者兵则黩。军庸满天下,战将多金玉。刮则齐民痡,分为猛士禄。雄健许昌师,忠武冠其族。去为万骑风,住作一川肉。昨朝残卒回,千门万户哭。哀声动间里,怨气成山谷。谁能听昼鼙,不忍看金

---

① 《全唐诗》卷647,第7427页。
② (宋)孙光宪:《北梦琐言》卷2,上海古籍出版社1981年版,第9页。

镞。吾有制胜术，不奈贱碌碌。贮之胸臆间，惭见许师属。自嗟胡为者，得蹑前修躅。家不出军租，身不识部曲。亦衣许师衣，亦食许师粟。方知古人道，荫我已为足。念此向谁羞，悠悠颍川绿。

这三首诗是皮日休参加科举考试落第后写的诗，为国家三事而羞。诗序云："日休旅次于许传舍，闻叫啕之声，动于城郭。问于道民，民曰：'蛮围我交趾，奉诏征许兵二千征之。其征且再，有战皆殁。其哭者，许兵之属。'"[①] 咸通五年（864）七月，朝廷任命高骈为安南都护、经略招讨使，以抵御南诏对安南的侵扰。咸通六年（865），高骈率军破峰州蛮。第二年，收复交趾，以安南都护府为静海军，授高骈为节度使。司空图《复安南碑》纪念高骈的战功，序言详叙高骈收复安南的过程，铭文则以四言诗形式歌咏其事：

珠躔映运，鼎业凿乾。麟衔瑞纪，凤舞昌年。层澜浩注，景祚遐延。光凝宝篚，庆蔼祥编。上喆继文，皇图增焕。得一践義，登三轹汉。懿纲牢笼，大炉贞观。宗社还资，徽明接旦。云腴洞润，月窟皆倾。钩山就日，截海来庭。琛罗翠羽，赆委香琼。旁魄万有，骏奔百灵。乃眷荒夷，独迷元造。虺毒潜萌，狼心益骜。裖激焦烟，尘埋瘴峤。敷命讲材，式资穷讨。衿服将授，畅毂斯臻。肃拜清庙，时维宝臣。熊旗日浴，贝胄星陈。机悬玉弩，彗进金鳞。申命长驱，指麾横厉。崿崿鹰瞵，稜稜虎视。叠懿峨山，连师禹裔。视险必夷，屠坚若脆。元戈增耀，赤愤凭凶。锋攒睥睨，火进艨艟。天声下震，神将沉雄。高牙爱指，厚阵皆空。吒咤虹摅，腾凌电扫。动若摧枯，势逾穿缟。血浪喷溟，颓山亘岛。渗卷一隅，霞披四表。我武既张，我威载扬。克剪违命，乃恢旧疆。上帝宠锡，元戎休光。允兹壮烈，有耀群芳。遗孽偷魂，数将尽灭。鱼穷爨鼎，蚁惧搜穴。用警殊伦，斯为还辙。勒颂海垠，式昭天伐。[②]

诗先写安南之地在大唐域内，曾是域外文明输入的窗口，各种珠宝由此传入，域外各族来此入贡。但南蛮荒夷叛服无常，大军必事征讨。高骈率大军进击，终于"克剪违命，乃恢旧疆"。高骈的胜利只是一时的成

---

① （唐）皮日休：《皮子文薮》卷10，中华书局1959年版，第109页。
② 《全唐文》卷809，上海古籍出版社1990年版，第3772页。

功。自晚唐开始中国内乱，无力经营南方沿海地区，导致安南蛮族不断发动起义和叛乱。五代时立国岭南的南汉政权最终丧失对交州之地的管控，使其日益脱离中原政权而走向独立，从皮日休的诗可知，敏感的诗人早已感到交趾可能一去不复返了。"968 年安南之独立，交趾遂确定屏除于问题之外。"①

人们或因贬官流放，或因出使赴任，或因弘法，或因游历，皆"穿海""渡海""入海"而至安南，亦有写安南人自中国内地而返归者。这些诗歌皆显示了交趾在海上丝绸之路中的突出地位。交州又是唐代安南道的起点，从此出发可与南方丝绸之路连接，经云南至缅甸、印度。这条路线以及在唐诗中的描写，我们已在探讨南方丝绸之路时专节论述。

（二）广州、番禺、南海和岭南节度使

秦代以前广州有"楚庭"之称。从秦朝开始，今广州市一直是郡治、州治、府治的行政中心，也是岭南地区军事重镇和对外贸易中心。秦朝在岭南置象郡、南海、桂林三郡，建立番禺等县。南海郡包括今广东省大部分地区，郡治番禺县，任嚣任郡尉，这是广州最早的行政建制，也是广州设立行政区和建城的开始。广州城始建于公元前 214 年，建城者是秦南海郡尉任嚣，俗称"任嚣城"，正式名称为番禺城。秦末中原战乱，任嚣委托赵佗代理郡尉，嘱咐赵佗割据岭南。公元前 206 年，任嚣去世，赵佗封锁岭南与中原的交通，拥兵割据。公元前 204 年，兼并桂林郡和象郡，建立南越国，地跨今广东、广西大部和越南北部，定都番禺城。公元前 113 年，南越国丞相吕嘉叛乱，发兵反汉。第二年汉武帝出兵灭南越国。元封五年（前 106）改属交州。东汉献帝建安十五年（210），孙权任命步骘为交州刺史，步骘向孙权建议在番禺设立州治。217 年，步骘将州治迁至番禺，后世称为"步骘城"。226 年，吴国把交州分为交州和广州，广州治番禺，交州治龙编。随即恢复。264 年再次分交州置广州，从此确定下来。②晋代仍称南海郡，番禺为郡治所在。南朝诸朝仍置广州。

隋初设广州总管府，唐武德七年（624）改称广州都督府。贞观中行军称总管，驻守称都督。贞观元年（627），撤去循州总管府，原循州总管府辖下之潮州、韶州、循州划归广州总管府，为岭南五管之一。开元二十

---

① 〔法〕伯希和：《交广印度两道考》，冯承钧译，中华书局 1955 年版，第 3 页。
② 宋燕鹏、冯磊：《孙吴分交州置广州缘由之我见》，《保定师范专科学院学报》2002 年第 1 期。

一年（733）置岭南五府经略讨击使。后因周边军情日繁，睿宗景云年间始在沿边设置有一定辖区的节度使。节度使"加以旌节"，"得以军事专杀，行则建节，府树六纛"。开元时遍设节度（或经略）使于边境地区。天宝初遂有沿边十节度（实为九节度使，一经略使）之制。岭南五府经略讨击使为其一，职责是"绥静夷、僚，统经略、清海二军，桂、容、邕、交四管，治广州，兵万五千四百人"①。天宝时裴敦复曾为五府经略使。至德二载（757）改为岭南节度使，仍兼领桂州、邕州、容州、交州四管，所以号称五府（都督府）。咸通三年（862）分为东西二道，广管为岭南东道节度使，邕管兼桂、容、交为岭南西道节度使。895年，改为清海军节度使。番禺城是岭南东道道治、广州州治、南海郡郡治、番禺县县治、都督府治所在地，清海军节度使驻节地。

广州从秦代以来就是海上交通和对外贸易中心城市之一，唐初以其交通便利逐渐取代了交州在海外贸易中的地位，唐代中期以后更是国际贸易大港，不仅是东西方货物的集散中心，也是"汉蕃杂居"的要地，其交通之便优于交州。伯希和说："航舶渐取直接航线径赴中国，交州之地位遂终为广州所夺。"②中唐时外国商船一度多往安南交趾，陆贽《论岭南请于安南置市舶中使状》云："远国商贩，唯利是求，绥之斯来，扰之则去。广州地当要会，俗号殷繁，交易之徒，素所奔凑。"所以当舶船"多往安南市易"时，被陆贽称为"舍近而趋远，弃中而就偏"③。贾耽《入四夷之路》记载海上交通，以广州为起点，唐代中国人出海到远方国家，多从广州出发。义净赴天竺取经，于671年从广州出发，"至广府，与波斯舶主期会南行"，"背番禺，指鹿园"④。从海外国家来中国的外域人先到广州。当时生活在广州的外国人很多，广州名扬海外，为外国人所关注。曾任阿拉伯阿拔斯王朝吉巴尔邮长的阿拉伯人伊本·胡尔达兹比赫《道里邦国志》称广州为"汉府"（Khānfū），说它是"中国最大的港口"，从汉府可至汉久（Khānjū，其地不详，大约在今福建沿海一带）、刚突（Qāntū，江都）。"中国的这几个港口，各临一条大河，海船能在这大河中航行。"⑤ 来华通

---

① 《资治通鉴》卷210，天宝元年，中华书局1956年版，第6850页。
② 〔法〕伯希和：《交广印度两道考》，冯承钧译，第3页。
③ 《全唐文》卷473，上海古籍出版社1990年版，第2138页。
④ （唐）义净著，王邦维校注：《大唐西域求法高僧传校注》卷下，中华书局1988年版，第152页。
⑤ 〔阿拉伯〕伊本·胡尔达兹比赫：《道里邦国志》，宋岘译注，中华书局1991年版，第72页。

商的阿拉伯人著《中国印度见闻录》一书云："广府（广州）是个港口，船只在那里停泊"①；广府"是阿拉伯商人荟萃的城市"。这本书还记载了唐末黄巢的军队攻入广州，"寄居城中经商的伊斯兰教徒、犹太教徒、基督教徒、拜火教徒，就总共有十二万人被他杀害了"②。可见广州居住的外国人数之多。阿拉伯人称广州蕃人聚集之地，"中国官长委任一个穆斯林，授权他解决这个地区各穆斯林之间的纠纷；这是按照中国君主的特殊旨意办的"③。外国商人聚居的地方称为"蕃坊"，"诸国人至广州，是岁不归者，谓之'住唐'"④。主要是阿拉伯、波斯穆斯林侨民在华聚居区。当时来华的阿拉伯（大食）、波斯商贾被称作"蕃商""蕃客"。蕃坊也叫"番坊"或"蕃巷"。由于在蕃坊居住的以外国商人居多，因此其中有用于番货交易的"番市"。唐后期由于西域和河西走廊为吐蕃所控制，波斯人和阿拉伯商人经陆路来华不便，主要是经海路来到中国南方沿海地区。来到广州的阿拉伯人在他们聚居的蕃坊内建立清真寺便于礼拜。广州的怀圣寺建于唐代，至今犹存。

唐代广州通往波斯湾的航线已经开辟，与大食首都巴格达之间有定期往来的商船，广州与东西方许多国家经过海路进行交通往来。《道里邦国志》书中记录了从巴士拉通向中国的海上贸易之路。⑤ 日本学者桑原骘藏指出："由唐而宋，中国南部与波斯之间大开通商，波斯湾各港皆依东洋贸易而繁昌。"⑥ 他考证《道里邦国志》中波斯商船抵华第一港为今越南河内（即交趾龙编，属唐安南都护府），第二港为广州，第三港为泉州，第四港为扬州。⑦ 广州与阿拉伯间海上航线繁忙。日本真人元开《唐大和尚东征传》记载，天宝九载（750），鉴真一行自海南岛回到广州，见"江中有婆罗门、波斯、昆仑等舶，不知其数，并载香药、珍宝，积载如山。其舶深六七丈，狮子国、大石（食）国、骨唐国、白蛮、赤蛮等往来居住，种类极多"⑧。其中"白蛮"指欧洲人，"赤蛮"指非洲人，骨唐国

---

① 〔阿拉伯〕佚名：《中国印度见闻录》卷12，穆根来等译，中华书局1983年版，第14—15页。
② 〔阿拉伯〕佚名：《中国印度见闻录》卷2，第96页。
③ 同上书，第7页。
④ （宋）朱彧：《萍洲可谈》卷2，中华书局2007年版，第134页。
⑤ 〔阿拉伯〕伊本·胡尔达兹比赫：《道里邦国志》，第71—74页。
⑥ 〔日〕桑原骘藏：《波斯湾之东洋贸易港》，《唐宋贸易港研究》，杨炼译，商务印书馆1935年版，第17页。
⑦ 〔日〕桑原骘藏：《伊本所记中国贸易港》，《唐宋贸易港研究》，第64—154页。
⑧ 〔日〕真人元开：《唐大和尚东征传》，中华书局1979年版，第74页。

即昆仑,"南海洲岛中夷人也"①。各国蕃舶云集广州,广州在中外交通和贸易中的重要地位引起国内外的关注。韩愈《送郑尚书序》描述与广州来往的海外国家云:"其海外杂国若耽浮罗、流求、毛人、夷亶之州,林邑、扶南、真腊、于陀利之属,东南际天地以万数,或时候风潮朝贡,蛮胡贾人舶交海中。若岭南帅得其人,则一边尽治,……外国之货日至,珠香象犀玳瑁奇物溢于中国,不可胜用。"②柳宗元《岭南节度使飨军堂记》谈到与广州交通往来的国家:"其外大海多蛮夷,由流求、诃陵,西抵大夏、康居,环水而国以百数,则统于押蕃舶使焉。"③《旧唐书·王方庆传》记载:"广州地际南海,每岁有昆仑乘舶以珍货与中国交市。"④陆贽《论岭南请于安南置市舶中使状》称:"广州地当要会,俗号殷繁,交易之徒,素所奔凑。"⑤大食国通过海路与唐朝的交往见诸文学作品的描述。张九龄《狮子赞序》云:

夫德之所感者深,物之所怀者远。中国有圣,占候而自来;四夷不王,征伐而难致。故绝域有来贡没羽,诸侯有不入苞茅:举其大凡,不在逶迤。顷有至自南海,厥繇西极,献其方物,而狮子在焉。……凡我侍臣,为之赞曰(一作"咸为之赞")。

"南海"即今广州,来自"西极"的狮子通过海路到达广州,又送到首都长安。张九龄代玄宗制序,请大臣们写赞,这是一次诗会,写诗赞美域外进贡狮子的美事。狮子产自波斯,此时大食已吞灭波斯,所谓"西极"即大食。开元十年(722)十月乙巳,"波斯国遣使献狮子"⑥。张九龄序当撰于此时。其时波斯国已不复存在,当是大食所献来自波斯故地的狮子。遗憾的是当时群臣所作《狮子赞》诗没有留传。

作为沿海城市,广州独具风情,对外贸易兴盛,其在海上丝绸之路的起点地位以及对外贸易的兴盛局面在唐诗中得到展现,这类诗以唐后期的作品为多。唐诗中写到广州,常常突出其对外开放的特点。来到广州的诗

---

① (唐)慧琳:《一切经音义》卷81,徐时仪校注《一切经音义三种校本合刊》,上海古籍出版社2008年版,第1945页。
② (唐)韩愈撰,马其昶校注:《韩昌黎文集校注》卷4,上海古籍出版社1986年版,第283—284页。
③ (唐)柳宗元:《柳宗元集》卷26,中华书局1979年版,第706页。
④ 《旧唐书》卷89《王方庆传》,第2897页。
⑤ 《全唐文》卷473,上海古籍出版社1990年版,第2138页。
⑥ 《册府元龟》卷971《外臣部·朝贡》,中华书局1960年版,第11407页。

人，对广州的社会生活和对外贸易自然耳濡目染，没到过广州的诗人也获得不少关于广州社会生活的丰富信息，因此广州自然进入诗人的视野和吟咏。韩愈诗《送郑尚书权赴南海》云：

> 番禺军府盛，欲说暂停杯。盖海旌幢出，连天观阁开。衙时龙户集，上日马人来。风静鹄鹏去，官廉蚌蛤回。货通师子国，乐奏武王台。事事皆殊异，无嫌屈大才。①

韩愈一生三次到岭南，对沿海社会有亲身体验。长庆三年（823），南海人郑权以尚书左仆射、岭南节度使出镇广州，韩愈写此诗送行，反映了诗人对广州风土人情、物产习俗十分熟悉。其中与海外贸易直接相关的是"风静鹄鹏去，官廉蚌蛤回""货通师子国，乐奏武王台"，"官廉蚌蛤回"借用"合浦珠还"的故事赞美郑权。合浦是古代著名的海港，海中出产珍珠。当地人以采珠为业，用珍珠换粮以度日。商人们则将粮食运到合浦，换成珍珠再运往外地出售。传说汉桓帝时期，太守贪婪，驱使百姓为他下海采珠。珠蚌跑到其他地方去了。孟尝任合浦太守，体恤民情，改变了前任太守的做法，珠蚌又渐渐回到合浦，百姓才得以安居乐业。韩愈借古喻今，希望到南海上任的郑尚书能够像孟尝一样廉洁，为广州百姓造福。"师子国"即今斯里兰卡，韩愈的诗反映了广州与师子国之间海上交通的连接和商贸关系。在诗人笔下突出了广州作为开放城市的特点，让我们看到了广州海外贸易的盛况。王建《送郑权尚书赴南海》云：

> 七郡双旌贵，人皆不忆回。戍头龙脑铺，关口象牙堆。敕设薰炉出，蛮辞咒节开。市喧山贼破，金贱海船来。白氎家家织，红蕉处处栽。已将身报国，莫起望乡台。②

这首诗反映了广州对外贸易的状况，市场上摆放的是"龙脑""象牙"等来自海外的商品；因为有来自海外的香料，所以处处可见燃香的薰炉；这里人语言与中原不通，交流用语是"蛮辞"，交易用的是黄金。"唐代中国的生产力远远高于周边国家，外国向中国输入的是香料、象牙等初级产品，而中国输出手工业制品，贸易顺差很大，迫使外商用硬通货来支付，

---

① （唐）韩愈撰，钱仲联集释：《韩昌黎诗系年集释》卷12，第1259页。
② （唐）王建著，王宗堂校注：《王建诗集校注》卷5，第280页。

国外的黄金就源源不断地输入广州，并影响到广州金价。""这首诗还反映了这样的史实，唐代中国交易一般流行的是银本位，而广州却是金本位，主要原因是广州海外贸易发达，流入的黄金数量巨大，可以支撑起整个支付体系。"①"金贱海船来"就是说因为有海外商舶的到来，造成广州市面上金价下跌。商船带来了大量的黄金，在广州购买中国商品，引发岭南金价下调。过一段时间，过量的黄金被分流到内地，广州的金价又会回复到原来的水平，等到下一个贸易季节，又开始一个新的循环。这首诗写到的"白氎"就是棉花，棉花原产南亚，传入中国，从诗中可知唐代时在岭南用棉花织布已经非常普遍。

　　写到广州独特的风俗，诗人常常关注的是其"岛夷俗"，即带有海洋文化异域风味的物产和习俗。此"岛夷"既指中国南方沿海附近岛屿，也包括从中国南海出海至东南亚、南亚沿途国家和地区，因为都是海洋文化，故具有许多相似之处。杜甫《送段功曹归广州》云："南海春天外，功曹几月程。峡云笼树小，湖日落船明。交趾丹砂重，韶州白葛轻。幸君因旅客，时寄锦官城。"②交趾丹砂闻名于世，杜甫希望段功曹通过往来于广州与成都的商人寄送。张籍《送郑尚书出镇南海》诗写广州繁华："蛮声喧夜市，海色浸潮台。"③张籍又有《送郑尚书赴广州》诗："圣朝选将持符节，内使宣时百辟听。海北（一作外）蛮夷来舞蹈，岭南封管送图经。白鹇飞绕迎官舫，红槿开当宴客亭。此处莫言多瘴疠，天边看取老人星。"④陈陶《番禺道中作》云："博罗程远近，海塞愁先入。瘴雨出虹蝀，蛮江渡山急。常闻岛夷俗，犀象满城邑。"⑤陈陶《南海送韦七使君赴象州任》云："一鹗韦公子，新恩颁郡符。岛夷通荔浦，龙节过苍梧。地理金城近，天涯玉树孤。圣朝朱绂贵，从此展雄图。"⑥提到南海、番禺，他们都会想到那里的物产风情。

　　广州引起整个社会的关注，广州的历史文化、名胜古迹也进入诗人吟咏，见于诗人吟咏最多的是南越国的历史和传说，越王台、尉佗宫、南海龙王庙和汉武帝平南越、马援南征故事、五羊传说等成为诗人常用的素材。广州治番禺，番禺郡有时称南海郡。张九龄《送广州周判官》云：

---

① 陈永正编注：《中国古代海上丝绸之路诗选》序，广东旅游出版社 2001 年版。
② （唐）杜甫著，（清）仇兆鳌注：《杜诗详注》卷 11，第 928—929 页。
③ （唐）张籍著，徐礼节、余恕诚校注：《张籍集系年校注》卷 3，第 396 页。
④ 同上书，第 539 页。
⑤ 《全唐诗》卷 745，第 8468 页。
⑥ 同上书，第 8476 页。

"海郡雄蛮落，津亭壮越台。城隅百雉映，水曲万家开。"① 又《使至广州》："人非汉使橐，郡是越王台。"② 杜甫《广州段功曹到得杨五长史谭书功曹却归聊寄此诗》云："卫青开幕府，杨仆将楼船。"③ 杨仆即汉武帝平南越时的水军将领。崔子向《题越王台》："越井岗头松柏老，越王台上生秋草。古木多年无子孙，牛羊践踏成官道。"④ 胡曾《咏史诗·番禺》云："重冈复岭势崔巍，一卒当关万卒回。不是大夫多辨说，尉他争肯筑朝台。"⑤ 陈陶《南海石门戍怀古》云："唯有朝台月，千年照戍楼。"⑥ 尉他即尉佗。朝台又称朝汉台，汉文帝时陆贾奉使至南越国，说服赵佗称臣，赵佗"因冈筑台，北面朝汉"，"朔望升拜，名曰朝台"⑦。曹松《南海旅次》云："忆归休上越王台，归思临高不易裁。"⑧ 越王台，南越王赵佗所筑，在今广州越秀山。许浑《登尉佗楼》云："刘项持兵鹿未穷，自乘黄屋岛夷中。南来作尉任嚣力，北向称臣陆贾功。"⑨ 尉佗楼在今广州市南越王庙，已废。许浑《南海使院对菊怀丁卯别墅》云："朝来数花发，身在尉佗宫。"⑩ 沈彬《送人游南海》云："白烟和月藏峦洞，明月随潮入瘴村。更想临高见佳景，越王台上酒盈樽。"⑪ 李群玉《登蒲涧寺后二岩三首》其一云："五仙骑五羊，何代降兹乡。""五仙骑五羊"是关于广州的古老神话，初有五仙人，皆持谷穗，一茎六出，乘五羊而至。故广州有五羊城、穗城之别称。其三云："赵佗丘垄灭，马援鼓鼙空。"⑫ 诗把马援和赵佗作为两个典型，说他们当年都是辉煌一生，但荣耀一时，物转星移，一切繁华最终都化为云烟。李群玉《中秋寄南海梁侍御》云："海静天高景气殊，鲸睛失彩蚌潜珠。不知今夜越台上，望见瀛洲方丈无。"⑬ 又《凉公从叔春祭广利王庙》云："龙骧伐鼓下长川，直济云涛古庙前。海客敛威惊火筛，天吴收浪避楼船。阴灵向作南溟王，祀典高齐五岳肩。从此华

---

① （唐）张九龄著，熊飞校注：《张九龄集校注》卷3，第209页。
② 同上书，第261页。
③ （唐）杜甫著，（清）仇兆鳌注：《杜诗详注》卷11，第927页。
④ 《全唐诗》卷314，第3537页。
⑤ 《全唐诗》卷647，第7431页。
⑥ 《全唐诗》卷745，第8477页。
⑦ （北魏）郦道元撰，陈桥驿校证：《水经注校证》卷37，中华书局2013年版，第834页。
⑧ 《全唐诗》卷717，第8238—8239页。
⑨ 《全唐诗》卷535，第6104页。
⑩ 《全唐诗》卷537，第6132页。
⑪ 陈尚君辑校：《全唐诗补编》，中华书局1992年版，第468页。
⑫ 《全唐诗》卷569，第6587页。
⑬ 《全唐诗》卷570，第6615页。

夷封域静，潜熏玉烛奉尧年。"① 南海广利王是中国神话中四海神之一。从李群玉的诗可知广州有南海神庙，岭南长官亲自主持祭祀。

唐代地方官员的作为对海外贸易影响很大，唐诗中有对沿海地方官吏为政的褒贬。那些到广州任职的廉洁奉公又才能卓越的官员受到人们的赞扬，这种赞扬中包含着他们对中外贸易的保护和推动。开元初，宋璟为广州都督，政绩卓著，张说《广州都督岭南按察五府经略使宋公遗爱碑颂》称他："笃五管之政教，总三军之旗鼓。幅员万里，驯致九夷。""祖国之舶车，海琛云萃，物无二价，路有遗金。殊裔胥易其回途，远人咸内我边郡，交易之坦也有如此。"于是广州吏民立碑颂其德业，张说撰颂云：

降王宰兮远国灵，歌北户兮舞南溟。酌七德兮考六经，政画一兮言不再，草木育兮鱼鳖宁。变蓬屋兮改篱墙，鱼鳞瓦兮鸟翼堂。洞日华兮皎夜光，火莫炖兮风莫飏，事有近兮惠无疆。昆仑宝兮西海财，几万里兮岁一来，舟如鸟兮货为台，市无欺兮路无盗，旅忘家兮扃夜开。越井冈兮石门道，金鼓愁兮旌旆好。来何暮兮去何早？犨牛牲兮菌难卜，神降福兮公寿考。②

诗歌颂宋璟的善政，由于他的努力，招引远方国家的人来到广州进行贩贸，造成大量的域外舶来品输入中国。唐代中叶由于岭南地方动乱，加上官吏贪渎，"西域舶泛海至者，岁才四五"。李勉被任为广州刺史、岭南节度使，清正廉洁，保护外商，支持和发展对外贸易，"舶来都不检阅，故末年至者四十余"③。杜甫《送重表侄王砅评事使南海》热情地赞美这位名臣："番禺亲贤领，筹运神功操。大夫出卢宋，宝贝休脂膏。洞主降接武，海胡舶千艘。"④ 海舶的大批到来使岭南地方经济得以恢复，政治动乱会妨碍海上贸易发展。代宗广德二年（765），市舶宦官使吕太一逐广南节度使张休，纵兵大掠广州，被镇压。杜甫《自平》云："自平宫中吕太一，收珠南海千余日。近供生犀翡翠稀，复恐征戎干戈密。蛮溪豪族小动摇，世封刺史非时朝。蓬莱殿前诸主将，才如伏波不得骄。"⑤

广州对外贸易的兴盛为地方官员腐败提供了机会，历史上赴广州任职

---

① 《全唐诗》卷569，第6599页。
② 张说著，熊飞校注：《张说集校注》卷12，中华书局2013年版，第639—641页。
③ 《旧唐书》卷131《李勉传》，第3635页。
④ （唐）杜甫著，（清）仇兆鳌注：《杜诗详注》卷23，第2045页。
⑤ （唐）杜甫著，（清）仇兆鳌注：《杜诗详注》卷20，第1809页。

的官员贪腐严重，前后相继。郑愚《醉题广州使院》云："数年百姓受饥荒，太守贪残似虎狼。今日海隅鱼米贱，大须惭愧石榴黄。"① 唐诗里东晋良吏吴隐之成为诗人赞美的对象。隆安年间，朝廷想革除岭南贪腐弊端，任命吴隐之为广州刺史。距广州20里处的石门有一山泉，据说喝了泉之水就会变得贪婪，故名"贪泉"。吴隐之至此赋诗一首："古人云此水，一歃怀千金。试使夷齐饮，终当不易心。"在任上他廉洁奉公，始终不渝，受到称颂。② 周昙《晋门·吴隐之》云："闻说贪泉近郁林，隐之今日得深斟。徒言滴水能穿石，其那坚贞匪石心。"③ 周昙《晋门·再吟》云："贪泉何处是泉源，只在灵台一点间。必也心源元自有，此泉何必在江山。"④ 皮日休《聪明泉》云："一勺如琼液，将愚拟望贤。欲知心不变，还似饮贪泉。"⑤ 诗人们推崇吴隐之的信念，贪与不贪，不在于是否饮了贪泉的水，在于"心"与"灵台"是否高尚和纯洁。

交州与海上丝绸之路之另一起点南海郡（今广州）有海路相通，起初礁石挡路，航行艰险。晚唐高骈开安南至岭南的海路，意在促进中外海上贸易，其《请开本州海路表》云："人牵利楫，石限横津。才登一去之舟，便作九泉之计。今若稍加疏凿，以导往来货殖贸迁，华戎利涉。"⑥ 高骈疏通之海路被称为"天威路"，造福后世。宋人孙光宪《北梦琐言》记载：

  安南高骈奏开本州海路。初，交趾以北，距南海有水路，多覆巨舟。骈往视之，乃有横石隐隐然在水中，因奏请开凿以通南海之利。其表略云："人牵利楫，石限横津。才登一去之舟，便作九泉之计。"时有诏听之，乃召工者，啖以厚利，竟削其石。交广之利，民至今赖之以济焉。或言骈以术假雷电以开之，未知其详。葆光子尝闻闽王王审知患海畔石奇为舟楫之梗，一夜梦吴安王（即伍子胥也）许以开导，乃命判官刘山甫躬往祈祭。三奠才毕，风雷勃兴。山甫凭高观焉，见海中有黄物，可长千百丈，奋跃攻击。凡三日，晴霁，见石港通畅，便于泛涉。于时录奏，赐名甘棠港。即渤海假神之力，又何怪

---

① 《全唐诗》卷870，第9863页。
② 《晋书》卷90《吴隐之传》，第2341—2342页。
③ 《全唐诗》卷729，第8359页。
④ 同上。
⑤ 《全唐诗》卷615，第7094页。
⑥ 《全唐文》卷802，上海古籍出版社1990年版，第3736页。

焉？亦号此地为"天威路"，实神功也。①

高骈自己深感天威路开辟的便利，其《南海神祠》诗云："沧溟八千里，今古畏波涛。此日征南将，安然渡万艘。"② 又《过天威径》云："豺狼坑尽却朝天，战马休嘶瘴岭烟。归路险巇今坦荡，一条千里直如弦。"③ 高骈从事顾云《天威行》歌咏其事：

蛮岭高，蛮海阔，去舸回艘投此歇。一夜舟人得梦间，草草相呼一时发。飓风忽起云颠狂，波涛摆掣鱼龙僵。海神怕急上岸走，山燕股栗入石藏。金蛇飞状霍闪过，白日倒挂银绳长。轰轰砢砢雷车转，霹雳一声天地战。风定云开始望看，万里青山分两片。车遥遥，马阗阗，平如砥，直如弦。云南八国万部落，皆知此路来朝天。耿恭拜出井底水，广利刺开山上泉。若论终古济物意，二将之功皆小焉。④

从诗的描写来看，南诏也曾利用此道入贡，其贡使当通过安南道先至交趾，从交趾经天威路至南海（今广州），再北上中原。从南中可经安南道至交州、广州，从而可以与南方海上丝路连接，这条道路成为从事海外贸易之商旅经行之路。高骈此举受到世人称颂，人们为之立碑纪念，他的另一位从事裴铏《天威径新凿海派碑》详叙其开天威路之过程和成效，感叹其造福世人："于戏！渤海公之功绩，与凿汴渠开桂岭可等肩而济其寰区耳。"其碑铭云：

天地汗漫，人力微茫。渡危走食，冒险驾航。脱免者稀，倾沈是当。我公振策，励山凿石。功施艰难，霆助震激。泄海成派，泛舟不窄。渤海坦夷，得饷我师。天道开泰，神威秉持。⑤

"海派"即海路，诗歌颂高骈此举致使航路通畅，不仅为海商从事贸易提供了便利，也为唐军用兵开辟了新的通道。从此岭南与安南，广州与交州之间的海路交通便无障碍了。

---

① （宋）孙光宪：《北梦琐言》卷2，上海古籍出版社1981年版，第9页。
② 《全唐诗》卷598，第6918页。
③ 同上书，第6921页。
④ 《全唐诗》卷637，第7302页。
⑤ 《全唐文》卷805，上海古籍出版社1990年版，第3752—3752页。

（三）其他南方沿海城市和地区

从广州番禺和交州龙编出发，南行入海途经的若干地名进入唐诗的吟咏。

雷州，有时称海康郡，位于雷州半岛中部，东临雷州湾，南隔琼州海峡与海南岛相望，西濒北部湾。先秦时先后为越、楚的势力范围。公元前355年楚灭越，"楚子熊挥（当作恽）受命镇粤，至此开石城，建楼以表其界"。汉武帝元鼎六年（前111）之后的两千多年里，雷州城一直为县、州、郡、军、道、路、府治所和雷州半岛政治、经济和文化中心，素称"天南重地"。西汉设徐闻县（县治在今雷州城），属合浦郡。西晋时雷州半岛和海南岛属交州。隋开皇九年（589）改置海康县。唐贞观八年（634）改东合州为雷州，辖境相当今雷州半岛全境。"雷州、海康郡，下，本南合州徐闻郡，武德四年以合浦郡之海康、隋康、铁杷置。贞观元年更名东合州，八年又更名。"[1] 徐闻自汉代以来就是出海口和重要的国际贸易港。岭南是荒远之地，唐代乃贬官之所，有人被贬往雷州，唐诗中有所反映。至迟在高宗时便有人贬往雷州，咸亨二年（671）六月，武后恶外甥贺兰敏之，表言其前后罪过，请加窜逐，本月，敕流雷州。与之交游者，贬岭南者甚众。[2] 郎士元《送林宗配雷州（一作送王梦流雷州）》云："昨日三峰尉，今朝万里人。平生任孤直，岂是不防身。海雾多为瘴，山雷乍作邻。遥怜北户月，与子独相亲。"[3] "配""流"都是对犯罪官员的发配和贬逐，但诗人所送之人却是正直敢言之士，因得罪权贵而遭到打击和排斥。华山有莲花、毛女、松桧三山峰，故称华山为"三峰"，说明这位贬官是从关中地区贬至雷州的。

琼州与雷州隔海峡相望，在今海南省。琼州治琼山县（治所在今海南琼山府城镇），琼山县包括今海口市。琼山古名珠崖、琼州、琼台、颜城等。汉代属珠崖郡玳瑁县，因盛产玳瑁而得名。隋代在玳瑁县东境设颜卢县，唐武德五年（622）改颜卢为颜城，属崖州。贞观元年（627），又改颜城为舍城，从舍城分出一部分设置琼山县。贞观五年以崖州之琼山置琼州，治琼山，领琼山、临机、万安、富、辽五县。贞观十三年（639）析琼山置曾口、颜罗、容琼三县，属琼州。显庆五年（660）析容琼置乐会

---

[1] 《新唐书》卷43上《地理志七上》，第1100页。
[2] 参见傅璇琮主编《唐五代文学编年史》，辽海出版社1998年版，第215—216页。
[3] 《全唐诗》卷248，第2781页。

县，属琼州。乾封二年（667）琼州被起义的黎族占领。贞元五年（789）岭南节度使李复讨复琼州，奏置琼州都督府，领琼、崖、振、儋、万安五州。其中琼州领琼山、临高、曾口、乐会、颜罗等县。琼州荒远，因此成为唐朝贬官流放之地。晚唐诗人皮日休《寄琼州杨舍人》诗云：

  德星芒彩瘴天涯，酒树堪消谪宦嗟。行遇竹王因设奠，居逢木客又迁家。清斋净溲桄榔面，远信闲封豆蔻花。清切会须归有日，莫贪句漏足丹砂。①

陆龟蒙有奉和之作，其《奉和袭美寄琼州杨舍人》云："明时非罪谪何偏，鹏鸟巢南更数千。酒满椰杯消毒雾，风随蕉叶下泷船。人多药户生狂蛊，吏有珠官出俸钱。只以直诚天自信，不劳诗句咏贪泉。"② 袭美即皮日休，琼州属安南都护府管辖。在古代政治斗争中有人遭到打击和诬陷，或遇司法不公，往往有蒙冤受屈被贬官的，他们无罪被贬至岭南和海南岛，受到诗人朋友的同情，杨舍人大概就是这类人，所以皮日休、陆龟蒙都写诗替他鸣不平。这是寄给远谪的朋友的安慰之词，并希望他能早日结束谪宦生涯北归。

  崖州在今海南省，南朝梁武帝大同年间（535—545）以废儋耳郡地置崖州，治义伦县（今儋州市三都镇旧州坡）。隋大业三年（607）改崖州为珠崖郡。大业六年（610），析出珠崖郡一部分，增置儋耳、临振二郡。珠崖郡移治所至舍城县颜村（今海口市琼山区旧州镇旧州村）。唐武德五年（622）改珠崖郡为崖州，属广州总管府。武德七年（624）属广州大都督府。贞观元年（627）置崖州都督府，督崖州、儋州、振州三州，隶属广州中都府，属岭南道。天宝元年（742）崖州改为珠崖郡，乾元元年（758）复为崖州（今海南海口东南）。唐代贬官视其罪行轻重而量刑有差异，因罪行轻重贬所距离也有不同，贬为崖州者比雷州更重，崖州被视为天涯海角，是唐代流人贬所，流放此地者很难生还，故流放到这里的诗人往往表达出绝望之情。阎朝隐因依附张易之兄弟被贬崖州，其《度岭二首》作于贬逐途中，其一云："岭南流水岭南流，岭北游人望岭头。感念乡园不可□，肝腹（肠）一断一回愁"；其二云："千重江水万重山，毒

---

① （唐）陆龟蒙著，何锡光校注：《陆龟蒙集校注》，凤凰出版社2015年版，第1476页。
② 同上书，第1477页。

瘴□氛道路间，回首俛眉但下泪，不知何处是乡关"①。逐客经今广西往南有"鬼门关"，在今广西北流市城西，位于今北流、玉林两市之间。《舆地纪胜》作"桂门关"，明宣德年间改名为"汉沽关"。有两峰对峙，其间阔30步，俗号"鬼门关"。这是古代通往钦、廉、雷、琼和交趾的交通冲要，因岭南之地瘴疠尤多，往者少有生还，故谚云："鬼门关，十人去，九不还。"唐代诗人迁谪蛮荒，经此而死者相继。杨炎《流崖州至鬼门关作》云："一去一万里，千知千不还。崖州何处在，生度鬼门关。"② 李德裕先被贬潮州，又贬崖州，死于此。天下寒门士人对他颇为感恩戴德，孙光宪《唐摭言·好放孤寒》记载："李太尉德裕颇为寒俊开路，及谪官南去，或有诗曰：'八百孤寒齐下泪，一时回首望崖州。'"③ 李德裕被贬，途中曾有《谪岭南道中作》《到恶溪夜泊芦岛》等诗。至崖州有《登崖州城作》："独上高楼望帝京，鸟飞犹是半年程。青山似欲留人住，百匝千遭绕郡城。"④ 诗抒发了遭贬流放之深沉忧伤。因崖州是最恶流贬地，因此这些诗都写得异常沉痛和绝望。

当朋友被贬至遥远的崖州时，诗人写诗送行。如贾至《送南给事贬崖州》云："畴昔丹墀与凤池，即今相见两相悲。朱崖云梦三千里，欲别俱为恸哭时。"⑤ "给事"即给事中，门下省官员。写这首诗时贾至被贬官在岳州，这位南某与贾至是老同事，当南某被贬崖州路经岳州相见时，回忆当年在朝廷任职的往事，两人都忍不住心中的悲痛。《重别南给事》云："谪宦三年尚未回，故人今日又重来。闻道崖州一千（一作万）里，今朝须尽数千杯。"⑥ 首句写自己的境遇，自己被贬岳州已经三年，尚未回朝，朋友又被贬路经此地，而南某被贬得更远，是更远的崖州，想到今生今世是否还能再见面都不得而知，所以要一醉方休。

儋州位于海南岛西北部，西临北部湾。秦朝象郡之外徼，又称离耳

---

① 陈尚君辑校：《全唐诗补编》，中华书局1992年版，第11页。
② 《全唐诗》卷121，第1213页。按：傅璇琮主编《唐五代文学编年史》以为杨炎未至鬼门关，"诗当为好事者伪托"。辽海出版社1998年版，第366页。此论未安。据《新唐书·杨炎传》记载，杨炎未到贬所，"贬崖州司马同正，未至百里，赐死，年五十五"。《资治通鉴》卷227"德宗建中二年（781）"记载："冬十月，乙未，炎自左仆射贬崖州司马；未至崖州百里，缢杀之。"则杨炎是离崖州百里处被缢杀，早已过鬼门关，此诗当为杨炎作无疑。傅著误解《资治通鉴》记载为"出长安百里，即缢杀之"，造成此一失误。
③ （五代）孙光宪：《唐摭言》卷7，上海古籍出版社1978年版，第74页。
④ （唐）李德裕撰，傅璇琮、周建国校笺：《李德裕文集校笺》别集卷4，中华书局2018年版，第604页。
⑤ 《全唐诗》卷235，第2599页。
⑥ 同上。

国，一名儋耳国。汉武帝平南越，元封元年（前110）略地得"海上大洲"即今海南岛，于其地置儋耳郡，领至来、九龙二县。昭帝始元五年（前82），儋耳郡并入珠崖郡。元帝初元三年（前46），罢珠崖郡。东汉明帝永平十八年（75），儋耳降附，以潼伊为太守。三国吴赤乌五年（242），讨平儋耳、珠崖，以珠崖郡移于徐闻。南朝萧齐时属越州。梁朝大同中置崖州于废儋耳之地，即今儋州。陈朝崖州仍沿梁制。隋朝大业三年（607），改崖州为珠崖郡，又析崖州之西南地，置临振郡。唐武德五年（622）将儋耳郡改为儋州。乾元元年（758）复为儋州。这里也以荒远险恶著称，当有朋友远赴儋州时，诗人写诗送行。严维《送李秘书往儋州》云："魑魅曾为伍，蓬莱近拜郎。臣心瞻北阙，家事在南荒。莎草山城小，毛洲海驿长。玄成知必大，宁是泛沧浪。"① 张籍《送海客归旧岛》云："海上去应远，蛮家云岛孤。竹船来桂浦，山市卖鱼须。入国自献宝，逢人多赠珠。却归春洞口，斩象祭天吴。"② 诗题一作"送海南客归旧岛"，诗里写到"桂府"，桂州属今广西，这位"海南客"当是今海南岛靠近北部湾一带地方的人。

爱州在今越南境内。汉朝属九真郡，南朝梁普通四年（523）析交州置。治移风（今越南清化西北），隋代移治九真（今越南清化），辖境约当今越南清化附近一带。隋唐时亦称九真郡，领九真等七县。唐高宗总章二年（669）置福禄州，亦曰福禄郡。调露元年（679）后属安南都护府。肃宗至德二载（757）改为唐村郡，领柔远等三县。爱州亦是唐代罪人贬谪之地。晚唐齐己《送迁客》云："天涯即爱州，谪去莫多愁。若似承恩好（一作宠），何如傍主休。瘴昏铜柱黑，草赤火山秋。应想尧阴（一作阶）下，当时獬豸头。"③ 獬豸是神话传说中的神兽，双目明亮，额上通常长一角，俗称独角兽。据说獬豸拥有很高的智慧，懂人言知人性。它怒目圆睁，能辨是非曲直，能识善恶忠奸，发现奸邪的官员，就用角把他触倒，然后吃下肚子。因此成为司法公正的象征。唐代御史台官员职责是检举非法，弹劾违规官员，因此把獬豸角作为冠饰。这位迁客原先是御史台官员，故云"当时獬豸头"。这个典故包含着这位迁客是因为正直敢言触犯了权贵被贬的，因此有赞扬之意。

象郡乃秦朝时置，辖今广西西部和越南中北部。公元前214年，秦朝

---

① 《全唐诗》卷263，第2915页。
② （唐）张籍著，徐礼节、余恕诚校注：《张籍集系年校注》卷2，第227页。
③ 《全唐诗》卷838，第9451页。

在岭南置三郡,即桂林郡、南海郡和象郡。汉初属南越国。象郡地望争议很大,南越国被汉朝灭掉后,汉朝是否继续在原地复设郡县有争议。一说汉日南郡即象郡,这一说法见于班固《汉书·地理志》记载:"故秦象郡,武帝元鼎六年开,更名。……属交州。"① 后世沿袭其说。"应劭《地理风俗记》曰:'日南,故秦象郡。汉武帝元鼎六年开日南郡,治西卷县。'《林邑记》曰:'城去林邑,步道四百余里。'《交州外域记》曰:'从日南郡南去到林邑国,四百余里。准径相符,然则城故西卷县也。'"② 黄现璠赞成其说,认为班固根据《秦地图》《舆地图》等可靠的志书立论,其后至唐代数百年,正史和志书都因袭此说,指汉的日南郡即秦的象郡,在今广西西部和越南境内。③ 1916 年,法国学者马司帛洛著《秦汉象郡考》,根据《山海经·海内东经》《汉书·高帝纪》臣瓒注引《茂陵书》《汉书·昭帝纪》等史料,认为秦代象郡并没有达到汉日南郡地(即安南地),而是在广西、贵州、湖南一带,至汉代仍存,郡治临尘。昭帝时罢撤,分属郁林、牂柯两郡,郁林郡即象郡旧地。④ 马氏之说颠覆传统观点,招致批驳。1923 年,法国汉学家鄂卢梭发表《秦代初平南越考》,针对马氏的观点和四条论据,用大量史料进行论证,全面否定郁林说。认为秦象郡在汉日南郡没错,秦亡象郡也随即消亡,汉代不得再存在象郡。⑤ 秦汉象郡问题之争遂由此展开。从其后的研究和争论情况看,马氏和鄂氏可谓是郁林说和日南说的典型代表。此后的讨论文章大体上非支持马说,即赞同鄂说。在 20 世纪 80 年代的争论中,日南说的代表作是覃圣敏的《秦代象郡考》,⑥ 郁林说的代表作为周振鹤的《秦汉象郡新考》。⑦

隋唐时置象州,但不在汉日南郡旧地,而改桂林郡为象州。隋开皇十二年(592)置象州,置淮阳、西宁、桂林三县。开皇十八年(598)淮阳改名阳宁。大业二年(606)撤象州。唐武德四年(621)重置象州,辖阳寿、西宁、桂林、武德、武仙五县,州治阳寿(今阳寿县)。贞观十

---

① 《汉书》卷 28 下《地理志八下》,第 1630 页。
② (北魏)郦道元撰,陈桥驿校证:《水经注校证》卷 36,中华书局 2013 年版,第 797 页。
③ 黄现璠:《回忆中国历史学会及越裳、象郡位置的讨论》,载王煦华编《顾颉刚先生学行录》,中华书局 2006 年版。
④ 〔法〕马司帛洛:《秦汉象郡考》,冯承钧译《西域南海史地考证译丛》(第一卷),商务印书馆 1962 年版,第 48—53 页。
⑤ 〔法〕鄂卢梭:《秦代初平南越考》,冯承钧译《西域南海史地考证译丛》(第二卷),商务印书馆 1962 年版,第 1—119 页。
⑥ 覃圣敏:《秦代象郡考》,谭其骧等编:《历史地理》第三辑,上海人民出版社 1983 年版。
⑦ 周振鹤:《秦汉象郡新考》,《中华文史论丛》1984 年第 3 辑。

二年（638）撤西宁并入武德，同年撤晏州，长凤、武化二县改属象州，次年州治迁至武化。天宝元年（742）象州改称象郡，又名象山郡，辖四县。乾元元年（758）象郡又改称象州。大历十一年（776）州治迁阳寿。从此至唐末象州辖阳寿、武化、武仙三县。五代十国时，象州天平元年（907）属楚，南汉乾和九年（951）属南汉。唐诗中写到象郡，也写到象州。有实写，即唐之象州，有虚写，兼指古象郡和唐象州、象郡。张籍《蛮州（一作杜牧诗，题云蛮中醉）》云："瘴水蛮中入洞流，人家多住竹棚头。一山海上无城郭，唯见松牌记象州。"① 陈陶《南海送韦七使君赴象州任》云："一鹗韦公子，新恩颁郡符。岛夷通荔浦，龙节过苍梧。地理金城近，天涯玉树孤。圣朝朱绂贵，从此展雄图。"② 栖蟾《送迁客》云："谏频甘得罪，一骑入南深。若顺吾皇意，即无臣子心。织花蛮市布，捣月象州砧。蒙雪知何日，凭楼望北吟。"③ 这几首诗都是实写，指隋唐时之象州或象郡。

唐诗中写到地名有时喜欢用古称，唐诗中的"象郡"用的是秦汉时古称，而代指隋代时日南郡和唐代的驩州。秦置象郡，有象林县，秦亡后地属南越国。汉武帝灭南越，于元鼎六年（前111）设日南郡，治西卷县（今越南广治省东河市）。辖地包括今越南横山以南到平定省以北，今顺化、岘港等地都在日南郡范围内，象林县属日南郡。东汉末象林之地独立为林邑国，林邑即"象林之邑"的省称。隋朝大业元年（605），隋将刘方攻破林邑国，于其地置荡州、农州、冲州三州。大业三年（607）改设为比景郡、海阴郡、林邑郡三郡。隋军攻破林邑数月后班师，林邑王复其故地，比景等郡已不在隋朝实际控制之中。《隋书·地理志》以大业五年为准记载隋有此郡。隋朝有日南郡，唐朝时改称驩州，有时又称日南郡，但与过去的日南郡完全不同，而是今越南义安省荣市一带。

唐代驩州因其地处最南端，有时被称为"日南郡"。④ 秦汉时象郡和日南郡在最南边，故唐诗中的"象郡"或"日南郡"有时代指驩州，有时则用古称指秦汉时地名，有时则泛指南方荒远之地。伯希和指出："贾耽于交趾云南缅甸之第一路线外，又以别二路线附焉。其一道自交趾至占波

---

① （唐）张籍著，徐礼节、余恕诚校注：《张籍集系年校注》卷6，第653页。
② 《全唐诗》卷745，第8476页。
③ 《全唐诗》卷848，第9609页。
④ 见《新唐书》卷43《地理志七上》："驩州日南郡，下都督府。本南德州，武德八年曰德州，贞观元年又更名。"唐玄宗天宝元年（742）州改为郡，驩州改称日南郡。肃宗乾元元年（758）恢复称州，日南郡又改称驩州。

（Champa，今越南），别一道自交趾至柬埔寨，两道皆遵陆路。此种新道，皆以驩州为起点。"① 驩州是通向东南亚的陆海要道。因其偏远，故成为贬官之地，沈佺期被贬驩州，途中有《入鬼门关》诗：

> 昔传瘴江路，今到鬼门关。土地无人老，流移几客还。自从别京洛，颓鬓与衰颜。夕宿含沙里，晨行茵露间。马危千仞谷，舟险万重湾。问我投何地，西南尽百蛮。②

到驩州后，他有多首诗写其生活和心情，《初达驩州二首》其一云："自昔闻铜柱，行来向一年。不知林邑地，犹隔道明天。雨露何时及，京华若个边。思君无限泪，堪作日南泉。"③ 此日南即指驩州。其二云："流子一十八，命予偏不偶。配远天遂穷，到迟日最后。水行儋耳国，陆行雕题数。魂魄游鬼门，骸骨遗鲸口。夜则忍饥卧，朝则抱病走。搔首向南荒，拭泪看北斗。何年赦书到，重饮洛阳酒。"④ 当他到达贬所之时，回忆一路上的行程和艰辛，颇有不堪回首之感。沈佺期的遭遇与诗歌把东都洛阳与遥远的南方沿海地区联系起来，在这里他日夜思念洛阳，并形之于诗。《从驩州廨移住山间水亭赠苏使郡》："忆昨京华子，伤今边地囚。"⑤《赦到不得归题江上石》云："家住东京里，身投南海西。风烟万里隔，朝夕几行啼。"⑥《驩州风土不作寒食》云："海外无寒食，春来不见饧。洛阳新甲子，何日是清明。花柳争朝发，轩车满路迎。帝乡遥可念，肠断报亲情。"⑦《驩州南亭夜梦》："昨夜南亭望，分明梦洛中。……肝肠余几寸，拭泪坐春风。"⑧《三日独坐驩州思忆旧游》云："两京多节物，三日最遨游。……谁念招魂节，翻为御魅囚。朋从天外尽，心赏日南求。"⑨ 当朝廷大赦消息传来，他立刻想到返回洛阳，《喜赦》云："去岁投荒客，今春肆眚归。律通幽谷暖，盆举太阳辉。喜气迎冤气，青衣报白衣。还将合浦

---

① 〔法〕伯希和：《交广印度两道考》，冯承钧译，第43页。
② 周勋初等主编：《全唐五代诗》卷66，陕西人民出版社2014年版，第1292页。
③ 同上书，第1293页。
④ 同上。
⑤ 同上书，第1294页。
⑥ 同上书，第1295页。
⑦ 同上书，第1298页。
⑧ 同上书，第1294页。
⑨ 同上书，第1298页。

叶，俱向洛城飞。"①

　　驩州的物产为诗人吟咏。沈佺期《题椰子树》云："日南椰子树，杳袅出风尘。丛生雕木首，圆实槟榔身。玉房九霄露，碧叶四时春。不及涂林果，移根随汉臣。"②涂林果即石榴树，适应各地自然环境生长，因此从西域移植中原。椰子树却不适于北方生长，故诗人批评它不如石榴。鲍防《杂感》云：

　　　　汉家海内承平久，万国戎王皆稽首。天马常衔苜蓿花，胡人岁献葡萄酒。五月荔枝初破颜，朝离象郡夕函关。雁飞不到桂阳岭，马走先过林邑山。甘泉御果垂仙阁，日暮无人香自落。远物皆重近皆轻，鸡虽有德不如鹤。③

此诗字面上写汉代，实际上讽刺唐玄宗宠幸杨贵妃，命人从南方飞骑送荔枝。他说从象郡往中原地区送荔枝，要先经过林邑山，此"象郡"用秦汉时古称。张籍《送南迁客》云：

　　　　去去远迁客，瘴中衰病身。青山无限路，白首不归人。海国战骑象，蛮州市用银。一家分几处，谁见日南春。④

又《上国赠日南僧》：

　　　　独向双峰老，松门闭两崖。翻经依贝叶，挂衲落藤花。甃石新开井，穿林自种茶。时逢海南客，蛮语问谁家？⑤

诗中称"日南僧"为"海南客"，显然也指秦汉时日南郡。又《送南客》云："行路雨翛翛，青山尽海头。天涯人去远，岭北水空流。夜市连铜柱，巢居属象州。来时旧相识，谁向日南游？"⑥又独孤及《海上寄萧立》云："海西望京口，两地各天末。索居动经秋，再笑知晷月。日南望中尽，唯

---

① 周勋初等主编：《全唐五代诗》卷66，第1300页。
② 同上书，第1296页。
③ 《全唐诗》卷307，第3485页。
④ （唐）张籍著，徐礼节、余恕诚校注：《张籍集系年校注》卷2，第145页。
⑤ 同上书，第184页。
⑥ 同上书，第196页。

见飞鸟灭。"① 这几首诗中的"日南"大约都是泛指，并非指汉时旧称，也非实指隋唐时的日南郡或驩州。

唐驩州日南郡置有林邑县，传说中的越裳国在此地。因此唐诗中出现的"林邑"有时指林邑县。越裳有时写作"越常"。沈佺期《从崇山向越常》诗序云："按《九真图》，崇山至越常四十里。杉谷起古崇山，竹溪从道明国来，于崇山北二十五里合，水欹缺，藤竹明昧，有三十峰，夹水直上千余仞，诸仙窟宅在焉。"诗云："朝发崇山下，暮坐越常阴。西从杉谷度，北上竹溪深。竹溪道明水，杉谷古崇岑。"② 道明国又叫堂明国，一般认为，堂明国是老挝历史上最早出现的国家，位于今老挝中、北部地区。韩愈《送灵师》云：

> 灵师皇甫姓，胤胄本蝉联。少小涉书史，早能缀文篇。……寻胜不惮险，黔江屡洄沿。瞿塘五六月，惊电让归船。怒水忽中裂，千寻堕幽泉。环回势益急，仰见团团天。投身岂得计，性命甘徒捐。浪沫㬢翻涌，漂浮再生全。同行二十人，魂骨俱坑填。灵师不挂怀，冒涉道转延。开忠二州牧，诗赋时多传。失职不把笔，珠玑为君编。强留费日月，密席罗婵娟。昨者至林邑，使君数开筵。逐客三四公，盈怀赠兰荃。③

这位皇甫姓的僧人，先沿江东下，又弃舟南下，历尽艰险，"昨者至林邑"，受到当地官员的热情接待。此林邑指林州之林邑县。据《新唐书·地理志》驩州日南郡有"越裳县"条记载，贞观元年（627）初以隋林邑郡置林州；贞观二年（628）绥怀林邑，乃侨治驩州之南境。贞观八年（634）改名景州。贞观九年（635）置林州，寄治驩州之南境，领林邑、金龙、海界三县。贞元末废。④ 这首诗反映了唐代中原地区与南方沿海地区之间的佛教交流。

海上丝绸之路是从中国南方海港城市出发，经太平洋至印度洋，而至东南亚、南亚、西亚、非洲和欧洲的海上交通路线。中国境外各个国家和地区与唐朝的交通、交往和交流在唐诗中有丰富的材料。

---

① 《全唐诗》卷246，第2760页。
② 周勋初等主编：《全唐五代诗》卷66，第1300页。
③ （唐）韩愈著，钱仲联集释：《韩昌黎诗系年集释》卷2，上海古籍出版社1984年版，第202—203页。
④ 《新唐书》卷43《地理志七上》，第1114页。

三　唐代的广州通海夷道

海上丝绸之路是贯通中国与海外国家的海上贸易和文化交流之路，这条通道经中国南海过马来半岛进入印度洋，经中南半岛、南亚、阿拉伯半岛至东非，经红海至地中海，把欧亚非几大洲连接起来。海上丝绸之路最早的起点是今广东西部的徐闻和广西南端的合浦，汉代时这里已经成为国际贸易港，《汉书·地理志》记载了汉平南越后商使出海活动，详载"自合浦、徐闻南入海""自日南障塞、徐闻、合浦船行"的路线，以及至黄支国"入海市明珠、璧琉璃、奇石异物"和"蛮夷贾船"交易的情况。[①] 汉代中国人沿海西行最远至黄支国和已程不国，黄支国在今印度半岛马德拉斯西南，已程不国在今斯里兰卡。

合浦、徐闻在汉代是中国重要的进出口贸易港，合浦港口由于特殊的地理位置成为"海上丝绸之路"最早的始发港。那里遗存数量众多的汉代墓葬，考古发现各种舶来品，如香料、玻璃器皿、琉璃、琥珀、玛瑙、水晶等饰物及工艺品和外国风格的黄金饰物。唐代流行着一首反映徐闻社会生活的"徐闻谚"，仅有六个字，却蕴含着丰富的历史信息：

徐闻县，本汉旧县也，属合浦郡。其县与南崖州澄迈县对岸，相去约一百里；汉置左右候官在县南七里，积货物于此，备其所求，与交易有利。故谚：欲拔贫，诣徐闻。[②]

因为徐闻贸易兴盛，故有更多发财致富的机会。

唐人把广州看作中西间海上交通的起点，贾耽《入四夷之路》之"广州通海夷道"记述了唐代海上丝绸之路的路线：

广州东南海行，二百里至屯门山，乃帆风西行，二日至九州石。又南二日至象石。又西南三日行，至占不劳山，山在环王国东二百里海中。又南二日行至陵山。又一日行，至门毒国。又一日行，至古笪国。又半日行，至奔陀浪洲。又两日行，到军突弄山。又五日

[①] 《汉书》卷28下《地理志下》，中华书局1962年版，第1671页。
[②] （唐）李吉甫：《元和郡县图志·阙卷佚文》卷3，中华书局1983年版，第1087页。

行至海硖，蕃人谓之质，南北百里，北岸则罗越国，南岸则佛逝国。佛逝国东水行四五日，至诃陵国，南中洲之最大者。又西出硖，三日至葛葛僧祇国，在佛逝西北隅之别岛，国人多钞暴，乘舶者畏惮之。其北岸则个罗国。个罗西则哥谷罗国。又从葛葛僧只四五日行，至胜邓洲。又西五日行，至婆露国。又六日行，至婆国伽蓝洲。又北四日行，至师子国，其北海岸距南天竺大岸百里。又西四日行，经没来国，南天竺之最南境。又西北经十余小国，至婆罗门西境。又西北二日行，至拔狄国。又十日行，经天竺西境小国五，至提狄国，其国有弥兰太河，一曰新头河，自北渤昆国来，西流至提狄国北，入于海。又自提狄国西二十日行，经小国二十余，至提罗卢和国，一曰罗和异国，国人于海中立华表，夜则置炬其上，使舶人夜行不迷。又西一日行，至乌剌国，乃大食国之弗利剌河，南入于海。小舟溯流二日至末罗国，大食重镇也。又西北陆行千里，至茂门王所都缚达城。自婆罗门南境，从没来国至乌剌国，皆缘海东岸行；其西岸之西，皆大食国，其西最南谓之三兰国。自三兰国正北二十日行，经小国十余，至设国。又十日行，经小国六七，至萨伊瞿和竭国，当海西岸。又西六七日行，经小国六七，至没巽国。又西北十日行，经小国十余，至拔离謌磨难国。又一日行，至乌剌国，与东岸路合。①

这是唐时中国通向西亚和非洲东部的海上交通路线，从广州外港出发，出珠江口，经西沙海域，往西南行到达中南半岛、印度半岛、阿拉伯半岛和东非。根据贾耽所记，其主要路线有二：一是由广州南行，经今越南中南部沿海和附近岛屿，过马六甲海峡，经今爪哇岛、苏门答腊岛、尼科巴群岛，至师子国（今斯里兰卡）。再沿印度西海岸西行，经波斯湾至幼发拉底河口的乌剌国，自此陆行至缚达城（今巴格达）为终点；二是由印度西海岸渡印度洋至东非的三兰国（今坦桑尼亚的达累斯萨拉姆一带），向北经数十个小国，可至乌剌国。

从广州出发，通过海路与东南亚、南亚、阿拉伯半岛至东非的海上航道早已开通，但唐代诗人很少到达更远的地方。他们的行踪一般到广州和交州，但他们的笔触却涉及更远的地方。诗人们既有各种渠道获取域外信息，又会根据传闻和历史记载发挥想象，因此他们的诗写到海上丝路更远

---

① 《新唐书》卷43下《地理志七下》，第1153—1154 页。

的地方。正像王建《送严大夫赴桂州》诗所写：

> 岭头分界候，一半属湘潭。水驿门旗出，山峦洞主参。辟邪犀角重，解酒荔枝甘。莫叹京华远，安南更有南。①

写到广州、交州以远的地方，往往不是亲历亲践，而是得之于传闻，或发挥想象。有时候他们用得之于传闻的地名笼统称之，"炎州"就是这样一个意象。炎州本来指中国南方炎热地区。《楚辞·远游》中有"嘉南州之炎德兮，丽桂树之冬荣"的诗句，后因以"炎州"泛指南方，南朝梁江淹《空青赋》以"阳谷之树，崦嵫之泉，西海之草，炎州之烟"分别代指四方风物。②杜甫《得广州张判官叔卿书使还以诗代意》云："乡关胡骑远，宇宙蜀城偏。忽得炎州信，遥从月峡传。"③把广州称炎州。李白《野田黄雀行》云："游莫逐炎洲翠，栖莫近吴宫燕。吴宫火起焚巢窠，炎洲逐翠遭网罗。"④此炎州则是泛称。刘长卿《送张司直赴岭南谒张尚书》云："番禺万里路，远客片帆过。盛府依横海，荒祠拜伏波。人经秋瘴变，鸟坠火云多。诚惮炎洲里，无如一顾何。"⑤张籍《岭表外逢故人》云："过岭万余里，旅游经此稀。相逢去家远，共说几时归。海上见花发，瘴中唯鸟飞。炎州望乡伴，自识北人衣。"⑥但在唐代"炎州"有时泛指东南亚、南亚等沿海国家和地区。刘禹锡《经伏波神祠》云：

> 蒙蒙篁竹下，有路上壶头。汉垒麏麕斗，蛮溪雾雨愁。怀人敬遗像，阅世指东流。自负霸王略，安知恩泽侯。乡园辞石柱，筋力尽炎洲。一以功名累，翻思马少游。⑦

伏波神祠乃纪念马援的祠庙，在今越南境内。元稹《估客乐》云："估客无住著，有利身则行。出门求火伴，入户辞父兄。……求珠驾沧海，采玉上荆衡。北买党项马，西擒吐蕃鹦。炎洲布火浣，蜀地锦织成。越婢脂肉

---

① （唐）王建著，王宗堂校注：《王建诗集校注》卷5，第278页。
② （唐）欧阳询：《艺文类聚》卷81，上海古籍出版社1965年版，第1382页。
③ （唐）杜甫著，（清）仇兆鳌注：《杜诗详注》卷10，第871页。
④ （唐）李白著，瞿蜕园、朱金城校注：《李白集校注》卷3，第254页。
⑤ 《全唐诗》卷147，第1489页。
⑥ （唐）张籍著，徐礼节、余恕诚校注：《张籍集系年校注》卷2，第201页。
⑦ （唐）刘禹锡著，瞿蜕园笺证：《刘禹锡集笺证》卷22，上海古籍出版社1989年版，第610页。

滑，奚僮眉眼明。通算衣食费，不计远近程。"① 在中国人的观念里，火浣布是来自炎州的海外奇物，是火鼠毛织成。火鼠是传说中生活在南海尽头的火山中的动物。相传东方朔《海内十洲记·炎洲》："炎洲，在南海中……有火林山，山中有火光兽，大如鼠，毛长三四寸，或赤或白。山可三百里许，晦夜尝见此山林，乃是此兽光照，状如火光相似。取其兽毛以缉为布，时人号为火浣布，此是也。""即清洁也。此鼠又名火光兽，其毛为布，又曰火烷布。"② 元稹诗中出火浣布的"炎洲"则指南方海外远国。

四 唐代海上贸易和交流

关于唐代海上丝绸之路的发展，有丰富的文献资料和考古资料。而从诗史互证角度看，唐诗中反映海上丝路的作品也有重要的史料价值，甚至具有某种重要的补充作用。在中外文化交流达到高峰的唐代，丝绸之路的发展为唐诗创作提供了丰富的素材，唐诗作为社会生活的反映，对于认识丝路发展具有重要的参考价值。本节通过梳理唐诗中有关中外往来的人物的考察，从一个侧面揭示了海上丝绸之路发展和兴盛的情况。

（一）经海路往还的中外行旅

海上丝绸之路带来了商业贸易的繁荣，苍茫辽阔的大海引起人们对遥远陌生的世界的遐想，唐诗生动地反映了当时的社会生活风貌。那些不畏风波之险远赴异域从事贸易的海商，还有经海路入华相貌奇异的外国人，往往引起诗人吟咏的兴趣，通过这些诗我们可以了解到唐代海上丝绸之路发展的盛况。

1. 从事贸易的"海客"和"海商"

从事海外贸易的商人被称为"海客""海贾""海估""海商"。中国人很早就在太平洋和印度洋之间从事贸易活动，汉代商使已经到达今印度和斯里兰卡。③ 东晋时法显从天竺至师子国（今斯里兰卡），在无畏山僧伽

---

① （唐）元稹著，杨军笺注：《元稹集编年笺注》（诗歌卷），三秦出版社2002年版，第729—730页。
② （汉）东方朔：《海内十洲记》，文渊阁《四库全书》第1042册，台湾商务印书馆1986年版，第275页。
③ 《汉书》卷28下《地理志下》，中华书局1962年版，第1670—1671页。

蓝见到佛像前有中国商人供养的白绢扇。① 他从师子国和摄婆提国回国，都乘商贾大船，反映了中国与东南亚、南亚之间海上贸易的兴盛。

　　唐代海贾出海远航进行贸易活动也很活跃。出海贸易是一项风险很大的活动，柳宗元《招海贾文》极力描写大海的危险，奉劝海贾珍惜生命，不要过分贪图钱财："咨海贾兮，君胡以利易生而卒离其形？""咨海贾兮，贾尚不可为，而又海是图。死为险魄兮，生为贪夫。亦独何乐哉？归来兮，宁君躯。"这些海贾"东极倾海流不属，泯泯超忽纷荡沃。殆而一跌兮沸入汤谷，舳舻霏解梢若木"②。汤谷即"旸谷"，神话中日出之处。与虞渊相对，虞渊指传说中日落之处。"日出于旸谷（汤谷）"，"入于虞渊"③。若木是神话中西极之地的神树。屈原《离骚》云："折若木以拂日。"王逸注云："若木，在昆仑西极，其华照下地。"④ 作家用夸张的手法写唐代"海贾"航行之远。李乂《兴庆池侍宴应制》："寄语乘槎溟海客，回头来此问天河。"⑤

　　唐代对出海贸易不曾有过禁令，在对外贸易发达的唐代，从事海外贸易的"海贾"应该数量众多，只是在重农抑商的传统社会，他们的活动很少受到史家和诗人的关注，但在唐诗里还能依稀看到他们的身影。唐诗里写海贾们的活动，往往强调他们的远航和艰险。李白《估客行》云："海客乘天风，将船远行役。譬如云中鸟，一去无踪迹。"⑥ 估客即贾客，诗里又被称为"海客"，因为他们是从事海外贸易活动的商贾。李白《同族弟金城尉叔卿烛照山水壁画歌》云：

　　　　高堂粉壁图蓬瀛，烛前一见沧洲清。洪波汹涌山峥嵘，皎若丹丘隔海望赤城。光中乍喜岚气灭，谓逢山阴晴后雪。回溪碧流寂无喧，又如秦人月下窥花源。了然不觉清心魂，只将叠嶂鸣秋猿。与君对此欢未歇，放歌行吟达明发。却顾海客扬云帆，便欲因之向溟渤。⑦

这是一首题画诗，诗人看到画面上海商扬帆远行，想象着可以跟随他们驶

---

① （东晋）法显撰，章巽校注：《法显传校注》四，中华书局2008年版，第128页。
② 《柳宗元集》卷18，中华书局1979年版，第508—510页。
③ （西汉）刘安：《淮南子》卷3，《二十二子》本，上海古籍出版社1986年版，第1218页。
④ （南宋）洪兴祖补注：《楚辞补注》，中华书局1957年版，第46页。
⑤ 《全唐诗》卷92_ 24。
⑥ （唐）李白著，瞿蜕园、朱金城校注：《李白集校注》卷6，第455页。
⑦ （唐）李白著，瞿蜕园、朱金城校注：《李白集校注》卷7，第497页。

向大海深处。刘眘虚《越中问海客》云："风雨沧洲暮，一帆今始归。自云发南海，万里速如飞。初谓落何处，永将无所依。冥茫渐西见，山色越中微。谁念去时远，人经此路稀。泊舟悲且泣，使我亦沾衣。浮海焉用说，忆乡难久违。纵为鲁连子，山路有柴扉。"① 远离家乡从事海上贸易活动，除了自然风波之险，还有人为的灾难，比如战争和海盗。李群玉《凉公从叔春祭广利王庙》云：

> 龙骧伐鼓下长川，直济云涛古庙前。海客敛威惊火旆，天吴收浪避楼船。阴灵向作南溟王，祀典高齐五岳肩。从此华夷封域静，潜熏玉烛奉尧年。②

当地方官浩浩荡荡的祭祀船队赴广利王庙时，那些海商惊恐地认为有战事发生，急忙移舶远避。黄滔《贾客》云："大舟有深利，沧海无浅波。利深波也深，君意竟如何。鲸鲵齿上路，何如少经过。"③ 这首诗寓意跟柳宗元《招海贾文》相同，讽劝海商重生轻利。陆龟蒙《奉和袭美吴中言怀寄南海二同年》云："曾见凌风上赤霄，尽将华藻赴嘉招。城连虎踞山图丽，路入龙编海舶遥。"④ 皮日休《送李明府之任海南》云："五羊城在蜃楼边，墨绶垂腰正少年。山静不应闻屈鸟，草深从使翳贪泉。蟹奴晴上临潮槛，燕婢秋随过海船。"⑤ "海舶""过海船"即海贾乘用的出海的大船。海贾出海远行，为诗歌中写离情别绪增添了新的题材。游子成为出海经历风波之险的贾客，思妇则是装束奇异的南蛮女子。张籍《蛮中》写蛮女思念远行的丈夫："铜柱南边毒草春，行人几日到金麟。玉环穿耳谁家女，自抱琵琶迎海神。"⑥ 为了祈求出海的丈夫平安归来，女子抱着琵琶去祭祀海神。

当海贾经历风涛之险从海外归来，家乡亲人会举行仪式迎接他们。白居易《送客春游岭南二十韵》：

> 已讶游何远，仍嗟别太频。离容君蹙促，赠语我殷勤。迢递天南

---

① 《全唐诗》卷256，第2870页。
② 《全唐诗》卷569，第6599页。
③ 《全唐诗》卷704，第8094页。
④ 《全唐诗》卷625，第7186页。
⑤ 《全唐诗》卷614，第7081页。
⑥ （唐）张籍著，徐礼节、余恕诚校注：《张籍集系年校注》卷6，第796页。

面，苍茫海北湣。诃陵国分界，交趾郡为邻。蓊郁三光晦，温暾四气匀。阴晴变寒暑，昏晓错星辰。瘴地难为老，蛮陬不易驯。土民稀白首，洞主尽黄巾。战舰犹惊浪，戎车未息尘。红旗围卉服，紫绶裹文身。面苦桄榔裹，浆酸橄榄新。牙樯迎海舶，铜鼓赛江神。①

诗人所送客人远行至"诃陵"，其地在今东南亚一带的大海洲中。② 从诗人对"客"的叮嘱来看，此客当为贾客，所以诗人劝他："须防杯里蛊，莫爱橐中珍，北与南殊俗，身将货孰亲。尝闻君子诫，忧道不忧贫。"③ "牙樯"二句写的就是家乡亲人迎接海外经商归来的人。许浑《送客南归有怀》云："绿水暖青苹，湘潭万里春。瓦尊迎海客，铜鼓赛江神。"④ "瓦尊"两句所写与白居易诗相同。那些远航归来的海贾了解域外的信息，见多识广，人们喜欢听他们的海外奇谈。李白《梦吟天姥吟留别》云："海客谈瀛洲，烟涛微茫信难求。"⑤ 元稹《泛江玩月十二韵》云："巴童唱巫峡，海客话神泷。已困连飞盏，犹催未倒缸。"⑥ 听着海客谈论海外的奇闻，哪怕困倦也要听下去。

海贾往往携中国丝绸出海，换取海外商货，这在唐诗中也有反映。首先是珠宝，古代中外传统贸易一个重要内容就是以中国丝绸换取域外的珠宝。陆龟蒙《奉和袭美太湖诗二十首·雨中游包山精舍》云："包山信神仙，主者上真职。及栖钟梵侣，又是清凉域。乃知烟霞地，绝俗无不得。岩开一径分，柏拥深殿黑。僧闲若图画，像古非雕刻。海客施明珠，湘蕤料净食。有鱼皆玉尾，有乌尽金臆。手携鞭铎佉，若在中印国。千峰残雨过，万籁清且极。此时空寂心，可以遗智识。知君战未胜，尚倚功名力。却下听经徒，孤帆有行色。"⑦ 海客施予高僧的是得自海外的"明珠"。李洞《送人之天台》云："行李一枝藤，云边晓扣冰。丹经如不谬，白发亦何能。浅井仙人境，明珠海客灯。乃知真隐者，笑就汉廷征。"⑧ 其次是香料药物。项斯《寄流人》云："毒草不曾枯，长添客健无。雾开蛮市合，船散海城孤。象迹频藏齿，龙涎远蔽珠。家人秦地老，

---

① （唐）白居易：《白居易集》卷17，中华书局1979年版，第353页。
② 陈佳荣等：《古代南海地名汇释》，中华书局1986年版，第449页。
③ （唐）白居易：《白居易集》卷17，第353页。
④ 《全唐诗》卷530，第6062页。
⑤ （唐）李白著，瞿蜕园、朱金城校注：《李白集校注》卷15，第898页。
⑥ （唐）元稹：《元稹集》卷11，第129页。
⑦ 《全唐诗》卷618，第7120页。
⑧ 《全唐诗》卷721，第8274页。

泣对日南图。"① 从唐诗里我们还看到当时海上丝路上的奴隶贸易，有人把非洲和东南亚奴隶贩卖到唐朝内地，称为"海奴"。杜荀鹤《赠友人罢举赴交趾辟命》云："罢却名场拟入秦，南行无罪似流人。纵经商岭非驰驿，须过长沙吊逐臣。舶载海奴镮硾耳，象驼蛮女彩缠身。如何待取丹霄桂，别赴嘉招作上宾。"②

从唐诗里还可以了解到，那些出海经商的人还经过长江水道和京杭大运河在内地从事商贸活动，他们把内地商货和域外洋货进行倒卖，长江水道和运河上都有他们的樯桅帆影。阿拉伯人的著作《道里邦国志》讲到唐代中国南方沿海广州、扬州、杭州等城市："中国的这几个港口，各临一条大河，海船能在这大河中航行。"③ 唐诗中关于内河海船的描写可以与此相印证。诗僧灵一《酬皇甫冉西陵见寄》云：

  西陵潮信满，岛屿没中流。越客依风水，相思南渡头。寒光生极浦，落日映沧洲。何事扬帆去，空惊海上鸥。④

诗人笔下扬帆远去的"越客"将驶向大海。周贺《留辞杭州姚合郎中》云："波涛千里隔，抱疾亦相寻。会宿逢高士，辞归值积霖。丛桑山店迥，孤烛海船深。尚有重来约，知无省阁心。"⑤ 诗人来杭州拜会姚合，临别之际，想象着自己行程中于深夜"海船"之上，还会盼望着践约再来。李端《古别离二首》其一云："水国叶黄时，洞庭霜落夜。行舟闻商估，宿在枫林下。此地送君还，茫茫似梦间。后期知几日，前路转多山。巫峡通湘浦，迢迢隔云雨。天晴见海樯，月落闻津鼓。"⑥ 在长江水道见到"海樯"，那是从事海外贸易的商船进入三峡前往巴蜀从事贸易活动。王建《汴路即事》云："千里河烟直，青槐夹岸长。天涯同此路，人语各殊方。草市迎江货，津桥税海商。"⑦ 当诗人乘船从扬州沿运河北上时，看到船上乘客来自四面八方，语言各异。因为船从扬州来，扬州是繁华的国际都市，那里海内外客商云集，船上有经商的海客，政府在运河津渡桥口设卡

---

① 《全唐诗》卷554，第6414页。
② 《全唐诗》卷692，第7957—7958页。
③ 〔阿拉伯〕伊本·胡尔达兹比赫：《道里邦国志》，宋岘译，中华书局1991年版，第72页。
④ 《全唐诗》卷809，第9123页。
⑤ 《全唐诗》卷503，第5716页。
⑥ 《全唐诗》卷26，第352页。
⑦ （唐）王建著，王宗堂校注：《王建诗集校注》卷5，第226页。

向他们征税。唐代海商的活动在其他史料中极少，唐诗的这些描写为我们提供了重要信息。

2. 经海上丝路入华的外国人

在中外文化交流进入高潮时期的唐朝，世界上众多国家和地区与中国建立了友好交往的关系，海上丝绸之路上中外贸易十分兴盛，因此不同身份的外国人来到中国。在中国人的传统观念中，"远夷"朝贡是国家强盛四夷臣服的表现，他们为此自豪；外国人异于中国人的体貌语言，会触发好奇的诗人写诗的兴趣和灵感，因此唐诗中有不少作品写到这些外国人。这些诗反映了当时海上丝绸之路的繁荣景象。周繇《望海》云：

苍茫空泛日，四顾绝人烟。半浸中华岸，旁通异域船。岛间应有国，波外恐无天。欲作乘槎客，翻愁去隔年。①

诗人泛舟海上，眼见波光浩渺，茫无边际。虽然杳无人烟，却有外国船在附近海域行驶。他由此想象到远处岛屿间有异国存在，他想乘槎而往，但又恐一去不知何年得归。不能亲临其地，只能想象而已。柳宗元《鼓吹铙歌十二篇·苞枿》"序"写唐初对南方地区的征服云："梁之余，保荆衡巴巫，穷南越，良将取之不以师。为《苞枿》第六。"其诗云：

苞枿黑对矣，惟根之蟠。弥巴蔽荆，负南极以安。曰我旧梁氏，辑绥艰难。江汉之阻，都邑固以完。圣人作，神武用，有臣勇智，奋不以众。投迹死地，谋猷纵。化敌为家，虑则中。浩浩海裔，不威而同。系缧降王，定厥功。澶漫万里，宣唐风。蛮夷九译，咸来从。凯旋金奏，象形容。震赫万国，罔不龚。②

在大唐文治武功昌盛的声威之下，海裔蛮夷纷纷臣服，九译入贡。晚唐许棠《题金山寺》云："四面波涛匝，中楼日月邻。上穷如出世，下瞰忽惊神。刹（一作塔）碍长空鸟，船通外国人。"③ 金山寺在江苏镇江西北长江南岸金山上，这首诗反映了外国人由海上进入长江水道的事实。

经过海路入华的外国人首先是贡使，东南亚、南亚各国都经过海路入

---

① 《全唐诗》卷635，第7292页。
② 《柳宗元集》卷1，中华书局1979年版，第19—20页。
③ 《全唐诗》卷603，第7031页。

华朝贡，经海路入华的贡使先在广州登陆，然后北上长安或洛阳。所以至岭南赴任的官员有接待贡使并负责安排其进京的任务。刘长卿《送韦赞善使岭南》云：

> 欲逐楼船将，方安卉服夷。炎洲经瘴远，春水上泷迟。岁贡随重译，年芳遍四时。番禺静无事，空咏饮泉诗。①

赞善即赞善大夫，当韦氏奉命到岭南，他就负有安辑外夷和接待贡使的职责。刘长卿《送徐大夫赴广州》云："上将坛场拜，南荒羽檄招。远人来百越，元老事三朝。雾绕龙山暗，山连象郡遥。路分江森森，军动马萧萧。画角知秋气，楼船逐暮潮。当令输贡赋（一作职），不使外夷骄。"②大夫即御史大夫，以御史大夫的朝衔出任岭南者都是节度使。诗人希望他到岭南处理好外夷入贡事务，维护唐朝大国的尊严。韦应物《送冯著受李广州署为录事》云：

> 郁郁杨柳枝，萧萧征马悲。送君灞陵岸，纠郡南海湄。名在翰墨场，群公正追随。如何从此去，千里万里期。大海吞东南，横岭隔地维。建邦临日域，温燠御四时。百国共臻奏，珍奇献京师。③

诗末二句说海外众多国家入贡，他们来到岭南，岭南地方官员有责任把他们和他们的贡物送达都城。元稹《和乐天送客游岭南二十韵》云："我自离乡久，君那度岭频。一杯魂惨澹，万里路艰辛。……岛夷徐市种，庙瓯赵佗神。鸢跕方知瘴，蛇苏不待春。曙潮云斩斩，夜海火燐燐。冠冕中华客，梯航异域臣。果然皮胜锦，吉了舌如人。"④"冠冕"二句指的就是梯山航海来中华入贡的外国使臣。陈陶《赠容南韦中丞》云："普宁都护军威重，九驿梯航压要津。十二铜鱼尊画戟，三千犀甲拥朱轮。风云已静西山寇，闾井全移上国春。不独来苏发歌咏，天涯半是泣珠人。"⑤"九驿"当作"九译"，诗写容南韦中丞赴任之地乃沿海地区，那些海港津渡停泊

---

① 《全唐诗》卷148，第1508页。
② 《全唐诗》卷149，第1529页。
③ （唐）韦应物著，陶敏、王友胜校注：《韦应物集校注》，上海古籍出版社1998年版，第215页。
④ （唐）元稹：《元稹集》卷12，第139—140页。
⑤ 《全唐诗》卷746，第8479页。

着大量外国贡使的船舶。东南亚国家通过海路入贡犀牛、驯象。储光羲《述韦昭应画犀牛》诗有："遐方献文犀，万里随南金。大邦柔远人，以之居山林。"① 白居易《驯犀》一诗写"海蛮"贡使进献犀牛的事件：

> 驯犀驯犀通天犀，躯貌骇人角骇鸡。海蛮闻有明天子，驱犀乘传来万里。一朝得谒大明宫，欢呼拜舞自论功。五年驯养始堪献，六译语言方得通。上嘉人兽俱来远，蛮馆四方犀入苑。②

元稹《驯犀》诗云：

> 建中之初放驯象，远归林邑近交广。兽返深山鸟构巢，鹰雕鹞鹘无羁鞅。贞元之岁贡驯犀，上林置圈官司养。玉盆金栈非不珍，虎啖狌牢鱼食网。渡江之橘逾汶貉，反时易性安能长。腊月北风霜雪深，踠蹄鳞身遂长往。行地无疆费传驿，通天异物罹幽枉。乃知养兽如养人，不必人人自敦奖。不扰则得之于理，不夺有以多于赏。脱衣推食衣食之，不若男耕女令纺。尧民不自知有尧，但见安闲聊击壤。前观驯象后驯犀，理国其如指诸掌。③

白居易诗里的"海蛮"即东南亚沿海国家林邑、真腊、诃陵等，他们都曾向唐朝进献驯犀，元稹诗直接写到"林邑"。诗写了贡使入贡并受到朝廷厚遇的过程。

经海路入华的外国人其次是经商的海胡、海夷。唐朝南方沿海地区地方长官努力维护对外贸易的顺利进行，并以强大的军事力量保证了海路的畅通，外国商人往来方便而且安全，正如熊孺登《寄安南马中丞》诗云：

> 龙韬能致虎符分，万里霜台压瘴云。蕃客不须愁海路，波神今伏马将军。④

"中丞"即御史中丞，马中丞出任安南都护，诗人寄诗给他。"蕃客"即外商。诗赞扬马氏能安定一方，保证海上丝路的安定畅通，外商不必为航

---

① 《全唐诗》卷136，第1373页。
② （唐）白居易：《白居易集》卷3，第69页。
③ （唐）元稹：《元稹集》卷24，第283页。
④ 《全唐诗》卷476，第5421页。

路上的安全问题忧虑。商人逐利而来，互通有无，促进了中外物质文化交流。杜甫《送重表侄王砅评事使南海》云：

> 廷评近要津，节制收英髦。北驱汉阳传，南泛上泷舠。家声肯坠地，利器当秋毫。番禺亲贤领，筹运神功操。大夫出卢宋，宝贝休脂膏。洞主降接武，海胡舶千艘。①

"南海""番禺"都指今广州，王砅以大理评事的身份从朝廷出使广州，途经成都遇杜甫，杜甫写诗送别，其中写到王氏将到的广州"海胡舶千艘"，可见来到广州的海外商贾之多。刘禹锡《南海马大夫远示著述兼酬拙诗辄著微诚再有长句时蔡戎未弭，故见于篇末》云：

> 汉家旌节付雄才，百越南溟统外台。身在绛纱传六艺，腰悬青绶亚三台。连天浪静长鲸息，映日帆多宝舶来。闻道楚氛犹未灭，终须旌旆扫云雷。②

"映日"句写广州海上外国商船数量之多。他的《马大夫见示浙西王侍御赠答诗因命同作》云：

> 忆逐羊车凡几时，今来旧府统戎师。象筵照室会词客，铜鼓临轩舞海夷，百越酋豪称故吏，十洲风景助新诗。秣陵从事何年别，一见琼章如素期。③

在广州马大夫的宴会上，有"海夷"献舞。薛能《送福建李大夫》云："洺州良牧帅瓯闽，曾是西垣作谏臣。红斾已胜前尹正，尺书犹带旧丝纶。秋来海有幽都雁，船到城添外国人。行过小藩应大笑，只知夸近不知贫。"④福建观察使驻福州，李大夫赴任福州，沿水路而行，近城时有外国人上船。元稹《和乐天送客游岭南二十韵》写到岭南"舶主腰藏宝，黄家砦起尘。"自注："南方呼波斯为'舶主'。胡人异宝，多自怀藏，以避强丐。"⑤ 周繇

---

① （唐）杜甫著，（清）仇兆鳌注：《杜诗详注》卷23，第2042—2047页。
② （唐）刘禹锡：《刘禹锡集》卷35，上海人民出版社1975年版，第349页。
③ （唐）刘禹锡：《刘禹锡集》卷35，第350页。
④ 《全唐诗》卷559，第6487页。
⑤ 《元稹集》卷12，第140页。

《送杨环校书归广南》云:"天南行李半波涛,滩树枝枝拂戏猱。初著蓝衫从远峤,乍辞云署泊轻艘。山村象踏桄榔叶,海外人收翡翠毛。"① 翡翠毛是贵重物品,收取可售高价,这是海商的活动。

唐代与海外的宗教交流十分密切,不少外国僧人经海路到来传道,也有外国僧人经西域入华,再由海路回国。这些外国僧人首先是佛教僧人。崔涂《送僧归天竺》云:"忽忆曾栖处,千峰近沃州。别来秦树老,归去海门秋。汲带寒汀月,禅邻贾客舟。遥思清兴惬,不厌石林幽。"② 此天竺僧欲归本国,乘贾客舟循海而行。无名氏诗残句云:"寄宿山中寺,相辞海上僧。"(齐己《风骚旨格》)③ 这"海上僧"可能也是指经海路入华的僧人。印度婆罗门教僧人也有经海路入华的。婆罗门教是印度古代宗教,印度教的古代形式。因崇拜梵天及由婆罗门种姓担任祭司而得名。刘言史《送婆罗门归本国》云:

  刹利王孙字迦摄,竹锥横写叱萝叶。遥知汉地未有经,手牵白马绕天行。龟兹碛西胡雪黑,大师冻死来不得。地尽年深始到船,海里更行三十国。行多耳断金环落,冉冉悠悠不停脚。马死经留却去时,往来应尽一生期。出漠(一作汉)独行人绝处,碛西天漏雨丝丝。④

这位来自印度的婆罗门僧经海路而来,又经陆路而返。可止《送婆罗门僧》云:"雪岭金河独向东,吴山楚泽意无穷。如今白首乡心尽,万里归程在梦中。"⑤ 有关婆罗门教传入中国的文献资料很少,这两首诗有重要的史料价值。这两位印度婆罗门教僧人一位本想经西域丝绸之路进入中国,但路途险阻难行,只好改由海道:"地尽年深始到船,海里更行三十国",经万里途程,终于实现到长安传经的夙愿,如今又要经西域回国。另一位经西域东来中国,曾经到中国南方传教。如今年迈力衰,归乡无望,也便打消了归乡之念。但梦中仍时时回到家乡。有意思的是这两首诗都用了"独"字形容婆罗门僧的行踪,反映了婆罗门教在中国遭受冷落的状况。

唐时东南亚国家还向唐朝入贡侏儒小黑人,阿拉伯、波斯商人到中国进行贸易活动,把非洲、南亚、东南亚的黑人侏儒贩运到中国,成为达官

---

① 《全唐诗》卷635,第7292页。
② 《全唐诗》卷679,第7776页。
③ 《全唐诗》卷796,第8963页。
④ 《全唐诗》卷468,第5322页。
⑤ 《全唐诗》卷825,第9292页。一作清江诗,见《全唐诗》卷812,题作《送婆罗门》。

贵人家庭仆佣，这样的人被称为"昆仑奴"或"昆仑儿"。"自林邑以南，皆卷发黑身，通号为'昆仑'。"① 地处今印度尼西亚的室利佛逝国在高宗至玄宗时曾向唐朝"献侏儒、僧祇女各二"②。元和八年，诃陵国"献僧祇奴四"③。唐传奇小说《昆仑奴》写长安一位"显僚"（高官）家中畜有昆仑奴，且身怀绝技。④ 这些肤色漆黑言语特殊的昆仑奴引起汉地人的好奇，有的诗人很感兴趣，便赋诗咏叹。张籍《昆仑儿》云：

> 昆仑家住海中州，蛮客将来汉地游。言语解教秦吉了，波涛初过郁林州。金环欲落曾穿耳，螺髻长拳不裹头。自爱肌肤黑如漆，行时半脱木绵衣。⑤

这里的"昆仑儿"指的是随海舶到来的南洋诸岛居民。"蛮客"是当时来自东南亚国家的商人，他们可能是这些商人的侍儿，也可能是被这些商人贩卖至此。"将来"是带来的意思，诗没有交代带来的目的是什么。这种体貌奇异的昆仑儿还引起画家的好奇，成为唐代人物画的题材。顾况看到一位杜姓画家画的昆仑儿，便激发灵感，写了一首咏画诗，其《杜秀才画立走水牛歌》云：

> 昆仑儿，骑白象，时时锁著师子项。奚奴跨马不搭鞍，立走水牛惊汉官。江村小儿好夸骋，脚踏牛头上牛领。浅草平田攛过时，大虫著钝几落井。杜生知我恋沧洲，画作一障张床头。八十老婆拍手笑，妒他织女嫁牵牛。⑥

---

① 《旧唐书》卷197《南蛮传》，中华书局1974年版，第5270页。按：张星烺最早发表论文《唐时非洲黑奴输入中国考》，认为昆仑或昆仑奴来自非洲，由阿拉伯商人贩运而来。载《辅仁学志》第1卷第1—2期，又见氏著《中西交通史料汇编》第2册，朱杰勤校订本，中华书局2003年版，第22页。葛承雍《唐长安黑人来源寻踪》认为昆仑奴来自东南亚，载《中华文史论丛》第65辑，上海古籍出版社2001年版。李安山《古代中非交往史料补遗与辨析——兼论中国早期黑人来源问题》，认为多元来源说可以较好地解决这一问题，除了非洲和东南亚外，印度可能也是重要来源，印度很早就有黑人奴隶贸易。他还指出，当时来到中国的黑人并非全部都是奴隶，有驯兽师、船员、乐师、耕者、士兵等。文载《史林》2019年第2期。
② 《新唐书》卷222下《南蛮传下》，第6305页。
③ 同上书，第6302页。
④ 汪辟疆校录：《唐人小说》，上海古籍出版社1978年版，第324—326页。
⑤ （唐）张籍著，徐礼节、余恕诚校注：《张籍集系年校注》卷4，第533—534页。
⑥ 赵昌平校编：《顾况诗集》卷2，江西人民出版社1983年版，第52—53页。

在中国人看来，昆仑儿属于丑陋一类，故用"昆仑儿"做比嘲笑相貌丑陋者或夸张某人的丑相。崔涯《嘲妓》其一云："虽得苏方木，犹贪玳瑁皮。怀胎十个月，生下昆仑儿。"其二云："布袍披袄火烧毡，纸补筝篌麻接弦。更著一双皮屦子，纥梯纥榻出门前。"①崔涯《嘲李端端》云："黄昏不语不知行，鼻似烟窗耳似铛。独把象牙梳插鬓，昆仑山上月初明。"②"觅得黄骝鞁绣鞍，善和坊里取端端。扬州近日浑成差，一朵能行白牡丹。"一位妓女被比作昆仑，定然是"门前鞍马稀"，据说李端端得前诗忧之，崔涯乃重赠此诗饰之，于是豪富之士，复臻其门。或戏之曰："李娘子才出墨池，便登雪岭。"红楼以为笑乐。

（二）唐代海上贸易和舶来品

在唐代海上贸易兴盛的时代，大海给中外文化交流提供了便利。唐诗中常常写到南海（今广州）的商舶与海上贸易，这些诗反映了唐代海上丝绸之路的发展。王建《送郑权尚书南海》："市喧山贼破，金贱海船来。"③韩愈《送郑尚书赴南海》写广州对外贸易："货通师子国。"④ 刘禹锡《南海马大夫远示著述兼酬拙诗辄著微诚再有长句时蔡戎未弭故见于篇末》云："连天浪静长鲸息，映日帆多宝舶来。"⑤ 陆龟蒙《奉和袭美吴中言怀寄南海二同年》云："城连虎踞山图丽，路入龙编海舶遥。"⑥ 皮日休《送李明府之任海南》云："蟹奴晴上临潮槛，燕婢秋随过海船。"⑦ 贯休《送友人之岭外》云："金柱根应动，南风舶欲来。"⑧ 这些诗都反映了广州对外贸易的繁盛。张籍《送郑尚书出镇南海》云："蛮声喧夜市"，⑨ 不仅描述广州夜市的热闹，还写出当地操"蛮语"的商人之多。唐诗中的"海舶""海船"都是指从事海外贸易的中外商舶，这些商舶从海外带来了异

---

① 《全唐诗》卷870，第9858页。
② 《全唐诗》卷870，第9859页。
③ （唐）王建著，王宗堂校注：《王建诗集校注》卷5，中州古籍出版社2006年版，第280页。
④ （唐）韩愈著，钱钟联集释：《韩昌黎诗系年集释》，上海古籍出版社1984年版，第1259页。
⑤ （唐）刘禹锡著，瞿蜕园笺证：《刘禹锡集笺证》外集卷5，上海古籍出版社1989年版，第1307页。
⑥ （唐）陆龟蒙著，何锡光校注：《陆龟蒙全集校注》，凤凰出版社2015年版，第1485页。
⑦ 《全唐诗》卷614，第7081页。
⑧ （唐）贯休著，胡大浚笺注：《贯休歌诗系年笺注》卷13，中华书局2011年版，第627页。
⑨ （唐）张籍著，徐礼节、余恕诚校注：《张籍集系年校注》卷3，第396页。

域物产，丰富了唐人的生活。

1. 珠宝

珠宝是通过海上丝路获取的域外珍奇之物，是传统贸易中的重要内容。汉代中国商使携"金帛"赴印度洋诸国进行贸易，所获即珠宝奇石、异物、碧琉璃等。唐代海外珠宝仍是皇亲国戚、达官贵人和豪富之家孜孜追求的商货。韩愈《送郑尚书序》讲到广州海上贸易之利云："外国之货日至，珠、香、象、犀、玳瑁、奇物溢于中国，不可胜用。"① 唐诗写到海舶载来犀角、象牙、翡翠、明珠、水晶、琉璃、珊瑚、翠羽等舶来品。

大食（阿拉伯）、波斯从事珠宝生意的人云集广州，反映到文学作品中。唐人小说《崔炜》中写南越王墓中多珠宝，崔炜于此获南越王赐予大食阳燧珠，南越王有诗："千载荒台隳路隅，一烦太守重椒途。感君拂拭意何极，报尔美妇与明珠。"广州有波斯邸，崔炜去"潜鬻是珠"，被一大食老胡识破，知从南越王墓中所得，"遂具十万缗易之"。据老胡所言："我大食国阳燧珠也，昔汉初赵陀使异人梯山航海，盗归番禺。今仅千载矣。我国有能玄象者，言来岁国宝当归。故我王召我具大舶重资抵番禺而搜索，今日果有所获矣。"老胡"出玉液而洗之，光鉴一室"。"胡人遽泛舶归大食去。"② 故事带志怪色彩，却是唐代中国与阿拉伯之间海上贸易的反映，也是阿拉伯人经海上丝路从事珠宝生意的现实生活的反映。

中国东南和东南亚沿海地区出产珍珠，唐诗反映了这些地区的采珠活动和珍珠贸易。施肩吾《岛夷行》云："腥臊海边多鬼市，岛夷居处无乡里。黑皮年少学采珠，手把生犀照咸水。"③ 翁宏《南越行》残句云："因寻买珠客，误入射猿家。"④ 项斯《蛮家》云："领得卖珠钱，还归铜柱边。"⑤ 张籍《送海客归旧岛》云："海上去应远，蛮家云岛孤。竹船来桂浦，山市卖鱼须。入国自献宝，逢人多赠珠。却归春洞口，斩象祭天吴。"⑥ 海客即海商，除了从事买卖之外，还有"献宝""赠珠"等活动。奇珍异宝有的通过贸易而来，所以在南方沿海地区的贸易中珠宝交易是重

---

① （唐）韩愈著，马其昶校注：《韩昌黎文集校注》卷4，上海古籍出版社1986年版，第284页。
② 汪辟疆校录：《唐人小说》，上海古籍出版社1978年版，第333—338页。
③ 《全唐诗》卷494，第5592页。
④ 童养年：《全唐诗续补遗》卷14，《全唐诗补编》，中华书局1992年版，第514页。
⑤ 《全唐诗》卷554，第6408页。一作马戴诗，字句稍异："领得卖珠钱，还归铜柱边。看儿调小象，打鼓放新船。醉后眠神树，耕时语瘴烟。又逢衰蹇老，相问莫知年。"见《全唐诗》卷555，第6426页。
⑥ （唐）张籍著，徐礼节、余恕诚校注：《张籍集系年校注》卷2，第227页。

要内容,刘禹锡的诗称外国商船为"宝舶"即此意。王建《送郑权尚书赴南海》写广州市面上堆满了宝货:"戍头龙脑铺,关口象牙堆。"① 最受皇室欢迎的是域外珍品,这些奇珍异物有的通过入贡而得,而贡使是通过海上丝路先至南方沿海地区,再通过地方官员奉送朝廷。张谓《杜侍御送贡物戏赠》云:

铜柱朱崖道路难,伏波横海旧登坛。越人自贡珊瑚树,汉使何劳獬豸冠。疲马山中愁日晚,孤舟江上畏春寒。由来此货称难得,多恐君王不忍看。②

南方沿海地方官员有转送海外贡物之职责,杜侍御从长安赶来南海,护送越人贡珊瑚入京。韦应物《送冯著受李广州署为录事》云:"大海吞东南,横岭隔地维。建邦临日域,温燠御四时。百国共臻奏,珍奇献京师。"③ 冯著到广州任职,诗人告诫他在那个百国贡使云集的广州,要恪尽职责,把域外珍奇送达朝廷和皇室。殷尧藩《偶题》云:"越女收龙眼,蛮儿拾象牙。长安千万里,走马送谁家。"④ 说明从海外贸易和南海入贡中获得的"珍奇"被输入千万里外的京都,成为皇室和上层贵族的奢侈品。皮日休《正乐府十篇·贱贡士》云:"南越贡珠玑,西蜀进罗绮。到京未晨旦,一一见天子。"⑤

从唐诗中可知,有中国商贾赴海外从事珍珠生意。王建《南中》云:"独有求珠客,年年入海行。"⑥ 唐诗中常常称豪华的宴会为"玳筵""象筵",即用玳瑁、象牙制的席子,代指豪华的宴会。杜甫《观公孙大娘弟子舞剑器行》云:"玳筵急管曲复终。"⑦ 刘禹锡《马大夫见示浙西王侍御赠答诗因命同作》云:"象筵照室会词客,铜鼓临轩舞海夷。"⑧ 韩翃《别李明府》云:

---

① 王宗堂:《王建诗集校注》卷5,中州古籍出版社2006年版,第280页。
② 《全唐诗》卷197,第2020页。
③ (唐)韦应物著,陶敏、王友胜校注:《韦应物集校注》卷4,上海古籍出版社1998年版,第215页。
④ 《全唐诗》卷492,第5575页。
⑤ 《全唐诗》卷608,第7020页。
⑥ (唐)王建著,王宗堂校注:《王建诗集校注》卷5,第224页。
⑦ (唐)杜甫著,(清)仇兆鳌注:《杜诗详注》卷20,第1818页。
⑧ (唐)刘禹锡著,瞿蜕园笺证:《刘禹锡集笺证》外集卷5,上海古籍出版社1989年版,第1314页。

宠光五世腰青组，出入珠宫引箫鼓。醉舞雄王玳瑁床，娇嘶骏马珊瑚柱。胡儿夹鼓越婢随，行捧玉盘尝荔枝。罗山道士请人送，林邑使臣调象骑。爱君一身游上国，阙下名公如旧识。万里初怀印绶归，湘江过尽岭花飞。五侯焦石烹江笋，千户沉香染客衣。别后想君难可见，苍梧云里空山县。汉苑芳菲入夏阑，待君障日蒲葵扇。①

这位李明府是在岭南任职，地近林邑，来到京城，将归时诗人送别写此诗，其中写到李氏生活中的用具大多是海外珍奇。又如杜牧《送容州中丞赴镇》云："交阯同星座，龙泉似斗文。烧香翠羽帐，看舞郁金裙。鹢首冲泷浪，犀渠拂岭云。莫教铜柱北，空说马将军。"② 想象唐氏到容州任职，生活用品也多舶来品。

当唐朝处于全盛的时期，奇珍异宝源源不断地从海上输入，但遇到战乱或南方沿海地方官贪腐，有时会影响到中外贸易的开展。李群玉《石门戍》云："到此空思吴隐之，潮痕草蔓上幽碑。人来皆望珠玑去，谁咏贪泉四句诗。"③ 杜甫诗《自平》云："自平宫中吕太一，收珠南海千余日。近供生犀翡翠稀，复恐征戍干戈密。蛮溪豪族小动摇，世封刺史非时朝。蓬莱殿前诸主将，才如伏波不得骄。"④ 杜甫《诸将五首》之四云："回首扶桑铜柱标，冥冥氛祲未全销。越裳翡翠无消息，南海明珠久寂寥。殊锡曾为大司马，总戎皆插侍中貂。炎风朔雪天王地，只在忠臣翊圣朝。"⑤ 杜甫这两首诗皆作于代宗广德年间。当时，广州市舶使宦官吕太一发动叛乱，在广州城烧杀抢掠，市舶贸易遭到沉重打击，从而影响到京城海外奢侈品的供给。杜甫写诗记录其时南海贸易的萧条景象。从唐诗里我们还看到这种珠宝贸易也有假冒伪劣现象。元稹《送岭南崔侍御》写岭南地方"无限相忧事"，有"蛟老变为妖妇女，舶来多买假珠玑"⑥。妖妇惑众，以假珠玑出售。

2. 动物

来自南海国家和地区入贡和贸易所得动物主要有象、犀牛、鹦鹉、翡翠鸟等。

---

① 《全唐诗》卷243，第731页。
② （唐）杜牧著，吴在庆校注：《杜牧集系年校注》卷2，中华书局2013年版，第5954页。
③ 《全唐诗》卷570，第6616页。
④ （唐）杜甫著，（清）仇兆鳌注：《杜诗详注》卷20，第1809页。
⑤ （唐）杜甫著，（清）仇兆鳌注：《杜诗详注》卷16，第1368页。
⑥ （唐）元稹：《元稹集》卷17，第202页。

从南方海上交通中获得的动物主要是象和犀牛。唐诗中写海外国家物产往往写到这两种动物。中国中原地区原产象，商代时黄河流域大象是常见的野兽，人们不仅捕捉大象，为了实用的目的还豢养象。汉代时北方已经罕见大象，对于黄河流域的人来说，大象已经成为异域奇兽。在汉晋人笔下象已经成为今越南境内特产。"象，长鼻牙，南越之大兽。"① 汉朝人知道在东南亚、南亚和西域一些国家，象作为坐骑和战骑使用，象牙受人珍视。张骞从西域归来，向汉朝的报告中提到身毒国（印度）"人民乘象以战"②。唐代时从今越南之地获得驯象。韩翃《别李明府》提到"林邑使臣调象骑"。张籍《送南迁客》云："海国战骑象，蛮州市用银。"③

汉代时中国境内仍有犀牛。"江南出楠、梓、姜、桂、金、锡、连、丹沙、犀、玳瑁、珠玑、齿革"④；"番禺亦其一都会也，珠玑、犀、玳瑁、果布之凑。"⑤ 司马迁的时代江南和广东沿海地区都有犀牛，但犀牛越来越少见了。汉代犀牛已经是珍稀动物，犀角已经成为珍贵物产从海外国家传入。西汉桓宽云："犀象兕虎，南夷之所多也……中国所鲜，外国贱之。"⑥ 唐人知道在南方岛国犀牛是常见动物。殷尧藩《寄岭南张明府》诗残句："瘴雨出虹蜺，蛮烟渡江急。尝闻岛夷俗，犀象满城邑。"⑦ 施肩吾《岛夷行》云："腥臊海边多鬼市，岛夷居处无乡里。黑皮年少学采珠，手把生犀照咸水。"⑧ 周繇《送杨环校书归广南》云："山村象踏桃榔叶，海外人收翡翠毛。"⑨ 曹唐《送羽人王锡归罗浮》云："龙蛇出洞闲邀雨，犀象眠花不避人。"⑩ 唐代从扶南、林邑所得犀牛、大象有一种经过驯养，能伴随音乐进行舞蹈表演，被称为"驯犀""驯象"。唐代林邑、真腊国曾入贡驯犀、驯象，代宗时入贡的一批被德宗放之林野，此事也见于诗人的吟咏。元稹、白居易都有《驯犀》诗赞美德宗的行为，已见上文征引。

从海外得到的动物还有鸟类，主要是供观赏的珍禽。翡翠鸟是生长在东南亚的美丽的小鸟，雄性为翡，雌性为翠。雄性毛色红，雌性毛色青，

---

① （汉）许慎：《说文解字》（九），中华书局1963年版，第198页。
② 《史记》卷123《大宛列传》，第3166页。
③ （唐）张籍著，徐礼节、余恕诚校注：《张籍集系年校注》卷2，第145页。
④ 《史记》卷129《货殖列传》，第3253—3254页。
⑤ 同上书，第3268页。
⑥ （汉）桓宽撰，王利器校注：《盐铁论校注》卷7，中华书局1992年版，第438页。
⑦ 《全唐诗》卷492，第5577页。
⑧ 《全唐诗》卷494，第5592页。
⑨ 《全唐诗》卷635，第7292页。
⑩ 《全唐诗》卷640，第7340页。

羽毛可作饰品,珍贵异常,称为"翠羽"。这种鸟及其翠羽从东南亚入贡中原。杜甫《诸将五首》其三云:"回首扶桑铜柱标,冥冥氛祲未全销。越裳翡翠无消息,南海明珠久寂寥。"① 杜牧《送容州中丞赴镇》写中丞的生活:"烧香翠羽帐,看舞郁金裙。"② 周繇《送杨环校书归广南》云:"山村象踏桄榔叶,海外人收翡翠毛。"③ 林邑国曾向唐朝进献鹦鹉,唐太宗命李百药作《鹦鹉赋》,李百药借此大颂太宗的盛德:"嘉灵禽之擢秀,资品物以呈祥。含金精于兑域,体耀质于炎方。候风海而作贡,备黼黻以成章。绣领绮翼,红衿翠裳。饰以朱紫,间以玄黄。碧鸡仰而寝色,金鹅对以韬光。亘万里之重阻,隋四夷而来王。"④ 唐诗中有关于鹦鹉的描写。李义府《咏鹦鹉》则表达了与鹦鹉同病相怜之意:"牵弋辞重海,触网去层峦。戢翼雕笼际,延思彩霞端。慕侣朝声切,离群夜影寒。能言殊可贵,相助忆长安。"⑤ 白居易《红鹦鹉》:"安南远进红鹦鹉,色似桃花语似人。文章辩慧皆如此,笼槛何年出得身。"题注云:"商山路逢。"⑥ 是他于商山道上路逢安南都护府赴京上贡,写下这首讽喻诗。

3. 植物

中国很早就从域外引入各种植物,主要有两类,一类是供观赏的奇花异草,一类是实用的具有食用价值的果树或具有医药价值之草木。经过海上丝路引种的品种很多,这些植物新奇美观、味美可口,以及医用价值引起诗人吟咏的兴趣。

有的植物是从南方沿海地区移植中原的,有的是从海外移植中国南方再移植内地的。桂树是具有香料和医药价值的植物,来自南方。卢僎《题殿前桂叶》云:"桂树生南海,芳香隔楚山。今朝天上见,疑是月中攀。"⑦ 木兰花树既美观,又散发芳香。刘长卿《题灵祐上人法华院木兰花(其树岭南,移植此地)》云:"庭种南中树,年华几度新。已依初地长,独发旧园春。映日成华盖,摇风散锦茵。色空荣落处,香醉往来人。菡萏千灯遍,芳菲一雨均。高柯倘为楫,渡海有良因。"⑧ 棉花是从南亚移植过来的,古代文献称为"白氎""木绵"。唐代南方沿海地区普遍种植棉花。

---

① (唐)杜甫著,(清)仇兆鳌注:《杜诗详注》卷16,第1368页。
② (唐)杜牧著,吴在庆校注:《杜牧集系年校注》卷2,第118页。
③ 《全唐诗》卷635,第7292页。
④ (宋)李昉等编:《文苑英华》卷135,中华书局1966年版,第620页。
⑤ 《全唐诗》卷35,第469页。
⑥ (唐)白居易:《白居易集》卷15,中华书局1979年版,第313页。
⑦ 《全唐诗》卷99,第1072页。
⑧ (唐)刘长卿著,储仲君校注:《刘长卿集编年笺注》,中华书局1996年版,第325页。

王建《送郑权尚书南海》云："白氎家家织，红蕉处处栽。"① 元稹《送岭南崔侍御》云："火布垢尘须火浣，木绵温软当绵衣。桄榔面碜槟榔涩，海气常昏海日微。"② 茉莉花是从南亚地区经海路传入中国南方，后来移植到中国各地。皮日休《吴中言怀寄南海二同年》云："退公只傍苏劳竹，移宴多随末利花。"③ 李德裕营造平泉园林，"远方之人，多以异物奉之"。时有人题诗云："陇右诸侯供语鸟，日南太守送名花。"④ 刘昭禹《送人红花栽》云："世上红蕉异，因移万里根。艰难离瘴土，潇洒入朱门。叶战青云韵，花零宿露痕。长安多未识，谁想动吟魂。"⑤ 椰子树也被移植到北方皇家园林里。张谔《岐王山亭》云："王家傍绿池，春色正相宜。岂有楼台好，兼看草树奇。石榴天上叶，椰子日南枝。出入千门里，年年乐未移。"⑥

有的来自南海和域外的植物根茎或果实是可以食用的，异乡美味，新鲜可口，受到诗人赞赏。荔枝、龙眼、柑橘之类一直是南方交州地区的贡物。汉武帝平南越之后，南方水果大量输入中原地区，其中荔枝因为唐玄宗宠幸杨贵妃，曾令南海快马驿递南海新鲜荔枝，受到诗人的诟病。杜甫《病橘》："尝闻蓬莱殿，罗列潇湘姿。此物岁不稔，玉食失（一作少）光辉。寇盗尚凭陵，当君减膳时。汝病是天意，吾谂（一作愁，一作敢）罪有司。忆昔南（一作闻）海使，奔腾献荔支。百马死山谷，到今耆旧悲。"⑦ 戴叔伦《春日早朝应制》："仙仗肃朝官，承平圣主欢。月沈宫漏静，雨湿禁花寒。丹荔来金阙，朱樱贡玉盘。六龙扶御日，只许近臣看。"⑧ 鲍防《杂感》："汉家海内承平久，万国戎王皆稽首。天马常衔苜蓿花，胡人岁献葡萄酒。五月荔枝初破颜，朝离象郡夕函关。雁飞不到桂阳岭，马走先过（一作从）林邑山。甘泉御果垂仙阁，日暮无人香自落。远物皆重近皆轻，鸡虽有德不如鹤。"⑨ 殷尧藩《偶题》："越女收龙眼，蛮儿拾象牙。长安千万里，走马送谁家。"⑩

---

① （唐）王建著，王宗堂校注：《王建诗集校注》卷5，第280页。
② （唐）元稹：《元稹集》卷17，第202页。
③ 《全唐诗》卷614，第7082页。
④ （唐）康骈：《剧谈录》逸文，古典文学出版社1958年版，第64页。
⑤ 《全唐诗》卷886，第10019页。
⑥ 《全唐诗》卷110，第1130页。
⑦ 《全唐诗》卷219，第2307页。
⑧ 《全唐诗》卷273，第3073页。
⑨ 《全唐诗》卷307，第3485页。
⑩ 《全唐诗》卷492，第5574页。

刺桐原产于非洲、南亚和东南亚。常见的观赏品种有珊瑚刺桐，又名龙牙花，原产西印度群岛，为落叶小乔木；火炬刺桐，又名象牙红，原产非洲东南部；黄脉刺桐，叶片上面叶脉处具金黄色条纹，为著名观叶植物；大叶刺桐，别名鹦哥花，原产中国南部，印度也有分布，为落叶小乔木。唐代以来南方沿海地区不少地方引种了刺桐，诗人对刺桐的题咏不少，主要是因为其花儿的美丽和独特的南国风味。《杂曲歌辞·太和第三》云："庭前鹊绕相思树，井上莺歌争刺桐。"① 徐夤《昔游》云："昔游红杏苑，今隐刺桐村。"② 罗邺《放鹧鸪》云："好傍青山与碧溪，刺桐毛竹待双栖。花时迁客伤离别，莫向相思树上啼。"③

最引起诗人情思的是刺桐花儿。张籍《送汀州源使君》云："曾成赵北归朝计，因拜王门最好官。为郡暂辞双凤阙，全家远过九龙滩。山乡只有输蕉户，水镇应多养鸭栏。地僻寻常来客少，刺桐花发共谁看。"④ 朱庆馀《南岭（一作岭南）路》云："越岭向南风景异，人人传说到京城。经冬来往不踏雪，尽在刺桐花下行。"⑤ 李郢《送人之岭南》云："关山迢递古交州，岁晏怜君走马游。谢氏海边逢素女，越王潭上见青牛。嵩台月照啼猿曙，石室烟含古桂秋。回望长安五千里，刺桐花下莫淹留。"⑥ 曹唐《奉送严大夫再领容府二首》其二云："日照双旌射火山，笑迎宾从却南还。风云暗发谈谐外，感会潜生气概间。薪竹水翻台榭湿，刺桐花落管弦闲。无因得靸真珠履，亲从新侯定八蛮。"⑦ 方干《送人宰永泰》云："北人虽泛南流水，称意南行莫恨赊。道路先经毛竹岭，风烟渐近刺桐花。舟停渔浦犹为客，县入樵溪似到家。下马政声王事少，应容闲吏日高衙。"⑧ 方干《题画建溪图》云："六幅轻绡画建溪，刺桐花下路高低。分明记得曾行处，只欠猿声与鸟啼。"⑨ 王毂有诗专咏刺桐花，其《刺桐花》云：

南国清和烟雨辰，刺桐夹道花开新。林梢簇簇红霞烂，暑天别觉生精神。秋英斗火欺朱槿，栖鹤惊飞翅忧烬。直疑青帝去匆匆，收拾

---

① 《全唐诗》卷27，第382页。
② 《全唐诗》卷708，第8141页。
③ 《全唐诗》卷654，第7522页。
④ 《全唐诗》卷385，第4343页。
⑤ 《全唐诗》卷514，第5866页。
⑥ 《全唐诗》卷590，第6849页。
⑦ 《全唐诗》卷640，第7342页。
⑧ 《全唐诗》卷650，第7467页。
⑨ 《全唐诗》卷653，第7504页。

春风浑不尽。①

徐夤《春末送陈先辈之清源》云："贫中惟是长年华，每羡君行自叹嗟。归日捧持明月宝，去时期刻刺桐花。"② 泉州的刺桐花给人印象最深，曹松《送陈樵校书归泉州》云："帝京须早入，莫被刺桐迷。"③ 陈陶《泉州刺桐花咏兼呈赵使君》（七绝六首）其一："仿佛三株植世间，风光满地赤城闲。无因秉烛看奇树，长伴刘公醉玉山。"其二："海曲春深满郡霞，越人多种刺桐花。可怜虎竹西楼色，锦帐三千阿母家。"其三："石氏金园无此艳，南都旧赋乏灵材。只因赤帝宫中树，丹凤新衔出世来。"其四："猗猗小艳夹通衢，晴日熏风笑越姝。只是红芳移不得，刺桐屏障满中都。"其五："不胜攀折怅年华，红树南看见海涯。故国春风归去尽，何人堪寄一枝花。"其六："赤帝常闻海上游，三千幢盖拥炎州。今来树似离宫色，红翠斜攲（一作攲斜）十二楼。"④ 李珣《南乡子》词："相见处，晚晴天，刺桐花下越台前。暗里回眸深属意，遗双翠，骑象背人先过水。"⑤ 越台在广州。

从以上这些诗中涉及的地名可知，当时在广西、广东和福建等地刺桐的种植非常普遍，泉州刺桐花已名闻遐迩。刺桐花的美丽给诗人留下非常深刻的印象，来到南方沿海地区的人看到这种美丽的树与花，自然写诗咏叹；没有来到南方的诗人送别朋友到南方去，也歌咏刺桐树和花的美，以赞叹朋友之行的惬意和愉快。

4. 香料、药物

香料是具有挥发性并能用以配制各种香水香膏的芳香物质，分为天然香料和人造香料。天然香料又分为动物性香料和植物性香料两类。汉代香料有的经陆上丝路从西域传入，也有经过海上交通从南方传入中国沿海地区，进而传入中原。赵佗建立南越国，考古发现南越国已从海外输入香料和具有燃香习俗。中国原本没有燃香的习俗，燃香和燃熏的香料从海上丝路传入，进而传至中原地区。通过海上交通连接东西方贸易的道路称海上丝绸之路，又叫"香料之路"，产于阿拉伯半岛、南亚、东非和东南亚的香料通过这条路线西传欧洲，东传至中国，中国是香料之路的受益者。唐

---

① 《全唐诗》卷694，第7987页。
② 《全唐诗》卷709，第8165页。
③ 《全唐诗》第717，第8242页。
④ 《全唐诗》卷746，第8492页。
⑤ 华钟彦撰：《花间集注》卷10，中州书画社1983年版，第296页。

诗中写到一些海外传入中国的香料。唐诗中反映了烧香和熏香的习俗。李益《宫怨》云："露湿晴花春殿香，月明歌吹在昭阳。"① 杜牧《送容州中丞赴镇》云："烧香翠羽帐。"② 李商隐《故番禺侯以赃罪致不辜事觉母者他日过其门》云："江陵从种橘，交广合投香。"③ 薛能《吴姬十首》其五云："退红香汗湿轻纱，高卷蚊厨独卧斜。娇泪半垂珠不破，恨君瞋折后庭花。"④ 和凝《宫词百首》其三云："中兴殿上晓光融，一炷天香舞瑞风。"⑤

龙涎香是得之海外的产品。过去对之缺乏科学认识，传说龙涎香是龙的口水凝结而成的，后世发现实由鲸消化系统分泌物产生。据说公元前18世纪巴比伦、亚述和波斯的宗教仪式中所用的香料已经有龙涎。古希伯来妇女把龙涎、肉桂和安息香浸在油脂中做成香油脂，涂敷身体。龙涎香可能最早由南亚海域居民发现，后成为各国贵族的奢侈品，唐时通过阿拉伯半岛商人传入中国。杜牧《暝投云智寺渡溪不得却取沿江路往》云："沙虚留虎迹，水滑带龙涎。"⑥ 项斯《寄流人》云："象迹频藏齿，龙涎远蔽珠。"⑦ 陈光《送人游交趾》云："浪歇龙涎聚，沙虚象迹深。"⑧ 贯休《怀匡山山长二首》其一云："杉罅龙涎溢，潭坳石发多。"⑨ 这几首诗都写到"龙涎"，说明"龙涎"已为唐人所知，可能唐代已经通过海道输入中国。龙涎香还被唐人称为"阿末香"，来自阿拉伯语。"拨拔力国，在西南海中，不食五谷，食肉而已。……土地唯有象牙及阿末香，波斯商人欲入此国，团集数千，赉彩布，没老幼共刺血立誓，乃市其物。"⑩ 这个记载反映龙涎香是由波斯商人通过海路贩运至中国。有人认为宋代才有"龙涎"之名，⑪ 似不确。关于其产地，宋人周去非《岭外代答》"龙涎"条云：

---

① （唐）李益著，范之麟注：《李益诗注》，上海古籍出版社1984年版，第114页。
② （唐）杜牧著，吴在庆校注：《杜牧集系年校注》卷2，第118页。
③ 刘学锴、余恕诚：《李商隐诗歌集解》，中华书局1988年版，第6224页。
④ 《全唐诗》卷561，第6520页。
⑤ 《全唐诗》卷735，第8393页。
⑥ （唐）杜牧著，吴在庆校注：《杜牧集系年校注》集外诗一，中华书局2013年版，第783页。按：此诗一作许浑诗，见《全唐诗》卷532。佟培基《全唐诗重出误收考》疑非杜牧作。
⑦ 《全唐诗》卷554，第6414页。
⑧ （明）佚名：《诗渊》第六册，书目文献出版社1984年影印本，第4449页。
⑨ （唐）贯休著，胡大浚笺注：《贯休歌诗系年笺注》卷13，第615页。
⑩ （唐）段成式：《酉阳杂俎·前集》卷4，中华书局1981年版，第46页。
⑪ （元）汪大渊著，苏继庼校释：《岛夷志略校释》，中华书局1981年版，第46页。

大食西海多龙，枕石一睡，涎沫浮水，积而能坚。鲛人采之以为至宝。新者色白，稍久则紫，甚久则黑。因至番禺尝见之，不薰不莸，似浮石而轻也。人云龙涎有异香，或云龙涎气腥能发众香，皆非也。龙涎于香本无损益，但能聚烟耳。和香而用真龙涎，焚之一铢，翠烟浮空，结而不散，座客可用一蔑分烟缕。此其所以然者，蜃气楼台之余烈也。①

元人汪大渊《岛夷志略》记载从中国南海西行，有一岛名"龙涎屿"，产龙涎香。据苏继庼考证，其地在今苏门答腊北部南巫里附近。② 周氏、汪氏关于龙涎香产生的传说固不可信，但言其产地说明龙涎香来自"大食"（阿拉伯）、东南亚沿海地区和岛国应该没有问题。

龙脑香也是通过海上丝路传入中国。龙脑香是由龙脑树树干析出的白色晶体，具有类似樟脑的香气。龙脑树原产于东南亚苏门答腊、马来半岛和婆罗洲等地，树干经蒸馏可得结晶，为一种香料，即龙脑，或称冰片，中医学上为芳香开窍药。龙脑香汉代已经传入中国，从唐诗可知，在广州市场上有大量的龙脑香出售。王建《送郑权尚书赴南海》云："戍头龙脑铺，关口象牙堆。敕设薰炉出，蛮辞咒节开。"③ 薰炉是燃香炉。与龙脑香大量进口和出售有关，龙脑香在唐代被广泛使用，唐诗中写贵族生活常常写到龙脑香。长孙佐辅《宫怨》云："看笼不记熏龙脑，咏扇空曾秃鼠须。"④ 戴叔伦《早春曲》云："博山吹云龙脑香，铜壶滴愁更漏长。"⑤ 李贺《春怀引》："宝枕垂云选春梦，钿合碧寒龙脑冻。"⑥《嘲少年》云："青骢马肥金鞍光，龙脑入缕罗衫香。"⑦ 薛能《吴姬十首》其二："龙麝薰多骨亦香，因经寒食好风光。"⑧ 其六："取次衣裳尽带珠，别添龙脑裹罗襦。"⑨ 段成式《戏高侍御七首》其四云："自等腰身尺六

---

① （宋）周去非著，杨武泉校注：《岭外代答校注》卷7，中华书局1999年版，第266页。
② （元）汪大渊著，苏继庼校释：《岛夷志略校释》，中华书局1981年版，第44—45页。
③ （唐）王建著，王宗堂校注：《王建诗集校注》卷5，第280页。
④ 《全唐诗》卷20，第261页。
⑤ （唐）戴叔伦著，蒋寅校注：《戴叔伦诗集校注》卷4，上海古籍出版社2010年版，第256页。
⑥ 叶葱奇疏注：《李贺诗集》外集，人民文学出版社1959年版，第337页。
⑦ 同上书，第342页。
⑧ 《全唐诗》卷561，第6519页。
⑨ 同上书，第6520页。

强，两重危鬟尽钗长。欲熏罗荐嫌龙脑，须为寻求石叶香。"① 吴融《个人三十韵》写女道士："炷香龙荐脑，辟魇虎输精。"② 黄滔《马嵬二首》其二："龙脑移香风辇留，可能千古永悠悠。夜台若使香魂在，应作烟花出陇头。"③ 杜牧《八六子》词："洞房深，画屏灯照，山色凝翠沈沈。听夜雨，冷滴芭蕉，惊断红窗好梦。龙烟细飘绣衾，辞恩久归长信。凤帐萧疏，椒殿闲扃。"④ 唐代段成式《酉阳杂俎·木篇》云："龙脑香树出婆利国，婆利呼为'固不婆律'。亦出波斯国。"⑤ 婆利国在今加里曼丹岛。至于波斯国，很可能是波斯商人将这种龙脑香贩运至中国。从考古发现的材料来看，广州南越国时期墓葬中出土的铜熏炉腹内常有灰烬或炭粒状香料残存，广西罗泊湾二号汉墓出土的铜熏炉"内盛两块白色椭圆形粉末块状物"。⑥ 研究者认为可能属龙脑或沉香之类的树脂香料残留物。

沉香是瑞香科植物沉香或白木香含有树脂的木材，中国古代文献中有时写作"沈香""琼脂"。又名"沉水香""水沉香"。古来常说的四种香料"沉檀龙麝"之"沉"就是沉香。沉香香品高雅，十分难得，自古被列为众香之首。沉香不是一种木材，而是一类特殊的香树"结"出的，混合了油脂（树脂）成分和木质成分的固态凝聚物。气味香如蜜，所以又称为蜜香。沉香树是高达30米的常绿乔木，沉香是木本类的心材香。入水下沉，又称沉水香。野生或栽培于热带地区，印度、缅甸、柬埔寨、越南、马来半岛、菲律宾、摩鹿加群岛、南中国、海南岛皆产沉香木。⑦ 沉香是古代国际贸易中的重要商品，汉代时就通过海上丝绸之路传入中国。穆宗长庆四年（824）九月"丁未，波斯大商李苏沙进沉香亭子材"。此事受到拾遗李汉进谏反对，认为"沉香为亭子，不异瑶台琼室"。敬宗大怒，但未加治罪。⑧ 唐后期波斯商人往往经海路入华，李苏沙的沉香应该经海路运至中国。沉香是唐代用途最为广泛的香料，也是唐诗中描写最多的香料。

唐诗描写了沉香多种用途，有时用作建筑材料和建筑装饰。玄宗时有沉香亭，李白《清平调三首》其三云："解释春风无限恨，沈香亭北

---

① 《全唐诗》卷584，第6770页。
② 《全唐诗》卷685，第7870页。
③ 《全唐诗》卷706，第8132页。
④ 《全唐诗》卷891，第10059页。
⑤ （唐）段成式：《酉阳杂俎》卷18，中华书局1981年版，第177页。
⑥ 兰日勇、覃义生：《广西贵县罗泊湾二号汉墓》，《考古》1982年第4期。
⑦ 刘永新主编：《国家药典中药实用手册》，中医古籍出版社2011年版，第278页。
⑧ 《旧唐书》卷17上《敬宗纪上》，第512页。

倚阑干。"① 李贺《莫愁曲》云："归来无人识，暗上沉香楼。"② 刘禹锡《三阁词四首》其三云："沉香帖阁柱，金缕画门（一作阁）楣。"③ 孙元晏《望仙阁》云："多少沈檀结筑成，望仙为号倚青冥。"④ 温庭筠《菩萨蛮》云："宝函钿雀金鸂鶒，沈香阁上吴山碧。"⑤ 有时用沉香木直接做成器具。杨凝《花枕》云："席上沈香枕，楼中荡子妻。"⑥ 王建《宫词一百首》七十七云："分朋闲坐赌樱桃，收却投壶玉腕劳。各把沉香双陆子，局中斗累阿谁高。"⑦ 从这些诗的描写看，有的枕头和棋子用沉香木制成。

有时则用为燃香，在香炉里点燃，增加室内香味。这种用法尤为普遍。李白《杨叛儿》云："君歌杨叛儿，妾劝新丰酒。何许最关人，乌啼白门柳。乌啼隐杨花，君醉留妾家。博山炉中沉香火，双烟一气凌紫霞。"⑧ 李贺《贵公子夜阑曲》云："袅袅沉水烟，乌啼夜阑景。曲沼芙蓉波，腰围白玉冷。"⑨ 刘复《夏日》云："映日纱窗深且闲，含桃红日石榴殷。银瓶缏转桐花井，沉水烟销金博山。"⑩ 郑良士《寄富洋院禅者》云："雪上茗芽因客煮，海南沈屑为斋烧。"⑪ 施肩吾《夜宴曲》云："兰缸如昼晓不眠，玉堂夜起沈香烟。青娥一行十二仙，欲笑不笑桃花然。碧窗弄娇梳洗晚，户外不知银汉转。被郎嗔罚琉璃盏，酒入四肢红玉软。"⑫ 和凝《宫词百首》其八云："红泥椒殿缀珠珰，帐蹙金龙窣地长。红兽慢然天色暖，凤炉时复爇沈香。"⑬ 罗隐《香（一本题上有咏字）》云："沈水良材食柏珍，博山烟暖玉楼春。怜君亦是无端物，贪作馨香忘却身。"⑭ 李煜词《采桑子（一名丑奴儿、罗敷媚、罗敷艳歌）》云："亭前春逐红英尽，舞态徘徊。细雨霏微，不放双眉时暂开。绿窗冷静芳音断，香印成灰。可奈

---

① （唐）李白著，瞿蜕园、朱金城校注：《李白集校注》卷5，上海古籍出版社1980年版，第393页。
② 叶葱奇疏注：《李贺诗集》外集，人民文学出版社1959年版，第332—333页。
③ （唐）刘禹锡：《刘禹锡集》卷26，上海人民出版社1975年版，第236页。
④ 《全唐诗》卷767，第8711页。
⑤ 华钟彦撰：《花间集注》卷1，中州书画社1983年版，第9页。
⑥ 《全唐诗》卷290，第3300页。
⑦ （唐）王建著，王宗堂校注：《王建诗集校注》卷10，中州古籍出版社2006年版，第625页。
⑧ （唐）李白著，瞿蜕园、朱金城校注：《李白集校注》卷4，第287页。
⑨ 叶葱奇疏注：《李贺诗集》卷1，人民文学出版社1959年版，第22页。
⑩ 《全唐诗》卷305，第3470页。
⑪ 《全唐诗》卷726，第8324页。
⑫ 《全唐诗》卷494，第5585页。
⑬ 《全唐诗》卷735，第8363页。
⑭ （唐）罗隐：《罗隐集》，中华书局1983年版，第31页。

情怀，欲睡朦胧入梦来。"① "香印"句用典，据载"番禺人作心字香，用素馨茉莉半开者，著净器，薄劈沉水香，层层相间，封，日一易，不待花萎，花过香成"。再以香末萦篆成心字，是谓之心字香。因香印曲折如心情，而燃烧后又会成灰，于是香、香印、心字香这些意象常用来与心情挂钩。香烬如人心死，香印成灰如人心情成灰。

沉香用作熏染之香，即熏染至衣物或器物上，在唐诗中多见吟咏。李峤《床》云："传闻有象床，畴昔献君王。玳瑁千金起，珊瑚七宝妆。桂筵含柏馥，兰席拂沉香。愿奉罗帷夜，长乘秋月光。"② 是席子上熏以沉香。元稹《白衣裳二首》其一云："雨湿轻尘隔院香，玉人初著白衣裳。"其二云："藕丝衫子柳花裙，空著沈香慢火熏。"③ 李商隐《效徐陵体赠更衣》云："轻寒衣省夜，金斗熨沈香。"④ 韩翃《别李明府》云："五侯焦石烹江笋，千户沉香染客衣。"⑤ 胡宿《侯家》云："洞户春迟（一作深）漏箭长，短辕初返雒阳傍。彩云按曲青岑醴，沈水薰衣白璧堂。"⑥ 以上都是以沉香熏衣。韩偓《浣溪沙二首》其一云："拢鬓新收玉步摇，背灯初解绣裙腰，枕寒衾冷异香焦。深院不关春寂寂，落花和雨夜迢迢，恨情残醉却无聊。"⑦ 其二："宿醉离愁慢髻鬟，六铢衣薄惹轻寒，慵红闷翠掩青鸾。罗袜况兼金菡萏，雪肌仍是玉琅玕，骨香腰细更沉檀。"⑧ 则以沉香熏身体。

与沉香并称的是檀香。檀香，佛家谓之"旃檀"，有"香料之王"之美誉，取自檀香树木质心材（或其树脂），愈近树心与根部材质愈好。常制成木粉、木条、木块等，或提炼成檀香精油。分为白檀、黄檀、紫檀等品类。檀香主产于今印度东部、泰国、印度尼西亚、马来西亚、澳大利亚、斐济等湿热地区。唐诗中常把沉香与檀香并称为"沉檀""沈檀"。张贲《玩金鸂鶒和陆鲁望》云："谁怜化作雕金质，从倩沉檀十里闻。"⑨

---

① 詹安泰编著：《李璟李煜词》，人民文学出版社1958年版，第34页。
② 周勋初等主编：《全唐五代诗》卷45，陕西人民出版社2014年版，第896页。
③ 杨军笺注：《元稹集编年笺注》诗歌卷，三秦出版社2002年版，第357页。李馀《临邛怨》与元稹诗第二首字句颇多相同："藕花衫子柳花裙，多著沈香慢火熏。惆怅妆成君不见，空教绿绮伴文君。"见《全唐诗》卷508，第5772页。
④ （唐）李商隐著，（清）冯浩笺注：《玉溪生诗集笺注》卷3，第681页。
⑤ 《全唐诗》卷243，第731页。
⑥ 《全唐诗》卷731，第8369页。
⑦ 陈才智编著：《韩偓诗全集汇校汇注汇评》附编二，第595页。
⑧ 同上书，第596页。
⑨ 《全唐诗》卷631，第7237页。

和凝《宫词百首》之十七："多把沈檀配龙麝，宫中掌浸十香油。"① 李中《宫词二首》其二："金波寒透水精帘，烧尽沈檀手自添。"② 孙元晏咏史诗《陈望仙阁》云："多少沈檀结筑成，望仙为号倚青冥。不知孔氏何形状，醉得君王不解醒。"③

香料往往具有医药价值，通过海上丝路也有专门的药物传入。包佶《抱疾谢李吏部赠诃黎勒叶》云：

> 一叶生西徼，赍来上海查。岁时经水府，根本别天涯。方士真难见，商胡辄自夸。此香同异域，看色胜仙家。茗饮暂调气，梧丸喜伐邪。幸蒙祛老疾，深愿驻韶华。④

诃黎勒是产于印度的植物，其果实和树叶皆具药性。诃梨勒果实汉代传入中国，作为药用，后来作为一种植物也移植中国，其传入的路线是经过海路而来，所以先见于南方沿海地区。"诃梨勒树，似木梡，花白，子形如橄榄、六路，皮肉相著，可作饮，变白髭发令黑，出九真。"⑤ 九真郡在今越南境内，印度诃梨勒经过东南亚而来。雷云飞指出："诃子原产波斯、印度、缅甸，马来西亚亦产。……到汉代时，诃子沿着丝绸之路传入我国，并开始栽于云南西部和广东南部。唐代鉴真和尚东渡日本时，广州乾明寺（今光孝寺）就栽有诃子数株。"⑥ 但这种植物栽种数量极少，唐代仍从域外传入，并非常珍贵。不仅果实具有药用及饮用价值，树叶也具有药效，可以祛除久治不愈的疾病。从包佶诗描写可知，他获得的诃梨勒叶是经海上丝路传来的，并认为诃梨叶有"调气""伐邪"和"祛老疾"之功效。明胡震亨《唐音癸签·诂笺五》引遁叟语说明诃梨勒叶的药用价值：

> 包佶《诃梨勒叶》诗："茗饮暂调气，梧丸喜伐邪。"按《本草》："诃梨勒树，似木梡，花白，子似栀子，主消痰下气等疾。来自南海舶上，广州亦有之。"茗亦能下气，此言其功胜茗。梧丸，谓入

---

① 《全唐诗》卷735，第8394页。
② 《全唐诗》卷748，第8526页。
③ 《全唐诗》卷767，第8711页。
④ 《全唐诗》卷205，第2140页。
⑤ （晋）嵇含：《南方草木状》卷中，《风土志丛刊》，广陵书社2003年版，第5页。
⑥ 雷云飞等：《佛教圣树诃子及其开发利用展望》，《广东林业科技》2010年第4期。

用丸如梧子也。今医家所用诃梨勒，是其子，不闻用叶者，应是本草失收耳。"①

包佶的诗对本草书具有补充价值。

海外国家往往有治病之偏方为唐人所知，并加以引进。唐无名氏《和剂方补骨脂丸方诗》云："三年时节向边隅，人信方知药力殊。夺得春光来在手，青娥休笑白髭须。"此诗序云："宣宗朝，太尉张寿知广州，得补骨脂丸方于南蕃，人服之验，为诗纪之。补骨脂丸，《神农本草》不载，生广南诸州及海外诸国，衰年阳气衰绝，力能补之。"② 丹砂又称朱砂、辰砂，中医中用作药材，具镇静安神和杀菌等功效，道家用作炼丹的原料。交趾丹砂质量好，北方人士希望到南方去的朋友给自己捎带或寄来交州丹砂。杜甫《送段功曹归广州》云：

> 南海春天外，功曹几月程（一作行）。峡云笼树小，湖日落（一作荡）船明。交趾丹砂重，韶州白葛轻。幸君因旅（一作估）客，时寄锦官城。③

又如施肩吾《自述》云："箧贮灵砂日日看，欲成仙法脱身难。不知谁向交州去，为谢罗浮葛长官。"④ 皮日休《寄琼州杨舍人》云："清切会须归有日，莫贪句漏足丹砂。"⑤ 句漏县在今越南，即今越南北宁省顺城县。交州的薏苡具有重要医药价值，在皮日休等人《药名联句》诗中专门提到薏苡，张贲诗云："为待防风饼，须添薏苡杯。"⑥

5. 器物

从海外传入中国的器物，因为新奇珍贵或方便使用引起诗人歌咏的兴趣。螺壳可作酒杯和碗，引申为酒杯和碗的美称。张籍《和韦开州盛山十二首·流杯渠》云："渌酒白螺杯，随流去复回。似知人把处，各向面前来。"⑦ 白居易《代书诗一百韵寄微之》写与元稹的友情和交游："筹插红

---

① （明）胡震亨：《唐音癸签》卷20，上海古籍出版社1981年版，第218页。
② 《全唐诗》卷880，第9959页。
③ （唐）杜甫著，（清）仇兆鳌注：《杜诗详注》卷11，第928页。
④ 《全唐诗》卷494，第5598页。
⑤ 《全唐诗》卷614，第7080页。
⑥ 《全唐诗》卷793，第8929页。
⑦ （唐）张籍著，徐礼节、余恕诚校注：《张籍集系年校注》卷5，第621页。

螺碗,鶂飞白玉卮。"① 曹唐《南游》云:"尽兴南游卒未回,水工舟子不须催。政思碧树关心句,难放红螺蘸甲杯。"② 吴融《个人三十韵》云:"鱼网徐徐襞,螺卮(一作杯)浅浅倾。"③ 有一种花藤盒来自"南海滨"。朱昼《赋得花藤药合寄颍阴故人》云:

> 藤生南海滨,引蔓青且长。剪削为花枝,何人无文章。非才亦有心,割骨闻余芳。繁叶落何处,孤贞在中央。愿盛黄金膏,寄与青眼郎。路远莫知意,水深天苍苍。④

"南海滨"泛指东南沿海地区和东南亚沿海国家。诃陵樽来自东南亚。皮日休《五贶诗·诃陵樽》专咏之:"一片鲎鱼壳,其中生翠波。买须饶紫贝,用合对红螺。尽泻判狂药,禁敲任浩歌。明朝与君后,争那玉山何。"⑤ 陆龟蒙《奉和袭美赠魏处士五贶诗·诃陵尊》云:"鱼骼匠成罇,犹残海浪痕。外堪欺玳瑁,中可酹昆仑(酒名)。水绕苔矶曲,山当草阁门。此中醒复醉,何必问乾坤。"⑥ 从诗中可知,这是用一种鱼骨制成的酒具。诃陵国位于今印度尼西亚爪哇岛或苏门答腊岛,或兼称二岛。白居易《送客春游岭南二十韵》云:"诃陵国分界,交趾郡为邻。"贞观十四年曾遣使来朝,大历三年、四年皆遣使朝贡。元和十年遣使献僧祇僮五人、鹦鹉、频伽鸟并异种名宝。"诃陵樽"当出于其国。中国南方和东南亚地区的乐器中盛行一种铜鼓,唐诗中多咏之。许浑《送客南归有怀》云:"瓦尊迎海客,铜鼓赛江神。"⑦ 皮日休《吴中言怀寄南海二同年》云:"铜鼓夜敲溪上月,布帆晴照海边霞。"⑧ 温庭筠《河渎神》云:"铜鼓赛神来,满庭幡盖徘徊。水村江浦过风雷,楚山如画烟开。"⑨

火浣布是用石棉纤维纺织而成的布,由于具有不燃性,火中能去污垢,中国史书中称为"火浣布"或"火烷布"。火浣布如何制成,中国人很长时间里都不明就里,其产地也有不同说法,一云西域,二云火洲或炎

---

① (唐)白居易:《白居易集》卷13,第245—246页。
② 《全唐诗》卷640,第7343页。
③ 《全唐诗》卷685,第7870页。
④ 《全唐诗》卷491,第5561页。
⑤ 何锡光校注:《陆龟蒙全集校注》,凤凰出版社2015年版,第1415页。
⑥ 同上书,第1416页。
⑦ 《全唐诗》卷530,第6062页。
⑧ 《全唐诗》卷614,第7082页。
⑨ 华钟彦撰:《花间集注》卷1,中州书画社1983年版,第31页。

洲。相传汉东方朔撰《海内十洲记》记载：

> 炎洲在南海中，地方二千里，去北岸九万里。上有风生兽，似豹，青色，大如狸。张网取之，积薪数车以烧之，薪尽而兽不然，灰中而立，毛亦不焦。斫刺不入，打之如灰囊。以铁锤锻其头，数十下乃死。而张口向风，须臾复活；以石上菖蒲塞其鼻，即死。取其脑和菊花服之，尽十斤，得寿五百年。又有火林山，山中有火光兽，大如鼠，毛长三四寸，或赤或白，山可三百里许，晦夜即见此山林，乃是此兽光照，状如火光相似。取其兽毛，以缉为布，时人号为火浣布，此是也。国人衣服垢污，以灰汁浣之，终无洁净。唯火烧此衣服，两盘饭间，振摆，其垢自落，洁白如雪。①

相传东方朔撰《神异经》云："南荒之外有火山，长三十里，广五十里，其中皆生不烬之木，昼夜火烧，得暴风不猛，猛雨不灭。火中有鼠，重百斤，毛长二尺余，细如丝，可以作布。常居火中，色洞赤，时时出外而色白，以水逐而沃之即死，绩其毛，织以为布。"② 东汉杨孚《异物志》云："斯调国有火州，在南海中。其上有野火，春夏自生，秋冬自死。有木生于其中而不消也，枝皮更活，秋冬火死则皆枯瘁。其俗常冬采其皮以为布，色小青黑；若尘垢污之，便投火中，则更鲜明也。"③ 斯调国即今斯里兰卡。朱应《扶南土俗传》云："火洲在马五洲之东千余里，春月霖雨，雨止则火燃洲上，林木得雨则皮黑，得火则皮白。诸左右洲人，以春月采木皮，绩以为布，即火浣也，或作灯柱。"④ 以上都以为出于南方炎洲，而干宝《搜神记》云："昆仑之墟，地首也，是惟帝之下都，故其外绝以弱水之深，又环以炎火之山。山上有鸟兽草木，皆生育滋长于炎火之中，故有火浣布。非此山草木之皮枲，则其鸟兽之毛也。"⑤ 唐诗中写到火浣布，李颀《行路难》云："汉家名臣杨德祖，四代五公享茅土。父兄子弟绾银黄，跃马鸣珂朝建章。火浣单衣绣方领，茱萸锦带玉盘囊。"⑥ 刘言史《牧

---

① （汉）东方朔：《海内十洲记》，文渊阁《四库全书》第1042册，台湾商务印书馆1983年版，第275页。
② 《太平御览》第八册，上海古籍出版社2008年版，第315页。
③ 《三国志》卷4《魏书·三少帝纪》，裴松之注引，第117页。
④ （宋）乐史：《太平寰宇记》卷177，中华书局2007年版，第3380页。
⑤ （晋）干宝：《搜神记》卷13，中华书局1979年版，第165页。
⑥ （唐）李颀著，王锡九校注：《李颀诗歌校注》卷2，中华书局2018年版，第264页。

马泉》云:"平沙漫漫马悠悠,弓箭闲抛郊水头。鼠毛衣里取羌笛,吹向秋天眉眼愁。"① 鼠毛衣即火浣布衣。王贞白《寄郑谷》云:"火鼠重收布,冰蚕乍吐丝。"② 元稹《估客乐》云:"估客无住著,有利身则行。……北买党项马,西擒吐蕃鹦。炎洲布火浣,蜀地锦织成。"③《送岭南崔侍御》写岭南特产:"火布垢尘须火浣,木绵温软当绵衣。"④ 诗人把火浣布视为珍异之物,看作南海异域国家的特产。

总之,唐代海上丝绸之路的发展促进了中外贸易的繁荣,也为唐诗创作提供了丰富的素材;唐诗作为社会生活的反映,对于认识丝路发展具有重要的参考价值,以上所引唐诗中关于海外舶来品的吟咏,反映了海上丝绸之路的兴盛,具有重要的史料价值。唐代丝绸之路与中外文化交流的发展,前后期有很大变化,总的看安史之乱前陆上丝路进入黄金时代,安史之乱后,陆上丝路迅速衰落,海上交通日益发达和重要。从我们看到的唐诗资料,唐后期的作品居多,正是这一变化在诗歌描写中的反映。

---

① 《全唐诗》卷 468,第 5326 页。
② 《全唐诗》卷 701,第 8061 页。
③ (唐)元稹著,杨军笺注:《元稹集编年笺注》诗歌卷,三秦出版社 2002 年版,第 729—730 页。
④ 同上书,第 564 页。

第十章 法宝之路
——中印交通与唐诗

唐代中印间交往和交流更加频繁，中印间的佛教交流依然兴盛，因此中印间的交通道路被称为"法宝之路"。中国和印度之间自古以来就有雪山道、罽宾道、缅道和海道可通，唐初自文成公主入藏又开辟了"吐蕃—泥婆罗道"，中印之间的友好往来和文化交流进一步发展。唐朝与印度间的关系主要表现在佛教交流、使节往来和商贸往来。唐初中印间的交通主要利用传统的罽宾道、雪山道和海上交通。文成公主入藏以后，经过"吐蕃—泥婆罗道"至印度的道路开通，故陆上交通有三道，"自汉至唐往印度者。其道众多未可言尽。如后所纪。且依大唐，往年使者则有三道"①。但为时不久"吐蕃—泥婆罗道"随着唐蕃关系破裂便宣告封闭，海上交通日益重要。安史之乱后，由于吐蕃占据了河西走廊和西域，中印间的交通主要利用海上丝绸之路。中印交通和交流在唐诗中皆有反映

一 雪山道与玄奘西行取经

雪山道是从中国赴印度途经兴都库什山的道路，兴都库什山古称雪山、大雪山。按照道宣《释迦方志》记载，雪山道分两条路线，即从中国赴印度之"中道"和"北道"。北道经西域北道，从跋禄迦国（姑墨）西北行三百余里，度石碛，至凌山（葱岭北部），山行自西四百余里至大清池（中亚伊克塞湖），经中亚素叶水城、千泉、呾逻私城、恭御城、笯赤建国、赭时国、怖捍国、窣堵利瑟那国、飒秣建国（康国）、弭秣贺国（米国）等，从揭职国东南入大雪山，出睹货罗故地，经健陀逻国，至北

---

① （唐）释道宣：《释迦方志》卷上，中华书局1983年版，第14页。

印度。①"中道"经河西走廊、西域南道,从佉沙国(疏勒)越葱岭,先后经乌刹国、揭盘陀、商弥国进入中亚诸国,如达摩铁悉国(护密)、屈浪拏国、淫薄健国、钵罗创那国、四摩呾罗国、讫栗瑟摩国、钵利曷国、讫栗国、瞢健国、阿利尼国、遏罗胡国、活国(铁门在其地)、缚曷国、阔悉多国、安呾罗缚国,西南上大雪山婆罗犀罗岭东头,西经迦毕试国,西南至弗栗恃萨偿那国,南行至漕矩吒国,其南境为刍那四罗山。在此与"北道"连接,向南赴"佛国"。②

唐代前期印度佛教发展达到顶峰,唐代佛教也得到很大发展。由于经济繁荣发展和中印交通畅达,到印度取经的僧人络绎不绝。唐代后期印度佛教衰落,大规模的求法运动渐趋衰微。据《大唐西域求法高僧传》记载,自贞观十五年(641)到武则天天授二年(691)西行求法僧人多至50余人。雪山道是传统的求法之路,在唐初西行求法的众多僧人中,仍有不少人经此路至印度,其中为中印文化交流做出最杰出贡献的是玄奘。

玄奘去印度取经之前,已经"擅声日下",他对佛教各宗派所传之义理终有所惑,决心效法法显、智俨等先辈,"誓游西方以问所惑"③。其主要目的是探究大乘佛教瑜珈宗经义。贞观元年(627)八月,玄奘从长安出发,经秦州、兰州渡黄河至凉州。其时西域在西突厥统治之下,唐朝与西突厥处于军事对峙状态,边防严查,他偷渡边防重镇瓜州(今甘肃安西),躲过烽燧,在玉门关附近之瓠芦河上游搭桥过河,经莫贺延碛,到达伊吾(今新疆哈密)。第二年到高昌(今新疆吐鲁番),在高昌王资助下西行。经焉耆、龟兹、姑墨,越凌山(今木苏尔岭天山隘口)至中亚,经热海(今伊塞克湖)、碎叶城(今吉尔吉斯斯坦托克马克附近)至飒秣建(今乌兹别克斯坦撒马尔罕),南出铁门,渡阿姆河,又越大雪山(兴都库什山),经梵衍那(今巴米扬)、迦毕试(今喀布尔),进入犍陀罗(今巴基斯坦白沙瓦一带),入北印度。经羯若鞠阇国曲女城,在跋达罗毗诃罗寺研习佛学,而后巡礼中印度。

玄奘先后巡访佛教六大圣地:(1)室罗伐悉底国,即舍卫国,城南五六里有逝多林给孤独园,乃释迦常住说法之地。(2)迦毗罗卫国,今尼泊尔境内塔雷,释迦诞生地。(3)拘尸那揭国,释迦涅槃处。(4)婆罗痆斯国,有鹿野苑,乃释迦初转法轮处。(5)摩揭陀国,先到首都华氏城

---

① (唐)道宣:《释迦方志》卷上,第20—34页。
② 同上书,第15—20页。
③ (唐)慧立、彦悰:《大慈恩寺三藏法师传》卷1,中华书局1983年版,第10页。

（今巴特那），然后渡恒河到比哈尔省伽耶城，有释迦成道的菩提树。（6）王舍城，释迦常住说法之地。其后在那烂陀寺访学，在此学习大乘、小乘并吠陀、因明、声明、医方等。玄奘师从戒贤法师，请戒贤开讲《瑜珈论》。玄奘在这里遍览佛教经典，兼习婆罗门教和梵书。在那烂陀寺五年，又进行周游五天竺之行。642年12月，为了宣扬大乘佛教，戒日王特为玄奘设立第六次无遮大会。玄奘以精辟的议论慑伏各派信徒，其宣讲《制恶见论》无人驳难，大乘徒众称他为"摩诃耶那提婆"（大乘天），小乘徒众称他为"木叉提婆"（解脱天），名扬五天竺。

玄奘也是诗人，但这一点是至近代才确认的，他的佛学方面的成就炫人耳目，他的诗的成就不为人重视。《全唐诗》中无玄奘诗，近代考古中人们发现了玄奘的佚诗。他在印度写的诗有三首传世，都是他瞻仰佛教圣迹时有感而发，表达对佛祖的倾仰之情。《题西天舍眼塔》云："帝释倾心崇二塔，为怜舍眼满千生。不因行苦过人表，岂得光流法界明。"① 这首诗题注："在西天。"《题半偈舍身山》云："忽闻八字超诗境，不惜丹躯舍此山。偈句篇留方石上，乐音时奏半空间。"题注："在西天。"② 以上两首诗都与佛经中的佛本生故事有关，诗赞美了佛施身助人的伟大精神。又《题尼莲河七言》云："尼莲河水正东流，曾浴金人体得柔。自此更谁登彼岸，西看佛树几千秋。"③ 这首诗大约写于访学那烂陀寺时，《大唐西域记》记载："戒贤伽蓝西南行四五十里，渡尼连禅河，至伽耶城。"④ 戒贤即那烂陀寺主持。尼连禅河是佛苦行处，也是其放弃苦行接受牧羊女施舍之处，佛曾于此洗浴。

无遮大会之后，玄奘踏上回国的旅程。回国后住长安弘福寺，开始了译经宣教活动。回国后玄奘也有诗作传世。《题童子寺五言》云："西登童子寺，东望晋阳城。金川千点渌，汾水一条清。"题注："在太原□□北京。"《题中岳山七言》云："孤峰绝顶万余嶒，策杖攀萝渐渐登。行到目边天上寺，白云相伴两三僧。"这首诗题注："在京南。"⑤ 唐代称长安为西京，称太原为北京，称洛阳为东京。中岳是嵩山，第二首诗题中岳山，此京指东京洛阳。这两首诗透露出玄奘归国后的某些行踪，有史料价值。诗表达的是游赏山水的闲适之情，是其生活安定和译经活动取得成就时的

---

① 陈尚君：《全唐诗续拾》卷3，《全唐诗补编》，第678页。
② 同上书，第679页。
③ 同上书，第678页。
④ （唐）玄奘、辩机著，季羡林等校注：《大唐西域记校注》卷8，第662页。
⑤ 陈尚君：《全唐诗续拾》卷3，《全唐诗补编》，第679页。

心态。

玄奘译经取得卓越成就，创立了重要宗派法相宗，所著《大唐西域记》是中外文化交流史上的一部巨著，他的游学活动加强了中国和印度的联系。玄奘的高尚人品和卓越贡献受到当时和后世人的敬仰，唐人用诗表达了对他的尊敬。高宗有两首与玄奘有关的诗，其《谒慈恩寺题奘法师房》云："停轩观福殿，游目眺皇畿。法轮含日转，花盖接云飞。翠烟香绮阁，丹霞光宝衣。幡虹遥合彩，定水迥分晖。萧然登十地，自得会三归。"①《全唐诗》此诗题注云："时帝为太子，题诗帖之于户，见《奘法师传》。旧作太宗诗，误。"高宗另有《谒大慈恩寺》诗："日宫开万仞，月殿耸千寻。花盖飞团影，幡虹曳曲阴。绮霞遥笼帐，丛珠细网林。寥廓烟云表，超然物外心。"②这可能是他即位后的作品，与皇帝其他即景赋诗题目常用"临""幸"不同，这两首诗题用的都是"谒"，以太子和皇帝之尊贵，拜谒佛寺和玄奘，足见玄奘在其心目中地位的崇高。

二 "吐蕃—泥婆罗道"与王玄策使印

"吐蕃—泥婆罗道"的开辟、利用与盛衰，已见前文论述。此道是中国通印度的三条道路之一，道宣《释迦方志》称为"东道"，其描述如下：

> 其东道者，从河州西北渡大河，上曼天岭。减四百里至鄯州。又西减百里至鄯城镇，古州地也。又西南减百里至故承风戍，是隋互市地也。又西减二百里至清海。海中有小山，海周七百余里。海西南至吐谷浑衙帐。又西南至国界，名白兰羌。北界至积鱼城，西北至多弥国。又西南至苏毗国，又西南至敢国。又南少东至吐蕃国，又西南至小羊同国。又西南度呾仓法关，吐蕃南界也。又东少南度末上加三鼻关，东南入谷，经十三飞梯、十九栈道。又东南或西南，缘葛攀藤，野行四十余日。至北印度尼波罗国。（此国去吐蕃约为九千里）③

文成公主入藏后，赴印僧侣和使节更多利用了这条道路，其中最著名的活

---

① 《全唐诗》卷2，第22页。
② 同上。
③ （唐）道宣：《释迦方志》卷上，中华书局1983年版，第14—15页。

动就是王玄策等奉朝廷之命通过这条道路四次出使天竺。① 唐朝建立，五天竺都与唐互通使节。戒日王统一北印度，多次遣使入唐通好，太宗遣使报聘。王玄策等人在这种背景下出使印度。中天竺摩揭陀国王尸罗逸多的使节于贞观十五年（641）到长安。高宗总章元年（668），五天竺遣使节与唐朝通好。武周天授二年（691），五天竺又遣使至唐。位于勃律（巴尔提斯坦）和罽宾（迦毕试）之间交通要冲的乌苌国，地处今新疆和五河流域交通要道之个失蜜（克什米尔），长期和唐保持友好关系。当时"吐蕃—泥婆罗道"已经开通，王玄策等四次使印，他们是经此道到印度的。

第一次是贞观十七年（643）三月。尸罗逸多已经两次派使者到长安，唐朝派出由22人组成的使团报聘，卫尉寺丞李仪表为正使，融州黄水县令王玄策为副使。他们经吐蕃、泥婆罗赴印，同年十二月到摩揭陀国，受到尸罗逸多的隆重接待。贞观十九年（645）正月二十七日，李仪表、王玄策等人到王舍城东北耆阇崛山，瞻仰佛袈裟石。相传佛在世时就浴于池，衣服被灵鹫衔去，落地化为袈裟石。南有佛观田，弟子难陀制袈裟之地。李仪表、王玄策等人在这里凿石为铭，二月十一日又在摩诃菩提寺立碑记事。李仪表还到东天竺迦摩缕波国，受到童子王友好接待。李仪表在迦摩缕波国时该国佛教未兴，外道崇盛，童子王听说中国有道教，并有道教经典流传，要求将道教经典译成梵文。他们大约在贞观二十年（646）回到长安。使团中宋法智图写弥勒像带回长安，成为僧俗模写的范本。尸罗逸多又派使节向唐朝献火珠、郁金香、菩提树。贞观二十一年（647）太宗令玄奘会同道士蔡晃、成玄英，把《道德经》译成梵文。王玄策第二次出使印度，梵文《道德经》便送到了童子王手中，因此阿萨密的许多习俗和礼仪染上了道教色彩，道教的礼拜仪式还传入恒河流域。

第二次是贞观二十一年（647），王玄策时为右卫率府长史，担任正使，蒋师仁充副使。仍取道吐蕃—泥婆罗道至中印度。其时尸罗逸多死，国内大乱。摩揭陀国北边帝那伏帝国王阿罗那顺拒绝王玄策等入境，并将使团的礼物劫掠一空。王玄策率从骑三十人与之力战被擒。王玄策乘夜逃出，借吐蕃精兵一千二百人，泥婆罗骑兵七千，又得到童子王三万牛马和兵器支援，打回中天竺国城，连战三日，杀敌三千多，活捉阿罗那顺，俘获男女一万二千人，牛马三万多头。贞观二十二年（648），王玄策将阿罗

---

① 王玄策使印次数，有三次和四次不同说法，此依孙修身的结论，见氏著《王玄策事迹钩沉》，新疆人民出版社1998年版，第14—15页。

那顺押送长安。太宗昭陵玄阙所列石像有阿罗那顺像。王玄策还带来了中天竺方士那罗延娑婆寐,向太宗献长生延年之药。童子王赠送许多方物,进献地图,又请老子像。

第三次是高宗显庆二年(657),奉命送佛袈裟,仍取道吐蕃、泥婆罗。显庆四年(659)到婆栗阇国,国王举行盛宴并以女戏招待。显庆五年(660)九月二十七日至摩诃菩提寺,送到袈裟,完成使命,在这里又立一碑,并至王舍城东北耆阇崛山,第三次瞻仰佛袈裟石。十月一日,离寺回国。途经迦毕试国,在该国古王寺得佛顶骨一片,携回长安在宫内供养。王玄策回国后,又根据摩诃菩提寺弥勒图像在敬爱寺造像,工匠张寿、宋朝塑像,王玄策指挥李安贴金。

王玄策曾于麟德元年(664)第四次使印。这次出使史无记载,西藏吉隆县发现《大唐天竺使出铭》,孙修身据此判断,"王玄策第四次奉旨西行是不容否定的历史事实。又据此碑的内容,参照义净《大唐西域求法高僧传》的记载,可以肯定王玄策到了羯湿弥罗国"[①]。王玄策著有《中天竺国行记》10卷,或许还有图3卷,均失传,在《法苑珠林》《诸经要集》和《释迦方志》等书中可见到残文20多条。王玄策使印得力于中印藏道的开辟,他的出使活动为中印文化交流做出了贡献。

中国文学传统中有一种文体即"铭",语言形式和用韵规则类似于诗。铭文原指刻于金石等物之上的文辞,具有纪念、称颂、警戒等性质,多用韵语。记事类铭文西周时已经盛行,当时的青铜器上铸字记录重大事件,题材丰富,格式随意,内容有记功、获赏、从征、出使等,后世此类铭文最多。这种铭文写作上需注意两个方面,一是客观真实,"铭诔尚实",[②]这是一个基本要求,不能虚夸;二是因为是纪念性的,要表达称颂的情感,文字要美,因此具有文学性。王玄策没有专门的诗作传世,他出使天竺时诗坛上写诗送行的风气不盛,故未见当时送行的诗作。但他在天竺有六篇汉文铭文传世,一是《耆阇崛山铭》五首,二是《摩诃菩提寺碑铭》。贞观十七年(643),李义表、王玄策奉命出使天竺。第二年先后在王舍城耆阇崛山勒铭,于摩伽陀国摩诃菩提寺立碑。前者属于记事类铭文,刻于佛教圣地耆阇崛山。《全唐文》系于李义表名下,《登耆阇崛山铭》五首云:

[①] 孙修身:《敦煌与中西交通研究》,甘肃教育出版社2002年版,第178页。
[②] (南朝梁)萧统编:《文选》卷52,上海书店1988年版,第720页。

其一

大唐出震，膺图龙飞。光宅率土，恩罩四夷。
化高三五，德迈轩羲。高悬玉镜，垂拱无为。

其二

道法自然，儒宗随世。安上作礼，移风乐制。
发于中土，不同叶裔。释教降此，运于无际。

其三

神力自在，应化无边，或涌于地，或降于天。
百亿日月，三千大千。法云共扇，妙理俱宣。

其四

郁乎此山，奇状增多，
上飞香云，下临澄波。
灵圣之所降集，贤懿之所经过。
存圣迹于危峰，伫遗趾于岩阿。

其五

参差岭嶂，重叠岩廊。
铿锵宝铎，氤氲异香。
览华山之神踪，勒贞碑于崇冈。
驰大唐之淳化，齐天地之久长。①

法国汉学家沙畹曾将铭文译为法文，发表于1860年刊《宗教史杂志》一号上。列维曾赴印度寻觅原铭，未得，在其所著《王玄策使印度记》中转录了《耆阇崛山铭》，标记为"阳历645年2月22日立"②。这篇铭文主要功能在于记录大唐使节到此圣地拜谒这一重大历史事件，歌颂释迦牟尼的伟大和灵异，表达对佛祖的崇仰之情。

铭文的另一种形式是碑铭，有韵的碑文叫"铭"，有的附于碑文之后。碑有墓碑和纪念碑，这类铭文内容上多是称颂之辞，风格上追求质朴凝重，条理清晰，用语典雅。《摩诃菩提寺碑铭》属于这一类。关于《摩诃菩提寺碑》，《法苑珠林·感通篇》这样记载："依《王玄策传》云：'比汉使奉敕往摩伽陀国摩诃菩提寺立碑，至贞观十九年二月十一日，于菩提

---

① 《全唐文》卷162，上海古籍出版社1990年版，第730页。
② 〔法〕列维等：《王玄策使印度记》，冯承钧译，中国国际广播出版社2013年版，第10页。

树下塔西建立，使典司门令史魏才书。'"碑文交代立碑缘由：

> 昔汉魏君临，穷兵用武，兴师十万，日费千金，犹尚北勒阗颜，东封不耐。大唐牢笼六合，道冠百王，文德所加，溥天同附。是故身毒诸国，道俗归诚，皇帝愍其忠款，遐轸圣虑。乃命使人朝散大夫行卫尉寺丞上护军李义表、副使前融州黄水县令王玄策等二十二人，巡抚其国。遂至摩诃菩提寺。其寺所菩提树下金刚之座，贤劫千佛并于中成道。观严饰相好，具若真容；灵塔净地，巧穷天外。此乃旷代所未见，史籍所未详。皇帝远振鸿风，光华道树，爰命使人届斯瞻仰。此绝代之盛事，不朽之神功，如何寝默咏歌，不传金石者也！乃为铭曰："大唐抚运，膺图寿昌。化行六合，威棱八荒。身毒稽颡，道俗来王。爰发明使，瞻使道场。金刚之座，千佛代居。尊容相好，弥勒规摹。灵塔壮丽，道树扶疏。历劫不朽，神力焉如。"①

此碑文和铭文主要用意在记事和称颂大唐的功德，他们称此次赴天竺立碑为"绝代之盛事"，而金刚之座、灵塔净地皆为"不朽之神功"，值得大书特书，须以"咏歌"的形式加以颂扬，并刻石纪念，以垂不朽。

三 海上丝路与义净西行求法

唐代中印之间的海上交通有了新的发展，贾耽《入四夷之路》之"广州入海夷道"记载自广州至波斯湾的航线上，印度海岸是必经之地。在这条路线上，先经东南亚诸国至师子国（今斯里兰卡），"其北海岸距南天竺大岸百里。又西四日行，经没来国，南天竺之最南境。又西北经十余小国，至婆罗门西境"②。这条海上航线至贞观时日益兴盛。

> （汉）元鼎中，置日南郡，其徼外诸国，自武帝以来皆献见。后汉桓帝时大秦、天竺皆由此道遣使贡献。……自梁武、隋炀，诸国使至逾于前代。大唐贞观以后，声教远被，自古未通者重译而至，又多

---

① （唐）释道世撰，周叔迦、苏晋仁校注：《法苑珠林校注》卷29，中华书局2003年版，第908页。

② 《新唐书》卷43《地理志七下》，中华书局1975年版，第1153页。

于梁隋焉。①

东晋南朝与扶南、天竺间的佛教交流已经盛行，南亚、东南亚高僧入华者不少，但中土僧人经海路赴印度者人数很少。到了唐代，由于航海水平的提高，西行求法的僧人经海路赴天竺者人数不少。义净《大唐西行求法高僧传》记载往天竺取经的东土僧人，取海路的人数最多。王邦维指出："从义净的记载看，南海交通的路线并非一道。或从广州登舶，或从交阯，或从占波登舶，或经佛逝，或经诃陵，或经郎迦戍，或经裸人国而抵东印度耽摩立底，或从羯荼西南行到南印度那伽钵亶那，再转师子国，或复从师子国泛舶北上到东印度诸国，或转赴西印度。……贾耽所记的路线，不过只是其中一条比较主要的路线而已。"②

在经海路西行求法的高僧中，义净成就最为突出。义净与法显、玄奘并称为"中国三大求法僧"。他与玄奘、王玄策经行路线不同，是经海路往来于中国和印度之间的。义净（635—713）俗姓张，字文明，齐州（今山东济南）人。祖籍范阳（今河北涿州），幼年出家，"仰法显之雅操，慕玄奘之高风"，立志赴印求法。③ 咸亨二年（671）十一月，从广州出发，附舶南行，当年到达室利佛逝，盘桓半年，又到末罗瑜（今苏门答腊占碑一带），咸亨四年（673）船行到达东天竺耽摩立底国。其后周游佛教圣迹，在那烂陀寺学习十年。武后垂拱元年（685）返回室利佛逝。为了取得墨纸，他于永昌元年（689）到广州，旋又返回室利佛逝。在室利佛逝居留近十年，武周证圣元年（695）回到洛阳。此后他在洛阳和长安两地译经，直到去世。

虽然佛教后来成为与儒、道鼎足为三的思想潮流，但唐初佛教自身仍然存在不少弱点和问题，教义混乱，戒律松弛。当义净年满进具时，其轨范师慧智禅师告诉他："大圣久已涅槃，法教讹替，人多乐受，少有持者。"④ 义净是一位虔诚的佛教徒，他的求法之举，在思想动机上与这话对他的刺激有关。当时佛教徒不守戒律，行为放荡，丑闻百出。例如辩机与太宗女儿高阳公主私通，被太宗杀掉。武则天借佛教为自己做皇帝制造舆

---

① （唐）杜佑：《通典》卷188《边防四》，中华书局1988年版，第5088页。
② （唐）义净著，王邦维校注：《南海寄归内法传校注》前言，中华书局1995年版，第9—10页。
③ （宋）赞宁：《宋高僧传》卷1，中华书局1987年版，第1页。
④ （唐）义净著，王邦维校注：《南海寄归内法传校注》卷4，中华书局1995年版，第237页。

论，僧人薛怀义等受其宠信，当时也有武则天和怀义暧昧的传说。各地都有为所欲为的恶僧，佛教寺院成为藏污纳垢之所。不仅一般世俗群众不满，佛教有识之士也深怀忧虑，佛学界有人想通过整饬戒律，矫治时弊，挽回颓势。义净西行的目的就是引进印度僧团制度和戒律规定。所以他"遍翻三藏，而偏攻律部"，临终念念不忘教诲弟子持律守戒。

义净在佛经翻译方面取得了杰出成就，他在天竺和室利佛逝已翻译了若干佛经，回国时又带回梵本经律论近400部。与于阗僧人实叉难陀合译《华严经》，后独自翻译，并组织了庞大译场。"前后所翻经总一百七部，都四百二十八卷，并敕编入一切经目。"[1] 义净译经专攻律部，此外他还译出瑜珈系、密宗方面的著作多种。他翻译的佛经都是前人没有译出而有所补缺的。他对于译事极其认真，常在译文下加注，以分辨梵文音义，从这些注文中可以看出他的翻译确有独到之处，"传度经律，与奘师抗衡；比其著述，净多文"[2]。

义净遍历印度各地，学习梵语，兼习医术、声明，并在那里讲授佛学。他写下《南海寄归内法传》《大唐西域求法高僧传》《梵语千字文》等重要著作。《南海寄归内法传》是义净在室利佛逝时所撰，天授二年（691）成书，内容记叙印度、南海僧徒日常行仪法式，为研究古代这些地区的宗教历史提供了重要的材料。书中也有不少有关社会经济生活、文化发展状况、医药卫生以及印度、南海科技方面的内容。《大唐西域求法高僧传》也是在室利佛逝停留时写成，长寿元年（692）遣僧人大津将此两书和新译经论10卷送至长安。《梵语千字文》是中土第一部梵文字书，收995个常用梵字，旁边用汉字注音，下面再用一汉字释义，每四字联读成句，皆有文义。这部书是否义净所撰，尚有争论。义净的著作还有《少林寺戒坛铭并序》，《贞元录》中录有他的《遗书》，宋法云编《翻译名义集》收录有其《题取经诗》一首。另外还有他自己提到的《南海录》《西方记》《西方十德传》《中方录》四部书，也像是他的著作。

他的《大唐西域求法高僧传》用传记体裁，记载了从贞观十五年（641）至武后天授二年（691）五十多年间57位赴印度取经求法的僧人的事迹，其中包括新罗、高丽、交州、爱州（今属越南）、睹货罗（在今阿富汗）、康国以及义净本人，还有永昌元年（689）随义净一起到室利佛逝

---

[1]（唐）圆照：《贞元新定释教目录》卷13，《中华大藏经》第55册，中华书局1992年版，第704页。

[2]（宋）赞宁：《宋高僧传》卷1，中华书局1987年版，第3页。

的四位中国僧人。本书记载了新开通的经吐蕃、泥婆罗到天竺的道路,还比较详细地记载了从海道往印度的交通情况,对认识当时中印之间交通发展有重要价值。书中所记求法僧人"次第多以去时年代近远存亡而比先后"。大致以高宗麟德年间(664—665)为界,在此之前西行求法者多从陆路往返,在此之后则多取道海路,反映了唐初中西之间交通路线转变的趋势。义净是一位才学并茂的高僧,他的高僧传记写得文采斐然,声情俱美。书的序言情感浓烈,词采华茂,千年来脍炙人口:

> 观夫自古神州之地,轻生殉法之宾,显法师则创辟荒途,奘法师乃中开王路。其间或西越紫塞而孤征,或南渡沧溟以单逝。莫不咸思圣迹,罄五体而归礼;俱怀旋踵,报四恩以流望。然而胜途多难,宝处弥长,苗秀盈十而盖多,结实罕一而全少。寔由茫茫象碛,长川吐赫日之光;浩浩鲸波,巨壑起滔天之浪。独步铁门之外,亘万岭而投身;孤漂铜柱之前,跨千江而遗命(陂南国有千江口)。或亡餐几日,辍饮数晨,可谓思虑销精神,忧劳排正色。致使去者数盈半百,留者仅有几人。设令得到西国者,以大唐无寺,飘寄栖然,为客遑遑,停托无所,遂使流离萍转,罕居一处。身既不安,道宁隆矣!呜呼!实可嘉其美诚,冀传芳于来叶。①

这段文字是一篇西行求法高僧群体的颂歌,也是一篇优美的散文诗。他的传记文用当时流行的骈文形式来写,句式整饬,辞藻华美,抑扬顿挫,音韵铿锵。他在有的高僧传后附诗表达悼伤、惋惜或称颂之情,表现了杰出的诗歌才能。如《伤玄照法师》:

> 卓矣壮志,颖秀生田。频经细柳,几步祁连。祥河濯流,竹苑摇芊。翘心念念,渴想玄玄。专希演法,志托提生。呜呼不遂,怆矣无成。两河沉骨,八水扬名。善乎守死,哲人利贞。②

又如道希法师传篇末,写自己亲睹希公住房,伤其不达,赋七绝一首:"百苦忘劳独进影,四恩在念契流通。如何未尽传灯志,溘然于此遇途穷!"③

---

① (唐)义净著,王邦维校注:《大唐西域求法高僧传》卷上,中华书局1988年版,第1页。
② 同上书,第11—12页。
③ 同上书,第36页。

常愍传后,义净感伤常愍师徒二人的遭遇,赋《伤常愍禅师》诗:"悼矣伟人,为物流身。明同水镜,贵等和珍。涅而不黑,磨而不磷。投躯慧巘,养智芳津。在自国而弘自业,适他土而作他因。觊将沈之险难,决于己而亡亲在物。常愍子其寡邻。秽体散鲸波以取灭,净愿诣安养而流神。道乎不昧,德也宁堙。布慈光之赫赫,竟尘劫而新新。"① 又如其《伤会宁律师》诗云:"嗟矣会宁,为法孤征。才翻二轴,启望天庭。终期宝渚,权居化城。身虽没而道著,时纵远而遗名。将菩萨之先志,共后念以扬声。"②《伤大乘灯禅师诗》:"嗟矣死王,其力弥强。传灯之士,奄尔云亡。神州望断,圣境魂扬。眷余怅而流涕,慨布素而情伤。"③ 写到那烂陀寺,他表达了对此佛教圣地的敬重:"龙池龟洛,地隔天津。途遥去马,道绝来人。致令传说,罕得其真。模形别匠,轨制殊陈。依俙画古,仿佛惊新。庶观者之虔想,若佛在而翘神。"④

在义净书中还记载了其他僧人的诗作。如玄逵律师与义净同赴天竺,至广州遇疾而返。当玄逵离开广州时,"还望桂林,去留怆然",曾赋诗与义净赠别:"标心之梵宇,运想入仙洲。婴瘼乖同好,沈情阻若抽。叶落乍难聚,情离不可收。何日乘杯至,详观演法流。"后义净在西国闻其亡故,赋诗叹惋,其《伤玄逵律师》云:"淑人斯去,谁当继来。不幸短命,呜呼哀哉!九仞希岳,一篑便摧。秀而不实,呜呼哀哉!解乎易得,行也难求。嗟尔幼年,业德俱修。传灯念往,婴瘼情收。慨乎壮志,哀哉去留。庶传尔之令节,秉辉曜于长秋。"⑤ 又如《赞大津法师》云:"嘉尔幼年,慕法情坚。既虔诚于东夏,复请益于西天。重指神州,为物淹流;传十法之弘法,竟千秋而不秋!"⑥ 又有《赞贞固律师》六首,其一云:"智者植业,禀自先因。童年洁想,唯福是亲。情求胜己,意仗明仁。非馨香于事利,固宝爱于贤珍。"其二云:"受持妙典,贞明固意。大善敦心,小瑕兴畏。有怀脱屣,无望荣贵。若住牦之毛尾弗亏,等游蜂之色香靡费。"其三云:"孤辞荥泽,只步汉阴。哲人务本,律教是寻。既知网领,更进幽深。致远怀于觉树,遂仗藜于桂林。"其四云:"怡神峡谷,匠物广川。既而追旧,闻于东夏。复欲请新,教以南诏。希扬布于未布,冀流传于未

---

① (唐)义净著,王邦维校注:《大唐西域求法高僧传》卷上,第52页。
② 同上书,第77页。
③ 同上书,第89页。
④ 同上书,第116页。
⑤ (唐)义净著,王邦维校注:《大唐西域求法高僧传》卷下,第146页。
⑥ 同上。

传。庆斯人之壮志,能为物而身捐。"其五云:"为我良伴,其届金洲。能坚梵行,善友之由。船车递济,手足相求。傥得契传灯之一望,亦是不惭生于百秋。"其六云:"既至佛逝,宿心是契。得听未闻之法,还观不睹之例。随译随受,详检通滞。新见新知,巧明开制。博识多智,每励朝闻之心;恭俭勤怀,无忧夕死之计。恐众多而事挠,且逐静而兼济;纵一焰之随风,庶十登而罔翳。"① 这些诗形式多样,有四言,有五言,有杂言,诗中对那些不辞艰辛远赴异域忘身求法者表达了由衷的赞叹,同时又为他们其志不遂丧身外国深表哀伤。

　　义净也有写自己经历和感受的诗。在那烂陀寺他感叹这座佛教著名学府之庄严:"众美仍罗列,群英已古今。也知生死分,那得不伤心。"② 他亲历艰险赴印度取经,同伴玄逵律师半途因病返回,至天竺只有晋州小僧善行同行,"神州故友,索尔分飞;印度新知,冥焉未会",颇有孤独之感,故作《拟张衡四愁诗》云:"我行之数万,愁绪百重思,那教六尺影,独步五天陲。"又赋《五言重自解忧》诗:"上将可陵师,匹士志难移。如论惜短命,何得满长祇。"③ 在印度时时产生思乡之情,一日与无行禅师同游鹫岭,"遐眺乡关,无任殷忧",乃聊书所怀,作《杂言诗》云:

　　观化祇山顶,流睇古王城。万载池犹洁,千年苑尚清。仿佛影坚路,摧残广胁盈。七宝仙台亡旧迹,四彩天花绝雨声。声华日以远,自恨生何晚!既伤火宅眩中门,还嗟宝渚迷长坂。步陟平郊望,心游七海上,扰扰三界溺邪津,浑浑万品亡真匠。唯有能仁独圆悟,廓尘静浪开玄路。创逢饥命弃身城,更为求人崩意树(施也)。持囊毕契戒珠净(戒也),被甲要心忍衣固(忍也)。三祇不倦陵二车,一足忘劳超九数(勤也)。定潋江清沐久结(定也),智釰霜凝斩新雾(慧也)。无边大劫无不修,六时愍生遵六度。度有流光功德收,金河示灭归常住,鹤林权唱演功周。圣徒往昔传余响;龙宫秘典海中探,石室真言山处仰。流教在兹辰,传芳代有人。沙河雪岭迷朝径,巨海鸿崖乱夜津。入万死,求一生;投针偶穴非同喻,束马悬车岂等程。不徇今身乐,无祈后代荣。誓舍危躯追胜义,咸希毕契传灯情。劳歌勿复陈,延眺且周巡。东睇女峦留二迹,西驰鹿苑去三轮,北睨舍城池

---

① (唐)义净著,王邦维校注:《大唐西域求法高僧传》卷下,第215—216页。
② (唐)义净著,王邦维校注:《大唐西域求法高僧传》卷上,第114页。
③ (唐)义净著,王邦维校注:《大唐西域求法高僧传》卷下,第151—152页。

尚在，南睎尊岭穴犹存。五峰秀，百池分，粲粲鲜华明四曜，辉辉道树镜三春。扬锡指山阿，携步上祇陀。既睹如来叠衣石，复观天授进余峨。伫灵镇，凝思遍生河。金华逸掌仪前奉，芳盖陵虚殿后过。旋绕经行砌，目想如神契。回斯少福润津梁，共会龙华舍尘翳。①

诗中并无思乡之愁情，都是表达对佛教的敬重和颂扬。又作《在西国怀王舍城》（一三五七九言）："游，愁。赤县远，丹思抽。鹫岭寒风驶，龙河激水流。既喜朝闻日复日，不觉颓年秋更秋。已毕耆山本愿城难遇，终望持经振锡往神州。"②这首诗格式非常特别，既表达了行旅之苦，也表达了持经归国的宏愿和决心，对自己"已毕耆山本愿"感到欣慰。义净最有名的诗是《题取经诗》："晋宋齐梁唐代间，高僧求法离长安。去人成百归无十，后者安知前者难。路远碧天唯冷结，沙河遮日力疲殚。后贤如未谙斯旨，往往将经容易看。"③诗里对于历代远赴异域取经求法之人深表敬佩，表达了对这些舍身求法的高僧的同情和赞美，强调了东传佛经的珍贵和得之不易。他的《少林寺戒坛铭》是一首以四言为主的诗："羯磨法在，圣教不沦。式得金口，是敬是遵。目睹西域，杖锡东巡。睹盛事而随喜，聊刊刻乎斯文。"④则对少林寺戒坛的建立表达了喜悦之情。

四　新罗僧慧超的西行与东返

慧超是新罗僧人，他先到唐朝，然后赴印度。他来中国和他赴印度的具体时间皆不可考。因为他的著作残缺，他从中国出发赴印度，是经由中亚西行，还是经海路西行也没有明确记载。按他的记述，他从天竺返回中国，玄宗开元十五年（727）至安西，那他西行和在天竺逗留的时间大致也当在开元年间。返唐后到了五台山，在此去世。唐代西行求法的僧人留下著作的人不多，慧超是其中之一。《往五天竺国传》是他的游记著作，这本书成书于开元十五年后，唐慧琳《一切经音义》曾提到这本书，但久

---

① （唐）义净著，王邦维校注：《大唐西域求法高僧传》卷下，第193页。
② 同上书，第193—194页。
③ （宋）法云：《翻译名义集》卷7"续补译师"条引，《四部丛刊》本。《禅门诸祖师偈颂》卷下之下录此为"义净三藏《诫看经》"。陈尚君：《全唐诗续拾》卷9，《全唐诗补编》，中华书局1992年版，第782页。
④ 《全唐文》卷914，上海古籍出版社1990年版，第4220页。

已失传。20 世纪初法国汉学家伯希和在敦煌藏经洞发现了这部著作的残卷。全书原为三卷，残本存卷二和卷三的一部分。① 残本开始从东印度"吠舍厘国"写起，后记从多拘尸那国至于阗的归程，似从南海路入印度，而后从陆路经西域回到唐朝。

《往五天竺国传》是研究当时中亚和印度的重要史料，对研究唐时中西交通有重要价值。慧超所到之处，详记其风俗、宗教、语言、物产、里程与国情，记下了他从中国去古印度探求圣迹所经历的数十个国家、地区、城邦以及中国西北的情况。按照作者游历过程和时间顺序依次记述了西行求法的所见所闻。书中对中天竺、南天竺、西天竺、北天竺及突厥在北天竺和西域所建诸国的山川风貌、社会生活等情况也做了扼要介绍。对了解玄奘和义净之后天竺的情况提供了重要资料。文风朴实，语言简练，记述细致。平实细密是本书的风格，有人认为慧超汉语水平不高，文辞欠佳，说他行文不够文采斐然。甚至认为他的书没有流行于世，也是因为其"文辞不工"，"言之无文，行而不远"②。这个评价不是确论。文中虽没有曲折生动的故事和斑斓词彩，但文笔洗练，记事客观，情感真挚，虽然不事雕琢，可读性很强。本书文风朴实，语言流畅，并穿插有诗歌，表现出慧超有很高的汉语水平。例如：

又从此胡国已北，北至北海，西至西海，东至汉国，已北总是突厥所住境界。此等突厥不识佛法，无寺无僧，衣着皮毡毡衫，以虫为食。亦无城郭住处，毡帐为屋，行住随身，随逐水草。男人并剪须发，女人在头。言音与诸国不同。国人爱杀，不识善恶。土地足驼、骡、羊、马之属。③

又从吐火罗国东行七日，至胡蜜王住城，当来于吐火罗国。逢汉使入蕃，略题四韵取辞。……此胡蜜王，兵马少弱，不能自护。见属大寔所管，每年输税绢三千匹。住居山谷，处所狭小，百姓贫多，衣着皮裘毡衫。王著绫绢叠布。食唯饼炒，土地极寒，甚于余国。言音与诸国不同。所出羊牛，极小不大。亦有马骡。有僧有寺，行小乘

---

① 《往五天竺国传》残书发现后引起中外学者的重视。1910 年，在北京任教的日本学者藤田丰八出版了《慧超传笺释》。此后不少中外学者都对这本书进行研究，日本出版了桑山正进主编的《慧超往五天竺国传研究》（京都大学人文科学研究所 1992 年版），中国出版了张毅《往五天竺国传笺释》（中华书局 1994 年版）。
② （唐）慧超著，张毅笺释：《往五天竺国传笺释》前言，中华书局 2000 年版，第 3 页。
③ （唐）慧超著，张毅笺释：《往五天竺国传笺释》，第 134 页。

法。王及首领百姓等，总事佛不归外道，所以此国无外道。男并剪除鬓发，女人在头。住居山里，其山无有树水（当为"木"字之讹）及于百草。①

虽然没有过多的文词上的修饰，但颇能传情达意，异地风俗令人感到趣味盎然。《往五天竺国传》行文记录简短，但较为忠实地记载了当时五天竺的风土人情，给印度史和中亚史增添了珍贵史料。

印度是佛教的起源地和佛陀故乡，在求法僧眼中几乎是至善至美之地。作为一个虔诚的佛教徒，慧超刻画印度的风土人情时进行了有意无意的美化。作为一个巡礼者和游方僧，慧超来去匆匆，对印度社会的了解浮光掠影，因此他的记载也有不够确切和失实之处。书中出现了以下几段对印度的过度溢美的描述，如记叙五天竺风俗："其王每坐衙处，首领百姓，总来绕王四面而坐。各诤道理，诉讼纷纭，非常乱闹。王听不嗔，缓缓报云：'汝是汝不是。'彼百姓等，取王一口语为定，更不再言。其王首领等，甚敬信三宝。"②南天竺国"王及领首百姓等，极敬三宝，足寺足僧"③。西天竺国"王及首领百姓等，极敬信三宝，足寺足僧，大小乘俱行，土地宽广。西至西海，国人多善唱歌"④。他笔下的印度国王仁慈、百姓温顺、上下虔诚、社会安乐、敬信三宝，这是过分美化的。7世纪后佛教日渐衰微，从笈多王朝时起印度诸帝多半崇信印度教，包括戒日王并不专心佛教，慧超在书中把各国国王都写成佛教信仰者，可能有过于理想化的倾向。

与之类似的还有慧超对贩卖奴婢（"五天不卖人，无有奴婢"）、牢狱刑罚（"五天国法，无有枷棒牢狱"）以及游猎（"上至国王，下及黎庶，不见游猎放鹰走犬等事"）等描写，都有与史实不符之处。以佛教的观点来看，众生等齐生死，万物皆有法性，只是因业力不同，才导致在六道中生死轮转，因此应以慈悲为怀，主张不杀生。从宗教信仰的角度看，慧超写作时产生的失真和美化现象也就可以理解了。朱蕴秋、申美兰指出，由于信仰具有主观性、专一性、理想性、虚幻性等特征，慧超等求法僧往往在游记里把有悖于佛陀教诲或者有损于佛陀故乡形象的事件加以剔除或批评。慧超对印度人的描写"呈现出强烈的主题选择的倾向，并带有中国僧

---

① （唐）慧超著，张毅笺释：《往五天竺国传笺释》，第140—141页。
② 同上书，第30页。
③ 同上书，第44页。
④ 同上。

侣对印度进行集体想象的痕迹，其中不乏一些与现实原型脱节的描写，印度在慧超眼中成了一个十全十美的理想国"①。

慧超书中录有自己写的五首五言律诗，这些诗都写得颇具情韵，反映慧超的汉语不是一般的水平。慧超擅长格律诗写作，途中睹景起兴，观物感事，因人生情，往往形诸吟咏，并记录在自己的游记中，颇能传情达意，意深句工。

（一）游览四大灵塔后，至摩诃菩提寺时，慧超深感"称其本愿，非常欢喜"，作五言诗述志："不虑菩提远，焉将鹿苑遥。只愁悬路险，非意业风飘。八塔难诚见，参着经劫烧。何其人愿满，目睹在今朝。"②求法远游的旅程非常艰难危险，但当目睹佛教圣迹时，满心欢喜，故吟诗述志，其精神上获得的满足感跃然纸上。

（二）在南天竺，他曾产生强烈的思乡之情："月夜瞻乡路，浮云飒飒归。减书忝去便，风急不听回。我国天岸北，他邦地角西。日南无有雁，谁为向林飞。"③该诗作于南天竺路上，天涯孤旅，慧超的惆怅之情跃然纸上。这首诗印证了学界认为"慧超从海路去印度从陆路归国"的说法。丁笃本据此推测，慧超可能是在日南（今越南中部）向西航行，穿过南中国海、马六甲海峡、孟加拉湾登上印度东海岸，然后自东向西横贯整个南亚次大陆，经过今天的克什米尔、巴基斯坦、阿富汗抵达唐朝直接管辖的今天新疆地区。④

（三）在新头故罗国那揭罗驮寺，他看到一位刚刚去世的汉地僧人，"于时闻说，莫不伤心，便题四韵，以悲冥路"："故里灯无主，他方宝树摧。神灵去何处，玉貌已成灰。忆想哀情切，悲君愿不随。孰知乡国路，空见白云归。"⑤该诗讲述他在北天竺，见到一位中国和尚住在一座叫揭罗驮娜的寺庙，学业已成即将归国。慧超拟与和尚同行，在即将动身时和尚不幸去世。慧超十分感伤，写下这首五律。"他方宝树"借用释迦牟尼坐化的典故，泛指所从事的佛教事业。"白云"意象令人想到李白悼念日本友人晁衡的诗，也是以"白云"代指逝者。这首诗刻画出作者矛盾的心态，揭示出追求信仰的代价，佛教徒的虔诚和毅力以及献身精神，令人感

---

① 朱蕴秋、申美兰：《〈往五天竺国传〉中的印度人形象》，《沈阳大学学报》2005年第3期。
② （唐）慧超著，张毅笺释：《往五天竺国传笺释》，第22页。
③ 同上书，第47页。
④ 丁笃本：《旅唐新罗僧人慧超西域巡礼述略》，《韶关学院学报》2008年第2期。
⑤ （唐）慧超著，张毅笺释：《往五天竺国传笺释》，第59页。

动和震撼。

（四）胡蜜国在今阿富汗东北部，又名缚和、钵和、护俹。王居塞迦审城（今阿富汗巴尔赫），北临乌浒河（今阿姆河）。东西长千余里，南北不过四五里。高宗显庆年间内附于唐。崇信佛教，国人眼多碧绿，异于诸国，唐以其地为鸟飞州，封其王沙钵罗颉利发为都督、刺史。其地当安西四镇入吐火罗之要道，《大唐西域记》名达摩悉铁帝国。后属大食，巴尔赫为大食东面将军呼罗珊驻地。肃宗时赐其王姓李。慧超至护蜜时，在此遇唐朝使节，因此赋诗一首。上引其记录在胡蜜国情况的文字中，他录下自己的两首诗，其一乃题赠唐使之作："君恨西蕃远，余嗟东路长。道荒宏雪岭，险涧贼途倡。鸟飞惊峭嶷，人去偏梁□。平生不扪泪，今日洒千行。"① 慧超和唐朝使臣行路方向不同，唐使西行，慧超东返，但都有旅途艰辛和漫长之感慨。

（五）慧超在胡蜜国写的诗，另一首题为《冬日在吐火罗逢雪述怀》，写其地环境之恶劣："冷雪牵冰合，寒风擘地烈。巨海冻墁坛，江河凌崖啮。龙门绝瀑布，井口盘蛇结。伴火上陇歌。焉能度播蜜。"②

这些诗穿插于《大唐西域求法高僧传》字里行间，为其朴素的文字平添了几分情韵和感情色彩。唐初以来，文坛上盛行五言律诗，传世佳作众多，并出现了历史上著名的诗僧群体。作为新罗入华诗僧的代表，慧超诗歌思维敏捷，独树一帜。《皇唐嵩岳少林寺碑》中称赞慧（惠）超："妙思奇拔，远契玄踪；文翰焕然，宗途易晓。"③ 可见他的诗歌作品具有很高的文学水平，并受到当时人的赞赏。这五首诗文学价值和史学价值兼备，慧超诗中的佛教意象为唐朝诗歌增添了新的内容。诗歌中透露出的一些历史细节，也成为研究慧超行旅历程的重要依据。在宗教信仰和时代文风的双重影响下，《往五天竺国传》形成了上述两种显著的写作特征。文中出现的一些字词的用法以及对域外名词的音译等，给汉语演变和中外语言交流研究提供了丰富素材。

---

① （唐）慧超著，张毅笺释：《往五天竺国传笺释》，第140页。
② 同上。
③ 《皇唐嵩岳少林寺碑》位于河南省登封县城西北13千米少林寺大雄宝殿左侧十余米处，建于唐玄宗开元十六年（728）七月十五日。首行题曰：《皇唐嵩岳少林寺》，银青光禄大夫守吏部尚书上柱国正平县开国子裴漼文并书。

余　　论

  对于历史研究来说，过去社会生活中留存下来的遗迹，一切都是史料。明王世贞《艺苑卮言》云："天地间无非史而已。三皇之世，若泯若没；五帝之世，若存若亡。噫！史其可以已耶？六经，史之言理者也。"他把六经各文体区分为"史之正文""史之变文"，有的是"史之用"，有的是"史之实"，有的是"史之华"。① 章学诚提出"六经皆史"在很大程度上也是从史料角度上说的。从这个意义上说，唐诗也是研究唐史的史料。把唐诗作为史料研究唐史，前人已经有意为之。陈寅恪先生《元白诗笺证稿》在方法论上给我们的重要启发便在于此。此后循寅恪先生前踪，把唐诗与唐史的研究结合起来，进行诗史互证的研究已有大量成果，不必一一缕述。研究唐诗与丝绸之路的关系，正是从这种思路出发进行的一项学术课题，通过这一研究再次让我们感到唐诗作为史料研究唐史的重要价值。唐史、唐诗和丝绸之路之间的密切关联是我们从事这一研究的学术基础。

  当李渊父子从太原起兵，攻入长安，推翻隋朝统治，建立起新兴政权时，唐朝便与丝绸之路联系起来。它的都城长安，早已成为国际都市，早已确立了它的丝绸之路起点城市的历史地位。唐朝建都长安，让这座国际大都会——丝绸之路起点城市再度辉煌。当社会重新恢复了和平统一局面时，这座富有生命力的都市立刻引起诗人的兴趣，唐太宗李世民的《帝京篇》组诗十首热情歌咏了这座城市的壮丽和繁华。随着新兴政权日益稳固，随着唐王朝在东亚甚至整个旧大陆日益展示其伟大文明形象和无穷魅力，长安也日益走向世界，走进周边和世界各地人们的心中。在唐朝近三百年中，当时世界上各文明地区都有人曾踏入这个令人向往的城市；无数唐人也从长安出发奔波于世界各地的丝绸之路上，文明的互动推动着中世

---

① （明）王世贞著，罗仲鼎校注：《艺苑卮言校注》卷1，齐鲁书社1992年版，第32—33页。

纪社会的车轮滚滚向前。那些络绎不绝前后相望的使节、商旅、僧侣、将士、艺术家和文人学士等风尘仆仆的身影留存在唐诗的歌吟中。唐诗，见证了长安这座丝绸之路起点城市的历史辉煌。

　　唐朝是中国古代社会的黄金时代，又是丝绸之路的黄金时代，也是诗歌发展的黄金时代，这三个黄金时代融汇在诗人的咏唱中。从唐朝建立，诗与丝绸之路便产生不解之缘，如影随形。唐朝立足未稳，割据陇右的薛举父子便来抢夺胜利果实，经过艰苦的战斗，唐朝消灭了这股强大势力，陇右——这丝绸之路要道便进入唐朝掌握之中，这件事很快就在唐诗里产生了回响。太宗即位不久，写下了慷慨激昂的《经破薛举战地》；一百多年后，柳宗元的诗再次热情洋溢地歌颂这场战争。唐朝进军河西，唐朝的历史向前延伸，唐朝对丝绸之路的控制也在向西延伸。消灭河西李轨割据势力，河西走廊进入唐朝的统治，这是通往西域的要道。柳宗元《河右平》诗反映了丝绸之路史上这场具有重要历史意义的战争。如果说夺取陇右和河西是唐朝为了巩固新兴政权进行的战争，是决定生死存亡的战争，平高昌和灭突厥则是有意消灭丝绸之路上的割据势力，打通西域交通的道路。唐朝建立后，丝绸之路上的最大障碍是西突厥，支持高昌王对抗唐朝。高昌王的离心离德，阻断了丝绸之路的交通和交往；西突厥直接控制着西域和中亚的广大地区，从而阻断了唐与中亚、西亚、南亚和欧洲的陆上交通。唐朝平高昌，并最终战胜西突厥。这场战争意义重大，唐朝不仅夺取了丝绸之路的控制权，而且树立了他在东亚乃至当时整个文明世界的崇高威望。太宗和大臣的联句诗表达了贞观君臣强烈的喜悦之情，柳宗元《高昌》诗讴歌了平高昌的胜利。从此唐朝高歌猛进，夺取西域，进入中亚，丝绸之路进入最辉煌的时期。唐朝向西域的每一步开拓，都在诗人的歌唱中产生了反响。历史的发展是曲折的，河西走廊、西域和中亚政治局势处于不断变化中，唐前期与吐蕃、大食在西域和中亚展开错综复杂的斗争，丝绸之路随着这种斗争形势的变化时有盛衰。特别安史之乱发生后，吐蕃占领陇右、河西和西域，唐与中亚以及更远的国家和地区的交通遇到严重阻碍。丝绸之路上发生的重大事件和盛衰变化在唐诗中都得到了相应的反映。总之，丝绸之路和中外交流为唐诗提供了丰富的新鲜生动的素材，这是唐诗繁荣的一个重要因素。

　　唐朝在击灭了东、西突厥后，原来依附于突厥的各草原民族亦归附唐朝，太宗被北方草原民族尊为"天可汗"。于是从唐朝西都长安、东都洛阳出发通向北方和西北方草原以及沿欧亚大草原的东西方交通道路也空前畅通。唐朝势力进入东南沿海地区后，大力利用海上丝绸之路与海外国家和地区进行交往和交流。唐后期西北沙漠之路走向衰落，海上丝绸之路日益重要。唐先后在交趾置安南都护府，在广州置岭南节度使，在广州设市舶使，加强对外贸易的管理。唐朝与东南亚各国、南亚、西亚和非洲之间的海上交通日益兴盛。中国与阿拉伯的地理学著作都非常关注中国广州和大食阿拉伯波斯湾之间的航线，大食、波斯商人大量经海路入华，在东南沿海地区进行贸易活动。隋唐之际崛起于青藏高原的吐蕃民族与唐朝迅速建立起和亲关系，经过青海至吐蕃逻些（今拉萨）的唐蕃古道一时兴盛起来。由于吐蕃与泥婆罗（今尼泊尔）关系的密切，通过吐蕃和泥婆罗至天竺的道路得以开辟和利用。虽然这条道路好景不长，却在相当时期内成为中印交通的一条重要道路。南诏国与唐朝时战时和，总的看归附唐朝、和平交往的时期长，交战的时间短。地处今天缅甸的骠国通过南诏与唐朝进行友好交往，于是经过南诏、骠国至印度或连接海上丝路的中印缅道对中外文化交流也发挥了重要作用。这些道路分别被称为草原丝绸之路、海上丝绸之路、吐蕃—泥婆罗道、南方丝绸之路，这些道路的利用和经过这些道路实现中外交流的盛况都在唐诗历史长卷中得以展现。吟赏唐诗中有关丝绸之路的歌咏，丝绸之路便不仅仅是一个抽象的概念，而是活生生的历史场面和生活图景，一个连接旧大陆各地各民族的充满神奇魅力的交通网络，风沙漫漫的古道征途，奔波于丝路古道上风尘仆仆的身影，唐人的心态和情感……生动形象地展现在读者眼前，艰辛的行程转化为艺术的审美，千百年来流传不衰。这就是文学的价值，这是其他任何历史文献资料所不能提供的历史画面。

唐诗与丝绸之路的因缘源于唐代特定的社会环境、诗人的社会活动和创作动因。在唐代这个文化高峰时代，诗歌是举国上下最受热爱的文学形式。诗人遍布社会各个阶层，几乎人人能诗和爱诗。在唐代这个开放的社会里，参与对外开拓、中外交往、丝路贸易和中外交流活动的人们随时随地用诗歌记录个人的经历和感受，诗歌中关于丝绸之路的内容成为生动的题材。

唐朝边境地区一直活跃着一群富于才华的文士。为了保证丝绸之路畅通，唐朝长期在陇右、河西走廊和西域与吐蕃进行军事斗争，先后在此丝绸之路沿线设置陇右节度使、河西节度使、安西四镇节度使、北庭节度使，在边镇幕府中活跃着追求建立边功的文士，他们投身边地，一边辅佐戎务，一边赋诗歌咏边塞生活，高适、岑参就是杰出代表。唐代的边防形势与丝绸之路盛衰互相呼应，他们在陇右、河西和西域所写的边塞诗在内容上与丝绸之路关系密切。据统计，唐朝与世界上 70 多个国家和地区有外交往来关系，彼此间使节往来不断。有的外交官员留下了他们出使域外的诗篇。他们的诗描写了沿途所见所感，对我们认识丝路变迁具有重要的史料价值。在丝绸之路上还有大批的商队，他们对丝路奔波的辛劳和中外贸易活动应当有更加丰富的阅历和更加深入的体会，但逐利的商旅缺乏吟咏的兴趣和才情，我们竟然没有读到一首丝绸之路上奔波的商人反映经济贸易活动的诗篇。

　　唐诗之于唐朝社会生活，不仅仅是文学创作和审美活动，还有实用价值。唐诗实用性的一个重要方面就是它是社会交际的工具。当同僚朋友亲人即将因故赴域外或边塞时，大家往往写诗送行或赋诗吟诵。这是唐诗与丝绸之路的另一因缘。表现在这种场合，即便没有到过边塞和域外的诗人，他们也根据听闻，驰骋想象，写对方经行途中的旅况和域外的情况。那是一个浪漫的时代，写一首诗送行比什么都更让人感到温暖，诗表达的同情、赞扬和安慰伴随着他的整个行程，他会时时回味着朋友们送别时的殷殷嘱托，从而冲淡了旅途的艰辛和寂寞。唐诗中有一部分送人出使域外的诗，行人远使事件本身就是丝绸之路研究的内容，唐诗这方面的资料可补史书记载之不足。在唐朝对外交往活动中，公主和亲是重要的历史事件，唐诗中涉及和亲的内容很多。朝廷重视唐与吐蕃之间的和亲关系，金城公主入藏，中宗亲自送行，并命大臣赋诗，于是唐诗中保存了当时大臣们奉和送行之作。唐朝后期和亲回鹘，诗人们同情公主的命运，也写下了许多与公主和亲有关的诗。唐朝官员赴任边疆地区，同僚朋友写诗送行，往往也反映了中外关系和经济贸易、文化交流的内容。中唐时郑权赴任广州，诗人们送行的作品中便自然写到南海贸易问题，反映了海上丝绸之路的盛况。

　　关心国事、关注政治是唐代诗人的传统，中外关系和文化交流中的重要人物和重大事件往往成为他们吟咏的对象，这是唐诗与丝绸之路的又一因缘。唐朝对陇右、河西的经营，对西域的开拓，都伴随着一系列的战争。唐代诗人既热爱和平，又支持正义战争，因此围绕着丝绸之路控制权展开的军事斗争在唐诗中多所反映。太宗亲自指挥了对陇右割据势力的战争，唐朝开拓丝绸之路第一仗破薛举之战出现在太宗本人的诗歌中。在将近300年的历史中，唐朝为了维护国家安全、丝路畅通、恢复中原政权对周边失地的统治和反击外族的入侵，进行过一系列对外战争，这些战争是推动文化交流的特殊途径。唐朝在丝绸之路上曾先后与高昌、突厥、吐蕃、大食、回鹘等政权进行角逐，这些战争都曾在唐诗中得到生动反映。在这些战争中涌现出无数名将，他们的事迹在诗歌中得到传颂，李靖、哥舒翰、封常清、高仙芝等名将在开辟和维护丝绸之路，加强唐朝与其他国家的关系方面做出了重要贡献，名垂青史，唐诗中歌咏了他们的事迹。唐代对外战争的胜利张扬着唐朝的国力，激发了诗人们的民族自信和自豪感，也激发了他们创作的灵感，他们的诗热情歌咏了那些艰苦而伟大的战争和为保卫国家效命君王的英勇将士。

宗教活动也促进了诗歌创作，宗教的传播是丝绸之路与文化交流的重要内容之一，这是唐诗与丝绸之路的又一重要因缘。唐朝佛教发展进入辉煌阶段，在中土僧人西行求法的活动中，僧人们是沿着丝绸之路从事宗教活动的，他们把亲身经历写入诗中。其中最著名的是玄奘、义净和慧超。玄奘经西域、中亚至天竺，遍历天竺各地，后经中亚和西域返国。义净则经海上丝路至天竺，复从海上丝路返至室利佛逝，又从室利佛逝返国。慧超来自新罗国，他大约从中国南海经海上丝路先至东天竺，又游历天竺各地，最后通过中亚、西域回到中国，终于五台山佛教圣地。在他们的游历活动中都有诗传世，写出了他们的亲身经历和感受。佛教的兴盛还催生了一个诗人群体——诗僧，他们的诗富于佛理和禅趣，是中外文化交流的奇葩。在中外僧侣交往活动中，诗歌的赠答酬唱是一个重要内容。诗人还与高僧大德广泛交友互相赠答唱和。印度佛僧、婆罗门僧入华活动通过这些诗生动地表现出来。在佛教兴盛的年代里，各地佛寺林立，诗人们喜游佛寺，并赋诗咏唱，这些诗是佛教文化交流的副产品。

通过丝绸之路，唐朝向世界奉献了自己的文明成果，也从域外获得大量外来文明成果。外来文明的新奇性也是激发诗人灵感的一个契机。唐代从域外获得各种动物、植物、器物，也获得精神文明成果如宗教、艺术等。当诗人们接触到这些外来文明时，其异于汉地文化的奇异色彩满足了诗人的好奇心，激发了他们写诗的兴趣，他们也为获取域外物质和精神文明成果而感到自豪。大宛汗血马、林邑红鹦鹉、草原民族的骆驼、西亚的狮子、南亚的犀牛等珍禽奇兽，葡萄、苜蓿、石榴、茉莉花、优钵罗花、胡麻、胡桃、甘蔗、薏苡等有益观赏和食用的奇花异树，琵琶、筚篥、箜篌、大食刀、水晶盘、金叵罗、夜光杯、红螺杯、胡床、弓矢、火浣布、紫貂裘、胡帐等外来器物，天竺乐、扶南乐、骠国乐、胡旋舞、胡腾舞、柘枝舞、舞象、舞马、泼寒胡戏、戴竿、跳丸等域外艺术，佛塔、佛寺、佛钟等外来宗教文化，珊瑚、玛瑙、犀角、象牙、珍珠、玻璃、玳瑁、砗磲、琥珀、琅玕、紫贝、美玉等奇珍异宝，沉水香、龙脑香、龙涎香、鸡舌香、旃檀香、苏合香、胡椒、诃梨勒等香料药物，胡姬、胡商、胡僧等奇服异貌的域外人，胡饼、石蜜等外来的美味食物无不被诗人写入诗中，经过他们的美化和夸张，越发新奇可爱。

　　运用诗史互证的研究方法，要求学者具备两方面的知识基础和学术素养，这两种素质都需要一定的积累。"板凳要坐十年冷"，出于历史学家之口，说明历史研究更需要知识的积累。而文学的研究在知识积累的同时，还需要一定的文学气质和禀赋，需要文学才情、悟性和审美分析的能力，历史需要学问，文学修养不全靠学问。而且要明白文学作品和历史著作的不同特点，否则容易出差错。一是文学问题不是都能通过历史的眼光和方法来解决的，文学是美的创造，要用审美的眼光来看，有时不能用社会学或阶级分析的方法。把文学作品作为史料来看，要经过分析，不是所有的文学内容都可以作为史料。有的文学作品直接反映了现实，但有的不能作为史料使用，有时不能直接拿来使用。文学对世界的把握是艺术的把握，通过鉴赏说明历史问题，一定要认识到这是艺术的反映，是艺术的真实，而不是历史的真实。即便是像杜甫的叙事诗那样的作品，也要分析，因为诗是抒情的，其中融入了诗人的情感。用乾嘉学派考证的方法，论证诗的正确和错误是不合适的。

　　一个时代的诗歌是一个时代历史的浪花，诗与史的关系是浪花和水流的关系。诗人写丝绸之路与历史记载不同。文学作品和历史著作反映现实的角度是不同的，即便是现实主义诗歌。利用文学作品研究历史，有一定范围和限度。诗则主要反映的是一个时代的人们的情绪、精神和心态，要用它说明具体问题则不能令人满意。文学作品通过形象反映生活，抒发情感，它刻画了形势，写出了现象，至于这种现象是怎么造成的，诗人不必像写学术论文那样进行理论分析和学术探讨。例如，对安史之乱的认识和反思，唐代政治家从政治上、经济上、制度上和文化上分析问题，而诗人关注的就是华清宫的奢华和马嵬坡的悲剧。在唐诗中涉及丝绸之路的内容也应作如是观。有的诗真实地反映了丝绸之路与中外交流的历史事件，歌咏了真实的历史人物，但它并不像历史著作的记载那样详述事件之始末和人物之行迹，对人物的评价也不是客观的和学术性的。还有的诗写到的丝绸之路的内容只能作为意象来看，例如其中一些丝绸之路的地名，往往只是一种文学意象，并不能坐实理解为实际地理上某一地名，这种情况在写到丝绸之路的唐诗里表现得特别突出，在本书的论述中有大量具体事例。诗人的目的是描写将士远征转战的艰辛，歌颂他们建功立业的豪情，并抒写与家乡亲人的两地相思，至于地名的真实性与否并不重要。这样的写法在唐诗里不胜枚举。但这样的诗对我们认识历史仍然有其价值。文学材料反映历史的特点，一是形象性，二是审美性，三是情感性。通过这些诗，我们可以感受到当时的社会心理、时代精神、历史脉搏和诗人的褒贬爱憎，可以接触到许多形象化和情感性的资料，这是一般历史著作中缺乏的，这也是研究唐史和丝绸之路时唐诗资料的独特价值和不可替代性。

参考文献

一

韩非：《韩非子》，《二十二子》，上海古籍出版社1986年版。
刘安：《淮南子》，《二十二子》，上海古籍出版社1986年版。
司马迁：《史记》，中华书局1982年版。
司马迁：《史记》（点校本二十四史修订本），中华书局2014年版。
桓宽：《盐铁论》，上海人民出版社1974年版。
刘熙撰，毕沅疏证，王先谦补：《释名疏证补》，中华书局2008年版。
应劭：《风俗通义》，《汉魏丛书》，吉林大学出版社1992年版。
班固：《汉书》，中华书局1962年版。
佚名撰，黄清谷校注：《三辅黄图校注》，三秦出版社1995年版。
嵇含：《南方草木状》，广陵书社2003年版。
陈寿：《三国志》，中华书局1959年版。
干宝撰，汪绍楹校注：《搜神记》，中华书局1979年版。
常璩著，任乃强校补图注：《华阳国志校补图注》，上海古籍出版社1987年版。
法显撰，章巽校注：《法显传校注》，上海古籍出版社1985年版。
范晔：《后汉书》，中华书局1965年版。
沈约：《宋书》，中华书局1974年版。
郦道元著，陈桥驿校证：《水经注校证》，中华书局2013年版。
魏收：《魏书》，中华书局1974年版。
魏收：《魏书》（点校本二十四史修订本），中华书局2017年版。
杨衒之著，范祥雍校注：《洛阳伽蓝记校注》，上海古籍出版社1978年版。
杨衒之著，周祖谟校释：《洛阳伽蓝记校释》，中华书局2010年版。

萧子显：《南齐书》，中华书局1972年版。
萧子显：《南齐书》（点校本二十四史修订本），中华书局2017年版。
姚思廉：《梁书》，中华书局1973年版。
姚思廉：《陈书》，中华书局1972年版。
房玄龄等：《晋书》，中华书局1974年版。
李百药：《北齐书》，中华书局1972年版。
令狐德棻：《周书》，中华书局1971年版。
李延寿：《南史》，中华书局1975年版。
李延寿：《北史》，中华书局1974年版。
魏徵等：《隋书》，中华书局1973年版。
魏徵等：《隋书》（点校本二十四史修订本），中华书局2019年版。
玄奘、辨机著，季羡林等校注：《大唐西域记校注》，中华书局2000年版。
慧立、彦悰撰，孙毓棠、谢方点校：《大慈恩寺三藏法师传》，中华书局2000年版。
道宣撰，范祥雍点校：《释迦方志》，中华书局2000年版。
道宣撰，郭绍林点校：《续高僧传》，中华书局2014年版。
义净著，王邦维校注：《大唐西域求法高僧传校注》，中华书局1988年版。
张鷟：《朝野佥载》，中华书局1979年版。
李隆基撰，李林甫注：《大唐六典》，三秦出版社1991年版。
释道世撰，周叔迦、苏晋仁校注：《法苑珠林校注》，中华书局2003年版。
吴兢撰，上海师范大学古籍整理组校点：《贞观政要》，上海古籍出版社1978年版。
吴兢撰，谢保成集校：《贞观政要集校》，中华书局2003年版。
慧超著，张毅笺释：《往五天竺国传笺释》，中华书局2000年版。
慧能著，郭朋校释：《坛经校释》，中华书局1983年版。
徐坚等，司仪祖等点校：《初学记》，中华书局1962年版。
姚汝能：《安禄山事迹》，上海古籍出版社1983年版。
杜环著，张一纯笺注：《经行记笺注》，中华书局1963年版。
刘肃撰，许德楠、李鼎霞点校：《大唐新语》，中华书局1984年版。
慧琳等撰，徐时仪校注：《一切经音义·三种校本合刊》，上海古籍出版社2008年版。
封演撰，赵贞信校注：《封氏闻见记校注》，中华书局1958年版。
崔令钦：《教坊记》，古典文学出版社1957年版。
杜佑撰，王文锦等点校：《通典》，中华书局1988年版。

李吉甫撰，贺次君点校：《元和郡县图志》，中华书局1983年版。
李肇：《唐国史补》，上海古籍出版社1957年版。
谷神子、薛用弱：《博神记/集异记》，中华书局1980年版。
薛用弱：《集异记》，文渊阁《四库全书》，台湾商务印书馆1983年版。
苏鄂撰，张秉成校点：《苏氏演义》，辽宁教育出版社1998年版。
苏鹗：《杜阳杂编》，《笔记小说大观》，江苏广陵古籍刻印社1983年版。
韦述撰，辛德勇辑校：《两京新记辑校》，三秦出版社2006年版。
赵璘：《因话录》，上海古籍出版社1957年版。
范摅：《云溪友议》，古典文学出版社1957年版。
南卓：《羯鼓录》，上海古籍出版社1958年版。
康骈：《剧谈录》，古典文学出版社1958年版。
段成式撰，方南生点校：《酉阳杂俎》，中华书局1981年版。
段安节：《乐府杂录》，上海古籍出版社1958年版。
樊绰撰，向达校注：《蛮书校注》，中华书局1962年版。
刘昫等：《旧唐书》，中华书局1975年版。
李珣撰，尚志钧辑校：《海药本草》，人民卫生出版社1997年版。
王定保：《唐摭言》，上海古籍出版社1978年版。
王定保撰，姜汉椿校注：《唐摭言校注》，上海社会科学院出版社2003年版。
王仁裕等：《开元天宝遗事十种》，上海古籍出版社1985年版。
何光远：《鉴诫录》，《知不足斋丛书·二十二集第170册》，凤凰出版社2010年版。
孙光宪：《北梦琐言》，上海古籍出版社1981年版。
钱易撰，黄寿成点校：《南部新书》，中华书局2002年版。
王谠撰，周勋初校证：《唐语林校证》，中华书局1987年版。
王溥：《唐会要》，上海古籍出版社1991年版。
欧阳修、宋祁：《新唐书》，中华书局1975年版。
薛居正等：《旧五代史》，中华书局1976年版。
薛居正等：《旧五代史·修订本》，中华书局2016年版。
欧阳修：《新五代史》，中华书局1974年版。
薛居正等：《旧五代史》（点校本二十四史修订本），中华书局2016年版。
欧阳修：《新五代史》（点校本二十四史修订本），中华书局2015年版。
王钦若等编：《册府元龟》，中华书局影印明刊本，1960年版。
宋敏求编，洪丕谟点校：《唐大诏令集》，学林出版社1992年版。

宋敏求编：《唐大诏令集》，中华书局2008年版。
赞宁撰，范祥雍点校：《宋高僧传》，中华书局1987年版。
司马光等：《资治通鉴》，中华书局1956年版。
李昉等编：《太平御览》，上海古籍出版社2008年版。
李昉等编：《太平广记》，中华书局1961年版。
李昉等编：《文苑英华》，中华书局1966年版。
乐史撰，王文楚等点校：《太平寰宇记》，中华书局2007年版。
陈旸：《乐书》，文渊阁《四库全书》，台湾商务印书馆1983年版。
志磐撰，释道法校注：《佛祖统记校注》，上海古籍出版社2012年版。
朱彧：《萍洲可谈》，中华书局2007年版。
周去非著，杨武泉校注：《岭外代答校注》，中华书局1999年版。
王灼：《碧鸡漫志》，上海古籍出版社1958年版。
王应麟：《玉海》，江苏古籍出版社、上海书店1987年版。
法云：《翻译名义集》，《四部丛刊》，中央编译出版社2015年版。
辛文房撰，王大安校订：《唐才子传》，黑龙江人民出版社1986年版。
辛文房撰，傅璇琮等校笺：《唐才子传校笺》第1—5册，中华书局1987—1995年版。
马端临：《文献通考》，中华书局1986年版。
汪大渊著，苏继庼校释：《岛夷志略校释》，中华书局1981年版。
程荣纂辑：《汉魏丛书》，吉林大学出版社1992年版。
李时珍：《本草纲目》，中医古籍出版社1994年版。
刘文征撰，古永继点校：《滇志》，云南教育出版社1991年版。
倪格辑，木芹会证：《南诏野史会证》，云南人民出版社1990年版。
朱孟震：《西南夷风土记》，《丛书集成初编》，商务印书馆1935年版。
胡震亨：《唐音癸签》，上海古籍出版社1981年版。
顾祖禹：《读史方舆纪要》，中华书局2005年版。
赵翼：《陔馀丛考》，河北人民出版社1990年版。
黄景仁：《两当轩集》，上海古籍出版社1983年版。
阚仲韩：《新疆大记》，中华全国图书馆文献缩微复制中心2010年版。
查郎阿等：《甘肃通志》，文渊阁《四库全书》，台湾商务印书馆1983年版。
毕沅：《关中胜迹图志》，三秦出版社2004年版。
陶保廉：《辛卯侍行记》，《近代中国史料丛刊续编》第93辑，文海出版社1982年版。

徐松著，朱玉琪整理：《西域水道记·外二种》，中华书局2005年版。
王树枏等纂修，朱玉琪等整理：《新疆图志》，上海古籍出版社2015年版。
唐长孺主编：《吐鲁番出土文书·录文本》全10册，文物出版社1981—1990年版。
唐长孺主编：《吐鲁番出土文书·图版录文本》全4册，文物出版社1992—1996年版。
胡玉冰、韩超校注：《乾隆宁夏府志》，中国社会科学出版社2015年版。
周绍良主编：《唐代墓志汇编》，上海古籍出版社1992年版。
周绍良、赵超主编：《唐代墓志汇编续编》，上海古籍出版社2001年版。
王仁波主编：《隋唐五代墓志汇编》陕西卷，天津古籍出版社1991年版。
袁轲：《山海经校译》，上海古籍出版社1985年版。

二

曹操：《曹操集》，中华书局1974年版。
曹植撰，赵幼文校注：《曹植集校注》，人民文学出版社1984年版。
诸葛亮：《诸葛亮集》，中华书局1960年版。
陆机撰，刘运好校注整理：《陆士衡文集校注》，凤凰出版社2007年版。
鲍照撰，钱仲联校：《鲍参军集注》，上海古籍出版社1980年版。
萧统编：《文选》，上海书店影印本1988年版。
萧统编，吕延济等注：《六臣注文选》，《宋刊明州本》，人民文学出版社2008年版。
徐陵撰，许逸民校笺：《徐陵集校笺》，中华书局2008年版。
徐陵编，吴兆宜注，程琰删补：《玉台新咏笺注》，中华书局1985年版。
庾信撰，倪璠注：《庾子山集注》，中华书局1980年版。
王绩撰，王国安注：《王绩诗注》，上海古籍出版社1981年版。
王度等撰，汪辟疆校录：《唐人小说》，上海古籍出版社1978年版。
王梵志撰，张锡厚校辑：《王梵志诗校辑》，中华书局1983年版。
王梵志撰，项楚校注：《王梵志诗校注》，上海古籍出版社2010年版。
李世民撰，吴云、冀宇编辑校注：《唐太宗集》，陕西人民出版社1986年版。
欧阳询撰，汪绍楹校：《艺文类聚》，上海古籍出版社1965年版。
杜审言撰，徐定祥注：《杜审言诗注》，上海古籍出版社1982年版。

沈佺期、宋之问撰，陶敏、易淑琼校注：《沈佺期宋之问集校注》，中华书局2001年版。
王勃撰，聂文郁注解：《王勃诗解》，青海人民出版社1980年版。
王勃撰，蒋清翊注：《王子安集注》，上海古籍出版社1995年版。
杨炯撰，祝尚书笺注：《杨炯集笺注》，中华书局2016年版。
卢照邻、杨炯撰，徐明霞点校：《卢照邻集/杨炯集》，中华书局1980年版。
卢照邻撰，祝尚书笺注：《卢照邻集笺注》，上海古籍出版社1994年版。
卢照邻撰，祝尚书笺注：《卢照邻集笺注·增订本》，上海古籍出版社2011年版。
卢照邻撰，李云逸校注：《卢照邻集校注》，中华书局1998年版。
骆宾王撰，陈熙晋笺注：《骆临海集笺注》，上海古籍出版社1961年版。
陈子昂撰，徐鹏点校：《陈子昂集》，中华书局1960年版。
张说撰，熊飞校注：《张说集校注》，中华书局2013年版。
张九龄撰，熊飞校注：《张九龄集校注》，中华书局2008年版。
王昌龄撰，胡问涛、罗琴校注：《王昌龄集编年校注》，巴蜀书社2000年版。
高适撰，刘开扬笺注：《高适诗集编年笺注》，中华书局1981年版。
高适撰，孙钦善校注：《高适集校注》，上海古籍出版社1984年版。
岑参撰，刘开扬笺注：《岑参诗集编年笺注》，巴蜀书社1995年版。
岑参撰，陈铁民、侯忠义校注：《岑参集校注》，上海古籍出版社1981年版。
岑参撰，廖立笺注：《岑嘉州诗笺注》，中华书局2004年版。
常建撰，王锡九校注：《常建诗歌校注》，中华书局2017年版。
李颀撰，王锡九校注：《李颀诗歌校注》，中华书局2018年版。
王维撰，赵殿成笺注：《王右丞集笺注》，中华书局1961年版。
王维撰，陈铁民校注：《王维集校注》，中华书局1997年版。
孟浩然撰，徐鹏校注：《孟浩然集校注》，人民文学出版社1989年版。
孟浩然撰，佟培基笺注：《孟浩然诗集笺注·增订本》，上海古籍出版社2013年版。
李白撰，萧士赟补注：《分类补注李太白诗》，四部丛刊影印元刊本。
李白撰，王琦注：《李太白全集》，中华书局1977年版。
李白撰，瞿蜕园、朱金城校注：《李白集校注》，上海古籍出版社1980年版。

李白撰，安琪主编：《李白全集编年注释》，巴蜀书社2000年版。
杜甫撰，杨伦笺注：《杜诗镜铨》，上海古籍出版社1981年版。
杜甫撰，仇兆鳌注：《杜诗详注》，中华书局1979年版。
杜甫撰，钱谦益注：《钱注杜诗》，上海古籍出版社1979年版。
杜甫撰，萧涤非主编：《杜甫全集校注》，人民文学出版社2014年版。
杜甫撰，谢思炜校注：《杜甫集校注》，上海古籍出版社2016年版。
顾况撰，赵昌平校编：《顾况诗集》，江西人民出版社1983年版。
元结、殷璠等选：《唐人选唐诗十种》，上海古籍出版社1958年版。
元结撰，孙望校：《元次山集》，中华书局1960年版。
寒山撰，项楚注：《寒山诗注》，中华书局2000年版。
刘长卿撰，储仲君笺注：《刘长卿诗编年笺注》，中华书局1996年版。
刘长卿撰，杨世明校注：《刘长卿集编年校注》，人民文学出版社1999年版。
戴叔伦撰，蒋寅校注：《戴叔伦诗集校注》，上海古籍出版社2010年版。
独孤及撰，刘鹏、李桃校注：《毗陵集校注》，辽海出版社2006年版。
许敬宗等选，傅璇琮等编：《唐人选唐诗新编·增订本》，中华书局2014年版。
沈亚之撰，肖占鹏、李勃洋校注：《沈下贤集校注》，南开大学出版社2003年版。
韦应物撰，陶敏、王友胜校注：《韦应物集校注》，上海古籍出版社1998年版。
卢纶撰，刘初棠校注：《卢纶诗集校注》，上海古籍出版社1989年版。
李益撰，范之麟注：《李益诗注》，上海古籍出版社1984年版。
司空曙撰，文航生校注：《司空曙诗集校注》，人民文学出版社2011年版。
白居易撰，顾学颉点校：《白居易集》，中华书局1979年版。
白居易撰，朱金城笺校：《白居易集笺校》，上海古籍出版社1988年版。
白居易撰，谢思炜校注：《白居易诗集校注》，中华书局2006年版。
白居易撰，谢思炜校注：《白居易文集校注》，中华书局2011年版。
元稹撰，冀勤点校：《元稹集》，中华书局1982年版。
元稹撰，杨军笺注：《元稹集编年笺注》，三秦出版社2002年版。
权德舆撰，郭广伟点校：《权德舆诗文集》，上海古籍出版社2008年版。
张籍撰，李建昆校注：《张籍诗集校注》，台北华泰文化事业公司1990年版。
张籍撰，徐礼节、余恕诚校注：《张籍集系年校注》，中华书局2011年版。

王建撰，王宗堂校注：《王建诗集校注》，中州古籍出版社2006年版。
王建撰，尹占华校注：《王建诗集校注》，巴蜀书社2006年版。
柳宗元撰，吴文治等校点：《柳宗元集》，中华书局1979年版。
柳宗元撰，王国安笺释：《柳宗元诗笺释》，上海古籍出版社1993年版。
柳宗元撰，尹占华、韩文奇校注：《柳宗元集校注》，中华书局2013年版。
刘禹锡：《刘禹锡集》，上海人民出版社1975年版。
刘禹锡撰，瞿蜕园笺证：《刘禹锡集笺证》，上海古籍出版社1989年版。
刘禹锡撰，陶敏、陶红雨校注：《刘禹锡全集编年校注》，岳麓书社2003年版。
韩愈撰，钱仲联集释：《韩昌黎诗系年集释》，上海古籍出版社1984年版。
韩愈撰，马其昶校注：《韩昌黎文集校注》，上海古籍出版社1986年版。
孟郊撰，华忱之校订：《孟东野诗集》，人民文学出版社1975年版。
贾岛撰，李嘉言校：《长江集新校》，上海古籍出版社1983年版。
姚合撰，黄河清校注：《姚合诗集校注》，上海古籍出版社2012年版。
李贺撰，王琦等评注：《三家评注李长吉歌诗》，中华书局1964年版。
李贺撰，叶葱奇疏注：《李贺诗集》，人民文学出版社1959年版。
张祜撰，尹占华校注：《张祜诗集校注》，巴蜀书社2007年版。
韩偓撰，吴在庆校注：《韩偓集系年校注》，中华书局2015年版。
韩偓撰，陈才智编著：《韩偓诗全集汇校汇注汇评》，崇文书局2017年版。
薛涛撰，张篷舟笺：《薛涛诗笺》，人民文学出版社1983年版。
李冶、薛涛、鱼玄机著，陈文华校注：《唐女诗人集三种》，上海古籍出版社1984年版。
李德裕撰，傅璇琮、周建国校笺：《李德裕文集校笺》，中华书局2018年版。
杜牧撰，冯集梧注：《樊川诗集注》，上海古籍出版社1978年版。
杜牧撰，陈允吉校点：《樊川文集》，上海古籍出版社1978年版。
杜牧撰，吴在庆校注：《杜牧集系年校注》，中华书局2013年版。
李商隐撰，冯浩笺注：《玉溪生诗集笺注》，上海古籍出版社1979年版。
李商隐撰，刘学锴、余恕诚集解：《李商隐诗歌集解》，中华书局1988年版。
温庭筠撰，曾益等笺注：《温飞卿诗集笺注》，上海古籍出版社1980年版。
皮日休撰，萧涤非整理：《皮子文薮》，中华书局1959年版。
罗隐撰，雍文华校辑：《罗隐集》，中华书局1983年版。
罗隐撰，李定广系年校笺：《罗隐集系年校笺》，人民文学出版社2013

年版。
陆龟蒙撰，何锡光校注：《陆龟蒙全集校注》，凤凰出版社 2015 年版。
皎然：《皎然诗集》，广陵书社 2016 年版。
许浑撰，罗时进笺证：《丁卯集笺证》，中华书局 2012 年版。
韦庄撰，向迪琮校辑：《韦庄集》，人民文学出版社 1958 年版。
韦庄撰，聂安福笺注：《韦庄集笺注》，上海古籍出版社 2002 年版。
齐己撰，王秀林校注：《齐己诗集校注》，中国社会科学出版社 2011 年版。
齐己撰，潘定武等校注：《齐己诗注》，黄山书社 2014 年版。
郑谷撰，严寿澂、黄明、赵昌平笺注：《郑谷诗集笺注》，上海古籍出版社 1991 年版。
贯休撰，胡大浚笺注：《贯休歌诗系年笺注》，中华书局 2011 年版。
赵崇祚辑，李一氓校：《花间集校》，人民文学出版社 1958 年版。
赵崇祚辑，华仲彦注：《花间集注》，中州书画社 1983 年版。
赵崇祚编，杨景龙校注：《花间集注》，中华书局 2015 年版。
欧阳修：《欧阳修全集》，中国书店 1986 年版。
计有功：《唐诗纪事》，上海古籍出版社 1965 年版。
计有功撰，王仲镛校笺：《唐诗纪事校笺》，巴蜀书社 1989 年版。
郭茂倩编：《乐府诗集》，中华书局 1979 年版。
胡震亨：《唐音癸签》，上海古籍出版社 1981 年版。
钟惺、谭元春：《唐诗归》，《续修四库全书》第 1590 册，上海古籍出版社 1996 年版。
彭定求等编：《全唐诗》，中华书局 1960 年版。
李怀民辑评，张耕点校：《重订中晚唐诗主客图》，中华书局 2018 年版。
董诰等编：《全唐文》，上海古籍出版社 1990 年版。
严可均编：《全上古三代秦汉三国六朝文》，中华书局 1958 年版。
魏源：《魏源全集》，岳麓书社 2004 年版。
丁福保编选：《历代诗话续编》，中华书局 1983 年版。
李调元编：《全五代诗》，中华书局 1988 年版。
唐圭璋编：《全宋词》，中华书局 1965 年版。
郭绍虞编选，富寿荪校点：《清诗话续编》，上海古籍出版社 1983 年版。
逯钦立辑校：《先秦汉魏晋南北朝诗》，中华书局 1983 年版。
吴刚主编：《全唐文补遗·第一至九辑》，三秦出版社 1994—2007 年版。
陈尚君辑校：《全唐诗补编》，中华书局 1992 年版。
曾昭岷等编：《全唐五代词》，中华书局 1999 年版。

张锡厚主编：《全敦煌诗》，作家出版社2006年版。
周勋初等主编：《全唐五代诗》，陕西人民出版社2014年版。
北京大学古文献研究所编：《全宋诗》，北京大学出版社1998年版。
龙榆生校笺：《东坡乐府笺》，台北华正书局有限公司1985年版。
上海古籍出版社本社编：《唐五代笔记小说大观》，上海古籍出版社2000年版。
上海古籍出版社本社编：《宋元笔记小说大观》，上海古籍出版社2007年版。

三

艾周昌等：《中非关系史》，华东师范大学出版社1986年版。
安作璋：《两汉与西域关系史》，齐鲁书社1979年版。
巴俄·祖拉孙瓦：《智者喜宴》，民族出版社1980年版。
卞孝萱：《元稹年谱》，齐鲁书社1980年版。
北京大学中国中古史研究中心：《敦煌吐鲁番文献研究论集·第一辑》，中华书局1982年版。
北京大学中国中古史研究中心：《敦煌吐鲁番文献研究论集·第二辑》，中华书局1983年版。
北京大学中国中古史研究中心：《敦煌吐鲁番文献研究论集·第三辑》，北京大学出版社1986年版。
北京大学中国中古史研究中心：《敦煌吐鲁番文献研究论集·第四辑》，北京大学出版社1987年版。
北京大学中国中古史研究中心：《敦煌吐鲁番文献研究论集·第五辑》，北京大学出版社1990年版。
北京大学韩国学研究中心：《韩国学论文集·第二辑》，北京大学出版社1993年版。
常任侠：《丝绸之路与西域文化艺术》，上海文艺出版社1981年版。
岑仲勉：《西突厥史料补阙及考证》，中华书局1958年版。
岑仲勉：《唐人行第录·外三种》，上海古籍出版社1962年版。
岑仲勉：《汉书西域传地里校释》，中华书局1981年版。
岑仲勉：《隋唐史》，中华书局1982年版。
岑仲勉：《中外史地考证·外一种》，中华书局2004年版。

陈寅恪：《元白诗笺证稿》，上海古籍出版社1987年版。
陈良：《丝路史话》，甘肃人民出版社1983年版。
陈国灿：《敦煌学史事新证》，甘肃教育出版社2002年版。
陈国灿：《斯坦因所获吐鲁番文书研究》，武汉大学出版社1997年版。
陈佳荣等：《古代南海地名汇释》，中华书局1986年版。
陈佳荣：《中外交通史》，香港学津出版社1987年版。
陈铁民：《王维新论》，北京师范大学出版社1990年版。
陈植锷：《诗歌意象论》，中国社会科学出版社1990年版。
陈高华等：《海上丝绸之路》，海洋出版社1991年版。
陈洪：《佛教与中国古典文学》，天津人民出版社1993年版。
陈炎：《海上丝绸之路与中外文化交流》，北京大学出版社1996年版。
陈允吉：《古典文学佛教溯源十论》，复旦大学出版社2002年版。
陈才智：《元白诗派研究》，社会科学文献出版社2007年版。
陈永正编注：《中国古代海上丝绸之路诗选》，广东旅游出版社2001年版。
陈祚龙：《中华佛教文化史散策第四集》，台湾新文丰出版公司1986年版。
陈戈：《新疆考古论文集》，商务印书馆2017年版。
程千帆：《古诗考索》，《程千帆全集·第八卷》，河北教育出版社2000年版。
蔡鸿生：《唐代九姓胡与突厥文化》，中华书局1998年版。
柴剑虹：《丝绸之路与敦煌学》，浙江大学出版社2015年版。
昌吉回族自治州庭州文物集萃编委会、昌吉回族自治州文物保护管理所编：《庭州文物集萃》，新疆美术摄影出版社1993年版。
丁谦：《蓬莱轩舆地丛书（浙江图书馆丛书初集）》，浙江图书馆，1915年。
邓廷良：《丝绸之路·西南卷》，浙江人民出版社1995年版。
敦煌市博物馆编：《敦煌汉代玉门关》，甘肃人民美术出版社2001年版。
敦煌学与中国史研究论集编委会：《敦煌学与中国史研究论集——纪念孙修身先生逝世一周年》，甘肃人民出版社2001年版。
杜文玉、王颜、丌艳敏：《长安与丝绸之路》，三秦出版社2009年版。
杜文玉、王丽梅：《隋唐长安——隋唐时代丝绸之路起点》，三秦出版社2015年版。
戴伟华：《唐代使府与文学研究》，广西师范大学出版社1998年版。
戴伟华：《地域文化与唐代诗歌研究》，中华书局2006年版。
方豪：《中西交通史》，岳麓书社1987年版。

冯承钧：《中国南洋交通史》，商务印书馆1998年版。
冯承钧：《西域南海史地考证论著汇辑》，中华书局1957年版。
冯承钧：《西域南海史地考证译丛·第一卷》，商务印书馆1962年版。
冯承钧：《西域南海史地考证译丛·第二卷》，商务印书馆1962年版。
冯承钧：《西域南海史地考证译丛·第三卷》，商务印书馆1962年版。
冯承钧原编，陆峻岭增订：《西域地名》，中华书局1980年版。
冯承钧：《冯承钧西北史地论集》，中国国际广播出版社2013年版。
方国瑜：《中国西南历史地理考释》，中华书局1987年版。
傅璇琮：《唐代诗人丛考》，中华书局1980年版。
傅璇琮：《唐代科举与文学》，陕西人民出版社1986年版。
傅璇琮主编：《唐五代文学编年史》，辽海出版社1998年版。
傅正谷：《唐代音乐舞蹈杂技诗选释》，人民音乐出版社1991年版。
法国汉学丛书编辑委员会：《粟特人在中国》，中华书局2005年版。
冯培红：《敦煌的归义军时代》，甘肃教育出版社2013年版。
甘肃省社会科学学会联合会、甘肃省图书馆编：《丝绸之路文献叙录》，兰州大学出版社1989年版。
国家文物局古文献研究室、新疆维吾尔自治区博物馆、武汉大学历史系编：《吐鲁番出土文书·录文本·全十册》，文物出版社1981—1991年版。
国风：《丝路春秋》，山西人民出版社2003年版。
葛承雍：《唐韵胡音与外来文明》，中华书局2006年版。
高嵩：《敦煌唐人诗集残卷考释》，宁夏人民出版社1982年版。
高人雄：《汉唐西域文学研究》，新疆人民出版社2017年版。
黄文弼：《塔里木盆地考古记》，科学出版社1958年版。
黄文弼：《西北史地论丛》，上海人民出版社1981年版。
黄文弼：《西域史地考古论集》，商务印书馆2015年版。
黄永武编：《敦煌丛刊初集》，台湾新文丰出版公司1985年版。
黄永武编：《敦煌的唐诗》，台北洪范书店1987年版。
黄新亚：《丝路文化·沙漠卷》，浙江人民出版社1995年版。
黄时鉴主编：《插图解说中西关系史年表》，浙江人民出版社1994年版。
黄时鉴主编：《东西交流论谭》，上海文艺出版社1998年版。
黄楼：《唐宣宗大中政局研究》，天津古籍出版社2011年版。
黄征、张涌泉：《敦煌变文校注》，中华书局1997年版。
黄剑华：《丝路上的文明古国》，四川人民出版社2002年版。

郝延霖：《西域文学论集》，新疆大学出版社1998年版。
韩香：《隋唐长安与中亚文明》，中国社会科学出版社2006年版。
何芳川主编：《中外文化交流史》，国际文化出版公司2008年版。
胡云翼：《唐代的战争文学》，商务印书馆1927年版。
胡戟主编：《西市宝典·上》，陕西师范大学出版社2009年版。
胡戟主编：《西市宝典·下》，陕西师范大学出版社2009年版。
季羡林：《中印文化关系史论文集》，生活·读书·新知三联书店1982年版。
季羡林：《中印文化关系史论丛》，生活·读书·新知三联书店1983年版。
季羡林等主编：《敦煌吐鲁番研究·第一卷》，北京大学出版社1996年版。
季羡林等主编：《敦煌吐鲁番研究·第二卷》，北京大学出版社1997年版。
季羡林：《中华蔗糖史——文化交流的轨迹》，经济日报出版社1997年版。
季羡林等主编：《敦煌吐鲁番研究·第三卷》，北京大学出版社1998年版。
季羡林主编：《敦煌学大辞典》，上海辞书出版社1998年版。
季羡林：《季羡林论中印文化交流》，新世界出版社2006年版。
姜伯勤：《敦煌艺术宗教与礼乐文明》，中国社会科学出版社1998年版。
姜伯勤：《敦煌吐鲁番文书与丝绸之路》，文物出版社1994年版。
姜伯勤：《中国祆教艺术史研究》，生活·读书·新知三联书店2004年版。
金秋：《古丝绸之路乐舞文化交流史》，上海音乐出版社2002年版。
蒋述卓：《禅诗三百首赏析》，广西师范大学出版社2003年版。
邝健行主编：《中国诗歌与宗教》，香港中华书局1999年版。
罗振玉：《敦煌石室遗书》，新文丰出版社1985年版。
罗香林：《唐代文化史研究》，台湾商务印书馆1967年版。
罗丰：《固原南郊隋唐墓地》，文物出版社1996年版。
罗丰：《胡汉之间——丝绸之路与西北历史考古》，文物出版社2004年版。
罗国威：《日藏弘仁本文馆词林校证》，中华书局2001年版。
洛阳市地方史志编纂委员会办公室：《洛阳——丝绸之路的起点》，中州古籍出版社1992年版。
廖立：《岑参评传》，人民文学出版社1990年版。
廖立：《岑参事迹著作考》，中州古籍出版社1997年版。
吕一飞：《胡族习俗与隋唐风韵》，书目文献出版社1994年版。
李明伟主编：《丝绸之路贸易史研究》，甘肃人民出版社1991年版。
李明伟主编：《丝绸之路贸易史》，甘肃人民出版社1997年版。
联合国教科文组织驻中国代表处、新疆文物事业管理局、新疆文物考古研究所编：《交河故城——1993、1994 年度考古发掘报告》，东方出版社 1998 年版。

联合国教科文组织、中国社会科学院考古研究所编：《十世纪前的丝绸之路与东西文化交流——沙漠路线考察乌鲁木齐国际讨论会》，新世界出版社 1996 年版。

李德辉：《唐代交通与文学》，湖南人民出版社 2003 年版。

李鸿宾：《唐朝朔方军研究——兼论唐廷与西北诸族的关系及其演变》，吉林人民出版社 2000 年版。

李鸿宾：《唐朝中央集权与民族关系——以北方区域为线索》，民族出版社 2003 年版。

李鸿宾：《唐朝的北方边地与民族》，宁夏人民出版社 2011 年版。

李鸿宾主编：《中古墓志胡汉问题研究》，宁夏人民出版社 2013 年版。

李方：《唐西州行政体制考论》，黑龙江教育出版社 2002 年版。

李大龙：《唐朝与边疆民族使者往来研究》，黑龙江教育出版社 2001 年版。

李大龙：《都护制度研究》，黑龙江教育出版社 2003 年版。

李斌城主编：《唐代文化》，中国社会科学出版社 2002 年版。

李芳民：《唐五代佛寺辑考》，商务印书馆 2006 年版。

李宗俊：《唐前期西北军事地理问题研究》，中国社会科学出版社 2015 年版。

黎虎：《汉唐外交制度史》，兰州大学出版社 1998 年版。

陆庆夫：《丝绸之路史地研究》，兰州大学出版社 1999 年版。

林悟殊：《摩尼教及其东渐》，中华书局 1987 年版。

梁晓强：《南诏史》，中国社会科学出版社 2013 年版。

林冠群：《唐代吐蕃历史与文化论集》，中国藏学出版社 2007 年版。

林冠群：《唐代吐蕃史研究》，联经出版事业有限公司 2011 年版。

林梅村：《西域文明——考古、民族、语言和宗教新探》，东方出版社 1995 年版。

林梅村：《汉唐西域与中国文明》，文物出版社 1998 年版。

林梅村：《古道西风——考古新发现所见中西文化交流》，生活·读书·新知三联书店 2000 年版。

林梅村：《丝绸之路考古十五讲》，北京大学出版社 2006 年版。

林梅村：《松漠之间——考古新发现所见中外文化交流》，生活·读书·新知三联书店 2007 年版。

刘迎胜：《丝绸之路·海上卷》，浙江人民出版社 1995 年版。

刘雁翔：《杜甫秦州诗别解》，甘肃教育出版社2012年版。
刘楚华主编：《唐代文学与宗教》，香港中华书局2004年版。
刘进宝、高田时雄主编：《转型期的敦煌学》，上海古籍出版社2007年版。
刘永新主编：《国家药典中药实用手册》，中医古籍出版社2011年版。
刘安志：《敦煌吐鲁番文书与唐代西域史研究》，商务印书馆2011年版。
刘子凡：《瀚海天山——唐代伊、西、庭三州军政体制研究》，中西书局2016年版。
缪钺：《杜牧年谱》，人民文学出版社1980年版。
穆舜英、张平主编：《楼兰文化研究论集》，新疆人民出版社1995年版。
孟凡人：《北庭史地研究》，新疆人民出版社1985年版。
孟凡人：《新疆考古与史地论集》，科学出版社2000年版。
孟凡人：《丝绸之路史话》，社会科学文献出版社2011年版。
孟宪实：《汉唐文化与高昌历史》，齐鲁书社2004年版。
马俊民、王世平：《唐代马政》，西北大学出版社1995年版。
马兰州：《唐代边塞诗研究》，天津古籍出版社2003年版。
聂大受、霍志军：《陇右文学概论》，兰州大学出版社2007年版。
努尔兰·肯加哈买提：《碎叶》，上海古籍出版社2017年版。
欧阳予倩主编：《唐代舞蹈》，上海文艺出版社1980年版。
潘孝伟：《唐代体育》，西北大学出版社1995年版。
潘发俊、潘竟虎：《玉门关和玉关道》，甘肃人民出版社2009年版。
恰白·次旦平措等：《西藏通史》，西藏古籍出版社1996年版。
秦国强：《中国交通史话》，复旦大学出版社2012年版。
任二北（任中敏）：《敦煌曲校录》，上海文艺联合出版社1955年版。
任半塘（任中敏）、王昆吾：《隋唐五代燕乐杂言歌辞集》，巴蜀书社1990年版。
任中敏著，张之为、戴伟华校理：《唐声诗》，凤凰出版社2013年版。
任中敏著，张长彬校理：《敦煌曲研究》，凤凰出版社2013年版。
任中敏著，杨晓霭、肖玉霞校理：《唐戏弄》，凤凰出版社2013年版。
任中敏笺订，喻意志、吴安宇校理：《教坊记笺订》，凤凰出版社2013年版。
任中敏编著，何剑平、张长彬校理：《敦煌歌辞总编》，凤凰出版社2014年版。
任文京：《唐代边塞诗的文化阐释》，人民出版社2005年版。
任继愈主编：《中华大藏经·一百零六册》，中华书局1984—1997年版。

饶宗颐：《敦煌曲》，巴黎：法国科学研究中心，1971 年版。
饶宗颐：《敦煌曲续论》，台湾新文丰出版公司 1996 年版。
荣新江：《归义军史研究》，上海古籍出版社 1996 年版。
荣新江：《中古中国与外来文明》，生活·读书·新知三联书店 2001 年版。
荣新江：《敦煌学十八讲》，北京大学出版社 2001 年版。
荣新江、张志清主编：《从撒马尔干到长安——粟特人在中国的文化遗迹》，北京图书馆出版社 2004 年版。
荣新江、李孝聪主编：《中外关系史：新史料与新问题》，科学出版社 2004 年版。
荣新江：《中古中国与粟特文明》，生活·读书·新知三联书店 2014 年版。
荣新江：《丝绸之路与东西文化交流》，北京大学出版社 2015 年版。
荣新江主编：《唐研究·第 5 卷》，北京大学出版社 1999 年版。
芮传明：《古突厥碑铭研究·增订本》，商务印书馆 2017 年版。
苏雪林：《唐诗概论》，商务印书馆 1934 年版。
丝路访古考察队编：《丝路访古》，甘肃人民出版社 1982 年版。
苏北海：《西域历史地理》，新疆大学出版社 1988 年版。
苏北海：《西域历史地理·第 2 卷》，新疆大学出版社 2000 年版。
苏北海：《丝绸之路与龟兹历史文化》，新疆大学出版社 1996 年版。
孙映逵：《岑参诗传》，中州古籍出版社 1989 年版。
孙继民：《唐代瀚海军文书研究》，甘肃文化出版社 2002 年版。
孙昌武：《唐代文学与佛教》，陕西人民出版社 1985 年版。
孙昌武：《文坛佛影》，中华书局 2001 年版。
孙昌武：《佛教与中国文学·第 2 版》，上海人民出版社 2007 年版。
孙机：《中国圣火——中国古文物与东西文化交流中的若干问题》，辽宁教育出版社 1996 年版。
孙机：《仰观集——古文物的欣赏与鉴别》，文物出版社 2015 年版。
孙修身：《王玄策事迹钩沉》，新疆人民出版社 1998 年版。
孙修身：《敦煌与中西交通研究》，甘肃教育出版社 2002 年版。
孙光圻：《中国古代航海史·修订本》，海洋出版社 2005 年版。
孙继民：《敦煌吐鲁番所出唐代军事文书初探》，中国社会科学出版社 2000 年版。
施淑婷、黄永武：《敦煌的唐诗续编》，台北文史哲出版社 1989 年版。
石云涛：《建安唐宋文学考论》，学苑出版社 2003 年版。
石云涛：《早期中西交通与交流史稿》，学苑出版社 2003 年版。

石云涛:《三至六世纪丝绸之路的变迁》,文化艺术出版社 2007 年版。

石云涛:《丝绸之路的起源》,兰州大学出版社 2014 年版。

石云涛:《文明的互动——汉唐间丝绸之路与中外交流论稿》,兰州大学出版社 2014 年版。

石云涛:《汉代外来文明研究》,中国社会科学出版社 2017 年版。

石云涛:《丝绸之路与汉唐文史论集》,大象出版社 2018 年版。

石墨林:《唐安西都护府史事编年》,新疆人民出版社 2012 年版。

沈云龙主编:《近代中国史料丛刊续编·第 93 辑》,台湾文海出版社 1982 年版。

沈冬:《唐代乐舞新论》,北京大学出版社 2004 年版。

杨宪益:《译余偶拾》,山东画报出版社 2006 年版。

四川大学中国俗文化研究所编:《项楚先生欣开八秩颂寿文集》,中华书局 2012 年版。

上海古籍出版社编:《唐五代笔记小说大观》,上海古籍出版社 2000 年版。

邵文实:《敦煌边塞文学研究》,甘肃教育出版社 2007 年版。

谭优学:《唐诗人行年考》,四川人民出版社 1981 年版。

谭其镶:《长水粹编》,河北教育出版社 2004 年版。

汤用彤:《隋唐佛教史稿》,中华书局 1982 年版。

汤用彤:《汉魏两晋南北朝佛教史》,中华书局 1983 年版。

汤珺:《敦煌曲子词地域文化研究》,上海古籍出版社 2004 年版。

唐长孺主编:《敦煌吐鲁番文书初探》,武汉大学出版社 1983 年版。

唐长孺:《魏晋南北朝隋唐史三论》,武汉大学出版社 1992 年版。

唐长孺:《山居存稿》,中华书局 2011 年版。

佟培基:《全唐诗重出误收考》,陕西人民教育出版社 1996 年版。

陶敏:《全唐诗人名考证》,陕西人民教育出版社 1996 年版。

陶敏:《全唐诗人名汇考》,辽海出版社 2007 年版。

闻一多:《唐诗杂论》,中华书局 2003 年版。

吴景敖编著:《西陲史地研究》,中华书局 1948 年版。

吴承志:《唐贾耽记边州入四夷道里考实》,台北文海出版社 1968 年版。

吴企明:《唐音质疑录》,上海古籍出版社 1985 年版。

吴松弟:《两唐书地理志汇释》,安徽教育出版社 2002 年版。

吴焯:《佛教东传与中国佛教艺术》,浙江人民出版社 1991 年版。

吴玉贵:《突厥汗国与隋唐关系史研究》,中国社会科学出版社 1998 年版。

吴蔼辰选辑:《历代西域诗抄》,新疆人民出版社 2000 年版。

吴在庆主编：《唐五代文编年史·五代十国卷》，黄山书社2018年版。

王国维：《观堂集林·附别集》，中华书局1959年版。

王重民：《敦煌曲子词集》，商务印书馆1956年版。

王重民：《敦煌变文集》，人民文学出版社1957年版。

王重民等：《全唐诗外编》，中华书局1982年版。

王重民原编，黄永武新编：《敦煌古籍叙录新编》，台湾新文丰出版公司1986年版。

王治来：《中亚史·第一卷》，中国社会科学出版社1980年版。

王尧、陈践译注：《敦煌本吐蕃历史文书》，民族出版社1980年版。

王北辰西北历史地理论文集编辑组编：《王北辰西北历史地理论文集》，学苑出版社2000年版。

王永兴：《唐代前期西北军事研究》，中国社会科学出版社1994年版。

王永兴：《唐代经营西北研究》，兰州大学出版社2010年版。

王小甫：《唐吐蕃大食政治关系史》，北京大学出版社1992年版。

王小甫：《边塞内外》，东方出版社2016年版。

王小甫：《隋唐五代史：世界帝国、开明开放》，台北三民书局2008年版。

王素：《高昌史稿·统治编》，文物出版社1998年版。

王素：《高昌史稿·交通编》，文物出版社2000年版。

王昆吾：《隋唐五代燕乐杂言歌辞研究》，中华书局1996年版。

王介南：《中外文化交流史》，书海出版社2004年版。

王煦华编：《顾颉刚先生学行录》，中华书局2006年版。

王明哲、王炳华：《乌孙研究》，新疆人民出版社1983年版。

王炳华：《西域考古历史论集》，中国人民大学出版社2008年版。

王仲荦：《隋唐五代史》，中华书局2007年版。

王仲荦：《敦煌石室地志残卷考释》，中华书局2007年版。

王昆吾：《汉文佛经中的音乐史料》，王小盾、何剑平辑，巴蜀书社2002年版。

王永平：《唐代游艺》，西北大学出版社1995年版。

王永平：《游戏、竞技与娱乐——中古社会生活透视》，中华书局2010年版。

王永平：《从"天下"到"世界"——汉唐时期的中国与世界》，中国社会科学出版社2015年版。

王辅仁、索文清：《藏族史要》，四川民族出版社1989年版。

王早娟：《唐代长安佛教文学》，商务印书馆2013年版。

汪聚应：《唐代文学与陇右文化》，中国文史出版社2009年版。

汪泛舟:《敦煌诗解读》,世界图书出版公司 2015 年版。
温虎林:《杜甫陇蜀道诗歌研究》,上海辞书出版社 2003 年版。
武斌:《丝绸之路全史》,辽宁教育出版社 2018 年版。
徐嘉瑞:《中古文学概论》,上海亚东图书馆 1924 年版。
徐俊纂辑:《敦煌诗集残卷辑考》,中华书局 2000 年版。
徐文堪编:《西域研究卷》,上海人民出版社 2014 年版。
徐芳:《唐代诗歌中的陇右文化阐释》,西安交通大学出版社 2017 年版。
向达:《唐代长安与西域文明》,生活·读书·新知三联书店 1957 年版。
向达:《中西交通史》,岳麓书社 2012 年版。
西域史论丛编辑组编:《西域史论丛》第 1—3 辑,新疆人民出版社 1985—1990 年版。
项楚:《敦煌诗歌导论》,巴蜀书社 2001 年版。
项楚:《敦煌语言文学论集》,上海古籍出版社 2011 年版。
薛克翘:《佛教与中国文化》,昆仑出版社 2006 年版。
薛宗正:《丝绸之路北庭研究》,新疆人民出版社 2009 年版。
薛天纬:《李白·唐诗·西域》,上海古籍出版社 2011 年版。
薛世昌、孟永林:《秦州上空的凤凰——杜甫陇右诗叙论》,中国社会科学出版社 2013 年版。
新和县文化体育广播电视管理局编:《丝路印记——丝绸之路与龟兹中外文化交流》,甘肃人民出版社 2011 年版。
许国霖辑:《敦煌石室写经题记与敦煌杂录》,商务印书馆 1937 年版。
许序雅:《唐代丝绸之路与中亚历史地理研究》,西北大学出版社 2000 年版。
肖爱玲:《西汉长安——丝绸之路起点》,三秦出版社 2015 年版。
袁轲:《山海经校译》,上海古籍出版社 1985 年版。
郁贤皓:《唐刺史考》,江苏古籍出版社 1987 年版。
杨柳、骆祥发:《骆宾王评传》,北京出版社 1987 年版。
杨建新、卢苇:《丝绸之路》,甘肃人民出版社 1988 年版。
杨富学:《西域敦煌宗教论稿》,甘肃文化出版社 1998 年版。
杨富学主编:《敦煌与丝绸之路学术文丛》(12 册),甘肃教育出版社 2014—2015 年版。
杨宝玉、吴丽娱:《归义军政权与中央关系研究——以入奏活动为中心》,中国社会科学出版社 2015 年版。
余太山:《两汉魏晋南北朝与西域关系史研究》,中国社会科学出版社

1995 年版。

余太山主编：《西域通史》，中州古籍出版社 1996 年版。

余太山：《两汉魏晋南北朝正史西域传研究》，中华书局 2003 年版。

余太山：《两汉魏晋南北朝正史西域传要注》，中华书局 2005 年版。

余太山主编：《内陆欧亚古代史研究》，福建人民出版社 2005 年版。

严耕望：《唐代交通图考》，上海古籍出版社 2007 年版。

严耕望：《严耕望史学论文集》，上海古籍出版社 2009 年版。

颜廷亮：《敦煌文学·诗歌篇》，甘肃人民出版社 1989 年版。

颜廷亮：《敦煌文学千年史》，人民文学出版社 2013 年版。

殷晴：《丝绸之路与西域经济》，中华书局 2007 年版。

叶奕良：《伊朗学在中国论文集·第 2 集》，北京大学出版社 1998 年版。

曾问吾：《中国经营西域史》，商务印书馆 1936 年版。

查明昊：《转型中的唐五代诗僧群体》，华东师范大学出版社 2008 年版。

张星烺编注：《中西交通史料汇编》，《民国丛书本》，上海书店影印 1989 年版。

张星烺编注，朱杰勤校订：《中西交通史料汇编》，中华书局 2003 年版。

张明非：《唐诗与舞蹈》，漓江出版社 1996 年版。

张浩逊：《唐诗分类研究》，江苏教育出版社 1999 年版。

张广达：《西域史地丛稿初编》，上海古籍出版社 1995 年版。

张广达：《文书、典籍与西域研究》，广西师范大学出版社 2008 年版。

张广达、荣新江：《于阗史丛考·增订本》，中国人民大学出版社 2008 年版。

张弓主编：《敦煌典籍与唐五代历史文化》，中国社会科学出版社 2006 年版。

张云：《丝绸之路·吐蕃卷》，浙江人民出版社 1995 年版。

张云：《唐代吐蕃史与西北民族史研究》，中国藏学出版社 2004 年版。

张云：《吐蕃丝绸之路》，浙江人民出版社 2017 年版。

张安福：《唐蕃古道》，广东人民出版社 2019 年版。

张安福：《环塔里木历史文化资源调查与整理》，上海人民出版社 2018 年版。

张安福：《环塔里木历史文化资源调研行纪》，中国社会科学出版社 2017 年版。

张燕：《长安与丝绸之路》，西安出版社 2010 年版。

张俊彦：《古代中国与西亚非洲的海上往来》，海洋出版社 1986 年版。

张志勇：《敦煌邈真赞释译》，人民出版社2015年版。
张世民主编：《杨良瑶与海上丝绸之路》，西安地图出版社2017年版。
周绍良、白化文编：《敦煌变文论文录》，上海古籍出版社1982年版。
周勋初：《高适年谱》，上海古籍出版社1980年版。
周菁葆：《丝绸之路上的音乐文化》，新疆人民出版社1987年版。
周一良主编：《中外文化交流史》，河南人民出版社1987年版。
周伟洲：《唐代党项》，广西师范大学出版社2006年版。
周伟洲：《吐谷浑史》，广西师范大学出版社2006年版。
周伟洲：《中国中世西北民族关系研究》，广西师范大学出版社2007年版。
周俭主编：《丝绸之路交通线路（中国段）历史地理研究》，江苏人民出版社2012年版。
朱金城：《白居易年谱》，上海古籍出版社1982年版。
朱易安：《唐诗与音乐》，漓江出版社1996年版。
朱雷：《敦煌吐鲁番文书论丛》，上海古籍出版社2012年版。
朱雷：《敦煌吐蕃番文书研究》，浙江大学出版社2016年版。
朱悦梅、杨富学：《甘州回鹘史》，中国社会科学出版社2013年版。
朱玉麟主编：《西域文史·第一辑》，科学出版社2006年版。
朱玉麟主编：《西域文史·第三辑》，科学出版社2008年版。
章巽：《我国古代的海上交通》，商务印书馆1986年版。
郑炳林：《敦煌地理文书汇辑校注》，甘肃教育出版社1989年版。
郑炳林：《敦煌碑铭赞辑释》，甘肃教育出版社1992年版。
增勤主编：《首届长安佛教国际研讨会论文集》，陕西师范大学出版社2010年版。
钟兴琪编著：《西域地名考录》，国家图书馆出版社2008年版。
钟兴琪等：《西域图志校注》，新疆人民出版社2014年版。
中国舞蹈艺术研究会舞蹈史研究组编：《全唐诗中的乐舞资料》，人民音乐出版社1958年版。
中国唐代文学学会等编：《唐代文学研究·第1—17辑》，广西师范大学出版社1990—2018年版。

四

王静如：《突厥文回纥英武威远毗伽可汗碑译释》，《辅仁学志·第7卷》

1938 年第 1、2 期。

林庚：《盛唐气象》，《北京大学学报》1958 年第 2 期。

李遇春：《新疆吐鲁番、吉木萨尔勘查记》，《文物参考资料》1958 年第 11 期。

陈铁民：《岑嘉州系年商榷》，《北京大学学报》1963 年第 3 期。

陕西省文物管理委员会：《西安发现晚唐祆教徒的汉、婆罗钵文合璧墓志——唐苏谅妻马氏墓志》，《考古》1964 年第 10 期。

严耕望：《唐代凉州西通安西道驿程考》，《历史语言研究所集刊·第四十三本第三分册（台北）》1970 年。

新疆博物馆、西北大学历史系考古专业编：《1973 年吐鲁番阿斯塔那古墓群发掘简报》，《文物》1975 年第 7 期。

薛宗正：《北庭故城与北庭大都护府》，《新疆大学学报》1979 年第 4 期。

林必成：《唐代轮台初探》，《新疆大学学报》1979 年第 4 期。

张广达：《碎叶城今地考》，《北京大学学报》1979 年第 5 期。

程千帆：《论唐人边塞诗中地名的方位、距离及其类似问题》，《南京大学学报》1979 年第 3 期。

王有德：《再谈唐代轮台问题——兼与林必成同志商榷》，《新疆大学学报》1980 年第 3 期。

史铁良：《也谈王之涣的"凉州词"》，《文学评论》1980 年第 6 期。

李飞平：《是"黄河远上"还是"黄沙直上"》，《学术研究》1981 年第 1 期。

吴乃骧：《玉门关与玉门关侯》，《文物》1981 年第 10 期。

甘肃省博物馆、敦煌县文化馆：《敦煌马圈湾汉代烽燧遗址发掘简报》，《文物》1981 年第 10 期。

陈戈：《唐轮台在哪里》，《新疆大学学报》1981 年第 3 期。

钱伯泉：《轮台的地理位置与乌鲁木齐渊源考》，《新疆社会科学》1982 年第 1 期。

赵振华、朱亮：《安菩墓志初探》，《中原文物》1982 年第 2 期。

纵瑞华、梁今知：《关于唐代的"柏海"与"河源"》，《青海社会科学》1982 年第 5 期。

中国社会科学院考古研究所新疆工作队：《新疆吉木萨尔北庭古城调查》，《考古》1982 年第 2 期。

鲁人勇：《宁夏境内的"丝绸之路"：兼论唐长安、凉州北道的驿程及走向》，《宁夏社会科学》1983 年第 2 期。

薛宗正：《唐轮台名实核正》，《新疆社会科学》1983年第4期。
牛达生、许成：《汉代萧关考》，《宁夏师范学院学报》1983年第1期。
景文源：《唐人诗句中的萧关，遗址在哪里》，《宁夏大学学报》1983年第4期。
赵宗福：《唐代敦煌佚名氏诗散论——〈敦煌诗集残卷〉研究之一》，《青海社会科学》1983年第6期。
高晨野：《略谈唐诗中"凉州"的特定含义》，《学术研究》1983年第1期。
马俊民：《唐与回纥的绢马贸易——唐代马价绢新探》，《中国史研究》1984年第1期。
柴剑虹：《岑参边塞诗和唐代的中西交往》，《西北大学学报》1984年第1期。
李发明：《也谈唐代的"柏海"与"河源"》，《青海师范大学学报》1984年第4期。
吴逢箴：《送入吐蕃使诗浅析》，《西藏大学学报》1984年第4期。
纽仲勋：《六胡州初探》，《西北史地》1984年第4期。
张广达：《论隋唐时期中原与西域文化交流的几个特点》，《北京大学学报》1985年第4期。
陈国灿：《唐朝吐蕃陷落沙州城的时间问题》，《敦煌学辑刊》1985年第1期。
林家英、王德全：《评迹辨踪学杜诗——杜甫由秦州赴同谷纪行诗实地考察散记》，《兰州大学学报》1985年第2期。
季羡林：《敦煌学、吐鲁番学在中国文化史上的地位和作用》，《红旗》1986年第3期。
张广达：《唐代六胡州等地的昭武九姓》，《北京大学学报》1986年第2期。
荣新江：《归义军及其周边民族的关系初探》，《敦煌学辑刊》1986年第2期。
王宗维：《"敦煌"释名——兼论中国吐火罗人》，《新疆社会科学》1987年第1期。
邓文宽：《〈凉州节院使押衙刘少晏状〉新探》，《敦煌学辑刊》1987年第2期。
吴玉贵：《安西都护府史略》，《中亚学刊·第2辑》1987年。
钱伯泉：《岑参诗〈轮台歌奉送封大夫出师西征〉史地考释》，《新疆社会科学研究》1987 年第 4 期。

程喜霖：《从唐代过所文书所见通"西域"的中道》，《敦煌研究》1988 年第 1 期。

周伟州：《唐代六胡州与康待宾之乱》，《民族研究》1988 年第 3 期。

潘重规：《敦煌唐人陷蕃诗集残卷研究》，《敦煌学·第十三辑》，台湾新文丰出版公司 1988 年版。

徐定祥：《"文章四友"与盛唐边塞诗——兼谈边塞诗的文学渊源》，《安徽大学学报》1988 年第 4 期。

李明伟：《丝绸之路与唐诗的繁荣》，《中州学刊》1988 年第 6 期。

谢巍：《敦煌本〈读史编年诗〉作者佚名考及其他》，《江海学刊》1989 年第 6 期。

钱伯泉：《杜甫诗中的回纥历史》，《杜甫研究学刊》1989 年第 2 期。

杨富学：《西域对岑参的影响》，《伊犁师范学院学报》1989 年第 4 期。

刘瑞明：《敦煌唐人诗文选集残卷（伯二五五五）补录校刊刍议》，《文学遗产增刊·第十八辑》，山西人民出版社 1989 年版。

施淑婷：《敦煌本高适诗研究》，《敦煌的唐诗续编》，台北文史哲出版社 1989 年版。

刘迎胜：《唐苏谅妻马氏汉巴列维文墓志再研究》，《考古学报》1990 年第 3 期。

王小甫：《安史之乱后的西域形势及唐军的坚守》，《敦煌研究》1990 年第 4 期。

王小甫：《唐初安西四镇的弃置》，《历史研究》1991 年第 4 期。

王小甫：《论安西四镇焉耆与碎叶的交替》，《北京大学学报》1991 年第 6 期。

郑炳林：《敦煌文书斯三七三号李存勖唐玄奘诗证误》，《敦煌学辑刊》1991 年第 1 期。

熊飞：《敦煌唐人诗集残卷（伯二五五五）补录校勘斠补》，《敦煌研究》1991 年第 2 期。

王小甫：《盛唐与吐蕃在西域的较量（720～755 年）》，《新疆大学学报》1992 年第 4 期。

荣新江：《于阗在唐朝安西四镇中的地位》，《西域研究》1992 年第 3 期。

米寿祺：《唐代原州七关述论》，《西北师范大学学报》1992 年第 6 期。

羊毅勇：《唐代伊州考》，《西北民族研究》1993 年第 1 期。

崔明德：《论唐高宗和武则天时期的民族关系思想》，《烟台大学学报》

1994 年第 1 期。
薛宗正：《庭州、北庭建置新考》，《中国边疆史地研究》1994 年第 1 期。
李明伟：《唐代文学的嬗变与丝绸之路的影响》，《敦煌研究》1994 年第 3 期。
王永兴：《试论唐前期的河西节度使》，《国学研究·第 2 卷》1994 年。
王永兴：《唐灭高昌及置西州、庭州考论》，《北大史学·第 2 卷》1994 年。
西藏自治区文物普查队：《西藏吉隆县发现唐显庆三年〈大唐天竺使出铭〉》，《考古》1994 年第 7 期。
李惠兴：《西域"丝路"上的邮驿》，《西北史地》1994 年第 4 期。
王惠民：《一条曹议金称"大王"的新资料》，《国家图书馆学刊》1994 年第 3/4 期。
宋强刚：《试论唐代文化繁荣的原因及唐代中外文化交流的特点》，《四川教育学院学报》1994 年第 2 期。
张明非：《论唐代乐舞诗的价值》，《唐代文学研究·第四辑》，广西师范大学出版社 1994 年版。
史念海：《唐代通西域道路的渊源及途中的都会》，《中国历史地理论丛》1995 年第 1 期。
葛承雍：《论丝绸之路的起点》，《华夏文化》1995 年第 1 期。
张锡厚：《敦煌本〈高适诗集〉考述》，《文献》1995 年第 4 期。
李羿萱：《岑参西域诗中的火山、赤亭、走马川考》，《西北史地》1995 年第 4 期。
周畅：《唐咏乐诗的史料价值与美学价值》，《音乐艺术：上海音乐学院学报》1995 年第 1 期。
张先堂：《敦煌唐人诗集残卷（伯二五五五）新校》，《敦煌研究》1995 年第 3 期。
李雄飞：《唐诗中的丝绸之路音乐文化》，《交响：西安音乐学院学报》1996 年第 1 期。
钱伯泉：《评薛宗正〈西域边塞诗研究〉》，《西域研究》1996 年第 1 期。
钱伯泉：《五彩缤纷的西陲边塞诗品》，《西域研究》1996 年第 2 期。
吴逢箴：《杜诗与西域文明》，《杜甫研究学刊》1996 年第 3 期。
胡大浚：《唐诗中的丝路之旅》，《唐代文学研究·第六辑》，广西师范大学出版社 1996 年版。
陈国灿：《敦煌五十九首佚名氏诗历史背景新探》，《敦煌吐鲁番研究·第

2 卷》，北京大学出版社 1997 年版。

赵文润：《隋唐时期西域乐舞在中原的传播》，《陕西师范大学学报》1997 年第 1 期。

陆庆夫：《从焉耆龙王到河西龙家——龙部落迁徙考》，《敦煌研究》1997 年第 2 期。

张耀民：《"北萧关"考——兼证萧关原址在今甘肃庆阳地区环县城北二里》，《西北史地》1997 年第 1 期。

张洋：《西域诗歌与两种文化的交汇》，《新疆艺术》1997 年第 2 期。

汪泛舟：《敦煌诗词补正与考源》，《敦煌研究》1997 年第 3 期。

薛正昌：《历史上秦汉萧关和唐宋萧关》，《甘肃社会科学》1997 年第 3 期。

李雄飞：《唐诗中的丝绸之路音乐文化》，《艺术研究》1997 年第 7 期。

卢晓河、李建荣：《丝绸之路与唐边塞诗》，《艺术研究》1998 年第 3 期。

李炳海：《民族融合与古代边塞诗的战地风光》，《北方论丛》1998 年第 1 期。

黄进德：《说哥舒翰〈破阵乐〉》，《唐代文学研究·第七辑》，广西师范大学出版社 1998 年版。

戴伟华：《论岑参边塞诗独特风格形成的原因》，《唐代文学研究·第七辑》，广西师范大学出版社 1998 年版。

樊文礼：《沙陀的族源及其早期历史》，《民族研究》1999 年第 6 期。

杨国学：《西凉伎与西域乐舞的渊源》，《西域研究》1999 年第 3 期。

李方：《唐西州九姓胡人生活状况一瞥——以史玄政为中心》，《敦煌吐鲁番研究·第 4 卷》，北京大学出版社 1999 年版。

荣新江、徐俊：《新见俄藏敦煌唐诗写本三种考证及校录》，《唐研究·第 5 卷》，北京大学出版社 1999 年版。

杨国学：《〈西凉伎〉琐议》，《文学遗产》2000 年第 2 期。

钟兴琪：《唐代安西碎叶镇位置与史事辨析》，《中国边疆史地研究》2000 年第 1 期。

刘卫萍：《丝绸之路商贸活动对唐代消费观念的影响》，《固原师专学报》2000 年第 2 期。

欧阳敏：《唐代边塞战争与边塞诗》，《十堰职业技术学院学报》2000 年第 3 期。

唐刚卯：《"库露真"与"襄样"——唐代漆器研究之一》，《魏晋南北朝隋唐史资料·第 17 辑》，武汉大学出版社 2000 年版。

汤开建：《关于弥罗国、弥药、河西党项及唐古诸问题的考辨》，《西北第二民族学院学报》2000 年第 1 期。

陶文鹏：《二十世纪前半叶的唐诗研究》，《唐代文学研究·第八辑》，广西师范大学出版社 2000 年版。

张忠纲等：《中国大陆新时期唐诗研究综述》，《唐代文学研究·第八辑》，广西师范大学出版社 2000 年版。

陈尚君：《唐代文学文献研究的回顾与展望》，《唐代文学研究·第八辑》，广西师范大学出版社 2000 年版。

王兆鹏、刘尊明：《世纪回眸——本世纪有关唐五代词的文献整理与研究概观》，《唐代文学研究·第八辑》，广西师范大学出版社 2000 年版。

李琪美：《从唐代的诗歌看唐蕃古道上的藏汉关系》，《西藏大学学报》2001 年第 1 期。

王开元、陈庆明：《西域历史对唐边塞诗之影响》，《吉昌师专学报》2001 年第 1 期。

乌尔沁：《外来民间文化的使者：西域胡姬——唐诗胡姬形象解析》，《民族文学研究》2001 年第 4 期。

李明伟：《安西大都护府的伟大功绩和突厥对丝绸之路的贡献》，《西北民族研究》2001 年第 3 期。

李并成：《唐玉门关究竟在哪里》，《西北师大学报》2001 年第 4 期。

刘艺：《多维视野中的杜甫及其西域边塞诗》，《西域研究》2001 年第 1 期。

刘安志：《从吐鲁番出土文书看唐高宗咸亨年间的西域政局》，《魏晋南北朝隋唐史资料·第 18 辑》，武汉大学出版社 2001 年版。

陈才智：《刘长卿重出诗考》，《魏晋南北朝隋唐史资料·第 18 辑》，武汉大学出版社 2001 年版。

耿昇：《法国汉学界对丝绸之路的研究》，《西北第二民族学院学报》2002 年第 2 期。

陈海涛：《唐代入华粟特人商业活动的历史意义》，《敦煌学辑刊》2002 年第 1 期。

陈海涛：《唐代粟特人聚落六胡州的性质及始末》，《内蒙古社会科学》2002 年第 5 期。

吴河清：《唐人昭君诗的内涵》，《唐代文学研究·第九辑》，广西师范大学出版社 2002 年版。

王立：《唐诗中的胡人形象——兼谈中国文学中的胡人描写》，《内蒙古大学学报》2002 年第 1 期。

刘玉霞：《唐代艺术与西域乐舞》，《西域研究》2002 年第 4 期。

韩香：《隋唐时期长安与中亚的交通》，《中国历史地理论丛》2002 年第 2 期。

刘越峰：《谈岑参诗歌中的白草意象》，《辽宁教育行政学院学报》2003 年第 7 期。

胡可先：《唐代文学文化史研究方法论的思考》，《河南社会科学》2003 年第 5 期。

刘明金：《中国陆海两条丝绸之路比较》，《湛江海洋大学学报》2003 年第 2 期。

尉迟从泰：《岑参边塞诗的美学透视》，《商丘师范学院学报》2003 年第 1 期。

阎琦：《杜甫华州罢官西行秦州考论》，《西北大学学报》2003 年第 2 期。

谢建忠：《李白诗中的西域文化考论》，《贵州大学学报》2003 年第 6 期。

朱秋德：《论唐代西域地理名称的变迁——岑参诗中的安西、北庭、碛西、镇西》，《石河子大学学报》2003 年第 3 期。

石云涛：《三至六世纪中西间海上交通盛衰》，《民族史研究·第五辑》，民族出版社 2004 年版。

石云涛：《三至六世纪中西间海上航线的变化》，《海交史研究》2004 年第 2 期。

赵红：《张孝嵩斩龙传说探微》，《西北师大学报》2004 年第 1 期。

王香莲、蓝琪：《论吐蕃在唐西域的活动及其对丝绸之路的影响》，《贵州师范大学学报》2004 年第 1 期。

刘锡涛：《隋唐时期西域人的内迁及其影响》，《喀什师范学院学报》2004 年第 1 期。

薛平栓：《论隋唐长安的商人》，《陕西师范大学学报》2004 年第 2 期。

蒋方：《唐诗中的"阳关"》，《古典文学知识》2004 年第 2 期。

李春芳：《丝绸之路对河西开发的影响》，《甘肃理论学刊》2004 年第 5 期。

宁淑华：《内地边塞两观照——唐诗中的丝路》，《湖南工业技术学院学报》2004 年第 1 期。

彭建华：《李白与佛教—印度文化》，《福建师范大学学报》2004 年第 3 期。

柏红秀、李昌集：《泼寒胡戏之入华与流变》，《文学遗产》2004 年第

3 期。

许序雅：《胡乐胡音竞纷泊——胡乐对唐代社会影响述论》，《西域研究》2004 年第 1 期。

曾玲玲：《唐代凉州胡人乐伎诗坛》，《西域研究》2004 年第 2 期。

李锦绣：《唐开元中北庭长行坊文书考释·上》，《吐鲁番学研究》2004 年第 2 期。

李智君：《诗性空间——唐代西北边塞诗意象地理研究》，《宁夏社会科学》2004 年第 6 期。

朱蕴秋、申美兰：《〈往五天竺国传〉中的印度人形象》，《沈阳大学学报》（自然科学版）2005 年第 3 期。

葛承雍：《唐韵胡音与外来文明》，《西域研究》2005 年第 3 期。

刘满：《西北黄河古渡考·二》，《敦煌学辑刊》2005 年第 4 期。

薛天纬：《岑参诗与唐轮台》，《文学遗产》2005 年第 5 期。

石云涛：《三至六世纪中西间海上交通条件的变化》，《人文丛刊·第 1 期》，学苑出版社 2005 年版。

石云涛：《两晋南朝与东南亚、南亚的海上交通》，《东亚汉文化圈与中国关系学术讨论会论文集》，中国社会科学出版社 2005 年版。

李军：《晚唐五代肃州相关史实考述》，《敦煌学辑刊》2005 年第 3 期。

胡可先：《出土文献与唐代文学研究的新视野》，《文学遗产》2005 年第 2 期。

杨冬梅：《唐代咏胡旋舞与胡腾舞诗研究》，《哈尔滨工业大学学报》（哲学社会科学版）2005 年第 6 期。

李方：《怛罗斯之战与唐朝的西域政策》，《中国边疆史地研究》2006 年第 1 期。

朱实德：《以诗证史：岑参边塞诗中有关唐代西域名称的变迁》，《中国文学研究》2006 年第 1 期。

刘安志、陈国灿：《唐代安西都护府对龟兹的治理》，《历史研究》2006 年第 1 期。

杨冬梅：《唐代咏柘枝舞诗词研究》，《殷都学刊》2006 年第 1 期。

李军：《晚唐凉州相关问题考察——以凉州控制权的转移为中心》，《中国史研究》2006 年第 4 期。

温翠芳：《唐代长安西市中的胡姬与丝绸之路上的女奴贸易》，《西域研究》2006 年第 2 期。

刘雁翔：《杜甫〈山寺〉诗与唐代的麦积山石窟》，《敦煌学辑刊》2007 年第 3 期。

杜成辉、胡玉萍：《南诏文学成就简评》，《大理大学学报》2007 年第 3 期。

李军：《晚唐政府对河西东部地区的经营》，《历史研究》2007 年第 4 期。

李军：《晚唐凉州节度使考》，《敦煌研究》2007 年第 6 期。

李军：《晚唐五代伊州相关史实考述》，《西域研究》2007 年第 1 期。

李军：《关于晚唐西州回鹘的几个问题》，《西北第二民族学院学报》2007 年第 2 期。

毕波：《怛逻斯之战和天威健儿赴碎叶》，《历史研究》2007 年第 2 期。

陈国灿：《唐西州在丝绸之路上的地位和作用》，《唐史论丛·第 9 辑》，三秦出版社 2007 年版。

黄适远：《伊州乐和唐诗》，《丝绸之路》2007 年第 11 期。

孙植：《由一则误收诗谈〈全唐诗〉等编纂及其他》，《中国图书评论》2007 年第 3 期。

史国强：《阳关与阳关诗》，《西域研究》2007 年第 1 期。

石云涛：《北魏中西交通的开展》，《社会科学辑刊》2007 年第 1 期。

石云涛、张玉珍：《失路英雄：李白的身世投影》，《人文丛刊·第 2 辑》，学苑出版社 2007 年版。

石云涛：《北魏西域政策的变化与中西间商贸往来》，载《中国传统对外关系的思想、制度与政策》，山东大学出版社 2007 年版。

石云涛、铁穆尔：《突厥、回鹘：以狼为图腾的民族》，《中国国家地理》2007 年第 10 期。

石云涛：《唐代史官为何有意贬低突厥人》，《中国国家地理》2007 年第 10 期。

石云涛：《汉唐间丝绸之路起点的变迁》，《中州学刊》2008 年第 1 期。

石云涛：《北魏西北丝路的利用》，《西域研究》2008 年第 1 期。

石云涛：《三至六世纪中国与大秦拜占廷的互相认识》，《人文丛刊·第 3 辑》，学苑出版社 2008 年版。

石云涛：《荀子用兵之道与唐太宗安边制胜之策》，《儒家文明与中国传统对外关系》，山东大学出版社 2008 年版。

盖金伟：《唐诗"交河"语汇考论》，《新疆师范大学学报》2008 年第 2 期。

丁笃本：《旅唐新罗僧人慧超西域巡礼述略》，《韶关学院学报》2008 年第 2 期。

陈瑜、杜晓勤：《从阿史那忠墓志考骆宾王从军西域史实》，《文献》2008年第3期。

马志峰、丁俊：《唐宋时期中阿交往及其历史意义与当代价值》，《阿拉伯世界研究》2008年第4期。

查明昊：《唐人笔下的胡僧形象及胡僧的诗歌创作》，《中国典籍与文化》2008年第2期。

李金明：《唐代中国与阿拉伯海上交通航线考释》，《海交史研究》2009年第2期。

杨沐、春涓：《阳关寻古尽诗情》，《西部大开发》2009年第1期。

杜文玉：《丝绸之路与新罗乐舞》，《人文杂志》2009年第1期。

武继功、赵让：《汉萧关考辨》，《固原文史资料·第5辑》2009年。

秦坚、王永捷：《唐代轮台城地望新探》，《乌鲁木齐职业大学学报》2009年第4期。

袁黎明：《简论唐代丝绸之路的前后期变化》，《丝绸之路》2009年第6期。

郭院林：《唐诗中的西域意象及其文化意蕴》，《兰州学刊》2009年第7期。

石云涛：《兼收并蓄：洋洋大唐的文化心态》，《百家讲坛》2009年第2期。

石云涛：《高敬命诗对中国古典诗歌传统的继承和借鉴》，《中州学刊》2009年第4期。

石云涛：《高敬命次韵、效体和集古句诗考源》，《人文丛刊·第4辑》，学苑出版社2009年版。

石云涛：《朝鲜李朝诗人高敬命抒情诗用典艺术探析》，《解放军艺术学院学报》2010年第1期。

石云涛：《长安大慈恩寺与唐诗的因缘》，《首届长安佛教国际研讨会论文集》，陕西师大出版总社有限公司2010年版。

石云涛：《南朝萧梁时期中外互动关系述略》，《全球史评论·第3辑》，中国社会科学出版社2010年版。

李军：《唐大中二年沙州使者入朝路线献疑》，《中国边疆史地研究》2010年第1期。

荣新江：《唐代北庭都护府与丝绸之路》，《文史知识》2010年第2期。

曾艳红：《丝绸文化视阈中的唐代丝绸与唐诗》，《广西民族大学学报》2010年第2期。

安正发：《唐诗中的萧关及其文化意蕴》，《乐山师范学院学报》2010 年第 3 期。

伏俊琏：《唐代敦煌高僧悟真入长安事考略》，《敦煌研究》2010 年第 3 期。

王子今：《"西域"名义考》，《清华大学学报》2010 年第 3 期。

杨翠微：《〈南诏德化碑〉的文学意蕴》，《大理文化》2010 年第 12 期。

刘雁翔、王小风：《杜甫秦州诗题咏的丝绸之路说解》，《敦煌学辑刊》2010 年第 4 期。

伏俊琏、王伟琴：《敦煌本〈张淮深变文〉当为〈张议潮变文〉考》，《新疆师范大学学报》2010 年第 4 期。

王昱：《石堡城的历史文化资源与旅游开发》，《青海民族研究》2010 年第 4 期。

平晓涛：《杜甫秦州诗〈山寺〉与麦积山石窟关系辨考》，《大众文艺》2010 年第 5 期。

高建新：《唐诗中的"金河"》，《内蒙古大学学报》2010 年第 5 期。

周加胜：《柘枝舞考略——兼与向达先生商榷》，《黑龙江史志》2010 年第 11 期。

雷云飞等：《佛教圣树诃子及其开发利用展望》，《广东林业科技》2010 年第 4 期。

李正宇：《双塔堡决非唐玉门关》，《敦煌研究》2010 年第 4 期。

王炳华：《唐置轮台县与丝绸之路北道交通》，《唐研究·第 16 卷》，北京大学出版社 2010 年版。

李军：《唐代陷蕃失地范围考》，《云南师范大学学报》2010 年第 4 期。

王洁：《坚昆都督府及其与唐朝的关系》，《内蒙古社会科学》2010 年第 5 期。

高天成：《唐诗中的长安文化符号及其意蕴之美》，《唐都学刊》2011 年第 1 期。

薛宗正：《唐轮台县故址即今昌吉古城再考》，《昌吉学院学报》2011 年第 4 期。

高建新：《王维诗中的西北边塞风情》，《内蒙古大学学报》2011 年第 6 期。

李军：《晚唐五代归义军与凉州节度关系考论》，《陕西师范大学学报》2011 年第 6 期。

马芳：《浅析唐远征西域背景下的骆宾王边塞诗》，《丝绸之路》2011 年第

20 期。

石云涛：《3—6 世纪的草原丝绸之路》，《社会科学战线》2011 年第 9 期。

石云涛、莫丽芸：《唐诗中的丝绸之路西域道》，《丝路印记：丝绸之路与龟兹中外文化交流》，甘肃人民出版社 2011 年版。

石云涛：《斯坦因楼兰考古的历史发现》，《人文丛刊·第 6 辑》，学苑出版社 2011 年版。

戴群：《浅析唐诗中的"玉门关"意象》，《金田》2012 年第 5 期。

伏俊琏：《归义军时期的敦煌文学》，《河西学院学报》2012 年第 6 期。

王彦明：《敦煌本〈高适诗集〉考述——以敦煌写本形成时间为中心》，《社科纵横》2012 年第 1 期。

余恕诚、郑传锐：《唐人出使吐蕃的诗史——论吕温使蕃诗》，《民族文学研究》2012 年第 4 期。

肃羽、李国斌：《清溪关：千年关隘的繁华与纷争》，《环球人文地理》2012 年第 14 期。

梁坚：《包头历史名城：中受降城和拂云堆祠考证》，《包头日报》2012 年 9 月 24 日。

杨晓娟：《萧关古道：丝绸之路重要组成部分——访宁夏社会科学院历史研究所所长薛正昌》，《中国社会科学报》2012 年 2 月 6 日。

高建新：《唐诗中的西域民族乐舞》，《内蒙古大学学报》2012 年第 6 期。

高建新：《唐诗中的西域"三大乐舞"》，《民族文学研究》2012 年第 6 期。

李军：《晚唐政府对河陇地区的收复与经营——以宣懿二朝为中心》，《中国史研究》2012 年第 3 期。

魏景波：《丝绸之路与唐代边塞诗》，《丝绸之路》2012 年第 20 期。

石云涛：《魏晋南北朝时外来的珍珠》，《比较文学新视野》，华东师范大学出版社 2012 年版。

石云涛：《杨贵妃咏乐舞的诗》，《文史知识》2012 年第 10 期。

石云涛：《六朝时经海路往来的僧人及其佛经译介》，《许昌学院学报》2012 年第 6 期。

石云涛：《唐太宗对外政策的变化》，《人文丛刊·第 7 辑》，学苑出版社 2013 年版。

石云涛：《从僧人行踪看西域通往南朝的道路》，《魏晋南北朝隋唐史资料·第二十七辑》，《唐长孺先生诞辰 100 周年纪念专刊》，《武汉大学文科学报》2013 年。

石云涛：《南朝萧梁时中外关系述略》，《中国与周边国家关系研究》，中国书籍出版社 2013 年版。

石云涛：《六朝时期的海上交通与佛教东传》，《吴越佛教·第八卷》，九州出版社 2013 年版。

石云涛：《楼兰城在中西交通史上的地位》，《城市与中外民族文化交流》，陕西师范大学出版社 2013 年版。

刘满：《凤林津、凤林关位置及其交通路线考》，《敦煌学辑刊》2013 年第 1 期。

张安福：《西域都护府乌垒城遗址考》，《齐鲁学刊》2013 年第 3 期。

周彦敏：《浅论唐诗中的萧关意象》，《名作欣赏》2013 年第 23 期。

蓝书臣：《唐萧关诗探》，《宁夏师范学院学报》2013 年第 4 期。

王忠禄：《陇右的开发与汉代陇右文学》，《甘肃高师学报》2013 年第 6 期。

周彦敏：《浅论唐诗中的萧关意象》，《名作欣赏》2013 年第 8 期。

庞娟、李斌：《唐诗中的阳关、玉门关》，《北方文学》2014 年第 1 期。

李并成：《敦煌：世界四大文化体系汇流之地》，《中国社会科学报》2014 年 2 月 28 日。

姚老庚：《牂牁江水流向何方》，中红网（中国红色旅游网），http：//www.crt.com.cn/news2007/news/YLGRSMZZZXSLFHZHBBGS/141221446F9415B9815IG396G9128.html。

鲁西奇：《隋唐五代沿海港口与近海航路》，《魏晋南北朝隋唐史资料·第 30 辑》，上海古籍出版社 2014 年版。

祁和晖：《杜甫秦州诗记写西域丝绸之路首段栈程山川人文风貌》，《杜甫研究学刊》2014 年第 4 期。

李芳民：《岑参安西之行事迹新考》，《复旦学报》2014 年第 5 期。

姚伟钧：《唐代长安的"胡风"与"胡食"》，《光明日报》2014 年 12 月 3 日。

李宏伟：《唐玉门关——破城子遗址》，《丝绸之路》2015 年第 3 期。

王志鹏：《敦煌佚名组诗六十首的地域特征及文学情思》，《西夏研究》2015 年第 3 期。

石云涛：《魏晋南北朝时期良马输入的途径》，《西域研究》2014 年第 1 期。

石云涛：《魏晋南北朝时期海上丝绸之路的利用》，《国家航海·第 9 辑》，上海古籍出版社 2014 年版。

石云涛：《李杨故事与唐后期诗人对安史之乱的反思》，《人文丛刊·第 8

辑》，学苑出版社 2014 年版。

石云涛：《古代东北民族与中原政权关系中的楛矢》，《暨南史学·第 9 辑》，广西师范大学出版社 2014 年版。

石云涛：《丝绸之路与汉代香料的输入》，《中原文化研究》2014 年第 6 期。

石云涛：《汉代良马输入与汉代社会》，《社会科学战线》2014 年第 7 期。

石云涛：《东晋南朝佛教三宝供养风俗》，《历史上中外文化的和谐与共生（中国中外关系史学会 2013 年学术研讨会论文集）》，甘肃人民出版社 2014 年版。

石云涛：《唐诗中长安生活方式的胡化风尚》，《国际汉学》2015 年第 3 期。

石云涛：《汉代外来的珍珠》，《汉学研究·秋冬卷》，学苑出版社 2015 年版。

杨晓霭：《"丝绸之路"上的人物往来与唐诗境界的开拓》，《中国高校社会科学》2016 年第 3 期。

李浩：《西安新见两方回纥贵族墓志的初步考察》，《唐研究》第 22 卷，北京大学出版社 2016 年版。

郭丽：《唐代边塞民族乐府〈凉州〉考论》，《民族文学研究》2016 年第 6 期。

高建新：《展开在"丝绸之路"上的文学景观——再读张籍〈凉州词三首〉其一》，《临沂大学学报》2016 年第 6 期。

王树森：《论唐诗对唐与吐蕃通使活动的书写》，《学术界》2016 年第 9 期。

王新锋：《唐代岭南贬谪诗歌的文化诠释》，《长春师范大学学报》2016 年第 11 期。

王舒、王琪儿：《大唐天竺使出铭石刻：见证古道繁荣的珍贵文物》，中国西藏网，http：//www.tibet.cn/news/index/xzyw/201006/t20100622_596293.htm。

石云涛：《论胡麻的引种与文化意蕴》，《中国高校社会科学》2016 年第 2 期。

石云涛：《河湟的失陷与收复在唐诗中的反响》，《石河子大学学报》2016 年第 2 期。

石云涛：《汉代骆驼的输入及其影响》，《历史教学》2016 年第 4 期。

石云涛：《唐诗中长安与边塞和域外的交通》，《中国文化研究》2016 年

（秋之卷）。

石云涛：《唐诗中的长安侨民和外域人》，《华侨与中外关系史》，中国华侨出版社 2016 年版。

石云涛：《汉代丝绸之路的开拓与中外交流的途径》，《人文丛刊·第 10 辑》，学苑出版社 2016 年版。

石云涛：《唐诗中流寓和出入长安之外域人》，《社会科学战线》2016 年第 12 期。

石云涛：《汉代域外和边疆医药与医术的传入》，《汉学研究》2016 年（秋冬卷）。

刘跃进：《漂泊无助的远游——读〈秦州杂诗〉二十首及其他》，《中国文学研究》2017 年第 1 期。

米彦青：《草原丝绸之路上的唐诗写作》，《文学评论》2017 年第 1 期。

石云涛：《唐诗中的阳关意象》，《武汉科技大学学报》2017 年第 4 期。

石云涛：《汉代南方丝绸之路的开拓》，《人文丛刊·第 11 辑》，学苑出版社 2017 年版。

石云涛：《唐诗咏丝绸之路的盛衰》，《丝路文化研究·第 2 辑》，商务印书馆 2017 年版。

石云涛：《安石榴的传入与石榴文化探源》，《社会科学战线》2018 年第 2 期。

石云涛：《汉唐间狮子入贡与狮文化》，《武汉科技大学学报》2018 年第 2 期。

石云涛：《蚕种西传故事与中西初识》，《文史知识》2018 年第 5 期。

石云涛：《唐诗见证的唐朝与东南亚诸国关系》，《唐史论丛·第 27 辑》，三秦出版社 2018 年版。

石云涛：《唐诗咏海上丝路舶来品》，《中国文化研究》2018 年第 3 期。

石云涛：《唐诗中海上丝路行旅》，《丝绸之路的互动与共生学术研讨会论文集》，中国社会科学出版社 2018 年版。

石云涛：《唐诗中长安——晋阳官驿道上的行旅》，《晋阳学刊》2018 年第 5 期。

石云涛：《唐诗中的玉门关意象》，《河南教育学院学报》2018 年第 5 期。

石云涛：《域外器物的输入与中古社会》，《中国高校社会科学》2018 年第 6 期。

石云涛：《交广：唐诗中海上丝路的起点》，《广州文博·第 12 辑》，文物出版社 2018 年版。

石云涛：《欧亚草原与东西方文明互动》，《中国社会科学报》2018年12月14日。

石云涛：《唐诗见证的中日关系与交流》，《长安学研究·第四辑》，科学出版社2019年版。

石云涛：《跨文化视野下安石榴实用价值的认知》，《人文丛刊·第12辑》，学苑出版社2019年版。

石云涛：《唐诗镜像中的陇西》，《地域文化研究》2019年第4期。

石云涛：《元代丝绸之路与对外贸易》，《人民论坛》2019年第5期。

李安山：《古代中非交往史料补遗与辨析——兼论中国早期黑人来源问题》，《史林》2019年第2期。

王永平、李响：《汉乐与胡风：〈庆善乐〉诞生的历史语境及其政治象征》，《河北学刊》2019年第3期。

五

真人元开：《唐大和尚东征传》，汪向荣校注，中华书局1979年版。

圆仁：《入唐求法巡礼行记》，上海古籍出版社1986年版。

遍照金刚：《文镜秘府论》，人民文学出版社1975年版。

大谷胜真：《安西四镇の建置と其の异同に就いて》，池内宏编《东洋史论丛：白鸟博士还历记念》，东京岩波书店1925年版。

桑原骘藏：《唐宋贸易港研究》，杨炼译，商务印书馆1935年版。

伊濑仙太郎：《安西都护府の龟兹移徙と四镇の创建について》，《史潮·第4号》1942年。

励波护：《唐代的畿内与京城四面关》，胡宝珍译，《河北师院学报》1993年第4期。

桑原骘藏：《隋唐时代来往中国之西域人》，《师大月刊》1935年第22期。

长泽和俊：《楼兰王国》，东京角川书店1963年版。

长沢和俊：《庭州の位置について》，《古代学·第9卷》1960年。

长沢和俊：《碎叶路考》，《早稻田大学大学院文学研究科纪要：哲学·史学编·第38卷》1992年。

白鸟库吉：《西域史研究》，东京岩波书店1981年版。

长泽和俊：《丝绸之路史研究》，钟美珠译，天津古籍出版社1990年版。

三上次男：《陶瓷之路》，李锡经、高善美译，文物出版社1983年版。

吉川幸次郎：《中国诗史》，章培恒等译，安徽文艺出版社 1986 年版。
ポール・ベリォ、羽田亨共编：《敦煌遗书·第一集》，东亚考究会发行，1926（大正十五年）9 月。
池田温：《沙州图经考略》，《榎博士还历记念东洋史论丛》，东京山川出版社 1975 年版。
石田幹之助：《长安の春》，创元社，1941 年。
石田干之助：《长安之春》，钱婉约译，清华大学出版社 2015 年版。
桑山正进主编：《慧超往五天竺国传研究》，京都大学人文科学研究所 1992 年版。
平冈武夫：《唐の长安城のこと》，《东洋史研究》11 卷 4 号，1952 年第 2 期。
平冈武夫主编：《唐代的诗篇》，上海古籍出版社 1991 年版。
平冈武夫主编：《唐代的诗人》，上海古籍出版社 1991 年版。
平冈武夫：《唐代的长安与洛阳》，上海古籍出版社 1991 年版。
芳村弘道：《唐代的诗人研究》，秦岚等译，中华书局 2014 年版。
松田寿男：《碎叶と焉耆安西四镇の异同に关して》，《东洋史论丛·市村博士古稀记念》，东京富山房 1933 年版。
松田寿男：《古代天山历史地理学研究》，陈俊谋译，中央民族学院出版社 1987 年版。
林谦三：《东亚乐器考》，钱稻孙译，上海书店出版社 2013 年版。
羽田亨：《西域文化史》，耿世民译，新疆人民出版社 1984 年版。
足立喜六：《长安史迹研究》，王双怀等译，三秦出版社 2003 年版。
羽田明：《ソグト人の东方活动》，《岩波讲座·世界历史（6）》，东京，1971 年。
荒川正晴：《唐帝国とソグト人の交易活动》，《东洋史研究·第 56 卷第 3 号》1997 年第 12 期。
道明三保子：《ササンの连珠文锦の成立と意味》，《ミルクード美术论文集》，吉川鸿文馆 1987 年版。
森鹿三：《李柏文书的出土地》，《龙谷史坛·四五》1959 年第 7 期。
森安孝夫：《シルクロードと唐帝国》，讲谈社 2007 年版。
妹尾達彦：《唐代长安の都市形态》，布目潮沨、妹尾達彦编《唐·宋时代の行政·经济地图の制作》1982 年。
慧超著，张毅笺释：《往五天竺国传笺释》，中华书局 2000 年版。
安鼎福：《东史纲目》，汉城景仁文化社 1970 年版。

金富轼:《三国史记》,汉城景仁文化社 1994 年版。
徐居正:《东文选》,汉城韩国民族文化刊行会 1994 年版。
黎㟁:《安南志略》,武尚清点校,中华书局 2000 年版。
Paul Pelliot:《交广印度两道考》,冯承钧译,中华书局 1955 年版。
烈维等:《王玄策使印度记》,冯承钧译,中国国际广播出版社 2013 年版。
阿里·玛扎海里:《丝绸之路:中国—波斯文化交流史》,耿昇译,新疆人民出版社 1982 年版。
戴密微:《吐蕃僧诤记》,耿昇译,中国藏学出版社 2013 年版。
让-诺埃尔·罗伯特:《从罗马到中国》,马军等译,广西师范大学出版社 2005 年版。
沙畹:《西突厥史料》,冯承钧译,商务印书馆 1958 年版。
巴宙(W. Pachow):《敦煌韵文集》,台湾高雄佛教文化服务处 1965 年版。
布尔努瓦:《丝绸之路》,耿昇译,山东画报出版社 2001 年版。
布尔努瓦:《丝绸之路——神祇、军士与商贾》,耿昇译,云南人民出版社 2015 年版。
费琅编:《阿拉伯波斯突厥人东方文献辑注》,耿昇、穆根来译,中华书局 1989 年版。
葛乐耐(Frantz Grenet):《驶向撒马尔罕的金色旅程》,毛铭译,漓江出版社 2016 年版。
奥雷尔·斯坦因:《西域考古记》,向达译,商务印书馆 2013 年版。
奥雷尔·斯坦因:《西域考古图记》,中国社会科学院考古研究所译,广西师范大学出版社 1998 年版。
奥雷尔·斯坦因:《路经楼兰》,肖小勇、巫新华译,广西师范大学出版社 2000 年版。
奥雷尔·斯坦因:《从罗布沙漠到敦煌》,赵燕等译,广西师范大学出版社 2000 年版。
A. Stein: *Innermost Asia*, Oxford, 1928.
Edwin G. Pulleyland, "A Sogdian Colony in Inner Mongolia", *Toung Pao*, 1952.
赫德逊:《欧洲与中国》,李申等译,中华书局 1995 年版。
崔瑞德主编:《剑桥隋唐史》,中国社会科学院历史研究所译,中国社会科学出版社 1990 年版。
劳费尔:《中国伊朗篇》,林筠因译,商务印书馆 1964 年版。
薛爱华:《撒马尔罕的金桃——唐代舶来品研究》,吴玉贵译,社会科学文

657,669,673,674,682-684,698,707,712,713,715,716,725,752

杜光庭 36,588,596

杜牧 42,60,206-208,243,244,248,251,276,290,481,482,492,501,505,506,587,624,674,692,713,715,719,721

杜审言 15,185,186,468,521,564,669

杜奕 16,19

段安节 62,66,67,69,388,654

段义宗 598-600

E

峨眉山 623,624,626-628

F

法振 122,510,531

樊珣 16,19

方干 48,717

防秋 88,89,121,147,149,175,199,235,244,251,254,303,355,525,534,547,623,661

分水岭 98,101,114,185,434,623

封常清 56,96,99,170,327-330,333,342,365,397,419,422,434,446,448,453,456,457,464,751

凤林关 119,200,248,441,518,519,667

凤翔 74,78,85-88,90,93-95,97,122,137,140,217,233-235,240,241,244,247,252,399,470

奉天 75,166,551

鄜州 470,479

伏俟城 514,515

扶南乐 4,751

拂云堆 202,475-477,480-482

符载 214

G

甘州曲 214,215

皋兰（皋兰山） 31,162-166,186,233,371,404

高昌 48,51,69,76,210,221,245,311-313,318-320,324,325,327,357,358,364-367,372,373,376,377,385,386,412,444,451,452,467,534,535,654,730,748,750

高昌乐 61,430

高适 3,24,50,95,109,110,146-148,159-161,166,171,180,181,185,186,191,193,195-197,204,211,275,283,339,341,360,392,395,397,410,419,446,447,520,525,526,529,554,580,605,606,624,633,650,749

高仙芝 29,30,55,91,99,136,389-391,395,407,416,419,528,535,576,577,660,751

哥舒翰 30,76,110,128,143-150,159,160,185,186,190,193,196,207,232,233,421,494,520,525,531,541,550,551,565,751

阁罗凤 593-597,604-607,627,635,638,653

葛逻禄（葛罗禄） 416,427,453,500

耿湋 28,37,135,137,174,175,299,303,364,419,510,570,583

顾非熊 175,238,239,243,486,493

顾况 15,17,18,20,28,57,65,353,440,441,709

顾复 215

顾云 587,614,686

瓜州（晋昌） 75,76,149,179,188,192,220,222,233,263,271-273,380,385,426,730

关陇道 74,77,94

贯休 17,18,37,38,41,120,122,254,255,277,289,290,343,355,360,381,424,506,574,615,670,671,710,719

广州(广府、番禺) 18,20,24,33,581,618,641-651,659-669,671,677-686,688,696-698,703,705,707,710-714,718-721,723-725,736,737,740,749,750

广州通海夷道 660,662,695,696

归义军 175,213,220,230,231,247,251,255-262,264-266,268,269,346,347,379,430,432,522

龟兹 21,29,39,65-67,69-71,75,76,179,200,201,221,311,312,318,321,324,325,330,338,343,345,346,357,361,365-367,378,383-389,391,394,398-402,404,410,412,413,415,416,427,440,446,447,451,453,458,459,509,517,561,654,708,730

龟兹乐 61,65-67,387-389,430,604

郭英乂 148,149

郭震 191,216,465

郭知运 76,149,201,531

H

海东青(新罗白鹰) 56

海商(海客、海贾、海估) 658,669,671,683,686,690,699-704,708,711,726

韩琮 86,165,201-203,206

韩翃 17,87,89,109,175,431,589,712,714,723

韩偓 503,504,723

汗血马(赤汗马、大宛马、宛马、汗马、天马) 11,21,26,27,51,55,56,84,128,138,141,146,148,152,171,185,186,190,192,224,232,234,264,275,279,280,290,293,302,338,341,345,350,358,389,395,417-421,507,529,547,694,716,751

瀚海(翰海) 23,100,124,125,170,172,184,187,207,236,288,301,302,312,332,333,341,357,368,369,372,395,403,422,426,427,438,443,444,449,453,456,459-462,469,473,483,487,494,497,535

诃梨勒 51,724,725,751

诃黎勒 724

诃陵 621,668,680,697,702,706,709,726,737

诃陵尊 726

合浦 368,663,664,671,672,681,687,693,696

和凝 54,719,722,724

河湟 77,84,90,97,101,114,122,131-133,138-144,146,148,150,156,157,167,173,175,178,182,201,205-208,220,227,231-235,238-258,260,262,264-266,268,269,335,346,356,357,379,421,430,437,465,501,502,504,517,534,541,557,570,571

河西道 8,9,76,77,129,177,179,256,517

河西节度使 76,110,143,144,179,180,186,188,190,192,194,195,211,227,231,259,525,535,550,749

河西四郡 187,188,215,220,270

河源 76,89,101,107,109,111,115,118,121,122,125,135,137,152,169,207,232,237,244,251,254,287,288,292,301,326,334,336,354-356,

510

北庭 24,90,99,113,116,128,153,161,170,191,217,225,233,323,327,328,330,333,334,341,342,355,359,364,365,374,379,386,387,397,404,405,408,410,415,422,426,427,430,432,433,435,440,444-453,455-458,460,461,464,465,478,491,502,503,519,547,558,661

北庭都护府 325,327,367,375,387,404,410,426,427,429,433,435,443-446,449-451,454,455,457,463

北庭节度使 379,416,426,446,448,449,499,575,749

笔篥 31,64,123,388,416,561,751

邠州 75,86,166,169,233,235,236,243,252,484,551

拨换城 324,386,400,401,407

播仙镇 297,326-330

勃律 58,496,500,575,576,733

补骨脂丸 725

C

蔡希曾 150

参天可汗道 466,468,474,482,484,488,493

曹刚 32

曹国 31,32,221,324,357

曹松 28,254,672,683,718

漕国 221,324,325

岑参 3,18,23,24,29,34,35,37,45,63,95,96,99,108,109,113,114,133,142,143,161,166,171-173,180,181,184-189,191-193,211,216,217,222,275,281,283,289,291,292,298-300,323,327-330,333-335,339-342,355,359,360,362,364-366,372,373,375-378,380-382,386,387,389-393,396,397,401,404,405,407-409,419,422,429,434-436,438-440,446-449,452,453,455-458,461,464,469,580,584,585,626,648,649,749

昌吉古城 451-453

长安道 17-19,23-25,54,59,104,279,606,633

长孙无忌 80,314,630

长孙左辅 133,134

常达 37,79

常衮 56,360,564,647

常建 19,328,333,363,510,523

车师 271,327,333,365-367,378,384,426,433,444,451,459,500,507

陈后主 17,104,124,284,508

陈去疾 275,291,294

陈陶 115,119,120,135,162,276,278,352,363,372,455,462,465,494,546,673,682,683,692,705,718

陈暄 183,403

陈羽 22,275,292,569,626,649

陈元初 16,19

陈子昂 42,82,103,105,210,211,273,281,323,339,340,348,350,529,623,625,630

陈子良 368

成纪 75,76,154,155,157,540

赤岭(日月山) 143,163,215,251,520-522,528,540,541,546

赤藤杖(红藤杖、朱藤杖) 609,611,616,617,635,638

赤亭 184,192,324,364,373-377,381,390,429,432,433,438,458

崇徽公主　488,489
储光羲　23,27,43,55,56,125,144,145,
　　　420,562,633,636,650,673,706
褚遂良　80,81
褚翔　418,512
处默　361
春莺啭　48,61,62,65,66
刺桐　717,718
葱河道　406,407,424,442
葱岭(葱山、帕米尔)　8,20,29,74,136,
　　　164,221,250,295,310,321,324-
　　　327,329,330,335,338,343,347,
　　　357,384,389,391,402,403,406-
　　　408,416,422,434,442,459,508,
　　　511,532,729,730
葱岭河　326,407,442
崔道融　70
崔颢　17,35,36,195
崔融　182,312,549,657
崔湜　71,106,165,285,289,298,306,
　　　460,542,561
崔泰之　108,274,278,463
崔涂　38,119,708
崔希逸　171,186,525,550
崔澹　41
崔涯　710
崔液　273,283
崔禹锡　461,497

D

达奚弘通　659
打马球戏(波罗球戏)　3,70,71
大勃律　575
大和城(太和城)　593-596,603-605,
　　　607,610,633,635-639,641,642,651
大食　35,70,241,389,390,402,407,
　　　413,414,416,424,427,500,501,
　　　539,568,576,658,660-662,679,
　　　680,697,711,720,746,748-750
大食刀　751
大宛　27,55,84,148,170,189,190,224,
　　　232,234,271,272,293,296,337,338,
　　　345,354,384,389,417-423,459,
　　　506,507,511,512,532,534,547,714,
　　　751
大震关(陇关)　86,95-97,119,122,
　　　150,466
玳瑁筵　51,52
戴竿　71,72,751
戴叔伦　32,105,276,287,291,299,306,
　　　494,716,720
儋州　688-690
党项　75,116,425,503-506,515,537,
　　　547,583,698,728
道慈　43
道明国(堂明国)　695
狄道　75,129,159
帝京篇　14,15,17,52,747
滇缅道(中印缅道)　8,594,595,601,
　　　642,651,652,657,749
窦常　28
杜甫　18,20-22,29,30,35,37,51-53,
　　　55,57-59,68,69,84-86,89,91,
　　　92,95-97,102,114-116,128,129,
　　　134,135,145,146,148-154,157,
　　　158,160,170,174,175,181,196,198,
　　　199,215-217,232,299,302,312,
　　　313,339,342,354,355,360,364,372,
　　　373,397,398,410,420,421,423,424,
　　　446,447,449,465,469-471,479,
　　　494,496,500,501,518,519,525-
　　　529,533,546,547,549-554,559,
　　　562,565,570,575,576,580-582,
　　　584,586-591,621-624,646-649,

五尺道　578,592,593,617－622,635－637,641

伍乔　254

武毅　236

武平一　71,544,561

武三思　43

武威　29,74－77,95,110,146,160,161,165,168,169,177,185,188,190－192,195－199,202,207－210,220－222,233,279,284,297,327,333,341,360,372,373,375,377,381,389,390,404,409,419,429,430,448,457,463,465,487

武元衡　275,282,339,340,584,585,589,592,619,637

舞马　55,56,420,529,530,751

舞象　56,751

悟真　251,257,259,263,266－269

X

西安门(便门)　84

西蕃　27,100,101,138,147,174,188,201,210,213,239,256,275,292,320,355,364,488,499,509,520,521,523,524,542－545,556,563－566,569－571,573,574,746

西凉乐　6,61,203

西市　4,35,47,77,83

西受降城　474,475,477,481－485

西域道　9,74,223,300,308,310,312,324,325,328,367,378,405－407,411,517,534,536,538

西域都护　133,282,318,377,378,383－385,400,403,428,451,458,459,511

西域图记　220,310,324,325,357,409,425

西州(西州路)　75,76,88,89,96,154,179,193,265,311,316,319,325,327,328,356,357,359,364－367,374－376,385,386,412,432,444,445,451,453,457,502

西州都护府　364,365

锡尔河　406,469,511－513

黠戛斯　276,278,379,425,427,482－484,491,499－502,506

咸阳　21,33,50,77,84,85,93,94,96,121,123,124,217,244,481,549,661

项斯　236,494,702,711,719

象郡(象州)　27,650,677,682,689－692,694,705,716

萧关(萧关道)　5,11,89,114,138,161,162,166－176,183,187,188,190,191,201,238,239,247,250,252,258,261,275,293,391,433,463,527,552,569

萧子云　183

潇湘　492,716

小勃律　91,390,407,575－577

小方盘城　271,272

谢良辅　16,19

谢燮　113,123

新罗　25,27－29,39－43,45,46,56,116,257,596,738,742,745,746,751

熊曜　176,183

徐珩　99

徐坚　408,545,665

徐九皋　274,283

徐陵　17,104,124,130,164,183,277,368,404,723

徐凝　63,612,639

徐闻　687,690,696

徐延寿　105

徐彦伯　274,289,312,464,543

徐夤　45,277,282,284,717,718

许浑 41,93,94,172,252,276,278,352,361,431,480,492,683,702,719,726
许棠 22,28,87,92,98,119,154,156,173,182,299,303,581,619,637,704
玄奘 40,95,151,163,164,210,272,300,326,343,356,358,376,409,411,412,426,575,652,653,729-733,737,743,751
悬泉驿 219
薛逢 32,148,202,203,207,215,250,260,431,480,522,587
薛稷 543
薛举 78-83,163,177,518,748,750
薛能 17,22,54,60,63,170,237,252,391,632,639,660,707,719,720
薛仁杲 78,79,82,83,245
薛仁贵 433,440,441,548
薛涛 114,554,580,588,656
雪山 5,148,185,208,212,266,283,290,335,341,344,482,498,514,523,526,547,568,587,624,729,730
雪山道 536,729,730
寻阁劝 597,609,610,638
寻橦（戴竿） 71,72

Y

崖州 687-690,696
雅州 622-625
焉耆 75,221,265,311,312,318,320,321,324,325,343,356,357,365,367,376-381,383-385,402,412,414,415,445,452,453,459,500,730
严维 16,339,341,370,690
盐州 427,479,480,484,491,503,505,535,547
阎朝隐 544,561,688
阎德隐 60

颜舒 106,107
燕支山 2,184-187,210,216,362
扬雄 57,97,238,502,583,588,665
扬州 18,33,50,111,579,580,582,584,615,660,679,703,710
羊士谔 88,122,252,534,571,581,589,650
阳关 5,6,11,21,85,94,105,137,180,184,187,213,216,220,223,270,279,281,296-309,325,326,329,347,356,359,360,362,364,367,372,392,395,422,429,431,443,462,535,536
阳关道 21,296-300,302,305,308,395
阳关曲 299,306-308
阳苴咩城（羊苴咩城、羊苴咩城、苴咩城） 593-595,608,610,635-637,639,641,642,651-653
杨衡 22,102,112,276,278,648,671
杨炯 23,82,534
杨巨源 22,34,44,71,218,275,290,364,486,487,491,532,551,585,611,637,641,671
杨良瑶神道碑 661
杨凝 184,722
杨奇鲲 598
杨师道 80,124,420
姚合 28,69,93,174,201,251,398,569,585,632,703
姚康成 100
伊州（伊吾） 4,22,75,76,179,192,201,205,210,213,214,220,221,245,272,307,311,320,324,327,329,347,356,357,367,374,375,425-434,444,445,452,453,467,500,730
伊州乐（伊州曲） 4,204,430,431
义净 164,539,540,652,653,678,734,736-743,751

索　引　809

阴地关　489
阴山道　142,461,496,497
殷济　450,451,558,560
殷尧藩　57,566,571,712,714,716
银山碛西馆　365,374,376,382
雍陶　486,489,580,586,612,634
雍裕之　372
雍州　47,75,92,133,159,162,167,209,518
永昌道　578,593,635,639,641,651
永昌郡　595,635,639,640,652
幽州　23,187,315,341,418,425,477,485,635
于鹄　89,357,363,407,422
于阗　29,30,38,40,75,185,221,265,296,312,318,321,322,324-326,343-347,354,356,365,378,384-386,400-404,410,412-415,417,453,459,526,534,738,743
于武陵　172
于邺　68,172,353
虞世南　55,65,66,107,112,168,190,273,292,339,340,369,371,433,436,463
虞羽客　183,273,288,290,339,340,342,461,463
庾肩吾　131
庾信　113,157,158,165,281,297,304,339,368,403,422
玉关道　216,274,275,280,281,487,569
玉门关(玉塞)　2,5,6,11,20,21,108,120,125,165,185,188,197,200,202,204,216,220,222,228,270-298,300,308,309,325,327,330-333,337,338,341,347,349,356,357,359,362,367,382,409,423,427-430,440,441,446,455,463,472,478,523,531,532,730
喻凫　236
元结　116,117
元稹　20,22,24,27,32,33,35,45,48,61,63-67,83,84,137,138,142,148,167,189,190,201,205-207,214,234,235,242,245,246,335,352,388,407,408,420,421,474,475,496,497,503,505,532,547,555,556,574,581,583,588,608,609,627,631,632,637,647,655,656,666,673,698,699,702,705-707,713,714,716,723,725,728
员半千　125,133,274,288,531
袁朗　273,279,464
袁滋　604,610,616,618,619,653
原州　167
原州(固原)　22,75,77,84,86,90,127,138,148,151,166-168,172,175,201,235,238,247,421,466,484,485
苑咸　197
月支(月氏)　39,109,301,342,344,372,384,407,417,421-423,448,459,462,507,511-513,555
越巂(巂州)　629-632,638,639,651
越裳　527,665,691,695,713,715

Z

牂柯道　642,643,646-648,650,651
张蠙　22,40,150,173,238,360,648,670
张祜　24,35,63,65-67,103,135,138,299,307,322,421,480,493,631
张怀深　257,261
张籍　25,87-90,115,117-120,125,135,155,169,200,201,203,361,399,417,423,491,495,510,519,554,555,582,588,589,616,647,649,673,682,

690,692,694,698,701,709-711,714,717,725

张九龄 108,132,339,342,393-395,445,464,535,680,682,683

张骞 22,95,122,218,295,296,368,417,421,423,507,511,512,532,534,578,585,619,621,637,656,657,714

张乔 25,28,39,100,106,182,238,246,251,254,255,370,416,581

张仁愿（张仁亶） 274,278,470,474-480

张说 23,24,55,67,68,70-72,108,138-140,178,315,323,360,394,395,409,413,414,420,461,463,475,497,524,535,542,543,545,563,564,569,570,684

张惟俭 274,280,349,350

张文琮 314,437

张旭 54,68

张宣明 274,292,382,409,410

张掖 75,76,95,96,162-164,177-180,184,186,188,194,209-216,220-222,233,237,273,281,297,470,502,503,527

张议潮 100,138,163,175,177,179,195,207,212,215,218,220,227,229,230,232,246-252,254,255,257-260,262-265,268,269,293-295,335,346,356,379,382,428,430-432,518,522

张正见 124,183,338,436

张仲素 111,115,275,280,339,342,363,370,464,531

张鹭 72,323

张孜 54

章碣 534

昭武九姓（粟特人、九姓胡） 29,31,33,172,263,315-317,322,329,406,412,451,496,512,513

赵嘏 105,134,238,276,278,295,305,361,371,465,487,502

赵叔达 598

赵彦昭 520,543

柘枝舞 4,6,47,62,63,653,751

镇西都护府 384,386

郑巢 21

郑概 16,19

郑谷 586,588,591,626,728

郑洪业 611,638

郑良士 722

郑壬 26

郑锡 24,85,100,454

郑愔 274,278,291,339,340,454,477,478,561

郑嵎 35,58,69,252

中受降城 468,474-477,482,484

周存 26,56,358,420

周贺 39,703

周繇 485,574,704,707,714,715

朱俱波 221,324,325

祖孙登 339

左延年 130,221

坐部伎 61

后　　记

　　我于2017年申请国家社科基金后期资助项目"唐诗见证的丝绸之路变迁"获批立项（批准号：17FZS001），这本书就是这个项目的结项成果。考虑到诗歌作为文学作品反映历史的特点，其中丝绸之路的书写与一般历史文献不同，因此将书名改为《唐诗镜像中的丝绸之路》，其旨意在本书绪论中有交代。这个课题在申请国家社科基金后期资助项目之前，已有前期的准备，并曾得到不同部门的资助。

　　这个课题研究最早开始于2009年5月，当时申请到北京外国语大学世界亚洲研究信息中心资助科研项目"丝绸之路与唐诗繁荣"，2012年完成结项，成书30余万字。同年，申请到北京市社会科学基金项目"唐诗之中的丝绸之路文化意蕴"（项目编号：12WYB019），2017年完成结项，成书47万字。同年，经中国社会科学出版社推荐，申请到国家社科基金后期资助项目，今年完成结项。这期间我得到上述项目资助单位的有力支持，得到不少匿名专家的评审意见和修改建议，得到中国社会科学出版社领导、编辑的支持和指导，得到北京外国语大学科研管理部门、比较文明与人文交流高等研究院和中文学院领导和老师们的多方关心和协助，得到众多前辈和学友的教益。出版社宋燕鹏先生在本项目的酝酿、申报、结项和书稿的修改完善等方面，给予的帮助很多。在此一并致谢。

　　丝绸之路与文学关系研究方兴未艾，这是一个有待开拓的学术领域，本课题研究和本书出版只是起到抛砖引玉的作用。诸多不完善之处，恳请学界多多批评指正。

作　者

2019年8月26日　北京